TAGE DES RA

JUDITH MATHES

# TAGE DES RA

HISTORISCHER ROMAN

area

*Diese Geschichte widme ich meinen Eltern:*

*Meinem verstorbenen Vater Hermann Mathes, der mir vor langer Zeit das Tor zu alten Welten geöffnet hat,*

*und*

*meiner Mutter Henni Mathes, die mich stets ermuntert hat, durch Tore auch hindurchzugehen.*

Originalausgabe
Judith Mathes: Tage des Ra


Einbandgestaltung: Bille Fuchs, Köln
Einbandabbildung:
Zwei Töchter Pharao Amenhoteps III. (18. Dyn.) im Grab des Kämmerers Cheruef in El-Assasif (TT 192); Araldo DeLuca / Archivio White Star
Lektorat: Ulrike Schulte-Richtering
Satz & Layout: Bernhard Heun, Rüssingen

Printed in Germany 2005
ISBN 3-89996-360-1

www.area-verlag.de

# INHALTSVERZEICHNIS

## EINLEITUNG

Jahr 61, Pharao Ramses (1218 v. Chr.) . . . . . . . . . . . . . . . . 9

## ERSTES BUCH

### Jahr 5, Pharao Merenptah (1209–1208 v. Chr.)

Die Grabbauer Pharaos . . . . . . . . . . . . . . . . . . . . . . . 27
Im Großen Haus . . . . . . . . . . . . . . . . . . . . . . . . . . . . 55
Ipet-Sut . . . . . . . . . . . . . . . . . . . . . . . . . . . . . . . . 75
Seths Lächeln . . . . . . . . . . . . . . . . . . . . . . . . . . . . 99
Schatten über Pa-Tíme . . . . . . . . . . . . . . . . . . . . . . . 125
Südliches Fremdland . . . . . . . . . . . . . . . . . . . . . . . . 151
Schicksalswende . . . . . . . . . . . . . . . . . . . . . . . . . . 191
Neugeburt . . . . . . . . . . . . . . . . . . . . . . . . . . . . . . 215
Das Verhängnis . . . . . . . . . . . . . . . . . . . . . . . . . . . 247
Brüder . . . . . . . . . . . . . . . . . . . . . . . . . . . . . . . . 273
Die Arbeit des Month . . . . . . . . . . . . . . . . . . . . . . . 299
Die Feder der *Ma'at* . . . . . . . . . . . . . . . . . . . . . . . 345

## ZWEITES BUCH

### Jahr 1, Pharao Sethos (1203 v. Chr.)

Das Schöne Fest vom Wüstental . . . . . . . . . . . . . . . . 387
An den Ufern der Dunkelheit . . . . . . . . . . . . . . . . . . 435
Die Große Königliche Gemahlin . . . . . . . . . . . . . . . . . 465
Doppelfalke . . . . . . . . . . . . . . . . . . . . . . . . . . . . . 517

Jahr 2, Pharao Sethos (1202 v. Chr.)

Begegnungen ........ 569
Töchter ........ 615

Jahr 4, Pharao Sethos – Jahr 1, Pharao Siptah
(1200–1198 v. Chr.)

Seths Sieg ........ 671
Feindeswerk ........ 729
Schatten der Vergangenheit ........ 811
Sturmeszeit ........ 865

Jahr 3, Pharao Siptah (1196 v. Chr.)

Söhne ........ 931

Jahr 6, Pharao Siptah (1193 v. Chr.)

Tod und Leben ........ 983

NACHWORT UND ANHANG

Nachwort ........ 1017
Auswahlgenealogie späte 19. Dynastie ........ 1025
Königsnamen ........ 1027
Personenverzeichnis ........ 1029
Glossar ........ 1039

KARTEN UND PLÄNE

Ägypten und der Vordere Orient ........ 1059
Die Totenstadt von Waset ........ 1061
Pa-Tíme ........ 1063
Men-nefer ........ 1065
Pi-Ramesse ........ 1067
Das ägyptische Jahr ........ 1069

# EINLEITUNG

JAHR 61, PHARAO RAMSES
(1218 V. CHR.)

Plötzlich hörten die Schreie auf. Die unerwartete Stille traf Bai wie ein Keulenschlag.

Er blieb stehen und lauschte angestrengt in die Dunkelheit. Einen Augenblick lang vernahm er überhaupt nichts mehr, so ausschließlich hatte er sein Gehör auf die furchtbaren Laute gerichtet. Seit Stunden hatten sie jedes Lebewesen in weitem Umkreis in Schrecken versetzt. Es war ein dunkles Heulen, das geradewegs von den schwärzesten Orten der Nacht zu kommen schien. In Abständen steigerte es sich zu einem Kreischen und verebbte schließlich in einem langgezogenen Stöhnen.

Der Mann löste sich aus dem tiefschwarzen Schatten des Hauses, dessen flaches Dach sich hinter Feigenbäumen und Tamarisken gegen den sternenübersäten Nachthimmel abzeichnete. Das Licht des aufgehenden Mondes schimmerte matt in den Säulengängen, die das Hauptgebäude umgaben. Langsam wanderte er über bläulich glänzende Grasflächen und schattenhafte Bäume weiter nach Westen, wo sich der Garten sanft zum Fluß hin neigte. Hundert Ellen entfernt duckte sich eine kleine Hütte unter das Laubwerk einer alten, ausladenden Sykomore. Schon vor Tagen hatte der Diener Ipuki mit einigen Arbeitern des Gutes Tjeni Nefer den luftigen Bau aus Akazienholz und Schilfmatten errichtet. Vor dem Eingang brannten zwei Fackeln und warfen ihre flackernden Lichtgarben über Gras und Büsche. Auch innerhalb der Laube verbreiteten Lämpchen verschwommenes Licht. Durch die fingerbreiten Spalten in den Wänden konnte Bai erkennen, daß sich Frauen darin bewegten.

Wieder zerriß ein Schrei die Nacht. Unbehagen verursachte einen Krampf in Bais Eingeweiden, und sein Atem ging schneller. Auf seine innere Stimme konnte er sich verlassen, sie hatte ihn noch nie getrogen. Sollte er, mußte er nun etwas unternehmen? Was konnte er tun? Hinübergehen zur Laube vielleicht? Nein, was sich dort abspielte, war Frauensache! Aber es mußte doch …, warum halfen sie denn nicht? Jene, die das Los der Frauen erleichtern, wie Bes oder Taweret, die Nilpferdköpfige? Warum straften sie ihn? ‚Nein', verbesserte er sich, ‚auch Henutmira ist gestraft, eigentlich vor allem sie.'

Doch sein Mitleid mit der Gebärenden reichte nicht weit, er spürte sogar einen Hauch von Befriedigung, daß Henutmira so litt. Seit vier Mondumläufen verweigerte sie sich ihm, und er fühlte sich von ihr verlassen. Er zweifelte nicht daran, daß sie sich in der Hand eines Gottes befand, denn ihr Herz war in den Zustand der Raserei getreten. Bai wußte wie jeder Gebildete im Lande Kemet, daß ein Mensch sich stets so verhält, wie sein Herz es ihm vorgibt. Das Herz ist der Sitz des Verstandes. Von dort schwand Henutmiras Geist von Tag zu Tag mehr, und im selben Maße wuchs Bais Verzweiflung.

‚Ihr Herz ist abgelenkt und vergeßlich wie bei einer, die an anderes denkt', grübelte er. ‚Aber warum? Hat ihr der Hauch eines Zauberpriesters geschadet? Oder ist es ein böser Geist, der sie schlug? Ich habe getan, was ich konnte. Bereit war ich, mein Leben hinzugeben! Nicht einmal den Verlust meiner Stellung fürchtete ich, als ich hintrat vor den, der das ganze Land in seiner Hand hält.'

Flüchtig erinnerte er sich an die Unterredung mit dem Thronfolger Merenptah. Dessen jüngere Tochter war Henutmira, und Bai hatte eingestehen müssen, daß er es gewagt hatte, seine Augen zu ihr zu erheben. Mehr noch, Henutmira war in Hoffnung, und er, ein hurritischer Höfling, trug Schuld daran. Er entsann sich der Erleichterung, die ihn damals fast überwältigt hatte. Merenptah hatte ihm seine Gunst nicht entzogen! Bereinigen sollte Bai die Lage, und das möglichst unauffällig. Der gute Ruf Henutmiras durfte nicht beschädigt werden.

In einem großen Bogen wanderte er um das Hauptgebäude herum und gelangte in die Nähe der Stallungen. Pferde scharrten und schnaubten, und die halblauten Stimmen der Stallburschen drangen an sein Ohr. Ob sie Henutmiras Schreie gehört hatten? Von hier aus war die kleine Hütte nicht zu sehen, sie lag auf der gegenüberliegenden Seite des Gutes, verdeckt vom Haupthaus. Einige Männer lachten laut auf, und einen Augenblick lang vermochte Bai sich nichts Erstrebenswerteres vorzustellen, als bei diesen Pferdeknechten zu sitzen, Bier zu trinken, eine Runde zu würfeln und danach eine gesunde, einfache Frau ins Bett zu nehmen, um seine Lust an ihr zu stillen. Zorn durchzuckte ihn bei dieser Vorstellung, denn er empfand es als Verrat Henutmiras, daß sie kaum noch ansprechbar war. Wie konnte sie die Liebe vergessen, die sie immer wieder beschworen hatten? Die zahllosen Nachmittagsstunden in Henutmiras Gemächern, das feine Leinen und der Duft der Lotosblüten auf dem nahen Teich … nein, danach durfte er sich nicht mehr sehnen. Je eher er das alles vergessen konnte, desto besser!

Die Ahnung eines drohenden Verhängnisses verdrängte bald alle gefühlvollen Erinnerungen. Warum brachte ihm niemand Nachricht? Das Schweigen beunruhigte ihn noch mehr als die Schreie vorhin. Rufe der Freude und Glückwünsche hätten ein gesundes Kind begrüßen müssen. Fieberhaft durchforschte er sein Gedächtnis, ob alle Opfer vorschriftsmäßig durchgeführt worden waren, aber er konnte keine Fehler finden. Er selbst hatte zwischen Ranken und Blumengebinden die Schutzzeichen aufgehängt, um die stets lauernden Feinde des Sonnengottes Ra abzuwehren, während der eigens herbeigeholte Priester Schutzzauber gegen die bösartigen Bedroher von Mutter und Kind murmelte und das Zaubermesser auf Henutmiras Leib legte. Auch Bai hatte gewissenhaft Gebete geflüstert, denn er war überzeugt, daß die Götter ihn in jedwedem Anliegen unterstützten, sofern er nur seinen Sinn ganz fest darauf richtete.

Inzwischen war der Mond aufgegangen, und der Garten lag in seinem silbrig funkelnden Licht. Ein leichter Westwind trug den Duft von Blumen und Wasser vom Fluß herüber, vermengt mit einem Hauch von Fäulnis, der die kleine Bootsanlegestelle am Ende des Gartens immer umwehte. Wieder blieb Bais Blick an der Geburtslaube hängen. Warmes, einladendes Licht drang aus dem Innern. Gerade als er sich entschloß, doch hinüberzugehen, mochte es nun Sitte sein oder nicht, vernahm er leise Schritte. Sein Diener Ipuki näherte sich im flackernden Schein der Fackel, die er in der Hand hielt.

„Herr, würdest du mit mir kommen? Es ist vorüber, glaube ich."

Die Worte kamen zögernd, kaum hörbar, und Bai hätte schwören mögen, daß Ipukis Stimme schwankte.

„Wie ist es gegangen? So rede doch!" drängte er, während er mit langen Schritten neben dem Diener auf die Hütte zuging. „Was ist mit dem Kind?" Eigentlich brauchte er keine Antwort, denn ein Blick in das ernste Gesicht des Mannes bestätigte ihm, daß dort drinnen etwas Furchtbares auf ihn wartete.

„Die Kinder leben."

Die Kinder? Bai glaubte, sich verhört zu haben. Und Henutmira? Lebte sie denn nicht mehr? Er beschleunigte seinen Schritt und eilte auf das Häuschen zu. Vor dem Eingang blieben die beiden Männer stehen. Zwei ältere Frauen huschten aus der Tür, einen geflochtenen Korb schleppend, der mit Tüchern bedeckt war. Dann erschien Mehit in der Türöffnung, Ipukis treue Gefährtin. Da sie mit dem Rücken zum erhellten Raum stand, blieb ihr Gesicht im Schatten, und Bai konnte nichts darin erkennen.

„Es ist schwer gewesen, Herr, der edlen Henutmira geht es nicht gut, ihr Bewußtsein ist entflohen."

„Ist sie ...?"

„Nein, nein, ihr *Ba* weilt noch bei ihr, aber ich weiß nicht, ob sie wieder gesund werden kann. Sie hat viel Blut verloren."

Bai schob Mehit zur Seite und betrat den Raum. Ein süßlicher Geruch nach Blut schlug ihm entgegen. Schmierige Flecken bedeckten den Schilfboden. Ein junges Mädchen, kaum älter als zehn Jahre, goß aus einem irdenen Krug Wasser auf den Schleim und legte frisches Stroh darauf. Eine andere Frau schichtete Ziegel in einen Sack. Sie war damit beschäftigt, den eigentlichen Geburtsplatz abzubauen.

„Die Herrin war zu schwach, um hier zu knien." Mehit war hinter Bai getreten. „Wir mußten sie auf das Bett legen."

Dort lag Henutmira auch jetzt. Bai verspürte allerdings keinerlei Bedürfnis, zu ihr hinüberzugehen. Er erblickte zwei Bündel in einem flachen Weidenkorb am Fußende des Lagers.

Mehits Augen waren seinem Blick gefolgt. „Ja, Herr, es sind zwei Kinder", flüsterte sie, „deshalb war es ja auch so schwer, eins lag falsch herum und das wollte nicht kommen. Es ging ja nicht, denn dieses Kind hat ..." Auf eine gebieterische Geste Bais verstummte sie.

„Entferne die Tücher!" befahl er und hoffte inständig, daß nicht wahr sein möge, was er insgeheim schon ahnte. Mit flinken Bewegungen nestelte Mehit an den Stoffen, und schließlich lagen die zwei Säuglinge nackt auf dem aufgefalteten Leinen. Die Frau erhob sich und blieb mit hängenden Schultern und gesenkten Augen neben dem Korb stehen.

Bai warf einen Blick hinein und erstarrte. „Aber das ist doch ...", seine Stimme klang heiser, „... ein Krüppel!" Er ließ sich auf die Knie nieder und betrachtete widerstrebend, was ihm seit vielen Zehntagen Kopfzerbrechen verursacht und ihn beinahe seine Stellung am Hof gekostet hatte. Beide Kinder waren männlich. Dennoch bestand kaum Ähnlichkeit zwischen ihnen. Er starrte auf den kläglich mißgestalteten Körper eines der beiden Knaben. Das Kind lag auf der Seite, ein Knie an den Bauch hochgezogen, während das andere, etwas kürzere Bein dünn und schwächlich dalag. Bai konnte seinen Blick nicht von dem ausgeprägten Buckel lösen, der sich über der linken Schulter des Kindes wölbte. Daß der Kopf verformt und die ganze linke Seite verkürzt war, erkannte er erst bei näherem Hinsehen.

„Was ist damit?" fragte er knapp und deutete auf eine schrundige Stelle über dem Ohr.

„Das kommt von der Zange, mit der wir ihn aus dem Leibe ..."

„Schon gut, ich verstehe!" unterbrach Bai. So genau wollte er es nicht wissen. Trotzdem konnte er nicht verhindern, daß eine widerwärtige Vorstellung von Zangen in ihm aufstieg, die in Henutmira hineinfuhren und den Kopf des Kindes zusammenpreßten. Dennoch schien das Kind sehr lebendig zu sein, es fuchtelte mit seinen

Ärmchen und versuchte, sich die kleinen, zu Fäusten geballten Hände abwechselnd in den Mund zu stopfen.

Bai wandte sich dem anderen Säugling zu. Dieser lag auf dem Rücken, er hatte die Arme und Beine von sich gestreckt und die Augen geschlossen. Äußerlich schien ihm nichts zu fehlen, beunruhigend aber war die völlige Bewegungslosigkeit. Im ersten Augenblick dachte Bai, das Kind sei tot, bis er das kaum merkliche Heben und Senken des kleinen Brustkorbs sah.

‚Warum, o Reschpu, der du die Gebete hörst', dachte er trostlos, ‚warum läßt du es so enden?' Es war ihm nicht bewußt, daß er sich an die Gottheit gewandt hatte, die ihm aus seinem hurritischen Elternhaus vertraut war.

Was sollte er jetzt tun? Warum ließen ihn die Götter im Stich? Hatte er sich nicht nach Kräften bemüht zu erfüllen, was er für ihren Wunsch hielt? Mit größter Umsicht hatte er für die Zukunft des Kindes, *eines* Kindes, vorgesorgt. Und nun? Dies waren seine ersten Kinder, zumindest wußte er von keinen anderen. Davon war das eine fast tot – und das andere? Er mußte das Notwendige veranlassen, und zwar möglichst rasch.

„Mehit, hole deinen Mann!" Sein Befehl klang barscher, als er beabsichtigt hatte. „Halt, sage mir noch: Wer außer euch und den Frauen weiß hiervon?"

„Niemand, Herr, wir haben alles so vorbereitet, wie du es befohlen hast. Der Priester bricht morgen nach Nechen auf und wird dort bleiben. Für diese beiden", Mehit wies mit einer Bewegung des Kopfes auf die ältere Frau und das Mädchen, die noch immer schweigend den Raum säuberten, „die Wehmutter und ihre Tochter, bürge ich dir. Die zwei Alten draußen sind taubstumm. Niemand wird etwas erfahren, wenn du es nicht willst." Sie huschte zur Tür hinaus, und die beiden Dienerinnen trotteten ihr nach.

Nun, da er allein war, ging Bai zu Henutmiras Bett und betrachtete die reglos daliegende Gestalt. Ihre durch die Ohnmacht entspannten Züge schienen ihm makellos und von großer Klarheit. Nur die schweißnassen Löckchen, die an der Stirn klebten, erinnerten an die Anstrengung der letzten Stunden. Er beugte sich über sie.

„Meine Schwester!" Da sie ihn nicht hören konnte, wollte er sie ein letztes Mal anreden wie ein Liebender. „Ich habe dir niemals Unheil zufügen wollen! Kehrtest du nur zurück, damit ich zu dir sprechen könnte wie einst ..."

Aber was geschähe dann? Er wußte, daß er ihr nur um so tieferen Schmerz zufügen müßte. Denn gewiß würde sie ihre Kinder nie kennenlernen. Und kein anderer als er würde die Verantwortung dafür tragen. Für alle Fälle flüsterte er einen Zauberspruch, um die Peiniger Henutmiras zu bannen, wenngleich er nicht wußte, ob er dazu überhaupt berechtigt war. Womöglich verschlimmerte er die Lage mit dieser Anmaßung. *„Gelöst werden möge die Last, weichen möge die Schwäche, die ein Wurm in diesen reinen Leib gelegt hat, den ein Gott oder ein Feind erzeugt hat."*

Draußen näherten sich Schritte.

Er ging zur Tür, trat hinaus und blickte in die sorgenvollen Gesichter Mehits und Ipukis. Alle drei spürten die Spannung, die zwischen ihnen herrschte. Bai verschränkte die Arme vor der Brust und ließ sich Zeit, bis er das Wort ergriff.

„Die Götter haben es nicht gut mit uns gemeint", sagte er endlich. „Sie sandten Leid, wo wir uns Freude ersehnten. Die Niederkunft der edlen Henutmira war schwer. Chnum, dem Schöpfer, hat es gefallen, nur das eine Kind mit einem wohlgestalteten Leib zu versehen, doch befindet es sich wohl schon auf dem Weg in die Gefilde des Westens. Das andere ist nur ein Klumpen Lehm von des Höchsten Töpferscheibe." Es war ausgesprochen. Sofort spürte Bai Erleichterung, jetzt wollte er handeln, um wieder Herr der Lage zu sein. „Mehit, du bist verantwortlich dafür, daß Henutmira die beste Pflege erhält. Ipuki, du gibst mir Nachricht über alles, was geschieht. Ich erwarte jeden Zehntag einen ausführlichen Bericht in die Hauptstadt. Außerdem sorgst du dafür, daß der verkrüppelte Knabe seinen Bruder auf seinem beschwerlichen Weg begleitet."

„Nein!" schrie Mehit auf. „Das darfst du nicht, Herr, du kannst doch nicht dein Kind ermorden! Das ist ein Verbrechen gegen die Götter und ..."

„Schweig!" unterbrach er sie schroff. „Du vergißt dich! Dies ist meine Entscheidung!"

„Aber es ist ein Kind, und es lebt! Was hat es verbrochen, daß du es töten willst?" Mehit trat vor Bai hin und sah ihm eindringlich ins Gesicht. Obwohl ihr Tränen über die Wangen liefen, wirkte sie entschlossen und kämpferisch wie die löwenköpfige Göttin Sachmet selbst.

„Mehit, sei ruhig, du weißt nicht mehr, was du sprichst!" Ipuki ergriff die Schulter seiner Frau und zog sie zurück. „Bezähme dich, sonst erregst du den Zorn unseres Herrn, und wenn er dich dafür straft, wird er recht daran tun."

„Aber er darf das Kind nicht töten lassen! Vielleicht kann es gesund werden, wenn man es nur richtig pflegt", schluchzte Mehit. „Bitte, Ipuki ... ach bitte!"

Bai sah in den Nachthimmel hinauf. Der Leib der Himmelsgöttin Nut, der sich über das flache Land spannte, erglänzte noch immer in atemberaubender Sternenpracht. Doch er sah die Schönheit nicht. Mehits Verhalten machte ihn so zornig, daß er sie am liebsten geschlagen hätte. Statt dessen funkelte er sie an: „Du wirst tun, was ich dir sage, Frau! Und zwar ohne Widerspruch. Ich warne dich!"

„Bitte, Herr", fuhr Ipuki dazwischen, „Mehit wird handeln, wie du befiehlst."

In diesem Augenblick hörten sie etwas, das sie erstarren ließ. Ein zweifaches Kreischen, ein Wimmern, ein dumpfer Schlag und ein gespenstisches Stöhnen, das Bai das Blut in den Adern stocken ließ. Henutmira!

„Die Kinder!" keuchte Mehit und stürzte auf die Geburtslaube zu, dicht gefolgt von den Männern.

An der Tür schob Bai die Dienerin unsanft zur Seite und betrat als erster den Raum. Fassungslos starrte er auf das Bild, das sich ihm bot.

Henutmira lag auf dem Boden. Ihr Gesicht war verzerrt. Mit der einen Hand krallte sie sich in den Rand des Kinderkorbs, die andere streckte den Säugling mit den gesunden Gliedern in die Höhe, ein winziges, zappelndes, schreiendes Wesen. Dieses Kind hatte Bai auf dem Weg in den Westen gewähnt. ‚Er wird nicht sterben', dachte er wie betäubt. Unfähig, seine Gedanken zu ordnen und das Geschehen zu begreifen, nahm er nur einzelne Bilder wahr: den Korb, das Kind und schließlich das Antlitz Henutmiras. Ihre Lippen verzogen sich, und sie brach in Gelächter aus. Kalt lief es ihm den Rücken hinunter, als er in Henutmiras Gesicht sah. Er vermochte kaum, seinen Blick von der Leere in diesen toten Augen zu lösen.

Sein Denkvermögen kehrte erst zurück, als er einen Schlag gegen die Brust erhielt. Ipuki hatte ihn zur Seite gestoßen und war mit zwei Sätzen bei Henutmira. Er riß ihr das Kind aus der Hand und legte es in den Korb zurück. Mit beiden Händen packte er ihre Arme und zerrte die sich heftig wehrende Frau zum Lager zurück.

Wo war der andere Knabe? Bai entdeckte ihn nicht gleich, wohl aber Mehit. Mit einem Aufschrei stürzte sie an ihm vorbei in eine entfernte Ecke des Raums. Sie stolperte, fast wäre sie ausgeglitten. Schluchzend brach sie in die Knie, hob das winzige Geschöpf auf und drückte es an ihre Brust. Sie stammelte zärtliche Worte und stieß dazwischen Verwünschungen aus gegen alle, die diesem Kind fürderhin etwas anhaben wollten.

Noch immer vermochte Bai sich nicht zu bewegen. Es war, als weigere er sich, an diesem Augenblick seines Lebens teilzunehmen. Vielleicht hätte er noch lange so gestanden, wenn ihn nicht Ipuki mit dem Mut der Verzweiflung laut angeschrien hätte.

„Herr, Herr! Hilf mir doch! Sonst muß ich ihr wirklich wehtun! Herr, sie ist doch die Tochter des Thronfolgers!"

Nun kam Bewegung in Bai, und mit einem Sprung war er an Ipukis Seite. Noch immer wand sich Henutmira und schlug mit erstaunlicher Kraft um sich. Ihr Haar hing zerzaust bis auf die Schultern, das Hemd war zerrissen, ihr Körper besudelt. Speichelfäden rannen ihr aus den Mundwinkeln, und aus ihrer Kehle quollen Töne, die an das Grunzen eines Tieres erinnerten. Bai schlug ihr ins Gesicht, um sie zur Ruhe zu bringen, und der Schauder verdoppelte die Wucht des Schlages. Henutmira sank zusammen, ihre Augen verdrehten sich, bis nur noch das Weiße darin zu sehen war. Geschickt wurde sie von Ipuki aufgefangen, der sie beinahe zärtlich auf das Lager bettete. Als er aufblickte, sah Bai, daß er Tränen in den Augen hatte. „Sie gehört zur Familie des Gottes", flüsterte Ipuki, „warum sind die Ewigen gegen sie?"

Bai antwortete nicht. Er verstand genausowenig, warum Merenptahs Tochter die Gunst der Götter verloren hatte. Er wollte auch nicht darüber nachdenken. Es galt, das Nächstliegende zu tun, und das fiel ihm schwer genug. Eigentlich wollte er nur noch fort. Und schlafen. ‚Ich werde morgen Beschlüsse fassen. Nicht heute', entschied er bei sich. „Schaffe hier Ordnung und melde dich morgen früh bei mir im Haus!" befahl er dem Diener. Ohne einen Blick auf Mehit, Henutmira oder die Kinder verließ er den Raum.

Bai blinzelte in das Licht der Morgensonne, das schräg auf sein Lager fiel, funkelnde, goldene Wärme, dank der frühen Stunde noch sanft und schmeichelnd. Während sein Verstand sich langsam und zögernd dem neuen Tag zuwandte, vernahm er die üblichen Morgengeräusche des großen Hauses. Irgendwo wurden Truhen gezogen, ein Hammer klopfte, und unter Geklapper von Geschirr mischten sich die halblauten Zurufe von Frauen und die hellen Stimmen der Kinder draußen im Vorgarten. Dreißig Bedienstete beschäftigte der edle Nedjem im Haus.

Nedjem, dem Obersten Vermögensverwalter von Pharao Ramses, diesem wahrhaft Großen am Hof von Pi-Ramesse, oblag die Leitung des Weingutes Tjeni Nefer. Er hatte sich als ein liebenswürdiger Freund Bais offenbart, seitdem sich herausgestellt hatte, daß der junge Mann die besondere Gunst Merenptahs genoß. Und Merenptah, der Sohn des Guten Gottes Ramses, hatte einen Befehl erteilt: „Bringe Henutmira zu dem Ort, wo reichlich die Trauben an den Weinstöcken gedeihen und Kelterer den Gottestrank bereiten."

Henutmira? Mit schmerzhafter Klarheit war sie wieder da, die Erinnerung an die Ereignisse der vergangenen Nacht. Bai schob die dünne Wolldecke zur Seite und erhob sich. So elend hatte er sich schon lange nicht mehr gefühlt. Hinter der Stirn hämmerten

Schmerzen, und sein Magen wand sich in einem Krampf. Ein Grund mehr, die notwendigen Entscheidungen sofort zu treffen.

Als er den Empfangsraum betrat, war er gewaschen und hatte die Barthaare entfernt. Er war geschminkt, gesalbt und mit einem blütenweißen, frisch gestärkten Schurz bekleidet. Seinen Hals zierte ein *Usech*-Kragen aus tropfenförmigen, dunkelgrünen Perlen, um die sich winzige Blüten aus Blattgold rankten. An seiner linken Hand blitzten zwei Smaragdringe. Nachdenklich musterte er die Gesichter der Hausdiener. Was hatten sie von den Ereignissen der vergangenen Nacht bemerkt? Jeder, der ihm begegnete, blickte ihn erwartungsvoll an und schien auf eine Nachricht zu hoffen, die ihn aus der Ungewißheit erlöste. Selbst das junge Mädchen, das ihm die Speisen brachte, suchte in seinem Gesicht nach Anzeichen, die einen Ausbruch von Jubel rechtfertigen würden. Der Aufseher der Dienstboten neben der Tür trat verlegen von einem Bein auf das andere, wohl um den richtigen Augenblick abzupassen, um seinem Herrn die ergebensten Glückwünsche vorzutragen. Hastig beendete Bai sein Frühstück und winkte ihn zu sich.

Der Aufseher Kaka war ein Mann an der Schwelle des Alters, ein treuer Untergebener mit eher beschränkten Geistesgaben. Er hatte sein ganzes Leben auf diesem Weingut zugebracht. Die Anwesenheit einer offenbar sehr hochgestellten Vornehmen aus dem *Chenu*, dem Palast, gehörte zu den aufregendsten Ereignissen in seinem Leben.

„Ich habe keine freudige Nachricht, Kaka." Bais Stimme klang belegt, er mußte sich mehrmals räuspern, bis ihm die Worte klar über die Lippen kamen. „Die hohe Frau ist sehr, sehr krank, und große Opfer müssen gebracht werden an Isis, Bes und auch an Ischtar, damit sie geheilt werde, sofern das überhaupt möglich ist."

Kaka senkte betroffen den Kopf. Wenn man sogar die Göttin aus Babylon anrufen mußte, dann standen die Dinge wirklich schlecht.

„Henutmira wird hier in Tjeni Nefer bleiben", fuhr Bai fort, „bis die Götter ihr Genesung gewähren. Ich werde zwei oder drei ihrer Dienerinnen aus Pi-Ramesse kommen lassen. Ihr sorgt dafür, daß es ihr an nichts fehlt." Eine kurze Pause entstand. „Das ist alles." Auf

Kakas fragenden Blick hin setzte er knapp hinzu: „Das Kind liegt im Sterben."

Der Alte schlich mit hängenden Schultern davon, und Bai betrachtete mit gerunzelter Stirn seine Fingernägel. Auch bei anderem Verlauf der Ereignisse wäre seine Auskunft dieselbe gewesen. Je weniger Menschen von dem Dasein eines Kindes, seines Kindes, erfuhren, desto besser. Ein Knabe mußte nach Men-nefer geschafft werden, und die Menschen von Tjeni Nefer würden ein Begräbnis erleben. Nun würde man wirklich ein totes Kind beisetzen.

Ipuki war es gelungen, innerhalb einer Stunde eine Amme zu besorgen. Mehit bedachte ihren Gefährten mit einem Lächeln. ‚Wie tüchtig er ist', dachte sie. ‚Er wird den Herrn überzeugen, daß er das Kind nicht töten darf!'

Während der Nacht hatte Mehit kein Auge zugetan. Sie hatte die Säuglinge gewaschen und in frisches Linnen gehüllt. Sie hatte sie gestreichelt und liebkost, während ihre Lippen unermüdlich Gebete murmelten. Der Knabe mit den gesunden Gliedern war sehr bald in Schlaf gefallen, der andere lag noch lange mit weit geöffneten Augen und schürzte suchend seine winzigen Lippen. Mehit beobachtete ihn, und ihr Herz schmerzte vor Sehnsucht, ihn zu behüten und zu lieben.

Als die Sonne aufging und Ras erste Strahlen durch das Flechtwerk der Laubenwände fielen, kniete sie noch immer neben dem Kinderkorb, die Stirn auf seinen Rand gesenkt, mit der Hand sacht den kleinen Kopf umfangend. So flehte sie zum Herrn der Ewigen:

*„Du gehst auf, o Ra, du gehst auf, steh mir bei, o Ra, mein Herr! Ich gebe dich nicht her, mein Knabe, ich gebe dich nicht her! Siehe, ich schütze dich, mein Kind!"*

So viele Nilschwemmen hatte Mehit schon erlebt, und nie war ihr Leib fruchtbar geworden. Jahre des vergeblichen Wartens und Hoffens, der Gebete und Opfer hatten ihr Leben mit einem hauchfeinen Schleier von Traurigkeit bedeckt, ähnlich dem kaum wahrnehmbaren Grau in der Luft, wenn ein Sandsturm sich ankündigt aus den Weiten der westlichen Wüste. Daß dieser Schatten über ihrer Lebensfreude dennoch nie ins Dunkel der Bitterkeit hinüberglitt, hatte seinen Grund darin, daß Mehit Ipuki von Herzen zugetan war und dieser sich ihre Liebe, die stets eine mütterliche Färbung besaß, mit unschuldigem Genuß gefallen ließ. Ipuki, ein Mann von bodenständigem Wesen, bedauerte seine und Mehits Kinderlosigkeit zwar auch, nahm sie sich aber bei weitem nicht so zu Herzen. Er tröstete sich damit, daß er seinem Herrn mit Hingabe diente und für Mehits Haushalt ausgeklügelte Vorrichtungen erfand, die ihr die Arbeit erleichtern sollten. Ansonsten bemühte er sich so oft wie möglich, seiner Frau ein Kind zu zeugen.

„Mehit!"

Die Angesprochene schreckte hoch. Sie hatte niemanden kommen hören. Ipuki berührte sie sanft an der Schulter. Als sie aufstand, erkannte sie hinter ihm Bai, ihren Herrn. Anders als in der vergangenen Nacht wirkte er jetzt kühl, selbstbewußt, fast geschäftsmäßig.

„Die Frau dort draußen ist die Amme, nehme ich an?"

„Ja, Herr, sie ist jung und gesund, und die Gute Göttin hat sie überreich mit Milch gesegnet, welche die Knaben ..."

„Schon gut!" unterbrach er sie und versuchte, nicht zu dem Lager hinzusehen, auf dem noch immer Henutmira in tiefem Schlaf lag. „Ich habe meine Pläne geändert, Mehit. Ihr werdet in einigen Tagen nach Men-nefer reisen. Die Amme wird euch begleiten. Danach wird man euch Anweisungen geben."

Mehit hob die Augen und fragte mit zitternder Stimme: „Herr, wen meinst du?"

„Das bist du, dein Mann und das gesunde Kind", entgegnete Bai mit Nachdruck.

Vor diesen Worten hatte sich Mehit seit Stunden gefürchtet. Mühevoll hatte sie sich Sätze zurechtgelegt, kluge Gründe gefunden, um den Herrn zu überreden. Vergeblich, wie es schien. Verschwunden waren die wohlgesetzten Worte, entflohen wie Fliegen, nach denen die Hand schnappt. Wild brodelte es in ihren Gedanken. Sie sank vor ihrem Herrn auf die Knie und berührte mit der Stirn seine Sandalen. „Herr, vergib deiner unwürdigen Dienerin ihre dreiste Bitte", flehte sie. „Der Körper des zweiten Knaben ist zwar verkrüppelt, aber sein *Ka* ist stark und schön! Ich will für ihn sorgen und ihn lieben, wenn du es erlaubst! O Herr, der du gütig bist und voller Mitgefühl, höre auf das Flehen deiner Dienerin, die wie der Sand ist unter deinen Füßen ..."

Bai zog die Brauen zusammen. „Mehit, erinnere dich an meine Worte!"

„Herr, es ist nicht Mehits Schuld!" Auch Ipuki stand nun mit tiefgebeugtem Rücken vor Bai. „Die Ewigen selber haben ihr die Liebe zu diesem Kind ins Herz gelegt, bitte strafe sie nicht für ihre Kühnheit."

Mehit erhob sich umständlich und strich sich eine widerborstige Haarsträhne aus dem Gesicht. Auf ihrer Stirn standen feine Schweißperlen, und die Haut an der zarten Mulde unterhalb der Kehle hob und senkte sich in schnellem Wechsel. Sie war sehr bleich. „Gütiger Herr, niemals wirst du Sorgen haben durch dieses Kind, ich bürge mit meinem Leben dafür. Du weißt von allen Dingen, so wisse auch von meiner Not. Ich sehne mich nach einem Kind, wie der Verdurstende nach Wasser verlangt."

Lange blieb es still.

Bai sah Mehit an. Zu seinem nicht geringen Schrecken brannten ihm die Augen, und in seiner Kehle schmerzte ein glühender Knoten. Schroff drehte er den Kopf zur Seite. Hatte er nicht wahrlich genug am Hals auch ohne das Gejammer dieses Weibes?

Eine Erinnerung stieg in ihm auf. Er sah sich als Knaben in einem lichten, von wuchtigen Säulen eingefaßten Saal. Überall liefen Menschen scheinbar ziellos umher. Schwaden von Weihrauch zogen durch die Luft und verbreiteten würzigen Duft. Bai vernahm die schrillen, klagenden Stimmen schwarzgekleideter Frauen, die sich die Haare rauften und bedrohlich schnell auf ihn zukamen wie große, dunkle Vögel. Seine Hand lag in der seines Vaters, der ihn zu einem buntbemalten Sarg führte. Viele Bilder bedeckten das Holz, aber der kleine Knabe sah nur das eines zähnefletschenden Ungeheuers, vor dem hochaufgerichtet eine ehrfurchtgebietende Gestalt mit erhobenem Speer stand. Wie aus weiter Ferne hörte er seinen Vater sagen: „Dein Bruder wird deine Mutter begleiten auf ihrem Weg in den Westen!" „Aber wer wird sie vor dem Ungeheuer beschützen?" hatte Bai gefragt. Auch jetzt spürte er etwas von der Bestürzung, die er damals empfunden hatte, als er sich vorstellte, wie das schreckliche Wesen den kleinen Bruder aus den Armen seiner Mutter riß.

Ohne es zu merken, ballte Bai die Fäuste, bis seine Knöchel sich weiß färbten. „Nimm das Kind, Mehit", stieß er mit rauher Stimme hervor. „Aber sollte jemand erfahren, daß es nicht deines ist, werde ich dich töten. Hörst du? Ich werde dich töten!" Er ergriff Mehits Kinn, hob ihr Gesicht und zwang sie, ihm in die Augen zu sehen. „Wie du es anstellst, daß dir die Leute glauben, ist deine Sache. Ich rate dir, laß dir etwas einfallen!"

Mehit hob dankbar die Arme, aber Bai beachtete sie schon nicht mehr. Er stand vor Ipuki und erteilte ihm mit beherrschter Stimme Anweisungen. „In der Stunde, in der Ra sich anschickt, seine nächtliche Fahrt anzutreten, nimmst du ein Gespann und fährst nach Mennefer. Dort begibst du dich umgehend zum Schrein des Qasarti, der im südlichen Teil der Stadt liegt. Dort findest du ein Haus mit blauer Tür, um die Lotosblüten gemalt sind. Der Mann, der in diesem Haus wohnt, heißt Hui. Ihm fehlt ein Auge, daran erkennst du ihn leicht. Sag ihm, du kommst aus Tjeni Nefer, das genügt. Er wird für ein Boot sorgen, mit dem das Kind, Mehit und die Amme geholt werden ... und ... nun, auch Mehits Kind."

Nachdenklich sah Ipuki zu Henutmiras Lager hinüber, wo die Kranke sich mit leisem Stöhnen bewegte. „Und was geschieht mit ihr?"

„Du bringst zwei Frauen aus Henutmiras Haushalt her, die sie pflegen werden. Für wie lange, weiß ich nicht. Vielleicht für sehr lange."

Mehit trat an die Seite ihres Mannes. „Großmütiger, guter Herr", fragte sie sanft, „wem wirst du das Kind mit den schönen Gliedern geben?"

Bai wurde traurig, ohne zu wissen, warum. Bemühte er sich nicht, alles so gut zu regeln, wie er nur konnte? ‚Das braucht sie nicht zu wissen', dachte er. Zu seinem eigenen Erstaunen hörte er sich sagen: „Dem Hohenpriester des Ptah von Men-nefer will ich es geben."

# ERSTES BUCH

## JAHR 5, PHARAO MERENPTAH
## (1209–1208 V. CHR.)

# DIE GRABBAUER PHARAOS

Die Sterne verblaßten bereits über dem felsigen Tal, in dessen Grund sich eine kleine Siedlung duckte. Eine fast mannshohe Ziegelmauer umschloß sie in schützender Umarmung. Die dicht aneinandergebauten Häuser wirkten wie eine einzige, wuchtige, tiefschwarze Masse und verschmolzen mit den Schatten, die von den Berghängen herunterkrochen. Die Luft duftete nach der Frische des Morgens, der sich in einem grauen Streifen über der Kuppe des östlichen Hügels ankündigte. Auf dem gegenüberliegenden Abhang war das Dunkel nicht mehr ganz so schwarz, schon ließen sich Grabanlagen, Tempel, kleine Pyramiden aus Lehmziegeln und Schreine aus Kalkstein als helle Flecke erahnen. Dazwischen wanden sich schmale Wege, viel begangen während des Tages, aber menschenleer in der Zeit, da Ra durch die Gefilde des Totenreiches reist. Ab und zu streunten magere Hunde auf den steinigen Pfaden durch die Gemäuer und knurrten Fledermäuse an, die in lautloser Jagd vorbeihuschten. Hier ruhten die Ahnen der Dorfbewohner in ihren Wohnungen für die Ewigkeit. Wohl versorgt waren sie, denn ihre Kinder und Kindeskinder wurden nicht müde, ihnen Opfer zu bringen, in Gebeten mit ihnen zu sprechen und sie um Rat und Hilfe zu bitten in Angelegenheiten, die ihr diesseitiger Sinn nicht bewältigen konnte.

Sechzig Familien lebten in dem kleinen Ort auf engem Raum zusammen, stolze und selbstbewußte Menschen, die eine besondere Rolle im Lauf der Welt spielten. Ihre Bedeutung war ihnen bewußt. Sie besaßen das Wohlwollen der Großen des Landes, sogar die Gunst des Guten Gottes selbst. Jeder Mensch im Lande Kemet hatte von diesem Dorf gehört. Man mußte es nicht einmal beim Namen nennen. Sprach man von „Pa-Tíme", dem „Ort", so erschauerte jeder Bewohner Ägyptens, denn dort befand sich *Ta Set Ma'at*, der Große Platz der Wahrheit. In Pa-Tíme lebten Handwerker, die aus den Bergen die ewigen Ruhestätten der Pharaonen herausmeißelten und so dafür sorgten, daß die Mumie jedes toten Königs von seinem *Ka* besucht werden konnte, während der Verstorbene selbst unter den Göttern weilte. Sie malten die Bildnisse der Ewigen auf die Wände der Grabkammern und erzeugten damit jene unbegreifliche Zauberkraft, die Göttern und Verstorbenen Leben einhauchte. So vereinigten sich in den Horizonten der Ewigkeit das Diesseits und das Jenseits auf geheimnisvolle Weise.

An diesem Herbstmorgen, in der Jahreszeit, da der Nil über die Ufer tritt und die Erde schwarz werden läßt vor Fruchtbarkeit, schritt ein Mann auf das Dorf zu. Er kam von seiner eigenen Grabstätte, an der er seit Jahrzehnten arbeiten ließ. Dort hatte er, wie fast jede Nacht, eine Stunde still verbracht und sich in den Anblick der Gestirne am nächtlichen Himmel versenkt. Bevor er das Werk des Tages begann, wollte er einige Gedanken aufschreiben. Er beschleunigte seinen Schritt. Die Nacht war ungewöhnlich gewesen; seltsame Träume hatten ihn heimgesucht, deren Deutung ihm soeben gelungen war. Er ging an der niedrigen Mauer aus Kalksteinziegeln entlang, die den äußeren Ring um das weitläufige Gräberfeld des Dorfes zog.

Ein Geräusch ließ ihn innehalten. Ganz still stand der Mann auf dem Pfad, der von den Gräbern ins Dorf hinunterführte, und lauschte in das Zwielicht des heraufdämmernden Morgens. Außer dem Sirren der Zikaden vernahm er ein Rascheln, ein leises Stöhnen und gedämpfte menschliche Stimmen.

„Verlasse mich noch nicht, Geliebter, denn der Tag ist noch weit, und mich verlangt so sehr nach dir!" flüsterte Baket-Ra und schlang die Arme um Niu, der sich aufgerichtet hatte.

Niu nahm ihr Gesicht in beide Hände und sah sie so eindringlich an, daß sie sich fast zu fürchten begann. „Ich kann nicht länger bleiben, du Schöne! Es ist bald hell, und man darf uns nicht entdecken."

„Aber ich ertrage es nicht, dich ziehen zu lassen, denn Nacht, dein Bruder, wird bald zurückkehren mit den Männern der Kolonne, und dann werde ich ... wirst du ..." Baket-Ra verstummte. Ihre Augen füllten sich mit Tränen, und Niu brach es beinahe das Herz.

„Er ist dein Mann!" murmelte er hoffnungslos. „Das Beste, was ich tun kann, ist, das Haus zu meiden. Erst, wenn er wieder zum Großen Platz der Wahrheit aufbricht, kann ich zu dir kommen, falls ich nicht auch dorthin muß."

„Gerade das wird geschehen!" klagte Baket-Ra. „Auch du wirst wieder im Grab des Königs zeichnen müssen, und ich werde allein sein. Meine Augen werden danach verlangen, dich zu sehen, und meine Schenkel werden hungern, dich zu umschließen. Bleib noch eine kurze Weile!" Sie zog Niu auf den Sandboden zurück. Sie wollte nicht daran denken, daß der Tag anbrach und die Menschen im Dorf der Grabbauer kaum hundert Ellen weit entfernt erwachten. Sie verschloß ihre Ohren vor dem fernen Geschrei der kleinen Kinder und den ersten Rufen ihrer Mütter, sie hörte weder das Krähen der Hähne noch das Bellen der Hunde. Für sie gab es nur die Begierde in Nius Augen und die Härte seiner Muskeln, die sich unter ihrer Berührung spannten. O Hathor, niemals hatte Nacht es vermocht, solche Gefühle in ihr wachzurufen! Kein einziges Mal hatte sie den Wunsch verspürt, ihm ihren Leib entgegenzudrängen, wie sie es nun bei Niu tat. Nie konnte sie sich ihm so öffnen an Herz und Körper, nie ihn so beschenken, wie sie Niu beschenkte seit jenem Nachmittag, als er vorzeitig vom Großen Platz zurückgekehrt war.

„Komm zu mir, Freude meines Herzens!" flüsterte sie. „Lege deine Hand auf die meine und tu wohl meinem Leib!"

„Es geht nicht, es ist zu spät!" Niu riß sich los. „Niemand darf davon erfahren. Ich muß zurück, denn Neferhotep wird die Männer zusammenrufen!" Er sprang auf, bevor Baket-Ra ihn daran hindern konnte, und legte mit fahrigen Bewegungen seinen Schurz an. „Früh müssen wir uns auf den Weg machen. Noch vor dem Abend sollen die Schäden am Platz der Schönheit behoben sein." Er hielt inne, als er sah, wie Baket-Ra die Hände vors Gesicht schlug. „Ich werde mir etwas überlegen, meine Schwester. Ich werde uns retten!"

Er atmete schwer, und Baket-Ra begann zu weinen. Im Grunde ihres Herzens wußte sie, daß ihre Lage aussichtslos war. Sie war Nachts Ehefrau, und obwohl Nacht ein ehrenwerter Mann war, meist freundlich sogar, so gab er doch höchst ungern her, was ihm gehörte. Niemals würde er verstehen, daß seine schöne Frau sich in seinen jüngeren Bruder verliebt hatte!

Auch sie erhob sich jetzt und streifte sich das Kleid über. Ihre Hände zitterten, die Träger verfingen sich, und mit schlängelnden Bewegungen ließ sie das Leinen an sich hinuntergleiten.

‚Wie schön sie ist', dachte Niu. ‚Unglaublich schön!' Er vermochte nicht, seine Augen von Baket-Ras Vollkommenheit zu lösen, obwohl er wußte, daß ihm keine Zeit mehr blieb. Jeden Augenblick konnte ihr Geheimnis entdeckt werden. Er staunte, wie sehr Gefahr sein Begehren steigerte. Doch wenn er dem jetzt nachgab, war er, waren sie beide verloren! In einer plötzlichen Aufwallung nahm er alle Kraft zusammen.

„Möge die Gute Göttin dich schützen!" stieß er hervor und legte seine Hand an ihre Wange. Dann verschwand er hinter der Mauer, die sie gegen die Siedlung abgeschirmt hatte.

Baket-Ra starrte ihm nach. Sie bemühte sich um Fassung. Wenn sie weiter so heftig weinte, blieben ihre Augen geschwollen, und jede Frau in ihrer Straße würde wissen wollen, was sie bedrückte. Dem Habichtblick von Nachts Mutter Nesmut entging ohnehin nichts. Deren Mißtrauen hatte sie womöglich schon geweckt. Als sie die Tränen endlich niedergekämpft hatte, strich sie die Falten aus ihrem Kleid und spähte hinter die Mauer. Niu konnte sie nicht mehr sehen, aber ihr wurde bewußt, wie sehr die Zeit drängte. Der Sonnengott Ra bescherte der Welt einen neuen Tag. Die Schatten der Dämmerung lösten sich in hellgraue Dunstschwaden auf, die in Kürze den mächtigen goldenen Sonnenstrahlen weichen würden. Gelbe und orangerote Schleier am Himmel kündigten die Glutscheibe bereits an. Bald würde sie über die Hügelkuppe aufsteigen, und dann würden die Geheimnisse der Dunkelheit, die Sehnsüchte und Verheißungen zurücksinken und an jenem Ort des menschlichen Herzens verharren, aus dem das Dämmerlicht niemals schwindet.

Die Siedlung summte schon vor morgendlicher Betriebsamkeit. Baket-Ra roch die Feuer der Herde, auf denen Brote für den Tag bräunten. ‚Nesmut wird mich schon suchen!' dachte sie und verdrängte alle Gedanken an Niu aus ihrem Herzen. ‚Die Mädchen fragen sicher auch schon nach mir.'

Baket-Ras Zwillingstöchter Hutemwija und Mutemwija waren Geschöpfe von außergewöhnlichem Liebreiz und sahen einander so ähnlich, daß sie verschiedenfarbige Bänder um ihren Oberarm tragen mußten, damit die Dörfler sie auseinanderhalten konnten. Hutemwijas Band war rot, Mutemwija liebte die Farbe Blau. Alle waren sich einig darüber, daß die beiden Sechsjährigen dereinst ihre Mutter an Schönheit noch übertreffen würden. Ihr Vater Nacht hielt das allerdings für blanken Unsinn, man brauchte Baket-Ra nur anzusehen, um zu wissen, daß sie vollkommen war. Für Nacht bedeuteten die Mädchen vor allem Störungen in den Liebesnächten mit seiner Frau, dann nämlich, wenn zu höchst unpassender Gelegenheit eine kleine heulende Gestalt neben dem Lager auftauchte und verkündete, sie habe Schlimmes geträumt und bedürfe dringend der Tröstung. Nicht einmal bei ihren Namen rief sie Nacht, er beschränkte sich darauf, sie *Tepet* und *Sennut* zu nennen, die Erste und die Zweite.

Ein plötzliches Geräusch ließ Baket-Ra zusammenzucken. Hinter ihr knirschte Sand, und ein Steinbrocken polterte gegen die Mauer. Sie stieß einen Schrei aus, fuhr herum und blickte in ein strenges Gesicht, dessen mißbilligender Ausdruck ihr nur allzu vertraut war. Vor ihr stand der Schreiber Ken-her-chepeschef.

„Ich wollte nur ...", stammelte Baket-Ra. „Ehrwürdiger Schreiber, wie lange stehst du schon hier?" Mit einer Hand fuhr sie sich durchs Haar, mit der anderen über die Wange. Hilflos, vergeblich der Versuch, ihre Locken zu ordnen und die verschmierte Augenschminke wegzuwischen. Was hatte Ken-her-chepeschef bemerkt? Warum war er hier? Dumpfe Furcht steckte ihr wie ein Klumpen in der Kehle.

„Mein Ohr vernahm Laute, die es nicht zu hören begehrte", sagte Ken-her-chepeschef mit einer gefährlich leisen Stimme, die Baket-

Ra frösteln ließ. „Mein Auge sah, obwohl es nicht sehen wollte. Dich wollte ich bestimmt nicht hier finden! Du bist als Ehefrau in das Haus Nachts eingetreten und hast seine Kinder getragen." Die Stimme wurde lauter. „Und jetzt muß ich dich in den Armen seines Bruders erblicken!"

Alles hatte der Schreiber gesehen!

„Ich bitte dich, Ken-her-chepeschef, kehre um und vergiß, was du gesehen hast. Ich gehe ins Dorf zurück und ..." Konnte sie auf Mitgefühl hoffen? Der alte Schreiber war ihr immer unzugänglich erschienen. Es wurde ihr bewußt, daß sie ihn eigentlich kaum kannte. Er übte sein wichtiges Amt schon seit der Zeit aus, als Baket-Ra noch nicht geboren war. Alle rühmten seine Klugheit, sein Wissen, aber jeder fürchtete auch seine scharfe Zunge und war froh, wenn ihm nichts unterlief, was dem gestrengen Dorfoberen mißfallen konnte.

Der Mann rührte sich nicht. Unverwandt sah er Baket-Ra an. Fast schien er ihre Not zu genießen, denn er ließ sich lange Zeit. „Wie kann ich das vergessen, Frau? Du mußt doch gewußt haben, was du tust! Und was auf dich und deinen Liebhaber wartet! Du kennst jene alte Geschichte von den zwei Brüdern. Nacht wird sein wie der ältere von ihnen, der wütend wurde wie der Leopard und seinen Spieß zur Hand nahm, um seinen Bruder zu töten!"

Baket-Ra kannte das Märchen gut, in dem die Frau des älteren Bruders den jüngeren verführt. Und leider wußte sie auch, was dann mit der Ehebrecherin geschah. Ihr war, als hörte sie von fern die Stimme ihres Vaters: ‚Er tötete seine Frau, er warf sie den Hunden hin und saß trauernd da wegen seines jüngeren Bruders.' Warum quälte Ken-her-chepeschef sie damit? ‚Wie bist du roh und gefühllos!' dachte sie. ‚Kein Wunder, daß dich keine Frau liebt, kein Wunder, daß du so verbissen aussiehst! Du bist einer, in dessen Herz der Skorpion wohnt!' Laut aber beschwor sie ihn: „Nacht muß nichts erfahren, Schreiber, es sei denn, du gehst zu ihm. Aber wenn du das tust", sie schluckte, „dann wird er barmherzig sein." Ihre Worte klangen wenig überzeugend, denn im Grunde ihrer Seele ahnte sie, daß Nacht alles andere als großmütig sein würde. Nein, Ken-her-chepeschef hatte recht. Nacht würde sich verhalten wie jener Mann in der Geschichte. Er würde sich rächen.

Ken-her-chepeschef beobachtete sie. Seine Einfühlsamkeit war nicht so gering, wie Baket-Ra in ihrer Angst es ihm unterstellte. Eine Ehebruchsgeschichte hielt er im Grunde für abgeschmackt, jedenfalls nicht wert, sich näher damit zu befassen. Aber er sah wohl den Jammer und verspürte sogar ein wenig Mitleid mit der Frau, die zitternd vor ihm stand, hin und her gerissen zwischen Hoffnung und Verzagen. Doch es bestand die Gefahr, daß in Kürze zwei der fähigsten Maler und Umrißzeichner am Großen Platz einander die Kehle durchschneiden wollten. Und das konnte ihm nicht gleichgültig sein.

Er hatte wahrlich nicht vor, Nacht reinen Wein einzuschenken. Es konnte aber nicht schaden, wenn er Baket-Ra darüber im unklaren ließ, vielleicht würde sie sich dadurch veranlaßt sehen, dieser unsäglichen Geschichte ein Ende zu bereiten.

„Kehre zurück zu deinen Pflichten, Frau", sagte er düster, „und vergiß nicht: Auf die Ehebrecherin wartet das Krokodil."

„Wie tröstlich!" stieß Baket-Ra hervor. Die Entscheidung war gefallen, er würde sie verraten, ihr Schicksal war besiegelt. „Warum bist du ohne Mitgefühl, Unbarmherziger? Nichts weißt du, der du fern bist von den Gefilden Hathors! Du hast nie eine Frau in dein Herz gelassen, du kennst die Liebe nicht!"

„Laß mich aus dem Spiel, Weib! Es geht nicht um mich, sondern um dich!"

„Dein Herz ist kalt, Schreiber, sonst könntest du mich verstehen!"

Ohne ihn noch eines Blickes zu würdigen, lief Baket-Ra an Ken-her-chepeschef vorbei und bog auf den Weg zum Dorf ein. Der Schreiber zuckte die Achseln und folgte ihr gemächlich.

Zufrieden schritt Ubechet, die Gattin des Vorarbeiters Neferhotep, durch das Haus, um Blüten auf Betten und Schemeln zu verteilen. Jeder Raum atmete Ordnung, Geschmack und Wohlhabenheit.

Das Haus des Vorarbeiters war eines der größten Anwesen der Siedlung. Es lag in dem Teil von Pa-Tíme, wo die Hauptstraße eine scharfe Biegung nach Westen macht. An dieser Stelle hatte man vor vielen Jahrzehnten mit der Erweiterung des Dorfes begonnen, als die Häuser im alten Teil für die ständig größer werdenden Familien der Handwerker nicht mehr ausreichten.

Ubechet betrat den Schlafraum, den sie seit zweiunddreißig Jahren mit Neferhotep teilte. Mit geübten Bewegungen ordnete sie die strohfarbenen, mit Fransen besetzten Decken auf den Lagern. Trotz der Morgenkühle schwitzte sie, denn mit den Jahren war sie rund und schwerfällig geworden.

Sie hörte die schnellen Schritte bloßer Füße auf den geflochtenen Matten, und einen Augenblick später steckte ein zehnjähriger, ungewöhnlich hellhäutiger Knabe mit braunem Haar und grauen Augen den Kopf durch die Tür.

„Ubechet! Du hast Besuch! Wabet ist gekommen!" Das war Hesisunebef, Neferhoteps Lehrling, der mit im Haus lebte. „Sie weint, und ihre Nase blutet."

„Ich kümmere mich schon um sie!" Ubechet schob den Kleinen zur Seite und lief nach vorn in den Wohnraum. Dort lehnte eine kleine, füllige Frau an der Wand und verbarg das Gesicht in den Händen. „Wabet! Was ist geschehen?" Als die junge Frau die Hände herunternahm, sog Ubechet hörbar die Luft ein. Wabets Gesicht war blutverschmiert. „Ich hole Wasser, damit du dich säubern kannst." Ihr Blick fiel auf Hesisunebef, der ihr nachgekommen war und die Frau anstarrte. „Hesi! Für dich ist die Stunde des Aufbruchs gekommen! Neferhotep wartet schon am Dorfausgang! Im Vorraum sind die Beutel mit Brot und Datteln. Vergiß die Wasserschläuche nicht, sonst mußt du später in der Mittagshitze wieder zurück!"

„Ich vergesse schon nichts. Du mußt mich nicht immer erinnern! Ich bin einer, der auf alles achtet!" Hesisunebef tänzelte um Ubechet herum. „Vielleicht werden wir heute fertig am Platz der Schönheit! Ich werde sehr hart arbeiten!"

Ubechet schmunzelte. Ja, er würde strebsam und emsig zu Werke gehen! Sie gab ihm einen Klaps auf den Rücken. „Los, los, du Fleißiger!"

„Mögen die Ewigen deinen Tag vergolden!" rief Hesisunebef und verschwand.

Ubechet ergriff den Wasserkrug und kehrte zu Wabet zurück. „Wieder Paneb?" fragte sie.

Die Besucherin nickte. „Er wollte Apachte zum Platz der Schönheit mitnehmen. Zeit wird es, daß der Bursche richtige Arbeit kennenlernt, sagte er. Aber Apachte war nicht da. Er streunt herum."

„Euer Sohn macht, was er will!"

„Wie ein störrischer Esel, voll Jähzorn und Eigensinn!"

„Wie Paneb selber." Ubechet stellte den Krug auf den Tisch und reichte Wabet ein Leinentuch. „Apachte ist seinem Vater sehr ähnlich, finde ich."

„Aber er ist nicht fleißig wie er. Das macht Paneb rasend, und er prügelt ihn mit der Nilpferdpeitsche."

Wabet wischte sich das Gesicht und legte den Kopf in den Nacken, um das Nasenbluten zu stillen.

Ubechet musterte sie aufmerksam. „Und dich schlägt er auch, nicht wahr?" fragte sie sanft.

„Nein, nein! Schlagen kann man das nicht nennen, nur ein kleiner Stoß, wenn er sehr wütend ist!" Wabet mied den Blick der Älteren.

„Was redest du! Das Blut, das ich sehe, kommt also von einem kleinen Stoß? Gute Göttin! Du bist in Hoffnung! Du erwartest ein Kind!"

„Hör auf, bitte! Er wird ruhiger werden, wenn das Kind erst da ist."

„Das ist doch nicht dein Ernst! Warum sollte Paneb bei eurem sechsten Kind friedlicher werden? Bis jetzt ist er jedesmal wilder geworden!"

„Ubechet!" Wabet weinte wieder. „Warum machst du mir nicht Mut? Ich brauche deine Hilfe! Sprich mit deinem Mann! Vielleicht kann Neferhotep noch einen Lehrling brauchen, und es wäre gut für Apachte, mit dem jungen Hesisunebef zusammenzusein. Neferhotep hat doch schon Paneb im Grabmeißeln ausgebildet, als dessen Vater die Lähmung befiel. Paneb kann Apachte nicht ertragen! Kaum ist er mit ihm zusammen, befällt ihn wilde Wut. Sie sind Gejagte, alle beide."

„Ich frage Neferhotep", versicherte Ubechet. „Aber ich kann dir nicht viel Hoffnung machen. Mein Mann wird alt, und ich weiß nicht, ob er sich einem Wildling wie Apachte noch gewachsen fühlt. Zwar hat er Paneb zu einem der besten Steinmetze in der Kolonne ausgebildet. Aber diese Aufgabe hat ihn erschöpft. Paneb gebärdete sich oft wie ein Tollwütiger."

„Aber Neferhotep hat ihn immer gemocht. Er ist fast der einzige im Dorf, der noch etwas von ihm hält."

„Das stimmt nicht. Jeder bewundert Panebs Fähigkeiten."

„Als Handwerker, ja! Aber als Mensch?"

„Er liebt das Bier und schwingt die Faust; da kann man es keinem verübeln, wenn er ihn meidet. Und was euren Sohn betrifft: Apachte ist der Paneb unter den Kindern, das weißt du. Aber ich spreche mit meinem Mann."

„Ich danke dir!" Wabets Erregung hatte nachgelassen, und ihre Nase blutete nicht mehr. „Vielleicht wird doch noch alles gut! Ich gehe jetzt zurück zu den Kleinen. Ta-Scherit achtet zwar gut auf sie, aber sie ist selbst erst sieben Jahre alt."

„Ta-Scherit! An deiner Tochter hast du doch viel Freude! Und was Apachte angeht: Vergiß nicht, ein Sohn stirbt nicht an den Prügeln seines Vaters. Zuviel Nachsicht wäre schlimmer!" Ubechet geleitete Wabet zur Tür und blickte ihr lange nach. Ihr Wohlgefühl von vorhin war verschwunden. Sie hatte Wabet nicht die Wahrheit gesagt. Niemals würde Neferhotep Apachte ausbilden. Er verabscheute ihn.

Nein, sie würde Wabet nicht helfen können.

Vorarbeiter Neferhotep hatte acht Männer für diesen Tag zusammengerufen. Am heutigen Abend, das stand für ihn fest, würde *Ta Set Neferu*, der Platz der Schönheit, vollständig wiederhergestellt sein. Hier, in dem Tal, wo die Ruhestätten der Großen Königlichen Gemahlinnen, der Königinnen und Prinzen sich in das Innere des Berges dehnten, hatten vor sechs Mondumläufen Wolkenbrüche und Überschwemmungen furchtbare Verwüstungen angerichtet. In viele Gräber war Wasser eingedrungen, hatte die Böden aufgeweicht und die in leuchtenden Farben prangenden Malereien bis zu einer Höhe von einer Elle aufgelöst. In der Sargkammer des vor langer Zeit verstorbenen Königs Men-cheper-Ra Thutmosis stand das Wasser kniehoch, ein Steinschlag hatte den Eingang zertrümmert. Das Wasser mußte viele Tage lang in hölzernen Eimern über steile Leitern ans Tageslicht geschleppt werden.

Seit jenem Tag nun arbeiteten nur die Männer der zweiten Arbeiterkolonne unter Vorarbeiter Inherchau im Grab des gegenwärtigen Königs, des Pharao Ba-en-Ra Merenptah. Neferhoteps Leute bemühten sich, die Schäden des Unwetters zu beheben. Hesisunebef und einige seiner Altersgenossen halfen beim Wegräumen von Steinen und zerhackten den getrockneten Schlamm, bis ihnen der Schweiß in den Augen brannte und die Arme schmerzten.

An diesem Tag wollten die Männer als letztes Grab am Platz der Schönheit das der Königin Nefertari vollenden. Diese Wohnung für die Ewigkeit liebte Neferhotep besonders. Es war das Lebenswerk seines Vaters, und er hielt sie für die vollkommenste in diesem Tal. Monate- und jahrelang hatte Neferhotep hier während seiner Jugend, ehrerbietig und fleißig, neben seinem strengen Vater gearbeitet. Dabei hatte er sich allmählich große handwerkliche Fertigkeiten angeeignet.

„Wo bleibt Niu?" richtete Neferhotep das Wort an To, einen grauhaarigen Mann, der neben ihm stand und ungeduldig an den Riemen seines Lederbeutels zerrte.

„Ich weiß es nicht!" sagte To ärgerlich. „Ich habe ihn heute morgen nicht gesehen. Deshalb dachte ich, er sei schon hier und warte auf uns. Aber mein Sohn ist nicht der einzige, der fehlt!" Dabei sah er den Steinmetz Paneb an.

„Apachte kann etwas erleben, wenn ich heimkomme!" knurrte der.

Auch die anderen Handwerker verloren die Geduld.

„Dann brechen wir ohne Niu auf", sagte einer von ihnen. „Er wird uns später folgen, nehme ich an. Und Apachte brauchen wir ohnehin nicht."

„Wir sollten schon zum Schrein des Amenhotep gehen und Segen für die Arbeit erbitten", schlug ein anderer vor. Beifälliges Brummen begleitete dieses Zeichen zum Aufbruch, denn alle wollten so rasch wie möglich ins Dorf zurück. Pa-en-resi, der mit seiner Familie im Haus neben dem Panebs wohnte, feierte Geburtstag. Ein schöner Abend stand bevor: Er würde mit einem feierlichen Zug zu Pa-en-resis Eltern beginnen, die ihre Ewige Wohnung schon bezogen hatten. Dann aber wollten die Lebenden ein Fest feiern und fröhlich sein!

„Das Beste an einem Geburtstag", sagte Pa-en-resis Sohn Kaidjeret, ein hübscher junger Mann von achtzehn Jahren, „das Allerbeste ist das Essen."

„Hauptsache, es gibt Bier", rief ein anderer. „Heute will ich mich ans Ufer der Trunkenheit schwingen."

„Aufbrechen, Leute!" befahl Neferhotep und warf einen verdrossenen Seitenblick auf To. „Du magst Niu trefflich belehrt haben, mein Freund, aber du hättest ihn öfter züchtigen sollen."

„Mag sein, Vormann. Seit einiger Zeit ist Niu wie einer, der an anderes denkt. Meine Rede ist: ‚Arbeite mit Eifer, daß die Gottheit, Vormann Neferhotep und ich zufrieden seien!' Doch Niu hört nicht, was ich spreche." To schob seine Perücke zur Seite, um sich am Schädel zu kratzen, packte seinen Beutel und stapfte hinter Neferhotep drein.

Die Handwerker marschierten den Pfad entlang, der in weitem Bogen aus ihrem Heimattal zum Platz der Schönheit hinausführte. Kaidjeret ging hinter To und mühte sich, seinen Schritt im gleichen Takt zu halten. Ihm folgten mehrere Knaben, unter ihnen Vormann

Neferhoteps Lehrling Hesisunebef. Sie schleppten den großen Sack mit neuen Meißeln und Farbschalen.

„Er ist da!" schrie Hesisunebef plötzlich. „Seht doch nur, Niu ist doch gekommen!"

Die kleine Gruppe blieb stehen. Aller Augen richteten sich auf den jungen Mann, der verschwitzt und außer Atem den Weg von Pa-Tíme heruntergerannt kam.

„Ich bitte um Vergebung, Großer!" keuchte Niu und blieb mit gebeugtem Nacken vor Neferhotep stehen. „Auch dich, Vater!" sagte er leise in Tos Richtung, ohne die Augen zu heben.

„Nicht lieben die Götter den Säumigen", trug Neferhotep belehrend vor, „und den, der sein Herz an flatterhafte Vergnügungen hängt!" Er musterte Niu von Kopf bis Fuß.

„Ich suchte nicht das Vergnügen", log Niu und hoffte, der Vorarbeiter würde nicht weiter in ihn dringen.

Neferhotep beschloß, Nius Unpünktlichkeit keine große Bedeutung beizumessen. Jeder war doch einmal jung! „Du magst Gründe gehabt haben. Doch achte, daß wir nicht noch einmal auf dich warten müssen!"

To wollte betonen, daß er seine Söhne zu Hörenden erzogen habe und Niu gut daran täte, die Worte seines Vaters zu beherzigen, insbesondere das, was er über Ordnung zu sagen hatte. Da kreuzte sich sein Blick mit dem seines Sohnes, und sein Atem setzte einen Augenblick aus. Irgend etwas stimmte nicht. Er fühlte, daß Niu nicht die Wahrheit gesprochen hatte. Beunruhigt verschluckte er seine Belehrungen.

Die Andachtsstätte für den vergöttlichten König Amenhotep, den Beschützer Pa-Tímes, befand sich dort, wo der Fußweg sich um eine flache Bergnase herumwand und in die langgestreckte Schlucht einbog, an dessen Ende der „Ort der Erhebung der göttlichen Seelen" lag: *Ta Set Neferu*, der Platz der Schönheit.

Neferhotep ließ den Handwerkern nur so viel Zeit zum Beten, wie es vor der Gottheit gerade noch vertretbar war. Kurz darauf erreichten sie den Eingang des Grabes der Königin Nefertari. Eine kurze Wegstrecke weiter schmiegten sich ein paar windschiefe Hütten an die schroff aufragende Felswand. Aus einer von ihnen zerrten zwei fremdländisch aussehende Männer einen Schlitten mit Werkzeug. Mühsam knirschte das schwere Gefährt über das Geröll zum Grabeingang.

„Wie steht's mit den Dochten?" fragte Neferhotep. „Haben wir genug für die nächsten Stunden?" Er musterte die Kiste, in der dünne, in Fett gedrehte Leinenstreifen sich in Bündeln häuften.

Mit gekrümmten Rücken standen die beiden Männer vor Neferhotep. „Nicht ein einziger ist abhanden gekommen! Möge dein Auge wohlgefällig auf ihrer Vielzahl ruhen!"

„Sehr gut. Was ist mit den Lampen?"

Zwei der Handwerker öffneten eine längliche, mit Stroh ausgelegte Kiste. Zwischen grobleinenen Tüchern stapelten sich flache Öllampen mit hochgezogenen Schnäbeln. Geschickt goß einer der beiden Öl in die Öffnungen. Der andere rieb die Dochte mit Salz ab, damit sie in den engen Räumen nicht zu sehr rußten und die Deckengemälde schwärzten. Dann fädelte er sie in die Lampen. Neferhotep entzündete eine Fackel und verschwand im Grab. Die Männer folgten ihm.

Flackerndes Licht fiel auf die Figuren an den Wänden, und in strahlenden Farben erglänzte die jenseitige Welt mit ihren ehrfurchtgebietenden Göttergestalten und den Opfertischen, die sich unter Bergen ‚aller guten und reinen Dinge' bogen. Die Schriftzeichen sprachen heilige Worte und erzählten von den Gefilden des *Imentet*, des Landes der Ewigkeit.

Die Luft roch dumpf und drückte schwül in die Lungen der Männer. Die Maler tauchten ihre Pinsel in die bauchigen Tonschalen mit den gemischten Farben. Sie arbeiteten ruhig und zügig. In ihrer eingespielten Mannschaft gab es nicht viele Worte zu verlieren. Jeder wußte, wo sein Platz war und was er zu tun hatte. Vorarbeiter Neferhotep beschriftete einen flachen Schieferstein. Er schrieb die Anzahl der verbrauchten Dochte, der Salzhüte und der Farbkugeln auf. Für sämtliche Güter mußte vor den Beamten Pharaos Rechenschaft abgelegt werden. Eigentlich war es Aufgabe des Kolonnenschreibers, diese wichtigen Einzelheiten festzuhalten. Doch Schreiber Ken-her-chepeschef überwachte heute die Ausgabe von Getreide und neuem Werkzeug im Dorf. Der zweite Schreiber, Anup-em-hab, würde erst morgen mit der Mannschaft des Vorarbeiters Inherchau vom Großen Platz der Wahrheit zurückkehren.

Nach einigen Stunden der Arbeit winkte Paneb den Lehrling des Vorarbeiters zu sich. „Pack zwei der Kupfermeißel in den Sack, der beim Eingang liegt. Ich brauche sie heute nachmittag auf dem Friedhof."

„Aber ...", Hesisunebef blickte sich hilfesuchend um, „aber ich darf doch nicht das Werkzeug Pharaos wegnehmen!" Vor allem durfte Paneb dies nicht anordnen, aber das wagte der Knabe nicht auszusprechen. Es war nicht erlaubt, Werkzeuge aus den Königsgräbern für sich zu nutzen.

„Ich werde dir sagen, was du nicht darfst!" In Panebs Stimme schwang bereits der gereizte Unterton mit, den alle Mitglieder der Kolonne fürchteten. „Du darfst mir nicht widersprechen! Das wird dir sehr schlecht bekommen!"

„Aber wenn Neferhotep sieht, daß ich Meißel einstecke, dann wird er mich schlagen!" Hesisunebef trat von einem Bein auf das andere. Hatte der Vorarbeiter schon etwas gehört?

„Laß doch den Knaben!" Einer der älteren Arbeiter ging kopfschüttelnd auf Paneb zu. Mußte der gerade den Kleinen in seine Angelegenheiten verwickeln? „Du bringst ihn in Schwierigkeiten!"

„Das ist meine Sache! Misch dich nicht ein!"

Niu und die anderen Maler verfolgten neugierig die Auseinandersetzung.

„Euch geht das nichts an!" brüllte Paneb. „Glotzt nicht so blöde!"

Sofort beugten sie sich wieder über ihre Malereien und gaben vor, ihre Aufmerksamkeit ausschließlich auf den Strich ihrer Pinsel zu richten.

„Hesisunebef, du tust sofort, was ich dir sage, oder du bekommst meine Hand zu spüren!"

Das letzte Wort hallte durch die Anlage, und Neferhotep erschien im Mauerbogen, der den Pfeilersaal mit dem linken Querschiff verband.

„Was schreist du so, Paneb? Aus dir wütet der böse Geist des Seth! Hast du vergessen, wo wir sind?"

„Halte dich heraus, Vormann!" fuhr Paneb auf ihn los. „Ich komme auch ohne deine Hilfe zurecht!"

Hesisunebef hielt den Atem an. Niemand durfte so mit dem Vorarbeiter sprechen! Aber weder er noch einer der Handwerker wagte, etwas einzuwenden. Niu versuchte, sich möglichst unauffällig an den Streitenden vorbeizudrücken, und von den anderen war mit einemmal niemand mehr zu sehen.

„Sofort erklärst du", befahl Neferhotep, „was dich veranlaßt, in derart unwürdiger Weise an einem heiligen Ort herumzuschreien!"

„Da gibt es nichts zu erklären!" behauptete Paneb kühn. „Meine Angelegenheiten unterstehen nicht deinen Anordnungen!"

‚Einen Tag möchte ich erleben', fluchte Neferhotep bei sich, ‚an dem dieser Mensch keine Schwierigkeiten macht! Nur einen einzigen verdammten Tag!' Er wußte, daß er jetzt Rechenschaft fordern mußte. Seine Geltung und seine Macht standen auf dem Spiel. „Wenn du einen Aufruhr in diesem Horizont der Ewigkeit verursachst, dann geht mich das etwas an. Ob es dir paßt oder nicht!" Er wies auf Hesisunebef. „Warum weint er?"

Paneb antwortete mit einem verächtlichen Grunzen.

Hesisunebef fühlte sich in einer Falle. Was auch geschehen mochte, Paneb würde ihn noch mehr verabscheuen, als er es jetzt schon tat. Eine Tracht Prügel war das mindeste, was er zu erwarten hatte.

„Was ist geschehen?"

„Ich ... ich sollte zwei Meißel ...", stotterte der Knabe und wischte sich die Augen. „Paneb hat gesagt, er braucht sie für ..."

„Die Götter sollen dich strafen, Paneb!" donnerte der Vorarbeiter. „Verwerflich ist es, daß du dich über alle Regeln hinwegsetzt! Aber daß du dieses Kind für deine Übeltaten mißbrauchst ...! Warum versuchst du wieder und wieder, über die Grenzen hinauszugreifen, welche die Götter bestimmen?"

„Hör doch auf, Mann! Immer bemühst du die Götter, wenn du deine Kleinlichkeit bemänteln willst! Gebärdest dich, als wollte ich das Werkzeug stehlen! Ich will es nur benutzen, verstehst du? Ausleihen! Und du kommst mit großen Worten! Ich setze mich nicht über alles hinweg! Und noch weniger mißbrauche ich den jämmerlichen Burschen da!"

„Dein Herz ist zerrissen, Paneb, und es wird zerrissen sein am Tage des Gerichts! Aber du wirst mir gehorchen. Und ich verbiete, daß du ein Werkzeug fortnimmst von dieser Stätte der Ewigkeit! Ferner untersage ich, daß du verbrecherische Befehle gibst, die diesen Knaben in Not bringen!"

Kälte kroch Hesisunebefs Rücken empor. Niemals würde ihm Paneb verzeihen, daß er Zeuge dieser Zurechtweisung geworden war! Verstohlen schlich er zum Ausgang, hoffend, daß die beiden Männer ihn nicht zurückriefen.

Paneb stand mit bleichem Gesicht vor seinem Vorgesetzten. Er überragte ihn um Haupteslänge, und sein maßloser Zorn ließ ihn gefährlich wirken. „Es kommt der Tag", fauchte er, „und ich sage dir, er kommt bald, wo du bereuen wirst, so mit mir gesprochen zu haben! Ich komme über dich und strecke dich nieder!" Seine Finger krampften sich um den Stiel des Hammers, den er in der Hand hielt. Er riß den Arm in die Höhe und schmetterte das Gerät unmittelbar vor die Füße Neferhoteps. Der sprang entsetzt zurück. „Paß gut auf, Vormann, wie du in Zukunft mit mir redest. Ich bin weder dein Sohn noch dein Sklave!" Paneb drehte sich um und stürmte mit ein paar Sätzen aus dem Grab hinaus ins Freie. Beinahe hätte er Hesisunebef über den Haufen gerannt, der sich nur mit einem waghalsigen Sprung seitlich ins Felsgeröll in Sicherheit bringen konnte. Die Blicke der Handwerker folgten dem Steinmetz, als er auf dem Felspfad zum Ausgang des Tals weiterstürmte.

„Der Gott in ihm ist Seth", sagte Neferhotep, als er im Eingang erschien. „Er ist einer, der die Ordnung der Dinge nicht anerkennt. Die Götter werden ihn strafen."

„Das bedeutet, du wirst ihn nicht strafen!" sagte der alte To so leise, daß niemand außer dem Angesprochenen es hören konnte. „Warum läßt du es zu, daß Paneb dich immer wieder demütigt?"

„Schweig, To! Du vergißt dich!"

„Verzeih mir, Vormann, aber was ist mit uns, der Kolonne? Warum willst du uns Paneb als deinen Nachfolger aufzwingen?"

Die Miene Neferhoteps blieb beherrscht und undurchdringlich. „Darüber spreche ich jetzt nicht! Zurück an die Arbeit, Männer!"

Murrend verschwanden die Männer einer nach dem anderen im dunklen Grabeingang. Nur To blieb an der Seite des Vorarbeiters stehen.

Streit zwischen Paneb und Neferhotep gab es oft. Gewöhnlich ging er so schnell vorüber wie eine Bö während des Sandsturms, war aber ebenso lästig. Unangenehm war das lange Zürnen Panebs. Wollte man sich kein blaues Auge holen, ging man ihm nach einem Streit besser für einige Stunden aus dem Wege.

Neferhotep verweilte kurze Zeit vor dem Grabeingang. Fest preßte er seine Lippen zusammen und spähte zum Ende des Tals, wo Paneb verschwunden war.

Als er sich wieder umdrehte, hätte To schwören mögen, daß seine Augen feucht waren.

Wabet verließ Pa-Tíme und ging auf das nördliche Ende des Tals zu. Ihr Ziel war der kleine Schrein der vergöttlichten Ahmes-Nefertari auf dem Bergsattel, der das Tal von der Ebene schied. Viel Kummer drückte ihr aufs Herz, den wollte sie der Göttin mitteilen. Keine Zeit des Tages war besser dafür geeignet als der Mittag, wenn sie allein dort oben sein konnte.

Sie hatte die letzten Häuser noch nicht weit hinter sich gelassen, als sie sich umwandte, um zu sehen, ob ihr jemand folgte. Außerhalb der Dorfumwallung war niemand zu erblicken; nicht einmal die struppigen Katzen schlichen umher, die dort in den Abendstunden nach Abfällen suchten und während der Nacht unter durchdringendem Geschrei ihre Paarungsspiele vollführten. Jetzt dösten sie im Schatten der Hauseingänge oder stolzierten samtpfotig mit hochmütig erhobenen Häuptern an zerzausten Hunden vorbei, die sich unter der lastenden Hitze nicht entschließen konnten, ihnen nachzusetzen.

Wabet wischte sich mit dem Unterarm den Schweiß von der Stirn und strich ihre braunen Locken zurück. Etwas umständlich band sie sich ein Leinentuch um den Kopf, um sich gegen Ras sengende Strahlen zu schützen. Eigentlich war die heißeste Zeit des Jahres vorbei, der dritte Monat der Überschwemmungszeit *Achet* neigte sich seinem Ende entgegen, und dennoch brannte die Sonne um die Mittagszeit noch immer mit heftiger Glut. Kein Bewohner von Pa-Tíme verließ in der Mittagshitze die überdachte Dorfstraße und das Kühle spendende Haus, wenn ihn nicht eine dringende Aufgabe dazu zwang. Die Frauen des Dorfes pflegten über Näharbeiten einzunicken. Die älteren Kinder kauerten im Staub der Torwege und spielten mit Steinchen oder Tonscherben. Eine Weile lag das Dorf wie betäubt da unter dem Glast der Sonne.

Mit einem schrillen Schrei stieß ein Falke aus dem blauen Himmel nieder. ‚Der Gott ist es, der den schönen Tag feiert!' dachte Wabet und betastete den Schutzanhänger, den sie an einem Stoffband um den Hals trug. Wenn der Falke des Horus über der Totenstadt auftauchte, war dies ein göttliches Zeichen. Tief sog Wabet den herben Geruch der Berge ein, den Duft von hitzedurchglühtem Stein und trockenem Bitterdorn.

Von der hochgelegenen Mulde zwischen den Hügeln öffnete sich ein weiter Blick. Die gelbbraunen Abhänge der Berge senkten sich in sanften Linien bis zur Ebene, deren Felder in allen Grünschattierungen glänzten. Am Rande der Wüste kündeten prunkvolle Totentempel von der Erhabenheit jener Götter, die einst die Doppelkrone getragen hatten. Im Nordosten lag das ‚Haus der Millionen Jahre' des verstorbenen Königs User Ma'at Ra Miamun, des zweiten Pharao, der den Namen Ramses getragen hatte. Auf dem Dach des Tempels spiegelte ein riesiger Jahreskreis die Strahlen der Sonne so hell, daß der Ring wirkte wie brodelndes, flüssiges Gold. Trotz der Entfernung vermochte Wabet die Ziegelmauern der Lagerhäuser zu erkennen, um die eine von Sphingen eingefaßte Prachtstraße für die Umzüge der Götterstandbilder verlief. Priester und Bauern eilten ungeachtet der hochstehenden Sonne zwischen den Gebäuden der Tempelverwaltung und den Wohnhäusern der Priester und Mumienbereiter umher.

Am Schrein der Ahmes-Nefertari angekommen, hörte sie, wie jemand ihren Namen rief. Sie erkannte die Stimme von Taweret-Anu, der Frau des Arbeiters Rameri.

„Wabet, komm schnell! Du mußt dem Knaben helfen! Er schlägt ihn tot, ich schwöre es, er ist wie Seth in seiner Wut!" Eine schmächtige Frau von etwa dreißig Jahren mit dunkelbrauner Gesichtsfarbe sprang zwischen den Felsen auf Wabet zu.

„Wer schlägt wen tot?" fragte Wabet, obwohl sie ahnte, von wem die Rede war.

„Es ist Paneb, der deinen Sohn straft. Bitte, versuche ihn zu besänftigen, sein Schlag ist hart, zu hart vielleicht."

Trotz der Hitze fröstelte Wabet. Sie lief neben Taweret-Anu zurück zum Dorf, kurzatmig und schwerfällig, denn das Kind in ihrem Leib schien an Gewicht zuzunehmen, wenn sie sich schnell bewegte. Der vertraute schmerzhafte Druck breitete sich von der Magengegend über ihren ganzen Körper aus. „Was hat er angestellt?" rief sie. „So rede doch!"

„Ich weiß es nicht. Frag ihn selbst!"

Wabet sah Taweret-Anu von der Seite her an. Sie sagte gewiß nicht die Wahrheit. „Du mußt etwas wissen! Bitte!"

Taweret-Anu schüttelte nur den Kopf. Wabet lief so schnell sie konnte zum Dorfeingang, wobei sie Sobekmose, den Medja-Schutzmann, übersah. Der beobachtete den Aufruhr stirnrunzelnd. Einen Grund zum Eingreifen sah er aber nicht. In Panebs Angelegenheiten mischte man sich nur ein, wenn es gar nicht anders ging.

Wabet bog in die Dorfgasse ein, die auf ihrer ganzen Länge mit dichten Strohmatten überdacht war. Es dauerte einen Augenblick, bis sich ihre Augen auf das milde Dämmerlicht eingestellt hatten. Ihre Tochter Ta-Scherit stürzte auf sie zu und umklammerte sie so heftig, daß sie beinahe gestolpert wäre. „Sag ihm, er soll aufhören, bitte!"

Vor ihrem Haus im mittleren Teil des Dorfes drängten sich die Menschen. Die Leute wichen zurück, um Wabet durchzulassen.

Schließlich stand sie schweißüberströmt vor Paneb, der Apachte mit gewalttätigem Griff am Oberarm festhielt und mit der anderen auf ihn einschlug. Apachte wehrte sich schon nicht mehr. „Laß ihn los!" schrie sie. „Du bringst ihn ja um!"

„Besser wär's vielleicht", knirschte Paneb, „dann hätte ich Ruhe vor diesem Krokodil!" Er stieß seinen Sohn mit einiger Wucht von sich weg, so daß er Wabet vor die Füße stürzte. „Wer ist es denn, der ihn verzieht und verzärtelt? Von früh bis spät heißt es ‚Ach du schöner Knabe' hier, ‚mein kleiner Held' da", äffte er sie gehässig nach. „Da hast du ihn, deinen kleinen Helden! Schau ihn dir doch an! Dann weißt du, was er für einer ist!"

Wabet sah auf ihren Ältesten hinunter und erkannte, was Paneb meinte. Apachte war groß für seine acht Jahre, ein hübscher Bursche, eindrucksvoll und überlegen, trotz der Spuren von Schmutz, Blut und Tränen, die ihm über Gesicht und Arme liefen. Aber in seinem Blick aus den leicht schräg gestellten Augen, der sich mit dem Wabets kreuzte, lag etwas, das sie nicht verstand. Eine ungezügelte Wildheit spiegelte sich da und Wut, aber nicht deshalb kroch die Furcht in ihr hoch. Hinter all dem Jähzorn und dem maßlosen Trotz gab es noch etwas, eine unbegreifliche Leere, eine Kälte, von der Wabet ahnte, daß niemand sie würde erwärmen können.

Ein Kind wimmerte leise. Wabet hörte sofort, daß es Sat-Hor war, die reizende kleine Sat-Hor, Tochter des Steinmetzen Herchau, die gerade fünf Jahre alt geworden war. „Was hat er getan?" ächzte sie und zog gleich darauf die Luft scharf ein, denn sie erhielt einen schmerzhaften Stoß vor das Schienbein. Apachte nutzte die Gelegenheit zur Flucht. Wie ein Pfeil schoß er zwischen den Umstehenden hindurch und verschwand.

„Er ist ein böser Geist, Wabet, ein Ungeheuer!" Das war Tanehes, Sat-Hors Mutter.

Wabet schluckte schwer. „Hat er Sat-Hor etwas getan? Nein, er kann doch nicht deinem Kind ...! Das würde er niemals, niemals!" Sie griff nach Tanehes' Hand, aber diese wich zurück, als hätte Wabet den Aussatz.

„Nicht Sat-Hor selbst, aber er hat etwas getan, das sie nie mehr vergessen wird! Und wenn du mich fragst, ich habe nichts dagegen, wenn Paneb ihn tötet. Komm mit!"

Wabet trottete mit gesenktem Kopf hinter der Frau her. Ta-Scherit hing noch immer an ihrem Rock, aber ihre Mutter bemerkte es nicht. Tanehes schritt durch das niedrige Steintor, das in den gemauerten Vorratsraum der Familie führte, und trat zur Seite. „Das ist Apachtes Werk!" sagte sie weinend.

Wabet starrte auf die blutigen Fleischstücke zu ihren Füßen. Apachte hatte Sat-Hors Katze nicht nur getötet, er hatte sie der Länge nach aufgeschlitzt und die Innereien Stück für Stück um sie ausgelegt. Sat-Hor mußte hineingetreten sein, als sie hinter das Haus rannte; kleine rote Fußabdrücke ließen erkennen, daß sie sofort kehrtgemacht hatte und über die Treppe zum gepflasterten Vorbau gelaufen war. Dort hatte sie so lange geschrien, bis ihre Mutter gekommen war, um sie fortzutragen.

„Du hast Besuch, Herr, darf er hereinkommen?"

Schreiber Ken-her-chepeschef hob den Kopf und brummte zustimmend. Seine Dienerin, eine breithüftige Frau aus Punt, ließ den Vorhang an der Tür fallen. Einen Augenblick später hob sie ihn erneut, und ein Mann betrat den Raum, der so hochgewachsen war, daß er sich bücken mußte, um durch die Tür zu kommen.

„Sei gegrüßt, Ken-her-chepeschef!" sagte er mit einer Fistelstimme, die nicht zu seiner Körperlänge passen wollte.

„Auch ich grüße dich, Amunnacht. Was führt dich zu mir?" Ken-her-chepeschef erhob sich widerstrebend von seinem Arbeitstisch und durchquerte den Raum. Die Störung kam ihm sichtlich ungelegen.

„Du bist beschäftigt, wie ich sehe!" Amunnachts Blick glitt über die Papyrusbogen, die sich in unterschiedlicher Größe auf dem Tisch stapelten.

„Aber es ist nichts, das ich nicht unterbrechen könnte."

„Ist es zu neugierig, wenn ich dich frage, woran du arbeitest?" Amunnacht hatte offenbar keine Eile, den Zweck seines Besuches zu erläutern.

„Ich fertige eine Abschrift eines Papyrus. Es geht darin um Traumdeutungen", sagte Ken-her-chepeschef kurz, setzte aber nach einer Pause hinzu: „Ich vervollständige ihn, soweit es mir möglich ist."

„Ganz erstaunlich, wirklich sehr ungewöhnlich!" bemerkte Amunnacht. „Darf man dich womöglich um Deutungen bitten? ... Nicht, daß ich selbst etwas davon wissen wollte", beeilte er sich hastig hinzuzufügen, denn er konnte sich nichts Abwegigeres vorstellen, als dem Schreiber seine nächtlichen Traumgesichte zu schildern, „aber meine Schwester Iiemwaw klagt in letzter Zeit so sehr über Alpträume. Sie vermutet, der Geist unseres verstorbenen Ahnen setze ihr zu." Er verschwieg, daß seiner Auffassung nach Iiemwaw lediglich mehr arbeiten sollte und jedenfalls aufhören müßte, anderen Männern schöne Augen zu machen.

„Dann soll sie sich an eine Hellseherin wenden!" sagte Ken-her-chepeschef verdrießlich. „Ich will mich nicht mit wehleidigen Frauen abgeben!"

Das klang ziemlich grob, und Amunnacht merkte, daß er die Unterhaltung verkehrt begonnen hatte. Warum mußte man Ken-her-chepeschef immer wie ein rohes Ei behandeln? Konnte er nicht wenigstens höflich sein?

Der Schreiber blickte an Amunnacht vorbei auf den Vorhang an der Türöffnung, als wünschte er, sein Besucher möge recht rasch wieder verschwinden. Als dieser keine Anstalten dazu machte, gab er auf und ließ sich auf einem Schemel nieder. „Setz dich, und sag mir, was dich zu mir führt." Er gab sich gelassen, nur das leichte Klopfen seines linken Fußes auf den Boden verriet seine Ungeduld.

Der Besucher zog einen Hocker zu sich und wischte ihn mit seiner flachen Hand ab, bevor er darauf Platz nahm, was in Ken-her-chepeschef nicht geringen Ärger hervorrief. Was für ein Umstandskrämer dieser Mensch doch war!

„Es geht um meinen Bruder Neferhotep", begann Amunnacht endlich. „Ich mache mir Sorgen um ihn."

„Tatsächlich?" Ken-her-chepeschef hielt es für ausgeschlossen, daß Amunnacht sich jemals um etwas anderes Sorgen machte als um Amunnacht.

„In der Tat. Ich finde es in hohem Maße besorgniserregend, daß mein gutmütiger Bruder schamlos ausgenutzt wird von diesem Verbrecher Paneb." Amunnacht rieb sich sorgenvoll die Schläfen. „Er hat eine Natter an seinem Busen genährt!"

„Paneb ist ein schwieriger Mensch. Sein Mund ist heiß, denn er liebt den Zwist und das Bier. Neferhotep weiß das."

„Es ist schlimmer, Schreiber, viel schlimmer. Paneb ist einer, der dunkle Geister anzieht, ein Dieb, ein Schläger und ein Ehebrecher!"

„Du übertreibst! Er ist jähzornig, aber auch tüchtig, und er arbeitet für zwei. Neferhotep hält ihn für einen der besten Handwerker in ganz Pa-Tíme."

„Bester Handwerker, pah! Hehnechu arbeitet genausogut. Und ich auch." Amunnacht sprang auf und marschierte wütend auf und ab.

‚Es fehlt nicht viel', dachte Ken-her-chepeschef, ‚und er stampft auf wie ein Kind.'

„Ich will nicht, daß unsere Kolonne später einmal von diesem Verbrecher befehligt wird!" krächzte die Fistelstimme. „Ich will, daß du Neferhotep klarmachst, daß es ein großer Fehler ist, weiter auf diesen gottlosen Kerl zu setzen."

Ken-her-chepeschef blickte sein Gegenüber gleichmütig an. „Neferhotep ist der Vorarbeiter der rechten Kolonne, so wie Inherchau die linke leitet. Und sowohl Neferhotep als auch Inherchau würden es sich verbitten, wenn ich ihnen Vorschriften machen wollte, wie sie ihr Amt zu führen haben."

„Aber Paneb hat den Wahnsinn im Blut! Die schwere Krankheit seines Herzens vererbt er obendrein. Hast du gehört, was sein Sohn heute angestellt hat?" Am liebsten hätte Amunnacht den Schreiber bei den Schultern gepackt und geschüttelt. Da ihm dies seine Achtung vor dem alten Mann verbot, nagte er statt dessen heftig an seinen Fingerknöcheln.

„Paneb ist am Platz der Schönheit. Ich habe heute morgen eigenhändig seinen Namen auf die Liste gesetzt", stellte Ken-her-chepeschef mit unbewegter Miene fest.

„Da war er vielleicht. Aber inzwischen ist er zurückgekehrt, um seinen Sohn grün und blau zu schlagen. Apachte hat eine Katze geschlachtet und in ihre Einzelteile zerlegt." Amunnacht spuckte die Worte aus.

Angewidert verzog der Schreiber die Lippen. Insgeheim dankte er den Göttern, daß er es vorgezogen hatte, am Mittag dem großen Geschrei in der Gasse nicht auf den Grund zu gehen.

„Wenn Apachte so etwas verbrochen hat, sehe ich es als Panebs Pflicht an, den Knaben zu züchtigen. Es fällt in seine gottgegebene Verantwortung als Vater!"

‚Wieder falsch', dachte Amunnacht. „Du magst recht haben, Schreiber, sicher mußte er ihn strafen. Aber es kann den Göttern nicht wohlgefällig sein, wenn einer so viel trinkt und sich am Eigentum anderer vergreift. Ja, wenn er sogar in den Horizonten der Ewigkeit ..."

„Genug, Amunnacht! Ich höre mir solche Reden nicht länger an! Das ist Verleumdung! Oder willst du, daß ich die *Qenbet* einberufe? Wenn du Paneb vor das Ortsgericht zerren willst, dann wundere ich mich, warum du nicht zuerst zu Neferhotep gehst. Immerhin ist er dein Bruder!"

„Nein, nein!" beschwichtigte ihn Amunnacht hastig. „Ich wollte, daß du mit ihm sprichst. Auf dich wird er hören! Allein von der Ehrfurcht vor dem Großen Platz der Wahrheit, der heiligen Stätte der *Ma'at*, lasse ich mich leiten. Sie bestimmt mein Tun! Paneb darf nicht die Arbeiten befehligen, dafür muß ein Würdigerer bestimmt werden!"

„Du vielleicht?" fragte Ken-her-chepeschef spöttisch.

„Warum nicht? Genau wie Neferhotep bin ich ein Sohn des Vorarbeiters Nebnefer, der bereits ins Land der Westlichen gegangen ist. Glaubst du nicht, ich habe mehr Anrecht auf dieses Amt als so ein hergelaufener, durchtriebener ..." Amunnacht suchte nach einem passenden Ausdruck, „ ... Lump?"

„Es steht mir nicht zu, darüber ein Urteil zu fällen. Rede mit deinem Bruder! Du stehst ihm näher als ich." Ken-her-chepeschef wußte, daß dies nicht stimmte. Neferhotep und sein galliger Bruder hatten wenig gemeinsam. Der Vorarbeiter strahlte Freundlichkeit und Herzenswärme aus. Nichts konnte seine tiefe Überzeugung erschüttern, daß alle Geschöpfe unter der Sonne von Natur aus gut seien, auch nicht die Erfahrung, daß es manchmal anders war. Amunnacht dagegen war kalt und mißtrauisch. Ständig fand er Beweise dafür, daß die Menschen den Trieben der Habgier und der Rache folgten und einander tückisch belauerten. Ken-her-chepeschef gab sich keinen falschen Vorstellungen darüber hin, wessen Wesensart der seinen näherstand. In Neferhoteps Bruder sah er sich, wie er war, Neferhotep lebte ihm vor, wie er sein wollte.

Amunnacht begriff, daß er an diesem Tag keinen Erfolg haben würde. Er beschloß, die Unterredung zu beenden. „Du hast recht, Schreiber, es ist besser, wenn ich selbst mit ihm spreche. Ich danke dir, daß du mir ein wenig von deiner kostbaren Zeit geschenkt hast. Du verstehst doch, warum ich hier war? Du kennst meine Sorge für unsere Gemeinschaft?" Es gelang ihm, einen so treuherzigen Ausdruck in sein Gesicht zu zaubern, daß Ken-her-chepeschef ihm am liebsten Beifall geklatscht hätte.

„Ich begreife deine Beweggründe vollkommen! Und sei gewiß, auch ich mache mir Gedanken über das, was sein wird. Scheue dich bitte nicht, mich auch künftig aufzusuchen, wenn dich Sorgen um unser Dorf und seinen Frieden umtreiben."

Amunnacht verbeugte sich leicht. Als er Ken-her-chepeschefs Haus verließ, brauste es in seinen Ohren, so heftig kochte die Wut über den Spott des Schreibers in seinen Adern. Fast wäre er mit Neferhotep zusammengestoßen, der hastig einen Schritt zur Seite trat.

„Du bist es! Ist etwas vorgefallen?"

„Laßt mich doch alle in Ruhe!"

„Wie du willst!"

Ohne sich weiter um den Bruder zu kümmern, eilte Neferhotep den Korridor zu Ken-her-chepeschefs Arbeitszimmer entlang.

„Ken! Laß deine Rollen für einen Augenblick und höre mir zu! Es gibt Neuigkeiten!"

Das zerfurchte Gesicht des Schreibers tauchte in der Tür auf. „Schlechte oder noch schlechtere?"

„Der Hohepriester des Amun läßt uns bestellen, daß wir in den nächsten Zehntagen mit einer Untersuchung der Stätte der *Ma'at* zu rechnen haben."

„Schon wieder? Wie oft will Roma-Roy uns denn noch überprüfen? Das Grab des Allerhöchsten ist in ausgezeichnetem Zustand!"

„Befehl aus dem Palast, sagt der Hohepriester. Mit der Gesundheit unseres Pharao, Leben, Heil, Gesundheit, steht es nicht zum besten. Außerdem kann jeden Tag Krieg an der Westgrenze ausbrechen. Da will man ganz sichergehen!"

„Wer von den hohen Herren beehrt uns denn diesmal?" fragte der Schreiber spitz.

„Man läßt sich nicht lumpen!" erwiderte Neferhotep lächelnd. „Der Königliche Siegler höchstselbst. Wir erwarten keinen Geringeren als den großen Bai!"

# IM GROSSEN HAUS

Weshalb führst du mich zum Tempel, Vater?" Irinefer, ein Knabe von ungefähr zehn Jahren, bemühte sich, mit dem Hohenpriester des Ptah Schritt zu halten.

„Ich will dich Pentawer vorstellen."

„Dem obersten Vorlesepriester? Heißt das, ich darf im Lebenshaus lernen? Kann ich später Hoherpriester werden?"

„Geduld, Geduld! Noch ist nichts entschieden. Wir wissen weder, ob der Gott dich annimmt, noch ob Pentawer mit dir einverstanden ist. Wenn aber das der Fall ist, steht dir die Tempelschule offen." Bakenptah warf dem Knaben einen nachdenklichen Blick zu. Keiner seiner anderen Söhne zeigte so viel Begeisterung für die priesterlichen Aufgaben. Ausgerechnet Irinefer, der nicht sein leiblicher Sohn war, der nicht einmal ganz als Ägypter gelten konnte, widmete sich hingebungsvoll den frommen Schriften und träumte von einer Laufbahn im Tempeldienst. Manchmal schmerzte es Bakenptah, daß Meti, sein Ältester, so wenig Sinn für Glaubensdinge besaß, von Tjeri ganz zu schweigen. Sein Amt dereinst in Metis Hände zu legen, ihn mit dem Pantherfell und der zum Zopf geflochtenen Schläfenlocke des Hohenpriesters von Men-nefer zu sehen, wäre die Erfüllung von Bakenptahs größtem Wunsch gewesen. Aber Metis Herz jubelte nur angesichts der Streitwagen der Krieger, seine Augen leuchteten, wenn von Feldzügen in ferne Länder die Rede war und von abgeschlagenen Feindeshänden, die sich in Haufen türmten. Bakenptah wußte, daß Meti niemals einen guten Diener Ptahs abgeben würde, und mit Sicherheit keinen glücklichen. Es war Irinefer, der sich für das Amt des Hohenpriesters eignete.

Was für eine Vorstellung: Bais nicht anerkannter Sohn als Hoherpriester des Ptah! Wie gewöhnlich wurde es Bakenptah bei diesem

Gedanken unbehaglich zumute. Sollte er Pentawer Irinefers Herkunft offenbaren? Wäre es Lüge zu schweigen, wenn nicht gefragt wird? Sanft strich Bakenptah über Irinefers Schulter. Der sah überrascht zu ihm auf. Dem Priester wurde warm ums Herz. ‚Ptah wird einverstanden sein mit ihm', dachte er.

Sie durchschritten das Goldene Tor zwischen den inneren Tortürmen des neuen Gotteshauses, das der König in den letzten Jahren hatte bauen lassen. Kurz darauf standen sie im Säulenhof. Die Pfeiler trugen Bilder, auf denen Pharao Merenptah den Göttern huldigte. Hier betete er vor Ptah mit seinem in Binden gewickelten Leib, der in strenger Steife aufgerichtet stand, und reichte dem Gott Schalen mit wohlriechendem Öl und Spezereien als Opfergaben. Dort überschüttete ihn Isis, die zauberreiche Göttin, mit *Anch*-Sinnbildern, den Zeichen des Lebens. *Ma'at*, die schöne Herrin der Wahrheit, legte die Hand auf seine Schulter, und ihre Feder überragte sein Haupt.

„Führt dieser Gang zu Pentawers Gemächern?" Irinefer wies auf den schmalen Korridor, der am Ende der Säulenhalle weiter in die Tiefen des Gebäudes führte. Weißgekleidete Priester liefen vorüber; grüßend senkten sie die kahlgeschorenen Köpfe.

„Nein, dort hinten befindet sich das Allerheiligste des Ptah. Wenigen nur ist es vergönnt, dorthin vorzudringen und die Gottheit selbst zu schauen."

„Aber du darfst es, Vater."

„Ja, ich darf es, denn ich bin der *Wer Maa*, der Oberste der Schauenden. Hier vertrete ich König Merenptah, Leben, Heil, Gesundheit, vor dem Gott. Ich bin es, der verantwortlich ist für den Dienst an Ptah und für die Anbetung der Heiligen Bullen des Hapi."

In diesem Augenblick kam ein fülliger, etwa vierzigjähriger Mann mit breitem Gesicht und grobgeschnittenen Zügen auf sie zu. Die Schärpe über der Brust wies ihn als den obersten der Vorlesepriester aus.

„Ehrwürdiger Bakenptah! Willkommen! Ich freue mich, dich zu sehen! Und da haben wir ja auch deinen klugen Sohn!"

Er tätschelte Irinefer den Kopf, was dieser widerwillig über sich ergehen ließ. Der Knabe haßte es, gönnerhaft behandelt zu werden.

„Sei gegrüßt, Pentawer!" rief Bakenptah. „Ich bin froh zu sehen, daß dieses neue Haus Ptahs in Vollendung erstrahlt und alle Spuren der Bauarbeiten beseitigt sind."

„So ist es, so ist es. Mein Freund, man hat nach dir geschickt. Wir werden deinen Sohn ohne dich prüfen müssen."

„Wer verlangt nach mir?"

„Der Sohn des Allerhöchsten selber, Falke-im-Nest Sethos! Und der Königliche Siegler, der edle Bai! Den Grund hat man mir leider nicht genannt!"

Irinefer beschlich ein banges Gefühl. Gerade jetzt! Er wollte nicht allein hier bleiben. „Vater! Darf ich ..."

„Nein, nein, du kommst gut ohne mich zurecht", sagte Bakenptah bestimmt, und Irinefer wagte nicht, etwas einzuwenden.

„Na, na! Keiner reißt dir den Kopf ab!" Wieder tätschelte Pentawers Hand seinen Scheitel, und wieder getraute sich Irinefer nicht auszuweichen. Er folgte dem Priester quer über den Hof zu einem flachen Gebäude vor eine halb offenstehende Tür.

„Tritt ein in das Haus der Schriftrollen", erklärte der Vorlesepriester feierlich. „Möge dein Wissensdurst hier gestillt werden! Hier wirst du Gelehrte treffen, die deinen Kenntnisstand prüfen. Ich wünsche dir viel Glück!" Mit diesen Worten schob er den Knaben über die Schwelle, nickte ihm zu und entfernte sich.

Drinnen erhob sich ein hochgewachsener, knochiger Mann mit gebogener Nase von einem Schemel und rollte die Papyrusrolle zusammen, in der er gelesen hatte. Irinefer rieb seine feuchten Handflächen aneinander.

„Bist du der Wissende, der mich prüft?"

„Mal sehen!" Der Fremde sah Irinefer abschätzend an. „Dein Name?"

„Irinefer, Sohn des Bakenptah."

„So, du willst geprüft werden. Worin denn?"

„In allem, was für einen Priester wichtig ist. Ich will nämlich Hoherpriester des Ptah werden." Der Mann lachte leise und entblößte zwei auffällig vorstehende Eckzähne. Irinefer wußte sofort, daß er ihn nicht mochte. Die Augen des Unbekannten lächelten nicht, sondern musterten ihn kalt. „Ich gebe dir die erste Aufgabe. Die wichtigste Eigenschaft eines Priesters ist die Verschwiegenheit. Kaum eine ist so bedeutsam wie diese. Als erstes wirst du beweisen, daß du schweigen kannst."

Irinefer blickte zu Boden, und der Fremde fuhr fort:

„Du wirst niemandem erzählen, daß du mich hier gesehen hast, hörst du? Niemandem! Das ist sehr wichtig!" Er beugte sich zu dem Knaben hinunter und zischte: „Sonst kannst du deinen Wunsch, Priester zu werden, sofort vergessen." Mit diesen Worten verschwand er durch eine kleine Tür in der Rückwand des Raumes, so schnell, daß es Irinefer vorkam, als habe er nur geträumt.

Sein Blick fiel auf das Wandgestell für die Buchrollen. Einer der Schuber war leer.

Der weitläufige Palast des Hohenpriesters des Ptah lag südlich des ältesten Stadtbezirks von Men-nefer, der noch den Namen „Weiße Mauern" trug. Vor unvorstellbar langer Zeit hatten hier mächtige Könige geherrscht, deren Namen kaum noch jemand kannte. Ein Kanal trennte Men-nefer von der Totenstadt in der Wüste. Dort erhoben sich Pyramiden samt ihren Tempeln und Talbezirken.

Aset, die Gemahlin des Hohenpriesters Bakenptah, bestieg ihre Sänfte. Die Vornehme Sutailja, Nebenfrau des Thronfolgers Sethos, hatte sie rufen lassen. Von kräftigen Schultern getragen, schwebte die Sänfte durch den *Anch-Taui*-Bezirk, eine stille, vornehme Gegend, die hauptsächlich von Priestern, Tempelschreibern und unteren Palastbeamten bewohnt wurde. Weiter südlich lebten einfachere Menschen: Arbeiter und Handwerker, die in Perunefer ihr Auskommen fanden.

Perunefer, der große Bauch der Stadt! Hier legten die Boote aus dem Süden an, die Frachter mit Gold und Spezereien aus Punt, die Lastschiffe mit rosa Granit aus Suenet, die von den Ufern des Flusses aus getreidelt worden waren. An die Docks des Hafens drängte sich das Gebiet der Fremden, eine Ansammlung von unzähligen, ärmlichen Hütten, zwischen denen bärtige Männer aus dem Retjenu in gestreiften Gewändern wandelten, hochgewachsene Hurriter und geschäftstüchtige Kaufleute aus Kanaan. Die Luft schwirrte vom seltsam harten Zungenschlag der Menschen aus Babylon und den Zischlauten der Händler aus Alashia und von der Insel Keftu. In dieser Gegend erwies sich Men-nefer als Weltstadt. Hier erkannte man die innere Größe Men-nefers, seine Großzügigkeit und seine Weltoffenheit. Gab es eine Gottheit, die hier kein Heiligtum besaß? Ob Baal oder Isis, Ischtar, Reschpu, Qasarti oder Anat, Götter aus aller Herren Länder wurden in der Südstadt verehrt.

Die Sänftenträger eilten auf den Schönen Bezirk des Königs zu. Die Straße verbreiterte sich. Sie wurde von hohen Mauern gesäumt, über die sich Palmkronen neigten, und Büsche aus den dahinterliegenden Gärten ließen lange, blütenbedeckte Zweige hinaushängen wie es Kinder in einem Boot tun, die ihre Finger durchs Wasser gleiten lassen.

Vor einem doppelt mannshohen, steinernen Tor hielten zwei Soldaten Wache. Als Aset die Sänfte verließ, schoben sie wortlos die bronzenen Riegel des Tores zurück. Unter dem Torbogen stand einer der Kammerdiener Sutailjas, der, wie sie sich erinnerte, schon in Sutailjas Diensten gestanden hatte, als diese noch eine verängstigte Prinzessin aus dem Retjenu war, die sich vor der Hochzeit mit dem Thronfolger Sethos fürchtete.

„Führe mich zu deiner Herrin!" befahl sie.

„Sehr wohl. Wenn du erlaubst, geleite ich dich durch die Gärten." Der Mann ergriff den Korb mit Geschenken und ging voran. Aset folgte ihm über den Parkweg, der in hellem Rosa erstrahlte, denn er war übersät von verwelkten Oleanderblüten. Sanft wiegte der Wind die Kronen der Palmen und die silbrigen Astgehänge der Weiden.

Ein Lied klang durch die Luft. Aset blieb stehen und lauschte.

*Sage doch, du hättest eine andere gefunden,*
*sie tut schön vor seinen Augen.*
*Sollen denn, oh, sollen denn die Ränke einer anderen,*
*ach, einer anderen, mich verdrängen?*
*Es darf doch nicht sein!*

Die letzten Worte perlten in Halbtönen die Tonleiter hinunter, ein paar hüpften wieder hinauf, bis das letzte Wort in einem bewegenden Klagelaut verzitterte.

Betroffen vernahm Aset den leidvollen Ausdruck. „Wo bist du, Sängerin?" rief sie. „Laß mich dich kennenlernen!" Sie verließ den Weg und eilte in die Richtung, aus der das Lied erklungen war.

Hinter einem Busch saß ein Kind, aber kein Mädchen, wie sie vermutet hatte, sondern ein Knabe, der mit großen Augen zu ihr aufsah. Mit einem Blick erfaßte sie die seltsam verzogene Gestalt und den Buckel über der Schulter, der seinen Träger zwang, den Kopf etwas schräg zu halten. „Hast du soeben gesungen?"

„Ja, Herrin, das war ich!" Er bemühte sich aufzustehen.

„Nein, nein, bleib sitzen! Dein Gesang hat mein Herz erfreut! Du hast eine schöne Stimme!"

„Danke, Herrin, du bist sehr gütig!"

Asets Herz schlug schneller, als er ein Lächeln auf sein Gesicht zauberte, das so warm und schön war wie sein Gesang. Warum schienen ihr diese Züge vertraut? Sie hatte diesen Knaben noch nie gesehen. Solche Verwachsungen hätte sie nicht vergessen.

„Wie ist dein Name, Kind mit der göttlichen Stimme? Und woher kommst du?"

„Ich heiße Djehuti, und meine Eltern arbeiten hier im Großen Haus für den Siegler Seiner Herrlichkeit. Mein Vater ..." Er unterbrach sich und schlug sich mit der Hand auf den Mund. „Bitte verzeih mir, ich meinte ‚Seiner Herrlichkeit, Leben, Heil, Gesundheit'!"

„Ist schon gut", lachte Aset. „Wie ist der Name deines Vaters?"

„Ipuki. Und meine Mutter ist Mehit."

„Nun, Sohn der Mehit und des Ipuki, sei voll Freude, denn bei deinem Gesang lächeln die Ewigen."

„Glaubst du?"

„Bestimmt!" versicherte Aset. „Sie lieben Lieder, die aus frohem Herzen zu ihnen aufsteigen." Beim Weggehen winkte sie noch einmal zurück. „Singe, und der Bekümmerte hebt den Kopf von seinen Knien!"

„Herrin, ein Bote der Vornehmen Sutailja wartet vor deiner Türe und begehrt, vorgelassen zu werden!"

„Ich bin gleich fertig." Tausret legte die Binse beiseite und überflog den Text ein letztes Mal.

*„Tausret, die Gemahlin des Horus-im-Nest, Sethos, an Bakenptah, Hoherpriester des Ptah in Men-nefer. Man bringe dir dieses Schreiben.*

*Ferner: Mögest du, ehrwürdiger Schauender des Ptah, dich bester Gesundheit erfreuen und mit Jubel auf deine Familie blicken.*

*Ferner: Die Auskunft, welche du von mir erbatest, lautet wie folgt: Zum Fest unseres göttlichen Herrn Sokar werden neben den Gemahlinnen des Gottes, Leben, Heil, Gesundheit, und den Frauen Sethos', des Thronfolgers, vierzehn Herrinnen aus den Gefolgen der hohen Gesandten teilnehmen, welche aus fernen Ländern nach Kemet gereist sind.*

*Ferner: Die edle Tachat, Nebenfrau meines Gemahls Sethos, wird nicht teilnehmen."*

Tausret überlegte einen Augenblick, dann unterstrich sie das Wort „nicht" im letzten Satz, das ihr besonders wichtig war. Zufrieden las sie weiter:

*„Ferner: Sollte jene Tachat sprechen: ‚Ich will doch kommen', so sage: ‚Es geht nicht, denn siehe, du bist krank und bedarfst der Ruhe.'*

*Ferner: Grüße Aset, deine Gemahlin. Lebe wohl."*

Tausret klatschte in die Hände. Sofort öffnete sich die Türe, lautlos glitt ein etwa fünfzehnjähriges Mädchen herein. Tausret rollte den Papyrus und schlang ein Band darum. „Geh, und gib das meinem Haushofmeister. Er bringe den Brief auf schnellstem Wege in den Palast des Hohenpriesters. Und sag dem Boten, er kann hereinkommen."

Sie stieß mit ihrer goldbestickten Sandale einen Korb fort, der weitere Papyrusrollen enthielt, und stand so schwungvoll auf, daß ihr Hocker nach hinten umkippte. Einer Truhe entnahm sie einen Silberspiegel. Nachdenklich musterte sie ihr Gesicht.

Tausrets Äußeres entsprach nicht der gängigen Vorstellung von Schönheit, aber doch konnte niemand sie vergessen, der sie einmal gesehen hatte. Die Blässe ihrer Haut bildete einen reizvollen Gegensatz zu ihrem pechschwarzen Haar und den dunklen, sehr schmalen Augen. Sie betonte diese Gegensätze noch, indem sie die Lippen tiefrot schminkte, die Augen mit Koholstrichen umrandete, ihre Form bis zur Schläfe verlängerte und die Lider mit schwärzlichem Bleiglanz bestrich. Wenn sie lächelte, bildeten sich um den Mund längliche Fältchen, und ihre äußeren Augenwinkel schienen sich nach oben zu schieben, was ihrem Gesichtsausdruck eine gefährliche Note verlieh. Sie strahlte etwas Raubtierhaftes aus, eine Mischung aus sanfter Glätte und kalter Grausamkeit, die auf Männer aufreizend wirkte. Ihr Körper, schmal und biegsam, vermittelte den Eindruck von nur mühsam gebändigter Kraft. Im Ruhezustand gemahnte er an die Bewegungslosigkeit eines bis zum äußersten gespannten Bogens.

Mit geübten Fingern frischte sie ihre Lippenschminke auf und tupfte sich mit Weihrauch versetztes Moringa-Öl auf den Hals. Dann legte sie den Spiegel zurück, warf sich einen federleichten Schal über die Schultern und ging zur Tür, wo der Bote wartete.

„Herrin", murmelte er, „der Sohn der Vornehmen Sutailja ist schwer erkrankt. Seit gestern morgen bemühen sich die Ärzte um ihn, aber weder Arzneien noch Zaubersprüche zeitigten Wirkung. Jetzt muß das Schlimmste befürchtet werden."

„Mögen ihm die Götter gnädig sein", sagte Tausret. Sie gestand sich den Wunsch ein, der kleine Siptah möge die Krankheit nicht überleben. Siptah war das einzige männliche Kind des Thronfolgers Sethos, wenn man von Amenmesse absah, den Sethos verabscheute. Und Siptah war nicht ihr, Tausrets, Kind. Sutailja hatte ihn geboren, die dicke, oberflächliche, langweilige Kanaaniterin. Sie selbst dagegen hatte bislang nur tote Mädchen zur Welt gebracht. Tausret spürte, wie die bekannte Bitterkeit in ihr hochstieg, während sie über die türkisfarben gekachelten Wege eilte.

Der *Ipet-Nisut*, der königliche Haushalt in Men-nefer, erreichte bei weitem nicht die Ausmaße der Anlage von Mi-Wer in der Oase Scha-Resi, selbst das Frauenhaus von Pi-Ramesse bedeckte eine Fläche, auf welcher der gesamte Palast Men-nefers bequem hätte Platz finden können. Aber keines jener Häuser konnte sich mit der erlesenen Pracht und der Anmut der hiesigen Anlage messen. Zimmerfluchten gruppierten sich um gepflegte Gärten mit Lotosteichen und schmale Spazierwege schlängelten sich zwischen Beeten hindurch. Die Farbenpracht der Blumen in den Gärten setzte sich auf den meisten Zimmerwänden und Fußböden fort, wo sich die Tier- und Pflanzenwelt Kemets in Malereien entfaltete.

Die Bewohnerinnen, Frauen aus verschiedenen Ländern, standen in Grüppchen beieinander. In der Mehrzahl handelte es sich um Ägypterinnen, aber es waren auch blonde Schönheiten aus Hatti unter ihnen, buntgekleidete Flötenspielerinnen von den Küsten Amurrus und verführerisch schöne Mädchen aus Assur.

Als Tausret sich Sutailjas Räumen näherte, hörte sie schon von weitem lautes Schluchzen und roch den Duft von Heilkräutern, die auf Kohlen verbrannt wurden. Am liebsten wäre sie augenblicklich umgekehrt, denn sie ahnte, was sie da drinnen erwartete: Klagen, Jammer und überspannte Frauen. Kaum war sie eingetreten, bestätigte sich ihre Befürchtung.

„Tausret, liebste Tausret! Oh, er stirbt, mein kleiner Liebling! Grausames Schicksal! Was habe ich getan, daß ich solches erleiden muß?"

Sutailja sank ihr in die Arme, und Tausret wich angewidert zurück. „Beruhige dich! Zeige mir den Kleinen! Und nimm um der Götter willen die Tücher von den Fenstern! Man bekommt ja kaum Luft!"

Sie schob die Jammernde zur Seite und ging zu der von Kohlenbecken und Duftschalen umstellten Wiege. Es roch stark nach Weihrauch und Myrrhe. Im flackernden Licht der Öllämpchen kniete eine Dienerin neben dem Bettchen und wedelte leicht mit einem Fächer.

Tausret trat näher. Das Kind mußte sich irgendwo unter den Decken befinden, die sich flauschig auf dem Lager häuften. „Habt ihr vor, ihn zu ersticken?" fragte sie hart und riß den Wolleberg zur Seite. Erschrocken sprang die Frau mit dem Wedel auf und zog sich in die Tiefen des Raumes zurück.

„Aber … er wird frieren!" jammerte Sutailja.

„So würgst du ihm die Luft ab! Was ist dir lieber?"

Nachdem niemand der Aufforderung, die Vorhänge zu öffnen, nachgekommen war, ergriff Tausret selbst den am nächsten hängenden und zog ihn herunter. Da fiel ihr Blick auf einen in dunkelblaues Leinen gekleideten Mann, der bewegungslos im Hintergrund stand.

„Nebamun! Es ist gut, daß du hier bist!" Wenigstens hatte Sutailja keinen syrischen Scharlatan rufen lassen!

„Willkommen, hohe Frau", kam die ruhige Antwort. „Du kommst gerade rechtzeitig zum Austreiben der Geister!" Nebamun ordnete mit ruhigen, fast bedächtigen Bewegungen etliche geheimnisvolle Gerätschaften auf einem Tischchen.

Tausret beobachtete ihn. Nebamun war Hofarzt, Sternkundiger und Zauberer, ein bedeutender Mann bei Hof, was man ihm allerdings nicht ohne weiteres ansah. Er war mittelgroß, von durchschnittlicher Gestalt, und seine Gesichtszüge zeichneten sich allenfalls durch besondere Unauffälligkeit aus. Er bekleidete das Amt des Obersten der *Sunuu*, der Heiler am königlichen Hof. Er verfügte weder über gute Beziehungen noch durfte er sich einer vornehmen Abkunft rühmen. Seine Stellung verdankte er ausschließlich seinen außerordentlichen Kenntnissen von den Leiden und Übeln, die den menschlichen Körper befallen können. Keiner erkannte so sicher wie er die jeweilige Krankheit und wußte in der Regel die richtigen Heilmittel zu verordnen. Zumindest erahnte Nebamun fast immer, welche bedrohlichen Kräfte und bösen Geister sich in einem kranken Körper eingenistet hatten. Er war sogar fähig, den *Bau*, den seelischen Kräften eines Gottes, entgegenzutreten, sollten sie sich offenbaren. Außerdem kannte er eine staunenswerte Menge von Zaubersprüchen, seien sie ägyptischer, babylonischer oder chaldäischer Herkunft.

„An welcher Art Erkrankung leidet das Kind?" fragte Tausret. „Eine, die du behandelst, oder eine, die du nicht behandelst?"

Nebamun blickte von seinen Fläschchen und Schalen auf. „Eine, gegen die ich ankämpfe!" sagte er und warf eine Handvoll Räucherwerk in das Becken mit glühenden Holzkohlen. Bald durchzogen den Raum Schwaden süßlich riechenden Qualms. „Die Haut des Knaben ist heiß, ich vermute, man hat ihm Essen gegeben, das seine

Gefäße erhitzt und verstopft hat. Sieh her!" Nebamun beugte sich zu dem kleinen Siptah hinunter und klopfte ihm auf den Leib. „Sein Magen geht hin und her wie das Öl in einem Schlauch, und der Bauch ist aufgetrieben. Außerdem ..."

„Nebamun! Ich bin seine Mutter! Mir sollst du Bericht erstatten!" Sutailja drängte sich an Tausret vorbei und warf ihr einen vorwurfsvollen Blick zu.

„Verzeih, Herrin! Selbstverständlich! Aber ich bitte dich untertänigst, dein Herz zu beruhigen!"

Sutailja schluckte, ließ sich auf die Knie nieder und beugte sich über den Knaben. „Mein Kleiner, Kind meines Herzens", flüsterte sie kaum hörbar, „werde gesund und sei heil, Sonne meines Lebens!" Sie strich sanft über Bauch und Beine Siptahs. „Nebamun!"

Der Heiler seufzte. „Ja, Herrin?"

„Hast du das gesehen, Nebamun?" Sutailjas Stimme gewann erneut an Lautstärke.

„Sutailja! Schrei nicht so!" befahl Tausret. „Siehst du, jetzt hast du ihn erschreckt!"

Der Knabe begann mit dünnem Stimmchen zu greinen, und seine Mutter brach wieder in Tränen aus. „Du bist so hartherzig, Tausret!" schluchzte sie. „Nur, weil er nicht dein Sohn ist! Nebamun, was ist mit seinem Bein? Sieh her, er hält es gestreckt wie einen Stock!"

Sie hatte es bemerkt. Der Knabe streckte den Fuß so gerade von sich, daß Spann und Schienbein fast eine waagerechte Linie bildeten. Zugleich schien er das ganze Bein im Hüftgelenk mit aller Gewalt nach oben ziehen zu wollen. Der Unterleib Siptahs zitterte vor Anstrengung.

„Die Spannung wird bald nachlassen", sagte Nebamun, „wenn er das Fieber übersteht. Hier kann Zauber helfen." Langjährige Erfahrung und ein sicheres Gespür für die menschlichen Gebrechen hatten Nebamun gelehrt, die Grenzen der Wirksamkeit seiner Mittel einzuschätzen. Erkrankungen wie diese waren ihm wiederholt begegnet, insbesondere bei Kindern. Er konnte zwar mit allerhand Salben und Tinkturen die Muskulatur stärken und der Haut lindernde Kühlung verschaffen, aber es gab keine Arznei, die das Übel ganz beseitigte. Aller Erfahrung nach blieb immer ein Arm oder ein Bein geschwächt oder gar gelähmt.

In diesem Augenblick klopfte es. Die Türe öffnete sich einen Spalt, und von draußen erklang Asets Stimme: „Sutailja? Kann ich hereinkommen?"

Nebamun verschränkte die Arme über der Brust und wartete.

„Einen Augenblick, Nebamun!" sagte Tausret entschlossen. „Ich werde Anweisung geben, daß wir nicht gestört ..."

„Tausret!" mischte sich Sutailja entrüstet ein. „Das ist Aset. Ich habe sie rufen lassen. Laß mich mit ihr sprechen!"

„Ist ja gut! Selbstverständlich sprichst du mit ihr."

‚Warum ist sie so gönnerhaft zu mir?' dachte Sutailja wütend. ‚Sie ist Sethos' Hauptfrau, aber er liebt auch mich! Ich bin es, die ihm einen Sohn gegeben hat.' Dieser Gedanke war boshaft, aber es gab nichts anderes, das sie Tausrets Selbstsicherheit und Weltläufigkeit entgegensetzen konnte. Nur Siptah vermochte ihr Gefühl hoffnungsloser Unterlegenheit zu lindern. „Sei gegrüßt, Aset!" sagte sie.

Der *Sunu* entnahm einer Schale mehrere Kügelchen, die einen stechenden Geruch verströmten, und setzte sich auf den Rand von Siptahs Bett. *„Gib dich zu erkennen, Geist der Gebreste!"* murmelte er mit geschlossenen Augen. *„Verborgener, Versteckter, weiche aus diesem Fleische, entfliehe diesen Gliedern!"* Er verrieb ein paar der Kügelchen auf Siptahs Kinn und Lippen, was ein jämmerliches Geschrei zur Folge hatte. Seine Stimme fiel in einen beschwörenden Singsang. „Fahre fort aus diesem Leib und nimm mit dir Krankheit und Fieber, du, der du zerstörst, was immer du vor dir hast. O Gespenst, Gespenstin, Verborgener, Versteckter, weiche aus diesem Fleisch!"

Als Nebamun verstummte, wisperte Sutailja: „Mir ist schlecht!" Sie war blaß, und auf ihrer Stirn glänzten Schweißtropfen.

„Ich empfehle dir", sagte der *Sunu* zu ihr, „dein Kind mit Natron abzuwaschen, Licht und Luft in diesen Raum einzulassen und ihm zu essen zu geben, wann immer es möchte. Auch möge sich die Amme bereithalten." Er musterte Sutailja mit einem Blick, in dem sich Strenge mit Besorgnis mischten. „Weine nicht zuviel an seinem Bett, Herrin! Dein Sohn muß leben wollen, und wie kann er das, wenn um ihn her nur trauernde Stimmen zu vernehmen sind? Sei fröhlich, erzähle ihm Geschichten, singe ihm Lieder! Dann wird er sich vielleicht erholen."

„Lieder? Sagtest du Lieder?" warf Aset ein. „Sutailja, Tausret! Auf dem Weg hierher traf ich ein Kind, einen Knaben, der mit einer so schönen Stimme sang, wie ich es noch nie vernommen habe. Er könnte für Siptah singen! Ein Krüppel ist er, der Unglückliche, ungefähr im Alter von meinen Söhnen Tjeri und Iri...!" Sie stockte. Irinefer! Der Krüppel hatte sie an Irinefer erinnert! Infolge einer unergründlichen Laune der Götter erinnerte das Lachen dieses Dienstbotenkindes an ihren Irinefer. „Nun, jedenfalls singt er außergewöhnlich schön!" schloß sie.

„Ein Krüppel? Glaubst du wirklich, ein Krüppel sollte für Siptah singen?" fragte Sutailja zögernd.

„Hör ihn dir an. Du wirst mir beipflichten, wenn du ein Lied von ihm vernommen hast. Djehuti heißt er, und seine Eltern arbeiten in den Diensten Bais."

Tausret blickte in das verweinte Gesicht Sutailjas und sagte: „Man möge diesen Djehuti holen!" Unüberhörbar herablassend setzte sie hinzu: „Und dann, Sutailja, geh ein wenig Augenschminke verstreichen."

Das Wohnhaus des Königlichen Sieglers und Schreibers Bai befand sich im Norden der Palastanlage Merenptahs, von ihr getrennt durch weitläufige Parks mit Heiligtümern Sachmets und Nefertems. Seine Größe erreichte nicht im entferntesten die Ausmaße seines Stadtschlosses in Pi-Ramesse, es galt aber allgemein als Meisterwerk der Baukunst mit seinen drei im Halbrund angeordneten Gebäuden, den erlesen eingerichteten Räumen, die Wände verkleidet mit Platten aus Granit, violettem Kalksandstein, pupurrotem Porphyr und Alabaster. In regelmäßigen Abständen führten schmale Treppen aus dem Säulenrundgang, der die Anlage umgab, zu Dachgärten hinauf. Hier wechselten Wasserschalen mit Korbsesselchen zwischen Chrysanthemen und Lilien. Kleine Palmen in Kübeln sorgten für Schatten in den Sitzecken, und ihre breiten Blätter beschirmten geflochtene Liegen und flache Tischchen.

Vom Anwesen nur durch etliche Beete und einen Kiesweg getrennt, befand sich einer der eigentümlichsten Gärten Mennefers. Bai hatte hier fast alle Baumarten pflanzen lassen, die im Niltal vorkamen, was ihm den Ruf eines Sonderlings eingetragen und bei Pflanzenhändlern im ganzen Land zu einiger Beliebtheit verholfen hatte. Auf sein Geheiß wurden sogar Weihrauchbäume aus dem fernen Punt und Zedern aus Amurru nach Men-nefer verschifft. Einzigartig war der Park! Wo sonst wuchsen auf so engem Raum Dattelpalmen, mehrere Eibenarten, Tamarisken und sogar Granatapfelbäume? Weidenbüsche standen neben Kokospalmen und Feigenbäumen, und zwischen Sykomoren und Akazien verströmten Wacholderstauden ihren holzig-herben Duft. Die lässige Anordnung, dieses liebenswerte Durcheinander war ein augenfälliger Hinweis auf die fremdländische Abstammung Bais. Kein Ägypter hätte sich in solcher Unordnung wohlgefühlt. Bai dagegen pflegte, wann immer es seine Zeit erlaubte, durch das Wäldchen zu streifen, tief die würzigen Baumgerüche einzuatmen und die Sonnenstrahlen zu beobachten, die durch das Geäst fielen und mild leuchtende Muster auf Gras und Sand malten. Er liebte es, den Rücken an einen Stamm gelehnt und die Augen geschlossen, auf dem warmen Boden zu sitzen und seinen Gedanken nachzuhängen.

Einige Stunden nach der Besprechung mit Thronfolger Sethos und dem Hohenpriester Bakenptah setzte sich Bai auf einen Schemel unter eine Persea-Staude. Schlechte Nachrichten hatten für Unruhe im Palast gesorgt. Erneut hatten libysche Horden ein ägyptisches Lager im westlichen Mündungsgebiet des Hapi-Stromes angegriffen, und dies zu einem Zeitpunkt, als es nur mit einer geringen Besatzung belegt war. Woher konnten die Feinde das wissen? Jedenfalls würde der König über kurz oder lang nicht umhin können, einen Feldzug gegen die Libyer zu führen.

Genau das hatte Thronfolger Sethos bestätigt. „Wir müssen neue Truppen aufstellen! Du wirst für das nötige Gold sorgen. In Waset! Wenn du die Grabstätte für meinen göttlichen Vater überprüfst."

„Du meinst, ich soll im Amun-Tempel von Waset Gold fordern?"

„Nirgendwo im Lande Kemet ist so viel Reichtum angehäuft wie im Haus des Amun in der Südlichen Stadt. Ich bin sicher, der Gott wird dem Land mit Freuden helfen."

Daß allerdings Roma-Roy, der Hohepriester des Amun, darüber jubeln würde, die Schatzkammern für einen Krieg zu leeren, war stark zu bezweifeln.

Die Sonne stand bereits schräg, und rosafarbenes Licht hüllte die Gebäude ein. Trotz der späten Nachmittagsstunde lastete die Hitze noch immer schwer auf dem Park. Schläfrig glitt Bais Blick über die Dienerinnen, die auf der Dachlaube aufräumten. Er erkannte Mehit unter ihnen und stellte bei sich fest, daß sie alt geworden war.

Mehits Bewegungen waren langsamer als früher. Graue Strähnen durchzogen ihr Haar. Unwillkürlich hielt Bai Ausschau nach dem Knaben. Immer wieder staunte er, welches Wunder Mehit und Ipuki an dem verkrüppelten Kind vollbracht hatten. Djehuti hatte nicht nur laufen gelernt, sondern eine Beweglichkeit erlangt, die der eines Gesunden kaum nachstand. Jahrelang hatten Mehit und Ipuki mit dem Kind geübt. Nach der Arbeit des Tages pflegten sie im trübe flackernden Schein von Öllämpchen in der Mitte ihres Wohnraums Binsenmatten auszulegen und bewegten die kaum vorhandenen Muskeln. Mehit bestrich ihre Hände mit frischem Behen-Öl und massierte den Knaben. Djehuti ließ alles mit einer für ein Kleinkind erstaunlichen Geduld über sich ergehen. Manche Übungen verursachten ihm große Schmerzen. Aber es schien, als spürte der Kleine, daß tapferes Aushalten körperlicher Qual ihm auf die Dauer Vorteile bringen würde. Nur wenn Mehit seinen Kopf zwischen die Knie nahm, Ipuki seine bucklige Schulter nach unten drückte und zugleich die Hüfte in die entgegengesetzte Richtung preßte, wurden die Schmerzen so stark und stechend, daß Djehuti weinen mußte. Ipuki nahm ihn dann in den Arm, wiegte ihn sanft und erklärte ihm, warum sie ihm diese Qual zumuten mußten. Kurz vor seinem sechsten Geburtstag gelangen dem Kind unsichere Gehversuche, und von diesem Tag an machte es sehr schnell Fortschritte.

Später schnitt Ipuki mehrere, in der Länge genau abgemessene Bretter von der Breite einer Hand, die er mit Halterungen für Lederschlaufen versah. Mit dem Leder band er ein Brett fest an die verkürzte Seite Djehutis, so daß dieser gezwungen war, sein Rückgrat gegen die Verkrümmung zu biegen und Sehnen und Muskeln zu dehnen. Hatte sich der Knabe an ein Brett gewöhnt und hatten die wütenden Schmerzen nachgelassen, befestigte Ipuki das nächstgrößere, und die Pein begann von neuem. Mit der Zeit wurde die Haltung des Kindes merklich gerader. Erst als Djehuti im Alter von acht Jahren während eines heftigen Tränenausbruchs hinausschrie, er wäre lieber tot im Land des Westens als noch eine Stunde an das Brett gefesselt, erlöste Ipuki ihn jeden Tag ein wenig länger von seinem Foltergerät.

Bai erinnerte sich, daß seine Dienerschaft an Djehutis Fortschritten Anteil nahm. Die Menschen in seinem Stadtschloß liebten den Knaben. Er strahlte eine so bezwingende Lebenslust aus, daß jeder, der mit ihm sprach, sich beglückt des eigenen kindlichen Frohsinns entsann und lächelnd seiner Wege ging.

Gerade hatte Mehit die Hand auf das Geländer gestützt und gab einem jungen Mädchen Anweisungen. Das Mädchen sagte etwas, das Bai nicht verstehen konnte, und er hörte Mehit laut auflachen. Dann winkte sie herunter. Bai gewahrte Ipuki, der von den Stallungen kam.

Wenn er sich später an diesen Augenblick erinnerte, war ihm, als habe sich genau in diesem Augenblick die Zeit verlangsamt, als habe er jede Bewegung, ja, jeden einzelnen Gesichtsausdruck in quälender Deutlichkeit mehr nacheinander als gleichzeitig wahrgenommen.

Mehit rief ihrem Mann etwas zu. Dabei stützte sie sich auf das steinerne Geländer und beugte sich hinaus.

‚Nicht so weit!' dachte Bai erschrocken. Daß der Stein nachgab, bemerkte er eher als Mehit selbst. „Paß auf!" schrie er und sprang auf.

Mehit hörte ihn und blickte in seine Richtung. Gleichzeitig brach ein Stück Mauer heraus, sie verlor das Gleichgewicht und riß ungläubig Augen und Mund auf. Ihre Hände suchten Halt und griffen ins Leere. Ein Schrei zerriß den nachmittäglichen Frieden. Ein dumpfer Schlag auf die Fliesen der unteren Veranda, und der Schrei brach ab.

Einen Augenblick später kniete Bai mit Ipuki neben der reglosen Gestalt auf dem Boden. Mehit lag mit dem Gesicht nach unten, ein Arm stand in groteskem Winkel vom Körper ab, und ein rotes Rinnsal sickerte unter ihrem Kopf hervor.

„Mehit, bitte!" Ipuki streichelte ihre Schultern. „Wir müssen sie umdrehen", sagte er dann.

Diener kamen aus dem Haus herbeigelaufen, und nach kurzer Zeit drängten sich viele Leute an der Unglücksstelle.

„Helft uns, schnell!" forderte Bai die am nächsten Stehenden auf. Mehrere Männer knieten neben Ipuki nieder, und vorsichtig rollten sie den Körper Mehits auf den Rücken.

„Nein!" schrie eine Frau.

Ipuki stöhnte auf. Mehit war tot. Ihre starren, blicklosen Augen waren ins Leere gerichtet.

Bai erhob sich. „Holt eine Trage!" befahl er der Dienerschaft. „Weiß jemand, wo der Knabe ist?"

Niemand hatte Djehuti gesehen.

„Du da!" sagte Bai zu einem jungen Küchendiener, der sich damit ablenkte, ein Blatt nach dem anderen von einem Strauch zu zupfen. „Geh und hole den Sohn dieser Frau. Doch schweige über das, was geschehen ist!" Dann berührte er Ipuki an der Schulter. „Steh auf, mein Freund!" sagte er sanft. „Wir wollen deine Frau ins Haus bringen."

Das war eine sehr ungewöhnliche Art für einen Großen, seinen Diener anzusprechen. In den Räumen der Dienerschaft wurde noch lange darüber gesprochen, wie mitfühlend der Herr in dieser Stunde der Not Ipuki beigestanden hatte.

Dunkelheit senkte sich über das Schlößchen, als der Küchengehilfe mit Djehuti zurückkehrte. Dieser hatte den ganzen Nachmittag an der Wiege des königlichen Kindes gesungen. Die Ehrfurcht vor den dort anwesenden Frauen hatte den von Bai gesandten Jüngling so übermannt, daß er nur mit Mühe herausbrachte, weswegen er gekommen sei. Er müsse den kleinen Sänger sofort nach Hause bringen, sagte er, aber er dürfe keinesfalls angeben, warum. Seine Beschränktheit war offenkundig. Auch als Djehuti ihn bat, ihm die Wahrheit zu sagen, wiederholte er nur, er dürfe nichts verraten.

Als er sich dem Haus näherte, schloß Djehuti aus den vielen Lichtern, daß etwas Ungewöhnliches geschehen war, und seine Angst wuchs. So schnell er konnte, hinkte er zum Eingang des Dienstbotenflügels. In der Tür stand Ipuki.

„Was …" Mit einem Blick erfaßte Djehuti die Gestalt seines Vaters, die hängenden Schultern, die vom Weinen geschwollenen Augen. „Mutter?" flüsterte er.

Ipuki nickte und streckte die Hand aus. Aber der Knabe nahm sie nicht. Ohne nach rechts und links zu sehen, stürzte er ins Haus. An der Tür zum Wohnraum blieb er stehen. Auf der Bettmatte lag still und bewegungslos seine Mutter. Mit zitternden Knien hinkte er auf sie zu.

Mehits Gesichtszüge waren bleich, aber völlig entspannt, fast schien sie leise zu lächeln. Schon umwehte sie ein Hauch von Fremdheit, der Djehuti das Herz brach. Scheu berührte er ihre Hand, die ihm viel kleiner vorkam als gewohnt, und zuckte zurück, als er fühlte, wie kalt sie war. Er sank neben der Toten zu Boden und rutschte ganz nahe zu ihr hin, ohne sie zu berühren, als suchte er ihre Nähe, ohne den Tod finden zu wollen.

„Es war ein Unfall. Sie ist vom Dach gestürzt."

Djehuti hob den Kopf. Er hatte nicht bemerkt, daß sich noch jemand im Raum befand. Ein vornehm gekleideter Mann erhob sich von seinem Stuhl und kam auf ihn zu. Der große Herr! Bai war gekommen! „Sie soll aber nicht gestorben sein!" sagte er gepreßt.

„Jeder von uns muß den Weg nach Westen eines Tages beschreiten. Ich bin sicher, ihr *Ach* wird bei dir sein, wo immer du bist."

„Djehuti!" Ipuki betrat den Raum. „Sie ist jetzt *maa cheru*, eine Gerechtfertigte! Die beste aller Frauen war sie, beim Wiegen des Herzens jubelt *Ma'at*."

Djehuti sprang auf, warf sich in die Arme seines Vaters und barg das Gesicht an seiner Brust. Ipuki wiegte ihn sanft, so wie er es getan hatte, als Djehuti noch ein kleines Kind gewesen war.

„Mehit wird ein schönes Grab erhalten!" sagte Bai. „Und eine sehr gute Balsamierung. Um die Kosten mach dir keine Gedanken!"

„Ich danke dir, Herr! Du bist überaus gütig!"

Unschlüssig ließ der Königssiegler seinen Blick durch den Raum schweifen. „Ich möchte noch mehr für euch tun. Wie kann ich helfen?" Er war nicht sicher, ob sein Diener überhaupt zuhörte. Er erwartete schon keine Antwort mehr, als Ipuki doch noch das Wort ergriff.

„Herr, da ist etwas! Djehuti ist von den Göttern mit der Liebe zur Klangkunst gesegnet worden. Er kann sehr gut singen und Lieder erdenken. Laß ihn von einem guten Lehrer an der Harfe ausbilden!"

Klänge! Lieder! Unwillkürlich sah Bai den Korb vor sich, in dem der verkrüppelte Säugling gelegen hatte, in jener Nacht vor bald zehn Jahren. „Ich werde deinen Wunsch erfüllen", sagte er. „Der beste Harfner, von dem ich weiß, lebt in Waset. Djehuti könnte dort im Lebenshaus des Tempels Lesen und Schreiben lernen."

„In Waset?" Das hielt Ipuki für bedenklich. Djehuti wäre dort ganz allein. Dann besann er sich. Selbstverständlich war es an Bai zu entscheiden. „Es liegt in deiner Weisheit, Herr!" murmelte er.

# IPET-SUT

Die späte Nachmittagsstunde liebte Ihi besonders. Soweit er zurückdenken konnte, hatte ihn die Ankunft der Fischer im Hafen von Waset mit Vorfreude erfüllt. Dann lud Vater den Fang aus, den er eingebracht hatte. Ihi liebte seinen Vater sehr. Geduldig und freundlich hatte der Alte die Söhne gelehrt, wie man Netze flocht, die nicht zerrissen, und an welchen Stellen des Hapiflusses die dicksten Zitterrochen zu erwarten waren. Weder Ihi noch sein Bruder hatten jemals die Rute auf ihren Rücken verspürt. Das rechneten sie ihrem Vater hoch an, denn es war ungewöhnlich. Die Nachbarn hatten darüber oft den Kopf geschüttelt.

Am heutigen sechzehnten Tag des vierten Monats der Überschwemmungszeit wurde Ihi vierzehn Jahre alt. Dies war der letzte Abend, an dem er den Fischern nur ausladen half. Morgen in aller Frühe würde er mit auf den Fluß fahren, ein Mann unter Männern.

Auf dem Hafendamm reihten sich viele Ellen weit die Tische, auf denen Fischnetze geflickt und mit neuen Gewichtssteinen bestückt wurden. Die Familien der Fischer hatten sich fast vollständig versammelt, und unter Gelächter und Geschrei wurde ein Berg silbriger, glitschiger Fischleiber nach dem anderen in die mannshohen Holztröge geleert. Über allem lastete der strenge, metallische Fischgeruch, der noch Meilen vom Hafen entfernt wahrzunehmen war. Die Leute scherten sich nicht darum, denn ihre Nasen waren an den Gestank gewöhnt. Wahrhaftig, dies war eine fröhliche Arbeit! Hapi, der Nilgott, hatte sie großzügig beschenkt! Sie würden zu essen haben und genug, um Getreide eintauschen zu können und vielleicht noch Zwiebeln und ein *Hin* Öl. Sogar die strengen Schreiber des Amun-Tempels sahen freundlicher drein als sonst, denn der große Gott würde nicht darben müssen und seine ergebenen Diener ebensowenig. Sie hockten unter einem gestreiften Sonnenschirm, umwedelt von Fächern aus Straußenfedern, die sowohl Hitze als auch allzu derbe Düfte von ihnen fernhalten sollten. Prüfend glitten ihre Blicke über die breiten Körbe mit dem zappelnden Inhalt, sie nickten anerkennend und beugten sich über die Papyrusblätter, die auf dünnen Holzbrettern über den gekreuzten Knien lagen. Flink tanzten die Binsen darüber und malten lange Kolonnen von Zahlenzeichen. Die Schreiber rechneten mit gerunzelter Stirn und ernster Miene. Es war nicht leicht, einen so verantwortungsvollen Posten auszufüllen, und das sollte jeder sehen!

Ihi gelangte zu dem Damm, an dem die großen Frachtboote anlegten. Südlich davon schlossen sich die Landestellen für die Reiseboote an. Vier Landungsstege streckten sich wie Finger in das schmutzige Wasser des Hafenbeckens.

Die Sonne war inzwischen tiefer gesunken, die Berge über der Totenstadt auf dem Westufer färbten sich dunkler. Einzelne Formen begannen ineinanderzufließen und sich zu verwischen. Fast türkis schimmerten inzwischen die Büsche, während sich über die Gebäude ein rosa Hauch legte.

Von Norden näherte sich eine eindrucksvoll dahingleitende Barke mit einem rechteckigen, orangeroten Segel dem Hafen. An ihrem Mast flatterten bunte Fahnen und Wimpel.

„Weißt du, wer da kommt?"

Erst jetzt bemerkte Ihi einen Knaben neben sich, der mit dem großen Zeh Kringel in den Sand malte. Er war jünger als er selbst, keinesfalls älter als neun Jahre. „Ich weiß es nicht", erwiderte er und wartete. Aber der Kleine blieb stumm, und Ihi beobachtete weiter das Schiff.

Der geschwungene Schiffsrumpf hob sich mit seinem buntverzierten Bug viele Ellen weit aus dem Wasser. In der Kupferumkleidung des Hecks brachen sich die Sonnenstrahlen, und es schien, als stünde die Barke in Flammen. Das orangefarbene Segel verdeckte leicht gebläht die Abendsonne, so daß es wie mit einem Leuchtkranz aus gelbrotem Feuer umgeben war.

„Das ist ein gutes Schiff, mit diesem Schiff werde ich reisen!" meldete sich der Knabe wieder zu Wort.

„Holla, Hochverehrter, warum schicken sie das kleinste ihrer Boote, um dich abzuholen?" spottete Ihi und deutete eine Verbeugung an.

„Du sollst dich nicht über mich lustig machen! Ich fahre bestimmt mit dem Schiff!" Der Kleine schniefte und stemmte die Fäuste in die Hüften. „Und dann komme ich nach Norden ins Große Haus und werde ein sehr reicher Mann, und dann wirst du sehr, sehr betrübt sein."

„Und weshalb sollte ich so betrübt sein?" fragte Ihi grinsend.

„Weil ich diejenigen, die mich verhöhnt haben, töten werde."

Jetzt nahm Ihi den Knaben genauer in Augenschein. Ein undurchdringlicher Blick aus leicht schräg gestellten Augen traf ihn, und plötzlich war ihm nicht mehr nach Scherzen zumute. „Du bist ja verrückt!" murmelte er und entfernte sich ein paar Schritte.

„Glaubst du mir nicht? Du wirst schon sehen! Ich kriege immer, was ich will! Und wenn ich deinen Kopf will, dann bekomme ich den auch!"

„Laß mich in Ruhe!" murrte Ihi. Dieser merkwürdige Kerl war drauf und dran, ihm die Laune zu verderben.

Inzwischen hasteten aus allen Gassen Menschen zu den Landungsstegen. Frauen, die ihre kleinen Kinder in Tüchern auf der Hüfte trugen, bahnten sich ihren Weg durch die immer dichter werdende Menge von Bauern und kleinen Händlern, die am Straßenrand Rüben, Datteln, Dumpalmenfrüchte und Zwiebeln feilgeboten hatten.

„He, sagt doch, wer kommt da über den Fluß?" brüllte ein hagerer Bursche mit pockennarbigem Gesicht.

Fröhlich lärmten die Leute durcheinander. Wer war es? Der Oberste Scheunenaufseher? Die Königin? Der Königssohn von Kusch? Heerführer User? Einer der Wedelträger zur Rechten Pharaos?

„Es ist der Sohn des Königs, ich wette meinen Kopf darauf!" rief ein dicker Glatzkopf mit Hängebacken, dessen stinkender, blutbefleckter Schurz ihn als Metzger auswies.

„Das wirst du gerade wissen, kommst doch nur aus deiner Bude, wenn die Kälber ausreißen, die du abstechen willst!"

„Hat er sich bei dir angemeldet, der Sohn des Königs, hä?" schrie eine alte Frau mit krummem Rücken, deren Kleid so zerschlissen an ihrem mageren Körper herunterhing, daß sie oberhalb der Gürtellinie so gut wie nackt war. Ein paar halbwüchsige Burschen tanzten um sie herum und deuteten feixend auf die faltigen Brüste.

„Komm zu mir, du Traum meiner Nächte!" johlte einer von ihnen. „Zier dich nicht!" Als die Alte die Kerle mit giftigen Blicken bedachte, brüllten sie vor Lachen.

„Platz da! Weg! Zurück, sage ich! Sonst bekommt ihr den Stock zu spüren!" Zwei Wimpelträger tauchten am Ende einer schmalen Gasse auf.

Ihi schlängelte sich blitzschnell durch die Menge. Als er Priester mit kahlgeschorenen Köpfen, bodenlangen weißen Schurzen und gelben Schärpen gewahrte, stieß er einen Pfiff aus. Das waren die Farben des großen Amun-Tempels von Ipet-Sut, der Götterstadt! Hier kam der Hohepriester des Amun! Wachsoldaten in weißen Schurzen und ledernen Wämsern marschierten im Gleichschritt. Eine Gruppe von vier Tonkünstlern tanzte mit wiegenden Oberkörpern und weitausholenden Schritten. Hoch über den Köpfen von vier stämmigen Nehesiu, Männern des Südlichen Fremdlandes, schwankte ein hölzerner Tragstuhl, bemalt in Gelb und Weiß, von dessen Stangen gelbe Bänder flatterten. Darin saß ein vornehm gekleideter Mann mit unnahbarer Miene.

„Weg da, ihr Ungeziefer, ihr Krötengezücht, macht den Weg frei für den Hohenpriester des Amun, Platz für den edlen Roma-Roy!"

Ehrfurchtsvoll wichen die Leute zurück. Der Hohepriester des Amun, Roma-Roy, Herr der Tempelstadt von Ipet-Sut, war ein schlanker, etwa fünfzigjähriger Mann. Er war in makelloses Weiß gewandet und trug einen breiten Goldkragen, in dem schmale Stäbe aus tiefblauem Lapislazuli strenge Muster formten. Seine Füße steckten in Sandalen, deren Sohlen an allen Seiten emporgezogen und mit purem Gold bedeckt waren. Golden funkelte es auch von seinen Oberarmen, Handgelenken und seinem Gürtel. Ein goldener

Stirnreif zierte den glattrasierten Schädel. Tiefe Furchen durchzogen seine Wangen, und zwischen den Augenbrauen ragten zwei Falten senkrecht in die Höhe.

„Es ist da! Das Schiff legt an!"

Eine wuchtige Landebrücke schob sich über den Schiffsrumpf hinaus. Am Ufer packten Sklaven das Ende der Brücke und ließen es in die dafür vorgesehenen Halterungen auf dem Steg einrasten.

Mehrere Leute verließen das Innere des Schiffs und betraten das Deck. Dem Aussehen und der Kleidung nach schienen sie gehobene Beamte zu sein. Das Leinen ihrer Schurze fiel, wie nur feinstes Leinen fällt, und ihre Gesichter trugen einen abwesenden und leicht hochmütigen Ausdruck. Sie nahmen Aufstellung und verharrten in angedeuteter Verbeugung. Ein Mann trat hervor, und die Verbeugungen wurden tiefer.

Mit federnden Schritten ging der Gesandte über die Brücke. Ihis Blick hing voll Bewunderung an der hohen, schlanken Gestalt. So also sah einer aus, der an der Seite des Königs zu finden war, dessen Worte an die göttlichen Ohren drangen! Im Unterschied zu Roma-Roy trug der Mann wenig Schmuck, sein Zierkragen bestand aus glasierten Tonperlen, und lediglich um den linken Oberarm schlang sich eine silberne Natter. Dafür bedeckte eine gewaltige, pechschwarze Perücke sein Haupt, deren Locken wie gedrechselt bis auf die Schultern reichten. Er besaß ein scharfkantiges Gesicht mit hohen Backenknochen und weit auseinanderliegenden dunklen Augen unter breiten, geraden Brauen. Über einem ausgeprägten Kinn wölbten sich volle Lippen. Jede seiner Bewegungen verriet, daß er sich seiner eindrucksvollen Erscheinung bewußt war.

Dann verließ ein weiterer Ankömmling das Schiff: Eine bucklige Gestalt hinkte über die Landebrücke.

Der Hohepriester Roma-Roy schritt seinem Gast entgegen. „Ich grüße den *Sesch Nisut*, den Königlichen Schreiber, *Sedjauti Biti*, den Siegler Seiner Erhabenheit, Leben, Heil, Gesundheit! Ich grüße den, durch welchen Seine Erhabenheit heute zu mir spricht! Ich grüße den großen Bai!"

„Ich danke dir für den Empfang, Roma. Ich überbringe das Wohlwollen Pharaos, Leben, Heil, Gesundheit. Ferner die Güter für die Versorgung der Totenstadt, denn es spricht der König: ‚Mache, daß ihre Versorgung überfließe!'" Leiser setzte Bai hinzu: „Außerdem habe ich Nachrichten für dich. Ich erwartete eigentlich, auch den Wesir der Südlichen Landeshälfte hier zu sehen. Wo ist er?"

„Pa-nehesi kommt erst morgen aus dem Wawat zurück und stößt dann geradewegs zu uns. Bis dahin vertritt ihn Pensechmet. Ohne den Wesir des Nordens", hier klang Romas Stimme etwas spitz, „faßt Pa-nehesi in letzter Zeit keinerlei Beschlüsse mehr. Ich schlage vor, wir begeben uns nach den Opfern im Tempel sofort in mein Haus, um die notwendigen Dinge zu besprechen."

Bai nickte zustimmend und drehte sich um. „Komm, Djehuti!" Zu Roma-Roy gewandt, sagte er: „Ein Knabe, der gut singt. Er soll hier ausgebildet werden: Lesen, Schreiben, Harfenspiel!"

Roma-Roy musterte den Knaben. Dann warf er Bai einen scharfen Blick zu. „Jemand, von dem man wissen sollte?"

Bai wollte antworten, als er jäh gehindert wurde. Ein lauter Schrei ertönte aus nächster Nähe, gefolgt von einem klatschenden Geräusch, und gleich darauf brüllte die wütende Stimme eines Mannes. „Dir werde ich es zeigen, du Stück Dreck! Sofort gibst du's zurück!"

Auf dem Boden wand sich ein Menschenknäuel. Leute gröhlten, während andere entsetzt das Weite suchten. Eine kleine Gestalt löste sich aus dem Wirrwarr, schoß quer durch die Versammlung und rempelte Roma-Roy so heftig an, daß dieser gestürzt wäre, hätte Bai ihn nicht geistesgegenwärtig aufgefangen.

„Ein Überfall!" rief eine Stimme.

„Ein Anschlag auf den Hohenpriester!" brüllte ein Soldat.

„Mörder!" erscholl es aus der Menge. „Haltet ihn!" „Ihr Götter, helft!"

Djehuti wollte gerade den Landungssteg verlassen, als er umgerannt wurde, noch ehe er überhaupt begriff, was geschah. Seine Hand suchte rudernd nach Halt, griff aber ins Leere. „Hilfe!" Sein

Ruf klang mehr überrascht als entsetzt, dann stürzte er kopfüber in das schmutzige Hafenwasser.

In diesem Augenblick erkannte der Fliehende, daß sein Fluchtweg ihn geradewegs über den Steg in den Fluß führen würde, und änderte die Richtung. Dabei übersah er einen Soldaten, der sich ihm in den Weg stellte. Mit einem harten Schlag prallte er gegen den Bewaffneten. Der schloß die Arme um ihn und preßte ihn mit mörderischer Gewalt an sich.

Ein anderer Soldat warf Schwert und Helm zu Boden, riß sich das Wams vom Leib und sprang ins Wasser. Djehuti schnaubte, gurgelte und schlug heftig um sich. Sein Retter wußte sich schließlich nicht anders zu helfen, als ihm den Arm so schmerzhaft auf den Rücken zu drehen, daß der Knabe nur noch einen langen Heulton von sich gab, sich aber nicht mehr bewegte. Als er schließlich wieder auf dem Steg stand, flog er am ganzen Körper. „Ich will wieder nach Hause!" schluchzte er. „Wenn ich ertrinke, bin ich für immer tot."

„Du bist nicht ertrunken", stellte Bai fest.

„Wer ist der Verbrecher?" schnarrte die Stimme des Hohenpriesters, und Bai nahm den Täter in Augenschein. Den hielt der Soldat noch immer an sich gepreßt. Der Knabe keuchte, sein Gesicht war blaurot angelaufen, und aus den Nasenlöchern troff Blut.

„Laß mich los, du Sklaventreiber!" krächzte er. „Ich habe nichts getan! Ich will heim! Laßt mich nach Hause gehen!"

„Elender, was fällt dir ein! Wenn du größer wärest, würde dich das hier Nase und Ohren kosten!" Der Soldat schüttelte den Kleinen, schleifte ihn hinter sich her, warf ihn vor dem Hohenpriester in den Staub und nagelte ihn mit dem Fuß auf dem Boden fest. „Da ist er, Herr!"

„Wie ist dein Name?" herrschte Bai den Knaben an. „Warum dieser Anschlag?"

„Ich heiße Apachte, und ich weiß nichts von einem Anschlag! Bitte laß mich gehen, ich muß nach Hause!" Der Soldat riß ihn am Ohr in die Höhe.

Bai beachtete die Grobheit nicht. „Nach Hause mußt du? Wo ist das?"

„Ich wohne in der Totenstadt auf dem anderen Ufer!"

Ein Hauptmann näherte sich und verbeugte sich tief vor Bai. „Du mußt dich nicht um ihn kümmern, Großer, ich sorge dafür, daß er fortgebracht wird."

Roma-Roy hatte inzwischen zu seiner würdevollen Haltung zurückgefunden. „Die Angelegenheit ist wohl bei diesem Soldaten in den besten Händen", sagte er mit Nachdruck.

Bai musterte Apachte, wie man einen seltenen Käfer betrachtet, und bedachte ihn zum Erstaunen der Umstehenden ein weiteres Mal mit der Ehre, angesprochen zu werden. „Und wo in der Totenstadt ist dein Zuhause? Wer ist dein Vater?"

„Mein Vater heißt Paneb, er ist ein Diener am Großen Platz, und sicher wird er einmal Vorarbeiter!"

Bai verbiß sich ein Lachen. „Ich glaube, von einem Anschlag kann wirklich nicht die Rede sein", sagte er zu Roma-Roy. „Aber der Knabe wird Schwierigkeiten bekommen. Ich schlage vor, wir nehmen ihn in ein paar Tagen mit hinüber in die Totenstadt."

„Wenn du es wünschst, dann möge es so geschehen", antwortete der Hohepriester mit undurchdringlicher Miene. Er winkte seinem Gefolge.

In diesem Augenblick bahnte sich ein rundlicher Mann seinen Weg durch die Menge. Er zerrte den widerstrebenden Ihi hinter sich her. Vor Bai und Roma-Roy ließ er sich auf den Bauch fallen.

„Ich habe einen Zeugen, Herr! Der Verbrecher hat versucht, mir einen Silberring zu stehlen! Dieser hier, welcher mein Zeuge ist, hat alles gesehen!"

Apachte warf Ihi einen bösen Blick zu, den der nur zu gut als Warnung verstand. Ihi war vor Schreck wie benommen. Bei allen finsteren Gespenstern, warum war er nicht beizeiten zu den Fischern zurückgekehrt? Mußte er in die Diebereien dieses Zwergs verwickelt werden?

Bai wechselte einige Worte mit dem Hauptmann. Der versetzte dem auf dem Boden liegenden Dicken einen Tritt gegen die Schulter. „Verschwinde augenblicklich, und danke den Göttern, daß du so davonkommst!"

Der Mann rappelte sich auf und wollte noch etwas sagen.

„Noch ein Wort, und ich werde dich lehren, was es heißt, einen wichtigen Empfang zu stören!" fuhr ihm der Soldat über den Mund.

„O bitte, Gnade, verzeih mir! Ich gehe schon!" Unter vielen Verbeugungen, aber grimmige Blicke um sich werfend, stolperte der Bestohlene davon.

„Schluß jetzt!" Roma-Roy verlor die Geduld. Er wies mit dem Zeigefinger auf den Soldaten, der Apachte noch immer am Ohr festhielt. „Schaffe mir den Kerl aus den Augen und sperre ihn ein!" Er überlegte kurz. „Und kette ihn an!"

Apachte riß die Augen auf und starrte die Männer offenen Mundes an. Er war so entsetzt, daß er vergaß, zu schreien oder sich zu wehren. Widerstandslos ließ er sich abführen. Doch als er an Djehuti vorbeikam, zischte er ihm zu: „He, Mißgeburt, schade, daß du nicht abgesoffen bist."

Ihi war diese Gehässigkeit nicht entgangen. Eine Weile rang er mit sich, ob er es wagen sollte, den Krüppel anzusprechen. Dann faßte er sich ein Herz. „Mach dir nichts daraus", sagte er. „Er ist ein Schwein, vergiß ihn!"

Djehuti strich sich eine tropfende Haarsträhne aus dem Gesicht. „Ich versuche es."

Bai sah Ihi nachdenklich an. „Komm jetzt", sagte er zu Djehuti.

Roma-Roy nahm in seinem Tragestuhl Platz. Für Bai und Djehuti stand eine offene Sänfte bereit. Der Zug bildete sich erneut, die Wimpelträger setzten sich in Bewegung, und die ersten Klänge der Trompeten schallten bereits über den Platz, als Bai Ihi zu sich winkte: „Erfülle einen Auftrag für mich, Bursche! Setze über den Fluß und laß über die Medjau der Totenstadt dem Arbeiter am Großen Platz, Paneb, ausrichten, daß er seinen Nachwuchs bald zurückbekommen wird. Und dann gehe zum Palast des Hohenpriesters und melde dich bei mir."

Wild klopfte Ihi das Herz. Er getraute sich nicht, den Blick zu heben, und wagte kaum zu atmen. Erlebte er das wirklich oder träumte er? Einer der ganz Großen des Landes, einer, der vertraut mit dem Gott sprach, redete mit ihm, Ihi, dem Fischerssohn?

„Ich werde alles tun", flüsterte er, „genauso wie du es befiehlst. Du sollst keine Klage führen müssen über mich."

Bai lächelte. „Wie heißt du?"

„Ich bin Ihi, Sohn des Hau, und immer zu deinen Diensten."

Doch der Große beachtete ihn nicht mehr. Die Träger schulterten ihre vornehme Last, und der Zug verließ, begleitet von Klatschen und Hochrufen, die Anlegestelle.

Ihi starrte hinter ihnen her, bis sie nicht mehr zu sehen waren. Dann stieß er einen Jauchzer aus und rannte zur Anlegestelle der Flußfähren.

Der Empfangssaal im Palast des Hohenpriesters von Ipet-Sut erstrahlte im Licht zahlloser Fackeln. Djehuti beendete sein Lied und verbeugte sich. Umständlich kletterte er von einer kleinen, mit Blumen behängten Bühne, während die Zuhörer freundlich Beifall spendeten. Auch der Harfner und ein Zimbelspieler nickten ihm anerkennend zu.

Bai neigte sich zu ihm und flüsterte ihm etwas ins Ohr. Der Knabe nickte und trat einen Schritt vor. „Dank, o Großer, Dank für deine huldvolle Aufmerksamkeit. Mögest du einhundertzehn Jahre lang leben in Freuden."

Roma-Roy lächelte. „Du hast schön gesungen, und ich bin erfreut."

„Gehe nun in deine Unterkunft!" befahl Bai.

„Darf ich nicht hierbleiben?" fragte Djehuti, verstummte aber sofort, als er Bais Gesicht sah. Er hinkte zur Tür, wo eine ältere Dienerin auf ihn wartete. Bevor er den Saal verließ, sah er sich noch einmal um. Bai fühlte sich unwillkürlich angerührt durch die Verlorenheit in seinem Blick.

Das festliche Mahl zu Ehren des hohen Besuchs neigte sich seinem Ende entgegen. Roma-Roy hatte nur die allerhöchsten Würdenträger Wasets dazu geladen, denn der Aufenthalt Bais und seines Gefolges in der Südlichen Stadt galt als Arbeitsbesuch und stellte somit kein gesellschaftliches Ereignis dar. Die Ehrensitze für die Gäste befanden sich in der Mitte des Saales, so daß jeder der Speisenden den Gesandten Pharaos bewundern konnte. Einige der Geladenen wandelten im Raum umher, einen Becher Wein in der Hand und eine vornehme Frau in durchsichtigem, gefälteltem Kleid an der Seite. Die Luft war geschwängert mit dem Duft von Weihrauch und Sandelholz, den flache Kohlenbecken verströmten, und den süßlichen Gerüchen der schmelzenden Parfümwachskegel auf den Perücken der Gäste. Zwischen ihnen trugen blutjunge, ausgesucht schöne Dienerinnen von höchstens elf oder zwölf Jahren Schalen mit bunten Süßigkeiten. Die Mädchen waren bis auf schmale, silberne Gürtel vollständig nackt.

Bai schob den Teller von sich und lehnte sich in seinem Sessel zurück. Das Essen hatte vorzüglich gemundet, der Wein war von allererster Güte, aber dennoch fühlte er sich nicht wohl. Noch wußte er nicht, woran das lag. Obgleich er die Forderung des Guten Gottes nach Gold noch gar nicht vorgetragen hatte, spürte er eine Zurückhaltung des Hohenpriesters, die er sich nicht erklären konnte. Roma-Roy hatte es an nichts fehlen lassen, jeder Anforderung der gesellschaftlichen Formen war Genüge geleistet worden. Doch er hielt etwas in seinem Herzen zurück, dessen war Bai gewiß.

Der Hohepriester stand auf und richtete das Wort an seine Gäste. „Meine Freunde, ich hoffe, das Mahl hat euch gemundet und eure Herzen sind erhoben, wie es der Gottheit gefällt. Der Dichter spricht: ‚Sei fröhlich, daß du dein Herz vergessen lassest, daß man dich dereinst verklären wird. Begehe den Tag fröhlich und werde dessen nicht müde!' In diesem Sinn bitte ich euch, noch viele Becher zu leeren, während ich mich unserem hohen Gast widme."

Auf seinen Wink hin erhob sich Bai und folgte ihm in ein kleines, aber erlesen ausgestattetes Arbeitszimmer. Ein flauschiger Teppich bedeckte den Steinfußboden, und in Truhen stapelten sich Papyrusrollen. Die beiden Männer nahmen Platz.

„Du bringst Anweisungen vom Großen Haus, Königlicher Schreiber und Freund?" begann Roma-Roy vorsichtig. War Bai über die Besucher unterrichtet, die ihn vor einigen Tagen aufgesucht hatten?

„So ist es, Schauender des Amun. Der Gute Gott Ba-en-Ra Merenptah, Leben, Heil, Gesundheit, trug mir auf: ‚Gehe zur Südlichen Stadt und bringe Güter in Fülle für jene, welche die Wohnstatt für die Ewigkeit Meiner Erhabenheit im Leib des Hathorberges bereiten.'"

Roma-Roy nickte beifällig. Die Handwerker am Großen Platz der Wahrheit mußten hervorragend versorgt werden. Fraglos erhielten sie weit mehr Getreide und Öl als andere Arbeiter in Waset. Die Sorge um das tägliche Essen sollte sie nicht von der heiligen Arbeit ablenken. Außerdem, und das befriedigte den Hohenpriester besonders, entlasteten großzügige Lieferungen aus der Hauptstadt und dem fruchtbaren Harpunengau im Nordwesten des Landes die Vorratshäuser des Amun-Tempels.

„Ferner sagte er: ‚Gehe mit unserem Hohenpriester in Waset und dem Wesir des Südens und all jenen, welche auf höchstem Posten Meiner Erhabenheit dienen, zur Stätte der *Ma'at*. Lasse fünf Standbilder Meiner Erhabenheit zum Horizont der Ewigkeit bringen. Vergewissere dich, daß alle Spuren des Großen Nasses beseitigt sind, das die Götter nach ihrem unerforschlichen Ratschluß über die westlichen Berge gebracht haben.'"

„Es wird alles geschehen nach dem Wunsch Pharaos, Leben, Heil, Gesundheit", sagte der Hohepriester. Er verschränkte die Arme über der Brust und wartete.

Auch Bai schwieg, fast länger, als es höflich war. Er verlieh seinem Gesicht einen offenen, freundlichen Ausdruck, was ihm nicht schwerfiel. Am Hof von Men-nefer entwickelte man meisterliche Fähigkeiten in der Kunst, sich zu verstellen. „Du weißt, Ehrwürdiger", unterbrach er endlich die lastende Stille, „daß der König, Leben, Heil, Gesundheit, seinen göttlichen Falkenblick stets über die Grenzen unseres Geliebten Landes schweifen läßt."

Roma-Roy sah ihn ausdruckslos an. „Niemals zweifle ich an der Wachsamkeit Seiner Erhabenheit, Leben, Heil, Gesundheit!"

„Gewiß nicht", versicherte Bai und wurde deutlicher: „Nun hat ebenjene Wachsamkeit zutage gebracht, daß unserem Land Kemet große Gefahr droht von den elenden Stämmen der *Libu*, der *Tjehenuiu* und der *Meschwesch*."

Der Hohepriester zog seine Stirn in tiefe Falten. „Seit undenklichen Zeiten gehören diese verachtungswürdigen Würmer zu den Völkern der Neunbogen, welche die Feinde Pharaos sind."

‚Er kennt meinen Auftrag', dachte Bai voll Argwohn. ‚Irgend jemand ist mir zuvorgekommen. Das heißt, er hat Verbündete bei Hof, die schneller sind als ich.' Laut sagte er: „Hast du von Meri gehört, dem Sohn des Did? So heißt der finstere Häuptling der Libyer!"

„Ich kenne seinen Namen. Ist er nicht einer, der all jene hinter sich zusammenschließt, die den Tod lieben und das Leben hassen?" Mit Bedacht wählte Roma die Redewendung, die den libyschen Feind seit jeher beschrieb. So leistete er den überkommenen Gepflogenheiten Genüge, ohne einen Hinweis auf seinen Standpunkt zu geben.

„Seth möge über ihn kommen und ihn vernichten!" sagte Bai ernst und sehr förmlich. „Die Feinde überschreiten zahlreich wie die Heuschrecken die Grenzen unserer geliebten Heimat. Der starke Arm Merenptahs aber, Leben, Heil, Gesundheit, wird diese Verbrecher zermalmen. Alle Götter Ägyptens sind an seiner Seite." Hier legte Bai eine Kunstpause ein. „Und besondere Unterstützung erfährt er durch Amun-Ra, seinen göttlichen Vater, der für ihn die Tore seiner Vorratshäuser öffnen möge, um Ströme von Gold nach Norden zu lenken."

Pharao Merenptah brauchte Gold, um die Truppen gegen die libyschen Feinde auszustatten. Vor dem inneren Auge des Hohenpriesters erschienen die gestrengen Mienen der beiden Boten, die ihn vor sechs Tagen aufgesucht hatten: „Der Süden, Roma-Roy!" hatten sie gedrängt. „Das Haus Amuns muß besonders die südliche Grenze schützen! Es droht Aufstand unter den Bewohnern des elenden Kusch! Und traue niemals dem ‚Fremden aus nördlichem Land'! Blindheit schlug Seine Erhabenheit, Leben, Heil, Gesundheit, gegenüber diesem Betrüger."

Von vielen wurde Bai als ‚Fremder aus nördlichem Land' bezeichnet, aber noch keiner hatte ihn zuvor einen Betrüger genannt. Der Hohepriester wußte, daß Bais schneller Aufstieg von vielen Ägyptern mit Befremden beobachtet worden war. Bai besaß jedoch die Gunst des Pharao und eine ungewöhnliche Fähigkeit, sich unentbehrlich zu machen. Er stammte aus Gublu; seine Vorfahren kamen aus dem Hurriterland, und vielleicht war ihm sein Verhandlungsgeschick aus der Wendigkeit erwachsen, die ihm zahlreiche Geschlechter von Reitersoldaten, Händlern und Kaufleuten vererbt hatten. Gewandtheit und ein Sinn für Vorteile aber waren eine Sache, Betrug eine andere.

„Vom Gold Amuns magst du zum Großen Haus schaffen, was entbehrlich ist", erklärte der Hohepriester schließlich unbestimmt, „doch sind die Truhen und Kästen nicht gefüllt. Zuviel wurde verwendet, um Medjau auszustatten. Die Medja-Soldaten mußten räuberische Nehesiu in ihre öden Wüstentäler zurücktreiben."

„Willst du damit sagen, die Schatzhäuser Amuns seien leer?" fragte Bai ungläubig. „Seit wann werden die Schutztruppen mit Tempelgold ausgehoben? Dafür sind die staatlichen Häuser des Goldes zuständig!"

„Besondere Ereignisse erfordern besondere Maßnahmen, das brauche ich dir nicht zu sagen, hochverehrter Bai. Seit einigen Monden stöhnen die Lande von Abdju bis hinunter nach Ta Seti unter den Überfällen der verfluchten Wüstenräuber. Die Bauern rufen nach einer starken Hand. Ohne Schutz gehen sie zugrunde!"

Bai zweifelte keinen Augenblick, daß jeder einzelne Medja aus der Verwaltung des Wesirs versorgt wurde. Der Hohepriester würde sich hüten, mit der Aufstellung von Schutztruppen ein Musterbeispiel zu schaffen, durch das künftig unabsehbare Kosten auf die Tempelverwaltung zukämen. Was ging hier vor? „Und die Schatzhäuser des Königs? Wo ist deren Gold? Muß ich im Großen Haus berichten, daß ausgerechnet die Diener Amuns in der Stunde der Bewährung die Ohren verschließen?"

„Keinesfalls. Jederzeit ist es Amun, der über das Land wacht. Und wir, die wir seiner Herrschaft verpflichtet sind, haben Medjau ausgerüstet für die Wüstenstraßen und Schiffe mit Versorgungsgütern zu den Festungen des Südens geschickt. Buhen, Semna und Shalfak jubeln über die Freigebigkeit Amuns." Der Hohepriester sprach mit leiser, aber fester Stimme, in der ein gewisser Stolz mitschwang. „Und selbstverständlich hat Amun seinen Blick auch nach Norden gerichtet!"

Bai erbleichte. „Roma-Roy, wer hat dich aufgesucht? Nie werden im Großen Haus die Befehle doppelt erteilt. Um der Götter willen, sprich!"

‚Kein Gold an den Hurriter, auf gar keinen Fall!' hatten die Sendboten eindringlich gewarnt. Roma-Roy fand es schwierig, in seinem Gegenüber einen Landesverräter zu sehen. „Das Boot *Falkenschwinge* ist bereits nach Men-nefer unterwegs mit den Gaben Amuns für die Soldaten Seiner Erhabenheit, Leben, Heil, Gesundheit." Unbehagen beschlich ihn. Hatte er den falschen Leuten vertraut? „Ich bin stets bedacht", fuhr er fort und betonte jedes Wort, „auf zuverlässige Verbindungen zum Großen Haus. Das ist meine Pflicht als Hoherpriester des Amun. Du dürftest das wissen!"

Bai gab jede Zurückhaltung auf. „Aber du willst zu mir nicht offen sprechen, habe ich recht? Zu mir nicht oder überhaupt nicht?"

Roma-Roy hielt sich weiter bedeckt. „Ich frage mich, verehrter Bai, was dir Schwierigkeiten verursacht. Seine Erhabenheit, Leben, Heil, Gesundheit, kann auf die unbedingte Ergebenheit der Priesterschaft des Amun zählen. Ich habe die Unterstützung, um derentwillen du mich aufsuchst, in sozusagen vorauseilendem Gehorsam bereits auf den Weg gebracht. Wie ich die Angelegenheit sehe, kannst du Seiner Erhabenheit uneingeschränkten Erfolg melden."

„Bis auf einen kleinen, aber entscheidenden Fehler!" erwiderte Bai. „Ich hoffe, du bist ganz sicher, daß es wirklich die Leute Seiner Erhabenheit sind, die in Men-nefer auf die *Falkenschwinge* warten!"

Sobekmose, der Medja-Schutzmann, bog in die Hauptgasse Pa-Tímes ein. Schon von weitem sah er Tische vor dem Haus des weißhaarigen Malers Montemhab. Acht bis zehn Familien, so schätzte er, saßen beisammen, und nach der Lautstärke des Gesangs zu schließen, wurde dem Bier eifrig zugesprochen.

„Bei euch gibt es ein Fest nach dem anderen!" rief er aus. „Was feiert ihr denn heute?"

„Heute ist Montemhabs Jubelfest!" tönte es ihm entgegen. „Vierzig Jahre Arbeit am Großen Platz der Wahrheit! Komm her, Freund, iß und trink mit uns!"

Montemhab wies auf die Teller, wo sich Fleisch und Brot türmten, so köstlich duftend, daß Sobekmose das Wasser im Mund zusammenlief. „Ich danke dir. Aber zuvor muß ich mit Paneb sprechen!" Der Medja blickte sich suchend um. „Wo ist er?"

„Hier bin ich!" Der Steinmetz Paneb erhob sich mühsam von seiner Matte. Er stand schon nicht mehr ganz sicher auf den Beinen, aber er war bester Laune. „Nur du hast uns noch gefehlt!" rief er. „Sprich, Sobekmose, welche Botschaft bringst du mir?"

„Es geht um deinen Sohn."

„Er ist schon wieder ausgerissen, der Tunichtgut!" Nicht einmal Apachtes Missetaten vermochten Panebs bierselige Stimmung zu trüben.

„Ich habe Nachricht von ihm!"

Ein Schrei ertönte, und Wabet bahnte sich ihren Weg zwischen Schüsseln und Tellern hindurch. „Warum hast du ihn nicht mitgebracht?"

„Mach dir keine Sorgen", beschwichtigte Sobekmose. „Du wirst ihn morgen zurückbekommen. Ein junger Fischer vom Ostufer suchte mich auf. Er fragte mich nach einem Mann namens Paneb."

„Und sieh an, du kanntest einen!" dröhnte dieser und brach in Gelächter aus. Als niemand einfiel, verstummte er.

„Apachte wurde festgenommen", erzählte Sobekmose.

„Festgenommen?" stieß Wabet hervor. „Aber warum denn? Er ist ein Kind!"

Ein Stimmengewirr erhob sich. Jeder der Festgäste glaubte zu wissen, weswegen Apachte im Kerker saß und warum so etwas schon lange einmal kommen mußte. Vorarbeiter Neferhotep drängte sich nach vorn, und hinter ihm erschien das zerfurchte Gesicht des Schreibers Ken-her-chepeschef. „Berichte, was dir jener Fischer erzählte."

„So rede schon!" rief Wabet.

„Komm schon, komm schon!" sagte Paneb gönnerhaft und legte den Arm um seine Frau. „Er ist eben ein Racker!"

„Laß mich!" schrie sie auf und schlug den Arm fort. „Warum sprichst du so? Du schlägst ihn immer wieder halbtot!"

„Ruhe jetzt!" befahl Neferhotep scharf. „Laßt uns hören, was Sobekmose zu berichten hat!"

Alle verstummten. Die Feststimmung war verflogen.

„Der Bursche fragte mich nach dem Diener Paneb am Großen Platz der Wahrheit. Ein Großer sende ihn, einer, dessen Wort an das Ohr König Merenptahs, Leben, Heil, Gesundheit, dringe."

„Was?!" „Unmöglich!" „Was sollte so einer mit Apachte zu tun haben?" „Der lügt doch!" Wieder dauerte es, bis die erstaunten Ausrufe erstarben und Sobekmose seinen Bericht fortsetzen konnte.

„Der Siegler Seiner Erhabenheit kam in Waset an, und am Hafen begrüßten ihn nicht nur der Hohepriester des Amun und die halbe Stadt, sondern auch ... Apachte!" Mit einem ausgeprägten Sinn für Spannung wiederholte Sobekmose die Geschichte, die ihm der Fischer Ihi erzählt hatte. Montemhabs Gäste hingen an seinen Lippen. Wer weiter hinten saß, versuchte, sich nach vorn zu drängen. Der Medja genoß es, im Mittelpunkt zu stehen, daher schmückte er seine Erzählung mit der einen oder anderen blumigen Einzelheit aus, die seine Vorstellungskraft hinzufügte, ohne daß er sich dessen bewußt war.

Niemand achtete auf das kleine Mädchen, das ein paar Häuser weiter aus einer Haustür trat und sich suchend umsah. Als es die Gesellschaft gewahrte, lief es eilends herbei. „Mama, kommst du, bitte? Mama!" flüsterte die Kleine drängend und zupfte an Baket-Ras Rock.

„Huti! Was machst du hier? Du solltest schlafen!" Ihre Mutter war unwillig über die Störung. „Geh heim und lege dich wieder hin! Ist Muti auch auf?"

„Nein, die schläft!" sagte Hutemwija. „Aber ich kann nicht schlafen. Es ist heiß, und auf dem Dach steht ein Gespenst."

Ein Gespenst also! Baket-Ra seufzte. „Nesmut! Erzähle mir nachher, was er noch gesagt hat, ja?" wisperte sie der älteren Frau zu, die gespannt der Schilderung Sobekmoses folgte. „Ich muß heim und ein Gespenst verjagen!"

Sie nahm die Hand ihrer kleinen Tochter. Kurze Zeit später standen sie auf dem Dach ihres Hauses. Mehrere Schlaflager reihten sich aneinander, denn eine laue Nacht wie diese verbrachte die Familie lieber hier als in den unteren Räumen. Mutemwija lag unter einer Decke und schlief fest.

„Zeige mir das Gespenst, Huti, damit ich es vertreiben kann."

„Da drüben ist es!" sagte Hutemwija und deutete auf eine Ecke des Dachgartens, wo eine kleine Gummibaumakazie in einem Holzkübel ein kärgliches Dasein fristete.

„Weiche zurück, o Gespenst!" sagte Baket-Ra feierlich und malte geheimnisvolle Zeichen in die Luft. „Nicht darfst du stören den Schlaf dieses Kindes! Weiche zurück! Fahre ein in das finstere Loch, aus dem du gekommen bist!" Hutemwija verfolgte mit großen Augen jede ihrer Bewegungen. „Gut so? Jetzt lege dich wieder hin und fürchte dich nicht mehr!"

Hutemwija kroch unter ihre Decke und kniff die Augen zu.

„Die Götter mögen dich schützen!" flüsterte Baket-Ra und streichelte ihr über die Stirn. Sie ging auf die Treppe zu, doch bevor sie in die Dunkelheit hinabstieg, warf sie noch einen Blick zum Himmel hinauf. Sterne funkelten in unendlicher Ferne, und angesichts der erhabenen Unendlichkeit wurde ihr das Herz weit. ‚Ich liebe euch, meine Mädchen!' dachte sie. Doch dann stellte sich eine unerklärliche Beklommenheit ein. Hatte sie das Gespenst nicht gründlich genug verjagt?

Am Fuß der Treppe blieb sie stehen. Alles war dunkel. Sie spähte durch die offene Tür des Empfangsraumes. Gegen das Fenster konnte sie die Umrisse eines Mannes erkennen. Vor Schreck schwanden ihr beinahe die Sinne.

Der Mann drehte sich zu ihr um. Da wußte Baket-Ra, wer hier auf sie wartete.

„Niu!"

„Baket-Ra!" Schon war Niu bei ihr, schloß die Arme um sie und drückte sie an sich. Seine Lippen glitten über ihr Gesicht, und seine Hände streichelten sie, als wolle er sie überall gleichzeitig berühren. „Geliebte, ich halte es nicht mehr aus. Laß mich deine Schönheit sehen!"

„Bitte, Niu!" stöhnte Baket-Ra. „Es kann jeden Augenblick jemand kommen. Wir müssen vorsichtig sein!" Doch ihre Bewegungen straften die Worte Lügen. Ihr Herz eilte ihm zu, und ihr Leib gehorchte nicht der Vernunft.

Niu zog sie vom Fenster fort. „Sie sind alle beim Fest. Für den Augenblick sind wir sicher. Verzeih mir, aber ich konnte es nicht mehr ertragen, dich zu sehen, ohne dich berühren zu dürfen."

„Auch ich sehne mich nach dir, Niu, aber ich habe Angst!"

„Du hast mein Herz genommen, und jetzt bin ich gefangen. Ich glaube, ich kann nie wieder frei sein!"

„Ich bin so wenig frei wie du! Aber was können wir tun?"

„Sprich nicht mehr, meine Schöne! Laß mich dich ..." Nius Stimme erstarb. Seine Hände schoben sich unter ihr Kleid, und Baket-Ra schloß die Augen. Tief in ihrer Leibesmitte entfaltete sich ein Strauß funkelnden Lichts, und sie überließ sich dem Strom der Freude, der aus ihr hervorbrach.

Keiner von beiden bemerkte, daß sich die Tür geöffnet hatte.

„Baket-Ra! Niu!!"

Baket-Ra schrie auf. Hastig griff sie nach ihrem Kleid und hielt es sich vor ihre Blöße. Niu dagegen rührte sich nicht. Wie gelähmt saß er auf dem Fußboden und starrte in das Licht der Lampe, die seine Mutter in der Hand hielt. „Bitte, ich ..."

Niu vernahm Grauen in Baket-Ras Stimme und sein Blick flog zu ihr. Baket-Ra sah nicht Nesmut an. Sie schaute auf jemanden, der hinter seiner Mutter stand.

Dort stand sein Bruder Nacht.

„Du schmutziges Hurenweib!" Nesmuts Stimme schlug in Kreischen um. „Ich habe es gewußt! Ich habe es immer gewußt, daß du so eine bist! Schäme dich, du ... du ...!" Die alte Frau stürzte sich auf Baket-Ra.

„Mutter, bitte überlaß das mir! Mutter!" Nacht riß Nesmut zurück und stieß sie zur Seite.

Die Alte geiferte weiter, und Speichel sprühte ihr von den Lippen. „Dafür verdienst du den Tod, du falsches Luder, und Prügel, vor allem Prügel, harte Prügel, nicht wahr, Nacht? Du wirst sie schlagen, wie sie es verdient!"

„Mutter, sei endlich still!"

„Mama, Mama!" Hutemwija und Mutemwija drängelten sich an Nacht und Nesmut vorbei. Sie blieben verwirrt stehen, als sie Nius und Baket-Ras ansichtig wurden, die noch immer nackt auf dem Fußboden saßen. „Mama, warum hast du dein Kleid ausgezogen?" rief Mutemwija. „Und warum ist Niu ...?"

„Geht sofort wieder hinauf, Kinder!" unterbrach Nacht. „Sofort, sage ich, habt ihr gehört?"

Hutemwija blickte zu Boden. Aus einem für sie nicht begreiflichen Grund schämte sie sich. Sie spürte, daß etwas Schreckliches im Gange war, etwas, das obendrein sehr peinlich war.

„Aber Mama weint!" rief Mutemwija. „Weine doch nicht, bitte!"

„Du hast Niu verführt! Niemals hätte er so etwas von sich aus getan!" Wie Krallen fuhren Nesmuts Hände auf Baket-Ra los.

„Mutter! Du nimmst jetzt die Kinder und verschwindest! Ich befehle es dir!"

Nacht brüllte so laut, daß Nesmut keinen Einwand wagte. Sie gehorchte. „Kommt zu mir, Mädchen!" zischte sie. „Augenblicklich! Fort von der Ehebrecherin!" Sie zerrte die laut weinenden Kinder mit sich durch die Tür.

„Laß mich!" erklang es von draußen. „Ich will zu Mama!" Kurze klatschende Geräusche folgten, dann blieb es still.

Niu erhob sich und legte den Schurz an. Er sah Nacht nicht an, sondern beugte sich zu Baket-Ra hinunter. Sie hatte die Hände vor das Gesicht geschlagen und schluchzte. „Steh auf, du Liebe", sagte er, „und trockne deine Tränen!"

Die Zärtlichkeit in seiner Stimme erzeugte Kälte im Herzen seines Bruders. Nacht packte Niu an der Schulter und zwang ihn, sich umzudrehen und ihm in die Augen zu sehen. „Das wirst du bereuen! Ich schwöre dir, das bereust du bis an dein Ende."

„Hör mich an!" bat Niu eindringlich. „Strafe mich, hasse mich, aber tu ihr nichts an! Nichts geschah in schlechter Absicht! Die Götter selbst ließen die Liebe in unsere Herzen dringen. Wir waren dem ausgeliefert!"

„Ausgeliefert? Du mußtest meine Frau schänden?" höhnte Nacht. „Meine Familie zerstören? Wie du mich dauerst!" Dann schrie er: „Nicht länger sollst du mein Bruder sein! Jeden Feind ziehe ich diesem Bruder vor!"

Auch Baket-Ra trug inzwischen wieder ihr Kleid. Verkehrt herum, wie Niu mit verzweifelter Rührung feststellte. Sie ging zu ihrem Mann und ergriff seine Hand. Er zuckte zurück, aber sie hielt sie fest. „Nacht, vergib mir, ich flehe dich an! Niemals wollte ich dich verletzen! Es ist, wie Niu sagt: Die Liebe zu ihm ist über mich gekommen wie die Überschwemmung der Felder, wenn der Fluß über die Ufer tritt. Wie der Mensch den Fluß nicht hindern kann, sein Bett zu verlassen, so konnte ich nicht sagen: ‚Weiche, Gefühl! Gehe von mir, Liebe zu Niu!'"

„Fort mit dir, Frau!" stieß Nacht hervor, jedes Wort einzeln betonend. „Mit dir rede ich später!"

„Sei nachsichtig!" beschwor ihn Niu. „Habe Verständnis! Und verstoße sie nicht! Was kann ich sagen, was kann ich tun, damit du uns vergibst?" Was redete er da? Niemals würde er ertragen, Baket-Ra weiter an Nachts Seite zu wissen! Sich vorzustellen, wie sie das Lager mit ihm teilte, wie er sie berührte und besaß! Niemals ...! Sein Bruder mußte in die Trennung einwilligen!

Als hätte er die Gedanken des anderen erraten, glätteten sich Nachts Gesichtszüge ganz plötzlich. „Gehe jetzt fort, Niu", sagte er langsam. „Ich will mit meiner Frau allein sprechen."

Niu spähte ihm forschend ins Gesicht. „Du wirst sie nicht schlagen, sicher nicht? Wenn du zornig bist, dann erhebe deine Hand gegen mich, nicht gegen sie!"

Nachts Miene verriet nichts von dem, was in ihm vorging. Ausdruckslos sah er Niu an. „Verlasse dieses Haus! Du tust gut daran, dich hier eine Weile nicht blicken zu lassen. Hast du verstanden?"

Niu zögerte. Nachts Verhalten beunruhigte ihn. Der Bruder benahm sich ungewöhnlich ruhig. Vielleicht hatte er ihn unterschätzt? Übertraf Nachts Großherzigkeit alle seine Hoffnungen? Baket-Ra schien sich gefaßt zu haben. Nius Blick umfing sie, wie sie da stand, zitternd, mit gesenktem Blick und geröteten Lippen, mit ihrem schwarzen Haar, das ihr in aufgelösten Flechten über den Rücken fiel – als sähe er sie zum letzten Mal. Am liebsten hätte er sie an sich gezogen und seine Lippen in ihre Locken gedrückt. „Baket-Ra, sprich zu ihm! Alles wird gut werden!"

Baket-Ra nickte und preßte die Lippen zusammen.

„Nacht, bitte sorge dafür, daß Mutter sie nicht quält!" setzte Niu hinzu. Dann verließ er den Raum.

Nacht stand bewegungslos und lauschte den sich entfernenden Schritten. Lange Zeit blieb es totenstill.

„Nacht, ich möchte dir gerne ...", begann Baket-Ra.

„Schweig!" herrschte er sie an. „Schweig, du, die du dich jedem preisgibst! Wenn ich noch einen Laut von dir höre, töte ich dich." Er maß Baket-Ra mit einem langen, gründlichen Blick von Kopf bis Fuß. Niu und Baket-Ra! Baket-Ra und Niu! Unfaßbar! Seine Frau und sein Bruder! Vorhin hatte Nacht noch geschwankt, was er tun sollte. Doch nun war jeder Zweifel verschwunden. „Wie lange geht das schon?" flüsterte er kaum hörbar. „Nein, sprich nicht!" fuhr er sie an, als sie antworten wollte. „Habt ihr vorhin, als wir hereinkamen ... du sollst den Mund halten! Ja, ihr habt, ich weiß es, ich sehe es dir an!" Seine Augen glitzerten, als er auf sie zuging.

Baket-Ra wich zurück. „Was hast du vor? Willst du mich schlagen? Nacht!"

Mit jedem Schritt wuchs Nachts Machtgefühl. Er sah die Furcht in ihrem Blick und die aufkeimende Panik dahinter. Ein gerechter

Lohn für ihren Verrat! Den Tag sollte sie verfluchen, an dem sie ihm seinen windigen Bruder vorgezogen hatte! „Bleib stehen, Hure!"

Er streckte die Hand aus und ergriff Baket-Ras Kleid am Ausschnitt. Mit einem harten Ruck riß er den dünnen Stoff entzwei. Baket-Ra stöhnte auf und versuchte, sich mit ihren Händen zu bedecken. Jetzt wußte sie, was Nacht ihr antun wollte. „Laß mich gehen! Ich verspreche dir, was du willst, aber verschone mich!"

Nacht stierte sie an und atmete schwer. Jedesmal, wenn er sie nackt sah, empfand er ihre Schönheit wie einen Schlag. Am liebsten hätte er geschrien vor Wut, daß er nie Herr seiner Sinne bleiben konnte. Kein einziges Mal hatte er ihr zu widerstehen vermocht, als wäre er seinen Trieben machtlos ausgeliefert. Er sah sich mit Baket-Ra auf dem Lager, küßte sie, liebkoste sie, sein Körper reizte sich an ihr auf, bat, lockte, forderte sie, und sie antwortete ihm gehorsam, doch so zurückhaltend, als wäre sie nicht wirklich anwesend. Er spürte Einsamkeit, vermischt mit Wut, fühlte den Wunsch, sie zu schütteln, zu schlagen, sie schreien zu hören, wenn schon nicht aus Lust, dann wenigstens aus Schmerz. War sie bei Niu anders? Ein roter Schleier senkte sich vor seine Augen. „Bist du bei Niu auch so unnahbar? So hoheitsvoll? Oder läßt du da die Maske fallen? Zeig mir, was du mit ihm machst!"

„Nacht! Dunkel ist es in deinem Herzen, und deine Rachsucht macht dich blind! Laß mich zu dir sprechen! Höre mir zu!" Zitternd wich Baket-Ra weiter zurück, die Arme über der Brust gekreuzt. Schließlich stand sie dort, wo sie noch vor kurzem in Nius Armen gelegen hatte.

Nacht riß ihre Hände herunter und griff ihr so gewalttätig an die Brust, daß sie aufschrie. Dann löste er seinen Schurz, wobei er sie nicht aus den Augen ließ. Ihre Angst erregte ihn mehr, als Leidenschaft es je vermocht hätte. Wie beiläufig schlug er ihr über das Gesicht und sah, wie Nase und Lippen zu bluten begannen. Sehr gut! Jetzt sollte sie büßen, büßen, bis sie um Gnade flehte. Wer ihn betrog, hatte sich die Folgen selbst zuzuschreiben.

„Nacht!" wimmerte Baket-Ra. „Laß mich gehen!" Mit gehetzten Blicken verfolgte sie jede seiner Bewegungen. Am Fenster stand ein irdener Krug mit Sykomorenzweigen. Nacht zog einen heraus und streifte die zarten Ästchen samt Blättern ab. Ein Zweig verhakte sich an seinem Armband. Er riß das Lederband mit dem Schutzanhänger vom Handgelenk. Das kleine, tönerne Henkelkreuz, aus dessen Mitte eine Feder sproß, hatte Baket-Ra ihm geschenkt, als sie seine Frau geworden war.

Seine Faust packte sie an der Kehle. „Runter mit dir!" befahl er heiser.

Als sie auf dem Boden lag, zwang er ihr die Beine auseinander. Dann hob er den Zweig und begann zu schlagen.

# SETHS LÄCHELN

Es ist zu spät, Herr, die Barke Ras erscheint schon am östlichen Horizont. Wir werden die Ebene nicht ungesehen überqueren können."

Der Angesprochene schien die Worte nicht zu hören. Er saß auf einem mageren, gefleckten Pferd, an dessen Nüstern Schaumflocken hingen, die eine nach der anderen als Tröpfchen in den Sand fielen. Blutverkrustete Wunden bedeckten die Flanken des Tieres.

Der *Idenu Mer Mescha*, der Hauptmann Meribast, versuchte noch einmal, sich Gehör zu verschaffen. „Man wird uns sehen, Herr! Befiehlst du, daß wir trotzdem weitergehen, oder sollen wir ein Lager aufschlagen? Aber für einige von uns würde das den Tod bedeuten."

Der Mann auf dem Pferd schien zu sich zu kommen. Er preßte die Hände gegen die Schläfen. „Nein, kein Lager. Das hier muß ein Ende haben."

„Ich danke dir, Amenmesse, mein Herr. Wir dürfen also hoffen." Die Augen des Hauptmannes ruhten kalt auf dem Befehlshaber.

Amenmesse, der Sohn des Thronfolgers Sethos, nahm den bitteren Spott nicht zur Kenntnis. Er blickte unverwandt auf die Ebene mit ihren Dörfern und Palmenhainen. Schnurgerade Bewässerungskanäle durchzogen die Felder. Dazwischen schlängelten sich papyrusbewachsene Flußarme des Nil. Nur ein paar hundert Ellen weiter, und er würde mit dem traurigen Rest seiner Einheit Deschret, das rote Wüstenland, hinter sich lassen und Kemet betreten, das Schwarze Land, das fruchtbare Ägypten.

„Wie lange brauchen wir noch bis Pi-Ramesse?" fragte Amenmesse.

„Fünf bis sechs Stunden, wenn die Götter uns wohlgesonnen sind. Ich meine, wenn keiner von den Männern unterwegs stirbt." Meribasts Stimme klang scharf. Er war zu Tode erschöpft und so enttäuscht von seinem Vorgesetzten, daß er es an der Ehrerbietung fehlen ließ, die einem Mitglied der königlichen Familie gebührte.

Amenmesse nahm den Mangel an Haltung nicht zur Kenntnis. Er überlegte, wie er die Anzahl der Augenzeugen seiner jammervollen Rückkehr aus Bija, dem Land der Bergwerke und der Sandbewohner, möglichst gering halten konnte. Er hatte vor dem Morgengrauen in Pi-Ramesse anlangen wollen. Doch die Truppe war nicht schnell genug vorangekommen. Zu viele Schwerverletzte schleppten sich unter Qualen durch den heißen Wüstensand, ganz zu schweigen von den Leichen, von denen einige mitgeschleift wurden, damit sie zu Hause in ein ordentliches Grab gelegt werden konnten. Die Unfähigkeit ihres Befehlshabers sollte ihnen nicht den Zutritt zum Jenseits verwehren.

Nun würde Amenmesse mit der gespenstischen Schar am hellichten Tag durch die Straßen Pi-Ramesses zu den Unterkünften am Nilufer ziehen. Genau das hatte er vermeiden wollen, obwohl er wußte, daß es in höchstem Maße unwürdig war, sich heimlich in die Stadt zu schleichen. Für den Sohnessohn des Pharao aber bedeutete solches Verhalten den Gipfel der Ehrlosigkeit.

Die Männer der Einheit standen dem Tod näher als dem Leben. Die Messer und Beile der Sandbewohner hatten schwere Wunden geschlagen, und die meisten Soldaten litten nun unter unerträglichen Schmerzen, die von offenen, verschmutzten Wunden herrührten, von Wundbrand, von Sonnenstich, Fieber und Durst.

Der Truppenführer stieg vom Pferd, das ebenso wie die Männer zusammenzubrechen drohte. Immerhin war es das einzige Tier, das nicht schon im Wüstensand verrottete. „Wie viele Männer sind noch gehfähig? Gibt es Unverletzte?"

„Es sind noch zweiunddreißig deiner Soldaten am Leben, achtzehn davon werden es auch bleiben. Die anderen ...?" Der Satz blieb unvollendet in der Luft hängen.

Amenmesse schritt langsam zwischen den auf dem Boden liegenden Männern hindurch. Einige stöhnten und wälzten sich im Sand. Immer wieder versuchten sie, ihre Hände in den Untergrund zu krallen. Zwei Speerwerfer lagen still auf dem Rücken. Der Schenkel eines der Soldaten war der Länge nach aufgeschlitzt, und Wundbrand hatte das Bein in eine breiige Masse verwandelt. Amenmesse hielt sich die Nase zu. Der Nachbar schien äußerlich unverletzt, nur sein Gesicht war verzerrt, und die Zunge hing ihm dick geschwollen aus dem Mund.

„Die haben es überstanden!" sagte Meribast leise.

„Das habe ich nicht gewollt!" flüsterte der Befehlshaber. Ihm war, als sähe er zum ersten Mal, was er angerichtet hatte, jetzt, da er in Kürze dafür würde einstehen müssen. Bisher war er vorausgeritten und hatte sich nicht umgeblickt. Bisher hatte er nicht denken, die Erinnerung an das Gemetzel und die panikartige Flucht durch die Wüstentäler vermeiden wollen. Seine Ohren verstopfte er gegen die Schreie. Ohne zu wissen, was er redete, leierte er Gebete herunter. Die Worte dienten als Schutzwall, als immer wieder zusammenbrechende und abermals aufzubauende Mauer gegen die Wirklichkeit.

Meribast hatte eine Zeitlang um den Verstand seines Vorgesetzten gebangt; diese Sorge war allerdings bald einer kalten, harten Wut gewichen. Amenmesse verschloß feige die Augen vor seiner Verantwortung. So kümmerte sich er, der Stellvertreter Meribast, um die Überlebenden, half und tröstete und hielt den Sterbenden die Hand. ‚Was soll aus diesem Land werden?' fragte er sich, ‚wenn einer, der irgendwann den Thron besteigt, die Klagerufe der Menschen nicht vernimmt?'

„Sie sterben, Meribast!" murmelte Amenmesse, als bemerke er dies zum ersten Mal.

„Ja, Herr, wir brauchen dringend Hilfe, und vor allem benötigen wir Wasser!"

Eine Pause entstand.

„Wir haben nichts mehr? Auch nicht für das Pferd?" Amenmesse faßte einen Entschluß. Mit diesen Halbtoten würde er nirgendwohin gehen.

„Auch nicht für das Pferd", wiederholte Meribast gepreßt.

„Ich versuche es trotzdem mit dem Pferd. Jede Elle, die es noch macht, ist eine gewonnene Elle. Du bleibst bei den Männern und wartest, bis Leute mit Tragen kommen. Ich sorge dafür, daß so viele Heiler wie möglich dabei sind."

„Und du?"

„Ich reite gleich weiter zum Palast. Und dann nach Men-nefer."

Meribast erbleichte. „Wie du befiehlst, Herr."

Amenmesse warf ihm einen kurzen Blick zu. „Meribast! Ich brauche dir wohl nichts zu erzählen über die Treue und Ergebenheit eines Hauptmannes gegenüber seinem Vorgesetzten! Sie drückt sich vornehmlich in seiner Verschwiegenheit aus. Also achte, daß man dich rühme als einen Schweigenden! Haben wir uns verstanden?"

„Vollkommen, Herr, vollkommen!" Meribasts Stimme bebte, ob vor Zorn oder vor Schmerz, hätte er selbst nicht zu sagen gewußt.

Am Abend des folgenden Tages starben vier weitere Soldaten in den Unterkünften von Pi-Ramesse. Hauptmann Meribast, der zur Berichterstattung beim Truppenführer User aufbrechen wollte, änderte seine Pläne. Er entnahm seinem Gepäck ein kleines Fläschchen, schüttete den Inhalt in sein Bier und trank. Der letzte dieser Toten war sein einziger Sohn gewesen.

Zur selben Stunde schritt Amenmesse in die Empfangshalle des Königspalastes von Men-nefer. Fest hallte sein Schritt durch die Gänge, seine Haltung war gerade, der Blick feurig. Mit seiner Prunkrüstung, einem mit Gold beschlagenen Antilopenlederwams und dem Bronzehelm, sah er aus wie ein Kriegsgott. Alle Höflinge, denen er begegnete, verneigten sich.

„Der große Amenmesse ist zurück!" flüsterten sie, und wie ein Lauffeuer durcheilte die Nachricht den Palast.

Amenmesses Befinden entsprach ganz und gar nicht seinem blendenden Äußeren. Seine Nerven waren zum Zerreißen gespannt. Wie sollte er seinem Vater Sethos, wie dessen Vater Merenptah erklären, daß es die vierte Abteilung der Heerschar des Seth nicht mehr gab? Ganz zu schweigen von der Tatsache, daß die *Scha-su*-Sandbewohner in Bija eine Menge ägyptischer Waffen erbeutet hatten! Amenmesse wischte sich den Schweiß von der Stirn. Wenn es ihm schon selbst auffiel, daß ihm die Hand zitterte, wie schnell erst würde Sethos seinen Zustand erkennen und ihm auf den Kopf zusagen, daß er Schande gebracht hatte über die Familie des Gottes. Meist durchschaute sein Vater ihn schneller als er sich selbst.

Endlich stand er vor dem Tor zur Großen Halle. Er konnte nicht mehr zurück. Da drinnen erwarteten ihn Pharao Merenptah und Sethos, der Thronfolger. Die Bronzeflügel der Tür schwangen nach innen, und er trat ein.

„Seine Hoheit, Prinz Amenmesse!" Laut dröhnte die Stimme des Melders durch den großen Saal, in dessen Mitte vier mit Teppichen bedeckte Stufen zu dem in Gold und Edelgestein leuchtenden Thronsessel führten. Hier sank jeder, auch Amenmesse, zu Boden und preßte die Stirn auf die kalten Fliesen.

Auf diesem Thron saß der leibhaftige Gott, die Doppelkrone auf dem Haupt, Krummstab und Wedel gekreuzt an die Brust gedrückt, den Blick unbewegt geradeaus gerichtet. Dies war die menschliche Gestalt des Horus, das lebende Sinnbild Ägyptens, der Welt schlechthin, er, der die Schöpfung in Gang hielt: Dies war Pharao Merenptah.

Amenmesse verharrte in anbetender Haltung, bis er die Stimme des Gottes vernahm.

„Du magst dich erheben!"

Unsicher vermied er es, dem König in die Augen zu sehen. Statt dessen heftete er den Blick auf die leicht zitternden Hängefalten am Hals Merenptahs, die deutlich Zeugnis ablegten vom hohen Alter des Pharao. Schließlich raffte er seinen Mut zusammen und hob die Augen. Auf den ersten Blick konnte er erkennen, wie schwer die Sorgen den König bedrückten und welche Mühe es ihn kostete, gelassene Überlegenheit zu zeigen.

Trotz seiner geraden Haltung wirkte der Pharao hinfällig, seine Haut sah fahl und teigig aus, und das Fleisch des fülligen Körpers hing schlaff an den Knochen. Mehr als siebzig Jahre zählte der König, und obwohl er erst im vergangenen Jahr ein *Heb-Sed* gefeiert hatte, das heilige Fest der Erneuerung und Verjüngung, war ihm anzumerken, daß er sich schwach fühlte. Doch gerade jetzt sollten seine Tatkraft und sein göttlicher Siegeswille der Hauptantrieb für den bevorstehenden Kampf mit den Libyern und ihren minderwertigen Verbündeten sein. Innerhalb der nächsten zwei Monate drohten Horden langzähniger *Meschwesch*, blutrünstiger *Tjehenuiu* und gottloser Seevölker über die fruchtbaren Felder Kemets herzufallen, und es war Aufgabe des Pharao, das Land vor diesen Mächten der Gewalt zu retten. Dies war das Erbe, das ihm seine göttlichen Vorfahren hinterlassen hatten, eine ungeheure Verpflichtung, die Merenptah bis zum letzten Atemzug zu erfüllen gedachte.

Der König legte Krummstab und Wedel, die Sinnbilder seiner Macht, auf den mit Blattgold überzogenen Schemel neben dem Thronsessel. „Meine Erhabenheit und der Thronfolger, Horus-im-Nest Sethos, wünschen einen genauen Bericht über den Strafzug gegen die aufständischen *Scha-su*-Leute im Lande Bija."

Die Stimme des Königs füllte die Halle mühelos. Während er sprach, gewahrte Amenmesse hinter ihm seinen Vater, den Kronprinzen Sethos. Ihm sank das Herz.

„Ehrwürdiger Gott", begann er und räusperte sich. „Vor ungefähr einem Zehntag, kurz nach dem Fest der Göttin Hathor, sammelte ich die Männer der vierten Abteilung der Heerschar des Seth unter meinen Feldzeichen, um ..."

„Das wissen wir!" fiel der Pharao ein. „Wir waren bei deinem Aufbruch anwesend, wenn du dich erinnerst! Das Ergebnis deines Feldzuges magst du uns zu Gehör bringen, den Siegesjubel in den Straßen Pi-Ramesses beschreiben und auf die Zahl der abgeschlagenen Hände und Geschlechtsteile verweisen, um das Herz Meiner Erhabenheit zu erfreuen!"

Amenmesse senkte den Kopf. Er wartete so lange mit der Antwort, daß sowohl der Pharao als auch der Thronfolger eigentlich keiner mehr bedurften.

„Amenmesse! Würdest du uns freundlicherweise mit einem Bericht beehren?" rief Sethos mit schneidender Stimme. Die Abneigung darin war unüberhörbar.

Amenmesses Gefühle gerieten in Aufruhr. Allein der Klang dieser Worte genügte, um in ihm Zorn und Verletztheit hervorzurufen. Warum verachtete ihn sein Vater? Womit hatte er dessen Widerwillen verdient, der ihn sein Leben lang gequält hatte? Allenfalls am heutigen Tag mochte er berechtigt sein.

„Hoheit! Ich bitte dich, sprich zu Seiner Erhabenheit!" Der Hohepriester Bakenptah tauchte neben Sethos auf.

Amenmesse biß sich auf die Lippen. Mußte ausgerechnet der Hohepriester Zeuge seiner Demütigung werden?

Er gab sich einen Ruck und gestand unumwunden ein: „Der Feldzug nach Bija war ein Fehlschlag. Die Sandbewohner legten einen Hinterhalt, denn sie sind verschlagen und dürsten nach Blut wie die Krokodile Sobeks."

Pharao Merenptah blickte mit steinerner Miene auf seinen Sohnessohn. Die Hände des alten, vielgeplagten Gottes, blaugeädert und übersät mit Altersflecken, krampften sich um die Armlehnen des Thronsessels. „Wie ist es möglich", fragte er, „daß die Skorpione der Wüste ein Mitglied der Göttlichen Familie überlisten konnten?"

„Die Sandbewohner hatten ein Lager in der Nähe der Türkisstollen der Hathor. Es schienen sich nur Frauen und Kinder darin aufzuhalten. Wir sahen Kamele und Kisten, die sie unter Stoffplanen gestapelt hatten ..."

„... um die Habgier und den Ehrgeiz eines besonders unfähigen ägyptischen Hauptmannes anzustacheln!" fiel Sethos mit giftiger Stimme ein.

„Meine Hauptleute und ich, wir dachten, ohne ihre Kamele wären die Sandleute nur noch halb so gefährlich, und wenn wir ihr Lager zerstörten, ihre Frauen und Kinder töteten, vermöchten sie nie wieder den Arm gegen Kemet zu erheben. Es waren doch nur *Scha-su*, elende Sandläufer!" Amenmesse schluckte schwer. Er wußte, dies war nur die halbe Wahrheit. Meribast und die anderen Hauptleute hatten ihn kniefällig angefleht, das Lager nicht anzugreifen. Alle außer ihm hatten die List durchschaut oder zumindest geahnt, nur er war auf einfachste Weise zu übertölpeln gewesen. Mit der Eroberung des Lagers hatte er den Feldzug zu einem glanzvollen Ende führen wollen.

„Wie hast du deinen Vorstoß gesichert?" verlangte der Pharao zu wissen.

„Ich ordnete eine Doppelreihe an zu je zwanzig, in Schrägaufstellung."

Das war eine glatte Lüge. Nach Amenmesses Überzeugung hatten sich die Kerle von den *Scha-su* mindestens zwei Tagesmärsche weit entfernt aufgehalten. Es hatte also keine Veranlassung bestanden, Wachen aufzustellen.

„Nur vierzig Mann?" schrie Sethos fassungslos. „Welcher üble Geist hat dich geritten?"

„Vater! Ich bitte dich ..."

„Mein Sohn hat recht!" donnerte Merenptah. Sein Gesicht verzerrte sich vor Empörung. „Wie kommst du dazu, die einfachsten Regeln der Kriegsführung zu mißachten? Jede, wirklich jede Unternehmung muß ausreichend gesichert werden, hast du das nicht begriffen?"

Inzwischen hatte Bakenptah einen Papyrus entrollt. „Hoheit, bitte deute mir die ungefähre Lage des Gebietes an, in dem sich nach deiner Einschätzung der Feind befindet. Mit welcher Zahl müssen wir rechnen?"

Amenmesse blickte auf eine genau gezeichnete Karte der Halbinsel Bija. Seit jeher standen die besten Kartenzeichner im Dienst der Führung des ägyptischen Heeres. Er deutete auf ein Gebiet nahe der Kupferstollen von Cheta Mefkat im Westen der Halbinsel. „Dort sind sie. Soweit ich es beurteilen kann, beläuft sich ihre Zahl auf ungefähr achthundert."

„Ah! Das heißt, es sind wahrscheinlich achttausend", schnaubte Sethos, „und sie treiben sich am anderen Ende von Bija herum! Verrate lieber, wie viele ägyptische Soldaten du in den Tod getrieben hast!"

„Ich habe sie nicht in den Tod getrieben, Vater!" rief Amenmesse verzweifelt. „Warum bürdest du mir die Verantwortung allein auf?

Die Götter haben uns ein Verhängnis beschieden, und ich trage meinen Teil der Schuld. Gib mir eine andere Abteilung, und ich mache alles wieder gut. Das verspreche ich!"

„Wirst du auch die Toten wieder zum Leben erwecken?" fragte Merenptah mit ätzender Stimme. „Glaubst du, ich überlasse dir noch einen einzigen meiner Soldaten? Jetzt, wo Feinde an den westlichen Grenzen des Geliebten Landes rütteln und wir jeden Mann brauchen? Nein, mit den Männern der Wüste wird ein anderer aufräumen, wenn der Libyer wieder den Sand zu unseren Füßen frißt. Der Große des Heeres User beispielsweise. Jeder ist geeigneter als Amenmesse!" Anklagend deutete der Pharao auf Amenmesse, der zu Boden blickte und vor unterdrückter Wut und Beschämung zitterte. „Wie viele Männer der vierten Abteilung der Heerschar des Seth leben noch?"

Es hatte keinen Sinn zu lügen; sie würden die Wahrheit doch erfahren. „Vor Pi-Ramesse atmeten noch zweiunddreißig, aber inzwischen sind sicher noch einige gestorben."

Alles blieb still. Auf den Gesichtern des Königs und des Thronfolgers malte sich Entsetzen über die niedrige Zahl.

Sethos erlangte als erster die Fassung zurück. „Seit langem weiß ich, daß du nichts taugst! Ein Schlächter bist du! In den Betten der Mädchen magst du ein Held sein und unter den Säufern der größte! Aber für unser Geliebtes Land bist du eine Bürde! Ägypten braucht Amenmesse nicht und wird ihn niemals brauchen!"

Pharao Merenptah erhob sich und ging mit schweren Schritten auf den gescheiterten Feldherrn zu. Er blieb so dicht vor ihm stehen, daß Amenmesse seinen üblen Atem roch. Es schauderte ihn vor dem Gestank der Zwiebeln, die Merenptah in Mengen zu sich nahm, um seine göttliche Zeugungskraft auf der gewohnten Höhe zu halten. Der Prinz mußte sich zusammennehmen, um nicht zurückzuweichen. Als er endlich wagte, seine Augen zu erheben, erkannte er, daß nicht nur Zwiebeln den schlechten Geruch verursachten. Mehrere verfaulte Zähne hingen schief im Oberkiefer des Pharao.

„Du bringst kein weiteres Unheil über Kemet!" Tief in Merenptahs Augen glomm ein düsteres Feuer. Nie zuvor hatte Amenmesse die göttliche Gegenwart als so bedrohlich empfunden. In diesem Augenblick wurde seine Zukunft unwiderruflich zerstört. Der König hatte beschlossen, ihn zu vernichten, und, was noch um einiges mehr schmerzte, auch sein eigener Vater. Der junge Mann schluckte. Sein Gaumen war trocken, und es war ihm, als läge seine Zunge geschwollen, fremd und kalt in seinem Mund. Ja, es war falsch gewesen, das Lager anzugreifen, ein furchtbarer Fehler! Aber ein Mensch irrt, solange er atmet! Durfte ihm denn kein Fehler unterlaufen?

„Als Sohn des künftigen Pharao kannst du dir eine solche Unbesonnenheit nicht erlauben!" sagte Merenptah kalt, als hätte er seine Gedanken erraten.

„Weshalb haßt du mich so?" fragte Amenmesse tonlos.

„Ich hasse dich nicht", entgegnete der König, „außerdem spielen meine Gefühle hier nicht die geringste Rolle. Mich leitet einzig und allein die Sorge um unser Geliebtes Land. Mich bekümmert nicht mein eigenes Wohlergehen noch das meiner Familie. Ich herrsche über Kemet, ich halte und pflege dieses Land und diene den Göttern, zu denen ich gehöre." Er ging einige Schritte zurück zum Thron. Dann drehte er sich noch einmal um. „Dies ist dir vorzuwerfen, Amenmesse: Du stellst dein Wohlergehen über das des Geliebten Landes. An dir wäre es, die Menschen ihrem Elend zu entreißen, mit all deiner Kraft. Für dich aber sind die Bewohner Ägyptens Mittel zum Zweck, denn du gierst nur nach Bewunderung! Eitel bist du, Amenmesse, überheblich und selbstherrlich! Höre meinen Beschluß: Ich entziehe dir das Recht, dereinst den Rang eines Oberbefehlshabers der Truppen zu bekleiden, wie er einem Thronfolger zusteht. Du bist kein Pharao! Und du wirst niemals einer sein!" Er winkte seinem Sohn. „Sethos! Geleite Meine Erhabenheit hinaus! Die Besprechung ist beendet!"

Amenmesse starrte zu Boden. Wie Sternschnuppen am nächtlichen Himmel schossen ihm Gedanken und Bilder durch den Sinn. Er sah sich als kleinen Knaben durch den Palastgarten stürmen, Paviane in das Meer von Blumen jagen, und ein zwanzig Jahre jüngerer Merenptah hob ihn lachend in die Luft. „Was für ein kräftiges

Falkenjunges, dieser Messui!" hatte der König gerufen. War die Doppelkrone nun für ihn verloren?

Und dennoch: Er würde dereinst über das Land herrschen! Dies war sein Recht als Sethos' erstgeborener Sohn! Man konnte nicht einfach über ihn hinweggehen. Er würde Mittel und Wege finden!

„Nehmt mich mit! Warum darf ich nicht mit euch gehen?" Aatmeret zog die Mundwinkel nach unten.

„Kleine Mädchen haben in Tefnachts Unterricht nichts verloren", sagte Meti, der älteste Sohn Bakenptahs, des Hohenpriesters von Men-nefer. Sein Gesicht spiegelte die Überlegenheit, mit der er seine Schwester aus dem Gefühl seiner dreizehnjährigen Erfahrung musterte. „Vater hat das auch gesagt."

„Aber da war ich noch fünf! Jetzt bin ich sechs und sehr klug."

„Du würdest nichts verstehen und nur stören."

„Das ist nicht wahr!"

„Laß sie doch!" warf Irinefer ein. „Es macht doch nichts, wenn sie dabeisitzt."

Aatmeret nickte entschlossen. „Ich will heute mit, ich will es!"

„Nicht solange ich noch hier bin", erklärte Meti bestimmt. „In wenigen Mondumläufen gehe ich zu den Soldaten, dann könnt ihr meinetwegen aus dem Unterricht eine Märchenstunde für kleine Kinder machen."

Aatmeret holte tief Luft. „Du böser, böser …", ihre Stimme kippte, und Meti sagte kühl:

„Siehst du? Kaum geht etwas nicht nach deinem Willen, fängst du zu brüllen an wie ein Säugling in der Wiege."

Aatmeret preßte die Lippen zusammen, und ihre Augen blitzten vor Wut. Meti maß sie mit abschätzendem Blick, drehte ihr den Rücken zu und verschwand im Schulzimmer.

„Mach dir nichts daraus!" Irinefer nickte in die Richtung, in die sein Bruder verschwunden war, und tippte sich an die Stirn. „Es dauert nicht mehr lang."

„Ich finde, Meti hat recht!" äußerte Tjeri, sein zweiter Bruder. „Sie ist wirklich zu klein." Er folgte dem Älteren in einen hellen, freundlichen Raum, von dem zwei Türen in ein Gärtchen hinausführten. Irinefer zuckte bedauernd die Achseln und tat es ihm gleich.

Mit der Laune des Lehrers Tefnacht stand es nicht zum besten. Er hatte sich bereits mit bohrenden Kopfschmerzen von seinem Lager erhoben und mußte nun erleben, daß die Schüler mit gelangweilten Mienen vor ihm saßen und seine Worte ihnen zum einen Ohr hinein- und zum anderen hinausgingen. Wenn sie überhaupt zuhörten! Meti starrte zum Fenster hinaus und träumte vor sich hin, Tjeri bohrte gedankenvoll in der Nase, und auch Irinefers Aufmerksamkeit schien nur gespielt.

„Habt ihr verstanden? Meti!"

„Bitte? Verzeih, Tefnacht! Selbstverständlich!" Hastig ergriff Meti seine Binse. „Was sagtest du, soll ich schreiben?"

„Aufpassen sollst du! Geschrieben wird später! Irinefer, wir sprachen gestern über das Werden aller Dinge, wie es die Priester von Iunu berichten. Laß hören, ob du das gestern Gehörte in dein Herz gegeben hast. Berichte uns über *Pa-ut tep*, die Urzeit."

Irinefer hatte nicht gelernt. Gestern war ihm alles, was Tefnacht erzählte, klar und verständlich erschienen. Kein Wort davon würde er jemals vergessen. Und nun mußte er in seinem Gedächtnis kramen, um wenigstens das Wichtigste vortragen zu können. „Ja, also, in der Urzeit, da war alles finster, und da gab es *Nun* ..."

„Ja?"

„*Nun* ist ... es ist ..."

„Was ist denn, ein bißchen schneller, wenn ich bitten darf!"

„*Nun* ist das Urwasser ..."

„Also gab es ...?" drängte Tefnacht.

„Also gab es ...", echote Irinefer, „es gab also ... da war ..."

„... *etwas*!" schrie Tjeri siegesgewiß. „Erst war nichts und dann war etwas! Iri, das ist doch ganz einfach!"

„Dein Bruder hat recht", sagte Tefnacht kühl. „Dies war der Schritt vom Nichtssein zum Etwassein. *Nun*, das Urwasser gab es, und die Finsternis gab es. Das war der Anfang. Und was gab es noch nicht? Meti?"

Meti saß mit gekreuzten Beinen und sehr gerade auf seiner Matte. Bedächtig legte er die Binse neben sich. „In der Urzeit *Pa-ut tep* war noch keine Sonne, noch keinen Platz besaß der Urgott, und es gab keine Zweiheit."

„Na endlich! Ich dachte schon, ich müßte zum Rohrstock greifen. Irinefer! Kannst du mir denn gar nichts über *Nun* sagen?"

Irinefers Gedanken wirbelten durcheinander. Warum fragte ihn Tefnacht immer dann, wenn er nicht gelernt hatte? „Als *Nun* war, gab es noch keine Götter und auch keine Menschen", stieß er endlich hervor.

Tefnachts Blick strafte ihn mit Verachtung. „Ich wünsche eine genaue Aussage, keine Allgemeinplätze!"

Der Anfang allen Seins ... In Tefnachts Unterricht wurde die heilige Geschichte in kleine Einzelteile zerlegt, von denen jedes für sich wieder und wieder abgefragt wurde. Danach bemühte sich Irinefer vergeblich, aus ihnen wieder ein Ganzes zu formen. Zäh hafteten sie auf dem harten Boden der täglichen Lehrstunden und entzogen sich dem Begreifen, das Aufgabe des Herzens war.

„Als *Nun* war, gab es keine Zeit", sagte er leise.

„Und ...?"

„Und der Raum war noch nicht gefüllt."

„Bei allen Krokodilen Sobeks! Laß dir doch nicht jedes Wort einzeln aus dem Rachen kratzen! Weiter!"

„Aus *Nun*, dem Urozean, erhob sich der Urhügel. Der Urgott Atum entstand aus sich selbst." Wo Götter ins Spiel kamen, bewegte sich Irinefer auf sicherem Gebiet. Seine Stimme festigte sich, und er formulierte sicher und gewandt. „Atum spie aus den Gott Schu, den Raum und das Trockene, und er hustete die Göttin Tefnut, das Feuchte. Schu und Tefnut zeugten den Erdgott Geb und die Himmelsgöttin Nut."

„Schon besser!" Tefnacht schwang seinen Stock und richtete ihn wie einen Pfeil auf Tjeri. „Wen aber zeugten Geb und Nut?"

„Osiris und Seth, Isis und Nephthys."

„Dies ist die Große Götterneunheit von Iunu", erklärte Tefnacht feierlich, „jene gewaltigen Götter ..." Er wurde durch ein kräftiges Klopfen unterbrochen. Bedächtig legte er seinen Stock vor sich und erhob sich. „Bitte?"

Die Tür öffnete sich, und der Hohepriester Bakenptah trat herein, dicht gefolgt vom Vorlesepriester Pentawer. „Irinefer, komm bitte mit hinaus. Verzeih, Tefnacht, du erhältst deinen Schüler gleich zurück."

Tefnacht verbeugte sich schweigend.

Irinefer wurde unbehaglich zumute. „Ich habe aber nichts getan!" versicherte er, während er sich von seiner Sitzmatte erhob. Er schlüpfte an den beiden Männern vorbei nach draußen.

„Pentawer berichtete mir, dein Wissensstand sei erfreulich hoch", sagte Bakenptah.

Irinefer schöpfte Hoffnung. Vielleicht war doch alles in Ordnung?

„Doch da ist etwas, worüber ich dich befragen muß."

Der Knabe trat von einem Fuß auf den anderen. Der Mann im Tempel! Um diesen Unbekannten ging es, daran zweifelte er keinen Lidschlag lang.

„Um es kurz zu machen", Pentawer mischte sich ungeduldig ins Gespräch, „im Prüfungsraum fehlt etwas. Wir vermissen eine Mappe mit Papyrusrollen, Schriften mit wichtigem Inhalt."

„Ich habe sie nicht gesehen", gab Irinefer zurück. „Der Schuber war leer!"

„Du wußtest also, daß etwas fehlte!" Pentawers Finger deutete anklagend auf ihn. „Du hast es gesehen und nicht gemeldet?"

„Sohn!" Bakenptah zwang sich zur Ruhe. „Du bist dir nicht über die Wichtigkeit der fehlenden Schriften im klaren. Ihr Verlust bedeutet Gefahr für unser Land!"

„Außer dir war niemand dort", sagte Pentawer eindringlich. „Nur du kannst die Papyri genommen haben."

Nun mußte Irinefer sprechen, oder sein Vater würde glauben, er hätte Schriftstücke entwendet. Im Grunde seines Herzens war er froh, nicht mehr allein sein zu müssen mit seinem Unbehagen und seinen Zweifeln. Endlich konnte er von jenem merkwürdigen Priester erzählen.

„Du weißt etwas, Irinefer!" Bakenptah sah ihn scharf an. „Du warst nicht allein, habe ich recht? Sprich! Sonst begibst du dich ein für allemal der Möglichkeit, in der Tempelschule ausgebildet zu werden!"

„Es war noch jemand dort", sagte Irinefer. „Er hat mir aber verboten zu sprechen. Es sei Teil meiner Prüfung, Stillschweigen zu bewahren."

„So ein Irrsinn!" schrie Pentawer.

„Aber ich habe gedacht ... ein Priester muß doch schweigen können!"

„Erzähle alles der Reihe nach", forderte Bakenptah.

Als der Bericht zu Ende war, beugte er sich vor. „Du hast den Mann noch nie zuvor gesehen?"

„Ich glaube nicht!"

„Das heißt, du weißt es nicht?"

„Er kam mir bekannt vor. Aber ich weiß nicht, woher. Er sah aus, wie viele aussehen. Er trug eine Perücke, einen Schurz, Sandalen und einen Schmuckkragen."

„Irgend etwas Besonderes? Klang seine Stimme eigenartig? Hatte er eine Narbe? Trug er eine auffällige Gürtelschnalle?"

Irinefer schüttelte den Kopf. Er versuchte, sich das Gesicht des Fremden ins Gedächtnis zurückzurufen, aber es wollte ihm nicht gelingen. „Er sah irgendwie ... gefährlich aus", sagte er zögernd.

Bakenptah verzog die Lippen zu einem bitteren Lächeln. „Das beschreibt die Hälfte der Priester und ungefähr dreiviertel aller Palastbeamten."

„Seine Nase! Er hatte eine Nase wie ein Falke."

Der Hohepriester legte den Kopf in den Nacken und schloß die Augen. „Ich glaube, ich weiß, wer er ist", sagte er leise.

Irinefer sah, daß sein Vater blaß geworden war.

Der Wind pfiff durch die Fenster im Großen Haus der Rollen, dem Hauptgebäude der königlichen Verwaltung im Stadtbezirk der „Weißen Mauern" in Men-nefer. Aus der libyschen Wüste kündigte sich ein Sandsturm an. Schon hatte Ra sein Haupt verhüllt, und der Himmel zeigte eine fahlgelbe Färbung.

‚Ist dies ein Sinnbild kommender Ereignisse?' fragte sich der Königsschreiber Cha-em-hedjet in seiner Amtsstube. ‚Sturm und Verderben nahen aus dem Westen, Ra erbleicht, und der Palast ist in Schweigen ...' Gemessenen Schrittes ging er zu einer mit Halbedelsteinen verzierten Truhe, hob den Deckel und betrachtete prüfend die Papyrusrollen unterschiedlicher Größe, die sich darin stapelten. Er war kürzlich vom Pharao mit dem Auftrag geehrt worden, die Grenzbefestigungen zu Libyen und später zu Kanaan einer gründlichen Prüfung zu unterziehen und den jeweiligen Befehlshabern die Anweisungen des Königs zu übermitteln. Darüber hinaus sollte er einigen Statthaltern geheime Nachrichten überbringen, die keinesfalls in die Hände Unbefugter gelangen durften. In dieser Truhe befanden sich die amtlichen Sendschreiben, darunter bewahrte Cha-em-hedjet in einem besonderen Fach die Blätter mit den Geheimbefehlen auf.

Ein säuerliches Lächeln umspielte seine Lippen, als er in den Kasten spähte und mit den Fingern unruhig auf den hochgeklappten Deckel klopfte. Nein, niemand hatte sich an der Truhe zu schaffen gemacht; die feinen Katzenhaare befanden sich noch immer dort, wo er sie hingelegt hatte. Man konnte nicht vorsichtig genug sein. Zimmer und Wände besaßen Ohren in weitem Umkreis des Throns, und in der unmittelbaren Umgebung des Pharao tummelten sich die besten Langfinger und die geschicktesten Meuchelmörder des ganzen Erdkreises. Cha-em-hedjet wußte das genau, denn er gehörte zu ihnen.

Seit dreißig Jahren lebte er in so vollkommener Verstellung, daß er manchmal selbst nicht mehr genau zu unterscheiden vermochte, welches seiner beiden Ichs nun das eigentliche war. Da gab es Cha-em-hedjet, den Ägypter, den treuen Diener Pharaos, einen der Königlichen Schreiber, dessen Mund an Merenptahs Ohr weilte.

Dahinter aber verbarg sich Wesa, ein Verwandter des libyschen Königs Meri. Niemand im Lande Kemet wußte vom Dasein Wesas, von seinen Wünschen, Zielen und Hoffnungen, obwohl Wesa weitaus eifriger tätig war als Cha-em-hedjet.

Er beugte sich über die Truhe und hob einige Rollen heraus. Sorgfältig drückte er die Stellen des Bodens, die den Deckel des Geheimfaches aufspringen ließen. Ein Stück Stoff wurde sichtbar, und darunter kamen eine weitere kleine Papyrusrolle und einige Silberringe zum Vorschein. Cha-em-hedjet ließ seine Hand darüber gleiten. Plötzlich hielt er inne. Da war es! Er zog einen kleinen bronzenen Gegenstand hervor, der so alt war, daß sein Belag schwärzlich schimmerte. Nachdenklich wog er das daumennagelgroße Plättchen in der Hand. In hauchfeinen, kaum sichtbaren Linien schlang sich ein Tierschwanz um einen Beutel mit den Schriftzeichen des libyschen Gottes Asch. Dieser Schutzanhänger stellte die einzige sichtbare Verbindung zu Cha-em-hedjets früher Vergangenheit dar. Sollte ihn jemand zu Gesicht bekommen und die Wahrheit ahnen, wäre dies das sofortige Todesurteil für ihn.

Dennoch konnte er es nicht übers Herz bringen, ihn zu vernichten. Er erinnerte ihn an seine Wurzeln und daran, seine eigentliche Aufgabe niemals aus den Augen zu verlieren und sich nicht durch ägyptisches Wohlleben, Reichtum, ja nicht einmal durch Macht bestechen zu lassen. Seit vielen Jahren verfolgte er sein Ziel, hartnäckig, bedenkenlos, verschlagen. Es ließ sich mit einem kurzen Wort bezeichnen: Rache. Wie jeder, der sein Leben in blindem Eifer nur einem einzigen Zweck widmet, ordnete Cha-em-hedjet seine eigenen Bedürfnisse vollständig diesem Ziel unter. Er war schon lange nicht mehr fähig, die Beschränktheit seines Gesichtsfeldes wahrzunehmen. Dies prägte auch sein Verhältnis zu anderen Menschen. Mit vielen pflegte er Umgang, aber Freunde besaß er nicht. Er wählte seine Bekanntschaften ausschließlich danach aus, ob sie ihm nützlich waren oder seine Absichten zumindest nicht behinderten.

Zum gegenwärtigen Zeitpunkt gab es nichts Zweckdienlicheres als die Enttäuschung und Bitterkeit Amenmesses.

Der Libyer warf einen Blick auf die Wasseruhr, die auf dem Tischchen aus Akazienholz unterhalb des Fensters stand. Der Wasserspiegel war noch nicht auf die Marke der neunten Stunde gesunken. Es blieb ihm noch eine Weile bis zur Ankunft des Prinzen. Er setzte sich in einen Lehnstuhl und starrte auf das Plättchen, das er noch immer in der Hand hielt. Sanft strich er mit den Fingern darüber. Wie gepflegt seine Hände waren! Nicht zu vergleichen mit den aufgerissenen, blutigen Fingern, denen er das Plättchen in jener unbegreiflichen Hölle entwunden hatte.

Damals ...

Die Erinnerung überfiel ihn so lebhaft, daß er zusammenzuckte und wieder Rauch und verbranntes Fleisch zu riechen glaubte.

Nichts hatte den kleinen Wesa auf den Tag vorbereitet, an dem die Ägypter kamen. Warm und strahlend hatte ihn die Sonne durch die ersten acht Jahre seines Lebens getragen. Wesa und seine Brüder hüteten Esel und Kamele oder jagten Schlangen und Mäuse am Rand der Wüste. Wesas Mutter Anarit, eine stolze Frau, ließ ihre Söhne tun, wonach ihnen der Sinn stand, und vertrat die Auffassung, daß ihre Wachsamkeit sie vor Gefahren bewahren würde. Oft ritt sie mit wehendem Haar durch die Wüste, ganz allein, denn Furcht kannte sie nicht. Kühnheit lag ihr im Blut, und mehr als einmal hatte Wesa seinen Vater Goren sagen hören, seine Frau wäre König der vereinigten *Libu*-Stämme geworden, wenn Asch, der Ewige, sie eben nicht zur Frau bestimmt hätte. Wesa beobachtete, wie Gorens Augen leuchteten, wenn er sie ansah. Er genoß das Wissen, eine so unvergleichliche Mutter zu haben, daß sein Vater nie wieder eine andere Frau anrühren wollte, nachdem er zum ersten Mal das Lager mit Anarit geteilt hatte.

Die Helden in Wesas Kindheit waren seine beiden älteren Brüder, die ihn auf die Jagd mitnahmen und ihm beibrachten, wie man Eidechsen fing und über einem Feuer briet und welcher Listen es bedurfte, sich dem scheuen Wüstenfuchs so weit zu nähern, daß ein Pfeil ihn niederstrecken konnte. Seine zärtliche Liebe aber galt Huna, der vierjährigen Schwester, einem braunäugigen, zierlichen Geschöpf, das den älteren Bruder vergötterte.

Die Siedlung, in der die Familie lebte, war eine der größten des gesamten Stammes; sie lag an der Grenze zum Gebiet der *Tjehenuiu*, die sich seit Menschengedenken Brüder der *Libu* nannten. Es gab nicht viele Stämme, die wie Wesas Angehörige in einem festen Dorf wohnten. Hier führte der Vater den Rat der Weisen Männer, der von Zeit zu Zeit zusammentrat und dem die Vornehmsten der Sippen angehörten. Gorens Verwandtschaft zu Did, dem mächtigen Fürsten der *Libu*, begründete seine herausragende Stellung im Rat. Er beriet Did in allen Fragen, die das Verhältnis zum großen Nachbarstaat betrafen. Die ägyptische Grenze lag nur zwanzig Meilen östlich, und durch die Macht von Pharao Ramses fühlten sich die *Libu* immer stärker bedroht. Manchmal nahm Goren seine Söhne zu solchen Besprechungen mit, und dann spielten die Knaben mit Meri, dem Sohn des Did, und anderen Kindern. Ihr beliebtester Zeitvertreib hieß „Krieg mit den ägyptischen Würmern". Dabei mußte zunächst mit Ringkämpfen darüber entschieden werden, wer einen heldenhaften Libyer darstellen durfte und wer sich mit der jämmerlichen Rolle König Ramses' zufriedengeben und am Schluß kläglich um Gnade winseln mußte. Keiner von ihnen konnte sich damals vorstellen, was Krieg bedeutete.

Der Tag, der Wesas Leben vernichten sollte, begann wie jeder andere, eigentlich schöner als alle anderen, denn Goren war zu Hause und versprach, mit seinen Söhnen auf die Jagd zu gehen. Eine richtige Jagd, mit Pferden und den Langbögen, wie Männer sie benutzten.

Als sie aufbrachen, drehte sich Wesa noch einmal um. Anarit saß mit gekreuzten Beinen auf einem Teppich vor ihrer Hütte. Sie hielt Huna auf dem Schoß und kämmte sie. Wesa winkte, und sie winkten zurück. „Kommt bald wieder!" rief Huna, und ihr Haar flatterte im Wind.

Nach einer Stunde hörten sie zum ersten Mal Pferdegetrappel. Beunruhigend viele Pferde galoppierten in einiger Entfernung vorüber.

„Gespanne von Osten!" sagte Goren, und etwas in seiner Stimme ließ in Wesa kalte Furcht emporsteigen. Sein Vater schien unschlüssig, ob sie umkehren oder die Jagd fortsetzen sollten. Schließlich entschied er sich fürs Umkehren.

Sie hatten sich dem Dorf auf etwa eine halbe Meile genähert, als sie den Rauch rochen.

„Die Hunde haben Feuer gelegt!" flüsterte Goren und schlug seinem Roß die Fersen in die Weichen, so daß es sich wiehernd aufbäumte, bevor es davonschoß. Die drei Knaben folgten, so schnell sie konnten.

Aus dem Dorf vernahmen sie beängstigendes Gebrüll. Wesa klammerte sich fest an den Hals seines Pferdes und kniff vor Entsetzen die Augen zu. Daher sah er den Felsen nicht, vor dem sein Pferd unvermittelt die Richtung wechselte. Er flog in hohem Bogen hinunter, schlug hart mit dem Kopf auf dem Boden auf und rührte sich nicht mehr. Als er wieder zu sich kam, hörte er noch immer Schreie, und das prasselnde Feuer wirbelte Asche, Holzstückchen und einen furchtbaren Gestank durch die Luft. Sein Vater und seine Brüder waren verschwunden, und auch von seinem Pferd war nichts mehr zu sehen.

Ihn schmerzte der Kopf, und er spürte den metallischen Geschmack von Blut im Mund. Es kümmerte ihn nicht. Angst schnürte ihm die Kehle zu. Geduckt schlich er näher an das Dorf heran, wobei er jede Bodenwelle, jede Sanddüne und jeden kümmerlichen Strauch als Deckung benutzte. Schließlich erreichte er die ersten Hütten. Fremde Soldaten schwärmten durch die Gassen und drangen in die Behausungen ein. Geschrei gellte auf und Gelächter, wild und irrsinnig, als vergnügten sich dort finstere Geister der Unterwelt.

Der Knabe warf sich zu Boden. Ein Haufen Leichen diente ihm als Sichtschutz; mit abgewandtem Kopf kroch er daran vorbei. Das Haus seiner Eltern lag am äußeren Rand der Siedlung, nicht weit von der Stelle, an der er gerade kauerte. Er hoffte, es ungesehen erreichen zu können. Immer wieder hörte er aus den heiseren Rufen den Ausdruck *secher* heraus, von dem er wußte, daß es ein ägyptisches Wort war und ‚töten' bedeutete. Es waren also ägyptische Soldaten, die hier mordeten.

Der neugeborene Säugling der Nachbarsfamilie flog mit durchschnittener Kehle durch die Tür und landete mit einem dumpfen Schlag auf dem Boden. Starr vor Entsetzen sah Wesa eine kleine rote Fontäne auf- und abschwellend aus seinem Hals spritzen. Dann versiegte sie, und auch das Zucken des kleinen Körpers hörte auf.

Eine Gruppe betrunkener Männer torkelte grölend an dem Leichnam vorüber. Wesa beobachtete, wie sie in das Haus seiner Eltern eindrangen. Er hörte Hunas gellenden Aufschrei und das schrille, atemlose Flehen seiner Mutter, das im nächsten Augenblick in einem furchtbaren Gurgeln ertrank.

Fieberhaft sah er um sich, anscheinend hatte ihn noch niemand bemerkt. Er rannte über die Gasse und spähte durch die Tür in den einzigen großen Raum des Hauses. Seine Mutter lag auf dem Boden und bewegte sich nicht. Die Soldaten beschäftigten sich mit Huna. Zwei von ihnen hielten sie an den Armen fest, während der dritte vor ihr stand. Es schien Wesa, als vollführe er einen schrecklichen, ruckartigen Totentanz. Erst viel später verstand er, was er gesehen hatte. Dann erst begriff er, daß sie seine Mutter sogleich mitleidlos abgeschlachtet hatten; nach der Schändung so vieler erwachsener Frauen bot eine weitere keinen Reiz mehr. Ein vierjähriges Mädchen aber brachte ihr Blut noch einmal in Wallung, und sie vergingen sich einer nach dem anderen an ihm.

Wesa schwanden die Sinne, er sank lautlos in sich zusammen und lag wie tot auf der Schwelle. Als die Männer das Haus verließen, stiegen sie achtlos über ihn hinweg, denn er war nicht von den Leichen zu unterscheiden, die auf der Gasse lagen.

Als er zu sich kam, dämmerte es schon. Die Ägypter waren verschwunden. Doch die Brände, die sie gelegt hatten, prasselten und loderten noch. Er versuchte, auf die Beine zu kommen, und fuhr zurück, als er sich versehentlich auf das Gesicht eines Toten stützte.

In seinem Ohr sirrte ein heller, schmerzender Ton, der ihn aber von allen anderen Geräuschen abschirmte. So vernahm er weder das Stöhnen der Verletzten noch das Röcheln der Sterbenden. Er stolperte durch die Tür und sank in die Knie, als er seine Mutter liegen sah. Der Dolch steckte ihr noch in der Brust. Neben ihr lag eine kleine Gestalt wie eine zerborstene Puppe. Erst nach einer Weile erkannte Wesa darin die Überreste seiner Schwester Huna.

Blind vor Tränen taumelte er zurück ins Freie. Ein paar Hütten weiter fand er die Leichen seines Vaters und seiner Brüder. Gorens gebrochene Augen schienen ihn anzuklagen, weil er allein am Leben geblieben war. ‚Warum bist du nicht bei uns?' fragten sie und mahnten: ‚Es ist deine Pflicht, uns zu begleiten! Huna braucht deinen Schutz! Wesa, Wesa, warum hast du uns nicht geholfen?' Wie gelähmt stand er vor den Toten und lauschte den Stimmen in seinem Kopf. ‚Komm zu uns!' rief seine Mutter. ‚Sie haben mir weh getan!' sang Huna.

Der Knabe sank nieder und starrte in das Antlitz des Vaters, denn die Gesichter seiner Brüder konnte er nicht mehr erkennen. Ihnen waren die Schädel gespalten worden. Wie lange er dort saß, wußte er nicht. Jedes Zeitgefühl war ihm verlorengegangen.

Nach einer Weile begann er, sanft den Oberkörper zu schaukeln, und erst viel später entdeckte er, daß sein Vater etwas in seiner Faust hielt.

„Seine Hoheit, Prinz Amenmesse!"

Cha-em-hedjet erhob sich, um den Besucher willkommen zu heißen. Ruhig ließ er den Schutzanhänger in seinem Gürtel verschwinden und wischte die Erinnerung beiseite. „Ich freue mich, daß du mich mit deiner Gegenwart ehrst, Amenmesse", sagte er. „Ich bedarf deines Rates. Du wolltest nach deiner Rückkehr unsere Stellungen in den beiden Neith-Gauen aufsuchen? Sind deine Pläne noch dieselben?"

„Ich weiß es noch nicht, vermutlich ja", entgegnete Amenmesse zögernd. „Ich nehme an, du bist schon unterrichtet über den Ausgang des Bija-Feldzugs."

„So ist es. Ein bedauerliches Unglück!"

„Ich konnte nichts dafür!" sagte Amenmesse schnell.

„Das hatte ich auch nicht angenommen. Oft bedenken die Götter die verdienstvollsten Männer mit schweren Prüfungen." Tatsächlich kannte Cha-em-hedjet den Verlauf des Feldzugs in allen Einzelheiten. Sowohl in Men-nefer als auch in Pi-Ramesse hielten seine Mittelsmänner Augen und Ohren offen und setzten ihn über alles Wissenswerte in Kenntnis. Jetzt war es an der Zeit, Schlingen auszulegen. Sanft sagte er: „Ich erhielt Nachricht aus Pi-Ramesse. Ein treuer Diener sprach mit dem *Idenu Mer Mescha*, dem Hauptmann Meribast, vor dessen Tod."

„Meribast ist tot?" Amenmesse erbleichte. „Wie kann er tot sein? Er war unverletzt!"

„Offensichtlich entschied er sich, freiwillig in das Land des Westens aufzubrechen. Er nahm Skorpiongift."

Amenmesse wandte sich ab. Meribasts Selbstmord entzündete erneut die quälende Scham über sein Versagen. Sein Untergebener hatte die Stirn besessen, ihn im Stich zu lassen! Diese Fahnenflucht machte ihn wütend. Er wollte etwas Abfälliges sagen, da kam ihm ein Gedanke. Wenn Meribast vor seinem Tod mit einem Diener Cha-em-hedjets gesprochen hatte, dann besaß dieser genaue Kenntnis vom wahren Sachverhalt. „Meribast war schon immer ein Feigling!" murmelte er böse.

Cha-em-hedjet zog es vor, diese Bemerkung schweigend zu übergehen. Er entnahm seiner Truhe eine große Papyrusrolle. „Wie ich schon sagte, ich brauche deine Hilfe! Aus dem Süden treffen täglich beunruhigende Nachrichten ein. Im Wawat und in Kusch breitet sich Aufstand aus." Cha-em-hedjet verstummte und sah dem Prinzen gespannt ins Gesicht.

„Wie unangenehm!"

Nichts weiter? Cha-em-hedjet zog hörbar die Luft ein. Mehr hatte Amenmesse nicht dazu zu sagen? „Dir als erfahrenem Feldherrn muß ich nicht erklären ...", setzte er erneut an.

„Spar dir diesen Hohn!" fauchte Amenmesse. „Du vergißt, wen du vor dir hast!"

Sofort überzog ein Ausdruck stiller Demut die Züge des Königsschreibers. „Ich bitte tausendfach um Vergebung, Hoheit! Es liegt mir fern, dich zu kränken. Während deiner Abwesenheit grübelte ich immer wieder, wer dafür in Frage käme, den Kuschiten den Fuß in den Nacken zu setzen. Aufruhr im Süden schwächt unsere Verteidigungsbereitschaft im Norden, und dies gerade jetzt, da Heerscharen gottloser Fremdvölker aus dem Westen im Begriff sind, ins Geliebte Land einzufallen!"

„Freilich weiß ich das. Aber in Buhen herrscht Cha-em-ter als Stellvertreter des Guten Gottes. Er ist der Königssohn von Kusch. Was willst du von mir?"

„Cha-em-ter scheint mit den notwendigen Maßnahmen ... nun ... ein wenig überfordert zu sein", fuhr Cha-em-hedjet fort. Wenn er daran dachte, wieviel Gold es ihn gekostet hatte, daß Cha-em-ter nicht kleinlich auf seinen guten Ruf bedacht blieb, stieg immer noch Ärger in ihm auf. „Wenn nun der Abkömmling des Pharao, des Starken Stiers, die Bewohner des Südlichen Fremdlandes in die Knie zwänge, könnte dies das Grenzland ein für allemal in ein Gebiet verwandeln, in dem *Ma'at* getan und *Isfet*, das Unrecht, vertrieben wird."

„Ich glaube nicht, daß König Merenptah, Leben, Heil, Gesundheit, mir den Oberbefehl anvertrauen wird. Nicht jetzt!"

„Vergib meine Anmaßung, Hoheit, aber laß das meine Sorge sein", sagte Cha-em-hedjet steif. „Es ist kein Krieg, der im Süden geführt werden muß. Du sollst lediglich Bestrafungszüge durchführen und die Nehesiu mit dem Abglanz der Göttlichkeit blenden."

‚Versteht sich!' dachte Amenmesse gallig. ‚Für einen richtigen Krieg tauge ich nicht!' Trotzdem gab ihm Cha-em-hedjets Vorschlag zu denken. Er wäre für eine Weile der unmittelbaren Aufsicht des Königs entronnen und bekäme Gelegenheit, sich zu bewähren.

„Wenn du im Süden erfolgreich bist, Amenmesse, dann kann ich den Pharao, Leben, Heil, Gesundheit, überreden, dir das Amt des Königssohns von Kusch zu geben. Merenptah und Sethos mögen zwar jetzt zornig sein über das Unglück in Bija, aber sie müssen dich an eine Stelle setzen, die deiner Abkunft würdig ist."

„Was fällt dir ein!" fuhr Amenmesse auf, verstummte aber sofort. Cha-em-hedjet mochte zwar nicht das Recht haben, so belehrend mit ihm zu sprechen, aber er, Amenmesse, durfte in seiner augenblicklichen Lage nicht kleinlich sein.

„Warte, bevor du dich über mich empörst! Du kannst in Kusch deine Macht aufbauen, du wirst der Herr des Südens sein."

„Worauf willst du hinaus?" Amenmesse spürte, wie sich sein Magen langsam zusammenzog, und trotz der Hitze fröstelte ihn. Diese Worte wiesen in eine höchst gefährliche Richtung.

„Pharao Merenptah, Leben, Heil, Gesundheit, ist alt", raunte Cha-em-hedjet. „Seine Verwandlung in Osiris ist nicht mehr fern. Und dein Vater ..." Unbestimmt schwangen die letzten Worte zwischen ihnen.

„Was ist mit meinem Vater?" flüsterte Amenmesse. Er wollte nicht wahrhaben, daß der Königliche Schreiber ihn zum Hochverrat aufforderte.

Cha-em-hedjet gab sich keine Blöße. „Glaubst du, daß dein Vater Sethos derjenige ist, den die Ewigen in schwerer Zeit an der Spitze Ägyptens sehen wollen?"

„Mein Vater ist der Sohn des Guten Gottes, Leben, Heil, Gesundheit!" Auch Amenmesse hielt sich bedeckt. Aber der Königsschreiber durchschaute ihn. ‚Er schnappt nach dem Köder', dachte er. „Und du bist der Sohn seines Sohnes!" sagte er kurz.

Amenmesse schlug das Herz bis zum Hals. ‚Du bist kein Pharao!' klang es in ihm nach. ‚Und du wirst niemals einer sein!' Bot sich hier die Lösung?

Cha-em-hedjet beobachtete sein Gegenüber scharf und wartete geduldig.

„Was verleitet dich zu der Annahme", fragte der Prinz, „Cha-emter würde freiwillig von seinem Amt als Königssohn von Kusch zurücktreten?"

„Sein schlechter Gesundheitszustand", entgegnete Cha-emhedjet trocken. „Wahrscheinlich verträgt er das dortige Klima nicht." Weniger noch als das nubische Wetter vertrug Cha-em-ter gewisse Nachttrunke, aber dies durfte Cha-em-hedjet nicht äußern. „Ich habe dir eine Karte von Kusch zeichnen lassen, mit den Standorten unserer Soldaten und den Stollen, in denen Gold für Pharao geschürft wird. Bedenke alles in der gebotenen Gründlichkeit und gib mir Bescheid, ob du bereit bist." Er reichte Amenmesse die Papyrusrolle.

Der nahm sie und fingerte lässig an dem Bändchen, das sie zusammenhielt. „Welche Haltung nimmt Pa-nehesi ein?" fragte er.

„Der Wesir des Südlichen Landes beklagte sich unlängst, daß Cha-em-ter betrüblich untätig sei. Daraus magst du selbst deine Schlüsse ziehen."

Amenmesse nickte und stand auf. Er straffte seine Haltung und maß Cha-em-hedjet mit einem selbstbewußten Blick. „Du erhältst Nachricht von mir!"

Als er den Raum verließ, sah sich Cha-em-hedjet nicht einmal um. Er zog seinen Schutzanhänger aus dem Gürtel und betrachtete ihn, als hätte er ihn noch nie gesehen. Asch, der Gott der *Libu*, wurde stärker, daran bestand kein Zweifel. Er war so wild und gewalttätig wie der ägyptische Gott Seth, der Herr der Unordnung. Asch hob die Faust, um Feuer über Ägypten regnen zu lassen. Cha-em-hedjet glaubte genau zu wissen, was Seth auf der anderen Seite tat. Seth hatte nicht die Absicht, das Zweifache Land zu verteidigen. Seth lächelte nur.

## SCHATTEN ÜBER PA-TÍME

Nachdem Bai ihn aus der großen Halle von Ipet-Sut fortgeschickt hatte, war Djehuti der Dienerin durch endlose Korridore, unzählige Säle und etliche kunstvoll angelegte Gärten gefolgt. Unübersichtlich und verworren dünkte ihn die Anlage, und bald hatte er jeden Ortssinn verloren. Die Frau nahm weder Rücksicht auf sein kurzes Bein noch auf seinen verkrümmten Rücken, sondern schritt kräftig aus. Seine Bitte um gemäßigte Geschwindigkeit überhörte sie. Also mußte Djehuti rennen, was ihm den Schweiß auf die Stirn trieb und sein Gefühl von Verlassenheit verstärkte.

Wenige Menschen begegneten ihnen um diese späte Abendstunde. Djehuti sah zwei Sklavinnen und einige Nachtwächter, die bei seinem Anblick peinlich berührt zur Seite sahen und dann verschwanden. Still, fast unwirklich lagen die Parks im fahlen Mondlicht. Nach einer Weile verließen sie den inneren Palastbezirk. Die prunkvollen Säle, die luftigen Säulenhallen und breiten Wandelgänge wichen kleinen, einstöckigen, mit Ziegeln aus Nilschlamm gebauten Häusern. Zwischen ihnen schlängelten sich schmale Wege, auf denen Abfall verstreut lag.

Vor einem Eingang blieb die Frau stehen. „Hier schläfst du heute", sagte sie und verließ ihn.

Es dauerte einen Augenblick, bis er begriff, daß sie nicht zurückkehren würde. Er war allein. Aufseufzend schlurfte er durch die Tür. Der Raum wirkte freundlicher als erwartet. Eine brennende Fackel steckte in dem Halter neben der Fensteröffnung und tauchte das Zimmer in anheimelndes Licht. Auf einem Tischchen standen ein Krug mit Wasser und eine Schale Obst, daneben lagen auf einem Holzteller zwei gebratene Hühnerbeine und einige Brote. Djehuti streifte das Essen mit einem flüchtigen Blick. Er hatte keinen Hunger. Er ging zu dem Bett mit den fransenbesetzten Decken und strich über die flauschigen Stoffe. Noch nie hatte er in einem richtigen Bett mit Rahmen geschlafen. Zu Hause hatte er die Nächte auf seiner Matte auf dem Fußboden verbracht.

Zu Hause ...! Djehuti setzte sich auf die Bettkante und vergrub das Gesicht in den Händen. Zu der Sehnsucht nach seiner Mutter kam nun das Heimweh nach dem Vater. Was der jetzt wohl tat? Ob er ihn sehr vermißte? Djehuti schluckte. Er wollte nicht weinen. Der Aufenthalt in Waset wäre eine einzigartige Gelegenheit für ihn, hatte Ipuki gesagt. Er dürfe Lesen und Schreiben lernen und bekäme Harfenunterricht. Jedes Kind armer Leute würde ihn glühend beneiden.

Nach einer Weile zog er die Beine auf das Bett und drehte sich auf die Seite. Er lauschte dem Wind, der draußen irgend etwas den Weg entlangtrieb. Im Nachbarhaus stritt ein Paar erbittert. Weiter entfernt schrie ein Kind, und zwei Katzen jagten fauchend an der Tür vorbei. Als die Fackel verlosch, starrte Djehuti weiter in die Schwärze. Ob es so war, wenn man ins Land des Westens ging? So dunkel, so einsam?

Als er erwachte, durchflutete Sonnenlicht den Raum. Er blinzelte und rieb sich die Augen. Im ersten Augenblick wußte er nicht, wo er war. Dann richtete er sich auf und erinnerte sich. Er war in der Götterstadt, in Ipet-Sut.

„He, du hast aber lang geschlafen!" Ein junger Mann saß am Fußende des Bettes und betrachtete ihn aufmerksam. „Du weißt wohl nicht mehr, wer ich bin? Wir trafen uns gestern, am Hafen."

„Oh, doch, ich entsinne mich. Du hast gesagt, ich solle mich nicht grämen, wenn der Gefangene mich beleidigt."

„Stimmt genau. Du hast dir hoffentlich auch nichts daraus gemacht. Ich bin Ihi, der Fischer. Verzeih, daß ich so einfach hereingekommen bin. Aber du hast mein Klopfen nicht gehört."

„Ich bin froh, daß du da bist. Mein Name ist Djehuti." Djehuti schwang seine Beine über die Bettkante. An diesem Morgen sah das Leben freundlicher aus. Golden schien die Sonne, und er war nicht mehr allein. „Aber wie hast du mich gefunden?"

„Der vornehme Gesandte ..."

„Mein Herr!"

„Ach so. Also, dein Herr beauftragte mich, nach dir zu sehen, wenn ich vom Westufer zurück sei."

„Du warst in der Totenstadt!" sagte Djehuti ehrfürchtig.

„Das ist nichts Besonderes! Du kommst da sicher auch bald hinüber! Der Kerl von gestern stammt von da. Ich habe seiner Familie Bescheid gesagt, daß er wegen Mordversuchs im Kerker schmachtet." Als Ihi Djehutis Miene sah, setzte er achselzuckend hinzu: „Na ja, nicht ganz so. Dein Herr wird wohl Prügel anordnen und ihn dann nach Hause schicken."

Eine Pause entstand. Ihi musterte die kärgliche Einrichtung des Zimmers. „Wirst du hier wohnen?"

„Das weiß ich nicht. Man hat mir nur gesagt, ich solle unterrichtet werden."

„Die Götter scheinen dich zu mögen."

„Tatsächlich?" Djehuti zog ein schiefes Gesicht und deutete auf seinen Buckel. „Sie lieben mich geradezu."

Der Besucher zeigte sich nicht beeindruckt. „Immerhin entschädigen sie dich. Ich wünschte, ich dürfte lernen. Wie alt bist du?"

„Zehn, fast elf."

„Dann bist du ja erwachsen!" lachte Ihi. „Was machen wir heute? Ich bin den ganzen Tag für dich da. Dein Herr gab meinem Vater einen ganzen Ballen Stoff als Gegenwert für meine Arbeitskraft."

„Oh, das ist gut!" strahlte Djehuti.

„Ich könnte dir die Stadt zeigen und den äußeren Tempelbezirk", überlegte Ihi. „Und dann den Hafen. Nein, zuerst den Hafen."

Mit einemmal wurde Djehuti ganz leicht und frei zumute. Er freute sich auf den Tag. Vielleicht hatte der Fischer recht. Die Ewigen sorgten für Ausgleich! Mit Schwung sprang er auf die Beine. Obwohl er merkte, daß Ihi ihn unbefangen von Kopf bis Fuß betrachtete, kümmerte er sich nicht darum. Seine krumme Gestalt konnte ohnehin nicht verborgen bleiben. Er griff nach einem Brot und aß ein paar Weintrauben. „Nimm auch, wenn du willst!"

Ihi nickte, und beide kauten eine Weile schweigend.

„Kennst du den Burschen aus der Totenstadt?" fragte Djehuti nach einer Weile.

„Nein. Ich sah ihn zum ersten Mal am Hafen. Aber er ist nicht beliebt auf dem westlichen Ufer."

„Woher weißt du das?"

„Da war ein Medja namens Sobekmose. Er sagte, dieser Apachte werde noch einmal mit abgeschnittenen Ohren in einem nubischen Goldbergwerk enden. Er sei noch gewalttätiger als sein Vater."

„Hoffentlich begegne ich ihm nicht wieder", meinte Djehuti.

Als er am späten Nachmittag wieder im Tempel eintraf, konnte er kaum noch laufen. Es kam ihm vor, als hätte er Hunderte von Meilen zurückgelegt. Seine Füße brannten, er hatte Blasen an den Fersen, und vom ständigen Schaukelgang schmerzten ihm die Hüftgelenke. Aber zum ersten Mal seit vielen Tagen fühlte er sich glücklich. Ihi hatte ihm das Hafenviertel gezeigt, ihn seiner Mutter vorgestellt, und gemeinsam hatten sie den Flußschiffern beim Be- und Entladen ihrer Kähne zugesehen. Um die Mittagszeit hatte die unglaublich dicke Wirtin eines etwas heruntergekommenen Bierhauses namens *Glücksort des Südens* Djehuti mit schwarzen Bohnen und Brot vollgestopft, und er hatte einen ganzen Krug dünnen, säuerlichen Henqets nachgegossen. Der darauffolgende erste Schwips seines Lebens ließ ihn die nächsten Stunden als einen funkelnden Reigen von Scherzen, Gelächter und Späßen erleben.

Er war begeistert vom bunten Leben auf den Märkten Wasets, dem Durcheinander am Hafen und der gutmütigen Ruppigkeit der Einwohner. Er sog den Geruch der Straßen in sich ein, den würzigen Duft der Feuerstellen, die dumpfe Süße von Weihrauch und Myrrhe, die aus Tempeleingängen wehte, vermischt mit dem Gestank von Dung und Abfällen, die an Häuserecken verrotteten. Er schnupperte das Wasser des Flusses, die Fische, das faulige Holz der Schiffsplanken. Seine Sinne genossen die Vielfalt und die Fremdartigkeit der Eindrücke.

Ihi erzählte ihm vom Leben der Fischer, Hafenarbeiter und Gastwirte, er wußte komische Geschichten von betrunkenen Soldaten, die sich mit gestrengen Verwaltungsbeamten anlegten, von Matrosen aus fernen Ländern und von schönen, gefährlichen Frauen. Djehuti erfuhr, was ein Freudenhaus ist und welch gräßliche Krankheiten man sich dort holen konnte, die wichtige Körperteile abfaulen ließen. Voller Abenteuer schien Ihis Welt zu sein, aufregend und vor allem unglaublich frei. Am Abend stellte er verwundert fest, daß er kein einziges Mal an den Tod seiner Mutter oder an Ipuki gedacht hatte.

Auch Ihi genoß diesen Tag. Je mehr er dem Jüngeren erzählte, desto aufregender und prickelnder erschien ihm sein eigenes Leben. Er sonnte sich in der Bewunderung seines Schützlings und es tat ihm leid, als der Tag sich neigte.

„Kommst du morgen wieder?" fragte Djehuti, als sie am Eingang der Tempelstadt standen.

„Morgen nicht. Ich muß arbeiten. Ich bin Fischer." Enttäuschung malte sich auf dem Gesicht des Knaben, und Ihi setzte hinzu: „In den nächsten Tagen schaue ich wieder vorbei, ich verspreche es!"

Djehuti sah ihm nach, wie er pfeifend davonschlenderte. Kaum war er wieder auf sich allein gestellt, kehrte die alte Bangigkeit zurück. Fremd und abweisend ragten vor ihm die Tortürme des großen Amun-Heiligtums auf. Priester eilten vorbei, dazwischen liefen Frauen mit Opferkörben und Tempeltänzerinnen. Niemand achtete auf den buckligen Knaben.

„Djehuti?" Ein junger Priester beugte sich zu ihm herunter. „Ist das dein Name?"

„Ja, das bin ich."

„Königsschreiber Bai befahl mir, dich zu ihm zu bringen. Er will dich morgen in die Totenstadt mitnehmen."

„Dies ist der Ort, an dem die Standbilder Pharaos, Leben, Heil, Gesundheit, aufgestellt werden sollen. Ihr seht, Erhabene, der Platz ist vorbereitet, und wir harren der Ankunft dieser Standbilder."

Die Stimme des Vorarbeiters Inherchau klang seltsam dünn in der „Halle des Abschneidens", dem ersten Querschiff des Grabes für

Pharao Merenptah, das den in die Tiefe führenden Gang unterbrach. Viele Menschen drängten sich unter der niedrigen Deckenwölbung, die von kurzen, schweren Säulen getragen wurde. Die beiden Vorarbeiter Inherchau und Neferhotep standen nebst ihren Stellvertretern, den Schreibern und den ältesten Arbeitern an der Stirnseite der Halle, dort, wo der Korridor weiter in den Berg hineinführte. Scheue Blicke wanderten zu den königlichen Beauftragten, dem Siegler Bai, dem Hohenpriester Roma-Roy und den Wesiren Pa-nehesi und Pensechmet.

„Betrachtet die Wände und Säulen", fuhr Inherchau fort. „Ihr werdet erkennen, daß wir es nicht an Sorgfalt und Fleiß haben fehlen lassen. Vollendet ist das ‚Buch der Anbetung des Ra im Westen' auf den Wänden des ersten Korridors, und auch die ‚Schrift des Verborgenen Raumes' im zweiten Gottesgang kündet bereits von dem, was es in der Unterwelt gibt."

„Was ist mit den Türen?" fragte Bai und wies auf die Vertiefungen in der Mauer, wo der Gang in das große Querschiff mündete.

„Die Türpfosten werden von unseren Tischlern geschnitzt und mit den Aufschriften versehen, welche die Texte auf den Wänden der Korridore weiterführen. Die Halterungen sind bereits fertig gemörtelt", erklärte Hai, Inherchaus ältester Sohn und künftiger Nachfolger.

Bai war beeindruckt. Dies war nicht sein erster Besuch am Großen Platz der Wahrheit. Aber jedesmal aufs neue bewegte ihn dieser Ort, nirgends fühlte er sich der Ewigkeit so nahe wie hier. Deutlicher als irgendwo sonst erahnte er das göttliche Walten, das dem menschlichen Leben zugrunde liegt, genauer noch begriff er die große Bedeutung des Königs. Hier in diesem Grab spürte Bai mit seinem ganzen Herzen, was es bedeutete, Pharao zu sein, Gott zu sein, ein Mittler zwischen der diesseitigen und der jenseitigen Welt.

„... die Listen Anup-em-habs und Ken-her-chepeschefs geben über den Verbrauch genaueste Auskunft."

Bai gab sich einen Ruck und lenkte seine Aufmerksamkeit auf den Rechenschaftsbericht, mit dem Vorarbeiter Neferhotep soeben begonnen hatte.

Mit Neferhotep hatte er ein langes Gespräch geführt, während die große Schar der Würdenträger, der niederen Beamten, Priester, Medjau, Arbeiter und nicht zuletzt Djehuti und Apachte den langen, gewundenen Weg ins Tal der Königsgräber gestiegen waren. Neferhoteps Art, die Arbeitsabläufe im Tal zu erklären, schien Bai ganz ungewöhnlich. Er kannte niemanden, der wie dieser alte Handwerker in der Lage war, sehr heilige Dinge mit einer feinen, hintergründigen Heiterkeit zu beschreiben, die ihre Bedeutung nicht minderte, sondern eher erhöhte. Aber mehr noch beeindruckte ihn Neferhoteps einfache Menschlichkeit.

„Wir haben einen mißratenen Knaben aus der Stadt mitgebracht. Wo ist der Arbeiter Paneb?" hatte er gefragt, woraufhin Neferhotep ihn demütig, aber in keiner Weise unterwürfig bat, einen Augenblick mit ihm beiseite zu treten.

„Paneb ist erkrankt", sagte der Ältere leise, „vielleicht geht es ihm gegen Abend wieder besser. Aber wenn du gütig sein und Gnade vor Recht ergehen lassen willst, dann erlaube dem jungen Apachte, ohne großes Aufhebens wieder ins Dorf zurückzukehren. Du tust seiner Mutter einen großen Gefallen und uns allen auch. Wir haben schon genug Schwierigkeiten mit Paneb und Apachte."

„Was ist mit diesem Paneb? An welcher Krankheit leidet er?"

„Er hat dem Bier zu eifrig zugesprochen. Er ist einer, dessen Mund heiß ist."

„Und seine Arbeit?"

„Ist hervorragend! Außerdem zeigt er sich nicht immer von seiner schwierigen Seite. Er ist auch fröhlich, schwungvoll, einfach ungestüm!" Neferhotep verzog sein Gesicht zu einem Ausdruck, der ein Lächeln sein sollte, und Bai dachte: ‚Und du liebst ihn, alter Mann.'

„In welcher Beziehung steht er zu dir?" fragte er.

„Er ist mein Ziehsohn."

„Dieser Knabe, Apachte, scheint wohl nach seinem Vater zu geraten."

„Du sagst es!" seufzte Neferhotep.

Als die Gruppe aus dem Grab wieder ans Tageslicht trat, wandte sich der Wesir Pa-nehesi an Bai: „Wir dürfen zufrieden sein, nicht wahr? Sie arbeiten gut." Er warf einen Blick auf Djehuti, der sich stets ein paar Schritte hinter Bai gehalten hatte. „Vergib meine Neugier, mein Freund, aber wer ist der Hinkefuß, den du da im Schlepptau hast?"

„Der Sohn eines Freundes", erklärte Bai knapp. „Er soll hier ausgebildet werden."

„Du nimmst ihn hierher mit? Wirklich ungewöhnlich!"

„So gewöhnt er sich schnell ein. Er soll künftig bei Begräbnissen singen. Das kann er nämlich recht gut."

„Ai, du scheinst einen Narren an ihm gefressen zu haben!"

Bai sah Pa-nehesi von der Seite her an. „Du hast recht. Sein Leib ist verkrüppelt, aber sein *Ka* ist stark und schön." Ohne sich dessen bewußt zu sein, wiederholte er die Worte, die Mehit vor vielen Jahren in der Geburtslaube gesprochen hatte.

Inzwischen war die Gruppe zum Eingang des Tals gelangt, wo die Träger mit den Sänften warteten. Ein paar halbwüchsige Knaben schwenkten bunte Fächer aus Straußenfedern. Die Würdenträger sollten in das Truppenlager *Ta-Set-Meri-Djehuti* gebracht werden, das der König vor zwei Jahren auf dem Westufer von Waset hatte errichten lassen. Djehuti kauerte sich hinter Bai auf den Sitz, und Pa-nehesis Blick wanderte nachdenklich zwischen beiden hin und her.

Noch einmal richtete Bai das Wort an Neferhotep. „Holt uns morgen um die zweite Stunde nach Sonnenaufgang ab! Mögen wir dann den Platz der Schönheit in ebensolcher Vollkommenheit vorfinden wie heute die Stätte der Wahrheit!" Er beobachtete, wie der Tragstuhl Roma-Roys von den Trägern geschultert wurde und zur Ebene hinunterschwankte. „Und noch etwas, Vormann! Nimm dir das Verhalten deines Ziehsohns nicht so zu Herzen! Nicht immer verstehen wir die Prüfungen der Götter."

Dann setzte sich auch der Tragstuhl Bais in Bewegung, und Neferhotep blickte ihm noch lange nach. Mit einem so menschlichen Wort hatte er nicht gerechnet.

„Ein eindrucksvoller Mann!" sagte Ken-her-chepeschef. „Ich beginne zu verstehen, warum König Merenptah, Leben, Heil, Gesundheit, ihn an seiner Seite zu sehen wünscht. Und dies, obwohl er kein Ägypter ist!"

Neferhotep nickte. Ken-her-chepeschef hatte in Worte gefaßt, was auch er empfand.

Nach dem Mahl saßen Bai und Wesir Pa-nehesi allein in der großen Halle von *Ta-Set-Meri-Djehuti*. Roma-Roy und Pensechmet hatten sich zur Ruhe begeben, Djehuti war bereits nach Waset zurückgebracht worden.

„Nun, wie stehen die Dinge in Miam und Buhen, Pa-nehesi?" fragte Bai. „Sei so freundlich, berichte von deiner Reise nach Kusch und erzähle mir gleich die richtige Lesart, nicht die amtliche."

Der Wesir des Südens nickte. Bai war sein Freund, daher erlaubte er sich, offen und ungezwungen zu sprechen. „Es steht nicht gut. Die Nehesiu sind unruhig, es brodelt im ganzen elenden Kusch. Dort riecht es nach Aufstand, Bai! Cha-em-ter ist unentschlossen und untätig."

„Was für ein Unglück! Dabei wurden so große Hoffnungen in ihn gesetzt!" Bai erinnerte sich nur ungenau an Cha-em-ter, den Königssohn von Kusch und Stellvertreter Pharaos im Südlichen Fremdland. In Pi-Ramesse war er mit ihm auf einem Fest bekannt gemacht worden. Eine vage Erinnerung an einen Mann mittleren Alters mit einem hübschen, glatten Gesicht zog durch sein Gedächtnis. „Was ist geschehen? Noch vor kurzem herrschten Ruhe und Frieden in Kusch! Die Abgaben trafen regelmäßig und vollzählig in der Hauptstadt ein. Die Herzen aller im Großen Haus waren zufrieden. Man wußte, Kusch spürt den ägyptischen Fuß im Nacken und preßt das Gesicht in den Staub."

„Wenn du meine Meinung hören willst", erklärte Pa-nehesi, „ich finde, diese Unruhe brach allzu unvermittelt los. Es gab keine

Zwischenfälle, niemand beschwerte sich über irgend etwas! Weswegen also?"

„Du glaubst, jemand fördert den Aufruhr in Nubien?" fragte Bai. „Gerade jetzt, wo das Geliebte Land ohnehin in größter Gefahr schwebt?"

„Das vermute ich. Es muß jemanden geben, der Kemet oder Seiner Erhabenheit, Leben, Heil, Gesundheit, Schaden zufügen will."

„Wer auch immer Aufstand in Kusch schürt, er hat es sehr klug begonnen. Roma-Roys Aufwand für den Süden ist vollständig gerechtfertigt, wie es scheint. Hältst du es für möglich, daß der Hohepriester ...?" Bai führte den Satz nicht zu Ende. Zu abenteuerlich kam ihm eine solche Vermutung vor.

„Ich kann mir nicht vorstellen, daß der Hohepriester des Amun unverhofft zum Feind Ägyptens wird, nein, wirklich nicht!" Pa-nehesi lehnte sich in seinem Sessel zurück und schloß die Augen. Er dachte nach. „Da ist noch etwas!" sagte er dann. „Cha-em-ter hat sich eine Geliebte genommen, eine Kuschitin aus einer schwarzhäutigen Barbarensippschaft. Sie tritt für meinen Geschmack etwas zu häufig in Erscheinung und mischt sich in die Verwaltung ein, die sie nichts angeht. Cha-em-ter bespricht Angelegenheiten mit ihr, die nicht für die Ohren Außenstehender bestimmt sind, am wenigsten für neugierige Kuschitenweiber."

Unwillkürlich mußte Bai lachen. „Du kannst sie nicht besonders leiden, nicht wahr?"

Pa-nehesi verzog keine Miene. „Ich halte sie für gefährlich. Die Stadt Miam mag weit entfernt sein von Men-nefer, und in der Hauptstadt hat man den Namen Baketwerel sicher noch nie gehört, aber diese Frau empfängt Ägypter aus dem Norden, ohne daß Cha-em-ter anwesend ist."

„Was sind das für Ägypter?"

„Ich kenne sie nicht. Aber daß es so ist, weiß ich aus zuverlässiger Quelle. Ich kann nicht an allen Stellen zugleich sein." Pa-nehesi sah dem Königssiegler forschend ins Gesicht. „Wer berichtet Seiner Erhabenheit, Leben, Heil, Gesundheit, von den Ereignissen an den Grenzen? Wer berät ihn?"

„Unter anderen ich! Neben Hori und Cha-em-hedjet!"

„Hori ist über jeden Verdacht erhaben. Er ist immerhin nah verwandt mit dem König. *Du* kommst in Frage!" Pa-nehesi lachte auf. „Aber ich will gnädig sein und dich nicht weiter verdächtigen! Du wirst die Hand nicht beißen, die dich füttert!"

Bai verzog etwas gequält das Gesicht. Pa-nehesi neigte seit jeher zu groben Scherzen. Aber er hatte nicht ganz unrecht.

„Bleibt also Cha-em-hedjet! Sollte er zum Verrat am König fähig sein?" Pa-nehesi sprang auf und durchmaß den Raum mit langen Schritten. Unversehens blieb er stehen. „Was weißt du von ihm? Traust du ihm?"

„Das habe ich mich oft selbst gefragt. Ein verschlossener Mensch, das ist er. Undurchsichtig! Aber er scheint treu zu sein, ein ergebener Hofbeamter. Übertrieben gewissenhaft vielleicht. Erinnerst du dich an den Jahresabschluß im Schatzhaus vor dem letzten Neujahrsfest? Cha-em-hedjet fand heraus, daß Vergleichszahlen von nur zwei vergangenen Jahren angeführt worden waren. Er erklärte, es sei eine Beleidigung Seiner Erhabenheit, Abrechnungen unter die Augen des Unvergleichlichen zu legen, die nicht auch noch in tausend Jahren schlüssig den Wohlstand zur Zeit Pharao Merenptahs, Leben, Heil, Gesundheit, zu begründen vermöchten. Daraufhin entsandte er eigene Beamte in die Verwaltung, um das Versäumte nachzuholen."

Bai sah den Blick Pa-nehesis. „Ja, ich weiß. Im nachhinein kann man das anders deuten. Aber damals dachte ich mir nichts dabei."

„Woher kommt der Mann? Kennst du seine Familie?" Pa-nehesi setzte sich wieder hin.

„Er stammt irgendwoher aus der Oase Scha-Resi, ich glaube, aus Schedet. Dort wird wohl auch seine Familie leben."

„Nun, es kann nicht schaden, ein Auge auf ihn zu haben. Und nicht nur auf ihn! Ein Feind, der innen wühlt, ist schwer zu erkennen. Sein Gift könnte Kemet lähmen, bis es leichte Beute würde für jedes beliebige Neunbogen-Land."

Bai erhob sich und spähte durch die flachen, rechteckigen Öffnungen in der Wand, die sich in Augenhöhe rund um den Raum zogen. Andere Fenster fehlten in diesem Zimmer, was es kahl und vor allem düster wirken ließ. Im großen Hof waren Soldaten damit beschäftigt, ihre Lederwämser einzuölen. Andere schärften mit flachen Steinen die Bronzespitzen ihrer Lanzen. Einige summten vor sich hin, andere unterhielten sich halblaut, und immer wieder erklang Lachen. ‚Welch friedliches Bild', dachte Bai. ‚Wie lange noch? Werden diese Männer in einigen Zehntagen noch hier sein?' Er drehte sich zu Pa-nehesi um: „Wer auch immer der Verräter ist, ich finde ihn!"

Ken-her-chepeschef entschloß sich zu einem Besuch bei dem jungen Schreiber Anup-em-hab. Dieser hatte vor kurzem seine Ausbildung in der Schreiberschule des Tempels von Ipet-Sut beendet. Soweit Ken-her-chepeschef wußte, war die Ernennung Anup-em-habs zum Schreiber der linken Kolonne auf dessen eigene Eingabe bei Wesir Pa-nehesi erfolgt. Was hatte ihn wohl bewogen, die Abgeschiedenheit des Dorfes der Grabbauer als Stätte seines künftigen Wirkens anzustreben? Vieles wünschte Ken-her-chepeschef über den neuen Schreiber zu erfahren. Vor allem aber wollte er wissen, ob Anup-em-hab die Voraussetzungen für einen geistigen Austausch mitbrachte, nach dem sich Ken-her-chepeschef seit langem sehnte.

Der alte Schreiber wußte wohl, daß die Dörfler ihn für einen Sonderling hielten. Mal versuchten sie, ihn durch gewinnendes Verhalten aus seiner Zurückhaltung herauszulocken, mal waren sie auf Abstand zu ihm bedacht. Meist war es ihm recht, wenn sie ihn in Ruhe ließen. Hin und wieder jedoch fühlte er das Bedürfnis, mit jemandem über die Fragen zu sprechen, die ihn beschäftigten. Mit belanglosen Plaudereien wollte er seine Zeit nicht vergeuden. Das Augenmerk der meisten Dorfbewohner ging kaum über die alltäglichen Dinge hinaus; jeder wollte gut leben, essen, trinken und eine große, fröhliche Familie haben. Die Opferbräuche durchzuführen, Orakel zu befragen, ein Grab anzulegen, zu beten und die Verblichenen mit Opfergaben zu versorgen, das genügte ihnen. Ihn aber verlangte es nach Menschen, die wissen wollten, was geschehen war, als sie noch nicht geboren waren, Menschen, die nach Erkenntnissen strebten.

Freundliche Grußworte flogen Ken-her-chepeschef zu, als er durch das Dorf schritt. „Einen schönen Tag für dich, Schreiber!" „Recht heiß ist es, nicht wahr?" „Ai, Ken-her-chepeschef, hast du Lust auf ein Spielchen mit uns? Immerzu nur grübeln, das ist doch nichts!"

Er nickte und eilte schnell weiter, um nicht in längere Gespräche verwickelt zu werden. Das Haus, in dem Anup-em-hab wohnte, war eines der kleinsten im Ort und sah ein wenig liederlich, fast baufällig aus. Offenbar hatte niemand es für nötig erachtet, irgend etwas zu erneuern. Die Stufen der Treppe, die seitlich am Haus auf das Dach hinaufführten, bröckelten ab, und an der Vorderfront sah man deutlich noch die Spuren des Regens, der bräunliche Schlieren auf dem schmutzigen Kalk hinterlassen hatte. Vor der Haustür lungerten einige Knaben herum. Ken-her-chepeschef trat zur Tür und klopfte nachdrücklich an.

Drinnen wurde ein Stuhl gerückt, und Schritte näherten sich. Schreiber Anup-em-hab öffnete die Tür. „Ken-her-chepeschef, du kommst mich besuchen? Das ist eine große Ehre für mich! Bitte, tritt ein!"

Ken-her-chepeschef folgte der Aufforderung und sah sich in dem kleinen, niedrigen Zimmer um. Außer ein paar Sitzkissen auf dem gestampften Lehmboden, einem Schemel und einigen Holzkübeln war der Raum leer. Zu seiner Freude sah er, daß die Kübel sämtlich Papyrusrollen enthielten. Ein gutes Zeichen! „Seit Tagen hatte ich vor, dich aufzusuchen, Anup-em-hab!" sagte er verbindlich. „Du hast eine sehr verantwortungsvolle Stelle angetreten und bedarfst vielleicht meiner Hilfe und meines Rates."

„Du hast recht, Ehrwürdiger! Dieser Ort ist berühmt in Pa Cher, der Totenstadt, nein, was sage ich, im ganzen Gebiet von Waset oder, noch besser, in ganz Kemet! Schon als ich noch ein Schüler war, der sein Ohr auf dem Rücken trug – im Vertrauen, ich mußte so manches Mal Schläge einstecken –, bereits damals ging die Rede vom großen Schreiber Ken-her-chepeschef in Pa-Tíme!"

‚Er redet ein bißchen viel', dachte der Ältere, ‚aber das muß noch nicht bedeuten, daß er nicht klug ist.' Lächelnd nahm er die Artigkeit zur Kenntnis und fragte: „Du hast dich um die Arbeit als Schreiber der Kolonne beim Wesir beworben? Würdest du mir verraten, was dich dazu bewogen hat?"

„Ich wollte dort wirken, wo sich die Nahtstelle zwischen dem Land der Lebenden und dem *Imentet*, den jenseitigen Gefilden, befindet."

„Und du glaubst, das ist hier?"

„Es ist hier, Verehrter! Hier am Großen Platz der Wahrheit, der heiligen Stätte der *Ma'at*! Dieser Ort ist es, wo *Neheh*, die Zeit des Diesseits, sich trifft mit *Djet*, der ewigen Zeit, die alles fortsetzt, was sich in *Neheh* vollendet hat."

Ken-her-chepeschef blickte Anup-em-hab überrascht an. Eine so geistvolle Antwort hatte er nicht erwartet. „Ich habe viel nachgedacht über die Zeit, ihre Veränderungen und ihre verschiedenen Bedeutungen, aber ich bin nicht sicher, ob ich es so schlicht und treffend hätte ausdrücken können. Ich bin froh, daß du dich entschlossen hast, hierherzukommen!"

Anup-em-hab lächelte und wies auf die einzige Sitzgelegenheit im Raum. „Verzeih, aber ich bin noch nicht eingerichtet. Möchtest du einen Krug Henqet oder Wasser? Wein habe ich nicht, noch kann ich ihn mir nicht leisten."

„Wasser ist mir recht", erwiderte der andere und setzte sich. Anup-em-hab verschwand durch die rückwärtige Tür des Zimmers, und Ken-her-chepeschef hörte ihn einige Stufen hinuntersteigen. Wieder fiel sein Blick auf die Schriftrollen. Zu gerne hätte er gewußt, was Anup-em-hab las. Nach kurzem Zögern widerstand er der Neugier nicht länger und ging zu den Papyri hinüber. Jede Rolle war säuberlich verschnürt und mit einem kleinen viereckigen Anhänger versehen, auf dem Titel und Verfasser, bei einigen auch der Kopist, mit winzigen Schriftzeichen vermerkt waren. *Die Lehren des Ptahhotep* las er, *Weissagungen des Neferohu*, *Klagen des Ipu-Wer*, *Worte des Cha-cheper-Ra-seneb* – eine Fundgrube des Wissens! Anup-em-hab war ein hochgebildeter Mann!

Anup-em-hab kehrte mit zwei Bechern und einem Krug zurück und ließ sich auf einem der Kissen nieder. „Ich bin heute mit Inherchau, Hai und den anderen den Weg vom Großen Platz der Wahrheit ins Dorf gegangen. Ich bin stolz darauf, mit diesen Handwerkern zu arbeiten. Sicher hast du vor Jahren ähnlich empfunden. Erzähle mir von dir, Schreiber, berichte von der Zeit, bevor du deine Arbeit hier aufnahmst! Wie wurdest du Schreiber in Pa-Tíme?"

„Ich bin schon so lange im Dorf, daß ich mich an Ereignisse vorher kaum erinnern kann", begann Ken-her-chepeschef langsam. „Ich zählte fünfzehn Jahre, als ich zum ersten Mal meinen Fuß in das Dorf setzte."

Anup-em-hab lauschte aufmerksam. Er saß mit vorgebeugtem Oberkörper, denn er wollte sich kein Wort entgehen lassen.

Freude stieg in Ken-her-chepeschef auf. „Groß war der Stolz meines Vaters Panacht", erzählte er, „als ich zur Schreiberausbildung im Haus des Lebens zugelassen wurde. Noch keiner aus unserer Familie hatte Lesen und Schreiben gelernt. Vater verdiente sein Brot als abhängiger Bauer auf einem Königsgut südlich von Iunu Month. Auch meine Mutter war eine einfache Frau. Daß es mir erspart blieb, mein Leben schweißgebadet, kniend in Ackerfurchen zu verbringen, verdanke ich Ramoses Schwester."

„Ramose?"

„Du hast noch nicht von Ramose gehört?" Ken-her-chepeschefs Blick glitt über das Gesicht Anup-em-habs. Wie jung er war! „Nein, das hast du nicht! Wie solltest du auch! Das liegt alles schon so lange zurück. Ramose übte das Amt des Ersten Schreibers in Pa-Tíme aus. Er leitete diese Siedlung vier Jahrzehnte lang, seit der Zeit, da Osiris User-Ma'at-Ra Ramses als junger Mann den Thron Ägyptens bestieg. Wie gesagt, es war seine Schwester, die Ramose auf mich aufmerksam machte, einen Knaben, der in Schmutz und Armut lebte, aber vor Fragen übersprudelte und nach Kräften versuchte, sie sich selbst zu beantworten. Ramose und seine Frau veranlaßten meine Ausbildung und holten mich danach in dieses Dorf."

„Eine großherzige Tat!" warf Anup-em-hab ein.

„So ist es! Die beiden brachten mir von Anfang an Zuneigung entgegen; sie sahen in mir den Sohn, den sie selbst nicht hatten. Schließlich nahmen sie mich an Kindesstatt an. Bis auf den heutigen Tag erfülle ich die Pflichten des Sohnes ihnen gegenüber, indem ich die Totenopfer darbringe und handle, wie Ramose gehandelt haben würde."

„Dann bist du ein wirklicher *Tut anch*, ein lebendes Abbild deines Vaters!" sagte Anup-em-hab voll Bewunderung.

„Ich bemühe mich darum, es zu werden", antwortete Ken-her-chepeschef feierlich. Freilich glückte es ihm nicht sonderlich, darüber war er sich wohl im klaren. Herzlichkeit war eine der hervorstechenden Eigenschaften Ramoses gewesen, und die Menschen von Pa-Tíme hatten auf seine Freundlichkeit und Hilfsbereitschaft mit Wärme und Verehrung geantwortet. Die Kühle und die Sprödigkeit Ken-her-chepeschefs dagegen stießen allenfalls auf Scheu, meistens aber auf Furcht. Gelegentlich konnte der Schreiber nicht widerstehen, dieses für seine Zwecke auszunutzen. Erst vor einigen Tagen hatte sich ein unschöner Streit in der Grabanlage des Schreibers abgespielt. Der Zeichner Parahotep, der das Gemälde der Anbetung Ramoses und seiner Frau durch Ken-her-chepeschef fertigen sollte, verlangte ein freies Zehntagsende für sich. Er wollte an einem kleinen Gelage teilnehmen, zu dem sein Bruder geladen hatte. Damit war er bei Ken-her-chepeschef an den Richtigen geraten!

„Zuerst vollendest du das Bild!" befahl der Schreiber. „Dann kannst du meinetwegen feiern!"

„Weshalb befiehlst du mir?" empörte sich Parahotep. „Seit wann bin ich dein Sklave?"

„Ich treffe Anordnungen in meiner Eigenschaft als Großer in Pa-Tíme! Und du befolgst sie, das entspricht der Ordnung!"

Parahotep, einer der besten Künstler der Kolonne, fühlte sich tief gekränkt. Dennoch wagte er keine offene Auflehnung gegen den

Schreiber, obwohl er kurz erwog, ihm die Pinsel vor die Füße zu werfen.

Tags darauf erhielt Ken-her-chepeschef einen Brief, dem anzusehen war, daß dem Verfasser das Schreiben nicht leicht von der Hand ging. Kreuz und quer fielen die unbeholfen gepinselten Zeichen durcheinander, und Ken-her-chepeschef entdeckte sogleich einige Rechtschreibfehler.

*„Der Zeichner Parahotep grüßt seinen Vorgesetzten, den Schreiber am Großen Platz der Wahrheit, Ken-her-chepeschef. Wohlergehen und Gesundheit! Was hat es zu bedeuten, daß du mich so schlecht behandelst? Ich bin wie ein Esel für dich. Gibt es Arbeit, hole den Esel, gibt es Futter, hole den Ochsen. Wenn es Bier gibt, bin ich für dich nicht vorhanden. Gibt es aber Arbeit, bin ich für dich da! Es ist gut, wenn du das vernommen hast!"*

Nein, sie liebten ihn nicht, die Einwohner von Pa-Tíme.

„Ken-her-chepeschef, ist dir nicht wohl?" Anup-em-habs besorgtes Gesicht tauchte vor ihm auf. Der Schreiber blinzelte.

„Doch, doch, ich mußte nur gerade an etwas denken. Sage mir, Anup-em-hab: Da du nach meiner Vergangenheit fragst, möchtest du vielleicht mehr erfahren über Ereignisse, die vergangen sind? Weißt du etwas über die Götter, die vor langer Zeit über das Zweifache Land geherrscht haben? Was sie befohlen und gegen welche der Neunbogen-Völker sie gekämpft haben? Was sie dachten und wen sie fürchteten?"

„Wenig weiß ich", gab Anup-em-hab zu. „In den Tempeln wurde davon nicht viel vermerkt und in den Lebenshäusern auch nicht. Dort finden sich immer wieder dieselben Geschichten und Lehren, die Gültigkeit haben für alle Zeit."

„Aber ist dir aufgefallen, daß die Sprache, in der die Texte abgefaßt sind, nicht die ist, die wir heute sprechen? Sie ist ähnlich, aber nicht dieselbe. Unsere Sprache hat sich also verändert. Was bedeutet das? Ich habe mir darüber Gedanken gemacht." Ken-her-chepeschef beugte sich vor. Seine Augen leuchteten vor Begeisterung.

Anup-em-hab spürte tief in seinem Bauch ein leises Kribbeln. Er ahnte, daß solche Überlegungen ihn in ein Abenteuer führen würden. Die Welt der Erkenntnis wartete auf ihn! „Was meinst du damit? Wenn sich unsere Worte verändern, dann verändern sie sich. Was weiter?"

„Es ist nicht nur die Sprache, die sich wandelt! Es muß da etwas sein, das sie dazu veranlaßt, neue Formen des Ausdrucks zu finden. Ich vermute, das, was wir sagen wollen, verändert sich. Was wir heute denken, ist nicht dasselbe, das unsere Vorfahren gedacht haben. Und wenn wir Neues denken, verändert sich unser Handeln und dadurch das, was ist." Den letzten Satz stieß Ken-her-chepeschef beinahe siegesgewiß hervor und blickte Anup-em-hab gerade in die Augen. Was würde der junge Schreiber antworten?

„Eine ungeheuerliche Überlegung!" flüsterte der ehrfürchtig. „Wenn ich bedenke, was daraus folgt! Was ist zum Beispiel mit der ewigen unveränderlichen Ordnung, welche göttlich ist? Kann sie dieselbe bleiben, wenn unser Blickwinkel sich ändert?"

„Das glaube ich schon", sagte Ken-her-chepeschef nachdenklich. „Die Weltordnung ist, weil sie eben ist. Wie wir sie sehen, ändert sie nicht. Die Auswahl der Betrachtungsweisen beschreibt nicht das Betrachtete, sie sagt vielmehr etwas über uns selbst aus."

Anup-em-hab nickte. „Eines aber steht fest: Wenn unsere Einstellung anders werden kann, dann sind Ereignisse wichtiger, als wir angenommen haben!"

Ken-her-chepeschef lächelte. Anup-em-hab entpuppte sich als der Mitarbeiter, der ihm gefehlt hatte. „So ist es! Die Menschen in Kemet hielten immer die ewige göttliche Wahrheit für das einzig Wichtige. Sie meinten, das, was im menschlichen Leben geschieht, sei vergänglich, nicht die eigentliche Wirklichkeit. Das Ewige haben wir festgehalten, aufgeschrieben, ver-ewigt! Aber, Anup-em-hab, ich brenne darauf zu erfahren, was an Vergänglichem sich zugetragen hat!"

„Weil es uns beeinflußt hat?"

„Einmal das, und weil es Hinweise auf das Walten Gottes gibt. Ich möchte dir etwas zeigen! Würdest du gern einen Bericht über die Schlacht von Kadesch lesen?"

„Du meinst den Kampf, in dem Osiris Ramses die elenden Hethiter zermalmte?"

„Ja, genau diesen. König Ramses besiegte den Feind aus Hatti, weil sein göttlicher Vater Amun-Ra in eigener Gestalt eingriff in das Geschehen! Hätte der Gott so gehandelt, wenn diese Schlacht nicht von Bedeutung gewesen wäre?"

„Inwiefern griff der Gott ein?"

„Der König hat es selbst berichtet. Er flehte zu Amun-Ra um Hilfe, da seine Truppen mit den Streitwagen geflohen waren. Ramses erkannte, daß Amun sein Herz festigte und er ganz allein durch seinen Mut die Feinde einschüchterte. Zweitausendfünfhundert Streitwagen der Hethiter wurden unter den Hufen seiner Pferde zertrümmert. Nun frage ich dich, Anup-em-hab, warum wird solches berichtet und aufgeschrieben? Bisher genügte es zu wissen, daß Pharao immer seine Feinde niederschmettert! Jeder König tut dies, das ist die Ordnung der Welt."

Anup-em-hab versank in Gedanken. Eine Weile blieb es still im Raum. Nur das Tschirpen der Vögel und die Rufe von Kindern draußen auf der Straße waren zu hören. Schließlich sagte er: „Ich muß zugeben, daß ich darüber noch nie nachgedacht habe. Ich wußte nichts von den Gedanken des Osiris Ramses, und ich hätte es auch nicht gewagt, solche Schlüsse zu ziehen. Daß du dein Wissen mit mir teilst, bedeutet eine große Ehre für mich! Laß mich dein Schüler sein!"

Ken-her-chepeschef nickte zufrieden. „Es ist angenehm, mit dir über solche Fragen zu sprechen."

Anup-em-hab beobachtete, daß ein Kranz unzähliger Fältchen die Augen des alten Mannes umgab, wenn er schmunzelte. Fort war der Ausdruck von Ernst und Strenge. Ken-her-chepeschef wirkte fröhlich wie ein Knabe.

„Hast du nichts Besseres vor, so komm mit mir", sagte dieser. „Sieh dir den Bericht über die Schlacht von Kadesch an. Ich habe ihn zu Hause."

Baket-Ra kniete vor der heißen Herdstelle und mühte sich, mit einem breiten, kupfernen Schieber die Brote vom Rost über dem Feuer zu holen. Diese Arbeit verabscheute sie von Herzen, denn regelmäßig holte sie sich dabei Brandblasen an den Fingern. Früher hatte sie Nesmut um Hilfe gebeten, denn diese handhabte Küchengerät jeder Art mit großer Geschicklichkeit. Aber jetzt konnte sie sich nicht mehr an sie wenden. Seufzend strich sie sich das Haar aus der Stirn und schippte ein paar glühende Kohlestückchen vom Rost. Beinahe wäre das Brot hinterhergerutscht. Im letzten Augenblick gelang es ihr, den Schieber mit Schwung über die Herdstelle zu ziehen. Aber das Brot flog in hohem Bogen durch den niedrigen Küchenraum.

„Sei doch vorsichtig!" keifte Nesmut. „Kann man dir nichts in die Hand geben, ohne daß du es zerstörst?"

„Verzeih mir, ich gebe mir Mühe!" Baket-Ra schien es, als bäte sie nur noch um Vergebung. Müde stand sie auf, nahm das Brot, wischte es ab und legte es in einen Korb.

„Weiter, weiter! Siehst du nicht, daß der Rest verbrennt?"

Schwitzend zog Baket-Ra drei weitere Brote vom Feuer. Schweißtropfen und Tränen liefen ihr über das von Ruß beschmutzte Gesicht. Nesmut musterte sie mit zusammengekniffenen Augen und stellte befriedigt fest, daß Baket-Ras Schönheit in der letzten Zeit gelitten hatte. Ihre Haut war blaß, die Hände zitterten, dunkle Schatten lagen unter ihren Augen, und sie war abgemagert. Außerdem schlief sie wenig. Nesmut wußte, daß Nacht seine Frau schlug. Daß er sie vergewaltigte, ahnte sie. Ein Blick in Baket-Ras gerötete Augen, auf die Striemen an ihren Oberarmen und die Kratzmale am Hals ließen sie gewiß sein, daß ihre Schwiegertochter teuer für ihre Untreue bezahlte.

„Wann kann ich die Mädchen sehen?" Baket-Ra sah mit verhangenem Blick auf.

„Das muß Nacht entscheiden", antwortete Nesmut gleichgültig.

Baket-Ra erhob sich und trug den Brotkorb von der Küche in das erste Zimmer zur Eßkonsole, auf der bereits eine Schüssel mit dampfendem Bohnenbrei stand. Sie würde Huti und Muti noch lange nicht sehen. Nacht hatte geschworen, die Töchter mindestens ein halbes Jahr von ihr fernzuhalten. Vor allem quälte sie, daß er ihr verschwieg, wo sie sich aufhielten. Den Dorfbewohnern hatte er mitgeteilt, die Mädchen lebten jetzt außerhalb von Pa-Tíme, bei Verwandten in Suenet. Auf die erstaunten Fragen der anderen Mütter erklärte er, Baket-Ra sei leider schwer erkrankt, und man müsse warten, bis sie gesunde, damit sie ihren Pflichten wieder nachkommen könne.

Weder Baket-Ra noch Nacht besaßen Verwandte in Suenet.

„Du bist leidend und froh, daß deine Kinder gut untergebracht sind!" hatte Nacht erklärt. „Das hast du zu sagen, wenn du gefragt wirst! Sollte draußen jemand erfahren, was hier vorgefallen ist, soll es mir gleichgültig sein, wen ich töte, dich oder die Kinder."

Nesmut trug eine Schale mit *Schens*-Kuchen herein, während Baket-Ra die Löffel neben die Eßschalen legte. Die Alte maß sie mit abfälligen Blicken. „Geh dich waschen und zieh dir ein sauberes Kleid an."

Baket-Ra errötete. Rasch lief sie zur Tür, wo sie beinahe mit ihrem Schwiegervater To zusammengeprallt wäre. Hinter ihm kam Nacht. „Ich bin gleich zurück", flüsterte sie, „ich ziehe mich nur um."

Die Männer traten zur Seite, um sie vorbeizulassen.

„Nacht, so kann es nicht weitergehen", ergriff To das Wort. „Ich wünsche, daß in dieses Haus wieder Frieden einkehrt. Ich will die Mädchen wieder singen hören, und mir fehlt das Lachen meines Sohnes Niu."

„Ich soll vergessen, was mir angetan worden ist? Handeln, als sei nichts geschehen? Das kannst du nicht verlangen, Vater!"

„Nein, das kannst du nicht, To!" sagte Nesmut scharf. „Soll Baket-Ra ohne Strafe ausgehen? Sie verdient keine Gnade!"

„Zu einem Ehebruch gehören zwei! Niu trägt ebenfalls Schuld! Es ist nicht gerecht, sie nur der Frau aufzubürden!"

„Hast du Mitleid mit ihr?" Nesmut warf ihrem Mann einen verächtlichen Blick zu. „Ist es so? Dir gefällt sie wohl auch? Bei diesem Weib verlieren alle Männer den Verstand!" Mit jedem Wort wurde ihr Ton bösartiger.

‚Wen die Götter wirklich hassen', sagte sich To, ‚dem geben sie das Aussehen Baket-Ras.' „Schweig, Frau!" fuhr er Nesmut an. „Kein Wort mehr über sie und meine Söhne. Schändlich mag sie gehandelt haben, deine Rachsucht aber ist es, die mein Herz verdunkelt. Du wirst Baket-Ra von nun an nicht mehr wie ein Stück Vieh behandeln!" Nesmut wollte ihn unterbrechen, aber er ließ es nicht zu. „Das bedeutet, daß du in freundlichem Ton mit ihr sprichst, hast du verstanden?" Nach einer kurzen Pause setzte er hinzu: „Noch eine einzige Bemerkung wie die von soeben wird dazu führen, daß mein Herz schweigt vor dir!" Nesmut warf ihm einen schiefen Blick zu, antwortete aber nicht. Zu Nacht gewandt fuhr To fort: „Hole die Kinder zurück, Sohn. Strafe nicht die Kleinen, weil du verbittert bist."

„Vater, ich ehre dich, wie ich als dein Sohn verpflichtet bin, aber dies entscheide ich allein. Du wünschst viel von mir, zuviel! Am Ende möchtest du mich auch dazu bringen, Niu zurückzuholen?"

Dunkles Feuer glomm in den Augen Nachts, und To ahnte, daß er nicht verzeihen konnte. „Das verlange ich nicht. Niu kann nicht in unser Haus zurück", sagte er leise. Täglich beobachtete er Nius Qualen, während sie nebeneinander im Königsgrab malten. Sein mühevolles Ringen um Haltung schnitt ihm ins Herz. Wieder und wieder hatte Niu ihn angefleht, ihm von Baket-Ra zu erzählen, doch To wollte nicht Partei ergreifen. Das wäre gegen die Ordnung gewesen. Trotzdem hielt er Nius Jammer kaum aus. Seit jeher hatte sein jüngerer Sohn seinem Herzen näher gestanden als der gewissenhafte und strenge Nacht. Niu besaß ein fröhliches Wesen, er war gütig und großzügig. Er besaß einen Hang zur Üppigkeit, ja eine ausgeprägte Lebensgier. To hatte sich in früheren Jahren oft über Nius mangelnde Verläßlichkeit beklagt. Insgeheim aber hatte er ihn um seine Unbekümmertheit und Großherzigkeit beneidet. To besaß beides nicht, was ihm schmerzlich bewußt war.

Schon als Nacht die damals sechzehnjährige Baket-Ra in sein Haus geführt hatte, ahnte To, daß sein Ältester wohl keine große

Leidenschaft in dem schönen Mädchen würde entzünden können. Ein derartiges Unglück hatte er indes nicht vorausgesehen. Es erzeugte in To bislang nicht gekannte Gefühlswallungen. Er wünschte sich das friedliche Familienleben zurück und haßte es, mit ansehen zu müssen, wie Verbitterung Nesmut und Nacht in rachgierige Ungeheuer verwandelte.

Aber am meisten erschütterte ihn das Wissen, daß er Niu und Baket-Ra beneidete. Er sah Nesmut an, und ohne es verhindern zu können, stellte er sich die Glut vor, mit der Baket-Ra und Niu einander liebten, so sehr, daß sie alles aufs Spiel setzten, sogar ihr Leben. Infolge Nius Fehltritt erwachte in To trotz seines fortgeschrittenen Lebensalters eine Sehnsucht nach Liebe und körperlicher Leidenschaft, die ihn zutiefst verwirrte. Er empfand ein Verlangen nach Abenteuer und sogar nach Gefahr, das er nicht verstand und das ihn ängstigte.

„Ich werde Niu auffordern, die Dorfgemeinschaft zu verlassen", sagte er. „Er soll anderswo um Arbeit nachfragen. Weit fort soll er ziehen, vielleicht in die großen Städte des Nordens. Dafür muß ich allerdings Neferhotep um Erlaubnis bitten."

„To, das darfst du nicht!" entrüstete sich Nesmut. „Niu soll fort, und die kann hierbleiben?" Sie wies auf Baket-Ra, die wieder ins Zimmer trat.

„Was mit meiner Frau geschieht", sagte Nacht mit steinernem Gesicht, „bestimme ich allein! Sprich mit Neferhotep, Vater! Niu muß fort von hier, so schnell wie möglich! Ersatz in der Kolonne wird sich finden lassen. Kasa hat sich schon große Fertigkeiten angeeignet." Er drehte sich zu seiner Frau um. „Er ist nicht unersetzlich, dein feiner Niu! Das wissen wir beide, was?"

Schweigend starrte Baket-Ra zu Boden.

„Essen wir!" ordnete To an. „Ich möchte jetzt nichts mehr über die Angelegenheit hören."

Wortlos nahmen sie die Mahlzeit ein. Lauernde Blicke huschten zwischen ihnen hin und her, jeder beobachtete jeden. Traurig erinnerte sich To an die eifrigen Stimmen Hutemwijas und Mutemwijas, die früher die gemeinsamen Essen am Zehntagsende in ein fröhliches Frage- und Antwortspiel verwandelt hatten, an das Gekicher, das auf Nius Witze folgte, und an die endlosen Gespräche über die Arbeit am Großen Platz.

So schnell wie möglich beendete er das Mahl und stand auf. „Ich rede mit Neferhotep!"

Nesmut erhob sich, nahm ihren Beutel mit Stoffen und Nähzeug und verkündete: „Ich besuche Henutdju und kehre erst gegen Abend zurück." Henutdju war die Gemahlin des Vorarbeiters Inherchau und eine der ältesten Freundinnen Nesmuts. „Ich erwarte ...", dies galt Baket-Ra, „daß du hier alles in Ordnung bringst! Nacht!" Nesmut sah ihren Sohn an. „Überlege dir, was ich gesagt habe! Schick sie fort!"

Allein zurückgeblieben, saßen Nacht und Baket-Ra eine Weile regungslos da. Sie hielt den Blick gesenkt, um nichts von dem Aufruhr nach außen dringen zu lassen, der in ihr tobte. Niu sollte fort! Sie würde ihn nicht wiedersehen! Heiß brannten Tränen in ihren Augen.

„Du mußt nicht gleich flennen!" höhnte Nacht, und die Kälte seiner Worte ließ sofort das wohlbekannte Entsetzen in ihr aufsteigen. „Ich spende dir den Trost, dessen du bedarfst! Du brauchst Niu nicht! Du kriegst alles von mir, hörst du? Alles, was du verdienst! Und zwar jetzt gleich!"

„Nacht, bitte nicht! Quäle mich nicht!" Baket-Ra zitterte. „Ich halte diese Schmerzen nicht aus!" Niemals hätte sie vermutet, daß es einen solchen Abgrund an Grausamkeit in Nacht gab. Es war, als habe ihre Untreue einen Geist der Gnadenlosigkeit in ihm entfesselt, der bislang weder ihr noch ihm selbst bekannt gewesen war. Nacht hatte sich nie besonders einfühlsam beim Liebesspiel verhalten. Baket-Ra erfuhr erst durch die Zärtlichkeit Nius, welches Ausmaß an Innigkeit möglich war. Aber Nachts frühere Grobheit ähnelte in nichts jener bösen Lust, die sich rotglühend in die Höhe schraubte, je mehr Baket-Ra um Gnade flehte.

Nacht stand vor ihr wie der Inbegriff des Feindes, ein Gesandter der Verdammnis, ein Bote des Todes. Mit verächtlichem Grinsen zog er sie hoch und schob sie durch die Tür in den Schlafraum.

Schon während er sie vorwärtsstieß, befingerte er ihren Körper, als hätte er einen leblosen Gegenstand in den Händen.

„Vielleicht, ich sage: Vielleicht ... höre ich auf, wenn du mich sehr demütig bittest!"

Jedesmal begann es so. Es gab keinen Ausweg. Sie würde alle Worte aussprechen, die Nacht hören wollte. Sie würde tun, was er verlangte, ihren Leib darbieten für seine Hände, sein männliches Glied und seine Zähne. Baket-Ra schrie den Schrei, der in ihrem Inneren aufstieg, lautlos im Herzen, dort gellte der Ruf nach Niu, dort flehte sie zu Hathor, zu Ahmes-Nefertari und schließlich zu allen Göttern, die ihr einfielen, dort weinte sie nach ihren Kindern, dort jammerte sie nach ihrer Mutter, dort bat sie endlich um einen gnädigen Tod.

## SÜDLICHES FREMDLAND

„Wie hat er das erreicht?"

„Was meinst du damit, Herrin?" Bai beugte sich leicht nach vorn und spielte lässig mit den Enden der bestickten Lederbänder, mit denen er seinen Schurz gegurtet hatte. Er stellte eine klug berechnete Mischung von Aufmerksamkeit und Schläfrigkeit zur Schau, die für gewöhnlich auch Tausret nicht zu durchdringen vermochte.

„Du weißt genau, was ich meine, Bai! Ich will wissen, wie Amenmesse seinen Vater und den Pharao, Leben, Heil, Gesundheit, dazu gebracht hat, ihm die Verteidigung der Grenzen im Süden anzuvertrauen. Und behaupte nicht, du habest nicht die leiseste Ahnung!" Tausret zog einen mit Goldbeschlägen verzierten Sessel heran und setzte sich, wobei sie darauf achtete, ihre weiblichen Rundungen lockend durch den hauchfeinen Stoff ihres Kleides scheinen zu lassen.

Bai beobachtete sie. Auf seinem Gesicht lag ein Lächeln, aus dem sie nicht recht klug wurde. „Aber Hoheit!" sagte er. „Ich würde niemals wagen, dich mit einer Redensart abzuspeisen!" Das meinte er ernst. In Fragen der Staatskunst hatte Bai den scharfen Verstand der künftigen Königin keinen Augenblick unterschätzt.

„Nun gut", fuhr Tausret kühl fort, „dann berichte mir, was du weißt."

„Wie du wünschst!" Bai erhob sich und ging langsam zu dem Tisch, auf dem etliche Papyrusrollen lagen.

Tausrets Blick folgte ihm. Warum war es so schwierig, diesen Mann zu durchschauen? Welche Ziele verfolgte er? Wie stellte er es an, so mühelos Zugang zu den Gedanken, sogar zu den Gefühlen der Großen zu erhalten?

Für kurze Zeit hatte sie ein Verhältnis mit ihm erwogen, sich dann aber dagegen entschieden. Es wäre unklug, ihre Stellung als künftige Große Königliche Gemahlin zu gefährden. Zuviel Mühe und Anstrengung hatte es sie gekostet, alle Nebenbuhlerinnen aus Sethos' Herz zu vertreiben. Trotzdem wäre Bai eine anregende Abwechslung gewesen, dessen war sie sich wohl bewußt. Ihr Blick glitt über die hohe, biegsame Gestalt des Königlichen Sieglers. ‚Fremder aus nördlichem Land' nannte er sich selbst, und Tausret fand, daß man ihm seine Herkunft ansah. Seine Nase bog sich stärker als die eines Ägypters, und die Wangenknochen traten deutlicher hervor.

Vor elf Jahren hatte ihre Halbschwester Henutmira dem Hurriter trotz Tausrets Mahnungen ihren Leib zu Füßen gelegt. Alle Vorteile, die ihre hohe Geburt mit sich brachte, hatte sie aufs Spiel gesetzt und die Leidenschaft vorgezogen. Man munkelte bei Hofe, sie habe sogar ein Kind geboren, doch infolge göttlichen Einsehens sei dieses beim Eintritt in die Welt gestorben. Kein Wunder, daß die Ewigen ihren Geist so verdunkelt hatten, daß sie noch heute nicht bei Hof in Erscheinung treten konnte.

„Hoheit, hast du mir zugehört?"

Tausret zuckte zusammen. „Wie? Nein, verzeih, ich dachte gerade … Wie lauteten deine Worte?"

Bai lächelte sie mit hochgezogenen Augenbrauen an. „Ich sagte gerade, dein Gemahl habe ein langes, ausführliches Gespräch mit seinem Sohn geführt."

„Wie ungewöhnlich! Bist du sicher? Soweit ich weiß, ist Sethos seit Jahren einer solchen Unterhaltung möglichst aus dem Weg gegangen. Sie stehen sich nicht gerade nahe!"

„Er verabscheut ihn", gab Bai unverblümt zu.

„Du bist sehr direkt, *Sedjauti Biti*, Siegler des Königs! Weißt du so genau, daß dir solch offene Rede nicht zum Nachteil gereicht?"

Bai wählte immer Worte, die ihr gefielen. Sein gesellschaftlicher Aufstieg beruhte auf seiner glatten Liebenswürdigkeit und selbstsicheren Gewandtheit.

„Ich würde nicht mit jedem so sprechen. Ich glaube aber, daß meine künftige Königin Wert darauf legt, von Ratgebern und Freunden umgeben zu sein, die sich nicht scheuen, Tatsachen beim Namen zu nennen." Tausret nickte erfreut. Es tat gut zu wissen, daß er ihren Verstand achtete. „Was ich allerdings nicht weiß", sprach er weiter, „ist, weshalb Sethos seinen Sohn so haßt."

„Es ist auch nicht wichtig!" stieß sie hervor. Für Bai war klar, daß sie mehr wußte, als sie ihm mitteilen wollte.

„Seine Herrlichkeit, Leben, Heil, Gesundheit, und Seine Hoheit, dein Gemahl", fuhr er ungerührt fort, „erörterten die Vorgänge während des Feldzuges in Bija. Der Große des Heeres User eilte eigens von Pi-Ramesse hinzu und nahm an der Unterredung teil, ebenso Hori. Ein vielversprechender junger Mann, wie ich übrigens finde ..."

„Ich kenne ihn!"

„Außerdem befanden sich in der göttlichen Gegenwart auch der Berater Cha-em-hedjet, sein Schreiber Psarpot, einige Hauptleute und ..."

„... du selbst, nehme ich an!"

„Und ich selbst!" bestätigte Bai freundlich. „Die Gespräche ergaben neue Einzelheiten über den Kampf gegen die *Scha-su*-Leute. So bedauerte Heerführer User, daß der *Idenu Mer Mescha* Meribast sich der Berichterstattung durch seinen Selbstmord entzogen hat."

„Einer der Großen der Truppe hat sich umgebracht?" Tausret schürzte verächtlich die Lippen. „Wie feige! Damit bewies er, daß ihm für seinen Posten die Eignung fehlte."

„Mag sein! Jedenfalls besaß dieser Mann allen Grund, sich vor genauen Nachforschungen zu fürchten. Amenmesse zeigte außerordentliche Größe, indem er das Andenken Meribasts schützte und Einzelheiten zu dessen Handlungen verschwieg."

Tausret gab ein hartes, freudloses Lachen von sich. „Amenmesse und großmütig? Ein Gott muß Wunder an ihm gewirkt haben! Ich kannte bisher nur seinen Eigennutz, seine Gier, seine Verlogenheit ...!" Sie verstummte. Beim Blutdurst Sachmets! Man konnte Offenheit auch übertreiben! „Vielleicht hat er an Reife gewonnen", setzte sie zögernd hinzu. „Menschen verändern sich, warum nicht auch Amenmesse!"

„Ich würde mir nie anmaßen", log Bai glattzüngig, „die menschliche Entwicklung Seiner Hoheit, des Prinzen, zu beurteilen."

„Du hast recht, Siegler, bleiben wir bei den Tatsachen! Welche Handlungen seines *Idenu Mer Mescha* hat Amenmesse gedeckt?"

„Es sieht so aus, als hätte vor jenem unseligen Wüstenlager nicht Amenmesse auf den Angriff gedrängt, sondern dieser Meribast!"

„Tatsächlich? Das hat Amenmesse behauptet?"

„Nicht er. Sondern Psarpot!"

„Wer, beim verborgenen Gott, ist Psarpot?"

„Ich erwähnte ihn bereits. Psarpot ist ein Schreiber in den Diensten Cha-em-hedjets. Er war der letzte, der mit Meribast gesprochen hat, bevor dieser in das Land des Westens aufbrach. Offenbar wollte der Hauptmann sein Gewissen erleichtern, damit er reinen Herzens vor das Totengericht treten konnte."

„Wie vorteilhaft für Amenmesse!" bemerkte Tausret trocken. „Wem erzählte dieser Meribast noch von seinem Versagen?"

„Niemandem."

„Niemandem? Kaum zu glauben. Und die wenigen, die davongekommen sind, bezeugen sie seine Angaben?"

Bai zuckte die Schultern. „Die einfachen Soldaten wissen ohnehin nicht, wer den Angriff tatsächlich befohlen hat. Und die beiden anderen Anführer bestätigen die Worte Meribasts. Das ließ Cha-em-hedjet feststellen."

„Aber Amenmesse hat seine Schuld eingestanden! Das erzählte mir mein Gemahl!"

„Völlig schuldlos ist er wohl nicht", meinte Bai. „Er hätte nicht auf Meribast hören dürfen, erklärte er. Seine göttliche Abkunft verbiete ihm, alle Verantwortung auf einen Soldaten abzuwälzen, der sich nicht mehr verteidigen könne."

Tausret lachte verächtlich. „Du glaubst doch nicht, daß Amenmesse jemanden entlastet, wenn er dadurch selbst belastet würde. Was für eine dreiste Lüge!"

„Nun, ich war nicht dabei. Außerdem spielt es keine Rolle, ob ich es glaube. Seine Herrlichkeit, Leben, Heil, Gesundheit, und dein Gemahl glauben es, und das ist das einzige, was zählt."

„Ich verstehe Sethos nicht! Zuerst bezeichnet er Amenmesse als größenwahnsinnigen Draufgänger, als gottlosen Verbrecher. Dann wird er milde und erklärt, er habe sich geirrt. Warum?"

Bai sah den Thronfolger vor sich, wie er mit versteinerter Miene auf seinen Sohn starrte. „Er wünscht sich verzweifelt, daß Amenmesse die Wahrheit sagt, er will es, und wenn sich die Möglichkeit bietet, seine Worte für wahr zu halten, dann greift er zu. Deshalb hält er für gewiß, was nicht einmal wahrscheinlich ist."

„Und der Gute Gott, Leben, Heil, Gesundheit?"

„Er vertraut Sethos und er ist dankbar, wenn es eine Sorge weniger gibt, die sein Herz verdüstert."

Eine Weile sprachen beide nichts.

Bai ergriff als erster das Wort. „Mich beschäftigt noch etwas. Ich wüßte gern, wie du darüber denkst."

Tausret nickte. „Ich weiß. Cha-em-hedjet, nicht wahr?"

Bai deutete eine Verbeugung an. „Ich bewundere deinen Scharfsinn, Herrin! Ja, es ist Cha-em-hedjet, der mir nicht aus dem Sinn geht."

Tausret erhob sich und ging mit entschlossenen Schritten auf und ab. Bai beobachtete belustigt, daß sie völlig außer acht ließ, ob ihr Gang anmutig und lockend wirkte. Wenn sie angestrengt nachdachte, vergaß sie manchmal, sich verführerisch zu geben, und bemäntelte weder ihre Tatkraft noch ihre Angriffslust. „Es ist also zu vermuten, daß der Königsschreiber Cha-em-hedjet aus einem noch zu klärenden Grund meinen Gemahl und den Guten Gott durch schäbigen Betrug dahin gebracht hat, Amenmesse den Oberbefehl in Kusch zu geben. Bei Seth und allen seinen Geistern, wer Amenmesse fördert, baut auf Sand. Das muß Cha-em-hedjet doch wissen!"

„Du sprichst wahr. Deshalb gibt es nur eine einzige Erklärung. Cha-em-hedjet will auf Sand bauen."

„Du meinst, er will unserem Geliebten Land, seiner eigenen Heimat, schaden? Das ist doch widersinnig! Wir müssen uns irren!"

„Das wäre denkbar", sagte Bai langsam, „aber nicht wahrscheinlich. Da gibt es nämlich noch etwas. Ein rätselhafter Zwischenfall, in den ebenfalls Cha-em-hedjet verwickelt ist." Er fühlte Tausrets Blick auf sich gerichtet. „Ein Schiff segelte von Waset nach Mennefer. Seinetwegen wurde Cha-em-hedjet zu einer außerordentlichen Besprechung befohlen. Das Schiff trug den Namen *Falkenschwinge*, und seine Ladung bestand aus Gold, dem Gold Amuns aus der Südlichen Stadt. Es verließ Waset am fünften Tag des Monats *Ka her Ka*. Heute ist der 16. Tag dieses Monats. Die *Falkenschwinge* hätte längst hier sein müssen. Aber erst gestern traf Nachricht ein über ihren Verbleib."

„Und was hat das mit Cha-em-hedjet zu tun?"

„Es sind seine Leute, die das Schiff zu bergen versuchen."

„Bergen?"

„Die *Falkenschwinge* ist gesunken, Hoheit."

„Im Norden widerspricht einer dem andern", erklärte Amenmesse im Palast des Hohenpriesters Roma-Roy. „Doch du mußt es wissen, Pa-nehesi. Wie sicher sind die Karawanenwege hier?"

Bedächtig tunkte der Wesir des Südlichen Landesteils Brot in Bratensaft und schob die tropfenden braunen Stücke mit sichtbarem Behagen in den Mund. Außer ihm hatten alle Gäste am Tisch des Hohenpriesters das Mahl schon beendet. Pa-nehesi tupfte sich das Kinn mit einem Tuch ab.

„Sicher wovor, Königliche Hoheit? Wenn du das Diebsgesindel aus der Wüste meinst, so mußt du dir keine Sorgen machen. Dank der Großzügigkeit Amuns und seiner Priester", Pa-nehesi deutete eine Verbeugung zu Roma-Roy an, „sind die Medjau zahlreich und so hervorragend ausgerüstet, daß die Wüstenräuber es kaum wagen, hinter den Sandhügeln ihr Wasser abzuschlagen. Anders sieht es mit den Kuschiten aus."

„Die fürchten unsere Schutzmacht weniger", erklärte der Ortsvorsteher von Waset. „Sie trotzen sogar den Soldaten."

Pa-nehesi nickte. „Einigermaßen sicher ist nur die Strecke von hier bis Ta Seti an den Stromschnellen. Im Wawat dagegen kannst du nur unter schwerer Bewachung marschieren. Und wenn ich dir einen Rat geben darf, vermeide Miam und gehe geraden Wegs nach Buhen."

„Dort soll ein Gemetzel stattgefunden haben!"

„So ist es. Vor eineinhalb Zehntagen wurde in Miam die gesamte Priesterschaft des Mut-Tempels hingemordet. Die Verantwortlichen kennen wir noch nicht. Jedenfalls ist die Stadt in heller Aufregung, und die angesehensten Männer sind in die Festungen geflohen. Du wirst den Ortsvorsteher von Miam mit Sicherheit in Buhen antreffen."

„Die Bewohner sollen den Gluthauch ägyptischer Entschlossenheit spüren!" erklärte Amenmesse großspurig. „Furcht und Schrecken will ich verbreiten! Niemand soll mehr einen Aufstand im Süden wagen!" Dann mußte Pharao Merenptah einsehen, daß Sethos' Sohn von den Göttern ausersehen war, das Zweifache Land zu regieren!

„Die entsetzliche Untat im Mut-Tempel", ereiferte sich Ahhotep, die zierliche Gattin des Festleiters Maja. „Ich bin dafür, alle diese kuschitischen Ungeheuer festzunehmen, zumindest ihre Häuptlinge."

„Und dann? Was sollte man mit ihnen tun?"

Ahhotep schien erstaunt über diese Frage. „Sie hinrichten, was sonst!"

„Nun, ganz so einfach ist das nicht", wandte der Hohepriester Roma-Roy mit einem väterlichen Lächeln ein. „Erst müssen wir ihrer habhaft werden. Selbst dann ist es immer noch die Frage, ob es klug wäre, sie zu töten. Nubische Fürsten haben einen Wert für den Staat!"

„Nehesiu?" Ahhoteps Tonfall machte deutlich, wie hoch sie diesen Wert ansetzte.

„Unbedingt! Wenn ihre eigenen Fürsten zur Ruhe mahnen, gehorchen die Elenden lieber, als wenn wir es ihnen befehlen. Manchmal ist es vorteilhafter, Krieg zu vermeiden."

„Ich verstehe das nicht!" Ahhotep schüttelte den Kopf. „Diese Kerle haben ägyptische Priester getötet! Umgebracht! Sollen wir das einfach hinnehmen?"

„Das hast du falsch verstanden", sagte Roma-Roy gönnerhaft. „Jeder Kuschite, der die Hand gegen einen Ägypter erhebt, ist des Todes. Wir behalten uns lediglich vor, wann wir das Urteil vollstrecken."

„Oft ist die Stellung und der Einfluß eines Mannes wichtiger als der Mann selbst", warf Pa-nehesi ein.

„Ja, das ist Staatskunst!" dröhnte Festleiter Maja, und seine Frau warf ihm einen verächtlichen Blick zu.

„Was verstehst du schon …", setzte sie an, doch Roma-Roy, dem ihr Ärger nicht entgangen war, unterbrach sie. „Ich meine, wir sollten uns erfreulicheren Dingen zuwenden."

„Aber …"

„Ahhotep!" Auch Maja schien seine gute Laune plötzlich zu verlieren.

Die Frau schwieg, aber ihre Augen funkelten vor unterdrücktem Ärger. Amenmesse bemerkte mit Erheiterung, daß ihr Fuß zuckte, als wollte sie ihrem Gatten einen Tritt versetzen. Als sie aufsah, kreuzten sich ihre Blicke, und der Prinz lächelte. Gespielt verlegen senkte sie die Lider. Zugleich war sie darauf bedacht, ihre Reize besser zur Geltung zu bringen, und schob den Oberkörper vor. Amenmesse nahm einen tiefen Zug aus seinem Weinbecher.

„Wirst du uns heute wieder den kleinen Sänger vorführen?" fragte Pa-nehesi den Hohenpriester.

„Wenn du es möchtest", erwiderte Roma-Roy, „werde ich es gern veranlassen."

„Du würdest uns eine Freude bereiten. Er wird immer besser, habe ich gehört."

„Ein guter Sänger?" Amenmesse riß seinen Blick von Ahhotep los. „Es gibt so wenige davon! Pa-nehesi, sage mir, wie sieht es in Buhen mit Unterhaltung aus?"

Der Wesir lachte. „Genau wie du vermutest: bescheiden! Die Kunst dort ist so gut wie die Künstler, die wir mitbringen. Die Trommelei der Kuschiten hat man bald über!"

Während Roma-Roy dem Mundschenk Anweisung gab, Djehuti zu holen, widmete sich Amenmesse wieder Ahhotep. Verschwörerisch wisperte er ihr etwas ins Ohr. Was er sagte, konnte der Hohepriester nicht verstehen, aber ihr Lachen perlte. Sein Blick wanderte nachdenklich von Ahhoteps geröteten Wangen zu den steilen Falten an der Nasenwurzel ihres Ehegemahls Maja.

Bald betraten Djehuti und der blinde Harfenspieler des Amun-Tempels den Saal. Der Alte hatte schon unter dem greisen König Ramses bei Tempelfesten aufgespielt. Er nahm die Harfe, schlug an, und Djehuti begann zu singen. Die ersten Töne klangen leise und schwankten leicht, bald aber wurde er sicherer.

*Die Zeit, die Zeit dessen, was getan wird,*
*ja, was hier so trefflich vollendet wird,*
*sie ist ein Traumbild, diese Zeit,*
*nicht ist sie wirklich. Sie ist!*
*Und ist doch nicht.*
*Willkommen, sei unversehrt und heil!*
*Das ist es, was man sagt zu dem,*
*der den Westen erreicht.*
*Er lebe ewig, ewig, ewig!*

Amenmesse hatte sich vorgebeugt. Die Stimme fesselte ihn, und er vergaß, die Hand von Ahhoteps Knie zu nehmen, was Festleiter Maja zu einem unwirschen Knurren veranlaßte.

Während der Knabe sang, kam es seinen Zuhörern vor, als streckte sich seine verbogene Gestalt und wüchse vor ihren Augen. Ein Strahlen lag auf seinem Gesicht, und unwillkürlich begannen auch die Gäste zu lächeln. Als Djehuti geendet hatte, herrschte einen Augenblick Stille. Dann riefen die Zuhörer durcheinander.

„Wer ist das? Roma, du hast einen Schatz vor uns verborgen!" „Das ist die schönste Stimme, die ich je gehört habe!" „Eine Huldigung an die Gottheit, fürwahr!"

Pa-nehesi flüsterte Roma-Roy zu: „Hat unser Freund Bai dir erzählt, wo er ihn entdeckt hat? Er wollte nicht recht mit der Sprache heraus, als ich ihn fragte."

„Ja", antwortete der Hohepriester, „unter seiner Dienerschaft, sagte er. Aber, offen gestanden, ich war erstaunt, wie sehr ihm dieser Bursche am Herzen liegt. Anfangs fand ich es übertrieben, ihn ins Lebenshaus zu geben. Er ist doch nur ein Dienstbote. Aber als ich ihn singen hörte, mußte ich Bai recht geben."

Pa-nehesi nahm sich vor, Bai bei Gelegenheit noch einmal zu fragen. Ihm gegenüber hatte er vom Sohn eines Freundes gesprochen.

Sechs Lieder trug Djehuti vor, zum Schluß noch zwei Gedichte, die großen Anklang fanden. Dann dankten er und der alte Harfner für den Beifall und verließen den Saal.

„Roma-Roy, alter Freund!" sagte Amenmesse plötzlich. „Du hättest wohl nichts dagegen, mir einen großen Gefallen zu tun und mir den Sängerknaben zu überlassen?"

„Keineswegs, Königliche Hoheit. Es ist mir eine Ehre", versicherte Roma-Roy, dachte aber zugleich, wie sehr er die Lieder des Knaben vermissen würde. „Bai hat mir den Knaben anvertraut. Er meint, eine solche Begabung zu fördern sei ein Auftrag der Götter."

„Sicher. Aber ein paar Monate Buhen werden nicht schaden." Amenmesse ergriff seinen Becher und schob ihn einem Diener hin.

‚Hoffentlich hat er recht', dachte Roma-Roy, und ein leichtes Unbehagen beschlich ihn. Das Südliche Fremdland war wild und gefährlich. Schon mancher war von dort nicht zurückgekehrt.

Mit quälender Langsamkeit schlich das Heer Amenmesses am Rand der Wüste nach Süden. Die Glutscheibe der Sonne brannte erbarmungslos auf die Schlange aus Hunderten von Männern, die sich in Viererreihen schweigend und mit gesenkten Häuptern hintereinander fortbewegten. Die Hitze lastete bleiern auf Köpfen und Schultern, und gegen diesen Druck halfen weder Perücken noch Lederhelme.

Amenmesse, dessen Wagen den Zug anführte, lauschte dem Rauschen des Blutes, das in den Ohren toste, und dem Sirren, das Ras Strahlen in seinem Kopf hervorriefen. Müde war er, und durstig!

Aber Buhen konnte nicht mehr weit sein, und auf gar keinen Fall wollte er so kurz vor dem Ziel halten lassen und somit Schwäche zeigen. Die Zeit der Schwäche war endgültig vorbei, sie gehörte der Vergangenheit an wie jene Tempel aus grauer Vorzeit, deren Ruinen er mit den Soldaten soeben hinter sich gelassen hatte. Er ließ seinen Blick über die gelbbraune Weite der Wüste zu seiner Rechten schweifen. Oberflächlich betrachtet wirkte sie leer und tot, aber er wußte, daß das nicht stimmte. Bei näherem Hinsehen bemerkte er, wie lebendig das Ödland war. Unzählige kleine Tiere krochen auf dem Boden, und hoch oben kreisten Raubvögel krächzend durch die hitzeflirrende Luft, immer auf der Jagd nach Wüstenfüchsen, Mäusen oder Wieseln. Weit weg schienen das Grün der Felder, die Palmen und Büsche Ägyptens zu sein. Hier, im Land der Nehesiu, herrschte Ra mit äußerster Strenge. Die Hitze trocknete den Boden aus, bis jeder Halm verkümmert war. Gelbbraun erstreckte sich die Wüste bis zum Ufer des Flusses, der etwa tausend Ellen östlich träge nach Norden floß, um schwarzen Schlamm über das Land Kemet zu gießen, die reiche Gabe der Götter an Pharaos Volk.

Djehuti saß neben einem älteren Soldaten auf dem Bock eines hochbeladenen Wagens und fühlte sich einsam wie noch nie zuvor. Nicht einmal von Ihi hatte er sich verabschieden können. Die Soldaten vermieden es, das Wort an ihn zu richten. Abergläubisch waren sie, jederzeit bereit, Stein und Bein zu schwören, daß Bucklige einem allerhand Unheil an den Hals hexen konnten. Wer konnte schon sicher sagen, ob nicht dieser Knabe dafür verantwortlich war, daß drei Männer unterwegs an Skorpionbissen zugrunde gegangen waren?

Nur wenige Nehesiu begegneten den Soldaten. Und die schauten grimmig, vollführten seltsame Gebärden und stoben davon.

Djehuti seufzte. Wie angenehm wäre es, mit einem Schiff zu reisen, auf dem Wasser, wo immer eine erfrischende Brise wehte! Aber in dieser Gegend wälzte sich der Nil auf einer Länge von mehreren Meilen über gewaltige Brocken aus Granit und Kalkstein. „Bauch der Steine" nannte man diese Stromschnellen, die jeden Verkehr mit größeren Flußbooten unmöglich machten.

„Haaaalt!" „Haaaalt!" erscholl es von der Spitze des Zuges. Die Soldaten blieben stehen und setzten aufatmend die halb mannshohen Schilde in den Sand. Nur die Männer in den vordersten Reihen konnten die Gespanne erkennen, die sich mit großer Geschwindigkeit in einer hochaufwirbelnden Wolke aus Sand und Staub näherten.

Amenmesse beschattete die Augen und erspähte durch die flimmernde Luft die Festung Buhen, das Bollwerk ägyptischer Macht, Sinnbild der Herrschaft Pharaos über das Südliche Fremdland. Von hier aus herrschte der Königssohn von Kusch als Stellvertreter des Gottes über das Land. Amenmesse straffte unwillkürlich den Rücken. ‚Buhen, dein künftiger Beherrscher naht!' rief er in Gedanken wie ein Knabe, der Feldherr spielt. Doch die wuchtigen, viele Ellen hohen Mauern mit ihren mannshohen Zinnen aus mächtigen Quadern wirkten abweisend, ja feindselig. Drohend reckten sich die Türme der Festung in den Himmel. Wachhabende Soldaten spähten von den Wehrgängen ins Land hinunter.

Die Gespanne hielten an. Vier Männer sprangen von ihren prächtig geschmückten Wagen. Einen von ihnen erkannte Amenmesse sofort. Der Königssohn von Kusch! Er war selbst zur Begrüßung erschienen! Amenmesse versuchte, sich sein Erstaunen nicht anmerken zu lassen.

„Amun sei mit dir, Cha-em-ter! Ich bin sehr erfreut, daß du deine Amtsstube verlassen hast und zu meiner Begrüßung hier erscheinst!"

Er wußte nicht, warum er seine Grußworte mit einer Spitze versah, denn Cha-em-ter war kein blutloser Schreiberling. Es war nicht klug, ihn sich zum Feind zu machen. Bei genauem Hinsehen glaubte Amenmesse allerdings, daß Cha-em-ter doch besser in der Amtsstube oder gar in seiner Schlafstube geblieben wäre. Dunkle Ringe umgaben seine Augen, das Gesicht war blaß, und die Lippen zeigten eine ungesunde, violette Färbung. Offenbar stand es mit seiner Gesundheit nicht zum besten.

Über die Bemerkung des Ankömmlings ging Cha-em-ter geflissentlich hinweg. „Den Sohnessohn des Guten Gottes, Leben, Heil, Gesundheit, willkommen zu heißen ist eine große Ehre für mich!

Seit wir hörten, daß der große Amenmesse kommt, um mit strenger Faust das Wawat zu richten, fassen wir alle wieder Mut!"

Amenmesse forschte im Gesicht seines Gegenübers nach Anzeichen, daß dieser ihn womöglich verspottete, aber dem war anscheinend nicht so.

Cha-em-ter wies auf seine Begleiter. „Darf ich dir vorstellen: An meiner Seite siehst du den Befehlshaber der Bogentruppen, den edlen Maiherperi. Die beiden Würdenträger hinter ihm sind meine Stellvertreter, Goldschreiber Kaha und Stalloberst Sahapi."

Die Genannten verbeugten sich tief und streckten als Zeichen ihrer Ergebenheit die Hände in Kniehöhe vor sich.

„Es ist gut!" winkte Amenmesse ab und wandte sich an seine Hauptleute: „Erweist Achtung dem Königssohn von Kusch! Grüßt den edlen Cha-em-ter!"

„Gruß dir, o Großer! Gruß! Gruß!" riefen die Begleiter Amenmesses, und die Soldaten schlugen mit flachen Händen auf die Schilde. Cha-em-ter winkte lächelnd.

„Eine stolze Truppe hast du mitgebracht! Wir können sie gut gebrauchen! Ich schlage vor, wir begeben uns unverzüglich in die Festung. Ihr müßt euch von dem beschwerlichen Marsch erholen."

„Nichts lieber als das", erwiderte der Prinz. „Ist Buhen immer noch so düster und schmutzig, wie ich es als Kind sah?"

„Buhen hat sich verändert! Alle Anweisungen, die dein ehrwürdiger Vater damals gegeben hat, wurden ausgeführt und mehr als das: Buhen erstrahlt im Glanz wie in den ruhmreichen Zeiten des Pharao Cha-Kau-Ra Sesostris."

„Tatsächlich?" bemerkte Amenmesse leichthin. „Aber wenn Buhen so eindrucksvoll ist, wie kommt es dann, daß die Nehesiu nicht geblendet sind von der Macht Ägyptens? Weshalb konnten unsere Männer die Leute von Miam nicht schützen und das Gemetzel im Tempel der Mut nicht verhindern?"

„Aber, Hoheit!" Cha-em-ter schien gekränkt. „Gegen Hinterhalt ist niemand gefeit. Es gibt viel Verrat in diesem Land."

„Nenne mir die Schwierigkeiten und berichte vor allem, aus welchen Gründen es dir nicht gelang, sie zu beheben."

Cha-em-ter warf Amenmesse einen Blick zu. Bei Amun, dieser zukünftige Große von Kusch schien so unschuldig und unwissend zu sein wie ein neugeborener Säugling, aber so anmaßend, wie Cha-em-hedjet vorausgesagt hatte. „Einige nubische Fürsten weigern sich, ihre Abgaben für Pharao abzuliefern. Einer von ihnen will das gesamte Nubien unter seine Faust zwingen."

„Bestrafe ihn! Du weißt doch, Cha-em-ter, wie die Nehesiu sind. Greift man sie an, kehren sie einem den Rücken. Zieht man sich aber zurück, so verfallen sie in Angriffslust. Im Grunde sind sie Elende, ohne Tatkraft!"

„Es ist, wie du sagst. Wie gut, daß ihnen jetzt ein Feldherr gegenübertritt, der sie so genau kennt."

Amenmesse nahm den beißenden Spott in diesen Worten nicht zur Kenntnis. „Wie heißt der Verbrecher?"

„Er nennt sich Bakendedun, Diener des Gottes Dedun." Cha-em-ter beugte sich zu Amenmesse hinüber. „Nachher werde ich dir ausführlich berichten. Jetzt müssen wir erst den Empfang hinter uns bringen!"

Auf den letzten hundert Ellen war der Weg zum Haupttor mit sehr großen Steinen gepflastert. Die Fahrer zogen die Zügel fest an, und die Pferde setzten die Hufe langsam und vorsichtig, ebenso wie die vielen Esel des Trosses. Die Ladung auf ihren Rücken türmte sich hoch, und die Soldaten hatten alle Hände voll zu tun, um die Kisten, Säcke und Ballen mit Stricken an Ort und Stelle zu halten. Knirschend öffneten sich die doppelt mannshohen Flügel des Haupttores. Unter dem Jubel der Festungssoldaten zogen die Truppen in Buhen ein. Fahnen und bunte Wimpel hingen aus den Fensteröffnungen der Gebäude. Mißtönendes Schmettern von Trompeten und schrilles Pfeifen von Rohrflöten hub an. Buhen begrüßte den Sohnessohn des Pharao.

„Die Straßen sind noch genauso eng wie damals!" schrie Amenmesse Cha-em-ter zu. Der aber hob nur fragend die Hände. Er konnte bei dem Lärm kein Wort verstehen.

Mehrstöckige, eng aneinandergebaute Häuserblocks umgaben die innere Burg. Zwischen ihnen wanden sich schmale Gassen. Eine weitere wuchtige, aus Granitblöcken gefugte Mauer umschloß die Hauptgebäude der Anlage. In Viererreihen hatten Soldaten vor dem Burgtor Aufstellung genommen, bekleidet mit frisch geölten Lederrüstungen und prächtig funkelnden Gürteln. Je eine Reihe Ägypter wechselte ab mit einer Reihe buntbemalter Nehesiu, und als sich die Hauptleute näherten, traten die Kuschiten vor und warfen sich flach auf den Boden. Amenmesse wandte den Kopf weder nach rechts noch nach links, sondern blickte nach Art eines Pharao geradeaus. Sein Herz schlug heftig. So mußte es sein! Gewöhnliche Sterbliche huldigten ihm und beteten ihn an. Dafür war er geboren!

Wachleute übernahmen die erschöpften Soldaten und führten sie in ihre Unterkünfte. Die Großen der Truppe fuhren durch das Tor der inneren Mauer.

Cha-em-ter wies auf zwei Männer, die auf dem weiten, gepflasterten Platz standen. „Diese Herren sind zu deiner Begrüßung hier, edler Amenmesse. Es erwarten dich der *Mer Chetem*, der Befehlshaber der Festung, Paikar, und *Hati-a* Harnacht, der Ortsvorsteher von Miam. Sie unterwerfen sich deiner Befehlsgewalt, Paikar für das Heer und Harnacht für die staatliche Verwaltung."

„Ich bin erfreut!"

Nach einem kurzen Blick auf die beiden Männer, die geduldig in der glühendheißen Sonne seiner Ankunft harrten, sah sich Amenmesse suchend um. „Wo sind die Abordnungen der nubischen Stämme?"

„Sie warten drinnen, um dich ihrer Ergebenheit zu versichern", antwortete Cha-em-ter zögernd. „Zumindest die, welche dir ergeben sind."

Amenmesse biß sich auf die Unterlippe. „Wie viele?"

„Zwei."

„Zwei? Das ist doch nicht dein Ernst! Was ist los in diesem gottverlassenen Land? Cha-em-ter, du hast mir einiges zu erklären."

Eine sanfte Brise wehte durch die Vorhänge. Um vier niedrige, mit Speisen und Weinbechern beladene Tische saßen Amenmesse, zwei seiner Hauptleute und Cha-em-ter. Stalloberst Sahapi und Goldschreiber Kaha, der *Hati-a* von Miam, Harnacht, und seine Gemahlin hatten auf zwei Sofas Platz genommen. Im Hintergrund, durch einen hauchdünnen Vorhang von den Speisenden getrennt, zupfte ein Harfner auf seiner Harfe. Leise zitterten die zarten Töne durch die Luft, und eine junge Kuschitin sang mit kindlich heller Stimme ein ägyptisches Volkslied.

Amenmesse verspeiste mit Genuß eine Scheibe Gänsebraten mit Feigen und Pflaumen. Von Zeit zu Zeit trank er in langen Zügen einen erlesenen Rotwein, der, wie Cha-em-ter versicherte, einer besonderen Abfüllung nur für den Königssohn von Kusch entstammte.

„Wir sind alle froh, daß du hier bist! Du wirst die Aufrührer bezwingen." Cha-em-ter beugte sich vor. „Durch die Ereignisse in Miam ist das Land ganz verstört. Dabei waren einige hier so zufrieden, daß sie gar nicht nach Kemet zurückwollten! Nimm Harnacht zum Beispiel!" Er wies auf den rundlichen Beamten, der neben ihm saß und lächelnd die Knie seiner Gattin tätschelte.

„Das ist wahr", bestätigte Harnacht mit heller, weiblich klingender Stimme. „Dabei ging es uns so gut hier, nicht wahr, Königin meines Herzens?"

Die Angesprochene kicherte. Sie war eine kleine, füllige Frau mittleren Alters, die ihrem Gatten verblüffend ähnlich sah. „Wie recht du hast, Harnacht, Gebieter meines Lebens. Aber jetzt? Wo Mordgesellen unterwegs sind?" Sie rollte mit den Augen und schwatzte weiter in freundlicher Redseligkeit. „Nach Kemet wollen wir aber nicht zurück!"

„Das verstehe ich nicht!" wunderte sich Stalloberst Sahapi. „Mein Herz sehnt sich nach den grünen Feldern Kemets und den Bergen von Waset. Nur dort kann ich auf die Dauer zufrieden sein."

„Ein Mensch des Zweifachen Landes", erklärte Goldschreiber Kaha, ein hagerer Mann mit dem Gesichtsschnitt eines Raubvogels, „kann sich nirgendwo sonst wohlfühlen. Nur, wo das Auge Pharaos über die Lande schweift, wo man die Sprache Kemets spricht, wo ägyptische Götter verehrt werden, nur dort ist wahres Leben."

„Aber unser König beherrscht doch auch das Südliche Fremdland!" wandte Harnachts Gemahlin ein. „Und unsere Götter werden hier ebenfalls verehrt!"

„Daran zweifelt niemand, Verehrteste!" sagte Cha-em-ter freundlich. „Aber das Heimatgefühl der meisten erwächst aus der Liebe zu dem, was man von Kindheit an kennt. Wo, frage ich dich, sind die Freunde, die Verwandten und wo die Grabstätten der Familie?"

„Ich glaube, man ist dort zu Hause, wo es Menschen gibt, die einem zugetan sind", bemerkte Harnacht.

„Und das ist hier der Fall, im Land der Skorpione und Nattern?" fragte Sahapi bissig.

„Dieses Land ist zu meiner Heimat geworden, auch hier lebe ich unter Ras Sonne", erklärte Harnacht würdevoll. „Ich liebe das Südliche Fremdland. Wir haben Freunde gefunden in Miam und auch in Buhen."

„Wie erfreulich, daß meine Beamten ihre Stellungen so schätzen", unterbrach Amenmesse grob. „Ich hoffe, es bricht niemandem das Herz, wenn er nach Ägypten zurückkehren muß!" Das Gespräch begann ihn zu ärgern, und die gefühlvollen Worte des Verwalters von Miam stießen ihn ab. Er mochte es nicht, wenn Männer sprachen wie Weiber, erst recht nicht, wenn es sich dabei um Beamte handelte. Ungeduldig fragte er Cha-em-ter: „Habt ihr hier nichts Reizvolles zu bieten? Tänzerinnen vielleicht?"

„Sofort, Hoheit! Ich möchte dir etwas ganz Besonderes zeigen! Doch zuvor", Cha-em-ter reichte Amenmesse einen kupfernen Becher mit eckigen Zierleisten, „versuche dieses Getränk, mein Freund, und urteile über seinen Geschmack."

„Was ist das? Wein?"

„Es nennt sich *Mikets Feuergarbe* und besteht aus vergorener Kamelmilch. Nubische Fürsten pflegen es bei besonderen Anlässen zu trinken. Es ist ungewöhnlich stark ... nun, versuche es selbst!"

Amenmesse ergriff den Becher und nahm einen tiefen Zug. Er verschluckte sich und hustete heftig. „Das ist ja ...", keuchte er,

„bitter!" Doch dann fühlte er das Feuer, das sich in glühenden Wellen von seinem Magen aus in alle Teile des Körpers ausbreitete. „Großartig!" rief er und nahm einen weiteren Schluck.

„Vorsicht! Diese Kamelmilch streckt einen eher nieder, als man denkt!" warnte Cha-em-ter. Dann raunte er: „Und nun wirst du die schönste Frau kennenlernen, die du je gesehen hast! In ihrem Herzen wohnt der Verstand eines Zauberers, in ihrem Leib die Glut Hathors und das Feuer Sachmets." Mit kaum hörbarer Stimme schloß er an: „Und gefährlich ist sie wie eine Kobra."

„Das nenne ich ein Wort! Laß sehen!" rief Amenmesse beschwingt und nahm noch einen Schluck von *Mikets Feuergarbe*.

Cha-em-ter stand auf und klatschte in die Hände. Sklaven eilten herbei, um die Tische in einen Halbkreis zu stellen, so daß sich vor den Sitzenden eine freie Fläche öffnete. Zugleich gesellten sich zu den beiden Harfnern zwei Trommler und vier Sistrenspielerinnen. Dienerinnen streuten Blütenblätter auf den Boden und beträufelten die Hände der Zuschauer mit einer Flüssigkeit, die einen betäubend schwülen Duft verströmte.

Auf ein Zeichen Cha-em-ters huben die Trommeln zu hämmern an, und die Harfen und Sistren setzten ein. Der Klangwirbel gipfelte in drei donnernden Trommelschlägen. Beim dritten sprang eine große, dunkelhäutige Frau wie eine Raubkatze in den Raum. Die Töne wurden leiser, gedehnter, drängender. Es klang, als stöhnten die Harfen vor Lust über den herrlichen Anblick. Die Tänzerin war von hohem Wuchs und besaß einen schlanken, sehnigen Körper mit außergewöhnlich langen Beinen. Ihr Haar war zu vielen dünnen, mit bunten Perlen geschmückten Zöpfchen geflochten, die bis auf ihre Schultern herabhingen. Sie war nackt, ihre einzige Bedeckung bestand aus unzähligen Perlenketten und Federgebinden, die um Hals, Arme, Beine und um ihre Hüften hingen. Weiße Elfenbeinscheiben baumelten von ihren Ohren bis zu den vollen Brüsten hinunter. Dunkelrote und blaue Schmucknarben schlängelten sich über den Körper: gebogene Linien, durchbrochen von Punkten und kurzen Querstrichen, die auf immer neue aufreizende Stellen ihres Leibes verwiesen. Um den linken Oberschenkel war ein dünner Strick gebunden, an dem mehrere Krokodilkrallen befestigt waren.

Langsam drehte sie sich um sich selbst, als genösse sie es, genau betrachtet zu werden.

„Wer ist sie?" fragte Amenmesse gebannt.

„Das ist Baketwerel, Hoheit. Eine nubische Geisel, die ich dir ans Herz legen möchte. Sie will dich mit ihrem Tanz willkommen heißen."

„Sie ist schön. Aber wie ist sie, wenn ich allein bin mit ihr? Ich nehme an, du weißt das."

„Versuche es selbst, Hoheit. Du wirst nicht enttäuscht sein."

Baketwerel wandte ihr Gesicht Amenmesse zu. Ihre Lippen glänzten tiefrot, und auf den Wangen wanden sich dunkelblaue Schlangen zu den riesigen Augen hinauf. Ihr Blick kreuzte sich mit dem Amenmesses. Sein Körper beantwortete ihre Lockung, ohne daß er es hätte verhindern können. Niemand im Raum vermochte seine Augen von ihr zu lösen, als sie zu tanzen begann. Zuerst wiegte sie sich sanft in den Hüften und hob die Arme weit über den Kopf. Die Ketten klirrten und klimperten leise, als sie den Oberkörper von einer Seite zur anderen schwang. Dann sprang sie leichtfüßig im Kreis, wobei sie immer wieder die Beine in die Höhe warf und die Schultern schüttelte. Die Klänge jagten einander in immer schnellerer Folge. Baketwerels Tanz beschleunigte sich. Sie wirbelte herum und stieß kleine Schreie aus, die noch erregender wirkten als die verführerisch schwingenden Brüste und die gespreizten Beine, wenn sie ein Rad schlug. Sie tanzte auf jeden der anwesenden Männer zu, flocht einige aufreizende Bewegungen ein und entwich zum nächsten. Als sie Amenmesse erreicht hatte, tanzte sie nur noch für ihn. Ihr Leib bog sich vor ihm, wie eine Schlange wand sie sich und strich sich mit den Händen über den Oberkörper. Ihre Hüften zuckten unmittelbar vor Amenmesses Gesicht, und langsam kreisten ihre langen, roten Fingernägel nach unten.

Amenmesse starrte wie verzaubert auf die Hände. Sein Atem ging schwer, und Schweiß glänzte ihm auf der Stirn. Am liebsten hätte er die Frau sofort genommen, gleichgültig, wer zusah. Doch als er nach ihr greifen wollte, entzog sie sich ihm mit einer betörenden Bewegung, die ihn leise aufstöhnen ließ.

„Sie gehört dir, Hoheit!" flüsterte Cha-em-ters Stimme neben seinem Ohr. „Sie wird in deinen Gemächern deiner harren, wenn du es befiehlst."

„Bei allen Göttern!" sagte Amenmesse heiser. „Ich befehle es!"

Der Tanz ging zu Ende. Anmutig wiegte sich Baketwerel zu ersterbenden Klängen, und ihre Hände schienen ein unsichtbares Gegenüber zu liebkosen. Leicht schwankend blieb sie vor Amenmesse stehen. Sie sah ihm tief in die Augen und sagte leise: „Ich danke dir, Herr, daß du mir die Ehre erweist, mich zu begehren." Sie sprach Ägyptisch mit starkem Akzent, und ihre Stimme war für eine Frau erstaunlich tief.

Amenmesse hoffte, daß die anderen nicht allzu deutlich merkten, wie sehr ihn sein Verlangen bedrängte. „Warte auf mich", sagte er. „Ich werde nachher zu dir kommen."

Baketwerel verschwand aus dem Raum, noch ehe er wieder klar denken konnte.

„Woher kommt sie, Cha-em-ter? Ist sie nicht eine Verwandte jenes abscheulichen Bakendedun?" Sahapi nahm einen großen Schluck aus seinem Weinbecher.

Cha-em-ter lehnte sich in seinem Sessel zurück und beobachtete seine Gäste mit halbgeschlossenen Augen. Er fühlte sich sehr müde, und vor seinen Augen flimmerte es. Wie gut, daß er sich nun bald aus den Staatsgeschäften zurückziehen konnte! Er würde nach Hause reisen, ins geliebte Pi-Ramesse, sich dort einen Palast erwerben und einer weniger aufreibenden, dafür aber um so einträglicheren Tätigkeit in der Verwaltung des königlichen Schatzhauses nachgehen. Es wurde Zeit, daß ihm sein Ehrenamt als Wedelträger zur Rechten Pharaos etwas einbrachte! Vielleicht erwartete ihn sogar die Stellung eines *Mer Per*, des Verwalters eines königlichen Totentempels. Nur die Pantherin Baketwerel, sie würde er vermissen. „Sie ist die Schwestertochter Bakendeduns", erzählte er. „Vor ungefähr einem Jahr kam sie nach Buhen. Damals erschien Bakendedun noch selbst, um seine Abgaben zu leisten."

„Und da brachte er dieses Juwel mit?" fragte Amenmesse erstaunt. „Vertraute er uns so?"

„Das nicht gerade. Aber an diesem Tag brachte er weniger, als er abzugeben hatte. Er behauptete, infolge des Einsturzes zweier Schächte nicht ausreichend Amethyste, Jaspis und Türkise herbeischaffen zu können. Auch lieferte er wenig Straußenfedern; Ebenholz und Pantherfelle fehlten ganz. Ich weiß nicht mehr, was er als Entschuldigung vorbrachte, jedenfalls bot er Baketwerel als Pfand, bis er das Fehlende nachliefern könnte. Damit nicht ‚der wildblikkende Löwe schicke den Gluthauch seines Mundes gegen das Land von Wawat', wie er sich auszudrücken beliebte."

„Aber dann ist sie eine Spionin!" rief Amenmesse. „Das liegt doch klar auf der Hand! Und ihr habt sie nicht getötet? Das überrascht mich."

„Ich glaube nicht, daß sie spioniert, dafür haßt sie Bakendedun zu sehr", sagte Cha-em-ter versonnen.

„Du mußt wissen", erklärte Harnachts Gemahlin eifrig, „dieser gräßliche Wilde hat ihr Gewalt angetan!"

‚Das wundert mich nicht', dachte Amenmesse. Laut sagte er: „Das ist unverzeihlich. In Buhen hat sie sich dann wohl sicher gefühlt."

„In der Tat. Hier widerfuhr ihr nichts Böses!"

Unvermittelt fühlte Cha-em-ter Übelkeit aufsteigen. Bei allen Göttern, er war kränker, als er gedacht hatte! Ein Diener eilte herbei und tupfte ihm die Stirn mit einem Tuch.

„Was hast du?" hörte er Amenmesses besorgte Stimme. „Du bist kreidebleich!"

„Es geht gleich wieder ..."

„Vielleicht solltest du dich zur Ruhe begeben, wie ich es auch tun will." Amenmesse erhob sich vorsichtig und vergewisserte sich, daß keines der kuschitischen Getränke ihn seiner Fähigkeit beraubt hatte, würdevoll von seinem Stuhl zur Tür zu schreiten. Cha-em-ter wollte es ihm gleichtun, doch da wurde ihm so übel, daß ihm beinahe die Sinne schwanden. Er sank in seinen Stuhl zurück und atmete schwer.

„Herr! Fehlt dir etwas?"

Das Gesicht Kahas verschwamm vor seinen Augen. „Nein, nein! Geht ruhig! Das sind nur *Mikets Feuergarben*. Man wird alt und verträgt eben nichts mehr."

Endlich hatte er alle fürsorglichen Hilfeleistungen und Ermahnungen abgewehrt. Sein Leibdiener betrat den Raum und stellte eine blauglasierte Trinkschale vor ihn auf den Tisch. „Die Herrin Baketwerel sendet dir deinen Nachttrunk mit ihrem Gruß!" sprach er sanft. Cha-em-ter nickte. ‚Ich muß zurück nach Kemet', dachte er, ‚so schnell wie möglich.'

Etwas stimmte nicht mit ihm. Angst stieg in ihm auf, und es gelang ihm nicht, sie zu unterdrücken.

Nach zwei Tagen in Buhen wollte Djehuti nur noch sterben.

Bei der Ankunft war er zu einer Gruppe von Sklaven geführt worden. Ob sie aus Buhen stammten oder in Amenmesses Zug mitgebracht worden waren, wußte er nicht. Aufsässig schienen sie jedenfalls gewesen zu sein, denn sie trugen blutunterlaufene Prügelmale auf den Schultern. Einige Soldaten brachten sie in ein Lager zwischen dem inneren und äußeren Festungsring, das von stumpfsinnig aussehenden Medjau bewacht wurde. Als Djehuti die leeren Gesichter der Sklaven sah, Kuschiten, die man wegen Aufruhrs festgesetzt hatte, Verbrecher ohne Nasen, die nichts mehr vom Leben zu erwarten hatten, da wurde ihm klar, daß etwas schiefgegangen war. Keiner schien zu wissen, daß er als Sänger für Prinz Amenmesse nach Buhen gebracht worden war.

Ein düsterer Verschlag wurde ihm als Unterkunft zugewiesen, in dem es von Flöhen wimmelte. Ein Gestank nach menschlichen Ausscheidungen und Schweiß lastete auf den Hütten, denn es gab weder ausreichend Wasser noch Abtritte. Die vier Mitbewohner in dem dunklen Raum waren halbwüchsige Burschen aus dem Wawat, deren Sprache er nicht verstand.

Am ersten Abend hatte er einen Zuruf nicht auf sich bezogen und deshalb nicht beantwortet. Drei der Burschen drängten ihn in eine Ecke und schlugen auf ihn ein. Er sank in die Knie und versuchte, mit den Armen seinen Kopf vor den Hieben zu schützen. Aber die Schläger waren stärker. Weinend kauerte er im Winkel und rührte sich nicht, bis sie von ihm abließen. Unter drohendem Zischen warfen sie sich auf ihre Lager und knurrten noch eine Weile vor sich hin. Djehuti wagte erst, sich zu bewegen, als er lautes Schnarchen hörte. Er rollte sich auf seine stinkende Matte und gab sich Mühe, seine schmerzenden Glieder nicht zu beachten. Während er das Gesicht auf das durchlöcherte Laken preßte, dachte er an Ihi und das bunte Treiben im Hafen von Waset, an Ipuki und den Park zu Hause in Men-nefer. Und Mutter! Wenn er ihr Gesicht vor sich sah, hatte er das Gefühl, sich aufzulösen vor Schwäche und Traurigkeit. Er betete zu Isis, wie es ihn Ipuki gelehrt hatte. Die Göttin liebt bucklige Knaben, hatte der Vater gesagt; die *Kas* dieser Kinder strahlen in Schönheit und Vollkommenheit, denn sie haben es nicht leicht und brauchen Stärke. Soweit Djehuti zurückdenken konnte, hatte ihm die Göttin Trost gespendet. In seiner Vorstellung trug sie Mehits Gesichtszüge. Der Morgen graute schon, als er endlich in einen unruhigen Halbschlaf fiel.

Er erwachte von einem Schrei und fuhr hoch. Ein vierschrötiger Aufseher mit pockennarbigem Gesicht stand vor ihm, die Hände in die Hüften gestemmt.

„Ha! Der gnädige Herr schlafen noch?! Raus mit dir, du faules Stück!"

Djehuti sprang aus dem Bett, und die Augen des Aufsehers weiteten sich.

„Ein Ungeheuer! Wofür haben sie dich mitgeschleift? Wozu gibt es etwas wie dich überhaupt? Rede schon, oder ist dein Verstand auch so verbogen wie du?"

„Ich ... ich ... bitte ..."

„Schwachsinnig, das dachte ich mir! Kannst du wenigstens eine Schaufel halten?"

Djehuti nickte.

„Dann komm mit!"

Die Helligkeit blendete ihn, als er hinter dem Mann aus der Hütte trat. Ras Barke glitt hoch am Himmel, und wieder war es unerträglich heiß.

„Geh dorthin!" befahl der Aufseher und wies auf ein langes, flaches Zelt am Ende der Lagerstraße, vor dem etliche Karren standen. In einer Koppel fraßen Esel aus ihren Krippen.

„Was soll ich dort tun?" fragte Djehuti.

„Du kannst sprechen? Ein schlaues Scheusal also! Dort bekommst du Wasser und etwas zu essen. Und eine Schaufel. Du wirst die Abfälle hinter den Hütten fortbringen." Als Djehuti ihn verständnislos ansah, brüllte der Mann: „Die Scheiße! Verstanden? Du sollst Scheiße schaufeln!"

Als Djehuti den von Abfällen übersäten Weg entlanghinkte, fragte er sich, ob es an diesem furchtbaren Ort überhaupt noch Hoffnung gab. Dies war das Reich des Bösen, und er war einer der Verdammten.

Das Lager der Festungssklaven erstreckte sich über eine Fläche von fast zwei *Aruren* in der Form eines langgezogenen Rechtecks, dessen westliche Längsseite an die äußere Festungsmauer reichte. Fast zweihundertsechzig Männer fristeten hier ein jämmerliches Dasein. Die meisten stammten aus Kusch oder dem Wawat. Die Ägypter unter ihnen führten die Aufsicht.

Um die Vormittagszeit herrschte Ruhe im Lager; die Sklaven bedienten entweder die Großen der Truppe, denen sie zugeteilt waren, oder arbeiteten in der Festung. Einige halfen bei der Entgegennahme des Getreides, der Fische und anderer Abgaben, die von den Eingeborenen an die Festungstore gebracht wurden. Andere waren in Bautrupps eingeteilt, die Schanzanlagen instand setzten, Straßen ausbesserten und neue Soldatenunterkünfte errichteten. Nur ältere und kranke Sklaven säuberten während des Tages die Hütten.

In dem Zelt, das der Aufseher bezeichnet hatte, erhielt Djehuti Brot, Wasser und eine Zwiebel. Nach der kargen Mahlzeit fühlte er sich etwas besser. ‚Sie werden bald merken, daß sie mich an die verkehrte Stelle gesetzt haben', dachte er, während er hinter den Hütten Kot in Kübel schaufelte. ‚Wenn sie einen Sänger wollen, werden sie sich an mich erinnern.'

Stundenlang arbeitete er ohne Pause. Die Sonne brannte so heiß, daß vor seinen Augen Flämmchen zu tanzen schienen. Mittags erhielt er einen Teller Bohnen und wurde nach dem Essen für weitere Stunden zum Kesselreinigen eingeteilt.

Gegen Abend, als die Sklaven von der Arbeit zurückkehrten, nahm seine Unruhe zu. Ihm wurde bewußt, daß er geglaubt hatte, man würde ihn spätestens am Abend holen. Doch nichts geschah. Djehuti sah seine Peiniger von gestern wieder in der Hütte verschwinden. Wenn sich nun niemand mehr seiner entsann? Die Kerle würden ihn zusammenschlagen! Er mußte etwas tun! Doch an wen sollte er sich wenden? Suchend blickte er um sich. Kein bekanntes Gesicht weit und breit. Da fiel sein Blick auf den Aufseher, der auf der anderen Seite des Brunnenplatzes zwischen zwei Hütten hervortrat.

„Herr! Bitte, Herr!"

„Das Ungeheuer! Hau ab, ich habe keine Zeit!"

„Herr, du mußt mir helfen!"

Der Aufseher blieb stehen und verzog das Gesicht. „Ich dir helfen? Was glaubst du, wer du bist? Hilf dir selber!"

Djehutis Atem ging schnell. „Sie schlagen mich! Ich habe Angst, daß sie mich töten! Und ich weiß nicht einmal, warum!"

„O weh!" Der Mann röhrte vor Lachen. „Du hast recht, Kleiner! Ich kann dich nicht draufgehen lassen, ohne daß du weißt warum." Er beugte sich zu Djehuti hinunter und blies ihm den säuerlichen Dunst von Bier und Knoblauch ins Gesicht. „Ich werd' dir sagen, warum sie zuschlagen. Sie sind wütend! Es bringt Unglück, mit einer Mißgeburt zusammengesperrt zu sein, und sie hat's getroffen. Man kann's ihnen nicht verübeln, wenn sie dich loswerden wollen, so oder so!"

„Kann ich nicht woanders schlafen? Ich bin ganz falsch hier! Ich bin hergebracht worden, um zu singen! Auf Befehl Seiner Hoheit!"

„Du bist wirklich nicht bei Trost! Was faselst du von einer Hoheit?"

„Prinz Amenmesse!"

„Sonst noch wer? Warum nicht gleich der Pharao? Verschwinde, bevor ich dir Beine mache! In die Hütte mit dir!"

„Aber ich kann nicht!" heulte Djehuti. „Sie bringen mich um!"

Jetzt verlor der Aufseher die Geduld. Er ergriff ihn am Ohr und zog so grob nach oben, daß Djehuti aufschrie. „Wenn du nicht sofort dein Maul hältst, mein Goldbübchen, dann braucht's die andern nicht! Dann erschlage ich dich nämlich selber! Aber halt, warte! Womöglich gefällt dem Herrn so ein schiefes Kerlchen?"

Djehuti verstand nicht. „Wem soll ich gefallen?"

„Komm mit! Vielleicht hast du Glück und mußt nicht mehr in die Hütte zurück."

Djehuti zitterten die Knie vor Erleichterung. Was auch immer ihn erwartete, schlimmer als totgeschlagen zu werden konnte es nicht sein. Er hinkte hinter dem Mann zu einem der beiden Aufseherhäuser, das weitaus bequemer eingerichtet war als die Sklavenverschläge.

„Setz dich und rühr dich nicht von der Stelle!" knurrte der Aufseher und verschwand.

Djehuti tat, wie ihm geheißen. Er spürte die schwere Arbeit des Tages in den Gliedern, seine Arme und Beine schmerzten geradezu. Warum nur hatten sie ihn mitgenommen, wenn sie ihn dann vergaßen? Ob Bai wohl nach ihm fragte, wenn er nach Waset kam? Und Ihi! Wußte er, wohin er verschwunden war? Die Gedanken wirbelten durcheinander, ein Gesicht nach dem anderen tauchte in seiner Vorstellung auf. Dann fielen ihm die Augen zu.

Unsanft fühlte sich Djehuti hochgezerrt.

„Tut mir leid, wenn ich deinen Schönheitsschlaf stören muß! Wird's bald!"

Der Aufseher winkte einem schmächtigen jungen Mann in einfachem Soldatengewand, der aus dem Schatten hervortrat. „Das ist er! Nimm ihn und werde glücklich damit!"

„Willst du ihn nicht fesseln und anleinen?" nörgelte die Stimme des Fremden.

Djehuti schluckte. „Ich laufe nicht weg. Ich bin Sänger."

„Ja, und? Was hat das damit zu tun?"

„Ich will doch singen!"

Der Aufseher lachte. „Er glaubt, du bringst ihn zum Singen! Ein Witz ist das!"

Er schlang einen Strick um Djehutis Hals und drückte das andere Ende dem Soldaten in die Hand. „Da hast du ihn! Komischen Geschmack hat der Große! Man sollte es nicht für möglich halten!" Sein Blick traf den Djehutis, und er verstummte. Der Soldat zog den Knaben hinaus und zerrte ihn die Lagerstraße entlang.

Die Sonne hatte bereits ihre Fahrt durch die Nacht angetreten, und über dem Brunnenplatz flackerte Fackellicht. Djehuti war froh über die Dunkelheit, denn so beachtete ihn niemand. Noch herrschte reges Treiben im Lager, die Sklaven kehrten von der Essensausgabe in ihre Hütten zurück, und die laue Luft war erfüllt von den Kehllauten kuschitischer Mundarten. Der Strick schnitt schmerzhaft in seine Haut, und nach kurzer Zeit brannten die aufgescheuerten Stellen am Hals wie Feuer. Er stolperte und torkelte; sobald er zurückfiel, riß der Soldat erbarmungslos am Strick. Der Weg führte aus dem Lager hinaus, zwischen Wohnhäusern hindurch in den inneren Teil der Burg. Endlich erreichten sie ein dunkles, flaches Gebäude. Ein kurzer Ruck, ein Schnitt und Djehuti war den Strick los. Bevor er noch wußte, wie ihm geschah, wurde er über die Schwelle gestoßen.

Er stand in einem geräumigen Zimmer, dessen Deckenbohlen von Holzpfeilern getragen wurden. Vor ihm schöpfte eine junge Frau Wasser aus einem Kupferkessel, der über den knisternden Flammen einer Herdstelle hing, und goß es in einen großen Holzzuber. Sie stellte den Krug auf den Boden und maß Djehuti mit einem seltsamen Blick. „Hinein mit dir!" sagte sie. „Schrubb dich sauber, sonst wird der Herr ungehalten!"

„Wer bist du?"

„Ich gehöre zum Haus, und du ziehst dich jetzt aus und steigst da hinein."

„Ganz ausziehen?"

Die Dienerin zog verächtlich die Mundwinkel nach unten. „Stell dich nicht an. Das ist ja lächerlich."

Djehuti wurde es unbehaglich zumute. „Was soll ich hier?"

„Von mir erfährst du nichts", sagte die Frau kühl. „Mach schon, der Herr wartet nicht gern." Als Djehuti sich nicht bewegte, fuhr sie ihn an: „Du willst doch nicht, daß er dich obendrein noch verdrischt?"

„Obendrein?" Er erhielt keine Antwort. Hastig zog er sich den völlig verdreckten Schurz vom Körper und hinkte zur Wanne.

Die Frau musterte ihn von Kopf bis Fuß. „Jetzt ist er völlig abartig geworden", stellte sie kopfschüttelnd fest. Sie fuhr fort, Wasser in den Zuber zu gießen. Djehuti stieg hinein und wusch sich mit einem Schwamm. Furcht schnürte ihm den Hals zu. Er räusperte sich.

„Ich soll singen für Seine Hoheit", sagte er zaghaft. „Deshalb bin ich hier."

„Singen? Na, vielleicht mag er es, wenn du dabei singst!" Die Badefrau legte ein grobgewebtes Leinentuch und einen frischen Schurz bereit. „Los jetzt, du bist sauber genug!" Als Djehuti tropfnaß und bebend vor ihr stand, dauerte er sie doch. „Armer Kerl", murmelte sie.

Wenig später folgte Djehuti ihr über den Platz zu einem mehrstöckigen Gebäude. An einer Seitentür klopfte sie an. Eine Frau erschien, nickte und bedeutete ihm mit einer Handbewegung, ihr zu folgen. Er fand sich in einem verschwenderisch ausgestatteten Raum wieder. Wandteppiche bedeckten die Mauern und Bastmatten den Boden. Eine üppige Zimmerpalme stand in einer Ecke und streckte ihre Blätter fächerförmig in den Raum.

„Mögest du nicht leiden", wisperte ihm die Frau zu und verschwand.

Djehuti starrte auf das gewaltige Bett in der Mitte des Zimmers. Panik sprang ihn an wie ein Tier. Er griff sich an den schmerzenden Hals und rang nach Luft. Kalter Schweiß trat ihm auf die Stirn, und er sank neben dem Bett in die Knie. Er beugte den Oberkörper über das Laken und verbarg sein Gesicht in den parfümierten Kissen.

„Nicht schlecht, die Wahl deines Platzes. Du mußt dich nur ein wenig anders hinknien, dann kommen wir zusammen."

Der Knabe fuhr hoch und sah sich einem etwa vierzigjährigen Mann gegenüber, dessen Gesicht ihn stark an den falkenköpfigen Gott Horus erinnerte. Schnabelförmig bog sich eine lange Nase über schmale Lippen, und ein stechender Blick traf ihn.

„Wer bist du?" fragte Djehuti gepreßt.

„Das tut nichts zur Sache. Ich will nicht einmal wissen, wer du bist. Ich habe dich genommen, weil du etwas Besonderes bist. Einen Krüppel hatte ich noch nie, außerdem bist du frisch und unverbraucht."

„Es gibt etwas, das ich gut kann, Herr! Deshalb hat man mich nach Buhen gebracht! Ich bin Sänger." Jetzt, da der Falkengesichtige lächelte, sah er nicht mehr so furchteinflößend aus. Gab es Hoffnung? „Möchtest du, daß ich singe? Ich habe einige Gedichte vertont."

„Höre mir genau zu! Ich sage es dir nur einmal."

Da wußte Djehuti, daß er verloren hatte. „Wir werden gut miteinander auskommen", hörte er, „wenn du genau das tust, was ich befehle. Wenn ich deine Meinung hören will, lasse ich dich das wissen. Und wenn ich ein Lied hören will, lasse ich einen Sänger kommen und nicht einen verkrüppelten Sklaven, der Kot schaufelt."

Djehuti senkte den Kopf. „Bitte, Herr, laß mich gehen."

„Es kommt noch etwas dazu", fuhr der Mann ungerührt fort. „Es hat nicht die geringste Bedeutung, was du willst. Ich mache mit dir, wonach mir der Sinn steht, und du wirst es gut haben, solange du dich fügst. Wenn nicht ..." Das unausgesprochene Ende des Satzes schwang in der Luft. „Bleib da unten! Das ist gut für den Anfang."

Djehuti fühlte eine Hand zwischen seinen Beinen; schwer drückte der fremde Körper gegen seinen Rücken. Er versuchte, die Ohren vor dem Stöhnen und dem fremdartigen, unheimlichen Keuchen zu verschließen. ‚Nach Hause, ich will wieder nach Hause!' flehte er in Gedanken, aber durch seine zusammengepreßten Lippen drang kein Laut. Wütender Schmerz schoß in ihm hoch, und Wasser trat in seine Augen. Brechreiz würgte ihn. Seine Hände krampften sich in die Decken, während die Hüftknochen gegen das Holz des Bettrahmens schlugen. Er wurde niedergewalzt, durchbohrt, zerrissen. Wie gleißendes Licht raste der Schmerz durch seinen Körper. Würde es so weitergehen? Bis er weit ins Land der Westlichen vorgedrungen war? Zu weit, als daß er noch zurückkehren konnte? Doch bevor das geschah, schrie der Mann auf und ließ von ihm ab.

Djehuti sank auf dem Boden zusammen. Sein Körper fühlte sich an, als habe sich jeder Knochen von seinem Platz gelöst und würde im Sack seiner Haut umhergeschüttelt. Alles tat weh. Er schlang die Arme um die Knie und blickte auf seinen Peiniger.

„Na, war doch nicht so schlimm!" sagte der grinsend. Als er sah, daß Djehuti mit den Zähnen klapperte, beugte er sich zu ihm hinunter. „Nimm es nicht so schwer, Kleiner! Du wirst sehen, es wird dir bald Vergnügen bereiten!" Er tätschelte die Wange seines Opfers. „Ich meine es gut mit dir, du wirst schon sehen. Du mußt nicht in deine Dreckshütte zurück, bleibst hier und bekommst gut zu essen. Ist das ein Wort?"

Djehuti gab keine Antwort. Er starrte weiter mit großen Augen vor sich hin. Der Mann legte seinen Schurz an und ging zur Tür. Ohne einen Blick auf den zusammengesunkenen Knaben neben dem Bett zu werfen, verließ er den Raum.

„Ich bin zum Singen hergekommen!" sagte Djehuti laut und begann zu weinen.

Amenmesse konnte sich nicht erinnern, jemals in seinem Leben so zufrieden gewesen zu sein. Sein Feldzug in Kusch würde ein Erfolg werden, dessen war er sich seit dem vergangenen Tage sicher. Chaem-ter hatte Buhen verlassen und war, von einer Abteilung Medjau begleitet, nach Ta Seti aufgebrochen. Nur einen Tag später hatte sich für seinen Nachfolger die Gelegenheit geboten, seine Begabung als Feldherr unter Beweis zu stellen.

Ein ägyptischer Spähtrupp war von seinem Erkundungsgang nicht zurückgekehrt. Die daraufhin ausgesandte Suchmannschaft stellte fest, daß die Soldaten in einen nubischen Hinterhalt geraten und grausam abgeschlachtet worden waren. Amenmesse war mit drei Abteilungen aufgebrochen, hatte binnen kurzer Zeit die feindliche Horde gestellt und bis auf den letzten Mann niedergemacht.

Inzwischen reisten bereits Boten mit der Siegesnachricht nach Men-nefer. Wieder und wieder stellte sich Amenmesse vor, wie die Melder die Botschaft verlasen, die zusammen mit zweifellos noch folgenden ähnlichen Sendschreiben seinen zerstörten Ruf im Großen Haus wiederherstellen würde.

„Du bist der rechtmäßige Erbe der Doppelkrone, Messui!" sagte Baketwerel sanft und fuhr mit dem Finger seine Augenbrauen nach. „Göttlich ist dein Herz, göttlich sind deine Glieder, und deine Taten sind die eines Herrschers."

Ihre Stimme genügte, um Amenmesse in einen prickelnden Zustand der Erregung zu versetzen. Er räkelte sich auf dem weichen Bett und streichelte ihre Hüften. „Göttlich ist auch meine Geliebte", murmelte er. „Ich fasse es kaum, daß ich dich hier gefunden habe. Noch nie habe ich eine Frau wie dich gekannt."

Baketwerel lächelte. „Die Ewigen sandten mich nur für dich in diese Welt. Auf dich wartete ich hier. Um dir zu begegnen, hießen die Götter mich mein Volk verlassen."

„Und du bringst mir Glück!"

„Mögest du dich daran noch erinnern, wenn du dereinst im Großen Haus thronst. Mögest du auch dann noch wissen, für wen Baketwerel sich gegen ihr Volk stellte."

Einen Augenblick schwiegen beide. Dann richtete sich Amenmesse auf. „Was war mit Cha-em-ter? Hast du ihn geliebt?"

„Cha-em-ter ist ohne Bedeutung."

„Aber du hast auch mit ihm das Lager geteilt!" Ein Anflug von Ärger trübte seine Stimmung.

„Das ist das Los einer Geisel!"

„Du hättest dich weigern können! Eine ehrbare Frau hätte das getan." Amenmesse wußte, daß er Unsinn redete. Aber Eifersucht quälte ihn. „Statt dessen hast du mit ihm geschlafen. Und dich zur Schau gestellt in solchen Tänzen."

Baketwerel schenkte ihm einen unergründlichen Blick. „Vielleicht bin ich keine ehrbare Frau. Vielleicht bin ich eine Frau, die einfach am Leben bleiben will. Außerdem hat dieser Weg mich zu dir geführt."

Amenmesse schwieg. Er legte sich wieder in die Kissen zurück und schloß die Augen. Nach Kräften bemühte er sich, die Fragen, die sein Herz stellte, nicht zu beachten. Warum erzählte Baketwerel nur wenig über sich? Woher wußte sie so genau Bescheid über die Verhältnisse im Palast von Men-nefer? „Du bist mir ein Rätsel", sagte er schließlich. „Aber gerade das reizt mich. Ich will dich ergründen, meine Schöne, alles muß ich über dich erfahren. Und du wirst es genießen, dich zu öffnen."

„Ich fange schon damit an", antwortete sie und schlang die Arme um ihn. Während sie ihr Gesicht an seinem Hals barg, huschte das Bild einer langen Reihe blauer Trinkschalen an ihrem inneren Auge vorüber, und sie fühlte sich elend.

„Du hast mein Herz gewonnen", sagte Amenmesse leise. „So geschwind, wie ein Sandkorn im Sturm vorüberweht."

„Ich gebe dir, was immer ich zu geben habe", flüsterte Baketwerel. „Vielleicht denkst du, es ist nicht viel ..."

„Schsch", machte Amenmesse und legte ihr den Finger auf die Lippen. „Es ist mehr, als ich verdiene. Laß mich dein Leben vergolden! Ich könnte ..." Er unterbrach sich. „Der Sänger! Ich habe den Sänger vergessen!"

„Welchen Sänger?"

„Der Hohepriester des Amun gab mir einen Knaben mit, dessen Stimme Tote zum Leben erwecken könnte. Schönere Klänge hast du noch nie gehört!"

Über Baketwerels Gesicht huschte ein Lächeln, das in Amenmesses Leibesmitte ein köstliches Gefühl der Schwäche erzeugte. „Ich liebe Lieder", sagte sie, „und ich liebe singende Knaben, wenn sie von dir kommen."

„Er soll dein sein, meine Göttin! Ich lasse ihn holen und schenke ihn dir." Amenmesse klatschte in die Hände, und ein Diener betrat den Raum. „Geh und hole den buckligen Knaben, der in meiner Truppe nach Buhen mitgeführt wurde."

Der Mann entfernte sich, und Amenmesse wandte sich wieder der Geliebten zu. Sie hatte sich zurückgelehnt, ihre Augen waren geschlossen, und die Arme hielt sie in einer schamhaften Geste über der Brust gekreuzt. Diese Haltung stand in fesselndem Gegensatz zu der herausfordernden Schönheit ihres Körpers. „Wie ist das möglich?" murmelte er und barg das Gesicht an ihrer Seite.

Baketwerels Finger strichen sacht über sein kurzgeschorenes Haar. „Alles ist möglich, Messui!" raunte sie. „Alles."

Und während er sie liebte, wurde ihm klar, daß er sie nie wieder aufgeben wollte. Er würde über das Zweifache Land herrschen mit Baketwerel als seiner Königin. Dies hatten die Götter selbst bestimmt, als sie sein Schicksal mit Kusch verbanden.

Nach einer Ewigkeit, die sie nach Amenmesses Empfinden außerhalb von Raum und Zeit verbracht hatten, lösten sich ihre Leiber wieder voneinander. Baketwerel setzte sich auf, und Amenmesse legte die Hand auf ihren Arm. „Geh noch nicht! Ich will nicht, daß es schon zu Ende ist."

„Nichts hört auf, Herr, denn alles geschieht, wie du es befiehlst. Warte auf mich, ich bin sofort wieder zurück." Sie sprang aus dem Bett, hüllte sich in ein tiefblaues Tuch, das sie über der Brust verknotete, und verschwand im Nebenraum.

Amenmesse goß etwas Wein in seine Schale und trank. Wo blieb der Knabe? Abermals klatschte er in die Hände. Sofort öffnete sich die Tür.

„Herr? Was wünschst du?"

„Ich habe den Sänger herbefohlen. Wo ist er?"

Der Diener blickte verlegen zu Boden und verschränkte die Hände. „Es gibt da Schwierigkeiten, Herr."

„Schwierigkeiten?"

„Wir können ihn nicht finden. Die Leute suchen nach ihm, aber der Bucklige ist wie vom Erdboden verschluckt."

„Verdopple deine Anstrengungen! Wenn der Knabe nicht bis spätestens heute abend wieder aufgetaucht ist, dann wirst du wirklich Schwierigkeiten bekommen. Und zwar mit mir!"

„Selbstverständlich! Wie Euer Hoheit befehlen!" Unter Verbeugungen zog sich der Diener zurück.

Baketwerel kehrte zurück und setzte sich neben ihn. „Was beschäftigt dich?"

„Der kleine Sänger ist verschwunden", antwortete er. „Ich frage mich, warum ich so wünsche, daß er wiedergefunden wird."

Baketwerel schmunzelte. „Weil du ihn mir schenken willst."

Über Buhen wölbte sich der Leib der Himmelsgöttin Nut, und an ihrem schwarzblauen Gewand strahlten unzählige Sterne. Die schmale Sichel des Mondes stand am östlichen Himmel. Nach und nach erloschen die Fackeln um den großen Platz der Festung. Nur noch wenige Menschen waren unterwegs. Die Wachmannschaft marschierte jede halbe Stunde vom Dienstgebäude des Befehlshabers, vorbei an den Vorratshäusern, zu den Unterkünften der Hauptleute und zurück. Manchmal bellten Hunde in der Ferne, und aus den Fenstern drangen vereinzelte Rufe.

Niemand beachtete die kleine, in einen dunklen Umhang gehüllte Gestalt, die sich an der Hausmauer entlangdrückte.

Dies war der sechste Abend, an dem der Mann Djehuti aufgesucht hatte. Danach beschloß der Knabe, die Flucht zu wagen. Was konnte ihm schon geschehen? Er war nahe daran, den Tod herbeizusehnen. Sich selbst töten wollte er nicht, denn dann müßte er als unsteter Geist umherirren, der keinen Zugang zu den Gefilden des Osiris finden kann.

Mittlerweile kannte er den Namen seines Schinders. Er hieß Kaha und übte als Goldschreiber und Vertreter des Königssohns von Kusch eines der wichtigsten Ämter in Buhen aus. Das wußte Djehuti nicht von ihm selbst, sondern von der Frau, die täglich nach ihm sah. Sie hatte die ersten freundlichen Worte zu ihm gesprochen, die er seit seiner Ankunft in Buhen gehört hatte. Obendrein brachte sie ihm gutes Essen: wohlschmeckendes Fleisch, Brot und reichlich Gemüse. Djehuti hatte selten in seinem Leben so üppig gegessen. Er vermutete, daß ihm gebracht wurde, was von Kahas Tafel übrig blieb.

Die vergangenen Tage hatte Djehuti in einem kleinen Zimmer zugebracht, in dem ein schlichtes, aber sauberes Lager bereitet war. Er bekam nichts zu tun, es gab keine Ablenkung, und die Langeweile setzte ihm sehr zu. Er grübelte, kaute an den Fingernägeln und versuchte, sich an Liedtexte und Gedichte zu erinnern oder sich neue Tonfolgen auszudenken. Es gelang ihm weder das eine noch das andere.

Jeden Abend hatte der Goldschreiber von Djehuti gefordert, ihm zu Willen zu sein. Er verweilte kurz, tat, was er tun wollte, zielstrebig, fast geschäftsmäßig. Danach verschwand er, wortlos, ohne eine Geste der Zuneigung oder des Mitgefühls, ohne einen Blick. Djehuti saß dann im Zimmer, schlang die Arme um die Knie und wiegte den Oberkörper vor und zurück. Er stellte sich Ipuki und Mehit vor, die lauen Abende mit den Dienern, Abende, an denen Mehit ihre Olivenfladen buk und die Männer Henqet tranken. Er meinte, ihre fröhlichen Stimmen zu hören, fühlte den sanften Wind auf seiner Haut und roch den Duft der Lotosblüten aus dem Park. Er sah das abendliche Nilufer vor sich, in schimmerndes, rosafarbenes Licht getaucht, und sich selbst, wie er am Wasser saß und neue Lieder erdachte. Einmal hatte er Tage damit zugebracht, jeder Farbe Tonfolgen und Klangmaße zuzuordnen. So erschien ihm in der Rückschau sein Leben: ein Zusammenklang von Gesang und Farben. Beharrlich beschwor Djehuti die Erinnerungen und hielt sie lebendig. Manchmal kamen sie ihm wirklicher vor als seine Umgebung. So saß er stunden- und tagelang und bewegte sich in einer Traumwelt, während sein Körper auf der schmalen Bettstatt schaukelte. Der Hals schmerzte ihn, und er wußte, daß er nicht mehr singen konnte.

Wenn ihm doch nur die Flucht gelänge! Für die Strecke zum Haupttor hatte er mehr Zeit benötigt als vermutet. Immer wieder blickte er um sich, doch jedesmal, wenn er sich in Bewegung setzen wollte, tauchte jemand auf. Eine Frau, die ein Haus verließ, ein Wachsoldat, der in den Schatten der Mauer trat, um seine Notdurft zu verrichten, ein Diener, der einem Hund hinterherjagte. Djehuti kauerte im Schatten wie ein fluchtbereites Tier, alle Sinne nur auf ein Ziel gerichtet. Lange zögerte er, den freien Platz zwischen den Ställen und der Mauer zu überqueren. Einmal dort angekommen, gäbe es keine Möglichkeit mehr umzukehren.

Jetzt! Niemand war zu sehen. Er rannte über den Platz, drückte sich an die Festungsmauer und zwang das Keuchen nieder. Doch auch hier blieb keine Zeit. Ein Wachsoldat winkte die anderen zu einem Korb, aus dem sie einen Trinkschlauch herausholten. Für kurze Zeit lag das Tor unbeobachtet. Eine Gelegenheit wie diese bot sich nicht wieder! Djehuti huschte unter dem Torbogen hindurch und lief den staubigen Weg hinunter, der in weitem Bogen zur Siedlung zwischen der Festungsmauer und der äußeren Umwallung Buhens führte.

Wenig später drückte er sich zwischen stacheligen Büschen in eine Senke und versuchte, seiner Angst Herr zu werden. Und nun? Unerwartet viele Menschen eilten zu dieser späten Stunde noch durch die Straßen. Soldaten machten ihren Rundgang, andere taumelten aus Schenken, leichtbekleidete Mädchen boten sich Zechern an, Sklaven zogen schwerbeladene Karren und prügelten auf störrische Esel ein, sogar Kinder spielten noch im Freien. Einen Augenblick lang glaubte Djehuti sogar, den Aufseher aus dem Lager zu erkennen.

Hoffnungslosigkeit drohte ihn zu überwältigen. Wie sollte er an diesen vielen Menschen vorbeigelangen? In einer letzten großen Anstrengung raffte er seinen Mut zusammen, erhob sich und zog den Umhang fest um die Schultern. Dann schob er sich zwischen Dornbüschen hindurch, die am Stoff zerrten und seine bloßen Beine zerkratzten. Er lief auf das äußere Tor zu. In seinem Inneren tauchte zum ersten Mal nachdrücklich die Frage auf, wie er denn den tagelangen Marsch durch die Wüste bewältigen wollte. Bis jetzt waren seine Gedanken nie weiter fortgeschritten als bis zu dem Augenblick, in dem er Buhen hinter sich lassen würde.

„He, du!" Der Weg wurde ihm von drei Männern versperrt, die Fackeln in den Händen hielten und dunkle Umhänge trugen. „Ein buckliger Knabe. Das wird er sein."

„Ist dein Name Djehuti und bist du der Sänger aus dem Amun-Tempel der Ipet-Sut?"

Djehuti ließ die Arme hängen. Seine Flucht war zu Ende.

„Ist das alles? Du behauptest also, es seien keine kuschitischen Truppen in der Nähe."

Der *Mer Chetem* Paikar, Befehlshaber in Buhen, nickte. „Eine bessere Möglichkeit, Miam zu sichern, gibt es nicht, Hoheit. Ich vermute, die Späher, die wir gesichtet haben, empfehlen Bakendedun dasselbe, was wir dir raten. Greife an, werden sie sagen, Miam liegt ungeschützt."

„Aber du wirst viel schneller dort sein", warf Baketwerel ein. Sie saß in einem Lehnstuhl etwas von den Männern entfernt. Erheitert bemerkte sie die mißbilligenden Blicke der hohen Truppenführer und Beamten, die deutlich zeigten, was sie von der Anwesenheit einer Frau bei dieser Besprechung hielten.

Amenmesse blickte unschlüssig auf die große Karte des Wawat, die vor ihm auf dem Tisch lag. „Was haltet ihr davon?" fragte er Sahapi, den Stallobersten, und Goldschreiber Kaha.

„Paikar hat recht", sagte Kaha. „Das kann ein großer Erfolg für dich werden, *Mer Mescha!* Marschiere so schnell wie möglich, am besten bei Nacht! Dann bemannst du Miam und wartest hinter seinen Mauern auf den Feind, der dich dort nicht vermutet."

„Das gibt einen fröhlichen Empfang für Bakendedun!" bemerkte Sahapi.

„Heute abend also!" seufzte Baketwerel.

„Ich kehre bald zurück", sagte Amenmesse schnell. „Du wirst schon sehen!"

Sahapi und Paikar sahen einander an.

„Kaha!" fuhr Amenmesse fort. „Triff die Vorbereitungen für das Opfer im Tempel des Horus! Die heiligen Handlungen sollen heute nachmittag durchgeführt werden. Paikar, du stellst die Truppe auf. Ich brauche zwei Abteilungen Fußsoldaten, dazu drei Abteilungen

Bogenschützen. Um Reiterei und Streitwagen kümmere ich mich selbst."

„Zwei Schreiber für die Truppe?" fragte Sahapi.

„Und einen weiteren für mich."

„Wirst du Ortsvorsteher Harnacht mitnehmen?" erkundigte sich Kaha.

„Mögen die Götter mich vor ihm bewahren! Nein, ich denke, dem edlen *Hati-a* und seiner Gemahlin kann die Rückkehr erst dann zugemutet werden, wenn wir gesiegt haben."

„Amenmesse, mein Gebieter!" Baketwerel erhob sich. „Du hast jetzt zahllose Dinge anzuordnen. Darf ich dich deinen großen Aufgaben überlassen?" Sie bedachte ihn mit einem strahlenden Lächeln und durchquerte langsam den Raum. Dabei genoß sie sichtlich die Blicke der Männer, die jede Bewegung ihres Körpers verfolgten.

„Verzeih, Baketwerel! Aber ich habe in der Tat vieles zu regeln." Amenmesse winkte einen Diener heran und flüsterte ihm ein paar Worte zu. „Ich möchte dir etwas geben, das dich entschädigt. Meine Leute haben den Buckligen heute nacht gefunden."

„Den Sänger, wirklich?"

„Stunden haben sie damit zugebracht, ihn so herzurichten, daß er vorzeigbar ist." Mit ausholender Geste wies Amenmesse zur Tür.

Dort stand Djehuti, gekleidet in makelloses Weiß, eine geflochtene Perücke auf dem Kopf. Seine mit Kohol umrandeten Augen wirkten sehr groß, am Hals und an den Oberarmen funkelte es golden.

„Ihr Götter!" hauchte Baketwerel. „Der arme Kerl!"

Djehuti bot, gerade weil er so fein gekleidet war, einen seltsam rührenden Anblick. Der Buckel trat unter dem zarten Tuch besonders auffällig hervor, und infolge seiner krummen Haltung hing der gefältelte Schurz auf der linken Seite bis fast zum Knöchel hinunter.

Alle betrachteten ihn, teils neugierig, teils mitleidig. Niemand achtete auf Kaha, dessen Gesicht eine ungesunde, grünliche Farbe angenommen hatte.

„Gut, daß du hier bist!" rief Amenmesse leutselig. „Du sollst künftig für diese Vornehme hier singen. Streng dich an!"

Djehuti trat vor und verbeugte sich. „Herr!"

„Wir haben hier eine Menge Gedichte, die du vertonen kannst. Er ist nämlich", bemerkte Amenmesse zu seinen Beamten, „der begabteste Sänger in ganz Kemet. Roma-Roy hat ihn mir mitgegeben. Goldschreiber, was hast du? Du siehst krank aus!"

Kaha winkte ab. Über seine Augenbrauen tropfte Schweiß. Er sah aus, als stünde er kurz vor einer Ohnmacht. „Verzeih, Herr", krächzte er. „Es ist nichts, nur eine kleine Unpäßlichkeit!"

„Herr!" Djehutis Stimme war kaum zu vernehmen.

Amenmesse überhörte sie, ergriff schwungvoll die Hand des Knaben und zog ihn vor Baketwerel. „Genieße seinen Gesang, meine Göttin", flüsterte er ihr zu, „so wie ich dich genieße!"

„Herr!" sagte Djehuti abermals und diesmal so laut, daß alle im Raum verstummten. „Mir ist etwas geschehen!"

„Nein!" stöhnte Kaha.

„Du bist krank, Goldschreiber!" stellte Amenmesse fest. „Du solltest dich einem Heiler anvertrauen."

Kahas Hände umkrampften die Rückenlehne eines Stuhls. Er starrte mit weit aufgerissenen Augen auf den Knaben. „Bitte!" ächzte er, als litte er unerträgliche Schmerzen.

Djehutis Blick streifte Kahas verzerrtes Gesicht. Dann sagte er: „Meine Stimme ist fort. Ich kann nicht mehr singen."

Der Königssohn von Kusch runzelte die Stirn. „Was soll das heißen? Wie kann deine Stimme verschwinden?"

„Ich weiß es nicht. Sie ist weg."

„Was ist mit dir, Knabe? Du verschweigst doch etwas?" fragte Baketwerel und wünschte im selben Augenblick, ihr Tonfall wäre weniger schneidend gewesen.

„Ich will wieder heim", flüsterte Djehuti.

„Weshalb bist du fortgelaufen? Weißt du nicht, daß du dafür in Ketten gelegt werden kannst?"

„Ich war in dem Lager und dann ..."

„Offenbar ist ein entsetzlicher Irrtum geschehen!" schrie Kaha schrill. „Keiner hat das so gewollt oder gar beabsichtigt!"

Verblüfft starrten ihn alle an. „Dich scheint das sehr mitzunehmen!" sagte Amenmesse kopfschüttelnd. „Gibt es dafür einen Grund?"

„Ich hasse es, wenn solche Fehler vorkommen!" preßte Kaha durch seine zusammengebissenen Zähne.

Sahapi warf ihm einen eigenartigen Blick zu. „Warum das denn?"

„Ich glaubte, man habe mich vergessen!" sagte Djehuti ruhig, bevor Kaha etwas entgegnen konnte. „Ich fürchtete mich vor den Sklaven. Manche waren grausam. Dann verließ mich meine Stimme, und ich wollte nach Hause gehen." Nach einer kleinen Pause setzte er hinzu: „Und dann bin ich gegangen."

„Dann ist ja alles geklärt", stellte Amenmesse ungeduldig fest. „Du gehörst jetzt zum Haushalt der edlen Baketwerel. Sieh zu, daß du bald wieder singen kannst."

„Du bedauernswertes Geschöpf!" Baketwerel beugte sich zu Djehuti hinunter und tätschelte ihm den Kopf und den Buckel. „So schlimm bist du verkrüppelt und mußt auch noch so ein Pech haben. Vielleicht kommt deine Stimme ja wieder!"

Djehuti schwieg. Die meisten Spielarten von Taktlosigkeit waren ihm schon begegnet, und nach dem, was er in den vergangenen Tagen durchlitten hatte, berührten ihn die Worte Baketwerels nicht mehr. „Ich möchte so gerne wieder nach Hause!" wiederholte er und sah Kaha dabei an. Der senkte kaum merklich den Kopf.

# SCHICKSALSWENDE

Das Fest am Seeufer neigte sich seinem Ende zu, und der göttliche König Merenptah erhob sich schwerfällig aus seinem Sessel. Dabei stützte er sich auf den dargebotenen Arm seines Sohnes Sethos. „Meine Erhabenheit wird nun die Kühle des Schlafgemachs der Festlichkeit vorziehen. Laßt nur, es ist schon gut!" winkte er ab, als die Höflinge aufsprangen und in tiefen Verbeugungen ein Spalier bildeten.

„Erfreue dich an dem herrlichen Abend, geliebte Gemahlin!" rief Sethos Tausret zu. „Habe aber die Güte, mich zu entschuldigen. Ich sehe noch einige Unterlagen durch." Sein Blick umfaßte die schlanke Gestalt seiner Frau, das atemberaubende, durchsichtige Kleid mit dem durchbrochenen Oberteil, das weit mehr enthüllte als verbarg, und die katzenhafte, geschmeidige Bewegung, mit der sie sich zu ihrem Weinbecher hinunterbeugte. Ihm galten ihre Lockungen nicht, das konnte er an der Kühle ihres Blicks erkennen.

Die Festgesellschaft hatte sich inzwischen in Grüppchen aufgelöst, die auf die geschmückten Boote am Ufer zugingen. Die ersten Höflinge kletterten unter viel Gelächter und angeheitertem Kreischen in die Boote.

Bai stand neben dem Hohenpriester Bakenptah und seiner Gemahlin. „Ein gelungenes Fest, nicht wahr?" meinte Aset. „Ich habe unseren göttlichen König, Leben, Heil, Gesundheit, schon lange nicht mehr so froh gestimmt gesehen."

„Und ich fürchte, es wird auch nicht lange mehr so bleiben", weissagte Bai. „Die Nachrichten von der westlichen Grenze verdunkeln seinen Sinn. Immer mehr aufständische Stämme schließen sich diesem Unhold Meri an, dazu Völker, von denen man bisher noch nie etwas gehört hat."

„Sie sind auf dem Weg des Unrechts, sind nichts weiter als Räuber und Wegelagerer!" sagte Bakenptah abfällig. „Heerführer User erklärte unlängst, warum unsere Soldaten so viel schlagkräftiger sind als jene Fremdmenschen. Ägypter lernen Gehorsam und straffe Ordnung, sie üben, üben, üben, und wenn sie damit fertig sind, fangen sie von vorne an. Und was die Hauptsache ist, die Götter sind auf unserer Seite."

Cha-em-hedjet tauchte aus der Dunkelheit auf. „Vor allem fehlt ihnen Pharao Ba-en-Ra Merenptah, Leben, Heil, Gesundheit, die Sonne der Menschheit." Er verneigte sich, ohne Bai aus den Augen zu lassen. „Darf ich dich um einen Gefallen bitten, *Sedjauti Biti*?"

„Worum geht es?"

„Seine Erhabenheit, Leben, Heil, Gesundheit, beliebte, mich mit dem Amt eines Königlichen Gesandten in allen Fremdländern zu ehren. Er beauftragte mich mit einer Reise in das Land der Asiaten. Ich habe eine kleine Liste mit Namen von unbedeutenden Häuptlingen der *Scha-su*-Leute, von Stadtkönigen im Retjenu, Ortsvorstehern in Amurru und den Fürsten von Gublu. Wärest du bereit, mir nützliche Auskünfte über diese Männer zu geben?"

„Welche Art Auskünfte?"

„Einzelheiten zu ihren Werdegängen, ihren Vorlieben, auch ihren ureigensten Neigungen! Welche Freunde haben sie? Was ist über ihre Bündnistreue zu sagen, und so weiter. Jede Kleinigkeit könnte nützlich sein. Du verstehst, was ich will?"

„Selbstverständlich!" erwiderte Bai. Cha-em-hedjet wollte diese Kenntnisse, um sie nötigenfalls erpressen zu können.

„Zeige mir die Liste. Vielleicht morgen, wenn es dir recht ist? Dann können wir in aller Ruhe darüber sprechen."

Cha-em-hedjet verbeugte sich. „Ich danke dir, *Sedjauti Biti*. Ich erwarte dich morgen um die sechste Stunde." So unverhofft, wie er erschienen war, verschwand er.

Bakenptah sah ihm nach. „Ein undurchsichtiger Mann! Was hältst du von ihm?"

„Er ist ein fähiger Beamter!" antwortete Bai. Dabei ergriff er Bakenptahs Ellbogen und zog den Hohenpriester etwas abseits der

Festgesellschaft. „Sei vorsichtig, Schauender des Ptah! Zu offene Worte können gefährlich werden in diesen Zeiten."

Lautlos schritten zwei zahme Leoparden vorüber, jeder an vier silberdurchwirkten Leinen von dunkelhäutigen Sklaven geführt. Rufe der Bewunderung ertönten am Seeufer, als die Tiere näherkamen.

„Ich mache mir Sorgen, Bai, große Sorgen", bekannte Bakenptah, und der Siegler spürte, wie sehr er diesen Mann mochte. Obwohl der Hohepriester nur acht Jahre älter war als er, nahm er in seinem Herzen den Platz des Vaters ein, seit dieser die Reise in den Westen angetreten hatte. „Zunehmend schwerer wird es mir", fuhr der Hohepriester fort, „Zuversicht zu heucheln. Hier ist etwas im Gange, das mich beunruhigt. Die Vorbereitungen für den Feldzug geraten immer wieder ins Stocken, und der Feind rückt näher. Meris Völkerscharen wandern fast unbehelligt durch die westlichen Gaue, Hilfegesuche treffen tagtäglich ein, und sie klingen mit jedem Tag drängender. Wenn unsere Truppen aufmarschieren, wenn Tag und Ort der Schlacht bereits feststehen, so verschwindet der Feind wie ein Geist in der Dunkelheit. Es arbeitet ihm jemand zu. Ein Verräter ist unter uns, Bai, und zwar unter den *Semeru*, den Freunden des Königs selbst."

Bai spähte zum Seeufer. Die meisten der Feiernden glitten in ihren Booten über die spiegelnde Wasserfläche. Nur ein Liebespaar saß engumschlungen auf einer Bank und blickte träumerisch zum Sternenhimmel. Drei Harfner entlockten ihren Harfen schwermütige, langgezogene Weisen in immer neuen Wendungen. Die Luft war gesättigt vom Duft der Lotosblüten und der Frische des Wassers, und ein Windhauch trug ein leises Brausen durch die Wipfel der Palmen. „Du ahnst, wer es ist?" fragte er.

Bakenptah nickte. „Ja. Ich verdächtigte ihn schon vor jener Besprechung, als er den Untergang der *Falkenschwinge* meldete. Irinefer war ihm begegnet. Er überraschte ihn im Tempel, wo er Karten entwendete. Jedenfalls vermute ich, daß er es tat. Dann bestand er darauf, seine Leute zur Bergung der *Falkenschwinge* einzusetzen, obwohl er dafür nicht zuständig ist. Daß er meldete, das Gold und das Schiff seien geraubt worden, bestätigt meinen Verdacht."

„Und nun hat er einen schwerwiegenden Fehler gemacht. Cha-em-ter ist aus Buhen zurück. Er erreichte die Hauptstadt vor wenigen Tagen. Seine Hände zittern wie die eines Greises, und seine Gesichtsfarbe ist fahl und grau. Er vermag keine Speisen bei sich zu behalten. Der Zustand seines Geistes ist beunruhigend!"

„Das tut mir leid! Was aber hat Cha-em-hedjet damit zu tun?"

„Zunächst brachte auch ich ihn nicht damit in Verbindung. Ich bat Nebamun, sich der Sache anzunehmen. Die Untersuchung ergab zweifelsfrei: Der frühere Königssohn von Kusch wurde vergiftet. Oder er wird es noch jetzt."

„Das kann ich nicht glauben!" rief Bakenptah.

„Und doch ist es so. Nebamun versicherte, er irre sich keinesfalls. Cha-em-ter wird nun nach einem besonderen Speiseplan verköstigt, den der *Sunu* eigenhändig aufgestellt hat. Außerdem habe ich Wachen um sein Haus gestellt."

„Und Cha-em-hedjet?"

„Das will ich dir sagen. Cha-em-ter nennt seinen Namen im Fieberwahn. Einmal schrie er: ‚Verfluchtes Gold!' Und nun frage ich dich, mein Freund: Was kann er wohl damit meinen? Und noch etwas: Wer, glaubst du, stand als erster vor dem Tor zu Cha-em-ters Haus und begehrte Einlaß?"

„Cha-em-hedjet."

„Du sagst es. Er kümmert sich auffallend um das Wohlergehen unseres Heimkehrers aus südlichen Landen."

„Wir müssen Cha-em-ters Wachen verstärken. Und was das Verschwinden der *Falkenschwinge* betrifft: Gibt es irgendwelche Beweise?"

„Die gibt es nicht", sagte Bai. „Noch nicht. Aber bevor ich Cha-em-hedjet öffentlich anklage, brauche ich sie. Immerhin muß ich den Guten Gott darüber aufklären, daß einer seiner nahen Berater ein Verbrecher ist. Ich muß darüber hinaus behaupten, daß sein eigener Nachkomme vermutlich in diese Machenschaften verwickelt ist. Das geht nicht ohne Beweise!"

„Was willst du tun?"

„Die Beweise finden und alles daransetzen, ihn zur Strecke zu bringen. Tag und Nacht lasse ich ihn beobachten. Nicht einen

Schritt wird er mehr tun können, ohne daß ich es erfahre. Du erinnerst dich an Hui? Den Einäugigen? Er ist von nun an Cha-em-hedjets Schatten. Er folgt ihm, wohin auch immer er seine Schritte lenkt. Und ich versichere dir, irgendwann fällt ein unbedachtes Wort, irgendwann macht er eine verräterische Bewegung unter Zeugen. Beim ersten Fehler haben wir ihn."

„Aber Cha-em-hedjet soll in den nächsten Tagen nach Kanaan aufbrechen. Deswegen suchst du ihn doch morgen auf!"

„Wenn unsere Annahme zutrifft", sagte Bai langsam, „dann kann er nicht fort. Er hat nur zwei Möglichkeiten: Entweder läßt er Cha-em-ter vorher umbringen, was ihm schwerfallen dürfte, oder es tritt etwas ein, das die Reise verhindert. Ich bin sicher, daß es so kommt."

Arm in Arm näherten sich Aset und Tausret. „Du solltest mehr auf deine Frau achten, Bakenptah!" rief die Frau des Thronfolgers. „Sie erzählte mir gerade sehr begeistert vom neuen Gesandten der Hethiter."

„Jetzt übertreibst du aber!" lachte Aset. „Mein Gemahl weiß, daß ich ihn jedem Habichtgesichtigen aus dem Land des Eisens vorziehe! Auch wenn der, das gebe ich zu, reizende Artigkeiten zu sagen weiß."

Tausret ergriff Bais Ellbogen und lächelte ihn strahlend an. „Bai, sei so gut und geleite mich zum Palast. Ich bin müde und wünsche, mich zur Ruhe zu begeben. Unterhalte mich auf dem Weg dorthin."

Bakenptah legte seinen Arm um Aset und nickte der künftigen Königin zu. „Vielleicht gelingt es dir, unserem Freund Bai fesselnde Geheimnisse zu entlocken! Wenn ja, laß es mich unverzüglich wissen!"

Als Bakenptah und Aset verschwunden waren, legte Tausret ihre Hand auf Bais Unterarm. „Und nun, *Sedjauti Biti*, erzähle mir von Cha-em-hedjet." Sie lächelte nicht mehr.

„Wie lange wird es dauern, bis diese Schriftstücke unseren König, den von Asch Gesegneten, erreichen?" Cha-em-hedjet reichte die in Leder gewickelte Mappe einem hochgewachsenen, hageren Mann. Er war in einen dunklen Umhang gewandet, wie ihn Bewohner der Wüste in der Kühle der Nacht zu tragen pflegen.

„Meri und seine tapferen Männer sind näher, als man hier ahnt", antwortete er. „Das Hauptlager befindet sich nur noch fünfzehn Tagesmärsche von hier. Beinahe täglich stoßen weitere Stämme zu ihm, und wenn er das hier bekommt ...", er hob die Mappe hoch, „... dann sieht es nicht gut aus für den alten Merenptah!"

„Weitere Nachrichten sind nicht nötig", meinte Cha-em-hedjet. „Wenn unser König die Schriftstücke gelesen hat, wird er nur auf eine einzige Art antworten wollen." Als der Bote zur Tür ging, setzte er hinzu: „Suko! Ich brauche nicht zu betonen, welche Bedeutung dein Auftrag hat! Sei wachsam und vor allem unsichtbar!"

„Verlaß dich auf mich! Asch sei mit dir, Herr!"

„Er wache über deine Schritte", antwortete der und sah zu, wie Suko die Mappe in den Gürtel schob und verschwand. Dann wischte er sich den Schweiß von der Stirn und stützte sich schwer auf den katzenförmig geschnitzten Knauf seines Bettgestells. Der Tag der Entscheidung rückte näher. Jetzt würde das Land Ägypten bluten müssen, dieser papyrusknisternde Staat mit seinen überheblichen Beamten, seinen tierköpfigen Göttern und dem unerträglich hochmütigen, gichtkranken, greisen Gott an der Spitze. Seine Rache würde sich vollenden; vollkommen gestaltet wie ein Kunstwerk würde sie Kemet in blühende Lande der *Tjehenuiu* und *Libu* verwandeln.

Cha-em-hedjet schloß die Augen. Seine Gedanken flogen zwei Jahre zurück, zu einem Tag im ersten Monat des *Peret*. Nie würde er vergessen, wie er sein meisterhaftes Ränkespiel eingefädelt hatte.

Er war vom Großen Haus zur libyschen Grenze entsandt worden, wo er ein neues Abkommen zur Sicherung der Handelswege abschließen sollte. Nach zähen Verhandlungen mit Meri lag endlich ein Vertrag vor, und diesen Erfolg hatte man gemeinsam gefeiert. Ein wohlschmeckendes Mahl war zu Ende gegangen, und der Duft von Honig und Mandeln schwebte noch in der Luft. Außer Meri und Cha-em-hedjet hatten alle Gäste das Prunkzelt verlassen.

„Du bist zufrieden mit unserer Vereinbarung, großer König?"

„Vorerst schon", sagte Meri und nahm einen Schluck Wein. „Aber ich würde eine oder zwei Karawanenstraßen ohne ägyptische Überwachung als sozusagen vertrauensbildende Maßnahme durchaus begrüßen."

Cha-em-hedjet wartete. „Ich finde die Überwachung deiner Händler und Abgesandten demütigend für dich und deine Stämme", erklärte er dann.

Meri starrte ihn an. „Verstehe ich dich richtig? Du findest die Maßnahmen deines Herrschers demütigend für mich?"

„Handelt so ein König gegenüber einem anderen, einem gleichberechtigten König? Dieses Abkommen besteht aus Befehlen Merenptahs an einen weit unter ihm stehenden Stammeshäuptling."

Meri zuckte sichtbar zusammen, als Cha-em-hedjet den Namen des Pharao so lässig hinwarf und dabei die Ehrenformel wegließ. Eine Pause entstand. Der Libyer brauchte eine Weile, um seine Verblüffung zu meistern und den einzig richtigen Schluß aus diesen Äußerungen zu ziehen. „Ich nehme an", sagte er gedehnt, „du sprichst jetzt nicht in Pharaos, sondern in deinem eigenen Namen."

„Ich bewundere deinen Scharfblick, Meri! Du bist wahrlich der Beste, genau wie damals!"

„Wie damals? Sollte ich dich kennen?"

Cha-em-hedjet lächelte sein Krokodilslächeln, und Meri lief ein Schauder über den Rücken. „Das vielgeprobte Ende des ‚Krieges gegen die ägyptischen Würmer' steht noch aus! Wir waren noch Kinder, als wir diesen Kampf begannen."

„Beim rächenden Arm des Gesegneten! Wer bist du?"

„Viele Jahre sind verflossen, seit Asch sein Haupt verhüllte, weil eines seiner blühenden Dörfer an der Grenze zu Kemet in Flammen aufging. Der Ratsvorsteher dieses Orts war ein Berater deines Vaters."

„Goren! Sprichst du von Goren? Der mitsamt seiner Familie und allen Bewohnern des Dorfes getötet wurde?"

„Nicht alle erwischten die blutgierigen Ägypter. Einer entkam."

„Wer bist du?" wiederholte Meri.

„Einer schwor Rache", fuhr Cha-em-hedjet fort. „Für die Rache lebt er seitdem." Er stand auf und neigte das Haupt. „Mein König! Vor dir steht Wesa, Gorens Sohn!"

Hui, der Einäugige, drückte sich an den Stamm einer Akazie am Rand eines kleinen Platzes, dessen Mitte ein gemauerter Brunnen bildete. Von hier aus hatte er den besten Ausblick auf das von Papyrusbündelsäulen eingerahmte Tor zu Cha-em-hedjets palastartigem Haus. Die Nacht war schon hereingebrochen, als ein hochgewachsener, sehr magerer Mann herauskam. Hui holte tief Luft. Da war er wieder! Und nun trug er eine Mappe im Gürtel!

Das Tun und Lassen des königlichen Schreibers Cha-em-hedjet zu beobachten hatte Erkenntnisse zutage gefördert, die Bais Miene verdüstert, Huis Sammlung von Silberringen aber beträchtlich vergrößert hatten. Bai pflegte gute Arbeit großzügig zu belohnen. Vor zwei Tagen hatte Hui, unter dem Vordach eines Taubenhauses kauernd, Cha-em-hedjet und den langen Kerl belauscht. Was sie flüsterten, hatte er nicht verstehen können. Aber daß sie miteinander in einem *Libu*-Dialekt sprachen, hatte er durchaus gehört. Wie unter Eingeborenen der westlichen Wüste ging es hin und her.

„Cha-em-hedjet spricht die Sprache des Feindes, als wäre er selber einer?" fragte Bai fassungslos, als Hui, von oben bis unten mit Taubenkot besudelt, vor ihm stand. Hui nickte. „Ich muß wissen, welches Spiel der königliche Schreiber spielt. Reinige dich, Hui, und beobachte weiter. Keinen Augenblick darfst du Cha-em-hedjet aus den Augen lassen. Außerdem mußt du alles selbst erledigen. Niemand sonst darf davon erfahren!"

Eineinhalb Tage hatte Hui den Königsschreiber Cha-em-hedjet beschattet, ohne daß sich etwas Auffälliges ereignet hätte. Bis zu diesem Tag.

Hui kostete es wenig Mühe, der dürren Gestalt durch die engen Gassen des Perunefer-Viertels im Süden von Men-nefer zu folgen. Der Bursche rechnete nicht mit einem Verfolger und sah sich daher nur flüchtig um. Dunkle Torwege und Abfallhaufen boten Hui ausreichend Schutz. Im *Anch-Taui*-Bezirk konnte Bais alter Diener ihm allerdings nicht mehr so dicht auf den Fersen bleiben, wenn er nicht auffallen wollte. Hier waren die Straßen wesentlich breiter und wurden von Dienern peinlich rein gehalten. Hui huschte von einer Platane zur nächsten, immer bereit, sich notfalls mit einem Sprung über eine Hecke zu retten. ‚Ich werde allmählich zu alt für diese Arbeit', dachte er. Früher war er bei derartigen Verfolgungen nicht so ins Schwitzen geraten, hatte sein Herz nicht so wild geklopft.

Bereits für Bais Vater hatte Hui all die Aufträge übernommen, die besonderes Geschick erforderten. Wenn der hurritische Händler Jaksamu Einzelheiten über seine Handelspartner erfahren wollte, über die sie selbst schwiegen, beschaffte Hui die gewünschten Auskünfte. Nach Jaksamus Tod übertrug der Einäugige seine Ergebenheit ganz selbstverständlich auf den Sohn. Das war eine kluge Entscheidung, die er nie zu bereuen brauchte. Dank Bais schwindelerregendem gesellschaftlichen Aufstieg spielten sich die unauffälligen Nachforschungen nun nicht mehr unter Händlern und Marktschreiern, sondern in Hofkreisen ab.

Der Alte blieb stehen und wischte sich den Schweiß von der Stirn. Hier war bereits der Stadtrand. Wollte der Mann hinaus? Darauf war Hui nicht eingestellt. Er lauschte, doch außer seinem eigenen keuchenden Atem und dem Sirren von Zikaden in den Gärten war nichts zu hören. Vor ihm dehnte sich die mondbeschienene Straße, die schnurgerade nach Westen verlief. Der Verfolgte befand sich etwa zweihundert Ellen vor ihm. Jetzt war er bei den letzten Häusern des Viertels angelangt, Anwesen, die bereits an die Wüste grenzten und hochrangigen Priestern der Totentempel gehörten. Wollte er in die Totenstadt?

Nach der Mauer des letzten Gartens vor der Wüste führte die Straße über eine kleine Kanalbrücke und verjüngte sich zu einem

Feldweg, der sich als schmaler Pfad durch dürres Gestrüpp und Dornbüsche und weiter durch Dünen und Geröll wand. Am Anfang des Feldwegs stand eine kleine Hütte, in der sich der „Wächter des Totenpfades" aufzuhalten pflegte. In einem Anbau standen Esel, die zur Beförderung von Opfergaben für die Totentempel gemietet werden konnten.

Hui sah sich nach dem Wächter um, konnte ihn aber nicht sehen. Der hagere Fremde lehnte unter einem windschiefen Vordach. Er sprach zu jemandem, der auf der stadtabgewandten Seite des Häuschens stand. Leider war es Hui unmöglich zu verstehen, was die beiden sprachen. Also ließ er sich auf Knie und Hände nieder und kroch näher. Er achtete sorgfältig darauf, wohin er die Hände setzte. Jederzeit mußte man mit Giftschlangen oder Skorpionen rechnen. Das Licht des Mondes und der Sterne reichte gerade aus, um ihn keine tödlichen Fehler begehen zu lassen.

Noch hatten die beiden Männer Huis Anwesenheit nicht bemerkt. Das Skelett, wie Hui bei sich den dünnen Burschen nannte, sprach immer noch eindringlich auf jemanden hinter der Ecke ein. Auf den Wachmann? Soweit Hui wußte, war dieses Wächterhäuschen ständig besetzt, denn hier begann einer der drei Wüstenpfade zur Totenstadt der großen Götter. Er beschloß, sich im Innern der Hütte zu verbergen. Dort würde er ungesehen bleiben. Aber seine Hoffnung, die Worte der Männer verstehen zu können, erfüllte sich nicht, denn sie bedienten sich ihrer *Libu*-Mundart.

Einer der Männer sprudelte einige Sätze hervor, während Hui sich durch die schmale Tür drückte und sich innen halb aufrichtete. Nach einem Schritt stieß er mit dem Fuß gegen etwas Weiches. Er stolperte und faßte in ein menschliches Gesicht. Der Wächter! Trotz seines Schreckens gelang es ihm, keinen Laut von sich zu geben. Er zwang sich, ruhig und regelmäßig zu atmen.

Nach einiger Zeit vernahm er ein Knirschen im Sand. Schritte entfernten sich. Hui kroch durch die Tür zurück nach draußen. Bedächtig erhob er sich und holte aus seinem Gürtel einen dünnen Strick. Bewegungslos, jeder Muskel gespannt, stand er da und lauschte. Nein, keine weiteren Schritte waren zu hören. Der zweite Mann mußte noch hiersein. Hui schlich um die Ecke.

Ein kleiner, fettleibiger Bursche mit kahlgeschorenem Kopf drehte sich um. „Was ...? Wer bist du?" schrie er auf ägyptisch.

Mit einem Blick erfaßte Hui die lederne Mappe, die neben ihm auf dem Boden lag. Er stürzte auf den Dicken zu und schlang ihm mit einer schnellen Bewegung das Seil um den Hals. Mit der rechten Hand hielt er beide Enden des Stricks zusammen, während er mit der linken die Fäuste seines Gegners abzuwehren suchte. Das war schwieriger als gedacht. War der Dicke besonders stark, oder machte sich auch hier das Nachlassen seiner Kräfte bemerkbar? Ein wuchtiger Schlag in die Magengrube nahm ihm den Atem. Diesen Kampf würde er nicht gewinnen.

Der Mann gurgelte Unverständliches und bohrte einen Daumen in Huis Auge. Hui fuhr zurück und ließ das Seil los. Im nächsten Augenblick heulte sein Widersacher laut auf. Hui hatte ihm das Knie zwischen die Beine gerammt. Jetzt hätte er ihn ohne Schwierigkeiten auf den Weg nach Westen schicken können, doch da sah er den Hageren zurückkehren. Nach einem weiteren Tritt stürzte der Beleibte in den Sand, krümmte sich und kreischte erbärmlich. Hui riß die Mappe an sich und hastete davon. Aus dem Augenwinkel sah er, wie das Skelett seinen noch immer schreienden Helfershelfer emporzerrte. Doch das kümmerte ihn nicht. Nichts gab es mehr als den Gedanken an Flucht. Er vernahm nur noch das Dröhnen in den Ohren und sein eigenes Keuchen. Er rannte, so schnell er konnte. Schon dehnte sich vor ihm die Straße, auf der er gekommen war. Als er ihr Ende erreichte, sah er sich um. Der Hagere war nicht mehr weit entfernt, und hinter ihm holte auch der beleibte Bursche auf. Bis zu Bais Palast konnte er es keinesfalls schaffen. Die beiden würden ihn längst vorher abfangen und erschlagen.

Hui bog in die Straße ein, die zum Bezirk der „Weißen Mauern" führte, und versuchte vergebens, die Panik in seinem Innern niederzuhalten. Ein flüchtiger Blick nach hinten, seine Verfolger hatten ihn beinahe eingeholt. Das war das Ende. Hui gab auf und verlangsamte seinen Schritt. Seine Knie zitterten, und der Schweiß rann ihm die Wangen hinunter. Da fiel sein Blick auf ein bronzenes Tor in der Mauer. Er traute seinen Augen kaum: Es stand einen Spalt weit offen. Er preßte sich durch die enge Öffnung, drückte das Tor zu und schob den Riegel vor. „Danke, Gott!" stöhnte er, und im selben Augenblick spürte er den Schlag von außen gegen das Tor. Die Verfolger waren angekommen. Hui schleppte sich zum Haus, die Mappe noch immer fest an den Leib gepreßt. Er stand vor einem Eingang mit schlanken Säulen, zu dem Stufen hinaufführten. Rhododendronbüsche säumten die Beete. Erleichtert blieb er stehen. Er wußte, wo er sich befand. Dieser Palast gehörte dem Hohenpriester Bakenptah.

Das Gesicht des Ptah leuchtete; weiß schimmerten die göttlichen Gesichtszüge in der Dunkelheit. Irinefer wagte kaum, den Blick zu erheben. Durfte ein Knabe mit seinen einfachen Wünschen vor den Gott hintreten?

„Laß meine Stimme an dein Ohr dringen, o Herr", murmelte er und gab sich Mühe, in demütigen, ehrerbietigen Worten zu sprechen. „Vergib meine Dreistigkeit, ewiger Ptah, Schöpfer von allem, was ist und was nicht ist. Alles, was ich begehre, ist, dir zu dienen, wie mein Vater es tut." Er überlegte, aber es wollten ihm keine weiteren wohlgesetzten Formeln in den Sinn kommen. „Mache mich zu deinem Hohenpriester", sagte er einfach. „Nichts möchte ich lieber, und Meti hat gar keine Lust dazu." Scheu wanderte sein Blick von den Füßen des Gottes über die geschlossenen Beine und die über der Brust gekreuzten Arme nach oben. Starr und glühend richtete der Gott seinen Blick auf ihn.

„Dein Herz muß gehärtet werden in den Feuern des Lebens, heiß glühen muß es in den Flammen … Flammen … Flammen …" Die Augen des Gottes spien Feuer. Es quoll zwischen seinen Lippen hervor und floß in rotglühenden Rinnsalen auf ihn zu. Irinefer versuchte zurückzuweichen, doch seine Füße bewegten sich nicht. Er stöhnte und riß die Augen weit auf. Das Zimmer war dunkel, und er saß aufrecht im Bett. Tränen rollten ihm über die Wangen, und über den Brauen sammelten sich kleine Schweißtröpfchen. Seine Hände kneteten das dünne Leinen, mit dem er zugedeckt war. Er hatte es naßgeschwitzt. Während er den regelmäßigen Atemzügen Tjeris und Metis lauschte, bemühte er sich, seiner Verwirrung Herr zu werden. ‚Ptah ist gütig', dachte er. ‚Er wird mir nichts antun. Ich will ihm doch nur dienen!'

Ein Krachen im unteren Stockwerk ließ ihn zusammenfahren. Was geschah dort unten?

„Wo also?" brüllte jemand.

Wer war das? Wer durfte sich erlauben, im Palast des Hohenpriesters von Men-nefer so zu schreien? Irinefer lauschte, aber die Stimmen verwischten sich zu einem unverständlichen Gemurmel. Es hielt ihn nicht mehr auf seiner Schlafstatt. Er sprang auf und schlich zur Tür.

Draußen auf dem Laufgang, der an den Schlafräumen der Familie entlangführte, regte sich nichts. Irinefer beugte sich über das Geländer. Unter ihm lag die große Empfangshalle. An den Längsseiten führten vier Türen in die Geschäftsräume und den Wirtschaftsflügel. Die Tür zu Bakenptahs Arbeitszimmer stand offen, und durch den Spalt flackerte Licht nach draußen. Ein heftiger Streit war im Gange.

„Das ist ein ungeheuerliches Verbrechen!" rief Bakenptah. „Niemals kann ich das zulassen!"

Irinefer zögerte. Vater wäre erzürnt, wenn er ihn hier anträfe. Sollte er sich zurückziehen? Aber er würde nicht mehr schlafen können. Also faßte er sich ein Herz und schlich die Treppe hinunter. Immer wieder blickte er über die Schulter zurück. Wo blieb Mutter? Aset klagte oft über ihren leichten Schlaf und behauptete, das Husten einer Mücke genüge, um sie aufschrecken zu lassen. An diesem Abend hatte sie anscheinend von ihrem Schlaftrunk genommen, denn die Tür zu ihren Gemächern blieb geschlossen. Was war mit den Geschwistern? Mit der Dienerschaft? Wie war es möglich, daß keiner aufwachte?

Als hätten sie Irinefers Gedanken erraten, dämpften die Männer ihre Stimmen. Nur ein Zischen drang in die Halle hinaus. Der

Knabe huschte von einer Säule zur nächsten, bis er endlich vor Bakenptahs Tür ankam. Er drückte sich mit dem Rücken fest an die Wand und spähte um die Ecke. Zwei Männer fuchtelten mit den Fäusten, dahinter stand Bakenptah mit dem Gesicht zur Tür. Einer der beiden trug ein buntes, knielanges Gewand mit fremdartigen Blattmustern. Seine hagere Gestalt erinnerte an verhungerte Sandbewohner, die in den Tempeln Men-nefers die Feldzüge verblichener Könige bebilderten. Eine ungepflegte Perücke saß ihm schräg auf dem Schädel. Als er sich zu seinem Begleiter drehte, sah Irinefer, daß seine Augen tief in den Höhlen lagen, der Unterkiefer ungewöhnlich stark vorstand und die Oberlippe durch einen häßlichen Spalt entstellt war. Der Begleiter war klein und dicklich.

„Wir haben den Kerl mit der Augenbinde gesehen!" schnarrte der Hagere. „Er ist hier hereingekommen!"

„Laß mich das machen, Suko!" fiel der Dicke ein. Langsam zog er ein Messer aus dem Gürtel, prüfte die Schneide mit dem Daumen und nickte zufrieden. „Ziemlich scharf, das hier." Dann sah er Bakenptah an. „Gib unser Eigentum zurück, das rate ich dir dringend!"

Eine Gänsehaut lief Irinefer den Rücken hinunter.

„Diese Blätter sind nicht euer Eigentum!" erklärte Bakenptah bestimmt. „Sie gehören Pharao, Leben, Heil, Gesundheit! Sie zu rauben zeugt von Hochverrat und Frevel an den Göttern. Und für diese Verbrechen werdet ihr einen furchtbaren Tod sterben!" Der Hohepriester blickte gelassen auf die beiden Männer, eher hochmütig als im Bewußtsein von Gefahr.

„Er sagt, wir werden sterben, Pes!" wandte sich der Bursche namens Suko an seinen dicken Begleiter. „Was meinst du dazu?"

Pes lachte leise. Das machte Irinefer mehr Angst, als jeder Zornesausbruch es vermocht hätte. „Du schätzt deine Lage nicht ganz richtig ein!" sagte der Mann sanft. „Wenn du uns die Schriftstücke nicht zurückgibst, sind nicht wir es, die sterben!"

„Cha-em-hedjets Sache ist zu Ende!" versetzte Bakenptah kalt. „Welchen Sinn sollte es haben, euch mit einem überflüssigen Mord zu belasten? Wenn ihr klug seid, gebt ihr auf."

„Nicht Cha-em-hedjet ist am Ende!" behauptete Suko. „Ägypten ist am Ende! Das Zweifache Land ist wie ein altes Weib ohne Zähne, und der König ist ein schwacher Greis. Hohe Zeit für einen Krieger, es zu beherrschen!"

„Wie Wasser ist deine Rede! Was für ein Krieger soll denn das sein?"

„Die Zeit ist reif für den Libyer!" erklärte Suko großspurig.

‚Warum ruft er nicht um Hilfe?' dachte Irinefer. Immer bereit, sich augenblicklich zurückzuziehen, schob er sein Gesicht etwas weiter in die Tür hinein. Seine und Bakenptahs Augen trafen sich, der Blick des Vaters glitt über ihn hinweg, als habe er nichts gesehen. Wahrscheinlich hatte nur Irinefer sein Stutzen wahrgenommen.

„Willst du damit sagen, du hältst einen Libyer für geeignet, Kemet zu regieren, einen Mann, der nichts von unserem Land versteht und unsere Götter mißachtet?"

Erleichtert zog Irinefer den Kopf zurück. Wenn der Hohepriester diesen nichtswürdigen Schurken, weniger wert als ein Sandfloh, in ein Gespräch verwickelte, dann wollte er Zeit gewinnen. Er hatte ihn also gesehen! Vaters Hoffnungen ruhten nun auf ihm! Leise entfernte er sich von der Tür. Er mußte Hilfe herbeiholen, und zwar rasch!

„Hör auf mit diesem Geschwätz!" fauchte Pes. „Wir warten nicht länger! Her mit der Mappe, oder die da stirbt!"

Eine Frau schrie auf. Irinefer fuhr herum. Mutter! Deshalb hatte Bakenptah keinen Tumult entfacht! Irinefer rannte zur Tür zurück. Was er sah, schnürte ihm die Kehle zu.

Aset lag auf dem Bauch, Hände und Füße auf dem Rücken gefesselt. Wie einen Sack schleifte Suko sie vor den Hohenpriester und ließ sie fallen. Pes hob das Messer.

„Mutter!" schrie er auf.

„Lauf!" rief Bakenptah. „Schnell! Lauf zu Bai! Es ist ..."

„Irinefer!" rief Aset schrill. „Nicht!"

Draußen schlugen Türen. Rufe erklangen.

„Verflucht!" schrie Suko. „Verflucht seist du!" Er floh zur Tür, prallte mit Irinefer zusammen, stieß ihn zu Boden und verschwand.

„... Cha-em-hedjet!" Pes stieß mit dem Messer nach dem Hohenpriester, und Bakenptahs Stimme erstarb.

Wieder blitzte das Messer in der erhobenen Faust. Ein Schrei zerriß die Luft.

„Nein!"

Wer war es, der schrie, sein Vater, oder er, oder der Verbrecher? Der fliehende Pes stieß ihn zur Seite, das blutige Messer streifte seine Wange. Irinefer stürzte zum Vater und sank neben ihm in die Knie. Der Hohepriester lag auf dem Rücken und atmete rasselnd. „Geh zu Bai!" flüsterte er und schloß die Augen.

Aset kroch auf ihn zu. „Iri!" rief sie ihrem Sohn zu. „Komm zu mir und binde mir die Arme los!"

Aber der Knabe war wie gelähmt. Fassungslos starrte er auf die Wunde in Bakenptahs Brust. Blut quoll hervor und floß in einem Rinnsal zu Boden. Der Hohepriester schien mit der Hand nach etwas greifen zu wollen, das unsichtbar vor ihm in der Luft hing.

„Bakenptah!" Aset hatte den Daliegenden erreicht und legte den Kopf an seine Schulter.

Wieder griff Bakenptah ins Leere. Sein Fuß trommelte auf die Steinplatten des Bodens. Der Verletzte bemühte sich, die Augen zu öffnen, wollte sprechen. Irinefer brachte das Ohr so nah wie möglich an den Mund des Vaters. Er konnte nichts verstehen, denn in diesem Augenblick stürzten der Haushofmeister und weitere Diener in den Raum. Einer löste Asets Fesseln. Ein anderer griff Irinefer an den Schultern, doch der schüttelte ihn ab und heulte durch seine zusammengebissenen Zähne. Der Mann ließ ihn sofort los.

Noch immer rang Bakenptah um Worte. Endlich konnte Irinefer etwas verstehen. „Schrift ... zu Bai ..."

„Bakenptah!" Aset weinte. „Laß mich nicht allein!"

Der Verletzte schlug die Augen auf. Sein Blick suchte und blieb an seinem Sohn hängen. „Nimm die Schreiben ... Truhe ... Schlafraum", stammelte er. „Gib sie Bai ... rasch wie möglich!"

„Ja, Vater! Ich tue alles, was du willst!"

„Der Gott ist es, der ruft." Die Stimme des Sterbenden klang jetzt klar und ruhig. „Er duldet keinen Aufschub." Dann richtete er seinen

Blick auf Aset. „Ich verbrachte meine Lebenstage ... in Liebe ... zu dir." Der Atem wurde flach, und mit jedem Wort machte ihm das Sprechen mehr Mühe. Die Wunde blutete nicht mehr. Langsam glättete sich das Gesicht, und die Atemzüge kamen zögernder. Dann hörten sie auf.

Eine Stunde später schlief niemand mehr im Palast Bakenptahs; wie ein Lauffeuer hatte sich die Nachricht von dem Mordanschlag verbreitet. Dienerinnen weinten, Verwalter und Schreiber rätselten flüsternd über die Hintergründe der Tat. Sklaven eilten mit verstörten Mienen, die Befehle des Haushofmeisters zu erfüllen. Bakenptahs Schreiber gaben mit gedämpften Stimmen Anweisungen. Der Mord am Hohenpriester von Men-nefer war ein Trauerfall nicht nur für die Familie, sondern ein Verhängnis für das Land. Pharao mußte unterrichtet werden, die *Semeru* und die hohen Staatsdiener.

Die Nachricht hatte Tausret, die Gemahlin des Thronfolgers, mehr getroffen, als diese sich zunächst eingestehen wollte. Es beunruhigte sie stets, wenn ihr deutlich wurde, daß in dieser Welt etwas geschehen konnte, das sich ihrem Einfluß entzog. Außerdem fühlte sie ehrliches Bedauern. Sie hatte den Hohenpriester wegen seiner Unbestechlichkeit mehr als jeden anderen geschätzt, von Bai oder dem jungen Hori vielleicht abgesehen. Bakenptah hatte sich den Ränkespielen und Machtkämpfen auf eine Weise entzogen, die sie zwar nicht verstand, die sie aber beeindruckte.

Tausret lehnte sich in die Kissen ihrer Sänfte zurück, schob die Vorhänge etwas zur Seite und sah auf die nächtlichen Straßen Mennefers hinaus. Offenbar hatte die Todesnachricht im *Anch-Taui*-Bezirk schon die Runde gemacht. Überall flackerten Fackeln vor den Häusern, und Diener eilten mit einer für diese Nachtstunde ungewöhnlichen Geschäftigkeit umher.

„Schneller! Beeilt euch!" rief sie den Trägern zu, und ihre Muskeln spannten sich, als wäre sie es selbst, die über die Straße eilte.

Die Sänfte bog in die breite Auffahrt zu Bakenptahs Palast ein.

Neben den Stufen zum Tor stand eine zweite Sänfte, aus der gerade ein Mann ausstieg. Tausret seufzte erleichtert.

„Königliche Hoheit!" Bai verbeugte sich.

Tausret blickte ihn scharf an. Der Siegler hatte geweint. Seine Trauer stand ihm so deutlich ins Gesicht geschrieben, daß auch sie die Augen niederschlug, die Stimme senkte und mehr Schmerz in ihre Worte legte, als sie empfand. Sie war sich dessen kaum bewußt; seit ihrer Mädchenzeit antwortete sie so mit der Sprache ihres Körpers, ohne darüber nachzudenken.

„Ich war entsetzt, als ich von diesem Unheil erfuhr. Was soll nur aus unserem Geliebten Land werden, wenn Männer wie Bakenptah durch die Hand eines Mörders fallen? Wie werden wir diesen Verlust ertragen? Wer war es? Du weißt es längst, habe ich recht? Sprich zu mir, *Sedjauti Biti*!"

„Du liest meine Gedanken, als lägen sie aufgeschrieben vor dir", sagte er. „Du hast recht. Ich denke das gleiche wie du. Laß uns hineingehen."

In der Eingangshalle hatten sich die ersten Trauerbesucher eingefunden. Sie standen in kleinen Gruppen beieinander und rangen sichtlich um Fassung. Als sie Tausrets und Bais ansichtig wurden, verstummten sie. Aus den angrenzenden Räumen vernahm man Murmeln und leises Schluchzen.

‚Er hat sich widersetzt', dachte Bai voll Gram, als er vor dem auf einer Bahre ausgestreckten Leichnam des Hohenpriesters stand. ‚Einer wie er nimmt den Tod ohne mit der Wimper zu zucken in Kauf, wenn er Kemet damit retten kann.' Warum hatte er auf Huis Nachricht nicht augenblicklich Maßnahmen ergriffen? Im Gegensatz zu ihm hatte Cha-em-hedjet sofort gehandelt, als er vom Verlust der Schriftstücke erfuhr.

Aset saß zusammengesunken auf einem Schemel. Sie hatte das Gesicht in den Händen verborgen. Eine Dienerin räumte zwei Becher fort, eine andere bot ihr schüchtern ein Kissen an, was sie mit einer Handbewegung ablehnte.

„Aset, liebste Freundin, es tut mir so leid!" Tausret schob sich an Bai vorbei. „Er war ein großer Mann!"

„Darf ich hinaus?"

Bai sah die Söhne Bakenptahs an der Wand lehnen. Das Mädchen war nicht zu sehen. Irinefers Gesicht wirkte versteinert, er war sehr blaß. Meti konnte seinen Blick nicht von dem Toten wenden. Er rang sichtlich um Fassung. Tjeri ging zur Tür. Niemand hatte auf seine Frage geantwortet.

Irinefer durchquerte den Raum. „*Sesch Nisut*, ich muß dir etwas sagen!"

Bai verschränkte die Arme und wartete.

„Bevor mein Vater starb, trug er mir auf, dir einige Schriftstücke zu geben."

„Bevor er starb? Du warst anwesend, als Bakenptah getötet wurde?"

„Ja. Sie drohten, meine Mutter ..."

„Um der Götter willen, Aset war auch hier?" Bai zog Irinefer beiseite. „Erzähle mir genau, was geschehen ist!"

Wenn der Knabe und seine Mutter die Mörder gesehen hatten, waren sie in höchster Lebensgefahr. Während er zuhörte, erwog Bai im stillen bereits die Möglichkeiten, sie in Sicherheit zu bringen. „Laß uns keine Zeit verlieren", befahl er, als Irinefer geendet hatte.

Draußen in der Halle sammelten sich weitere Besucher. Der Haushofmeister ließ Sessel und kleine Tische aufstellen; Sklaven boten Wasser und kühlen Wein an.

„Mein Vater", sagte Irinefer leise, „bekam die Schriftstücke erst gestern abend. Ich sah, wie der Einäugige sie ihm übergab."

Bai nickte. „Ich weiß. Der Einäugige ist mir gut bekannt."

„Ja? Woher ..." Irinefer brach ab. Er starrte über Bais Schulter. Blässe überzog sein Gesicht. „Dort ist einer! Der war dabei!"

Bai fuhr herum. Durch die Eingangstür schritt der königliche Berater Hori. Hinter ihm drückte sich eine lange, hagere Gestalt mit abgewandtem Gesicht an der Wand entlang.

„Der Mörder!"

Alle Köpfe drehten sich zuerst zu Irinefer, dann zu der Gestalt, die wie erstarrt stehenblieb.

„Nehmt ihn fest!" rief Bai.

Sofort entstand ein wirbelndes Durcheinander. Der Fremde sprang zur Eingangstür zurück. Er riß dabei eine vornehm gewandete Frau um, die einen gellenden Schrei ausstieß. Dann verschwand er um die Ecke. Der Haushofmeister und ein Diener setzten dem Flüchtenden nach. Die Anwesenden brüllten durcheinander. Niemand dachte in diesem Augenblick daran, daß man sich in einem Trauerhaus befand, sondern verlangte nach Medja-Soldaten und nach Truppen Pharaos.

Irinefer starrte mit weit aufgerissenen Augen vor sich hin und bewegte die Lippen. Beunruhigt versuchte Bai zu hören, was er sprach, konnte aber nichts verstehen. Einen Lidschlag lang sah er sich die Geburtslaube in Tjeni Nefer betreten, Henutmira drehte sich um, Wahnsinn im Blick, und reckte einen Säugling in die Höhe. Trug der Knabe den Keim des Verderbens in sich?

Mit hartem Griff zog er ihn hoch und schüttelte ihn. „Komm zu dir!" schrie er. Dann tat er etwas, das er sich unter gewöhnlichen Umständen niemals erlaubt hätte. Er nahm Irinefer in die Arme und drückte ihn fest an sich. So verharrte er ein wenig, klopfte ihm tröstend auf den Rücken und widerstand der Versuchung, ihn auf die Stirn zu küssen. ‚So wäre es gewesen', dachte er. Als er spürte, wie der Körper des Knaben sich entspannte, ließ er ihn los, trat einen Schritt zurück und räusperte sich. „Geht es wieder besser?"

Irinefer fühlte sich unbehaglich ob der plötzlichen Nähe zum Königlichen Siegler. Aber er war sichtlich der Gegenwart wiedergegeben. „Ja", sagte er nur.

„Der Verbrecher wird seiner Strafe nicht entgehen, darauf kannst du dich verlassen! Jetzt gib mir die Schriftstücke, wie dein ehrwürdiger Vater es wollte."

Irinefer nickte und stieg die Treppe hinauf. Bai folgte ihm. Der Schlafraum Bakenptahs lag in Halbdunkel getaucht. Zwei Fackeln in Haltern an den Längsseiten des Raums gaben schwaches Licht. Unter der einen stand eine Truhe mit giebelförmigem Deckel. Als Irinefer ihn emporhob, klappte die Vorderseite der Kiste heraus und entfaltete sich in viele stufenförmig angeordnete Schubladen. Bai zog eine nach der anderen auf. Er fand Papyrusbogen darin, die meisten unbeschrieben, dazu Schreibgriffel sowie schwarze und rote Farbtiegel. Eine Lade enthielt wertvollen Goldschmuck, eine andere Halsschmuck und Gürtelschnallen aus Lapislazuli und Elfenbein, silberne Spangen mit Skarabäen aus Rubinen und Mondstein. Auf feinstes Leinen gebettet, lagen Knäufe für Spazierstöcke und kostbare Armreifen in Schlangenform.

Dann fand er, was er suchte.

Die Mappe war mit einem ledernen Band zugebunden. Bakenptah hatte sie zwischen einzelne Blätter mit frommen Sprüchen und Liedern geschoben, weit nach hinten, so daß Bai sie erst entdeckte, als er den ganzen Stapel herausfischte.

„Das ist es!" rief Irinefer. „Du hast es gefunden!"

Bai nestelte an der Schnur und öffnete den Knoten. Das erste Blatt war eine Karte. Bai erkannte die Reihe der ägyptischen Befestigungsanlagen in den beiden Neith-Gauen. Zusätzlich eingezeichnet fanden sich die Aufmarschlinien der Heerschar des Amun, die im Ernstfall zur Verteidigung dieses Gebietes vorgesehen war. Das nächste Blatt enthielt den Grundriß der Anlage *Amun zerschmettert die elenden Feinde*, dem Hauptlager von Heerführer User. Dann folgten zwei engbeschriebene Papyri mit Anweisungen des Thronfolgers an den Großen der Truppe. Weitere Karten schlossen sich an.

Bai pfiff leise durch die Zähne. Wer diese Aufzeichnungen besaß, konnte sich ein genaues Bild über die Besatzung der Heerlager im westlichen Mündungsgebiet machen, er erhielt Kenntnis über die unterägyptischen Verteidigungsanlagen und die Aufmarschlinien des Heeres. Diese Schriftstücke lieferten Ägypten einem aus dem Westen kommenden Feind vollständig aus.

„*Sesch Nisut*?" Irinefer hatte noch etwas auf dem Herzen. „Mein Vater ..." Er stockte.

„Er hat noch etwas gesagt, nicht wahr?"

„Ja. Er nannte einen Namen."

„Sprich!"

„Cha-em-hedjet. Der Name war Cha-em-hedjet."

„Das dachte ich mir!" Eine klare, weibliche Stimme meldete sich von der Tür. Bai brauchte sich nicht umzudrehen, um sie zu erkennen. „Das ist der Beweis, nicht wahr, Bai?" fuhr Tausret fort. Sie glitt lautlos neben ihn. „Dir ist es wohl nicht recht, daß ich es gehört habe?"

„Du sollst wissen, was ich weiß!" log Bai. „Du bist ja verschwiegen."

„Was glaubst du, wo ich lebe?" Tausret rümpfte spöttisch die Nase. „Zeig mir die Blätter!"

Als Bai zögerte, gewann ihre Forderung an Schärfe. „Bai! Ich sagte, ich will diese Schriftstücke sehen! Vergiß nicht ..."

„Verzeihung, Hoheit!" unterbrach Bai. „Selbstverständlich." Er reichte ihr die Papyri; sie blätterte und überflog den Inhalt. „Bei Amun und allen Göttern!" flüsterte sie. „Das ist unfaßbar! Wenn mein Gemahl das sähe! Und erst der Gute Gott, Leben, Heil, Gesundheit! Hast du bemerkt, daß kein Name darin steht? Nirgends ist ein Schriftstück unterzeichnet. Cha-em-hedjet hat Vorsicht walten lassen."

Bais Unbehagen wuchs. Er durfte Cha-em-hedjet nicht verhaften, ohne seine Mitverschwörer zu kennen. Außerdem würden die Papyri den Hochverrat nur in Verbindung mit Irinefer oder Aset beweisen können. „Hoheit!" sagte er. „Dieser Knabe und Aset müssen fort, und zwar auf dem schnellsten Wege. Wenn sie bis zum Aufstieg Ras nicht verschwunden sind, dann sind sie so gut wie tot."

„Ich will nicht fort!" schrie Irinefer auf. „Bitte laß mich hierbleiben! Ich werde achtgeben und mich verbergen!"

„Sei ruhig, Kind! Es ist ja nur zu deinem Besten!" sagte Tausret nur mäßig freundlich. Zu Bai gewandt fuhr sie fort: „Für Aset werde ich sorgen. Ich bringe sie ..."

„Irinefer!" unterbrach Bai und legte den Arm um ihn. „Bitte gehe hinunter zu deiner Mutter und deinen Brüdern. Da du ein kluger und fast erwachsener junger Mann bist, brauche ich dir nicht zu erklären, daß dein Leben, das deiner Mutter und das anderer Leute von deinem Schweigen abhängt. Du sprichst mit niemandem ein Wort über das, was dir in diesem Raum zu Ohren gekommen ist. Mit niemandem, hörst du?"

„Muß ich fort?" fragte Irinefer mit erstickter Stimme. „Muß ich wirklich fort?"

„Ja, das ist nicht zu vermeiden. Aber ich verspreche dir, daß derjenige ... nein, ich werde dich selbst dorthin begleiten, wohin du gehen wirst."

Tausret warf Bai einen verwunderten Blick zu, zuckte mit den Schultern und wartete geduldig, bis Irinefer draußen war. „Du magst den Knaben!" stellte sie fest. „Weißt du schon, wo du ihn verstecken wirst? Was Aset anbetrifft, sei ohne Sorge. Ich besitze ein kleines Landgut in der Nähe von Itj-Taui, sehr abgelegen und meines Wissens niemandem bei Hofe bekannt. Dort könnte sie leben, gut bewacht und beschützt. Wenn sie will, kann sie ihre Tochter mitnehmen."

„Das ist ein guter Vorschlag. Du bist großmütig."

„Es ist mir ein Vergnügen", sagte sie, hob ihre schmalen, beringten Hände und betrachtete sie gegen das Licht. „Was hast du mit deinem Schützling vor?"

„Ich weiß es noch nicht. Zunächst werde ich ihn ein paar Tage in meinem Haus verbergen. Ich muß Pharao, Leben, Heil, Gesundheit, Bericht erstatten und ihn bei der Auswahl eines neuen Hohenpriesters beraten. Erst dann kann ich fort."

„Aber in siebzig Tagen spätestens mußt du zurück sein!"

„Ich fehle nicht bei der Beisetzung des Hohenpriesters."

Tausret sah ihm aufmerksam ins Gesicht. „Du bist ein seltsamer Mann. Bei Gelegenheit mußt du mir etwas von dir erzählen."

„Bei Gelegenheit, ja ..."

„Keine Angst, du mußt mir keine vertraulichen Einzelheiten offenbaren", lachte Tausret freudlos. „Ich nehme die Schriftstücke mit mir, wenn du nichts dagegen hast. Bei mir sind sie sicher."

Das gefiel Bai nicht. „Ich möchte Cha-em-hedjet noch nicht gleich ans Messer liefern", sagte er langsam.

„Selbstverständlich!" pflichtete Tausret bei. „Erst wenn wir wissen, ob er Verbündete hat." Aus ihren schwarzen Augen schienen Fünkchen zu sprühen. „Und noch etwas: Wenn Cha-em-hedjet Verbindung mit unseren libyschen Feinden hat, ihnen Nachrichten und

Unterlagen zuspielt, dann können wir das doch für unsere Zwecke nutzen!"

Bai nickte anerkennend. Das hatte er sich auch schon überlegt. „Ich danke den Göttern auf den Knien, daß du mir gewogen bist, meine künftige Königin! Und ich bedaure jeden, der dein Feind sein muß."

# NEUGEBURT

Die Reise von Men-nefer nach Waset verlief ohne Zwischenfälle. Zwei Tage nach dem Tod Bakenptahs hatte Bai mit Irinefer ein Flußboot mit dem klangvollen Namen *Distel-von-Hebenu* bestiegen. An Deck hatte sich bereits eine Gruppe von Händlern niedergelassen. Sie waren lärmende, lebenslustige Männer, die im Auftrag des Ptah-Tempels nach Abdju und Waset reisten, um Leinen feilzubieten.

Zunächst hatten die Kaufleute versucht, Bai und Irinefer in ihr Geplauder einzubeziehen. Bald aber begriffen sie, daß die beiden in Ruhe gelassen werden wollten. Also überließen sie den eigenbrötlerischen Mann mit dem schweigsamen Knaben sich selbst. Keiner von ihnen hätte in dem einfach gekleideten Schreiber, der mit seinem jungen Schüler reiste, einen der vornehmsten und einflußreichsten Hofbeamten vermutet.

Bai saß auf einem zusammengerollten Tau und lehnte mit dem Rücken an der Reling. Er las in einer Papyrusrolle, blickte ab und zu auf und lächelte Irinefer zu. Dieser kauerte neben ihm, die Arme um die Knie geschlungen. Gern hätte Bai gewußt, was in ihm vorging. Aber Irinefer verzog keine Miene, wenn sein Blick dem Bais begegnete. Der Ältere fand diese Teilnahmslosigkeit beunruhigend. Wäre es nicht hilfreicher, ja angemessener gewesen, Fragen zu stellen oder über den Schmerz zu sprechen?

Bai rollte seinen Papyrus zusammen, verstaute ihn in seinem Beutel und sah zum Ufer hinüber. Kleine Dattelpalmenwäldchen beschirmten das Flußufer, winzige Dörfer mit flachen, aus Nilschlammziegeln gebauten Häusern drängten sich keilförmig zwischen die Felder. Kinder sprangen im flachen Wasser am Ufer umher, andere schöpften Wasser in kleine Krüge und schleppten sie davon. Gleichmütig trotteten Esel und Maultiere mit verbundenen Augen im Kreis, um Wasserräder zu drehen. Die an den Rädern befestigten Eimer gossen das Wasser in die Kanäle. Halbwüchsige Burschen bedienten Hebebrunnen am Ufer.

Von Zeit zu Zeit kam das Schiff an Tempeln längst dahingegangener Pharaonen vorbei, alter, ehrwürdiger Götter, deren Namen nur noch wenige Priester kannten. Manche Gotteshäuser zeigten bereits deutliche Spuren des Verfalls, Dächer und Tortürme waren teilweise eingestürzt. In anderen Tempeln fanden Opferhandlungen statt, und Reihen singender Priester schritten durch die Hallen.

Ob Cha-em-hedjet bereits nach Irinefer suchen ließ? Wenn dem so war, hatte die *Distel-von-Hebenu* seine Aufmerksamkeit jedenfalls nicht erregt. Wieder streifte Bai seinen jungen Gefährten mit einem Blick. ‚Mögen die Ewigen ihm ein gutes Los bescheren', dachte er, erleichtert, daß er im Augenblick weder für Unterhaltung noch für Trost sorgen mußte. Doch wie sonderbar war es, daß der Knabe nichts über sein künftiges Leben zu wissen begehrte! Nichts darüber und nichts über die Umstände, die zu diesem Unheil geführt hatten.

Bai quälte sich mit Schmerz und Reue. Nachlässig war er gewesen! Er hätte den Mord verhindern können, wenn er geistesgegenwärtig gehandelt hätte! Wie sollte er dereinst nach seinem Tode vor Osiris treten? Durfte er überhaupt noch auf göttliches Verzeihen hoffen? Auf ein jenseitiges Dasein als ein Gerechtfertigter?

So vergingen die Tage auf dem Schiff großenteils in Schweigen. Als die *Distel-von-Hebenu* im Hafen von Waset anlegte, stand Bai mit Irinefer an der Reling und hielt nach einem Bootsverleiher Ausschau. Sie wollten den Fluß überqueren.

Nach Djehuti brachte er nun auch seinen zweiten Sohn nach Waset, verwunderte sich Bai im stillen. Einst hatte er nichts mit ihrem Schicksal zu tun haben wollen!

„Ein Boot mieten willst du? Warum nimmst du nicht die Fähre? Du hast es wohl recht üppig?" Ein muskelbepackter Hafenarbeiter musterte Bai mißtrauisch und wies auf zwei staubbedeckte, kistenschleppende Gestalten, die auf einen Bootssteg zustrebten. „Folgt den Trägern dort. Da drüben legt die Fähre ab." Ungerührt nahm er

Bais kurzen Dank entgegen. „Glaubt wohl, ihr seid was Besseres?" murmelte er.

Kurz darauf ritten Bai und Irinefer auf zwei Eseln durch die Ebene von Pa Cher, der weitläufigen Stadt für die Ewigkeit. Es war später Vormittag, und die Luft flimmerte.

„Du hast kein einziges Mal gefragt", sagte Bai, „wohin ich dich bringe. Möchtest du nicht wissen, was vor dir liegt?" Keine Antwort. Da bemerkte er die Blässe auf dem Gesicht des Knaben. Schweißperlen tropften ihm von der Stirn, er schien sich nur mit Mühe auf dem Rücken des Tieres halten zu können. Er hatte kein Wort gesprochen, seit sie das Schiff verlassen hatten. „Was hast du? Geht es dir nicht gut?"

Wieder nichts. Bai beschloß, sich erst später um ihn zu kümmern, denn er wollte diese Reise so schnell wie möglich zu Ende bringen. Mit der Gerte versetzte er den Eseln zwei leichte Schläge, und die Tiere fielen in einen flotten Trab.

„Führe mich zum *Mer Per* dieses Hauses!" befahl er einem Priester am Eingang zum Totentempel des Osiris User-Ma'at-Ra Ramses. Der junge Mann eilte davon, um den Tempelvorsteher zu holen.

„Vorarbeiter Neferhotep aus Pa-Tíme muß unverzüglich verständigt werden", sagte Bai wenig später zu Nedjem, dem *Wab*-Priester und *Mer Per* des Tempels. Er kannte ihn schon lange, seit jenen längst vergangenen Tagen des Osiris Ramses, als Nedjem ein hochrangiger Höfling im Palast von Pi-Ramesse gewesen war und ihm ohne Umstände ein Weingut namens Tjeni Nefer zur beliebigen Nutzung überlassen hatte. „Laß Neferhotep dieses Schreiben zukommen und ihm ausrichten, er solle es sehr genau lesen. Danach mag ihm sein neuer Diener übergeben werden."

„Wer ist der Knabe?" fragte Nedjem. Er freute sich, Bai wiederzusehen. Seit er in der Totenstadt lebte, waren sie Freunde geworden.

Goldenes Licht durchflutete den Empfangssaal, in dem die beiden Männer bei einem Krug Henqet beisammensaßen. Irinefer war schon zu seinem Nachtlager geführt worden, er glühte vor Fieber.

„Er ist eine Geisel aus dem nördlichen Retjenu", beantwortete Bai die Frage.

„Warum bringst du ihn hierher?"

„Zwischenstaatliche Verwicklungen. Er muß fort." Forschend sah er Nedjem ins Gesicht. Würde der *Mer Per* seine Einsilbigkeit hinnehmen? Noch wußte dieser nicht, wofür Bai ihn ausersehen hatte. Gerade weil er von ehrlicher und lauterer Sinnesart war, hielt Bai ihn für geeignet, Irinefer einen neuen Lebenslauf nahezubringen. „Man hat ihn in der Überzeugung aufwachsen lassen, er sei das Kind eines ägyptischen Priesters. In Wirklichkeit aber ist er ein Sohn des Fremdlandes." Nedjem würde guten Glaubens dazu beitragen, die Spuren zu verwischen. ‚Eigentlich ist es nicht einmal falsch', dachte Bai. ‚Eine Lüge, die keine ist, fällt nicht ins Gewicht.' Aber trotz seiner inneren Beschwichtigungen konnte er nicht aufhören, sich Vorwürfe zu machen.

„Wie hat er sich verhalten, als er es erfuhr?" fragte der Priester.

„Er weiß es noch nicht. Dies ist meine große Bitte an dich. Sprich mit ihm. Sag ihm die Wahrheit. Nicht länger soll er an seinen irrigen Vorstellungen festhalten."

„Ich?" rief Nedjem betroffen. „Warum soll ich es sein?"

„Er kennt dich nicht", sagte Bai langsam. „Du wirst nach diesen Tagen kaum mehr mit ihm zu tun haben." Das war keine Erklärung. Bai wußte es und sah die Enttäuschung auf Nedjems Gesicht. Vermutlich warf der Priester ihm insgeheim Feigheit vor. Mit Recht. Nur eine einzige Frage von Irinefer, und Bai hätte sich verpflichtet gefühlt, ihm das Gebilde von Halbwahrheiten selbst zu vermitteln. Doch der hatte nicht gefragt.

Nedjem sprach lange nicht. Er zeigte sein Mißbehagen, indem er die Fingerkuppen aneinanderpreßte und mit dem Fußballen auf den Boden klopfte. Zwischen seinen Brauen erschienen zwei steile Falten.

„Wer war der Priester, bei dem der Knabe aufwuchs?" verlangte er zu wissen.

Bai beugte sich vor. „Ich bedaure, aber ich muß schweigen. Irinefer soll diesen Mann vergessen. Sein Leben beginnt jetzt, in diesem Augenblick. Seine Wurzeln liegen im Boden des asiatischen Fremdlandes. Erst, wenn er das erfahren hat, wird er wissen, daß alles, was er für sein Leben gehalten hat, ein Traumbild war, Blendwerk seiner eigenen Wünsche."

„Du beraubst ihn seiner Vergangenheit", stellte Nedjem fest. „Du zerstörst seine Kindheit und wiederholst seine Geburt mit all ihren Schmerzen."

Einen unangenehmen Augenblick lang hatte Bai das Gefühl, der Freund durchschaue ihn bis auf den Grund seiner Seele. „Ja", sagte er nur.

„Das ist ungeheuerlich!" rief Nedjem aus. Dann besann er sich. „Verzeih! Du mußt wissen, was du tust. Was also soll ich ihm sagen? Aus welchem Fremdland kommt er? Wer sind seine Eltern?"

„Amurru", entgegnete Bai. „Er stammt aus Amurru. Genauer gesagt, aus einem Dorf in der Nähe von Djemer. Seine Familie ist tot. Mehr braucht er nicht zu wissen."

Trotz der Hitze fröstelte Nedjem. „Das ist grausam. Vielleicht notwendig, aber dennoch grausam."

„Ich weiß." Nach einer Pause setzte Bai hinzu: „Ich kann nicht mehr erzählen. Ich verlasse mich auf deine Verschwiegenheit und darauf, daß du ihn schützt, solange er in deiner Obhut ist."

„Mit meinem Leben!" Nedjem war nicht mehr begierig, Genaueres zu erfahren. Wenn Bai es für nötig hielt, jemandem solchen Schmerz zuzufügen, dann hatte er Gründe, die man besser nicht wußte. Der *Mer Per* hatte viele Jahre in der unmittelbaren Umgebung des Guten Gottes verbracht. Niemand kannte die Gefahr besser als er, die jemandem drohte, der sich in Machenschaften und Ränke hineinziehen ließ, deren Umfang und Bedeutung er nicht einzuschätzen vermochte. Nein, er hatte keineswegs die Absicht, erneut mit der Gewissenlosigkeit, dem Ehrgeiz und der Hinterhältigkeit von hohen Beamten des Königs in Berührung zu kommen. Er war jetzt Verwalter eines Totentempels und *Wab*-Priester. Er hatte seinen Frieden gefunden. „Neferhotep ist eine ausgezeichnete Wahl", meinte er und nahm einen Schluck Henqet. „Gut lebt, wer in seinem Hause lebt. Das gilt auch für Diener. Wirst du ihn von Zeit zu Zeit besuchen?"

„Nein!" sagte Bai so laut und bestimmt, daß Nedjem ihn überrascht ansah. „Ich möchte noch einmal nach ihm sehen", setzte er hinzu und erhob sich. Nedjem führte ihn zu einem Raum, der durch einen Vorhang vom Flur abgetrennt war.

Auf dem Bett wälzte sich Irinefer stöhnend von einer Seite zur anderen. „Nein!" schrie er plötzlich und setzte sich ruckartig auf. Mit weit aufgerissenen Augen starrte er auf die beiden Männer.

„Still, still! Das sind nur böse Träume!" Eine ältere Frau, die neben dem Bett saß, sprach beruhigend auf ihn ein. „Sein Blut ist heiß!" sagte sie. „Laß den *Sunu* holen!"

Nedjem nickte. „Ich fürchte, er wird noch einige Tage hierbleiben müssen."

„Tu, was du für richtig hältst. Ich verlasse mich auf dich." Bai ging zu Irinefers Bett. „Noch etwas! Sollte irgendwer nach ihm fragen, so wirst du sagen, er sei seit mehreren Wochen hier."

Mit einem Klagelaut sank Irinefer auf die Kissen zurück. Er hatte die Augen wieder geschlossen. Schweratmend warf er den Kopf hin und her. Bai beugte sich hinunter und berührte seine Wange.

„Leb wohl", flüsterte er. „Leb wohl, Sohn." Er fühlte den Blick Nedjems auf sich gerichtet und wußte, daß der Priester ihn gehört hatte.

Vorarbeiter Neferhotep verließ das ‚Verschlossene Haus des Ortes' am Nordtor von Pa-Tíme. Neben ihm schritt Ken-her-chepeschef, mit dem er soeben eine Gerichtsversammlung geleitet hatte. Den Vorsitz in der örtlichen *Qenbet* zu führen gehörte zu den Aufgaben der Großen im Dorf und war, wie jeder wußte, die schwierigste überhaupt. Nichts verlangte so viel Gerechtigkeitssinn und Einfühlungsvermögen wie der Umgang mit störrischen Übeltätern, an denen es, den Göttern sei's geklagt, in Pa-Tíme nicht mangelte. Manchmal fragte sich Neferhotep, ob die Dorfbewohner die Gerichtsstreite nicht als vergnüglichen Zeitvertreib ansahen, so oft verklagten sie einander. Er war mit jedem Streit, jeder Feindschaft bestens vertraut.

„Einen halben Sack Gerste zu geben, wird Rahotep schwerfallen, glaubst du nicht auch?" sagte Ken-her-chepeschef und wiegte sorgenvoll das Haupt.

„Das mag sein", gab Neferhotep zurück, „aber er hat immerhin Rameris Esel gemietet und nicht bezahlt. Das göttliche Orakel hat bestätigt, daß es so nicht verabredet war. So etwas kann nicht geduldet werden, es gäbe ein übles Beispiel." Er wunderte sich ein wenig über das offenkundige Mitgefühl des Schreibers für den überführten Gauner. Schon während der Verhandlung hatte Ken-her-chepeschef auffällig milde über Rahoteps geschäftliche Mauscheleien geurteilt.

Im Augenblick jedoch beschäftigte den alten Vorarbeiter etwas anderes. Bei nächster Gelegenheit wollte er mit Niu sprechen. Der junge Mann verfiel förmlich vor seinen Augen. Von Tag zu Tag wurde er blasser und magerte sichtbar ab. „Kennst du den Grund für den Kummer im Hause Tos?" wandte er sich an Ken-her-chepeschef.

„Ich will ihn nicht wissen!" erklärte dieser bestimmt, und das war die reine Wahrheit. Es wäre ihm lieber gewesen, er hätte von der ganzen Angelegenheit nichts gewußt. „Und ich will mich auch nicht in Vermutungen ergehen!" setzte er so grob hinzu, daß Neferhotep nicht weiter in ihn drang. Der herrische Schreiber war kein geeigneter Gesprächspartner, wenn es um seine Sorgen ging.

Unterdessen eilten die Dorfbewohner vom Gericht zurück in ihre Häuser. Sie schwatzten zufrieden über Rahotep, den Esel und die Dreistigkeit, mit der er ihn Lasten schleppen ließ, ohne zu zahlen. Es war Zehntagsende, und die Gasse wirkte überfüllt im Vergleich zu den Arbeitstagen, an denen sich die Handwerker im Königstal aufhielten.

„Mir gefällt der Trubel nicht", bemerkte Ken-her-chepeschef. „Wenn du nichts dagegen hast, werde ich mich in meine vier Wände zurückziehen und mich meinen Schriften widmen."

„Ich habe nichts dagegen. Allerdings täte dir ein wenig Geselligkeit wohl. Man sieht dich immer seltener bei fröhlichem Beisammensein!"

„Ich finde die Gesellschaft meiner Papyri weitaus angenehmer. Sie erzählen keinen Unsinn, sie widersprechen nicht und sind anregend, im Gegensatz zu den meisten Menschen."

Neferhotep sah den Schreiber von der Seite an. Er kannte keinen klügeren Mann als ihn, aber irgend etwas fehlte ihm. Menschliche Wärme? Ein Hauch von Düsternis und Kälte umgab ihn, den Neferhotep nicht verstand und der ihm leid tat. „Aber sehnt sich nicht auch dein Herz nach den Stimmen der Freunde, nach der Liebe einer Frau, und vermißt du nicht das fröhliche Rufen von Söhnen? Denn so spricht der Weise: ‚Ein Mann, dem kein Kind geboren wurde, ist wie einer, der nicht gelebt hat.'" Ein Ausdruck von Ärger huschte über Ken-her-chepeschefs Gesicht, und Neferhotep hatte das Gefühl, zu weit gegangen zu sein. „Verzeih, das ist ganz und gar deine Sache."

„Eine Erfahrung, die dem ähnelt, was du mit Paneb erlebt hast", sagte der Schreiber kühl, „und was dieser wiederum mit Apachte durchmacht, möchte ich mir ersparen. Was die Frauen betrifft: Die meisten sind entweder weinerlich oder verdrießlich. Der Rest keift bei jeder Gelegenheit. Eine kluge Frau gibt es nicht. Eine kluge Frau ist ein Widerspruch in sich."

Neferhotep dachte an die vielen Jahre mit Ubechet. Nie hätte er sie missen mögen. Nach ihrem Ja zu seiner feurigen Werbung vor vielen Jahren hatte er sich als der glücklichste Mann im Zweifachen Land gefühlt. Inzwischen war die glühende Leidenschaft der Jugend einer ruhigeren, beschaulichen Zuneigung gewichen, wie sie den reifen Jahren entsprach. Nicht geändert hatte sich aber seine Freude darüber, einen Menschen zu haben, auf dessen Urteil er Wert legte, dem er seine innersten Gedanken offenbaren und dessen Ratschläge er annehmen konnte.

Die beiden Männer erreichten das Ende des alten Dorfteils. Es ging auf den späten Vormittag zu, und die Luft unter der Straßenüberdachung war stickig und feucht. In den Häusern bereiteten die Frauen die Mittagsmahlzeit zu, und der Geruch von gebratenen Zwiebeln mischte sich mit dem Duft von Kardamom, Kreuzkümmel und frisch gebackenem Brot. Fliegen und Stechmücken plagten die

Menschen, weswegen viele von ihnen immer einen Wedel bei sich hatten. Mit Federbuschen in der Hand bewachten kleinere Kinder die schon gargekochten Speisen vor Schmeißfliegen. Vor den Hauseingängen hockten Männer mit gekreuzten Beinen vor ihren Spielbrettern.

Eine Gruppe Heranwachsender rannte lärmend und scherzend vorüber. Zwei der Mädchen lachten laut und prallten geradewegs mit dem Schreiber zusammen. „Paßt doch auf! Bei allen Geistern Seths, geht nach Hause und lernt etwas Nützliches!" fluchte Ken-her-chepeschef. Er hielt beide am Handgelenk fest. „Es gibt keine Veranlassung zu rasen, als wären Messerstecher hinter euch her! Habt ihr verstanden, Ta-Scherit? Naunachte?"

„Verzeih, Ehrwürdiger, ich wollte dich nicht stoßen!" entschuldigte sich Ta-Scherit.

Naunachte, mit ihren neun Jahren etwas größer und älter als die Freundin, sah Ken-her-chepeschef unerschrocken ins Gesicht. „Du sollst uns nicht anschreien, wenn wir nichts Böses tun. Wenn wir aber schlecht handeln, dann kannst du schreien!"

Dem Schreiber blieb fast die Luft weg angesichts dieser Unverfrorenheit.

„Laß sie! Sie ist ein Kind!" beruhigte ihn Neferhotep und warf Naunachte einen warnenden Blick zu. „Sie hat es nicht so gemeint!"

Ken-her-chepeschef machte Anstalten, ein Donnerwetter auf die Mädchen loszulassen, hielt aber inne, als er Naunachtes ruhigen Gesichtsausdruck sah. Gelassen wartete sie auf seine Erwiderung, und nichts deutete darauf hin, daß sie sich vor ihm fürchtete. Da verließ ihn die Lust, weiter zu poltern. „Achtet besser darauf, wohin ihr lauft!" sagte er schließlich, schon etwas weniger mürrisch.

Naunachte blinzelte Ken-her-chepeschef verschmitzt zu. Etwas lag in diesem Lächeln, das ihm gefiel: eine urwüchsige, kraftvolle Fröhlichkeit, eine arglose Siegesfreude, ein Hauch von Herausforderung. Seine schlechte Laune verflog. Warum sollte er sich ärgern? Ein Nachmittag über einem bedeutungsvollen Papyrus wartete auf ihn. „Ich wünsche dir einen schönen Tag, Vormann!" sagte er. Neferhotep sah ihn erstaunt an. Aber Ken-her-chepeschef hob nur die Hand und ging weiter.

„Ai Neferhotep, wie gut, daß du endlich kommst!" Ubechet hastete den schmalen Weg vom Haus herauf. „Du hast hohen Besuch!" Sie senkte die Stimme, als sie stehenblieb. „Ehrlich gesagt, ich weiß nicht mehr, was ich mit ihnen reden soll. Sie sind so einsilbig, daß auch mir die Worte auf der Zunge vertrocknen."

„Wieso hat man Fremde ins Dorf gelassen? Sie müßten im ‚Verschlossenen Haus des Ortes' warten!"

„Aber da wurden die Lebensmittel ausgegeben!"

„Dennoch hätten die Torwächter niemals Leute hereinlassen dürfen!"

„Der Wächter und der Medja haben der Verhandlung der *Qenbet* zugesehen!"

Verstimmt stieß Neferhotep mit dem Fuß einen Stein fort. Die Männer durften nicht einfach ihre Posten verlassen, weil sie lieber eine Gerichtsverhandlung besuchten. Solch einen Schlendrian gedachte er nicht zu dulden.

Als er in den Empfangsraum seines Hauses trat, erhoben sich zwei Männer von den Schemeln und verbeugten sich tief. „Vorarbeiter Neferhotep?"

„Der bin ich."

„Wir sind erfreut, deine Bekanntschaft zu machen", sagte der größere von beiden.

Neferhotep nickte und wartete ab, während er die Fremden von Kopf bis Fuß musterte. Er empfand wenig Vergnügen über diese Besucher. Welchen Rang mochten sie wohl einnehmen? Die äußere Aufmachung verriet manches über einen Mann. Aller Erfahrung nach sprach oft die Schlichtheit des *Usech*-Kragens für die Bedeutung seines Trägers. Einfach, geschmackvoll und sehr teuer schmückten sich die wirklich Großen, bunt, glitzernd und üppig funkelte es an den Hälsen der unteren Amtsleute. Neferhoteps Blick streifte die Silberarmreifen, die schmalen Kettchen aus Gold und Karneol und die breiten Schmuckkragen der Fremden.

„Wir sind beauftragt, für Seine Hoheit, Prinz Amenmesse, Botschaften in die befestigten Lager des Wawat zu übermitteln."

„Hm, hm!" machte Neferhotep und sah seine Frau an. Ubechet zuckte mit den Schultern und verließ den Raum. Der Vormann rieb sich nachdenklich das Ohrläppchen. Was hatten die Festungen des Südlichen Fremdlandes mit ihm zu tun?

Der Mann fuhr fort: „Prinz Amenmesse sprach zu uns: ‚Wenn ihr in Waset ankommt, begebt euch unverzüglich zum Großen Platz der Wahrheit und erkundigt euch nach dem Fortgang der Arbeiten!'"

„Aber eine Abordnung war unlängst hier und fand alles zur Zufriedenheit!" rief Neferhotep erstaunt aus.

„Du hast recht, doch höre weiter: Prinz Amenmesse wird in Kürze eine Reise nach Waset unternehmen, um weitere Maßnahmen gegen die Aufständischen in die Wege zu leiten. Bei der Gelegenheit könnte er diesen Ort mit einem Besuch beehren ... einem nicht amtlichen Besuch, wenn du verstehst, was ich meine."

„Ich verstehe nicht, was du meinst! Was bedeutet ein ‚nicht amtlicher' Besuch?" fragte Neferhotep unbehaglich. „Heißt das, er kommt ohne Begleitung? Ohne das Wissen des Wesirs Pa-nehesi?"

„Er möchte sozusagen als einfacher Besucher kommen!" antwortete der Fremde.

„Um sich nach einigem zu erkundigen, ganz unverbindlich!" warf der zweite Mann ein, der bisher noch nicht gesprochen hatte. Seine Stimme knarrte wie ungeöltes Leder.

„Wonach sollte sich Seine Königliche Hoheit erkundigen?" forschte Neferhotep. „Alles, was Prinz Amenmesse zu wissen begehrt, kann er von Wesir Pa-nehesi hier in Waset erfragen! Wer seid ihr? Schickt euch wirklich der Prinz? Könnt ihr das beweisen? Schriftlich, zum Beispiel?"

„Warum der Argwohn, Vormann? Wie ich dir schon sagte, unser Kommen trägt keinen amtlichen Charakter. Wir sind hier, um einen möglichen Besuch Seiner Hoheit anzukündigen. Immerhin werdet ihr die Ehre haben, seine Wohnung für die Ewigkeit am Großen Platz der Wahrheit zu bauen."

„Ein Grab für den Königssohn von Kusch? Ohne Anordnung des Pharao?"

Keine Antwort.

„Das ist abwegig!" Mehr als abwegig, es war gefährlich! „Bleibt mir fort mit solchen nicht amtlichen Ansinnen! Ich bin der Mann fürs Amtliche! Ich begreife nicht, was hier vor sich geht, und ich bin nicht sicher, ob ich es begreifen will. Eine Grabstätte am Großen Platz der Wahrheit ohne Auftrag des Pharao sich auch nur vorzustellen ist Hochverrat!" War dieser Besuch in Wirklichkeit eine Prüfung? Eine Prüfung auf seine Treue zu König Merenptah? Neferhotep suchte in den Gesichtern der beiden Fremden nach irgendwelchen Anhaltspunkten. Aber ihre Mienen verrieten nichts.

„Beruhige dich, Neferhotep!" sagte der Große leise. „Nichts Ungesetzliches, nichts Ungewöhnliches wurde von dir verlangt. Wir kündigten dir lediglich einen möglichen Besuch des Königssohnes von Kusch an!" Der Klang seiner Stimme war süß wie Honigseim, aber seine Augen blickten hart wie Granit.

„Ich will eure Namen wissen!" verlangte Neferhotep scharf. Der Mann setzte zu einer Antwort an, als von draußen Schritte zu hören waren. Die Tür öffnete sich, und Paneb streckte den Kopf herein. „Neferhotep! Inherchau schickt mich! Er bittet dich ... Ich wußte nicht, daß du Besuch hast. Soll ich ihm sagen, du seist unabkömmlich?"

„Nein! Ich komme sofort. Diese Herren wollten ohnehin gerade gehen." Neferhotep überlegte einen Augenblick. „Ist Inherchau zu Hause?"

Paneb nickte und betrachtete die beiden Fremden mit unverhohlener Neugier.

„Laß dir die Namen dieser Herren geben und führe sie aus dem Dorf."

Neferhotep sprach ein letztes Mal zu den beiden Männern. „Ich wünsche euch hier nicht mehr zu sehen, es sei denn mit amtlichem Auftrag von amtlicher Seite, habt ihr mich verstanden?"

Mit schnellen Schritten verließ er das Haus. Da er sich nicht umblickte, sah er weder das Grinsen des kleineren Mannes noch die anbiedernde Geste des Großen, mit der er sich an Paneb wandte. Er war noch nicht weit gekommen, als seine Frau Ubechet ihm zum zweiten Mal einen Besucher ankündigte. „Noch jemand verlangt nach dir, Neferhotep! Aber der wartet draußen im ‚Verschlossenen Haus', wie es sich gehört!"

„Wer ist es?"

„Er sagt, der *Mer Per* Nedjem schickt ihn! Er hat ein Schreiben für dich!"

Noch nie hatte der Priester Nedjem die morgendliche Reinigung am Teich des Heiligen Wassers so oberflächlich und hastig vollzogen. Es gelang ihm nicht, sich in gewohnter Gelassenheit auf die Begegnung mit dem Gott vorzubereiten. Spät war er dran, fast alle anderen *Wab*-Priester kleideten sich bereits wieder an. Er hatte eine unruhige Nacht verbracht und erst nach vielen Stunden Schlaf gefunden.

An diesem Tag wollte er mit Irinefer sprechen. Vor zwei Tagen hatte sich der Knabe von seinem Krankenlager erhoben, vertilgte seitdem Unmengen an Nahrung und erholte sich zusehends. Gestern hatte Nedjem Vorarbeiter Neferhotep benachrichtigt, daß er seinen künftigen Hausdiener holen könne.

Der Priester warf einen Blick auf den Knaben, der geduldig am Wasserrand auf das Ende der Reinigung wartete. Ein Leben in Pa-Tíme zu führen schien Nedjem ein günstiges Schicksal zu sein. Jeder in der Totenstadt wußte, wie sorgsam, ja gütig der alte Vorarbeiter mit seinen Sklaven umging. Ein *Bak* Neferhoteps wurde in der Regel behandelt, als wäre er ein Mitglied der Familie. Trotzdem fühlte Nedjem Mitleid mit Irinefer. Welche Worte konnten den Schlag mildern, der ihn erwartete? *„Mein Herz ist bereit und offen"*, sang er, während er das Wasser aus flachen Schalen über sich goß. *„Meine Arme sind ausgebreitet, und mein Mund spricht Worte des Jubels, denn siehe, du wirst kommen!"*

Einige Augenblicke noch stand er mit hocherhobenen Armen und geschlossenen Augen und bemühte sich, sein Herz für die

Gottheit zu öffnen. Dann stieg er aus dem Wasser und warf sich ein Gewand aus blütenweißem Leinen über. Er ging auf die kleine Pforte zu, die über eine Kammer in den Großen Säulensaal des Tempels führte. Sängerinnen eilten zum inneren Tor. Sie würden die Sistren schwingen wie jeden Morgen, wenn der Gott genährt und gekleidet wurde. Würdevoll folgte ihnen der *Cheri-hebet* mit den heiligen Rollen im Arm. An der Seite des Vorlesepriesters schwangen andere Priester Weihrauchfässer und murmelten heilige Sprüche. Dazwischen schleppten Bauern Körbe mit Früchten, Fleisch, Kuchen und Broten. Am inneren Torturm nahmen Tempeldiener die Gaben ab und reichten sie in den Opferraum weiter.

Dort blieb Irinefer zurück. Nedjem dagegen trat ein, und endlich gelang es ihm, sich zu sammeln. Die gewohnten Handlungen nahmen ihn gefangen, bereitwillig überließ er sich dem Gottesdienst, den er liebte wie nichts sonst. Seine Gedanken lösten sich von Irinefer.

An der gegenüberliegenden Seite des Opferraums gaben die bereits geöffneten Bronzeflügeltüren den Blick auf den goldglitzernden Schrein des Allerheiligsten frei. Auf Tischen aus rosafarbenem Alabaster wurden unter Zimbelschlag, dem Rasseln der Sistren und dem klagenden Ton der Flöten Speisen angerichtet. Gebratene Enten lagen neben gerösteten Fischen, Bündeln von Lauchzwiebeln, Feigen und Weintrauben. Dazwischen türmten sich Gurken und Melonen, Blumengebinde zierten die Körbe mit Kräutern und Palmfrüchten.

*„Ein Opfer für Amun-Ra, den Herrn der Ipet-Sut, Urgott des Anbeginns, Allherr an allen seinen Stätten, Gott, Vater der Menschheit, Amun, im Besitz aller Dinge …"* Der Vorlesepriester stimmte den Festgesang an, der das Öffnen des Heiligen Schreins begleitete. Nedjem stand mit gesenktem Kopf vor der Tür des *Mesenet*, des verborgensten der Räume, von dem man wußte, daß er unzugänglicher war als der Himmel, verhüllter als das, was in der Unterwelt war, verborgener als die Dinge des Urwassers. Hinter ihm trugen zwei Diener die Fackeln, die Nedjem im Inneren des Schreins anbringen würde.

*„Licht des Ra!"* sang der Vorlesepriester, als der erste Sonnenstrahl dieses Tages zwischen den äußeren und inneren Tortürmen des

Tempels hindurch geradewegs auf die Tür des Allerheiligsten fiel. Nedjem schob den Riegel zurück. Er trat ein wenig zur Seite, und vor ihm leuchtete das Standbild des Gottes auf. Ehrfürchtig verbeugte sich der Priester. Er war hier. Wieder geruhte Amun-Ra, sich zu offenbaren.

Durch eine Seitentür schwankte das Standbild des verstorbenen Königs User-Ma'at-Ra Ramses auf den Schultern mehrerer Priester in den Raum. *„Gott, der du groß bist und mächtig"*, sang der Chor, *„dessen Name ist ‚Stark ist die Wahrheit des Ra', du bist Osiris und herrschest im Duat."* Die Priester stellten das Standbild des großen Ramses so, daß der tote König alle Festhandlungen beobachten konnte.

Während Nedjem im Allerheiligsten den Götterkönig wusch, salbte, kleidete, schminkte und speiste, stand Irinefer vor dem äußeren Torturm des Tempels und wartete. Nicht länger als ein bis zwei Stunden würde die Feierlichkeit beanspruchen, hatte Nedjem versprochen, und danach wolle er eine Unterredung mit ihm führen. Er blinzelte in die Sonne, die sich gelbglitzernd über dem östlichen Flußufer erhob.

Eine Stadt war diese Tempelanlage wahrhaftig! Sie beherbergte in ihren Mauern Hunderte von Priestern, Handwerkern, Beamten, Schutzleuten und Bauern, die hier arbeiteten und zum Teil auch wohnten. So drängten sich neben den eigentlichen Tempelbauten nicht nur die Schreibstuben, Werkstätten, Schlachtereien, Bäckereien und Wäschereien, sondern auch Wohnhäuser und sogar kleine Gehöfte. Zu der Stunde, da der Gott erschien, hatte der Tag im ‚Haus der Millionen Jahre' längst begonnen, und jeder ging seinen Geschäften nach. Irinefer beobachtete Männer, die geflochtene, mit Broten aus der Bäckerei gefüllte Körbe trugen, um sie auf dem tempeleigenen Markt feilzubieten. Bauern stapelten Kornsäcke und schichteten Gemüse auf hölzerne Laden. Auf schmalen Wegen trieben junge Burschen und Kinder Esel zu den Wirtschaftsgebäuden, damit sie dort bepackt werden konnten. Irinefer versuchte, sich an den Tempel von Men-nefer zu erinnern, aber die Bilder, die aus seinem Innern emporstiegen, blieben seltsam verschwommen. Schläfrig schloß er die Augen und sank langsam in Hockstellung.

„Auf! Los!" erklang eine barsche Stimme. „Hier kannst du nicht sitzen! Das ist ein Tempel, falls du das noch nicht bemerkt haben solltest!"

Irinefer riß die Augen auf und sah in das Gesicht eines Feldzeichenträgers, der sich zu ihm hinunterbeugte. „Entschuldige!" murmelte er. „Ich gehe schon!"

Die Sonne war schon ein gutes Stück höhergestiegen und verbarg sich nun hinter milchig-grauen Dunstschwaden. Ein Wind aus der westlichen Wüste blies feinen Sand vor sich her. Hoch oben an den Fahnenstangen vor den Tortürmen knatterten die bunten Wimpel in der Luft.

„Da bist du ja!" Nedjem trat auf Irinefer zu. „Wo warst du? Ich suche dich schon geraume Zeit. Komm jetzt mit mir. Ich habe mit dir zu reden."

Schweigend gingen sie nebeneinander durch mehrere Tempelhöfe und Korridore, bis sie zum Wohnbereich der Priester gelangten. Nedjem schritt in das Empfangszimmer, das Irinefer seit seiner Ankunft nicht mehr betreten hatte. Der Priester ließ sich auf einem Sessel nieder und deutete mit dem Kopf auf einen Schemel. Irinefer setzte sich und drehte den Saum seines Schurzes zwischen den Fingern. Nedjem musterte ihn schweigend. ‚Bai hätte mir mehr sagen müssen', dachte er mit einem Anflug von Ärger. ‚Er hat es sich allzu einfach gemacht. Aber nein, Nedjem regelt alles. Nicht nötig, ihn ins Vertrauen zu ziehen!'

„Vorarbeiter Neferhotep wird bald eintreffen", begann er. „Bei ihm wirst du künftig leben."

„Wer ist das? Wo ist Bai?"

„Bai grüßt dich. Er befahl mir, dich dem Vorarbeiter zu übergeben. Außerdem trug er mir auf, dich über deine Herkunft aufzuklären." Er sah Irinefers verständnislosen Gesichtsausdruck und fuhr fort: „Aus Gründen, die der *Sesch Nisut* nicht geruhte, mir mitzuteilen, hat man dir nicht die Wahrheit über deine Abstammung gesagt."

Irinefer fuhr hoch. „Was redest du da? Das ist doch Unsinn. Mein Vater ist ..."

„... nicht der, den du dafür gehalten hast", unterbrach Nedjem streng. „Bevor Bai abreiste, verbot er uns, über die Menschen zu sprechen, bei denen du bisher gelebt hast. Wir befolgen seine Anordnungen wortgetreu, verstanden?"

Irinefer hatte nicht verstanden, ganz und gar nichts begriff er von den Worten des Priesters. „Aber warum darf ich nicht von meinem Vater ..."

„Schweig!" Nedjems Ton war schneidend. „Dein Vater ist nicht dein Vater! Man ließ dich in dem Glauben, um dich zu schützen."

„Wovor schützen?" flüsterte Irinefer. Tief in seinem Gedächtnis erhob sich eine Hand, die sich um ein Messer schloß.

„Das weiß ich nicht. Ich weiß nur, daß du aus Amurru stammst. Du kommst aus dem asiatischen Fremdland."

Irinefer starrte Nedjem an. Asiatisches Fremdland? Was für ein Wahnsinn! Er war kein Sohn des Geliebten Landes? Ein Ausländer sollte er sein? Wer erzählte solche Lügen?

„Das ist nicht wahr!" flüsterte er.

„Es ist wahr", bestätigte Nedjem unbarmherzig. „Du kamst zu jenem Priester, weil deine Familie in Amurru starb. Mehr kann ich dir nicht sagen, denn mehr weiß ich selbst nicht."

Irinefer saß so lange bewegungslos, daß es Nedjem beunruhigte.

„Dies mag nicht leicht zu ertragen sein", sagte er, „aber es ist deine Pflicht, anzunehmen, was die Götter für dich vorgesehen haben."

Er erhielt keine Antwort. ‚Man muß ihm Zeit lassen', dachte er. ‚Seine Aufgabe ist schwer. Zu schwer vielleicht. Er muß erst einmal nachdenken.'

Nedjem befand sich im Irrtum. In seinem Inneren sah Irinefer nichts als Dunkelheit, und vom Denken war er weit entfernt.

Schließlich fragte der Priester: „Weißt du, wo Amurru liegt?"

„Amurru liegt im Gebiet der Hurriter, an der Küste des *Großen Grünen*", wiederholte Irinefer die Worte des Lehrers Tefnacht, die jener vor langer Zeit gesprochen hatte. „Die größte Stadt ist Gublu, woher die Seefahrer des Geliebten Landes das Holz der Zeder für Pharao holen." Aber mit ihm hatte dieses Land doch nichts zu tun!

Ein Irrtum! Es mußte ein Irrtum sein! Irinefer sah zu Nedjem hinüber, doch dessen ernster Ausdruck veränderte sich nicht. Er bemerkte, daß es draußen dunkler geworden war. Die leichte Brise von vorhin hatte sich in einen Sturm verwandelt. Dumpf heulte es um den Tempel.

„Es mag dir ein Trost sein, daß du künftig in Pa-Tíme leben darfst", sagte Nedjem leise. „Vorarbeiter Neferhotep ist ein gütiger Mensch."

Irinefer hörte nicht zu. Er hatte das Gesicht in den Händen verborgen. Er dachte weder an Bakenptah noch an Aset. Sein Herz wußte genau, daß es dies nicht ertragen könnte. Doch die Erinnerung an Aatmeret hatte ein Schlupfloch gefunden. ‚Nehmt mich mit!' hörte er. ‚Ich bin schon sechs und sehr klug.'

Nedjem sah die Schultern des Knaben beben. „Dein Herz ist voll Trauer", sagte er mitfühlend, „und du hast den Kopf auf den Knien." Von draußen hörte er ein Geräusch. Als er aufblickte, sah er den Vorarbeiter von Pa-Tíme in der Tür stehen, staubbedeckt und außer Atem.

„Das war ein anstrengender Ritt!" sagte Neferhotep. „Wir haben einen richtigen Sandsturm."

„Gehst du heute zur Werkzeugausgabe?" Wabet schob einen Wäschestapel beiseite und zog einen weiteren heran, von dem sie mit flinken Händen ein Stück nach dem anderen herunternahm, um es auf etwaige Risse zu untersuchen. Sie saß breitbeinig auf einem Schemel, dessen Bequemlichkeit sie durch zwei Kissen erhöht hatte. Vor ihr wölbte sich ihr gewaltiger Bauch. Kurz vor der Ankunft ihres sechsten Kindes empfand sie sich als außerordentlich schwerfällig.

Sie erhielt keine Antwort. Paneb stand vor dem großen Bett, das sich die vier jüngeren Kinder teilten. Nur Apachte besaß eine eigene Matte, die er ausbreiten konnte, wo es ihm beliebte.

„Paneb! Du hörst mir nicht zu! Ist etwas geschehen?"

„Was? Nein, nichts ist geschehen, gar nichts!" Paneb streifte Wabet mit einem düsteren Blick. „Ich habe nur nachgedacht."

„Wirst du noch in die Ebene hinuntergehen?"

„Das wirst du schon sehen! Kümmere dich um deine Arbeit, und laß mich in Ruhe!" Sollte sie doch die Weiberarbeit verrichten und dafür sorgen, daß die Bälger den Mund hielten! Er würde binnen kurzem mit dem Königssohn von Kusch zusammentreffen! Für den Prinzen war er, Paneb, und nicht Neferhotep, Inherchau oder Kenher-chepeschef, der wichtigste Mann in Pa-Tíme. Mit schweren Schritten verließ er den Raum.

Wabet hörte, wie er an der Hauswand entlangging und die Stufen zum Vorratskeller hinunterstieg. Auf das scharrende Geräusch des Tondeckels, der vom Bierfaß gezogen wurde, folgte das dumpfe Gurgeln, mit dem er die Flüssigkeit in den Krug schöpfte. Müde ließ sie die Hände in den Schoß sinken. Schon wieder! Am hellichten Tag! „Paneb! Bitte!" rief sie, obwohl sie wußte, was folgen würde. „Trinke nicht schon am Nachmittag Bier!"

Ein kurzes Rumpeln im Keller, das Geräusch einiger Schritte vor der Tür, und Paneb erschien im Zimmer, den gefüllten Krug in der Hand. „Es geht dich nichts an, wann, wo und wieviel ich trinke!"

Ein kleines Feuer loderte in Wabets Magengegend auf. „Aber ich wollte doch nur ... ich meine es doch nur gut!"

„Ich hasse es, wenn du so greinst!" knirschte Paneb und nahm einen Schluck. „Den ganzen Tag jammern, das ist alles, was du kannst!"

„Das ist nicht wahr!" widersprach Wabet. „Ich arbeite und kümmere mich um deine Kinder! Und um dich!"

„Und um Dinge, die dich nichts angehen!"

„Ich will doch nur, daß du ein wenig freundlicher bist zu mir und zu den Kindern!"

„Ich bin freundlich zu den Kindern!"

Wabet wuchtete sich mühsam von ihrem Schemel hoch. Paneb beobachtete sie und trank noch einmal.

„Und ich?" flüsterte sie. „Was ist mit mir? Warum hast du aufgehört, mich zu lieben?"

Paneb wandte sich ab. „Schweig! Solche Worte sind deiner nicht würdig!"

„Aber wenn du betrunken bist", stieß Wabet hervor, „kommst du zu mir und nimmst mich wie ein Tier! Und dein Erbrochenes muß ich wegputzen! Ist das meiner würdig?" Sie sah sofort, daß sie zu weit gegangen war. Panebs Gesicht wurde bleich und überzog sich mit unheimlicher Starre. Langsam kam er auf sie zu. „Bitte, ich habe das nicht so gemeint! Verzeih mir!"

Unmittelbar vor ihr blieb er stehen, und Bierdunst wehte ihr in die Nase. „Sei froh über deinen hohen Leib, Frau! Nur deswegen sehe ich davon ab, dich zu züchtigen! Verdient hättest du es, das wissen die Götter!" Mit Daumen und Zeigefinger hob er ihr Kinn. „Du möchtest nichts wegwischen? Nein? Aber ich denke, du solltest ein wenig üben!" Er trat ein paar Schritte zurück und warf den Bierkrug mit Gewalt auf den Fußboden, wo er mit dumpfem Knall zersprang. Die Flüssigkeit spritzte in alle Richtungen. Ohne seine Frau noch eines Blickes zu würdigen, verließ er den Raum.

Wabet sank auf ihren Schemel zurück. Schwäche übermannte sie. Alles im Raum war mit Bier besudelt, und der Krug hatte sich in Millionen kleinster Scherben verwandelt. Eine Zeitlang war sie unfähig, sich zu rühren.

„Mama? Bist du hier?" Ta-Scherit steckte ihren Kopf durch die Tür. „Oooh, was ist denn hier geschehen?"

„Gut, daß du kommst", sagte Wabet, „du kannst mir helfen!"

Ta-Scherit sah sie scharf an. „Vater, nicht wahr?"

Wabet nickte. Die ernste Miene ihrer Tochter gab ihr einen Stich ins Herz. Erst sieben Jahre zählte Ta-Scherit, und schon trug sie ein Wissen über das Wesen der Menschen in sich, das sie weit über ihre Jahre erhob. Sie war ein stilles, pflichtbewußtes Kind, ein Mädchen, auf das sich Wabet mehr stützte, als sie eigentlich wollte. Ta-Scherit wusch die Windeltücher Hednachts, und wer außer ihr konnte ständig darüber wachen, daß Nebmehit keine Messer ergriff und nicht die Opfer vom kleinen Hausaltar stahl? Hemet-Maura war dafür nicht umsichtig genug. Wenn es Wabet allzu schwer ums Herz wurde, weinte sie sich bei Ta-Scherit aus, und das Mädchen saß dann mit bekümmerten Augen vor ihr und streichelte ihr die Hand.

Die Kleine zog heftig an Wabets Rock. „Gleich helfe ich dir, Mutter! Aber du mußt dir Hednacht anschauen! Seine Augen sind krank. Etwas Grünes kommt heraus, und ich kann die Fliegen nicht wegjagen!"

Wabet folgte ihrer Tochter vor die Haustür. Dort saß der eineinhalbjährige Hednacht im Staub der Straße, umgeben von seinen Geschwistern und einer Menge anderer Kinder, und krähte jämmerlich. Neben ihm kauerte die dreizehnjährige Hunur, ein freundliches Mädchen, das im Dorf für seine schöne Stimme berühmt war. Auf der gegenüberliegenden Seite der Gasse erkannte Wabet den neuen Diener Neferhoteps, der stumm die Kinder beobachtete.

Hunur versuchte, den schreienden Hednacht zu beruhigen und zugleich mit einem Tuch den Eiter, der ihm aus den Augen quoll, von den Wangen zu wischen.

„Um der Götter willen!" klagte Wabet und ließ sich schwerfällig nieder. „Wir brauchen die Heilerin! Hunur, sei bitte so nett und lauf zu Sasemit!"

Hunur sprang auf. „Ich hole sie!"

„Aber Mama! Sasemit ist eine böse Zauberin!" wandte Ta-Scherit ein, und alle Kinder starrten sie mit offenem Mund an. „Das hat Vater gesagt!"

„Unsinn! Die Alte versteht sich besser auf die Heilkunst als irgend jemand von uns! Und zaubern muß man können, wenn man mit den bösen Geistern spricht, die einen krank machen!"

„Vater hat gesagt, daß Sasemit mit dem Kot von Hunden heilt!"

„Sei still! Was auch immer Vater sagt, Sasemit weiß, was sie tut! Jedenfalls ist sie die einzige weise Frau, die wir im Dorf haben!"

Ta-Scherit verstummte und beugte sich wieder zu Hednacht hinunter. Sie streichelte den kleinen Bruder und wisperte ihm ins Ohr: „Keine Angst! Wenn sie dir Hundekot gibt, dann hole ich ihn dir wieder heraus!"

Zum ersten Mal an diesem Tag lächelte Wabet. Sie strich Ta-Scherit über den Kopf, und das Mädchen sah auf.

Unterdessen kam Neferhoteps Diener heran.

„Komm nur her!" rief Wabet. „Hab keine Angst! Wie ist dein Name?"

„Irinefer."

„Wohlan, Irinefer, was möchtest du?"

„Soll ich die Gebete für dich sprechen?"

„Gebete?" fragte sie überrascht. „Welche Gebete meinst du?"

„Ich kenne viele für Ptah."

„Was? Für Ptah?" Wabet musterte den Knaben kopfschüttelnd. „Das ist sehr ungewöhnlich. Aber bitte, du meinst es gut, und es kann nicht schaden. Woher kennst du Gebete für Ptah?"

„Ich habe sie gehört."

Wabet zuckte die Achseln und beugte sich zu dem kleinen Hednacht hinunter.

Irinefer hob die Arme, wie er es viele Male bei Bakenptah gesehen hatte. „Ehrwürdiger, ewiger Ptah!" begann er.

Da schlug ein Stein an seine Stirn, und er schrie auf.

„Der Esel soll dich ficken!" brüllte Apachte. „Spielst dich hier als Hoherpriester auf, du blöder Asiate!"

„Apachte!" rief Wabet. „Was fällt dir ein?"

Irinefer stand wie erstarrt. Er war so erschrocken, daß er sich auch nicht rührte, als Apachte mit erhobenen Fäusten auf ihn zustürzte. Die Kinder schrien, und mehrere Frauen rannten aus ihren Häusern. Fauchend drosch Apachte auf Irinefer ein. Der war zu entsetzt, um sich zu wehren, obwohl es leicht für ihn gewesen wäre, denn Apachte war etwas kleiner als er. So versuchte er nur, sich mit den Armen zu schützen.

„Wollt ihr wohl aufhören!" Zwei Fäuste rissen die Knaben auseinander. Rahotep, ein Hüne mit breiten Schultern und Muskeln, die sich wie Seile über seine Arme und Oberschenkel wölbten, versetzte erst Irinefer, dann Apachte eine schallende Ohrfeige.

In diesem Augenblick näherten sich Hunur und die alte Sasemit. Sofort richtete sich die Aufmerksamkeit aller auf sie. Apachte, der Streit, das Geschrei waren vergessen, und Neferhoteps *Bak* beachtete ohnehin niemand.

Steinalt war Sasemit; im Dorf gab es niemanden, der sie noch als jüngere Frau im Gedächtnis hatte. Selbst Schreiber Ken-herchepeschef hatte vergessen, wie sie ohne die tausend Runzeln im Gesicht ausgesehen hatte, als ihre Finger noch nicht durch dicke Knoten an den Gelenken entstellt waren. Seit undenklichen Zeiten schlurfte sie täglich gebückt, auf einen Stock gestützt, über die Dorfgasse, denn trotz ihres Alters bestand sie darauf, ihre Lebensmittel und Kräuter selbst im ‚Verschlossenen Haus des Ortes' abzuholen. Für gewöhnlich trottete eine Dienstmagd hinterdrein, die ihr die Sachen in einem Korb nachtrug. Sie war zwar auch schon alt, aber Sasemit hielt sie mit stärkendem Kräutersud bei Kräften. Sasemits Mahlzeiten wurden von den Frauen des Dorfes abwechselnd zubereitet, während Dienerinnen ihr Haus sauberhielten. Alle Einwohner Pa-Tímes legten größten Wert auf ihr Wohlergehen, denn sie verfügte über Heilkräfte, die selbst die Fähigkeiten der großen Ärzte aus dem Haus des Lebens übertrafen. Die Kinder hatte sie allesamt aus den Leibern ihrer Mütter gezogen, und bei den meisten der Erwachsenen verhielt es sich ebenso. Unerschöpflich war ihr Wissen, obwohl sie nie etwas wirklich gelernt hatte. Sie konnte weder lesen noch schreiben und besaß keine Kenntnis von den ausgeklügelten Heilmitteln, die von berufsmäßigen *Sunuu* verwendet wurden. Sie ersann ihre eigenen Arzneien. Aber ihre stärksten Waffen gegen Fieber, Geschwüre, Knochenbrüche oder die dumpfe Traurigkeit der Sinne waren ihre Hände und ihr Blick. Ihren Händen wohnte Zauberkraft inne, das bezeugte jeder, der ihren sanften, kühlen Druck einmal verspürt hatte. Das Feuer in ihren Augen verströmte tröstende Wärme, die das Gemüt leicht und frei machte und dem Herzen Zuversicht einflößte. Mochte Sasemits Körper auch verschrumpelt sein wie eine Dörrpflaume, der Kraft ihres Blickes konnte die Zeit nichts anhaben. Jeder, der sie ansah, verstand, daß es neben der Wirklichkeit eine weitere Ebene des Seins gab, die von Alter und Vergehen nicht berührt wurde. Dort war Sasemit jung, kraftvoll und schön.

Der kleine Hednacht wimmerte noch immer vor sich hin, während Wabet tröstend auf ihn einsprach.

„Kannst du ihm helfen?" fragte sie die Alte.

„Laß sehen!" Sasemit kauerte sich vor Hednacht nieder, wobei Hunur sie unauffällig stützte, und hob seinen Kopf. „Hast du ihn schon gesalbt?"

„Nein, wir haben das Übel gerade erst bemerkt."

„Gut." Die Alte strich über das Gesicht des Kindes. Hednacht verstummte sofort. Darauf spuckte sie zielsicher auf die Kuppe ihres Zeigefingers, verrieb den Speichel und strich den Eiter geschickt aus einem Auge heraus. Dann wiederholte sie den Vorgang mit dem anderen Auge.

„Besorge Schildkrötenhirn!" sagte sie zu Wabet. „Und etwas Muttermilch. Vermenge das und gib ein klein wenig Honig dazu. Damit bestreichst du seine Augen alle zwei Stunden. Wenn du nicht genug Schildkrötenhirn hast, nimm gekochte Maus. Das tut's zur Not auch." Sie kicherte leise, da Hednacht ihren Finger in den Mund schob und darauf herumkaute. „Aber sei sorgsam, damit er nicht in Dunkelheit falle am hellichten Tag."

Wabet holte hörbar Luft. „So gefährlich ist es? Er könnte blind werden?"

„Leider kann er das. Wenn du willst, rufe ich Meretseger an."

„Ich danke dir, Sasemit. Ja, sprich mit der Göttin. Ta-Scherit wird dir nachher das deinige bringen, damit dein Herz juble und es dir wohlergehe."

„Schon gut, schon gut." Sasemit erhob sich mühsam. Ihr Blick fiel auf Irinefer, der aus einiger Entfernung ihre Behandlung beobachtet hatte. „Wer ist das? Ihn kenne ich noch nicht."

„Wer? Ach, der! Das ist ein neuer Diener des Vorarbeiters. Neferhotep brachte ihn vor einigen Tagen ins Dorf."

„Geht jetzt!" befahl Sasemit den Kindern und scheuchte sie mit einer Handbewegung fort. Sie spähte zu Irinefer hinüber, der sich nicht von der Stelle gerührt hatte.

„Düster ist es um ihn", sagte sie. „Ich sehe den Schatten des Todes."

Fahle Schatten der Dämmerung schoben die Dunkelheit der Nacht gen Westen, als Vorarbeiter Neferhotep eine gefaltete Decke über den Rücken seines Esels warf und Irinefer anwies, es ihm gleichzutun. Dann saß er auf und wartete geduldig, bis sein neuer Diener fertig war. Dieser hatte sich bei allen Arbeiten als recht anstellig erwiesen, doch der Umgang mit Eseln bereitete ihm Schwierigkeiten. Bereits nach wenigen Tagen war Irinefer zum ersten Mal gebissen worden. Der zweite Biß war bald darauf erfolgt, und so hatte der Vorarbeiter mehrere Stunden darauf verwandt, seinem schweigsamen Diener die Eigenheiten der Grautiere zu erklären. Aber es blieb dabei: Für Esel fehlte ihm die Hand.

Manchmal wunderte sich der alte Vorarbeiter über die Verschlossenheit, die einem Knaben seines Alters so wenig anstand. Gab er ihm Anweisungen, so lauschte Irinefer, nickte und tat, wie ihm geheißen. Auf Fragen gab er einsilbige Antworten und war offensichtlich froh, wenn ihn niemand behelligte. Vielleicht mußte man ihm Zeit lassen. Dann würde er sich irgendwann öffnen. Tat er es nicht, so war das eben der Wille der Götter.

Neferhotep winkte dem Wächter Minmose zu, der heute vor dem ‚Verschlossenen Haus des Ortes' Dienst tat und im Zwielicht des heraufdämmernden Morgens sein Frühstücksbrot verzehrte. „Bald ist's vorbei mit der Ruhe!" rief er und wies auf das Dorf, aus dem bereits Kindergeschrei und vereinzelte Rufe zu vernehmen waren.

„Wohl! Wohl!" gab Minmose lächelnd zurück. „Aber auch mit der Langeweile."

Irinefer war es inzwischen gelungen, auf den sich sträubenden Esel zu klettern. Er gab dem Tier einen Schlag mit der flachen Hand. Mit entrüstetem Schnauben setzte es sich in Bewegung.

Lange Zeit ritten sie schweigend hintereinander auf dem schmalen Felspfad in die Ebene hinunter. Die Sonne ging gerade auf, als sie die Stelle erreichten, wo der Weg sich verbreiterte und die Felsen den Blick freigaben auf die Weite des Fruchtlandes und die Reihe der Totentempel.

Der Vormann ritt an Irinefers Seite. „Ich möchte, daß du dir den Weg zur Fähre einprägst", sagte er, „ebenso wie die Strecke zum

Amun-Tempel. In Zukunft wirst du auch allein in meinem Auftrag unterwegs sein. Schriftstücke aus dem Haus des Lebens für mich holen sollst du bald ohne mich können."

Die Fähre bestand aus etlichen, mit Palmstricken aneinander befestigten Stämmen, auf die Bretter genagelt waren. Außer Irinefer und Neferhotep setzten noch einige Bauern, zwei Priester und eine alte Frau über den Nil. Gruß- und Scherzworte flogen hin und her, und der Vorarbeiter gab bereitwillig Auskunft auf die vielen Fragen. Die Menschen von Pa Cher, der Totenstadt, kannten sich größtenteils mit Namen oder zumindest vom Sehen. Ein neues Gesicht fiel auf, und Irinefer wurde herzlich begrüßt.

„Sieh hinüber zur Schweigenden!" Neferhotep wies auf das Gebirge auf dem Westufer, das gelb in der Morgensonne leuchtete. „Dort wohnt sie, Meretseger, die Herrin des Berges, die Geistergöttin. Von dort aus schaut sie das Antlitz ihres Herrn, denn von dort kann sie den Tempel des Amun in Ipet-Sut sehen. Wir in Pa-Tíme lieben sie besonders."

„Und den Gott Djeser-Ka-Ra Amenhotep", stellte der Knabe fest. „Und Ahmes-Nefertari."

„Ich sehe, du hast schon viel gehört im Dorf", meinte Neferhotep. Beide ließen sich auf den Planken nieder. „Du hast recht, diese Götter verehren wir besonders. Kennst du den Grund?" Irinefer schüttelte den Kopf, und der Vormann fuhr fort: „Der Gott Amenhotep herrschte vor langer Zeit als König über Ägypten, zusammen mit seiner göttlichen Mutter Ahmes-Nefertari. Zu dieser Zeit gab es den Großen Platz der Wahrheit noch nicht. Erst die Weisheit Amenhoteps und seiner Mutter ließ Pa-Tíme erstehen. So konnte der Sohn Amenhoteps, der große Aa-cheper-Ka-Ra Thutmosis, den Befehl geben, seine Wohnung für die Ewigkeit in dem Tal anlegen zu lassen, das heute die Stätte der *Ma'at* heißt."

„Der Gott hat Pa-Tíme selbst gegründet?"

„So ist es. Er befahl, es zu bauen, und seitdem beschützt uns seine Hand."

„Aber was ist mit Amun, mit Ra – und mit ... Ptah?"

Neferhotep bemerkte verwundert das kurze Zögern vor dem letzten Namen. „Mit Ptah? Ich hörte von Wabet, daß du zu Ptah betest." Er schloß für einen Augenblick die Augen und dachte nach. Dann sagte er: „Groß sind die Aufgaben der Ewigen. Die ehrfurchtgebietenden Götter regieren die Welt, das All, das Hier und das Dort. Auch wir in Pa-Tíme werfen uns vor ihnen in den Staub, ganz besonders vor Ptah, denn er ist der Beschützer des Handwerks und der Künste. Aber mit unseren Sorgen und Bitten gehen wir zu Amenhotep. Er spricht zu uns durch sein Orakel, wenn wir streiten. Sein Auge ruht voller Liebe auf unserer Gemeinschaft, denn wir liegen ihm besonders am Herzen. Wenn wir Kummer haben mit unseren Kindern oder unseren Liebsten, tröstet uns Ahmes-Nefertari. Alle Frauen schütten ihr das Herz aus. Auch Meretseger ist täglich bei uns, denn sie bewohnt wie wir das Gebirge. Sie ist die Herrin über Schlangen und Steine. Bei jedem Schritt, den wir tun, ist sie neben uns."

Irinefer antwortete nicht. Er starrte auf die glitzernde Wasseroberfläche.

„Du wirst die göttlichen Hüter Pa-Tímes kennenlernen! Und du wirst sie lieben, glaube mir. Denke nicht, wir zollten den großen Göttern unseres Landes nicht die schuldige Achtung. In einigen Tagen begehen wir zum Beispiel das Fest zu Ehren Ptahs." Besorgt sah Neferhotep die Augen seines *Bak* feucht werden. „Was hast du? Du darfst daran teilnehmen."

„Es ist nichts", murmelte Irinefer. „Alles in Ordnung."

Als die Fähre sich der Anlegestelle am Südhafen näherte, sah Neferhotep einen in Gold und Rot bemalten Schnellsegler im Hafen vor Anker liegen. Neben den anderen Flußschiffen nahm er sich aus wie ein Pfau inmitten von Hühnern. Die rotgoldenen Feldzeichen erkannte der Vormann auf den ersten Blick. Dies war die Barke des Königssohnes von Kusch.

Wenig später standen Neferhotep und Irinefer vor Chonsmose, dem greisen Vorsteher des Lebenshauses der Ipet-Sut.

„Du wirst mit mir vorliebnehmen müssen", sagte der Behüter des Schriftguts. „Roma-Roy bedauert, dich nicht empfangen zu können. Der Königssohn von Kusch nimmt ihn vollkommen in Anspruch."

„Das macht nichts", entgegnete Neferhotep. „Es gibt nichts Wichtiges, das ich nur mit ihm besprechen könnte. Ich benötige die Besitzurkunde eines Hauses am Südende von Pa-Tíme."

„Folge mir. Ich führe dich zu den Grundstücksverzeichnissen."

„Das Haus gehörte dem verstorbenen Paimen", erklärte Neferhotep im Weitergehen. „Sein Sohn will nun das Erbe antreten, aber Nachi, der neben ihm wohnt, behauptet, Paimen habe ihm den Hinterhof geschenkt und das auch beglaubigen und hier hinterlegen lassen."

„Ja, so etwas kommt leider oft vor", wandte sich der Beamte an Irinefer, der hinter den Männern durch den langen Gang trottete. „Alles, aber auch alles muß man schriftlich machen, merk dir das, mein junger Freund!"

„Das ist Irinefer", sagte Neferhotep. „Er soll mich in Zukunft öfter hier vertreten. Wenn er sich also an dich wendet, so wisse, ich bin es, der zu dir spricht. Und du, mein *Bak*, erweist dem ehrwürdigen Meister der Schriftrollen Achtung."

„Das wird er schon, ohne Zweifel." Chonsmose wies auf eine Tür und trat zur Seite, um ihn vorbeizulassen. „Hier ist es, Vormann. Sieh dieses Gestell, es enthält die Besitzurkunden sämtlicher Häuser von Pa-Tíme."

Durch eine Seitentür betraten die drei ein Zimmer, von dem aus durch zwei Türen weitere nach beiden Seiten offene Räume zu erkennen waren. Staunend sah Irinefer die vielen Tonkrüge und die hohen Gestelle. An ihnen lehnten wackelige Leitern, auf denen man die obersten Fächer erreichen konnte. Tausende von Papyrusrollen befanden sich allein in diesem Zimmer, das weder besonders groß noch ganz gefüllt war, wie Chonsmose erklärte.

„Sieh dahin, Irinefer!" sagte Chonsmose und zog ihn zum Durchgang, der in den Nachbarraum führte. „Dort sind die Ausgaben des

Schatzhauses verzeichnet. Als die Staatsverwaltung in den Norden umzog, hat man den größten Teil der Unterlagen hierhergebracht." In der Stimme Chonsmoses schwang unverkennbar Stolz. „Wenn ein Schreiber etwas Bestimmtes wissen will, sagen wir, Angaben über die Zuweisungen des Königlichen Schatzhauses an den Sobek-Tempel der Stadt Tjebu im Schlangengau, und zwar nur aus dem dreizehnten Jahr des Königs Men-cheper-Ra Thutmosis, was wird er tun? Im Raum dieses Königs würde er suchen und die Summe in der entsprechenden Urkunde unter der Spalte Ausgaben des Schatzhauses, Jahr dreizehn, Tempel, Schlangengau, finden."

In Men-nefer hatte seine Ausbildung im Lebenshaus des Ptah-Tempels noch nicht begonnen, aber dennoch vermochte Irinefer die Bedeutung dieser Sammlungen durchaus einzuschätzen. Wie oft hatte Tefnacht in seinem Unterricht den fruchtbaren Wettbewerb zwischen den Häusern des Wissens in Men-nefer und Waset betont. Er hatte zu eindrucksvoller Fülle auf beiden Seiten geführt: Der Ptah-Tempel war mit staatlichen Verträgen und Verwaltungsschriftstücken besser bestückt, wohingegen das Lebenshaus des Amun-Tempels in Werken der Dichtkunst und Wissenschaft führte. Sein Bestand an schöngeistigen Werken und gelehrten Schriften suchte seinesgleichen auf der Welt. Kein Satz, der seit Anbeginn der Zeiten im Geliebten Land geschrieben worden war, fehlte in der gewaltigen Sammlung. Sprüche der Weisen, Lehren der Götter, Märchen, Sagen, Geschichten und Gedichte stapelten sich neben Papyri mit Rezepten für Arzneien, Anweisungen zum Schienen gebrochener Gliedmaßen und der genauen Beschreibung von Schädelöffnungen.

Draußen waren schnelle Schritte zu vernehmen.

„Chonsmose! Hast du Ihi gesehen? Er wollte im Hof auf mich warten, aber ich kann ihn nicht finden."

„Er ist nicht hier", Chonsmose hob seine Hand. „Sprich leiser, Djehuti. Hier wird gearbeitet."

Ein verwachsener Knabe schlüpfte so unbekümmert durch die Tür, als wäre er hier zu Hause. Er schob sich an dem alten Mann vorbei und spähte suchend um sich.

„Dein Freund würde nicht vorgelassen", sagte Chonsmose kühl. „Schließlich ist er nur ein Fischer."

Irinefer warf dem Alten einen erstaunten Blick zu. Diese Bemerkung stand in Widerspruch zu Chonsmoses bisher gezeigter Freundlichkeit. Doch gleich richtete er seine Aufmerksamkeit wieder auf den verkrüppelten Knaben. ‚Wie gut, daß ich nicht bucklig bin', dachte er.

„Es gehört sich nicht, so zu starren!" mahnte Neferhotep, ohne sich bewußt zu sein, daß auch er seinen Blick nicht von Djehuti wenden konnte. Er kam ihm sonderbar bekannt vor.

„Ihi mag zwar nur ein Fischer sein", sagte Djehuti ruhig, „aber er ist kein Geringer, und ich hole mir oft Rat bei ihm. Denn ein Unwissender ist er auch nicht."

„Kann schon sein!" gab Chonsmose zurück. Er ärgerte sich, denn er fühlte sich bloßgestellt. Da Djehuti aber keineswegs unbotmäßig gesprochen hatte, gab es keinen Grund, ihn zu tadeln. „Jedenfalls ist dein Fischer nicht hier, und soweit ich sehe, gibt es auch für dich keinen Grund, hier herumzulungern."

„Wie ist dein Name?" fragte Neferhotep. Der Krüppel beeindruckte ihn. „Was machst du hier?"

„Ich heiße Djehuti. Seine Hoheit, Prinz Amenmesse, hat mich von Buhen hierhergebracht."

„Er ist Sänger", warf Chonsmose ein.

„Ich lerne erst", sagte Djehuti mit belegter Stimme. „In Buhen konnte ich nicht so gut singen."

Neferhotep sah ihm forschend ins Gesicht. „Hier bist du lieber, habe ich recht?"

„Schon. Aber noch viel lieber möchte ich wieder nach Mennefer."

„Du kennst Men-nefer?" fragte Irinefer. Neugierig drehte sich Neferhotep zu ihm um. Men-nefer also! Etwas verband seinen Diener mit der Hauptstadt.

„Dort leben meine Eltern … nein, mein Vater ist dort. Ich würde gern mitfahren, wenn Seine Hoheit zu den Bestattungsfeiern reist."

„Bestattungsfeiern?" wiederholte Irinefer. Schwarze Schatten tanzten vor seinen Augen.

„Das Begräbnis des Hohenpriesters Bakenptah. Er ist ermordet worden."

„Irinefer!" Neferhotep lief auf seinen Diener zu und stützte ihn. Der Knabe wand sich in Krämpfen, und ungeachtet der würdevollen Umgebung erbrach er sich auf den Fußboden.

# DAS VERHÄNGNIS

Es war merklich kühler geworden in Waset, Ras Strahlen sengten nicht mehr, und ein zarter Wind strich lau und schmeichelnd über die Felder der Ebene. Es war *Peret*, die Jahreszeit der Aussaat. Auf den Äckern der weitläufigen Königsgüter erschollen die Befehle der Aufseher, die mit scharfem Blick die Bauern überwachten. Diese gingen hinter Ochsen her und streuten aus grobleinenen Säcken, die sie um ihre Oberkörper geschlungen hatten, eine Handvoll Saatkörner nach der anderen in die schwarzen, feuchten Furchen. Die Überschwemmung war in diesem Jahr üppig ausgefallen. Tief war das Wasser in den Boden eingedrungen, und selbst nun, im dritten Monat des *Peret*, glitzerte allenthalben noch der fruchtbare Schlick auf den Erdschollen.

Auch die Handwerker am Großen Platz der Wahrheit genossen die frischere Luft. Sie schwitzten weniger und staunten wie jedes Jahr, um wieviel schneller als im Sommer die Arbeit voranging und die Wände sich mit den erhabenen Bildern bedeckten.

Vier freie Tage lagen hinter den Menschen in Pa-Tíme, Tage, an denen sie mit Umzügen, Opfern und Gesängen dem Ortsgott Amenhotep gehuldigt hatten. Die meisten bedauerten lebhaft, daß ein neuer Arbeitszehntag beginnen sollte.

In die Festtage waren dieses Jahr gleich drei Geburten im Ort gefallen, was zu weiteren ausgelassenen Feiern und üppigen Gelagen Anlaß geboten hatte. Als letzte war Wabet entbunden worden. Ihre jüngste Tochter Scherit-Ra hatte am Abend zuvor das Licht der Welt erblickt.

Die Geburtslaube für Wabet hatte man auf dem Dach ihres Hauses errichtet, so war die Gebärende abgeschieden von der Familie, aber dennoch erreichbar für die Kinder. Als ihre Stunde herannahte, wurde Paneb von Auti mit Nachdruck aus dem Haus gewiesen, was er widerspruchslos hinnahm. Geburten waren Frauensache, damit wollte er nichts zu tun haben. Apachte folgte seinem Vater auf dem Fuße, wogegen dieser ausnahmsweise keine Einwände erhob. Ta-Scherit beaufsichtigte die kleinen Geschwister, fütterte sie mit Kuchen und erklärte ihnen, dies sei ein Festtag, denn wieder beschenkten die Götter sie mit einem neuen Spielgefährten. Als aber Wabets lautes Stöhnen durch die Räume hallte, sank allen der Mut. Die Kinder drängten sich ängstlich in einer Ecke des Empfangsraumes zusammen und beobachteten die Frauen, die leise, aber fröhlich schwatzten und sich überhaupt nicht um Wabets Qualen zu kümmern schienen.

„Warum schreit Mama so?" fragte Hemet-Maura mit weit aufgerissenen Augen.

„Muß sie jetzt sterben?" Das war die Stimme des kleinen Nebmehit.

„Na, na, Kleiner!" rief Auti aus und legte einen Stapel Tücher zur Seite.

„Iiemwaw, nimm du das Leinen!" sagte sie zur Schwester des Vorarbeiters Neferhotep, die den Kopf zur Tür hereinstreckte. Dann ließ sie sich auf dem Boden nieder und nahm Nebmehit auf den Schoß. „Deine Mutter wird nicht sterben. Im Gegenteil, sie gibt neues Leben! Fast alle Frauen schreien, wenn sie gebären. Nicht nur wegen der Schmerzen. Es sind Schreie der Kraft, Rufe der Siegesfreude!"

„Aber sie klingen so furchtbar!" wandte Ta-Scherit ein.

„Nicht furchtbar! Gewaltig, wild, mächtig! Eine Frau in ihrer Stunde ist wie ein Sturm an den Grenzen zwischen dem Diesseits und dem Jenseits. Sie tut, was die Götter ihr aufgetragen haben." Nach einem langen Blick in das ernsthafte, angespannte Gesicht des Mädchens setzte sie hinzu: „Wabet hat es nicht schwer bei ihren Geburten, glaube mir. Ich war bei jeder Niederkunft bei ihr, auch bei deiner! Außerdem ist Sasemit da. Die weiß genau, was zu tun ist. Geh lieber hinaus und spiele mit den Kleinen." Sie drückte dem Mädchen ein Tonpüppchen des Gottes Bes in die Hand. „Da, nimm und sprich ein Gebet! So kannst du deiner Mutter helfen."

Drei Stunden später stand Ta-Scherit neben Wabets Lager und starrte entzückt in das winzige, rote Gesicht ihrer kleinen Schwester Scherit-Ra. Sie hielt ihren Zeigefinger an die Hand des Säuglings, die sich sofort mit erstaunlicher Kraft um ihn schloß. Ta-Scherit quietschte vor Vergnügen. „Sie ist schön!"

Wabet lächelte erschöpft. „Das ist sie. Ungefähr so schön, wie du auch warst!"

Das Mädchen blickte in Wabets Augen, und das Herz schlug ihr bis zum Hals. „Ja", sagte sie nur. Ihr war, als habe sie etwas verstanden, wußte aber nicht, was es war.

Den Beginn des neuen Arbeitszehntages erlebte Paneb diesmal nicht mit. Er begrüßte den Neuankömmling in seiner Familie mit einem Vollrausch, der einen ganzen Tag Bewußtlosigkeit nach sich zog. Unter diesen besonderen Umständen ärgerte sich niemand darüber; die Arbeiter der Kolonne äußerten Verständnis, Ken-herchepeschef schrieb ‚betrunken' hinter den Namen Paneb auf die Abwesenheitsliste und setzte gleich für den nächsten und übernächsten Tag die Vermerke ‚fehlt wegen Frau und Kind' ein.

Als Paneb wieder zur Besinnung gekommen war und vor seine Haustür trat, kam der Wächter Penbui auf ihn zu. „He! Paneb! Da ist jemand, der dich sprechen will!"

„Wer ist es?"

„Ich habe keine Ahnung", schnaubte der Wächter mit allen Anzeichen der Empörung. „Er wollte mir seinen Namen nicht nennen. Er befahl mir, dich zu holen, und dies in sehr barschem Ton, das muß ich schon sagen!"

Der Fremde mußte wirklich unverschämt gewesen sein, denn gewöhnlich war Penbui kaum aus der Ruhe zu bringen. Er war ein gemütlicher, ja gutmütiger Mensch, dem allerdings eine unübersehbare Neigung zum eigenen Geschlecht eignete. In Pa-Tíme entlockten sein weibischer Gang und seine gezierten Bewegungen den Männern Grinsen. Die Frauen kümmerten sich kaum darum. Nur mit den Kindern, besonders mit den Heranwachsenden, hatte Penbui seine liebe Not. Allzu gerne äfften sie ihn nach, piepsten mit heller Singsang-Stimme, stolzierten mit vorgeschobenem Becken und weit ausholenden Hüftbewegungen um ihn herum und wackelten mit den Hinterbacken. Der Umgang mit den Jugendlichen stellte für den Wächter den Schmelzofen dar, in dem seine Gelassenheit geformt und gehärtet wurde. Vor vielen Jahren hatte er beschlossen, diese offenbar unausrottbaren Unarten einfach zu übersehen oder mit gleichbleibender Freundlichkeit zu erwidern. Seine Würde litt darunter nicht. Penbui war hilfsbereit; er lieh jedem sein Ohr, der mit Schwierigkeiten zu ihm kam. Vor allem trug er niemandem etwas nach. Wenn nötig, stand er auch denen zur Seite, die ihn kurz zuvor noch verhöhnt hatten. Für fast jeden Jüngling in der Siedlung kam irgendwann die Stunde, da er der Menschlichkeit und Güte dieses einfachen Mannes gewahr wurde und sich der hartherzigen Witze zutiefst schämte.

„Wie sieht er aus?" fragte Paneb.

„Er ist gut gekleidet, sehr gut sogar, und scheint wenig Geduld zu haben. Er sagte, ich solle meinen fetten … nun ja, ich solle mich schleunigst in Bewegung setzen, um dich herbeizuschaffen." Die beiden Männer wanderten nebeneinander auf den Nordeingang des Dorfes zu, wo sich außerhalb der Dorfmauer das ‚Verschlossene Gebäude des Ortes' befand. „Da drin ist er. Wenn du erlaubst, gehe ich nicht mehr hinein, um dich vorzustellen."

Paneb nickte und schritt durch die Tür. Seine Augen brauchten einen Augenblick, um sich an das Halbdunkel im Inneren zu gewöhnen. Das ‚Verschlossene Gebäude des Ortes' bestand aus einem einzigen großen Raum. Er war vollkommen leer, nur an der Stirnseite stapelten sich einige Hocker, die als Sitzgelegenheiten für die Mitglieder des Gerichts bei den Sitzungen der *Qenbet* dienten.

Bei Panebs Eintritt wandte sich ihm ein hochgewachsener Mann mit auffallend breitem Gesicht zu. „Bist du Paneb, Arbeiter am Großen Platz der Wahrheit?"

„Der bin ich."

„Ich suchte dich im Tal, aber dort sagte man mir, du seist zu Hause in der Siedlung."

„Familienangelegenheiten."

„Wie dem auch sei, ich fordere dich auf, mich zu begleiten, und zwar jetzt."

Die letzten Worte wurden in einem Ton gesprochen, der deutlich zeigte, daß Widerspruch nicht erwünscht war. Kein Wunder, daß sich Penbui erzürnt hatte. Auch auf Panebs Stirn erschien eine Zornesfalte. „Wer bist du?" fragte er grimmig. „Wie kommst du dazu, in diesem Ton mit mir zu sprechen?"

„Mein Name ist Imenmose", entgegnete der Fremde hochmütig. „Ich bin der Berater Seiner Hoheit, des Prinzen Amenmesse! Seine Hoheit wünschen nicht zu warten!" Es stand ihm deutlich ins Gesicht geschrieben, was er davon hielt, wegen eines Arbeiters den beschwerlichen Weg nach Pa-Tíme auf sich genommen zu haben.

Am liebsten hätte Paneb dem Burschen die Faust in sein eingebildetes Gesicht geschlagen. In diesem Fall aber empfahl sich Beherrschung. Auf Nachricht des Königssohnes von Kusch wartete er schon ungeduldig. „Amenmesse ist hier?" fragte er.

„Es handelt sich um Seine Königliche Hoheit, den Prinzen Amenmesse!" zischte Imenmose, jede Silbe betonend. „Er erwartet den gewöhnlichen Arbeiter Paneb, der ist wie der Dreck unter seinen Füßen, in der Festung *Ta-Set-Meri-Djehuti* in der Totenstadt. Er gebietet, daß jener Wurm Paneb sich unverzüglich zu ihm begibt, um sich vor ihm in den Staub zu werfen."

Paneb mußte grinsen. Daher wehte der Wind. Imenmose dünkte sich hoch über ihm stehend und war wütend, daß Amenmesse jemanden wie ihn zu sehen wünschte. „Oh, er hat mir schon mitteilen lassen", sagte er leichthin, „daß er sich unbedingt mit mir unterhalten wolle, mein Freund Amenmesse!"

„Du … du … Ungeziefer!" fauchte Imenmose, und rote Flecken erschienen auf seinem Gesicht. „Das wirst du bereuen! Es spricht sich nicht mehr so frech mit abgeschnittener Nase!"

„Lächerlich!" höhnte Paneb. „Ich glaube nicht, daß der gute Amenmesse erfreut sein wird, wenn er aus meinem Munde vernimmt, wie seine Freunde von seinen Dienstboten behandelt werden."

Damit hatte er sich einen Feind fürs Leben gemacht. Imenmose warf ihm einen mordlüsternen Blick zu, antwortete aber nicht. Er drehte sich um und bedeutete Paneb, ihm zu folgen.

Mit langen Schritten durchmaß Amenmesse die große Halle der Festung *Ta-Set-Meri-Djehuti*. ‚Wie ein gefangener Löwe!' dachte Hau-nefer, der Ortsvorsteher der Stadt Waset. Seine Unterredung mit dem Königssohn von Kusch war soeben zu Ende gegangen. Er hatte erläutert, welche Maßnahmen die städtische Verwaltung zu treffen gedachte, um den Feldzug im Wawat zu unterstützen. Die Verhandlungen hatten sich äußerst schwierig gestaltet. Nach seiner, Hau-nefers, Ansicht konnten die Gaben der Stadt nur geringfügig sein, eine Einstellung, die seinem königlichen Gegenüber nur ein verächtliches Lächeln entlockt hatte. Amenmesse stellte ungeheure Forderungen, die die Mittel der Stadt bei weitem überstiegen. Nach Auffassung des Ortsvorstehers dienten die städtischen Vorratshäuser dazu, die Versorgung der Bevölkerung im Notfall sicherzustellen, und nicht, die hungrigen Mägen Tausender Soldaten zu füllen. Doch Amenmesse war den Einwänden gegenüber taub geblieben.

„Haben wir uns verstanden, Hau-nefer?" fragte Amenmesse noch einmal. „Sowie du Nachricht von mir erhältst, setzt du die Karawane mit Weizen, Gerste und Henqetfässern in Marsch."

Hau-nefers Gesichtszüge verzogen sich, als litte er unter heftigem Leibschneiden. „Ich werde mein möglichstes tun, o Edler, o Großer! Aber siehe, du bringst mich in eine äußerst schwierige Lage. Was geschieht, wenn die Menschen merken, daß der Erste ihres Ortes sie möglicherweise dem Hungertod überantwortet hat?"

„Und was geschieht, wenn die Menschen merken, daß Nehesiu mit Messern zwischen den Zähnen vor ihren Türen stehen, um sie abzuschlachten? Unsere Besprechung ist nun beendet, *Hati-a*! Im Namen Pharaos, Leben, Heil, Gesundheit, danke ich dir für deine bereitwillige Mitarbeit!"

Während Hau-nefer wie ein geprügelter Hund zur Tür hinausschlich, ließ sich Amenmesse aufatmend in einen Sessel fallen. Jetzt stand ihm nur noch die Unterredung mit dem Diener am Großen Platz der Wahrheit bevor, und die würde sich hoffentlich angenehmer gestalten. Wenn er den Berichten seiner beiden Abgesandten glauben durfte, war dieser Paneb ein Mann genau nach seinem Geschmack. Einer, der sich nicht scheute, auch einmal vom geraden Pfad abzuweichen. Er mußte an Cha-em-hedjet denken. Von ihm hatte er gelernt, daß krumme Wege oft leichter zum Ziel führen als die mühselige Plackerei ehrlicher Anstrengung. Für Cha-em-hedjet schien es keine Hindernisse zu geben, die man nicht durch geschicktes Ausnützen der Schwächen anderer aus dem Weg räumen konnte. ‚Ich bin ihm gegenüber im Nachteil', grübelte er. ‚Ich weiß nicht, worauf er hinauswill, er dagegen kennt meine Pläne und meine Wünsche genau.' Doch solange Cha-em-hedjet ihm auf so treffliche Art und Weise zu Diensten war, wollte er ihn in jeder Weise gewähren lassen. ‚Notfalls kann ich ihn ja töten lassen!' sagte er sich zufrieden.

Es klopfte an der Tür, ein Soldat betrat den Raum und machte seine Ehrenbezeugung, indem er zweimal auf den Boden stampfte. „Imenmose ist zurück, *Mer Mescha*", meldete er. „In seiner Begleitung befindet sich der gewünschte Mann."

„Bring ihn zu mir!"

„Wie du befiehlst!" Der Soldat verschwand, und nach einer Weile erschienen an seiner Stelle ein betont selbstsicher auftretender Imenmose mit dem Handwerker im Schlepptau.

Paneb konnte sich nun doch eines Gefühls der Unsicherheit nicht erwehren. Wenn er sich für gewöhnlich auch recht großspurig gab, so fühlte er doch wie jeder andere im Lande Kemet tiefe Ehrfurcht vor der Familie des Königs. Wie durfte er Amenmesse ansprechen? Würde ihn der Glanz der göttlichen Abkunft zu Boden strecken? Sein Magen zog sich zusammen, und die schweißnassen Hände zitterten. Er wagte nicht, den Blick zu erheben, als er neben Imenmose vor dem Königssohn von Kusch stand. Ein grober Stoß in die Rippen, und er sank zu Boden.

„Dein ergebenster Diener, Hoheit!" hörte er Imenmose murmeln.

„Erhebt euch!" schnarrte Amenmesse. „Du hast meine Anweisungen zu meiner Zufriedenheit ausgeführt, Imenmose. Du magst dich entfernen!"

Verstohlen musterte Paneb sein Gegenüber, einen mittelgroßen Mann mit breitschultriger, soldatischer Gestalt. Das schmale Gesicht mit der niedrigen Stirn und der langen, geraden Nase über den zusammengepreßten Lippen vermittelte den Eindruck von Unrast. Amenmesses große, dunkelbraune Augen waren in ständiger Bewegung, ebenso seine Hände, die am Gürtel herumfingerten.

„Du bist also der Steinmetz Paneb!" stellte Amenmesse fest. „Meine Gesandten haben dich als einen Mann von ungewöhnlicher Klugheit beschrieben, obgleich du von einfacher Geburt bist. Du seist einer, dessen Weitblick die Gegebenheiten durchdringt so schnell wie ein Pfeil, der die Sehne des Bogens verläßt." Er wartete. Als keine Antwort kam, sagte er: „Du magst ohne Scheu sprechen!"

Paneb räusperte sich. „Es ehrt mich, daß dir solches berichtet wurde, Hoheit. Ob es stimmt, weiß ich nicht. Eines nur ist sicher: Ich will dir dienen mit all meiner Kraft. Du mußt mir nur mitteilen, was du von mir erwartest."

„Wohl gesprochen, Paneb!" Amenmesse nickte beifällig. „Du bist der Sohn des Vorarbeiters, habe ich gehört?"

„Sein Ziehsohn. Neferhotep bildete mich aus und sieht mich für seine Nachfolge vor. Er hat keinen leiblichen Sohn."

„Dann bist du ihm wohl sehr dankbar und ehrst ihn, wie es deine Pflicht ist!"

Etwas in der Stimme ließ Paneb aufhorchen. „Ich achte ihn sehr ...", er setzte seine Worte sorgfältig, „er hat mir nur Gutes zukommen lassen, aber ..."

„Was aber ...?" fragte Amenmesse lauernd.

Das war der gefährliche Punkt. Paneb wußte, daß er entgegenkommen mußte. Von nun an bewegte er sich auf unsicherem Gebiet. Was wollte der Mann hören? „Neferhotep und ich ... nun, wir sind nicht immer einer Meinung, will ich damit sagen. Mein

Ziehvater hat ein sehr enges Verständnis von dem, was richtig und *ma'at*-gerecht ist. Er hängt am Althergebrachten, und seine Redlichkeit ist über jeden Zweifel erhaben."

„Und das ist die deinige nicht?" fragte Amenmesse sanft.

„Doch, doch!" keuchte Paneb erschrocken. Aufpassen mußte er wie ein Schakal auf Beutezug! Er durfte ja nicht den Fehler begehen, sein Gegenüber zu unterschätzen. „Auch meine Anständigkeit steht sicher auf festem Grund, Hoheit! Aber meine Lebensregel lautet: ‚Werde musterhaft, ohne zu übertreiben!' Und ich betone den zweiten Teil."

„Was willst du damit sagen?" Die Stimme klang weich, geradezu verlockend.

„Ich will damit sagen, daß man genau darauf achten muß, welche Umstände bestimmte Handlungen erfordern. Es sind manchmal verschlungene Wege, die zu einem großen Ziel führen."

Amenmesse lachte laut. „Niemals hätte ich vermutet, einen Weisen unter den Handwerkern von Pa-Tíme anzutreffen! Aber du hast recht. Laß uns also offen sprechen. So ist gegenwärtig die Lage: Ich bin auf dem Weg, die elenden Nehesiu wieder Achtung vor dem Zweifachen Land zu lehren, während Seine Erhabenheit, Leben, Heil, Gesundheit, zusammen mit meinem Vater, dasselbe mit den abscheulichen *Libu* vorhat. Wahrscheinlich ahnst du, wie schwierig diese Aufgaben und welch große Gefahren damit verbunden sind. Leider kann ich nicht überall zugleich sein. Ich brauche jemanden, der für mich in Waset und Pa Cher die Augen offenhält und mich tatkräftig unterstützt."

Paneb schwindelte es, als er das hörte. Der Königssohn von Kusch weihte ihn in seine Pläne ein! „Ich werde es mir als große Ehre anrechnen, dieser Mann zu sein."

„Das freut mich. Aber höre weiter: Du weißt, wie leicht in den Schlachten gegen Kemets Feinde Leben verloren werden. Auch königliche Leben."

Paneb lauschte. Worauf wollte Amenmesse hinaus?

„Ich werde zu dir nun etwas sagen, das du unter keinen Umständen irgend jemandem erzählen darfst. Falls dir je ein unbedachtes

Wort entschlüpfen sollte, wirst du den entsetzlichsten Tod sterben, den je ein Mensch erlitten hat!"

Einen Augenblick lang wünschte Paneb, er wäre daheim im Dorf, würde friedlich vor seinem Hause sitzen und von alledem nichts wissen. „Niemals wird eine Silbe über meine Lippen kommen", sagte er erstickt. „Eher lasse ich mich bei lebendigem Leibe zerstückeln!"

„Genau dies würde im Zweifelsfall mit dir geschehen!" erwiderte Amenmesse freundlich. „Ich erwarte von dir, daß du geeignete Arbeiter auswählst und mit ihnen den Bau meiner Wohnung für die Ewigkeit am Großen Platz der Wahrheit vorbereitest. ... Sprich nicht!" fügte er schnell hinzu, als Paneb zum Sprechen ansetzte. „Ich erwarte, daß du so vorsichtig zu Werke gehen wirst, daß niemandem, weder deinem Stiefvater noch den Schreibern oder sonstigen Großen, etwas Ungewöhnliches auffällt!"

„Aber wie sollte das möglich sein? Ich kann doch keinen Grabbau geheimhalten!" stieß Paneb hervor.

„Begreifst du nicht schneller? Denke doch nach! Ihr arbeitet doch an Gräbern!"

„Du meinst ...? Bei Amun und allen Göttern!" stammelte Paneb. „Ein Grab, das für einen anderen ...?"

„Schweig!" befahl Amenmesse. „Ich sprach von Vorbereitung! Wenn meine Leute dich nicht völlig falsch eingeschätzt haben, wirst du das Richtige tun. Es wird im übrigen dein Schaden nicht sein. Jetzt beruhige dich!" Er mußte dem Mann eine Pause gewähren. Sein nächstes Ansinnen würde Paneb noch größeren Schrecken einjagen. „Was hat dir Imenmose mitgeteilt?" fragte er, um ihn abzulenken.

„Er sagte, das Gespräch mit Neferhotep sei ein Fehlschlag gewesen. Der Vorarbeiter habe die Boten völlig mißverstanden."

„Weißt du, ob Neferhotep diesen Besuch bei irgendeiner Gelegenheit erwähnt hat?"

Paneb überlegte kurz. „Ich glaube es nicht. Allerdings würde man mir auch nicht allzuviel berichten, fürchte ich."

Amenmesse schritt nachdenklich auf und ab. Vielleicht hatte der Vorarbeiter Stillschweigen bewahrt. Bei keiner seiner Unterredungen mit den Großen Wasets war auch nur die kleinste Andeutung von Unregelmäßigkeiten lautgeworden. „Da gibt es eine Kleinigkeit, auf die ich dich aufmerksam machen möchte."

„Bitte, Hoheit?"

„Am vergangenen Abend speiste ich in Waset im Hause des Festleiters des Amun. Du kennst ihn?"

„Ich habe die Ehre, dem edlen Maja bekannt zu sein."

„Dann bist du womöglich auch seinem Weib begegnet, der ebenso schönen wie habgierigen Ahhotep? Sie kannte dich nämlich."

„Ich bin ihr manchmal zu Diensten, Hoheit", sagte Paneb verdrossen. Wer wußte sonst noch von seinen verschwiegenen Stelldicheins in der Oststadt? „Sprich es nur aus, du weißt ohnehin alles."

„Es ist mir vollständig gleichgültig, mit wem du deine Lust befriedigst, Steinmetz. Es hat mich allerdings seltsam berührt, in Ahhoteps Gemächern eines Bechers ansichtig zu werden, der die Namensringe des Osiris Men-cheper-Ra Thutmosis aufweist."

Paneb erbleichte. Es war um ihn geschehen!

„Kannst du mir erklären", sprach Amenmesse weiter, „wie dieser Becher, der in den Tiefen der Ewigen Wohnung dieses Gottes ebendiesem Gott dienen soll, in Ahhoteps Schlafraum gelangt ist?"

Paneb war so bestürzt, daß er sich nicht fragte, was Amenmesse überhaupt in den Gemächern der Festleitersgattin zu suchen hatte. „Äh, äh ...", stotterte er. „Ich weiß nicht ..."

„Du wagst es, deine Schuld zu leugnen?" schrie Amenmesse so plötzlich, daß Paneb einen Schritt zurücksprang. „Zufälligerweise war Ahhotep nicht so verstockt! Sie hat schneller begriffen als du, daß Lügen sie in eine ausweglose Lage gebracht hätten! Du hast ihr diesen Becher verschafft, Grabräuber Paneb, Schänder der *Ma'at*, du Verbrecher vor den Göttern!"

„Du glaubst dieser Frau?" fragte Paneb mit flackerndem Blick. „Was, wenn ich diese Anschuldigungen bestreite?"

„Das würde ich dir nicht raten."

Es lag etwas grausam Endgültiges in Amenmesses Worten, das Paneb augenblicklich den Mund versiegelte. Er starrte vor sich auf den Boden und wartete. Nichts gab es mehr zu sagen. Sein Leben endete hier. Er kannte die Strafen für Grabraub. Wenn er viel Glück hatte, würde man ihn nur pfählen und dann verbrennen, wahrscheinlich aber würde man ihn viel langsamer und ausgeklügelter zu Tode foltern.

Ein langes Schweigen entstand. Amenmesse genoß es in vollen Zügen. Je angstvoller diesem Burschen zumute wurde, je fürchterlicher ihn seine Todesangst peinigte, desto dankbarer und ergebener würde er sein, wenn er sein jämmerliches Leben zurückerhielt. „Du weißt, daß du dein Leben verwirkt hast! Aber manchmal ist das Schicksal gnädig auch zu Menschen, die solches nicht verdient haben ..." Er ließ eine bedeutsame Pause folgen. Paneb horchte auf. Gab es doch noch Hoffnung? „Es könnte sein, daß ich dich unter bestimmten Umständen weiterleben lasse."

„Welche Umstände wären das?"

„Du dienst mir in jeder Hinsicht!"

„Aber das ist ohnehin der Fall! Mein Leben, meine Treue, alles gehört dir!"

„Du verstehst mich nicht ganz. Du wirst mir auf dieselbe Weise dienen, wie du Ahhotep ...!"

„Hoheit!" schrie Paneb auf. „Du meinst ...!"

„Schweig!" unterbrach Amenmesse scharf. „Als erstes lernst du, dich zu beherrschen!"

„Verzeih, Großer! Von jetzt an wirst du in keiner Weise mehr zu klagen haben über deinen Diener." Paneb sank langsam in die Knie und ließ sich dann auf den Bauch fallen. „Tu mit mir, was du willst, Herr. Ich bin dein!"

„Du hast deinen Platz gut gewählt, Steinmetz!" erklärte Amenmesse kalt. „Im Staub zu meinen Füßen wirst du von nun an immer leben." Als Paneb eine Bewegung machte, fuhr er schneidend fort: „Ich habe dir nicht erlaubt, dich zu erheben! Höre genau zu: Die Götter im heiligen Tal der toten Herrscher sind meine Väter und Vorfahren. Sie geben mir durch dich, was notwendig ist, um das Geliebte Land vor seinen Feinden zu retten. Sie erleiden keinen Schaden, denn sie werden alles zehntausendfach von mir zurückerhalten. Du weißt, was dir bevorsteht, wenn ich nicht zufrieden bin."

„Ja!" stöhnte Paneb.

Amenmesse lächelte. „Dann muß ich es dir ja nicht beschreiben."

Paneb murmelte etwas Unverständliches.

„Was redest du?"

„Was geschieht mit Ahhotep?" preßte Paneb aus seiner unbequemen Stellung hervor.

„Das hat dich nicht zu bekümmern. Du hast bereits vergessen, daß eine Frau dieses Namens lebt." Amenmesse dachte einen Augenblick nach, dann fuhr er fort: „Ich werde dich wissen lassen, wenn es Zeit ist, gewisse Dinge in Angriff zu nehmen. Der Mann, der dir dies mitteilen wird, ist Imenmose. Das ist alles."

Danach blieb es still. Paneb lag wie gelähmt vor Verwirrung über diese unerwartete Wendung. Unfähig, einen klaren Gedanken zu fassen, wollte er nur weg von hier. Das Bild Wabets tauchte in seiner Vorstellung auf, Wabet, die seine neugeborene Tochter nährte. Er fühlte sich so elend wie nie zuvor. Lange dauerte es, bis er merkte, daß er allein war. Amenmesse hatte den Raum verlassen.

Ein schläfriges Halbdunkel erfüllte den Raum. Als Baket-Ra die Augen öffnete, glaubte sie, in einem Boot auf dem Fluß zu liegen, so sehr schien der Untergrund zu schwanken. Die Wand am Fußende des Bettes wölbte sich nach innen, und ihr war, als bewege sich die Wölbung bedrohlich auf sie zu. Ein Geruch wie von nasser, morastiger Erde strich ihr um die Nase. Nach einer Weile merkte sie, daß er von dem verkrusteten Blut auf ihrem Gesicht kam. Ihre Lider schlossen sich wieder, und sie versuchte trotz der Schmerzen, sich behutsam zu bewegen. In ihren Ohren dröhnte es. Als sie sich, nach einer Ewigkeit, wie es schien, in halb aufrechte Stellung gestemmt hatte, überfiel sie Brechreiz. In Krämpfen würgte sie und erbrach blutigen Schleim. Dann kehrte die Erinnerung zurück. Nacht hatte sie geschlagen, grausamer noch als sonst. Es schien, als habe er sein früheres Wesen abgelegt, so wie er jedesmal, bevor er sich über sie hermachte, den Schutzanhänger ablegte, den sie ihm geschenkt hatte. Mit dem *Anch*-Zeichen und der Feder, den Sinnbildern von Leben und Wahrheit am Handgelenk, brachte er es nicht fertig, sich an ihr zu vergehen.

Wie konnte es geschehen, daß ein Leben in so kurzer Zeit zerbrach? So lange lag es doch nicht zurück, daß sie Teil einer Familie gewesen war, zur Dorfgemeinschaft gehört hatte? Jetzt waren die Kinder verschwunden, Nesmut haßte sie, Nacht hatte sich in ein blutgieriges Ungeheuer verwandelt, und von Niu wußte sie nicht, ob sie ihn jemals wiedersehen durfte.

Diesmal hatte Nacht sie nur verletzt, das nächste Mal würde er sie töten. Vielleicht sollte sie sich nicht mehr wehren? Mochte Nacht sie doch umbringen, was lag ihr daran! Und wenn auch das Wägen ihres Herzens beim Eintritt in die andere Welt zu ihren Ungunsten ausfiele, schlimmer als Nacht konnte keine ewige Verdammnis sein! Aber dann fielen Baket-Ra die Zwillinge ein. Seltsamerweise konnte sie sich an ihre Gesichter nicht erinnern, nur die Bänder an ihren Armen sah sie vor sich, rot und blau, blau und rot ... nein, sie wollte lieber doch nicht sterben, sie durfte nicht aufgeben.

Wie dunkel es war! Der Abend war längst hereingebrochen. Durch den waagrechten Fensterschlitz konnte sie zwei Sterne in der Dämmerung funkeln sehen. Noch herrschte Stille im Haus, aber das konnte sich jeden Augenblick ändern. Gleich würde Nesmut heimkehren und eine vorbereitete Mahlzeit erwarten, To würde ebenfalls bald zurückkommen ... und Nacht?

Baket-Ra humpelte zu ihrer Truhe und nahm ein sauberes Kleid und ein Tuch für ihre Schultern heraus. Vorsichtig streifte sie sich das Gewand über, befestigte einen kleinen Beutel am Gürtel und hinkte zu dem niedrigen Tischchen mit der Waschschale und dem Handspiegel. Ihr Anblick im Spiegel, obwohl durch das Grau des Dämmerlichts gemildert, traf sie völlig unvorbereitet. Ein fremdes, zerschlagenes, verquollenes Gesicht, über das sich blutige Striemen zogen, starrte ihr entgegen. Verstört versuchte sie, mit einem Lappen das Blut wegzuwischen. Vergebens. Die Wunden brannten zu sehr.

Draußen in der Gasse wurden die Stimmen leiser, die Rufe der Kinder und das Lachen der Frauen verstummten. In den meisten Familien setzte man sich zum Abendessen zusammen. Die Zeit drängte. Sie atmete tief ein, drückte sich aus dem Raum und schlich dicht an der Mauer entlang zum rückwärtigen Ende des Hauses.

In diesem Augenblick öffnete Nesmut die Vordertür, durchschritt den Ruheraum und betrat das Empfangszimmer.

„Wo bist du?" rief sie. „Warum hast du nicht Ordnung geschaffen, wie ich dich geheißen habe?"

Baket-Ra stand an der Treppe, die zum Dachgarten hinaufführte. Sie hörte, wie Nesmut mit leisen, raschelnden Schritten in den hinteren Schlafraum eilte, und schlüpfte unter die Treppe. Dort kauerte sie, die Hände vor das Gesicht geschlagen, und versuchte, so flach wie möglich zu atmen.

„Komm sofort her!" Nesmuts Ruf klang nun deutlich lauter, und Baket-Ra hörte den Unterton von Abscheu. Die Frau mußte das verwüstete Lager entdeckt haben. „Ich befehle es dir!"

Baket-Ra rührte sich nicht. Sie sah die Alte vor sich, wie sie, den Oberkörper nach vorn geneigt, die Hand an das Ohr gelegt, lauschte und mit ihrem Raubvogelblick in die hereinfallende Dunkelheit starrte. ‚Gute Göttin!' flehte sie lautlos. ‚Laß sie wieder nach vorn gehen! Möge sie dort suchen!' Aber die Göttin schien sie nicht zu hören. Nesmut verließ den Schlafraum, blieb stehen, offenbar schwankte sie einen Augenblick, wohin sie sich wenden sollte, und eilte dann an der Treppe vorbei nach hinten zur Küche. Damit schnitt sie Baket-Ra den Fluchtweg durch den Hinterausgang ab. Die Küche stieß an die Grenzmauer des Dorfes, und von dort führte ein kleines Treppchen über den Wall hinunter in einen weiteren, außerhalb des Dorfes liegenden unterirdischen Vorratskeller. Diese schiefe Stiege bot eine unsichere, aber die einzige Möglichkeit, ungesehen zu verschwinden. Eine Flucht durch die Vordertür und anschließend die Dorfgasse entlang war undenkbar.

„Bist wohl davongelaufen, du faules Luder, meinst wohl, du könntest dich so einfach wegstehlen? Das könnte dir so passen! Wenn ich dich finde, dann wirst du dir wünschen, nie geboren zu sein! Baket-Ra! Komm endlich heraus!" Nesmut schimpfte und schrie, vor Zorn stieß sie mit dem Fuß an einige Töpfe und Kessel, rückte Schemel herum und hielt immer wieder inne, um zu horchen. Schließlich entzündete sie ein Öllämpchen und erschien mit hocherhobenem Licht in der Küchentür, der Inbegriff eines Rachegeistes.

Als Baket-Ra das Licht und dahinter Nesmuts bösen Blick sah, verlor sie fast die Besinnung vor Angst. Die Alte näherte sich langsam der Treppe, und Baket-Ra spürte, wie weiche, pelzige Schwäche sich in ihrem Leib ausbreitete. Warme Nässe rann an den Innenseiten ihrer Schenkel und Waden hinunter, und sie sank noch ein Stückchen weiter in sich zusammen.

Vorbei! Alles war zu Ende!

„Mutter! Baket-Ra! Wo seid ihr denn, verflucht noch mal? Kann denn hier keiner Licht machen?"

„Nacht!" schrie Nesmut und schlurfte in den vorderen Teil des Hauses. „Hier bin ich! Baket-Ra ist verschwunden! Davongemacht hat sie sich, das sittenlose Weib! Du hättest sie töten müssen, Nacht! Das ist dein Recht! Sie hat alles zerstört, alles! Sie nimmt sich bedenkenlos jeden Kerl! Ja, jedem Mann verdreht sie den Kopf!"

„Halt doch den Mund, Mutter!" herrschte Nacht sie an. „Wir müssen sie suchen! Du kannst mir glauben, sie bekommt ihre Strafe!"

Aber Nesmut war noch nicht fertig. „Sie hat Niu verhext! So eine darf nicht hiersein, die aus jedem Mann einen sabbernden Schwachsinnigen macht!" Sie holte Luft, und dann brach aus ihr heraus, was sie seit Jahren vergiftete. „Sogar To!" kreischte sie. „Auch Tos Blicke folgen ihr unablässig!"

Nacht betrachtete sie, als habe er sie noch nie zuvor gesehen. „Bist du wahnsinnig geworden?" fragte er voll Abscheu.

Diese Worte hörte Baket-Ra nicht mehr. Kaum hatte Nesmut den Außengang verlassen, war sie aus ihrem Versteck geschlüpft und wie ein Schatten durch die Küche geglitten. Alle Sinne richteten sich auf das Entrinnen, sie fühlte weder Schmerz, noch faßte sie irgendeinen Gedanken. So leichtfüßig huschte sie über die Dorfmauer, daß ihre Füße die Holztritte kaum berührten. Dann schob sie sich an der Mauer entlang nach Süden.

Inzwischen fielen die dunklen Schleier der Nacht über Pa-Tíme, an Nuts Leib glitzerten Sterne, und zwischen den Steinen zirpten die Grillen.

In einiger Entfernung polterten Steine.

Baket-Ra blinzelte und erkannte vor sich eine kleine, wohlvertraute Gestalt, die an der Dorfmauer entlanghüpfte. Wie ein aufgeregter Ziegenbock sprang das Mädchen mal auf die eine, mal auf die andere Seite und schwang die Arme hin und her. Langsam schlich sie näher. Die Kleine kam gerade recht. Sie brauchte jemanden, der Niu benachrichtigen konnte. Oder Neferhotep. „Ta-Scherit!" rief sie leise.

Das Kind blieb stehen. „Wer ist da? Komm heraus und zeige dich, wenn du kein Geist bist! Wenn du aber einer bist, dann will ich dich nicht sehen!"

„Ich bin kein Geist! Du brauchst nicht zu erschrecken! Ich bin Baket-Ra!"

„Baket-Ra? Aber du liegst krank in deinem Bett! Du kannst gar nicht hier sein! Das hat mir meine Mutter gesagt!"

„Komm hier herüber, ich muß dir etwas sagen!"

Ta-Scherit machte zögernd ein paar Schritte auf die Mauer zu. „Du bist bestimmt kein Geist?"

Ein Schauder, ein gehetzter Blick, Baket-Ra fröstelte. Niemand außer ihnen war zu sehen. Sie trat aus dem Schatten hervor. Der Mond war aufgegangen, und sein milchiges Licht schien auf die schwärzlich schimmernden Striemen auf ihren Wangen und die geschwollenen Lippen.

Ta-Scherit starrte sie an und schlug die Hände vor den Mund. „Aber … was ist mit deinem Gesicht? Bist du hingefallen?"

Baket-Ra zog sich in das Dunkel zurück. „So etwas ähnliches! Ich muß dich um etwas bitten, etwas, das du niemandem erzählen darfst! Du bist ein großes, vernünftiges Mädchen, und meine Töchter haben dich immer liebgehabt!"

„Wann kommen sie endlich zurück?" fragte die Kleine. „Was hast du? Warum schaust du so?" Sie drehte sich um. Jetzt sah sie es auch. Jemand näherte sich vom westlichen Dorfende her. Sie waren nicht mehr allein.

„Wer ist das?" fragte Baket-Ra.

„Das ist doch nur der neue Diener des Vorarbeiters! Du brauchst dich vor ihm nicht zu fürchten." Ta-Scherit winkte den Ankömmling heran und legte den Finger an ihre Lippen. „Du darfst nicht sprechen, Irinefer!"

„Bei Neferhotep arbeitet er?" Baket-Ra zwang sich zur Ruhe. Noch war ihre Flucht nicht entdeckt, noch gab es Hoffnung.

Irinefer stand nun neben Ta-Scherit und sah Baket-Ra ruhig ins Gesicht. Er schien nicht erschrocken zu sein, nicht einmal erstaunt. Als wäre es ganz gewöhnlich, mißhandelten Frauen in der Dunkelheit zu begegnen.

„Auch von dir muß ich Stillschweigen verlangen", sagte Baket-Ra zu ihm.

Irinefer nickte. Die Frau spürte, daß er sofort begriff, woher ihre Verletzungen rührten.

„Wann kommen Huti und Muti wieder?" wiederholte Ta-Scherit.

„Es wird nicht mehr lange dauern, hoffe ich. Ihr beide geht, so schnell ihr könnt, zu Vorarbeiter Neferhotep. Er soll diese Worte zu Niu sprechen: Baket-Ra ist fortgegangen aus dem Dorf. Sie wartet im Bierhaus der Qafi am Südhafen in Waset. Ferner fleht sie Neferhotep an, nichts davon Nacht oder Nesmut zu erzählen. Wenn er es doch tut, so ist es der Tod Baket-Ras!"

„Das verstehe ich nicht!" flüsterte Ta-Scherit. „Warum ist das dein Tod? Und weshalb willst du weg? Du sollst nicht fortgehen!"

„Sie würde umgebracht", sagte Irinefer, noch ehe Baket-Ra antworten konnte. Entsetzt starrte sie den Knaben an. Wie konnte er das so knapp und leidenschaftslos aussprechen?

„Das könnte geschehen", sagte sie leise. „Deshalb dürft ihr mit niemandem sprechen. Außer mit Neferhotep."

Ta-Scherit schluchzte auf. „Nein, nein, ich sage keinem etwas! Aber warum … ich fürchte mich! Bitte geh nicht! Darf ich auch nicht mit Mama sprechen?"

„Auch nicht mit deiner Mutter! Nur mit Neferhotep, mit ihm ganz allein!" Baket-Ras Stimme wurde fordernder. „Ihr seid meine einzige Hoffnung! Bitte beeilt euch! Was sollst du Neferhotep sagen? Ta-Scherit, wiederhole es, es ist wichtig!"

„Ich soll sagen: Neferhotep, sage Niu, daß Baket-Ra fortgegangen ist und im Bierhaus der Qafi in Waset wartet", zählte Ta-Scherit mit zitternder Stimme auf.

„Und …?" drängte Baket-Ra. „Was noch?"

„Und Neferhotep darf nichts zu Nacht und Nesmut sagen, weil … weil du sonst tot bist."

„Gut!" Ein Blick zu Irinefer. „Ich kann mich auch auf dich verlassen?"

„Ich verspreche es."

„Ich danke euch. Mein Leben hängt von euch ab, wißt ihr?"

Ta-Scherit ergriff die Hand Baket-Ras und legte sie sich an die Wange.

Die Frau biß sich auf die Lippen, um nicht zu weinen bei diesem Zeichen der Zuneigung. Sie sah den beiden nach, bis sie durch das Tor in der Mauer verschwunden waren. Während sie weiterging, griff sie nach ihrem Beutel. Ja, der Ring war noch darin. Sie würde ihn brauchen, wenn sie über den Fluß kommen wollte. An der Fährstelle würde man sie sofort erkennen. Es mußte sie also jemand heimlich hinüberrudern.

Es gab nur eine einzige Zufluchtsstätte im Zweifachen Land, die Baket-Ra aufsuchen konnte. Und die befand sich in der Südstadt von Waset.

Qafis Bierhaus hieß etwas großspurig *Glücksort des Südens*, aber in Wirklichkeit handelte es sich bei dieser Einrichtung um eine Schenke der einfachsten Sorte. Sie lag eine halbe Meile vom Südhafen entfernt in einer jener finsteren, übel beleumdeten Gassen, die keinen Namen trugen und so schmal waren, daß ein erwachsener Mann mit ausgebreiteten Armen beide angrenzenden Häuserwände berühren konnte. Die meisten der Einwohner Wasets mieden diese Gegend, denn ihnen waren die Männer nicht geheuer, die sich dort nachts herumtrieben, Burschen, die als Matrosen auf Flußschiffen schufteten, entlaufene Sträflinge aus nubischen Goldbergwerken, Arbeiter vom Hafen oder aus den Steinbrüchen der Ostwüste. Gottlose, hartgesottene Kerle waren sie, Raufbolde, deren Messer locker saßen und die lieber gleich zuschlugen, als lange zu reden. Sie schauten aus grimmigen Gesichtern, denen manchmal Nasen oder Ohren fehlten. Zu verlieren hatten sie kaum noch etwas. Sie waren Gezeichnete, gebrandmarkt wegen der Untaten, die sie verübt hatten.

Im Staub der Gassen hockten Bettler oder kriegsversehrte ehemalige Soldaten von den Feldzügen des Königs. Sie hatten nicht mehr in ein friedliches Leben zurückgefunden und berichteten nun den Kindern von ihren Heldentaten. Von ihren starken Schwerthieben schwärmten sie, unter denen zähnefletschende Sandbewohner und jämmerliche Nehesiu ihr elendes Leben ausgehaucht hatten. Mit ergriffener Stimme beschrieben sie, wie die Feldherren ihnen mit Tränen der Erschütterung für ihren Einsatz für Pharao gedankt hatten. Dazwischen nahmen sie tiefe Züge aus ihren Bierkrügen und versuchten, das Zittern ihrer Hände zu verbergen. Das Bier erhielten sie von mitleidigen Frauen der umliegenden Häuser, wofür sie Wächterdienste verrichteten, von denen jeder wußte, daß sie völlig sinnlos waren. In diesem Viertel gab es nichts, was zu bewachen sich lohnte.

Das Auffälligste am Hafenviertel war neben dem Gestank nach Fisch und Kot der Lärm, den seine Bewohner erzeugten. Niemand unterhielt sich anders als schreiend, die Frauen riefen die neuesten Untaten ihrer Männer von einer Tür zur nächsten, während sie Wäsche auf die Leinen hängten. Unzählige Kinder tobten durch die Gassen, und in den winzigen Werkstätten hämmerten, klopften und klapperten die Handwerker mit ihren Gerätschaften.

Wirkliches Kopfzerbrechen bereiteten den Großen der Stadt die vielen Toten und Kranken der Hafengegend. In keiner anderen Gegend Wasets starben so viele Neugeborene samt ihren Müttern, nirgendwo sonst lebten so viele Menschen mit Geschwüren und Ausschlägen, so viele Blinde und Lahme. Oft begegnete man lallenden und sinnlos kichernden Gestalten, Menschen, um deren Herz sich die Hand eines Gottes gelegt hatte. Die meisten Morde, Raufereien und Vergewaltigungen wurden hier verübt. Ein Sammelbekken des Elends, aber auch der brodelnden, wilden Lebensgier, Treffpunkt der Gescheiterten, der Abgebrühten, das war das Gewirr der Gassen um den Südhafen. Und vor allem war die Gegend ein Tummelplatz für Ratten.

Hier also führte Qafi ihre Schenke. Sie war eine freundliche, dicke Frau von über vierzig Jahren, die zwei Kleider von schwer bestimmbarer Farbe besaß, von denen eines so schmuddelig war wie das andere. Sie trug sie abwechselnd und verströmte durchdringenden Schweißgeruch. In ihrer Perücke hausten Milben. Vor Jahren hatte sie fast alle Zähne ihres Oberkiefers verloren, daher nuschelte sie stark und ernährte sich hauptsächlich von Gerstenbrei und Henqet. Niemand hätte ihren Anblick in Verbindung bringen können mit dem Bild des zartgliedrigen, anmutigen Geschöpfs mit seelenvollen Augen, das fünfundzwanzig Jahre zuvor in die Gegend gekommen war.

„Bleibe hier!" hatte ihre Mutter unter Tränen gefleht. „Handle nicht wider das, was dein Vater zu dir spricht! Tu uns das nicht an!"

Aber Qafi hatte sich geweigert zu hören. Sie verschloß die Ohren vor den Befehlen ihres Vaters ebenso wie vor den Bitten ihres Bruders Ramesi. Blind vor Liebe brach sie mit ihrer Familie und verließ Pa-Tíme, um einem jungen, glutäugigen Krieger namens Hah in die weite Welt zu folgen. Bis Iunu-Month, einer kleinen Stadt ein paar Meilen südwestlich von Pa-Tíme, kamen die beiden. Weiter wagten sie sich nicht. Qafi, inzwischen in Hoffnung, lebte in einem heruntergekommenen Anwesen mit einigen Tagelöhnern und ihren Frauen in bitterster Armut, während Hah sich einer Truppe Medjau anschloß, deren Aufgabe darin bestand, die Karawanenwege nach Suenet vor Überfällen zu schützen.

An der Geburt ihrer Tochter wäre Qafi beinahe verblutet. Sie entsann sich dieses Erlebnisses später als einer Hölle aus Angst, Blut und unerträglichen Schmerzen. Das Kind, das sie gebar, bekam sie nie zu Gesicht. Es starb wenige Stunden nach seinem Eintritt in diese Welt und war längst bestattet, als Qafi nach zwei Zehntagen aus ihrem Dämmerschlaf erwachte. Ihre kurze, traurige Mutterschaft hatte sie verändert, dunkle Schleier der Schwermut legten sich über sie, und sie brauchte ein Jahr, bis sie ein wenig von dem Frohsinn zurückgewann, der Hah so beglückt hatte. Nach ihrer Genesung verließen die beiden den Ort Iunu-Month und kehrten nach Waset zurück. Der Ausflug in die große Welt fand sein Ende in jenem Eckhaus im Hafenviertel, das für Qafi von da an die Stätte ihres Wirkens sein sollte. Niemals hätte ihr Stolz es ihr erlaubt, in die Totenstadt zurückzukehren. Pa-Tíme war für sie so weit entfernt wie das sagenhafte Punt, seit sie erfahren hatte, daß ihre Eltern beide kurz nacheinander in die Gefilde der Seligen aufgebrochen waren.

Ihr kleines Bierhaus entwickelte sich bald zur beliebtesten Trinkstube der Gegend, denn die junge Wirtin war gutmütig, schenkte reichlich ein, schimpfte wenig und verstand vor allem jeden auch noch so derben Witz.

Zwei Jahre nach der Einweihung des *Glücksorts des Südens* starb Hah unter den Hieben eines Wegelagerers. Zu dieser Zeit umgab Qafi bereits soviel Zuneigung in den düsteren Gassen, daß sie an diesem Schicksalsschlag nicht zerbrach. Die einzige bleibende Folge ihres Schmerzes war der Verlust ihrer Schönheit. Sie aß viel und wurde von Jahr zu Jahr dicker.

Ihr Bruder Ramesi blieb das einzige Bindeglied zwischen ihr und der Vergangenheit. Einmal im Jahr traf sie ihn am Hafen, und manchmal brachte er seine Kinder mit. Qafi freute sich über Kasas Ungestüm, seine spitzbübischen Streiche, aber nie rührte der Knabe ihr Herz so an wie Baket-Ra. Qafi liebte Baket-Ra von dem Augenblick an, da sie das Kind zum ersten Mal in die Arme geschlossen hatte. Auf geheimnisvolle Weise sah sie in dem schönen Mädchen sich selbst und betete zu den Göttern, es möge Baket-Ra vergönnt sein, einen zartfühlenden Mann zu bekommen und ein friedliches Leben zu führen. Ein Schicksal wie das ihrige wünschte sie ihr nicht. Keiner ahnte, wieviel Heimweh Qafi empfand in den Nächten, da kein Mann das Lager mit ihr teilte, und die wurden im Laufe der Zeit immer häufiger. Als die Kunde von Baket-Ras Heirat zu ihr drang, seufzte sie erleichtert auf. Für Baket-Ra hatten die Götter also eine Familie im Dorf vorgesehen! Die Geburt der Zwillinge entzückte Qafi so sehr, daß sie fast ihre gesamten Ersparnisse aus dem Versteck holte, zu einem Steinmetz ging und einen kleinen Weihestein anfertigen ließ. Einen ganzen Tag verbrachte sie in der Verwaltung von Pa Cher, wartete, bat demütig und erhielt schließlich die ersehnte Genehmigung, einen *Ach iker en Ra*-Weihestein aufzustellen. Sie bezahlte die verlangte Gebühr. Noch mehr silberne Wertringe von einem halben *Deben* Gewicht verlangte der Schreiber, der die Opferformeln und die Bitte an den *Ach* der verstorbenen Mutter Qafis aufsetzte. Als eine „Seele vortrefflich bei Ra" würde die Dahingeschiedene besonders wirkungsvoll beim höchsten Gott um Gunst und Fürsorge für die Kleinen bitten können.

Ein paar Zehntage nach dem freudigen Ereignis überquerte Qafi, die verpackte Steinplatte unter dem Arm, erstmals seit Jahren wieder den Fluß und stapfte den Pfad durch die Felder entlang, an den Tempeln vorbei, um die Hügelkuppe herum, bis sie das so lang vermißte Häusergewirr von Pa-Tíme vor sich sah. Im ‚Verschlossenen Haus des Ortes' wartete sie auf Baket-Ra und die Kleinen. Als die junge Mutter eintraf, verschlug es Qafi den Atem.

„Wie bist du schön!" flüsterte sie hingerissen.

„Aber nicht so schön wie diese!" hatte Baket-Ra lachend geantwortet und auf die Säuglinge gedeutet, die in einem Tragetuch an ihrer Brust ruhten.

Qafi seufzte bei der Erinnerung. Mit ausholenden Bewegungen schwang sie einen Strohbesen und kehrte sorgfältig den Schankraum. Alles war so wie immer, die Sonnenstrahlen fielen schräg durch die Tür, von draußen vernahm sie Kindergeschrei und Vogelgezwitscher, bald würde der Karren mit dem bestellten Henqet eintreffen. Doch aus einem unerfindlichen Grund war Qafi unruhig und bedrückt.

Vor dem Haus klatschten Kinder in die Hände und sagten die Sprüche auf, die zum *Ruit* gehörten, einem beliebten Ballspiel. Wieder und wieder schlugen die kleinen Bälle an die Hauswand.

‚Das fängt heute ja gut an!' dachte Qafi. Sie würde Kopfschmerzen bekommen, schon jetzt meldete sich ein dumpfer Druck hinter der Stirn. Außerdem brannte die Sonne trotz des frühen Morgens bereits mit großer Kraft, und infolge ihrer Körperfülle schwitzte sie heftig. Mit Schwung fegte sie den letzten Unrat zur Tür hinaus, stellte den Besen an seinen Platz in der Ecke und verteilte die Sitzmatten auf dem Boden.

„Qafi!" Eine weibliche Stimme wisperte von irgendwoher.

„Wer ist da?"

„Ich bin es!"

„Wer ist ‚ich'? So sprich und zeige dich!" Die Wirtin spähte suchend um sich, sah aber niemanden.

„Ich bin es, Baket-Ra!"

„Baket-Ra!" rief Qafi. „Komm doch heraus! Warum versteckst du dich?"

„Ich darf nicht gesehen werden! Niemand darf wissen, daß ich hier bin!" Baket-Ra kroch aus ihrem Versteck hinter dem Vorhang, der die Henqetfässer vom Schankraum abschirmte. Bei ihrem Anblick schrie Qafi auf und schlug die Hand vor den Mund. „Wie siehst du aus? Was ist geschehen?" Vorsichtig legte sie den Arm um die junge Frau, ergriff mit beiden Händen ihre Ellbogen und half ihr auf die Füße. „Ganz langsam, einen Fuß vor den anderen. Mein Mädchen, mein kleines Mädchen!" Sie schob Baket-Ra aus dem Schankraum durch die Hintertür in das niedrige, aber behagliche Zimmer, das ihr als Wohn- und Schlafraum diente. „Jetzt setz dich! Möchtest du etwas essen? Nein? Aber du mußt doch etwas zu beißen bekommen und einen Schluck Henqet brauchst du auch!"

„Nichts will ich! Ich muß dir erst erzählen, was geschehen ist! Du mußt Bescheid wissen, denn vielleicht sind sie schon auf dem Weg!"

„Wer denn, um der Götter willen?" stieß Qafi hervor. Als sie die Tränen in Baket-Ras Augen sah, setzte sie schnell hinzu: „Beruhige dich erst einmal! Hier kann dir nichts geschehen. Hier bin nämlich ich!" Sie schob drei Kissen zusammen und ließ sich schnaufend darauf nieder. „Und jetzt verrate mir, mein Täubchen, wer hinter dir her ist."

„Nacht!" erklärte Baket-Ra leise. „Es ist Nacht, der mich verfolgt!"

„Dein Mann?" fragte Qafi ungläubig. „Aber er ist doch ... dein Mann!" Sie schüttelte den Kopf und wuchtete sich wieder von ihren Kissen hoch. „Du kannst sagen, was du willst, aber du brauchst erst einmal einen ordentlichen Schluck Henqet. Dann erzählst du mir, warum dein Mann dich verfolgt. Und hör schon auf zu zittern. Hier kann er dir nichts tun."

Baket-Ra hob den Blick. „Wenn er mich hier findet, wird er mich töten."

# BRÜDER

Seit bald einer Stunde streiten sie und gebrauchen ihre Reden wie Stöcke!" Der grauhaarige Maler Hehnechu deutete mit dem Daumen auf die Großen der Kolonnen. Vorarbeiter, Schreiber und der Handwerker Nacht standen vor einem schmalen Felsdurchgang, dem Eingang zum Großen Platz der Wahrheit, beisammen.

„Aber was hat Nacht bei den Großen der Kolonne zu suchen?" wunderte sich der Maler Uadjmose. Er beobachtete, wie Anup-em-hab etwas auf eine Tonscherbe schrieb, während Inherchau eindringlich auf Ken-her-chepeschef einsprach.

Zornesrufe drangen vom Felsdurchgang herüber. Nacht schüttelte die Faust und brüllte etwas Unverständliches.

„Da ist etwas vorgefallen!" sagte Paneb. „Ihre Worte sind heiß!"

„Worüber ereifern die sich nur so?" fragte Uadjmose.

„Vielleicht ist Baket-Ra wieder aufgetaucht!" vermutete Rahotep.

„Die taucht nicht mehr auf", raunte der Maler Nachtamun. „Sie ist längst tot."

„Du könntest recht haben", sagte Hehnechu düster und sah zu, wie die Gruppe der Großen hinter dem Felsvorsprung verschwand.

Dort blieben Neferhotep, Inherchau und die Schreiber nach einigen Schritten stehen. Schwarz funkelten Nachts Augen im leichenblassen Gesicht. „Laßt die Familie meine Sorge sein!"

„Es ist nicht unsere Schuld, wenn du dein Familienleben nicht in Ordnung halten kannst", schnarrte Ken-her-chepeschef. „Dein Zwist mit Niu und To stört den Frieden am Großen Platz. Niu hat das Recht anzufragen, ob er ins Dorf zurückkehren darf. Ich verstehe zwar nicht, weshalb er nicht im Norden geblieben ist. Aber fragen darf er!"

„Wie könnt ihr mir zumuten, wieder mit diesem Dreckskerl zu arbeiten! Schließlich ist er an allem schuld! Das muß To euch doch gesagt haben!"

„Der Schuldige ist immer auch unschuldig", betonte Neferhotep, „so wie der Schuldlose stets seinen Anteil Schuld auf sich nehmen muß. Was hast du Baket-Ra angetan? Wo sind deine Kinder? Niu soll …"

„Wenn ihr ihm erlaubt, zurückzukehren", schrie Nacht mit hochrotem Gesicht, „dann …"

„Ja? Was dann?" Auch Neferhotep brüllte.

„Ich werde ihm den Hals umdrehen, ja, das werde ich! Ihr habt es in der Hand! Und du, Neferhotep, schweig still! Du hast Baket-Ra entweichen lassen! Ich schwöre dir, eines Tages wirst du dafür büßen!"

„Bist du vollkommen verrückt geworden?" rief Inherchau aufgebracht, konnte aber nicht verhindern, daß seine Stimme zitterte. „Ich erlaube dir eine solche Rede nicht!"

Ken-her-chepeschefs Gesicht war weiß vor Wut. Er trat vor und legte die Hand schwer auf Nachts Schulter. „Jetzt höre mir genau zu, Umrißzeichner Nacht! Ich wünsche, nie wieder derartige Worte von dir zu hören! Wenn du dich auch künftig so wenig beherrschen kannst wie jetzt, werde ich dich aus der Kolonne und, wenn nötig, auch aus Pa-Tíme hinauswerfen! Geh nach Hause, denke nach und finde eine Lösung!"

Nachts Gesicht überzog sich so unverhofft mit einem Ausdruck ruhigen Gehorsams, daß Vorarbeiter Neferhotep eine Gänsehaut überlief. ‚*Isfet* ist, was er tut', dachte er. ‚Er ist ein gefährlicher Mann.'

Nacht warf einen Blick zu Inherchau. Da er in dessen Kolonne arbeitete, mußte Inherchau ihm erlauben, sich zu entfernen. Sein Vorgesetzter nickte, ohne ihn anzusehen. Daraufhin brach Nacht auf und ging den Weg nach Pa-Tíme entlang.

„Seit über drei Monden wird bei uns kaum noch über etwas anderes geredet als über Tos Familie", unterbrach Neferhotep die Stille. „Erst das Verschwinden der Kinder, Baket-Ras rätselhafte Krankheit, dann Nius Abreise, und jetzt ist Baket-Ra ganz fort. So kann es nicht weitergehen!"

„Ich habe die Sache laufen lassen", sagte Inherchau traurig. „Ich bin meiner Verantwortung für die Kolonne nicht gerecht geworden."

„Du bist nicht verantwortlich dafür", sagte Ken-her-chepeschef, „daß diese jungen Leute gegen die *Ma'at* verstießen!"

„Darf ich dich etwas fragen?" wandte sich Anup-em-hab an Neferhotep. „Wie kann Nacht behaupten, du habest Baket-Ra entkommen lassen?"

„Er hat recht", gab Neferhotep zu und räusperte sich. „Aber das bereue ich nicht. Wir alle kennen Nachts Jähzorn, und ich glaubte den Kindern."

„Den Kindern?"

„Meinem *Bak* und Panebs Tochter. Baket-Ra ist ihnen begegnet, als sie von zu Hause floh. Sie bat mich, Niu zu verständigen. Doch der war längst fort. Also schwieg ich, denn Baket-Ra fürchtete, getötet zu werden. Erst als To krank wurde, brachte ich es nicht länger übers Herz, ihm gegenüber zu schweigen."

„Ich war kein Hörender", sagte Inherchau. „Ich handelte nicht nach der *Ma'at*. Das wäre meine Pflicht als Großer in Pa-Tíme gewesen."

„Aber dann hast du doch mit Nacht gesprochen", rief Anup-em-hab.

„Ja, das habe ich. Aber erst nachdem mein Weib mich dazu gedrängt hat. Sie stand eines Tages vor mir und behauptete, Nesmut würde verrückt, und ich müsse der Sache auf den Grund gehen."

Paneb erschien an der Wegbiegung um den großen Felsen. „Neferhotep? Inherchau? Was sieht der Plan für heute nachmittag vor?" Hinter ihm tauchte das blatternarbige Gesicht Hais auf, des Sohnes und Stellvertreters von Vorarbeiter Inherchau.

Die Großen der Kolonnen berieten sich. „Höre unseren Beschluß!" sagte Neferhotep. „Inherchau und Anup-em-hab kehren zur Mannschaft zurück. Paneb, du vertrittst mich heute und vielleicht auch noch morgen. Ken-her-chepeschef und ich gehen nach Pa-Tíme. Gibt es dazu noch Fragen?"

Paneb sah Neferhotep scharf an. „Ich verstehe. Nacht, nicht wahr?"

„So ist es", versetzte Neferhotep kurz. „Ich befehle dir ausdrücklich, jede Erwähnung von Nacht zu verbieten."

„Alles geschieht zu deiner Zufriedenheit." Paneb nickte Hai zu, und beide verschwanden wieder zwischen den Felsen. ‚Er ist doch ein guter Mann', schoß es Neferhotep durch den Kopf. ‚Wenn er nüchtern ist, kann ich mich auf ihn verlassen.' Er hob die Hand zum Abschied und machte sich auf den Weg. Ken-her-chepeschef folgte ihm, ohne die anderen noch eines Blickes zu würdigen.

Wenig später vernahmen sie eine wohlbekannte Fistelstimme. „Neferhotep! Ken-her-chepeschef!"

„Amunnacht!" rief Neferhotep. „Was gibt es denn?"

Sein Bruder hastete den Hang herauf. Der Atem ging ihm stoßweise; Schweiß tropfte ihm von den Augenbrauen. Er zählte immerhin fünfundvierzig Jahre, und für längere Strecken bergauf fehlte ihm die Luft. Außerdem war er wütend.

„Was stimmt dich so verdrießlich?"

„Sollte ich mich etwa nicht ärgern, wenn Paneb mich auf einen Botengang schickt, den jeder Lehrling ebensogut erledigen könnte? Kaum bist du nicht mehr zugegen, plustert er sich auf wie ein Gockel auf dem Misthaufen! Ich solle dich erinnern, daß die Dochte zur Neige gehen. Du mögest bitte eine Ladung bringen lassen."

Ken-her-chepeschef grinste schadenfroh. Paneb ließ keine Gelegenheit aus, den mürrischen Amunnacht zu demütigen.

„Ich werde daran denken", sagte Neferhotep. „Beruhige dich! Er hat dich sicher nicht beleidigen wollen."

„Paneb? Nicht beleidigen? Er weiß ganz genau, was er tut! Du bist viel zu gutmütig, was ihn betrifft! Dieser Mensch nutzt dich schamlos aus!"

Neferhotep seufzte. Warum ersparten ihm die Götter nicht wenigstens ab und zu diese fruchtlosen Wortwechsel? „Paneb ist kein schlechter Kerl. Er ist nur heißblütiger und unbeherrschter als andere. Das wird sich ändern, wenn er an Jahren zunimmt!"

Amunnacht verzog das Gesicht, als habe er einen Schluck Essig getrunken. „Das glaubst du doch nicht ernsthaft!" rief er mit geblähten Nasenflügeln. „Du selbst bist gut, daher hältst du das Böse nicht für möglich. Aber ich durchschaue Paneb, er ist durch und durch verworfen."

„Übertreibe nicht! Du bist eifersüchtig. Aber es ist nun einmal üblich, daß der Sohn das Amt des Vaters erbt. Das ist gottgefällig und entspricht der *Ma'at*."

„Du sprichst von *Ma'at*?" schrie Amunnacht. „Dann laß dir etwas erzählen, das dir die Augen öffnet! Dein vielgeliebter Paneb begeht Ehebruch mit ..."

„Genug jetzt!" Ken-her-chepeschef schäumte vor Wut. „Wir wollen keine Verleumdungen hören!"

„Sieh da, Schreiber!" Amunnachts hohe Stimme hüpfte noch ein paar Töne weiter nach oben. „Warum sträubst du dich zu hören? Habe ich dich nicht gebeten, mit Neferhotep zu sprechen? Vielleicht hätte er verhindern können, daß dieser Kerl Unzucht treibt mit unserer eigenen Schwester Iiemwaw?"

Neferhotep packte den Bruder an den Schultern und schüttelte ihn. „Du abscheulicher Lügner! Der Skorpion ist in dein Herz gekrochen und hat es vergiftet! Wenn du je einen Beweis geliefert hast, daß du dich nicht zum Großen in Pa-Tíme eignest, dann jetzt, in diesem Augenblick! Geh zurück an die Arbeit, und komme mir nicht mehr unter die Augen!" Er stampfte den Berg hinauf und stieß Verwünschungen und Flüche aus. Ken-her-chepeschef folgte dem Vorarbeiter mit bedächtigen Schritten.

„Es verdrießt mich, mit ansehen zu müssen, wie sie sich ohne Sinn und Verstand ihr Dasein verdüstern." Neferhotep und Ken-her-chepeschef gingen nebeneinander unter der Spitze des Hathorberges entlang.

„So sind Menschen eben", antwortete der Schreiber achselzuckend. „Erwarte nichts von ihnen, dann wirst du nicht enttäuscht werden."

„Manchmal frage ich mich", sagte Neferhotep, „ob die Götter uns zusehen bei dem, was wir tun. Lenken sie unsere Geschicke, oder ist es ihnen ganz gleichgültig, wie sehr wir uns quälen?"

„Du bist betrübt wegen Nacht und Niu", stellte der alte Schreiber fest.

Neferhotep nickte. „Warum geschieht so etwas? Die Ewigen könnten ihre Macht doch dafür einsetzen, solches Unheil zu verhindern!"

„Sie stellen uns Aufgaben", meinte Ken-her-chepeschef. „Wir sind ihnen nicht gleichgültig. Ich bin sicher, sie weisen uns den Weg. Zumindest, wenn wir sie darum bitten und uns ihrer Führung anvertrauen. Wer sich die Gottheit ins Herz gibt, für den ist sie Vater und Mutter. Gott kehrt sich nur ab von dem, der achtlos vorübergeht."

Neferhotep legte die Hand auf den Arm des Schreibers. „Du hast recht, Freund! Es klingt gut und einfach, aber dennoch ist es schwer. Oft will ich dieses Vertrauen haben, aber ich fühle nur Unsicherheit und Ungewißheit. Ob meine Ziele mit den göttlichen Plänen übereinstimmen? Ich weiß es nicht."

„Das ist unser Los, solange wir leben. Wir suchen, bis wir die Schwelle überschreiten. Der Gott gibt *Ma'at*, wem er will."

„Wie soll ich entscheiden? Was soll ich Niu sagen? Muß er ein Ausgestoßener bleiben? Wenn du meine ehrliche Meinung hören willst, Ken, ich sähe lieber Nacht aus dem Dorf verschwinden! Er ist so … so heillos …" Der Vorarbeiter suchte nach Worten.

„Ich weiß." Sogar Ken-her-chepeschef zog Niu bei weitem vor. „Aber Nacht ist im Recht. Er ist betrogen worden. Wer will es ihm verübeln, wenn er Baket-Ra straft?"

„Baket-Ra?" Neferhotep starrte den Schreiber an. „Glaubst du, sie könnte ins Dorf zurückkehren?"

„Weshalb nicht? Wenn Nacht es erlaubt?"

„Du hast nicht gehört, was Ta-Scherit berichtet hat! Nacht muß seine Frau übel zugerichtet haben! Immerhin fürchtete sie um ihr Leben!"

Ken-her-chepeschef machte eine wegwerfende Handbewegung. „Ta-Scherit ist ein Kind! Ein Kind erschrickt leicht."

„Nein. Du hast sie nicht gehört. Das Mädchen war verstört. Selbst wenn sie zu dick aufgetragen hätte, der junge Irinefer würde nicht übertreiben."

Eine Weile gingen sie beide schweigend hintereinander her. Längst hatten sie die Bergspitze hinter sich gelassen, und die Häuser von Pa-Tíme tauchten unter ihnen auf.

„Wo ist Niu jetzt?" fragte Ken-her-chepeschef.

„Vermutlich bei Baket-Ra in Waset. Sie ist bei Qafi untergekrochen."

„So, so, bei Qafi." Ken-her-chepeschef konnte sich noch gut an das hübsche Mädchen erinnern, das vor langer Zeit mit einem Herumtreiber durchgebrannt war. „Zu Qafi paßt Baket-Ra recht gut", sagte er spöttisch. „Auch ein hübsches Gesicht, auch kein Verstand."

Als sie sich dem Gräberfeld von Pa-Tíme näherten, wußte Ken-her-chepeschef plötzlich, warum er sich schon einige Zeit nicht wohlgefühlt hatte. Eine Ahnung, ein Gedanke hatte kurz vor der Schwelle zu seinem Bewußtsein gewartet. Er blieb stehen. „Wer weiß von Qafi?" fragte er.

„Niemand. Nur du, die Kleine, Irinefer und To. To wollte ich es nicht verschweigen. Er beschwor mich, ihm zu sagen, ob es ihr gutgeht."

„Wie ist Tos Zustand jetzt?"

„Nicht gut. Er siecht dahin, verfällt zusehends. Warum fragst du?"

„Er liegt zu Hause", sagte Ken-her-chepeschef gepreßt. „Nacht ist jetzt wohl auch dort."

Neferhotep erbleichte. „Du meinst …?"

Der Schreiber nickte, und beide begannen zu rennen, so schnell ihr Alter es ihnen erlaubte und ohne im mindesten auf ihre Würde zu achten.

To hörte nicht, daß Nacht das Haus betrat.

Unbeweglich, die Augen fest geschlossen, lag er auf seinem Bett. Seit Tagen dämmerte er in fiebrigem Schlaf. Seit seinem Zusammenbruch hatte sich sein Zustand von Tag zu Tag verschlechtert. Es schien, als sei ihm sein Lebenswille abhanden gekommen. Er verweigerte die Nahrung, die seine Frau ihm mit täglich zunehmender Verzweiflung anbot. Nur Wasser nahm er noch zu sich. Nesmut, die ihn aufopfernd pflegte, flehte ihn an, zu seinem Herzen zu sprechen, auf daß es erstarke und seinen Leib gesunden lasse. Aber To gab keine Antwort. Er ließ Nesmuts Waschungen über sich ergehen und wehrte sich nicht gegen die Bettschalen. Er schluckte gehorsam alle Arzneien, die Nesmut bei der alten Sasemit holte. Er hatte sich auch nicht bewegt, als sie in seinem Schlafraum Weihrauch verbrannte und laut Gebete an Isis und an die Göttin Taweret aufsagte.

Doch weder Taweret noch Isis schenkten den Bitten Gehör. Nesmut ahnte, daß sie im Begriff stand, To zu verlieren. Er würde sterben.

Sie tupfte To mit einem Tuch die schweißnasse Stirn. Was blieb ihr noch, wenn er fortging? Niu? Nein, Niu sah sie nicht einmal mehr an. Nacht? Auch er verachtete sie. Die Mädchen? Sie waren fort. Nicht einmal ihre alten Freundinnen Ubechet und Henutdju verstanden ihre Not. Sie sei dabei, den Verstand zu verlieren, behaupteten sie, und ihre Krankheit trage den Namen Baket-Ra. Nesmut wußte genau, daß sie sich irrten. Nicht sie verstieß gegen die Regeln! Die Schuldige war Baket-Ra, allein Baket-Ra!

„Begreifst du jetzt?" flüsterte sie und streichelte Tos wächsern blasse Finger. „Ohne sie wärest du gesund. Nie hättest du vergessen, daß ich dich brauche. Und wenn sie noch so schön ist, sie ist doch nur eine Hure, und auch Huren werden alt." Sie zog sich den Schal fester um die Schultern. Sie fürchtete sich vor Alter und Gebrechlichkeit. Trotz der vielen Gräberfeste ängstigte sie sich vor dem Sterben. Zu wem konnte sie noch sprechen? Wer tröstete sie in ihrer Einsamkeit?

Ein Geräusch im Empfangszimmer ließ sie aufhorchen. Sie stand auf und berührte sacht Tos Wange. „Ich bin gleich zurück!" Dann zupfte sie seine Decke zurecht und verließ den Schlafraum.

„Nacht! Du bist zurück?" Angstvoll forschte sie im Gesicht ihres Sohnes. „Was ist geschehen? Ist etwas mit den Kindern?"

„Laß mich in Ruhe, Mutter! Kümmere dich weiter um deine Angelegenheiten."

Mit bleichem Gesicht starrte Nesmut ihn an. „Was, glaubst du wohl, sind meine Angelegenheiten? Mein Sohn zum Beispiel ist meine Angelegenheit!"

Nacht achtete nicht auf ihre Empörung. „Ich muß mit Vater reden. Und zwar allein!"

Nesmut setzte zu einer Erwiderung an, aber Nacht gebot ihr mit steinerner Miene zu schweigen. Er verschwand im Schlafraum, und sie schlich nach einer Weile zur Tür, um zu lauschen.

„Vater! Vater, wach auf! Ich muß mit dir sprechen!"

Der alte Mann bewegte sich nicht. Nacht beugte sich zu ihm hinunter. „Es ist wichtig! Öffne die Augen!"

Als To sich nicht bewegte, ergriff Nacht ihn ungeduldig bei den Schultern. „Du mußt, Vater! Verflucht noch einmal, komm zu dir!" Er riß To hoch und hielt ihn mit hartem Griff in sitzender Stellung.

To schlug die Augen auf und blickte verwirrt in das zornige Gesicht seines Sohnes. „Nacht! Warum schreist du so? Laß mich!"

„Du sollst gleich wieder Ruhe haben. Sage mir nur, wo Baket-Ra ist! Du weißt es doch, nicht wahr?"

„Ich kann dich nicht sehen! Da sind nur graue Schatten!"

„Wo ist mein Weib?"

„Was? Wer? Ach, Nacht, du sollst doch nicht ..."

„Du weißt es! Neferhotep hat mit dir gesprochen, gib es zu!" Als To nicht antwortete, wiederholte er lauter: „Gib zu, daß ich recht habe!" Er ließ den Vater los, zog einen Schemel heran und ließ sich schwer darauf fallen. „Baket-Ra wird dem Vormann nicht verschwiegen haben, wohin sie geht." Nach einem Augenblick des Nachdenkens setzte er in bösem Ton hinzu: „Schon wegen Niu!"

To rieb sich mit zitternder Hand die Augen. Sein Gesicht leuchtete in fiebrigem Rot. Er schluckte schwer, was ihm sichtbar Schmerz bereitete. „Was hast du vor?" fragte er heiser.

Nacht öffnete den Mund, um zu antworten, doch dann besann er sich. Er vergrub das Gesicht in den Händen, und als er wieder aufschaute, lächelte er freundlich. „Ich habe mich entschieden, Vater. Ich will Baket-Ra vergeben. Sie soll ins Dorf zurückkehren, und mit ihr möchte ich auch die Kinder nach Hause holen."

Vor Tos Augen schwankte das Zimmer. Aufseufzend legte er sich auf das Kissen zurück. „Sprichst du die Wahrheit, Nacht? Du wirst Baket-Ra nichts tun? Du wirst sie wieder aufnehmen und lieben als dein Eheweib?"

„Die Enttäuschung hatte mein Herz verdunkelt. Doch ihre Hand soll wieder in der meinigen sein. Ich will sie zurückholen! Wo ist sie?"

To drückte seine Handballen an die Schläfen. Wenn doch nur diese hämmernden Kopfschmerzen nicht wären! Das Herz schlug ihm bis zum Hals, und in seinen Ohren stampfte und rollte das Blut. Er vermochte kaum noch, einen klaren Gedanken zu fassen. „Und Niu?" preßte er schließlich hervor.

„Niu!" Nacht spuckte den Namen aus. Doch sofort nahm er sich zusammen. „Niu. Gib mir Zeit, Vater! Laß mich zuerst wieder mit meiner Frau ins reine kommen. Später werde ich mich auch mit Niu versöhnen." Nachts Worte schmeichelten sanft, und in To stieg Hoffnung auf.

„Oh, mögest du dein Gesicht nicht gesenkt halten gegen Niu! Mach deinen alten Vater glücklich. Hole Baket-Ra!"

Nacht beugte sich vor. „Wo ist sie?"

„Sie ist in Waset. In der Nähe des Südhafens gibt es eine Schenke, die Qafi gehört. Vielleicht erinnerst du dich ...", To schluckte schwer, „... erinnerst du dich an die Schwester Ramesis. Sie verließ das Dorf, als du noch ein Knabe warst. Zu ihr floh Baket-Ra. Frage nach dem *Glücksort des Südens*."

„Ja!" Nacht sprang auf. Durch den Ruck polterte der Schemel nach hinten. „Ja!" schrie er noch einmal. Ohne seinen Vater eines weiteren Blickes zu würdigen, stürmte er aus dem Zimmer.

„Nacht! Aber ..." Tos Stimme brach. Seinen Arm hatte er emporgerissen und hielt ihn in der Luft, als sei er mitten in der Bewegung versteinert. „*Wenn er enteilt*", murmelte er kaum hörbar, „*umhüllt sie Finsternis, und ihre Höhlen werden über ihnen verschlossen.*" Es war ihm nicht bewußt, daß er einen Satz aus der Totenklage gesprochen hatte.

Niu öffnete die Tür des kleinen, eingeschossigen Hauses, das sich am Rand eines Ackers erhob. Dort zog Tos Familie Gemüse und baute ein wenig Gerste an. Nicht weit entfernt davon befand sich die Bootsanlegestelle, wo alle zwei Stunden die Fähren vom Ostufer festmachten. Ein Feldweg und ein Holzsteg über einem Bewässerungskanal verbanden das Grundstück mit dem Markt bei den Landungsstegen. Auch Leute aus dem Grabbauerdorf boten hier gelegentlich Töpferwaren oder Stoffe zum Kauf an, und täglich feilschten und stritten Händler und Bauern um die Ware, mit deren Erlös sie die Zuteilungen aus den königlichen Vorratsspeichern ergänzten. Jetzt aber standen die Buden und Tische leer, denn es dunkelte bereits. Die letzten Händler waren schon Stunden zuvor mit ihren Eseln abgezogen.

„Ist drüben bei Hehnechu niemand da?" Baket-Ra versuchte, die Umrisse des weit entfernten Nachbarhauses zu erspähen.

„Nein", antwortete Niu. „Hehnechu und sein Sohn arbeiten im Tal. Wir haben Zeit bis zum Morgengrauen. Diese Nacht ist für uns, meine Geliebte, ganz allein für uns." Er zog sie in den dunklen Raum. „Warte!"

Aus einer Truhe zog er ein Öllämpchen heraus und brachte den Feueranzünder in Stellung. Um sich zurechtzufinden, hätte es keines Lichtes bedurft, aber es verlangte ihn danach, Baket-Ra zu sehen. So schmerzlich hatte er sie vermißt, daß er sie jetzt nicht aus den Augen lassen wollte. Er mußte sie spüren und wissen, daß ihre Liebe vollkommen war, daß sie eine zerstörte Familie aufwog. Tag für Tag, Nacht für Nacht hatte er in Itj-Taui kummervolle Gedanken in seinem Herzen bewegt, eine Mischung aus Sehnsucht, Angst und Reue verspürt und darüber gegrübelt, was er nun mit seinem zerbrochenen Leben anfangen sollte. War der Preis zu hoch gewesen? Was war das für eine Liebe, die nur verbrannte Erde hinterließ, nur Leid, nur Elend hervorbrachte? Doch als er auf Neferhoteps Hinweis Baket-Ra bei Qafi gefunden und ihr endlich wieder gegenübergestanden hatte, wurde ihm aufs neue klar, daß er niemals hätte anders handeln können. Seine Geliebte war jedes Opfer wert, selbst das des Lebens.

Baket-Ra ließ sich auf das Lager sinken. Sie lächelte ihm entgegen und öffnete die Arme. Niu stellte die Lampe neben sie auf den Boden und setzte sich zu ihr. „Ich werde dich mit mir fortnehmen, weißt du?" sagte er und streichelte ihr sanft über die Schläfe. Dort war noch eine kleine grindige Stelle zu spüren, eine der wenigen noch verbliebenen sichtbaren Spuren von Nachts Grausamkeit. „Wenn sie mich nicht mehr ins Dorf zurücklassen, dann werden wir fortgehen und woanders neu anfangen."

„Ich gehe mit dir überall hin", entgegnete Baket-Ra. „Wohin du willst. Aber ich hoffe, daß Neferhotep dich wieder in Pa-Tíme leben läßt. Und daß Nacht in die Trennung einwilligt. Dann können auch die Mädchen …" Ihre Stimme versagte.

„Du wirst sie zurückbekommen, Liebste", versprach Niu. „Ich bringe sie dir, alles werde ich daransetzen!"

Baket-Ra sah ihn an und wollte nichts auf der Welt lieber glauben, als daß Niu ihre aus den Fugen geratene Welt wieder einrenken könnte. Doch dann entsann sie sich des höhnischen Ausdrucks in Nachts kalten Augen, als er sie mißbrauchte.

„Nicht, nicht!" flüsterte Niu. „Laß dein Herz keine schwarzen Gedanken fangen!" Er ahnte, was in ihr vorging. Sanft streichelte er ihr Gesicht und beugte sich über sie. Baket-Ra schlang die Arme um seinen Nacken und zog ihn zu sich herab. Stöhnend vor Verlangen umarmten sie sich, küßten einander, murmelten sich Koseworte zu und beschworen das furchterregende Wunder ihrer Liebe. Baket-Ras Finger mühten sich mit den Gürtelschlaufen von Nius Schurz, und er schob ihr Kleid in die Höhe. Schließlich zog er es ihr über den Kopf und warf es achtlos neben das Bett, wo es die kleine Flamme des Öllämpchens erstickte. Dunkelheit umgab sie. Doch sie merkten es nicht. Sie sahen einander mit den Händen und mit ihren Herzen. Ihre Seelen wurden eins in derselben berauschenden Lust wie ihre Körper.

Das Licht der Lampe verlosch gerade in dem Augenblick, als ein Mann an einer Wegbiegung auftauchte. Von dort aus konnte ein aus Pa-Tíme kommender Wanderer zum ersten Mal das Haus Tos erblicken. Nur war Nacht kein Wanderer, sein Schritt ging nicht ruhig und gleichmäßig. Nacht rannte zum Fluß hinunter, er wollte die letzte Fähre an das Ostufer noch erreichen. Der Weg führte in zweihundert Ellen Entfernung an Tos Haus vorüber. Nacht blieb einen Augenblick stehen und starrte hinüber. Alles war dunkel, nichts Verdächtiges zu erkennen. Es herrschte Stille bis auf das Sirren der Grillen und das Rascheln von Mäusen oder Eidechsen. In der Ferne schrie ein Käuzchen, und ein Hund bellte. Sollte er hinübergehen? Aber warum? ‚Ich weiß, wo sie ist', dachte er und ging zum Fluß hinunter.

Nacht überquerte die Gasse und trat über die niedrige Schwelle des *Glücksorts des Südens*. Dabei hätte er beinahe Djehuti umgestoßen, der die Wirtschaft gerade verlassen wollte. „Gib doch acht!" knurrte er. Dann nahm er den Knaben genauer in Augenschein. „Dein Gesicht kenne ich doch! Bist du unlängst in Pa-Tíme gewesen?"

Als Djehuti den Kopf schüttelte, fragte er weiter: „Hast du vielleicht Verwandte da?"

„Nein, bestimmt nicht!"

Nacht brummte etwas Unverständliches und wandte sich ab, während Djehuti in der dunklen Gasse verschwand.

„Ein Rausch!" johlte ein Zecher in Qafis Gaststube. „Das größte Glück ist ein saftiger Rausch!"

„Halt's Maul!" schrie ein anderer.

„Lieber ein saftiges Weib!" brüllte ein dritter.

Einige der Männer, die mit einem Krug in der Hand auf ihren Matten saßen, schwankten schon gehörig. In einer Ecke spielten zwei Heeresleute ein Brettspiel und zogen aufmerksam pyramidenförmige Spielsteine auf schwarzen und roten Vierecken umher. Ein anderer lehnte halb liegend an der Wand und rutschte mit weit gespreizten Beinen immer tiefer. Seine Augen waren geschlossen, und er atmete rasselnd aus halbgeöffnetem Mund. Ein Kuschite mittleren Alters und ein Matrose, dem ein Arm fehlte, unterhielten sich halblaut über die Vorzüge schwarzhäutiger Mädchen mit üppigem Steiß und wulstigen Lippen, die den zartgliedrigen Ägypterinnen bei weitem vorzuziehen seien.

Es dauerte einen Augenblick, bis Nachts Augen sich an das schummrige Halbdunkel gewöhnt hatten. „Qafi!" rief er laut. „Wo ist die Wirtin Qafi?" Hinter den Bierfässern raschelte und rumpelte es. Eine massige ältere Frau wuchtete sich von ihrem Schemel hoch.

„He du! Führe mich zu Qafi, aber hurtig!"

„Deine Rede klingt reichlich unverschämt, mein Freund! Oder hat man dich nicht gelehrt, wie man sich in einem Bierhaus mit gutem Ruf verhält?"

„Ich rate dir gut, Frau, reize mich nicht! Führe mich zur Herrin dieser Einrichtung!" Nachts Stimme tönte laut und angriffslustig durch den Raum. Die Gäste horchten auf.

„So so!" Die Frau stellte sich breitbeinig vor ihren Besucher, stemmte die Hände in die Hüften und reckte herausfordernd ihren wogenden Busen. „Zu Qafi willst du also. Bist du sicher, daß sie jemanden wie dich sehen will, du anmaßender Pavian? Wer bist du überhaupt?"

Vor Nachts Augen begannen rote Pünktchen zu tanzen. Mit weiblichem Widerspruch hatte er noch nie gut umgehen können. Er senkte den Kopf und machte einen Schritt auf die Wirtin zu, die erschrocken zurückwich.

„Schon gut, schon gut! Du brauchst nicht gleich zu rasen. Ich bin es selber. Ich bin Qafi."

Nacht starrte sie verblüfft an. „Du bist …? Das ist doch nicht möglich! Bei Amun, du hast dich verändert!"

„Beruhigst du dich vielleicht auch wieder?" fragte Qafi spöttisch. „Woher weißt du, wie ich früher …" Plötzlich wurden ihre Augen rund. „Jetzt weiß ich, wer du bist! Du bist Nacht!"

„Dann kennst du ja den Grund für mein Kommen! Wo ist sie?"

Qafi musterte Nacht mit zusammengekniffenen Augen. „Genauso habe ich dich mir vorgestellt. Du abscheulicher Mensch! Du gemeiner Schänder deines Weibes! Du Dieb deiner eigenen Kinder! Hast du kein Gewissen?"

„Schweig!" Nacht packte sie am Handgelenk und drehte es, bis sie laut aufstöhnte. „Du sagst mir augenblicklich, wo du Baket-Ra versteckt hast! Ich habe ein Recht darauf, es zu erfahren!"

„He, das kannst du doch nicht machen!" Einer der Spieler war aufgesprungen und kam drohend auf Nacht zu. Auch der zweite erhob sich. „Laß Qafi in Ruhe, oder du bekommst es mit uns zu tun!"

Zwei wenig vertrauenerweckend aussehende Medjau betraten die Schankstube. Nacht zwang sich zur Ruhe. Qafi blinzelte verblüfft, als seine Miene sich unverhofft glättete. Er ließ sie los, trat zurück und verneigte sich leicht. „Sieh mir meine Unbeherrschtheit nach. Ich sorge mich sehr um mein Weib! Alles würde ich tun, damit sie zurückkommt!"

„Ich glaube dir kein Wort", erklärte Qafi schlicht.

Nacht schwieg einen Augenblick. Dann bat er mit gedämpfter Stimme: „Höre mich wenigstens an! Bitte! Danach kannst du mich immer noch fortschicken!"

Die Spieler setzten sich wieder und begannen, ihre Steine auf dem Brett neu zu verteilen. Die Medjau hielten je einen Zeigefinger in die Luft: das übliche Bestellzeichen für Bier. Qafi nickte und schöpfte Henqet in zwei Krüge. Sie machte eine Kopfbewegung zur Hintertür, die in ihr Wohnzimmer führte. „Geh da hinein und warte auf mich. Ich komme gleich." Sie trug die beiden Krüge zu den Neuankömmlingen. Dann wandte sie sich an die beiden Spieler. „Paßt auf, daß keiner von meinem Henqet stiehlt! Ich will keine böse Überraschung erleben, wenn ich wieder da bin."

„Geh nur!" brummte einer. „Mit unserem letzten Blutstropfen werden wir dein lauwarmes Gesöff verteidigen!"

Qafi grinste und wischte sich die Hände an ihrem Kleid ab. Dann schob sie sich in das Hinterzimmer, schloß die Tür und blieb breitbeinig vor Nacht stehen. „Wie konntest du nur! Das arme Mädchen so zu schlagen!"

„Wo ist Baket-Ra?" fragte Nacht mit leiser, drohender Stimme. „Du sagst mir sofort, wo sie ist!"

„Damit du sie wieder quälen kannst? Niemals!"

Nacht hob die Hände. „Ich will sie nicht quälen. Ich möchte, daß sie heimkommt und daß alles wieder wird wie vorher. Vergessen will ich, was geschehen ist! Noch immer ist sie die Gebieterin meines Herzens."

„Du willst Baket-Ra zurückhaben, sie wieder als Herrin deines Hauses lieben?" Qafi starrte Nacht ungläubig an. „Das soll ich dir glauben? Mann, dein Sinn ist verwirrt!"

„Und doch ist es so." Nacht atmete tief und regelmäßig, um Herr über seine Gefühle zu bleiben. Er besaß eine Begabung dafür, Stimmungen vorzutäuschen. Nur wer mit ihm sehr vertraut war, erkannte die kleinen Unstimmigkeiten, und Qafi war keineswegs mit ihm vertraut. Woher hätte sie wissen sollen, daß Nacht für gewöhnlich nie die Hände an seinem Hals rieb und die große Ruhe, die er an den Tag legte, kein Zeichen für eine ausgeglichene Gefühlslage war, sondern vielmehr ein Warnzeichen ersten Ranges?

„Aber du hast Baket-Ra gefoltert!"

Nacht blickte sie ausdruckslos an. ‚Die Augen eines Krokodils', dachte Qafi.

„Wahrscheinlich erzählte sie dir, ich sei schuld, ich allein! Obwohl Niu ..."

„Wage es und beschuldige deinen Bruder! Ich habe Niu gesehen, als er Baket-Ra holte! Ich sah die Liebe in seinen Augen, und ich schwöre dir, Niu würde eher sich selbst töten, als Baket-Ra ..." Entsetzt brach sie ab und schlug sich beide Hände vor den Mund. Mit einer schäbigen kleinen Finte hatte er sie in die Falle gelockt.

Nachts Gesicht war weiß, aber er sprach ruhig. „Niu war hier? Deshalb ist der Vogel ausgeflogen! Nun, ich danke dir für deine freundliche Auskunft! Jetzt weiß ich, wo ich meine Frau finde!" Er erhob sich und verzog seine Lippen zu einem bösen Grinsen. „Die Götter seien mit dir! Du hast mir wirklich geholfen! Mit deiner gütigen Erlaubnis werde ich mich jetzt entfernen. Sollte Baket-Ra noch einmal bei dir auftauchen und ich erführe nicht augenblicklich davon, so würde dies für dich sehr ... ungesund werden!"

Eine Welle der Erleichterung überflutete Qafi. Er wollte ihr jetzt nichts antun. Doch dann verdrängte die Angst um ihren

Schützling alles andere. „Ich flehe dich an, überlege dir, was du tust!"

Nacht hörte ihr nicht zu. Er verließ den Raum, durchquerte mit raschen Schritten die Schankstube und verschwand in der Dunkelheit.

Qafi machte keine Anstalten, ihm zu folgen. Sie stand in der Mitte des Zimmers und fühlte sich dem Tod näher als dem Leben. Was hatte sie getan! „O Hathor!" schluchzte sie auf. „Das wollte ich nicht! Baket-Ra, die Ewigen mögen dich schützen!"

Als einige Zeit später ein Gast schüchtern seinen Kopf durch die Tür steckte, liefen ihr noch immer Tränen über die Wangen.

Baket-Ra lag auf dem Rücken, ihre Augen waren geschlossen, aber sie schlief nicht. Sacht strich sie über Nius Kopf, der an ihrer Brust ruhte. Niu murmelte etwas im Halbschlaf und zog ihre Hand an sein Gesicht. Trotz ihrer Zärtlichkeit für ihn überkam sie Trauer, Trauer über den Verlust ihres geborgenen Daseins, ihrer Heimat. Alles war verschwunden, was ihr Leben ausgemacht hatte. Nur die Liebe zu Niu war übriggeblieben. Obwohl sie in Augenblicken wie diesem meinte, Niu sei alles wert, fürchtete sie doch, daß es auf die Dauer nicht genügen könnte. Die Sehnsucht nach Hutemwija und Mutemwija zerrte an ihr. Wo waren sie? Was wußten sie? Nacht konnte ihnen alles mögliche erzählt haben, Lügen, gehässige Verleumdungen, daß sie ihr gleichgültig seien, daß sie eine schlechte, minderwertige Frau sei, nicht wert, daß man um sie trauere. Sie seufzte auf und drückte Niu unwillkürlich noch fester an sich.

„Was ist?" fragte Niu und richtete sich schlaftrunken auf.

„Laß nur, es ist nichts!" flüsterte Baket-Ra, aber er fühlte ihren Kummer.

„Ich werde alles für dich erreichen", murmelte er. „Du bekommst deine Kinder zurück, und irgendwie werde ich auch Nacht besänftigen. Ich weiß noch nicht, wie ich ihn zu einer Trennung überreden kann, aber es wird mir etwas einfallen."

Wieder wußte Baket-Ra, daß sie Niu niemals widerstehen konnte. Sie wollte es auch nicht. „Niu?"

„Ja?"

„Ich werde dir mein Leben lang dankbar sein. Du lehrtest mich die Sprache des Herzens."

„Nein, ich schulde dir Dank, Baket-Ra. Du hast meinetwegen ..." Niu hielt plötzlich inne und lauschte. „Da war etwas! Hast du nichts gehört?"

Baket-Ra zuckte zusammen. Sie setzte sich halb auf und horchte angestrengt. Doch sie hörte nichts außer den Geräuschen der Nacht. „Es ist nichts, Geliebter. Wahrscheinlich hat ein Tier geraschelt."

„Mag sein", sagte Niu. Als alles still blieb, ließ er sich wieder auf die Kissen sinken. Vielleicht haben mich meine Ohren getäuscht. Uns tut eine Zeit des Friedens und der Ruhe not. Wir müssen ..."

„Niu!"

„... eine Weile für uns ..."

„Niu! Du hattest recht!" Üble Vorahnung sprang Baket-Ra an wie ein wildes Tier. „Da war es wieder! Hier ist jemand!"

Jetzt konnte man das Geräusch nicht mehr überhören. Jemand machte sich am Riegel der Eingangstür zu schaffen.

Beide sprangen von der Lagerstatt auf und streiften sich mit zitternden Händen ihre Kleidung über. Sie hörten das Scharren, mit dem die Tür sich öffnete, sahen den Schein einer Fackel. Der Ankömmling durchschritt den winzigen Vorraum und erschien im Türbogen.

Als Baket-Ra Nacht erkannte, wich jede Empfindung aus ihrem Herzen. Auch in ihrem Kopf entstand dumpfe Leere. Ein kühler Lufthauch zog durch den Raum. Sie sah Niu an. Dieser lächelte verkrampft und ging zu Nacht hinüber. „Ich muß mit dir sprechen, Bruder", sagte er und streckte ihm die Hand mit nach oben geöffneter Handfläche entgegen. „Es ist gut, daß du hier bist."

‚Gut?' dachte Baket-Ra. ‚Was soll gut daran sein, wenn alles zu Ende geht?'

Nacht rührte sich nicht.

„Bleib nicht schweigend stehen, Nacht! Wir müssen eine Lösung finden. Laß uns reden!"

Nach einer Weile entschied sich der andere für eine Antwort. „Es gibt keine Worte mehr zwischen uns." Seine Stimme klang heiser, als hätte er geweint oder wäre zu Tode erschöpft. Dennoch schwang ein Unterton mit, der Baket-Ra erzittern ließ. Sie kannte dieses rauhe Sirren, das sich um seine Worte rankte – Nacht sprach so in Augenblicken höchster Erregung beim Liebesspiel –, und plötzlich wurde ihr klar, was geschehen würde. Sie war starr vor Entsetzen, wollte Niu warnen, auf ihn zustürzen, ihn umschlingen und fortzerren von diesem Ort des Verderbens. Aber sie bewegte sich nicht und brachte kein Wort heraus.

„Ich will Versöhnung!" rief Niu. „Weise mich nicht zurück!" Ihn fror, als er in Nachts Augen blickte. War dies noch sein Bruder, mit dem er vor langer Zeit kindliche Streiche erdacht, an dessen Seite er jahrelang gezeichnet hatte? Verschwunden war der Nacht, der ihn in Schutz nahm, wenn To ihn tadelte, der ihn tröstete, wenn er sich die Knie aufschlug beim Wettlauf über die Geröllhänge. Ein Fremder stand vor ihm, ein kalter, herzloser Unbekannter, und Tod stand in seinen Augen.

Nacht steckte die Fackel in den Halter an der Wand, ohne Niu aus den Augen zu lassen. Langsam kam er auf ihn zu.

Entsetzt beobachtete Baket-Ra, wie er seinen Henkelkreuzanhänger vom Handgelenk löste und in den Gürtel schob. „Fliehe, Niu!" schrie sie. Nacht zog ein Messer. „Niu! Niu! Laß ihn, Nacht!"

Keiner der Männer kümmerte sich um Baket-Ras Schreie. Niu duckte sich und hob die Arme schützend über seinen Kopf. „Bist du wahnsinnig?" brüllte er. „Willst du mich töten? Nacht, komm zu dir! Bruder!"

„Du hast dir alles selbst zuzuschreiben!" schrie Nacht. „Du allein trägst die Verantwortung für das, was geschieht!" Weit holte er mit dem Messer aus und stieß zu. Niu wollte ausweichen, unter dem Messer durchgleiten, aber Nacht war schnell. Die Klinge traf ihn am Kopf, rutschte ab und schnitt in sein Ohr. Er schrie auf, ein Schwall Blut ergoß sich über Schulter und Brust.

„Baket-Ra!" rief er. „Lauf weg, so schnell du kannst! Er ist Seth, er ist Seth! Baket- …!" Nachts Faust schlug gegen seine Schläfe. Vor seinen Augen tanzten silbrige Punkte. Er stürzte zu Boden.

Baket-Ra sprang auf, wollte zu ihm, ihm helfen, ihn schützen, aber da stand Nacht und versperrte ihr den Weg. „Und jetzt zu dir!"

„Nein! Baket-Ra!" Noch an der Schwelle zum Nichts fühlte Niu die Gefahr. Seine Hände krampften sich um das Bein des Bruders. Nacht stolperte und stürzte zu Boden. Er stampfte, um die Hände loszuwerden, die seinen Knöchel umklammerten. Mehrmals stieß er das Messer mit aller Gewalt nach diesen Händen. Niu stöhnte und ließ los. Mit einem Schrei sprang Nacht auf, ließ sich schwer auf den Bruder fallen, preßte ihn mit einem Knie zu Boden und riß das Messer hoch. Dann stieß er zu und durchbohrte Nius Kehle. Keuchend zog er die Klinge wieder heraus und stach erneut zu. Und dann noch einmal und noch einmal. Wie von Sinnen heulte er mit jedem Stoß auf.

Niu versuchte, die Augen zu öffnen, aber er vermochte es nicht. Was war das für ein Lärm? In seinen Ohren knisterte, krachte und zischte es, als würde unmittelbar neben ihm ein riesiges Feuer abgebrannt. Wer schrie da so? Noch einmal mühte er sich, etwas zu sehen, und diesmal glaubte er, das Gesicht Baket-Ras zu erkennen. Sie lachte, in ihrem Blick lagen Zuneigung und Wärme. Oh, wie liebte er sie! Sie breitete die Arme aus und rief ihm etwas zu, das er aber nicht verstand. Das Krachen verebbte. Alles war ruhig, aber er konnte Baket-Ra noch immer nicht hören. Ganz deutlich sah er sie jetzt, sie stand vor dem schmalen Felsdurchbruch zum Großen Platz der Wahrheit und bedeutete ihm, mit ihr zu gehen. ‚Ich komme!' wollte er rufen. ‚Warte auf mich!' Aber kein Laut kam über seine Lippen. Ihm war, als hörte er herzbewegende Töne, zarte Klänge jubelten über der Bergspitze, und er sah, wie Baket-Ra in das Tal ging und in einem Grab verschwand. Was bedeutete das? Er ging ihr nach, nein, eigentlich schwebte er, aber dieses schwerelose Gleiten schien ihm eine ganz gewöhnliche Fortbewegung. Dann wähnte er sich in einem dunklen Grabgang, so schmal und eng, wie er noch keinen erlebt hatte. Er arbeitete sich durch die Enge, immer in dem Gefühl, von Baket-Ra geführt zu werden.

Die Klänge trugen ihn weiter, und Licht tauchte in der Ferne auf.

‚Ich komme, meine Geliebte', sang er lautlos. ‚Ich komme zu dir!' Er würde Baket-Ra erreichen, das wußte er sicher.

Rasch lief Vorarbeiter Neferhotep die Dorfgasse entlang. Mit jedem Augenblick wurde ihm unbehaglicher zumute, und als er vor seinem Haus ankam, war er sicher, daß etwas Furchtbares geschehen war. „Ich muß noch einmal fort!" rief er Ubechet zu. „Wo ist Irinefer?"

„Er kommt schon." Ein Blick in die angespannte Miene ihres Mannes genügte Ubechet. Er würde nicht sprechen, also fragte sie auch nicht.

„Begleite mich!" befahl er Irinefer, der hinter Ubechet erschien.

Eine halbe Stunde später wanderten Neferhotep und sein Diener auf dem Pfad, der vom Tempel des Amenhotep Sa Hapu zur Anlegestelle der Fähre führte. Die Nacht war hell, denn der Mond stand kurz vor der Fülle, und Nuts Gewand funkelte von Sternen.

„Herr, dein Herz ist schwer von Sorgen. Hat es damit zu tun, wohin wir gehen?"

Neferhotep sah Irinefer überrascht an. Er hatte nicht mehr mit einer Frage gerechnet. „Es hat wohl damit zu tun. Ich mache mir Sorgen um Baket-Ra."

„Wir müssen sie finden, bevor jemand anderes sie findet!"

Neferhotep blieb stehen. „Woher weißt du das?"

„Sie sagte, sie sei in Gefahr. Ich dachte, weil du jetzt so beunruhigt bist ..."

„Du siehst viel, mein kluger *Bak*! Noch keine elf Jahre zählst du, aber du denkst wie ein Mann. Woher kommt das? Reifen die Knaben in Amurru alle so früh zu Männern? Wie? Keine Antwort? Nun, was sollst du darauf auch sagen!" Neferhotep tippte dem Knaben leicht auf die Schulter. „Du hast recht, Baket-Ra ist in Gefahr. Komm, sputen wir uns!"

Außer ihnen schien niemand mehr unterwegs zu sein. Ein schwerer Geruch nach Erde, Dung und Wasser lag in der Luft, der in Irinefer ein Gefühl von Lebendigkeit aufkommen und ihm ein Kribbeln über den Rücken laufen ließ. Und Angst.

Die am Fluß gelegenen Gehöfte der Handwerker tauchten in der Ferne als dunkle Flecken auf. Insgesamt drei zusammenhängende Ackerflächen in der Ebene von Pa Cher waren den Familien von Pa-Tíme vorbehalten. Das größte Feld lag am Fluß.

„Siehst du die Häuser dort?" fragte Neferhotep. „Dort beginnt der Grund Hehnechus, daneben siehst du die Feldabschnitte Tos und weiter drüben schließt sich der Boden Montemhabs an."

„Herr!" Irinefer blieb stehen und lauschte in die Dunkelheit. „Da schreit jemand!"

„Hoffentlich hat er sie nicht getötet!" flüsterte der Vormann heiser.

„Getötet?" wiederholte der Knabe mit schwankender Stimme.

„Nein, nein, das kann irgendwer ..." Neferhotep brach ab. Unsinn. Es war Baket-Ra, die er gehört hatte. Ihre Schreie wurden lauter, und jetzt gesellte sich ein auf- und abschwellendes Heulen dazu. Nacht! Er hatte sie in seine Gewalt gebracht!

Neferhotep jagte den Weg entlang. Er bog in den Pfad ein, der sich zwischen den Feldern zu Tos Haus wand. Mit einem dumpfen Schlag prallte eine Gestalt gegen ihn, und wie von selbst schlossen sich seine Arme um sie. „Baket-Ra! Den Göttern sei Dank! Du lebst!"

Baket-Ra stöhnte laut, brachte aber kein Wort heraus. Sie war mit Blut beschmiert, aber Neferhotep konnte keine Verletzungen erkennen.

„Was ist geschehen? Wo ist Nacht? Hilf mir, Irinefer! Kümmere dich um sie!" Behutsam setzte Neferhotep die Frau auf die Erde, legte ihre Hand entschlossen in die Irinefers und ging weiter auf das Haus zu.

Die Tür stand weit offen, drinnen brannte eine Fackel. Ein weiterer langgezogener Schrei.

„Was ist ...? Um der Götter willen!"

Auf dem Boden lag seltsam verkrümmt eine Gestalt. Daneben hockte Nacht und rieb ein Messer an seinem Schurz ab. Rot färbte sich das Leinen, Nachts Hände waren blutig, der Boden bedeckt mit dunklen Spritzern. Er sah auf, sein Blick glitt über den Ankömmling, er schien ihn nicht zu erkennen.

„Schweig!" befahl Neferhotep laut. Nacht verstummte augenblicklich. Der alte Vorarbeiter kniete neben dem leblos daliegenden Körper nieder. Sanft drehte er den Kopf. Nius gebrochene Augen schienen durch die halbgesenkten Lider an ihm vorbeizusehen. „Niu!" flüsterte er heiser. Ein Zittern ging durch seinen Leib. Trocken schluckte er mehrmals. Ihm war, als müsse sich die Erde auftun und alles verschlingen, was da war. Niu! Niu war tot! Seine Augen schmerzten, und er begann, bitterlich zu weinen. Er streichelte die leblose Hand. Noch konnte er Wärme fühlen, noch war die Spur des Lebens nicht verwischt. Warum Niu? Er hatte zuwenig an Niu gedacht! Nur um Baket-Ra hatte er sich gesorgt! Niu war doch ein Mann, ein Mann, der sich verteidigen konnte! ‚Wäre ich ein wenig früher gekommen!' dachte er. ‚Vermöchte ich doch eine Spanne in der Zeit zurückzugehen!' Könnte er doch dem Schicksal in den Arm fallen, sich dem Beschluß der Götter entgegenstemmen! Nein, nicht sie, nicht die Ewigen hatten das gewollt! Nacht hatte alles vernichtet, seinen Bruder, Baket-Ra, die ganze Familie. Und sich selbst.

Er blickte auf Nacht, der bewegungslos dasaß und vor sich hinstarrte. „Er war dein Bruder!"

Langsam hob der Angesprochene den Blick. „Er hat sie mir weggenommen", sagte er. Seine Stimme klang flach, aber er hatte die Fassung wiedererlangt. „Ich habe ihn gewarnt. Aber er hat sich nicht darum gekümmert."

„Dennoch hättest du ihn nicht umbringen dürfen!"

„Das verstehst du nicht!" Nacht erhob sich mühsam. „Baket-Ra sah ihn an mit dem Blick der Liebe."

„Aber sie mochte dich doch auch!"

„Vor mir schwieg ihr Herz."

Neferhotep legte dem toten Niu die Arme über die Brust. „Du mußt mit mir kommen", sagte er und stand auf. „Wir müssen ins Dorf zurück. Sie werden Niu holen. Ich muß bei der Verwaltung der Totenstadt Meldung erstatten und auch beim Wesir."

„Aber ich war im Recht! Ich mußte ihn töten. Er schändete, was mein war!" Nachts Stimme wurde schrill. „Ich konnte ihn nicht leben lassen! Er hat alles zerstört, alles!"

„Niu!" Baket-Ra stürzte herein, vorbei an Nacht und Neferhotep, und sank neben dem Leichnam zu Boden. „Niu!" Ihr Haar war zerzaust, ihre Augen geschwollen, und über die Wangen zogen sich Spuren von Schmutz und Tränen. Sie umarmte den Toten und wimmerte leise.

Neferhotep legte die Hand auf Nachts Arm. „Laß sie! Um der Götter willen, laß sie jetzt!"

Nacht streifte Baket-Ra mit einem Blick. „Ich werde ihr nichts tun. Sie ist es nicht wert. Meine Frau gibt es nicht mehr." Seine Lippen zitterten. „Was mit der da ist ...", er schnippte mit den Fingern in Baket-Ras Richtung, „das ist gleichgültig, hörst du? Vollkommen gleichgültig!"

In diesem Augenblick zerriß ein Aufschrei die Luft. Irinefer stand in der Tür. Seine Hand krampfte sich um den Türstock, dann brach er bewußtlos auf der Schwelle zusammen.

‚Zum zweiten Mal!' fuhr es Neferhotep durch den Sinn, obgleich ihm nicht gleich klar war, was zum zweiten Mal geschah. Behutsam nahm er Irinefer auf die Arme und trug ihn zur Lagerstatt. Die Ohnmacht dauerte nicht lange. Als der Knabe wieder zu sich kam, fiel sein Blick als erstes auf den toten Niu und auf Baket-Ra, die den Kopf des Geliebten auf ihrem Schoß liebkoste. Er schlug die Hände vors Gesicht und murmelte etwas Unverständliches.

‚Auch ihn habe ich vergessen', dachte Neferhotep. ‚Für ihn ist es zu schwer.'

„Verzeih, Herr!" flüsterte Irinefer kaum hörbar und bemühte sich, nicht zu Niu und Baket-Ra hinüberzusehen. „Darf ich wieder gehen? Bitte, Herr, bitte!"

„Das sollst du, mein tapferer *Bak*! Geh eilends ins Dorf zurück und hole ein paar Männer. Und Ken-her-chepeschef. Nein, als erstes, hörst du, als allererstes gehst du zu meiner Frau. Ubechet soll Ken-her-chepeschef verständigen. Sie weiß, welche Worte im Hause Tos zu sprechen sind. Du redest nur mit Ubechet."

Irinefer nickte und glitt vom Bett. Neferhotep führte ihn hinaus und blickte ihm nach. Men-nefer. Die Beisetzung des Hohenpriesters. Eine Geisel aus Amurru, nach den Worten des Sieglers Seiner Erhabenheit. ‚Später!' dachte er. ‚Ich will später darüber nachdenken.'

Er ging ins Haus zurück.

„Wo sind Hutemwija und Mutemwija?" fragte er.

# DIE ARBEIT DES MONTH

Der Königsschreiber Cha-em-hedjet ließ mißgelaunt die Dienste seiner Schminksklavin über sich ergehen und beobachtete aus seinen schwarz umrandeten Augen den achtjährigen Ankleidediener beim Herauslegen der frischen Kleidung und des Geschmeides. Die furchtsamen Blicke des Kleinen linderten die Pein in seinem Herzen, die er nicht loswurde, sosehr er sich auch darum bemühte. Bei Asch dem Todbringenden, jeder tat wohl daran, sich vor ihm in acht zu nehmen! Sein Zorn war wie der Sturmwind der Wüste! Seine Diener wußten ein Lied davon zu singen. Je schwerer ihn die Sorgen drückten, desto hochfahrender und unberechenbarer verhielt er sich. Erst vor wenigen Tagen hatte er zwei seiner Sklaven so prügeln lassen, daß der Arm des einen dabei gebrochen wurde.

Fertig gesalbt, gekleidet und geschminkt entließ Cha-em-hedjet die Diener mit einem Wink. Tausret hatte ihn zu einer Unterredung befohlen, und er ahnte nichts Gutes.

Kurz vor der Beisetzung des Hohenpriesters Bakenptah in *Semati Imentet Men-nefer* hatte Tausret ihn angewiesen, sich künftig ausschließlich zu ihrer Verfügung zu halten, und ihm eine wohlbekannte Mappe gezeigt. Pes' Leichnam verrottete wahrscheinlich irgendwo im Wüstensand, und die königliche Herrin wußte alles, was Pes je erfahren hatte. Aber sie hatte es klug vermieden, Cha-em-hedjet bloßzustellen, und ihn nicht offen des Verrats oder des Mordes bezichtigt. Keine Verhandlung, kein Todesurteil, kein Scharfrichter. Er war sich vollkommen darüber im klaren, was sie beabsichtigte. Und er konnte nichts dagegen unternehmen. Jedenfalls vorläufig nicht.

Um die dritte Stunde des Tages sollte er in ihren Gemächern erscheinen, so lautete der Befehl. Doch die Herrin ließ eine volle weitere Stunde vergehen, bis sie ihn zu empfangen geruhte. Als er dann vor ihr stand, hatte er sie in Gedanken tausendfach zu Tode gequält.

„Ich habe für dich eine besondere Gabe", sagte Tausret und deutete auf einen mit einem Tuch bedeckten Korb, der vor ihr auf dem bemalten Steinfußboden stand. Hell fielen Sonnenstrahlen durch die Säulen an der nach Süden offenen Empfangshalle, und in Tausrets hüftlanger, aus dunkelblauen Löckchen gedrechselter Perücke blitzten die eingewirkten Goldfäden. Staubkörnchen tanzten im Licht, und vom Garten her wehte der Duft von Lilien herein.

Anmutig hob Tausret ihre Hände, deren Innenflächen mit Henna dunkelrot gefärbt waren. „Los, los! Mein Geschenk bringt dich in die richtige Stimmung für das, was ich dir zu sagen habe."

Als Cha-em-hedjet sich nicht gleich bewegte, klatschte sie ungeduldig in die Hände. Er trat näher, wappnete sich innerlich und zog das Tuch vom Korb. Seine Ahnung hatte ihn nicht getrogen. Sukos verzerrtes Gesicht schien ihn wissend anzugrinsen. Für einen Augenblick schloß Cha-em-hedjet die Augen. Er durfte keine Schwäche zeigen.

„Nun, da du mich also eingestimmt hast", sagte er gelassen, „stille meinen Wissensdurst. Was darf ich für dich tun?"

Tausret war gegen ihren Willen beeindruckt. Nicht das leiseste Anzeichen von Entsetzen, keine Andeutung von Furcht! Das war nicht der Sieg, den sie sich vorgestellt hatte.

„Berichte mir!" befahl sie. „Nenne mir den Grund für deine Freveltat. Jede Einzelheit verlange ich zu wissen. Was trieb dich zum Verrat an unserem Geliebten Land?"

Ihre Augen blieben unverwandt auf ihn gerichtet, während er in groben Zügen das Verhängnis seiner Kindheit schilderte. Kein Muskel bewegte sich in ihrem Antlitz, nichts deutete auf irgendeine Gemütsbewegung hin.

„Ich fand die Leichen meiner Eltern und Geschwister", kürzte er die Ereignisse nach dem Überfall seines Dorfes ab und hielt inne. Doch Tausret enthielt sich einer Bemerkung. Sie saß nur da und wartete. Da fuhr er in seiner Erzählung fort.

Das Vergessen war der Preis für das Überleben seines Geistes gewesen. Wesa wäre wohl dem Irrsinn verfallen, hätte er nicht in den folgenden Jahren die Ereignisse jener Nacht in einem geheimen Winkel seines Herzens vor sich selbst verborgen. Nie mehr vermochte er, sich das rundliche Kindergesicht seiner Schwester Huna vorzustellen. Er wußte nicht mehr, wie die Mitglieder seiner Familie ausgesehen hatten. Zwar opferte er ihren Geistern, wie es der Sitte entsprach, aber er hatte nie das Gefühl, daß sie ihn mit ihrer Anwesenheit beehrten.

Das Vergessen hatte bereits wenige Stunden nach dem Gemetzel eingesetzt. Es war mit hohem Fieber einhergegangen, das die folgenden Tage in ein wirbelndes Durcheinander von Kopfschmerzen, Schweißausbrüchen und Angstschreien verwandelte.

„Du hast Glück", sagte der ägyptische Händler Schadu, der im Dienst des Sobek-Tempels von Schedet unterwegs war. „Gut hast du es getroffen, daß ich dir über den Weg gelaufen bin und kein anderer. Ich habe ein gutes Herz und bringe es nicht fertig, einen halbverrückten Schreihals wie dich in der Wüste verrecken zu lassen."

Wesa starrte den untersetzten Kaufmann mit seinem braunen Schurz und dem schmuddeligen, fahlgelben Umhang verständnislos an.

„Du sprichst wohl kein Ägyptisch, was?" Ein Wasserschlauch tauchte vor Wesa auf, nach dem er gierig griff.

„Ich werde dich schon hochpäppeln und um meinen Lohn bin ich auch nicht bange. Du wirst für mich arbeiten, bis ich dir sage, daß es genug ist."

„Ich will nach Hause", flüsterte Wesa.

„Was sagst du da? Bei Seth und all seinen Geistern, das ist doch keine Sprache, dieses Gegrunze! Du wirst Ägyptisch lernen müssen!" Vor sich hinmurmelnd schleppte der Händler etwas Brot und Ziegenkäse herbei, und Wesa nahm die erste Nahrung seit Tagen zu sich. Danach war er ausreichend gekräftigt, seine neue Umgebung in Augenschein zu nehmen. Die kleine Karawane des Händlers Schadu bestand aus drei Eseln und einem altersschwachen Kamel, das seinen eigenen Schwanz für ein fremdes Tier hielt und gelegentlich danach schnappte. Diese Eigenart veranlaßte es, sich immer wieder in stolpernden Tanzbewegungen um die eigene Achse zu drehen und dabei heisere Schreie auszustoßen. Noch war Wesas Gemüt zu verwirrt, als daß er sich an diesem sonderbaren Anblick ergötzen konnte, aber während der nächsten Zehntage beobachtete er ausschließlich das Kamel und war in diesen Anblick versunken, als gäbe es nichts sonst auf der Welt. Er ritt auf einem Esel und wandte seinen ernsten Blick keinen Augenblick von dem verschrobenen, zweihöckerigen Ungetüm. Dieses Tier sollte er niemals vergessen, sein ganzes Leben lang würde er sich an jede Einzelheit entsinnen. Sowie er die Augen schloß, stand es wieder vor ihm, bleckte die Zähne, schielte mit seinen Triefaugen und jagte erbost nach seinem eigenen, fransigen Schwanz.

Schadu wurde von zwei älteren Dienern begleitet, die gewissenhaft Mensch wie Tier mit Nahrung versorgten. Sie schienen sich allerdings der Welt der Tiere eher zugehörig zu fühlen, denn mit den Eseln, dem verflohten Hund und den in Käfigen gehaltenen Tauben unterhielten sie sich in rauhen, knurrenden Tönen, wohingegen sie den Menschen nur selten Worte widmeten.

Wesa verbrachte seine ganze Jugend bei dem Kaufmann, während derer sein Geist ums Überleben rang und sein Herz den langen Marsch in die Kälte antrat. Viele Jahre durchwanderte er mit der Karawane Schadus das Mündungsgebiet des Nil. Jahre, in denen er die ägyptische Sprache zu sprechen lernte wie seine eigene und die Lebensart Kemets vollständig in sich aufnahm.

Er hatte schon lange den ägyptischen Namen Cha-em-hedjet angenommen, als er in seinem siebzehnten Jahr die Karawane ohne sonderliches Bedauern verließ, um in die Dienste des Sobek-Tempels von Schedet in der Oase Scha-Resi zu treten. Er wollte lesen und schreiben lernen. Da er über keinerlei Besitz verfügte, widmete er sich mit Eifer und Ausdauer jeder Arbeit, die ihm die Priester zuweisen mochten. Zwei Jahre später wurde er damit beauftragt, die Steuerlisten von Schedet in die königliche Sammlung der Schriftstücke nach Men-nefer zu bringen. Nachdem er die Ordnung der dort aufbewahrten Papyrusrollen einer genauen Prüfung unterzogen hatte, wies er den Oberschreiber auf Unzulänglichkeiten in Einteilung und Ablage der Abgabenlisten hin.

Der alte Beamte musterte Cha-em-hedjet stirnrunzelnd. „Es fehlen gebietsbezogene Untergruppen? Bist du verrückt? Was glaubst du, wer du bist? Erfahrene, weise Schreiber erdachten diese Art der Ablage vor sehr langer Zeit! Niemand fand seitdem Grund, sie zu tadeln."

„Verzeih, Ehrwürdiger, ich wollte nicht unbotmäßig erscheinen", versetzte Cha-em-hedjet. „Doch vermag man sehr viel leichter auf einzelne Listen zuzugreifen, wenn man die Untergliederung der Ablage erst nach Gebietseinheiten und dann nach Art der Zahlung vornimmt."

Der Alte schob seine Perücke zur Seite und kratzte sich den kahlgeschabten Schädel. Er fühlte sich überrumpelt. „Wie kommst du dazu, dich in meine Amtsgeschäfte einzumischen, junger Mann? Lege die Abrechnungen auf diesen Tisch und dann ...", er brach ab, denn ihm war ein Gedanke gekommen. „Eine Gebietsgliederung könnte man mehrstufig anlegen", murmelte er vor sich hin, „und zudem nach der Art der Verwaltung unterscheiden. Damit könnten wir die Steuern der Königsgüter von denen der freien Bauern und der Tempel getrennt buchen ..."

„... und ihr hättet einen genauen und vollständigen Überblick über die Gewinne der Gebiete, und das ohne langes Ordnen", fiel Cha-em-hedjet ein.

„Nicht schlecht!" nickte der andere anerkennend. „Ich wundere mich, daß eine solche Änderung nicht schon früher durchgeführt wurde."

„Wahrscheinlich besitzen nicht viele Staatsdiener denselben Weitblick wie du!" meinte Cha-em-hedjet.

Ein feines Lächeln überzog das Gesicht des Alten mit unzähligen Fältchen. „Hättest du nicht Lust, mit mir zusammenzuarbeiten?" fragte er.

Fast zwanzig Jahre lagen zwischen jenem Tag und dem gegenwärtigen, da er der Gemahlin des Thronfolgers Rede und Antwort stand, zwei Jahrzehnte harter, gründlicher Arbeit, in denen Cha-em-hedjet seinen stetigen Aufstieg in die Umgebung des Guten Gottes bewerkstelligte und schließlich als *Sesch Nisut*, als Königlicher Schreiber, die ersten Verbindungen zum libyschen König Meri knüpfte.

‚Das darf niemals bekannt werden', dachte Tausret. ‚Wenn es bei den Neunbogen-Völkern ruchbar würde, daß es möglich ist ... nicht auszudenken!' „Ich weiß genug!" sagte sie. „Kommen wir nun zu heutigen Angelegenheiten. Du hast dein Leben in mehrfacher Weise verwirkt. Ich aber lasse dich weiteratmen in meinen Diensten."

„Ich bitte um wirkliche Strafen", murmelte Cha-em-hedjet unterwürfig. „Dir zu dienen ist eine Ehre."

„Besonders, wenn man keine Wahl hat, nicht wahr?" Sie zog höhnisch die Mundwinkel nach unten. „Du wirst jetzt für mich arbeiten, mein ehrlicher Freund. Nachrichten von Truppenführer User sind eingetroffen. Die Scharen des Meri in der westlichen Wüste sind erneut verstärkt worden. Unsere Späher berichten von Schiffen, beladen mit Leuten der *Akaschawasch*. Sie landeten vor einem Mondumlauf und wurden von Meris Leuten begeistert begrüßt. Weißt du, auf wen sie dort trafen?"

„Ich hörte davon, Hoheit. Gruppen der *Schakalusch* und *Turscha* hatten sich schon vorher den Libyern angeschlossen."

„So ist es. Bevor nun die ganze Welt gegen uns kämpft, muß dem Übel ein Ende bereitet werden. Du wirst dafür sorgen." Nach einer Pause setzte Tausret förmlich hinzu: „Die Sonne vertreibt die Mächte der Finsternis. Pharaos Pfeile verfehlen niemals ihr Ziel."

‚Suko und Pes sind zu Recht tot', dachte Cha-em-hedjet. ‚Ihre Stümperei hat Meri den Sieg und mich meine Rache gekostet. Aber, bei Asch, es ist noch nicht zu Ende. Der Tag wird kommen, an dem ich mich aus dem Staub erhebe wie die Kobra, die ...'

„In dieser Mappe", unterbrach Tausret seine Gedanken, „befinden sich Pläne und Briefe, doch nicht jene, die du kennst. Der Feind kann daraus Ort und Zeit entnehmen, die für eine Entscheidungsschlacht günstig sind."

„Günstig für ...?"

„Günstig für Meri selbstverständlich!" bemerkte sie leichthin. „Was dachtest du denn? Er muß ganz sicher sein. Wenn die Nachricht von dir kommt, wird er keinen Verdacht schöpfen und tun, was ihm naheliegend erscheint."

„Wo soll der Kampf stattfinden?"

„Das wirst du noch früh genug erfahren. Vorerst genügt es, wenn du einige Blätter unterschreibst." Sie schlug die Mappe auf, entnahm ihr mehrere Blätter und legte sie so aufeinander, daß nur schmale Streifen an den unteren Rändern zu sehen waren. „Unterzeichne!" befahl sie, und Cha-em-hedjet setzte seine Unterschrift auf die Papyri.

„Kann ich sonst noch etwas für dich tun?" fragte er.

Tausret schüttelte den Kopf. „Eigentlich schade", sagte sie nachdenklich, „daß man dir nicht trauen kann. Du könntest viel erreichen."

„Versuche es doch, Herrin!" Cha-em-hedjets Unterwürfigkeit war bemessen und zielsicher eingesetzt. „Gib mir die Gelegenheit, dir zu beweisen, daß ich dein Diener bin." Er ließ sich nicht ablenken von Tausrets lautem Lachen. „Ich weiß wohl, daß du keine Veranlassung hast, mir zu trauen. Mein Leben aber liegt vollständig in deiner Hand. Ein Schnippen deines erlauchten Fingers, und mein Kopf verfault wie jener in diesem Korb. Ich bin tot. Nur deine Stimme kann mich erwecken." Er wartete, ob Tausret zu sprechen beabsichtigte. Doch sie blieb stumm. Wenigstens lachte sie nicht mehr „Keine meiner Pflichten durfte ich in den vergangenen Zehntagen mehr erfüllen", fuhr Cha-em-hedjet fort. „Keine Reise nach Kanaan, keine Empfänge, keine Schriftstücke, nicht einmal die göttlichen Worte ließest du mich aufschreiben. Du beliebtest, meine Fähigkeiten brachliegen zu lassen."

„Deine Unverfrorenheit ist kaum zu fassen!" Tausret starrte den Mann an. „Du hast unser Geliebtes Land verraten, an den Feind ausgeliefert, den Hohenpriester von Men-nefer ermordet, und nun schlägst du mir vor, dich nicht nur am Leben zu lassen, sondern auch in deinen Ämtern! Das ist ungeheuerlich!"

„Ich habe nichts mehr zu verlieren", entgegnete der Libyer trocken. „Wie ich schon sagte, ich bin ohnehin tot. Es ist nicht verwunderlich, daß ich lieber als dein Geschöpf, als dein nichtswürdiger Sklave weiterlebe, als den Tod zu erleiden, den ich verdiene."

Tausret nickte. Cha-em-hedjet würde alles tun, um am Leben zu bleiben. Einen derart fähigen, bedingungslos ergebenen Sklaven zu besitzen war ein großer Vorteil.

„Außerdem ...", Cha-em-hedjets Stimme schmeichelte leise, „bin ich dank deines harten Zugriffs völlig allein. Meine Freunde sind tot, hingerichtet auf deinen Befehl. Und ich war es, der ihre Namen preisgeben mußte."

„Bis auf jenen Pes und den Kerl da im Korb!"

„Viel genützt hat es ihnen nicht!" sagte Cha-em-hedjet achselzuckend. „Dein Falkenblick durchdringt alles."

„Auch dein falsches Spiel, du Wurm der *Libu*, dessen Herz nicht ist wie das eines Menschen!"

„Dann mußt du mich töten lassen, hohe Frau." Die Ruhe Cha-em-hedjets beeindruckte Tausret erneut. „Doch bedenke! Habe ich nicht in allem so gehandelt, wie du es befohlen hattest? Ich gab dir die Namen, die du verlangtest. Ich verließ mein Haus nicht, empfing keine Gäste, schrieb die Mitteilungen, die du wolltest."

‚Deshalb hat sich Cha-em-ter so gut erholt', dachte Tausret bissig. „Das hast du wahrlich getan", sagte sie laut. „Unter Druck, aus Todesangst. Aber verrate mir nun, welchen Vorteil zöge ich aus dir? Was kannst du tun, das nicht jeder andere hervorragende Beamte auch für mich erledigen könnte?"

„Vielleicht gibt es Befehle, mit denen du keinen anderen betrauen möchtest? Angelegenheiten, die unauffällig, in aller Stille, bereinigt werden sollen?"

„Das ist nicht nötig", sagte Tausret schnell. Doch es war alles andere als wahr. Einen verschwiegenen, rasch handelnden und vor allem gewissenlosen Sklaven konnte sie gut brauchen. „Was kannst du mir noch bieten?"

„Ich habe …", sagte Cha-em-hedjet gedehnt, „sehr gute Beziehungen zum Königssohn von Kusch." Er wagte ein gefährliches Spiel. Sorgfältig ausgewählte Teilwahrheiten mußten Tausret überzeugen, durften seine Pläne mit Amenmesse aber nicht gefährden. Sollte die künftige Königin auch nur ahnen, daß sein Verhältnis zu Amenmesse einer Verschwörung gleichkam, wäre sein Schicksal besiegelt. „Durch mich", fuhr er fort, „wird der Königssohn von Kusch ebenso dein Geschöpf, wie ich es bin, das versichere ich dir."

„Das könntest du erreichen?" fragte sie lauernd. Der kurz zurückliegende Aufenthalt Amenmesses in Men-nefer hatte dessen Stellung am Hof beträchtlich verbessert. Der König hatte sich sogar bereitgefunden, Amenmesse das hohe Ehrenamt eines Wedelträgers zur Rechten Pharaos zu übertragen, wie es ihm als seinem Vertreter im Südlichen Fremdland zustand. Allerdings hatte er ihm erneut unmißverständlich klargemacht, daß er nicht beabsichtigte, ihn zum Falken-im-Nest zu ernennen. Tausret hatte ihrem Stiefsohn kaum brauchbare Nachrichten entlocken können. Er beherrsche die Lage vollständig, hatte er immer wieder beteuert, wiewohl der Aufstand gefährlich, die Nehesiu heimtückisch und die Kämpfe schwer seien. Sein Heldenmut aber zerschmettere die Feinde, die zu Tausenden um Gnade winselten. Sie kannte die Neigung Amenmesses zu Prahlereien und hatte ihm daher wenig Glauben geschenkt. Was sie jedoch beunruhigte, waren Andeutungen über eine nubische Prinzessin, der Amenmesse angeblich verfallen war.

„Was weißt du also über den Königssohn von Kusch?" fragte sie.

Cha-em-hedjet jubelte innerlich. Das war der Köder. Sie hatte danach geschnappt! Er würde leben, neu planen, Erfolg haben! Seine Rache würde sich irgendwann doch vollenden.

„Es gibt da diese Frau namens Baketwerel …", begann er.

„Die *Schirdana* sind bereit, Erhabener!" Der Große des Heeres, User, der Vertreter des Thronfolgers Sethos bei den Soldaten, der größte

Feldherr, den Ägypten seit den Tagen des göttlichen Ramses hervorgebracht hatte, verneigte sich tief vor Seiner Erhabenheit. „Sie stehen unter Ptahpahapi und Sethnacht im Südlichen Harpunengau und harren des Angriffsbefehls."

„Und die Truppen aus Pi-Ramesse?" fragte Pharao Merenptah und ergriff das Tuch, das ihm der Thronfolger reichte. Müde wischte er sich den Schweiß von der Stirn. Die Sonne stand hoch am Himmel, und im Feldherrnzelt staute sich die Hitze. Von draußen erklangen gedämpft die Stimmen der Hauptleute und das Knirschen Hunderter Sandalen auf dem Sand des Truppenaufmarschplatzes von Men-nefer. An diesem Tag würden die Soldaten der Hauptstadt nach Per-Bastet aufbrechen, geführt von Heerführer User und vom Guten Gott selber.

„Wir haben so viele wie irgend möglich an die Westgrenze entsandt. Zurück blieben nur die Einheiten, die zur Verteidigung gegen die Sandbewohner von Bija unentbehrlich sind." Heerführer User, ein hochgewachsener Mann in den Vierzigern mit einem breiten, faltendurchfurchten Gesicht, stand in voller Rüstung vor Merenptah und hielt die Hände in der gebeugten Haltung des Dienenden auf Kniehöhe vor sich gestreckt.

„Was berichten die Späher Meiner Erhabenheit?" fragte der Pharao. „Konnten sie Nutzen aus den Berichten der Elenden auf den Pfählen ziehen?"

„Das konnten sie", antwortete der Große des Heeres. „Jene Nichtswürdigen, deren Leiber an der Sonne verfaulen, haben die Wahrheit gesprochen. Die Scharen der *Libu*, der *Sepedu* und der *Meschwesch* haben unsere Grenzfestungen überrannt und nähern sich bereits dem *Iteru aa*, dem großen Flußarm."

Bai, der hinter dem Sessel des Königs stand, schüttelte sich unwillkürlich. Vor knapp einer halben Stunde war er an den etwa dreißig verwesenden Leichnamen vorbeigekommen, deren Gestank noch bis in die südlichen Stadtviertel Men-nefers die Luft verpestete. Massen von Vögeln taten sich an ihren Eingeweiden gütlich. Ein Geschenk der Götter war dieser Spähtrupp der *Meschwesch* gewesen. Bevor die Spione gepfählt wurden, hatten sie unter Folter gestanden, daß libysche Einheiten im Süden bereits die Berge der Oase überschritten hatten.

„Den Hauptarm des Nil dürfen wir sie keinesfalls überqueren lassen!" sagte Merenptah.

„Selbstverständlich nicht. Ich schätze, die Feinde werden noch etliche Tage bis dorthin brauchen. Sie kommen nur langsam voran, denn sie führen eine Menge Gesindel mit sich. Am Zug jenes Feindes aus Libyen nehmen die Stämme von den Ländern im Meer teil." Heerführer User vermied es, den Namen Meri auszusprechen, denn jeder Name besaß Zauberkraft, auch der des Feindes.

„Dies sind ungeordnete Haufen, mein erhabener Vater!" sagte Sethos zu Merenptah. „Kaum bewaffnet, aber mit schmutzigen Weibern und verlausten Kindern im Schlepptau. *Akaschawasch*! *Turscha*! Lächerlich!"

„Du hast recht!" Merenptah erhob sich mühsam. Wäre er doch nur zwanzig Jahre jünger! Warum fühlte er die göttliche Kraft, die in ihm wohnte, immer weniger? „Sie sind keines Gedankens wert. Wo aber ist er selber, der *Libu*-Häuptling mit seinen bezopften Handlangern und den Kerlen mit Federn im Haar und Schärpen aus Tierschwänzen?"

„Die Feinde nähern sich der Ebene von Per-Ir", erklärte der Große des Heeres. „Dies ist der Ort, den wir für ihren Untergang bestimmt haben. Deine Erhabenheit wird in Per-Bastet die Heerscharen des Ra und des Ptah sammeln und gegen Per-Ir in Marsch setzen."

„Die Schar des Seth führe ich", erklärte Sethos. Er deutete auf den großen Papyrus, der auf dem Klapptisch lag. „Während User mit der Heerschar des Amun den Feind im Norden umkreist, sichere ich den Oasenweg im Süden und marschiere dann ebenfalls Richtung Per-Ir. In eineinhalb Zehntagen werden dort Geier kreisen. Ihre Schwingen werden sie nicht mehr tragen, so vollgefressen werden sie sein."

Merenptah stützte sich mit beiden Händen auf die Tischkante und betrachtete die sorgfältig in verschiedenen Farben eingezeichneten Aufmarschlinien der einzelnen Truppenteile. „Da wir die *Libu* so vorbereitet erwarten", stellte er fest, „kann ihnen die Flucht nicht gelingen. Die Männer der westlichen Wüste laufen in ihren Tod.

Das wird künftig alle nichtswürdigen Feinde davon abhalten, unsere Gaue anzugreifen."

„Außerdem haben wir die besseren Waffen", warf Bai ein und trat aus dem Schatten hervor. „Sie besitzen nur wenige Streitwagen, die überdies nur von vier statt von sechs Pferden gezogen werden. Das Entscheidende aber ist, daß sie keine Schilde verwenden. Das dürften sie bereuen." Er verbeugte sich vor dem Pharao. „Ehrwürdiger Gott, welche Aufgabe hast du für mich vorgesehen?"

Merenptah hob die Hand. „Später!" Er wandte sich an Heerführer User. „Und nun die Ansprache. Gib den Befehl zum Abmarsch, wenn ich sie beendet habe."

Der Stellvertreter des *Mer Mescha Wer* nickte und verließ das Zelt. Auf einige knappe Befehle verstummten draußen die Stimmen und Geräusche. Der Pharao trat ins Freie, Sethos und Bai folgten.

Gleißende Helligkeit blendete das Auge, Speerspitzen und Schwerter blitzten, und am Himmel jagten dünne, durchsichtige Wolkenfetzen wie zerrissene Schleier dahin. Bunte Wimpel flatterten an dünnen Leinen, die in weiten Bögen die Zeltspitzen mit den Fahnenstangen verbanden. Die Soldaten standen in Blöcken zu zehn mal zehn Mann aufgereiht auf dem weiten Übungsplatz. In der Rechten hielten sie den Speer, der linke Unterarm ruhte auf dem mit Leder überzogenen Schild. Vor jedem Block reckten Feldzeichenträger und Truppenschreiber grüßend die Hand in die Höhe. Ganz vorne beugten die Truppenführer das Knie. Heerführer User klatschte in die Hände, und die Großen richteten sich auf.

„Krieger des Geliebten Landes!" rief Merenptah mit seiner volltönenden Stimme, die einem wesentlich jüngeren, kräftigeren Mann zu gehören schien. „Ra selbst verflucht jene, die Ägypten bedrängen, und Seth sät Feuer unter die Feinde. Das Herz des finsteren Verbrechers wurde durchschaut und von den Ewigen gerichtet. Er ist ein Störer der *Ma'at* und ein Frevler wider die Stätten der Götter." Er räusperte sich. Tiefe Stille lag über dem Platz.

Die Männer wagten kaum zu atmen. Pharao sprach zu ihnen, der Gute Gott, dessen Atem Kemet leben ließ, dessen Macht das Land der *Tjehenuiu* zerschmettern würde. Wer dieser Ansprache beiwohnte, wußte, daß er ein vom Schicksal Begünstigter war, einer, der Horus nahe sein durfte in einer bedeutenden Stunde.

‚Dies zeichnet Ägypten aus', dachte Bai, als er die Ehrfurcht in den Augen der Soldaten sah, ‚es ist wahrhaftig das Land Gottes, hier ist der Ursprung allen Seins.' Sein Blick schweifte über die Häupter der Männer, über die Einheiten der Streitwagen, die neben den Fußsoldaten aufgefahren waren, bis an die weit entfernten Mauern Men-nefers. Jeder würde bereitwillig sein Leben für Pharao hingeben, allem entsagen, nur um für immer und ewig im göttlichen Wesen des Herrschers einbeschlossen zu sein.

Und Bai selbst? Merenptah schätzte ihn, ja, er liebte ihn! Der Siegler fühlte ein erregendes Prickeln in seinem Leib. Zu denken, daß der Göttliche auf seinen Rat hörte, nach seinen Überlegungen verlangte! Wenn man es recht bedachte, hatte er, Bai, Teil an der Macht Pharaos. Unwillkürlich spannte Bai die Muskeln, und sein Herz klopfte. Merenptah zählte auf ihn, den Hurriter Bai! Nein, eigentlich nicht mehr Hurriter. Ein Sohn Ägyptens war er, vielleicht mehr als so manch anderer, der hier stand. Er schloß die Augen und erlaubte sich den kühnen Gedanken, der ihn seit Jahren begleitete: ‚Mein Same war es, der sich ergoß in den Leib seiner Tochter.' Nichts, was geschieht, ist ohne Bedeutung, das wußte Bai. Die Gunst des Königs, die Liebe Henutmiras, seine Begierde nach ihrem Schoß. Tochter des Königs, Tochter der Macht! Unvergleichlich die Lust, sich über sie zu werfen, sie zu bezwingen! Keine Frau, mit der Bai seither verkehrt hatte, konnte mit Henutmira verglichen werden. Keine hatte in ihm diesen überwältigenden Rausch ausgelöst, an Göttlichkeit teilzuhaben. Als er jetzt die Gesichter der Soldaten sah, wie sie vor seliger Hingabe strahlten, spürte er das vertraute Ziehen in den Lenden. Er atmete tief, und ihm war klar, daß er nie gesättigt sein würde. Sein Wille würde ihn drängend und schmerzhaft sein Leben lang nach der Wiederholung dieses Sieges suchen lassen.

Hoch oben über ihm zerrissen schrille Schreie die Luft. Bai spähte in die blaue Weite des Himmels und entdeckte eine Reihe Kraniche auf ihrem Flug nach Norden.

„Die Feinde sind in die Felder Ägyptens eingedrungen", fuhr der König fort, „bis zum Strom des Hapi. Dort haben sie halt gemacht und viele Tage, ja, Monate damit zugebracht, im Land umherzustreifen und Tag für Tag zu plündern, um ihre Bäuche zu füllen. Sie greifen nach den Gütern Kemets, um sie sich ins Maul zu stopfen."

Aus dem Augenwinkel beobachtete Bai den Thronfolger. Mit unbewegter Miene stand Sethos neben seinem Vater. Er überragte ihn um eine Handbreit und wirkte in seiner schimmernden Rüstung, seinem mit roten Bändern geschmückten Helm wie der Kriegsgott Month selbst. Aber Bai wußte, daß Sethos dieses Amt nicht liebte. Er war kein Freund des Krieges, ihn dürstete es nicht nach Kampf. Der Horus-im-Nest bedurfte des Friedens, um sich wohl zu fühlen, ihn verlangte es nach der Stille einer Gelehrtenstube, wo er sich mit seiner geliebten Sternenkunde beschäftigen konnte. Seine Nächte verbrachte er gern auf dem Palastdach in Gesellschaft von Stundendienern, die mit der Beobachtung der Gestirne betraut waren.

„Amun selbst ist es, der den Feind mit seiner Hand fesselt und ihn mir übergibt!" schloß Merenptah. Nach einem Augenblick der Stille schlugen die Soldaten mit der Faust auf die Schilde, und ein Trommeln erhob sich, das dumpf bis an den Horizont brauste. „Laß mit dem Abmarsch beginnen, Heerführer!" befahl der König und drehte sich zu Bai um. „Du kommst mit mir!" Er schob den Ledervorhang am Eingang des Feldherrnzelts zur Seite und trat ein. Bai folgte, und Sethos schloß sich an. „Höre also, Bai", fuhr der Pharao fort, „du wirst in den Süden reisen und in Waset mit dem Wesir des Südlichen Landes sprechen. Pa-nehesi soll in Ta Seti vier Abteilungen nubischer Bogenschützen ausheben, zwei davon mir senden und mit den anderen die Truppen Amenmesses verstärken."

„Es geschehe, Erhabener. Aber bedarfst du nicht auch meines Schwertarms, um die Arbeit des Month zu tun, nämlich zu kämpfen?"

„Bai!" sagte Merenptah streng. „Ich kenne deine Fähigkeiten ganz genau! Was ich von dir will, ist immer Arbeit des Month! Du führst eine andere Art Krieg! Ich dulde es übrigens auch von dir nicht oft, daß du meine Entscheidungen in Frage stellst."

Bai erschrak. „Ich habe verstanden, gütiger Gott! Vergib mir!" Er mußte genauer abwägen, was er sprach!

„Der Heerschar des Seth sollten ebenfalls einige Hilfstruppen beigeordnet werden!" meinte Sethos beiläufig. Auf seinem Gesicht lag ein Ausdruck, aus dem Bai nicht recht klug wurde. War es Ärger? Oder Hohn? „Ich habe in Schedet drei Einheiten *Schirdana* bereitstellen lassen, ausgerüstet vom dortigen Sobek-Tempel."

Merenptah lächelte zufrieden. Das Heer war bei seinem Sohn in sicheren Händen. Er wandte sich noch einmal an Bai. „Da ist noch etwas! Ich wünsche genauen Bericht über eine gewisse nubische Geisel."

„Baketwerel!" Bai überlegte. „Deine Herrlichkeit möge geruhen, den Diener Cha-em-ter zu sich zu befehlen. Er weiß viel über diese Frau."

„Cha-em-ter? Ist seine Gesundheit wiederhergestellt?"

„Er ist genesen und steht zu deinen Diensten."

„Nun gut, er soll mir berichten, wenn die Siegesfeier beendet ist."

Bai bemerkte Sethos' sorgenvollen Blick. Zweifelte der Horus-im-Nest am Sieg, oder beunruhigte ihn der späte Zeitpunkt für Cha-em-ters Bericht? „Ich werde mit Pa-nehesi sprechen", sagte er. „Der Wesir kennt Baketwerel von vielen Dienstreisen nach Buhen. Außerdem steht er in ständigem Austausch mit dem Königssohn von Kusch." Er sah Sethos an. „Über deinen Sohn, Hoheit, meldet er nur äußerst Vorteilhaftes."

„Ich weiß, ich weiß!" Sethos machte eine wegwerfende Handbewegung. „Er stellt sich ausnahmsweise nicht ganz ungeschickt an. Aber ein Verhältnis mit einer Geisel einzugehen ... das paßt zu ihm."

Bai sah das verdrossene Gesicht und dachte, daß es Nachteile mit sich brachte, der Familie des Gottes anzugehören.

„Übermittle Pa-nehesi folgenden Befehl", ordnete Merenptah an. „Sechs oder sieben weitere Geiseln aus dem Wawat sollen an den Hof von Men-nefer gebracht werden, auf daß sie die Sprache der

Ägypter in meinem Gefolge hören. Es ist gut, wenn sie ihre Sprache vergessen. Erst wenn sie Ägypter sind, kann man sie wirkliche Menschen nennen."

„Die Götter werden dieses Land richten", sagte Sethos, der Sohn des Pharao. „Kemet verdient nicht zu leben, so werden sie sprechen. Der Schreiber des Königs, dem man vertraute, ist zum Frevler geworden. Und wo ...", seine Stimme wurde lauter, „... sind jene, die den Würger der *Ma'at* vom Antlitz der Erde tilgen? Die Beamten Pharaos erhalten und bewahren das Land nicht mehr. Sie werden zu Hehlern und Gehilfen des Bösen."

„Bei allen Geistern des Himmels und der Erde!" rief Tausret ungeduldig. „Sträflich wäre es, wenn wir die Möglichkeiten nicht nutzten, die uns durch Cha-em-hedjet zuteil werden. Mit seiner Hilfe gelang es, die *Tjehenuiu*, die *Libu* und *Meschwesch* nach Per-Ir zu locken. Wenn Pharao, Leben, Heil, Gesundheit, sie dort niederschmettert, werden die Ewigen zufrieden sein, das versichere ich dir!"

Bai, der lässig am Säulengeländer des von Palmen gesäumten Vorbaus lehnte, verstand Tausrets Ärger. Allzuoft erging sich der Thronfolger in Wehklagen. Manchmal dachte er, sie beherrsche sich ohnehin vorbildlich angesichts der Lust, mit der Sethos düstere Zukunftsbilder malte.

„Aber werden die Götter einen Sieg billigen, der mit List und Trug erreicht wurde?"

„Den Feind zu täuschen ist die hohe Kunst der Kriegführung, mein Gemahl! Die kühnsten Herrscher, welche die Doppelkrone getragen haben, verschmähten es nicht, ihre überlegene Klugheit einzusetzen." Tausret erhob sich von der zierlichen Liege aus Akazienholz. Sie schlang sich ein hauchdünnes blaues Tuch um die Schultern und schwebte an Bais Seite.

Sethos blieb in seinem Stuhl sitzen und sah ihr verdrossen zu. „Wie denkst du darüber, Schreiber?" fragte er Bai.

Der ging über die herablassende Anrede hinweg, als habe er sie nicht gehört. „Ich meine, es ist richtig, alles, was wir haben, auch zu verwenden, Hoheit."

„Außerdem forderte uns das Orakel des Amun dazu auf!" warf Tausret ein. „Das ist doch alles längst erledigt, mein Gemahl!"

Sethos schüttelte den Kopf. „Selten sind die Aussagen der Götter eindeutig, und uns ist aufgegeben, stets zu fragen, ob unsere Taten der *Ma'at* entsprechen."

„Dann frage dich eben!" sagte Tausret spöttisch, und Sethos warf ihr einen verletzten Blick zu.

‚Schade', dachte Bai unwillkürlich, ‚daß nicht sie es ist, die herrschen wird. Sie ist wahrlich besser dazu geeignet.' „Es gibt noch einen weiteren Grund, Schreiber Cha-em-hedjet am Leben zu lassen", sagte er, um Tausret und Sethos die Peinlichkeit zu ersparen, in seiner Gegenwart zu streiten. „Noch wissen wir nicht genau, welcher Art seine Verbindungen ins Wawat und nach Kusch sind. Ich denke, ein Mann, der leichten Herzens das Geliebte Land an die *Libu* verrät, würde auch bei Nehesiu nicht zögern."

„Dunkles Gewölk braut sich über Ägypten zusammen", murmelte Sethos düster, und Tausret stöhnte vernehmlich.

„Mag sein!" sagte sie hart. „Geh und zermalme den Feind mit starkem Arm! Was Cha-em-hedjet betrifft, kannst du ihn ruhig mir überlassen."

Waren schon die Worte Tausrets ungebührlich selbstbewußt, so bewegte sich ihr Ton hart an der Grenze zur Unverschämtheit. „Wenn Cha-em-hedjets Absichten auch Nubien betreffen", meinte Bai, „dann ist er geschickt vorgegangen. Amenmesse eilt dort von Erfolg zu Erfolg."

„Mein Sohn? Das ist allerdings erstaunlich. Das kann kaum mit rechten Dingen zugehen."

Wieder schwang so viel Verachtung in Sethos' Stimme, daß Bai, ohne es zu wollen, Mitleid mit dem abwesenden Amenmesse bekam. „Er entwickelt sich zu einem ausgezeichneten Feldherrn", sagte er vorsichtig. „Die aufständischen Kuschiten fürchten ihn."

„Du glaubst, das genüge?" Sethos kam zum Geländer herüber.

„Ich sage dir, es reicht nicht aus. Einer, dessen Hand das ganze Land umschließen soll, handelt, indem er mit Gott spricht. Amenmesse aber spricht nur mit sich. Er hört nicht die Worte der Götter, er vernimmt die Anweisungen seines Ehrgeizes und seiner … Geilheit."

Bai sah Sethos fassungslos an. Noch nie hatte er ihn in so schonungsloser Offenheit sprechen hören. Er verspürte ein ungutes Gefühl in der Magengegend. Hoffentlich würde der Thronfolger ihm den Blick in sein Herz nicht nachtragen.

„Ich möchte", fuhr der Thronfolger fort, „ein für allemal klarstellen: Ich wünsche keine Lobgesänge auf meinen Sohn Amenmesse!"

„Selbstverständlich, Hoheit. Vergib mir!"

„Melde dich bei mir, wenn du aus dem Süden zurückkehrst." Sethos sah Tausret an. „Es ist der Abend vor dem Aufbruch!" sagte er leise.

Bai verließ das Thronfolgerpaar, wie es das Feingefühl gebot, und ging in den Park. Wenn auch Sethos die Schranken zwischen ihnen am heutigen Abend nicht beachtet hatte, er für seinen Teil tat besser daran, sich seiner untergeordneten Stellung bewußt zu bleiben. Aus dem Augenwinkel beobachtete er, wie Sethos auf Tausret einsprach. Ihr schien es nicht zu gefallen, was sie hörte, sie schüttelte den Kopf, hob abwehrend die Hände, und Bai glaubte, sie sogar aufstampfen zu sehen. Dann bog er in einen schmalen Kiesweg ein, der in regelmäßigen Abständen von kleinen Feuern in Lichtschalen erleuchtet wurde, und näherte sich einem Sykomorenhain. Von hier war der Vorbau nicht mehr zu sehen. Zwischen den Bäumen reichten alabasterne Standbilder von jungen Mädchen Blumenschalen der Göttin Hathor, die lieblich von ihrem Sockel herunterlächelte. Schmal und blinzelnd tasteten sich Lichtstrahlen in das dämmerige Halbdunkel, und in den Zweigen gurrten und raschelten Vögel.

Sethos würde Tausret in sein Schlafgemach bitten. Ob sie darauf einging? Bai ahnte, daß sie ihm nur beiwohnte, wenn ihr Zorn dafür ausreichte. ‚Keine außer ihr dürfte es wagen, sich ihm zu verweigern', dachte er. ‚Aber sie tut, was ihr beliebt, und wenn sie nein sagt, wird Sethos es hinnehmen.' Schon wieder kreisten seine Gedanken um Tausret! Gab es nichts Wichtigeres? Welch verwirrende Anziehung, was für eine seltsame Unklarheit!

Der Kies auf dem Weg zum Hain knirschte leicht.

„Er ist gegangen, mein Freund", hörte Bai flüstern. Er fuhr herum und sah Tausret an einem Baum lehnen. Bewegungslos stand sie da, ein leises Lächeln auf den Lippen. Sie atmete ruhig und gelassen, als wüßte sie nicht, wie herausfordernd sich das durchsichtige Kleid an ihren Leib schmiegte und um die Knöchel wehte, als ahnte sie nicht, welche Antwort ihr dunkler Blick und die Rauheit ihrer Stimme Bai entlockte. „Warum bist du mir nachgekommen?" fragte er.

Tausret ließ sich lange Zeit mit ihrer Erwiderung. Sie löste sich vom Baum und strich sich betont langsam über den Körper. „Ich will mich von dir verabschieden, Bai. Schließlich wirst auch du morgen aufbrechen."

Sie trat nahe an ihn heran, so nahe, daß er den Wohlgeruch von Lotosblüten und Beeren einatmete, vermischt mit einem unbekannten Duft, der sein Herz schneller schlagen ließ. Sie warf ihm einen verhangenen Blick zu und öffnete die Lippen. Bai wußte, jede ihrer Bewegungen zielte wohlberechnet darauf ab, ihn zu locken, zu erregen und letztlich sich untertan zu machen. Ihre Rechnung ging auf. Er begehrte sie, und die Vorstellung, ihr dieses Nichts an Kleid vom Leib zu reißen, ließ ihn zittern. Er sah ihr in die Augen und ahnte hinter all der schmelzenden Weichheit den Granit ihres Willens. ‚Ich werde über dich kommen', dachte er. ‚O ihr Götter, eines Tages werde ich über dich siegen! Deine Schenkel werde ich öffnen, und meine Macht wird in dich fließen! Aber ich bestimme den Zeitpunkt. Mich mußt du wollen, nicht die Herrschaft über mich!' Die Spannung zwischen ihnen fühlte sich auf seiner Haut an wie ein feuriger Hauch, und er wußte, sie wartete darauf, daß er sie in die Arme zog. Aber er widerstand der Versuchung. Kein Begehren würde ihn knechten! Jetzt nicht und niemals!

„Ich fühle mich geehrt, Hoheit!" sagte er höflich.

Tausret stutzte. Bai senkte den Blick und wartete. Sie unternahm noch einen Versuch. „Bai!" flüsterte sie. „Freund! Wir brauchen einander! Wir kämpfen Schulter an Schulter!"

Er spürte ihren Atem am Ohr und sog hörbar die Luft ein. „Ich bin der ergebene Diener meiner Königin", murmelte er, ohne sich zu bewegen. „Verfüge über mich!"

Tausrets Lachen klang, als zersprängen Tonschalen auf einem Steinboden. „Gewonnen!" sagte sie und raffte ihr Tuch fester. „Ich hoffe, du weißt, was du tust, *Sedjauti Biti*!" Sie legte ihm die Hand auf den Unterarm. „Ich kenne dich, Bai! Auf die Dauer kannst du dein Herz nicht belügen." Darauf wandte sie sich zum Gehen. Bevor sie zwischen den Sykomoren verschwand, rief sie über die Schulter zurück: „Ein kluger Hund vergißt nicht, wo er den Knochen vergraben hat." Dann war sie verschwunden, und zurück blieb ein schwacher Duft nach Lotos.

Bai überlegte, ob er einen Fehler gemacht hatte. Würde Tausret ihn strafen? Er konnte es sich nicht leisten, ihre Unterstützung aufs Spiel zu setzen. Der Schutz des Pharao würde mit seinem Ableben dahingehen, und Sethos mied ihn. Der Falke-im-Nest hatte Bais Aufstieg über die Jahre eher mißtrauisch verfolgt. ‚Dennoch muß ich auf ihn zugehen', dachte Bai, während er durch den schwacherleuchteten Park zu seinem kleinen Schloß schlenderte. ‚Und auch auf Hori.' Hori! Der aufgehende Stern am Königshof! Erst achtzehn Jahre zählte dieser Nachkomme des Osiris User-Ma'at-Ra Ramses, aber schon trug man sich zu, er sei so tapfer wie jener, so gebildet wie kein zweiter und so gerecht wie die befederte Göttin selbst. Sethos liebte den Jüngling, und Bai lernte durch ihn die Eifersucht kennen. Weder in Fähigkeiten, Gewandtheit oder überzeugendem Auftreten unterschied er sich von dem fast sechzehn Jahre Jüngeren, doch Hori gehörte zur königlichen Familie. Schon jetzt beriet sich Sethos in vielen Fragen mit ihm.

Dunkel tauchte vor Bai sein Wäldchen auf. Für gewöhnlich verweilte er hier auch nachts gern, aber heute durchquerte er es rasch. Fackeln beschienen den Aufweg zum Tor.

Ipuki wartete auf den Stufen. „Willkommen, Herr! Alles ist bereitet für dein Wohlbefinden."

„Danke."

„Herr ..." Ipuki hielt einen beschriebenen Papyrus in den Händen.

„Du hast etwas auf dem Herzen?"

„Siehe, guter Herr", sagte Ipuki, „ich stehe mit gekrümmtem Rücken vor dir."

Bai sah seinen Diener verwundert an. Warum diese Unterwürfigkeit? „Hast du schlechte Nachrichten?"

„Bitte, lies diesen Brief", gab Ipuki zurück, „den ich von meinem Sohn Djehuti erhalten habe. Es ist die Sorge um den Knaben, die den Schlaf von mir fernhält. Weder an Speise noch an Trank mag ich herangehen, weil ich immer an ihn denken muß."

Bai nahm den Papyrus und las:

*„Djehuti seinem Vater Ipuki viel Freude.*

*Mein Herz ist nicht in meinem Leibe, denn siehe, es ist heimlich fortgegangen. Es läuft zu einem Ort, den es kennt. Es fährt hinauf, daß es Men-nefer schaue.*

*Ferner: Mögest du gesund leben. Mögest du für das, was du tust, gelobt werden.*

*Ferner: Ich arbeite fleißig und bin dankbar, daß ich lernen darf, wie du mich geheißen hast. Aber meine Stimme ist krank geworden in Buhen, wo mich Trauer befiel und wo Isis mich nicht hörte.*

*Ferner: Manchmal sitze ich und schaue mir an, was am Himmel ist. Mein Auge schielt nach Wegen, um heimzukehren. Mein Freund Ibi sagt: Sei glücklich, aber mein Herz will nicht in meinen Körper zurück. Es will nach Hause.*

*Ferner: Gehe zu Bai, dem Herrn, und sprich: Erlaube Djehuti, heimzukehren. Sein Lernen gelingt nur schwer, da sein Herz von seiner Stelle gerissen ist. Sein Diener Djehuti bittet ihn sehr.*

*Ferner: Ich bete zu Isis und Ra-Horachti und zu Atum und seiner Neunheit: Mögest du täglich gesund sein. Ich habe große Sehnsucht nach dir. Lebe wohl."*

Lähmendes Entsetzen hatte die Nachricht von Nius Tod und der Verhaftung Nachts in Pa-Tíme ausgelöst. Nesmut hatte einen Zusammenbruch erlitten, und obwohl niemand den kranken To von den verhängnisvollen Ereignissen in Kenntnis gesetzt hatte, schien er zu ahnen, was geschehen war. Einige Tage danach war er in tiefe Bewußtlosigkeit gefallen, aus der er nicht mehr erwachte. Er starb wenig später, und die Handwerker der rechten Kolonne trugen seinen Leichnam in das Haus der Einbalsamierer, wo der Körper Nius bereits im großen Natronbecken schwamm. Niemand wußte, wie die Behörden mit dem Unheil umzugehen gedachten, alle fürchteten sich vor der Macht der Obrigkeit und vor dem Zorn Pharaos. Als Vorarbeiter Neferhotep zum Hohenpriester des Amun gerufen wurde, stieg so manches Gebet in den blauen Himmel über dem Hathorgebirge.

Stunden später, nach der Unterredung in der Tempelstadt, beschloß Neferhotep, zuerst Baket-Ra Bescheid zu geben. Mochten die Dorfbewohner auch furchtsam und niedergeschlagen sein, am bedauernswertesten schien ihm doch Baket-Ra, die seit Tagen bei Qafi auf Nachricht wartete.

Neferhotep betrat den Gastraum im *Glücksort des Südens*. In seinem wadenlangen, sandfarbenen Schurz und der kunstvoll geflochtenen Perücke, die er nur zu besonderen Anlässen trug, bot er einen eindrucksvollen Anblick. Sein wertvollster Schmuckkragen funkelte an seinem Hals, und er hatte die Augen sorgfältig geschminkt. Die Gesichter Qafis und Baket-Ras wandten sich ihm zu, erwartungsvoll das eine und ängstlich das andere.

„Ich habe wichtige Nachrichten!" sagte er. „Wesir Pa-nehesi hat sich mit dem Hohenpriester Roma-Roy beraten. Die Große *Qenbet* tritt am elften Tag des ersten Monats im *Schemu* zusammen. Dann wird gegen Nacht verhandelt."

„So bald schon!" rief Qafi aus. „Und Baket-Ra?"

„Man wird sie als Zeugin vernehmen. Solange niemand sie eines Verbrechens beschuldigt, geschieht ihr nichts. Ohne Anklage kein Gerichtsverfahren. Das Urteil wird gegen Nacht ergehen. Wegen Mordes an seinem Bruder Niu."

„Neferhotep?" Baket-Ra gab sich Mühe, die Beherrschung nicht zu verlieren. „Wie denken sie zu Hause? Werden sie mich noch annehmen? Oder verachten sie mich?"

Der Dorfobere antwortete nicht gleich. Statt dessen setzte er sich neben Qafi auf einen Schemel. Wie sollte er der Frau beibringen, daß sie den Dorfbewohnern nicht mehr willkommen war? Soweit er zurückdenken konnte, hatte es nie eine Zeit solcher Trauer in Pa-Tíme gegeben. Schweigsam schlichen die Männer umher, und die Frauen kümmerten sich um Nesmut, die vor Verzweiflung für mehrere Tage die Sprache verloren hatte und nur noch undeutliche Laute ausstieß. Bald hatten sich die ersten Stimmen erhoben, die Baket-Ra die Schuld an diesem Verhängnis gaben. „Sie sind alle sehr betrübt", sagte er langsam, „und sie bedauern vor allem Nesmut. Obwohl Nacht nicht sehr beliebt war, denken doch viele, daß er zu dieser Tat durch einen ... berechtigten Zorn getrieben wurde."

„Ich bin schuld, ist es das, was sie denken?"

„Die Menschen von Pa-Tíme ...", murmelte er, „sie sehen nicht deine Not ..."

„Laß nur!" Baket-Ras Tränen versiegten. „Du bist gut zu mir. Aber ich mache mir nichts vor, ich kann nicht zurück. Ich habe es gleich gewußt."

„Du bleibst bei mir!" rief Qafi. „Immer kannst du bei mir leben."

„Deine Töchter sind ins Dorf zurückgekehrt", sagte Neferhotep ruhig. „Ich gab Anweisung, sie holen zu lassen. Nacht hatte sie bei seinem Schwestersohn in der Oststadt von Waset versteckt. Ubechet kümmert sich um sie, du magst also ohne Sorge sein."

Was er Baket-Ra tunlichst verschwieg, waren die Drohungen Nesmuts, von denen seine Frau ihm berichtet hatte. Baket-Ra würde niemals wieder einen Fuß ins Dorf setzen können. In ihrem Schmerz und ihrem Hass war Nesmut alles zuzutrauen.

„Meine Mutter sagt, daß du in unser Haus kommen darfst, wann immer du willst", sagte Ta-Scherit zu Irinefer, der mit einem beschrifteten Steinsplitter in der Hand vor ihr stand. Sie saß auf dem Mäuerchen, das den Pfad zum Talausgang über eine kurze Strecke einfaßte. Ihre Füße baumelten vor seiner Nase.

Es war früher Nachmittag, hoch stand die Sonne am Himmel, aber dennoch lag ein Hauch von Frische über dem Tal, wie es in den ersten Tagen der *Schemu*-Jahreszeit häufig vorkam. Von der drückenden Hitze des Südens, die in Men-nefer so oft beschworen wurde, konnte jedenfalls in der Zeit der Ernte nicht die Rede sein.

„Deine Mutter ist eine gütige Frau", antwortete Irinefer. „Aber dein Bruder verabscheut mich."

„Apachte?" Ta-Scherit rieb sich mit dem Finger die Nase. „Ach, der! Er wird sich an dich gewöhnen. Du bist neu hier, und er will dir zeigen, daß er der Große unter den Großen ist und daß du ihn fürchten mußt."

Für Irinefer war Ta-Scherit eines der freundlichsten Mädchen im Dorf, und eines der hübschesten dazu. Sie hatte ein herzförmiges Gesicht, einen breiten Mund mit vollen Lippen, dem man ansah, daß er gern lachte. Ihre Augen strebten in den äußeren Winkeln nach oben, standen aber nicht so schräg wie die ihres Bruders Apachte. Für ihre sieben Jahre war sie groß, doch neben Irinefer reichte ihr Scheitel nur bis knapp unter sein Kinn.

„Er soll mich einfach in Ruhe lassen", sagte der Knabe und drehte nachdenklich den Stein in seiner Hand.

„Wohin gehst du? Was steht da auf dem Stein?"

Irinefer zögerte. Seit Apachte ihn angegriffen hatte, fiel es ihm schwer, von seiner Verehrung des Ptah zu sprechen. Zu oft hatte er Kopfschütteln oder sogar Feindseligkeit geerntet, gerade so, als maße er sich etwas an, das ihm nicht zustand. „Es ist ... ein Gebet", gab er schließlich zu. „Ich will zum Heiligtum gehen, und ich habe nichts, das ich opfern könnte."

„Du kannst schreiben? Richtig schreiben? Und lesen?" Als er nickte, fügte Ta-Scherit hinzu: „Ich will auch schreiben lernen. Aber Vater erlaubt es nicht. Nur Apachte darf ihm zusehen, weil er auch am Großen Platz der Wahrheit arbeiten wird."

„Und deine Mutter?"

„Sie kann es auch nicht. Vater sagt, eine Frau muß Kinder bringen und kochen. Er sagt, wenn ich groß bin, bekomme ich auch viele Kinder, und ich soll mir keine Flausen in den Kopf setzen." Das Mädchen sprang von der kleinen Mauer herunter und griff nach der Scherbe. „Darf ich mal sehen? Oh, wie schön du schreibst. Was heißt das?"

*„I mereru anch mesedjedju mut ...“*, begann Irinefer. „Oh, der du das Leben liebst, der du hassest den Tod ...“

„He, Kleine!“ erscholl eine bekannte Stimme vom Dorf her. Irinefer brach ab und schob die Scherbe in den Gürtel. ‚Jedes Wort kann zaubern‘, dachte er. ‚Warum haben wir nur von ihm gesprochen?‘

Apachte kam den Weg neben der Dorfumwallung heruntergerannt. „Du sollst heimkommen, sagt Mutter!“ rief er. „Ohne zu säumen.“

„Warum schon wieder?“ murrte seine Schwester. „Ich habe schon so viel beim Getreidemahlen geholfen.“

„Ja und? Wozu bist du sonst da? Willst wohl faulenzen, du ...“ Apachte streifte Irinefer mit einem verächtlichen Blick. „... Asiatenliebchen!“

„Ich bin kein Asiatenliebchen!“ schrie das Mädchen.

„Und doch bist du das! Ein Glück, daß hier nicht auch noch ein Nehesi ist, dem würdest du dich sicher auch an den Hals werfen!“

„Hör auf!“ brüllte Irinefer so plötzlich, daß Apachte erschrocken einen Satz rückwärts sprang. „Sie hat dir nichts getan! Und ich auch nicht!“

Apachte war so entgeistert über diesen unerwarteten Ausbruch, daß er Irinefer nur mit offenem Mund anstarrte. Endlich fand er die Sprache wieder. „Was erdreistest du dich? Na, warte!“ Mit erhobenen Fäusten stürzte er los, doch Ta-Scherit war schneller. Sie warf sich Apachte entgegen und klammerte sich mit dem Mut der Verzweiflung an ihn. Obwohl er versuchte, ihre Arme zu lösen, und heftig auf sie einschlug, ließ sie nicht los. „Du darfst ihm nichts tun!“ schrie sie. „Vater bringt dich um, wenn du so einen Krawall machst Es ist doch Trauerzeit!“

Auf dieses Stichwort hin beruhigte sich Apachte ein wenig. Erst an diesem Morgen hatte Schreiber Ken-her-chepeschef ihm deutlich zu verstehen gegeben, was ihm blühte, wenn er sich in diesen Tagen schlecht benähme. „Hör auf zu kreischen! Ich lasse ihn am Leben! Aber nur für dieses Mal!“ Er spuckte vor Irinefer aus. „Hast du keine Arbeit? Was lungerst du überhaupt hier herum?“

„Vorarbeiter Neferhotep hat mir für zwei Stunden freigegeben", antwortete Irinefer und holte tief Luft. Er hatte sich behauptet! Vor diesem ungezogenen Bengel war er nicht gekrochen, und Ta-Scherit hatte ihm geholfen! Unwillkürlich lächelte er. „Komm!" sagte er zu ihr. „Ich begleite dich heim."

Apachte bedachte die beiden mit einem finsteren Blick, sagte aber nichts mehr. Statt dessen rannte er den Weg weiter zum Talausgang hinunter.

„Irinefer?"

„Hm?"

„Würdest du ... ich meine, ich möchte gern auch ein wenig lesen können. Kannst du mir die Zeichen beibringen?"

Irinefer sah Ta-Scherit von der Seite her an. Sie sprach mit ihm, als stünde er auf gleicher Stufe mit ihr. Es schien ihr gleichgültig zu sein, daß er ein *Bak* war. „Das würde ich gern. Aber wir müssen vorsichtig sein. Niemand darf es merken, sonst strafen sie uns."

Das Mädchen nickte. „Vor Apachte müssen wir uns besonders in acht nehmen. Und vor meinem Vater auch."

„Ist er deinem Bruder ähnlich?"

„Schlimmer! Er ist nämlich viel stärker!" erklärte Ta-Scherit ernst. „Wenn er haut, tut es viel mehr weh."

„Dein Vater schlägt dich?" fragte Irinefer entsetzt.

„Aber ganz, ganz selten!" Sie sah zu ihm auf. „Meistens nicht! Und einmal hat er mir eine Puppe aus Holz geschnitzt."

Vielleicht lag es an Ta-Scherits Tonfall oder an der Art, wie sie sich eine Locke hinter das Ohr schob, daß Irinefer das Herz schwer wurde. Er biß sich auf die Unterlippe. Nein, er wollte nicht an Aatmerets Puppen denken, es gab keine kleine Schwester, da war nichts; Amurru, Amurru, er stammte aus Amurru. Schluß!

„Du bist traurig!" stellte Ta-Scherit fest, bekam aber keine Antwort.

Sie betraten das Dorf durch den Westeingang, genau an der Stelle, wo ihnen einst Baket-Ra in der Dunkelheit begegnet war. Auch jetzt versah der Torwächter Ramesu seinen Dienst, aber er blickte kaum auf, als die Kinder vorbeigingen, geschweige denn, daß er ihnen zuwinkte. Niemand zeigte in diesen Tagen Frohsinn in Pa-Tíme.

„Ta-Scherit!" Die alte Henutdju lugte aus einer Haustür. „Wabet sucht nach dir! Du sollst deine Geschwister hüten."

„Ich eile, Ehrwürdige!" Die Kleine schaute Irinefer ernst ins Gesicht. „Morgen? Fangen wir morgen an?"

„Ja, morgen."

„Wie schön!" rief sie, winkte ihm zu und sprang davon.

Irinefer sah ihr nach. Zum ersten Mal, seit er das Dorf betreten hatte, ließ das Gefühl der Fremdheit nach. Jetzt konnte er an Ta-Scherit denken und mußte sich nicht mehr mit Erinnerungen an Aatmeret quälen. Gleich nachher wollte er Neferhotep fragen, ob er nach seiner Arbeit noch weitere Steinsplitter zum Beschriften sammeln und Binsen herstellen dürfe.

„Irinefer!"

Eine Hand legte sich auf seine Schulter. Er drehte sich um und blickte in das zerfurchte Gesicht des Ersten Schreibers von Pa-Tíme.

„Gut, daß ich dich treffe", sagte Ken-her-chepeschef. „Hole Vorarbeiter Neferhotep. Er überprüft die Ausschachtungen an seiner Familiengruft. Melde ihm, ich erwarte ihn zusammen mit Schreiber Anup-em-hab und Inherchau im ‚Verschlossenen Gebäude des Ortes'. Es ist Nachricht gekommen aus Waset. Wir werden den Abend in der Tempelstadt von Ipet-Sut verbringen. Die Großen des Gerichts wollen sich mit uns besprechen. Hast du das behalten?"

„Ja, Herr! Nichts davon werde ich vergessen." Irinefer lief zum Dorfausgang. Er war noch nicht weit gekommen, als er hörte, daß Ken-her-chepeschef ihm etwas nachrief.

„Noch etwas! Sage Neferhotep, den Vorsitz der Richter führt nicht der Wesir! Ein Segler aus der Hauptstadt hat gestern angelegt! Das Urteil wird der Siegler Seiner Erhabenheit, Leben, Heil, Gesundheit, verkünden."

Irinefer war, als verdunkele sich die Sonne. Seine Knie wurden weich. „Der … der … Siegler?" stotterte er.

„Das sagte ich. Bai ist hier." Ken-her-chepeschef musterte ihn. „Was hast du? Du bist bleich wie ein Mumienlaken!"

Irinefer wehrte ab. „Es ist nichts, ehrwürdiger Schreiber. Gar nichts."

„So, so, nichts also. Du kennst ihn, nicht wahr?"

„Er hat mich hierhergebracht."

Etwas in Irinefers Blick veranlaßte Ken-her-chepeschef, nicht weiter in ihn zu dringen. Ob er Neferhotep wohl dazu veranlassen könnte, das Geheimnis um diesen Fremdling zu lüften? Er zweifelte keinen Augenblick daran, daß es sich um ein solches handelte. Die ausgeprägte Verehrung des Gottes Ptah war an und für sich schon eigenartig für einen fremdländischen *Bak*, noch sonderbarer aber erschien ihm Neferhoteps Mangel an Wißbegier, was dessen Herkunft betraf. Ein Sklave aus Amurru, vielseitig einsetzbar, empfohlen vom *Mer Per* Nedjem, schön und gut. Aber warum kannte dieser Knabe nicht ein einziges hurritisches Wort, weshalb kannte er ägyptische Zeichen, nicht aber die Keilschrift seiner angeblichen Heimat? Ken-her-chepeschef schüttelte ärgerlich den Kopf. Er mochte es nicht, wenn er so offenkundige Ungereimtheiten hinnehmen sollte.

Als er in die Hauptgasse einbog, kam ihm Schreiber Anup-em-hab entgegen. „Ken-her-chepeschef! Darf ich fragen, ob du etwas erreicht hast in der Frage, die mich betrifft?"

„Das habe ich. Jetzt wissen wir, mit welcher Aufgabe du in der Gerichtsverhandlung betraut bist. Du wirst die Niederschrift für die Kolonnen führen."

„Und für die Urkundensammlung der Stadt?"

„Schreibt der alte Chonsmose vom Haus des Lebens."

„Das ist mir recht", sagte Anup-em-hab. „Es ist eine Ehre, neben einem so verdienten Mann die Berichte abzuzeichnen." Er paßte seinen Schritt der gemächlichen Gangart Ken-her-chepeschefs an. „Dieser Fall ähnelt keinem, den ich bisher erlebt habe. Alles ist verworren."

Der alte Schreiber nickte. „Ich bin noch immer der Auffassung, daß es genügt hätte, gegen Nacht vor der *Qenbet* von Pa-Tíme zu verhandeln. Immerhin berührt seine Tat nichts, was für die Menschen allgemein wichtig wäre. Diese Angelegenheit ist allein wichtig für die Betroffenen."

„Inherchau ist anderer Ansicht", wandte Anup-em-hab ein. „Er will das staatliche Verfahren vor der Großen *Qenbet* von Pa Cher."

„Ich möchte bloß wissen, warum", knurrte Ken-her-chepeschef. „Genaugenommen brauchte man Nacht überhaupt nicht zur Rechenschaft zu ziehen."

„Er hat getötet!"

„Aber in einem minder schweren Fall. Ein Mann, der seine Frau beim Ehebruch ertappt, ist berechtigt, bis zum Äußersten zu gehen."

Anup-em-hab sah Ken-her-chepeschef von der Seite her an. Warum diese Härte? ‚Frauen gegenüber ist er ohne Erbarmen', dachte er. ‚Er versteht sie nicht.'

„Einst riet ich Baket-Ra dringend", sagte Ken-her-chepeschef, „der Sache ein Ende zu machen. Aber sie hörte nicht auf meine Worte."

Deshalb war der alte Schreiber so verdrossen! Die Frau hatte es gewagt, seinen weisen Rat in den Wind zu schlagen! „Sie konnte es wohl nicht", meinte Anup-em-hab. „Sie ist eine Frau, und Frauen handeln oft, wie ihr Herz es ihnen eingibt. Ohne nachzudenken."

„Sie sollte nach althergebrachter Sitte bestraft werden. Erst brandmarken und dann in den Fluß werfen."

„Verehrter Meister, das ist doch nicht dein Ernst? Solche Strafen entsprechen nicht mehr dem Geist unserer Zeit."

„Da hast du recht", seufzte Ken-her-chepeschef. „Leider! Aber die Menschen des Geliebten Landes vermöchten leichter nach den Geboten der *Ma'at* zu leben, wenn man die alten Regeln einhielte."

„Es ist aber Nacht, der vor Gericht steht, nicht Baket-Ra!"

„Die Götter wissen, warum." Ken-her-chepeschef zuckte die Achseln. „Neferhotep zeigt zuviel Nachsicht."

Torwächter Minmose grüßte mit trübsinniger Miene, als die beiden Schreiber an seinem Häuschen vorbeikamen. Im selben Augenblick trat Vorarbeiter Inherchau durch die Tür des ‚Verschlossenen

Hauses'. Eilig kam er den Schreibern entgegen. „Da seid ihr ja! Wißt ihr das Neueste? Aus dem Verfahren werden wahrscheinlich zwei! Nesmut ist soeben aus Waset zurückgekehrt. Sie hat dort Anklage erhoben gegen Baket-Ra."

Wie jeden Tag in den frühen Vormittagsstunden herrschte rege Betriebsamkeit im Park der Tempelstadt von Ipet-Sut. Mehrere Gartenbaumeister schritten mit wichtigen Mienen und im vollen Bewußtsein ihrer herausragenden Stellung die kiesbedeckten Wege entlang. Sie trugen weiße Kopftücher und Schmuckkragen aus Tonperlen. Über ihre Schultern hingen bestickte Beutel mit Plänen und Rollen neben Farbkästchen und Papyrusbinsen, den Arbeitsgeräten der Gebildeten. Prüfend schweiften ihre Blicke über die sorgfältig gepflegten Rasenflächen, woraufhin sie den Oberaufsehern, die sich ihnen eilfertig näherten, knappe Anweisungen gaben. Üppige Beete mit weißen Chrysanthemen und tiefblauen Kornblumen umgaben den Rasen, auf dem kleine, drahtige Sklaven auf den Knien rutschend Unkraut jäteten. Den Mittelpunkt des Gartens bildete ein halbrunder Teich, der vergrößert werden sollte. Auf ihn richtete sich die Aufmerksamkeit der Gartenbauer, die ihre Meßstäbe mit ausgestrecktem Arm vor sich hielten und mit zusammengekniffenen Augen der Uferlinie folgten. Dann senkten sie die Blicke auf ihre Zeichnungen. Jeder der Planer hatte seine Papyri vor sich auf den Boden gelegt und die vier Ecken mit Steinen beschwert. Neben dem Teich stapelten Männer Steinplatten im Schatten einer Sykomore. Die Arbeiter gingen zügig zu Werke, ihre nackten Körper glänzten schweißnaß, während sie zu den gebellten Befehlen der Aufseher die flachen, rosafarbenen Granitplatten aufeinandertürmten. Andere schleiften Säcke mit Lehm, Sand und Kalk herbei.

Bai trat durch das Tor des Lebenshauses in den Garten und blinzelte im hellen Licht der Sonne. Djehuti folgte ihm.

„Jeder deiner Lehrer bedauert, daß du fortwillst", sagte Bai. „Und ich muß sagen, daß ich es auch nicht begreife."

Die Wahrheit war, daß es ihn ärgerte. Hatte er für diesen Knaben nicht eine Ausbildung veranlaßt, die zum Besten zählte, was im ganzen Land zu bekommen war? Eine Schulung, derer sich nicht einmal ein Königskind schämen müßte? Und war nicht Djehuti nur ein schlichter Hausdiener?

„Vergib mir, gütiger Herr!" sagte Djehuti leise. „Es ist nur … ich kann nicht mehr richtig singen."

„Das sagtest du bereits. Aber nicht, warum das so ist."

„Ich weiß es selbst nicht! Meine Stimme klingt nicht mehr, seit ich in Buhen war."

„Auch das hast du mir schon mehrfach erzählt. Was geschah also in Buhen?"

„Ich wurde verwechselt", begann Djehuti zögernd und berichtete von der ersten Nacht in jenem Sklavenlager. Während er seiner eigenen Stimme lauschte, schien es ihm, als stünde die Schwere seiner Erlebnisse in keinem Verhältnis zu seinem Wunsch. Wegen ein paar Prügel wollte er eine unvergleichliche Ausbildung abbrechen? Ein Blick auf die steile Falte an Bais Nasenwurzel belehrte ihn, daß der Königliche Siegler dasselbe dachte. „Und da wurde mein Herz schwer von Trauer", schloß er lahm.

Bai schwieg eine Weile. Er verlangsamte seine Schritte, als sie sich dem gemauerten Tor näherten, das den Park vom Bezirk der Göttin Mut trennte. „Kannst du mir verraten, warum ich dich nicht augenblicklich in die Reihe der Schweinehirten stelle, denen Kot an den Füßen klebt?"

Djehuti biß sich auf die Lippen. „Ich weiß es nicht."

„Ich auch nicht. Wenn du willst, daß ich deinen Wunsch erfülle, mußt du ihn mir erklären. Und zwar, bevor ich ungeduldig werde."

„Seine Königliche Hoheit, Prinz Amenmesse, nahm mich mit ins Wawat, damit ich ihn mit meinem Gesang erfreue. Ich war so allein dort, daß der Kummer mir den Hals zuschnürte. Kein Ton wollte mir mehr über die Lippen kommen. Dann schenkte er mich der Herrin Baketwerel, doch sie zürnte mir, weil ich nicht sang. Ich hielte sie zum Narren, behauptete sie, und ich solle mich nach Hause scheren."

Bai sah Djehuti scharf an. „Du hieltest dich bei der Dienerschaft der Baketwerel auf?"

„Ja, Herr."

„Wie lange?"

„Etwa für die Dauer eines Mondumlaufs."

Bais Ärger verflog so rasch, wie er gekommen war. Djehuti mußte im Gefolge der nubischen Geisel einiges gesehen oder gehört haben. „Komm mit!" sagte er und betrat den ersten Wandelgang des Mut-Heiligtums. „Folge mir in meine Gemächer und beantworte die Fragen, die ich an dich richte. Aber denk nach und sei genau. Verärgere mich nicht, indem du etwas wegläßt."

„Wirst du mich zu meinem Vater zurückschicken?"

„Schon möglich. Vielleicht aber auch nicht."

Eine Weile schwiegen beide. Sie durchquerten die große Vorhalle des Tempels, gingen am Obelisk des Amenhotep vorbei und ließen den heiligen Bezirk hinter sich. Endlich kamen sie zum Palast des Hohenpriesters Roma-Roy. Daneben lag, eingebettet in einen Palmenhain, das zweistöckige Haus, das den angesehensten Gästen in der Tempelstadt vorbehalten war. Hier wohnte Bai während seiner Aufenthalte in der Südlichen Stadt. Goldregen hing in üppigen Büschen über die Balkone im Obergeschoß. Die Bänke vor dem Haus wurden von mannshohen, mit gelben Blüten bedeckten *Sesbania*-Büschen eingefaßt. Zwischen ihnen schwirrten Bienen und rotbraune Flugameisen. Das Licht der Sonne versprühte einen Goldhauch über die Sträucher im Garten, und die Papyrusbündelsäulen funkelten, als trügen sie Geschmeide.

Djehuti beachtete nichts von all der Pracht. Er trottete trübselig hinter Bai die Stufen zum Eingangstor hinauf. Seine Hoffnung auf Heimkehr schwand mit jedem Schritt mehr. Er beschloß, noch einen Versuch zu wagen. „Ich will nicht undankbar sein!" begann er.

„Du bist es aber!" sagte Bai knapp.

Djehuti sprach nicht weiter. Um das Verständnis seines Herrn zu gewinnen, müßte er die ganze Wahrheit über die Zeit in Buhen berichten. Doch davor scheute er sich. Allein die Erinnerung an Kaha ließ ihn frieren. Er schämte sich nicht wegen der Dinge, zu denen Kaha ihn gezwungen hatte. Für die konnte er nichts. Er schämte sich, daß er die Erregung dieses Mannes gesehen, sein Stöhnen gehört hatte. Er schämte sich, weil Kaha es genossen hatte, sich in seiner Gegenwart jeglicher Würde zu begeben. Er schämte sich, weil Kaha ihm gezeigt hatte, daß er wertlos war. Nie würde er mit irgendeinem Menschen über jene dunklen Nächte in Buhen sprechen, das schwor sich Djehuti mit jedem Tag, den Ra werden ließ. Die Drohung Kahas, ihm das Leben zu nehmen, sollte er ein Wort darüber verlauten lassen, hatte ihn kaum geängstigt. Kaha hatte Amenmesse davon überzeugt, daß ein verkrüppelter Sänger, der nicht mehr sang, in Buhen zu nichts zu gebrauchen war. Sogar die Herrin Baketwerel hatte dem beigepflichtet.

Im Haus wies Bai herrisch die Schar katzbuckelnder Diener zurück, die untertänigst nach seinem Begehr forschten. Sie erreichten einen kleinen, nach Osten hin offenen Raum. Seine Möblierung war äußerst karg, keinerlei Zierat erfreute das Auge. Es befand sich lediglich ein Tisch darin, um den ein paar dreibeinige Schemel standen. Aus einer Truhe in der Zimmerecke ragten Schriftrollen. Warm fielen die Strahlen der Sonne durch die Büsche vor dem gepflasterten Vorbau und zeichneten leuchtende Kringel auf den Boden und die weißgekalkten Wände. Der Duft von Blumen durchzog den Raum, und die Luft war erfüllt vom Gezwitscher der Vögel und dem leisen Rauschen des Windes in den Kronen der Akazienbäume. Bai raffte schwungvoll seinen gefältelten Schurz und setzte sich auf einen Schemel, wobei er auf einen zweiten wies. „Erzähle mir von Baketwerel!" befahl er. „Jede Einzelheit, auch wenn sie dir unwichtig erscheinen mag."

„Sie nannte mich nie beim Namen", sagte Djehuti leise. „Ich glaube, sie kannte ihn gar nicht."

Bai hörte den Schmerz in der Stimme. Warum sollte er ihm seinen Wunsch nicht erfüllen? War es denn wichtig, wo er lebte?

„Die Herrin ist sehr schön und sehr klug", fuhr Djehuti fort. „Seine Hoheit findet das auch."

Bai lächelte grimmig. „Das ist bekannt. Sprich, was tut sie? Wie ist ihre Bewachung?"

„Bewachung? Sie wird nicht bewacht!"

„Sie kann gehen, wohin sie will?"

Djehuti nickte, und Bai fragte weiter: „Ist sie dabei, wenn Seine Hoheit Gäste empfängt?"

„Ich glaube schon. Sie hat auch selbst Besucher."

Nichts hatte sich seit den Tagen Cha-em-ters verändert! Anscheinend herrschte der Königssohn von Kusch nicht allein über das Südliche Fremdland. „Weiter! Warst du in der Nähe? Konntest du etwas beobachten?"

„Anfangs wollte die Herrin, daß ich Tischlieder singe. Als ich das nicht konnte, schickte sie mich fort. Sie sagte, nur wenn ich singe, sieht sie über meinen Buckel hinweg."

„Wer waren ihre Besucher?"

„Stalloberst Sahapi suchte sie auf, und auch ... Goldschreiber Kaha."

Bai warf ihm einen schnellen Blick zu. Ihm war das Zögern vor dem Namen nicht entgangen. „Kaha? Ist etwas mit ihm?"

„Nein, nein!" beeilte sich Djehuti zu versichern. „Es kamen auch vornehme Nehesiu zu ihr. Und Boten aus Men-nefer."

„Kennst du ihre Namen?"

„Nein. Doch! Einmal hörte ich, wie ein Psarpot gemeldet wurde."

Bai sprang so heftig auf, daß sein Schemel polternd nach hinten kippte. Psarpot! An diesen Untergebenen Cha-em-hedjets erinnerte er sich sofort! Psarpot, dem angeblich der *Idenu Mer Mescha* Meribast seinen Freitod angekündigt und der Amenmesse vom Vorwurf der Unfähigkeit reingewaschen hatte!

„Das muß sehr aufregend sein!"

Bai fuhr herum. In der Tür lehnte Pa-nehesi, der Wesir des Südlichen Landesteils, und lachte. „Was weiß dein Schützling, das dich mit Stühlen werfen und wild mit den Augen rollen läßt?"

„Komm herein und höre selbst!" Bai wies auf Djehuti. „Er war in Buhen und gehörte zum Haushalt Baketwerels. Djehuti! Was hatte Psarpot mit deiner Herrin zu bereden?"

„Das weiß ich doch nicht!" Djehutis Blick wanderte zwischen Bai und Pa-nehesi hin und her. „Ich war nicht dabei! Ich habe die Herrin nicht mehr oft gesehen. Ich solle mich aus ihren Augen scheren, sagte sie."

Pa-nehesi zog die Brauen hoch. „Warum?"

„Er sollte singen", warf Bai ein, „konnte es aber nicht."

„Ach, ja! Ich hörte ihn einmal", sagte Pa-nehesi. „Roma-Roy jammert unentwegt, er sei so begabt gewesen. Buhen habe ihn verdorben, jetzt könne man ihn nicht mehr brauchen."

Bai sah, daß Djehuti Tränen in die Augen stiegen. Mit einemmal tat ihm der Knabe sehr leid. „Du hast dich in Waset nicht eingelebt? Du hast keine Freunde gefunden?"

Djehuti schüttelte den Kopf. „Nur Ihi. Aber er muß fischen. Er kann seiner Arbeit nicht fernbleiben."

Bai musterte ihn schweigend. „Es ist gut", sagte er endlich. „Ich nehme dich wieder mit nach Men-nefer. Dein Vater bat mich darum."

„Danke, Herr! Danke!" Djehuti rutschte von seinem Schemel und sank auf die Knie.

„Steh schleunigst auf!" befahl Bai unfreundlicher, als er beabsichtigt hatte. „Glaube ja nicht, daß deine Wünsche immer so unvermittelt erfüllt werden. Ich nehme dich mit, weil dein Vater einsam ist. Aus keinem anderen Grund!" Er verschränkte die Arme und drückte sie fest an sich, um das seltsame Ziehen in der Herzgegend nicht zu spüren, das bei diesen Worten eingesetzt hatte. „Geh jetzt!"

Djehuti hinkte hinaus. Am liebsten hätte er laut gejubelt. Nach Hause! Er durfte nach Hause! Als er durch den Türbogen hinaustrat, bemerkte er staunend die bunte Fülle der Blumen im Garten, ihren zarten Duft und die flimmernde Durchsichtigkeit der Luft. Zum ersten Mal seit vielen, vielen Zehntagen war er glücklich. Er lächelte den Gärtnern zu, und die grüßten freundlich zurück. Leise summte er vor sich hin, und da wußte er, er würde wieder singen können.

„Diesmal kommst du mir nicht davon, mein Lieber!" lachte Pa-nehesi. „Du sagst mir nun auf der Stelle, wer dieser Knabe ist!"

„Er ist ohne Bedeutung!"

„Also wirklich, Bai! Sind wir nun Freunde oder nicht? Wer ist er? Ein Diener? Oder der Sohn eines Freundes?"

Bai sah Pa-nehesi an und wünschte sich, er könne ihm die Wahrheit sagen. Seit er Bakenptah verloren hatte, gab es niemanden mehr, dem er rückhaltlos vertraute. Pa-nehesi war sein Freund, aber auf Freundschaften durfte man sich bei Hof nicht verlassen. Seine Treue war noch nicht auf die Probe gestellt worden, kein einziges Mal hatte er beweisen müssen, daß er auch dann zu Bai stand, wenn ihm das Nachteile bringen konnte. „Er ist beides!" antwortete er. „Erinnerst du dich an meinen alten Diener Ipuki? Ich betrachte ihn fast als meinen Freund. Djehuti ist sein Sohn."

„Du behandelst ihn aber nicht wie den Sohn eines Dieners!" stellte der Wesir fest. „Du sprichst mit ihm, als wäre er, verzeih, wenn ich das so offen sage ... als wäre er dein eigener Sohn!"

„Findest du?" gab Bai zurück und zwinkerte Pa-nehesi zu. „Eigentlich schade, daß er es nicht ist. Er ist ein angenehmer Knabe, und in seinem Herzen wohnt ein heller Verstand."

Pa-nehesi sah Bai forschend ins Gesicht. Er konnte sich des Gefühls nicht erwehren, daß der Freund etwas vor ihm verbarg. „Was sah er in Buhen", fragte er, „das dich so betroffen machte?"

„Erinnerst du dich an unser Gespräch damals im vierten Monat der Überschwemmungszeit, nach dem Besuch der Ewigen Wohnung unseres Königs, Leben, Heil, Gesundheit?"

„Selbstverständlich! Hast du etwas über Cha-em-hedjet herausgefunden?"

„Nein!" log Bai. „Er ist ein treuer Diener des Guten Gottes, Leben, Heil, Gesundheit. Vielleicht ist er wirklich nur übertrieben genau. Ich habe keine Verbindung zu Baketwerel feststellen können. Bis jetzt. Kürzlich hat Djehuti Schreiber Psarpot bei ihr beobachtet. Er ist nachweislich ein Mann Cha-em-hedjets."

„Hat das etwas zu bedeuten?" Pa-nehesi stemmte die Hände in die Hüften und dehnte den Brustkorb.

„Ich weiß es nicht", erwiderte Bai. „Vielleicht sind wir zu mißtrauisch, vielleicht übergibt sie dem Prinzen die Kuschitenfürsten in einer silbernen Schale? Vielleicht wird Amenmesse unterschätzt? Aber es war noch nie verkehrt, vorsichtig zu sein."

„Dem hätte unser Freund Bakenptah nur beigepflichtet", bemerkte Pa-nehesi leichthin. „Wir sollten aber weiter die Augen offenhalten. Mag die Kuschitenfrau auch noch so treu erscheinen, ich traue ihr keine Elle weit. Du hast mich noch nicht gefragt, weswegen ich dich aufgesucht habe, mein Lieber!"

Bai lächelte. „Weswegen also?"

„Ich habe sie mir angesehen, und ich versichere dir, sie ist es wert!"

„Wer?"

„Die Frau, derentwegen in Pa-Tíme jener Mord verübt wurde!"

„Die Ehebruchsgeschichte?" seufzte Bai. „Ich wollte, die Verhandlung wäre schon vorüber. Ich habe die Anklageschrift des Vorarbeiters gelesen und ich begreife nicht, warum sie das nicht unter sich regeln können. Im Ortsgericht oder meinetwegen mit dem Orakel des Gottes. Der Ehebrecher hat bereits bezahlt, jetzt könnten sie den Mörder und die Frau angemessen bestrafen. Aber nein, die Große *Qenbet* muß es sein!"

„Schau dir diese Baket-Ra erst einmal an!" wiederholte Pa-nehesi.

„Ich werde sie während der Verhandlung ohnehin sehen. Sie ist als Zeugin geladen!"

„Die Sache ist verwickelter! Gestern bekam ich Besuch aus dem Grabbauerdorf. Die Mutter des Mordopfers und des Mörders suchte mich auf, und jetzt haben wir die zweite Anklage am Hals."

„Gegen die Frau?"

„Ganz recht. Und jetzt komm mit mir, und sieh sie dir an. Sie ist hier in Ipet-Sut. Ich habe sie kommen lassen, weil ich den Hergang aus erster Hand erfahren wollte. Du wirst mir zustimmen, daß jeder Mann, der es mit dieser Frau zu tun bekommt, mildernde Umstände verdient."

Bai lachte laut. „Immer der gleiche Frauenheld! Eine Dorfbewohnerin vermag dich so zu begeistern?"

„Sieh selbst!" Pa-nehesi blieb unerschütterlich. Er legte Bai freundschaftlich den Arm um die Schultern. „Laß uns einen Spaziergang zur Tempelverwaltung unternehmen."

Sie wanderten durch den Park, an den Unterrichtsräumen des Lebenshauses vorbei, bis zur gewaltigen steinernen Umfassungsmauer, die den Bezirk des Amun begrenzte.

„Du solltest dir einen richtigen ägyptischen Namen zulegen", bemerkte Pa-nehesi, während sie sich dem Haus der Befragungen näherten, wo alle Gerichtsverhandlungen vor der Großen *Qenbet* vorbereitet wurden.

„Ich habe auch schon daran gedacht", erwiderte Bai und trat zur Seite, um einen mit Papyrusrollen beladenen Schreiber vorbeizulassen. „Nach dem Sieg, den die Götter unserem Pharao, Leben, Heil, Gesundheit, hoffentlich gewähren, werde ich die entsprechende Eingabe machen."

„Unbedingt! Ein gewichtiger Name macht dich vertrauenswürdiger!"

„Und das ist wohl nötig, oder wie darf ich dich verstehen? Laß nur! Ich weiß um den Argwohn und den Neid. Der Mund des Hurriters an Pharaos Ohr, das kann doch nur ins Unheil führen!"

„Stimmt!" bestätigte Pa-nehesi. „Ich hasse Getuschel hinter vorgehaltener Hand! Aber man darf seine Auswirkung nicht unterschätzen. Du solltest dich absichern! Sorge vor für die Zeit, da Merenptah, Leben, Heil, Gesundheit, sich mit Osiris vereinigt. Halte dich an seinen Sohn!"

„Das sollte ich!" seufzte Bai. Er kannte Pa-nehesis Wertschätzung für den Thronfolger. „Sethos hat seine eigenen Leute, zu denen ich wenig Zugang habe."

„Versuche es über Tausret", schlug der Wesir vor. „Sie, oder noch besser über Hori. Hori ist der kommende Mann!" Er überlegte kurz und setzte hinzu: „Vernachlässige nicht das Heer! User ist dir wohlgesonnen, aber er ist alt, und ich glaube nicht, daß er unter Sethos noch lange Stellvertreter des *Mer Mescha Wer* bleiben wird."

„Sicher nicht! Es ist mir ohnehin nicht klar, wie die Führung der Truppen aussehen soll. Es fehlt ein Großer der Soldaten, nachdem Amenmesse für Sethos nicht in Frage kommt. Nicht einmal ein richtiger Thronfolger ist in Sicht! Der junge Siptah ist ein Kind! Der nächste Stellvertreter des Befehlshabers wird die Aufgaben eines Großen der Soldaten erfüllen müssen. Ptahpahapi wird es werden, vermute ich, oder, die Götter mögen uns gnädig sein, Sethnacht!"

„Ptahpahapi ist ein fähiger Mann, aber Sethnacht? Ich denke, Sethos wird sich für den richtigen entscheiden. Man mag von unserem Horus-im-Nest halten, was man will, aber er hat eine Hand für kluge Beamte. Bedenke allein die Nachfolge Bakenptahs! Sethos schlägt Hori vor, was die beste Wahl wäre. Merenptah, Leben, Heil, Gesundheit, lehnt das ab, weil er Hori für das Wesirat des Nordens vorsieht. Außerdem hat er ihn schon zum Wedelträger zu seiner Rechten ernannt, und das erst kürzlich! Was tut Sethos? Er setzt Iiry ein, den Hohenpriester des Osiris, und beendet so fürs erste die Gegnerschaft der Priester des Osiris zu denen des Ptah. Das nenne ich Staatskunst!"

Es war Pa-nehesis Begeisterung für den Thronfolger, die Bai davon abhielt, sich dem Wesir rückhaltlos anzuvertrauen. Erst nach dem in absehbarer Zeit zu erwartenden Ableben des Pharao, wenn die neuen Trennlinien und Gruppierungen unter den Höflingen sichtbar würden, wollte er Pa-nehesi offenbaren, was er wußte. Wenn es dann noch tunlich wäre.

Mit einer Verbeugung winkte der Türsteher des Hauses der Befragungen Pa-nehesi und Bai hinein. Sie traten ein und warteten, bis sich ihre Augen an das Dämmerlicht gewöhnt hatten. Am Ende eines langen Ganges stand eine Tür halb offen. Sie war so niedrig, daß Pa-nehesi sich bücken mußte, als er in das Zimmer trat. Bai, nicht ganz so hochgewachsen wie der Wesir, konnte gerade noch aufrecht hindurchgehen.

Am einzigen Fenster des Zimmers lehnte eine Gestalt. Sie war die schönste Frau, die Bai je gesehen hatte. Glänzendes schwarzes Haar hing ihr in dicken Flechten bis auf die Hüften, kleine widerspenstige Locken umrahmten ein ebenmäßiges Gesicht mit makelloser Haut und vollen Lippen. Sie sah ihn aus großen, schwarz umrandeten Augen an, und etwas in ihrem Blick ließ sein Herz schneller schlagen. Als sie einen Schritt auf ihn zukam, bemerkte er, wie sanft und rund sie ihren Körper bewegte. Sie trug keinerlei Schmuck, nichts lenkte ab vom Schimmern der gebräunten Haut ihrer Arme und den sich bei jeder Bewegung verändernden Schatten am Ansatz ihrer vollen Brüste. Er fühlte den Wunsch, sie zu berühren, einzutauchen in diese Weichheit.

Er räusperte sich. „Du bist Baket-Ra."

„Ja, das bin ich", antwortete sie.

„Vor dir steht Bai, der Königliche Siegler und *Sesch Nisut*!" erklärte Pa-nehesi laut und setzte etwas leiser hinzu: „Na? Was habe ich gesagt? Sie sieht gut aus, nicht wahr?"

Bai machte eine abwehrende Handbewegung. Dem Wesir war es offenbar gleichgültig, daß die Frau jedes Wort hörte. „Ich werde mit dem Wesir die Verhandlung führen", sagte er zu Baket-Ra. „Von dir verlange ich, daß du mir alles erzählst, was ich über diesen Fall zu wissen begehre."

„Alles, was du willst!" Sie hob bittend die Arme. „Herr! Wie auch immer du entscheiden magst, trenne mich nicht von meinen Töchtern! Laß sie mir! Ich habe sonst nichts mehr auf der Welt!" Sie sank vor Bai auf die Knie.

„Steh auf!" Als er sie hochhob, nahm er einen Duft von Flieder wahr, und plötzlich glaubte er, Henutmira vor sich zu haben. Stühle gab es nicht in diesem Raum, wohl aber einige Matten. So führte er sie zu einer davon und versuchte, das verschwörerische Augenzwinkern Pa-nehesis nicht zu beachten. Er ließ sich neben dem Wesir nieder, überkreuzte wie jener die Beine nach Art der Schreiber und sah zu, wie Baket-Ra ihr blaubesticktes Leinenkleid zurechtzupfte. „Dein Ehemann", begann er betont kühl, „hat seinen Bruder, deinen Geliebten, getötet."

Baket-Ras Augen füllten sich mit Tränen. „Er hat ihn erstochen", flüsterte sie.

„Er hat den Mann erstochen", wiederholte Bai langsam, „der ihn mit seiner Frau betrogen hat. Mit dir nämlich!"

„Ich weiß!" Baket-Ra sah ihn an. „Was glaubst du, Herr, was ich mich seitdem Tag für Tag, Nacht für Nacht frage? Hätte ich nicht kämpfen müssen wie die Löwin der Wüste gegen dieses Gefühl? Niu ist tot, und er würde noch atmen, wenn ich nicht gewesen wäre!"

„Deinem Mann ist es kaum zu verdenken, wenn er sich des Ehebrechers im eigenen Hause entledigt!" sagte Pa-nehesi streng. „Er steht vor Gericht, weil er als Mitglied der Kolonne einen anderen Mann der Kolonne getötet hat. Er hat Pharao eines wichtigen Dieners beraubt. Er ist zugleich im Recht und im Unrecht! Das ist eine schwierige Rechtslage!"

„Aber es gibt noch etwas", fuhr Bai fort. „Es ist noch eine weitere Anklage erhoben worden. Die Dörflerin Nesmut ..."

„Nesmut!" schrie Baket-Ra auf.

„... klagt dich an wegen Ehebruchs und fordert deinen Tod. Nicht mehr und nicht weniger."

„Dann ist es zu Ende?" fragte Baket-Ra kaum hörbar. „Du wirst mich zum Tode verurteilen?"

„Das habe ich nicht gesagt. Diese Befragung ist noch nicht die Gerichtsverhandlung selbst. Zuerst wird ohnehin gegen deinen Mann ermittelt. Ich will von dir hören, wie es zu diesem Unglück gekommen ist. Erkläre mir alles. Von Anfang an."

„Dasselbe werden wir von deinem Mann fordern", warf Pa-nehesi ein. „Also bleibe bei der Wahrheit! Falls du wirklich sterben mußt, sollst du wenigstens vor dem Totengericht nicht lügen müssen, wenn du schwörst, nur wahr gesprochen zu haben."

Bai nickte der Frau zu. „Beginne!"

Baket-Ra fiel es schwer, sich in eine Vergangenheit zurückzudenken, in der sie geglaubt hatte, daß sich ihr Leben entfalten würde als eine endlose Reihe erfüllter Tage und Nächte voller Liebe. „Ich bin die Tochter des Dieners am Großen Platz der Wahrheit, des Steinmetzen Ramesi. Meine Mutter starb bei der Geburt meines Bruders Kasa. Die Götter lächelten über meine frühen Jahre, denn meine Kinderzeit war ohne Sorgen ..."

Gebannt beobachtete Bai, wie über ihr Gesicht ein Ausdruck der Gelöstheit glitt. Sie hob den Blick zum Fenster, als wäre der verlorene Frieden dort draußen, weit entfernt in der Unendlichkeit des Himmelsgewölbes.

Wie hatten die Menschen von Pa-Tíme das zarte Geschöpf geliebt, das mit seinem strahlenden Lächeln und seiner Gutwilligkeit jeden anrührte! Doch dem Glück war keine Dauer beschieden.

Als Baket-Ra zum zehnten Mal den großen Fluß über das Ufer treten sah, begann sich ihr Körper zu verändern und entwickelte weibliche Rundungen. Von da an verfielen die jungen Männer des Dorfes in eine Art Anbetungswahn, der sie sämtlich in einander mißtrauisch belauernde Nebenbuhler verwandelte. Die erwachsenen Frauen des Ortes beobachteten das Balzen um die bezaubernde Baket-Ra zunächst erheitert, dann besorgt und schließlich verärgert. Wo blieben die anderen Mädchen des Dorfes? Keine von ihnen stiftete solchen Aufruhr, und häßlich konnte man sie schließlich auch nicht nennen! Fast alle Mütter heiratsfähiger Mädchen spürten diese Eifersucht und beobachteten Baket-Ra daraufhin noch schärfer, begierig darauf, wenn schon nicht an ihrem Äußeren, dann doch in ihrer Geisteshaltung Mängel feststellen zu können. War sie vielleicht hochmütig, gefühllos, unfreundlich? Arbeitete sie wenigstens unwillig? Besonders genau wurde ihre Sittsamkeit geprüft, denn hier wurden die größten Versuchungen an sie herangetragen. Zum Leidwesen der Frauen machten nicht nur die Jünglinge Baket-Ra den Hof, nein, auch so mancher Ehemann scharwenzelte um das Mädchen herum.

Mochte der eine oder andere Mann auch von ihr träumen, Baket-Ra kümmerte es nicht. Ihr Lebenswandel blieb untadelig. Dann verheiratete sie sich.

„... und ich trat ein in das Haus des Umrißzeichners Nacht und trug seine Kinder", schloß Baket-Ra und verstummte.

„Wolltest du das nicht?" fragte Bai. „Warst du nicht zufrieden?"

„Anfangs schon!" Sie zögerte. Wie sollte sie erklären, was damals in ihr vorgegangen war? Wie ihm die Bitternis begreiflich machen, die ihr Leben Tag für Tag mehr durchdrang, als sie erkennen mußte, daß sie an Nachts Seite immer einsam sein würde?

Dabei hatten sie gerade Nachts Ernst und seine stolze Unnahbarkeit herausgefordert. Er schien als einziger im Dorf unempfindlich für ihre Reize. Seine Ausstrahlung von Strenge und Düsternis weckte Baket-Ras Kampfgeist. Sie wollte Nacht die Wonnen der Liebe erschließen. Bald merkte sie, daß sie dieses Ziel nicht erreichen würde. Nacht wollte ihren Körper, doch was sie fühlte und dachte, war ihm gleichgültig. Der große Sieg der Liebe, den sie sich erträumt hatte, stellte sich nicht ein. Wieder einmal behielten die alten Frauen recht, die milde lächelnd Liebe und Leidenschaft als einen Wunschtraum junger Mädchen bezeichneten. Als Niu sich in sie verliebte, war sie so ausgehungert nach Glück, daß sie jede Vorsicht fahren ließ.

„Ich sagte mir, wenn ich meinem Herzen folge", murmelte sie, „bin ich in der Gnade Amuns!"

„Damit hast du es dir aber recht einfach gemacht!" warf Pa-nehesi ein. „Es war doch abzusehen, was sich daraus entwickeln würde!"

„Ich wollte nicht grübeln, indem ich das Morgen vorherzusehen suchte, noch ehe es kam!"

„Das ist allzu harmlos", sagte Bai. „Selbst eine Frau wie du muß sich überlegen, was ihre Handlungen nach sich ziehen."

„Noch mehr fürchtete ich mich davor, welche Folgen es haben würde, wenn ich alles so ließe, wie es war."

‚Sie bezieht alles auf sich', dachte Bai. ‚Wie ein Kind.' Und ohne Hemmung, wie ein Kind, liebte sie auch. Er hatte schon so lange keine Offenheit, keine unbemäntelten Gefühle mehr gekannt, daß er die unbestimmte Sehnsucht zunächst nicht einzuordnen wußte, die er verspürte.

Erst als Baket-Ra von jenem Abend berichtete, als ihre Liebe entdeckt wurde, begann er zu ahnen, was er vermißte. Wo gab es in seinem Leben Leidenschaft, die nicht abwägte, nicht plante, Liebe, die jedes Wagnis einging, selbst das des Todes? Auch wenn ihm solche Gefühle begegneten, er würde sie sich niemals erlauben. War er nicht ein Mann, der ein Ziel vor Augen hatte? Ein Leben als Vertrauter des Gottes? Nichts durfte seine Stellung gefährden! Wie eine ansteckende Krankheit mußte er meiden, was ihn der Macht zur Steuerung beraubte! Nur mit Erfolg würde er sich in diesem Leben rechtfertigen, die Fortdauer seiner selbst im Gedächtnis der Menschen begründen. Diesem Ziel hatte er seine Söhne geopfert, diesem Ziel würde er alles andere ebenso opfern.

„Ich bin neugierig, ob der Mann diesen Teil der Geschichte ausläßt", flüsterte Pa-nehesi betroffen, als Baket-Ra von der Grausamkeit sprach, mit der Nacht sich gerächt hatte.

„Eigentlich hat sie schon gebüßt!" stimmte Bai ebenso leise zu.

„Wenn ich sterben sollte", endete Baket-Ra, „wird Nesmut sich an meinen Töchtern schadlos halten. Sie wird ihnen das Leben nach Kräften verbittern."

„Gut möglich", bestätigte Pa-nehesi. „Ich habe sie gesehen. Sie ist nicht übertrieben freundlich. Was man ihr vielleicht auch nicht verdenken kann."

„Es wird erst gegen Nacht verhandelt", sagte Bai und erhob sich. „Ich glaube allerdings nicht, daß er verurteilt wird. Dein Mann ist im Recht, oder zumindest nicht ganz im Unrecht. Aber ich werde mit Neferhotep sprechen. Vielleicht kann er die alte Frau dazu bewegen, ihre Klage zurückzuziehen."

„Das würdest du für mich tun?" fragte Baket-Ra atemlos. Sie ergriff Bais Hand und drückte sie sich gegen die Stirn. „O Herr, bitte! Hilf mir!"

Bai widerstand der Versuchung, sie emporzuziehen und an sich zu drücken. Statt dessen entzog er ihr seine Hand und ging zur Tür. „Ich kann dir nichts versprechen. Mach deine Aussagen wahrheitsgemäß und vertraue den Göttern. Wir werden deinen Bericht mit dem Nachts vergleichen." Er sah Baket-Ra nicht an, aber ihren Blick fühlte er mit seinem ganzen Leib.

„Gib es zu, dir hat sie auch gefallen!" rief Pa-nehesi fröhlich, als sie ins Sonnenlicht hinaustraten.

„Sie tut mir leid."

„Nur das? Was ist los mit dir? Bist du kein Mann?"

„Pa-nehesi! Was soll das?" brauste Bai auf. „Sie ist eine schlichte Frau aus einem Dorf, sonst nichts!"

„Schon gut, schon gut!" Der Wesir sah ihn von der Seite her an. „Verstehst du keinen Scherz mehr?"

Bai gab keine Antwort. Er war verstimmt und gewiß nicht in der Laune, den anzüglichen Bemerkungen Pa-nehesis etwas abzugewinnen. Besonders ärgerte ihn, daß der Freund recht hatte. Baket-Ra hatte ihm nicht nur gut gefallen, sie hatte sein Herz berührt. Und er begehrte sie.

# DIE FEDER DER MA'AT

Im Morgengrauen des elften Tages im Monat *Pa en Chonsu*, dem ersten Erntemonat, kletterten einige Schreiber von der Fähre ans Nilufer. Sie bestiegen die vom Fährmann bereitgestellten Esel und ritten im Dämmerlicht den Pfad von der Anlegestelle nach Westen. In einem langgestreckten Bogen wand er sich zwischen den Feldern der Handwerker hindurch und führte neben dem von Dattelpalmen gesäumten Kanal auf den Totentempel des Pharao Neb-Ma'at-Ra Amenhotep zu. Die riesenhaften Sitzfiguren des toten Herrschers vor den ersten Tortürmen, die von der wuchtigen Umwallung nur bis zur Brust verdeckt wurden, starrten gen Osten. Ungeachtet der frühen Tageszeit schleppten Bauern Früchte und Ähren in die Tempelanlage, zerrten ihre Karren, keuchten unter Tragegestellen und prügelten auf bockige Esel ein. Knaben trieben unter Geschrei Schafe und Ziegen voran, während Landfrauen Körbe mit Zwiebeln und Granatäpfeln zum Tempeltor trugen. Hunderte von Vögeln zwitscherten, und von überall her ertönte Hundegebell.

Die Schreiber beachteten die Leute nicht, sie versetzten den Reittieren leichte Schläge mit den Gerten und strebten voran, als gäbe es sonst niemanden auf der Straße. Das Bauernvolk sollte schon selbst dafür sorgen, daß es nicht über den Haufen geritten wurde!

Die Wächter am großen Tor grüßten, und die gelbweiß gekleideten Beamten der Ipet-Sut stolzierten mit hochmütig abgewandten Gesichtern an ihnen vorbei. Sie trugen die für die Gerichtsverhandlung notwendigen Unterlagen aus dem Lager der Schriftrollen im Amun-Tempel mit sich. Es war nicht das erste Mal, daß die Große *Qenbet* in diesem Heiligtum statt im ‚Verschlossenen Haus von Pa Cher' zusammentrat. Das ‚Haus der Millionen Jahre' des Osiris Amenhotep verfügte über einen besonders geräumigen, rechteckigen Versammlungshof, der, außer an der Stirnseite, mit bauchigen Säulen umgeben war. Ein hölzernes Dach beschirmte die leicht erhöhte Bühne für die Richter, den Kläger und den Angeklagten. Die Schriftführer saßen seitwärts neben der Pforte. Hier sollten während der Verhandlung die aufgerufenen Zeugen eintreten.

Eine große Zahl von Menschen, Bewohner Pa-Tímes, aber auch deren Verwandte und Freunde aus Waset und allen Teilen der Totenstadt, standen oder kauerten bereits auf den Steinplatten. Sie zogen ihre wollenen Umhänge gegen die Morgenkühle um den Leib und unterhielten sich leise. Ihr Flüstern und Murmeln erfüllte den Hof wie das dumpfe Rollen und Gurgeln des Wassers, wenn es an das Ufer des Flusses brandete.

Ganz vorn hatte, gestützt auf ihre Freundin Henutdju, die alte Nesmut Platz genommen, eine kleine, dunkel gekleidete Gestalt, den Oberkörper gekrümmt und auch im Sitzen auf ihren Stock gestützt. Ab und zu murmelte sie vor sich hin, und die Umstehenden streiften sie mit scheuen Blicken. Niemand wußte so recht, welchen Ausgang der Verhandlung man ihr wünschen sollte.

„Nacht ist betrogen worden", sagte Hehnechus Sohn, der junge Pasched, der inmitten einer großen Gruppe aus Pa-Tíme neben einer Säule hockte. „Sein sittenloses Weib hat die Familie zerstört! Jetzt soll er bestraft werden, weil er sich gewehrt hat? Er mußte schon zuviel erdulden."

„O Unverstand!" empörte sich Ubechet, die sich auf ihre Matte gesetzt hatte. „Wie kannst du so sprechen! Ich will dir sagen, junger Mann, wer der Geschädigte ist. Nesmut ist es! Und vielleicht auch Baket-Ra. Jedenfalls die Frauen. Es sind meistens die Frauen."

„Aber Baket-Ra hat doch ihn betrogen, nicht umgekehrt!"

„Ach was, betrogen! Hätte er sie gut behandelt …"

„Ubechet!" fiel Auti ein, die mit ihrer gesamten Familie erschienen war. „Nacht hat sie gehütet wie seinen Augapfel!"

„Indem er sie halbtot geschlagen hat?" schnappte Ubechet.

„Du weißt, was ich meine! Bevor sie ihn hintergangen hat!"

„Für Niu wird es schwierig!" sagte Autis Sohn Kaidjeret plötzlich.

„Was meinst du damit?" fragte Ubechet.

„Er muß vor dem Totengericht schwören, er habe nie Verkehr mit einer verheirateten Frau gehabt. Ich frage mich, wie er das anstellen will. Er kann die göttlichen Richter nicht einfach anlügen!"

Darauf wußte keiner der Umstehenden eine Antwort. Stumm blickten sie zu Boden. ‚Alle Menschen sind schuldig', dachte Ubechet grimmig, ‚wenn sie vor den Pforten des Jenseits erscheinen! Entvölkert wäre das Land der Westlichen, wenn das Totengericht so streng urteilte!'

Durch einen Seiteneingang betraten die Vorarbeiter und Schreiber der Kolonnen den Hof. Hinter ihnen ging der Arbeiter Hehnechu, der sich angesichts der vielen Zuschauer unbehaglich am Hals kratzte. Alle nahmen auf ihren Klappstühlen Platz. Neben ihnen tat eine breite Wasseruhr kund, daß die siebte Stunde sich ihrer Vollendung näherte.

Ein Priester führte Nacht zwischen den Zuschauern zu seinem Platz. Alle Gespräche hörten schlagartig auf. Scheu wichen die Menschen zur Seite, so daß sich vor den beiden eine Gasse bildete. Schweigend sahen sie dem düsteren, weder nach rechts noch links blickenden Angeklagten nach, bis er sich auf der Bank vor den Richterstühlen niedergesetzt hatte. Dann steckten sie die Köpfe zusammen. „Wie bleich er ist!" flüsterten sie. „Von bösen Geistern gejagt!"

„Nacht!" schrie Nesmut auf.

„Nicht doch, nicht doch!" beruhigte sie Henutdju und legte den Arm um sie. Nacht warf seiner Mutter einen ausdruckslosen Blick zu und wandte sich ab. Die alte Frau sank noch ein Stückchen mehr in sich zusammen.

Zwischen den Säulen erschien, auf einen Stock gestützt, der Schriftführer Chonsmose, und gleich darauf hob der Gerichtsmelder, ein nur für diese Verhandlung bestallter Unterschreiber des Schatzhauses, eine kleine Trommel in die Höhe und rief laut: „*Qenbet aat ni heru pen!*" Dann schlug er die Trommel dreimal und wiederholte: „Die Große *Qenbet* an diesem Tag!"

Gemessenen Schrittes betraten die obersten Richter den Saal, und der Melder nannte ihre Namen in der Reihenfolge des Eintretens: „Den Vorsitz führt als Hoherpriester der *Ma'at*: der Wesir des Südlichen Landesteils, der edle Pa-nehesi. Ihm zur Seite steht mit seiner Weisheit der hochehrwürdige *Sedjauti Biti*, Siegler Seiner Erhabenheit, Leben, Heil, Gesundheit, der Königsschreiber Bai."

Ein hörbares Aufseufzen ging durch die Menge, als Bai und Pa-nehesi hereinkamen. Sie sahen aus wie Götter mit ihrer hoheitsvollen Haltung und ihrem schweren Silberschmuck an Armen und Ohren. Der Wesir trug keine Perücke auf dem glattgeschorenen Kopf und betonte seine herausragende Stellung durch den wadenlangen Wesirsschurz, der bis unter die Achseln hinaufreichte und über der Brust verknotet war. Das ließ ihn eindrucksvoll, aber seltsam fremd und ein wenig geziert wirken. Bai trug ein silberdurchwirktes *Meses*-Gewand und einen schwarzen Gürtel. Wie immer bei besonderen Anlässen zierte die gewaltige, schulterlange Perücke sein Haupt. Auf der Brust prangte ein silberner Halskragen in Form einer geflügelten Göttin mit einer Sonne aus Rubinen auf ihrem Haupt. Die mit Kohol tiefschwarz umrandeten Augen glitzerten hochmütig und abweisend.

Pa-nehesi setzte sich auf einen Stuhl, ein Diener breitete eine Matte aus, ein anderer schob ihm ein weiches, mit *Udjat*-Augen besticktes Kissen unter die Füße und reichte ihm den Richterstab. Bai nahm daneben auf einem leicht nach hinten versetzten Stuhl Platz. Auf einen Wink des Melders näherten sich die Schreiber der Ipet-Sut mit Lederrollen in den Armen, die sie unter vielen Verbeugungen auf dem Richtertisch aufreihten. Einer der Männer zählte laut vor, und schließlich lagen sie da, die vierzig Rollen mit ‚Schriften der Gottesworte', den verbindlichen, von den Ewigen selbst erlassenen Gesetzen.

Pa-nehesi und Bai vertieften sich in die Schriftstücke und schenkten den Zuschauern keine Beachtung, was von diesen ehrfürchtig zur Kenntnis genommen wurde. In Wirklichkeit aber mußte Bai sich zwingen, nicht sofort nach einem bestimmten Gesicht Ausschau zu halten. Irinefers Blick brannte auf seinem Gesicht, und als er endlich doch aufsah, war ihm für einen Augenblick, als gäbe es niemanden sonst im Saal. Er verzog keine Miene, neigte aber kaum merklich den Kopf. ‚Wie hast du es ertragen, Sohn?' dachte er. ‚Wer gab dir Herzensglättung?'

„Zum Kreis der Richter", fuhr der Melder fort, „gehören ferner: der *Mer Per* im ‚Haus der Millionen Jahre' des Osiris User-Ma'at-Ra Ramses, der Priester dieses Gottes, Nedjem, und der *Hati-a* der Südlichen Stadt, Ortsvorsteher Hau-nefer." Er wies auf die Abordnung aus dem Grabbauerdorf: „Außerdem sind als Richter benannt: der Große der Kolonne am Großen Platz der Wahrheit, Vorarbeiter Neferhotep, sowie der Erste Schreiber im Ort, der würdige Ken-her-chepeschef, und als Vertreter der Diener am Großen Platz der Maler Hehnechu." Dann schlug er ein weiteres Mal die Trommel und deutete auf Nacht. „Derjenige, welcher heute vor den *Seru* steht: Umrißzeichner Nacht. Angeklagt durch den Großen der linken Arbeiterkolonne, den Vormann Inherchau." Der Melder trat zurück.

Totenstille herrschte im Saal, als Wesir Pa-nehesi zu sprechen begann. *„Ich werde Ma'at erheben bis zur Höhe des Himmels. Ihre Schönheit verbreite ich, soweit die Erde ist, auf daß sie unsere Nasen erfülle wie der Nordwind und Bitternis vertreibe aus den Leibern der Menschen!"* Pa-nehesi ließ eine Pause folgen, um das Gewicht der Worte zu unterstreichen. Dann fuhr er fort: „Der Fall, der heute verhandelt wird, ist schwierig. Ein Mann ist vor seiner Zeit ins Land der Westlichen gegangen. Es muß gerichtet werden über Mord. Zunächst möge der sprechen, welcher anklagt."

Vorarbeiter Inherchau erhob sich. „Betrübnis erfüllt mein Herz ob der Tat", begann er. „Gewalt und Tod beschädigten die *Ma'at*, und ich erhebe Anklage gegen den Umrißzeichner Nacht, denn er tötete den Diener am Großen Platz der Wahrheit, den Maler Niu, der sein Bruder war. Er beraubte Seine Erhabenheit, Leben, Heil, Gesundheit, dieses Dieners." Nesmut stöhnte vernehmlich, und Inherchau wartete einen Augenblick. „Demütig bitten die Menschen die hohen Glieder der *Qenbet aat*, in dieser schweren Strafsache Recht zu sprechen."

Jetzt ergriff Bai zum ersten Mal das Wort. „Umrißzeichner Nacht! Du hast die Anklage gehört! Ich fordere dich auf, den Eid zu sprechen."

Nacht trat vor den Schrein der *Ma'at*, verneigte sich tief und hob die rechte Hand. *„So wahr Amun und der Herrscher dauert, sollte ich die Unwahrheit sprechen, so soll ich verstümmelt und nach Kusch verbannt werden."*

„Bist du schuldig oder unschuldig?"

Nacht starrte die Richter an, als könne er die Frage nicht fassen. „Unschuldig!" stieß er hervor. „Unschuldig bin ich!"

„Unschuldig?" fragte Bai herablassend. „Du hast also nicht getötet?"

„Ich habe Niu getötet!" sagte Nacht mit flackerndem Blick. Nesmut schluchzte laut auf und barg ihr Gesicht an Henutdjus Schulter. „Aber zu Recht. Er hat den Tod verdient."

Gemurmel erhob sich unter den Zuschauern.

„Inwiefern hat dein Bruder den Tod verdient?"

„Er hat Unzucht getrieben mit meinem Weib. Ihren Sinn hat er verwirrt und ihr Herz betäubt. Er hat sie mir weggenommen!" Das letzte Wort schrie Nacht beinahe. „Ich mußte ...!" Er brach ab. Ein Krachen ertönte, gefolgt von einem dumpfen Grollen.

Zuschauer sprangen auf, erschreckte Ausrufe wurden laut. Plötzliche Erregung erfaßte Bai, und er bemerkte erst jetzt, daß Ras Barke nicht zu sehen war. Wolken von ungesund grüngrauer Färbung bedeckten den Himmel, und die Luft war bleischwer.

„Die Säulen haben gezittert!" sagte Pa-nehesi. Er war blaß geworden.

Bai erhob sich. Die Verhandlung mußte weitergehen. „Ruhe!" befahl er, und die Leute verstummten. „Der Gott beliebte, uns seiner Anwesenheit zu versichern. Dies ist als ein Zeichen seiner Gunst zu werten. Laßt uns ihm danken!" Er hob die Hände und rief: „O Vater Amun-Ra, ich kenne deine Stärke, leihe dein Ohr uns, die wir im Gericht stehen."

Die Anwesenden waren zutiefst beeindruckt von der Macht, die Bai umgab.

Da grollte die Erde erneut, und ein Windstoß pfiff durch den Saal. In einem entfernten Teil des Gebäudes bellten Hunde, als seien sie völlig außer sich.

„Amun! Großer Amun!" stöhnten die Leute und berührten mit der Stirn die Erde. Dies war ein Wunder, wie es selten geschah! Der Gott sprach zu Bai! Angsterfüllte Blicke flogen zur Richterbank.

Bai stand wie angewurzelt, die Hände noch immer erhoben. Auch ihn packte die Furcht. Was geschah hier? Sprach der Gott tatsächlich zu ihm? Er wollte Pa-nehesi um Rat bitten, aber der saß bleich auf seinem Schemel, augenscheinlich ebenso verwirrt wie er. Für einige Augenblicke regte sich niemand, es schien, als hielte die Welt den Atem an. Dann ließ Bai die Hände sinken. Sollte er die Verhandlung abbrechen? Was erwartete der Gott von ihm?

„Bewohner von Waset!" rief er laut. „Menschen von Pa Cher! Nehmt eure Plätze wieder ein. Wir wollen die Verhandlung fortführen, wie Amun-Ra es von uns fordert. Umrißzeichner Nacht!"

Der Angeklagte hatte sich während der ganzen Aufregung still verhalten. Er stand leicht vornübergebeugt, als lausche er noch immer, die Augen düster zu Boden gerichtet.

„Handwerker Nacht!" sagte Bai noch einmal. „Du sagtest, dein Bruder habe den Tod verdient. Ich aber sage, Mord fällt unter die Verbrechen, die mit der Strafe des Todes gesühnt werden. Ich fordere dich auf: Verteidige dich!"

„Niu hat meine Frau verführt!" schrie Nacht auf. „Der Schuft hat sie zum Ehebruch überredet. Ich hatte das Recht, ihn zu töten!"

„Mäßige deinen Ton!" donnerte der Wesir. „Du befindest dich vor der *Qenbet aat*!" Er beugte sich zu Hau-nefer hinüber. „Sind die Zeugen bereit, *Hati-a*?"

Der Ortsvorsteher nickte. „Wir können die Frau aufrufen, wann du willst. Von der Mutter würde ich abraten, sie verliert leicht die Gewalt über sich. Mit ihr müssen wir uns in der zweiten Verhandlung noch genug herumschlagen."

„Wen haben wir noch?"

„Das Kind Ta-Scherit. Sie hat einiges gesehen. Und dann ist da noch diese Schenkenbesitzerin aus der Hafengegend."

Pa-nehesi richtete seine Aufmerksamkeit wieder auf Nacht. „Angeklagter! Erläutere diesem Gericht den Hergang der Tat, und achte, daß du nichts wegläßt und nichts beschönigst!"

Nacht redete, als wäre es die letzte Gelegenheit, sich verständlich zu machen, wortreich, weitschweifig, leidenschaftlich und ohne Pause. Als der Wesir eine Zwischenfrage stellen wollte, bemerkte er es nicht einmal. Bai sah Pa-nehesi fragend an, aber der winkte ab. Keine Unterbrechung. Im Hof herrschte Stille bis auf vereinzeltes Seufzen und Husten und den fernen Schrei eines Turmfalken, der hoch über der Totenstadt seine Kreise zog. ‚Er ist verzweifelt', dachte Bai. ‚Wehe dem, der niemanden hat, dem er sein Herz ausschütten kann.' Ging es ihm selbst nicht genauso? Zu wem konnte er sprechen? War er nicht einsam wie dieser Unglückliche?

„Sie haben wieder Unzucht getrieben in jener Stunde", stieß Nacht in diesem Augenblick hervor. „Sie standen da, neben dem zerwühlten Lager, nur leicht bekleidet, und verhöhnten mich. Was hätte ich tun sollen? Meine Frau hat mich verlassen, und mein Bruder ... ist ... mir zum ... Feind ... geworden." Die letzten Worte preßte er mit sichtbarer Mühe heraus.

Die Richter sahen sich an. Ortsvorsteher Hau-nefer hob fragend die Augenbrauen, und Pa-nehesi nickte. „Ich wünsche", sagte Hau-nefer laut, „dem Ankläger eine Frage zu stellen. Weshalb steht dieser Mann vor Gericht?"

„Ich klage", sagte Inherchau und erhob sich, „in meiner Eigenschaft als Vormann der linken Arbeiterkolonne. Das Verbrechen des Angeklagten besteht auch darin, daß er den göttlichen Pharao, Leben, Heil, Gesundheit, eines wertvollen Dieners beraubt hat. Es geht hier also nicht nur um das Rachebedürfnis eines betrogenen Ehemannes. Sosehr man vielleicht auch Verständnis dafür haben mag. Und da ist noch ein anderer Vorwurf. Er hat seine Frau gefoltert. Das ist ein schweres Verbrechen, das auf sein Haupt kommen wird."

Unruhe entstand unter den Zuschauern. Von Folter hatten viele nichts gewußt. Hau-nefer wartete, bis wieder Ruhe eingekehrt war. Dann wandte er sich an Nacht. „Stimmt das? Du hast Baket-Ra gequält?"

„Selbstverständlich nicht! Ich habe sie lediglich gezüchtigt! Wie es mein Recht ist!"

„Ja!" schrie Nesmut dazwischen. „Viel zuwenig hat er sie geschlagen! Diese ..."

„Still!" befahl Hau-nefer streng. „Frau! Jedes Mitglied der *Qenbet aat* achtet deinen Schmerz! Dennoch werde ich dich aus dem Hof entfernen lassen, wenn du die Verhandlung noch ein einziges Mal unterbrichst!"

„Es kommt noch etwas hinzu!" erklärte Inherchau. „Der Mord an Niu hat das Leben des Malers To gefordert, welcher der Vater der beiden Brüder war. Außerdem hat sich der Angeklagte der Entführung seiner Kinder schuldig gemacht."

‚Was für eine verworrene Geschichte!' dachte Bai. ‚Wie konnten die beiden das zulassen? So darf man sich Gefühlen nicht ausliefern. Niemals.'

Der Wesir beugte sich zu ihm hinüber. „Zeit für die schöne Baket-Ra?"

Der Siegler nickte, und Pa-nehesi rief: „Wir haben den Angeklagten zu den Vorwürfen gehört. Es ist schwer, in diesem Fall Recht von Unrecht zu scheiden. An mir, dem Wesir, ist es, zu einem Urteil zu gelangen. Wesir zu sein ist nicht süß, sondern bitter! Das erweist sich auch heute wieder. Ich wünsche, die Zeugin Baket-Ra zu hören."

Baket-Ra trat ein. ‚Was für eine Sanftheit', dachte Bai. Die Frauen bei Hof waren härter, zielbewußt, manche regelrecht abgebrüht. Diese einfache Dorfbewohnerin dagegen erweckte den Wunsch in ihm, sie zu beschützen.

„Wenn ich die Unwahrheit spreche", schwor Baket-Ra, „so soll die Strafe an mir vollzogen werden, und ich soll Nase und Ohren verlieren."

„Erkläre uns", sagte Bai freundlich, „wie es dazu kommen konnte, daß dein Mann seinen Bruder tötete."

Baket-Ras Blick glitt unsicher über die Zuschauer. Unentwegt preßte sie ihre Hände aneinander und lockerte sie wieder. Sie wartete so lange mit der Antwort, daß sich unwilliges Murmeln erhob.

„Zeugin! Hast du die Aufforderung nicht verstanden?" Pa-nehesi klopfte ungeduldig auf den Tisch.

„Verzeih!" Baket-Ra räusperte sich. „Vergib mir, Herr! Ich habe dich verstanden. Es ... es geschah, daß Liebe in mir wuchs zu Niu."

Nacht stieß ein Stöhnen aus. ‚Mein Gott!' dachte Bai.

„Und Niu liebte mich auch. Dagegen konnten wir uns nicht wehren. Niu ist schon tot, und wenn ihr mich auch umbringt, so muß es eben sein."

„Nicht über dich richten wir heute", erklärte der Wesir mit Nachdruck. „Damit werden wir uns in der nächsten Verhandlung beschäftigen. Jetzt wollen wir von dir hören, wie es zur Tat kam. Vor allem wollen wir wissen, ob dein Mann dir Leid zugefügt hat."

„Ich bin es", sagte sie fest, „die Nacht Leid zugefügt hat. Sein Schmerz hat ihn blind werden lassen, so daß er manchmal nicht mehr wußte, was er tat."

„Du zeigst Edelmut!" stellte Bai fest und merkte verwundert, daß seine Stimme zitterte. „Das bedeutet für ..., was ist denn?"

Draußen hatte sich Stimmengewirr erhoben. Ein Schlag dröhnte, ein Poltern, gefolgt von einem Aufschrei. Offenbar versuchten die Wächter, einem Eindringling den Zutritt zu verwehren. Dann stürzte ein Soldat durch die Tür hinter den Richtern, warf sich vor Bai nieder und berührte mit der Stirn den Boden.

„Hoffentlich hast du gute Gründe für dein Eindringen!" sagte Bai kalt. „Das hier ist eine Gerichtsverhandlung!"

„Die habe ich, Großer! Ich habe Befehl, unverzüglich eine wichtige Nachricht zu überbringen! Und zwar dem ehrwürdigen Wesir Pa-nehesi und dem Siegler Seiner Erhabenheit, Leben, Heil, Gesundheit!"

Bai starrte auf den Mann. Plötzlich war ihm klar, was er melden würde. „Steh auf!" befahl er. „Komm mit und überbringe deine Botschaft!"

Der Soldat sprang auf die Füße und folgte den Würdenträgern in den Schatten einer Säule.

Einige Zuschauer standen auf und versuchten, einen Blick auf die kleine Gruppe zu erhaschen oder die Zeugin genauer in Augenschein zu nehmen. Andere nutzten die Unterbrechung für einen Trunk und packten ihre mitgebrachten Brote aus.

„Weißt du schon, wie du urteilen wirst?" fragte Neferhotep und sah Ken-her-chepeschef dabei an.

„Selbstverständlich!" erwiderte der Schreiber. „Das habe ich von Anfang an gewußt!"

„Ken! Alter Ken!" Neferhotep schüttelte den Kopf. „Was dich erschüttern könnte, das muß erst noch entdeckt werden. Je älter du wirst, desto kratzbürstiger wirst du auch."

„Unsinn! Ich bin lediglich weniger gefühlsselig als du. Außerdem bin ich sicher, daß auch du Nacht nicht verurteilen wirst. Er war der Betrogene, er hat sich gewehrt, zugegeben, etwas drastisch, aber das ist der Erregung des Augenblicks zuzuschreiben. Daß die ganze Angelegenheit traurig ist und Baket-Ra ihre Gefühlsstürme hat, pah! Alles überflüssiges Beiwerk! Nicht bedeutsam für den Richterspruch!"

Neferhotep schwieg, denn Ken-her-chepeschef hatte recht.

Bai und Pa-nehesi kehrten zurück. Der Siegler blieb im Hintergrund stehen, während der Wesir vor die Zuschauer trat. „Die Verhandlung ist bis morgen früh unterbrochen!" rief er. „Wir haben ausgezeichnete Neuigkeiten! Unser vielgeliebter Guter Gott, Pharao Ba-en-Ra Merenptah, Leben, Heil, Gesundheit, hat mit seinen Heeren einen gewaltigen Sieg errungen! Er, der den Mut Hunderttausender festigt, hat das Land der *Tjehenuiu* zerbrochen und ewigen Schrecken in die Herzen der *Meschwesch* gesenkt. Bei Per-Ir hat Pharao, Leben, Heil, Gesundheit, die Feinde zermalmt, und ihr verfluchter Fürst ist geflohen in die Tiefe der Nacht!"

Gelbliche Wolken hingen tief über der Ebene, und düstere Schwaden krochen über die Hänge des Hathorberges. Kein Vogel sang, kein Esel brüllte, kein Hund bellte. Es war, als habe die Natur den Atem angehalten. Ra schien diesen Tag zu meiden, er verhüllte sich und spendete keine Wärme. Obwohl es Mittagszeit war, fröstelten die Menschen von Pa-Tíme, als sie seltsam niedergeschlagen ins Dorf zurückwanderten.

„Etwas liegt in der Luft!" sagte Neferhotep zu Paneb, der neben ihm ging.

„Meinst du, die Ewigen zürnen ob der Verhandlung?" fragte Paneb nachdenklich. „Aber es ist doch alles, wie es sein soll?"

„Das ist es nicht", fiel Ken-her-chepeschef ein und schloß sich ihnen an. „Die ganze Verhandlung ist im Grunde unsinnig. Diese Anklage entstand einzig und allein, weil ein Vorarbeiter die Gelegenheit gewittert hat, sein Schuldgefühl zu beschwichtigen und sich zugleich wichtig machen zu können."

„Ken!" Neferhotep blieb stehen und legte seinen Arm auf den des Schreibers. Paneb warf ihm einen Blick zu und strebte weiter voran, sichtlich froh, dem Gespräch entkommen zu können. „Ken, du gehst zu weit. Was ist mit dir? Seit Jahrzehnten bist du mein Freund, und ich bin dir zugetan wie einem Bruder, nein, eigentlich mehr, wenn ich an Amunnacht denke. Aber deine Hartherzigkeit gefällt mir nicht. Ich verabscheue deinen Hochmut."

Ken-her-chepeschef starrte ihn mit seinen leicht hervortretenden Augen an. ‚Ein alter, böser Geier', fuhr es Neferhotep durch den Sinn, und er schämte sich zugleich dieses Gedankens. Der Schreiber brachte sein Gesicht nahe an das seines Gegenübers. Neferhotep wich unwillkürlich zurück.

„Mir ist auch einiges zuwider … Freund!" Ken-her-chepeschef ließ das letzte Wort so abfällig von den Lippen tropfen, daß es dem Vorarbeiter einen Stich versetzte. „Es mißfällt mir, daß du ständig an mir herummäkelst, daß du glaubst, das Recht zu haben, meine Ansichten zu verurteilen, und meine Art zu leben maßregelst."

„Du erkennst nicht, daß Tadel manchmal nicht weiterhilft. Menschen brauchen Unterstützung, Verständnis!"

„Wir sind die Großen der Kolonne. Wir haben uns immer ergänzt, als zwei Teile eines Ganzen, so wie es der Ordnung entspricht. Dort, wo du auf dein Gefühl hörst, lasse ich das Wort dem kühlen Verstand. Beides wohnt im Herzen, beides soll sich die

Waage halten. So will es die *Ma'at*. Warum willst du das Gleichgewicht stören, indem du meine Haltung nicht gelten läßt?"

Neferhotep schwieg betroffen. Dieser Gedanke ließ sich nicht von der Hand weisen. Unschlüssig wanderte sein Blick über die Dorfbewohner, die scheu einen Bogen um sie machten. „Schau sie dir an, Ken! Wir sind für sie verantwortlich, an uns wenden sie sich, wenn es Schwierigkeiten gibt. Wie können wir helfen, wenn wir kein Gefühl für ihre Not haben?"

„Hast du mir eigentlich zugehört?" fragte der Schreiber ungeduldig. „Darum geht es doch nicht."

„Doch, darum geht es auch! Stand nicht in jener Schrift für einen längst verstorbenen Pharao: ‚*Sei nicht böse, freundlich sein ist gut, dann dankt man Gott um deinetwillen, man preist deine Güte und betet für deine Gesundheit?*' Du hast mir die Worte selbst gezeigt."

Ken-her-chepeschef bückte sich und zog das Lederband seiner Sandale fest. „Das mag schon sein. Aber zwei Sätze später heißt es: ‚*Halte die Augen offen, ein Vertrauender wird ein Bekümmerter werden.*' Nein, du hast dich verrannt in die Vorstellung, kühl nachzudenken und abzuwägen wäre herzlos. Nebenbei, wo bleibt dein Gefühl für Nacht? Er hat schließlich auch alles verloren, was er besaß. Er muß damit rechnen, daß der Geist seines Bruders ihn jagt bis ans Ende seiner Tage."

Es hatte keinen Sinn. Neferhotep konnte sich nicht verständlich machen. Mit welcher Kälte hatte Ken-her-chepeschef Nesmut behandelt! Seine Verachtung für Baket-Ra war offenkundig. Neferhotep wurde den Verdacht nicht los, daß ihm in Wahrheit die Abneigung gegenüber Frauen den Blick vernebelte. Aber wenn er weiter Ken-her-chepeschefs Freund bleiben wollte, sollte er darüber lieber den Mund halten. „Laß uns weitergehen", sagte er. „Wir wollen uns nicht streiten. Die Stimmung in Pa-Tíme ist ohnehin schlecht genug."

Ken-her-chepeschef nickte nur und setzte sich in Bewegung. „Ich habe eine Frage", sagte er nach einer Weile. „Schon lange geht mir dein *Bak* nicht aus dem Sinn. Woher kommt er? Was hat er mit dem Siegler zu tun? Und erzähle mir bitte nichts von Amurru, das kann ich nicht glauben."

„Ich weiß es selbst nicht." Der Vorarbeiter zögerte. „Ich glaube auch, daß mit Irinefer ein Geheimnis verbunden ist. Der edle Bai geruhte nicht, mir Näheres mitzuteilen. Genaugenommen hat er mir nur geboten, den Knaben als Diener zu nehmen und nicht weiter zu fragen." Er berichtete von Bais Brief, der Benachrichtigung Nedjems und verhehlte dabei weder seine Zweifel am Wahrheitsgehalt dessen, was ihm gesagt worden war, noch seinen Ärger darüber, daß man ihn nicht ins Vertrauen gezogen hatte.

„Du bist also in etwas verwickelt", stellte Ken-her-chepeschef fest, „von dem du nicht weißt, was es ist. Das gefällt mir nicht."

„Glaubst du, mir gefällt es? Aber wenn ein Großer befiehlt, bleibt nichts anderes übrig als zu gehorchen."

„Vielleicht sollte ich ihn fragen?" überlegte der Schreiber.

„Lieber nicht! Bai schrieb, er vertraue mir, und an mir sei es, ihn nicht zu enttäuschen."

In diesem Augenblick pfiff ein heftiger Windstoß über den Berghang und wirbelte Staub und Sand hoch.

„Verflucht!" murrte Ken-her-chepeschef und rieb sich die Augen. „Was für ein abscheulicher Wind!"

„Es will nicht richtig Tag werden!" pflichtete Neferhotep ihm bei. „Aber der Tag ist dennoch in den Listen als günstig verzeichnet."

„Dieser, ja", murmelte der alte Schreiber düster. „Aber was ist morgen?"

Als das Gericht am folgenden Tag erneut zusammentrat, hatte sich das Wetter weiter verschlechtert. Die Leute rückten näher zusammen und beobachteten ängstlich den Himmel. Eine seltsame Stille herrschte überall, als wagte niemand, laut zu sprechen oder gar zu lachen.

Irinefer saß diesmal weit vorn, sehr viel näher bei den Richtern als am vergangenen Tag. Neben ihm hockte Ta-Scherit, mit angezogenen Beinen an eine Säule gelehnt. Beiden klopfte das Herz vor Aufregung, denn Neferhotep hatte ihnen bedeutet, daß man sie als Zeugen vernehmen würde.

„Ich habe Angst!" wisperte das Mädchen und schlang die Arme um den Oberkörper. „Nacht wird uns furchtbar böse sein. Ach, wären wir Baket-Ra doch nicht begegnet!"

„Ich fürchte mich auch", sagte Irinefer. „Ich habe noch nie bei einem Gericht etwas sagen müssen. Mein Va..." Er brach ab. Was war los mit ihm? Ein solcher Versprecher durfte ihm nicht unterlaufen! Besorgt sah er zu Ta-Scherit hinüber, aber das Mädchen hatte nichts bemerkt. Er atmete auf. Sein Blick glitt über eine Säule und blieb auf einem dunklen Haufen in ihrem Schatten hängen. Als er erkannte, was da lag, blieb ihm beinahe das Herz stehen. Eine tote Katze streckte starr ihre Pfoten von sich, Maul und Augen weit aufgerissen. Ein böseres Vorzeichen konnte es nicht geben! Er sah schnell wieder fort, um Ta-Scherit nicht aufmerksam werden zu lassen.

Nacht wurde hereingeführt, und gleich darauf begleitete der Melder mit seiner Trommel den Einzug der Großen.

„Es möge aufgerufen werden", befahl Pa-nehesi, „zum zweiten Mal als Zeugin die Dorfbewohnerin Baket-Ra!"

Baket-Ra trat ein, noch eine Spur blasser als gestern, und schwor erneut, daß nur die Wahrheit über ihre Lippen kommen werde.

„Berichte dem hohen Gericht in allen Einzelheiten vom Hergang der Tat. Lasse nichts aus und füge nichts hinzu."

Baket-Ra erzählte die Geschichte jener Nacht des Verderbens, als sie Niu in Tos Haus am Ufer des Flusses liebte und sie von einem Geräusch an der Tür hochschreckte. Im Hof war kein Laut zu hören außer dem unheimlichen Klagen des Windes zwischen den Säulen, als sie schilderte, wie Niu schreiend versucht hatte, seinem Bruder zu entkommen. Sie beschrieb Nius ungläubigen Gesichtsausdruck, als sich die Klinge in seinen Hals bohrte, und die Frauen aus Pa-Tíme brachen in Tränen aus. Selbst einige Männer wischten sich verstohlen die Augen. „Ich war von Sinnen vor Schmerz", schloß Baket-Ra. „Ich wußte nicht mehr, was ich tat, als ich aus dem Haus rannte. Ich wollte nur weg, weit weg. Doch draußen lief ich Nefer-hotep und seinem *Bak* in die Arme."

Pa-nehesi räusperte sich. „Diesen Hergang der Tat hat der Angeklagte während der Vorbefragung im wesentlichen bestätigt. Eines ist mir aber noch nicht klar: Weshalb flohst du aus dem Haus in Pa-Tíme, welches das deinige war?"

„Sie haßten mich, Nacht und auch seine Mutter. Die Kinder durfte ich nicht mehr sehen, und Niu war aus dem Dorf verbannt. Nur To behandelte mich freundlich."

„Wie äußerte sich diese Abneigung? Überlege gut, was du jetzt antwortest, Frau. Viel hängt davon ab!"

Baket-Ra drehte sich kurz zu ihrem Mann um, doch der beachtete sie nicht. Es schien, als sei er mit den Gedanken ganz woanders. „Sie quälten mich mit Worten, und … und …"

„Ja?"

„Mein Mann schlug mich und er … tat mir Gewalt an."

„Zuwenig! Viel zuwenig!" zischte Nesmut vernehmbar.

Ein zorniger Blick des Wesirs brachte sie zum Schweigen. „Hast du Zeugen, die deine schwerwiegende Anschuldigung bestätigen?"

„Ja, aber … Ach bitte!" Baket-Ra stürzte zu Nacht und sank vor ihm auf die Knie. „Ich wollte nicht, daß es soweit kommt! Warum hast du mich nicht gehen lassen? Warum nur?"

„Nicht wichtig!" sagte Nacht tonlos. „Das ist jetzt … gleichgültig."

„Baket-Ra!" Wesir Pa-nehesi verlor die Geduld. „Mit dem Angeklagten zu sprechen hattest du ausreichend Gelegenheit. Jetzt beantworte die Fragen des Gerichts!"

„Verzeih, Großer!" Baket-Ra wischte sich die Tränen von den Wangen. „Ich weiß nicht, was ich tun soll. Bitte, was kann ich sagen?"

„Erzähle dem Gericht von deiner Flucht!" warf Neferhotep ein.

„Mein Mann", begann Baket-Ra leise. „Er nährte Zorn in seinem Herzen. So großen Zorn, daß er sein Herz nicht kannte. Er quälte mich so, daß ich um mein Leben fürchtete. Deshalb beschloß ich, Pa-Tíme zu verlassen und Hilfe zu suchen bei der Vaterschwester Qafi in Waset."

„Ehrwürdige Richter!" rief Nesmut schrill und pochte mit ihrem Stock auf den Boden. „Darf ich sprechen?"

Pa-nehesi sah zu Bai und Hau-nefer hinüber und zog fragend die Brauen hoch. Bai zuckte die Schultern, Nedjem allerdings war sichtlich verärgert. „Wir dürfen nicht zulassen", murrte er, „daß die Alte über den Ablauf verfügt. Dazu hat sie kein Recht."

Aber Nesmut hatte die Unschlüssigkeit Pa-nehesis schon ausgenutzt. „Ich bezeuge", krächzte sie, „daß Nacht sie nicht grausam behandelt hat. Er hätte sie viel entschiedener strafen müssen. Sie ist nämlich eine Hure! Eine Gefahr für die guten Sitten! Sie spuckt auf die *Ma'at*!"

Inherchaus Gattin Henutdju zog den Arm von Nesmuts Schultern zurück, als habe eine Schlange sie gebissen. Etliche Dorfbewohner sprangen auf. „Das ist nicht wahr! Lügnerin!"

„Damit ist es genug!" schrie Bai. „Frau, du hast Sprechverbot, bis wir das Urteil gefällt haben!"

„Ich beginne mich zu fragen, ob ein zweites Verfahren überhaupt sinnvoll ist", sagte Nedjem verdrossen. „Das Herz der Alten ist verfault. Es hat die Fähigkeit zu hören verloren."

„Wir haben jetzt", rief der Wesir, „widersprüchliche Aussagen darüber, was der Zeugin Baket-Ra in ihrem Heim widerfahren ist. Ich frage nun den Angeklagten: Hast du deine Frau in irgendeiner Weise gequält?"

„Ich habe sie gezüchtigt", erwiderte Nacht, „aber nicht gequält. Es ist so, wie meine Mutter gesagt hat."

Nesmut stieß Henutdju frohlockend den Ellenbogen in die Seite, doch die rückte noch ein Stückchen weiter von ihr ab.

„Vorarbeiter Inherchau, ich frage dich, der du hier als Ankläger stehst. Was wirfst du dem Angeklagten in dieser Sache vor?"

„Ich behaupte", sagte Inherchau bedächtig, „der Angeklagte lügt. Berechtigter Zorn über den Ehebruch seiner Frau ist eine Sache, sie über viele Zehntage zu foltern eine andere. Ich beschuldige Nacht, Baket-Ra in rohester Art mißhandelt zu haben. Das paßt zu einem Charakter, der von langer Hand den Tod seines Bruder plant, und es unterstützt meine Ansicht, daß wir hier über eine schwerer wiegende Tat zu urteilen haben als die Rache eines betrogenen Ehemannes."

Im Hof war förmlich zu spüren, wie die Stimmung sich gegen Nacht wendete. Selbst Ken-her-chepeschef war wider Willen beeindruckt.

„Ich beantrage", fuhr Inherchau fort, „als Zeugen aufzurufen das Kind Ta-Scherit und den *Bak* des Vorarbeiters Neferhotep, den jungen Irinefer."

Pa-nehesi nickte. „Die Genannten mögen vor die Richter treten!"

Es geschah also wirklich! Irinefer hatte so gehofft, daß man sie nicht brauchen würde! Mit weichen Knien stand er auf und zog das Mädchen an der Hand mit hoch. Er spürte, wie sie zitterte, und auch in seinen Ohren dröhnte es vor Aufregung. Er stolperte durch die Menge, ohne jemanden zu sehen, er merkte nicht, daß Ta-Scherit auch mit der zweiten Hand nach ihm griff, als sie an Nacht vorbeikamen. Neben Baket-Ra blieben sie stehen.

„Ihr braucht euch nicht zu fürchten!" sagte Bai freundlich und sah Ta-Scherit dabei an. „Es geschieht euch nichts. Ihr müßt lediglich wahrheitsgetreu berichten, welchen Eindruck Baket-Ra auf euch gemacht hat, als sie euch am Abend ihrer Flucht begegnete."

„Ta-Scherit!" sagte der Wesir. „Hast du verstanden, was man von dir will?" Das Mädchen mußte als Freie zuerst befragt werden. Ihre Aussage würde im Zweifelsfall mehr gelten als die eines Dieners. „Was geschah also in jener Nacht?"

„Ich bin nach Hause gegangen", sagte sie mit heller Stimme. „Da habe ich Baket-Ra getroffen, und da habe ich mich gefürchtet."

„Was war der Grund für deine Furcht?"

„Sie hätte doch ein Gespenst sein können! Und meine Mama sagt, manche Gespenster sind böse."

„Es handelte sich also nicht um einen Geist. Was weiter?"

„Ich habe trotzdem Angst gehabt, weil Baket-Ra so schrecklich ausgesehen hat. So blutig und schwarz!"

„Willst du damit sagen, sie war verletzt?"

„O ja! Sehr verletzt!"

Pa-nehesi wandte sich an Neferhotep. „Wie zuverlässig ist dieses Kind?"

Neferhotep lächelte dem Mädchen zu. „Achtsamer als sie kann keine Siebenjährige sein", sagte er. „Laß doch den Knaben ihre Worte bestätigen!"

„Also zu dir!" wandte sich der Wesir an Irinefer. „Was hast du beobachtet?"

Dieser sah Bai an, doch der Siegler schien in seine Papyri vertieft zu sein. „Ich fand Ta-Scherit vor dem Dorfeingang im Schatten der Mauer. Sie sprach mit einer Frau."

„Wie sah die Frau aus?"

„Sie war übersät mit Blutergüssen und Striemen. Einige Wunden bluteten. Sie trug uns auf, dem ehrwürdigen Vormann eine Botschaft zu überbringen. Es wäre ihr Tod, wenn man sie entdeckte, sagte sie."

„Wie schwer waren die Verletzungen?"

„Ich ... ich weiß nicht", sagte Irinefer zögernd. „Ich glaube, jemand hatte schon versucht, sie zu töten."

Wütende Rufe ertönten.

„Das reicht!" Pa-nehesi schlug mit der flachen Hand auf den Tisch. „Wenn nicht augenblicklich Ruhe einkehrt, lasse ich den Hof räumen!"

Diese Warnung verfehlte ihre Wirkung nicht, um so mehr, als zugleich zehn *Schirdana* zwischen den Säulen an der Westseite des Hofes erschienen. Irinefer bemerkte aus dem Augenwinkel, daß einer der Soldaten die tote Katze mit einem Fußtritt nach hinten beförderte.

„Dürfen wir wieder gehen?" fragte Ta-Scherit und seufzte erleichtert, als Vorarbeiter Neferhotep nickte. Während die Kinder auf ihre Plätze zurückkehrten, sprachen die Großen aus Pa-Tíme leise miteinander.

„Die Lage für Nacht hat sich verschlechtert", sagte Hehnechu zu Neferhotep, „durch die Aussage der Kinder, meine ich. Ich zweifle, ob er je wieder in der Kolonne arbeiten kann."

„Inherchau wird das nicht zulassen", bestätigte Ken-her-chepeschef, „selbst wenn Nacht freigesprochen wird, was trotz allem wahrscheinlich ist. Unter den Dienern am Großen Platz der Wahrheit dürfte er nicht mehr willkommen sein." Der Schreiber wühlte in einem Stapel Papyri und zog schließlich ein altes, schon bräunlich verfärbtes Blatt hervor, das sich an den Rändern leicht aufbog. „Ich habe eine uralte Mitschrift eines Urteils gefunden, das für uns von Bedeutung sein könnte, falls von den Großen jemand will, daß Nacht für schuldig befunden wird. Es handelt sich dabei um einen Fall aus der Zeit des Osiris Haremhab."

Neferhotep warf ihm einen Blick zu. Der alte Ken! Gründlich und verbissen, aber beeindruckend erfolgreich wie immer!

„Einem Vergewaltiger", fuhr Ken-her-chepeschef fort, „konnte seine Tat nicht hinreichend nachgewiesen werden. Dennoch vermuteten alle, das Opfer habe die Beschuldigung zu Recht erhoben. Sie verurteilten ihn also zu schweren Prügeln sowie zum Verlust von Nase und Ohren; die Strafe wurde in der Niederschrift des Urteils verzeichnet, aber man gab dem Täter die Gelegenheit zur Flucht."

„Man hat von Amts wegen die Vollstreckung der Strafe vereitelt?" Hehnechu schüttelte den Kopf. „Das geht über mein Verständnis! Ich bin der Meinung ..."

„Still!" unterbrach Neferhotep. „Es geht weiter!"

Während Wesir Pa-nehesi die Wirtin Qafi aus dem Hafenviertel zur Zeugenaussage rief, faßte Bai den Entschluß, mit dem er seit Tagen gerungen hatte. Er würde Baket-Ra nach Men-nefer mitnehmen! Schon als er mit Pa-nehesi das Haus der Befragungen verlassen hatte, war dieser Gedanke zum ersten Mal in ihm aufgetaucht und hatte ihn seitdem nicht mehr losgelassen. Eine abwegige Vorstellung, hatte er zunächst gedacht, seiner nicht angemessen, unmöglich, und obendrein lächerlich! Aber würde sie ohne seine Hilfe nicht früher oder später in einem der Häuser enden, wo jene Frauen lebten, über die man nicht spricht? Ihre Schönheit würde dahingehen, verlöschen unter den Händen von Schiffern und Tagelöhnern. Bai steigerte sich in düstere Bilder hinein, um seinen Wunsch vor sich selbst zu rechtfertigen. Er wußte, er empfand wie ein Jüngling, unbeherrscht und schwärmerisch. Verwundert stellte er fest, daß er nicht mehr an Tausret dachte, seit er Baket-Ra begegnet war. ‚Ich nehme sie mit!' beschloß er. ‚Sie und ihre Kinder. Sie mag mich als Kebse erfreuen.' Zufrieden mit der getroffenen Entscheidung lehnte er sich zurück.

Es war ein denkwürdiger Augenblick, als die Wirtin Qafi vor die Richter trat. Von den Alten aus Pa-Tíme hatten sich viele gefragt, was aus ihr geworden sein mochte, und sie sahen voll Spannung ihrem Auftritt vor der *Qenbet* entgegen. Auf die dicke, alte Frau mit schiefsitzender Perücke und dem verschlissenen Kleid war niemand vorbereitet. Wabet und Auti schlugen sich die Hände vor den Mund. Ubechet sprang ungeachtet ihres würdigen Alters auf die Füße. „Qafi!" rief sie. „Um der Götter willen!"

Die Frau hörte den Ruf und schenkte Ubechet ein zahnloses Grinsen. Ihre schwarzfunkelnden Äuglein verschwanden fast zwischen den aufgedunsenen Backen und den geschwollenen Lidern.

„Wir wollen von dir hören", befahl Pa-nehesi, „ob dir Verletzungen an Baket-Ra aufgefallen sind, als sie dich aufsuchte."

„Und wie!" rief Qafi. „Er hat sie übel zugerichtet, dieser Verbrecher!" Eifrig beschrieb sie den Zustand Baket-Ras bei ihrer Ankunft in der Schenke. Dann schilderte sie Niu als strahlenden Helden, der seiner Geliebten die Welt zu Füßen legte, Nacht dagegen als einen Finsterling mit Grausamkeit im Herzen und Tod in den Augen.

Bai fiel es zunehmend schwerer, Qafis blumiger Rede zu folgen. ‚Ich sollte nicht hier sein', dachte er. ‚Es gibt Wichtiges zu tun, jetzt nach Ägyptens Sieg im Norden. Die Westgaue müssen neu geordnet, neue Beamte eingesetzt werden.' Er wollte die gefangenen *Libu* ansiedeln und dem Geliebten Land verpflichten für alle Zeit. Die siegreichen Hauptleute verlangten nach Belohnung, er mußte mit ihnen sprechen, mußte sich Horis und Sethos' versichern, mußte dafür sorgen, daß seine Stellung dort blieb, wo sie war, im Mittelpunkt nämlich. Es gab so viel zu tun, und die Arbeit war schwer. Der Kampf endete niemals. War es das, was die Götter von ihm wollten? Kampf?

Ein heftiger Windstoß riß ihn aus seinen Gedanken. Einzelne Papyrusblätter stoben auf. Vergeblich versuchte er, sie festzuhalten. Ein dumpfes Knurren ertönte von irgendwoher.

„Bai!" Nedjem wandte ihm sein bleiches Gesicht zu. „Was geschieht hier?"

Das Geräusch wurde lauter. Vereinzelte Aufschreie waren zu hören.

„Ruhe!" schrie Pa-nehesi. „Bewahrt Ruhe!"

„Der Zorn der Ewigen!" brüllte Nacht plötzlich und sprang auf. Er rollte wild mit den Augen und schwang die Fäuste. „Das ist das Ende! Die ewige Dunkelheit bricht herein!"

„Das ist der Irrsinn!" flüsterte Bai. „Er verliert den Verstand!"

Er sah grelle Blitze aus fahlgelben Wolken zucken, und ihm wurde bewußt, daß es dunkel war, viel zu dunkel für einen Vormittag.

Da geschah es. Ein Ruck, der ihm fast die Sinne benahm, raste durch seinen Körper. Starr vor Schreck beobachtete er, wie der Tisch vor ihm sich schüttelte, dann zu Boden krachte und zersplitterte. Becher, Papyri, Binsen flogen in alle Richtungen. Gleich darauf folgte ein zweiter Stoß. Unter hallendem Donner heulte die Erde auf, grell zischten Blitze über den Himmel und rissen das dunkle Gewölk in Fetzen.

Schreiend sprangen die Menschen auf. Kopflos, kreischend stürzten sie bald hierhin, bald dorthin. Ein brodelndes Durcheinander entstand.

„Ein Erdbeben!" schrie Neferhotep. „Wir müssen hier raus!"

Ken-her-chepeschef rührte sich nicht, er stand wie gelähmt, Mund und Augen weit offen. Neferhotep zerrte ihn mit sich. Es dauerte einen Augenblick, bis Bai klar wurde, daß auch er nicht einfach stehenbleiben konnte. Fort mußte er, schnellstens fort, so weit wie möglich!

„Nicht ins Gebäude!" Das war wieder Neferhotep. „Hinaus!"

Irinefer! Wo war Irinefer? Bai lief den Leuten nach, die zum Tor des Hofes rannten. Einige stürzten, die Nachfolgenden stolperten und fielen über sie. Ein Knäuel von Menschenleibern versperrte den Weg zum Ausgang. Doch der schloß sich mit dem dritten Erdstoß selbst, denn zwei Säulen sprangen aufeinander zu, stießen vor dem Eingang zusammen und zerbarsten in tausend Stücke. Dann erhob sich ein Heulen, ein dunkler Gesang, den die Erde aus den Schluchten ihrer Risse herauspreßte. Es klang, als wolle sie ihren eigenen Untergang beklagen.

Bai rannte in die Mitte des Hofes zurück. Er mußte von den Gebäuden fernbleiben! Ein Satz über eine Erdspalte, dann prallte er mit jemandem zusammen. Fassungslos sah er, wie dieser Mann im selben Augenblick von einem Felsbrocken getroffen wurde, der ihm den Kopf wegriß. Der kopflose Körper hob die Arme und hüpfte ein paar Schritte, dann brach er zusammen. Bai riß seinen Blick los und erspähte den Wesir, der über die sich windenden Leiber kletterte, um durch das Tor nach draußen zu gelangen. Pa-nehesi schien noch nicht erkannt zu haben, daß da kein Tor mehr stand.

Die Erdstöße folgten nun schnell aufeinander. Immer neue Spalten rissen auf, immer mehr Menschen stürzten.

„Gott!" schrie Bai. „Hilfe!" Er brüllte weiter aus voller Kehle, ohne sich dessen bewußt zu sein.

Der riesige Tempel fing an, sich zu bewegen, er wiegte sich erst leicht wie im Tanzschritt, dann, als habe er Mut gefaßt, begann er zu schwingen, entledigte sich seiner Dächer und wirbelte die Türstöcke, Säulen und Standbilder durch die Luft. Und Menschen. Der Boden schüttelte sich, bockte wie ein störrischer Esel, als versuche er, seine Last loszuwerden.

Als der Westteil des Gebäudes unter Getöse zusammenbrach, sah Bai Baket-Ra. Sie lag auf dem Bauch, unmittelbar neben einem Riß im Boden, den Arm um ein kleines Mädchen geschlungen, dessen Stirn vollständig eingedrückt war. Mit einem Satz war er bei ihr, warf sich über sie und stieß den Leichnam des Kindes fort. Im selben Augenblick fühlte er einen Schlag, einen wilden Schmerz am Kopf, weißes Feuer flammte vor seinen Augen auf, dann wurde es dunkel um ihn.

Irinefer saß neben einem Säulenstumpf. Er war wie gelähmt und rührte sich auch dann nicht, als ein lebensgroßer, schwarzer Sphinx mit dem Haupt des schakalköpfigen Gottes Anubis durch die Luft brauste und unmittelbar vor ihm im Sand aufschlug. Ta-Scherit barg ihr Gesicht an seiner Brust. Sie konnte nicht mehr schreien, ihr Wimmern hörte niemand.

Die Säulen des Wandelganges, neben denen Irinefer, Ta-Scherit und die große Gruppe um Ubechet gesessen hatten, gab es nicht mehr. Der Gang war eingestürzt und hatte mehrere Menschen unter sich begraben. Irinefer konnte nicht erkennen, wer dort lag, nur die tote Katze von vorhin stand zwischen zwei Trümmern eingeklemmt und grinste ihn mit ihrem aufgerissenen Maul an.

Wieder zuckten Blitze über die Himmelsweiten, rote und blaue Flammen rasten durch das Durcheinander, und eine schlammbraune Wolkenwand stieg drohend über das Hathorgebirge. Ein neues Beben, gewaltiger noch als das letzte, erfaßte den Säulensaal des Millionenjahrhauses. Wie betrunken schwankten die riesenhaften Pfeiler hin und her, sprangen, stießen zusammen, als wollten sie einander umschlingen, und brachen berstend und krachend zusammen, während ein Erdspalt in Zacken unter ihnen aufriß.

„Hilf mir, Irinefer!" schrie Ta-Scherit. „Bitte!" Sie zerrte an seinem Arm, bis er zu sich kam und merkte, daß sie verletzt war. Ihr Oberarm war aufgerissen und blutete stark. Er zog sich das Hemd über den Kopf und riß einen Streifen Stoff heraus.

„Ich will zu meiner Mama!" schluchzte sie, während er ihr den Streifen um den Arm band. „Mama!"

Irinefer antwortete nicht, es hätte auch keinen Sinn gehabt, denn keine menschliche Stimme hätte das Toben durchdringen können, das nun hereinbrach. Die Wolkenwand hatte sie erreicht. Mit sich führte sie wilde, peitschende Wirbel aus Sand und Kieseln, die herniederprasselten, als gössen kreischende Ungeheuer die Berge über der Ebene aus. Irinefer schnappte nach Luft, einen furchtbaren Augenblick lang glaubte er, ersticken zu müssen, und sank hustend und keuchend zu Boden. Er zog das Mädchen mit sich, zwang sie auf den Bauch und versuchte, mit den Armen seinen und ihren Kopf zu bedecken. Sie konnten nicht fort, da war keine Möglichkeit, dem Schrecken zu entrinnen. Es blieb ihnen nur, zu warten, bis der Erdboden sich unter ihnen auftat und sie verschlang oder bis ein Stein sie zermalmte. Bilder jagten hinter seinen zusammengepreßten Lidern vorbei, das Antlitz des Ptah, wie es ihm vor endlos langer Zeit im Traum erschienen war, Aset lächelte ihm zu, nein, nicht ihm, sie sah auf jemanden, der hinter ihm stand. In seinem verwirrten Geist drehte er sich um und erblickte Osiris, den Herrscher der Toten, der ihn anschaute mit den Augen seines Vaters Bakenptah.

Ein neuer Donnerschlag durchfuhr seinen Rücken, und er krallte die Hände in den sandigen Boden. Jeder Muskel seines Körpers war gespannt in dem hilflosen Versuch, den Tod abzuwehren, der ihn zerschmettern wollte.

Aber der Schlag kam nicht. Statt dessen spürte Irinefer wieder ein Zucken des Bodens unter sich, ein schwächer werdendes Zittern, ein Ächzen und Stöhnen, als leide die Erde, als habe sie seit Tausenden von Jahren gelitten und gäbe nun zum ersten Mal Kunde von ihrem langen, langen Schmerz. Er wußte nicht, wie lange er so dalag, jedes Gefühl für Zeit war ihm abhanden gekommen, ja er war nicht einmal sicher, ob er überhaupt noch lebte. Schwärze hüllte ihn ein, Gesichter und Bilder waren längst entschwunden.

Wann hatte das Getöse aufgehört? Was bedeutete diese eigentümliche Stille, die zwischen das Wimmern der Verwundeten kroch? Sie lastete auf dem geborstenen Stein wie der fingerdicke Kalk auf seinem Körper. Irinefer versuchte, seine Hand zu bewegen, und war überrascht, daß es ihm gelang. Vorsichtig hob er den Kopf, blies und hustete den Sand fort, der ihm übers Gesicht rieselte, und setzte sich auf. Seine Beine! Wo waren sie? Er starrte auf den Haufen kleiner Steine vor sich. Ein Zucken mit den Knien, dann zog er die Beine langsam an sich. Fast ungläubig stellte er fest, daß er vollkommen unverletzt geblieben war. Ein paar Kratzer, das war alles!

„Ich will heim!"

Ta-Scherit! Sie war noch hier! Irinefer holte tief Luft. Eine wilde Freude erfüllte ihn. Sie waren nicht tot!

„Wir gehen heim", sagte er und klopfte dem Mädchen den Kalk von den Schultern. „Kannst du laufen?"

Ta-Scherit nickte. „Wo ist meine Mama?"

Irinefer erwiderte nichts. Er stand auf, blickte sich um, und pfeifend entwich der Atem seiner Brust. „O ihr Götter!" flüsterte er. Er konnte kaum glauben, was er sah.

Das ‚Haus der Millionen Jahre' des Osiris Amenhotep, der größte Tempel in der Ebene von Pa Cher, größer noch als der Amun-Tempel der Ipet-Sut, war verschwunden. Es hatte sich aufgelöst in eine Trümmerwüste ungeheuren Ausmaßes. Auch der Kanal war zugeschüttet. In gewaltigen Bergen türmten sich Steinquader und zerbrochene Säulen, Möbelreste aus Holz und Gold, Bruchstücke von Standbildern. Zersplitterte Balken reckten sich empor, verbogene Fahnenstangen schwangen Peitschen aus zerfetztem Stoff. Nilschlammziegel türmten sich zwischen den Steinen, und der schwere Staub verschlang Tierkadaver und menschliche Leichen. Eine dunkelgraue Staubsäule ragte in den Himmel, als wollte sie Ras Barke selbst am Weiterfahren hindern. Nur die beiden riesigen Sitzstandbilder des toten Königs vor den eingestürzten ersten Tortürmen hatten das Erdbeben überdauert. Noch immer starrte König Amenhotep in zweifacher Ausführung über den Fluß nach Waset, als ginge ihn nichts davon an, was hinter seinem Rücken geschehen war.

„Wo ist der Tempel?" fragte Ta-Scherit ängstlich.

Irinefer zwang sich zur Ruhe. Er mußte das Mädchen nach Hause bringen! „Das Erdbeben", sagte er. „Es hat ihn einstürzen lassen."

Sie kletterten zusammen über den nächsten Steinhaufen. Irinefer merkte, daß sein Eindruck von Stille verkehrt gewesen war. Das Krachen des Bebens war so ohrenbetäubend gewesen, daß sein Fehlen ihm zunächst wie tiefe Ruhe vorgekommen war. Jetzt aber hörte er das Knacken, Rumpeln und Poltern von Steinen, er vernahm das Knirschen von Schritten und vor allem das Geschrei, das Stöhnen und Keuchen von Mensch und Tier. Rufe erklangen zwischen dem Geröll, Namen, Bitten, Weinen. Er begann zu ahnen, was sie auf ihrem Weg nach Pa-Tíme erwartete.

Pa-Tíme! Gab es das Dorf überhaupt noch? Er schwitzte vor Angst. Was, wenn alle umgekommen waren?

„Komm!" drängte er und half Ta-Scherit über eine Säule. Als sie heruntersprang, fing er sie auf und drückte ihr Gesicht an seinen Hals. Dann zerrte er sie weiter. Sie sollte Ramesi nicht sehen, dessen zerquetschter Kopf unter der Säule hervorsah. Ta-Scherit hatte Baket-Ras Vater gern gehabt. Hastig zerrte er sie über die weißlichrote Pfütze, die im Sand versickerte.

Bald mußte er feststellen, daß er ihr den Anblick von Toten nicht ersparen konnte. Zu viele Menschen waren von den herabstürzenden Trümmern erschlagen worden. Er hoffte inständig, daß Ramesi das einzige Opfer aus Pa-Tíme war.

„Wo ist meine Mama?" schrie Ta-Scherit plötzlich auf. Ihr Blick war auf den Körper einer Frau gefallen, und sie begriff langsam, was für ein Unglück hier geschehen war. „Sag mir, wo sie ist!"

„Ich weiß es nicht! Sie ist wahrscheinlich mit den anderen nach draußen entkommen!"

„Und Vater? Und Apachte?"

„Die auch! Mach dir keine Sorgen!" Irinefer blieb stehen. Wo war der Ausgang? Er wußte nicht mehr genau, wo er sich befand. Das Durcheinander von Schutthaufen, Brettern und zerbrochenen Standbildern war so verwirrend, daß er kurz mit einem Anfall von Panik kämpfte. Würden sie hinausfinden, bevor ein wütender Geist entdeckte, daß sie der Zerstörung entronnen waren?

„Wer ist da? Bitte hilf mir!" Eine schwache Stimme drang unter einem zersplitterten Schrank hervor. Die Kinder sahen einander an.

„Bleib stehen!" sagte Irinefer endlich. „Ich sehe nach."

Ta-Scherit nickte. „Aber du darfst nicht fortgehen!"

Irinefer kletterte über Geröll, das den Weg versperrte, und versuchte, die Hölzer fortzuschieben. Die Bretter waren lang und schwer; er zerrte und zog, keuchend ging sein Atem, und der Schweiß lief ihm von der Stirn.

„Wer bist du?" rief er und versuchte, sein Gleichgewicht zu halten, während er das Ende eines langen Balkens über seinem Kopf zur Seite schob.

„Ich bin Qafi!" sagte die Stimme. „Und du?"

„Der *Bak* des Vorarbeiters! Du kennst mich!"

„Den Göttern sei Dank! Es ist noch jemand am Leben!"

„Ai, verflucht!" preßte Irinefer hervor. Er hatte sich einen Splitter in den Daumen gerammt. Nach einigen Mühen gelang es ihm, den Holzspan mit den Zähnen wieder herauszuziehen. Er hob die letzte Holzplatte und blickte in Qafis schmutzverkrustetes Gesicht.

„Ich glaube, mein Bein ist gebrochen", sagte die Frau. „Ich kann es nicht bewegen."

„Irinefer!" erklang Ta-Scherits Stimme. „Warte, ich komme auch!"

Qafi deutete auf den Kopf eines toten Kindes, der unter einer Steinplatte zu erkennen war, und flüsterte Irinefer zu: „Nimm das Holz und bedecke das da. Die Kleine soll's nicht sehen!"

Irinefer folgte der Aufforderung. Dann sank er neben Qafi in die Knie und begann zu weinen.

Wenig später kletterte Ta-Scherit über die Bretter. Sie lief zu ihm und streichelte ihm die Hand. „Sei nicht traurig!" sagte sie.

Sie bemerkten den Mann und die Frau erst, als diese unmittelbar neben ihnen standen.

„Qafi!" rief Baket-Ra. „Wie bin ich froh, daß du lebst! Und du auch, Ta-Scherit!" Sie zog das Kind an sich und ließ sich neben Qafi nieder. Ihr Kleid hing ihr in Fetzen vom Leib, die Beine waren verschrammt, und ihr Haar schien ergraut durch Schmutz und Staub.

Auch Bais Gewand zeigte Risse, er hatte seinen Gürtel verloren, ebenso seinen Schmuckkragen. Die große Prunkperücke lag irgendwo unter dem Geröll begraben. Auf der Stirn prangte eine blutverkrustete Beule, sein rechtes Ohrläppchen war eingerissen und das Gehänge verschwunden. Er blickte auf Irinefer, der noch immer schluchzte und am ganzen Leibe zitterte. Er zog ihn hoch und nahm ihn fest in die Arme. Lange sprach er nicht, strich ihm nur sanft über den Kopf, und dieses Mal küßte er ihn auf die Stirn. Nach einer Weile versiegten Irinefers Tränen. Sein Zittern ließ nach. Bai hielt ihn noch immer, und der Knabe schmiegte sich in seinen Arm, als wäre das ganz selbstverständlich.

„Die Götter haben dich beschützt!" sagte der Siegler leise. „Ich bin glücklich darüber."

Irinefer schluckte und rückte ein wenig ab, um ihn ansehen zu können. „Warum?" fragte er. Bai wußte sofort, worauf die Frage zielte.

„Es gibt Gründe", erwiderte er ernst. „Gute Gründe. Gefährliche Gründe. Ich kann sie dir nicht sagen. Glaubst du mir?"

Irinefer nickte.

„Vertraue mir!" bat Bai eindringlich. „Und stelle keine Fragen mehr. Lebe in Pa-Tíme, und sei ..." Er verstummte. Schluß mit diesen gefühlvollen Anwandlungen! Er ließ den Knaben los. Er mußte etwas tun. Das würde den Schmerz ersticken, der in der Tiefe seines Bewußtseins ständig lauerte.

„Kannst du laufen?" fragte er Qafi.

„Wie sollte ich denn, mächtiger Herr! In ein paar Monden vielleicht wieder!"

„Ich werde diese Kinder fortschaffen, Frau. Und für Männer mit einer Trage sorgen."

„Ich werde mit ihr warten!" rief Baket-Ra schnell. „Nicht wahr, Qafi?"

Bai stimmte zu. Qafi war völlig hilflos. „Also gut! Geh keinesfalls fort von hier!" befahl er. „Folge nur den Männern, die dich auf meinen Befehl hin nach Ipet-Sut bringen werden."

„Nach Ipet-Sut? Was hast du vor? Was ist mit dem Gericht?"

„Die Verhandlung ist zu Ende! Zumindest für dich!"

„Aber Nesmut hat mich doch ..."

„Nesmut ist tot!" unterbrach Bai hart. „Ich habe sie gesehen. Sie und die Frau an ihrer Seite."

„Henutdju?" schrie Baket-Ra auf. „Ai, welch furchtbares Unglück! Der arme Inherchau!"

Bai hob Ta-Scherit auf, was dem Mädchen einen Schreckenslaut entlockte. „Achte darauf, meinen Kopf nicht zu berühren", sagte er freundlich zu ihr. „Ich habe da eine mächtige Beule!" Dann bedeutete er Irinefer, ihm zu folgen, und stieg über den nächsten Schuttberg.

Wenn sich Irinefer später an die gespenstische Wanderung durch den zerstörten Tempel erinnerte, kam es ihm jedesmal so vor, als habe er dort die Gewißheit vom Dasein gefährlicher Gespenster erhalten. Düsternis umgab die kleine Gruppe, noch immer zeigte die Luft eine fahlgelbe Färbung, giftig grüne Schwaden zerflossen über gezackten Rissen in der Erde. Ein grauer, kratzender Wind streifte durch die Trümmer wie ein Räuber auf Beutezug. Dazwischen schlichen jammernde Menschen umher auf der Suche nach Angehörigen, die dem Zorn der Götter entkommen sein mochten. Immer wieder stießen sie auf Leichen, verkrümmte, starre Gestalten, den Ausdruck des Entsetzens auf ihren Gesichtern. Manche hielten sich im Tod umschlungen, eine Mutter hatte sich über ihr Kleines geworfen und drückte es noch schützend an sich, während ihre *Ba*-Seelen schon längst zu Osiris reisten.

„Sieh nicht hin!" flüsterte Bai Ta-Scherit ins Ohr. „Schließe deine Augen!"

Ta-Scherit kniff folgsam die Lider zusammen. Auf diese Weise sah sie weder den bewußtlosen Priester Nedjem noch die Leiche des Grabmalers Montemhab, noch die erstaunte Miene des toten Schreibers Chonsmose, der seine Papyrusbinse in der Hand hielt, als wolle er gleich weiterschreiben. Sie schlang die Arme um Bais Hals und wunderte sich, wie kratzig sich sein Kinn anfühlte. Paneb hatte sie nie im Arm gehalten, die Nähe zu einem Mann war ihr nicht vertraut.

Irinefer stolperte hinter Bai drein, unfähig einen Gedanken zu fassen. Zerstörung, Tod und seine Bestürzung verursachten eine Art Taubheit in seiner Seele. Müdigkeit drohte ihn zu lähmen. Es fiel ihm schwer, einen Fuß vor den anderen zu setzen, am liebsten wäre er wie Ta-Scherit getragen worden. Plötzlich zuckte er zusammen. Er spürte die ersten Regentropfen.

„Auch das noch!" stöhnte Bai und ging schneller. Der Wind nahm an Stärke zu, der Regen wurde heftiger, und wieder fing es an zu donnern. Irinefer konnte kaum mehr etwas sehen, der Wind peitschte ihm den Regen in die Augen. Bald war er völlig durchnäßt. Er hustete und schnaubte, und ihm lief die Nase. Wann würden sie irgendwo ankommen? Nahm dieser furchtbare Weg nie ein Ende?

Nach einer Ewigkeit merkte er, daß die Geröllberge kleiner wurden und es ihm leichter fiel, mit Bai Schritt zu halten. Sie hatten den Tempel hinter sich gelassen.

„Sieh dort drüben!" schrie Bai durch den Regen. „Da sind Leute!"

Vor ihnen tauchten Menschen auf, graue Schemen, die sich im Sturm aneinanderdrückten. Sie starrten ihnen entgegen. Eine Gestalt löste sich aus der Gruppe und stürzte auf sie zu. „Ta-Scherit!"

„Mama! Das ist meine Mama!" schrie Ta-Scherit und wand sich aus Bais Armen. Sie rannte auf Wabet zu, warf sich in die ausgebreiteten Arme und preßte sich schluchzend an sie.

Neben ihr erschien Apachte und legte die Arme um Mutter und Schwester. „Ich habe gedacht, du wärest tot!" heulte er.

Bai sah sich nach Irinefer um. Der Knabe war weitergegangen und stand nun neben Vorarbeiter Neferhotep. Gut so! Dort gehörte er nun hin! „Er kümmert mich nicht!" sagte er tonlos und warf den Kopf zurück. Warum gefiel es ihm nicht, wenn sich alles wie geplant entwickelte?

Langsam näherte er sich den Menschen, die seltsam still beieinanderstanden. Mit Neferhotep starrten vielleicht fünfzehn Männer und einige Frauen schweigend auf den Leichnam, der vor ihnen lag.

Ein alter Mann kam Bai entgegen. Der Siegler brauchte einen Augenblick, bis er in dem schmutzverschmierten Gesicht unter dem zerzausten Haar den Ersten Schreiber Pa-Tímes erkannte.

„Ehrwürdiger Bai!" sagte Ken-her-chepeschef gemessen, als befänden sie sich noch immer vor Gericht. „Unsere Gemeinschaft beklagt das Ableben des Vorarbeiters Inherchau."

Bai wartete auf den Hohenpriester des Amun in dessen Garten in der Tempelstadt. Hohe, dichtbelaubte *Isched*-Bäume spendeten Schatten; da die Sonne schon tief stand, war die Luft erfrischend kühl. Er fühlte sich erschöpft, denn er hatte stundenlang mit den Baumeistern den Wiederaufbau der Totenstadt besprochen. Die Zerstörungen waren weniger schwerwiegend als zunächst befürchtet. Der Tempel Neb-Ma'at-Ra Amenhoteps war allerdings vollständig vernichtet. Man war übereingekommen, ihn nicht wieder aufzubauen, sondern die Bruchstücke für den Totentempel Pharao Merenptahs zu verwenden. Eine weitreichende Anordnung, die zahlreiche Gottesdienste und Opferhandlungen zur Bedingung hatte. Bai war es nicht leichtgefallen, seinen Sinn auf die wichtigen Aufgaben zu richten, die vor ihm lagen. Immer wieder schweiften seine Gedanken zu Baket-Ra. Sie wartete zusammen mit Hutemwija und Mutemwija auf dem Schnellsegler *Sepedet-strahlt-hell*. In etwa drei Stunden sollte die Reise beginnen. Je näher dieser Zeitpunkt rückte, desto stärker bedrängten ihn Zweifel an der Richtigkeit seiner Entscheidung.

Endlich traf Roma-Roy ein. Zwei Diener halfen dem Hohenpriester des Amun in einen Sessel. Roma-Roy war ein kranker Mann. Während des Erdbebens war ein Pfeiler auf ihn gestürzt, hatte ihm mehrere Rippen gebrochen und das Nasenbein zerschmettert. Die Schürfwunden auf den Schultern waren entzündet, und trotz vielfältiger Bemühungen der berühmten *Sunuu* aus dem Haus des Lebens wich das Fieber nur langsam.

„Die Götter werden mich genesen lassen", antwortete er auf Bais besorgte Nachfrage. „Sie können einen Mann gut brauchen, der sich ohne zu murren für sie totarbeitet."

„Nicht nur die Götter, Ehrwürdiger!" Bai wunderte sich ein wenig über die Bitterkeit in Romas Stimme. „Ägypten braucht dich! Das ganze Geliebte Land!"

„Ja, ja, ich weiß. Aber du mußt zugeben, das Erdbeben war eine harte Prüfung, die Amun seiner Stadt auferlegt hat."

„Amun ist der Herr von Waset", sagte Bai langsam. „Er läßt die Stadt zufrieden sein!"

„Manchmal wünschte ich, er ließe auch mich öfter zufrieden sein. Es wird lange dauern, bis alles wiederhergestellt ist. Auch Hau-nefer ist verzagt."

„Unser *Hati-a*, der Meister im Zupacken und Aufbauen?"

„Hau-nefer hat sehr zu kämpfen! In den wenigen Tagen seit dem Unglück haben seine Medjau bereits achtundsiebzig Plünderer verhaftet! Achtundsiebzig! Kannst du dir das vorstellen? Was ist aus diesem Land geworden! Es ist von Menschen bewohnt, welche die *Ma'at* mit Füßen treten!"

„Ich muß dir recht geben", seufzte Bai. „Und wer es nicht mit Absicht tut, dem unterläuft es aus Versehen."

Roma-Roy sah ihn scharf an. „Du denkst an die Gerichtsverhandlung?"

„So ist es. Diese Menschen tun mir leid. Sie haben viel verloren."

„Du hast dich sehr für sie eingesetzt, Siegler. Es wurde mir berichtet, du seist mehrmals in Pa-Tíme gewesen."

„Zusammen mit Pa-nehesi. Er hat den ältesten Sohn des verstorbenen Inherchau zum neuen Vorarbeiter ernannt."

„Ich kenne den jungen Hai. Er ist ein guter Handwerker und ein würdiger Nachfolger seines Vaters. Ich wünschte, er hätte sein Amt unter günstigeren Umständen antreten können. Wenigstens sieht es im Augenblick so aus, als müsse er die Klage seines Vaters nicht wieder aufnehmen."

„Der Suchtrupp hat auch heute nichts gefunden?"

„Nein. Dieser Nacht ist und bleibt verschwunden."

„Vermutlich wird man eines Tages seine Leiche finden. Ich bin froh, daß weder sein Weib noch seine Kinder hiersein werden, wenn das geschieht. Vorarbeiter Neferhotep sicherte mir zu, den jungen Kasa zu überwachen, der die Totenopfer für diese ganze unselige Familie übernimmt."

„Ich bin beeindruckt von deiner Anteilnahme, Siegler", sagte Roma-Roy zögernd. „Ich muß gestehen, ich habe dich wohl falsch eingeschätzt."

„Was dachtest du denn von mir?" fragte Bai lächelnd.

„Ich hielt dich für kalt. Außerdem wußte ich nicht, ob man dir trauen kann."

„Es ist klug abzuwarten, bis man sich ein Bild machen kann."

„Du bist sehr freundlich, obwohl mein Mißtrauen dich damals beleidigen mußte."

„Du meinst, als ich dich um Gold für den Feldzug bat?"

„Seitdem habe ich eine weit geringere Meinung von meiner Menschenkenntnis. Wenn ich bedenke, was aus dieser Torheit folgte ..."

Bai wehrte ab. „Das ist jetzt nicht mehr wichtig! Du ließest mir bestellen, es gäbe Neuigkeiten?"

Roma-Roy stützte sich auf die Lehne, um seine Stellung zu verändern. Der Schmerz ließ ihn aufstöhnen und rief augenblicklich die beiden Diener an seine Seite. Sie stopften ihm ein weiteres Kissen in den Rücken und wechselten den hauchdünnen Schal um seine Schultern, der die Wunden vor Staub und Fliegen schützen sollte. Der Hohepriester wartete mit dem Sprechen, bis Bai und er wieder allein waren. „Ein Bote aus Buhen traf heute morgen ein.

Seine Hoheit, der Königssohn von Kusch, hat einen glänzenden Sieg errungen."

„Sieg auch im Süden!" rief Bai aus. „Das ist sehr gut!"

„Es kommt noch besser!" sagte Roma-Roy. „Amenmesse hat nicht nur die nubischen Truppen in alle Winde zerstreut, er konnte auch das Hauptlager Bakendeduns aufbringen. Viel fehlte nicht und er wäre auch noch dieses Aufrührers habhaft geworden."

„Bakendedun? Hilf meinem Gedächtnis nach, mein Freund. Bakendedun ist …?"

„… der gefährlichste der Nehesi-Fürsten. Er leistete erfolgreich Widerstand gegen den Königssohn von Kusch, zumindest zu der Zeit, als Cha-em-ter dieses Amt versah."

„Höre ich da einen gewissen Unterton, verehrter Roma-Roy?"

„Ich habe nichts gegen Cha-em-ter!" beeilte sich der Hohepriester zu versichern. „Ich war jedoch immer der Ansicht, daß sein Amt ihn überforderte."

„Von Amenmesse dagegen hast du eine gute Meinung!"

„Er wurde im Gegensatz zu Cha-em-ter bislang nur unterfordert! Das Südliche Fremdland hat er unter seine Faust gezwungen, wie man es nicht besser erhoffen durfte." Als er Bais verwunderte Miene sah, setzte er hinzu: „Zunächst war ich erzürnt, mit welcher Selbstverständlichkeit er auch von mir, beziehungsweise vom Tempel, verlangte, ihm Gold und Silber-*Deben* für seine Soldaten zu geben. Aber der Einsatz hat sich gelohnt. Er wird alles drei- und vierfach wieder hereinbekommen."

„Ich werde dem Großen Haus von deiner Einschätzung Kunde bringen." Bai blickte Roma-Roy forschend an. „Was hältst du von der berüchtigten Nehesi-Frau Baketwerel? Kennst du sie?"

„Gesehen habe ich sie noch nicht. Aber Seine Hoheit hat mir viel von ihr berichtet."

„Und?"

„Sie ist ihm treu ergeben." Der Hohepriester wußte genau, welche Sorgen Baketwerel im Palast von Men-nefer hervorrief. „Das behauptet zumindest Amenmesse. Er ist jedoch nicht unvoreingenommen, vielmehr ist er geradezu besessen von ihr. Aber nichts, was sie bislang tat oder sprach, hat sich zum Nachteil Ägyptens ausgewirkt. Im Gegenteil."

„Du würdest sie also gewähren lassen."

Roma-Roy dachte nach. „Ich würde sie gewähren lassen. Unter Beobachtung allerdings."

Ein Diener trug ein verziertes Brett mit zwei Alabasterkelchen herbei. Bai nahm einen davon und stellte ihn auf das Tischchen aus blank geriebenem Zedernholz, das neben ihm stand. Dann erhob er sich.

„Erlaube mir, dir zu helfen!" Er ergriff den zweiten Kelch und führte ihn an die Lippen des Hohenpriesters.

Roma-Roy lächelte und nahm einen Schluck. „Danke! Kennst du den Tropfen? Nedjem hat ihn mir zukommen lassen. Er stammt von deinem Gut!"

„Aus Tjeni Nefer?"

„Aus Tjeni Nefer. Von dort gibt es übrigens Nachrichten."

Bai horchte auf. Das Gut und seine Bewohner hatte er in der letzten Zeit sträflich vernachlässigt.

„Der Gesundheitszustand der Gottestochter hat sich verschlechtert", sagte der Hohepriester. „Es heißt, Henutmira liege im Sterben."

Baket-Ra stand an der Reling der *Sepedet-strahlt-hell* und blickte nach Westen. Ras Barke verschwand hinter dem Gipfel des Hathorgebirges und hinterließ rosafarbene Wolken über der Totenstadt, die rasch dunkler wurden. Dies war die Stunde der Hunde, und es war Baket-Ra, als hörte sie das vielstimmige Bellen bis hierher. Sie beobachtete, wie die Farben ineinanderflossen, das Rosa der Luft mischte sich mit dem Dunkelgrün der Felder zu tiefem Grau, das an einigen Stellen in Schwarz überging. Winzige Lichtpunkte erglommen am Ufer des Hapiflusses: Die Fackeln an den Fährstellen wurden entzündet. Sie atmete tief die laue Luft ein, den vertrauten Duft des Flusses, der sich mit den Ausdünstungen der Kochstellen in der Stadt und dem erdigen Geruch der Felder mischte.

‚Wie werde ich das vermissen!' dachte sie, und das Herz wurde ihr schwer bei der Erinnerung an Pa-Tíme, die Dorfgasse, ihr Haus und ... Niu. Nein, an Niu durfte sie nicht denken, sonst verlöre sie den Verstand. Auch zum Tod ihres Vaters während des Erdbebens hatte sie sich noch kein Gefühl erlaubt. Ihre Fähigkeit zu leiden war erschöpft, und das Mitgefühl mit ihrem Bruder Kasa, der durch ihren Aufbruch ganz allein zurückblieb, sollte sich erst sehr viel später einstellen. Wenigstens hatte sie ihre Töchter wieder. Der *Sedjauti Biti* hatte Kasa damit beauftragt, die Totenopfer für alle Verstorbenen der Familie zu bringen. Dem Weggang der Mädchen aus dem Dorf stand nichts mehr im Wege.

Sie drehte sich um, und ihr Blick umfaßte Hutemwija und Mutemwija, die auf einer Decke saßen, in ein ernsthaftes Gespräch mit einem buckligen Knaben vertieft. Wie wunderbar sie waren, so freundlich und liebevoll! Für sie lohnte sich alles, jedes Opfer waren sie wert!

Ihre Töchter würden nur Vorteile davon haben, in seinem Haushalt zu leben, hatte Bai in Qafis Zimmer hinter der Gaststube erklärt, sie würden ausgebildet, würden lesen und schreiben lernen: eine seltene Gunst für Mädchen! Und Baket-Ra dürfe über ihre Zukunft selbst entscheiden.

„Zukunft ist etwas, das du hier bestimmt nicht hast!" hatte Qafi an dieser Stelle ausgerufen. „Komm, Kleines, ich habe mit dir zu reden!" Sie zwinkerte Bai zu, und Baket-Ra setzte sich zu ihr ans Bett. Bai lächelte, ging in den Schankraum zurück und betrachtete seine Umgebung voller Neugier, während er von Ihi, dem Fischer, offenen Mundes angestarrt wurde. Er war sich bewußt, wie aberwitzig seine goldglitzernde Gegenwart in dieser dunklen Kaschemme wirken mußte. Aber das war ihm gleichgültig.

„Ich will dir etwas sagen!" Qafi stemmte die Arme in die Hüften, was angesichts ihrer liegenden Stellung nicht ganz einfach war. „Ins Dorf kannst du nicht mehr zurück, ich würde mir die Hand dafür abhacken lassen, daß du hier bei mir bleiben kannst, und deine Mädelchen genauso. Aber ich rate dir trotzdem: Geh mit diesem

Mann. Du kommst in den Palast! Verstehst du? Den Palast des Königs, Leben, Heil, Gesundheit!"

„Aber ich bin allein und habe Angst!" hatte Baket-Ra ausgerufen. „Ich werde ohne Heimat leben müssen!"

„Keine Heimat! Und was für eine Sorte Heimat hast du hier? Schau dich doch um! Hast du die Kerle in den Gassen gesehen? Weißt du, was die mit dir machen, wenn sie dich in die Finger kriegen? Für mich mag dieses Leben in Ordnung sein. Aber für ein Täubchen, wie du eines bist? Überlege dir, was im Hafenviertel auf deine Kinder wartet. Der da draußen", sie nickte mit dem Kopf zur Tür und verzog ihr Gesicht zu einem schiefen Grinsen, „der wird dich vielleicht ein paarmal auf sein Lager ziehen, was ich mir übrigens recht nett vorstellen kann, dann vergißt er dich, und du lebst bequem und kannst machen, was du willst."

Als die junge Frau wirklich dem Siegler in die düsteren Gassen hinaus gefolgt war, hatte Qafi noch Stunden bitterlich geweint.

Baket-Ra seufzte und verließ ihren Aussichtsplatz. Sie setzte sich zu den Kindern auf die Decke. Sofort machte Djehuti Anstalten aufzustehen. „Bleib ruhig sitzen", sagte sie. „Du bist willkommen."

„Danke, Herrin!"

„Du brauchst mich nicht Herrin zu nennen. Ich bin keine Herrin."

Djehuti sah sie an und antwortete nicht.

„Mutter!" rief Mutemwija. „Er kennt das Kind des Thronfolgers!"

„Oh, wirklich?" sagte Baket-Ra.

„Ich habe Lieder für Siptah gesungen", erklärte Djehuti, „als er sehr krank war."

„Angeber!" knurrte Hutemwija. „Ich glaube dir kein Wort."

„Aber wenn er es doch getan hat?"

„Soll er doch. Das ist mir ganz gleichgültig! Ich will da nicht hin!"

„Hutemwija!" Baket-Ra wollte ihr über den Kopf streicheln, aber sie wich aus. „Du wirst sehen, wir werden es gut haben in Mennefer. Es wird dir gefallen."

„Nein!" schrie Hutemwija. „Ich will nach Hause! Ins Dorf! Ich will, daß Vater wieder da ist!"

„Ich habe dir doch gesagt, daß dein Vater bei dem Erdbeben umgekommen ist. Niu und Nesmut auch."

Das Mädchen starrte sie an. „Ich vermisse Vater!" flüsterte sie. „Und Niu."

„Die Ewigen haben ihr Urteil gesprochen", sagte Baket-Ra traurig.

Djehuti deutete ans Ufer. „Dort kommt der Herr! Wir legen bald ab!"

Auf dem Landungssteg entstieg Bai seinem Tragestuhl, entließ die Träger und wechselte einige Worte mit dem Schiffsführer, der sich eilfertig genähert hatte. Dann bestieg er, gefolgt von einem Schreiber und zwei Leibdienern, das Schiff.

Wenig später betrat er das mittlerweile von Fackeln erleuchtete Deck. „Unten ist ein Mahl gerichtet", sagte er zu den Kindern. „Eßt, während wir unsere Reise beginnen. Es ist schon spät."

Folgsam erhoben sich die Mädchen und liefen zu der Luke, die zu den unteren Räumen des Schiffes führte.

„Kommst du auch mit?" fragte Mutemwija ihre Mutter und griff nach ihrer Hand.

„Geht schon", sagte Baket-Ra. „Ich möchte noch einen Augenblick hier oben bleiben."

Bai nickte ihr zu und verschwand durch die Luke.

„Achtung! Löst die Leinen!"

„Ablegen!"

Unter stetem Wechsel erklangen Befehle und Antworten, die Landebrücke wurde von Hafenarbeitern auf den Steg gezogen, Matrosen wickelten die Seile auf und stießen das Schiff mit langen Stangen vom Landungssteg ab. Dann ließen sie die Ruder zu Wasser.

*„Die Schiffer sind zufrieden ..."*, erklang das Lied der Ruderer, das den Aufbruch begleitete. *„Zufrieden, wenn das schöne Boot über die Wellen gleitet. Wir rudern das Boot über das Wasser. Voll ist's uns lieber als leer ..."*

Baket-Ra sah ans Ufer hinüber. Der Steg wurde kleiner, blieb zurück. Nur wenige Menschen waren auf dem spärlich beleuchteten Hafendamm zu sehen. Ein Trupp Medja-Soldaten marschierte im Gleichschritt an einer Gruppe nächtlicher Zecher vorüber, die, ein zotiges Lied schmetternd, gefährlich nah am Wasserrand entlangtaumelten.

Dann sah sie ihn.

Er lehnte bewegungslos an einer Fahnenstange und hielt den Blick auf das Schiff gerichtet. Sein Gesicht lag im Halbdunkel, der Schein der nächsten Fackel beleuchtete ihn nur bis zur Brusthöhe.

Baket-Ra begann zu zittern. Schweiß brach ihr aus allen Poren. „Nacht?" flüsterte sie.

# ZWEITES BUCH

## JAHR 1, PHARAO SETHOS
## (1203 V. CHR.)

# DAS SCHÖNE FEST VOM WÜSTENTAL

„Die Wasserträger verspäten sich", stellte Ta-Scherit fest. „Sie sollten um die achte Stunde eintreffen. Jetzt ist der Vormittag fast vorbei, und ich sehe die Esel noch immer nicht."

Sie kauerte mit ihrer Freundin Naunachte und einigen jungen Mädchen aus dem Dorf an der Nordwand des ‚Verschlossenen Hauses des Ortes'. Dort war es schattig, es wehte sogar ein leichter Wind.

„Ich würde am liebsten hier sitzenbleiben", seufzte Hunur. „Schön ist es, an der Wand zu lehnen und nichts zu tun."

„Wir können aber nicht bleiben", sagte Ta-Scherit. „Wenn das Wasser nicht kommt, müssen wir zurück. Die älteren Frauen verstehen keinen Spaß, wenn wir nicht rechtzeitig erscheinen."

„Ja, ja, ich weiß." Hunur schlang den Arm um den hohen irdenen Wasserkrug und schloß die Augen. „Nur noch einen kleinen Augenblick."

„Das ist aber doch nur ein Krug!" kicherte Heria, eine Fünfzehnjährige, die ausnahmslos jedem Jüngling in Pa-Tíme schöne Augen machte. „Und nicht dein allerliebster Hesisunebef!"

„Kannst du nie an etwas anderes denken?" fragte Hunur, ohne die Augen zu öffnen. „Heria, du solltest heiraten."

„Aber wen denn?" gab sie in gespielter Verzweiflung zurück. „Alle sind sie doch so hübsch! Hesisunebef ist schon der lieben Hunur versprochen! Und der Allerschönste ist leider auch schon vergeben." Sie schielte anzüglich zu Naunachte hinüber. „Die anderen Greise nehmen zu schnell Reißaus. In die Gräber."

„Da hast du recht." Hunur riß die Augen auf und stimmte in das allgemeine Gekicher ein. „Wir haben so wenig Hundertjährige im Dorf."

Naunachte erhob sich. Sie war blaß geworden. „Ihr seid abscheulich. Er ist gut zu mir. Ich bin gern als Ehefrau in sein Haus getreten."

„O ja, das glaube ich dir!" Das war wieder Heria. „Er überwältigt dich sicher Nacht für Nacht mit seiner Leidenschaft!"

„Hört auf!" befahl Ta-Scherit. „Ihr alle seid schnatternde Gänse in seinen Augen. Aber nicht Naunachte. Ihr seid nur neidisch. Keine Frau hat er für würdig gehalten, ihn zu heiraten. Nur Naunachte. Naunachte ist ihm ebenbürtig. Naunachte wird geehrt, sie wird geliebt, sie wurde sogar geheiratet ... von Schreiber Ken-herchepeschef!"

Alle blieben einen Augenblick still.

„Aber er ist so schrecklich ... alt!" murmelte Heria. „Wenn ich mir vorstelle ..."

Alle wußten, was Heria sich vorstellte.

Naunachte biß sich auf die Lippen. „Ich bin die Frau des Ersten Schreibers von Pa-Tíme", sagte sie und hoffte, daß ihre Stimme fest klang. „Kümmert euch um eure eigenen Angelegenheiten."

Ta-Scherit trat zu ihr und legte ihr den Arm um die Schultern. „Komm, wir gehen ins Dorf zurück!"

Ein Pfiff ertönte, gefolgt von lauten Rufen. „Sie sind da!" „Hier herüber!"

Die Wachhabenden Minmose und Penbui geleiteten die Wasserträger und die mit gefüllten Wasserschläuchen beladenen Esel um die Ecke der Dorfmauer und wiesen sie zur Ausgabestelle neben dem Wasserbecken. Die Frauen sprangen auf und liefen der Karawane entgegen.

Ta-Scherit sah die Freundin von der Seite her an. „Der Spott schmerzt, nicht wahr?"

„Sie werden es irgendwann hinnehmen, glaubst du nicht?" Naunachte zog Ta-Scherit an die Hauswand zurück. „Über ein Jahr geht das schon so!" Ihre Unterlippe zitterte. „Sie reden mit mir wie mit einer Fremden. Ich bin doch die gleiche wie zuvor!"

„Nicht ganz. Du bist die Frau des Ersten Schreibers. Und der ist streng."

„So streng ist er gar nicht!"

„Zu dir wohl nicht! Aber alle anderen fürchten sich vor ihm."

„Ken-her-chepeschef ist gut zu mir." Naunachtes Worte waren kaum mehr als ein Flüstern. „Ich bin nur so allein. Außer dir meiden mich die Mädchen ..."

„Bereust du es, in sein Haus eingetreten zu sein?" Ta-Scherit vermied es, Naunachte anzusehen. Auch ihr schien diese Verbindung absonderlich, beinahe ein wenig unheimlich. Die Menschen von Pa-Tíme würden wohl weit mehr als ein Jahr brauchen, um sich daran zu gewöhnen.

„Ob ich es bereue?" Naunachte zögerte mit der Antwort. „Nein, das heißt, ich weiß es nicht." Die Heirat wollte sie nicht rückgängig machen, aber sie sehnte sich nach der früheren Nähe zu den Freundinnen.

Beim Tod von Naunachtes Vater war das Mädchen allein zurückgeblieben. Die Mutter ruhte seit langem in einem kleinen Haus für die Ewigkeit am Rand des Gräberfeldes östlich des Dorfes. Sie war eine Verwandte der längst verstorbenen Ziehmutter Ken-her-chepeschefs gewesen, daher hatte der Schreiber sich für das verwaiste Mädchen verantwortlich gefühlt. Er wollte Naunachte wirtschaftlich sichern, und das konnte er am besten, indem er sie heiratete.

Unter den Dorfbewohnern hatte die Vermählung des alten Schreibers großes Erstaunen hervorgerufen. Der knorrige Ken-her-chepeschef und ein Eheweib!

„Zwist und Hader werden sie haben", flüsterte Wabet ihrer Freundin Auti zu, als sie davon erfuhr, „sonst gar nichts."

„Das arme Mädchen!" hatte Auti zugestimmt. „Er wird sie von früh bis spät maßregeln und ihr keine Freude gönnen."

Aber sie hatten sich geirrt. Allen düsteren Vorhersagen zum Trotz behandelte der Schreiber seine junge Frau freundlich. Dafür hatte Naunachte selbst gesorgt, indem sie ihn bereits am ersten Abend für sich gewann. Ken-her-chepeschef hatte sie streng über die Pflichten einer Ehefrau in seinem Hause belehrt und ihr klargemacht, was er von Müßiggang und eitlem Geschwätz hielt.

„Du wirst dieses Haus rein halten und meine Dienerin bei der Zubereitung der Speisen überwachen. Du kannst doch kochen?" Als

Naunachte nickte, fuhr er fort: „Du hast meine Erlaubnis, die Schreine der Ahmes-Nefertari und der Meretseger aufzusuchen, um deine Gebete zu verrichten. Wenn du den Wunsch nach Unterhaltung hast, so darfst du, vorausgesetzt du holst meine Zustimmung ein, eine Freundin aufsuchen. Keinesfalls, hörst du, keinesfalls gestatte ich dir, Besuch zu empfangen. Mein Haus ist eine Stätte der Beschaulichkeit und der ruhigen geistigen Arbeit. Ich werde kein läppisches Geschwätz von Weibern, kein Kichern und Gackern von Mädchen, die noch halbe Kinder sind, hier dulden. Außerdem verbiete ich dir strengstens, mit jungen Männern zu schäkern." Er hielt einen Augenblick inne, aber Naunachte sagte nichts. Sie sah ihn nur ruhig an. „Darüber hinaus erwarte ich, daß du mir die Verwaltung deines Erbes überträgst. Sollte ich dich je dabei erwischen, daß du dich an meinen Papyri zu schaffen machst, werfe ich dich hinaus." Er starrte ihr in die Augen. „Bist du dir nun über deine Rechte und Pflichten als meine Ehefrau im klaren?"

Naunachte hielt seinem Blick stand. „Über meine Pflichten, ja, Ehrwürdiger", gab sie zurück. „Beabsichtigst du, mich zu züchtigen, wenn ich etwas falsch mache?"

„Nein. Es sei denn, du zwingst mich dazu."

„Gut." Naunachte erhob sich und trat vor Ken-her-chepeschef hin. „Du bist ein weiser Mann, mein Gemahl, und ich bin nur eine zwölfjährige Frau. Ich habe große Achtung vor dir, ich fürchte mich sogar ein wenig vor dir. Aber ich weiß eines doch, obwohl die Zahl meiner Sommer noch nicht groß ist. Ich bin eine freie Frau im Lande Pharaos. Ich will nach den Regeln der *Ma'at* leben und dir eine gute Gattin sein. Weder bin ich ein Kind noch eine Sklavin! Und ich bin nicht dumm! Ja, ich will Gespräche führen. Vielleicht manchmal mit einer Freundin. Vor allem aber mit dir!"

Ken-her-chepeschef war so erschüttert über diese Antwort, daß ihm die Worte auf der Zunge erstarben.

„Ich will wissen, was du denkst", fuhr sie fort, „und ich will lernen, was du weißt. Ich kenne die Welt nicht, Ken-her-chepeschef, und du bist klug. Vielleicht ist es richtig, daß du mir befiehlst. Ich aber will dich bitten: Erkläre mir, was ich noch nicht weiß, weise mir den

Weg, wenn ich in die Irre gehe, aber vor allem: Achte mich! Denn ich bin eine freie Frau im Lande Pharaos."

Um Ken-her-chepeschefs Mundwinkel zuckte es. „Diesen Satz betonst du sehr!"

„Weil er wahr ist, und weil ich stolz darauf bin."

„Stolz?"

„Ja, Ehrwürdiger! Es ist gut, frei zu sein."

„Unfug! *Zu bedauern ist der Freie, denn er hat niemanden, der für ihn sorgt.*"

„Das meine ich doch nicht! Freiheit bedeutet, sein Herz zu kennen, ihm folgen zu können. Der Gott legt die guten Gedanken in das Herz desjenigen, den er liebt."

Ken-her-chepeschef konnte kaum glauben, was er da hörte. Solche Worte hätte er von Anup-em-hab erwartet, allenfalls noch von Neferhotep, aber niemals von einer kaum herangewachsenen jungen Frau, einer Frau wohlgemerkt, die keinerlei Bildung aufweisen konnte. „Hat dir jemand aus irgendwelchen Schriften vorgelesen?" fragte er.

„Nein. Dies sind Sätze, die du selbst gesprochen hast. Einst belauschte ich ein Gespräch zwischen dir und meinem Vater. Ich bewunderte die Weisheit deiner Worte und beschloß, selbst nachzudenken."

Zufrieden hörte der Schreiber, daß seine Erkenntnisse Eindruck hinterließen. „Aber geistige Arbeit bedarf der Nahrung!"

„Anup-em-hab war so freundlich, gelegentlich meine Fragen zu beantworten. Schließlich will ich wissen, warum ich hier bin und welches mein Platz in der Welt ist."

„Aber …", Ken-her-chepeschef gelang es nicht, seine Verwunderung zu verbergen. „Du bist eine Frau!"

„Und? Ich bin nicht irgendeine …"

„Ich weiß, ich weiß!" unterbrach er sie schmunzelnd. „Du bist eine freie Frau im Lande Pharaos!"

Eine kurze Pause entstand.

„Du hast mir aufgezählt", sagte Naunachte endlich, „was du von mir erwartest. Ich werde dir keine Schande machen und auch deine

Ruhe will ich achten. Aber ich glaube nicht, daß ich dich um Erlaubnis bitten muß, wenn ich einen Besuch mache. Selbstverständlich nachdem ich für deine Bedürfnisse gesorgt habe. Deine Schriften lasse ich in Ruhe, es sei denn, du zeigst sie mir. Berate mich, was ich mit dem Ererbten anfangen soll. Verwalten werde ich es selbst. Eine große Bitte habe ich allerdings noch!"

„Welche Bitte?" Ken-her-chepeschef war so verblüfft über das ruhige Selbstbewußtsein in Naunachtes Worten, daß er vergaß, sich über die Selbstverständlichkeit zu erbosen, mit der dieses junge Ding die Entscheidung über sein Vermögen für sich beanspruchte.

„Ich will lesen und schreiben lernen. Bitte lehre es mich."

Dieses Ansinnen hatte der Schreiber zunächst abgelehnt, seine Meinung aber nach wenigen Zehntagen geändert. Bei den Gesprächen mit seiner jungen Frau, die rasch an Häufigkeit zunahmen, bedauerte er es bald, ihr keine Papyri zeigen zu können.

„Er läßt mich an seinem Wissen teilhaben", sagte Naunachte nun zu Ta-Scherit. „Bei keinem anderen Mann hätte ich all das lernen können, was er mir beibringt."

„Wie geht es dir inzwischen mit den Zeichen?"

„Ich kann schon flüssig lesen. Mit dem Schreiben hapert es noch. Ich müßte noch mehr üben. Und was ist mit dir?"

Ta-Scherit zuckte die Schultern. „Es geht langsam voran. Viel zu langsam, finde ich. Aber mir bleibt so wenig Zeit. Manchmal wünschte ich, meine Mutter wäre nicht ganz so fruchtbar."

„Es ist nicht ungewöhnlich für eine Ehefrau, ständig in Hoffnung zu sein."

„Sie hat jetzt neun Geburten hinter sich und seit der vorletzten, bei der das Kleine gestorben ist, kennt sie keine Freude mehr. Ich habe sie seitdem kein einziges Mal mehr lächeln sehen. Sie weint viel."

„Eure Familie ist nicht zu beneiden!"

Ta-Scherit nickte. „Manchmal kann ich meinen Vater verstehen. Wenn er daheim ist, läßt er sich vollaufen. Anders ist die Stimmung nicht zu ertragen, sagt er."

„Du wirst bald zwölf, Ta-Scherit. Wenn du heiratest, könntest du fort."

„Das sagt sich so leicht. Was soll meine Mutter dann anfangen? Sie schafft die Arbeit nicht ohne mich."

„Wo bleibt ihr denn?" rief Heria, die um die Ecke des Hauses blickte. „Das Wasser fließt nicht von allein zu den Häusern!"

„Wir kommen schon!" Ta-Scherit und Naunachte ergriffen ihre Krüge und traten zu der kleinen Karawane. Etwa zehn Träger gossen Wasser in die bereitgestellten Eimer, während andere das Wasserbecken füllten. Einer nach dem anderen schritt an Schreiber Anup-em-hab vorbei, der die Kübel zählte und sorgsam mit Datum, dem Namen des Trägers und des Empfängers aufschrieb.

Unterdessen begutachteten die Frauen eine Ladung Kleider und Matten, die auf Anordnung des Schatzhauses aus den Werkstätten des Opet-Tempels von Waset geliefert worden war.

„Ta-Scherit! Möge Ra dich segnen!"

„Ach, du bist es! Es ist gut, dich zu sehen!" Ta-Scherit beschattete ihre Augen und sah Irinefer entgegen, der mit Ubechets alter Dienerin Renu den Weg vom Tor heraufkam. „Ich komme gleich nach", sagte sie zu Naunachte. Die nickte, winkte Renu und ging zu den anderen Frauen hinüber.

Irinefer stellte die beiden leeren Eimer ab und wischte sich die Stirn. „Wir sind fast fertig mit den Vorbereitungen für das Schöne Fest vom Wüstental. Neferhoteps Altäre sind aufgebaut, und die Getränke lagern im Keller."

„Dann hast du morgen nichts mehr zu tun?" spöttelte Ta-Scherit. „Und kannst auf der faulen Haut liegen?"

„Ich werde meinem Herzen erlauben, dem Schlummer zu folgen!" gab Irinefer im selben Tonfall zurück. „Aber erst nachdem ich ungefähr fünfhundert Gebinde aus Blumen und Ähren geflochten und die Schreine von halb Pa Cher damit geschmückt habe."

„Du Bedauernswerter! Wie gut, daß ich dagegen kaum etwas zu tun habe. Bloß Mutters unablässig brüllende Säuglinge muß ich versorgen, während ich Wagenladungen von Broten backe und die Brandopferschalen anrichte."

Irinefer warf den Kopf zurück und lachte. Wieder dachte Ta-Scherit, daß er zum schönsten jungen Mann im Dorf herangewachsen war. Von schlanker, hoher Gestalt, glich er eher einem Beamten als einem schlichten Diener. Seine Hände sahen aus wie die eines Schreibers, schmal, mit langen, beinahe zarten Fingern. Schmal war auch sein Gesicht; eine hohe Stirn wölbte sich über kräftigen Brauen und pechschwarzen Augen. Sein Blick verschleierte sich oft in einem Ausdruck von Abwesenheit, den Vorarbeiter Neferhotep für unaufmerksam und zerstreut hielt. Die Mädchen im Dorf dagegen dachten, er sei voller Rätsel, und tuschelten freudig über mögliche düstere Geheimnisse. Nur im Gespräch mit Ta-Scherit oder seinem Freund Hesisunebef blitzten Irinefers Augen fröhlich oder, wie jetzt, in gutmütigem Spott.

„Wir werden erst nach den Feierlichkeiten weiterlesen, nicht wahr?" mutmaßte Ta-Scherit.

„Ich fürchte, ja." Irinefer rieb sich gedankenvoll das Kinn, das er seit einiger Zeit regelmäßig mit dem Bartschaber bearbeiten mußte. „Aber ich habe eine Überraschung! Wir können mit etwas Neuem beginnen."

„Was hast du diesmal?"

„Schreiber Anup-em-hab war sehr gütig. Er hat mir eine Abschrift der *Geschichte des Sinuhe* gegeben."

Seit drei Jahren wußte der Schreiber von den heimlichen Unterrichtsstunden, die Irinefer dem Mädchen erteilte. Er hatte die beiden eines Abends im Gräberfeld dabei beobachtet, wie sie mit dem Finger in den sandigen Boden Zeichen malten. Irinefers Erklärungen und Verbesserungen konnten keinen Zweifel daran lassen, was da vor sich ging. Auch nach längerem Nachdenken konnte er nichts finden, was gegen diese Beschäftigung sprach. Sie fand ohnehin selten genug statt, denn weder Neferhoteps *Bak* noch das Mädchen hatten viel freie Zeit.

Als Ta-Scherit ihn an jenem Abend bat, niemandem zu verraten, daß sie sich mit den Zeichen beschäftigte, am wenigsten ihrem Vater, versprach Anup-em-hab nicht nur, Stillschweigen zu bewahren, sondern bot ihr Schriften zum Lesen an. Gelegentlich hatte er ihr sogar ein kostbares Blatt Papyrus zukommen lassen.

„Den *Sinuhe* wollte ich schon lange lesen", sagte Ta-Scherit. „Hoffentlich kann ich an einem der Abende aus dem Haus."

„Könnte dich nicht deine Schwester vertreten? Manchmal wenigstens?"

„Seit Pa-Anuket Zähne bekommt, hat Hemet-Maura keinen ruhigen Augenblick mehr. Scherit-Ra ist erst fünf, sie ist noch keine Hilfe. Ich muß für alle kochen und waschen. Mutter näht und stillt Ta-Neferet."

„Man kann so selten das tun, was einem wirklich am Herzen liegt", sagte Irinefer nachdenklich. „Manchmal glaube ich, daß sich die Wünsche der Menschen nicht oft erfüllen."

„Wie meinst du das?"

„Du würdest gern als Schreiberin arbeiten, was nie möglich sein wird. Ich wollte einmal ein großer Priester werden. Das war ein kindischer Wunschtraum. Heute täte ich nichts lieber, als in der Kolonne zu malen, aber wie wahrscheinlich das ist, hat mir dein Bruder unmißverständlich klargemacht."

„Apachte ist ein herzloser Geselle!"

Im Lauf der Zeit war Ta-Scherits Zuneigung zu ihrem ältesten Bruder fast ganz verschwunden. Apachte arbeitete in Neferhoteps Kolonne, sehr zum Leidwesen der übrigen Handwerker, denn er war mürrisch und streitlustig. Dazu trug bei, daß er vom Vorarbeiter und auch von Paneb sehr streng behandelt wurde. Anders konnte man ihn nicht in Schranken halten. Während des Arbeitszehntages drangsalierte er daher um so grausamer seinen kleinen Bruder Nebmehit, nunmehr der jüngste Lehrling in der Kolonne, der sich nicht zu wehren verstand. Am Zehntagsende in Pa-Tíme zettelte Apachte oft Schlägereien an und legte, ganz wie sein Vater, einen deutlichen Hang zum Bier an den Tag. Unter den jungen Frauen des Dorfes verbreitete er eine eigentümliche Mischung aus Neugier, Schrecken, Spannung und hitziger Empörung. Er wurde als große Gefahr für die Unschuld der jugendlichen Dorfbewohnerinnen angesehen, womit die besorgten Mütter nicht ganz unrecht hatten.

Irinefer aber war dem ungebärdigen Jüngling ein Dorn im Auge geblieben. Als im Dorf bekannt wurde, wie genau Neferhoteps *Bak* zu zeichnen verstand, wie deutlich in seinen Bildern das Wesentliche zum Ausdruck kam, begann der Vorarbeiter zu grübeln, ob er eine solche Begabung brachliegen lassen durfte. Wutschnaubend hatte Apachte erklärt, er gedächte, den Sklaven aus Amurru mit einem Fußtritt in das Land des Westens zu befördern, wenn er ihn auch nur ein einziges Mal in einem Grab am Großen Platz der Wahrheit erblickte. Nach einer kurzen Unterredung mit Paneb hatte dieser den Vormann wissen lassen, die Kolonne lehne es geschlossen ab, einen asiatischen Sklaven in der Mannschaft auch nur in Erwägung zu ziehen.

„Wenigstens haben wir die Lesestunden!" seufzte Irinefer.

„Damit geht es uns schon gut", bemerkte Ta-Scherit. „Anup-em-hab ist auf unserer Seite."

„Und Neferhotep! Er hat nie etwas gesagt, aber ich glaube, er weiß Bescheid. Das meint auch Hesisunebef."

„Wirst du dich Hesi bei der Erwartung der Gottesbarke anschließen?"

Hesisunebef führte in diesem Jahr die Gruppe der jungen Männer, die sich bei Beginn des Talfestes im Morgengrauen hoch über der Ebene in den Felsen des Hathorgebirges versammelten. Zusammen mit Priestern der Totentempel würden sie den Sonnenaufgang erwarten und sich auf die Ankunft des Gottes Amun in der Totenstadt vorbereiten.

„Er hat es mir erlaubt", erwiderte der junge Mann.

„Ich habe mir gedacht", sagte Ta-Scherit zögernd, „vielleicht könnten wir ... ich meine, wenn du deine Gebete ein wenig abkürzt ..."

„... schon ein kleines Kapitel des *Sinuhe* lesen, bevor der Trubel losgeht?" ergänzte Irinefer lächelnd. „Glaubst du denn, du könntest aus dem Haus?"

„Sofern sie alle schlafen, wird es gehen. Wir könnten uns irgendwo zwischen den Felsen verstecken und dann lesen. Bringst du eine kleine Fackel mit? Oh, es wird aufregend!"

Es war jetzt schon aufregend. Irinefer spürte es und erkannte, daß sie es auch fühlte.

„Iri?"

Ta-Scherit legte ihm die Hand auf den Unterarm, und er zuckte kaum merklich zusammen.

„Ja?"

„Es ist doch nicht falsch, was wir tun, nicht wahr?"

„Ich glaube nicht. Hoffentlich nicht." Er sah dem Mädchen ins Gesicht und wußte, daß etwas begonnen hatte, sich zu verändern.

„Ich freue mich darauf", sagte er leise. Seine Stimme schwankte ein wenig, und er räusperte sich.

„Gib gut auf dich acht!" sagte sie. „Auch Apachte wird dort oben sein!"

„Wann ist dir der Befehl zugegangen? Du hast doch schon länger davon gewußt!" Der riesenhafte Steinmetz Rahotep starrte auf Paneb, den er um Haupteslänge überragte. Seine Augen funkelten drohend im flackernden Licht des Öllämpchens, das den Raum nur schwach erhellte. „Ich habe dir bis jetzt jedesmal geholfen, wenn du in die Dunkelheit eines Grabes gingst. Ich habe das Recht, mitzuplanen."

„Mann, mir kommen die Tränen!" knurrte Paneb. „Du hilfst mir, mag sein! Aber nicht aus Menschenfreundlichkeit, sondern weil du gut daran verdienst! Sehr gut sogar! Deine Grabstätte sieht mittlerweile aus wie die eines Großen! Die Leute im Dorf fangen schon an zu munkeln."

„Sollen sie doch!" Rahotep zuckte die Schultern. „Ist mir wie Wasser!"

„Das muß dich aber bekümmern! Wir müssen vorsichtig sein! Vergiß nicht, in wessen Auftrag wir handeln! Zu deiner Frage: Es war während des Begräbnisses von Osiris Merenptah, als er mir ankündigte, ich hätte in Kürze einen neuen Auftrag zu gewärtigen."

„Du weißt es seit mehr als einem Mondumlauf? Das ist ungeheuerlich. Ich sollte dir die Freundschaft aufkündigen!"

„Als ob es so wichtig wäre, wann du es erfährst! Wir hätten ohnehin nicht früher handeln können. Du weißt doch selbst, was hier in letzter Zeit los war! Die Grablegung, die vielen Opfer, Umzüge und die zahllosen Besuche der obersten Beamten, die glaubten, sich um jede Kleinigkeit kümmern zu müssen. Am liebsten hätten sie auch noch untersucht, ob wir alle in die richtige Himmelsrichtung furzen, verdammt noch mal!"

„Und dennoch hättest du mit mir reden müssen!"

„Beim Verborgenen selber! Wie bist du starrsinnig!" Paneb ging zur Tür der Hütte. Kräfte wie ein Löwe besaß Rahotep, aber den Verstand einer Wüstenmaus! „Gut, das nächste Mal werde ich eher mit dir reden. Bitte entschuldige!"

Es hatte keinen Sinn, den Mann zu verärgern. Einen besseren Helfer konnte er sich nicht wünschen. Rahotep war verschwiegen, leicht zu lenken und stark. Außerdem verfügte er über beste Beziehungen zu Ken-her-chepeschef. Er hatte den alten Schreiber bisher noch immer dazu gebracht, die Begründung für Abwesenheitsvermerke auf den Listen nicht genau zu überprüfen. Paneb wußte, daß Rahotep dem Schreiber als Gegenleistung über einen mit ihm befreundeten Unterbeamten in den Lagern für Schriftrollen alte, der Öffentlichkeit nicht zugängliche Papyri verschaffte, die Ken-her-chepeschef untersuchte und dann wieder zurückgab. Oder auch nicht. Vielleicht ließ Rahotep sogar manchmal eine Schrift aus einem Grab mitgehen. Paneb sah absichtlich nicht genau hin.

Er spähte hinaus und vergewisserte sich, daß sich keiner der Arbeiter in der Nähe befand und das Gespräch mithören konnte. Niemand war zu sehen. Die meisten Handwerker waren schon am Nachmittag nach Pa-Tíme zurückgekehrt, um bei den letzten Vorbereitungen für das Große Fest vom Wüstental dabeizusein. Nur eine kleine Gruppe von sechs Männern jeder Kolonne ordnete noch die Gerätschaften in den Hütten oberhalb des Großen Platzes der Wahrheit.

„Aber wie soll es geschehen?" fragte Rahotep drängend. „Und vor allem wann?"

Paneb schloß die Tür. „Während der nächsten Tage. Außerdem müssen wir das Gold verbergen. Der Wesir Amenmesses, dieses

Krokodil Imenmose, fordert die Übergabe erst dann, wenn er sich wieder nach Buhen eingeschifft hat. Das ist erst in etwa drei Tagen der Fall."

„Falls etwas schiefgeht, will er schon weit weg sein!" sagte Rahotep unbehaglich. „Keine Verbindung zwischen ihm und uns könnte nachgewiesen werden."

Paneb antwortete nicht. Ihm war auch nicht wohl zumute. Er hätte alles dafür gegeben, die unselige Verbindung zum Königssohn von Kusch wieder lösen zu können. Aber das war unmöglich. Er lebte im Staub zu dessen Füßen, wie Amenmesse es einst vorausgesagt hatte, und das auch nur deshalb, weil er jeden Auftrag sofort und ohne zu murren ausführte. Fünfmal hatte Amenmesse in den vergangenen vier Jahren seine Dienste in Anspruch genommen. Fünfmal Lügen, Betrug, Heimlichkeit, fünfmal schiere Todesangst. Im Auftrag Amenmesses in ein Grab einzudringen war etwas ganz anderes, als es allein, sozusagen in eigener Verantwortung zu tun. Bei früheren Grabräubereien hatte er sich mit niemandem besprechen müssen; er wartete einfach die beste Gelegenheit ab. Der entscheidende Punkt aber war, daß er niemals viel gestohlen hatte. Er hatte nur kleine Mengen an wertvollem Geschirr und Goldschmuck mitgenommen, Mengen, die, wie er hoffte, der Verstorbene nicht vermissen würde. Sein quälend schlechtes Gewissen pflegte er zu beruhigen, indem er stets frische Speise für den Toten brachte, Gebete sprach und kleine Zettel mit Opferformeln zurückließ.

Als vor zehn Jahren Osiris User-Ma'at-Ra Ramses zur ewigen Ruhe gebettet worden war, hatte Paneb zum ersten Mal mit der Versuchung gekämpft, sich an den unermeßlichen Schätzen zu bereichern. Er kannte das Grab des verstorbenen Königs wie sein eigenes Haus, hatte er doch viele Jahre darin gearbeitet. Ebenso vertraut waren ihm die weitläufigen unterirdischen Hallen am Eingang des Gräbertales, wo viele der Söhne des Königs ihre letzte Wohnung bezogen hatten. Mit seinen eigenen Händen hatte er die Gänge in den Fels getrieben, die ins Nichts führten, die sorgsam verborgenen Fallen eingemörtelt und die Abgründe ausgehauen, die jeden Frevler wider die heilige Stätte verschlingen sollten. Es fiel ihm schwer, dieses Wissen nicht für sich anzuwenden. Immer wenn ein Mitglied der königlichen Familie oder ein hoher Würdenträger starb, brachten Züge mit schwerbeladenen Eseln Grabbeigaben über gewundene Wege zu den Gräbern. Priester, gefolgt von waffenstarrenden Medjau, begleiteten das Gold, das Silber und die Edelsteine, die Truhen mit Elfenbein und Lapislazuli für das Leben im Land des Westens.

Jahrelang hatte Paneb gegen die Goldgier gekämpft und schließlich verloren. Es war so leicht gewesen, kleine Vorbereitungen nebenbei zu treffen. Niemand hatte bemerkt, wie er einzelne Steinblöcke nur oberflächlich vermörtelte oder Spalten durch Geröllhaufen verbarg. Er hatte die Platten mit Siegelabdrücken gelockert, so daß er sie jederzeit wieder ablösen konnte.

„Wie lauten die Anweisungen? Jetzt rede schon!" Rahotep verlor langsam die Geduld. „Ich will wissen, woran ich bin!"

„Der Prinz verlangt, Imenmose solle unsere Gaben binnen eines Zehntages nach Ta Seti verschiffen."

„Binnen eines einzigen Zehntages? Hat er den Verstand verloren? Wie soll das möglich sein?"

„Beruhige dich!" Paneb entzündete ein weiteres Öllämpchen. Wesentlich heller wurde der Raum dadurch nicht. „Ich habe mir alles zurechtgelegt. Ich weiß, wie wir vorgehen."

„Ich wäre dir sehr verbunden", zischte Rahotep, „wenn du mir das Ergebnis deiner Überlegungen mitteiltest."

„Das Schöne Fest vom Wüstental!" Paneb ging ungerührt über die Gereiztheit des anderen hinweg. „Eine bessere Gelegenheit gibt es nicht! Wir sind bei allen Umzügen tagsüber dabei, jeder sieht uns. Ich trinke viel, das erwartet man von mir. Beim abendlichen Schmausen im Friedhof wird jeder froh sein, wenn ich mich schlafen lege."

Rahotep nickte. In der Tat würden alle erleichtert sein. Stockbetrunken hatte Paneb im vergangenen Jahr in seiner Familiengrabstätte gelärmt und getobt. Als er schließlich brüllend auf seine Frau losgegangen war, mußte er von mehreren Männern niedergeschlagen und nach Hause geschleift werden. Wabet hatte mit ihren älteren Kindern und den Großen des Dorfes am folgenden Tag die heiligen Opferhandlungen vollzogen, um die Geister ihrer verstorbenen Verwandten wieder zu versöhnen. Das Gespräch, das Vorarbeiter Neferhotep und Schreiber Ken-her-chepeschef mit Paneb geführt hatten, sobald der aus seinem Rausch erwacht war, hatte ihn immerhin dazu veranlaßt, mehrere Zehntage lang keinen Krug mehr anzurühren.

„Und du", fuhr Paneb fort, „du bringst mich nach Hause, denn ich werde nicht mehr ganz sicher auf den Beinen stehen."

„Das könnte gehen. Welches Grab werden wir aufsuchen?"

„Men-cheperu-Ra. Die Wohnung des Osiris Thutmosis. Von dort gelangen wir rasch auf den Pfad nach Djeser Djeseru. Es gibt da eine kleine Höhle am Wegesrand, wo wir die Säcke einstweilen verstecken können."

„Wann werden wir sie wieder los?"

„Am dreißigsten dieses Monats. In fünf Tagen also. Auf der Nilinsel wird ein Kutter mit Imenmose an Bord auf uns warten. Wir schaffen die Sachen bei Dunkelheit an den Fluß hinunter. In den nächsten Tagen vertäuen wir dort ein kleines Boot. Dann brauchen wir nur noch hinüberzurudern."

Rahotep schwieg eine Weile. „Das gefällt mir alles nicht", sagte er endlich. „Wir schweben in großer Gefahr."

„Keiner kennt das Schicksal, das vor ihm liegt! Plage dich nicht mit düsteren Ahnungen, sie lähmen nur deine Tatkraft!" Paneb legte eine Zuversicht in seine Worte, die er nicht fühlte.

Rahotep ging kopfschüttelnd auf und ab. „Wofür braucht er das Gold? Früher herrschten die Königssöhne von Kusch auch ohne Raubgut aus Gräbern!"

„Ich weiß es nicht. Aber ich sage dir, etwas stimmt nicht im Zweifachen Land! Es ist nicht gut, wenn Vater und Sohn nicht miteinander sprechen."

„Du meinst ..."

„Erinnerst du dich an das Begräbnis von Osiris Merenptah? Unser Guter Gott Sethos, Leben, Heil, Gesundheit, schritt mit zusammengepreßten Lippen neben dem Königssohn von Kusch einher, ohne ihm ein Wort oder auch nur einen Blick zu gönnen."

Rahotep starrte Paneb an. Es dauerte eine Weile, bis ihm aufging, was das bedeutete. „Es kann also sein", flüsterte er, „daß wir nicht nur gegen die verstorbenen Götter freveln, sondern auch gegen den lebenden Horus?"

„Jetzt kommst du, jetzt, da ich fast fertig bin!" Hunurs Mutter Iset blickte ihrer Tochter entgegen, die eilig den Weg vom Tempel der Göttin Ahmes-Nefertari heraufgelaufen kam.

„Verzeih mir, Mutter, aber ich kann nichts dafür. Der Gesang für den Gott will geübt sein, und heute war die letzte Gelegenheit!"

„Sechs Stunden! Weißt du, was das für mich bedeutet? Ich habe drei Altäre vor den *Inbut* ganz allein vorbereiten müssen. Und nun noch diesen Schrein! Vom Kochen ganz zu schweigen!"

„Ich eile, Mutter! Ich werde doppelt schnell arbeiten, du wirst schon sehen!"

„Wofür hat man eine Tochter, wenn man alles selbst machen muß!" Isets Worte klangen gereizt, aber Hunur wußte, daß sie es nicht böse meinte. Sie war nur überarbeitet.

„Schau, Mutter, hätte ich schon geheiratet, wie du es immer wolltest, dann könnte ich dir noch weniger helfen!"

„Ach, Hunur!" Iset stemmte die Hände in die Hüften. „Das wäre etwas ganz anderes! So viele Jünglinge haben bei deinem Vater und mir vorgesprochen. Aber all die Jahre warst du bockig und hast dich auf dieses Kind versteift!"

„Hesisunebef ist kein Kind mehr. Er zählt fünfzehn Jahre!"

„Das sind fast fünf Jahre weniger als du! Du wirst alt und dein Schoß war noch nicht fruchtbar! Meine Arme verlangen danach, das Kind meiner Tochter zu halten."

„Aber ich will Hesisunebef. Und ich bekomme ihn. Dann wird sich dein Wunsch erfüllen."

Iset musterte ihre Tochter schweigend. Feine Schweißtröpfchen perlten auf der Stirn der jungen Frau, und die Schatten unter den hohen Wangenknochen ließen Hunurs Gesicht sehr schmal aussehen. Wie ruhig und selbstbewußt sie war! In stillen Stunden beneidete Iset ihre Tochter. Nie hätte sie selbst es gewagt, sich den Wünschen ihrer Eltern zu widersetzen. Unvorstellbar, daß sie es sich erlaubt hätte, so entschlossen eine Wahl zu treffen und gegen alle Widerstände daran festzuhalten. Ihre Hunur war eine starke Frau. Ein Lächeln stahl sich auf ihr Gesicht. „Du liebst ihn sehr, nicht wahr?"

„Ja", sagte Hunur. „Mehr als alles sonst auf der Welt."

„So soll es mir recht sein", seufzte die Mutter. „Ich habe mir immer gewünscht, daß du den bekommst, den du haben willst. Gehe ins Dorf und backe das Brot für morgen. Es ist nicht mehr genug Mehl da, du mußt also noch etwas Getreide mahlen."

„Gern!" Hunur strahlte. „Danke!" Sie winkte und eilte fort.

Iset nahm einen Arm voll Getreidegarben und band sie in das Gestell neben dem Altar. Der kleine Opfertisch bildete den Mittelpunkt des Schreins, an dem Amun-Ra in Gestalt seines Standbildes vorüberkommen und der Pharao ein Gebet sprechen würde. Von hier aus würden die buntgeschmückten Wagen weiter auf der schnurgeraden Straße in das Tal Djeseret ziehen, und die Menschen würden dem großen Gott folgen. Iset trat zurück und begutachtete die Anordnung. Wahrhaftig, dies war ein Werk, auf das sie stolz sein durfte! Das Leben war schön. ‚Sie folgt ihrem Herzen', dachte sie, denn sie konnte nicht aufhören, sich mit Hunur zu beschäftigen. ‚Sie tut das Richtige, denn keiner kennt die Länge seiner Lebenszeit. Sie ist zufrieden.'

Tatsächlich war Hunur mehr als zufrieden, sie war glücklich. Endlich hatte sie ihr Ziel erreicht. Wo mochte Hesisunebef jetzt sein? Wahrscheinlich ging er dem Vorarbeiter zur Hand, der mit einer der Anlegestellen vor den Totentempeln beschäftigt war. ‚Einige Stunden mehr oder weniger zählen nicht', dachte sie und winkte zu einem Trupp Medjau hinüber, die bunte Wimpel an Feldzeichen befestigten.

Neben einem Weihestein, der dem Gott Upuaut, dem Wegeöffner, geweiht war, blieb sie stehen. Sie hatte laute Stimmen gehört. In einiger Entfernung entdeckte sie eine kleine Gruppe von Männern, die den Weg aus dem Tal von Djeseret heraufkamen. Aus der Eile, mit der sie unterwegs waren, schloß sie, daß sich irgend etwas zugetragen haben mußte.

„Hunur!" ertönte eine wohlvertraute Stimme. „Wie gut, dich zu treffen! Du mußt uns helfen."

Sie erkannte den Vorarbeiter Neferhotep. Dahinter folgte sein alter Freund Hehnechu mit seinem Sohn Pasched. Sie lief den Männern entgegen. „Was ist geschehen?"

„Ein Unfall!" Neferhotep nickte ihr zu. „Ein recht übler sogar!"

Einen Lidschlag lang wurde ihr ganz schwach vor Angst. Hesisunebef? Doch nicht Hesisunebef!

„Es betrifft Rahotep!" hörte sie dann, und die Heftigkeit ihrer Erleichterung verursachte ihr sofort ein schlechtes Gewissen.

„Er hat sich das Bein gebrochen", berichtete Pasched. „Als wir die Fahnenstangen an den Rampen am Tempel von Djeser Djeseru befestigten, brach ein Gerüst zusammen, und Teile davon trafen Rahotep am Bein. Ein offener Bruch! Der arme Kerl ist halb wahnsinnig vor Schmerzen."

„Wir besorgen eine Trage", warf Hehnechu ein. „Könntest du irgend etwas Schmerzstillendes bei Sasemit holen?"

„Selbstverständlich!" rief Hunur. „Ich beeile mich!"

Tiefschwarze Schatten hingen zwischen den Felsen, nur ein schwacher grauer Streifen am östlichen Himmel ließ den Morgen ahnen. Der Mond war bereits verschwunden, aber noch flimmerte hier und da ein Stern über dem Hathorgebirge. Die Luft war kühl, so daß Irinefer und Hesisunebef fröstelnd ihre Wolldecken enger um sich zogen. Sie saßen mit dem Rücken an einen Felsen gelehnt und hatten die Augen geschlossen. Noch war es zu dunkel, als daß sie etwas in der Ebene erkennen konnten.

Neben ihnen dösten andere junge Männer aus Pa-Tíme, darunter Apachte mit seinem Bruder Nebmehit und der junge Kasa. Hoch über allen thronte Apachtes Freund Kab-nefer-Ra auf einem Hügel und beobachtete die Schar der Priester, die sich zum Gebet versammelten.

„Wie geht es Rahotep?" fragte Hesisunebef und sah Apachte dabei an. Der zuckte die Achseln.

„Nicht besonders gut, glaube ich. Er liegt in seinem Haus und stöhnt vor Schmerzen. Es hat ihn böse erwischt."

„Er kann am Fest nicht teilnehmen", warf Kasa ein. „Er ist zu bedauern."

Zustimmendes Murmeln folgte. Das Schöne Fest vom Wüstental zu versäumen war ein trauriges Los. Rahotep würde Amun nicht schauen, nicht dabeisein, wenn der oberste Gott leibhaftig in die Totenstadt kam. Der Höhepunkt des Jahres würde ohne ihn vorübergehen.

„Ich habe seine Gebetstäfelchen dabei", erklärte Apachte. „Er hat mich darum gebeten."

Irinefer warf ihm einen Blick zu. So unausstehlich Apachte oft war, bei den großen Götterfesten legte er dieselbe Frömmigkeit an den Tag wie alle anderen.

„Ken-her-chepeschef hat mir für dieses Jahr ein ganz neues Gebet geschrieben", sagte Kasa. „Amun wird mich hören."

„Ein neues Gebet?" Apachtes Tonfall triefte vor Spott. „He, du möchtest wohl ein Mädchen?"

„Und wenn es so wäre?" Kasa ließ sich nicht aus der Ruhe bringen. „Nicht jeder hat so viel Glück wie Hesisunebef!"

„Du meinst, weil die leider schon etwas ältliche ..."

„Schweig!" unterbrach Hesisunebef. „Nicht heute! Einmal im Jahr solltest du deine Bosheiten hinunterschlucken!"

Apachte sprach nicht weiter. Er spähte über die Ebene, als ginge ihn das alles nichts an.

„Siehst du schon etwas?" fragte Kasa.

Der andere schüttelte den Kopf. „Es dauert aber nicht mehr lange, bis Ra am östlichen Himmel erscheint. Wir können uns auf den Weg machen."

„Sie sind aber noch nicht fertig!" rief Kab-nefer-Ra von seinem Aussichtsplatz herunter und wies auf die Gruppe von Priestern, die leise Weihelieder sangen.

Apachte klopfte sich den Staub von seinem Schurz. „Ich gehe trotzdem. Kommt jemand mit?"

Hesisunebef beugte sich zu Irinefer hinüber. „Besser kann es nicht kommen!" flüsterte er ihm zu. „Du hast Glück! Warte noch ein wenig, bevor du verschwindest."

Kab-nefer-Ra sprang von seinem Felsen herunter. Steine polterten hinter ihm drein. „Ich bin dabei. Es wird langweilig da oben."

Irinefer befestigte seinen Leinenbeutel am Gürtel. Darin befand sich ein Feueranzünder, eine kleine Fackel und der Papyrus mit der *Geschichte des Sinuhe*. Geduldig wartete er, bis alle anderen sich auf dem schmalen Weg an ihm vorbeigedrückt hatten. Wortlos gingen sie einer nach dem anderen über den Bergkamm, der das Tal von Djeseret einfaßte. Irinefer ging ihnen nach, wobei er wie zufällig den Abstand zu ihnen größer werden ließ. Als der Weg schließlich steil nach unten zu den Tempeln abbog, drehte sich Hesisunebef um, hob grüßend die Hand und verschwand um die Felsenbiegung.

Irinefer war allein. Sofort kehrte er um und lief die Strecke zurück, die er gekommen war. Um den verlassenen Andachtsplatz schlug er einen großen Bogen, denn er wollte nicht Gefahr laufen, einem der Priester zu begegnen, die sich dort noch aufhalten mochten. Bald stand er am vereinbarten Treffpunkt, einer flachen, sandigen Mulde im Boden, zur Hälfte überdacht von überhängenden Felsen. Schon oft hatte er mit Ta-Scherit dort gesessen und mit ihr gelesen oder über den Zeichen gebrütet. Er sah sich um. Grauschwarze Schatten trieben zwischen den Felsen, und seine Schritte klangen in der Morgenluft seltsam erstickt. Irinefer schauderte unwillkürlich. Hier war das Gebiet der Toten, und es war sehr gut möglich, daß einige von ihnen bereits über die Hänge schwebten, in Erwartung des Talfestes, das sie noch einmal mit dem Leben verbinden würde. Eilig entzündete er die mitgebrachte Fackel und steckte sie fest zwischen zwei Steine.

Wo blieb Ta-Scherit? Er lehnte sich an den Felsen und wartete. Es beunruhigte ihn, wie stark es ihn drängte, mit ihr zusammenzusein.

„Iri?"

Endlich! Er sprang auf. „Hier bin ich! Ich dachte schon, dir wäre etwas dazwischengekommen!"

„Es war wirklich nicht einfach!" Ta-Scherit lächelte ihn an, und aus einem unerfindlichen Grund wurde ihm das Herz schwer. „Das Kleine wachte auf und begann zu jammern. Aber ich habe Hemet-Maura mit einem Schminkpinsel bestochen. Sie hat das Windelwechseln übernommen. Und du? Hattest du keine Schwierigkeiten?"

Irinefer schüttelte den Kopf. „Es werden genug Menschen an der Anlegestelle sein, wenn die Barken über den Fluß kommen. Niemand wird mich vermissen. Und wenn doch, wird sich Hesisunebef schon das Richtige einfallen lassen."

„Schade, daß wir diese Möglichkeit nicht schon früher erkannt haben. Von nun an nutzen wir den ersten Morgen des Talfestes immer, nicht wahr?"

„Wenn es geht, ja." Er half ihr über einen Felsen, obwohl sie keiner Hilfe bedurfte. „Setz dich neben das Licht." Dann holte er aus seinem Beutel einen Papyrus, rollte ihn auf und zog ihn über einem Stein glatt.

Ta-Scherit beobachtete ihn. „Was für ein langer Text! Das ist der längste, den wir bisher gelesen haben."

„Wir können uns Zeit lassen, sagt Anup-em-hab. Er braucht ihn vorerst nicht." Er ließ sich an Ta-Scherits Seite nieder und hielt den Papyrusbogen in das flackernde Licht der Fackel.

„Der Anfang ist leicht", sagte das Mädchen. „Ich lese dir vor: ‚*Iripat hati-a chetemu bit semer uati iti em ta-u setjiu* ...', schau, das sind lauter Titel: Gebieter, Ortsvorsteher, Herrscher, Einziger Freund, Verwalter in den asiatischen Ländern ... er war ein bedeutender Mann, dieser Sinuhe!" Sie blickte auf. „Ob er wohl auch Amurru verwaltet hat?"

„Ich weiß es nicht", sagte Irinefer kurz. „Es ist mir auch wie Wasser."

„Du magst es nicht, wenn man von Amurru spricht", stellte Ta-Scherit fest. „Ich habe dich noch nie gefragt, warum."

„Du hast gut daran getan."

„Verzeih mir, Iri, ich wußte nicht …" Sie brach ab.

Irinefer biß sich auf die Lippen. „Laß nur! Es ist nichts. Ich möchte nur nicht an Amurru erinnert werden."

„Ich werde nicht mehr davon sprechen", versprach Ta-Scherit. „Laß uns weiterlesen." Sie beugte sich über die Schrift und las langsam, aber flüssig den Anfang der uralten Geschichte des Gefolgsmannes Sinuhe, der dem königlichen Frauenhaus vorgestanden hatte und nach dem Mord am König ins Ausland fliehen mußte, obwohl er keine Schuld trug. Bewegt sprach sie die Worte vom Tod des Pharao, der die Welt vor undenklichen Zeiten auf grausame Art hatte verlassen müssen.

„*Iu chenu em seger, ibu em gemu, ruti werti chetemu, schentit em tep her maset …* Der Palast war in Schweigen, die Herzen in Trauer, die beiden großen Tore waren geschlossen, die Hofleute saßen mit dem Kopf auf den Knien."

Irinefer hatte die Arme um seine Beine geschlungen und beobachtete sie. Unruhige Schatten huschten über ihr Gesicht, und es kam ihm vor, als habe sie noch nie so geheimnisvoll ausgesehen. War ihm schon einmal aufgefallen, wie schön geschwungen die Linie vom Wangenknochen zum Kinn verlief? Er stellte sich vor, wie es wohl wäre, wenn er mit seinen Lippen das Grübchen am Mundwinkel berührte. Allein der Gedanke rief ein Gefühl in seinem Leib hervor, das ihn verwirrte.

„Irinefer! Du hörst mir nicht zu! Du mußt achtgeben, ob ich Fehler mache! Woran denkst du denn?"

„Was? Ich dachte gerade an … an die Festessen in den nächsten Tagen und die Begegnungen mit den Toten, wenn sie mit uns zusammen sind."

Ta-Scherit legte den Papyrus vor sich auf den Boden. „Dies ist das fünfte Talfest seit dem Erdbeben. Es wird ein fröhliches Fest, du wirst schon sehen. Jedes Jahr ist es ein wenig besser geworden."

Viele Familien hatten Angehörige bei dem Unglück verloren und vermißten sie schmerzlich. Obwohl sie beim Schönen Fest vom Wüstental mit ihnen gemeinsam in den Grabstätten schmausten und tranken, wollte sich die richtige Freude in den ersten Jahren nicht einstellen. Alle wußten, daß die Toten anwesend waren, dennoch empfanden sie den Umstand, sie nicht sehen zu können, als besonders schmerzlich.

„Wir sind es den Göttern schuldig", erinnerte Irinefer, „ihnen zu Ehren den Schönen Tag zu feiern. Du wirst wohl kaum ein wenig Zeit erübrigen können?"

„Um mit dir zusammenzusein? Ich glaube, das wird schwierig. Mutter wird mich nicht entbehren können. Vater wird sich wie immer nicht um sie kümmern. Das Trunkensein, das ist unser Kummer. Neferhotep hat ihn schon gewarnt. Ein Auftritt wie letztes Jahr soll sich nicht wiederholen."

„Ich weiß. Er will ihn sogar in die Grabstätte Tos mitnehmen, wenn er dort mit der verstorbenen Familie speist. Auf diese Weise hat er ihn etwas länger unter Aufsicht."

„Der gute To! Und Niu!" Ta-Scherit seufzte. „So lange sind sie nun schon fort. Sie fehlen noch immer, findest du nicht? Nichts ist mehr so geworden, wie es war, bevor all das Schreckliche geschah."

„Ich weiß nicht, wie es vorher war", erinnerte sie Irinefer. „Ich bin damals gerade erst ins Dorf gekommen."

„Richtig, du kannst es nicht wissen. Fröhlich war es, die Menschen waren glücklich."

‚Aber du hast recht', dachte er. ‚Alles hat sich damals verändert. Ich darf nicht einmal während des Talfestes mit meinem Vater speisen. Mein Vater ist nicht einmal mein Vater!'

„Ob es Baket-Ra gutgeht? Wie leben wohl Hutemwija und Mutemwija?"

Er schwieg. So viel Anstrengung hatte es gekostet, seinen Erinnerungen die Macht zu nehmen, ihn zu quälen. Tag für Tag hatte er sich dazu gezwungen, seinen Sinn auf die Gegenwart und nichts anderes zu richten. Er war erfolgreich gewesen. Ganz selten nur noch spürte er die Schwärze in seinem Innern, fühlte die seltsam süße Traurigkeit, die er als Vorboten drückender Einsamkeit und Angst fürchtete. Wenn ihn seine inneren Gespenster überfielen, geschah es meist unerwartet und immer in der Dämmerstunde. Wie in diesem Augenblick.

Unvermittelt drangen die alten Bilder auf ihn ein. ‚Binde mich los, Iri!' schrie Aset wieder, und Bakenptahs Stimme hallte in seinem Kopf: ‚Der Gott ist es, der ruft.' Wieder brandete Wut in ihm auf, daß man ihm diese widersinnige Geschichte von einer verstorbenen Familie aus Amurru aufgezwungen hatte. Oder waren Bakenptah und Aset wirklich nicht seine Eltern? Was war die Wahrheit? Wer hatte ihn belogen? Seine Eltern? Der Priester Nedjem? Bai? „Warum hört es nicht auf?" flüsterte er und preßte die Hände an seine Schläfen.

„Irinefer! Was hast du?" Ta-Scherit kauerte vor ihm auf dem Grund der Mulde und streichelte seine Arme. „Was habe ich gesagt, das dich so aufregt? Ich habe dich noch nie so gesehen!"

„Ich … rege … mich nicht auf", preßte er hervor und wich zurück.

Ta-Scherit starrte ihn an. „Iri! Du weinst ja! Ich will nicht, daß du traurig bist."

„Unsinn!" Er schüttelte den Kopf und wischte sich die Tränen vom Gesicht. „Ich weine nicht!" Dann barg er den Kopf in den Armen. Kleine, harte Schluchzer ließen seine Schultern beben.

Ta-Scherit umschlang ihn und legte die Wange auf seinen Nakken. „Aber ich bin bei dir", murmelte sie. „Ich bin da."

So saßen sie eine Weile, bis er ruhiger wurde. Sacht strich sie ihm übers Haar, er richtete sich auf und zog sie ganz selbstverständlich in die Arme. Sie drückte ihr Gesicht an seinen Hals und dachte, daß es keinen Ort der Welt gäbe, an dem sie jetzt lieber wäre. Staunend bemerkte sie, wie weich sich seine Haut anfühlte, wie gut sie roch, so gut, daß sie nicht anders konnte, als zart die Lippen darauf zu drücken. Das Herz schlug ihr bis zum Hals, als sie hörte, wie Irinefer scharf die Luft einsog. Hastig richtete sie sich auf. „Ich will nicht, daß du traurig bist", wiederholte sie. Ihre Stimme zitterte.

Er sah sie an. Etwas in seinen Augen ließ ihren Atem schneller gehen. „*A-ut ib*", sagte er. „Du bist meine Herzensfreude."

„Und du die meine", antwortete sie. „Du machst mich zur ersten unter den Mädchen." Niemals, dachte sie, würde sie einen schöneren Augenblick erleben, ein wundersameres Gefühl spüren als jetzt, da er sie wieder an sich zog und mit den Lippen ihre Augenlider berührte.

„Ich liebe dich", flüsterte er. „Du Vollkommene, du Gütige!"

„Und ich liebe dich", erwiderte sie. Es war ihr nach Jubeln und Weinen zugleich zumute.

„Ich habe es so gehofft", sagte er, „daß du mich auch gern hast. Immer wieder habe ich darüber nachgedacht. Du hast dich nie darum gekümmert, daß ich nur ein *Bak* bin."

„Meine Hand ist in deiner Hand."

„So wird es immer sein." Irinefer strich ihr die Locken aus der Stirn und beugte sich über sie. Alle Gedanken waren wie weggewischt. Ihre Lippen berührten sich zart, ängstlich, ehrfürchtig. „Ich will nicht mehr allein sein", murmelte er.

„Allein? Aber du bist nicht allein! All die Jahre war ich bei dir! Und nicht nur ich!"

„Und doch konnte ich mich niemandem anvertrauen. Ich darf es noch immer nicht. Aber ich muß mit jemandem reden." Er sprach schnell, und Ta-Scherit spürte, wie seine Not wieder zunahm.

„Was ist es, worüber du nicht sprechen darfst?" rief sie angstvoll. „Was lastet auf dir?"

„Jemand bedroht mich mit dem Tod. Und meine Familie ebenso."

„Aber deine Familie ist doch schon gestorben!"

„Vielleicht. Vielleicht auch nicht. Ich will dir sagen, was wirklich geschah."

„O Iri! Was auch immer du mir erzählen möchtest, ich werde es bewahren und niemandem weitersagen, bis ich sterbe."

Irinefer nickte. Er wollte nichts lieber, als endlich die Tür zu dem dunklen Gelaß mit seinen nachtschwarzen Schatten öffnen. Aber jetzt, da er im Begriff stand, es wirklich zu tun, bekam er Angst. „Ich weiß nicht, was geschehen wird, wenn ich spreche. Vielleicht bedeutet es große Gefahr. Für mich und vielleicht auch für dich."

Ta-Scherit hob den Kopf, rückte ein wenig von ihm ab und blickte ihn ernst an. „Niemand würde jemals etwas aus mir herausbringen. Und wenn man mich tötete."

Trotz seines Kummers lächelte Irinefer. „Das weiß ich. Niemand kann dich töten. Ich würde den Betreffenden zuerst umbringen."

Ta-Scherit nahm seine Hand und legte sie an ihre Wange. „So sprich. Was läßt dein Herz trauern?"

Irinefers Blick schweifte über den Berghang und den Himmel, von dem die letzten grauen Nachtwolken verschwanden. „Ich weiß nicht, ob ich wirklich ein Fremder bin. Amurru habe ich jedenfalls noch nie gesehen. Ich bin aufgewachsen als Sohn Bakenptahs, des Hohenpriesters von Men-nefer." Wie ungeheuerlich, das einfach auszusprechen, nach so langer Zeit. Es schnürte ihm den Hals zu, und wieder wurden seine Augen feucht. Aber jetzt gab es kein Zurück mehr. „Fünf Jahre ist es her, daß er ermordet wurde. Vor meinen Augen."

„Iri!" rief Ta-Scherit aus.

„Auch meine Mutter Aset war zugegen. Es gab da einen Verbrecher am Hof. Er hatte Mörder gedungen …" Einmal begonnen, ging das Erzählen leicht. Es tat so wohl, von seiner Familie zu sprechen. Ihm war, als erweckte er sie zu neuem Leben, nachdem er sie so lange in seinem Inneren eingeschlossen hatte. Fast fühlte er Bakenptahs Augen auf sich gerichtet, spürte Asets Arm um seine Schultern. Er schloß die Augen, ohne seine Erzählung zu unterbrechen, und sofort sah er Aatmeret vor sich, die versicherte, sie sei schon sechs und sehr klug.

Ohne Pause sprach er, sparte keine Einzelheit aus, schilderte, wie sein Zuhause vernichtet worden war in jener Nacht und wie der Königsschreiber Bai es für nötig befunden hatte, auch Irinefers Leben auszulöschen, um – wie sonderbar! – es doch zu retten. Er erzählte von dem quälenden inneren Widerstreit und der Verzweiflung, die ihn ergriffen hatte, als er begann, den Bericht des Priesters in Frage zu stellen. Zu schmerzvoll war die Vorstellung, Bakenptah und Aset könnten ihn sein ganzes Leben lang belogen haben. Doch wenn er sich Bais ernster Miene entsann, geriet alles wieder ins Schwanken, wovon er eben noch überzeugt gewesen war. Hatte Bai ihm kaltherzig die Unwahrheit gesagt? War er überhaupt irgend jemandem wichtig gewesen?

Als er geendet hatte, blieb es lange still. Ta-Scherit war blaß geworden, sie starrte auf ihre Hände, die sie in ihrem Schoß gefaltet hatte. Schließlich blickte sie auf. „Ich liebe dich. Du wirst nie mehr einsam sein."

Nie mehr. Irinefer zog sie an sich und vergrub das Gesicht in ihrem Haar. „Vielleicht kann ich mit dir leben, und du wirst die Herrin meines Hauses!"

„O ja, das will ich! Ich werde niemals einen anderen heiraten als dich! Wir werden Mann und Frau sein und viele Kinder haben." Ta-Scherit versuchte, mehr Überzeugung in ihre Worte zu legen, als sie empfand. Ob ihr Vater zustimmen würde, daß sie einen ausländischen *Bak* heiratete, war mehr als fraglich. Doch schnell wischte sie die Zweifel fort. Ihre Liebe würde jedes Hindernis überwinden, sie war stärker als alles sonst auf der Welt. „Wir werden die glücklichste Familie im Dorf sein."

In diesem Augenblick stieg die Barke des Sonnengottes über den östlichen Horizont. Ra schuf einen neuen Tag.

Die beiden sahen sich verblüfft an. Sie hatten die Morgendämmerung nicht bemerkt. Die Felsen überzogen sich mit einem glitzernden Hauch, und das graublaue Licht gewann an goldener Wärme. Ta-Scherit schmiegte sich in Irinefers Arme und barg das Gesicht an seiner Brust.

„Ich habe es mir so gewünscht!" murmelte er.

„Was denn?" fragte sie, obwohl sie es wußte. Aber sie wollte es immer wieder hören, daß er sie brauchte, daß er sie liebte.

„Jahrelang habe ich davon geträumt, so mit dir zu sitzen, dir zu sagen, wie sehr ich dich liebhabe und ...", er brach ab.

„... mit mir über das zu sprechen", fuhr sie fort, „was du in deinem Herzen verschlossen hast. Was dich bedrückte und dich einsam gemacht hat."

„Ich bin froh", gab er leise zurück, „daß du weißt, woher ich komme. Meine Mutter ...", er räusperte sich, „Aset würde dich auch gern mögen."

Was war das für ein seltsamer Druck, der sich bei diesen Worten einstellte? Sie schluckte. „Wirst du irgendwann wieder nach Mennefer zurückgehen?"

Irinefer schüttelte den Kopf und küßte sie auf die Stirn. „Nein, das werde ich nicht können. Fürchte nichts. Ich bleibe hier, bei dir."

Doch über Ta-Scherits Freude glitt ein Schatten. ‚Er wird wissen wollen, was aus ihnen geworden ist', dachte sie. ‚Irgendwann wird er es erfahren wollen.' „Möge die Gute Göttin dich mir lassen!" Ihre Stimme klang mit einemmal klein und verzagt. Irinefer zog sie noch enger an sich.

„Du wirst mich nie verlieren", versprach er. Wieder küßte er sie, zuerst sacht, dann leidenschaftlicher.

„Iri! Wir können nicht länger hierbleiben!" seufzte sie und kuschelte sich an ihn. „Schau, die Sonne steigt."

„Du hast recht", sagte Irinefer. „Der Festtag fängt an. Wir haben viel Grund zum Feiern!"

„Und jedesmal, wenn ich dich ansehe", in Ta-Scherits Stimme schwang ein jubelnder Unterton, der Irinefer schwindeln ließ vor Wonne, „jedesmal wirst du wissen, daß ich an diesen Ort und diesen Augenblick denke."

„Wann treffen wir uns wieder hier?"

„Morgen, nein, heute abend, ach, am liebsten ginge ich gar nicht fort."

„Ta-Scherit!"

„Ja?"

„Du bist wunderschön, weißt du das?"

„Du aber auch!"

Wieder lagen sie sich in den Armen, sahen sich in die Augen und staunten, was mit ihnen vor sich ging.

„Es ist spät!" Irinefer zwang sich zur Vernunft. Es war höchste Zeit. Sie mußten ins Dorf zurückkehren.

„Du Lieber!" flüsterte Ta-Scherit und sprang auf. „Ich werde nur an dich denken, die ganze Zeit!"

„Und ich an dich", antwortete Irinefer und ließ sie widerwillig los.

„Den armen Sinuhe haben wir sehr vernachlässigt!" bemerkte sie lachend und klopfte sich den Staub vom Kleid. „Aber er bedeutet mir nicht halb so viel wie du!" Sie warf ihm eine Kußhand zu und lief rasch den Weg entlang, der nach Pa-Time hinunterführte.

Irinefer sah ihr nach. Er konnte sich nicht erinnern, jemals so froh gewesen zu sein. ‚Das Schöne Fest vom Wüstental', schoß es ihm durch den Sinn. ‚In jedem Wüstental wird auch einmal ein schönes Fest gefeiert.'

Das Schöne Fest vom Wüstental strebte seinem Höhepunkt entgegen. Doch in diesem Jahr rief der Besuch des Gottes Amun in der Totenstadt bei Vorarbeiter Neferhotep ein Gefühl von Wehmut hervor. Nicht einmal Ubechet verstand, was in ihm vorging. Trotz der göttlichen Gegenwart kam er sich einsam und verloren vor. Warum wandte sich Amun nicht an ihn und gab ihm ein Zeichen, daß er zufrieden war mit seinem Diener Neferhotep? Bemühte er sich nicht nach Kräften, zu erfüllen, was er für Amuns Gebote hielt? Weshalb ließ der Ewige es zu, daß sich im Herzen seines Dieners Düsternis ausbreitete und böse Vorahnungen ihn plagten während vieler Nächte, in denen er sich schlaflos auf seinem Lager wälzte? Seit den Begräbnisfeierlichkeiten für Osiris Merenptah hatte Neferhotep mit unerklärlicher Traurigkeit zu kämpfen und, was ihn beschämte, mit einem fortwährenden Ärger darüber, daß der Gott ihn trotz vieler Bitten nicht davon erlösen wollte. Angst vor der Zukunft bedrängte ihn, seit er in das versteinerte Gesicht des neuen Pharao geblickt hatte. Warum sorgte Amun nicht für Frieden im Großen Haus? War es ihm gleichgültig, daß der König seinen Sohn haßte? Wenn schon den Menschen von Pa-Tíme das Gerücht zu Ohren gekommen war, daß der Königssohn von Kusch ohne Befehl von oben neue Truppen aushob, so mußte doch auch Amun davon wissen! Am liebsten hätte der Vorarbeiter dem Götterherrn vorgeschlagen, was er tun sollte. Als ihm das bewußt wurde, zieh er sich der Seelenblindheit. Die Pein geschah ihm recht. Aber er konnte nicht aufhören zu hadern. Wieder und wieder betete er zu Amenhotep und zu Ahmes-Nefertari um Fürbitte beim König der Götter, doch der blieb stumm. ‚Ich bin der einzige, dessen Herz in Aufruhr ist.' Sein Blick glitt über die Dorfbewohner, die mit ihm auf *User-Hat*, das Prunkschiff Amuns, warteten. ‚Warum ich? Gott, schließe mich nicht aus! Nicht während des Talfestes!'

„Schau dort!" sagte Ubechet und berührte ihn sacht am Arm. „Die Sänger kommen. Wie es scheint, hat *User-Hat* das westliche Ufer erreicht. Bald werden die Barken hier sein."

Der neben dem Kanal verlaufende Weg prangte auf seiner ganzen Länge in festlichem Schmuck. Kleine Gerüste trugen Blumengebinde und Weinranken, Wimpel in fröhlichen Farben hingen an eigens dafür aufgerichteten Fahnenstangen, und trotz der hellen Morgensonne brannten Fackeln in mit Elektron überzogenen Haltern. Hunderte von Menschen, Priester aus den verschiedenen Tempeln, Handwerker, Bauern, Wasserträger, Eseltreiber, Frauen jeden Alters und unzählige Kinder bevölkerten die Anlegestelle. Noch viele Schreine würde Amun besuchen, doch hier beim ersten *Uachet* vor dem Millionenjahrhaus des Osiris Men-Ma'at-Ra dabeisein zu dürfen galt als besonders segensreich.

„Zurück, los, weiter!" rief ein Medja, einer der vielen, die den reibungslosen Ablauf der Feierlichkeiten überwachten. „Das ist der Platz für die Sänger! Seid vernünftig und geht zur Seite!"

„Komm", sagte Neferhotep zu seiner Frau, „wir sind zu alt, um uns drängen und stoßen zu lassen."

Ubechet lächelte ihm zu und nickte. In der Nähe ertönte lautes Kindergeschrei. Wabet, mit den Jahren noch rundlicher geworden, versuchte, ihren mißgelaunten Säugling zu beruhigen und Hednacht an der Hand zu behalten. Ihre Tochter Hemet-Maura bemühte sich, dem kleinen Pa-Anuket einen Stein aus dem Mund zu holen, woraufhin der empört kreischte und Anstalten machte, sich loszureißen. Die fünfjährige Scherit-Ra schlenderte einfach davon.

„Brauchst du Hilfe?" rief Ubechet. Ihr Blick suchte unwillkürlich nach Ta-Scherit. Doch die war nicht zu sehen.

„Oh, bitte! Du siehst ja, wie schwierig es ist", erwiderte Wabet und befahl Hednacht: „Du bleibst hier stehen und rührst dich nicht von der Stelle!" Dann ließ sie seine Hand los und lief hinter Scherit-Ra her. „Wirst du wohl zurückkommen!"

Ubechet schmunzelte über das kichernde ‚Fang mich doch!' der Kleinen und ging zu Hednacht hinüber. „Gib mir die Hand", sagte sie, und der Siebenjährige hob das Gesicht zu ihr auf. Seine Pupillen waren mit einer milchigweißen Schicht überzogen, was ihr, wie jedesmal, einen Stich versetzte. „Ich bin es, Ubechet!"

Hednacht lächelte. „Ja, du bist es."

„Wo ist Ta-Scherit?"

„Sie kommt gleich, hat sie gesagt. Sie hilft Irinefer beim Aufstellen der Opferschalen."

Ubechet sah überrascht auf Hednacht hinunter. „Das ist nicht ihre Aufgabe."

„Sie will es aber gern."

„Komm mit mir", sagte sie. „Ich führe dich dorthin, wo du den Göttern nahe bist. Du kannst sie zwar nicht sehen ..."

„... aber fühlen!" vollendete Hednacht ihren Satz.

„Ja, dir offenbart sich die Gottheit in besonderer Weise." Sie sah zu Neferhotep hinüber. „Und dir übrigens auch, lieber Mann!"

Neferhotep blinzelte. Seine Frau konnte Gedanken lesen wie immer.

Inzwischen hatten sich die Sänger und Sängerinnen in zwei Reihen hintereinander aufgestellt. Neben ihnen stimmten Harfner, Zimbelspieler und Flötisten ihre Klanggeräte, Trommler bauten ihre Becken auf, und die Lautenspieler zupften, begleitet von scheppernden Sistren, die ersten Töne. Den fast zweihundert Ellen langen Aufweg zum Tempel säumten stumm wartende Priester. Hinter ihnen drängte viel Volk; Rufe, Scherze und Gelächter bildeten einen wunderlichen Gegensatz zum würdevollen Ernst der Gottesmänner.

Der Vorlesepriester des Tempels näherte sich der Anlegestelle. Er trug die heilige Rolle, aus der er die feierliche Begrüßung des Gottes in gewundener, altertümlicher Sprache vorlesen wollte.

„Sie kommen!" rief jemand. Ein Ruck ging durch die Menge, und vielstimmiger Gesang hub an.

*Amun ist der Herr, Herr allen Lebens!*
*Für ihn braut man am Festtage und wacht in der Schönheit der Nacht.*
*Sein Name kreist auf den Dächern.*
*Ihm gehört das Singen in der Nacht, wenn es dunkel ist.*

Jubelnd stieg das Lied in die Luft, während die Schiffe den Kanal heraufglitten. Wie eine Geistererscheinung wirkten sie, unwirklich, silbern flimmernd vor der Sonne am östlichen Himmel. An erster Stelle kam das Schiff des Königs, gefolgt von der *User-Hat* Amuns. Der als Widderkopf geformte Bug der Königsbarke gleißte in Gold und Elektron, reglos standen der König und seine Würdenträger unter einem Schirm an Deck.

„Warum versuchst du es nicht mit Vertrauen?" hörte Neferhotep seine Frau flüstern. „Amun ist dessen wohl würdig! Sein Wille geschieht, ob wir uns fürchten oder ob wir zürnen." Er drückte ihre Hand. Wie gewöhnlich fand Ubechet die richtigen Worte. „Schau dort", fuhr sie fort, „es ist geschehen, was ich seit langem erwartet habe."

Neferhotep blickte in die angegebene Richtung. Neben einem mannshohen Ständer, an den büschelweise Stabsträuße gebunden waren, standen Irinefer und Ta-Scherit. „Was soll geschehen sein?"

„Siehst du denn nicht? Wie sie beieinanderstehen? Außerdem hält er ihre Hand!"

„Ja, und?"

„Männer!" seufzte Ubechet. „Das ist doch offensichtlich! Die Kinder haben sich verliebt!"

„Unsinn!"

„Ich bin sicher. Du solltest bei Paneb vorfühlen. Ich will nicht, daß der Bursche ins gezogene Messer läuft!"

Jetzt sah Neferhotep genauer hin. Ta-Scherit stand wirklich verdächtig nah bei seinem Diener. „Das hat mir gerade noch gefehlt", brummte er. „Nicht mit Paneb werde ich sprechen, sondern mit Irinefer selbst. Er muß sich das Mädchen schleunigst aus dem Kopf schlagen. Paneb wird ihn schlachten, sollte er davon erfahren!"

Ubechet wandte sich an Hednacht, der schweigend zugehört hatte. „Du darfst keinesfalls ..."

„Keine Sorge!" sagte der Knabe. „Ich weiß schon lange, daß sie ihn mag. Ich werde schweigen."

„Du bist klug. Einer, der mit dem Herzen sieht."

„Still!" befahl Neferhotep. „Sie sind da!"

Der Duft von Weihrauch und Myrrhe stieg aus flachen Kohlebecken auf, Harfen erklangen, und eine Gruppe in hauchfeines, gelbes Leinen gekleideter Sängerinnen stimmte den Willkommensgruß für Pharao an, während die nur an diesem Fest verwendete Landebrücke, schwer von Halbedelsteinen und Blumen, angelegt wurde. Dann erschien der Herr über das Zweifache Land, Pharao Sethos, gewandet in den fein gefältelten Königsschurz mit breitem Goldgürtel und einem bis zum Boden hängenden Löwenschwanz. Geschmeide bedeckte seine nackte Brust, und an den Armen trug er edelsteinbesetzte Reifen. Das *Nemes*-Kopftuch mit blauen und goldenen Streifen, Zeichen seiner königlichen Würde, hing steif auf die Schultern hinab. Vom breiten Stirnreif reckten sich ehrfurchtgebietend Geier und Schlange, die Göttinnen der Beiden Länder, Nechbet und Uadjit, funkelnd in Gold und Lapislazuli. Neben ihm stand, die Hand auf seinen Unterarm gelegt, die Große Königliche Gemahlin, die Hohepriesterin der Hathor, Königin Tausret. Im Hintergrund erschien Amenmesse, der Königssohn von Kusch.

Wie alle anderen sank Neferhotep zu Boden, während das Königspaar das Ufer betrat. Unterdessen legten auch die anderen Schiffe an. Auf *User-Hat* folgten die Barken der Göttinnen Mut, Amaunet und Ahmes-Nefertari. Zum Schluß entstiegen die Priester des Chons dem prächtig geschmückten Boot ihres Gottes. Dahinter schwankten die Standbilder der Götter, die in der Vergangenheit als Könige über Ägypten geherrscht hatten. So nahmen auch der tote Merenptah, der alte Ramses und der erste Sethos am Festzug teil. Die Kriegerkönige Haremhab und Thutmosis waren ebenso zugegen wie die Größten der Großen, die Pharaonen Sesostris, Mentuhotep Neb-hepet-Ra und Horus Aha.

Die Barke Amuns wurde ans Ufer getragen. Schwer lasteten die Tragestangen auf den Schultern der Träger. Die Männer ließen keine Gemütsbewegung erkennen, sondern blickten starr nach vorn. Um so bewegter zeigten sich die Bewohner der Totenstadt zu beiden Seiten des Weges. Viele hatten Tränen in den Augen, und manche riefen den Gott laut beim Namen. Wieder geschah das

Unfaßbare! Der Allherr geruhte auch in diesem Jahr, an der Seite lebender Menschen das Schöne Fest zu feiern!

„Wohl dem Haus, in dem der Vater den Sohn liebt!" raunte eine Stimme neben Neferhotep. Der spöttische Unterton war unverkennbar.

„Ken! Du lästerst!" tadelte der Vorarbeiter, während Ken-her-chepeschef sich neben ihn in den Staub kniete. „Was hielt dich auf?"

„Ein Gesandter aus Ipet-Sut. Er überbrachte eine Aufforderung an die Großen von Pa-Tíme, in Roma-Roys Palast zu erscheinen. Am Morgen des Tages, der dem kommenden folgt."

Neferhotep nickte. Das hatte er erwartet. „Ich nehme an, der *Sesch Nisut* Bai ist es, der mit uns sprechen will."

„Der auch. Aber der Befehl kam von Seiner Erhabenheit, Pharao Sethos, Leben, Heil, Gesundheit."

Das ließ nur einen Schluß zu. „Das neue Grab also. Wir bekommen Arbeit für die nächsten Jahre zugewiesen."

Roma-Roy, der Hohepriester des Amun, trat ans Ufer. Sein Gesicht war noch faltiger und abgehärmter als sonst, und seine Haut wirkte fahl. Aber seine Kleidung strahlte wie immer in makellosem Weiß und Gold. Nach ihm kam Iiry, der Hohepriester des Ptah von Men-nefer, ein gedrungener Mann, der aufgeregt und ein wenig abgehetzt wirkte. An seiner Seite schritt Hori, der junge Wesir der Nördlichen Landeshälfte. Neferhotep musterte ihn aufmerksam. Hori war einer der mächtigsten Männer im Land geworden. Die Zuneigung des neuen Pharao zu ihm hatte dazu geführt, daß Hori stets im Mittelpunkt stand, beneidet und angefeindet wie niemand sonst am königlichen Hof.

In diesem Augenblick verließ Bai den Landungssteg. Er war in den vergangenen fünf Jahren sichtbar gealtert. Seit mit Pharao Merenptah sein Gönner und Förderer dahingeschieden war, hatte sich seine Lage im Kampf um die Macht von Monat zu Monat verschlechtert.

„Neben Hori haben es die anderen *Semeru* des Königs schwer", sagte Ken-her-chepeschef, der ähnliche Überlegungen anstellte, leise. „Er hat Bai den Rang abgelaufen."

„Leider!" gab Neferhotep zurück. Da fiel sein Blick auf den Wesir des Südlichen Landes. „Amun, sei gnädig!"

Pa-nehesi sah erschreckend aus. Seine gebeugte Haltung, die zitternde Hand und die tief in den Höhlen liegenden Augen vermittelten den Eindruck, sein Aufbruch in das Land des Westens stünde unmittelbar bevor. Er stützte sich schwer auf den kürzlich zum Vorsteher des Schatzhauses ernannten Pa-Ra-em-hab, einen klugen, wendigen Vertrauten Horis.

„Es heißt", flüsterte Ubechet, „er habe sich ein furchtbares Leiden bei einer niederen Frau geholt."

„Still!" befahl Neferhotep. „Das ist Klatsch, nichts weiter!"

Der König und die höchsten Würdenträger schritten hinter dem verschlossenen Schrein des Amun zum ersten Opferaltar. Dort türmten sich das Fleisch von Kälbern, Schweinen und Gänsen, Opferbrote und jegliche Art Gemüse zwischen Blumen und Kräutern. Um den kunstvollen Aufbau reihten sich flache silberne Schalen auf goldenen Ständern, in die der Pharao Räucherkügelchen warf. Der Hohepriester goß aus einem erlesen verzierten Krug dickflüssige rote Myrrhe in die Schalen. Die Träger Amuns stellten sich vor Pharao Sethos auf.

„Mögest du geben, mein Vater Amun", rief Sethos mit lauter Stimme, „daß ich die Sonne sehe, wenn sie in die Tür meines Grabes scheint, der ich dich begleite an deinem Fest des Wüstentales, damit du Weihrauch riechest und Opfer empfangest!"

Ein Priester reichte ihm eine Fackel. Der König entzündete die Myrrhenpaste, nahm ein Brot, ein Stück Fleisch und eine Zwiebel und warf sie stellvertretend für alle Opfergaben in die Flammen. Der gewaltige Berg an Nahrungsmitteln sollte später an das Volk verteilt werden

Nach den Opferhandlungen setzte sich der Festzug unter Jubelrufen in Bewegung. Die großen Opferungen fanden im Tempel selbst statt. Dort sollte der König mit seiner engsten Umgebung in Gesellschaft der verstorbenen Könige ein festliches Mahl einnehmen. Eine Gruppe Diener entließ Tauben aus mitgebrachten Käfigen, und für einen Augenblick übertönte das Geräusch des Flügelschlagens den Klang der Flöten.

„Wenn du Irinefer siehst", sagte Neferhotep zu seiner Frau, „sende ihn zu mir. Ich habe mit ihm zu sprechen!"

„Neferhotep will mit mir reden! Über dich!"

„Machst du dir deshalb Sorgen?" Ta-Scherit sah Irinefer forschend an.

Der nickte. „Wahrscheinlich wird er mir sagen, ich dürfe dich nicht lieben. Vielleicht darf ich nicht mehr mit dir zusammensein."

„Warum siehst du so düster auf das, was kommen wird? Neferhotep war uns immer gewogen. Er wird dich fragen, ob du es ernst meinst, und dann mit meinem Vater sprechen." Sie standen in der Dorfgasse vor der Tür zu Panebs Haus. Auf dem Arm trug Ta-Scherit ihren Bruder Pa-Anuket und wehrte seine Versuche ab, sie an den Haaren zu ziehen. „Wann ist es soweit?"

„Heute abend, vielleicht nach dem Festschmaus."

„Oh! So bald! Mit meinem Vater wird er dann aber nicht mehr reden können. Nach Festen geht das nie."

„Was geht nie?" Paneb tauchte hinter seiner Tochter im Eingang auf. „Wohnst du neuerdings hier?" fragte er, an Irinefer gewandt. „Ich sehe dich verdammt oft vor meinem Haus!"

„Nein, nein!" sagte Irinefer hastig. „Selbstverständlich nicht!"

Paneb warf ihm einen eigentümlichen Blick zu. „Dann mach dich an deine Arbeit!" Als Irinefer verschwunden war, griff er Ta-Scherit unter das Kinn und zwang sie, ihm ins Gesicht zu sehen. „Ich mag es nicht, wenn du deine Zeit mit nutzlosem Geschwätz vertust. Geh hinein und hilf deiner Mutter!"

„Warum gönnst du mir nie eine Pause, Vater? Ich arbeite von früh bis spät!"

„Es ist nicht wahr, daß ich dir nichts gönne! Ich wünsche ein gutes Leben für dich."

Ta-Scherit glaubte, sich verhört zu haben. „Du wünschst etwas … für mich?"

„Was ist so erstaunlich daran? Jeder Vater wünscht etwas für seine Tochter."

„Aber ... aber ... du?"

Paneb packte sie so plötzlich am Oberarm, daß sie aufstöhnte und zurückwich.

„Manchmal redest du so widerwärtig wie deine Mutter! Am liebsten würde ich dich schlagen!" Er hob die Hand.

„Mich schlagen? Weshalb? Was habe ich getan? Warum bist du so zu den Menschen? Du treibst alle dazu, dich zu hassen!"

Einige Dorfbewohner waren stehengeblieben und starrten neugierig herüber. Paneb zog das Mädchen ins Haus. Ta-Scherit wehrte sich nicht. Jeder Widerstand würde Paneb zur Raserei treiben. Doch ihr Vater schlug sie nicht. Schweigend stand er vor ihr, und auf dem leicht abgewandten Gesicht lag ein Ausdruck, den sie sich nicht erklären konnte.

„Verzeih mir", flüsterte sie. „Ich wollte es nicht an Ehrerbietung fehlen lassen."

„Alle hassen mich, sagst du?"

Etwas in seinem Ton ließ sie aufhorchen. Außer Zorn, mürrischer Gleichgültigkeit und allenfalls durch Bier hervorgerufene Tränenseligkeit kannte sie keine Gefühlsäußerungen bei ihrem Vater. Sie blickte ihn an. Nein, es war kein Zweifel möglich. Panebs Augen waren feucht. „Nicht alle!" sagte sie schnell. „Ich hasse dich nicht. Und viele andere auch nicht. Ich habe das nur gesagt, weil ich nicht verstehe, warum du oft so wütend bist und warum du so schnell zuschlägst!"

„Niemand versteht mich! Nicht wirklich, meine ich."

Das klang so sehr nach dem betrunkenen Paneb, daß Ta-Scherit unwillkürlich in seinem Gesicht nach den Anzeichen forschte. Aber diesmal war er vollkommen nüchtern.

„Erkläre es mir doch!" bat sie leise.

Paneb mied ihren Blick. „Sie behandeln mich, als sei ich aussätzig. Sie erweisen mir nur dann Achtung, wenn ich ihnen befehlen kann. Ich bin allein, verstehst du? Vollkommen allein! Ich sehe, wie sie hinter meinem Rücken die Köpfe zusammenstecken, wie sie mir

Blicke nachwerfen und flüstern: ‚Schau, da ist er! Der Säufer! Der Schläger! Der, den selbst die Götter verabscheuen!'"

„Vater! Die Götter verabscheuen dich doch nicht!"

„Sie sprechen nicht mit mir!" Die Traurigkeit in Panebs Stimme schnürte Ta-Scherit den Hals zu. „Schon lange nicht mehr!"

„Aber Mutter liebt dich!" Wabet hätte sie besser nicht erwähnt, das merkte Ta-Scherit sofort.

„Eine Lüge nützt mir nichts, Tochter. Ich weiß, wie es ist, und du weißt es auch."

Ja, sie wußte es. Wabet dankte den Göttern für jede Stunde, in der sie ihn nicht sehen mußte. Aber hatte er nicht selbst ihre Liebe im Lauf der Jahre zerstört, durch sein Schreien, sein Schlagen und das viele Bier?

„Aber ich liebe dich, Vater!" Woher kamen solche Worte? Waren sie wahr?

Paneb musterte Ta-Scherit eine Weile schweigend. Dann grinste er schief. „Und du glaubst, ich dächte nicht an dich, du dummes Kind!" Er zog sie unbeholfen an sich. „Ich will dir sagen, was ich für dich wünsche: Du sollst einen braven Handwerker aus unserem Dorf heiraten. Aus dem werde ich etwas machen in der Kolonne. Du wirst in Wohlstand leben, das verspreche ich dir!"

Ta-Scherit lehnte das Gesicht an seine Schulter. Sie zitterte am ganzen Leib. „Ich danke dir, daß du mit mir sprichst", flüsterte sie.

Paneb schien ehrlich überrascht. „Nie hätte ich gedacht, daß du darauf Wert legst."

‚Ich habe einen Vater', dachte sie. ‚Und er weiß, daß ich lebe.'

„Es ist mir wichtig", sagte sie. „Alles, was ich weiß, habe ich von Mutter. Aber es muß mehr geben."

„Ich möchte nichts Nachteiliges über deine Mutter sagen, aber es gibt mehr. Viel mehr. Aber ...", er schob sie auf Armlänge von sich fort, „du kennst schon mehr. Eine Menge mehr, habe ich recht? Du hast doch einiges gelesen."

„Vater! Woher weißt du ...?"

„Ich sagte vorhin, ich wünschte etwas für dich. Du wirst einen meiner Männer heiraten. Das ist dir bestimmt, denn es ist das Los jeder Frau, einem Mann Kinder zu geben. Aber ich will nicht, daß du bitter wirst wie deine Mutter. Deshalb bin ich nicht eingeschritten, als ich merkte, daß Neferhoteps *Bak* dir das Lesen beibringt. Wissen macht dir Freude, also lies."

Zu ihrem eigenen Schreck begann Ta-Scherit zu weinen.

„Still, beruhige dich doch!" murmelte Paneb hilflos und klopfte ihr leicht auf die Schulter.

„Du ... du bist ... gut zu mir!" murmelte sie.

„Manchmal vielleicht. Jetzt laß uns zu den anderen gehen. Es wird Zeit!" Er gab ihr einen Schubs und folgte ihr in den Wohnraum.

Irinefer hielt in der Menge Ausschau nach Ta-Scherit, konnte sie aber nirgends entdecken. Er stand mit Neferhotep, Ubechet, Hesisunebef und Hunur vor dem ‚Verschlossenen Haus des Ortes'. Dort sammelten sich die Familien, um gemeinsam zu den Gräbern zu gehen. Männer schulterten Körbe mit Brennholz und kleine Tonkrüge, die Henqet oder Wein enthielten; Frauen schleppten Brote und Schüsseln voll Sesampaste und Linsenbrei, mit Kümmel und Koriander gewürzte Rinderschlegel, Täubchen, Zwiebeln, Lattich und Datteln. Junge Mädchen trugen Schalen mit Käse und Honigkuchen. Jeder Familienvater befestigte an seinem Gürtel einen Leinenbeutel mit der gelbroten Frucht des Alraunenbaumes. Wer ein wenig davon aß oder auch nur daran roch, dem gelang es bisweilen, die schon verstorbenen Teilnehmer des Festmahles wirklich zu sehen. Kinder rannten, sprangen und kugelten umher, spielten mit ihren Hunden und Lämmchen und machten jeden Versuch ihrer Eltern, Ordnung in das Durcheinander zu bringen, sofort wieder zunichte.

„Wann wirst du in sein Haus eintreten?" sagte Ubechet lächelnd zu Hunur, die Hesisunebefs Hand an ihre Wange drückte.

„In wenigen Monaten, Ehrwürdige!" antwortete Hunur. „Ich wünschte, es wäre schon soweit."

„Unser Leben steht unter einem guten Stern", erklärte Hesisunebef im Brustton der Überzeugung. „Letzte Nacht träumte mir, ich säße auf einer dicht belaubten Akazie. Ken-her-chepeschef sagt, der Traum bedeute, daß nun alle Widrigkeiten beseitigt seien und daß es gut sei, was geschehe."

„Unser gelehrter Schreiber hat die zweite Rolle seiner Traumdeutung fertiggestellt", bemerkte der Vorarbeiter.

„Naunachte hat sie gelesen", sagte Hunur lächelnd, „und jetzt deutet sie alle unsere Träume."

„Ob Ken-her-chepeschef das wohl gern sieht?" murmelte Ubechet.

„Er weiß es ja nicht!"

„Da kommt er übrigens!" rief Neferhotep und wies auf den Dorfeingang.

Der Schreiber schritt würdevoll hinter Naunachte einher, die in ein angeregtes Gespräch mit Heria vertieft war. Wieder staunte der Vorarbeiter, wie sehr sich der alte Freund verändert hatte. Noch vor nicht allzu langer Zeit hätte er die Gesellschaft zweier junger Mädchen gemieden wie die Pest.

„Hat Neferhotep schon mit dir gesprochen?" Hesisunebef zog Irinefer zur Seite.

„Nein. Er wird es irgendwann heute abend tun. Vielleicht auch erst morgen."

„Kopf hoch! Es wird schon alles gutgehen."

Irinefer schüttelte den Kopf. „Ich habe kein gutes Gefühl." Er reihte sich hinter Ubechet in den Zug ein, der sich unter viel Gezeter und den gebieterischen Rufen der Torhüter doch noch gebildet hatte. Eine Familie nach der anderen bog um die Mauer auf den Pfad zu ihren Grabstätten oberhalb des Dorfes. An der Spitze der Ihren schritten die Väter, ihrer Würde als Priester eingedenk, als die sie gemäß Sitte und Brauch an diesem Abend handelten. Ein Gewirr von Stimmen erfüllte das Tal, Gelächter ertönte und Kindergebrüll, Hundegebell und das Geschrei der Esel. Einen Halt gab es, als zwei Knaben über eine Kiste stolperten, die Krüge mit Gurkensuppe enthielt. Wutgeheul folgte, Ohrfeigen, dann geduldiges Warten, bis

Nachschub geholt und die Krüge wieder gefüllt waren. Als Teil des Opfers für die Verstorbenen konnte die Gurkensuppe nicht einfach weggelassen werden.

Unterhalb des Gräberfeldes löste sich der Festzug auf, jede Familie betrat ihre Grabstätte. Die Männer bauten den kleinen Altar mit der Opferschale, die Knaben schichteten das Feuerholz, während die Mädchen ihren Müttern halfen, die mitgebrachten Speisen auf den flachen Tischen anzurichten, die im Vorraum der Grabkammer bereitstanden.

„Du hast mit deinem Vater gesprochen!" sagte Wabet zu Ta-Scherit, ohne aufzuschauen. Sie stellte Schüsseln für die lebenden und die toten Familienmitglieder nebeneinander auf den Tisch und legte vor jede ein kugelförmiges Brot.

„Er war sehr freundlich zu mir."

„Tatsächlich? Bitte reiche mir den Ölkrug!"

Ta-Scherit zuckte zusammen. Warum klangen Wabets Worte so verdrossen? Hatte sie etwas Falsches gesagt? „Er will, daß ich einen Handwerker aus der Kolonne heirate."

„Der tut mir jetzt schon leid!" Apachte näherte sich. Er hatte mit seinem Vater die Tür zum Familiengrab geöffnet und die Lämpchen im Vorraum entzündet. „Er ist doch nur zweite Wahl ... hinter einem asiatischen Sklaven!"

„Was soll das heißen?" Paneb kam zum Tisch herüber. „Hast du dir etwas zuschulden kommen lassen, Tochter?"

„Nein, nein!" versicherte Ta-Scherit hastig. „Selbstverständlich nicht."

„Du steckst so oft mit ihm zusammen", spöttelte ihr Bruder. „Erzählt er dir Märchen aus Amurru?"

„Das geht dich überhaupt nichts an!" zischte sie. „Laß mich in Frieden!"

„Streitet doch nicht schon wieder!" klagte Wabet. „Es soll ein frohes Fest werden! Nie könnt ihr euch vertragen!"

Ta-Scherit fuhr herum. „Bitte, Mutter!" Bei diesem Tonfall bekam sie jedesmal Lust zu schreien. Warum konnte ihre Mutter nicht sprechen wie alle anderen? Warum mußte sie ständig wimmern?

„Schluß jetzt!" befahl Paneb. „Wir wollen beginnen. Apachte, geh auf deinen Platz, und zwar hurtig, bevor ich dir Beine mache. „*Hetep di nisut* ..." Leise sprach er die Opferformel, mit der er versicherte, es sei eigentlich der König, der dieses Opfer bringe, denn nur der König war würdig, unmittelbar zu Gott zu sprechen. „Ein Opfer gibt der König ..."

Ta-Scherit stand neben ihrer Mutter und versuchte, deren kummervolle Miene nicht zu beachten. Aber sie fühlte mit jeder Faser ihres Körpers die unausgesprochenen Vorwürfe. ‚Warum er?' fragte jeder Seitenblick. ‚Ich bin es, die dich braucht.'

Ta-Scherit wollte ihr zulächeln, dann sah sie die Tränen in ihren Augen. Oh, wie sie dieses feierliche Leiden haßte! Doch dann schämte sie sich für ihren Zorn. Hatte ihre Mutter nicht Anspruch darauf, sich auf die älteste Tochter zu stützen? Warum fiel es dieser Tochter neuerdings so schwer, Mitgefühl aufzubringen? ‚Wenn du dich nur einmal wehren würdest', dachte sie, ‚nur ein einziges Mal darauf bestehen könntest, daß man dich nicht behandelt wie eine alte Sandale, die man in die Ecke wirft.' Der Gedanke schlich sich ein, daß Panebs Wut zu Recht bestand, daß sie ihn verstehen konnte, ja daß sie selbst nicht minder wütend war.

Sie beschlossen die Gebete mit den üblichen Willkommensgrüßen für die Verstorbenen. Wabet holte die Myrrhenkränze und reichte sie an die Familienmitglieder weiter. Sie versuchte zu übersehen, daß Paneb seinen Kranz beiseite legte und Apachte den seinigen gar zerpflückte. Dann begannen sie mit der Mahlzeit. Wabet und Hemet-Maura fütterten die Kleinen, während Ta-Scherit Gurkensuppe in die Schälchen schöpfte. Der Säugling Ta-Neferet krähte, Pa-Anuket schrie, er wolle ins Dorf zurück, und stand kurz vor einem seiner gefürchteten Zornesausbrüche.

„Die Suppe schmeckt wie Eselspisse", erklärte Nebmehit. „Wer hat die gekocht?"

„Du bist widerlich!" fuhr ihn Hemet-Maura an. „Sie ist gut. Ich habe sie zubereitet."

„Laß sie eben stehen", sagte Wabet. „Nimm von dem Gänsefleisch."

„Aber sie ist hervorragend!" zischte Hemet-Maura. „Dieser dumme Affe soll noch einmal sagen ...!"

„Haltet den Mund!" brüllte Paneb. „Das ist ja nicht zum Aushalten!"

„Mama!" schrie Pa-Anuket aus vollem Halse.

Paneb sprang auf und gab ihm eine klatschende Ohrfeige. „Schweig!" Er schüttelte ihn und setzte ihn unsanft auf den Boden. Der Kleine wand sich, sprang auf die Füße und rannte zum Eingang des winzigen Vorhofes. Dort lief er geradewegs dem Vorarbeiter Neferhotep in die Arme, der ihn auffing und hoch in die Luft hob.

„Na, na, na!" brummte dieser und klopfte ihm auf den Rücken. „Kein Grund zur Aufregung!"

Dann setzte er das Kind ab. Pa-Anuket lief zu Wabet und kreischte in ihren Rock.

„Du siehst, wir sind noch mitten im Geschehen!" Panebs Stimme klang flach. Er griff nach dem Bierkrug.

Neferhotep neigte das Haupt vor den scheinbar leeren Plätzen am Tisch. „Ich grüße euch, die ihr gekommen seid aus dem Lande der Nacht", flüsterte er. Dann rief er zu Paneb hinüber: „Friede sei an deinem Tisch, da er wird zu *Achet* am heutigen Tage, zur Schwelle zwischen dem Hier und dem Dort."

„Mach dir keine Sorgen, Neferhotep", bemerkte Apachte. „Die *Kas* unserer toten Verwandten sind uns gewohnt. Sie kennen den Lärm."

„Da hat er recht", sagte Paneb, leerte in tiefen Zügen seinen Krug, wischte sich geräuschvoll schmatzend den Mund und winkte Ta-Scherit. „Komm, Kleine, gieß voll!"

„Ubechet läßt fragen", wandte sich Neferhotep an Wabet, „ob du auch mit zum Grab Tos kommen möchtest. Sie will nicht allein mit der Seele Nesmuts speisen."

„Richte ihr meinen Dank aus", antwortete Wabet. „Aber ich bin froh, wenn ich hier alles gut überstanden habe. Pa-Anuket, so hör doch endlich auf mit dem Geheul!"

„Hierbleiben? Weib, das will ich überhört haben!" rief Paneb. „Selbstverständlich gehst du mit!"

Wabet sah ihn an, erwiderte aber nichts.

„Mutter?" Ta-Scherits Blick ging zwischen ihren Eltern hin und her. „Laß sie doch hier, Vater!"

„Du bist am besten still." Das war Apachte. „Kümmere dich um die Kinder und halt den Mund."

„Du bist ein mieser schwanzloser Esel!" schrie Hemet-Maura plötzlich. „Ich wünschte, du wärest tot!"

„So, tust du das? Du vergammelter Schlauch! Ich werde dir zeigen, was ..."

„Ruhe!" donnerte Neferhotep. „Augenblicklich schweigt ihr still! Was, bei allen Göttern, ist in dieser Familie los?"

„Was soll schon sein?" sagte Paneb spöttisch und nahm einen Schluck. „Wir sind eben nicht blutlos. Hier gibt es Leidenschaft und Ungestüm."

„Du willst sagen, hier gibt es Anmaßung und Verbrechen", schnarrte die unverwechselbare Stimme Amunnachts, der den kleinen Hof der Grabstätte betrat. Niemand hatte den Bruder Neferhoteps kommen sehen. Hinter ihm tauchten der zweite Vorarbeiter Hai und seine Frau Tatemhit auf, gefolgt vom Maler Uadjmose mit seinem Sohn Nebnefer.

Paneb erhob sich. „Was hat dieser Volksauflauf zu bedeuten?"

„Das wirst du gleich erfahren!" verkündete Amunnacht. Er trug eine so siegesgewisse Miene zur Schau, daß Paneb für einen Augenblick unsicher wurde. Hatte Rahotep geredet? War es möglich, daß Apachte ...? Panebs Blick suchte den Sohn.

Der stand unbeweglich an das Mäuerchen gelehnt, die Arme vor der Brust verschränkt, ein leises Lächeln auf den Lippen. Er sah aus, als berühre ihn nichts von dem, was hier vor sich ging. Seltsam erwachsen wirkte er, von einer Überlegenheit, die seinen dreizehn Jahren wenig angemessen war. Es ging von ihm etwas aus, das Paneb unangenehm war. Der Blick aus den schrägen Augen war leer. Kalt. Furchteinflößend. Schmerzhaft durchzuckte Paneb ein Gefühl von Reue. Es war ein Fehler gewesen, seinen Sohn an Rahoteps Stelle für das nächtliche Vorhaben zu gewinnen. Oder nicht? Apachte hatte zugestimmt, kühl, aber aufmerksam, als hätte er ein solches Ansinnen längst erwartet. Paneb entsann sich mit Mißbehagen des belustigten Ausdrucks auf dem Gesicht seines Sohnes. ‚Er ist mein Sohn', war ihm durch den Sinn geschossen, und gleich darauf: ‚Ich bin in seiner Hand!' Er hatte Apachte Macht über sich gegeben. Er wußte es, und Apachte wußte es auch.

„Iiemwaw hat gestanden!" verkündete Amunnacht mit unverhohlener Siegesgewißheit in der Stimme.

„Tatsächlich?" höhnte Paneb. „Ich wußte nicht, daß sie vor Gericht steht!"

Neferhotep starrte seinem Bruder ins Gesicht. „Amunnacht! Ich habe deine Andeutungen satt! Ich dulde nicht, daß du das Ansehen unserer Schwester in den Dreck trittst. Scher dich davon!"

„Ich habe dasselbe Recht wie du, hier zu sein. Du hast mir nichts zu befehlen! Was das Ansehen Iiemwaws betrifft, so zerstört sie es selbst. Sie schläft mit diesem Dreckskerl hier!" Anklagend fuhr Amunnachts Finger auf Paneb los.

„Paneb!" Uadjmose drängte sich an Vorarbeiter Hai vorbei. Beinahe wäre er über den kleinen Pa-Anuket gestolpert. „Wie konntest du? Sie ist meine Frau! Mit welch gemeinen Machenschaften hast du sie soweit gebracht?"

Einen Augenblick lang sprach niemand. Erst Apachtes Kichern unterbrach das Schweigen. „Aber Vater! Ist sie nicht ein wenig alt?"

„Halt den Mund!" schrie Neferhotep. Sein Blick wanderte zu Wabet. Es erstaunte ihn, sie so gefaßt zu sehen. Er hätte irgendeine Äußerung von Wut als angemessen empfunden, einen Tränenausbruch erwartet, aber auf diese heitere Gelassenheit war er nicht vorbereitet. Wabet strich sich eine Locke aus der Stirn, holte tief Luft, nahm ihre Jüngste auf den Arm und reichte Hednacht die andere Hand. „Kommt, Kinder!" sagte sie leichthin. „Es ist doch ein guter Vorschlag, zu Tos Grab zu gehen. Ta-Scherit, nimm den Kleinen. Wir wollen zu Ubechet." Sie ging mit gesenktem Kopf an Amunnacht und Neferhotep vorbei, sah sich nach Apachte um, aber der rührte sich nicht.

„Ist das Fest schon vorüber?" fragte Scherit-Ra.

Ta-Scherit zog sie fort. „Komm mit! Das ist ein Streit unter Erwachsenen."

Neferhotep wartete, bis Wabet mit den Kindern verschwunden war. „Laß mich mit ihm reden", sagte er zu Uadjmose. Dann wandte er sich an Paneb. „Ist es wahr?"

„Was geht es dich an?"

„Alles, was den Frieden im Dorf beeinträchtigt, geht mich etwas an!"

„Soll ich dir sagen, was deinen kostbaren Frieden beeinträchtigt?" Paneb streifte den Bruder des Vorarbeiters mit einem verächtlichen Seitenblick. „Es sind Scharfmacher wie Amunnacht, die hetzen und Zwietracht säen. Leute, die ihre eigene Mittelmäßigkeit nicht ertragen." Er wurde lauter. „Leute, die neidisch, eifersüchtig und rachsüchtig sind. Vor allem aber kleinlich!"

„Diese Worte wirst du bereuen!" Amunnacht war bleich geworden. „Es wird der Tag kommen, an dem du bezahlst. Teuer bezahlst."

„Ja, ja!" antwortete Paneb achselzuckend. „Wenn es dich beruhigt! He, Uadjmose! Du fragst nach meinen Machenschaften? Es war keine Machenschaft notwendig! Dein Weib war ganz gierig auf mich. Man könnte fast sagen, sie habe mir Gewalt angetan." Er gluckste vor Vergnügen. „Jetzt frage ich mich verständlicherweise, wie kommt das?" Er setzte seinen Krug an die Lippen und nahm geräuschvoll einen Schluck.

„Jetzt rede endlich!" wandte sich Amunnacht unvermittelt an Uadjmose. „Ist es dir gleichgültig, wenn dieser Schuft dich beleidigt? Wenn er Iiemwaws Ehre in den Schmutz tritt?"

Uadjmose vermied es, Amunnacht anzusehen. „Kalt läßt es mich nicht. Aber ein Trauerspiel wie das mit Nacht und Baket-Ra ist Iiemwaw nicht wert."

„Vater!" schrie der junge Nebnefer auf, und die Blicke aller richteten sich auf ihn.

„Es ist doch so!" sagte Uadjmose tonlos. „Iiemwaw ist es nicht wert."

Einen Augenblick blieb es still. Es bereitete allen Mühe, diese Worte zu begreifen.

Nebnefer strich sich über das Gesicht, um die aufsteigenden Tränen zu verbergen. Wortlos drehte er sich um und verließ den Vorhof.

„Da seht ihr es!" bemerkte Paneb. „Der einzige, der Schwierigkeiten macht, ist Amunnacht."

„Meine Zeit wird kommen!" Amunnacht spuckte vor Paneb aus. „Ich vergesse nichts, hörst du? Gar nichts!"

Zum ersten Mal meldete sich Vorarbeiter Hai zu Wort. „Amunnacht! Der Betroffene ist Uadjmose. Wenn es ihm wie Wasser ist, mit wem Iiemwaw das Lager teilt, so sollte dich das auch nicht kümmern!"

„Du bist auch auf seiner Seite!" preßte Amunnacht keuchend vor Wut heraus. „Alle seid ihr auf seiner Seite! Warum nur? Warum ...?" Seine Stimme kippte.

Niemand antwortete. ‚Ja, warum eigentlich?' dachte Neferhotep. ‚Vielleicht, weil keiner dir recht geben will, du Kleingeist von einem Bruder. Vielleicht aber, weil wir nicht nur bestürzt darüber sind, welche Macht Seth über Paneb besitzt. Wir sind erleichtert, denn wir sehen dann nicht mehr, wo Seth uns selbst erreicht.' Zwei Menschen gab es in Neferhoteps Leben, die er fast bedingungslos liebte. Was seine Frau betraf, schien ihm das ganz selbstverständlich zu sein, sie gehörte zu ihm wie die Sonne zum Tag und das Wasser zum Fisch. Die Liebe zu seinem Ziehsohn aber verstand er selbst nicht. Er brauchte sich nur den jungen Lehrling vorzustellen, der vor bald dreißig Jahren in sein Haus gekommen war, ein gescheiter Fünfjähriger mit klugen Fragen und unbegreiflichen Anfällen von Gelächter und von Jähzorn, dann wußte er, daß er Paneb immer wieder vergeben würde. Paneb war sein Sohn, wenn schon nicht der Sohn seiner Lenden, so doch der seines Herzens. Von Anfang an hatte er gewußt, daß er ein Mensch der Wirrnis war, gewaltig und gewalttätig, großzügig und unmäßig, getrieben und gierig. So wie er selbst nie sein konnte, nie zu sein gewagt hätte. Paneb war furchterregend frei. Dunkel ahnte Neferhotep, daß er ihn nicht trotz, sondern gerade wegen dieser Eigenschaften liebte.

Langsam schüttelte er den Kopf, wie um die Gedanken zu vertreiben. „Uadjmose ...", sagte er, doch dann brach er ab. Uadjmose war fort.

„Laß uns zu Tos Grab gehen", sagte Hai und legte die Hand auf Neferhoteps Arm. „Dieser Streit führt doch zu nichts."

Der Ältere nickte seufzend und folgte ihm und Tatemhit aus dem Hof hinaus. Er blickte sich nicht um.

Amunnacht klopfte unruhig mit den Fingern auf die Mauer des Hofes. „Nimm dich in acht vor mir, Paneb! Treib es nicht zu weit!"

„Du erweckst größte Furcht in mir!" Paneb lachte laut. „Glaubst du wirklich, du könntest mir drohen?"

„Eigentlich solltest du besser auf dich selbst aufpassen, Amunnacht", mischte sich Apachte ein. „Es könnte gut sein, daß dir einmal jemand das Maul stopfen will!"

„Ahh! Das glaube ich gern!" fauchte Amunnacht. „Die Brut ist von derselben Sorte, unverschämt und gottlos! Ihr werdet alle ohne Nasen und Ohren enden, in den Bergwerken von Kusch, und eure Leiber werden an Pfählen verrotten!"

„Es wird Zeit, daß du dich zurückziehst!" Panebs Stimme klang, als ob Schwerter aufeinanderklirrten. „Komm, Sohn! Laß uns nach Hause gehen, oder noch besser, nach Waset! Irgendwohin, wo man in Ruhe einen geziemenden Schluck nehmen kann und nicht von Schmeißfliegen belästigt wird."

Amunnacht zitterte vor Wut. Er blickte suchend umher, als verberge sich irgendwo eine Möglichkeit zu einem ehrenvollen Rückzug. Aber es wollte ihm keine messerscharfe Erwiderung in den Sinn kommen. Schließlich drehte er sich wortlos um und verschwand. So entging ihm die unzüchtige Handbewegung Apachtes. Paneb nahm seinen Bierkrug und leerte den Inhalt auf den Boden.

„Der Kerl hat uns einen Gefallen getan", stellte er fest. „Es ist kein Schauspiel mehr nötig. Jeder wird es verstehen, wenn ich heute nicht mehr zum Vorschein komme." Er nickte Apachte zu. „Gehen wir!"

# AN DEN UFERN DER DUNKELHEIT

Ipui hatte es als Auszeichnung empfunden, daß die Oberste Verwaltung der Totenstadt ihn zur Wache während der Nächte des Talfestes eingeteilt hatte. Er versah nun zum ersten Mal diesen verantwortungsvollen Dienst während eines großen Festes. Als er vor dem kleinen *Inbet* saß, den Rücken an die Hauswand gelehnt, hörte er wieder die Glückwünsche seiner Eltern und sah die Bewunderung in den Augen des kleinen Bruders. Achtzehn Jahre zählte Ipui, und schon durfte er sich Wächter des Grabes nennen. Er war ein gemachter Mann, der daran denken konnte, eine Familie zu gründen, für die es in Kürze eine passende Stelle für eine Grabstätte zu erwerben galt. Ipui, der Wächter des Grabes, war zufrieden mit sich und der Welt.

Wo blieb Penbui? Wollte er nicht spätestens bei Einbruch der Dunkelheit hiersein? Der Mann ging die kurze Strecke zum Eingang des Tals. Sand und Geröll knirschten unter seinen Sandalen. Die Luft war kühl. Ipui fröstelte und zog sich seinen Umhang fest um die Schultern. Am Himmel funkelten die Sterne, auch der Mond schien; doch die Schatten auf den Hängen waren undurchdringlich schwarz. Er würde den ersten Rundgang allein antreten müssen. Das war kein guter Anfang für seine Arbeit. Der Wächterdienst am Nordeingang des Tales war auf mindestens zwei Männer angelegt, und auch das war eigentlich zuwenig.

Er steckte die Fackel in die Halterung an der Hüttenwand. Mit dem Licht in der Hand würde er außer seiner nächsten Umgebung nichts erkennen und böte ein allzu leichtes Ziel für einen Pfeil. Sorgfältig begann er, die Grabeingänge auf ihre Unversehrtheit hin zu untersuchen. Nach etwa zweihundert Ellen stand er vor dem Grab des jüngst verstorbenen Pharao Ba-en-Ra Merenptah. Fahlweiß leuchteten die mit Mörtel verfugten Steine des Eingangs. Das Siegel war unversehrt. Ipui strich sacht mit den Fingerspitzen über die Umrisse des Schakals mit den neun gefesselten Gefangenen. Das war der Siegelabdruck der Totenstadt, das Zeichen des Sieges über alle Feindesmächte, die sich dem geheimen Ort nicht nähern durften. Ipui bog in den rechten Seitenarm des Tales ein und hielt auf das Grab des Osiris Haremhab zu.

In diesem Augenblick polterte irgendwo im Osten ein Stein in die Tiefe.

„Penbui!" rief Ipui leise. „Bist du das?"

Keine Antwort. Er stand mit leicht nach vorn gebeugtem Oberkörper und lauschte angestrengt in die Dunkelheit. Seltsam, wie viele Geräusche es da gab! Ein Tier fiepte in einiger Entfernung, wieder rumpelten Steine. Täuschte ihn sein Gehör oder vernahm er Schritte? Die Spannung in seinem Körper schmerzte beinahe.

„Wer ist da?" Er räusperte sich und rief noch einmal. „Nenne deinen Namen, der du die Ruhe dieses heiligen Ortes störst!" Jetzt klang seine Stimme lauter und sicherer.

„... örst ... sst ... st", hallte das Echo.

Kein Wort. Ipui stand ganz still. Nach einer Weile war er sich sicher, Schritte zu hören, Schritte in der Ferne, die sich im Nichts verloren. Er wußte so genau, wie er seinen eigenen Namen kannte, daß etwas nicht in Ordnung war. Ein Feind wartete irgendwo in der Dunkelheit da draußen.

„Bleib dicht am Felsen", raunte Paneb. „Wir klettern hier nach unten. Der Pfad liegt im Mondlicht, deshalb werden wir ihn meiden, so gut es geht."

Apachte antwortete nicht. Er tastete sich behutsam vorwärts, bemüht, so wenig Gestein wie möglich loszutreten. Wie sein Vater hatte er sich zwei Leinensäcke über die Schultern geworfen, auf der Brust zusammengeknotet und am Gürtel befestigt, damit sie ihn beim Gehen nicht behinderten. Sie enthielten Spaten, Hacken,

Kellen und Seile, einen Krug Wasser und einen Beutel mit getrocknetem Nilschlamm zum Vermörteln der Siegelplatte sowie zwei versiegelte Krüge mit Öl und Beutel mit Weihrauch und Myrrhe als Opfergaben für den Gott, dessen Ruhe sie störten. Der Jüngling war aufgeregt wie noch nie in seinem Leben. Sein Vater war ein Grabräuber! Er selbst nicht minder! Er war im Begriff, ein Verbrechen zu begehen, für das ihn die Götter ins Nicht-Sein schlagen konnten. Wie verwunderlich, daß er nicht mehr Angst verspürte! Statt dessen fühlte er das Blut in den Adern perlen, seine Sinne waren geschärft wie die eines Tieres auf der Jagd, und in den Lenden glühte Erregung wie vor einigen Monden, als er zum ersten Mal ein gewisses Haus in der Südstadt betreten hatte. Ja, er war einer, dessen Leben nicht verlief wie das anderer, er schuf seine Regeln selbst, genau wie sein Vater. Was konnte schon geschehen? Paneb lebte auch, wie es ihm gefiel! Wo blieb die rächende Hand des Gottes? Hätte sie nicht schon längst zugeschlagen, wenn es verkehrt war, selbst zu bestimmen? Es konnte nicht sein, daß die Ewigen Sklavenseelen liebten! Sie wollten Männer, deren Worte zu Taten wurden. Frevel? Gotteslästerung? Unwillkürlich stampfte Apachte auf. Dabei verlor er das Gleichgewicht und rutschte ein Stück den Hang hinunter. Steine polterten an ihm vorüber, und für einen Augenblick schien das ganze Tal von Lärm erfüllt.

„Hast du den Verstand verloren?" fauchte Paneb. „Warum schreist du nicht gleich: ‚Hier sind wir, nehmt uns fest'?"

„Ist ja gut, war keine Absicht!"

Beide standen eine Weile bewegungslos und lauschten. Nichts war zu hören.

Mit einer Kopfbewegung forderte Paneb den Sohn auf, weiterzugehen. Kurze Zeit später standen sie vor dem Eingang des Grabes von Osiris Men-cheperu-Ra Thutmosis. Schwarz ragte die Felswand in den nächtlichen Himmel, eine Schwärze, die lebendig zu sein schien, gefährlich und lockend, die sie einsaugen und verschlucken würde.

„Hier?" flüsterte Apachte. „Wie willst du hier hineinkommen?"

Paneb antwortete nicht. Er entnahm seinem Sack einen gebogenen Dolch, Feuerstein und Zunder und zündete eine kleine Fackel an. Die drückte er Apachte in die Hand und befahl ihm, sich so hinzustellen, daß er mit seinem Körper den Lichtschein verdeckte. Dann untersuchte er den Grabeingang. Eine Steinplatte mit dem Siegel der Totenstadt kündete von der Unversehrtheit der ehrwürdigen Stätte. Jetzt mußte sich zeigen, was seine Vorbereitungen wert waren. Vor vielen Tagen hatte er die Platte gelockert und sie statt mit Mörtel aus Kalk mit Lehm befestigt. Lehm ließ sich ohne große Mühe lösen. Er setzte den Kupfermeißel zwischen Mauer und Steinplatte an und trieb ihn mit leichten Hammerschlägen tiefer und tiefer. Insgeheim pries er seine Umsicht, die ihn sämtliche Geräte mit Tuch hatte umwickeln lassen. Aber auch so schien ihm der Lärm ohrenbetäubend. Schweiß lief ihm von der Stirn. Hatten die Wächter bereits Alarm geschlagen?

„Komm schon, hilf mir!" zischte er, als die Platte knirschend nach unten rutschte.

Apachte klemmte die Fackel zwischen zwei Felsblöcken fest, ergriff die Siegelplatte an ihrem unteren Rand und lehnte sie an die Mauer. Paneb lockerte mit seiner Hacke einige Mauerziegel.

„Geh ein Stück den Weg hinunter", befahl er ohne aufzusehen, „und sieh nach, ob jemand kommt!" Vorsichtig zog er den ersten Stein aus der Mauer und blies den Staub fort.

„Und wenn jemand kommt? Was soll ich dann tun?" Die Luft schien Apachtes Worte zu ersticken.

„Mir Bescheid geben, was sonst? Den Rest kannst du getrost mir überlassen!"

Sein Sohn starrte ihn an. „Was würdest du tun?"

Da hob Paneb kurz den Kopf. „Na, was wohl!" Er zog das Messer an seinem Hals vorbei. Apachte konnte seinen Gesichtsausdruck nicht genau erkennen, aber er hätte schwören können, daß Paneb grinste. ‚Er würde jeden besiegen', dachte er, während er davonschritt, ‚er kennt keine Furcht.'

Doch damit befand er sich im Irrtum. Paneb war voller Unruhe. Er fürchtete sich davor, von den Wächtern entdeckt zu werden; fieberhaft überlegte er, ob ihnen jemand gefolgt sein könnte, und beim Gedanken an den *Ka* des toten Königs hatte er Mühe, seine Panik zu unterdrücken. „Sicher bin ich vor diesen großen und mächtigen Göttern", murmelte er, „sicher und beschützt, sicher, sicher, sicher! Sie sitzen im östlichen Himmel und bewachen das Himmelszelt. Sie fügen mir kein Leid zu. Ich bin sicher in Ewigkeit!" Beschwörung setzte er an Beschwörung, um die Geister zu besänftigen, deren Gegenwart er mit jeder Faser seines Körpers spürte. Dabei zog er einen Ziegel nach dem anderen aus der Mauer. Bald gähnte ein etwa zwei Ellen hohes Loch vor ihm. Er nahm die Fackel und leuchtete hinein. Glänzend schimmerte das Holz der Grabtür, verziert mit den Sinnbildern des Lebens, den *Djed*-Pfeilern und den Ringen mit den Namen des ehrwürdigen Grabherrn. Auf dem Boden vor der Tür lagen verdorrte Blumensträuße. Trauernde Menschen hatten sie vor Jahrhunderten dorthin gelegt, bevor Priester unter feierlichen Gesängen diese Wohnung für die Ewigkeit versiegelt hatten. Er stieg durch die Öffnung. Mit dem Fuß berührte er einen Strauß, der sofort zu Staub zerfiel. Leise pfiff er durch die Zähne. „Es ist Zeit!" Doch er lauschte vergeblich auf Apachtes Schritte. Schon erblickte er in seiner überreizten Vorstellung den Sohn niedergeschlagen von einem Wächter oder zu Boden geschmettert von einem finsteren Geist, der nun den Weg heraufkam, um auch den zweiten Frevler zu zerreißen. Paneb biß sich auf die Lippen. Seit wann empfand er Angst wie ein Weib? Er spähte durch die Maueröffnung und wartete.

„Apachte?" Leise fluchend legte Paneb die Leinensäcke auf den Boden und kletterte durch die Öffnung zurück auf den Weg. „Verfluchter Bengel!" Wie er Rahotep vermißte! Der Mann mochte nicht der Geistesgegenwärtigste sein, aber er war zur Stelle, wenn man ihn brauchte.

Inzwischen stand der Mond hoch am Himmel, und der Pfad hinter den Felsnadeln lag in seinem fahlen Licht. Paneb sog die kühle Nachtluft ein, er witterte wie ein Tier, und jede Faser seines Körpers spannte sich. Nicht weit von ihm knirschte Kies. Schritte näherten sich. Paneb stand regungslos.

„Was hast du vor?" fragte Apachte leise. „Du kannst mir getrost etwas Zeit geben. Schließlich ist Vorsicht geboten. Irgendwo müssen die Männer ja sein."

„Du lausiger Katzenarsch!" grunzte Paneb erleichtert. „Irgendwann drehe ich dir mit Freuden den Hals um." Sie hasteten den Pfad zurück zum Grabeingang. „Ich glaube nicht, daß sie heute hier heraufkommen. Es ist das Schöne Fest, und sie werden an der Trunkenheit teilhaben wollen. Nicht ohne Grund habe ich dieses abgelegene Grab ausgewählt ..."

„... dessen Zugang verdammt mühselig ist", setzte Apachte schweratmend fort, während sie das letzte steile Stück zu den Felsnadeln überwanden.

Schließlich lag die Maueröffnung hinter ihnen. Jetzt versperrte nur noch die verzierte Tür den Zugang. Auch ihr hölzerner Riegel trug das Siegel der Totenstadt. Paneb rüttelte daran, doch vergebens. Der Riegel schien mit der Halterung verwachsen zu sein.

„O ehrwürdiger *Ka* dieses Gottes", murmelte er, während er aus Leibeskräften zerrte und zog. „Nicht aus Habsucht stören wir deine Ruhe. Vergib uns, denn siehe, das Land braucht deine Hilfe! Zerschmettere uns nicht, sondern blicke gnädig auf das Opfer, das wir dir bringen!"

Die letzten Worte kamen ihm krächzend aus der Kehle. Mit einer letzten großen Anstrengung riß er den Riegel zur Seite. Er drückte die Tür so weit auf, daß sie sich durch den Spalt hineinzwängen konnten. Ein Schwall abgestandener, jahrhundertealter Luft entwich, und Paneb unterdrückte einen Hustenreiz.

Im Fackelschein tat sich vor ihnen ein Korridor auf, der bis in Hüfthöhe mit Geröll gefüllt war und in eine tiefe, bedrohliche Dunkelheit führte. Paneb schluckte schmerzhaft. Warum fürchtete er sich so viel mehr als sonst? Was war dieses Mal anders? Schweiß trat ihm auf die Stirn, und er kämpfte mit einem Anfall von Übelkeit. Ein kühler Lufthauch strich an ihm vorbei, als wartete der Tod selber da unten und warnte ihn ein letztes Mal davor, weiterzugehen. Vielleicht ließen die Ewigen in dieser Nacht nicht mit sich spaßen. Er hatte sich auf etwas eingelassen, das er nicht überschauen konnte, etwas, das ihn vielleicht das Leben kostete.

Eine Hand tippte ihm auf die Schulter. „Vater!" wisperte Apachte. „Vielleicht sollten wir doch nicht ..."

„Halt den Mund!" Wenn sie die Befehle Amenmesses nicht befolgten, würde ihr Leben ohnehin enden. Paneb biß sich auf die Unterlippe und zwängte sich auf Händen und Knien in den engen Durchlaß. So begann der Weg in das Grab.

Ipui kletterte den steilen Pfad hinunter, der sich vom abgelegenen Haus der Ewigkeit des Dritten Thutmosis zwischen Geröllbergen zur Mitte des Tales schlängelte. Auch dieses Grab hatte er unversehrt vorgefunden. Milchigweiß floß das Mondlicht zwischen den Felsen und beleuchtete die Gegend gerade so weit, daß er vorsichtig einen Fuß vor den anderen setzen konnte und sich nicht den Hals brach. Er war inzwischen überzeugt, daß Penbui etwas zugestoßen war. ‚Hoffentlich hat er nur zuviel Bier erwischt', dachte er. Dann fiel ihm ein, daß Penbui niemals trank, wenn er Dienst hatte. Er jedenfalls gedachte, sich mit einem ordentlichen Schluck zu belohnen, wenn dieser Rundgang zu Ende war. Wenn es nur schon soweit wäre! Ipui versuchte, nicht an die unzähligen Geister zu denken, nicht an die Kas der toten Herrscher, die sich in den prunkvollen Gräbern aufhielten und womöglich gerade ihren Dienern befahlen, alles Lebendige im Tal auszulöschen.

„Ich sorge für eure Ruhe", murmelte er, „nicht soll irgendwer euch belästigen, die ihr herrscht im Reich des Westens!" Er glaubte zu sehen, wie sich im Innern des Gebirges die Gestalten von Göttern und Menschen von den Wänden der Gräber lösten, wie Hunderte von *Uschebtis* aus ihren Ecken hervorkrochen, wuchsen und ihre leuchtenden Augen den Herrschern zuwandten, begierig, auszuführen, was immer ihnen befohlen wurde. Wechselten nicht hier, an der Grenze zwischen Diesseits und Jenseits, die Gespenster der Unterwelt die Formen des Seins und schlichen umher auf der Suche nach allem, was sie für feindlich hielten?

Ipui stützte sich mit der Hand an die Felswand. Er durfte sich keine Bilder des Schreckens vorgaukeln! Wenn er es einmal zuließ, daß die Angst ihn überwältigte, würde es immer wieder geschehen.

Nie würde er die Arbeit als Wächter des Grabes leisten können. Nie mehr.

Ein leises Sirren erklang hinter ihm. Ipui drehte sich um und spürte einen zitternden Hauch an seinem Gesicht. Etwas Schwarzes schoß vorüber. Fledermäuse. Er bemerkte mit Erbitterung, daß er den Tränen nahe war. Vielleicht eignete er sich nicht zum Grabwächter. Vielleicht sollte er am nächsten Morgen bei der Verwaltung der Totenstadt erklären, er wolle lieber als Wasserträger arbeiten oder Steine schleppen beim Bau eines Tempels. Da fiel sein Blick auf die schwarze Gestalt, die bewegungslos in einiger Entfernung auf dem Weg stand.

Er wollte aufschreien, doch aus seiner Kehle drang nur ein Gurgeln. Schwer sank er auf den Boden zurück und hob die Hand in einem hilflosen Versuch der Abwehr.

„Hast du dich verletzt? Um der Götter willen, was ist los mit dir?"

Penbui! Vor Erleichterung wurde Ipui flau in der Magengegend.

„Laß sehen!" Penbui kniete sich nieder und klopfte dem Freund auf die Schulter. „Was ist denn geschehen?"

„Ich ... ich ...", stotterte Ipui, „... glaubte, etwas gehört zu haben. Aber wahrscheinlich ..."

„Du könntest recht haben", unterbrach ihn Penbui. „Du hast einen Lärm gemacht, als trampelte eine Herde Flußpferde durch das Tal, deshalb konnte ich nichts hören. Aber ich habe etwas gesehen."

„Gesehen?"

Penbui setzte sich auf den Markierungsstein. „Vielleicht habe ich mich getäuscht. Aber als ich über den Bergpfad ging, blitzte ganz kurz ein Lichtschein auf. Du kamst nicht zufällig aus dem Ostteil des Tales und trugst eine Fackel?"

„Als letztes untersuchte ich den Grabeingang von Osiris Mencheper-Ra. Meine Fackel ließ ich am *Inbet* zurück, wie du mich geheißen hast."

Penbui schwieg eine Weile. „Wahrscheinlich habe ich es mir eingebildet", sagte er endlich. „Du ahnst nicht, wie schnell man Dinge sieht, die nicht vorhanden sind."

„Ich ahne es", entgegnete Ipui trocken. Unglaublich, wie rasch seine Furcht verflogen war! Er hatte sich benommen wie ein Kind!

„Dennoch sollten wir jetzt dort hinübergehen." Penbui wies mit dem Ellbogen auf den kleinen Gebetsstein, auf dem Upuaut, der schakalköpfige Wegeöffner, den Anfang des östlichen Seitentals anzeigte. Dann setzte er hinzu: „Es ist gut, daß du keine Fackel angezündet hast." Er klopfte an die seinige, die er mit einer Lederschlaufe am Gürtel befestigt hatte. „Nur ein Dummkopf bietet sich als Ziel an."

Ipui nickte. Jetzt, da er verborgenen Gefahren nicht mehr allein gegenübertreten mußte, kehrte seine Sicherheit zurück. Er sprang auf die Füße. Eine Zeitlang war nichts zu hören außer dem Knirschen des Sandes und dem leisen Rollen der Steine unter den Sandalen der Männer, als sie hintereinander den Pfad nach Osten hinaufgingen. Still und verlassen lag dieses Zwischenreich, das Tod und Leben verband, einzigartig, beängstigend, unheimlich. Riesige Geröllblöcke erhoben drohend ihre schwarzschattigen Häupter, dunkel dehnten sich enge Schluchten, in deren Abgründe sich kein Mondstrahl vortastete.

Die Eingänge zu den Ewigen Wohnungen des ersten Ramses und seines Nachfolgers Osiris Men-Ma'at-Ra Sethos verbargen sich hinter hohen Mauern mit Siegeln, die seit Jahrzehnten keine menschliche Hand berührt hatte. Alles war, wie es sein sollte.

„Warum bist du so spät gekommen?" fragte Ipui nach einer Weile.

„Ich sprach noch mit dem jungen Nebnefer. Er bedurfte des Zuspruchs."

„Weshalb?"

„Uadjmose befahl Iiemwaw, sein Haus zu verlassen."

„Er wirft seine Frau hinaus?"

„Es sieht ganz danach aus. Dennoch ..." Penbui brach ab. Er faßte Ipui am Arm und blieb stehen. „Bewege dich nicht! Ich habe etwas gehört!"

Doch so angestrengt Ipui auch lauschte, er vernahm nichts außer dem Rauschen in seinen Ohren. „Du täuschst dich", sagte er mit größerer Zuversicht, als er empfand. „Wir sollten aufhören, Gespenster zu sehen." Gleich darauf verflog all sein gespielter Gleichmut. Weit drüben, dort, wo Ra morgens über das Gebirge schreitet, zitterte ein heller Schein und bewegte sich langsam in ihre Richtung. Kein Zweifel, jemand kam auf sie zu. „Wer ist das?" Er konnte sich nicht erinnern, jemals solche Angst verspürt zu haben. Niemals hatte er wirklich damit gerechnet, Grabräubern zu begegnen.

Penbui zögerte. „Wir sollten wissen, wie viele es sind."

„Warte, er bleibt stehen!"

„Sch!" machte Penbui. „Kein Wort mehr. Die Luft trägt jeden Ton weit." Gleichgültig, ob sie weitergingen oder umkehrten, um Medjau zu holen, wer auch immer sich da drüben aufhielt, er würde sie hören.

Eine Ewigkeit, so schien es den Männern, standen sie bewegungslos in der Dunkelheit. Nichts veränderte sich. Das Licht blieb, wo es war. Ipui kam es vor, als witterten sie wie Tiere, lauschten mit äußerster Anspannung, während sie mit den Augen die Nacht durchdrangen. Ihre Körper verschmolzen mit der Umgebung, wurden eins mit dem gesamten Tal.

Penbui überlegte, ob sie nicht doch versuchen sollten, sich lautlos anzuschleichen. Er verwarf den Gedanken gleich wieder. Schließlich konnte er nicht sicher sein, ob diese Fackel nicht gerade deshalb dorthin gebracht worden war, um die Wächter anzulocken wie die Motten und sie dann niederzumachen.

„Sieh nur!" Ipuis Flüstern war kaum zu vernehmen. „Das Licht bewegt sich!"

Penbui starrte, bis ihm die Augen tränten. „In die andere Richtung! Fort von uns!"

„Das muß eine Fackel sein! Jemand trägt eine Fackel zur Felswand."

Penbui sog scharf die Luft ein. „Bei Seth und allen Feinden! Osiris Men-cheperu-Ra! Dort ist das Grab des Thutmosis!"

„Was schlägst du vor?"

„Hole Hilfe, Ipui! Oben bei den Hütten sind Cha und Nachtmin. Sie werden wissen, was zu tun ist."

„Den Göttern sei Dank für die Medjau!"

„Beeil dich! Und sei vorsichtig!"

Ipui nickte und machte sich auf den Weg. Nach einigen Schritten blieb er stehen und sah zurück. „Finden wir dich nachher hier?"

Penbui machte eine wegwerfende Handbewegung. „Wo sonst?"

Doch in Wirklichkeit war er sich nicht so sicher. Er gedachte nämlich nicht, hier eine Stunde oder noch länger zu warten. Vielmehr beabsichtigte er, sich der ewigen Wohnstatt des Osiris Mencheperu-Ra zu nähern, sofern das möglich war. Vielleicht konnte er herausfinden, um wen es sich bei den Verbrechern handelte. Vielleicht würde er den Medjau bereits einen vollständigen Bericht erstatten können. Vielleicht würde er dann die längst verdiente Belobigung erhalten, die er auf der Wand seines eigenen Grabes verewigen konnte. Penbui wußte, daß die Verwaltung der Totenstadt ihn seit Jahren absichtlich übersah. Und das, obwohl er noch nie einen Knaben in der Öffentlichkeit auch nur länger angesehen hatte!

Er sah Ipui nach, bis er in der Dunkelheit verschwand. Hoffentlich waren die Medjau wirklich auf dem Posten. Während des Schönen Festes vom Wüstental konnte man nie sicher sein, wer dem Ruf der Trunkenheit Folge leisten würde.

Die Nacht war kühl geworden. Penbui zog mehrmals abwechselnd die Knie bis zum Kinn und ruderte mit den Armen, um warm und beweglich zu bleiben. Geschmeidig wie eine Katze wollte er sich anschleichen, lautlos wie der Jäger in der Nacht. Langsam setzte er einen Fuß vor den anderen, wobei er jedesmal sorgfältig mit den Augen den Boden absuchte. Er durfte keine Geräusche verursachen.

Erst nach einiger Zeit drang ihm ins Bewußtsein, daß sich etwas verändert hatte. Das Licht, das sich als feiner gelber Punkt in der Ferne bewegt hatte, war fort. Vor ihm lag nichts als Finsternis.

„Dort hinüber?" fragte Apachte. „Traust du dir das zu?"

In seiner Stimme klang so viel Hohn, daß Paneb ihm einen forschenden Blick zuwarf. Er bereute es im gleichen Augenblick.

Apachtes Augen leuchteten, sein Atem ging in kurzen, harten Stößen, und sein Gesicht trug einen Ausdruck unverhüllter Gier. Paneb lief es kalt über den Rücken. Was war das für ein Mensch, den es offenkundig erregte, wenn er gegen die Götter frevelte? Ihm selbst rann vor Anstrengung der Schweiß den Rücken hinunter. Es war aufreibend gewesen, sich einen Weg durch das Geröll zu bahnen, mit dem der Gang gefüllt war. Außerdem fürchtete er sich vor den Figuren, dem verstorbenen König und den Gottheiten, die auf den Wänden des tiefen Schachts ihr geheimnisvolles Leben führten. Fast konnte er sehen, wie Osiris Men-cheperu-Ra sich langsam zu ihm wandte, fragend und vorwurfsvoll. Ra-Horachti richtete seinen stechenden Falkenblick auf ihn.

„Also, was nun?" wollte Apachte noch einmal wissen.

Panebs Blick glitt über die mit Sternen bemalte Decke, den goldgelben *Cheker*-Fries, über die Göttin Hathor, die dem toten Thutmosis das *Anch*, das Zeichen für Leben, an die Lippen hielt, und weiter zu dem Felsdurchbruch, der auf der gegenüberliegenden Seite des Schachtes in einen weiteren Raum führte. Dieser war bis zur halben Höhe von einer Mauer verschlossen. Endlich sah er, was er suchte. „Da!" zischte er und wies auf das lange Seil aus Palmfasern, das dort hinunterhing. „Drüben können wir hinauf. Und von hier hinunterzugelangen wird ja wohl keine unüberwindliche Hürde darstellen. Leuchte hierher!"

Er holte das eigene Seil aus dem Sack, dazu einen Hammer und den Bronzekeil. Wo war der Spalt zwischen den Randblöcken des Schachtes? Nach vielen Jahren Erfahrung beim Aushauen von Felsengräbern wußte Paneb genau, wo er suchen mußte.

„Osiris, Erster der Westlichen, möge dir Millionen von Jahren machen", murmelte er beschwörend, „indem er dir Luft gebe für deine Nase, indem er dir Bier und Brot reiche neben der Hathor, der Herrin des Horizonts ..." Mit ruhigen, zielsicheren Hammerschlägen trieb er den Keil zwischen die Steinblöcke. Dann verknotete er das Seil mehrfach und warf es in die Tiefe. „Sei kein Verfolger für mich, der du lebst und atmest an dieser Stätte der Wahrheit, denn siehe, ich bringe alles zurück. Nichts wird fernbleiben für immer. Nicht will ich stören den Frieden dieses Ortes!"

„Vater!"

„Möge dir Rechtfertigung gegeben werden neben jedem Gott!"

„Vater!"

„Mögest du stromabwärts fahren auf den Barken der Sonne bis an die Gestade des Himmelsozeans und ..."

„Vater! Sei endlich ruhig!"

Paneb sah auf. Verschwunden war der Hochmut aus Apachtes Gesicht. Der Sohn deutete in den Gang, aus dem sie gekommen waren. Noch war niemand zu sehen, aber hören konnte man ein sich näherndes Schleifen, das Kollern von Steinen, ein langsames, zögerndes Schlurfen.

„Verfluchter Eselsmist!" Apachte fuhr sich mit der Hand über das Gesicht. Er zitterte unbeherrscht. „Die Fackel!"

„Lösche sie nicht!" fauchte Paneb. Und wenn es seinen Tod bedeutete – die Vorstellung, in undurchdringlicher Finsternis einem Feind gegenübertreten zu müssen, raubte ihm fast den Verstand. Was nun? Er überlegte fieberhaft, doch er konnte keinen klaren Gedanken fassen. Alles war zu Ende! Eigentlich war es gleichgültig, wer ihnen nun den Hals umdrehte, ein aus dem Totenreich zurückgekehrter Diener des Grabherrn oder ein Mensch aus Fleisch und Blut.

„Wer es auch ist, Vater", flüsterte Apachte, „wir lassen uns nicht einfach abschlachten!"

Trotz seiner Furcht fühlte Paneb einen Stich der Bewunderung für seinen Sohn. Unfaßbar, diese Kaltblütigkeit! Apachte hatte recht! Die Flucht nach vorn blieb als einziger Ausweg. Jeder Gedanke verschwand. Er fühlte weiter nichts als Leere. Nur seinem Trieb gehorchend, der ihm Überleben um jeden Preis befahl, zog er das Seil aus dem Schacht. Er fuhr sich kurz mit der Hand an die Kehle, um anzudeuten, was er vorhatte. Apachte begriff sofort. Er kniete sich neben den Bronzekeil und riß an den Knoten. Während sie einen nach dem anderen lösten, kamen die Schritte unaufhaltsam näher.

„Schneller!" keuchte Paneb zwischen zusammengepreßten Zähnen hervor. „Schneller, verdammt noch mal!" Stöhnend zerrte er den letzten Knoten auf. Die Geräusche im Gang verstummten, der Ankömmling mußte etwas gehört haben. Paneb sprang auf und preßte sich an die Wand des Grabgangs, das Seil zwischen den Fäusten spannend. Hinter ihm drückte sich Apachte an den Felsen. Sie atmeten so flach wie möglich.

Eine Weile herrschte Totenstille, nur die Fackel knisterte leise. Schritte kamen näher. Steine polterten. Jemand arbeitete sich langsam die Stufen der letzten Treppe hinunter. Ein Mann schob sich an der Wand entlang, und schemenhaft erschien ein Gesicht. Apachte erkannte es sofort.

„Penbui! Ai verflucht, es ist Penbui!"

„Apachte!" schrie Penbui mit unverkennbarer Erleichterung im Tonfall. „Was machst du hier?"

Apachte warf einen fragenden Blick zu seinem Vater. Der nickte. „Penbui!" rief er dann. „Komm her! Bist du allein?"

„Apachte, bist du von allen guten Geistern verlassen?"

„Ist jemand bei dir?" unterbrach Paneb.

„Paneb! Du bist auch hier?"

„Wie du siehst!" sagte Paneb und ging langsam auf den Wächter zu. „Beantworte doch die Frage!"

„Aber warum?" Penbui rang um Fassung. „Warum bist du hier eingedrungen in dieses Haus der Ewigkeit?"

„Warum, warum?" äffte Paneb ihn nach. „Das geht dich nichts an!"

Penbui starrte ihn an. „Ich kann es nicht glauben! Du? Im Grab des Gottes?"

Paneb blieb stehen. „Zieh keine voreiligen Schlüsse! Die Dinge sind oft nicht das, was sie zu sein scheinen."

„Für wie dumm hältst du mich? Was könnte all das sonst bedeuten?"

„Ich bin dir keinerlei Rechenschaft schuldig!" schrie Paneb. „Verstehst du? Kümmere dich um deinen eigenen Dreck!" Er sah Penbuis ungläubige Erschütterung, und es überlief ihn heiß und prickelnd vor Wut. „Sieh mich nicht an, als seist du schwachsinnig!"

„Selbstverständlich betrifft mich das!" sagte der Ankömmling ruhig. „Ich bin Wächter des Grabes, hast du das vergessen? Dieser Ort ist heilig, und ich stehe mit allem, was ich bin und habe, für seine Sicherheit ein."

Paneb stöhnte. „Kein Wort mehr will ich hören! Du brauchst mich nicht zu belehren, du Tugendbold!"

„Du hast noch immer nicht gesagt", meldete sich Apachte zu Wort, „ob du allein bist."

„Ich bin allein."

Paneb starrte den Wächter aus zusammengekniffenen Augen an. „Du lügst!"

„Glaub doch, was du willst!"

Paneb trat noch einen Schritt auf Penbui zu. Seine Hände krampften sich um das Seil und zogen es straff.

Der Mann wich zurück. „Was hast du vor? Mich umbringen?" Seine Stimme steigerte sich zu einem Schrei. „Wie kannst du? Paneb! Wir sind doch Freunde!"

„Warum fürchtest du dich dann?" Die Kälte in Apachtes Worten ließ Paneb frösteln. Dem Wächter Penbui raubte sie jede Hoffnung. Vor Entsetzen rann ihm Speichel aus den Mundwinkeln. Er machte kehrt und rannte auf die Treppe zu. Paneb stürzte hinterher, stolperte über das Geröll, raffte sich wieder hoch. In einer Hand hielt er das Seil, mit der anderen versuchte er, Penbuis Schurz zu fassen. Er erreichte ihn nicht. Penbui schrie in Todesangst, und auch Paneb brüllte markerschütternd. Der Wächter war, obwohl beleibter, schneller als sein Verfolger. Er schoß die Treppe hinauf. Damit entfernte er sich jedoch vom Licht der Fackel, und in der Dunkelheit übersah er die letzte Stufe. Er stolperte, stürzte, und bevor er sich aufrichten konnte, war Paneb über ihm.

Das Schreien endete, knurrend wie Tiere rangen die Männer miteinander. Ohne Erfolg versuchte Paneb, Penbui das Seil über den Kopf zu streifen. Der Wächter wehrte sich keuchend und schnaubend, trat und biß, während sie die Treppe hinunterrollten und sich unten im Staub wälzten. Es gelang Paneb nicht, das Seil zu nutzen. Er ließ es los und bohrte statt dessen die Daumen in Penbuis Augen.

Der kreischte, bäumte sich auf und rollte unter ihm fort. Doch ehe er auf die Füße kam, begrub ihn Paneb mit einem Sprung erneut unter sich. Er rammte ihm das Knie in den Magen und packte ihn an den Ohren. Mehrmals stieß er Penbuis Kopf mit aller Wucht auf die erste Treppenstufe. Da zerplatzte ein unerträglicher Schmerz zwischen seinen Beinen, schoß in den Kopf, und ihm war, als berste ihm die Schädeldecke. Er ließ los, helle Flecken flimmerten vor seinen Augen. Übelkeit würgte ihn. Unter ihm wand sich Penbui wie eine Schlange, schlug um sich und stieß ihn weg. Da gellte ein Schrei, der Wächter fiel in sich zusammen und bewegte sich nicht mehr.

Paneb warf sich zur Seite und übergab sich. Dann setzte er sich mühsam auf.

Vor ihm stand Apachte, den Hammer in der Hand. „Er lebt noch", sagte er. „Du mußt ihn töten." Mit diesen Worten streckte er seinem Vater das Werkzeug entgegen.

In Panebs Ohren dröhnte es, und jeder einzelne Knochen schmerzte. „Dieser Irrsinnige!" brach es aus ihm heraus. „Weshalb mußte er hier herunterkommen? Ai, verflucht, verflucht!"

„Erschlag ihn doch!" schrie Apachte und stampfte mit dem Fuß auf.

Paneb wuchtete sich stöhnend hoch. Er mußte es tun. Es gab kein Entrinnen. Tränen liefen ihm über die Wangen, ohne daß er es bemerkte. Er vermied es, dem am Boden Liegenden ins Gesicht zu schauen. Wenn sein Herz erst begriff, daß es Penbui war, der da lag, würde er schreien und nie wieder damit aufhören. Penbui, der Freund so vieler Jahre!

In diesem Augenblick öffnete Penbui die Augen. Gurgeln drang ihm aus der Kehle. Paneb riß den Hammer an sich, hob ihn und ließ ihn auf Penbuis Kopf niederkrachen. Er hörte, wie dem Wächter der Schädel barst, ein Knacken, ein widerwärtiges Geräusch, von dem er wußte, daß es ihn den Rest seines Lebens verfolgen würde. Wie gelähmt stand er vor dem Sterbenden, starrte in das Gesicht, dessen Züge sich entspannten. Ein Scharren mit der Ferse, ein Heben der Hand, dann nichts mehr. Penbui befand sich auf der Reise ins Land der Westlichen.

„Es ist gut, daß du nicht das Seil verwendet hast", sagte Apachte. „So können wir ihn ohne Schwierigkeiten loswerden."

„Apachte!" Paneb ließ den Hammer fallen. War sein Sohn überhaupt ein menschliches Wesen?

„Was denn? Wir müssen uns etwas überlegen! Sie werden Penbui vermissen, und wenn sie ihn erst einmal suchen, ist es eine Frage der Zeit, bis sie ihn finden. Dann stellen sie einen Einbruch in diese Götterwohnung fest, es wird eine Untersuchung geben und einen Aufruhr, der den Palast von Pi-Ramesse zum Einsturz bringt."

„Wie willst du das verhindern?" krächzte Paneb. Er begriff mit einemmal, daß er Angst hatte, Angst vor diesem Dreizehnjährigen, seinem eigenen Fleisch und Blut.

„Wir nehmen ihn mit und werfen ihn die Klippen hinunter", sagte Apachte leichthin. „Nach Djeseret. Man wird denken, die Verletzungen rührten vom Sturz her."

Und das Ganze würde als bedauerlicher Unfall vermerkt. Welch unglaublicher Ausweg! Paneb holte tief Luft und zwang sich zur Ruhe. Er mußte den Tatsachen ins Auge sehen. Der Knabe war ein geborener Mörder. Und ein Verbündeter, wie man ihn selten fand! Rahotep hätte in dieser Lage den Verstand verloren.

„Ob er allein war?" fragte Apachte plötzlich.

„Gewiß!" antwortete Paneb, obwohl er Zweifel hatte. „Ein zweiter Wächter wäre längst schon hier. Ich glaube, der andere ist am Eingang des Tals. Penbui war auf dem Weg zu ihm. Er hörte hier etwas und wollte nachsehen." So mußte es sich zugetragen haben. Etwas anderes war nicht möglich, durfte nicht sein. Paneb faßte wieder Mut. Sie würden davonkommen.

„Los! Los!" sagte er. „Wir müssen unsere Sachen aufsammeln! Dann nichts wie weg hier!" Er hielt inne. Sollten sie wirklich aufgeben? Es drohte keine unmittelbare Gefahr! „Nein, warte!" Er durfte Seiner Hoheit nicht unverrichteter Dinge unter die Augen treten. Wenn etwas schiefginge, hatte Imenmose erklärt, würde man sich seiner leichten Herzens entledigen. Und zwar schnell und gründlich. „Für die Leiche haben wir nachher auch noch Zeit. Wir bringen zu Ende, was wir begonnen haben."

Apachte warf seinem Vater einen bewundernden Blick zu. Nichts konnte diesen Mann von seinem Ziel abbringen. Wieder fühlte er, daß in ihm dieselbe Kraft drängte, und vor allem derselbe Haß auf alles, was sich ihm in den Weg stellen wollte.

Er nickte und folgte dem Vater zum Schacht. „Ich nehme den Hammer", sagte er nur.

Erneut befestigten sie das Seil. Paneb band seine Leinensäcke am Gürtel fest und schlang ihn sich um den Leib. Dann nahm er die Fackel sorgsam unten am Stiel zwischen die Zähne und kletterte in die Tiefe.

„Wie kommt es überhaupt, daß hier ein Seil herabhängt?" fragte Apachte.

Sein Vater beachtete ihn nicht und zog sich auf der anderen Seite wieder hoch. Sein Sohn folgte ihm. Flackerndes Licht fiel auf zwei wuchtige Säulen in der Mitte eines völlig kahlen, rechteckigen Raumes. An der gegenüberliegenden Stirnseite führte eine Steintreppe noch tiefer hinab.

Noch ein langer Korridor, noch eine Treppe. Sie gelangten in eine mit prunkvollen Möbeln und Schränken gefüllte Kammer, deren Wände über und über in leuchtenden Farben bemalt waren. In vielfacher Ausführung opferte der verstorbene König vor den Göttern, brachte Trank- und Weihrauchopfer dar, wofür jene ihn des Lebens und ihres Schutzes versicherten.

„Da hast du die Erklärung für das Seil", sagte Paneb und wies auf eine Inschrift an der Wand. „Sie haben das Grab irgendwann wiederhergestellt. Dort ist die Grabkammer. Komm!"

Sie hatten ihr Ziel fast erreicht. Noch hatte sich ihnen kein Wesen aus der jenseitigen Welt entgegengestellt. Was bedeuteten die Gefahren durch lebende Menschen schon gegen die Bedrohung, die von den Geistern der Unterwelt ausging, von Toten und Finsterlingen der Nacht? Die großen Augen der Götter schienen sie mit düsterem Feuer anzustarren.

„Vielleicht ist schon in diesen Truhen genug?" Apachtes Stimme klang mit einemmal klein und verzagt. Auch er spürte den Hauch von Drohung und Gefahr. Als schwebten die Beschwörungen noch immer greifbar im Raum, die Priester hier vor Jahrhunderten gesprochen hatten. Auf jeden Fall schien alles lebendig zu sein, die Figuren an den Wänden, die unzähligen *Uschebtis*, die in den Ecken und an den Wänden lehnten und sie mit den Augen verfolgten. Sie mußten empört sein über die Gegenwart lebender Menschen, die mit ihren Händen, ihrem Geruch, mit jeder Bewegung die Heiligkeit dieses Ortes schändeten.

„Schau hinein!" knurrte Paneb. „Aber ich glaube, das Gold liegt ganz innen. Wir brauchen Gold und Edelsteine. Holz und Alabaster können wir nicht schleppen."

Mit zitternden Händen hob Apachte den Deckel der am nächsten stehenden Truhe. Ein scharrendes Geräusch – und er prallte zurück.

„Was ist?" schrie Paneb auf.

„Ich ...", Apachte biß sich auf die Lippen. Eine zwei Ellen hohe Figur war umgestürzt, lag nun auf dem Rücken und starrte ungerührt an die Decke. „Es ist nichts."

Paneb zog die Riegel an der Tür zur Sargkammer zurück, wobei er den Gott, der hier ruhte, um Vergebung anflehte. Schweiß lief ihm von der Stirn, und jeder Muskel in seinem Leib zitterte vor Anspannung. Hinter sich vernahm er den keuchenden Atem des Sohnes, der eine Truhe nach der anderen öffnete und in kostbaren Stoffen, Haushaltsgerät, Schminkgerätschaften, den Stäben, Fächern und Peitschen des toten Königs wühlte.

„Geh nicht so weit weg mit dem Licht!" befahl er. „Ich muß auch etwas sehen."

„Es ist kein Schmuck da!" Apachte betastete kleine Schreine mit *Uschebtis* und die Schutzanhänger aus glasiertem Ton.

„Wahrscheinlich ist alles weiter innen!" Paneb preßte seine Schulter an das Holz. Unter Ächzen und Knirschen öffnete sich die Tür einen Spalt. „Komm her und hilf mir!"

In diesem Augenblick schwang die Tür weit auf. Paneb verlor das Gleichgewicht und stürzte mit einem Schrei einige Stufen hinunter in das Dunkel. Ein glühender Schmerz schoß ihm von den Rippen in den Kopf. Keuchend vor Entsetzen versuchte er, auf die Füße zu kommen. Doch harte Arme hielten ihn fest.

„Vater!" Apachte leuchtete mit der Fackel in die Schwärze und sah Paneb in den Armen eines umgestürzten, mannshohen Wächterstandbildes. „Beruhige dich! Es ist nur Holz!" Vorsichtig kletterte er die Stufen hinunter. „He! Komm zu dir! Oder willst du sterben?" Das letzte Wort schrie er fast, und aus allen Ecken flog ein leises, höhnisches Echo durch die abgestandene Luft.

Sterben? Wild um sich schlagend befreite sich Paneb aus der hölzernen Umarmung. Er sprang auf die Füße und riß Apachte die Fackel aus der Hand. „Verdammte Tür! Verdammte Stufen! Verdammt! Verdammt!"

„Sieh nur!" Apachte starrte auf die drei lebensgroßen hölzernen Wächter, die vor ihnen standen, den Blick in unbestimmte Fernen gerichtet. Jeder streckte einen Stab auf Armlänge von sich.

Mit aller Kraft zwang Paneb sich zur Ruhe. Noch hatte niemand sie angegriffen. „Wir kommen in Frieden", keuchte er und hob das Licht. Was er sah, ließ ihn den Atem anhalten.

Sie befanden sich in einem großen, von sechs Pfeilern getragenen Saal. Auch hier trugen die Wände keinen Bildschmuck. Dafür standen da vergoldete, mit Elfenbein und Lapislazuli eingelegte Stühle, ein Bett, dessen Füße in goldene Löwenpfoten ausliefen, und gewaltige Truhen aus glänzend schwarzem Holz. Vasen aus hauchdünnem Alabaster zierten niedrige Tische, daneben mehrere *Senet*-Spiele, eines davon aus reinem Elfenbein mit Figuren aus Bergkristall. Am gegenüberliegenden Ende des Raumes stand der Streitwagen des toten Königs, bereit zur Ausfahrt. Die Zügel warteten auf die Hand, die sie ergreifen sollte, die Handschuhe aus Antilopenleder lagen daneben. Die kostbaren Waffen des Thutmosis lehnten in einem Gestell aus Zedernholz, mehrere Prunkkeulen mit silbernen Manschetten, Bronzeschwerter und Knüppelbeile mit Bildern besiegter Feinde in den Griffen, damit die Hand des Königs sie zerquetsche. Ein Doppelbogen und mehrere Hornbogen samt Pfeilen lagen in sorgsam ausgekleideten Kästen, ebenso Dolche mit Griffen aus Elektron und Edelsteinen. Das Krummschwert, die heilige Waffe des Herrschers über das Zweifache Land, funkelte auf einer flachen Schale aus reinem Gold. Gewaltige Truhen bargen die Rüstungen,

Helme, Sandalen und Gürtel des Königs. Die Deckel standen offen, damit der Tote jederzeit zugreifen konnte.

Die Luft in der Grabkammer war muffig. Paneb spürte, wie ihm das Atmen schwerer wurde. Seine Augen begannen zu tränen, so sehr bemühte er sich, in alle Ecken zu schauen. Es dauerte eine Weile, bis ihm klar wurde, was das bedeutete.

„Wo ist deine Fackel, Sohn?" flüsterte er. „Diese hier ist schlecht! Verbraucht vielleicht! Womöglich kann die abgestandene Luft das Licht nicht ausreichend nähren!"

Apachte heftete den Blick auf den Boden, als wollte er dort etwas Wichtiges finden. „Die meinige liegt oben am Eingang. Im Schatten der Mauer."

„Du bist ein törichter, nein, irrsinniger ... Schwachkopf!" Paneb krallte die Hände in Apachtes Schulter. „Das kann unseren Tod bedeuten!" Er hob die Faust, als wolle er zuschlagen.

„Vater!" sagte Apachte leise. „Prügeln kannst du später!" Der Schein der Fackel wurde matter. „Wir dürfen keine Zeit verlieren."

Paneb versuchte, nicht auf das Gefühl der Schwäche zu achten, das sich in seinem Innern ausbreitete. War das die Art der Götter, sich zu rächen? Würden er und Apachte den Ausgang in der Finsternis noch finden?

„Sollen wir dort hinein?" fragte Apachte und deutete auf eine Öffnung in der Wand neben dem Streitwagen. Sie gingen hinüber, stiegen über Stoffballen, Schemel und mehrere Kästchen mit *Uschebtis*. Paneb leuchtete in den Durchgang. Zwei Stufen führten zur eigentlichen Sargkammer. In dem trüben Schein erglänzte die Gestalt des Gottes Anubis auf gelbrotem Quarzit: der Sarg des Osiris Mencheperu-Ra. Hier ruhte der Gott.

Paneb schluckte schwer. Die Ungeheuerlichkeit ihres Tuns griff ihm kalt ans Herz. „Siehe, o großer Herr des Westens", flüsterte er mit bebender Stimme. Mit jeder Faser seines Körpers spürte er die Gegenwart des toten Königs. Er zog den Leinensack von der Schulter. „Ich bin nicht mit leeren Händen gekommen. Kein Frevler bin ich, kein Schänder dieses Ortes." Er rief über die Schulter: „Gib die Opfergaben her!"

Apachte reichte ihm die Ölkrüge und die Säckchen mit Weihrauch und Myrrhe. Sein Vater reihte die Gaben auf die obere Stufe und beugte das Knie. Doch die Opferformeln erstarben ihm auf der Zunge. Das Licht nahm viel zu schnell ab! „Sieh in die Truhen da drüben, rasch!" zischte er. „Nicht die mit den Krügen!"

Neben dem Durchgang standen vier Kästen mit alabasternen Krügen, deren Deckel die Köpfe der Horussöhne zierten. Darin waren die königlichen Eingeweide bestattet, einbalsamiert vom großen Gott Anubis selbst! Apachte ging an ihnen vorüber zu einer Reihe geschnitzter Truhen und hob den ersten Deckel. Für einen Augenblick verschlug es ihm die Sprache. Vor ihm funkelten goldene Armreifen, Gürtelschnallen aus reinem Silber und Elektron, Skarabäenarmbänder aus Gold, Lapislazuli und Karneol, Halsketten aus Elektron, glasiertem Ton und Halbedelsteinen, goldene Ringe mit Mondsteinbesatz, *Udjat*-Augen aus dunkelrotem Karneol mit Saphiren besetzt, Brustkragen aus Gold und feinem Glas, an denen Geier und geflügelte Sonnenscheiben aus Elektron und Onyx hingen.

„Du hast es gefunden?"

Apachte nickte. Er hob den zweiten Deckel. „Bei Osiris! Das ist unglaublich!"

Schwere Silberketten schlangen sich um goldene Ohrringe mit Saphiren und Rubinen, um feinziselierte Dolche aus reinem Gold. Daneben Brustschmuck, dessen Türkise und Jaspis geheimnisvoll grünes Licht ausstrahlten; aus Edelstein geschnitzte Blumen und winzige Götterfiguren glitzerten im Schein der Fackel.

Paneb stieß einen Pfiff aus. Hier lag mehr Gold, als er zu träumen gewagt hatte. Seine Hoheit, der Königssohn von Kusch, würde zufrieden sein. „Schnell!" Er rückte zwei Truhen aneinander und klemmte die Fackel fest. „Vier Beutel haben wir, einer ist für das Werkzeug. Die anderen füllen wir. Los!"

Er hielt die Beutel, während Apachte mit beiden Händen in die Truhe fuhr, die Schätze herausholte und in die Leinensäcke fallen ließ. ‚Wenn die Götter uns jetzt nicht töten', dachte er, ‚wann dann?' Ihn schauderte. Billigten sie Amenmesses Absichten? War es in ihrem Sinn, was sie taten?

„Das genügt jetzt!" befahl er, als Apachte noch eine dritte und vierte Truhe aufriß. „Mehr können wir nicht tragen!"

„Vater!" Apachte starrte auf die Fackel. „Das schaffen wir nie!"

„Raus hier! Wir müssen wenigstens den Schacht hinter uns bringen. Den Rest finden wir auch im Dunkeln."

„Und die Leiche?"

„Wir nehmen sie mit."

Der Luftmangel und die Angst preßten ihnen die Lungen zusammen, jeder Atemzug schmerzte. Sie schlangen sich die Säcke um den Leib. Wie schwer das Gold wog!

Paneb ergriff die Fackel, deren winzige Flamme kaum noch zwei Ellen weit leuchtete. Ohne auf irgend etwas anderes zu achten als auf ihre Schritte, verließen sie die Grabkammer und kämpften sich die Treppe hoch, den Gang entlang. Sie stützten sich mit der Hand an der Wand ab, keuchend, stöhnend, in den Ohren einen sirrenden Ton, von dem Paneb nicht hätte sagen können, ob er der Vorbote einer nahenden Ohnmacht oder des drohenden Irrsinns war. Er ging voraus, hielt das Licht hoch und betete, daß es nicht ausgehen möge. Der Anzünder befand sich oben am Eingang des Grabes. Sie konnten sich nur sehr langsam vorwärtsbewegen, denn jeder stärkere Luftzug hätte die Flamme gelöscht.

Nach einer Ewigkeit, wie es schien, erreichten sie die erste Säulenhalle.

„Vater! Wir ..."

„Still!" Paneb blieb stehen. Er starrte auf die Fackel. Da war keine Flamme mehr. Ein müdes schwärzlichrotes Glimmen stand noch einige Augenblicke in der Dunkelheit. Er warf einen Blick auf Apachte, in dessen Augen sich der verlöschende Lichtpunkt spiegelte. Dann sah er nichts mehr.

Ipui traf auf die beiden Wächter Nachtmin und Cha bei den Arbeiterhütten oberhalb des Tales. „Ihr seid verflucht spät dran!" sagte er.

„Im Dorf kocht die Aufregung hoch!" erklärte Nachtmin, ein massiger, älterer Medja von gut vierzig Jahren, der sich in Pa-Tíme wegen seiner Freundlichkeit großer Wertschätzung erfreute.

„Penbui hat so etwas schon angedeutet! Uadjmose und Iiemwaw, nicht wahr?"

„So ist es", bestätigte Nachtmin. „Und Paneb, wie gewöhnlich. Man kennt das ja."

„Er hat Uadjmose die Alte abspenstig gemacht", kicherte Cha. „Meine Rede! Die alten Weiber! Zahnlos und schamlos!"

„Schweig!" befahl Nachtmin. „Du vergißt dich!"

Ipui beschrieb flüsternd, was sich zugetragen hatte, dann machten sich die Männer schweigend auf den Weg ins Tal. Gelegentlich blieben sie stehen, um zu lauschen. Doch nichts Verdächtiges war zu hören. Nach einiger Zeit gelangten sie zu der Stelle, an der Ipui den Wächter Penbui zurückgelassen hatte. Der Mond war inzwischen gewandert, der Eingang zum Grab Men-Ma'at-Ra Sethos' lag nun im Dunkeln, dafür schimmerte über dem gesamten Ostteil des Tales ein fahler Hauch.

Ipui blickte suchend um sich. Wo war Penbui? „Wir sind hier!" rief er leise und erwartete jeden Augenblick, die stattliche Gestalt des Wächters auftauchen zu sehen. Doch er wartete vergebens. Penbui war verschwunden.

„Was nun?" fragte Cha. „Wo kann er sein?"

„Laßt uns weitergehen", schlug Nachtmin vor. „Penbui ist entweder zum *Inbet* am Taleingang oder weiter dort hinauf." Er deutete auf die Felswand am östlichen Ende der felsigen Schlucht.

„Das ist nicht möglich", murmelte Ipui. „Er wäre niemals so leichtsinnig!"

„Wir müssen nachsehen", sagte Nachtmin. „Es bleibt uns nichts anderes übrig."

Widerstrebend stapften sie den nun steil ansteigenden Weg hinauf. Nachtmin, der voranging, blieb so unvermittelt stehen, daß Ipui auf ihn prallte.

„Was ist?"

Nachtmin antwortete nicht. Das war auch nicht notwendig, denn jetzt sahen auch Ipui und Cha den zitternden Widerschein von Licht am Felsen in einiger Entfernung vor ihnen.

„Penbui hatte seine Fackel nicht angezündet", flüsterte Ipui.

„Sollen wir ...", Cha brach ab. Ein Geräusch ertönte, das den Männern nur allzu vertraut war. Ein Hammer schlug auf Stein.

Zu der Zeit, als der Wächter Ipui und die beiden Medjau von den Hütten zum Tal hinunter aufbrachen, kroch Paneb auf allen vieren zu der Stelle, wo er den Schacht vermutete. Mit zusammengebissenen Zähnen bemühte er sich, seiner Todesangst Herr zu werden. Die erloschene Fackel hatte er, nachdem sie abgekühlt war, in den Gürtel geschoben.

„Sohn? Wo bist du? Halte dich dicht hinter mir!"

„Sicher bleibe ich hinter dir", sagte Apachte. „Ich verschwinde schon nicht!"

Die Worte sollten forsch klingen, aber seinen Vater konnte er nicht täuschen. Paneb spürte Apachtes Grauen so deutlich wie sein eigenes. „Wir müssen unseren Weg eben in der Dunkelheit finden. Das muß möglich sein!" sagte er und betete insgeheim, daß die Seile noch dort hingen, wo sie sollten, daß niemand Penbui gefolgt war, daß die Ewigen sie ziehen ließen und daß sie vor Angst nicht verrückt würden.

„Ehrwürdiger *Ka* des Men-cheperu-Ra, zerschmettere uns nicht", murmelte er, während er sich vorwärtsschob. „Es ist der künftige Herrscher selbst, der dies befohlen hat. Entlasse uns in Frieden." Plötzlich ertastete seine Hand eine Kante. Dahinter griff er ins Leere. „Der Schacht! Ich habe ihn gefunden!" Fast hätte er gejubelt, als seine Finger über das Seil glitten. Ohne sich um Apachte zu kümmern, begann er den Abstieg. Der gestaltete sich schwieriger als gedacht, denn die prall gefüllten Säcke zogen ihn nach unten, und er riß sich seine Finger an den scharfen Fasern blutig. Was ihn aber am meisten beunruhigte, war das Knirschen des Stricks.

„Schneller!" rief er. „Das Seil reißt!" Seine Füße erreichten den Boden. „Jetzt!"

Apachte ließ sich über die Kante hinunter.

Trotz des Brausens in seinen Ohren hörte Paneb das bedrohliche Geräusch zerreißender Seilfasern. „Rasch!"

Schon schrie Apachte auf. Er stürzte in die Tiefe und landete mit heftigem Schlag auf seinem Vater. Einige Augenblicke lag Paneb wie betäubt, dann schüttelte er sich und griff suchend um sich. Seine Finger schlossen sich um den Arm des Sohnes. „Bist du verletzt?"

„Ich ... weiß nicht!" Apachte stöhnte. „Dreckiger Eselsmist!"

„Dann stelle es fest! Wir müssen hier raus!"

Apachte bewegte sich ein wenig. „Mir tut jeder einzelne Knochen weh!"

„Kannst du gehen?"

„Ich glaube schon."

Ohne ein weiteres Wort zu verlieren, suchte Paneb nach dem zweiten Seil an der anderen Schachtwand. Er fand es sofort und zog sich hinauf. Es war fest und stark, dafür aber drohten ihn seine Kräfte zu verlassen. Die mit Gold und Schmuck gefüllten Beutel wogen schwer wie Steine, und für einen Augenblick packte ihn Verzweiflung. Er würde es nicht schaffen. Kurz vor dem Ziel würde er abstürzen und in diesem Loch elend verrecken. Oder die Geister würden ihn in Stücke reißen.

Endlich tasteten seine Finger ins Leere. Dort begann der Korridor. Mit letzter Kraft riß er sich hoch und schwang sein Knie in den Gang. Er zitterte, und feurige Ringe tanzten ihm vor den Augen. Apachte kroch hustend und schnaufend an seine Seite. „Hier war die Mauer mit dem Siegel."

„Kannst du mir verraten, wie ich sie in der Dunkelheit aufrichten soll?" Paneb zog das Seil hoch und löste es von dem Keil. Diesen wieder zu lockern gelang ihm nicht. „Weiter vorne muß Penbui sein. Wir haben dort alles eingepackt, nicht wahr? Erinnere dich!"

„Wir haben alles", kam die Antwort. Sie erhoben sich und setzten vorsichtig einen Fuß vor den anderen, die Hände weit vor sich ausgestreckt.

„Da ist er!" rief Apachte mit erstickter Stimme.

Paneb beugte sich hinunter. Er fühlte den Körper des Toten, aus dem die Wärme noch nicht vollständig gewichen war, und packte ihn unter den Achseln. Mehrmals mußte er zugreifen, denn Penbuis Oberkörper war glitschig von Blut. „Nimm du ihn an den Füßen!" befahl er seinem Sohn.

„Weshalb ist der so schwer?" Apachtes Atem ging pfeifend. „Wir schaffen es nie über den Berg!"

„Sei still und zieh!"

Endlich verfärbte sich das Schwarz, das sie umgab, in ein heller werdendes Grau.

„Der Ausgang!" ächzte Paneb. „Da ist der Ausgang!"

Die Aussicht, aus der Unterwelt ans Licht zu kommen, verdoppelte seine Kraft. Endlich standen sie im Vorraum des Grabes. Endlich konnte man wieder atmen! Und es gab wieder Licht! Nach der Finsternis unter der Erde erschien ihnen die Mondnacht taghell. Apachte sank zu Boden. Das Gold in seinem Beutel klirrte.

Paneb kümmerte sich nicht um ihn. Jedes weitere Wort, jede unnötige Bewegung war eine Verschwendung von Kraft, die sie den Erfolg und letztlich das Leben kosten konnte. Er schloß die hohe Holztüre und schob den Riegel vor.

„Auf mit dir!" befahl er. „Ausruhen kannst du, wenn alles vorbei ist." Er stieß Apachte grob den Fuß in die Seite. „Wir müssen das da", er wies mit dem Kopf auf Penbui, „durch die Maueröffnung ziehen." Er kletterte als erster hindurch und spähte zu den beiden Felsnadeln. Nichts Verdächtiges war zu sehen. „Los! Gib mir seine Arme!"

Apachte raffte sich zusammen und stellte sich mühsam auf. Schwankend setzte er sich in Bewegung.

„Wenn das nicht flinker geht, wirst du gleich genauso daliegen wie Penbui! Ich bringe mich in Sicherheit, mit dir oder ohne dich!"

Apachte starrte seinen Vater mit blutunterlaufenen Augen an. „Das würdest du tatsächlich tun, wie?"

Aber er bewegte sich nun schneller, ergriff die Arme des Leichnams und zog so lange, bis Paneb von außen zugreifen konnte.

„Schieb! Mehr noch!" Paneb rang nach Atem. „Hebe ihn am Bauch an!"

Vor Anstrengung winselte Apachte wie ein verendender Schakal. Handbreit um Handbreit rutschte die Leiche nach draußen. Paneb zog noch einmal mit aller Kraft, riß, und dann lag der tote Wächter außerhalb der Mauer.

Apachte zwängte sich durch die Öffnung. Paneb streifte ihn mit einem Blick und erschrak. Der Knabe sah zum Fürchten aus: kalkweiß das Gesicht, rotgeränderte Augen, die Lippen zerbissen. Der Schweiß troff ihm von Brauen und Kinn, aber er klapperte mit den Zähnen wie im Fieberfrost.

Wieder zerrte Paneb an Penbui, als suche er irgend etwas, das den nahenden Schmerz in seiner eigenen Seele überdecken könnte. Kein anderer als er selbst, Paneb, war für Apachtes leeres Herz verantwortlich. Er hatte seinen Sohn mit hineingezogen, hatte dem großspurigen Gehabe eines Dreizehnjährigen Glauben geschenkt und ihn zum Verbrecher, ja zum Mörder gemacht. „Die Mauer!" flüsterte er rauh. „Wir müssen sie schließen. Wo ist deine Fackel?"

Keine Antwort. Paneb stieg noch einmal über die Mauer in den Vorraum. Er brauchte nicht lange zu suchen. Während er das Licht anzündete, saß Apachte bewegungslos mit gesenktem Kopf neben dem Toten. Er rührte sich auch dann nicht, als Paneb auf den Haufen Ziegel wies, den sie aufgeschichtet hatten. „Hilf mir gefälligst!"

Apachte reichte seinem Vater einen Stein nach dem anderen, und nach kurzer Zeit war der Durchgang geschlossen.

„Die Platte!" befahl Paneb. „Und gib mir vorher Hammer und Keile!"

Apachte zog den Sack mit dem Werkzeug vom Rücken auf die Brust, holte das Gewünschte heraus und reichte es weiter.

„Nicht!" zischte Paneb, als Apachte die Beutel losbinden wollte. „Laß sie festgebunden! Für alle Fälle!"

Er trieb mit leichten Hammerschlägen den ersten der beiden Keile zwischen die Steine, auf denen er die Siegelplatte festmörteln wollte. Plötzlich hielt er inne. Auch Apachte hatte sich aufgerichtet und lauschte in die Nacht. „Da kommt jemand!"

Vergessen waren die Erschöpfung, die Angst, die Gefühle der Schuld. Es ging nur noch darum zu überleben. Paneb rannte zu den Felsnadeln und blickte über die Kuppe auf den Pfad, der aus dem Tal heraufführte. Dann stürzte er zu seinem Sohn zurück. „Drei! Es sind drei! Weg hier!"

Apachte nickte und löschte die Fackel. Der Grabraub würde entdeckt werden, der Mord an Penbui ebenfalls. „Lebendig bekommen sie uns nicht!" sagte er und folgte seinem Vater, der quer über ein Geröllfeld hinauf zum Hügelkamm floh.

Paneb kümmerte sich weder um den Lärm noch um den Knaben. Er flog beinahe über die Felsen, die Säcke auf seinem Rücken schwangen hin und her, und ihr Inhalt klirrte. Er keuchte laut, und sein Herz hämmerte.

Ipui und die beiden Medjau starrten wie vom Donner gerührt auf den Felsen, von dem der Widerschein des Lichtes plötzlich verschwunden war. Zwei dunkle Gestalten rannten über den Abhang auf den Bergkamm zu. Steine und Geröll polterten den Berg hinunter, und der Widerhall dröhnte von allen Felswänden.

„Hinterher!" rief Nachtmin.

Ipui und Cha rannten den Weg ein Stück weiter hinauf und bogen auf das Geröllfeld ab. Nachtmin verlor bald den Anschluß, er war zu alt und zu schwer für ein solches Unterfangen. Also gab er auf, kehrte zum Weg zurück und näherte sich der Hügelkuppe, die den Eingang zur Ewigen Wohnstatt des Osiris Men-cheperu-Ra verbarg.

Wenig später merkte auch Cha, daß er die Fliehenden nicht mehr erreichen würde. Keuchend blieb er stehen. Da hörte er den Schrei. Schweratmend blieb er stehen und drehte sich um. Ein langgezogenes Wehklagen folgte.

„Das ist Nachtmin!" rief er Ipui zu, der ihn eingeholt hatte. „Wir müssen zu ihm."

Der junge Grabwächter warf einen Blick zum Bergkamm hinauf. Nicht einmal erkannt hatte er die beiden Gestalten, und schon waren sie nicht mehr zu sehen. Mit hängenden Schultern kehrte er um. Er wußte, was der Schrei bedeutete.

Auf dem Vorplatz des Grabes kniete Nachtmin laut weinend auf der Erde. Er hielt den toten Penbui in den Armen. Ipui stürzte zu ihm. Beim Blick auf Penbuis blutverschmierten Kopf versagten ihm die Beine den Dienst, und er sank zu Boden. Scheu nahm er Penbuis herabhängende Hand und drückte sie an seine Lippen. „Penbui?" flüsterte er. „Penbui, warum hast du nicht gewartet?"

# DIE GROSSE KÖNIGLICHE GEMAHLIN

Baket-Ra liebte den Frühling im Norden. Nach Monaten der Kühle und des Windes blühten die Gärten und Parks der Paläste unter den Goldhänden Ras zu Farbenpracht und Fülle auf. Die Luft war feucht und frisch, denn zu dieser Jahreszeit benetzten manchmal die Tränen der Himmelsgöttin das Land. Wenn Baket-Ra durch die weitläufigen Gärten von Bais Palastanlage wanderte, vorbei an den schnurgeraden Reihen von Granatapfelbäumen und Palmen, zwischen langgestreckten, mit Narzissen bepflanzten Beeten hindurch, wünschte sie sich, immer diesen Hauch von Aufbruch und Spannung zu empfinden, der sie ihr Heimweh vergessen ließ.

'Im nächsten Monat feiert Kasa den Tag seiner Geburt', dachte sie und setzte sich auf eine Ruhebank, von der sich ein weiter Blick auf das Haupthaus öffnete. 'Und Nebu-em-schaset, und Kab-nefer-Ra.' Es waren ihrer noch mehr, das wußte sie genau, aber sie hatte bereits begonnen zu vergessen. Irgendwann würde sich auch die Erinnerung an die Gesichter verwischen. Vielleicht war das gut so. Sie würde Pa-Tíme nie wiedersehen; je eher sie damit abschloß, desto besser. Fünf Jahre waren vergangen seit ihrem Abschied, aber noch immer schmerzte sie der Verlust. Oft schämte sie sich, weil sie das Dorf mehr vermißte als Niu. Wenn sie allein war, flüsterte sie manchmal den Namen des Geliebten und lauschte dem schwächer werdenden Echo in ihrem Herzen. Was war ihr geblieben von ihrer großen Liebe? Traurigkeit, Schuld und ... Angst. Immer wieder hatte sie versucht, sich davon zu überzeugen, daß sie sich am Abend ihres Aufbruchs getäuscht hatte. Der Mann am Hafendamm konnte nicht Nacht gewesen sein! Ein lebender Nacht hätte sie längst gefunden. Nein, ihr Ehemann war tot, so tot wie Niu und To. Warum aber konnte sie das Flüstern in ihrem Innern nicht zum Schweigen bringen, das von einem Nacht sprach, der am Leben war, der sie beobachtete und wartete, bis seine Stunde gekommen war?

Den Königssiegler Bai hatte sie enttäuscht. Seine Freundlichkeit hatte sie mit Klagen beantwortet, seine schwungvolle Werbung mit Schwermut. Folglich war eingetreten, was die Wirtin Qafi einst vorhergesagt hatte: Bai teilte einige Male das Lager mit ihr, doch ihre gehorsame Gleichgültigkeit ernüchterte ihn gründlich. Er zog sich zurück, bedauernd zwar, aber keineswegs unglücklich. Es mangelte ihm nicht an leidenschaftlicheren Bettgefährtinnen. Im Grunde war sein Sinnen und Trachten mehr darauf gerichtet, die Nähe zum König zu erhalten, als eine Frau zu gewinnen. Trotzdem fühlte er sich weiter für Baket-Ra verantwortlich. Als er bemerkte, wie sie mit Anteilnahme die Arbeit seiner Gärtner beobachtete, gab er ihr die Aufsicht über die Bediensteten seines Schloßgartens in Pi-Ramesse. Den zuständigen Gartenbaumeister besänftigte er mit einer ungewöhnlich großzügigen Zuwendung an Silberringen.

„Mutter! Ich muß mit dir sprechen!" Mutemwija eilte über den Rasen auf sie zu. Wenn es je einer Bestätigung bedurft hätte, daß es richtig gewesen war, Bai nach Norden zu folgen, so brauchte sie nur die Zwillinge zu betrachten. Sie waren nun fast zwölf Jahre alt und hatten sich zu anmutigen jungen Mädchen entwickelt. Bai hatte sie unterrichten lassen, wie er es versprochen hatte. Hutemwija und Mutemwija lasen in den Schriftrollen, sie beherrschten das Lautenspiel, sie verstanden sich auf Buchführung und konnten einfache Rechnungen durchführen. Sie berichteten von Königen der Vergangenheit und benannten einzelne Sterne am Leibe Nuts. Ihr Wissen übertraf das der Mutter um so vieles, daß diese seinen Umfang gehörig überschätzte. Da sie weder schreiben noch lesen konnte, ahnte sie nicht, daß die Bildung ihrer Töchter keineswegs den Rahmen überschritt, der für untergeordnete Verwaltungsangestellte in Bais Palast angemessen war.

„Schon fertig mit den Näharbeiten?" fragte sie.

„Noch nicht!" sagte Mutemwija und blies sich eine Haarsträhne aus der Stirn. „Aber unser Anliegen duldet keinen Aufschub!" Auch Hutemwija tauchte hinter ihrer Schwester auf. Baket-Ra sagte nichts und wartete. ‚Wie schade', dachte sie, ‚daß sie ihre Bänder nicht mehr tragen.' Weder Hutemwijas rotes noch Mutemwijas blaues Armband wurde heute noch benötigt. Niemand verwechselte die jungen Mädchen mehr. Die Unterschiede in ihrer Wesensart hatten die Gesichter geformt. Jeder sah Mutemwija ihre Nachdenklichkeit an, ihre Stimme war leise und die Bewegungen rund. Hutemwijas scharfer Verstand dagegen, ihre aufbrausende Art drückten sich in ihrem durchdringenden Blick aus und in dem herausfordernden Schwung, mit dem ihre Hände alles unterstrichen, was sie sagte.

„Heute morgen befahl der Herr uns zu sich", fuhr Mutemwija fort.

„Ich werde es nicht tun!" rief ihre Schwester. „Das sage ich gleich!"

„Was denn?"

„Der Herr fand, wir sollten uns dem Tempeldienst widmen. Er will uns zu Tänzerinnen der Hathor ausbilden lassen."

„Ha!" schnaubte Hutemwija. „Tänzerinnen der Hathor! Ohne mich! Für Muti mag das recht sein, aber ich habe keine Lust dazu, überhaupt keine!"

„Was stört dich daran?" fragte Baket-Ra. „Tanzen für die Göttin ist doch eine schöne Aufgabe!"

„Was findest du daran schön? Immer diese Feierlichkeit, immer die düsteren Gesänge! Die Ausbilderinnen sind streng, bei allem muß man um Erlaubnis fragen, nichts darf man, was Spaß macht."

„Das schadet nicht!" sagte Baket-Ra kurz.

„Nicht? Du hast leicht reden, du bist ja nicht betroffen!"

„Huti! Wie kommst du darauf, daß der Tanz keine Freude macht?" fragte Mutemwija. „Ich jedenfalls tanze gern."

„Dann tu es doch! Ich für meinen Teil werde nicht von einem Kerker in den nächsten wechseln."

„Hutemwija!" rief Baket-Ra. „Das genügt! Du wirst unverschämt, und das werde ich nicht dulden!"

„Mutter!" Hutemwija starrte sie an. „Ich hasse es, wenn mir befohlen wird, was ich zu tun und zu lassen habe. Alles wird mir hier vorgeschrieben, was ich zu lernen habe, wie ich mich kleiden soll, was ich sagen darf, was ich verschweigen muß. Höflich soll ich sein, zuvorkommend und, verdammter Taubendreck, obendrein auch noch dankbar!"

„Ach Huti, nimm es nicht so schwer", beschwichtigte Mutemwija. „Du mußt verstehen ..."

„Schweig!" fuhr ihr Hutemwija über den Mund. „Du bist immer mit allem zufrieden! Du ahnst gar nicht, wie wütend mich das macht!"

Eine Pause entstand.

„Unser Beschützer und Gönner", sagte Baket-Ra endlich, „hat entschieden. Ihr werdet Tänzerinnen für Hathor, und ich bin es zufrieden. Du wirst dich auch damit abfinden, Huti, das versichere ich dir."

„Meinst du?" Hutemwija stampfte mit dem Fuß auf. „Ihr glaubt, ihr brauchtet nur mit dem Finger zu schnippen, dann eilen wir, euren Befehlen nachzukommen! Aber ich weigere mich! Du hast mich damals hierherbringen können, weil ich klein war und keine Wahl hatte. Obwohl du wußtest, daß ich nicht fortwollte! Obwohl du es wußtest!" Sie holte tief Luft. „Warum hast du uns nie erzählt, warum wir fortgegangen sind? Warum wir? Die anderen blieben doch auch in Pa-Tíme!"

„Der Herr versprach, euch eine gute Ausbildung zu gewähren ..."

„Hör auf! Du willst doch nicht ernsthaft behaupten, du habest dich für unsere Ausbildung kaufen lassen?"

„Huti!" rief Mutemwija entsetzt. „So kannst du nicht mit Mutter sprechen!"

„Weshalb nicht? Soll sie es doch sagen, wenn es anders gewesen ist. Soll sie mir erklären, warum ich unrecht habe! Ich bin kein kleines Kind mehr! Nie hast du gesagt, warum wir damals fortmußten. Etwas Furchtbares ist mit uns geschehen, etwas, das du vor uns verbirgst. Allmählich glaube ich, daß du allen Grund hast zu schweigen. Ich weiß, daß Niu nicht beim Erdbeben starb!"

Baket-Ra erbleichte. „Wer erzählt dir diese Lügen?"

„Lügen? Du bist es, die lügt! Niu war längst tot, als die Erde bebte, oder etwa nicht?"

„Woher …?"

„Es ist also wahr!"

„Ich werde kein Wort darüber sagen, solange du schreist und mich beleidigst!"

„Wieder suchst du einen Vorwand, um nicht sprechen zu müssen!" Das Mädchen war weiß vor Wut. „Das ist so … ungerecht!" Sie drehte sich um und rannte davon.

Baket-Ra sah ihr nach. „Ungeheuerlich!" stieß sie hervor. „Ich kann gar nicht glauben …"

„Mutter!" unterbrach Mutemwija. „Bitte sei nicht böse! Sie meint es nicht so, verstehst du? Sie ist jähzornig und sagt Dinge, die ihr hinterher leid tun!"

„Dennoch ist es unentschuldbar. Sie ist ein Kind aus meinem Leibe, aber mit ihren Worten schlägt sie nach mir. Mein Vater hätte mich totgeprügelt, wenn ich es je gewagt hätte, so zu ihm zu sprechen."

Mutemwija verzog unglücklich das Gesicht. „Soll ich mit ihr reden?"

Eine Weile sprachen beide nicht. Baket-Ra betrachtete ihre Handflächen, als gäbe es nichts Wichtigeres auf der Welt. Sie hatte ihre Töchter unterschätzt, nein, es war ihr einfach nicht in den Sinn gekommen, daß die Mädchen ihr längst nicht mehr ohne weiteres glaubten und Ungereimtheiten nicht hinnehmen wollten. Sie warf einen Seitenblick auf Mutemwija. Nie würde sie es ertragen, ihre Liebe zu verlieren. „Ach, Muti!" seufzte sie und nahm das Mädchen in die Arme.

Mutemwija löste sich sanft, aber nachdrücklich. „Verzeih mir, Mutter, aber ich muß es dich fragen: Ist etwas wahr an dem, was Huti behauptet hat?"

Es war soweit. Keine Ausflüchte mehr.

„Ich will die Wahrheit wissen", fuhr Mutemwija fort, „über dich und Vater. Ich werde nicht ruhen, bis ich alles weiß. Hat Huti recht?"

Baket-Ra wartete lange mit einer Antwort. Mutemwija mißdeutete ihr Zögern und erhob sich. „Du machst es mir nicht leicht! Manchmal verstehe ich meine Schwester."

„Nein, warte!" rief Baket-Ra. „Ihr sollt erfahren, was sich damals zugetragen hat. Aber ich will mit euch beiden darüber sprechen. Suche Hutemwija. Ich erwarte euch in meinem Gemach."

„Wann?"

„Sofort."

„Danke, Mutter!" Mutemwija lächelte sie an. „Ich bin froh."

Baket-Ra sah ihr nach. Würde sie auch dann noch froh sein, wenn sie erfuhr, daß ihre Mutter eine Ehebrecherin war und ihr Vater ein Mörder?

Die Jahre in Bais Haushalt, die häufigen Treffen mit Angehörigen des königlichen Hofes hatten Baket-Ra gelehrt, ihre Empfindungen hinter einer gleichbleibend freundlichen Miene zu verbergen. So ahnte auch an jenem Tag niemand, der ihr begegnete, wie es um sie bestellt war. Sie schritt über die Gartenwege, nicht zu schnell, nicht zu langsam, sie hielt den Kopf geneigt, aber nicht zu tief, den Blick gesenkt, aber nicht niedergeschlagen, und grüßte Palastbedienstete, die auf dem Weg zu Bais Arbeitsräumen an ihr vorübereilten, zurückhaltend, aber nicht schüchtern.

„Baket-Ra!"

Djehuti! Sie blieb stehen und wartete. Sosehr sie seine Gegenwart sonst schätzte, jetzt kam er ihr ungelegen.

„Ich habe eine Bitte an dich!" rief er. „Keine Sorge, du wirst es gerne tun!"

Djehuti bekleidete seit etwas über einem Jahr die Stellung eines Hofharfners und Sängers. Der Stimmbruch hatte ihm eine volle, tiefe Männerstimme gegeben, die großen Anklang fand. Es hatte nicht lange gedauert, bis ein Fest bei Hof ohne Djehutis Gesang und seine unnachahmlichen Tonläufe auf der Harfe undenkbar schien. Er bezog ein für sein Alter ungewöhnlich hohes Gehalt in Gold und Emmerweizen und bewohnte zwei Räume in einem Seitenflügel des Palastes. Man sah ihn nie anders als erlesen gekleidet in feines Linnen und Antilopenleder; an den Füßen trug er mit bunten Steinen verzierte Bastsandalen. Noch der verstorbene Pharao Merenptah hatte ihm den Ehrentitel „Freude der göttlichen Ohren" verliehen, der mit einigen Vorrechten verbunden war. So spielte und sang

Djehuti stets in der Nähe der königlichen Tafel, sein Gesang begleitete die Opferhandlungen des Königs im Ra-Tempel von Iunu und im Ptah-Tempel von Men-nefer. Er besaß das Vorrecht, bei den künftigen Sed-Festen Pharaos zu singen, und außerdem wurde ihm allmonatlich ein Krug edelsten Weines von einem Königsgut geliefert, was weniger Djehuti selbst als vielmehr seinem alten Vater Ipuki zugute kam und diesem zu wahrer Herzensfreude verhalf.

„Was kann ich für dich tun?" fragte Baket-Ra.

„Ich bringe dir einen Auftrag Ihrer Vollkommenheit, der Königin Tausret. Du sollst den Blumenschmuck für das Abschiedsessen der Vornehmen Sutailja zusammenstellen. Alles in Rosa und Lila."

„Abschied für Sutailja?"

„Sie ist außer sich!" Djehuti rieb sich gedankenvoll die Nase. „Und mit Recht, finde ich. Sie soll künftig im Frauenhaus von Mi-Wer leben."

„Die Ärmste! Sie wird von ihrem Sohn getrennt! Der junge Siptah soll ihrem Einfluß entzogen werden."

„Nicht doch! Es ist besser, solche Dinge nicht beim Namen zu nennen, auch wenn sie richtig sind."

„Das stimmt!" Baket-Ra lächelte. „Aber bei dir ist jeder sicher. Wann soll das Mahl stattfinden?

„Am Tag, der dem morgigen folgt, wird die Königin die Göttin Hathor in ihrem Tempel schauen. Am Abend des nächsten Tages ist es soweit."

Ein schöner Auftrag! In den letzten Jahren hatte Baket-Ra einen feinen Sinn für Formen und Farben entwickelt; in Blumen bildete sie Sinnbilder und Schutzzeichen nach, Blütendichtungen nicht nur in Farben, sondern auch in Düften. „Mutemwija wird mir zur Hand gehen", sagte sie. „Sie hat ein Gefühl für Pflanzen."

„Wie geht es ihr?" fragte Djehuti. „Darf ich sie in nächster Zeit besuchen?"

Etwas in seiner Stimme ließ Baket-Ra aufhorchen. „Mutemwija? Selbstverständlich darfst du sie besuchen. Du bist immer willkommen." Täuschte sie sich, oder zeigten Djehutis Wangen eine leichte Rötung?

„Danke! Ich freue mich! Entlasse mich nun in Frieden, Baket-Ra, denn mein Vater erwartet mich. Möge dein Tag golden sein!" Er deutete eine Verbeugung an und entfernte sich in Richtung der Wirtschaftsgebäude, wo Ipuki seit kurzem eine geräumige Wohnung besaß. Als bekannt geworden war, daß der neue Pharao von Pi-Ramesse statt von Men-nefer aus regieren würde, hatte Bai den Teil seiner Dienerschaft, der ihm besonders am Herzen lag, in die zweite Hauptstadt mitgenommen.

Baket-Ra sah Djehuti nach. An diesem Tag kam ihr sein Hinken besonders ausgeprägt vor. Warum war er nur obendrein mit diesem Buckel geschlagen? ‚Es wird nicht einfach sein für ihn', dachte sie. ‚Ich wünschte, er machte sich keine Hoffnungen auf Mutemwija.'

Die Mädchen warteten schon. Sie hockten auf einem Teppich, hatten wohl miteinander gesprochen, verstummten aber sofort, als Baket-Ra den Wohnraum betrat. Sie hatte ihn selbst eingerichtet, schmucklos, sehr einfach. Er war dem großen Zimmer in Tos Haus recht ähnlich geraten, und Königssiegler Bai hatte mit Rührung den kleinen Betschrein für Ahmes-Nefertari zur Kenntnis genommen und einen Steinsplitter, auf dem das Hathorgebirge in der Totenstadt von Waset schützende Hände über eine Frau und zwei kleine Kinder hielt.

„Es fällt mir schwer", begann sie und ließ sich ebenfalls auf dem Teppich nieder, „von jenen Tagen zu sprechen. Ich hatte gehofft, es niemals zu müssen, denn ich wollte euch Kummer ersparen." Einen Augenblick lang befürchtete sie, nicht einmal jetzt ganz ehrlich sein zu können. „Die Ewigen haben eurem Vater und mir das Glück der Liebe nicht gewährt. Wohl gaben sie uns Kinder, in unsere Herzen aber senkten sie Bitterkeit und Enttäuschung. Nacht wünschte, mir Schmerz zuzufügen, weil ich ihn nicht lieben konnte. Verzweifelt sehnte ich mich nach etwas Wärme. In unserem Hause lebte auch Niu, der noch ohne Weib war ..."

Sie beschrieb die Ereignisse genau, versuchte, ihre Beweggründe deutlich zu machen, und verzerrte nichts. Zu ihrem Erstaunen tat es wohl, die Wahrheit zu sagen. Sie hörte nicht auf zu sprechen, als sie sah, daß Mutemwija lautlos weinte. Die Tränen hinterließen auf den

Wangen schwärzliche Spuren von zerlaufener Augenschminke. Doch das Mädchen rührte keine Hand, um sie fortzuwischen. Hutemwijas Augen blieben trocken.

Baket-Ra beendete ihre Geschichte mit dem Aufbruch nach Norden. Den Mann auf dem Hafendamm erwähnte sie nicht. Ganz leicht und frei war ihr plötzlich zumute. Ja, so war es gewesen. Es war ihre eigene Geschichte, durch Handlungen in Gang gesetzt, die ihr der Gott eingegeben hatte. Amun hatte ihr die Liebe zu Niu ins Herz gelegt. Alles, was dann geschah, entsprach seinem Willen. Wie wohl es tat, die Vergangenheit so zu sehen! Viel besser, als sich unerklärlichen Schicksalsmächten ausgeliefert zu fühlen.

„Es war alles deine Schuld!" meldete sich Hutemwija in leisem, giftigem Tonfall zu Wort. „Du hast die Familie zerstört."

„Du redest wie dein Vater", gab Baket-Ra zurück und wunderte sich über ihre Ruhe. „Genau das hat Nacht auch immer behauptet. Aber es war damals so falsch wie heute."

„Du kannst doch nicht leugnen, daß Niu noch lebte, die anderen vielleicht auch, wenn du Vater treu geblieben wärst, wie es deine Pflicht war?"

„Das weiß ich nicht", murmelte Baket-Ra. „Sicherlich wäre Niu ..."

„Siehst du, du mußt es zugeben! Du hast Vater in die Verzweiflung getrieben, so daß er keinen anderen Weg mehr sah, als seine Ehre durch Blut wiederherzustellen!"

„Bei deinem Vater kannst du es verstehen, daß er in eine Lage kommt, in der er keinen Ausweg erkennen kann als den, etwas Unrechtes zu tun. Warum nicht bei mir?"

„Was war denn so schwer? Du hattest einen fleißigen Ehemann, Kinder, eine Familie, die dich brauchte ..." Hutemwija brach ab, ein Schluchzen stieg ihr in der Kehle auf.

„Vielleicht war es ein Fehler, nein, sicher war es falsch, mich Niu zuzuwenden. Aber ich konnte nicht anders. Es ging einfach nicht!"

Mutemwijas Tränen waren inzwischen versiegt. Sie legte ihre Hand auf die der Mutter. „Ich möchte dich verstehen! Ich versuche es."

„Ich versuche es!" äffte Hutemwija sie nach. „Du spielst wieder einmal die Edelmütige! Warum hast du keinen Stolz? Es widert mich an, wie du herumkriechst vor … vor dieser Hure!" Mit einem Satz war sie auf den Beinen. „Es ist mir wie Wasser, was du denkst, Mutter! Du trägst Schuld am Tode Vaters und Nius, und wahrscheinlich auch Tos!"

„Hutemwija!" Baket-Ra packte das Mädchen an den Schultern und schüttelte sie. „Das sind Worte Seths! Dazu hast du kein Recht! Du scheinst mir wahrhaftig noch ein Kind zu sein, ein Kind, das nichts begreift!"

„Vielleicht bin ich noch ein Kind!" kreischte Hutemwija und rannte auf die Tür zu. „Aber nicht mehr dein Kind!" Sie drehte sich nicht um. „Ich leugne, deine Tochter zu sein!" Draußen schrie sie noch einmal: „Ich bin nicht die Tochter einer … Mörderin!"

„Wenn ich untertänigst bitten darf, Edler", sagte ein Kammerdiener und verbeugte sich. „Es gibt da eine kleine Schwierigkeit …"

„Nicht jetzt!" wehrte Bai ab und eilte mit langen Schritten durch den Hauptkorridor der Schatzhausverwaltung. Er öffnete die Tür am Ende des Ganges, durchquerte einen Innenhof und erreichte schließlich die vornehm eingerichteten Amtsräume des Wesirs der Nördlichen Landeshälfte.

Bei seinem Eintreten erhob sich der junge Hori aus seinem Sessel und streckte ihm die Hand entgegen. „Bai! Welche Freude, dich zu sehen! Ich grüße dich und hoffe, du bringst Ras Segen!"

Wie immer versetzten Horis blendende Erscheinung und seine selbstverständliche, großzügige Freundlichkeit Bai einen Stich des Neides. Wie konnte dieser Mann nur so vollkommen sein? „Auch ich grüße den, welchen Pharao, Leben, Heil, Gesundheit, liebt!"

„Lassen wir doch die Förmlichkeiten weg, mein Freund. Komm, trink einen Schluck, während wir uns unterhalten!" Hori wies auf eine Sesselgruppe um ein Bronzetischchen, auf dem alabasterne

Becher und eine Karaffe mit dunkelrotem Wein standen. „Gestatte, daß ich dir eingieße. Wünschest du, etwas zu speisen?"

Bai winkte ab, während er sich setzte.

Hori reichte ihm den Weinbecher. „Laß mich dich erst einmal beglückwünschen!"

Sein Gast lächelte flüchtig. „Du bist sehr freundlich."

„Sei nicht zu bescheiden! Es geschieht nicht alle Tage, daß ein Vertrauter des Königs zu solcher Ehre gelangt."

„Es ist nicht nur Ehre", erwiderte Bai. „Schatzmeister des Ganzen Landes zu sein bringt als erstes einmal Arbeit. Und das nicht wenig."

„Es ist ja nicht nur dieses Amt", meinte Hori. „Du leitest obendrein als *Udepu* den königlichen Haushalt! Dich von nun an mit *Sedjauti Biti* anzusprechen oder gar nur mit Königsschreiber wäre beinahe beleidigend! Du scheinst die Titel geradezu zu sammeln!"

Tausret hatte wahrhaftig für einen ehrfurchtgebietenden Aufstieg gesorgt! Und dennoch beratschlagte Sethos sich noch immer lieber mit Hori in seinen Gemächern und öffnete nur ihm sein Herz. ‚Mir die Arbeit, dir das Vertrauen', dachte Bai trotzig. ‚Während ich Tag und Nacht schufte, legt er dir den Arm um die Schultern und lächelt dir zu.' Laut sagte er: „Du hast recht! Ich bin stolz darauf, daß Seine Erhabenheit, Leben, Heil, Gesundheit, mir so viel Bedeutung zumißt! Aber du hast mich sicher nicht nur kommen lassen, um mir Erfolg in meinen Hofämtern zu wünschen."

Hori nickte. „Unsere Gesandten Rechpehtuef und Neferher sind zurück", begann er ohne Umschweife. „Sie brachen vor acht Tagen von Suenet auf und erreichten Pi-Ramesse gestern abend. Sie ließen uns folgendes wissen: Die Gegend um die Großen Stromschnellen ist schwarz von der Menge der Soldaten, die auf das Wort des Königssohnes von Kusch warten. Die Medjau sind ratlos. Keiner weiß, wie er sich verhalten soll, denn die Soldaten sind auf den Königssohn von Kusch vereidigt, nicht auf den Guten Gott, Leben, Heil, Gesundheit."

„Willst du damit andeuten, daß Amenmesse sich wider seinen Vater empört?"

„Allein ein solcher Eid ist Frevel. Er bedeutet Krieg. Bald wird Bruder gegen Bruder, Sohn gegen Vater die Waffe erheben. Die Götter haben ihre Häupter verhüllt."

Nach kurzem Zögern fragte Bai: „Wirst du Pharao, Leben, Heil, Gesundheit, berichten?"

Hori streifte ihn mit einem schnellen Blick, sagte aber nichts. ‚Jetzt wäre es an der Zeit', dachte Bai mit einem Anflug von Bitterkeit, ‚mir anzubieten, ich solle zu ihm gehen. Schließlich habe ich die ganze Aufklärungsarbeit in die Wege geleitet.'

Der junge Wesir war augenscheinlich nicht dieser Auffassung, denn er nickte. „Ich werde ihm auch empfehlen, die Truppen unverzüglich in Marsch zu setzen", sagte er. „Ptahpahapi hat die Heerscharen des Seth und des Ra um jeweils eintausendfünfhundert Mann verstärkt."

„So viele?" wunderte sich Bai. „In so kurzer Zeit? Es war doch eine gute Entscheidung, ihn zum Großen der Soldaten zu ernennen."

„Findest du?"

„Ich weiß, was du meinst. Es wäre Sache des Kronprinzen, das Heer zu befehligen. Aber Sethos, Leben, Heil, Gesundheit, hat in seiner Weisheit entschieden, den Königssohn von Kusch von der Thronfolge auszuschließen."

„Das klingt, als wärest du damit nicht einverstanden", stellte Hori fest.

„Was meinst du damit?" Bai sah dem jungen Wesir forschend ins Gesicht. „Niemals würde ich mir anmaßen ..."

„Schon gut, schon gut! Du mußt dich bei mir nicht vorsehen, Bai! Ich bin kein Gegner, zumindest nicht dein Gegner!"

„Das glaube ich dir", entgegnete Bai und stellte verwundert fest, daß er es genauso meinte. Hori war ein aufrichtiger Mann, eine Seltenheit unter Höflingen und Beamten. Es war diese Anständigkeit, die ihn so unangreifbar machte. Und die Gunst des Pharao. Ob er wohl jemals daran dachte, daß auch er von Osiris User-Ma'at-Ra Ramses abstammte? Er konnte ohne weiteres selbst Ansprüche auf den Thron erheben! ‚Wahrscheinlich ist er auch dafür zu edel', dachte Bai. ‚Er bleibt unwandelbar treu.'

Er schreckte hoch. „Was hast du gesagt? Verzeih, ich war unaufmerksam!"

„Ich erkundigte mich nach Pa-nehesi. Du bist sein Freund, du weißt sicher, ob seine Genesung Fortschritte macht."

„Zur Zeit geht es ihm etwas besser, behaupteten die Gesandten aus Waset. Aber er ist noch nicht der alte. Nicht einmal Nebamun konnte ihm helfen. Er kennt die Krankheit nicht, an der er leidet."

„Mögen die Götter ihn gesunden lassen!" sagte Hori gewichtig. „Wir brauchen ihn in dieser schwierigen Lage."

„Er verhandelt mit dem Hohenpriester des Amun und verteidigt mit äußerster Entschlossenheit die Entscheidungen unseres Herrn."

„Er verteidigt seine Entscheidungen?" fragte der andere ungläubig. „Willst du damit sagen, daß Roma-Roy diese Entscheidungen in Frage stellt? Der Hohepriester der Ipet-Sut? Das kann ich nicht glauben!"

„Ich auch nicht", gab Bai zu und trank einen Schluck Wein. „Ich weiß zwar, daß Roma-Roy findet, man habe dem Königssohn von Kusch immer wenig zugetraut, aber ich bezweifle, daß er in einer Auseinandersetzung die falsche Seite wählen würde. Er versteht jedoch keineswegs, warum Prinz Amenmesse nicht zum Thronfolger und *Mer Mescha Wer* ernannt wird."

Hori nickte. „Das ist auch schwer begreiflich. Aber wer sind wir, daß wir die Beschlüsse des Gottes verstehen müssen?"

„Immerhin bescheren sie uns wahrscheinlich einen Bruderkrieg."

Beide schwiegen eine Weile.

„Vielleicht gelingt es dem Gesandten der Königin …", begann Bai, doch Hori unterbrach ihn.

„Cha-em-hedjet wird niemals etwas im Sinne der Königin erreichen, ja, ich bin mir nicht einmal sicher, ob er es überhaupt will."

„Du mißtraust ihm?" fragte Bai scharf.

Hori verzog säuerlich die Lippen. „Diesem Mann ist keine fünf Ellen weit zu trauen. Er ist gefährlich wie ein Skorpion und giftig wie eine Kobra. Es war nicht weise, ihn nicht augenblicklich getötet zu haben … damals, meine ich."

Bai starrte ihn an. „Du weißt also Bescheid!"

„Ich wäre ein schlechter Ratgeber meines Königs, wenn ich nicht meine Erkundigungen einzöge." Als er Bais Gesichtsausdruck sah, setzte er hinzu: „Mißverstehe mich nicht! Den Mörder des Hohenpriesters ungestraft davonkommen zu lassen war deine Entscheidung, vermute ich. Sie stört mich nicht, wenn sie dem Staat und dem König dient, und das tut sie zweifellos. Kein Elender in den Neunbogen-Ländern kann darüber jubeln, daß sich Verräter und Mörder in der engsten Umgebung des ägyptischen Pharao tummeln. Ich finde es allerdings bedenklich, wenn eine mächtige Frau wie die Königin diesen Mann falsch einschätzt."

„Sie wollte einen ihr bedingungslos ergebenen Mann."

„Verständlich. Aber sie überschätzt sich."

Bai blickte den Wesir verwundert an. „Du bist sehr offen, Hori."

„Weshalb sollte ich es nicht sein? Wir stehen auf derselben Seite."

Bai neigte den Kopf. „Es ist, wie du sagst. Auch ich glaube, Cha-em-hedjet zittert weit weniger vor der Königin, als sie annimmt."

„Sollten wir einschreiten?"

„Noch nicht. Amenmesses Abhängigkeit von diesem Mann mag noch nützlich sein!"

Hori erhob sich. „Ich werde unserem Herrn, Leben, Heil, Gesundheit, über die Kriegsvorbereitungen seines Sohnes berichten und ihn über das weitere Vorgehen beraten. Um eines möchte ich dich allerdings bitten." Er wartete, bis ihn Bai mit einer Handbewegung zum Weitersprechen aufforderte. „Laß es mich vorher wissen, wenn du Cha-em-hedjet zu töten beabsichtigst."

„Wie du willst! Ich ..."

Ein lautes Klopfen unterbrach ihn. Ein Schreiber steckte den Kopf durch die Tür.

„Herr! Die Abordnung aus Bija ist eingetroffen. Wir sollten dich sofort verständigen!"

„Ich bin gleich soweit", rief Hori. „Würdest du mich entschuldigen, mein Freund? Bitte behalte Platz, und trinke in Ruhe deinen Wein zu Ende. Laß uns so bald wie möglich wieder zusammentreffen. Die Gespräche mit dir sind mir wichtig und lehrreich zugleich."

Nachdem der Wesir den Raum verlassen hatte, blieb Bai noch eine Weile sitzen. Er nippte an seinem Becher, ließ den Blick über Horis Arbeitstisch schweifen, auf dem sich unzählige Papyri türmten, von kleinen Schreiberfiguren beschwert. Keine der Truhen an den Wänden war verschlossen. Entweder hatte der Mann unbegrenztes Vertrauen zu ihm oder er bewahrte hier nichts wirklich Wichtiges auf. Bai seufzte. Wahrscheinlich war ersteres der Fall. Und sei es nur, um ihn zu beschämen. Wußte Hori nicht, wie schwer es Bai fiel, sich ins zweite Glied abgedrängt zu sehen? Wie unerträglich es für ihn war, daß sein Mund nicht mehr an Pharaos Ohr weilte und daß ihm der selbstverständliche Zutritt zu den inneren Gemächern des Königs verwehrt war? Ahnte Hori, der strahlende Held, daß Bai nun nach Jahren der Zurücksetzung fast jedes Mittel recht sein würde, dorthin zurückzukehren, wohin er gehörte? Nein, Bai konnte Horis Freund nicht sein, allenfalls konnte er sich bemühen, nicht sein Feind zu werden.

Der Hathor-Tempel von Pi-Ramesse stand auf einer kleinen Anhöhe inmitten eines gepflegten Parks, der sich von den Palastgärten bis zum Ischtar-Heiligtum erstreckte. Blauglasierte Kacheln bedeckten die Eingangstore, vor dem rote und weiße Wimpel an Fahnenstangen flatterten. Aus dem Inneren des Gotteshauses drangen die hellen Stimmen der Mädchen, deren Gesang das Opfer der Königin begleitet hatte.

Tausret betrat den gepflasterten Tempelvorplatz. In der Hand trug sie noch die beiden Sistren, die sie für die Göttin geschlagen hatte. Hinter ihr ging die Tempelvorsteherin mit mehreren Priesterinnen. Psuro, Tausrets Haushofmeister, wartete an den Stufen zum Tempel in tiefer Verbeugung, die Hände in Kniehöhe vor sich ausgestreckt.

Die Königin atmete tief die morgenfrische Luft ein, blinzelte in die Sonne und reichte die Sistren einer Dienerin. „Ein guter Tag!" sagte sie zufrieden. „Die Göttin geruhte, zu mir zu sprechen."

Die Frauen des Gefolges lächelten. Man durfte sich sicher fühlen, wenn die Göttin sich ihrer erlauchten Priesterin zuneigte.

„Psuro! Du magst dich nähern! Sage, was du zu sagen hast!"

„Es gibt Schwierigkeiten im Ipet Nisut. Mit der Herrin Sutailja. Sie macht ein großes Geschrei und rauft sich die Haare!"

„Das ist nichts Besonderes", bemerkte Tausret verächtlich. Sie entließ die Priesterinnen und ging die Stufen hinunter, wo die gepolsterte Prunksänfte wartete. „Sutailja war schon immer unbeherrscht."

„Wenn du gestattest, Herrin, möchte ich dir dennoch empfehlen, ihr Worte der Ermahnung zu widmen."

Tausret blieb stehen. „Erkläre dich genauer! Was hat sie getan?"

„Sie ... sie beschimpft dich in äußerst unziemlicher Weise. Vor den anderen Frauen. Das erzeugt Unruhe."

„In unziemlicher Weise? Was sagt sie denn?"

Psuro trat verlegen von einem Bein aufs andere. „Das möchte ich ungern in der Öffentlichkeit wiederholen!"

Tausret musterte ihn. „Laß uns aufbrechen!" befahl sie und stieg in die Sänfte, die wenig später durch das steinerne Tor des Palastes schwebte. Die mit Elektron eingelegten Namensringe mit den Zeichen für Men-Ma'at-Ra Sethos gleißten in der Sonne. Jener Pharao hatte vor langer Zeit den Bau dieses Großen Hauses befohlen, das unter seinem Nachfolger, König User-Ma'at-Ra Ramses, zum größten Palast in der Nördlichen Landeshälfte ausgebaut worden war. Überlebensgroße Standbilder Ramses' standen an beiden Seiten des Tores, den breiten Weg dorthin säumten Sphingen, die sämtlich die Gesichtszüge des Herrschers aufwiesen. Auf den Innenseiten des Durchgangs glänzten die blauweiß glasierten Kacheln mit seinem heiligen Namen. Im ersten Hof setzten sich die Kacheln fort, sie umrahmten die Fenster des Palastes, die Balkone und Brüstungen, sie umgaben sogar die Pflastersteine des Hofes, auf denen in feinen Malereien dargestellt war, wie Ramses die Feinde aus den Neunbogen-Ländern zertrat. Ein weiteres Tor, und vor ihr lag die Eingangshalle des inneren Palastes.

„Halt!" befahl die Königin. „Ich wünsche, zu Fuß zu gehen." Sie warf die Vorhänge zurück, wartete, bis die Träger die Sänfte niedergesetzt hatten, und stieg aus. Sofort war sie von mehreren Dienern umgeben, die unter eifrigen Demutsbekundungen nach ihrem Begehr forschten.

„Ist Seine Erhabenheit, Leben, Heil, Gesundheit, schon zurückgekehrt von den Unterkünften der Soldaten?"

„Er ist es, große Königin", sagte einer der Männer, und ein weiterer setzte hinzu: „Ihre Hoheit, die Vornehme Sutailja ist bei ihm."

„Amun sei uns gnädig!" stöhnte Tausret. „Seit wann?"

„Seit der Hälfte einer Stunde etwa."

„Geht mir aus den Augen!"

Eine herrische Handbewegung, ein scharfer Befehl, und die Schar der Diener wich zurück.

Tausret durchquerte die Halle, ging den buntbemalten Hauptkorridor entlang bis in den Thronsaal. Er war leer. Erst am Nachmittag fanden dort die Empfänge ausländischer Gesandter und das Vorführen der Abgaben statt. Aber auch ohne die prächtig gekleideten Beamten, die Wedelträger und die schmuckbeladenen Vornehmen atmete dieser Saal Erhabenheit.

Tausret warf einen Blick um sich. Kein Mensch war zu sehen. Langsam näherte sie sich dem gemauerten Sockel, auf dem der mit Gold, Lapislazuli und Karneol verzierte hölzerne Thron stand. Seine Lehne bestand aus den ausgebreiteten Flügeln der Geiergöttin Nechbet, schimmernden Schwingen aus Mondstein, von zarten Linien aus Elektron umgeben. Langsam stieg die Königin die neun flachen Stufen hinauf; in jeder flehte ein aufgemalter Feind um Gnade, einer aus jedem Neunbogen-Land. Sie strich sacht mit den Fingerspitzen über die Armlehnen aus Elfenbein, deren durchbrochene Seitenwände das *Sema-Taui* formten, das Sinnbild der Vereinigung der Beiden Länder.

„Mein Vater Amun", flüsterte sie, „ist es das, was du vorsiehst für mich? Läßt du deshalb meinen Gemahl und Amenmesse gegeneinander Krieg führen?" Nach einem weiteren verstohlenen Blick in die Runde ließ sie sich auf dem Thron nieder. Sie holte tief Luft und schloß die Augen. ‚Großer Gott', fuhr sie in Gedanken fort, ‚ich kann mir nicht vorstellen, daß du dein Geliebtes Land dem Kinde Siptah geben willst. Sein Bein ist so kurz wie sein Verstand! Wähle mich, o großer Amun! Du befiehlst doch mich auf den Thron?' Ja, so mußte es sein! Tausret überlief ein Prickeln. Amun hatte schon früher Frauen dazu bestimmt, über das Zweifache Land zu herrschen. Sie wußte von zweien, deren Namen in den Königslisten verzeichnet waren. Die bedeutendste aber war jene gewesen, die dort nicht aufgeführt stand. Tausret hatte vor zwei Zehntagen in Waset den Hohenpriester der Ipet-Sut dazu gezwungen, ihr Zutritt zu den geheimen Schriftrollen des Amun-Tempels zu gewähren! Mochten die Priester die Herrschaft des Pharao Ma'at-Ka-Ra Hatschepsut in ihren Listen auch übergehen, die Tempelwände in Djeser Djeseru führten eine deutliche Sprache. Hier konnte jeder sehen, wie Amun seine geliebte Tochter Hatschepsut gezeugt und zum König erhoben hatte. „Ma'at-Ka-Ra", murmelte sie und dann noch einmal beschwörender: „Osiris Ma'at-Ka-Ra, höre mich und segne meinen Weg!"

Ein Geräusch an der bronzenen Eingangstür zum Thronsaal ließ sie aufschrecken. Sie sprang auf und eilte die Stufen hinunter. Dann sah sie den Schatzmeister des Ganzen Landes den Saal betreten, hinter ihm erschienen die Großen des Heeres, die Truppenführer Ptahpahapi und Sethnacht.

„Erlauchte!" sagte Bai. „Wir dachten nicht, daß du …", eine kaum merkbare Pause folgte, „… hier bist."

Täuschte sie sich, oder blitzten seine Augen belustigt? ‚Er hat mich gesehen!' schoß es ihr durch den Sinn. ‚Ai, warum ausgerechnet er?' Sie bedachte ihn mit dem hochmütigsten Blick, dessen sie fähig war. „Ihr wollt zu meinem Gemahl, nehme ich an."

„Er wünscht einen Bericht", sagte Sethnacht, „über den Stand der Rüstung."

Er war ein etwa vierzigjähriger, breitschultriger Mann mit einem wettergegerbten Gesicht, das von Nächten unter dem Sternenhimmel der Wüste sprach und von Märschen in glühender Hitze. Sethnacht genoß bei Hof wenig Wertschätzung, obwohl er mit dem Pharao verwandt war. Er war ein Mensch von einfachem Gemüt und geradliniger Wesensart. Ein wenig bäurisch vielleicht. Zum Entsetzen der Hofgesellschaft verstand er sich nicht darauf, in gezierter Sprache Unterhaltungen zu führen, er zeigte wenig Sinn für Werke der Dichtkunst, und hinter vorgehaltener Hand munkelte man, er könne nicht einmal flüssig lesen. An den soldatischen Fähigkeiten Sethnachts zweifelte indessen niemand; König Merenptah hatte vor Jahren wiederholt kundgetan, seinen Sieg bei Per-Ir habe er nicht nur Amun und sich selbst, sondern vor allem auch diesem herausragenden Heerführer zu verdanken.

„Wie ist die Stimmung in der Truppe?" fragte Tausret die beiden Großen des Heeres.

„Sie könnte nicht besser sein", erwiderte Ptahpahapi. „Jeder einzelne steht auf seinem Posten."

„Es wird nicht lange dauern", erklärte Tausret, „bis Amenmesse bezwungen ist. Ich kenne ihn." Sie dachte nach. „Bai!"

„Gebieterin?"

„Gehe zu deinem Herrn und bitte die dort anwesende Vornehme Sutailja in meine Gemächer. Meiner Unterredung mit ihm schadet eine kleine Verschiebung nicht."

Bai verbeugte sich wortlos und machte sich auf den Weg. Tausret wandte sich an die Großen des Heeres. „Wie viele der Truppenführer sind auf die Seite Amenmesses übergelaufen?"

„Von der Heeresleitung niemand, aber etliche der nachgeordneten *Heriu-Pedjet*, was nicht verwunderlich ist. Der Königssohn von Kusch wird ihnen im Falle seines Sieges die obersten Heeresposten in Aussicht gestellt haben."

„Die Grundlage für Amenmesses Macht ist Nubien", sagte Ptahpahapi. „Wie man hört, sind die Truppen des Geliebten Landes dort geschlossen abtrünnig geworden."

„So wird die große Auseinandersetzung im Gebiet von Waset stattfinden", meinte die Königin nachdenklich. „Die Klinge fährt durch Ägyptens heiliges Herz." Sie beugte sich vor. „Möge euch Erfolg beschieden sein, meine Herren! Mögen die Ewigen euren Feldzug segnen." Sie verließ den Thronsaal, ohne noch einmal zurückzublicken.

Kurze Zeit später stand sie in ihrem Schlafgemach, dessen Türen zu ihrem eigenen Garten weit offenstanden. Sie streifte die Sandalen von den Füßen und ließ sich in die Kissen des riesigen Bettes sinken. „Los, los!" sagte sie zu ihrer Leibsklavin, „die üblichen Erfrischungen, Mädchen! Das will ich nicht jedesmal aufs neue anweisen müssen!" Wenn dieses Kind nur nicht so begriffsstutzig wäre! Aber sie brachte es nicht übers Herz, es zu entfernen. Die Sklavin ähnelte ihrer vor fünf Jahren verstorbenen Schwester Henutmira zu sehr. Freilich war sie jünger, doch das ließ sie um so anrührender erscheinen. Seufzend nahm Tausret den goldenen Stirnreif ab. ‚Bald gehört Siptah mir', dachte sie. ‚Dann kann ich planen. Für alle Fälle.' Sie mußte damit rechnen, daß auch diese Nacht ein Fehlschlag sein würde. Ein allerletztes Mal wollte sie den Pharao dazu verführen, ihr einen Sohn zu zeugen. Der Erfolg war mehr als ungewiß, das wußte sie wohl, aber vielleicht half die mit mächtigen Zaubern belegte Flüssigkeit, die in einem Fläschchen in einer Truhe auf ihre Anwendung wartete. Sie hatte sich das Mittel von einer babylonischen Hexe beschafft. Ohne Wissen Nebamuns. Der Hofarzt hätte die Hände über dem Kopf zusammengeschlagen und sie vor unbekannten Inhaltsstoffen oder Flüchen gewarnt. Tausret ballte die Hand zur Faust und hieb auf ein Kissen. Irgendwann mußte es gelingen! Es konnte nicht sein, daß ihr Schoß nutzlos war wie ein leerer, löchriger Beutel. Drei weitere Male hatte sie in den vergangenen Jahren Fehlgeburten erlitten, Mädchen, wie nicht anders zu erwarten. Vielleicht würde Sethos diesmal zu dem mächtigen Stier, der er sein sollte. Nächte mit ihm waren für sie zur Schwerarbeit geworden. Aus unbegreiflichem Grunde war Sethos immer weniger fähig, sein göttliches Zeugungswerkzeug zu schöpferischer Tätigkeit zu bewegen.

„Reiche mir den Spiegel!" sagte sie zu der Dienerin. Mißmutig betrachtete sie sich in dem blanken Kupfer. Feine Linien hatten sich um ihre Augen gebildet, und die Falten von den Nasenflügeln zu den Mundwinkeln schienen ihr tiefer zu sein als sonst. Sie wurde alt. Vor kurzem hatte sie das Fest ihrer Geburt zum dreißigsten Mal gefeiert.

Als es an der Tür klopfte, ließ sie den Spiegel sinken. „Ja?"

Haushofmeister Psuro betrat den Raum. „Die Vornehme Sutailja!"

„Sie möge eintreten." Tausret erhob sich und strich sich ihr Kleid glatt. „Wie freue ich mich, dich zu sehen", sagte sie honigsüß, als Sutailja durch die Tür kam und sich verneigte. „So lange haben wir uns nicht mehr miteinander unterhalten."

„An mir liegt das nicht, Königin!" Sutailjas Worte klangen bitter. „Du hast es für unter deiner Würde angesehen, mich zu empfangen."

Tausret musterte ihr Gegenüber abschätzig. Sutailja war fettleibig, auf ihrer Stirn zeigten sich feine Schweißtröpfchen. Ihr Doppelkinn zitterte leicht. „Um so dringender ist es, daß wir uns richtig aussprechen, liebste Freundin!" Tausret wies auf einen Klappstuhl, und Sutailja setzte sich. „Möchtest du etwas essen? Ach, ich fürchte, ich habe nicht das Richtige für dich hier! Kleine!" Sie winkte der Dienerin. „Geh und hole Naschwerk für meinen Gast, in Honig gebratene Früchte und Kuchen mit viel Schmalz!"

Sutailja zuckte sichtbar zusammen. „Tausret! Bitte!"

Die Königin schenkte ihr ein strahlendes Lächeln. „Ja? Oder willst du etwas anderes? Eine Schale fettes Hammelfleisch vielleicht?"

„Du genießt es, mich zu demütigen, nicht wahr? Gib dir keine Mühe, du triffst mich nicht. Ich weiß ja, warum du es tust!"

Das Lächeln verschwand.

Sutailja fuhr fort: „Der Grund ist Siptah, da bin ich sicher."

„Da bist du sicher?" wiederholte die Königin mit beunruhigend leiser Stimme. „Du glaubst also, ich beneide dich um deinen mißgebildeten Sohn, von dem ich fürchte, daß er geistig ebenso zurückgeblieben ist wie du selbst? Nein, meine Liebe, du überschätzt dich, und vor allem überschätzt du den Knaben. Aber ich habe dich nicht rufen lassen, damit wir uns gegenseitig Freundlichkeiten an den Kopf werfen."

„Ich weiß es schon", sagte Sutailja. „Du willst mich fortschicken. Unser Gemahl ..." – Tausret entging die leichte Betonung des ‚unser' keineswegs – „sagte, du wolltest mich nach Mi-Wer senden."

„Du wirst dort gut aufgehoben sein! Ein großes Gut harrt deiner, das du selbständig verwalten darfst, mit Hilfe sachverständiger Beamter, wenn du sie brauchst. Sethos ist einverstanden, dafür habe ich gesorgt."

„Oh ja, das hast du. Du willst mich aus dem Weg haben!"

„Dein Leben wäre frei und unabhängig."

„Was ist es, das dich an mir so stört? Ist es die Liebe, die Sethos für mich empfindet?"

„Schweig!" zischte Tausret. „Du bildest dir doch nicht etwa ein, ich sei eifersüchtig?"

„Doch, das glaube ich", antwortete Sutailja ruhig. „Du magst die Große Königliche Gemahlin sein, schön und mächtig, und ich bin nur die dicke Nebenfrau aus dem Retjenu, aber das, was er an mir liebt, besitzest du nicht."

„Und was sollte das sein?" fragte Tausret höhnisch.

„Güte", sagte Sutailja einfach. „Ich will, daß es ihm gutgeht. Du hast nur deine Macht im Sinn. Das ist der Unterschied zwischen uns."

Tausret war blaß geworden. „Jetzt höre genau zu, du gütiger Fettkloß aus dem Retjenu! Du darfst in Zukunft deine Milde den Ziegenherden in Scha-Resi angedeihen lassen. Denn so lautet mein Befehl: In wenigen Tagen wirst du mit deinem Gefolge abreisen. Die alte Tachat magst du gleich mitnehmen."

„Bei Isis! Warum die Mutter Amenmesses? Sie kann dir doch nichts anhaben?"

„Ich gedenke nicht, dir die Gründe meiner Entscheidungen darzulegen!"

„Und Siptah?"

„Siptah bleibt selbstverständlich hier. Er ist immerhin Falke-im-Nest, nachdem Amenmesse sich gerade selbst jeder Aussicht auf diese Stellung beraubt!"

Sutailjas Augen füllten sich mit Tränen. „Warum tust du mir das an, Tausret? Ich habe dir nichts Böses zugefügt, kein einziges Mal, all die Jahre nicht! Warum also?"

„Sprich nicht so wehleidig! Ein Thronfolger ist nicht irgendwer. Er muß seiner Stellung entsprechend erzogen werden. Was er bestimmt nicht erfahren soll, ist geistige Begrenzung durch die Weinerlichkeit seiner Mutter."

Sutailja stand auf und wischte sich die Tränen aus dem Gesicht. „Wenn du es befiehlst, so wird es geschehen. Ich habe längst gelernt hinzunehmen, was ich nicht ändern kann." In diesem Augenblick kam die Dienerin mit einem großen Teller Kuchen durch die Türe. „Geh wieder! Ich esse das nicht!"

Tausret war wider Willen beeindruckt. Da stand diese Frau vor ihr, unförmig, mit vom Weinen verschmierter Augenschminke auf den Wangen. Dennoch strahlte sie Würde aus. Sutailja ging zur Tür, drehte sich aber nach wenigen Schritten noch einmal um. „Erhabene Tausret, eines möchte ich dir noch sagen. Es gibt ein grundlegendes Gesetz im Leben, dessen Wirksamkeit ich immer wieder beobachtet habe. Du erhältst von den Göttern das, was du gibst. Wenn du Trauer und Unglück hervorrufst, wird einst dein Herz gegen dich sprechen am Tage des Gerichts. Was du also mir antust, das wirkt einst gegen dich selbst."

Langsam wanderte Djehuti durch die nächtlichen Palastgärten. Er hatte während des Abschiedsabends der königlichen Nebenfrau Sutailja gesungen und versuchte, die angstvollen Augen Siptahs zu vergessen. Der Prinz hatte sich den ganzen Abend an seine jammernde Mutter geklammert und kein Wort gesprochen. Djehuti bemitleidete ihn aus ganzem Herzen. Ein wenig tat er sich auch selber leid, denn Mutemwija hatte den ganzen Abend keinen Blick für ihn übrig gehabt. Er hatte ihr und Hutemwija die unter den Dienerinnen heißbegehrte Aufgabe verschafft, bei dem Festmahl aufzuwarten. Wenigstens einmal hätte sie ihm zulächeln können! Und noch ein Gedanke peinigte ihn: Königin Tausret hatte die Zwillinge zur Kenntnis genommen. ‚Das also sind Bais Dorftrampel', hatte sie gesagt, und ihr Gesichtsausdruck dabei hatte Djehuti einen gehörigen Schrecken eingejagt. Waren die Mädchen in Gefahr?

So plagten ihn düstere Gedanken, während er sich dem Eingang zu Bais Gärten näherte. „Möge eure Wache ruhig sein!" rief er den Wächtern zu.

„Danke!" kam die Antwort. „Geh in Frieden, Sänger!"

Djehuti überquerte eine Straße und bog in den Weg ein, der an einem Weiher vorbei zum Grundstück Bais führte. Fackeln hüllten das große Tor in freundliches Licht.

Ein Mann löste sich aus dem Schatten einer Tamariske.

„Kann ich dir helfen?" fragte Djehuti und blieb stehen.

„Hoffentlich", murmelte der Fremde. „Ich bin erst seit kurzem in der Stadt. Ich suche das Schloß des Sieglers Seiner Erhabenheit, Leben, Heil, Gesundheit."

„Dann hast du es gefunden. Du stehst davor."

„Hier wohnt Bai?" Der Mann stützte die Arme in die Hüften und starrte auf die mannshohe Mauer, die das Grundstück umgab. „Nicht schlecht! Manche Menschen fallen immer auf die Füße, wie Katzen!"

Diese Bemerkung schien Djehuti seltsam. Er sah sich den Fremden genauer an. Vor ihm stand ein mittelgroßer Mann, breitschultrig, gekleidet in einen knielangen Schurz. Gegen die Kühle der Nacht trug er ein langärmeliges Hemd, die Hände hielt er auf dem Rücken verschränkt. Wie alt mochte er sein? Mitte dreißig, eher älter als jünger. Den Gesichtsausdruck konnte er nicht genau erkennen, aber etwas ging von ihm aus, das unangenehm war. Vielleicht lag es an dem üppig wuchernden Vollbart, daß Djehuti lange brauchte, bis ihm klar wurde, daß er den Mann kannte. „Was meinst du damit? Was willst du überhaupt?"

„Der vornehme Herr Bai", sagte der Fremde, „verfügt sicher über eine große Dienerschaft."

„Selbstverständlich! Aber willst du nicht ..."

„Gelegentlich kommen neue Dienstboten dazu, habe ich recht? Frauen, zum Beispiel! Hübsche Frauen, die der vornehme Herr Bai dann zu sich ins Bett holt!"

Er hatte es mit einem Verrückten zu tun! Djehuti beschloß, ihn einfach stehenzulassen. Doch das erwies sich als schwierig. Eine

Hand griff nach seinem Arm und hielt ihn fest umklammert. „Warte doch!" raunte die dunkle Stimme. „Ich will dir kein Leid zufügen. Höre mir zu!"

„Was fällt dir ein?" Vergebens versuchte Djehuti, sich loszureißen. „Faß mich nicht an!"

„Wen hat der feine Herr Bai vor fünf Jahren hergebracht? Ist sie noch hier, die Schöne mit den beiden Kleinen? Er hat sie doch nicht fortgeschickt?"

Djehuti starrte in das dunkle, zerfurchte Gesicht des Fremden. „Ich habe dich schon einmal gesehen! Wer bist du? Woher weißt du von Baket-Ra?"

„Baket-Ra!" Träumerisch ließ der Mann den Namen auf der Zunge zergehen. „Baket-Ra! Ja, die meine ich. Ist sie noch hier?"

„Was willst du von ihr? Wie ist dein Name? Heraus mit der Sprache!"

Ein Lachen folgte. Djehuti lief es kalt den Rücken hinunter. „Du bist also einer geworden, der zu befehlen gewohnt ist! Nur wird dir das jetzt nichts nützen!"

„Geworden? Du weißt, wer ich bin?"

„Wer dich einmal gesehen hat, wird dich immer wiedererkennen. Heller als jetzt war es damals auch nicht. Doch genug davon! Was ist mit den Mädchen? Sind sie wohlauf?"

„Du kennst Baket-Ras Töchter?"

„Besser als du denkst! Ich will, daß du der Frau etwas übergibst. Und zwar nur ihr, verstanden? Ein Geschenk von mir." Mit diesen Worten nestelte der Mann an einem Beutel, der an seinem Schurz angenäht war. Er entnahm ihm ein ledernes, fest verschnürtes Päckchen.

„Wie kannst du sicher sein", fragte Djehuti, „daß ich es wirklich weitergebe?"

Der Fremde zuckte die Achseln. „Das kann ich nicht. Aber du wirst Baket-Ra oder den Mädchen doch nicht schaden wollen? Na also! Meine Gabe zu überreichen ist wichtiger, als du vielleicht annimmst. Es ist sogar ... lebenswichtig, falls du verstehst, was ich meine."

Djehuti drehte und wendete das handtellergroße Päckchen zwischen den Fingern. „Was enthält es?" fragte er.

„Eine Überraschung", erwiderte der Fremde sanft. „Eine wirklich große Überraschung." Dann drehte er sich um und verschwand.

Djehuti starrte ihm nach. Nun wußte er, wer der Mann war.

Die königlichen Pferdeställe waren seit der Verlegung der Reichsverwaltung drei Monate zuvor beträchtlich erweitert worden. Der neue Pharao hatte einen großen Teil der Gespanne aus Men-nefer nach Pi-Ramesse bringen lassen. Inzwischen bedeckten die Ställe fast das gesamte Gebiet zwischen den Verwaltungsgebäuden nördlich des Palastes und den Unterkünften der Soldaten am Nilufer im Nordwesten der Stadt. Eine schmale Gasse trennte die Stallungen von den Häusern unmittelbar am Fluß. Dort reihte sich Bierhaus an Bierhaus, windschiefe Verkaufsbuden wechselten mit Garküchen und bemalten Hütten mit fensterlosen Fassaden, an deren Türen stark geschminkte Mädchen in durchsichtigen Gewändern Soldaten zuwinkten.

„Schau, dort kommt wieder eine Abteilung nubischer Bogenschützen!" Siptah, der mit Djehuti vom Schönen Bezirk des Königs zu den Pferdeställen wanderte, deutete auf die Truppe dunkelhäutiger Männer, die im Gleichschritt die Straße heruntermarschierten. „Wären sie in ihrer Heimat, dienten sie unter meinem Bruder."

Djehuti lächelte dem Prinzen zu. „Du würdest ihn gern sehen, nicht wahr?"

Siptah blieb stehen und zog bekümmert die Schultern hoch. Er wirkte viel kindlicher, als es seine neun Jahre vermuten ließen, denn er war schmächtig und klein für sein Alter. Das verkürzte Bein, eine Erinnerung an seine schwere Krankheit vor fast sechs Jahren, zwang ihn zu einem gebückten Hinken, das sich nur wenig von Djehutis Gehweise unterschied. Einen Buckel hatte er allerdings nicht. „Ich glaube", sagte er leise, „er weiß gar nicht, daß ich lebe."

„Wie kommst du auf so eine Vermutung?"

„Ich habe ihn noch nie gesehen."

„Kein einziges Mal?" Djehuti schüttelte den Kopf. „Das kann doch nicht sein!"

„Es ist aber die Wahrheit. Wahrscheinlich hatte er keine Zeit. Er ist ein großer Feldherr."

Soldaten stapften vorüber, und Siptah blickte ihnen nach. „Ich würde so gern einmal mit ihnen gehen. Irgendwohin. In ein fremdes Land vielleicht."

„Das wirst du sicher!"

„Du willst mich trösten, denn du bist gut. Aber ich glaube dir nicht. Keiner braucht einen Prinzen mit einem verkrüppelten Bein."

„Du bist gerader gewachsen als ich!"

Während sie sprachen, erreichten Djehuti und Siptah die ersten Pferdekoppeln vor der langen Reihe königlicher Stallungen.

Das Gefolge des Prinzen, mehrere Diener und sein Haushofmeister, kamen im Eilschritt herbei. „Herr!" schrien sie. „Wir haben dich gesucht! Wir sind verantwortlich für deine Sicherheit!"

„Ich bin ja wieder da!" sagte Siptah und lächelte breit. „Ihr solltet euch daran gewöhnen, daß ich gelegentlich etwas unternehme, ohne euch um Erlaubnis zu fragen."

Allgemeines Stöhnen war die Antwort.

„Sei großmütig!" flüsterte Djehuti. „Sie haben keine Wahl. Wenn sie nicht achtsam sind, kostet sie das Nase und Ohren oder gar den Hals."

„Geh schon voraus", forderte Siptah seinen Leibdiener auf. „Und nimm meine Kerkermeister gleich mit. Ich komme langsam nach. Laß inzwischen mein Gespann herrichten. Ich will noch ein wenig plaudern." Als er die bestürzte Miene des Mannes sah, fügte er hinzu: „Keine Abstecher mehr, ich schwöre es!"

Die Gruppe entfernte sich teils murrend, teils händeringend.

„Djehuti!" sagte Siptah, als sie allein waren. „Ich führe ein garstiges Leben."

Djehuti sah ihn an und wartete.

„Du widersprichst nicht?" wunderte sich der Prinz. „Warum sagst du nicht: Du bist der Sohn des Pharao, Leben, Heil, Gesundheit, du wirst selbst einmal Herrscher über das Zweifache Land, du lebst in Reichtum und Überfluß, die Götter lieben dich, und noch viele ähnliche Dinge?"

„Weil es wie Wasser ist, was du hast, wenn du das, was du nicht hast, so vermißt, daß dein Herz schwer ist."

„Du bist der einzige", seufzte Siptah, „der mich versteht. Ich habe keinen Freund außer dir."

„Und die *Cheredu ni Kap*?"

„Die Kinder des inneren Kreises suchen meine Nähe, weil ich der Sohn meines Vaters bin. Es ist ein großer Vorzug, mit dem Kronprinzen unterrichtet zu werden. Aber alle dünken sich klüger als ich. Keiner meiner Mitschüler kann mich wirklich leiden. Außer dem einen oder anderen Mädchen. Für die bin ich wie eine Puppe."

„Die Knaben müssen dir jeden Wunsch von den Augen ablesen. Du wirst schließlich der Pharao sein, unter dem sie die höchsten Staatsämter erreichen wollen."

„Ach!" In Siptahs Augen trat ein Ausdruck der Verlorenheit. „Sie tun alles, um mich ihnen zu verpflichten. Aber sie beobachten mich und warten ab, so wie es ihnen ihre Eltern einschärfen. Es ist nicht sicher, hören sie dort, ob der Krüppel je König wird. Also sei wachsam, streiche ihm Honig um den Mund, und halte dir im übrigen alle Wege offen."

„Woher weißt du das?" fragte Djehuti bestürzt. So viel Bitterkeit hätte er nicht erwartet. „Wer erzählt dir solche Dinge?"

„Es wäre nicht klug, das zu sagen, meinst du nicht?"

„Ich würde dein Vertrauen niemals mißbrauchen. Meiner Freundschaft kannst du vollkommen sicher sein."

„Das bin ich. Aber ich fürchte, sie werden dich mir nicht lange lassen. Wenn sie glauben, dein Einfluß auf mich behindere ihre Pläne, werden sie mich von dir trennen."

„Wen meinst du mit ‚sie'?"

„Alle, die mich brauchen, weil ich Horus-im-Nest sein werde. Die Königin zum Beispiel. Oder Bai. Oder Hori. Oder …"

„Tausret wird dir sicher nichts Böses zufügen." Djehuti hörte selbst, wie lahm diese Worte klangen.

„Es war die Königin, die das über die *Cheredu ni Kap* gesagt hat."

„Du solltest ihr nicht alles glauben! Aber was den Schatzmeister des Ganzen Landes anbelangt: Er ist ein guter Mensch, da bin ich sicher!"

„Meinst du? Er spricht voll Güte zu mir, wenn ich ihm Wort für Wort wiederholen soll, was die Königin mir mitteilt. Er will sogar wissen, wie ihr Gesichtsausdruck dabei ist. Er berät mich, wie ich mich verhalten soll, wenn ich dem Wesir begegne, er sagt mir, was ich keinesfalls diesem oder jenem preisgeben soll. Er sorgt dafür, daß niemand so oft mit mir zusammen ist wie er."

„Er hat dich eben gern."

Siptah sah zweifelnd drein, erwiderte aber nichts. Djehuti wies auf eine Reihe von Bänken entlang des Weges. Dreimal während eines Zehntages durften hier Zuschauer den Übungen der Streitwagentruppen zusehen. „Möchtest du dich setzen? Mir täte eine Pause gut!"

Siptah nickte. Eine Weile saßen sie schweigend nebeneinander und beobachteten einen langen Zug roter Ameisen, die Teile eines Käfers davonschleppten. „Die Königin hat meiner Mutter die Rückkehr in die Hauptstadt verboten", sagte er plötzlich.

„Du bist noch immer traurig, nicht wahr?"

„Hm, hm", machte Siptah. Er kämpfte mit den Tränen, und Djehuti empfand großes Mitleid mit ihm. „Du kannst ihr schreiben", sagte er leise, „und sie vielleicht sogar besuchen. Meine Mutter ist tot."

„Ich weiß!" Siptah schluckte. „Aber jetzt ist da niemand mehr, der ich ... die ..."

„Hoheit!" Djehuti hätte Siptah am liebsten in den Arm genommen, aber er wagte es nicht. Der Knabe war immerhin der Sohn des Gottes. „Ich möchte dir etwas erzählen. Möglicherweise tröstet es dich. Auch ich war sehr einsam, als meine Mutter von mir ging ..." Plötzlich sah er Mehit vor sich liegen, so deutlich wie schon seit Jahren nicht mehr.

Siptah hörte aufmerksam zu. Sein Kummer war vergessen, als Djehuti von der Ankunft in Waset und Apachtes angeblichem

Anschlag am Hafen berichtete. Von Djehutis Wanderungen durch die Stadt mit dem Fischer Ihi wollte er jede Einzelheit wissen, er lachte, fragte und wünschte, er wäre dabeigewesen. Auch die Zeit in Buhen schilderte Djehuti, wobei er allerdings ein Vorkommnis unerwähnt ließ.

„Werde ich auch so viel von der Welt sehen?" fragte Siptah, als Djehuti geendet hatte.

„Du wirst König sein, Feldzüge führen! Du wirst die Welt nicht nur sehen, du wirst ihr Schöpfer sein!"

Siptah biß sich auf die Lippen. „Das macht mir angst", flüsterte er. „Wirst du mir helfen?"

„Du brauchst es mir nur zu befehlen!"

„Dann befehle ich es dir jetzt! Du wirst mein erster Ratgeber, Wesir vielleicht, oder willst du lieber ..."

„Warte ab, Hoheit!" unterbrach Djehuti lachend. „Das wird sich alles weisen! Du kannst für die Zukunft zwar Pläne machen, aber du kennst nicht das Los des nächsten Tages. Komm mit, laß uns weitergehen, deine Ausbilder warten schon."

Sie schlenderten zu einem abgegrenzten Übungsplatz, an dessen Eingang eine Gruppe Stallburschen Siptahs Einspänner vorbereiteten. Aus Sicherheitsgründen ließ man den Prinzen noch nicht mit Zweispännern üben. Das Pferd, das wegen seiner geringen Größe und seines sanftmütigen Wesens ausgesucht worden war, stand bereits angeschirrt. Ein Knecht hielt ihm einen Eimer Wasser vor das Maul.

Siptahs Ausbilder, ein junger Mann, der sich in Pharaos Streitwagentruppe besonders hervorgetan hatte, eilte unter Verbeugungen auf ihn zu. „Endlich, Hoheit! Ich begann mir schon Sorgen zu machen! Wie ist dein königliches Befinden heute?"

„Ich befinde mich wohl. Djehuti, du sollst mir zusehen! Ich habe nämlich große Fortschritte gemacht, seit du zum letzten Mal dabeiwarst!"

„Das ist die Wahrheit!" erklärte der Ausbilder stolz. „Ich habe ihn schon viel gelehrt. Er wird ein kühner Streitwagenfahrer!"

„Ich überprüfe das Geschirr!" rief Siptah und lief zum Gespann hinüber. Seine Krücken warf er zu Boden.

„Es ist alles in Ordnung, Hoheit", erklärte der Bursche, der die letzte Lederschlaufe festzog. „So könntest du ohne weiteres in die Schlacht fahren!"

„Danke! Aber ich bin der Fahrer!" sagte Siptah und klopfte dem Pferd auf die Hinterbacken. „Gutes Tier! Heute zeigen wir meinem Freund, wie gut wir schon sind!" Sorgfältig überprüfte er das Geschirr. „Alles ist zu meiner Zufriedenheit."

„Hoheit!" Wieder stand der Bursche vor Siptah. „Dein Helm! Und dein Brustpanzer!"

Siptah setzte sich den Kopfschutz auf und legte den ledernen Panzer an. „Hilf mir mit all den Stäbchen und Ösen", sagte er. „Bist du neu hier? Ich kenne dich noch nicht!"

„Zu deinen Diensten, Herr. Bisher arbeitete ich am Hafen. Ich hoffe, du wirst mit mir zufrieden sein."

Siptah lächelte ihm zu, doch der Mann hielt das Gesicht gesenkt, während er den Gürtel verschloß. Dann bestieg der Prinz das Gefährt, wobei er die angebotene Hilfestellung geflissentlich übersah. Er nahm die Peitsche.

Der Ausbilder nickte ihm aufmunternd zu. „Eine Runde in Schrittgeschwindigkeit, Hoheit! Zum Eingewöhnen!"

„Ach, das ist doch langweilig!" murrte Siptah. „Nur kleine Kinder fahren so langsam."

„Der Kluge baut maßvoll auf", beharrte der Ausbilder ungerührt. „Jetzt los, Hoheit!"

Während Siptah etwas verdrießlich den weiten Platz umrundete, faßte Djehuti einen Entschluß. Er wollte Bai bitten, sich des Thronfolgers anzunehmen, ihn nicht nur als Nachrichtenquelle zu benutzen, sondern wirklich ganz und gar auf seine Seite zu treten. Siptah brauchte einen mächtigen Freund, jemanden, der in seinem Sinne handelte und ihn nicht ausbeutete.

Siptahs erste Runde näherte sich ihrem Ende. „Aber jetzt will ich richtig fahren!" rief er. „Du mußt es mir erlauben!"

‚Es ist schwer, Falke-im-Nest zu sein', dachte Djehuti, der ihn beobachtete, ‚wenn man noch die Jugendlocke trägt und keine Aussicht hat, ein starker Mann zu werden.'

Der Ruf des Ausbilders riß ihn aus seinen Gedanken. „Gut so! Jetzt, Hoheit! Leicht nach vorne beugen! Den Blick geradeaus! Die nächste Runde fliegst du dahin so schnell wie der Wind! Nimm die Peitsche!"

„Ja!" jubelte Siptah. Die Peitsche knallte.

Djehuti spähte über den Platz und hob die Hand, um zu winken. In diesem Augenblick stieg das Pferd mit den Vorderhufen hoch und brach aus der Bahn. Es schüttelte sich, als wolle es das Joch und das mit der Deichsel verbundene Sattelstück auf dem Widerrist abstreifen. Der Wagen neigte sich gefährlich. Siptah riß den Mund weit auf und klammerte sich an das Gestänge des Wagenkörpers. Er war so entsetzt, daß er keinen Laut hervorbrachte. Die Zügel hatte er losgelassen, sie flatterten an der Seite nebenher. Aus den Augenwinkeln sah Djehuti den Ausbilder und zwei Männer brüllend auf das Gespann zustürzen. Erst jetzt wurde ihm bewußt, daß auch er aus Leibeskräften schrie. Stallknechte rannten in die andere Richtung, um Pferd und Wagen den Weg abzuschneiden. Sie schwangen Stöcke und Dolche in der Hand, die ihnen allerdings nichts nützten. Das Pferd galoppierte wiehernd an ihnen vorbei und setzte über eine Bodenwelle. Ein Schwung, ein Stoß, der leichte Holzwagen stieg in die Höhe, krachte auf die Erde zurück, die Achse brach, und der Wagenaufbau zersplitterte.

Das Pferd verschwand irgendwohin, Männer liefen umher. Rufe schwirrten über den Platz. Djehuti beachtete nichts davon. So schnell er konnte, hinkte er zu dem kleinen Körper, der mit dem Gesicht nach unten bewegungslos dalag in einem Durcheinander von Hölzern, zerfetzten Zierleisten, gebrochenen Rädern, bronzenen Radkränzen und verbogenen Felgen. Siptahs Aufpasser kreischten wie besessen und rauften sich die Haare.

„Hilfe!" schrie auch der Ausbilder. Er sank neben Siptah in die Knie und rang die Hände. „Ihr Götter, helft!"

„Die Götter helfen da nicht!" knurrte ein vierschrötiger Pferdebursche. „Ich hole einen *Sunu*!"

„Laß mich nach ihm sehen", bat Djehuti, und der Ausbilder rückte unter verzweifeltem Heulen zur Seite.

„Das ist mein Ende! Sie werden mich töten!"

„Unsinn! Beruhige dich und beende dieses Geschrei!" Djehuti legte seine Finger an Siptahs Halsgrube und spürte ein leises Pochen. „Er lebt!" Dann rief er zu Siptahs kreischendem Gefolge hinüber: „So seid doch endlich ruhig! Sonst muß ich melden, daß ihr die Hilfe behindert habt."

Auf diese Worte kehrte sofort Ruhe ein.

Djehuti faßte den Knaben vorsichtig an den Schultern und versuchte, ihn auf den Rücken zu drehen. Da stieß Siptah einen gellenden Schrei aus.

„Hast du große Schmerzen?"

„Sehr große!" wimmerte Siptah. „Ich kann mich nicht bewegen!"

„Ganz ruhig! Der Arzt ist schon unterwegs! Es wird alles gut."

„Hoheit!" jammerte der Ausbilder. „Bitte, ich kann nichts dafür, wirklich ..."

„Schweig!" herrschte ihn Djehuti an. „Dieser Lärm schadet ihm!"

Der Mann verstummte und rappelte sich hoch.

„Es tut weh", weinte Siptah.

Djehuti strich ihm über den Kopf. Unter diesen Umständen war es ihm wie Wasser, daß er den Sohn des Gottes berührte. Leise sprach er mit ihm, begann, eine Geschichte zu erzählen, um ihn abzulenken, merkte aber, daß Siptah nicht in der Lage war, ihm zuzuhören. Schließlich verlor der Knabe das Bewußtsein.

Nach der Hälfte einer Stunde kam der Hofarzt Nebamun mit einigen Gehilfen. Mit kundigen Händen tastete er den Prinzen ab.

„Ist die Verletzung schwer?" fragte Djehuti.

Nebamun nickte. „Schwer ist sie, aber sie wird heilen. Er hat sich die Hüfte gebrochen."

„Was kannst du tun?"

„Ich werde ihn schienen, aber er wird sich monatelang nicht bewegen können." Nebamun winkte seine Begleiter heran. „Hebt ihn vorsichtig auf die Trage. Was für ein Glück, daß ich gerade in der Scheunenverwaltung war!" Sein Blick fiel auf den Ausbilder, der noch immer mit kreideweißem Gesicht in einiger Entfernung stand. „Hast du Nachricht in den Palast geschickt?"

Der Mann schüttelte erschrocken den Kopf. „Nein, verzeih, ich ..."

„Dann ist es höchste Zeit. Seine Erhabenheit, Leben, Heil, Gesundheit, muß unterrichtet werden!"

Der Ausbilder stob davon, und Nebamun wandte sich an Djehuti. „Du bist der Harfner, nicht wahr?"

„Der bin ich."

„Was ist hier geschehen? Was hat das Unglück verursacht?"

„Das weiß ich nicht", gab Djehuti zurück. „Das Pferd ging durch, und ehe ich zur Besinnung kam, war alles schon vorbei."

„Ein Pferd geht nicht ohne Anlaß durch", meinte Nebamun nachdenklich. „Das muß geprüft werden."

„Ich werde den Obersten der Stallmeister verständigen", bot Djehuti an. „Die Trümmer hier dürfen nicht weggeräumt werden, bis sie untersucht worden sind. Nebamun", setzte er hinzu, „es wäre besser, wenn ich hierbliebe, bis das geschieht."

„Unbedingt!" pflichtete der Hofarzt bei. „Ich lasse dir zwei meiner Gehilfen da. Das müßte genügen."

„Du leitest in die Wege, was notwendig ist?"

„Selbstverständlich. Du wirst nicht lange warten müssen."

Nebamun winkte zwei seiner Leute herbei, flüsterte ein paar Worte und entfernte sich in Richtung der Verwaltungsgebäude, die Hand an der Trage mit dem Thronfolger.

Djehuti umrundete die Unglücksstelle in weitem Bogen. Zunächst vermochte er nichts Verdächtiges zu erkennen. Dann stieß er mit dem Fuß an einen Gegenstand. Er bückte sich und hob Siptahs Peitsche auf. Langsam ließ er die schmalen Lederstreifen durch die Hand gleiten. Plötzlich verspürte er ein Kratzen an der Fingerkuppe. Scharf sog er die Luft durch die Zähne. Zwei der Streifen waren mit mehreren sehr spitzen Nägeln von der Länge eines Daumennagels durchbohrt. Als er genau hinsah, konnte er an ihnen Spuren von Pferdeblut erkennen.

Das lange, buntgeschmückte Boot glitt durch das Papyrusdickicht. In seinem Bug kauerten Sklaven. Sie zerschnitten mit langen Messern Schlingpflanzen, die sich um die Planken legten und die Fahrt behinderten. Andere stakten mit langen Stäben das Gefährt voran. Die Luft war lau, leichter Fäulnisgeruch von Pflanzen im Wasser schwebte über dem Sumpfgebiet, das der Hapi-Strom nördlich von Pi-Ramesse durch seine zahlreichen Verzweigungen geschaffen hatte. Unter das Quaken der Frösche und das Tschirpen der Vögel mischten sich Gelächter und Rufe der Jagdgesellschaft. Zehn Boote, angeführt von der Barke des Guten Gottes selbst, durchkreuzten die Altwasser des Nil auf der Suche nach Wildenten, Reihern und Goldamseln.

„Jetzt ist es Zeit, meine Geschicklichkeit als Jäger zu erproben", verkündete Bai, stellte den Weinkrug beiseite und griff nach seinem Wurfholz.

„Ich dachte schon, du seist heute zu faul, dich zu bewegen!" spottete Mahuhui, ein Schreiber und enger Berater des Pharao. „Du hast noch nichts gefangen, und die Sonne steht bereits schräg!"

„Dafür sinkt das Boot fast unter der Last der erlegten Vögel, die uns Ramses beschert hat", sagte Bai lachend und wog das Holz spielerisch in der Hand. „Sethnacht, der große Kämpfer, tat unserer kleinen Mannschaft einen Gefallen, indem er seinen heldenhaften Sohn entsandte. Obwohl der erst vor kurzem die Jugendlocke abgelegt hat, treibt er jedem erfahrenen Jäger den Schweiß auf die Stirn."

„Ich habe da keinen Ehrgeiz", bemerkte Scheunenverwalter Pa-Ra-em-hab. Seine über der Nase zusammengewachsenen buschigen Brauen verliehen ihm ein finsteres Aussehen, das in seltsamem Widerspruch zu seinem heiteren Wesen stand. „Ich will nur diesen schönen Tag feiern und mich sanft der Trunkenheit hingeben. Vielleicht ist es das letzte Mal für lange Zeit."

„Warum so düster? Es gibt doch nichts, worüber du dir Sorgen machen müßtest?" Bai ließ die Hand mit dem Wurfholz wieder sinken.

„Seine Erhabenheit, Leben, Heil, Gesundheit", verkündete Pa-Ra-em-hab, „will mich in den Süden mitnehmen, wenn er dem Baubeginn seiner Grabstätte beiwohnt."

„Das ist eine Ehre!" rief Mahuhui.

„Sicher. Aber die Vögel pfeifen es von den Dächern, daß die Lage in der Südlichen Landeshälfte unruhig ist."

„Gerüchte!" meinte Ramses wegwerfend. „Alles nur Gerüchte!"

„Du hast leicht reden, junger Held!" tadelte Pa-Ra-em-hab. „Du bist noch in einem Alter, in dem man das Abenteuer ersehnt."

„Dir liegt das Schwert wohl nicht gut in der Hand?" spöttelte Ramses.

„O Amun, hilf! Ich bin ein Mann der Binse, nicht des Schwertes!"

„Leise!" fiel Bai ein. „Seht ihr die da drüben?" Er deutete auf eine kleine Sandbank vor ihnen. Mehrere Wildgänse stolzierten schnatternd am Wasserrand entlang, regungslos beobachtet von einer Ginsterkatze im Gebüsch.

Bai hob das Wurfholz. Aus der Ferne erklangen Stimmen von den übrigen Booten. Noch schienen die Geräusche die Tiere nicht zu stören.

„Jetzt!" flüsterte Ramses. „Du bist nah genug!"

Bai schleuderte die Waffe, unter lautem Flügelrauschen erhoben sich die Gänse in die Luft, das Wurfholz sirrte, die Ginsterkatze stob davon. Gleich darauf ertönte das laute Platschen, mit dem ein Tier auf dem Wasser aufschlug.

„Ausgezeichnet!" Die Bootsinsassen klatschten in die Hände. Wenig später lag Bais Gans neben den von Ramses erlegten Vögeln.

„Ich schlage vor", ergriff Mahuhui das Wort, „wir steuern den Festplatz an. Die Sonne sinkt."

Die Diener stakten das Boot durch die Wasserarme bis an das südliche Ende des Sumpfgebietes, wo ein Wald von Dattelpalmen begann, der bis an die Mauern von Pi-Ramesse heranreichte. Die Papyruspflanzen standen an dieser Stelle nicht dicht, immer wieder öffneten sich die Flußarme zu kleinen Seen. Wilde Seerosen wuchsen an den Ufern und gelbblühende Sträucher tauchten ihre Zweige ins Wasser. Tausende von Silberreihern, Bläßhühnern, Schlangenhalsvögeln und Ibissen brüteten hier, die Luft zitterte von ihrem Gesang, und am Wasserrand lagerten Flußpferde und Krokodile. Dort lag die Sokar-Insel, eine vor Jahrtausenden angeschwemmte, langgestreckte Sandbank, geformt wie zwei ausgebreitete Arme, eine naturgegebene Danksagung an die Götter. Es hatte den Ewigen gefallen, auf ihr eine Wunderwelt von Bäumen, Sträuchern und Büschen in allen Grünschattierungen zu erschaffen und den Boden mit sattem Gras zu bedecken, wie man es im Lande Kemet nur selten fand. In der Mitte der Insel stand ein uraltes Sokar-Heiligtum, in dem die Opferhandlungen für den Unterweltsgott von einem betagten Priester durchgeführt wurden. Fast jede königliche Jagdgesellschaft wurde auf dieser Insel mit einem Fest unter freiem Himmel beendet. Von der außerordentlichen Schönheit dieses Fleckens pflegten selbst die ausländischen Gesandten in ihren Heimatländern zu schwärmen.

Bais Barke legte als letzte an dem kleinen Steg an. Neun prächtig geschmückte Boote schaukelten im flachen Wasser. Unweit der Anlegestelle erhoben sich auf einer Anhöhe die großen, gelbweiß gestreiften Zelte. Das königliche Feldzeichen war bereits aufgepflanzt, der Herrscher saß vor dem größten Zelt auf einem Klappstuhl und unterhielt sich mit dem Wesir Hori.

„Ramses!" rief der Pharao, erhob sich und kam den Neuankömmlingen einige Schritte entgegen. „Wie schön, dich zu sehen!"

Ramses verneigte sich, und Bai verspürte einen heftigen Stich der Eifersucht. In den Zeiten des alten Königs wäre er als erster begrüßt worden. Er beobachtete, wie Sethos den Arm um Ramses legte und ihn zum Zelt führte.

„Sethnacht berichtete von deinen außerordentlichen Fähigkeiten als Streitwagenfahrer", hörte er, „doch es ist beileibe nicht nur dein Vater, der Gutes von dir spricht. Auch Ptahpahapi ..."

Er wandte sich ab. Er mußte etwas unternehmen, sagte er sich zum tausendsten Mal. Sich lediglich zu grämen nutzte wenig. Er sah die Augen der Königin auf sich gerichtet. Tausret entging wieder einmal nichts, sie lächelte ausgesprochen belustigt. Er ging zu ihr hinüber. „Ich hoffe, du befindest dich ..."

„Ja, ja!" unterbrach Tausret. „Es geht mir gut. Aber deine Lage könnte besser sein, nicht wahr? Erst Hori, jetzt Ramses!"

„Wenn du, hochverehrte Königin", seufzte Bai, „beliebst, in meinen Wunden zu wühlen, so muß ich das wohl demütig erdulden."

„Vielleicht sollten wir uns einmal zusammensetzen und einen Plan erdenken, wie wir die Verhältnisse ein wenig … beeinflussen können."

Bai sah sie überrascht an. Seit Jahren hatte Tausret keinerlei Anstalten gemacht, ihn zu unterstützen, mehr noch, er hatte das Gefühl, sie genösse es, seinen langsamen Abstieg zu beobachten. Tausret hatte ihm die Zurückweisung in jener Nacht vor dem Feldzug Merenptahs nie vergeben. Fünf Jahre lang hatte ihre Rache gewährt, fünf Jahre, während derer sie Sethos darin bestärkt hatte, Hori in den Mittelpunkt am Hof zu stellen; fünf Jahre, in denen Bai geradezu unterwürfig um Nachrichten und Mitteilungen betteln mußte. Oft hatte er sich für seinen Fehler verflucht. Stolz und Hochmut hatten ihn die Stärke seiner Stellung überschätzen lassen. Außerdem war seine Macht an Ba-en-Ra Merenptah gebunden gewesen, und der alte Pharao hatte in seinen letzten, von Krankheit und Siechtum gezeichneten Jahren nur noch dem Namen nach geherrscht. Das Zeitalter Sethos' und damit auch Tausrets hatte schon lange vor dem Tode Merenptahs begonnen.

„Meine Königin!" sagte Bai leise. „Wenn es dein Wunsch ist, so soll es geschehen. Ich bin dein ergebener Diener."

„Bist du das?"

„Mit Leib und Seele." Verwundert stellte Bai fest, daß diese Aussage vollkommen richtig war. Er würde jedem ihrer Befehle gehorchen, wenn sie ihm wieder Zugang zum inneren Kreis der Macht verschaffte. ‚So bin auch ich käuflich', dachte er, ‚man muß mich nur lange genug hungern lassen.' Statt Scham stellte sich bei diesem Gedanken ein unbestimmtes Drängen ein, eine Gier, deren Kraft ihn erschreckte.

„Nun, wir werden sehen", sagte Tausret gedehnt. „Wie geht es übrigens dem jungen Siptah? Ich hatte wenig Zeit, mich um sein Befinden zu kümmern."

„Er erholt sich", antwortete Bai. „Aber langsam."

„Ich sprach erst heute morgen mit Nebamun über den Thronfolger", mischte sich Hori ins Gespräch.

Tausret hieß den Wesir mit strahlendem Lächeln willkommen, wobei sie sich mit einem Seitenblick vergewisserte, daß dies Bai nicht entging. „Und? War er nicht zufrieden?"

„Er äußerte sich besorgt. Seine Hoheit wird noch größere Schwierigkeiten beim Laufen haben als bisher. Auf einem Streitwagen wird er wohl nie wieder stehen."

„Wie betrüblich!" rief Tausret. Auch die Umstehenden zeigten betretene Mienen. „Aber er wird doch wieder gesund?"

„Wenn es die Götter gewähren!"

Da trat der Pharao herzu, Ramses und die Gesandten Rechpehtuef und Neferher im Gefolge.

„Ihr sprecht über meinen Sohn?" fragte er. „Gibt es etwas Neues? Hori, wie weit sind deine Nachforschungen gediehen?"

„Der Falke-im-Nest wird genesen. Nebamun leistet vorzügliche Arbeit. Was den Unfall betrifft, ich sagte dir schon, daß es sich eigentlich nicht um einen solchen handelt. Die Peitsche Seiner Hoheit wurde mit Nägeln gespickt, die das Pferd verletzten, so daß es durchging. Aber da war noch etwas ..."

„Noch etwas?"

„Wir haben die Trümmer des Wagens eingehend untersucht. Stück für Stück. Dabei stellte sich heraus, daß die Radachse angesägt war."

„Ein weiterer Beweis für einen Anschlag."

Hori nickte. „Von langer Hand vorbereitet. Ein Stallknecht ist verschwunden. Er war drei Zehntage zuvor eingestellt worden. Niemand kennt ihn, keiner weiß, wo er wohnt."

„Gibt es irgendwelche Hinweise auf die Hintermänner?"

„Nein. Wir sind auf Vermutungen angewiesen. Wir haben uns allerdings gleich gefragt, wer einen Vorteil vom Tode des hochedlen Knaben haben könnte." Hori verstummte.

Auch die Umstehenden starrten vor sich hin. Sethos zog die Augenbrauen zusammen und betrachtete eingehend den Ring an seinem Finger. „Darüber wollen wir nicht an diesem Abend nachsinnen", sagte er endlich. „Heute wollen wir uns angenehmen Dingen zuwenden und unsere Herzen erfreuen. Widmen wir uns den Speisen und dem Wein, damit wir durch frohe Trunkenheit die Ewigen ehren." Er winkte den Klangkünstlern, die in einiger Entfernung Aufstellung genommen hatten. Lauten- und Harfenklänge wehten durch die Luft. An der Festtafel warteten Diener mit Schüsseln voll knusprig gebratener Gänsebruststreifen, Oliven und gebackenen Muscheln. Junge Mädchen boten Schalen mit Zitronenwasser und warme Tücher an, während andere Duftkegel aus Wachs und Lotosessenz auf den Häuptern der Vornehmen befestigten.

„Du ißt nichts?" fragte Hori, der neben Bai stand.

„Später vielleicht. Ich denke noch immer über den Anschlag nach!"

„Jeder ahnt, woher der Mordbefehl kommt, doch niemand wagt, es auszusprechen."

„Es gibt nur einen einzigen Menschen", bestätigte Bai, „der einen Vorteil vom Tode Siptahs hätte."

„Wir müssen den Prinzen noch gründlicher überwachen lassen!"

„Aber er wird bereits bewacht! Ich habe es veranlaßt!"

„Dennoch ist es gelungen, einen Fremden in die Mannschaften der Stallungen einzuschleusen."

Bai fluchte innerlich. Seine Arbeit war nicht wirkungsvoll gewesen. Er mußte Horis verhaltenen Tadel zähneknirschend hinnehmen.

„Vielleicht darf ich dir einige wirklich fähige Männer aus meiner Mannschaft empfehlen?" schlug Hori vor. Er beobachtete Bai scharf.

„Ich danke dir für dein Angebot", preßte dieser hervor. „Ich weiß es zu schätzen!"

„Bai, mein Freund! Ich habe so viel von dir gelernt, ich bin dankbar, wenn ich dir etwas davon zurückgeben kann! Zähle auf mich!" Mit diesen Worten entfernte sich der junge Wesir lächelnd.

„Du würdest ihn am liebsten in Stücke schlagen, nicht wahr?" Tausret trat auf Bai zu und verscheuchte mit einer Handbewegung eine Schar Dienerinnen. „Du möchtest gerne, daß die Zeit der Demütigung zu Ende geht. Nun, wir werden sehen. Doch sage mir zuvor: Du glaubst doch auch, daß mein mißratener Stiefsohn hinter dem Anschlag steckt."

„Daran besteht kein Zweifel. Die Frage ist nur, wer hat das Ganze in die Wege geleitet?"

„Dafür kommen mehrere Männer in Frage, die Gesandten zum Beispiel, Rechpehtuef oder Neferher, obwohl die in meinen Diensten stehen, oder auch die Vertreter Amenmesses, Kaha und Sahapi. Sie weilten vor einigen Zehntagen in Pi-Ramesse."

„Oder Cha-em-hedjet. Auch sein Aufbruch nach Buhen liegt schon länger zurück."

Eine Zornesfalte erschien auf Tausrets Stirn. „Ich habe ihn selbst dorthin gesandt. Er ist mein Kundschafter im Südlichen Fremdland, verstehst du? Ich hasse es, wenn du andeutest, ich wüßte nicht, wer mir ergeben ist."

„Verzeih, Herrin!" sagte Bai gelassen. „Ich traue ihm nicht. Mit gutem Grund, wie du weißt."

„Ich hatte während der vergangenen Jahre nicht zu klagen über seine Dienste. Er arbeitete tüchtig, schnell und verschwiegen."

‚Und ohne irgendwelche Bedenken', setzte Bai in Gedanken hinzu. „Du magst recht haben", gab er zu. „Hoffentlich bin ich es, der sich täuscht."

Eine Weile sprach niemand. ‚Das ist ihr Schwachpunkt', dachte er. ‚Sie neigt dazu, ihre Macht zu überschätzen.'

„Was ist mit diesem Stallburschen, der vermißt wird?"

„Mein bewährter Dienstmann ist Tag und Nacht unterwegs."

Er hatte Hui zum ersten Mal einen Gehilfen, einen jungen Mann namens Nianch, an die Seite gegeben. Zu viele Menschen kannten den einäugigen Alten mit dem schlohweißen Haar inzwischen als Mann Bais, außerdem kam Hui mit den Anforderungen seines Berufs immer weniger zurecht. Das Alter drängte ihn zu beschaulicheren Tätigkeiten. Zunächst hatte er sich mit Händen und Füßen dagegen gewehrt, wichtige Ermittlungen einem Jüngling zu überlassen, der, wie er sich ausdrückte, noch den Finger im Maul hatte. Nianch aber erwies sich als anstellig und begriff so schnell, daß es Hui zunehmend Freude bereitete, ihn zu unterweisen.

„Woher kam der Knecht?" fragte Tausret.

„Aus Hebenu. Das hat er bei der Einstellung behauptet."

„Läßt sich irgendeine Verbindung zu Cha-em-hedjet herstellen?"

„Bis jetzt nicht."

„Siehst du!" sagte sie zufrieden.

Die Sonne war inzwischen untergegangen, aber noch bot der westliche Himmel ein beeindruckendes Farbenspiel von feurigem Orange bis zum dunklen Rot alten Weines. Bäume und Büsche formten tiefschwarze Schatten im flackernden Licht der Fackeln. Überall schlenderten Grüppchen von Hofbeamten und vornehmen Frauen auf dem Festplatz umher, Paare lustwandelten Arm in Arm zwischen den Tischen.

„Kaum haben wir die Herde ein paar Ellen hinter uns gelassen", flüsterte sie, „schon ist es, als gäbe es nur uns auf der Welt."

Vielleicht lag es an der lauen Luft, vielleicht auch an den drei oder vier Bechern Wein, die er getrunken hatte, jedenfalls fühlte Bai eine Lebenslust durch seine Adern strömen wie schon lange nicht mehr. Ja, er würde sich mit der Königin verbünden, gleichgültig, welche Abhängigkeit oder sogar Gefahren das mit sich brachte. Er würde heraustreten aus dem Zwielicht der Bedeutungslosigkeit; langsam und gründlich wollte er seine Macht wieder aufbauen, welchen Preis es auch kosten mochte. Er sah Tausret von der Seite an. Diese Frau würde er bezwingen! Sie würde ihn zum Sieg führen auf einem Weg der Gefahr und vielleicht auch, nein, sicher auch der Lust.

Sie gelangten auf eine Lichtung, die sich nach Osten hin öffnete. Der Boden war leicht abschüssig und mündete in einen Sumpf. Frösche quakten, und Grillen zirpten. Die ersten Sterne flimmerten am Himmel.

„Bai?"

„Meine Königin!" Hatte Tausret jemals so geheimnisvoll ausgesehen, so rätselhaft schön, so betörend?

„Du brauchst mich, nicht wahr?" In ihrer Stimme lag eine Siegesgewißheit, die ihm nicht gefiel. „Du bist an einem toten Punkt angekommen."

„Meine Stellung ist schwierig geworden."

„Und du willst zurück, habe ich recht? Zurück zur Macht!"

Bai antwortete nicht.

„Ich erinnere mich an eine Zeit, als du glaubtest, mich nicht zu brauchen! Du weißt, wovon ich spreche?"

„Ich weiß es, Ehrwürdige. Ich habe einen Fehler gemacht, das will ich nicht verhehlen. Du hast mich dafür büßen lassen. Ich bedurfte deiner Zurechtweisung."

„Bei der ich äußerst maßvoll war! Ich hatte dir mehr als ein Machtbündnis angeboten, darüber bist du dir im klaren. Aber du hast mich zurückgewiesen!"

„Du kennst den Grund?" fragte er nach einer Pause. „Du weißt, daß es nicht Hochmut war, der mich so handeln ließ." Das konnte zwar nicht gerade eine Lüge genannt werden, aber doch ein drastisches Verbiegen der Wahrheit.

„Was war es dann?" Tausrets Augen funkelten. „Gib acht, mich nicht mit fadenscheinigen Ausreden zu erbosen!"

Bai holte tief Luft. Jetzt galt es, die Worte so zu setzen, daß Tausrets verletzte weibliche Eitelkeit besänftigt würde. Und daß er sich selbst dabei so wenig wie möglich erniedrigte. „Einer Frau wie dir widersteht man nicht! Wenn aber doch, dann, weil man Angst hat!"

„Angst?"

„Niemand liefert sich ohne weiteres aus. Eine Frau wie dich zu lieben heißt gefangen sein bis zum Tode und darüber hinaus."

Tausret schwieg, und Bai blickte sie forschend an. Hatte er zu dick aufgetragen?

„Bai! Was soll ich davon halten?" Ein leises Lachen. „Wenn deine Worte nicht die Wahrheit sind, dann sind sie immerhin gut erfunden! Ich wußte nicht um deine Fähigkeiten als Herzensbrecher!"

Er atmete auf. Sie war sich nicht sicher, wollte ihm aber gern glauben. Das konnte als erster Sieg gelten. „Meine Königin!" sagte er, wobei er sorgfältig darauf achtete, daß seine Stimme rauh klang und ausreichend untergründige Erregung mitschwang. Mochte sie auch Große Königliche Gemahlin sein, in erster Linie war sie Frau. „Ich gehöre dir. Ich bitte dich um deine Gunst. Tu mit mir, was du willst." Er sank in die Knie und hielt den Kopf geneigt. So konnte sie nicht sehen, wie er sich auf die Unterlippe biß. Er hatte den

Kampf aufgenommen. Noch bei jedem Krieg hatte es sich als klug erwiesen, den Gegner über die wahre Stärke im unklaren zu lassen. Doch Mißbehagen über die gespielte Unterwürfigkeit war nicht alles, was er empfand. Er genoß das bevorstehende Kräftemessen und vertraute darauf, daß Tausrets Herz ihm nicht würde widerstehen können.

„Steh auf!" flüsterte sie, zog ihn hoch und preßte ihren Leib an ihn.

Bai schlang die Arme um sie und vergrub das Gesicht an ihrem Hals. „Geliebte Königin!" murmelte er. „So lange habe ich davon geträumt ... so gewartet ..."

Tausret schnurrte genießerisch und hob die Arme. Bai sah sie fragend an, doch ihr glitzernder Blick blieb rätselhaft. Überwältigt von diesem Angebot, von ihrem Duft und seiner Begierde barg er das Gesicht an ihrer Brust.

Tausret wartete ein wenig, dann entwand sie sich seinen Händen und seinen Lippen. „Bai!" sagte sie sanft. „Bai! Nicht jetzt!"

Bai antwortete mit einem Stöhnen und zog sie erneut an sich.

„Höre auf mich, mein Freund!" Die Stimme klang schon weniger sanft. „Bai! Ich rate dir zu gehorchen!"

Bai ließ los. Sein Atem ging schwer. Er sah ihr hochmütiges Lächeln und kämpfte die Anwandlung nieder, sie einfach zu Boden zu werfen und ihr Gewalt anzutun.

„Du hast nicht wirklich erwartet, daß ich mich dir hier hingebe? Vergiß nicht, wer ich bin! Eine Königin schlägt sich nicht in die Büsche wie eine Küchenmagd! Auch wenn du ein anziehender Mann bist, das muß ich zugeben!" Mit diesen Worten strich sie Bai mit den Fingerspitzen vom Hals über die Brust hinunter, tiefer und tiefer ...

„Erbarmen, Herrin!" flehte Bai, dachte aber zugleich, daß sich das Verhalten Tausrets von dem einer Küchenmagd kaum unterschied.

„Freund!" Sie hatte ihre Hände fortgenommen. Von einem Lidschlag zum nächsten verwandelte sich ihre Miene. Aller Hohn, alle Überlegenheit verschwand und machte einem so schmelzenden, liebevollen Ausdruck Platz, daß es Bai schwindelte. „Mein lieber

Freund! Du glaubst mir doch, daß mein Herz dir zugetan ist? So sehr, daß ich mehr für dich tun werde, als du dir je träumen ließest. Glaubst du mir?"

„Jedes einzelne Wort!" Und es war so. Wider besseres Wissen, trotz aller Erfahrung glaubte er ihr, wollte er ihr glauben.

„Ich möchte es dir beweisen", raunte sie. „So daß dich nie wieder Zweifel überkommen!"

„Du mußt mir nichts beweisen", sagte er leise.

Sanft legte sie ihm einen Finger auf die Lippen. „Du willst in meiner Nähe sein? Und in der Nähe des Pharao, Leben, Heil, Gesundheit? Für immer und ewig, auch im Lande des Westens?"

Bai wagte kaum zu atmen.

„Schließe die Augen und höre nur mit deinem Herzen: Ich werde meinen Gemahl dazu bewegen, dir ein Grab bauen zu lassen an meiner Seite, an unserer Seite. Ein Grab an der Stätte der *Ma'at*. Eine Wohnung für die Ewigkeit für meinen treuen Diener."

„Ein Grab … im Tal der Königsgräber … für mich?" Bais Stimme war kaum mehr als ein Krächzen. Vor Überwältigung gaben ihm die Knie nach, und er sank vor ihr nieder, bis er mit der Stirn ihre Sandalen berührte. „Meine Göttin!" Er war so fassungslos, daß ihm die Stimme stockte und in ein Schluchzen überging. „Ich bin dein, vollkommen dein! Tu mit mir, was du willst! Geliebte Herrin …" Wieder erstarben die Worte. Für einen Augenblick war sein Gefühl vollkommen, seine Liebe zu dieser Frau rein und umfassend. Alles würde er für sie tun, alles erdulden, dem kleinsten Wink gehorchen.

Tausret schaute zufrieden auf ihn hinunter. Bai umklammerte vor Ergebenheit weinend ihre Knöchel. Sie hatte erreicht, was sie wollte.

„Ein Boot!" Laute Rufe in der Nähe ließen beide aufhorchen. „Ein Boot ist angekommen!"

„Wir setzen das Gespräch fort, Bai!" flüsterte Tausret. „Sehr bald schon." Damit verschwand sie. Er stand auf und ging ein paar Schritte in die entgegengesetzte Richtung, denn er brauchte Zeit, sich zu sammeln.

Als er kurz darauf unter den Festgästen auftauchte, hatten die meisten die Tafel schon verlassen und eilten auf die Anlegestelle zu. Überall brannten Fackeln, das gesamte Ufer schien übersät zu sein von tanzenden Lichtpunkten.

„Wir haben es erwartet!" Tausret stand unverhofft wieder an seiner Seite. „Wir wissen, was das bedeutet."

Bai sah in ihre schmalen, schwarz umrandeten Augen. Dann wußte er es wirklich.

Beim König hatten sich unterdessen die engsten Ratgeber versammelt. Bleich, mit zusammengepreßten Lippen sah Sethos den Neuankömmlingen entgegen, die sich von der Uferlände her näherten.

„Erhabenheit, Leben, Heil, Gesundheit!" riefen die Boten und warfen sich zu Boden. „Großer Gott, vergib uns, aber wir bringen schlechte Nachricht!"

„Erhebt euch!" befahl Sethos. „Sprecht ohne Furcht!"

„Wir bringen die Worte, die der Königssohn von Kusch am achtzehnten Tag des zweiten Monats der *Schemu*-Zeit zu Suenet gesprochen hat. Er sprach sie vor seinen Soldaten, die er vor den Toren dieses Ortes versammelt hatte. Er sagte: ‚Ich bin Amenmesse, der König der Beiden Länder, meine Hand einigt das Land. So bestimmte es der große Gott Amun, dies befahl der große Gott Horus in seinem Hause in Buhen. Fort mit dem falschen Herrscher in Pi-Ramesse!'"

Bei diesen Worten stöhnten die Menschen auf. Was für eine unglaubliche Gotteslästerung! Die Boten warteten, bis sich die Empörung gelegt hatte, dann fuhren sie fort: „Weiter sprach er: ‚Die Götter selbst beenden die Herrschaft meines Vaters Sethos und setzen mich auf den Thron des Horus. So herrsche ich denn als Pharao Amenmesse über die Beiden Länder mit Baketwerel als Großer Königlicher Gemahlin. Und ich befehle Sethos, herabzusteigen von dem Thron, der mir gebührt.' Dies sprach der Königssohn von Kusch zu Suenet."

Totenstille lag über dem Festplatz. Die Menschen wagten kaum zu atmen. Aller Augen hingen am Pharao.

Sethos stand wie zu einem Standbild erstarrt, den Blick in die Ferne gerichtet. Dann sprach er zu seinem Gefolge: „Ich habe keinen Sohn, der den Namen Amenmesse trägt. Dieser Name sei verflucht! Er werde ausgemeißelt von allen Denkmälern und Tempelwänden. Die Bildnisse dieses Mannes sollen zerstört werden, zu feinem Sand zermahlen und in alle vier Winde zerstreut. Der Stuhl des Königssohnes von Kusch ist leer, und das Geliebte Land befindet sich im Krieg. Es ist dies der Kampf der Ordnung gegen urweltliche Wirrnis; wieder streitet Horus gegen Seth. Doch *Ma'at* wird siegen, ich schwöre es für meinen Vater Amun-Ra! Jener Feind, der keinen Namen mehr besitzt, wird geschlagen werden und gemacht zu dem, was nicht ist."

Staunend und voll Furcht beobachteten die Menschen den Pharao. Mit jedem Wort, das er sprach, schien er zu wachsen. Sein Blick sprühte Feuer, und ein Strahlenkranz göttlicher Macht umfloß ihn.

„Du bist Gott!" flüsterte Bai. „Du bist es wahrhaftig!"

Amenmesse war ohne Zweifel wahnsinnig! Er konnte nicht ernsthaft annehmen, daß er mit einem solchen Frevel durchkommen würde. Jeder Blick auf diesen gewaltigen Pharao vor ihm verlieh Bai die Gewißheit, daß der Königssohn von Kusch nicht den Hauch einer Aussicht auf Erfolg hatte. Ein Blick auf die Höflinge belehrte ihn, daß alle Anwesenden dasselbe empfanden. Selbst Tausret schien ergriffen zu sein. Ihrem Blick fehlte die gewohnte Herablassung. ‚Das also ist es', ging es Bai durch den Kopf, ‚was der Schauende im Tempel erblickt. So sieht der Hohepriester den entrückten König.'

„Kommt mit mir, meine *Semeru*!" rief Sethos aus. „Zieht an meiner Seite in den Kampf gegen den Feind unseres Geliebten Landes!"

„Das tun wir!" schrien die Höflinge. „Wir geben unser Leben für dich! Befiehl uns, großer Gott!"

„Zurück nach Pi-Ramesse!" ordnete der König an. „Das nächste Fest feiern wir nach unserem Sieg."

Noch nie hatte es in der Hauptstadt so gebrodelt, war die Stimmung so aufgeheizt gewesen wie in den Tagen, die auf die Vogeljagd folgten. Wie ein Lauffeuer hatte sich die Nachricht von Amenmesses Putsch in den Straßen, Häusern, Tempeln und Palästen fortgepflanzt. An den Häuserecken standen die Menschen in Gruppen zusammen und redeten sich die Köpfe heiß; Furcht breitete sich aus ob dieser Ungeheuerlichkeit. „Ob uns die Götter zürnen?" flüsterten sie. „Hat Amun-Ra sich abgewendet von seinem Land?" Scheue Blicke folgten den Heeresabteilungen, die durch die Stadt marschierten, um sich draußen vor den Mauern zu sammeln. Priester beteten Tag und Nacht in den Tempeln für den Sieg des rechtmäßigen Pharao, und vor den Götterstandbildern an den Außenwänden der Tempel flehte das Volk um Gunst und Beistand der Ewigen.

„Wie ist er?" fragte Mutemwija. „Ich meine, was für ein Mensch ist der Königssohn von Kusch? Du kennst ihn doch!"

Djehuti nickte. Er bemühte sich, mit den Zwillingen Schritt zu halten. Zwei volle Stunden hatte er auf den Stufen zum Hathor-Tempel auf sie gewartet. Nach dem Ende des Tanzunterrichts hatten sie ihn begrüßt, als wäre es völlig selbstverständlich, daß er da geduldig ihrer harrte. Jetzt liefen sie so rasch, als wollten sie ihm entfliehen. „Wartet doch!" keuchte er. „Ich bin nicht so schnell!"

„Entschuldige!" Mutemwija blieb stehen, und ihre Schwester tat es ihr zögernd nach.

„Er ist ein ehrgeiziger Mann", begann Djehuti. „Nicht unfreundlich, aber ich glaube, er sieht die Menschen, die um ihn sind, nicht wirklich."

„Was soll das heißen?" fragte Hutemwija grob. Djehutis langsame und gründliche Gedankengänge hatten sie seit jeher geärgert.

„Ich meine, er sieht in erster Linie sich selbst. Er glaubt, auserwählt zu sein."

„Er ist der erstgeborene Sohn des Königs, Leben, Heil, Gesundheit!" sagte Mutemwija. „Da liegt eine solche Vermutung nahe."

„Man hat ihn übergangen!" stellte ihre Schwester fest. „Kein Wunder, daß er zornig ist und sich nimmt, was ihm zusteht."

„Es gibt nicht viele in Pi-Ramesse, die denken wie du!" Mutemwija mußte lächeln, und Djehuti starrte sie bewundernd an. „Wo auch immer sich die Gelegenheit ergibt, sich auf die Seite eines Aufrührers zu stellen, da ist meine Schwester dabei."

„Es ist doch wahr! Der König, Leben, Heil, Gesundheit, handelt hartherzig!"

„Huti!" rief Mutemwija entsetzt. „Du kannst doch nicht den Gott tadeln!"

„Ich kann tun, was ich will!" Hutemwijas Blick fiel auf Djehuti. „Bei Seth, dem Dunklen! Sieh mich nicht so an! Ich habe keinen Mord begangen!"

„Das nicht, aber du lästerst Gott!" erklärte Djehuti.

„Du glaubst gar nicht, wie du mich langweilst mit deiner Frömmelei!" Hutemwija verdrehte die Augen. „Eigentlich ödet ihr mich beide an. Deshalb verlasse ich euch jetzt."

„Manchmal verstehe ich dich nicht!" Mutemwija schüttelte den Kopf. „Warum mußt du immer so streitsüchtig sein?"

„Was hast du denn?" fragte Hutemwija schnippisch. „So kann dein buckliger Verehrer dich mit seinen Schafsaugen anhimmeln, und ich habe meine Ruhe." Betont fröhlich winkend hüpfte sie davon.

„Sie ist gehässig!" Mutemwija blickte zu Boden. „Es tut mir leid."

„Du kannst doch nichts dafür!" Eine Pause entstand. Dann setzte Djehuti leise hinzu: „In einem Punkt hat sie recht. Ich verehre dich wirklich."

„Djehuti, bitte!" Mutemwija wand sich vor Verlegenheit. „Ich will das nicht."

„Nicht?" Djehuti wußte nicht, was er sagen sollte. „Ich ... aber vielleicht ..."

„Ich will nicht, daß du dich in mich verliebst. Das wollte ich dir schon lange sagen."

„Oh."

„Sei nicht traurig, bitte! Ich mag dich ja, aber ..."

„... du möchtest keinen Krüppel", vervollständigte Djehuti.

„Ich will ehrlich zu dir sein: Es ist schon möglich, daß es daran liegt. Aber vielleicht will ich überhaupt niemanden. Noch nicht.

Auf jeden Fall hätte ich es lieber, wenn du nicht so oft auf mich warten oder mich begleiten würdest."

„Ist gut, ich habe verstanden."

Djehutis Niedergeschlagenheit schnitt Mutemwija ins Herz. Aber ihn anzulügen wäre unbarmherziger gewesen. „Du bist mir nicht böse, oder?"

„Nein, nein, gewiß nicht!" Er war niedergeschlagen. Womöglich würde kein Mädchen seine Liebe wollen! Warum hatte das Schicksal ihn mit diesem verflucht krummen und verbogenen Körper geschlagen? „Soll ich jetzt gleich fortgehen?"

„Nein, was denkst du denn?" rief Mutemwija, aber sie sah aus, als wünschte sie in Wirklichkeit nichts lieber als das. Auf dem Weg zum Tor von Bais Garten suchte sie verzweifelt nach Worten, die den Freund fröhlicher stimmen konnten, aber es fiel ihr nichts ein. Djehuti merkte, wie ihr zumute war, und hätte sie gern getröstet. Doch er war es, der des Trostes bedurfte. „Begleite mich noch nach Hause", sagte sie endlich. „Da kannst du auch meine Mutter begrüßen. Sie ist heute morgen zurückgekehrt."

„Baket-Ra ist wieder hier? Ich habe etwas, das ich ihr geben soll. Geh schon voraus, ich muß es noch holen." Schweren Herzens entfernte er sich. Einmal blickte er sich noch nach ihr um. Es schnürte ihm den Hals zu, als er die Erleichterung auf ihrem Gesicht sah. Und jetzt das Päckchen! Wie konnte er Baket-Ra auf den Schrecken vorbereiten?

Schon im Vorraum hörte Mutemwija das Geschrei. Kaum hatte sie den Wohnraum betreten, wäre sie am liebsten wieder umgekehrt. Hutemwija sah aus, als stünde sie im Begriff, sich auf ihre Mutter zu stürzen. „Du kannst mich nicht zwingen, weiter zu tanzen. Sogar Bai sagte, er wolle darüber nachdenken."

„Für dich heißt das Herr Bai!" Baket-Ras Stimme klang schrill. „Und du bist meine Tochter! Das bedeutet, du wirst mir gehorchen."

Mutemwija beschloß, den Streit zu unterbrechen. „Mutter, ich grüße dich! Es ist schön, daß du wieder zu Hause bist."

„Ha!" schrie Hutemwija. „Da haben wir die liebe, gute Mutemwija. Halte dich doch an sie, wenn du Gehorsam wünschst!"

„Halt den Mund!" Baket-Ra war außer sich. „Ich werde dir etwas sagen, Hutemwija! Du bist töricht! Alles glaubst du zu wissen, du richtest über jeden, der deinen Weg kreuzt! Aber du weißt nichts, überhaupt nichts! Du kennst die Menschen nicht. Ich will dir zugute halten, daß dein Herz verletzt ist durch das, was du erleben mußtest. Vielleicht nehme ich sogar deine Sprache hin, die stürmischer ist als der Wind auf dem Meer. Aber ich werde nicht hinnehmen, daß du durch deine Verblendung dein Leben zerstörst. Du kannst etwas tun, das die meisten Frauen in diesem Land nicht können, nämlich eine Aufgabe in der Öffentlichkeit erfüllen. Das darfst du nicht wegwerfen, nur weil du mich treffen willst."

„Bei allen Göttern, hältst du dich für so wichtig?"

„Huti!" rief Mutemwija verzweifelt. Tränen standen ihr in den Augen. „Hast du den Verstand verloren? Was ist mit dir geschehen?"

Hutemwija starrte ihre Schwester mit einem eigenartigen Blick an. Ihre Lippen verzogen sich zu einem verlorenen Lächeln. „Liebste Schwester", sagte sie, „du verstehst überhaupt nichts."

Plötzlich schluchzte Baket-Ra auf. „Ich habe dich verloren, Huti!"

„Falsch, Mutter!" antwortete Hutemwija beinahe freundlich. „Du hast mich nie besessen." Sie versetzte der Tür einen Tritt, während sie hinausging.

Baket-Ra ließ sich in ein Sitzkissen fallen und barg das Gesicht in den Händen. Mutemwija setzte sich neben sie, legte ihr den Arm um die Schultern und redete tröstend auf sie ein.

„Es geht schon wieder!" sagte Baket-Ra nach einer Weile. „Manchmal fühle ich die Versuchung, sie zu verstoßen." Sie drückte Mutemwija an sich. „Keine Angst, ich tu es nicht." Plötzlich bemerkte sie Djehuti, der an der Tür stand. „Was willst du? Stehst du schon lange da?"

„Ich bin soeben eingetreten. Entschuldige, ich sollte wohl später wiederkommen."

„Nein, nein, bleibe ruhig!" widersprach Baket-Ra. „Was hast du auf dem Herzen?"

„Ich habe etwas für dich", sagte Djehuti zögernd und vermied es, Mutemwija anzusehen. „Kurz nachdem du abgereist warst, traf ich einen Mann, der mich bat, dir etwas zu übergeben."

„Ach, ja? Wer war es?"

„Er nannte keinen Namen, aber ich weiß dennoch …"

„Muti!" Baket-Ra beachtete ihn nicht. „Jetzt, da meine Tränen trocknen, fängst du an zu weinen. Beruhige dich doch!" Sie wandte sich an Djehuti. „Ist es das hier? Gib schon her!"

Djehuti zögerte. „Baket-Ra! Du mußt mir erst zuhören!"

Sie nahm ihm das Päckchen einfach aus der Hand und zupfte an der Verschnürung.

„Warte doch!" rief Djehuti verzweifelt. „Öffne es noch nicht! Ich muß dir erst etwas sagen!"

„Verschlossen wie für die Ewigkeit!" murmelte sie und nahm die Zähne zu Hilfe. Dann wickelte sie den Gegenstand aus dem Tuch. Wie vom Donner gerührt starrte sie auf das daumengroße *Anch*-Zeichen aus gebranntem Ton, aus dessen Mitte eine tönerne Feder sproß. Ihr Gesicht verfärbte sich.

„Der Mann, der mir das gegeben hat", rief Djehuti, „ …"

Sie schrie laut auf und verlor das Bewußtsein.

„… ist Nacht!"

# DOPPELFALKE

Die Sonne stand schon tief, als die Jagdgesellschaft den Karawanenweg erreichte. Der Pfad verband Suenet mit den Felsentempeln *Meha* und *Ibschek*, der mächtigen Anlage *Per Ramessu meri-Imen*. Wegen seiner Bedeutung für den Handel mit Kusch wurde er auf der gesamten Länge von Wüstenjägern, einer besonders geschulten Medja-Einheit, überwacht. Ägyptische Truppen pflegten hier seit den längst vergangenen Tagen des Cha-Kau-Ra Sesostris gen Süden zu marschieren. An diesem Tag lag die Strecke verlassen da. Staubwolken flimmerten in der rosafarbenen Luft.

Die acht Zweispänner hielten an, und die Männer sprangen von den Wagen. Jagdhunde umkreisten sie hechelnd.

„Großer Herrscher!" rief Königsschreiber Cha-em-hedjet. „Es ist Zeit umzukehren!"

„Wie wir es verabredet haben." Noch immer antwortete Amenmesse auf diese Anrede mit einer kleinen Verzögerung, als habe er sich noch nicht ganz daran gewöhnen können. „Schade, daß wir keinem Löwen begegnet sind! Aber ich trage seine Macht ohnehin in mir. Ich muß dafür nicht das Tier erlegen."

„Niemand kann sich mit dir messen", stimmte Imenmose zu und lenkte sein Gespann neben ihn. Der Berater Amenmesses hatte es inzwischen zum Obersten der Geheimnisse der Schreiberstube gebracht, einer Art Geheimdienst, der Amenmesses Machtübernahme in der Südlichen Stadt vorbereitete. „Zwei Gazellen hast du heute getötet, die schon nach Miam gebracht werden. Deine Faust bezwingt jeden, ob Mensch, Tier oder Geist."

Amenmesse preßte die Lippen zusammen. Seit einiger Zeit hatten sich die Äußerungen seiner Männer in einen Brei von Bewunderung, Unterwürfigkeit und Liebedienerei verwandelt, was ihm zwar schmeichelte, ihn als Menschen aber nicht mehr meinte. ‚Nun gut!' dachte er fast trotzig. ‚Schließlich bin ich Gott!'

„Laßt uns also zum Ortsvorsteher zurückkehren. Wir brechen morgen zeitig auf."

„Zum letzten Mal!" seufzte Cha-em-hedjet. „Ich bin froh, wenn wir diesen Glutofen ein für allemal hinter uns lassen. Einmal noch Buhen, und dann der Norden!"

„Ein schneller, erfolgreicher Kriegszug gegen Sethos, dann gehört das Geliebte Land uns … mir, meine ich." Amenmesse winkte Sahapi zu sich. „Während wir das Land unterwerfen, wirst du die Aufgaben des Königssohnes von Kusch übernehmen."

„Herr! Messui!" rief Sahapi laut. „So zeichnest du mich aus! Ich danke dir! Ich gäbe mein Leben für dich!" Von den Gefolgsleuten genossen außer ihm nur Cha-em-hedjet und Kaha das Vorrecht, den König mit seinem Freundesnamen ansprechen zu dürfen.

„Ich weiß, ich weiß!" Amenmesse sprang vom Wagen. „Gebt mir etwas zu trinken!" Er griff nach seinem Schweißtuch und wischte sich die Stirn. „Die Aufgabe ist schwieriger, als du denkst. Ich verlasse mich auf dich in allen Dingen, die das Wawat betreffen. Du stehst mir mit deinem Leben für das Wohlverhalten der nubischen Fürsten ein und, was noch wichtiger ist, für die Sicherheit und das Wohlbefinden der Königin Baketwerel."

„Und was ist mit Kaha?" raunte Cha-em-hedjet. Er warf einen schnellen Blick in die Runde, denn niemand außer Amenmesse sollte seine Worte hören. „Vergiß Kaha nicht! Ihn mußt du fest an dich binden, denn er könnte gefährlich werden."

„Ich habe für ihn schon das Passende vorgesehen."

Cha-em-hedjet musterte seinen Herrn und Meister mit schmalen Augen. Es gefiel ihm nicht, wie unabhängig dieser geworden war. Amenmesse hatte sich verändert, seit er das Südliche Fremdland in seiner Faust hielt. Ohne Fehl und Tadel verwaltete er es, indem er jeden Ungehorsam ohne Nachsicht bestrafte. Den Horus-Tempel von Buhen hatte er verschönern lassen, die Stadt Miam verdankte ihm ein Heiligtum für Ra-Horachti und einen Hathorschrein. Handel und Wandel gediehen im Wawat, die Abgaben der Nehesiu wurden pünktlich abgeliefert. Zweimal im Monat erreichten schwerbewachte Karawanen mit Elfenbein und Gold aus den Bergwerken den Hafen von Suenet. Von dort wurden die Kostbarkeiten aus Nubien nach Norden verschifft. ‚Er ist ein fähiger Mann', dachte Cha-emhedjet. ‚Der geborene Herrscher. Sethos hat einen Fehler gemacht. Nichts hat er ihm zugetraut.'

Kaum war er dem Dunstkreis seines Vaters entronnen, hatte Amenmesse den reichlichen Weingenuß ebenso aufgegeben wie den übermäßigen Verbrauch von Frauen. Er war besonnen geworden wie sein Vater und ließ sich nicht mehr beherrschen. Cha-emhedjet hatte keine Macht mehr über ihn. Mehr noch: Amenmesse benutzte seinen Ratgeber in ähnlicher Weise wie die Königin im fernen Norden. Er ließ ihn Aufträge durchführen, die Niedertracht und Gewissenlosigkeit erforderten. Immerhin, sagte sich der Libyer, war er noch am Leben, und das war mehr, als er vor fünf Jahren hatte erwarten können.

„Du wirst alles bereit finden, wenn du in Waset eintriffst", wandte sich Imenmose noch einmal an Amenmesse. „Ich schwöre dir, die Stadt wird dir zu Füßen liegen."

„Das hoffe ich sehr!" gab dieser zurück. „Ich habe gehört, mein ...", er zögerte ein wenig, „... Vater plant eine Besichtigung seiner Grabstätte. Seine Beamten werden die Großen der Stadt gehörig bearbeiten, um sie auf seiner Seite zu halten."

„Nichts überzeugt so wie Gold", ließ Kaha sich vernehmen. „Ich glaube kaum, daß der König, Leben ... Verzeihung, daß Sethos entsprechend vorgesorgt hat."

„*Hati-a* Hau-nefer auf die richtige Seite zu bringen wird nicht schwer sein", vermutete Amenmesse und nickte Imenmose zu. „Im Fall des Hohenpriesters Roma-Roy allerdings wirst du dein ganzes Können brauchen. Als Wesir der Südlichen Landeshälfte wirst du viel mit ihm zu tun haben."

Imenmose nickte. Auf das Wesirat bereitete er sich seit langem vor. „Die Zeit des lebenden Leichnams ist abgelaufen", sagte er zufrieden und beugte sich hinunter, um den Riemen seiner Sandale festzuschnüren. Daher entging ihm der schnelle Blick, den Amenmesse Cha-em-hedjet zuwarf. Den Wesir Pa-nehesi außer Gefecht gesetzt zu haben war eine der Glanzleistungen des Libyers gewesen. In einem Freudenhaus der Stadt Miam hatten einige der Mädchen und ihrer Kunden über schmerzhafte Knoten und Fieber geklagt. Cha-em-hedjet wählte unter den Frauen eine besonders hübsche aus. Es war nur ein Versuch gewesen, aber er war ganz nach Wunsch verlaufen. Niemals hätte Pa-nehesi ein schönes Mädchen fortgeschickt, das er auf seinem Lager vorfand. Zu Cha-em-hedjets Erstaunen erholte sich der Wesir nicht mehr. Er magerte ab, litt unter Schmerzen, juckenden Ausschlägen, ständig wiederkehrendem Fieber und wurde immer schwächer. Das Mädchen hatte Cha-em-hedjet kurzerhand auf den Weg nach Westen gesandt.

„Du wirst eine straffe Verwaltung aufbauen", bemerkte Sahapi. „Strenge Ordnung, unbedingter Gehorsam, nicht wahr?"

„Anders ist nichts zu erreichen", stimmte Imenmose zu. „Pa-nehesi hat in der Südlichen Stadt einen unglaublichen Schlendrian geduldet. Das ist bezeichnend für Sethos' gesamte Verwaltung. Es herrscht ein Geist der Unordnung, ja der Aufsässigkeit!"

„Aufsässigkeit?" Cha-em-hedjet horchte auf.

„Den Beamten wird viel zuwenig auf die Finger gesehen. Jeder tut, was er will! Sogar Männer, die wir unserer Seite zurechnen, benehmen sich, als gäbe es niemanden über ihnen."

„Hast du bestimmte Leute im Sinn?"

„Es gibt jemanden, der es seit Jahr und Tag an Ehrerbietung fehlen läßt. Es ist der Steinmetz …"

„… Paneb", fiel Amenmesse ein. „Imenmose, behellige mich nicht mehr mit deinem Haß auf diesen Mann. Er leistet gute Arbeit, und ich will mich seiner auch weiterhin bedienen. Wenn du also Gelegenheit suchst, dein Herz zu waschen und deinen Gefühlen freien Lauf zu lassen, dann bitte nicht in meiner Gegenwart. Hast du verstanden?"

Imenmose senkte das Haupt. ‚Irgendwann', schwor er im stillen, ‚irgendwann wird er mir diese Demütigung bezahlen.' Er wußte selbst nicht, ob er damit den Arbeiter Paneb oder König Amenmesse meinte. Ein Ruf unterbrach seine Gedankengänge. In einer Wolke aus Sand und Staub preschten die Gespanne mit den Spähern durch die fahlgelbe Weite.

„Löwen!" Einer der Kundschafter sprang von seinem Gefährt. „Hoheit! Wir haben Löwenfährten entdeckt, etwa drei Meilen südlich von hier!"

„Ausgezeichnet!" Amenmesse erhob sich. „Einen kann ich doch noch erlegen!"

Kurz darauf fuhren die Gespanne mit dem neuen König an der Spitze in die angegebene Richtung. Jeder seiner Gefährten achtete darauf, ihn nicht zu überholen.

Nach zwei Meilen veränderte sich die Landschaft. Die Sandwüste mit ihren sanft gefurchten Dünen wich einem härteren, steppenartigen Boden, durchsetzt von Inseln dürren Grases und stacheligen Büschen. Ab und zu reckten Bäume ihre kahlen Äste in die Luft, als wollten sie daran erinnern, daß sie hier als äußerste Vorposten von Wachstum und Leben dem Vordringen des Ödlands Einhalt geboten.

Die Gespanne näherten sich den übrigen Kundschaftern, drei Männern, die hinter einer Bodenwelle der Jagdgesellschaft harrten. Ihre Pferde hatten sie mit den Zügeln zusammengebunden. Sie warfen sich vor Amenmesse zu Boden. „Es ist eine Löwin mit einem Jungen!" sagte einer von ihnen. „Sie lagert noch eine und eine halbe Meile südwestlich inmitten einer Baumgruppe. Du kannst sie nicht verfehlen! In der Nähe sind drei Hügel."

„Amun höchstselbst hat sie mir geschickt!" rief Amenmesse. „Auf, Männer! Vier Gespanne begleiten mich! Kaha! Dich will ich bei mir haben!" Er wartete, bis der Goldschreiber neben ihm im Wagen stand, streifte sich die Handschuhe über und prüfte noch einmal, ob Schwert, Streitkolben und die beiden schweren Wurfspeere griffbereit in ihren Haltern saßen. „Haltet die Hunde zurück!"

Ein kurzer Ruck an den Zügeln, ein Schnalzen der Zunge, und das Gespann des Königs galoppierte davon, gefolgt von den vier anderen. Nach etwa einer Meile zügelte Amenmesse die Pferde. Sie schnaubten und verfielen in leichten Trab. „Siehst du die Hügel?"

fragte er leise und deutete in die Ferne, wo eine zartblaue Linie am Horizont welliges Land ahnen ließ. Kaha nickte.

„Sieh dich vor, Hoheit!" warnte er. „Eine Löwin mit einem Jungen ist gefährlich. Außerdem schleicht irgendwo dort auch das männliche Tier umher."

„Ich stehe unter dem Schutz Sachmets", lachte Amenmesse. „Ich habe nichts zu fürchten."

In einem Staubwirbel hielt das Gefährt Cha-em-hedjets neben ihnen. „Was hältst du von folgendem Vorschlag, Herr?" rief der Libyer. „Du fährst einen Bogen in westlicher Richtung, während wir von Osten auf die Hügel zukommen. Wir werden schnell sein, schneller als Deine Erhabenheit. Wenn die Tiere auf uns aufmerksam geworden sind, werden wir sie dir in die Arme treiben. Du kommst von Westen wie das Schwert des Todes mit der Sonne im Rücken!"

„Sahapi!" äußerte Amenmesse grinsend. „Er bietet mit sich selbst auch dich als Ziel für die Wut der Tiere! Nimmst du das einfach hin?"

„Wenn es dir dient, würde ich mich auch fressen lassen."

„Oho! Vielleicht nehme ich dich beim Wort!" So rasch wendete der Pharao, daß Goldschreiber Kaha beinahe das Gleichgewicht verlor. Wenig später verminderte er abermals die Geschwindigkeit. Als die Jagdgefährten außer Sichtweite waren, hielt er an. „Goldschreiber", begann er, „ich habe dich nicht nur wegen deiner Fähigkeiten als Jäger mitgenommen."

Das hatte Kaha vermutet. „Sehr wohl, Herr!"

„Imenmose wird als mein Wesir in Waset nicht allen Dingen Aufmerksamkeit schenken können. Seine Pflichten werden so vielfältig sein, daß ihm vielleicht Wichtiges entgeht. Du wirst ihn beraten und ihm Anweisungen erteilen, die über Cha-em-hedjet von mir kommen." In Kahas Mundwinkeln zuckte es, aber er schwieg und wartete. „Da ist noch etwas. Tausend Augen werden Imenmose beobachten, was er tut, was er spricht, alles wird wahrgenommen, aufgeschrieben und mir berichtet. Von dir will ich wissen, was er denkt."

„Messui! Du traust ihm nicht?"

„Achtsamkeit hat noch nie geschadet. Imenmose ist ein Mann mit Leidenschaften. Das macht ihn unberechenbar. Nimm diese Geschichte mit dem Steinmetz als Beispiel. Er wird seiner Abneigung nicht Herr, obgleich ich ihn mehrmals ermahnt habe."

„Vielleicht hat er Gründe für seinen Widerwillen?"

„Du wirst es herausbekommen, Kaha. Ich erwarte von dir genauen Bericht über die Einstellung Imenmoses und die seiner nächsten Umgebung. Du wirst an meiner Stelle beobachten und entscheiden, welche deiner Erkenntnisse für mich wichtig sind."

Kaha fühlte sein Herz in der Kehle klopfen. Der Gunstbeweis raubte ihm fast den Atem. „Und nach außen? In welchem Auftrag wird mich die Öffentlichkeit sehen?"

„Truppenwerbung. Wenn wir Waset genommen haben, sollst du die Verbindung zwischen der Stadtverwaltung und den Großen des Heeres sein. Dein Amtssitz wird *Ta-Set-Meri-Djebuti*. Nach unserem endgültigen Sieg wirst du als Brotzähler von Ober- und Unterägypten die Versorgung des Heeres sichern."

Kaha sprang vom Wagen, verbeugte sich und streckte die Hände in Kniehöhe vor sich. „Dein Vertrauen ehrt mich, Hoheit! Ich weiß nicht, wie ich dir danken soll!"

„Aber ich!" sagte Amenmesse. „Diene mir gut!" Ein feines Lächeln umspielte seine Lippen, während Kaha den Platz neben seinem Herren wieder einnahm und den Pferden die Peitsche gab. „Du hast freie Hand, solange die Ergebnisse mir nützlich sind."

Die Umrisse der drei Hügel zeichneten sich immer deutlicher gegen den rötlichen Himmel ab. Amenmesse zitterte vor Anspannung. Nicht daß er furchtsam gewesen wäre, er war nur hochgestimmt, wie trunken vor Begeisterung über den glanzvollen Weg, der vor ihm lag. Einen Löwen zu erlegen würde das Sinnbild seines Sieges über den Vater sein, und er bezweifelte das Gelingen keinen Augenblick. Er war Horus, der sein Land in Besitz nahm. Sethos hatte seinen Anspruch verwirkt, indem er seine, Amenmesses, Göttlichkeit mit Füßen trat. Damit hatte er die Weltordnung geschändet.

„Dort!" rief Kaha und deutete nach vorn. Mit einem Ruck an den Zügeln hielt der König den Wagen an.

Eine graurosa Staubwolke erschien zwischen den Hügeln. Amenmesse konnte die Gespanne Cha-em-hedjets und der anderen darin nur ahnen. Bis er die Löwen sah, dauerte es erstaunlich lange. Er erkannte ein Weibchen, das, ein Junges im Maul, in langen Sätzen dahinjagte. Als das Tier ihn wahrnahm, änderte es die Richtung und floh nach Süden, auf den dritten Hügel zu. Zwei der Wagen drehten ab und nahmen die Verfolgung auf. Dahinter erschien ein männliches Tier.

„Er kommt!" schrie Kaha.

Amenmesse griff nach seinem Wurfspeer. „Auf ihn zu!" befahl er rauh. Kaha nickte, und der Wagen setzte sich langsam in Bewegung.

Amenmesse kniff die Augen zusammen und starrte unverwandt geradeaus. Dort! Er konnte das Tier genau erkennen. Bei Amun, wie riesig es war! Alle seine Sinne waren geschärft und klar, sein Atem ging keuchend vor Aufregung. Er nahm den Speer, wog ihn in der Hand, hob ihn, drehte ihn und wartete, während sein Wagen dem Löwen langsam entgegenrollte.

Dieses Tier wich nicht aus. In hohen Sätzen sprang es auf ihn zu. Amenmesse blieb fast das Herz stehen, als er die Mähne sah, das aufgerissene Maul und die mächtigen Muskeln, die sich unter dem braungelben Fell abzeichneten. „Steh mir bei, große Sachmet", flüsterte er. Der richtige Augenblick! Auf ihn kam alles an! Jetzt! Er holte aus, stieß einen Schrei aus, und der Speer sauste sirrend durch die Luft. Er traf den Löwen während eines Sprunges und bohrte sich in seine Brust. Das Tier zuckte, brüllte, schüttelte sich und wollte weiter. Doch der Speer saß fest.

„Du hast ihn!" schrie Kaha.

Amenmesse riß die Keule aus dem Halter und sprang vom Wagen.

„Messui! Vorsicht!"

Die Gespanne der Gefährten hatten sie erreicht. Die Lenker hielten Pfeil und Bogen im Anschlag.

„Laßt ihn! Er gehört mir!" Amenmesse rannte auf das Tier zu. Der Löwe machte einige Sätze auf ihn zu, hielt dann aber inne und brüllte erneut. Seine Bewegungen waren deutlich langsamer als vorher. Er blutete aus der tiefen Wunde. Amenmesse umkreiste ihn, das Tier folgte seinen Bewegungen. Schweratmend blieb er stehen und wartete. Trotz des Speers in der Brust setzte der Löwe wieder zum Sprung an. Er flog durch die Luft, Amenmesses Keule schlug mit lautem Krachen gegen die mächtige Stirn. Im Fallen begrub der Löwe den Mann unter sich.

Die Gefolgsleute stürzten auf das Knäuel von Tier und Mensch zu, das sich auf dem Boden wälzte. Cha-em-hedjet hob das Schwert, um zuzustoßen. Er zögerte, zu groß war die Gefahr, den König zu treffen.

Plötzlich brüllte der Löwe in höchster Qual auf. Seine Hinterläufe trommelten in den Sand, und ein Schwall Blut ergoß sich über seinen menschlichen Gegner. Um sich schlagend, entwand sich Amenmesse der bedrohlichen Umarmung. Das Tier zuckte noch einige Male, dann blieb es still liegen. Amenmesse stand auf. Mit einem Siegesschrei reckte er die Faust empor. Sie hielt den Dolch umklammert, mit dem er dem Tier das Herz durchbohrt hatte. Blut und Geifer troffen von seinem Körper, am Oberarm klaffte eine tiefe Wunde. Er schwankte leicht; Kaha und Imenmose eilten herzu, ihn zu stützen. „Ich habe ihn besiegt!" keuchte er. Eine wilde, urwüchsige Freude strahlte ihm aus den Augen. „Mit meinen eigenen Händen habe ich ihn getötet!"

„Du bist Month!" schrien seine Gefährten. „Du bist der Kriegsgott selber!"

Trunken von seinem Sieg, berauscht vor Glück, stellte Amenmesse den Fuß auf das Löwenhaupt. „Das ist das Zeichen!" rief er. „Die Ewigen haben mich gewählt! Und ich schwöre euch, meine Freunde, dies ist der Anfang meines Siegeszuges. Er führt nach Waset und dann nach Pi-Ramesse!"

Die Gewißheit, mit der sich Amenmesse nach seiner erfolgreichen Jagd bereits weit auf der Straße des Erfolges wähnte, wurde zwei Zehntage später stark beeinträchtigt. Die Vorbereitungen für seinen Eroberungszug erwiesen sich als weitaus schwieriger als erwartet. Da er das gesamte ordentliche Heer des Pharao aus Pi-Ramesse zum Gegner haben würde, durfte er den Feldzug nicht beginnen, ohne ihm ein mindestens gleichwertiges Truppenaufgebot entgegensetzen zu können. Hier lag der Engpaß. Es hatte sich gezeigt, daß Einheiten, die zunächst mit fliegenden Fahnen zu den Aufständischen übergelaufen waren, es bald mit der Angst zu tun bekamen. Bei ruhiger Überlegung kam manchem Soldaten die Ungeheuerlichkeit seiner Tat zu Bewußtsein, und, was entscheidend war, auch den Großen der Abteilungen. So füllte sich die Empfangshalle des inneren Festungsgebäudes von Buhen mit *Heriu-Pedjet*, die, von schweren Bedenken geplagt, um Gehör nachsuchten. Paikar, der Befehlshaber in Buhen, und seine Männer hatten alle Hände voll zu tun, die Zweifelnden und Geplagten von der Rechtmäßigkeit ihrer Treue für den neuen Pharao zu überzeugen. Paikar selbst fand das überflüssig, er hätte Peitsche, Ketten und ein paar öffentliche Hinrichtungen für zweckmäßiger gehalten, aber Amenmesse hatte ausdrücklich angeordnet, die Männer zu überzeugen, nicht zu zwingen. Und das kostete Zeit. Weitaus leichter war es indessen, sich der Treue der Nehesi-Fürsten zu vergewissern.

„Gib ihnen die Zusicherung, daß sie weiterhin ein paar Schwarzhäutigen befehlen dürfen, und sie lecken dir die Zehen." Paikar spuckte aus. Er haßte Nehesiu, er haßte das ganze verfluchte Fremdland, und vor allem verabscheute er die Aufgabe, mit der er betraut war. Zuschlagen wollte er endlich, nicht überreden und schwätzen wie ein Weib!

„Sie sind nützlich", sagte Cha-em-hedjet. „Das ist die Hauptsache. Sie sind von einer Verschlagenheit, wie sie kein wirklicher Mensch aufbringen könnte. Das brauchen wir im Kampf." Er sah Paikar von der Seite an. „Du bist verdrossen, was ich gut verstehen kann. Diese Vorbereitungen sind mühselig. Bedenke aber, daß nach dem ersten Sieg große Teile der Truppen des Sethos zu uns überlaufen werden. Und du wirst sie befehligen."

„Zumindest bis unser Herr, Leben, Heil, Gesundheit, für einen Horus-im-Nest gesorgt hat."

„Aber der muß dann erst das entsprechende Alter erreichen", stellte Cha-em-hedjet trocken fest. ‚Wie einfach Menschen zu lenken sind', dachte er bei sich. ‚Versprich ihnen Gold, ein Amt oder eine Frau, je nachdem was sie begehren, und du bekommst alles von ihnen.'

Beide nahmen ihre Plätze an der Seite der Halle ein. Fast alle hohen Beamten und Großen der Truppe, die sich derzeit in Buhen aufhielten, saßen bereits in Erwartung des neuen Königs und der Königin. Zwei Tage vor dem Neujahrsfest sollten die Nubier noch eine umfangreiche Abgabe von den Reichtümern des Landes leisten. Der Raum war mit bunten Stoffbahnen geschmückt, an den Wänden standen Knaben, die riesige Fächer aus Straußenfedern hielten. Der Boden war mit Zebrafellen bedeckt. Das Licht der Fackeln warf tanzende Schatten an die Wände. An der Stirnseite des Saales standen zwei Throne für das königliche Paar.

Eine Seitentür öffnete sich. Amenmesse schritt herein, das *Nemes*-Tuch auf dem Haupt, Krummstab und Wedel in der Faust. Über der Stirn reckte sich goldfunkelnd die Königskobra. Neben ihm ging Baketwerel, juwelenbeladen und stark geschminkt. Sie trug die Geierhaube der Großen Königlichen Gemahlin. In ihrem enganliegenden Goldkleid wirkte sie in Cha-em-hedjets Augen wie eine dunkle Zwillingsschwester der Königin im Norden. Der Libyer fröstelte trotz der Hitze. Unwillkürlich tastete seine Hand an seinen Gürtel, wo er den Papyrus verwahrte, der ihm am frühen Morgen zugegangen war.

„Heil dir, Pharao!" murmelten die Höflinge, sanken nieder und berührten mit der Stirn den Boden.

„Erhebt euch!" befahl Amenmesse. Er setzte sich und kreuzte formvollendet Krummstab und Wedel vor der Brust. Auf einen Wink Paikars zogen zwei Sklaven die Flügel der großen Pforte auf. Eine Gruppe von acht Nehesiu trat ein und näherte sich dem König mit in Kniehöhe vorgestreckten Händen. Sie waren bis auf ein Lendentuch unbekleidet, aber vollständig bemalt, so daß sie in bunte Tücher gehüllt zu sein schienen. Vor dem Thron stellten sie sich in zwei Reihen zu je vier Mann auf und erwiesen einem hochgewachsenen Nubier die Ehre, der auf Amenmesse zueilte und sich vor ihm zu Boden warf.

„Nimm, großer Herrscher", rief er, „die Gaben, die ich dir darbiete. Es sind die ersten, die ich dir als rechtmäßigem Herrscher über das mächtige Zweifache Land überreiche. Ich flehe um deine Gunst! Bitte, nimm auch die zehn Abteilungen Bogenschützen an, die ich für dich ausgehoben habe."

„Das ist Bakendedun, mein geliebter Mann!" flüsterte Baketwerel. „Sein Treueschwur ist mein Geschenk für dich anläßlich deiner Thronbesteigung!"

„Du bist eine Zauberin!" gab Amenmesse ebenso leise zurück. „Wie hast du das erreicht?" An den Nehesi gewandt, sprach er: „Erhebe dich, Bakendedun, der du mir jahrelang getrotzt hast! Durch deine Unterwerfung hast du mich milde gestimmt." Er sandte einen überlegenen Blick zu Cha-em-hedjet, der Baketwerels Reise ins Lager des unbotmäßigen Nubierfürsten immer als ein zu gefährliches Wagnis verurteilt hatte. Cha-em-hedjet hob entschuldigend die Schultern. Ja, er hatte Baketwerel unterschätzt, aber war ein Irrtum nicht einem Hinterhalt vorzuziehen? Schließlich hatte sich die Nubierin vor Jahren von ihm kaufen lassen, um den früheren Königssohn von Kusch zu vergiften. Einmal käuflich, immer käuflich. ‚Sie kann sich meiner nicht entledigen', dachte Cha-em-hedjet, während Kästen mit Pantherfellen und Elfenbein hereingetragen wurden. ‚Sie hat mit mir zusammengearbeitet, als es darum ging, Cha-em-ter aus dem Südlichen Fremdland zu entfernen. Das kann sie nicht ungeschehen machen.' Baketwerel war ein sicherer Posten in seiner Zukunftsplanung.

„Sechs Truhen feines Gold!" kündigte Bakendedun den wertvollsten Teil der Abgaben an. „Und Schmuck aus Lapislazuli und Türkis." Es folgte eine Ladung Speere und fellbezogener Schilde, die von den neu ausgehobenen Soldaten vorgeführt wurden.

Cha-em-hedjet beachtete weder die Kostbarkeiten noch die Männer. Für ihn war die Stunde der Entscheidung gekommen. Mit dem verschlüsselten Befehl der Großen Königlichen Gemahlin Tausret mußte er offen Stellung beziehen. Erfüllte er ihren Befehl, entschied er sich für König Sethos. Ging er zu Amenmesse und zeigte ihm die Botschaft, so lag seine Zukunft ausschließlich bei diesem Pharao, dem er selbst den Weg geebnet hatte. Er würde nie wieder nach Pi-Ramesse zurückkehren; künftig würde es kein Doppelspiel mehr geben. Vielleicht konnte er Amenmesse sogar davon überzeugen, daß er auf seinem Weg nach Norden der Unterstützung libyscher Wüstensöhne bedurfte. Und der *Scha-su*-Sandleuten in Bija. Vielleicht ...

„Cha-em-hedjet!" Sahapi berührte ihn leicht am Ellenbogen. „Er spricht zu dir!"

Amenmesse hatte sich erhoben. „Wo bist du mit deinen Gedanken?" fragte er. „Komm! Ich brauche deinen Rat."

Ja, so mußte es sein! Er brauchte seinen Rat. Cha-em-hedjet lächelte leise und folgte den Herrschaften aus dem Saal. In den königlichen Gemächern angekommen, nahm Amenmesse Platz. Baketwerel lehnte an einer Säule und beobachtete ihn mit einem Blick, den er nicht recht deuten konnte.

Der Pharao ergriff einen Weinbecher, trank, bot aber niemandem etwas an. „Cha-em-hedjet", begann er und wischte sich mit dem Handrücken den Mund, „seit vielen Zehntagen ordne ich meine Herrschaft. Du hast mich beraten, und ich habe deine Worte in meinem Herzen bewegt. Doch kein einziges Mal wolltest du wissen, welches deine Aufgabe sein würde. Was ist der Grund dafür?"

„Mein König", gab der Libyer zurück, „ich wünsche, dir zu dienen, wie immer es dir beliebt. Mehr brauche ich nicht zu wissen. Tu mit mir, was du willst."

Sein Gegenüber sah ihn lange schweigend an. „Was dich vor allen anderen auszeichnet", sagte er endlich, „ist, daß du der einzige bist, der mir nicht unablässig Honig um den Mund schmiert. Und nun? Enttäusche mich nicht!"

„Du wünschst Mut und Offenheit von mir", antwortete Cha-em-hedjet. „Also gut. Ich will dir beides geben. Ich fragte dich deshalb nie, weil ich damit beschäftigt war, Botschaften für Königin Tausret zusammenzustellen. Ich bin die große Nachrichtenquelle für sie, was Deine Erhabenheit betrifft. Außerdem unterrichte ich sie über Königin Baketwerel und die Nehesi-Fürsten."

Ein kurzer Aufschrei Baketwerels, dann breitete sich Totenstille im Raum aus.

„Du arbeitest für Tausret?" Amenmesses Stimme war kaum zu hören. Blässe hatte sein Gesicht überzogen. „Du wagst es, hier zu sitzen und zuzugeben, daß du mich belügst und betrügst?"

Cha-em-hedjet richtete sich in seinem Stuhl gerade auf und blickte seinem Herrn in die Augen. „Ich arbeite nicht für Königin Tausret, Hoheit. Messui! Verstehe doch! Ich ließ es sie lediglich glauben. Meine Treue gehört ausschließlich dir."

Amenmesse machte Anstalten, sich zu erheben. „Und sie? Ich höre förmlich, wie du ihr dasselbe sagst!"

„Da hörst du falsch, Herr!" rief Cha-em-hedjet aus. „Bedenke, daß ich dir dies freiwillig gestand. Ich bin kein Selbstmörder. Sähe ich irgendeine Gefahr für mich, hätte ich geschwiegen."

Das war nicht von der Hand zu weisen. Amenmesse sank in seinen Sitz zurück und blickte unsicher zu Baketwerel hinüber. Doch der Ausdruck auf ihrem Gesicht blieb rätselhaft.

„Fünf Jahre lang", fuhr Cha-em-hedjet fort, „habe ich durch meine Botschaften dafür gesorgt, daß man dich in Pi-Ramesse unterschätzt. Ich habe dir den Weg geebnet zum Thron des Horus, der dir zusteht."

„Warum hast du nie etwas davon gesagt?"

„Ich wollte mit einem fertigen Ergebnis vor dich treten, Herr. Außerdem handle ich besser, wenn ich allein bin."

„Das kann ich so nicht hinnehmen. Du kannst nicht bestimmen, was gut ist und was nicht!"

„Wenn ich einen Fehler gemacht habe, so strafe mich. Meine Absicht war es, dir den Rücken freizuhalten, indem ich Tausret und auch Sethos in Sicherheit wiegte."

„Mein Gemahl!" Baketwerel löste sich von der Säule. „Er war es, der dir das Südliche Fremdland verschafft hat!"

Cha-em-hedjet nickte ihr zu. Er hatte es gewußt! Baketwerel würde ihm den Rücken stärken! „Ich danke dir, große Königin!" Dann fuhr er fort: „Du weißt, Messui, was ich von deinem Vater halte!"

„Du mußt es nicht wiederholen!" Amenmesse wurde es unbehaglich zumute, wie immer, wenn von Sethos die Rede war. „Dennoch bin ich nicht überzeugt. Was genau hast du Tausret gemeldet? Berichte mir alles, jede Einzelheit! Sonst, das schwöre ich dir, wirst du nie wieder etwas sprechen, denn ich werde dir die Zunge aus dem Mund reißen lassen."

„Du sollst alles erfahren!" antwortete Cha-em-hedjet ruhig. „Es begann, kurz nachdem du Königssohn von Kusch wurdest …"

Jede Nachricht, die er Tausret übergeben hatte, zählte er auf, keine Einzelheit ließ er aus. Der ganze ungeheuerliche Betrug an der Großen Königlichen Gemahlin entrollte sich vor dem fassungslosen Amenmesse, eine Täuschung, die nicht nur Tausret ein falsches Bild vermittelt hatte, sondern auch Bai, Hori, Sethos und dem alten König Merenptah. Keine Nachricht von Amenmesses Vorbereitungen für die Machtergreifung war nach Norden gedrungen, immer waren Cha-em-hedjets Deutungen der Vorgänge schneller bei den wichtigen Leuten gewesen. Amenmesse stockte der Atem angesichts der unglaublichen Tüchtigkeit und Verlogenheit seines Beraters.

Als Cha-em-hedjet geendet hatte, blieb es eine Weile still.

„Wenn deine Worte der Wahrheit entsprechen", sagte Amenmesse endlich, „dann hast du mir gut gedient. Bei Seth und allen Geistern, sehr gut sogar. Aber ist es die Wahrheit? Wie kann ich sicher sein?"

„Wenn du gestattest", Cha-em-hedjet griff in seinen Gürtel, zog ein Stück Papyrus heraus und reichte es Amenmesse, „hier ist der Beweis. Lies und urteile selbst."

Der König starrte auf das Blatt. Es enthielt nichts als einen Namen. Das Zeichen der sitzenden Frau, das den Namen abschloß, war mit einem dicken, roten Balken ausgestrichen. Noch nie hatte Amenmesse ein solches Gefühl von Bedrohung beschlichen wie jetzt, da er das mit zarten Pinselstrichen gezeichnete Messer sah, das über den Schriftzeichen schwebte.

„Was ist das?" schrie Baketwerel auf, die ihrem Gemahl über die Schulter spähte. „Weshalb steht da mein Name?"

„Dies übergab mir heute morgen", sprach Cha-em-hedjet langsam und gewichtig, „ein Bote der Königin Tausret, Herr. Sie fordert deinen Tod, Herrin!"

„Diese Schlange!" stieß Baketwerel hervor. „Diese finstere Fresserin! Diese ...!"

„Still!" unterbrach Amenmesse. „Sei ruhig! Du bist nicht in Gefahr!" Er stand auf und legte Cha-em-hedjet die Hand auf die Schulter. „Du bist wirklich nicht in Gefahr", wiederholte er. „Wir haben einen treuen Diener."

„Messui!" Cha-em-hedjet glitt von seinem Schemel auf die Knie und legte die Stirn auf den Boden. „Mein Leben gehört dir!"

„Steh auf, mein Freund!" Amenmesse sah ihn scharf an. „Du kannst nun nicht mehr zurück, nicht wahr?"

„Nie wieder werden meine Augen die Mauern von Pi-Ramesse erblicken."

„Nun, das macht nichts. Es gibt so viel zu tun, ich brauche dich hier. Ich habe gleich eine besondere Aufgabe."

Cha-em-hedjet wartete.

„Imenmose wird ein hervorragender Wesir in Waset sein. Er hat nur einen Schwachpunkt."

„Den Steinmetz!"

„Ganz richtig. Den Steinmetz Paneb. Ich möchte daher, daß ein anderer die Sorge für meine Grabstätte übernimmt. Du nämlich."

„Es geschehe! Wie lautet dein Auftrag?"

„Erstens: Sage dem Handwerker Paneb, sein König sei zufrieden. Vorerst werden seine besonderen Dienste nicht mehr benötigt. Er soll sich aber weiterhin bereithalten. Dann beauftrage die Großen der Kolonne und die Schreiber von Pa-Tíme, an der Stätte der *Ma'at* eine prächtige Wohnung für die Ewigkeit zu errichten. Eine, die Meiner Erhabenheit würdig ist. Das Haus für Pharao Amenmesse."

Neferhotep lief die Dorfstraße hinunter. Sein Ziel war das Haus des Schreibers Ken-her-chepeschef am Ostende der Siedlung. An diesem Morgen war seine Stirn umwölkt und sein Gesichtsausdruck abweisend wie selten.

„Sie haben wieder nichts erreicht!" flüsterten sich die Leute zu. „Keine Spur von den Mördern! Penbui wird ungerächt bleiben!"

„Ist er im Haus?" rief Neferhotep Naunachte zu, die auf dem Dach Wäsche aufhängte.

„Er brütet über einem Schriftstück!" gab sie zurück. „Wie immer." Sie ging zur Treppe und rief hinunter: „Neferhotep ist da, mein Lieber!" Wieder zu dem Besucher gewandt, setzte sie hinzu: „Geh einfach hinein!" Ihre Worte klangen fröhlich, und wie so oft staunte Neferhotep über das offensichtliche Einvernehmen zwischen dem bärbeißigen Schreiber und seinem jungen Weib.

Als er das Haus betrat, stand Ken-her-chepeschef schon an der Tür zu seinem Arbeitsraum und hob den Vorhang, um ihn einzulassen. „Du bringst üble Nachrichten", stellte der Hausherr fest.

„Das kann man wohl sagen! Ich habe mit Wesir Pa-nehesi gesprochen."

„Wie geht es ihm?"

„Schlecht. Ich glaube nicht, daß er noch lange unter Ras Sonne weilt."

„Das bedaure ich. Er kennt die Verhältnisse hier und sorgt gut für uns."

„Es gibt sogar schon Gerüchte über seine Nachfolge."

„Wer soll es denn werden?"

„Ein Mann namens Pa-Ra-em-hab. Ich habe noch nie zuvor von ihm gehört. Pa-nehesi sagt, wir werden ihn bald kennenlernen."

„Setz dich erst einmal", forderte ihn Ken-her-chepeschef auf. „Möchtest du ein wenig Bier?"

Als Neferhotep nickte, schritt er zur Tür und rief seiner Frau einige Anweisungen zu. Dann zog er einen Klappstuhl heran und ließ sich nieder.

Sein Besucher ließ den Blick über den Arbeitstisch mit den unzähligen Blättern und Binsen schweifen und weiter zu den mit Papyrusrollen vollgestopften Krügen, die sich an den Wänden reihten. „Dein Haus wetteifert inzwischen mit den Räumen der Weisheit drüben in der Tempelstadt!" bemerkte er lächelnd. „Woran arbeitest du?"

„Bannsprüche", antwortete der Schreiber. „Abwehrzauber gegen böse Geister. Das kann unsere Gemeinschaft zur Zeit gut brauchen. Sieh her!" Er nahm ein Blatt und reichte es Neferhotep.

„*Zurück, Schebakek*", las dieser. „*Zurück, der du aus dem Himmel und der Erde stammst, dessen Augen in seinem Kopf und dessen Zunge zwischen den Kiefern sitzt. Du nährst dich von Kot ...*" Er blickte auf. „Du begibst dich auf schwieriges Gebiet, Ken! Sei vorsichtig! Mit bösen Geistern ist nicht zu spaßen!"

„In einer Zeit, da Mörder und Grabräuber ihr Unwesen treiben, müssen wir zu allen Mitteln greifen!"

Neferhotep reichte den Papyrus zurück. „Das bringt mich auf den Anlaß meines Besuches. Ich weiß nicht, wie ich es dir sagen soll ..." Er verstummte und hob unglücklich die Schultern.

„So ernst ist es?" Ken-her-chepeschef legte seinen Zauberspruch auf den Tisch. In diesem Augenblick trat Naunachte ins Zimmer. Sie trug ein Anrichtebrett mit zwei Bechern und einem Krug.

„Danke, Mädchen!" sagte der Vorarbeiter freundlich. „Du bist gut zu uns alten Männern!"

„Es ist mir eine Freude!" Naunachte warf einen Blick auf ihren Gemahl und entschied, es sei besser, sich gleich wieder zu empfehlen.

Der Schreiber wartete, bis das Geräusch bloßer Füße auf der Treppe verklungen war und er Naunachte in der Dachlaube leise vor sich hinsummen hörte. „Was ist geschehen?"

„Pa-nehesi ordnet das Ende der Untersuchung an."

„Also doch!" Trotz seines ehrwürdigen Alters sprang Ken-her-chepeschef auf. „Das habe ich mir gedacht!"

„Wie kannst du so etwas denken?" rief Neferhotep.

Ken-her-chepeschef schlug sich mit der geballten Faust in die Handfläche. „Wir stehen vor einem Krieg! Der schreibt besondere Regeln vor. Alle Bemühungen müssen auf den Sieg gerichtet sein!"

Neferhotep spürte wieder das Ziehen in der Brust, das er in letzter Zeit kaum noch loswurde. Was waren das für Zeiten, in denen die Götter ihr Haupt verhüllten? „Es ist doch so", murmelte er, „das Lachen hat aufgehört, und Trauer erfüllt die Welt."

„Das Land bleibt seiner Schwäche überlassen", bestätigte der Schreiber düster. „Und die Menschen ebenso, wie es scheint."

„Ich war sicher, daß Paneb den Mörder findet!" Unverhofft fühlte sich Neferhotep den Tränen nahe. „Er war so tüchtig. Das geschändete Grab hat er in kürzester Zeit wiederhergestellt. Penbui lag noch nicht lange bei den Balsamierern, und schon konnten wir Abbitte leisten bei Osiris Men-cheperu-Ra."

„Vielleicht waren es doch Fremde", vermutete Ken-her-chepeschef. „Es muß so sein!"

‚Ja', dachte Neferhotep, ‚es muß so sein, denn was wäre, wenn jemand von den Menschen der Totenstadt zu einem solchen Frevel imstande wäre? Wie soll man weiterleben, wenn es nichts mehr gibt, woran sich ein Herz halten kann?' „Ich werde damit nicht fertig, Ken!" sagte er heftig. „Ich kann es nicht ertragen. Die Ordnung der Welt liegt darnieder! Wußtest du, daß es Pa-nehesi untersagt wurde, Niederschriften anzulegen? Begreifst du? Das Große Haus verbot die Untersuchung des Grabraubs! Vom Tod Penbuis ganz zu schweigen!"

Das war allerdings ungeheuerlich. Ken-her-chepeschef blickte starr auf seine Fingerspitzen

„Pharao Sethos, Leben, Heil, Gesundheit", fuhr Neferhotep fort, „ist der Auffassung, das Bekanntwerden dieser Geschichte würde als übelstes Vorzeichen gewertet. Ein Grabraub am Großen Platz der Wahrheit, noch dazu ein erfolgreicher, könnte bedeuten, die Ewigen wendeten sich gegen Sethos, oder, noch schlimmer, gegen Kemet."

„Da hat er recht!" gab der Schreiber zu.

„In wenigen Tagen wird er in Waset eintreffen", fuhr Neferhotep fort, „um seine Heerscharen zu sammeln und seine Grabstätte zu besuchen. Er soll alles in schönster Ordnung vorfinden."

„Und nichts soll mehr an das Verbrechen erinnern. Es hat nie stattgefunden."

Neferhotep nickte. „Ich muß es Paneb heute abend sagen. Aber was, mein Freund, unternehmen wir wegen des Geistes von Penbui? Wir können nicht sicher sein, daß er uns vergibt! Wenn er nun Böses gegen uns unternimmt?"

„Laß uns heute abend eine Versammlung im ‚Verschlossenen Haus' einberufen. Jeder im Dorf muß wissen, warum die Untersuchung beendet wird, jeder muß Stillschweigen bewahren. Und jeder einzelne von uns muß an Penbui handeln wie ein Sohn. Er braucht Totenopfer, Weihegaben, Gebete. Alles, womit sein Geist besänftigt werden kann."

„Das ist eine schwere Last. Pa-Tíme wird an einem dunklen Geheimnis leiden, einer großen Schuld. Nichts wird mehr so sein wie zuvor."

„Neferhotep!" Ken-her-chepeschef setzte sich wieder und sah dem Freund eindringlich ins Gesicht. „Du verleihst dem Schmerz zuviel Macht über dich. Mag sein, daß nichts mehr ist wie vorher, aber das ist der Lauf der Welt. Alles verändert sich, nichts bleibt, wie es ist."

Der Vorarbeiter antwortete nicht gleich. Müde strich er sich mit der Hand über die Augen und rieb sich die Schläfen. „Vor langer Zeit", sagte er dann, „hast du einmal davon gesprochen, daß die Ewigen uns Aufgaben stellen. Glaubst du, dies ist eine davon? Geben sie uns *Ma'at* ins Herz, indem sie uns ihrer scheinbar berauben? Das wäre eine grausame Prüfung."

„Dunkelheit gehört zum Licht", sprach Ken-her-chepeschef nachdrücklich. „Fülle ist ohne Leere nicht denkbar. Eins gehört zum anderen. Ein Mensch muß dunkle Täler durchschreiten, um sein Herz zu finden."

„Du kannst in Plagen und Verzweiflung einen höheren Zweck erkennen?"

„Und sei es nur der, sie anzunehmen. *Ma'at* wird uns nicht durch Unglück, ja, nicht einmal durch Verbrechen genommen. *Ma'at* geht, wenn wir nicht gehorchen. Sie ist die große Traglast, die Gott uns auferlegt."

Trotz seines Kummers mußte Neferhotep lächeln. „Du bist ein weiser Mann, Ken! Du solltest eine Lehre verfassen."

„Bei allen Göttern!" wehrte der Schreiber ab. „Ich habe genug damit zu tun zu begreifen, was in den alten Weisheitslehren steht. Ich will verwirklichen, was dort empfohlen wird. Es ist schwer genug, die Ordnung im eigenen Leben aufrechtzuerhalten. *Ma'at* ist nur dann gegeben, wenn man sie tut und wenn man sie spricht." Nach einer Pause setzte er mit undurchdringlicher Miene hinzu: „Sogar ein Weib habe ich mir noch genommen, wie es einem geraten wird."

„Die hübsche Naunachte! Wie denkt sie über diese Dinge? Redest du mit ihr?"

Ken-her-chepeschef zögerte mit der Antwort. Noch immer schien es ihm absonderlich, daß ein junges Mädchen an seinen Gedankengängen teilhatte. Er konnte sich eines Gefühls von Peinlichkeit nicht erwehren, wenn er zugab, wie teuer ihm Naunachtes Ansichten geworden waren. Es schien ihm, als sei er damit von seinem hohen Gipfel der Gelehrsamkeit und Weisheit herabgestiegen und habe sich in die Niederungen einer Alltäglichkeit begeben, die ihn zum einen verdroß, zum anderen anzog. Naunachtes schlichte Klarheit, ihre unverstellte Freundlichkeit hatten ihm die Menschen von Pa-Tíme nähergebracht, als er es eigentlich wollte. Dieser Umstand beraubte ihn des sicheren Abstands zwischen sich und der Welt. Das störte ihn oft, ärgerte ihn manchmal, doch von Zeit zu Zeit machte es ihn glücklich. Dann keimte rasch wieder Mißmut in ihm auf, denn er dachte, er werde auf seine alten Tage gefühlsselig wie ein Weib. „Ich spreche oft mit Naunachte", sagte er. „Ja, ich habe sie vieles gelehrt."

„Schon immer habe ich gewußt, daß sie klug ist", meinte Neferhotep. „Und sie tut dir gut."

Ken-her-chepeschef streifte ihn mit einem Seitenblick, antwortete aber nicht gleich. Ja, Naunachte tat ihm gut, aber um nichts in der Welt hätte er das zugegeben. Nicht einmal seinem alten Freund Neferhotep gegenüber. „Meine Frau", bemerkte er, „hat eine sehr einfache Vorstellung von *Ma'at*. Man müsse den Göttern die schuldige Ehrfurcht erweisen, sagt sie. Vor allem aber bedeute *Ma'at*, Menschen gern zu haben und ihnen wohlzutun."

„So sind die Frauen." Neferhotep schmunzelte. „Sie sehen sofort das Wesentliche."

Das Wesentliche! „Nicht das Alter deines Leibes sehe ich", hatte Naunachte geflüstert, als sie sich zum ersten Mal in seine Arme geschmiegt hatte, „sondern die Kraft deines *Ka*! Dein Begehren ist das Wesentliche. In dir wohnt der Gott Min selber!" Mit diesen Worten hatte sie ihn umschlungen und ihre Brüste an seine aufgerichtete Männlichkeit gepreßt. Ken-her-chepeschef lächelte flüchtig bei der Erinnerung. „Was richtig ist, wird klarer, wenn man darüber spricht", sagte er.

„Durch den Austausch", bestätigte Neferhotep, „nähern wir uns dem Begreifen. Der Gott bestimmt, was *Ma'at* ist. Deshalb ist es so wenig faßbar."

„Die Schwierigkeit, vor der wir stehen", meinte der Schreiber, „ist, daß sich *Ma'at* auf verschiedenen Ebenen vollzieht. Um der göttlichen Richtung im Großen zu folgen, müssen wir Unvollkommenheit im Kleinen hinnehmen."

„Das verstehe ich nicht", gab Neferhotep zu.

„Ich meine dies: Die wichtigste Aufgabe, vor der ein Pharao des Geliebten Landes steht, ist, die Einheit und Wohlfahrt dieses Landes zu sichern. Wenn die Suche nach Grabräubern oder Mördern dieses Ziel gefährdet, dann muß man die Übeltäter eben laufen lassen."

„Es ist wie eine Rechtfertigung der Untat", Neferhotep wiegte sorgenvoll das Haupt.

„Es bleibt uns nichts anderes übrig", unterbrach ihn Ken-her-chepeschef, „wenn wir verantwortlich handeln wollen. So verstehe ich Pa-nehesis Anweisung."

„Vielleicht sollten wir zuerst das Orakelstandbild befragen?" schlug Neferhotep zögernd vor.

„Das wird nicht nötig sein. Der König, Leben, Heil, Gesundheit, muß zuallererst das Durcheinander in seinem Haus beseitigen."

Neferhotep sah den Freund überrascht an. Die Worte hatten streng, fast bitter geklungen. „Du bist verdrossen!"

Ken-her-chepeschef erhob sich umständlich und begann, langsam auf und ab zu gehen. „Dieser ganze unselige Zustand der Zerrissenheit, in dem sich unser Land befindet, wäre zu vermeiden gewesen."

„Du tadelst den Gott?" Voll Unbehagen erinnerte sich Neferhotep an seine eigenen Zweifel.

„Ich weiß wohl, daß es mir anstünde, schweigend hinzunehmen, was von ihm kommt." Ken-her-chepeschefs Augen blickten finster. „Aber ich kann es nicht. Warum hat er Amenmesse übergangen? Der Mann ist ein ausgezeichneter Königssohn von Kusch. Er ist sein Sohn. Er sollte Falke-im-Nest sein!"

„Ken! So zu sprechen ist Hochverrat!"

„Unfug! Soll ich dir sagen, was ich denke? Ich zweifle, daß der König wirklich *Ma'at* erschafft mit seinem Handeln. Ich frage mich, ob Seine Hoheit Amenmesse nicht das Recht hat, sich zu nehmen, was ihm willkürlich vorenthalten wird."

Neferhotep hatte das Gefühl, als öffne sich der Boden unter seinen Füßen. „So darfst du nicht sprechen! Vor allem nicht zu irgend jemandem in unserem Dorf!"

„Aber das ist längst geschehen! Ich stehe nicht allein mit meiner Meinung!"

„Weißt du, was du damit anrichtest?" rief der Vormann verzweifelt. „Der Riß, der durch unser Land geht, wird auch Pa-Tíme spalten!"

„Du glaubst doch nicht ernsthaft, das ließe sich vermeiden! Auch wenn ich schwiege, würden die Leute sich Gedanken machen. Das Unverständnis gegenüber dem König, Leben, Heil, Gesundheit, ist weit verbreitet. Das ist es, was vielen im Dorf zu schaffen macht."

„Außer dem Mord an Penbui, meinst du."

„Außer dem Mord an Penbui", wiederholte der Schreiber. „Und einigen anderen Dingen."

„Ich weiß", sagte Neferhotep. „Apachte zum Beispiel."

Noch hatte sich niemand in Pa-Tíme vom Entsetzen über den Grabfrevel erholt, als Apachte erkrankt war. Keiner wußte, was ihm fehlte, denn er sprach kein Wort, litt aber offenkundig an schweren Angstzuständen und unerklärlichen Anfällen von Grausamkeit. Niemand wagte sich in seine Nähe außer seinem Vater, der ihm von Sasemit gemischte Beruhigungstränke verabreichte. Die alte Frau hatte sich geweigert, selbst dem Kranken nahezukommen. Nachdem Apachte seine Mutter tätlich angegriffen hatte, verbot Paneb allen Familienmitgliedern, mit ihm zu sprechen, kettete ihn für drei Tage an sein Lager und übernahm es selbst, ihn zu pflegen und ihm Nahrung zu bringen. Danach löste er die Ketten wieder, und Apachte kehrte ins Leben zurück, schweigsamer und reizbarer als zuvor, vor allem gefährlicher. Das gesamte Dorf hatte an Wabets Jammer teilgenommen, bis schließlich Ubechet mit ihr gesprochen und sie um etwas mehr Zurückhaltung gebeten hatte.

„Er fügt sich wieder in die Kolonne ein?" fragte Ken-her-chepeschef.

Neferhotep nickte. Er wußte als einziger, daß Paneb seinem Sohn gedroht hatte, ihn eigenhändig als Sklaven in die nubischen Goldbergwerke zu entsenden, falls er sich nicht augenblicklich zur Gesundung entschlösse. Er hatte sich über diese Härte gewundert, aber sie hatte zum Erfolg geführt. „Den Göttern sei Dank!" seufzte er. „Wenigstens geht die Arbeit am Großen Platz der Wahrheit ohne Störung vonstatten. Paneb leitet die Ausschachtung des königlichen Grabes, seine Gruppe glättet bereits die Wände des zweiten Korridors. Hehnechu und Parahotep haben die Kniefiguren der *Ma'at* an den Türpfosten des Eingangs beendet und zeichnen an den Gebeten für Ra."

Ken-her-chepeschef nickte zufrieden. Das war nicht schlecht, wenn man bedachte, daß sie erst vor einigen Monaten mit dem Bau des Grabes begonnen hatten. „Wann werden die Großen eintreffen?"

„In drei Tagen soll die Barke in Waset anlegen. Dann folgen Besprechungen, Truppenaufmärsche, die Opfer in Ipet-Sut. In einem Zehntag, vermute ich. Pa-nehesi wird uns benachrichtigen." Neferhotep erhob sich schwerfällig. „Es war gut, mir dir zu sprechen, Ken. Immerhin ist nun klar, wie es weitergeht, auch wenn es mir nicht behagt. Bis heute abend also, im ‚Verschlossenen Haus'!"

Neferhotep stand schon an der Tür und wollte Naunachte ein Lebewohl zurufen, als der Schreiber ihm auf die Schulter tippte. „Wer von den Großen des Landes wird den König, Leben, Heil, Gesundheit, ins Tal begleiten? Außer Pa-nehesi und seinem künftigen Nachfolger, meine ich."

„Der Wesir des Nordens, Hori. Dann Roma-Roy, Hau-nefer selbstverständlich, und wahrscheinlich auch der Schatzmeister des Ganzen Landes."

„Bai ist oft in der Totenstadt", stellte Ken-her-chepeschef fest. „Er kümmert sich um uns fast mehr, als Pa-nehesi es tut." Er beobachtete Neferhotep unter halbgesenkten Lidern. Zu seinem größten Verdruß hatte sich der Vorarbeiter in den vergangenen Jahren standhaft geweigert, den Siegler um genauere Auskunft über den Diener Irinefer zu bitten. Statt dessen hatte er weiterhin die offensichtliche Lüge hingenommen. Genau dreimal hatte Ken-her-chepeschef in der Vergangenheit Irinefer selbst befragt, doch das hatte nichts gefruchtet. Mit zunehmender Verzweiflung hatte der Jüngling immer wieder den gleichen Unsinn vorgetragen und ihn gemieden, so gut es in dem kleinen Dorf eben ging.

„Ich habe noch immer nicht mit Paneb über Irinefer gesprochen!" bemerkte Neferhotep, als hätte er die Gedanken des Freundes hören können. „Oder Bai gefragt, was aus ihm werden soll. Er ist nun erwachsen."

„Vielleicht wünscht der Siegler, ihn doch einmal wiederzusehen?"

„Gut möglich. Ich habe nie verstanden, warum er es immer abgelehnt hat. Das ist nicht die übliche Art, mit Geiseln umzugehen."

„Geiseln? Ich denke, selbst du glaubst inzwischen nicht mehr, daß Irinefer eine Geisel ist. Und ein Fremdländer ebensowenig."

Neferhotep hob seine Perücke und kratzte sich. Er überhörte geflissentlich die Anspielung auf die Tatsache, daß er trotz großer Lebenserfahrung bisweilen erstaunlich leichtgläubig war.

„Diesmal will ich den Siegler nach Irinefer fragen. Es wird Zeit! Schließlich muß über sein weiteres Schicksal entschieden werden. Er ist zu begabt, als daß er ewig mein Diener bleiben könnte."

„Warum kommst du wieder so spät? Ta-Scherit, ich habe dir hundertmal gesagt, daß ich dich am Nachmittag nicht entbehren kann!"

„Verzeih mir, Mutter! Die Lieferung mit Öl und Werg traf verspätet ein, das kannst du jeden fragen!" Ta-Scherit strich sich eine Haarsträhne aus der schweißnassen Stirn. In der Dorfgasse war es unerträglich heiß gewesen. Seit Wochen schon zeigte Ra mit unerbittlicher Strenge, wer der eigentliche Herrscher in Kemet war. „Das Öl ist von besonderer Reinheit, sagen die Diener der Totenstadt. Auf diese Sorte zu warten lohne sich!"

„So, so, es lohnt sich!" sagte Wabet ärgerlich. „Ich möchte die einmal sehen, wenn sie nicht weitermachen können, weil das Wichtigste fehlt. Was, wenn die einmal angeschrien würden wie ich, Tag für Tag! Ai, verflucht!" Sie hielt sich den Bauch, der sich schon wieder rundete. „Etwas stimmt nicht mit diesem Kind!"

„Setz dich, Mutter!" Ta-Scherit führte sie zu einem Hocker. „Ruhe dich einen Augenblick aus!"

„Ich kann mich nicht einfach untätig hinsetzen!" ächzte Wabet. „Es gibt zu viel zu tun!"

„Ist dir meine Arbeit gar nichts wert?" ertönte Hemet-Mauras gekränkte Stimme aus der Küche. „Seit Stunden bin ich hier am Brotbacken in dieser Hitze, aber nichts wird gewürdigt!"

„Mutter, ich bin jetzt da und nehme dir die Arbeit ab!" sagte Ta-Scherit ungeduldig. „Jammere nicht, sondern laß dir helfen!"

„Du bist unverschämt, Tochter! Anstatt dankbar zu sein für die Freiheit, die du besitzt, verhöhnst du mich, die dir das ermöglicht!"

„Was für eine Freiheit könnte ich wohl haben inmitten deines Unglücks? Täglich feierst du es neu!"

„Ta-Scherit!"

„Entschuldige, Mutter!" Ihr Blick fiel auf Scherit-Ra, die sie nägelkauend beobachtete. Zu ihren Füßen kauerte Pa-Anuket und verspeiste mit ernstem Gesicht ein Kügelchen, das er aus Teppichfäden und Schmutz geformt hatte. „Paß doch auf, was er tut!" fuhr sie die jüngere Schwester an. „Du kannst dich ruhig auch einmal nützlich machen!" Sie stürzte zu Pa-Anuket und zwang ihm die Zähne auseinander. „Daß der Kleine noch lebt, ist ein Wunder! Schau, was er sich schon wieder in den Mund gesteckt hat!"

Der Kleine kreischte aus voller Kehle, und Scherit-Ra verzog das Gesicht. „Du bist gemein, Ta-Scherit! So gemein!"

„Du vergißt dich!" Das war wieder Wabet. „Es gibt Pflichten, die ein Mädchen zu erfüllen hat. Und zwar ohne zu murren."

„Ich hasse das alles!" murmelte Ta-Scherit, immerhin so leise, daß es ihre Mutter nicht hörte. Doch Wabet hätte nichts vernommen, selbst wenn sie laut gerufen hätte, denn in diesem Augenblick flog der Vorhang zum Schlafraum zur Seite. Paneb stampfte ins Zimmer.

„Morgen beginnt ein neuer Zehntag am Großen Platz!" brüllte er. „Das ist harte Arbeit! Alles, worum ich gebeten habe, ist ein klein wenig Ruhe! Das ist doch wohl nicht zuviel verlangt!"

„Entschuldige bitte!" sagte Wabet, hob Pa-Anuket auf und setzte ihn sich auf die Hüfte.

„Will runter!" schrie der und wand sich, bis seine Mutter ihn wieder absetzte.

„Schweig!" donnerte Paneb. Dem Kleinen blieb vor Schreck der Mund offenstehen. „Sorge dafür, daß er nicht mehr kreischt!" Das galt Wabet. „Sonst geschieht etwas! Und das wird euch nicht gefallen!"

„Komm, wir gehen nach draußen!" Scherit-Ra ergriff Pa-Anuket bei der Hand und zog ihn zur Tür.

„Das hätte dir auch früher einfallen können! Wehe, wenn ich noch einen Ton höre!" Paneb stapfte in den Schlafraum zurück, drehte sich aber noch einmal um. „Ta-Scherit! Du wirst übermorgen mein Essen zum Großen Platz bringen. Kasa wird dich begleiten. Er hat hier noch etwas für mich zu erledigen. Ich will, daß du dir den Burschen genau ansiehst! Er wird nämlich dein Ehemann!" Sprach's und verschwand im Nebenzimmer.

Ta-Scherit stand wie angewurzelt. Sie war zu erschrocken, um eine Antwort geben zu können. Auch Wabet rührte sich nicht, und das Geschirrgeklapper aus der Küche war verstummt.

„Schau nicht so entgeistert", sagte Wabet nach einer Weile. „Kasa ist keine schlechte Wahl." Ta-Scherit schluckte, brachte aber immer noch keinen Ton heraus. „Gefällt er dir nicht?"

Das Mädchen schüttelte nur den Kopf.

Hemet-Maura kam aus der Küche und wischte sich mit einem Tuch das Mehl von den Händen. Hinter ihr kroch auf allen vieren die kleine Ta-Neferet. „Zumindest sieht er gut aus."

„Dann heirate du ihn doch", schnappte Ta-Scherit. Sie hatte ihre Fassung wiedererlangt.

„Entschuldige bitte! Ich wollte nur etwas Nettes sagen." Gekränkt machte die Schwester kehrt und verschwand wieder.

„Mutter! Du mußt mir helfen! Ich will nicht als Ehefrau in Kasas Haus eintreten."

„Warum denn nicht? Kasa ist ein tüchtiger Mann, dein Vater wird ihn in der Kolonne fördern, und du wirst ein sorgenfreies Leben führen."

Ta-Scherit sah ihre Mutter scharf an. „Du wußtest von seinem Plan? Er hat dir davon erzählt?"

„Das hat er", bestätigte Wabet. „Und ich billige es. Kasa zählt zwanzig Jahre, und er lebt allein, seit sein Vater beim Erdbeben starb und seine Schwester das Dorf verließ."

„Ja, und? Was hat das mit mir zu tun? Soll ich ihn heiraten, weil Baket-Ra fort ist?"

„Gewiß nicht! Du sollst ihn heiraten, weil er ein passender Mann für dich ist, weil du alt genug bist und weil du ein wenig freier sein wirst, wenn du dieses Haus verläßt!"

„Ist Kasa die Freiheit, die du mir angeblich ermöglichst?" Ta-Scherit stieg heiß das Blut ins Gesicht. „Das kann nicht dein Ernst sein. Du hättest mich fragen müssen!"

„Ja, ich habe unter anderem auch Kasa damit gemeint. Ich will für dich ein Leben ohne dauernden Zank und Unfrieden."

„Ich bin nicht alt genug. Ich bin doch erst dreizehn."

„Das ist nicht zu früh. Sieh auf Naunachte! Sie war nicht älter als zwölf Jahre, als sie den Schreiber heiratete."

„Ich bin aber nicht Naunachte! Ich will erst später die Herrin eines Hauses werden."

„Du mußt ja auch noch nicht morgen heiraten. Ich dachte nur, es wäre schön für dich, weniger Arbeit zu haben. Wenn du nur einen kleinen Haushalt zu versorgen hast, bleibt dir hin und wieder Zeit, etwas zu lesen." Wabet legte die Hand auf den Arm ihrer Tochter. „Ich will doch, daß es dir wohl ergeht!"

„Zu lesen?" flüsterte diese. „Woher weißt du …?"

Ein kleines, trauriges Lächeln stahl sich über Wabets Gesicht. „Es scheint ein Naturgesetz zu sein, daß Töchter ihre Mütter unterschätzen. Seit Jahren beobachte ich dich und den jungen Irinefer."

Bei der Erwähnung dieses Namens zuckte Ta-Scherit zusammen. Wieviel wußte Wabet wirklich? Ihr Blick umfaßte die kleine, dickliche Gestalt ihrer Mutter, ihr grobleinenes Kleid, das Schmutzspuren aufwies, die Schweißflecken unter den Achseln und die kurzen, sich feucht über der Stirn ringelnden Haare. Ausnahmsweise zeigten ihre Arme und Wangen keine Druckmale oder Striemen, denn seit einigen Wochen verhielt sich Paneb ihr gegenüber ungewöhnlich friedfertig. War es möglich, daß ihre Mutter an etwas Anteil genommen hatte, das über ihr eigenes Elend hinausging?

„Kasa liest und schreibt gut", sagte Wabet. „Er wird nichts dagegen haben, wenn du es auch kannst."

„Das würde ich ihm auch geraten haben! Aber ich heirate ihn nicht. Ich liebe ihn nicht. Ich will ihn nicht. Nie."

„Ich glaube, du wirst tun, was dein Vater verlangt. Er erstrebt das Beste für dich!"

„Mutter!" Die Angriffslust war aus Ta-Scherits Stimme verschwunden. „Bitte, zwingt mir nicht einen Mann auf, den ich nicht möchte! Vater hat mir ein gutes Leben versprochen. Du sagst dasselbe, also laßt mich selbst wählen."

Ihre Mutter trat auf sie zu und streichelte ihr die Wange. Ta-Scherit nahm ihre ganze Selbstbeherrschung zusammen und wich nicht zurück. „Das geht nicht, meine Tochter."

„Warum nicht?"

„Weil du den falschen Mann wählen würdest."

Bei diesen Worten erblaßte das Mädchen. „Was ... was meinst du damit?" stammelte sie. Wabet wußte es doch! O Ahmes-Nefertari, wie hatte sie ihr Geheimnis entdeckt?

„Hör zu, Tochter!" Wabet legte ihr den Arm um die Schultern. „Neferhoteps Diener ist ein junger Mann, der liebenswert ist, das ist die Wahrheit! Aber er ist Ausländer, einer, der nicht in der Mannschaft arbeiten wird."

„Es gibt andere Fremdmenschen im Dorf, in Waset, im ganzen Land. Niemanden stört es, daß sie keine Ägypter sind."

„Aber mit Irinefer ist es anders. Ein Geheimnis ist um ihn, jeder kann das ahnen, und seine Zukunft ist ungewiß."

„Gilt das nicht für die Zukunft eines jeden Menschen? Keiner weiß, was der kommende Tag bringen wird!"

„Es gibt aber ein Maß an Sicherheit und Ordnung, ohne das niemand leben kann. Dich haben die Ewigen in dieses Dorf gesetzt. Dein Platz ist hier. Irinefer wird Pa-Tíme eines Tages verlassen, vielleicht in ein Arbeitshaus des Amun gehen, womöglich wird er zurückkehren nach Amurru, wer weiß das schon! Dann wirst du hier sitzen mit gebrochenem Herzen und vielleicht mit einigen Kindern. Wer sorgt dann für dich? Wo ist dann deine Ehre? Vergiß nicht, dein Vater wird einmal der Vorarbeiter der Kolonne!"

„Was hat das damit zu tun? Fürchtest du, ich könnte seinem Ansehen schaden?"

„Ich fürchte um deinen Halt im Leben! Jedem haben die Götter eine Aufgabe zugewiesen, und du wirst eine geachtete Frau in Pa-Tíme sein. Das ist dein Weg."

„Was läßt dich da so sicher sein? Nicht alle Frauen aus dem Dorf sind hier geblieben."

„O große Göttin!" seufzte Wabet. „Erleuchte dieses verstockte Kind! Schau sie dir doch an, die Frauen, die ihre Aufgabe mit Füßen traten! Qafi zum Beispiel! Lebt sie nicht im Elend in einer billigen Spelunke? Ohne einen Ehemann, der sie liebt, ohne Kinder, die ihr einst die Totenopfer bringen werden! Oder Baket-Ra! Kannst du das

Grauen ermessen, durch das sie hindurchgehen mußte? Glaubst du, Baket-Ra kann je wieder lachen?"

„Aber Neferhotep kann dafür sorgen, daß Irinefer im Dorf bleibt. Wenn er anordnet, daß Iri in der Kolonne malt, wird niemand wagen, ihm zu widersprechen." Ta-Scherit blickte Wabet in die Augen und wußte, daß alles vergebens war. Ihre Mutter verstand sie nicht, würde sie nie verstehen.

„Du denkst, ich weiß nicht, wie dir zumute ist!" sagte diese, als hätte sie Ta-Scherits Gedanken gelesen. „Und ob ich es weiß! Vor allem weiß ich, was für ein Ende es nimmt, wenn du nicht auf die Anweisung deines Vaters hörst." Noch während sie sprach, kam ihr der Widersinn ihrer Worte zum Bewußtsein. Ein einziges Mal hatte sie selbst sich gegen ihren Vater empört, nämlich dann, als er ihr verbot, Paneb zu heiraten. ‚Dieser Jüngling sieht nur sich selbst, dir wird er nur Schmerz zufügen', hatte er ausgerufen. ‚Dann ist er wie du', hatte Wabet im Geiste geantwortet, und der Haß hatte ihre Seele so verdunkelt, daß sie die Wahrheit seiner Worte nicht erkannte. Es gab nichts, das sie ihrer Tochter raten konnte, nichts, was von ihrem eigenen Weg abwich.

„Du hast mir nicht geantwortet! Weshalb sollte Irinefer nicht in der Kolonne malen, wenn Vorarbeiter Neferhotep dies gebietet?"

„Weil die anderen Handwerker dazu auch etwas zu sagen haben. Für die Männer von Pa-Tíme ist Gehorsam nicht alles. Sie sind besondere Männer mit besonderen Aufgaben, und Irinefer ist begabt, das erwähnte Ubechet oft. Ganz gewiß hätte Neferhotep ihn längst in die Mannschaft geholt, wenn es möglich gewesen wäre."

Ta-Scherit konnte nichts erwidern. Sie kämpfte gegen die Tränen.

„Sei nicht traurig!" versuchte Wabet sie zu trösten. „Auf die Dauer ist es befriedigender, das Richtige zu tun."

„Hast du das Richtige getan?" brach es aus Ta-Scherit heraus. „Hat es sich für dich gelohnt?"

„Was sind das für Ansprüche!" sagte Wabet streng. „Als ob es wichtig wäre, daß es sich lohnt! Wichtig ist, daß es sich in die Ordnung einfügt!"

„Aber wenn das Herz spricht …"

„Des Menschen Herz ist wandelbar, unstet wie ein Blatt im Wind. Das wirst du erfahren, sowie du älter bist. Verliebtheit übersteht den Alltag nicht, und dann sind andere Dinge wichtig: das Wissen, wohin man gehört, die Pflicht, die zu erfüllen ist. Das schenkt Zufriedenheit." Große Liebe bedeutete große Schmerzen, das hatte Wabet gelernt. Je weniger man vom Leben erwartete, desto weniger würde man enttäuscht werden. „Ich will dir helfen", sprach sie sanft. „Ubechet soll dafür sorgen, daß Irinefer dir künftig fernbleibt. Suche die Gesellschaft Kasas, Tochter! Füge dir nicht mehr Kummer zu als nötig!"

„Mutter!" Ta-Scherit sank auf die Knie und umklammerte Wabets Hüften. „Nicht Ubechet! Laß Ubechet aus dem Spiel! Laß mich selbst mit Irinefer reden. Ich flehe dich an!"

Wabet zog sie wieder hoch. „Du kannst dir allein nicht helfen, das sehe ich doch. Glaube mir, ich weiß genau, was für dich gut ist!"

Plötzlich wußte Ta-Scherit, daß sie gegen Wabet nicht ankommen würde. Da stand sie, ihre weiche, sanfte Mutter, aber in all ihrer Verletzbarkeit und Ohnmacht fest und unüberwindbar wie ein Granitblock. So viel Stärke lag in ihrer Schwäche! Machtvoller Druck ging von ihrer Duldsamkeit aus. Für einen Augenblick verstand das Mädchen den Ingrimm ihres Vaters angesichts der zähen, klebrigen Nachgiebigkeit seiner Frau.

Als Ta-Scherit das Haus verlassen hatte, sank Wabet auf einen Schemel nieder. Hatte sie ihre Tochter verloren? War es ihr Los, alle zu verlieren, die sie liebte?

Soweit sie zurückdenken konnte, hatte ihr Tag aus Arbeit bestanden. Arbeit, die begann, wenn sich der Himmel im Osten rötlich färbte, und die erst endete, wenn es dunkel war und das allabendliche Geheul der Hunde verstummte. Als sie ein Kind von sechs Jahren war, brach ihre Mutter jeden Morgen zu der Bäckerei auf, die dem Totentempel des Osiris Men-Ma'at-Ra angegliedert war, des längst verstorbenen Pharao Sethos. Dort buk sie täglich zehn Stunden lang Brote für die Tempeldiener, eine schwere Arbeit, die wohl die Ursache dafür war, daß sie im Alter von vierunddreißig Jahren anfing, Blut zu husten, und nach wenigen Wochen starb. Von da an sorgte Wabet für die kleinen Brüder und kochte die Mahlzeiten für die Familie. Sie wusch die grobleinenen Schurze ihres Vaters und Pa-Anukets, sofern der zu Hause war, und fütterte die Ziege, aus deren Milch sie scharfriechenden Käse bereitete.

Ihren älteren Bruder Pa-Anuket hatte Wabet geliebt wie niemanden sonst. Sie hatte es verstanden, daß ihre Eltern nur Augen für ihn gehabt hatten, den hochgewachsenen, breitschultrigen Soldaten mit dem Blick eines Falken und dem Lächeln eines Gottes. Die kleine, rundliche Schwester dagegen, wer war sie schon! Hauptsache, sie half bei der Hausarbeit und pflegte kein loses Mundwerk. Meist wurde sie einfach übersehen. Wenigstens so lange, bis ... Wabet räusperte sich unwillkürlich und schüttelte den Kopf. Sie wollte nur an Pa-Anuket denken. ‚Sieh da, unsere Kleine!' klang es ihr im Ohr, ‚Komm, du Schöne, du Fleißige, und setz dich auf meinen Schoß ...' Wabet war hinaufgeklettert, ihr Gesicht an Pa-Anukets Hals bergend, der immer ein wenig kratzte. Da war ihr warm gewesen, da hatte sie sich geborgen gefühlt. Gewiß hätte Pa-Anuket sie beschützt, damals, als Vater ... Wabet biß sich auf die Unterlippe. Daran wollte sie nie mehr denken. Pa-Anuket war weit fort gewesen und hatte nichts wissen können.

Ihr Vater gehörte zu den Händlern, die für die Tempelverwaltung Töpferwaren auf den Märkten von Waset verkauften, buntglasierte Teller und Becher, dickbauchige Henkelgefäße und Krüge mit geschwungenen Zierleisten, die in den Werkstätten des Tempels gefertigt wurden. Wenn er gegen Abend heimkam, mit langen Schritten, die leeren Stoffsäcke über die Schulter geschlagen, nach Schweiß riechend und fast immer mit mürrischer Miene, fand er das Haus wohlgeordnet vor. Mit müden Bewegungen setzte Wabet ihm die täglichen Lauchzwiebeln und das warme Brot vor und suchte in seinen Augen nach den Anzeichen, die sie fürchtete und die dennoch eine dunkle, schuldbeladene Anziehung auf sie ausübten.

Dann war Pa-Anuket den Soldatentod gestorben in irgendeinem fernen Land. Wabet war allein zurückgeblieben.

Rahotep humpelte den Pfad zum Dorffriedhof hinauf. Immer wieder blickte er sich um, ob ihm jemand folgte. Wiederholt versicherte er sich, er tue nicht mehr und nicht weniger als viele aus dem Dorf, die zu Penbuis Grab pilgerten, um ihn mit Gebeten und Opfern zu ehren. Doch er wußte, was ihn von allen anderen frommen Betern unterschied. Er, Rahotep, kannte die Namen der Mörder, und kein anderer als er war es, der bis auf den heutigen Tag geschwiegen hatte und so mitschuldig war an allem, was sich zugetragen hatte. „Ich beobachte dich!" hatte Paneb gedroht. „Ein falsches Wort, und ich lasse alle Welt wissen, daß du bei früheren Nachtgängen beteiligt warst! Oder, noch besser, ich bringe dich einfach um." Mangels anderer Wahl hatte Rahotep Stillschweigen geschworen, immerhin aber so viel Mut aufgebracht, Paneb jede weitere Zusammenarbeit aufzukündigen. Dennoch fühlte er sich von Tag zu Tag schlechter.

Schweratmend blieb er stehen. Sein Bein war gut verheilt, aber er konnte noch keine langen Strecken gehen, ohne daß es ihn anstrengte und die Bruchstelle zu schmerzen begann. Ein lichtblauer Nachmittagshimmel wölbte sich über dem Hathorgebirge, und die Sonne brannte so heiß, daß die Steine zu glühen schienen. Trotz der goldenen Helligkeit herrschte Dunkelheit in Rahoteps Seele. Nie wieder, dessen war er gewiß, würde er einen Sommer frohen Mutes durchleben können. Seine Schuld drückte ihm auf die Brust, und er nahm das Leben um sich wie durch einen grauen Schleier wahr.

Etwa einen Zehntag nach dem gewaltsamen Tod des Grabwächters hatte Rahotep zum ersten Mal etwas Fremdes, Gefährliches an seinem Nachtlager wahrgenommen. Sein Weib schüttelte den Kopf ob seiner Ängste. Ihr war nichts aufgefallen. Das verwunderte Rahotep nicht, schließlich hatte sie sich nichts zuschulden kommen lassen. Der Geist Penbuis würde ihm Leid zufügen, nicht ihr. Sehr bald schon wußte Rahotep, daß es so nicht weitergehen konnte. Er schlief schlecht, magerte sichtbar ab, und seine Hände zitterten. Seine Frau sorgte sich, seine vier Kinder schlichen ängstlich um ihn herum, darauf bedacht, ihn nicht durch Lärm und ungebärdiges Verhalten zu ärgern.

Ein weiteres Gespräch mit Paneb hatte nichts weiter ergeben als den unwirschen Befehl, den Mund zu halten. Was aber sollte er tun, wenn Penbui ihn des Nachts nicht schlafen ließ? Wenn er in der Dunkelheit vor ihm stand und ihn vorwurfsvoll ansah? Nicht lange, und Rahotep begann, sich Sorgen um seinen Verstand zu machen. Er beschloß, sich unmittelbar an Penbui zu wenden. Selber hatte er noch nie einen Brief an einen Verstorbenen geschrieben, aber für viele Dorfbewohner hielten Bitten an die teuren Toten die Verbindung zwischen dem Hier und dem Dort aufrecht. Selten jedoch, daß ein Arbeiter ein solches Schriftstück eigenhändig verfaßte, die Schreibkünste der meisten reichten dafür nicht aus. Begreiflicherweise konnte Rahotep keinen der Schreiber um Unterstützung bitten, also hatte er selbst den kleinen Papyrus beschriftet. Er konnte sich an keine beschwerlichere Arbeit erinnern. Das mühsame Gekritzel blieb den Nächten am Ende des Zehntags vorbehalten, um vor neugierigen Fragen anderer Kolonnenmitglieder sicher zu sein. Seiner Frau hatte er erklärt, er wolle seine Fähigkeiten üben, und bitte sie, ihn mit weiteren Fragen zu verschonen. Sie hatte ihn verletzt angesehen und sich wortlos abgewandt.

Aufseufzend stieß Rahotep seinen Stock auf den Boden und setzte den Weg fort. An diesem Tag wollte er sich seiner Seelenlast entledigen. Penbuis Grabstätte befand sich hoch oben am Berg, unterhalb einer kleinen Felsnase. Der winzige Vorhof war leer. Auf der Opferplatte vor dem Grabeingang befanden sich Krüge mit Bier und Öl, die Freunde Penbuis dem Toten dargebracht hatten. Rahotep wischte sich den Schweiß von der Stirn und lehnte seinen Stock gegen die Wand. Dann entnahm er dem Beutel an seinem Gürtel ein Säckchen Myrrhe, eine hölzerne, männliche Figur und den engbeschriebenen Papyrus. An die Ummauerung gelehnt, überflog er noch einmal den Brief, mit dem er sich so viele Nächte hindurch abgemüht hatte.

*„An den vortrefflichen Totengeist Penbui.*

*Was habe ich dir getan, daß ich in diesem traurigen Zustand bin?*

*Warum legst du Hand an mich und quälst mich, obwohl ich nie unrecht an dir gehandelt habe? Siehst du nicht, wie schlecht es mir geht? Und dein Herz bleibt kühl?*

*Siehe, ich war dein Freund, solange du lebtest!*

*Siehe, niemals spottete ich über dich!*

*Kennst du denn nicht das Gute, das ich dir tat? Nie handelte ich böse an dir. Jetzt bitte ich die Götter der Neunheit, daß sie richten zwischen dir und mir. Sie werden dich mahnen und sagen: ,Sei weiter der Freund des treuen Rahotep!' Begreife meinen Zustand, o trefflicher Geist des Penbui! Nicht ich war es, der Schlechtes verübte an dir!"*

Plötzlich hörte er eine vertraute Stimme seinen Namen rufen.

Vorarbeiter Neferhotep! Eilig faltete der Arbeiter den Zettel zusammen, schob ihn zusammen mit der Figur in das Leinensäckchen zurück und sah dem alten Mann entgegen, der den felsigen Pfad heraufstapfte. „Suchst du mich, Vormann?"

„Ja, dich!" gab Neferhotep zurück. „Du sollst von der Versammlung wissen! Heute abend im ‚Verschlossenen Haus des Ortes'. Da ich dich im Dorf nicht fand, dachte ich, du bist wahrscheinlich hier."

„Was gibt es denn?"

„Wir wollen den königlichen Besuch besprechen." Eine Pause folgte, während derer Neferhotep den Vorplatz des Grabes betrat. „Dann ist da noch etwas ..."

„Etwas, das dir nicht gefällt, nicht wahr?"

„Wir haben Anweisung erhalten, die Untersuchung einzustellen."

„Wird der Wesir eine amtliche Ermittlung beginnen?"

„Nein."

„Was, nein?" Rahotep schüttelte den Kopf. „Irgend etwas muß doch geschehen!"

„Nichts geschieht!" sagte Neferhotep kurz. „Gar nichts. Komm zur Versammlung. Ken-her-chepeschef wird alles erklären." Verwundert bemerkte er die Blässe, die Rahoteps Gesicht überzog. „Ist dir nicht gut?"

„Doch, doch!" wehrte Rahotep ab. „Es geht mir gut!" Als Neferhotep ihn mit scharfem Blick musterte, fügte er schnell hinzu: „Du weißt selber, es sind böse Zeiten. Auch mein Herz trauert." Er nestelte eine Flasche vom Gürtel. „Bist du durstig? Hier!"

„Danke!" Neferhotep trank einen Schluck. „Du hast ihn gern gehabt, nicht wahr?" Er nickte zum Grabeingang.

„Penbui war mein Freund. Es gab keinen besseren!"

„Der Gedanke raubt mir den Schlaf, daß sein Mörder davonkommen könnte!" Auch Neferhoteps Kummer war unüberhörbar.

„Auf die Dauer wird er das nicht! Verbrechen zahlt sich nicht aus. Jeder Mord wird gesühnt werden, und Grabraub ..." Er brach ab, denn ihm wurde klar, was er sagte. Ja, auch er, Rahotep, würde bezahlen müssen. Hastig griff er nach der Flasche und nahm einen tiefen Zug.

„Hoffentlich behältst du recht!" Der Vormann folgte mit den Augen Rahoteps Blick. „Alles sieht aus wie immer, und dennoch verschwindet *Ma'at* aus diesem Land."

„So etwas darfst du nicht aussprechen!" sagte Rahotep entsetzt. „Amun hat Anspruch auf Vertrauen!"

„Du beschämst mich!" entfuhr es Neferhotep. Was für ein schlichter, geradliniger Mann Rahotep doch war! Kein Zweifler und Grübler, sondern einer, dessen Verhältnis zu Amun dem eines Kindes zu seinem Vater glich. Er, Neferhotep, sollte sich ein Beispiel an ihm nehmen!

Rahotep dagegen schämte sich vor sich selbst. ‚Ich bin ein Maulheld!' dachte er. ‚Schlimmer noch, ein verbrecherischer Maulheld! Wenn dieser ehrenhafte Mann wüßte, was ich für einer bin, würde er mich mit Schimpf und Schande aus dem Dorf jagen. Und das mit Recht!'

„Wir sind alle angewiesen auf die Vergebung der Ewigen", sagte er leise.

„Du bist ein guter Mensch!" gab Neferhotep freundlich zurück. „Ich will dich nicht mehr länger bei deiner Andacht stören. Die Götter mögen dich schützen!" Er hob grüßend die Hand, verließ den Vorplatz und machte sich auf den Rückweg.

Rahotep sah ihm nach und wischte sich verstohlen die Augen.

Irinefer wartete hinter dem Schrein der Ahmes-Nefertari. Im Zwielicht der Abenddämmerung schwebten graurosa Schatten zwischen den Felsen. Pa-Tíme wirkte von dort oben wie ein schwarzer Block, mit glitzernden goldenen Punkten gesprenkelt, den zahlreichen Feuerstellen auf den Dächern. Er blickte über das vertraute, anheimelnde Bild, und trotz seiner Sorgen fühlte er sich sicher. Hier war sein Zuhause; alles, was er sich wünschte, lag in diesem Tal. Hatte er je anderswo gelebt? Die Zeit vor seiner Ankunft im Dorf war zu einer verwaschenen Erinnerung verblaßt, über die er kaum noch nachdachte.

„Du kommst nicht mit zur Versammlung?" hatte Neferhotep stirnrunzelnd gefragt.

„Ich muß noch einmal mir ihr sprechen. Ein einziges Mal."

„Ausnahmsweise." Der Vorarbeiter wollte seinem Diener wenigstens diesen Wunsch erfüllen. Irinefers Entsetzen hatte ihn betroffen gemacht. Er müsse sich Ta-Scherit aus dem Kopf schlagen, hatte er ihm gesagt. Keine traulichen Zusammenkünfte mehr, keine gemeinsamen Lesestunden; nichts dürfe zu Vermutungen Anlaß geben. Das Mädchen würde Kasa heiraten. „Viele Dinge glaubt man, nicht ertragen zu können, mein Sohn, doch fast immer stellt sich später heraus, daß es doch geht, daß es nicht einmal so schwer ist, wie man dachte."

Irinefer hatte ihn schweigend angesehen. Neferhotep meinte es gut, daran zweifelte er nicht. Aber konnte der alte Mann ermessen, wieviel Ta-Scherit ihm bedeutete? Wußte er, daß nur sie die Dunkelheit aufhellen konnte, die sich immer wieder in seinem Herzen ausbreitete? Nein, Neferhotep wußte nichts von Kälte, nichts von Einsamkeit und quälenden Erinnerungen. „Wenn ich es nur verstehen könnte!" hatte er geflüstert.

Daraufhin hatte ihm Neferhotep noch einmal die Einstellung der Kolonne dargelegt, noch einmal Panebs unverrückbaren Entschluß erklärt, all die Begründungen angeführt, die so seltsam schal wirkten angesichts der Verlorenheit in den Augen des jungen Mannes.

Irinefer kletterte auf den Felsen oberhalb des Heiligtums. Wo blieb sie? Was hielt sie auf? Wartete er schon vergebens? Nein, dort kam sie, leichtfüßig eilte sie den Weg herauf, und er verengte seine Augen zu schmalen Schlitzen, um schärfer sehen zu können. Für immer sollte sich dieses Bild in sein Herz graben, wie sie voller Anmut die Füße setzte, im Körper eine Spannung, die er trotz der Entfernung im eigenen Leib spürte.

„Hier bin ich!" rief er leise und trat auf den Weg.

„Iri!" Ta-Scherit stürzte sich bitterlich weinend in seine Arme. „Ich konnte nichts tun, gar nichts! Mein Vater läßt nicht mit sich reden!"

Irinefer drückte das Gesicht in ihr Haar, atmete ihren Duft ein und versuchte, den Schmerz zurückzuhalten. „Noch nicht", murmelte er. „Noch nicht."

„Oh, und ich muß gleich wieder zurück! Apachte hat gesagt, er holt mich, wenn es zu lange dauert."

„Aber jetzt bist du hier. Ich habe keine Angst vor deinem Bruder. Er kann uns nichts verbieten. Wir müssen uns etwas überlegen!"

„Hast du noch Hoffnung?"

„Gewiß!" murmelte er wider seine Überzeugung, während er leicht mit den Lippen ihre Lider berührte. „Neferhotep ist mir wohlgesonnen. Und dir auch. Er wird uns helfen."

„Glaubst du?" Ta-Scherit schluckte. „Er ist der einzige, auf den mein Vater hört. Wenn Neferhotep befiehlt ..."

„Er wird es nicht befehlen", unterbrach Irinefer. „Er wird allenfalls einen Rat erteilen. Aber seine Worte haben Gewicht. Du darfst nur nicht heiraten. Dann ist alles vorbei."

„Ich werde nicht heiraten. Eher bringe ich mich um."

„Das darfst du auch nicht! Was sollte ich dann tun?"

„Ich habe es nicht so gemeint. Ich würde dich nie allein lassen. Ich werde meiner Mutter sagen, daß ich nicht so früh heiraten will."

„Können sie dich unter Druck setzen?"

„Ich weiß es nicht. Ich könnte ja sagen, ich sei einverstanden, in Kasas Haus einzutreten, sagen wir, in drei oder vier Jahren."

„Dann würden sie dich nicht zwingen?"

Ta-Scherit sah plötzlich Wabets Gesicht vor sich. „Nein, dann nicht. Meine Mutter wird froh sein, daß ich mich nicht mehr auflehne." Sie hielt einen Augenblick inne. „Ich kann sie nicht verstehen. Sie sagt, sie wolle mich glücklich sehen, aber dann nimmt sie mir die Möglichkeit dazu."

Irinefer zog sie noch fester an sich. Hatten nicht auch Neferhotep und Ubechet jahrelang beteuert, sein, Irinefers, Wohl und Wehe läge ihnen am Herzen? „Wir müssen klug sein", sagte er. „Alles wollen wir genau bedenken. Sie versprechen zu leicht etwas, das sie nicht halten können."

Ta-Scherit antwortete nicht. Sie kämpfte wieder mit den Tränen. Irinefer führte sie vom Weg fort hinter den Betschrein. Er ließ sich auf den Boden sinken und zog sie neben sich. Lange saßen sie so, Ta-Scherit mit dem Gesicht an der Brust des Freundes, während er in die dichter werdende Dunkelheit schaute.

„Wir ... wir dürfen nicht mehr miteinander lesen", brachte sie endlich hervor.

„Nur eine Weile", entgegnete er, „eine kleine Weile. Laß den Mut nicht sinken."

„Ich will dich nicht verlieren", sagte sie kaum hörbar. „Ach, Iri, was sollen wir tun?"

„Warten. Hab Geduld! Irgendwann werden wir zurückschauen und sagen, es hat sich gelohnt!" Wenn er nur daran glauben könnte! Er fröstelte. „Wenn wir jetzt einige Zeit gehorsam sind, werden sie sich beruhigen. Rede mit Kasa, vielleicht will er dich nicht heiraten."

„Doch, er will. Lieber heute als morgen, sagt Vater."

Unwillkürlich mußte Irinefer lächeln. „Ich kann es ihm nicht verdenken. Er wäre gefühllos und blind, wenn er es nicht wollte."

„Vielleicht ändert er seine Meinung, wenn ich künftig sehr unfreundlich zu ihm bin? Richtig ekelhaft?"

„Das kannst du doch gar nicht."

„Unter diesen Umständen schon!"

„Die Hauptsache ist, daß du nicht bald in sein Haus eintreten mußt. Vielleicht gelingt es mir, Ubechet auf unsere Seite zu ziehen. Wenn sie gewonnen ist, sind wir ein gutes Stück weiter." Sacht streichelte er ihren Rücken, ihre Arme, während sie den Kopf an seine Schulter lehnte. So verharrten sie eine Weile, still aneinandergeschmiegt, in dem Bewußtsein, daß dies das letzte Mal war, für lange Zeit, vielleicht für immer. Irinefer spürte die Verzagtheit des Mädchens und durchforschte sein Herz nach etwas Tröstlichem, das er ihr sagen konnte, fand aber nichts als die eigene, schlecht vermummte Furcht.

„Du wirst mich immer lieben?" fragte Ta-Scherit. „Auch wenn wir uns nicht mehr so oft sehen?"

„Zweifelst du daran? Warum fragst du das?"

„Liebe bedarf der Nahrung, sagt meine Mutter."

„Und? Jedesmal, wenn ich an dich denke, ist die Nahrung da." Nie war Irinefer überzeugter von der Richtigkeit seiner Worte als in diesem Augenblick. Er würde um sie kämpfen! Allen würde er die Stirn bieten, jedem Widerstand trotzen. „Nichts kann uns trennen!"

Wie zur Bestätigung hob Ta-Scherit ihm das Gesicht entgegen, und seine Lippen fanden die ihren. Sie atmete schneller, im Gefühl der drohenden Trennung preßte sie sich an ihn, umschlang ihn. Ein Drängen ergriff von ihr Besitz, das ihre Scheu überwand; sie versank in einen Wirbel aus Lachen, Tränen, Angst und Sehnsucht. Nur zu bereitwillig ließ sich Irinefer mitreißen; er murmelte wieder und wieder ihren Namen, tat, was sein Verlangen ihm zu tun befahl; seine Hände wanderten fieberhaft über ihren Körper, schoben sich unter ihr Kleid, zögerten, als könnten sie nicht glauben, daß sich kein Widerstand regte.

„Iri!" flüsterte Ta-Scherit. „Ich will, daß ..."

Irinefer sollte nicht erfahren, was sie wollte. Er hatte nichts gehört, nichts gesehen, nichts gespürt außer diesem wunderbaren Geschöpf in seinen Armen. Da erstarrte Ta-Scherit, und er ließ sofort von ihr ab.

„Hört doch auf!" zischte Hemet-Maura. „Seid ihr verrückt geworden?"

Ta-Scherit strich ihr Kleid glatt und wandte sich an die Schwester, die, vom Laufen außer Atem, an der Ecke des Bethauses stand. „Verrate uns nicht!" bat sie mit kleiner Kinderstimme.

„Sicher nicht. Aber du mußt zurückkommen, sagt Mutter. Sonst schickt sie Apachte, dich zu holen."

Ta-Scherit sank in sich zusammen. Es war vorbei. „Geh schon voraus. Ich komme gleich."

Hemet-Maura nickte und verschwand.

Ta-Scherit sprang auf, doch Irinefer zog sie zurück. „Wie soll ich es aushalten?" Seine Stimme bebte. „Wie? Sag es mir!"

„Ich weiß es nicht. Mir ist, als müsse ich sterben. Laß mich einfach gehen."

Irinefer ließ die Arme sinken, und Ta-Scherit schlich davon. Nach einigen Schritten drehte sie sich noch einmal um. „Du findest einen Weg, Iri? Versprich es mir!"

„Ich schwöre es", sagte er. „Bei allem, was mir heilig ist."

Am frühen Morgen des dreizehnten Tages im zweiten Monat während des ersten Jahres, da der Gute Gott User-cheperu-Ra meri-Imen Sethos über Kemet herrschte, fieberten die Mannschaften am Großen Platz der Wahrheit der Ankunft ebendieses Gottes entgegen. Es war Hochsommer, man befand sich mitten im *Achet*, der Jahreszeit der Überschwemmung. In fünf Tagen gedachte der König, die Barke Amuns von Ipet-Sut zum Opet-Tempel in Waset zu geleiten. Nach dem feierlichen Beginn des Opet-Festes wollte er dann weiterreisen zu den Felsentempeln von *Per Ramessu meri-Imen*, um tief im Süden mit seiner göttlichen Gegenwart als lebender Horus seinen Machtanspruch deutlich werden zu lassen.

Noch hatte Ra seine Barke nicht über die Berggipfel gelenkt, die Luft war angenehm mild. Die Männer in den Hütten auf der Anhöhe nutzten die Zeit, bevor die Sonne das Tal in einen Brutofen verwandelte, um letzte Vorbereitungen für den hohen Besuch zu treffen. Man ordnete das Werkzeug, man säuberte die Vorratsschuppen. Es war unwahrscheinlich, daß der Pharao den kleinen Weiler oberhalb des Tales aufsuchen würde, aber man konnte nie wissen. Fast die gesamte linke Kolonne unter Vorarbeiter Hai sowie Neferhotep und seine Leute arbeiteten unten im Tal.

Schreiber Ken-her-chepeschef rollte seinen Papyrus zusammen, auf dem er peinlich genau die im vergangenen Monat verbrauchten und neu angeforderten Arbeitsgeräte aufgezeichnet hatte. Er schob ihn in seinen Beutel zu den Abwesenheitslisten und dem Tagebuch mit dem darin beschriebenen Arbeitsfortgang. Dann erhob er sich. Es war Zeit, zum Grab hinunterzugehen.

Bedächtig schritt er seines Weges, wobei er schwungvoll seinen Stock mit dem Ebenholzgriff vor die Füße setzte, und grüßte zu Cha-em-dua hinüber, dem jungen, allseits beliebten Maler. Der hob überrascht die Hand; an Verbindlichkeit des Großen war niemand gewöhnt. Ken-her-chepeschef nahm keine Notiz von den Blicken, die ihm folgten. Er dachte an die vergangene Nacht.

Naunachte war außergewöhnlich, soviel gestand er sich ein, nicht zu vergleichen mit anderen Frauen, die nur dafür taugten, geschwängert zu werden und den Nachwuchs zu füttern. Ken-her-chepeschef hatte seine Ansicht über Frauen nicht grundsätzlich geändert; aber neuerdings wandelte ihn eine Ahnung von lebenslangen Versäumnissen an. Er ertappte sich dabei, wie er mit Neid auf das wortlose Einverständnis zwischen Neferhotep und Ubechet blickte.

„Du bist gut zu mir", hatte Naunachte geflüstert. „Ich habe mich in dich verliebt."

„Dummes Zeug!" sagte Ken-her-chepeschef grob. „Das fehlte mir gerade noch!"

„Du hast recht!" entgegnete sie einfach. „Das fehlte dir gerade noch. Du bist der klügste Mensch im ganzen Zweifachen Land, aber das Wichtigste ist dir entgangen. Alles weißt du; also sage mir: Warum verschließt du dich der Liebe?"

„Gefühlsseliges Geschwätz! Weiberart!" knurrte er. Aber er lächelte. Daraufhin hatte Naunachte sich rittlings auf ihn gesetzt und ihren Oberkörper über ihn gebeugt.

Er stieß einen Stein mit seiner Sandale fort, der mit lautem Klacken den Geröllhang hinunterrollte. Hatte er jemals eine leidenschaftlichere Nacht erlebt? Selbst jetzt, da er sich nur daran erinnerte, verlangte es ihn nach Wiederholung dieses lustvollen

Sichergebens, nach ihrer Wärme, ihrem Stöhnen und ihren Berührungen. Stand nicht geschrieben, eine Frau sei lediglich ein Acker, den es zu bestellen galt? Sein Same hatte nie Frucht getragen, er war vollkommen nutzlos. Ken-her-chepeschef bedauerte es nicht. Er war seinem Trieb, der ihn ohnehin recht selten bedrängte, gefolgt, so wie man ißt, wenn man hungrig ist. Immer war er froh gewesen, daß sich nie die üblichen Folgen eingestellt hatten. Nun hatte seine junge Frau eine Quelle der Zärtlichkeit in ihm freigelegt, die ihm vollkommen neu war. Staunend stellte er fest, daß Naunachte genau das wollte, was er zu geben hatte. Geschickt gab sie ihm zu verstehen, was ihr Lust bereitete, sie führte seine Hand, raunte ihm zu, wonach es sie verlangte. Und bald griff das Feuer, das seinen alten Leib in Flammen setzte, über auf sein Herz.

Unvermittelt blieb er stehen. War nicht er es, der sich verliebte? Ewiger Amun, sie war doch ein erst vierzehnjähriges Mädchen! Er dagegen ein Großer der Kolonne, ein würdiger Mann von dreiundsechzig Jahren! Und dennoch: Wenn er an die nächste Nacht dachte, schlug sein Herz schneller, und Verlangen wuchs in seinen Lenden, als wäre er nicht älter als fünfzehn.

„Sie kommen!" Der Maler Uadjmose kam auf ihn zu. „Der Läufer sagt, die Barke des Höchsten habe im *Chenu ni Amenhotep* abgelegt. Das war vor einer Stunde. Neferhotep hieß mich, dir Bescheid zu geben."

„Ich danke dir!" lautete die knappe Antwort. Dann, nach einer Pause: „Wie geht es dir jetzt, nachdem Iiemwaw wieder zu Hause ist?"

Uadjmose schnappte nach Luft. Seit wann nahm Ken-her-chepeschef Anteil am Leben eines anderen? „Danke der Nachfrage! Ich weiß nicht, was ich dazu sagen soll. Sie ist wieder zu Hause, das ist richtig, sie versorgt den Haushalt, aber es ist, als sei sie nicht da. Verstehst du, was ich meine?"

„Nicht ganz."

„Sie schweigt, wohl, um nicht aus Pa-Tíme fortgeschickt zu werden. Um nicht Unfrieden zu stiften, sagt sie. Ubechets Vorhaltungen haben ihr gereicht."

„Iiemwaw ist keine angenehme Frau."

„Früher war sie anders. Mehr kann ich dazu nicht sagen."

„Hm." Ken-her-chepeschef bereute bereits, sie erwähnt zu haben.

„Übrigens brachte der Läufer noch eine weitere Nachricht. Sasemit hat uns verlassen."

„Sasemit?" Der Schreiber blieb stehen. „Das ist traurig. Ich werde sie vermissen. Eine gute Heilerin."

„Die beste. Pa-Tíme wird ohne sie nicht mehr dasselbe sein. Sie war die einzige Verbindung zu den frühen Zeiten des Osiris User-Ma'at-Ra Ramses."

„Womöglich noch zu den Tagen des Men-Ma'at-Ra Sethos. Als ich als Siebzehnjähriger ins Dorf kam, war sie schon alt."

„Dann hat Sasemit erreicht", staunte Uadjmose, „was alle erreichen wollen. Das gesegnete Alter von einhundertzehn Jahren."

„Viel Gutes hat sie bewirkt", bemerkte der Schreiber, während er sich wieder in Bewegung setzte. „Sie wird stolz zur Waage schreiten, und Thot selber wird ihre Wohltaten verlesen."

Die beiden Männer überquerten den letzten Berghang, bevor der Weg sich steil in den Talgrund hinabwand. Unten trugen die Arbeiter der Kolonne Werkzeug zusammen und schichteten es sorgfältig in breite, geflochtene Körbe, die sich vor der Felswand reihten. Dort lag, inmitten einer senkrecht aufragenden, ockerfarbenen Felswand, den Eingang geradewegs zur aufgehenden Sonne gerichtet, die künftige Ruhestätte des Pharao Sethos. Noch waren etliche Arbeiter der Kolonne, Helfer aus der Totenstadt sowie Priester aus der Ipet-Sut damit beschäftigt, den Eingang von Unrat und Bauschutt zu befreien. Diener legten Bretter über Unebenheiten des Bodens im ersten Korridor und bedeckten sie mit bunten Webteppichen. Priester mit blankgeschabten Schädeln trugen Weihrauchspender und Trankopferstäbe wie Speere vor sich her, mit ernsten Mienen schritten sie auf und ab, murmelten Gebete und versprengten heiliges Wasser.

„Da bist du ja!" rief Vorarbeiter Neferhotep. „Höchste Zeit ist es! Sie sind am Taleingang!" Er stützte sich auf einen fein geschnitzten Stock. Die Handwerker der beiden Kolonnen scharten sich um die

Vorarbeiter. Alle trugen ihre Festtagsgewänder und einige sogar Perücken. Den König von Angesicht zu Angesicht schauen zu dürfen war ein Vorrecht, das sie über die meisten Bewohner Kemets hinaushob. Besonders aufgeregt waren die Lehrlinge, die den Herrscher zum ersten Mal zu Gesicht bekommen sollten. Panebs Sohn Nebmehit fürchtete, beim Anblick des göttlichen Antlitzes sterben zu müssen, was ihm den ätzenden Hohn Apachtes eintrug. Aber Neferhotep beruhigte ihn freundlich.

Doch selbst Apachte war aufgeregt, als der Zug des Pharao den Pfad heraufkam. Flötenspieler gingen an der Spitze; sanft brachen sich die hellen Töne an den Bergwänden, wurden als Echo zurückgeworfen, und der auf- und abschwellende Klang erfüllte das Tal mit einer seltsam traurigen Weise. Es schien, als riefen die dort ruhenden Könige ihrem Nachfahren einen wehmütigen Gruß zu.

König Sethos saß in einer Sänfte mit blaugelbem Schirm. In Blaugold, den königlichen Farben, waren auch die Kissen gehalten, und blaugelbe Bänder hingen an den Tragestangen, die auf den Schultern von zwölf Nubiern ruhten. Die Leibdiener schritten neben dem Pharao, würdevoll, trotz des von Stirn und Hals rinnenden Schweißes, das Gesicht ihrem Herrn halb zugewandt, um ihm jeden Wunsch von den Lippen ablesen zu können, noch bevor er ihn aussprach. Einige wedelten mit bunten Fächern aus Straußenfedern, andere schwangen Keulen und rollten wild mit den Augen, um jedem Feind oder bösem Geist klarzumachen, wer hier des Weges kam. Hinter der Sänfte schwankten die Tragestühle Roma-Roys, des *Hati-a* Hau-nefer und des Schatzmeisters des Ganzen Landes, Bai. Am Ende schwebte die Doppelsänfte, in der Hori, der Wesir des Nordens, Pa-Ra-em-hab gegenübersaß, dem künftigen Nachfolger Pa-nehesis.

Die Mitglieder der Kolonne verneigten sich tief vor den Ankommenden und hielten die Hände in Kniehöhe vor sich. Als Sethos der Sänfte entstieg, warfen sie sich zu Boden. Der Blick des Königs umfaßte die Liegenden, ein leises Lächeln, ein tiefer Atemzug, dann gab er Hori einen Wink.

Der Wesir trat vor die Männer von Pa-Tíme und rief: „Steht auf! Seine Erhabenheit, Leben, Heil, Gesundheit, geruht, euch sein Wohlwollen auszusprechen."

Die Großen der Kolonne begrüßten den Gott mit gemurmelten Worten, tiefen Verbeugungen und Demutsbekundungen. Dann führten sie ihn in sein Grab, während Ken-her-chepeschef die geleisteten Arbeiten erläuterte.

Die Handwerker warteten unterdessen vor dem Eingang. Immer mehr Menschen gesellten sich zu ihnen. Die Bewohner Pa-Tímes, Frauen, ältere Männer und Kinder, ja sogar Diener, Träger, Waschfrauen und Sklaven kamen, um einen Blick auf den Gott zu werfen. Schweigend stellten sie sich an den Hängen auf und harrten des Augenblicks, da die Gruppe wieder ans Tageslicht treten würde.

Irinefer stützte die alte Ubechet, die den blinden Hednacht an der Hand führte. „Du bist aufmerksam", sagte sie dankbar und setzte seufzend hinzu: „Ich bin so langsam geworden in letzter Zeit."

Der Jüngling suchte mit seinen Blicken den Hang ab. Wo war Ta-Scherit? Er konnte sie nicht finden. Wabet sah er wohl, auch Hemet-Maura und die Kleinen. Aber nirgends war die vertraute Gestalt, nach der er sich sehnte.

„Komm her, Kleiner!" rief der Lehrling Nebmehit und zog seinen Bruder von Ubechets Seite fort. Diese ging zu Tatemhit hinüber. Die Frau des Vorarbeiters Hai saß auf einem Schemel. Sie war hochschwanger und massierte sich die geschwollenen Beine.

„Daß du noch mitgekommen bist!" rief Ubechet. „Ist das nicht ein wenig leichtsinnig?"

„Ich glaube nicht! Es ist alles vorbereitet ..."

Irinefer schenkte dem Gespräch keine Beachtung. Er stellte sich etwas abseits, er war nur ein Diener und mußte sich entsprechend verhalten. Sein Kummer setzte ihm so zu, daß er sich kaum darüber Gedanken machte, was es für ihn bedeuten könnte, den König zu sehen. Als Kind war er dem damaligen Thronfolger gelegentlich begegnet. Außerdem sollte er zum ersten Mal seit fünf Jahren Bai wieder gegenübertreten. Er zuckte die Achseln, als wollte er einem unsichtbaren Gegenüber zeigen, wie gleichgültig ihm das alles sei.

Dann sah er sie. Sie lehnte an einem Felsvorsprung südlich des Grabeingangs. Arbeiter hatten sie verdeckt. Die Männer entfernten sich nun auf der Suche nach einem besseren Aussichtsplatz. Irinefer starrte, bis ihm die Augen schmerzten. Kein Zweifel, neben ihr stand Kasa, der auf sie einsprach. Ihr Gesichtsausdruck war nicht zu erkennen, aber nichts an ihrer Körperhaltung ließ auf Abwehr schließen. Heftiger Schmerz breitete sich in Irinefer aus. Warum ging sie nicht weg und ließ Kasa einfach stehen? Was sagte er? Gefiel es ihr am Ende, wenn er mit ihr sprach? Sie antwortete Kasa. Er sah, wie sie ihre Rede mit Handbewegungen unterstrich, und preßte die Lippen zusammen. ‚Du wedelst deine Worte zu mir!' hatte er einmal zu ihr gesagt. Er wollte den Blick abwenden. ‚Ta-Scherit!' dachte er und wiederholte in Gedanken immer wieder ihren Namen. ‚Ta-Scherit …' Sosehr er sich auch bemühte, er konnte nicht anders, er mußte sie weiter beobachten. Kasa ergriff sie am Ellbogen und zog sie in den Schatten eines Felsblocks. Eine Ewigkeit dauerte es, bis das Mädchen sich dem Zugriff entzog. Er würde zu ihr hinübergehen, beschloß Irinefer. Wenn sie ihn daraufhin aus dem Dorf wiesen, um so besser. Ohne Ta-Scherit wollte er dort nicht mehr leben. Oder sollte er lieber doch …?

„Irinefer!" Neferhoteps Stimme klang scharf wie selten. „Hast du vergessen, wo wir hier sind?"

Der Angesprochene zuckte zusammen. Er hatte nicht gemerkt, daß der König und seine Großen wieder ans Tageslicht getreten waren. Seine Augen weiteten sich. Der Anblick Bais traf ihn wie ein Schlag.

„Sei gegrüßt, Irinefer!" sagte die wohlvertraute Stimme. „Ich freue mich zu sehen, daß du zu einem Mann herangereift bist."

„Ich grüße dich auch", flüsterte er.

„Wie ich höre, bist du dem Vormann ein guter Diener."

„Ich bemühe mich."

„Er ist begabt …", warf Neferhotep ein, brach aber ab. Der Pharao begann zu sprechen. Niemand rührte sich, keiner wollte sich ein Wort des Gottes entgehen lassen.

„Meine Erhabenheit ist zufrieden", rief Sethos, „über die Arbeit an dieser Stätte der *Ma'at*. Ihr Tüchtigen und Fleißigen beim Bauen meiner Grabstätte! Ihr erfüllt eure Pflicht gewissenhaft. Hört, was ich euch zu sagen habe: Eure Versorgung wird überfließen, keinen Mangel wird es geben. Ich kenne eure Mühsal! Dem Arbeiter gebührt Lohn; er jubelt, wenn sein Bauch voll ist." Zustimmendes Gemurmel ertönte, und ein paar Vorwitzige klatschten in die Hände. Der Pharao lächelte milde und fuhr fort: „An euch ist es, mit unvermindertem Fleiß weiterzuarbeiten und neben meiner Wohnung für die Ewigkeit eine andere zu errichten. Ich wünsche auch jenseits der Schwelle die Große Königliche Gemahlin an meiner Seite zu haben. Ich werde jetzt den Ort für die künftige Ruhestätte der Königin Tausret bezeichnen. Dabei vergeßt nicht ..."

Während der König weitersprach und strengstens verbot, an den Bau eines Grabes für den Königssohn von Kusch auch nur zu denken, beobachtete Irinefer Bai von der Seite. Wie war er gealtert! Er konnte sich weder an die scharf aufragenden Falten zwischen den Augenbrauen erinnern noch an die Furchen, die von den Nasenflügeln zu den Mundwinkeln verliefen. Stärker als früher traten die Wangenknochen hervor, und um die vollen Lippen lag ein Zug von Anspannung. ‚Er wird wissen, wie es Aset geht', dachte Irinefer. ‚Und den Brüdern. Und Aatmeret.' Als Bai ihn ansah, als hätte er diese Worte laut ausgesprochen, wandte er die Augen ab.

„Und noch eine weitere Wohnung für die Ewigkeit", rief in diesem Augenblick Pharao Sethos, „soll an dieser heiligen Stätte errichtet werden!"

Unruhe entstand unter den Arbeitern. Noch eine Baustelle? Bei Osiris, an drei Gräbern gleichzeitig zu arbeiten, das hieß, alle Kräfte aufs äußerste anspannen zu müssen!

„Einer unter Pharaos Freunden, der *Semer Uati*, der *Udepu* und Schatzmeister des Ganzen Landes, Bai, ist es, welchen ich im Lande des Westens stets in meiner Nähe wissen will." Sethos deutete mit seinem Krummstab auf eine Stelle in der Felswand weiter nördlich von der, die Ken-her-chepeschef als Eingang zur späteren Ruhestätte der Großen Königlichen Gemahlin gekennzeichnet hatte.

„An dieser Stelle baut die Ewige Wohnung für Bai, den Getreuen, Pharaos Einzigen Freund!"

Irinefer hielt den Atem an. Bai würde ein Grab unter Königen erhalten? Unter Göttern? Ein Großer unter den Großen war er geworden! Durfte er ihn da überhaupt noch ansprechen?

„Herr!" flüsterte Irinefer und räusperte sich. „Bitte! Weißt du etwas ...?"

Der König beendete seine Ansprache und redete leise mit Pa-Ra-em-hab und Ken-her-chepeschef.

„Herr!" versuchte es Irinefer noch einmal.

„Was dich bekümmern sollte, befindet sich hier." Ein undurchdringlicher Blick traf ihn. „Nirgendwo sonst."

Irinefer ließ die Schultern hängen. Im Grunde hatte der Königssiegler ja recht, aber wonach er hier verlangte, das wurde ihm auch vorenthalten.

„Ich habe einen Auftrag für dich." Bai streckte ihm eine kleine Papyrusrolle entgegen. „Ich habe hier einen Brief eines Jünglings aus der Hauptstadt an einen Fischer in Waset. Ihi ist der Name dieses Mannes, und er wohnt in der Südstadt. Mache ihn ausfindig und sorge dafür, daß er den Brief erhält."

„Wie du befiehlst, Herr!" Zu seinem Schrecken spürte Irinefer, daß ihm die Augen feucht wurden. Ihm war, als schwanke der Erdboden unter seinen Füßen. Das vertraute Gefühl von Schwärze und Leere stieg wieder in ihm auf. Er biß die Zähne zusammen und rang um Beherrschung.

„Irinefer!" hörte er den Siegler wie aus weiter Ferne sprechen. „Der Pharao, Leben, Heil, Gesundheit, winkt mich zu sich. Ich muß gehen! – Hörst du zu? Irinefer!" Nach einer Pause: „Es geht ihnen gut! Ja, sie befinden sich wohl! Das wolltest du doch hören, nicht wahr? Leb wohl!"

Irinefer wischte sich verstohlen die Tränen von der Wange. „Danke, Herr!"

Bais Gesicht trug einen seltsamen Ausdruck, den Irinefer nicht zu deuten verstand. War es Betrübnis oder Ärger, was ihn blinzeln ließ und sich abwenden? Schnell ging er zu den Würdenträgern hinüber, als sei es ihm nun genug und er bedürfe der Rede von Gleichrangigen.

„Mit dem Jüngling hat er gesprochen!" tuschelten die Umstehenden. „Mit einem Diener, man stelle sich vor! Einer, der in der Ewigkeit unter Göttern wohnt!" Kopfschüttelnd besprachen sie diese unglaubliche Tatsache.

„Es ist ein Geheimnis um ihn!" sagte Auti zu Ubechet, die neben ihr stand. „Ich habe es immer gewußt! Das ist dir doch klar?"

Neferhoteps Gemahlin gab keine Antwort. Sie war blaß geworden. Warum hatte es niemand bemerkt? Es war doch so offenkundig, wenn man die beiden nebeneinander sah! Ihr Blick suchte Neferhotep, doch der entfernte sich rasch mit den Großen der Kolonne, den Würdenträgern und dem Pharao. Vor dem Abend würde sie nicht mit ihm sprechen können. Dann aber wollte sie ihm die Wahrheit eröffnen, sofern er sie nicht schon selbst erkannt hatte. Doch das war unwahrscheinlich. Für solche Dinge besaß Neferhotep keinen Blick. Fast freute sie sich auf sein Gesicht, wenn sie ihm sagen würde, wovon sie seit dieser Stunde überzeugt war: Irinefer war der Sohn Bais.

# Jahr 2, Pharao Sethos (1202 v. Chr.)

## Begegnungen

Dein Beruf?" fragte der Schreiber knapp.

Ihi rieb sich verlegen die Hände. „Ich bin Fischer", antwortete er. „Aber ich eigne mich gut für die Truppe."

Der Mann am Tisch vor ihm blickte verwirrt auf. „Bitte? Ja, versteht sich. Name? Alter?"

Ihi gab die verlangten Auskünfte, während er die Betriebsamkeit im Vorhof des Lagers *Ta-Set-Meri-Djehuti* beobachtete. Zahlreiche Tische waren in weitem Halbrund aufgestellt, an jedem saß ein Heeresschreiber und trug die Angaben der Freiwilligen ein, die sich zur Streitmacht Pharao Amenmesses meldeten. Seit der junge König vor einigen Zehntagen Waset beinahe kampflos eingenommen und sein großer Gegenspieler, Pharao Sethos, sich weiter nördlich in die Gegend von Geb-Teju zurückgezogen hatte, war in die Gemüter der Männer von Waset die Vorstellung eingezogen, die Ewigen selber hätten Pharao Amenmesse im Amt bestätigt. Viele gedachten, zum Sieg das Ihrige beizutragen und sich so um den auserwählten König verdient zu machen.

Lange Schlangen hatten sich gebildet, jeder wollte die Einschreibung hinter sich haben, wenn die Tageshitze einsetzte.

„Du bist einer der ersten heute!" grinste der Mann und notierte Ihis Alter in die dafür vorgesehene Spalte. „Von ziemlich vielen, wie es aussieht!"

Ihi nickte. „Es scheint, als habe Waset nur auf Pharao Amenmesse, Leben, Heil, Gesundheit, gewartet. Alles will in sein Heer."

„Die Leute im Süden mögen ihn. Er hat sie jahrelang vom Wawat aus beschützt. Der im Norden muß eben sehen, wo er bleibt." Es machte dem Schreiber sichtlich Vergnügen, so frech und ungebührlich vom König in Pi-Ramesse zu sprechen. „Los! Dort drüben ist das Vorratshaus. Dort erhältst du deine Ausrüstung."

Ihi grüßte und schlenderte in die angegebene Richtung.

„Marsch, marsch!" schrie ihm der Mann nach. „Ein bißchen flotter, wenn ich bitten darf. Du bist Soldat!"

Eine Stunde später verließ Ihi mit einem schweren Leinensack auf den Schultern das Lager und strebte dem *Inbet* zu, das zwischen dem Totentempel des Osiris Haremhab und dem Eingang zum Platz der Schönheit lag. Dort wollte er sich mit Irinefer treffen. Er schritt kräftig aus und wechselte immer wieder Grußworte mit Bauern und Lastträgern; man kannte ihn gut auf dem Westufer. Seit er sich vor einem Jahr mit dem Diener Irinefer aus Pa-Tíme angefreundet hatte, verbrachte er viel Zeit in der Totenstadt. Vom ersten Augenblick an hatte er Zuneigung zu dem jungen Mann empfunden, der ihm damals nach langer Suche einen Brief von Djehuti übergeben hatte. Aber erst nach einem halben Jahr war ihm die erstaunliche Ähnlichkeit mit seinem buckligen Freund bewußt geworden.

„Bist du jetzt Soldat?" rief ihm Irinefer entgegen. Er sprang von der Mauer herab, auf der er gesessen hatte. „Welcher Truppenteil?"

„Einfache Fußsoldaten, was sonst! Bin ich denn ein Vornehmer?"

„Wann geht es los?"

„Morgen. Sie stecken mich nach Geb-Teju. Das bedeutet, ich bin mitten im Kampfgeschehen. Die Scharen des Sethos warten dort schon, um uns niederzumachen. Sie wollen Rache, seit König Amenmesse, Leben, Heil, Gesundheit, sie vor einem Monat aus Waset hinausgehauen hat." Ihi strahlte, als wäre er selbst dabeigewesen.

„Paß nur gut auf", mahnte Irinefer. „Viele finden in der Schlacht den Tod!"

„Keine Sorge!" winkte der andere ab. „Ich bin nicht lebensmüde. Irgendwann will ich wieder fischen und mir eine Frau nehmen."

Irinefer lachte. „Das würde bedeuten, Hunderte von Mädchen werden sich vor Verzweiflung in den Fluß stürzen!"

„Ich werde einige zu dir schicken!" versprach Ihi. „Vielleicht merkst du dann, daß es noch andere Frauen auf der Welt gibt als deine Ta-Scherit."

Irinefers Miene verdüsterte sich. „Ich will keine andere."

„Aber du bist fast sechzehn Jahre alt, Mann! Und immer noch unschuldig wie ein neugeborener Säugling!"

„Nicht jeder ist wie du! Du hast mit fünfzehn schon das zwanzigste Mädchen beglückt!"

Ihi legte den Arm um die Schultern des Freundes. „Komm mit aufs Ostufer! Hast du Zeit? Wir könnten ein oder zwei Krüge Bier trinken, zur Feier des Tages! Man tritt nicht jeden Tag in eine siegreiche Streitmacht ein."

„Gern! Neferhotep hat mir heute freigegeben. Er braucht mich erst morgen früh wieder."

Zu einer anderen Zeit hätte er eine solche Gelegenheit dazu benutzt, mit Ta-Scherit durchs Hathorgebirge zu streifen, zu reden und zu lesen. Er schüttelte den Kopf und zwang sich, nicht daran zu denken. Ihi hatte recht, er mußte aufhören, sich zu grämen.

Waset hatte sich verändert, das war überall zu spüren. Üblicherweise bestimmten Bauern und Priester das Bild der Totenstadt, doch seit einigen Zehntagen glich die Gegend einem Heerlager. Scharen von Männern pilgerten von der Anlegestelle der Fähre nach *Ta-Set-Meri-Djehuti*, die Lastkähne auf den Kanälen beförderten Waffen und Schilde zu den Sammelstellen, und überall sah man Soldaten. Es herrschte brodelnde Geschäftigkeit und eine Aufbruchsstimmung, daß einem das Blut in den Adern perlte. Sogar Irinefer wurde abgelenkt von seinem Schmerz, den er nun seit einem Jahr mit sich herumtrug. Seltsam, wie man sich an Kummer gewöhnen konnte! Nie wieder war er mit Ta-Scherit allein gewesen, ja, fast schien sie ihn zu meiden. Er nahm es ihr nicht übel, denn er konnte sehen, wie sie litt. Wenigstens war sie noch immer unverheiratet.

„Mag geschehen, was will, im Geliebten Land", seufzte Ihi, als sie durch die Gassen des Hafenviertels wanderten, „eines bleibt sich immer gleich: Der *Glücksort des Südens* ist noch immer die gleiche üble Kaschemme, die er seit jeher war."

„Und die alte Qafi ähnelt mehr denn je einem ihrer Fässer!" ergänzte Irinefer. Er stieß dem anderen den Ellbogen in die Rippen. „Es ist gut, mit dir zusammenzusein. Bleib nicht zu lange bei den Soldaten!"

Ihi war der erste wirkliche Freund, den er je gehabt hatte. Er war fröhlich, leichtlebig, abenteuerlustig. Der Ernst und die Nachdenklichkeit, die Irinefer selber eigneten, fehlten dem Fischer vollständig, auch besaß er keinerlei Hang zu Wehmut. Mit Ihi konnte sich Irinefer bisweilen richtig unbeschwert fühlen.

„Du hast viel Freiheit für einen Diener", bemerkte Ihi. „Bist du eigentlich ein Sklave?"

„Das habe ich Neferhotep öfter gefragt, aber keine klare Antwort erhalten. Er sagt, bei ihm sei niemand Sklave. Es klang, als ob noch ein ‚aber' folgen müßte. Ich rechne jedenfalls damit, daß ich einer bin."

„Ach, Freund! Das ist bezeichnend für dich! Immer die schlechtere Möglichkeit annehmen! Warum?" Ihi dachte einen Augenblick nach. „Was du auch immer bist, du hast mehr Zeit als ich, und ich bin mit Sicherheit ein freier Mann."

„Bis jetzt!" grinste Irinefer. „Jetzt bist du Soldat, vergiß das nicht!"

„Ha!" Ihi stieß mit dem Fuß die Tür zu Qafis Gaststube auf. „Wir sind's! Durstig wie nach drei Tagen in der Wüste!"

„Sieh an, die Jüngelchen!" Qafi watschelte aus dem Hinterzimmer herbei. „Am hellichten Vormittag! Was ist geschehen? Seid ihr feine Herren geworden, die nicht mehr arbeiten müssen?"

Ihi verbeugte sich übertrieben. „Wir haben etwas zu feiern! Vor dir steht der entschlossenste Kämpfer Seiner Erhabenheit, der Mann mit Kemets stärkstem Schwertarm, der, dessen Augen Blitze schleudern …"

„Ach, halt den Mund!" brummte Qafi. „Den Eselsmist höre ich zu oft von den Betrunkenen!"

„Er ist Soldat geworden", sagte Irinefer. „Darauf ist er ungeheuer stolz. Nimm es ihm nicht übel, Wirtin."

„Schon gut, schon gut. Gleich kommt euer Bier." Sie holte die

Krüge, während sich die beiden auf zwei Matten fallen ließen. Als sie zurückkam, fragte sie: „Gibt es etwas Neues von dem Buckligen? Hat er wieder geschrieben?"

Ihi schüttelte den Kopf. „Schon lange nicht mehr. Seit vielen Zehntagen nicht."

„Ai, er war so ein lieber Kerl. Höflich, freundlich, hilfsbereit ... im Gegensatz zu dir!"

„Ich werde so verkannt!" stöhnte Ihi und verdrehte die Augen. „Aber du hast recht. Er war ein netter Bursche."

„Schade, daß ich ihn nie näher kennengelernt habe", bemerkte Irinefer. „So begeistert, wie ihr seid. Ich habe ihn nur ein einziges Mal gesehen, im Lebenshaus von Ipet-Sut."

„Ihi ist zu einer Berühmtheit im Viertel geworden", verkündete Qafi. „Einer, der Briefe aus der Hauptstadt erhält. Ein Fischer, der lesen kann. Manchmal fasse ich es selber nicht!"

„Ich kann es überhaupt nicht gut. Aber so konntest du Nachricht von deiner Baket-Ra erhalten. Gib es zu, du hast die größten Vorteile davon, daß ich so gelehrt bin." Ihi nahm einen tiefen Zug aus seinem Krug.

„Es ist auch nicht absonderlicher", warf Irinefer ein, „als ein Diener, der liest."

„Du bist ohnehin ein merkwürdiger Geselle", stellte die Wirtin augenzwinkernd fest. „So, und nun müßt ihr auf meine Gesellschaft verzichten. Ihr mögt faulenzen, wie ihr wollt. Ich habe zu arbeiten. Hört ihr? Arbeiten! Wißt ihr noch, was das ist?" Sie holte ihren Besen und ging auf die Gasse hinaus, um sich, wie jeden Morgen, durch Unmengen von Schmutz zu fegen.

„Was hat er denn das letzte Mal geschrieben, dein Freund Djehuti?" fragte Irinefer. „Wie sieht es aus in der Hauptstadt?"

„Sie sehen Pharao Amenmesse, Leben, Heil, Gesundheit, als Verbrecher und Thronräuber."

„Das tun auch viele Menschen hier. Neferhotep zum Beispiel, und mit ihm die meisten Männer in Pa-Tíme."

„Das verstehe ich nicht. Obwohl Sethos wider alles menschliche und göttliche Recht seinen Sohn seiner Stellung beraubt hat!"

„Das meint auch Schreiber Ken-her-chepeschef. Die Stimmung ist nicht gut, es gibt viel Streit."

„Was denkst du? Du hast doch sicher auch eine Meinung."

„Ich? Ich denke ...", entgegnete Irinefer gedehnt, „ich weiß nicht so recht."

Ihi sah ihn scharf an. „Du neigst der Ansicht Neferhoteps zu, stimmt's? Keine Angst, ich nehme es nicht krumm."

„Du hast recht. Einen Aufstand gegen den herrschenden Pharao finde ich falsch."

„Weißt du, was ich glaube? Daß es nicht so wichtig ist. Ist es nicht gleichgültig, wer die Doppelkrone trägt? Hauptsache, wir haben einen Pharao."

„Ihi!" Irinefer erschrak. „Es ist alles andere als gleichgültig. Pharao ist Gott, und es ist entscheidend für den Lauf der Welt, daß er es wirklich und rechtmäßig ist! Ein Herrscher, der sich den Thron nur anmaßt, kann niemals *Ma'at* erschaffen!"

„Wie kann einer nur so schlau reden!" Ihi kratzte sich am Kopf. „*Ma'at* erschaffen! Du meine Güte! Für mich zählt, daß ich als Soldat König Amenmesses, Leben und so weiter, ein wenig herumkomme und etwas sehe von Kemet. Es ist aufregender, als nur zu fischen."

Irinefer machte ihn nicht darauf aufmerksam, daß er auch in König Sethos' Heer hätte eintreten können. Er wollte keine Zwistigkeiten. Davon gab es in Pa-Tíme genug.

Eine Weile tranken sie schweigend und lauschten Qafis durchdringendem Schimpfen draußen auf der Gasse. Offenbar ärgerte sie sich über spielende Kinder, die ihre Worte mit Kreischen und Gelächter beantworteten.

„Weißt du übrigens", fragte Ihi nach einer Weile, „was ein Goldschreiber ist?"

„Hm, hm", brummte Irinefer. „Das ist einer der Vertreter des Königssohns von Kusch."

„Gibt es eigentlich etwas, das du nicht weißt? Da muß einer sein oder gewesen sein, der Kaha heißt."

„Das ist richtig. Weshalb fragst du?"

„Djehuti hat sich in seinem Brief nach ihm erkundigt. Er scheint ihn ganz und gar nicht leiden zu können. Ich soll ihm schreiben, ob ich ihn kenne und was ich von ihm halte. Ich glaube, er hat nicht mehr alle Sinne beieinander. Als ob ich so jemanden kennte!"

„Das kann schon sein", sagte der andere. „Möglicherweise bist du ihm heute begegnet."

„Ich? Heute?"

„In *Ta-Set-Meri-Djehuti*. Er leitet dort die Geschäfte."

„Djehuti war ein sanftmütiger Knabe", sprach Ihi langsam. „Damals. Aber ich habe das Gefühl, daß dieser Kaha ihn von einer ganz anderen Seite kennenlernen wird."

„Du kommst mit, Irinefer!" befahl Neferhotep. „Wir brauchen einen, der sich um Esel und Gepäck kümmert."

„Es ist eine amtliche Besprechung, nicht wahr?" fragte Irinefer. „Ist sie wichtig?"

„Ich glaube schon. Der Hohepriester Roma-Roy ist dabei, und der Beauftragte König Amenmesses, Leben, Heil, Gesundheit. Die Großen von Pa-Tíme selbstverständlich auch, beide Vorarbeiter und Schreiber. Und der *Mer Per* Nedjem als Gastgeber im Tempel des Osiris User-Ma'at-Ra Ramses."

„Nedjem ...", sagte Irinefer leise. „Weißt du, daß ich seit damals nie mehr in diesem Tempel war?"

Der Vorarbeiter bedachte ihn mit einem Seitenblick, sagte aber nichts. Wohl zum hundertsten Mal fragte er sich, was Bai dazu bewogen haben mochte, seinen Sohn hierher zu geben. Selten hatte ihn etwas so bestürzt wie die Beobachtung seiner Frau im Gräbertal. Er hatte den Jüngling daraufhin mit völlig anderen Augen gesehen. Vieles, was ihm unverständlich gewesen war, hatte sich aufgeklärt. Irinefers Bildung beispielsweise, die seiner Stellung so unangemessen war, sein schlanker Körperbau, die schmalen Hände, die eine lange Ahnenreihe von Schreibern vermuten ließen. Er wußte nicht, ob bekannt war, daß Bai überhaupt ein Kind hatte, aber er war sich sicher, der Schatzmeister und *Udepu* würde einen Sohn ohne außerordentlich gute Gründe weder gesellschaftlich abwerten noch verleugnen. Nach eingehenden Beratungen mit Ken-her-chepeschef waren er und Ubechet übereingekommen, kein Wort über die Angelegenheit zu verlieren und den Dingen einfach ihren Lauf zu lassen.

„Es ist lange her", sagte er endlich, „seit der Siegler des Königs dich hierherbrachte. Du warst sehr verstört damals."

„Ich entsinne mich kaum noch. Jedenfalls bin ich froh, daß ich hier bin. In diesem Dorf bin ich zu Hause." Er sah den Blick seines Herrn und setzte schnell hinzu: „Trotz Ta-Scherit."

‚Guter Kerl', dachte Neferhotep. „Manchmal frage ich mich", sagte er, „ob er dich irgendwann wieder fortholt."

„Ich hoffe nicht. Warum sollte er das tun?"

„Du hast recht. Warum auch? Außerdem habe ich dich gern hier." Neferhotep war sich sicher, daß Irinefer nichts von seiner Verwandtschaft zum Königssiegler ahnte. Oder war er es, der sich täuschte? Manchmal kamen Ähnlichkeiten auch zufällig vor.

Nebeneinander schritten sie die Dorfgasse hinunter. An der Einmündung der Seitenstraße schloß sich ihnen Schreiber Ken-her-chepeschef an. Er war, dem Anlaß entsprechend, festlich gekleidet in einen weißen Schurz und ein locker fallendes Hemd. Wie Neferhotep war auch er sorgfältig geschminkt und hatte Schmuck aus bunten Tonperlen angelegt.

„Hai und Anup-em-hab warten am Tor", bemerkte er.

Als sie sich dem Dorfeingang näherten, sahen sie schon von weitem eine Gruppe von Männern um Hai und den jüngeren Schreiber. Alle blickten schweigend auf zwei erboste Arbeiter.

„So geht das nicht!" schrie Amunnacht. „Wir hatten zwei *Deben* und fünf *Kite* Kupfer abgemacht. Mit Handschlag! Aber der Topf war winzig, und es war fast nichts drin!" Mit dem letzten Wort überschlug sich seine Stimme.

„Du Sohn einer stinkenden Eselin!" antwortete der Steinmetz Herchau nicht minder laut. „Jetzt habe ich genug! Du bist nichts als ein ganz gewöhnlicher Schwindler!"

„Was redest du da? Du wagst es? Du bist voll Falsch, bist es schon immer gewesen!"

„Ruhe!" donnerte Vorarbeiter Hai. „Ihr zankt euch wie zwei Marktweiber!"

„Worum geht es überhaupt?" fragte Anup-em-hab. Da fiel sein Blick auf die Ankommenden. „Ken-her-chepeschef! Neferhotep! Es tut mir leid, aber wir müssen noch etwas klären."

„Schon wieder mein Bruder!" stöhnte Neferhotep. „Muß das sein?"

„Muß das sein?" äffte Amunnacht ihn nach. „Es gibt keinen Grund, mich so herablassend zu behandeln! Auch du wärst empört angesichts eines offenen Betruges."

„Schweig, du Schwein!"

„Herchau!" Ken-her-chepeschef hatte nicht laut gesprochen, aber in seiner Stimme lag eine solche Kälte, daß alles verstummte. „Erspare uns deine Kraftausdrücke. Weshalb finde ich dich überhaupt hier? Solltest du nicht bei der Arbeit sein?"

„Ich feiere heute mein Hathoropfer. Ich habe frei."

„Das ist richtig", meinte Anup-em-hab. „Er steht auf der Abwesenheitsliste. Ich habe ihn eingetragen." Dann wandte er sich an Amunnacht. „Ich frage dich noch einmal: Was ist hier geschehen?"

Der Angesprochene schoß giftige Blicke zu Herchau hinüber. „Er hat mich betrogen, der Lump! Das ist geschehen: Ich kaufte von ihm, nein, eigentlich von seiner Frau, einen kleinen Topf Schmalz. Wir vereinbarten zweieinhalb *Deben* Kupfer als Bezahlung für fünf *Deben* Schmalz. Jetzt will er das Kupfer von mir; ich erhielt aber nur eine geradezu lächerliche Menge Schmalz."

„Es waren fünf *Deben*, eher mehr als weniger, so schwor mein Weib!"

„Tanehes sollte vorsichtiger sein beim Leisten von Eiden! Sonst verklage ich sie wegen Meineids! Im Topf waren allerhöchstens drei *Deben*!"

„Das läßt sich doch nachprüfen!" meinte Neferhotep. „Wo ist der Topf?"

„Das ist es ja gerade!" fauchte Herchau. „Er hat alles schon verbraucht! Das ist die reine Unverschämtheit! Erst frißt er das gute Schmalz meiner Tanehes und dann will er es nicht bezahlen!"

Mehrere Frauen eilten herbei, um den Anlaß des Aufruhrs zu erfahren. Auch Tanehes war unter ihnen.

„Komm her, Frau!" rief Herchau. „Du kannst es bezeugen! Wieviel Schmalz hast du diesem Kerl hier gegeben?"

„Schluß jetzt!" befahl Neferhotep. „Wir haben keine Zeit für euren Schmalz-Streit. Geht nach Hause! Wir vertagen die Angelegenheit, bis wir zurück sind. Ich wäre dir sehr verbunden, Bruder, hörst du, wirklich sehr verbunden, wenn du dir bis dahin Haßausbrüche versagen würdest. Und du, Herchau, solltest dir gut überlegen, wieviel Schmalz tatsächlich im Topf war. Wir sprechen ein anderes Mal darüber."

Murrend, mit geballten Fäusten, zog Amunnacht ab. Bekümmert blickte ihm sein Bruder nach. „Er ändert sich nicht mehr."

„Im Grunde ist er zu bedauern", meinte Hai. „Aber nun laßt uns nicht länger säumen. Es empfiehlt sich nicht, die Großen warten zu lassen."

Irinefer führte die beiden Esel, die mit je zwei Körben beladen waren. Sie enthielten Pläne von Gräbern am Großen Platz der Wahrheit, Papyri mit Festliedern und Gebeten für den Hohenpriester Roma-Roy und den *Mer Per* Nedjem, außerdem feingewebte Stoffe, die Ubechet für die Totentempel gefertigt hatte. Die Grautiere fügten sich nur widerwillig der Gerte Irinefers; er hatte noch immer keine geschickte Hand, was Esel betraf.

Als sie beim Tempel anlangten, standen im ersten Hof im Schatten der Tortürme etliche Sänftenträger und unterhielten sich in der eigentümlichen Sprache der Wüstenbewohner miteinander. ‚Sandmenschen!' dachte der Jüngling und fragte Neferhotep: „Ich dachte, die Träger des Hohenpriesters seien Nubier?"

„Sind sie auch!" Neferhotep wies auf eine Gruppe Nehesiu, die neben Roma-Roys gelbweiß bemaltem Tragstuhl auf dem Pflaster saßen und einen Krug kreisen ließen. „Diese hier sind die Leute des neuen Beauftragten für die Felsentäler. Es heißt, er umgebe sich gern mit Libyern. Nimm die Körbe und begleite uns hinein."

„Welche Freude, euch hier zu sehen!" Nedjem, der Vorsteher des Tempels, eilte den Ankommenden entgegen. „Die Herrschaften aus Waset warten bereits in meinem Empfangszimmer." Sein Blick fiel auf Irinefer. „Der Knabe aus Amurru! Das ist ja nicht zu glauben! Bist du es wirklich? Wie hast du dich verändert!"

„Er ist ein Mann geworden", sagte Schreiber Anup-em-hab lächelnd. „Ein ungewöhnlich gebildeter Mann, wenn ich das anmerken darf."

Irinefer neigte den Kopf. Wieder behandelte man ihn fast wie einen Gleichgestellten, keinesfalls wie einen Diener. Ob dieser Umstand irgend jemandem außer ihm auffiel? „Ich grüße dich, Ehrwürdiger!" murmelte er.

Nedjem betrachtete ihn neugierig. „Bei deiner Aussage während jener Gerichtsverhandlung habe ich dich zuletzt gesehen. Dann kam das Erdbeben."

„Den Göttern sei Dank für deine Genesung", flocht Ken-herchepeschef ein.

Nedjem lachte. „Lange genug hat sie gedauert, bei meinem *Ba*!" Er nickte Irinefer zu. „Komm mit uns und trage die Schriftstücke hinein. Dann laß dir draußen bei den Trägern etwas zu trinken geben."

Sie betraten einen lichtdurchfluteten Raum. Irinefer, der am Ende der Reihe ging, erkannte ihn auf den ersten Blick wieder. Hier hatte ihm Nedjem vor langer Zeit, fast schien es ihm, in einem anderen Leben, eröffnet, er sei ein Fremder im Geliebten Land. Für einen kurzen Augenblick sah er sich selbst wieder als Zehnjährigen, vor einem jüngeren Nedjem sitzend, in der Düsternis des herannahenden Sandsturms, die so vollkommen der Trauer in seinem Innern entsprochen hatte.

In der Mitte des Raumes standen mehrere Sessel um einen niedrigen Tisch. Eine Sklavin goß Bier in Krüge. Der Hohepriester Roma-Roy saß mit dem Gesicht zur Tür, den Oberkörper vorgebeugt, und sprach eindringlich auf sein Gegenüber ein. Als der *Mer Per* herantrat, verstummte er.

„Wir sind vollzählig", rief Nedjem. „Kommt näher, meine Freunde! Unseren verehrten Roma-Roy brauche ich nicht vorzustellen. Aber ich möchte euch mit dem Beauftragten Seiner Erhabenheit, Leben, Heil, Gesundheit, bekanntmachen ..."

Langsam erhob sich der Fremde.

„... Er ist es, der uns die göttlichen Anweisungen künftig überbringen und erläutern wird: der *Semer Uati* und Erste der Großen in Pa Cher, der Königsschreiber Cha-em-hedjet."

Ein dumpfer Schlag ließ alle Anwesenden zusammenfahren. Irinefer hatte die Körbe fallenlassen. Papyrusrollen verteilten sich in alle Richtungen. „Verzeihung!" flüsterte er heiser und suchte die Papyri zusammen. Die Sinne drohten ihm zu schwinden. Es konnte nicht wahr sein. Der Mörder Bakenptahs lebte noch! Er war nicht nur seiner Strafe entgangen, er bekleidete obendrein ein hohes Amt! Das war Irrsinn, ein unerträglicher Alptraum! Irinefer nahm nichts wahr von der Begrüßung und der Vorstellungsrunde.

Nedjem geleitete seine Gäste zu ihren Sesseln und sprach einige einführende Worte, von denen Irinefer nur einzelne Fetzen aufnahm. „Gemeinsame Aufgabe ... gute Zusammenarbeit ... göttlicher Wille ..." Das Herz schlug ihm schmerzhaft in der Kehle, und er mußte die Zähne zusammenbeißen, damit sie nicht aufeinanderklapperten. Würde Cha-em-hedjet ihn wiedererkennen? Unzusammenhängende Gedanken schossen ihm durch den Sinn. Er war Zeuge des Mordes gewesen. Ta-Scherit! Es war doch geschehen! Die Vergangenheit kehrte wieder! Weshalb hatte Bai den Libyer nicht hinrichten lassen? War er, Irinefer, von Men-nefer entfernt worden, damit Cha-em-hedjet davonkommen konnte? Mußte nicht der Libyer ihm nach dem Leben trachten? O Amun, was für ein Durcheinander!

„Irinefer!" Er schreckte zusammen. Neferhotep sah ihn stirnrunzelnd an. „Was ist denn? Die Schriftstücke bitte!"

„Irinefer?"

Diese Stimme! Er war es. Kein Zweifel möglich. Warum schritt der Gott nicht ein? Warum tat sich nicht der Boden auf und verschlang dieses Ungeheuer? Irinefer ging rasch zu Ken-her-chepeschef hinüber und reichte ihm die Körbe mit den Rollen, wobei er es vermied, in Cha-em-hedjets Richtung zu sehen. Nur aus dem Augenwinkel nahm er wahr, wie der Königsschreiber den Oberkörper straffte und versuchte, ihm ins Gesicht zu blicken.

„Darf ich gehen?" murmelte er kaum hörbar.

Neferhotep nickte. Ohne nach rechts oder links zu schauen, rannte Irinefer aus dem Raum.

„Ein scheuer Bursche", bemerkte Cha-em-hedjet, und etwas lag in seinem Ausdruck, das Neferhotep sehr unangenehm war. „Wer ist er?"

„Mein Diener seit vielen Jahren", gab der Vorarbeiter zurück. „Er kommt aus Amurru."

„Tatsächlich? Der Name ist ägyptisch!"

„Man hat ihn einfach so genannt. Du weißt doch, die Namen aus dem nördlichen Retjenu sind unaussprechlich für die Zungen der wirklichen Menschen."

Die Schreiber aus Pa-Tíme und der Hohepriester Roma-Roy ruckten ungeduldig mit ihren Sesseln, aber Cha-em-hedjet fragte weiter. „Seit wann, sagtest du, hast du diesen jungen Mann?"

„Ich erwähnte es noch nicht!" Ein leichter Druck meldete sich in Neferhoteps Magengrube. Er hatte plötzlich das deutliche Gefühl, es sei besser, nicht die Wahrheit zu sagen. „Er kam vor neun Jahren als Kind ins Dorf." Er übersah die verblüfften Mienen Ken-her-chepeschefs und Nedjems und blickte ausdruckslos vor sich hin.

„Ich schlage vor", meldete sich Roma-Roy zu Wort, „wir sprechen nun über wichtigere Dinge als über einen Sklaven, der wie der Sand ist unter unseren Füßen."

Cha-em-hedjet schien nachzudenken. Dann gab er sich einen Ruck. „Du hast selbstverständlich recht, großer Roma. In der Tat komme ich mit einer wichtigen Anordnung Seiner Erhabenheit, Leben, Heil, Gesundheit. Es ist hohe Zeit, daß mit einer königlichen Grabstätte begonnen wird. Es soll dies eine wirklich prachtvolle Wohnung für die Ewigkeit werden. Nur die größte Grabanlage im Tal entspricht der Macht und der Bedeutung unseres gewaltigen Herrschers."

„Wir haben", begann Schreiber Ken-her-chepeschef würdevoll, „mit dieser Aufgabe gerechnet und uns entsprechend vorbereitet. Sieh her auf den Plan der Stätte der *Ma'at* und der Grundrisse der Königsgräber, die bisher gebaut wurden." Mit Anup-em-habs Hilfe entrollte er den größten der mitgebrachten Papyri. Bald beugten sich alle über die fein gepinselte Karte.

Neferhoteps Blick ruhte nachdenklich auf Cha-em-hedjet. So verwirrt hatte er Irinefer schon lange nicht mehr gesehen. Sein Diener kannte diesen Mann. Und diese Bekanntschaft mußte höchst unerquicklich gewesen sein.

„Sieg!" rief Cha, der Medja-Schutzmann. „Ein großer Sieg bei Geb-Teju!" Er eilte am Pförtnerhäuschen vorbei, wo sich der Grabwächter Ipui mit dem Torsteher Ramesu unterhielt.

„Wer hat denn gesiegt?"

„Unser Pharao Amenmesse!" Cha war so aufgeregt, daß er die Ehrenformel vergaß. „Ist einer der Großen im Dorf?"

„Neferhotep ist hier. Er will während der nächsten beiden Tage Bier brauen."

„Ausgezeichnet!" Cha rannte weiter. Er rief die Nachricht den Frauen zu, die ihm auf der Dorfgasse begegneten. Doch weder Tatemhit noch Auti noch Wabet oder irgendeine andere teilte seine Begeisterung.

„Wenn nur das Kämpfen aufhörte!" sagte auch Ubechet, als Cha im Empfangsraum ihres Hauses stand. „Wie viele mögen gefallen sein?"

„Aber es ist der erste Schritt zum Frieden", sagte Cha mit Nachdruck. „Dem falschen Pharao aus Pi-Ramesse mußte es einer zeigen!"

„Gruß dir, Cha!" Neferhotep betrat den Raum. „Es ist also entschieden."

„So ist es, Vormann! Zumindest im Süden. Sethos mußte nach Norden fliehen. Heerführer User ist tot. König Amenmesse beherrscht das Geliebte Land bis hinauf nach Abdju."

„Kemet ist ein geteiltes Land", sagte Ubechet leise.

„Hm, ja, das ist richtig." Cha wußte nicht, was er sagen sollte. Er hatte mit Jubel gerechnet.

„Geh zum Großen Platz der Wahrheit!" befahl Neferhotep. „Berichte den Kolonnen vom Sieg Amenmesses." Im Unterschied zu Cha ließ er die Ehrenformel bewußt weg. „Ken-her-chepeschef wird erfreut sein."

„Wie du wünschst." Ein wenig bedrückt verließ Cha das Haus.

„Sieg hin, Niederlage her", meinte Neferhotep zu seiner Frau, „da ist etwas, das keinen Aufschub duldet. Ich möchte, daß du dir die Geschichte unseres *Bak* anhörst." Er ging zur Tür und rief: „Irinefer! Es ist soweit!"

„Er ist bereit, sein Schweigen zu brechen?" fragte Ubechet. „Wie hast du ihn dazu gebracht?"

„Du hättest seine Aufregung beim Anblick des Beauftragten Cha-em-hedjet sehen sollen! Es ist Furcht, die ihm die Zunge löst, nichts anderes!"

„Das ist wahr, Herr", sagte Irinefer, der durch die Tür trat. „Ich habe Angst. Du wirst mich verstehen, wenn du den Grund dafür kennst. Man hat mir streng verboten zu reden. Es sei gefährlich, sagte Bai, vielleicht sogar lebensgefährlich."

„... sagte Bai", wiederholte der Vorarbeiter.

„Ja, Bai", bestätigte sein *Bak*. „Er hat mir das Leben gerettet nach dem Mord an meinem Vater. Ich meine, am Hohenpriester von Men-nefer."

Kein einziges Mal unterbrachen Neferhotep oder Ubechet den langen Bericht. Keiner von ihnen beachtete, daß es dunkler wurde im Raum. Der Abend brach herein.

Endlich verstummte Irinefer. Der Vorarbeiter erhob sich schweigend und entzündete ein Öllämpchen. Er ging zu dem schmalen Fensterschlitz hinüber und schaute gedankenverloren hinaus. Ubechet zog die Brauen zusammen, so daß sich ein Gitternetz feiner Falten über ihre Stirn legte, und musterte Irinefer, als sehe sie ihn zum ersten Mal. „Du mußt einsam gewesen sein", sagte sie.

„Nicht, solange ich Ta-Scherit hatte."

„Was haben wir dir angetan! Es tut mir sehr leid!"

Irinefer gab keine Antwort. In diesem Augenblick fühlte er sich nicht verlassen. Im Gegenteil: Er war so erleichtert, daß er am liebsten gejubelt hätte. Der Druck auf seinem Herzen war verschwunden. Sogar mit Cha-em-hedjet selber könnte er es aufnehmen, dachte er.

Ubechet wandte sich an Irinefer. „Bai sagt, du stammtest aus Amurru. Und du kennst das Land nicht?"

„Ich bin nie dort gewesen. Ich hielt den Hohenpriester Bakenptah für meinen Vater."

Ubechet sah fragend zu ihrem Mann. Neferhotep schüttelte unmerklich den Kopf. „Wie dem auch sei", sagte sie, „du wirst weiter bei uns leben. Solange du willst oder kannst."

„Nicht so schnell!" wehrte Neferhotep ab. „Wir können das nicht versprechen. Über sein Schicksal bestimmen andere." Diese Worte ließen Irinefers Hochstimmung wieder sinken. „Was Ta-Scherit betrifft, war unsere Entscheidung nicht falsch. Es kann sehr wohl geschehen, daß er uns irgendwann verläßt."

„Nein!" rief Irinefer. „Ich möchte nicht fort. Ich bin hier zu Hause."

„Das weiß ich. Aber wir müssen mit allen Möglichkeiten rechnen."

„Das gesamte Dorf wird dich schützen", versicherte Ubechet. „Selbstverständlich gehörst du zu uns."

„Es betrübt mich, deine Zuversicht erneut dämpfen zu müssen, Ubechet", sagte Neferhotep. „Doch es hilft uns nicht, wenn wir die Wirklichkeit nicht anerkennen. Es stehen keineswegs alle in Pa-Time zu unserem *Bak*."

„Du meinst Paneb, nicht wahr?"

„Ich meine Paneb. Und leider ist er nicht der einzige."

Stille breitete sich aus.

„Es besteht die Möglichkeit", meldete sich Irinefer zu Wort, „daß Cha-em-hedjet mich nicht erkannt hat."

„Wir müssen trotzdem damit rechnen", entgegnete der Vorarbeiter, „daß er sich erinnert, wenn er noch eine Weile nachdenkt. Du darfst ihm jedenfalls nicht mehr über den Weg laufen." Er setzte sich wieder, schlug ein Bein über das andere und schnürte seine Sandalen auf. „Anfangs fragte er nach dir und versuchte, mich auszuhorchen. Doch bald sprachen wir nur noch über den Grabbau für Amenmesse."

„Was geschieht mit den Gräbern Pharao Sethos', Leben, Heil, Gesundheit, und der Königin?" verlangte Ubechet zu wissen.

Neferhotep sah auf. „Nicht einen Finger dürfen wir mehr für sie krümmen." Er streifte die Sandalen ab.

„Herr!" Irinefer zögerte. Er wollte nicht allzu mißtrauisch wirken.

„Sprich nur!"

„Im Tempel sagtest du, ich sei vor neun Jahren ins Dorf gekommen. Nedjem weiß, daß es nicht so war. Und der ehrwürdige Schreiber Ken-her-chepeschef auch."

„Sorge dich nicht. Mit Nedjem habe ich gesprochen. Er ist froh, wenn er nicht mit unerfreulichen Dingen belastet wird. Für ihn ist die Sache erledigt. Was den Schreiber betrifft ... ja, ihm werde ich eine Zusammenfassung deiner Geschichte geben müssen. Er wird darauf bestehen."

Irinefers Unbehagen wuchs. „Aber er steht auf der Seite des neuen Königs. Wenn er nun Cha-em-hedjet ...?"

„Was redest du da! Unterschätze nicht den Ersten Schreiber von Pa-Tíme. Niemals würde er dich in Gefahr bringen. Er wird nur zornig, wenn man ihm Wissen vorenthält."

„Verzeih mir! Mir wurde eingeschärft, ich dürfe niemandem vertrauen. Kein Wort über die Vergangenheit, das befahl Bai. Es ist schwer, das zu ändern."

„Nie hätte ich den Siegler für so kaltherzig gehalten!" entrüstete sich Ubechet. „Eine solche Last auf die Schultern eines Knaben zu legen!" Schwerfällig erhob sie sich und stützte die Hände in die Hüften. „Ai! Das lange Sitzen strengt an. Ich werde uns die Speisen aus der Küche holen. Komm, hilf mir!"

Irinefer sprang auf, ergriff ihre Hand und drückte sie sich an die Stirn. „Ich danke euch! Ihr seid mir wie Eltern geworden an diesem Ort."

„Es ist schon recht", sagte Neferhotep ein wenig verlegen. „Du warst uns immer willkommen." Nach einer Pause setzte er hinzu: „Es tut mir leid, daß wir dir das Mädchen nehmen mußten. Ich bedaure es wirklich."

Die Straße der Heilkundigen wand sich um den Heiligen Bezirk der Göttin Mut und öffnete sich auf einen kleinen Platz, in dessen Mitte ein gemauerter Brunnen stand. Ta-Scherit ließ sich in seinem Schatten nieder und bewunderte die königliche Haltung der Frauen, die ihre Wasserkrüge auf dem Kopf davontrugen. Sie hatte gemahlene Akazienspitzen und Krokodilsdung erstanden, denn ihre Mutter wollte sich daraus die Arznei bereiten, die sie einigermaßen sicher vor erneuter Schwangerschaft bewahrte. Nicht nur Wabet hatte sie einen Einkaufszettel schreiben lassen, auch Ubechet hatte sie beauftragt, ihr beinerne Nadeln und einige Streifen Leder mitzubringen.

Einkaufsgänge in die Oststadt waren ein kostbares Geschenk. Das Mädchen hatte wohl bemerkt, daß sie häufiger nach Waset geschickt wurde, seit sie Irinefer nicht mehr treffen durfte. Und doch: welch armseliger Ersatz für den Geliebten! Ta-Scherit seufzte auf und betastete das winzige Stückchen Papyrus, das sie in der Tasche ihres Kleides mit sich trug. Langsam zog sie es hervor. Hunur hatte es ihr gegeben, und noch vor dem ersten Wort der Freundin hatte Ta-Scherit gewußt, von wem es stammte. „*Nefer tu hena ten*", stand da, „Vollkommen ist man bei dir". ‚Ich liebe dich auch, Iri', dachte sie und hauchte einen Kuß auf die winzigen Schriftzeichen.

Während sie einen kleinen Kuchen verzehrte, den sie in einer Backstube erstanden hatte, beobachtete sie einen Knaben, der mit drei jungen Katzen spielte. Dann nahm sie den Korb mit den Arzneien und ging über den Platz in die lange Gasse zur Südstadt. Je weiter sie sich von den Randbezirken der Ipet-Sut entfernte, desto einfacher wurden die Wohngebiete, die sie durchquerte. Sie schlenderte durch das Viertel der Sandalenmacher und Weber, wo sie die gerade Straße verließ und engen, verwinkelten Pfaden folgte. Naserümpfend ging sie durch die stinkenden Gerbergassen mit den Urinbottichen und den unerträglichen Fliegenschwärmen. Als der Geruch in den Gestank faulender Fische überging, wußte Ta-Scherit, daß sie sich ungefähr auf der Höhe des Südhafens befand. Sie spähte zwischen den heruntergekommenen bauchigen Häuserwänden nach oben, aber die Sonne war nicht zu sehen. Die Dämmerung kündigte sich an, sie mußte sich sputen, um nicht allzu spät ins Dorf zurückzukommen.

„Gib acht!" schrie eine Frauenstimme, und Ta-Scherit sprang zurück, gerade noch rechtzeitig, um der gelbbraunen Brühe auszuweichen, die sich aus einem Fenster auf die Straße ergoß. Sie rümpfte die Nase und ging weiter, wobei sie vorsichtig über schlafende Bettler und dösende Hunde stieg. Das war das armseligste Viertel der Stadt Waset. Langsam wurde ihr klar, daß sie sich verirrt hatte.

„Ist hier jemand?" rief sie aufs Geratewohl in einen Hauseingang. „Ich suche den Weg zum Fluß hinunter!"

„Immer dem Gestank nach!" kam die Antwort, aber niemand zeigte sich.

Ta-Scherit sah sich unentschlossen um. Der Hinweis schien ihr wenig hilfreich, sie fand, es stänke überall gleichermaßen. Die Gasse, in die sie einbog, wurde von beängstigend baufälligen Häusern gesäumt. Kindergeschrei und die keifende Stimme einer Frau unterstrichen die Trostlosigkeit der Umgebung.

„Wohin jetzt?" murmelte sie. Die Lust zum Laufen war ihr vergangen. Sie wollte zum Fluß! Ihr Blick fiel auf ein Wirtshausschild, das nur mit einem Nagel an der Wand hing. Die Hälfte des Holzes war abgebrochen, so daß die Schrift nur noch teilweise zu lesen war, und das auch nicht gut, denn die Zeichen waren von der Sonne gebleicht.

*„Glücks ... des ...“*, las Ta-Scherit und stutzte. *Glücksort? Glücksort des Südens*! Sie stand vor Qafis Gasthaus! „Qafi!" rief sie und klopfte an die Tür. „Bist du zu Hause?"

Sie wollte noch einmal klopfen. Gerade als sie begriff, daß es sich hier um eine Wirtschaft handelte und sie einfach hineingehen durfte, schwang die Tür nach innen auf.

Vor ihr stand eine vertraute Gestalt.

Fassungslos schlug sie sich die Hand vor den Mund. „Irinefer!"

„Ta-Scherit! Wie kommst du hierher?" Irinefer war ebenso verblüfft wie sie. Unwillkürlich streckte er die Arme nach ihr aus, ließ sie aber gleich wieder sinken.

„Ich will zum Hafen hinunter. Ein Schiff aus dem Retjenu ..."

„Es sind noch andere Schiffe eingetroffen", unterbrach Irinefer. „Boote aus Geb-Teju."

„Geb-Teju?" fragte Ta-Scherit betroffen. „Verwundete?"

Irinefer nickte. „Deshalb bin ich hier. Ich suche meinen Freund Ihi. Ich konnte ihn nicht in *Ta-Set-Meri-Djehuti* finden, als die siegreichen Truppen zurückkehrten. Er muß bei den Verwundeten sein! Er muß einfach!"

„Ich wußte nicht, daß du einen Freund in der Oststadt hast."

Irinefer antwortete nicht gleich. Dann zog er sie in das Dämmerlicht der Gaststube. „Ohne meinen Freund Ihi", sagte er leise und nahm sie in die Arme, „hätte ich den Verstand verloren. Ich kann nicht wirklich leben, wenn ich nicht mit dir zusammensein darf." Er drückte sie an sich, und seine Lippen fanden die ihren. Ta-Scherit ergab sich seinem Kuß mit einem Stöhnen, das sich in einem Tränenstrom auflöste.

„Ta-Scherit! Ta-Scherit!" Er streichelte ihre Wangen, wischte die Tränen fort, küßte sie wieder und wieder und drückte das Gesicht in die weiche Mulde an ihrem Hals. „Ich habe dich so vermißt! Ich wäre am liebsten gestorben!"

So standen sie eine Weile, bis ihr Weinen nachließ. Irinefers Umarmung, seine Zärtlichkeit, seine gemurmelten Liebesworte erzeugten eine lustvoll-sehnsüchtige Schwäche in ihr. Ungestüm schlang sie die Arme um ihn.

„Was sollen wir nur tun?" fragte er. „Wie soll es weitergehen?"

„Ich will bei dir sein", sagte Ta-Scherit. Ihre Lippen bebten, und Irinefer wußte, daß die Zeit der Trennung vorüber war. „Aber jetzt muß ich in die Totenstadt zurück. Ich kann nicht hierbleiben."

Irinefer nahm ihre Hand und drückte sie sich an die Brust. „Laß uns zusammen zum Hafen gehen! Wir werden Ihi finden."

Keinen einzigen Blick hatte Ta-Scherit für die Umgebung, als sie mit dem Gefährten Hand in Hand durch die Gassen ging. Es hätten die Gefilde des Jenseits sein können, sie hätte sie nicht beachtet. Sie sah nur Irinefer. Noch ganz benommen war sie von der unerwarteten Begegnung.

Irinefers Verwirrung war nicht geringer. Es drängte ihn so stark zu ihr, daß er am liebsten jede Vorsicht vergessen und verwirklicht hätte, wovon er allnächtlich träumte. Aber wie konnte er ihr nahekommen, wenn keine Aussicht bestand, sie zu heiraten? Durfte er ihre Aussicht zerstören, ein ehrbares Leben im Dorf zu führen?

„Ich will noch einmal mit Neferhotep sprechen", sagte er.

Ta-Scherit blieb stehen. „Vielleicht ist das gut", sagte sie fest. „Aber ich will dich an unserem Platz im Hathorgebirge treffen. Ich ertrage es nicht mehr, Tag für Tag im selben Ort mit dir zu leben, ohne dich umarmen zu dürfen."

„Ta-Scherit!" Ihr Blick ließ sein Herz schneller schlagen. „Aber wenn wir zusammen sind, allein ... du weißt ..." Er war so aufgewühlt, daß er keinen vollständigen Satz über die Lippen brachte.

„Iri!" flüsterte sie. Ihre Augen leuchteten. „In der Nacht, die dem morgigen Tag folgt. Um die erste Stunde!" Sie verschränkte die Hände, denn Irinefer sollte das Zittern nicht bemerken. „Ich weiß, was es bedeutet. Und ich will es."

Irinefer war wie trunken von dieser Aussicht. Wieder und wieder flüsterte er, wie sehr er sie liebe. Keiner von beiden konnte sich später entsinnen, wie sie zum Hafen gelangt waren. Nur zögernd begriffen sie das Bild, das sich dort ihren Augen bot.

„Sieh doch nur!" hauchte Ta-Scherit entsetzt. „Oh Isis, diese Unglücklichen!"

Das gesamte Gelände des Südhafens wimmelte von Menschen. Auf dem Hafendamm und den vier Landungsstegen lagen Verwundete, einer neben dem anderen, und noch immer wurden Männer auf hölzernen Tragen von den Schiffen an Land getragen. Sie wälzten sich auf den heißen Steinen, baten um Wasser, stöhnten oder brüllten Flüche in die flirrende Hitze. Über allem lastete der Gestank nach Blut, Fisch und Kot. Die Frauen Wasets stiegen über die Liegenden, versuchten, den Händen auszuweichen, die sich ihnen entgegenstreckten, sich in Waden oder Schurze krallen wollten. Sie suchten nach ihren Männern, Vätern, Brüdern und Söhnen. Sie riefen Namen in diese Hölle, beschworen, nein, forderten göttlichen Beistand, brachen schluchzend zusammen, wenn sie den fanden, den sie suchten, sei es aus Erleichterung oder aus Verzweiflung. War er nicht dabei, rangen sie die Hände, weinten und fragten, was dieses Fehlen bedeutete: Leben oder das Verrotten im Wüstensand, ohne Begräbnis und ohne Hoffnung auf ein Weiterleben im Jenseits?

Fast alle *Sunuu* aus dem Lebenshaus der Ipet-Sut, erkennbar am gestickten Horusauge auf ihren Leinentaschen, arbeiteten auf dem Hafendamm und den Landungsstegen. Ihre Boten schwärmten aus auf der Suche nach Heilkräutern und Arzneien, die sie auf den Märkten der Stadt und in den kleinen Verkaufsbuden südlich der Ipet-Sut beschlagnahmen wollten.

„Was steht ihr herum?" brüllte ein Medja zu Ta-Scherit und Irinefer hinüber. „Faßt mit an, los!" Er wies auf einen Leichnam, dem ein Kriegsbeil das halbe Gesicht weggeschlagen hatte. „Wir brauchen den Platz!"

Irinefer nickte. Alle Gedanken und Gefühle schwanden aus seinem Herzen. Das Grauen auf dem Hafendamm sog ihn ein, und er tat, was getan werden mußte. Ta-Scherit stellte ihren Korb an eine Fahnenstange und kniete neben einem Mann nieder, der sie unter Tränen bat, seinem Leben ein Ende zu setzen, weil die Qual über seine Kräfte ginge. Sie wußte nicht, was sie ihm antworten sollte, hilflos streichelte sie ihm die Stirn, plapperte etwas von der Hilfe der Ewigen und daß bald alles wieder gut würde. Sie merkte lange nicht, daß der Verwundete sie nicht mehr hören konnte.

„Trinken!" stöhnte ein junger Mann daneben. „Bitte!"

„Bringt Wasser!" schrie sie und sprang auf. Wasser war jetzt das Wichtigste. Einige Frauen schleppten bereits Eimer und Krüge von den nächstgelegenen Brunnen herbei. Doch angesichts der großen Zahl der Verletzten war die Menge lächerlich gering. Ta-Scherit lief zu einer der Frauen und nahm ihr einen Krug ab. Gleich darauf kniete sie wieder am Boden und flößte dem Jüngling einen Schluck nach dem anderen ein.

„Mir auch!" „Sei barmherzig!" schrien Stimmen um sie herum. „Um der Götter willen!" „Wasser!"

Von einem zum anderen lief das Mädchen. Schnell, viel zu schnell leerte sich der Krug. Fassungslos sah sie, wie die Männer starben, ohne daß sie es verhindern konnte. Tränen liefen ihr übers Gesicht und vermischten sich mit Schweiß; ihre Hände waren rot von Blut, und bald starrte ihr Gewand vor Schmutz. Einmal hob sie zwischendurch suchend den Blick, aber Irinefer war verschwunden.

„He, du!" Einer der Heiler winkte ihr. „Komm her!" Ta-Scherit sprang auf und ging zu ihm hinüber. „Du kannst mir beim Verbinden helfen!"

Sie hockte sich neben den Mann auf den Boden und half ihm, Knochen zu schienen, Blutungen zu stillen, verschmutzte Wunden auszuwaschen und den am meisten Leidenden Mohnsaft zu verabreichen. Wie lange sie so in der glühenden Hitze arbeitete, beruhigende Worte murmelte oder Sterbenden die Hand hielt, wußte sie nicht. Jedes Zeitgefühl war ihr abhanden gekommen.

Eine Hand legte sich auf ihre Schulter. „Ich habe ihn gefunden", sagte Irinefer.

„Was? Wen?" Ta-Scherit sah hoch. Wie aus einem Traum erwachend, merkte sie, daß es bereits dämmerte.

„Ihi ist am Leben! Er liegt dort drüben!" Irinefer führte sie zum südlichsten Landungssteg, und sie stolperte hinter ihm her, unfähig, einen Gedanken zu fassen.

Ihi lag auf einer Decke am Boden. Er hielt die Augen halb geschlossen und atmete rasselnd. Er war nur halb bei Bewußtsein. Ein Hieb hatte ihm den linken Oberarm zertrümmert. Der Arm, den ein Heiler unterhalb der Schulter abgebunden hatte, war eine einzige, blutende Wunde. Neben Ihi kniete ein älteres Paar. Die Frau betupfte ihm mit einem nassen Tuch die Stirn und weinte lautlos.

Das Gesicht des Mannes wirkte versteinert. Zu Ihis Füßen hockte Qafi und stieß von Zeit zu Zeit winselnde Klagelaute aus. Sie sah nicht einmal auf, als sich die beiden Ankömmlinge zu dem Liegenden hinunterbeugten.

„Ihi!" sagte Irinefer. „Du hast es überlebt, alter Freund!"

Mühsam öffnete der Verwundete die Augen. „Hast ... hoffentlich ... nicht ... gezweifelt!" brachte er mühsam hervor. „Bin ... Held!"

Diese Worte ließen Qafi in lautes Jammern ausbrechen.

„Amun sei Dank!" sagte Ihis Vater, während die Mutter die Hand des Sohnes an ihr Gesicht legte. „Er ist wieder bei sich."

„Hast du große Schmerzen?" fragte Ta-Scherit.

Ihi wagte ein schiefes Grinsen. „Geht ... schon!" Er suchte den Blick Irinefers. „... Scherit?"

„Ja, das ist Ta-Scherit!" sagte Irinefer. Er drehte sich zu Qafi um. „Bitte, sei doch still!"

„Ist ... mir ... Ehre!" Ihi bereiteten die Worte sichtlich Schmerzen.

„Ich freue mich, dich kennenzulernen", sagte das Mädchen und setzte sich neben ihn. „Was fehlt dir?"

„Mein Arm ... das war ... Kriegsbeil, und Pfeil ... zwischen ... Rippen ..."

„Der *Sunu* hat ihn schon herausgezogen", ergriff Ihis Vater das Wort. „Er kann es schaffen, sagt er."

Ihi holte pfeifend Luft. Ta-Scherit stutzte, dann ergriff sie sein Gesicht mit beiden Händen. „Was ist denn?" fragte sie leise.

Tränen tropften aus Ihis Augenwinkeln auf die Erde. Er versuchte, etwas zu erwidern, brachte aber kein Wort heraus.

„Ihi?" Auch Irinefer rückte nah an den Freund heran. „Du wirst es überstehen, nicht wahr?"

Ihi schloß die Augen und gab keine Antwort. Er war erneut in Ohnmacht versunken.

„Wir wollen ihn nach Hause bringen", sagte Ihis Mutter. „Ich werde ihn gesundpflegen."

„Hilf mir tragen!" bat der Vater. Irinefer nickte und sah Ta-Scherit an.

„Ich gehe nach Pa-Tíme zurück", sagte sie leise und trottete zu der Fahnenstange, wo sie ihren Korb abgestellt hatte.

Der Blick, den sie zurückwarf, erzählte Irinefer alles, was er zu wissen begehrte.

Um die Mitternacht, die auf die Ankunft der Schiffe aus Geb-Teju folgte, eilte Paneb zum Schatzhaus des Südlichen Landesteils. Die Gassen waren noch belebter, als sie es in gewöhnlichen Nächten ohnehin waren, da die Einwohner Wasets es liebten, bis spät in die Nacht mit der Nachbarschaft zu schwatzen, Brot an offenen Feuerstellen zu rösten oder im Licht rußender Ölfunzeln *Senet* zu spielen. Seine Frage an einen Schenkenwirt, bei dem er unterwegs einen Krug Henqet leerte, ergab, daß zwei weitere Schiffe aus Geb-Teju eingetroffen waren. Auf ihnen kehrten Leichtverletzte heim, die unter Freudenbekundungen von ihren Angehörigen begrüßt wurden.

Hast, Betriebsamkeit und eine eigentümliche Erregung herrschten in den Straßen, vermischt mit Niedergeschlagenheit und Beklemmung. Das entsprach genau Panebs eigener Stimmung. Er beschleunigte seinen Schritt. Je schneller er die Unterredung mit dem Beauftragten Cha-em-hedjet hinter sich brachte, desto besser. Was konnte der Mann zu dieser nächtlichen Stunde von ihm wollen? ‚Nicht noch einmal!' schwor er sich, als er auf das große, dunkle Gebäude zuging. ‚Nie wieder in die Dunkelheit!'

Das Schatzhaus bildete den Mittelpunkt des Verwaltungsbezirks der Stadt Waset, einer geschäftigen Gegend mit breiten Straßen und vielen Amtsgebäuden. Hier hatten der schwerkranke Wesir Pa-nehesi seines Amtes gewaltet, Schatzmeister Tjaj und all die anderen Würdenträger aus der Beamtenschaft des Pharao Sethos. Die *Semeru* Amenmesses hatten einige Tage zuvor Besitz ergriffen von deren Hinterlassenschaft, den Papyrusrollen, den Vorratshäusern und der gesamten Schreiberschaft in den unteren Rängen.

Ein alter Wächter mit zerknittertem Gesicht hockte auf den Fersen im Staub neben dem Tor. Er hob den Kopf, als Paneb an ihm vorbei wollte. „Wohin des Weges, wenn ich fragen darf?"

„Zum Königsschreiber Cha-em-hedjet. Ich bin bestellt."

„Um diese Zeit? Warte, ich sehe nach." Er hob sein Öllämpchen mit der einen Hand und fuhr mit der anderen die Zeilen auf einem großen Steinsplitter entlang. „Erste Stunde … Paneb."

„Das ist mein Name. Also was ist, kann ich jetzt weiter?"

Der Alte ließ sich auf sein Hinterteil fallen. „Bitte!" sagte er gleichmütig und setzte kopfschüttelnd hinzu: „Die sind verrückt. Sie arbeiten Tag und Nacht, die neuen Leute."

Paneb ging die von schummrigem Fackellicht erhellten Gänge entlang, und seine Unruhe nahm zu. Wie er dieses Halbdunkel haßte! Seit jener unseligen Nacht im Tal der Königsgräber mußte er grauenvolle Alpträume ertragen, in denen Penbui vorwurfsvoll seinen Blick auf ihn richtete und dann den Mund öffnete zu jenem grauenvollen Todesschrei, Alpträume, die alle von diesem flackernden, trüben Licht beleuchtet wurden. Viel Bier brauchte er, um einmal eine Nacht ruhig schlafen zu können.

Kurz darauf stand er in tiefer Verbeugung vor dem Vertreter Amenmesses. Dieser erklärte ihm kühl, mit ihm zu sprechen sei, wie das Wort an Pharao selbst zu richten.

„Es ist mir eine Ehre", murmelte Paneb und dachte, daß es jetzt Zeit würde, ihm eine aufrechte Haltung zu erlauben. Doch Cha-em-hedjet tat nichts dergleichen. Er beließ ihn, wo er war, während er ihm erklärte, daß es mit seiner Schonzeit nun ein Ende habe.

„Schonzeit?" Paneb hatte Mühe, seine Wut zu unterdrücken. „Ich habe die gefährlichsten Unternehmungen für Seine Erhabenheit in hervorragender Weise durchgeführt."

„Du bist sehr von dir eingenommen, habe ich recht?"

Lachte Cha-em-hedjet? Paneb schielte aus seiner unbequemen Stellung nach oben und erschrak. Der Königsschreiber lachte keineswegs, sein Gesicht trug vielmehr einen Ausdruck von so roher Grausamkeit, daß Paneb der Atem stockte.

„Verzeih!" murmelte er. „Ich wollte damit nur andeuten, daß ich mir stets die größte Mühe ..."

„Schweig!" sagte Cha-em-hedjet hart. „Ich habe dich kommen lassen, weil du von nun an deine Befehle von mir erhältst, nicht mehr von Wesir Imenmose."

„Wesir Imenmose? Er ist Wesir?"

„Er ist es", bestätigte Cha-em-hedjet. „Irgendwelche Bemerkungen deinerseits hierzu sind unangebracht."

„Ich würde mir nie erlauben ... Herr, darf ich mich aufrichten? Mein Rücken schmerzt!"

„Du darfst es nicht!" schrie Cha-em-hedjet so laut, daß Panebs Herz einen Schlag aussetzte. „Du bleibst, wo du bist! Du stehst mit gebeugtem Rücken vor mir, ob es dir gefällt oder nicht! Mit mir wirst du nicht umspringen wie mit Imenmose, ist das klar? Mir trittst du mit Demut gegenüber, denn ich mache nicht viel Federlesens, wenn du nicht gehorchst. Ich werde dich einfach töten."

Paneb ließ die Schultern hängen. Einem Mann, dem es Freude bereitete, andere zu demütigen, und der zudem alle Macht in Händen hielt, widersprach man nicht. „Welche Befehle darf ich erfüllen?" fragte er tonlos.

„Gold zu beschaffen wird erst in einigen Monaten notwendig sein. Ich werde es dich rechtzeitig wissen lassen. Dieses Mal will ich nur eine Auskunft. Wer half dir beim letzten Mal? Wie zuverlässig sind diese Leute?"

Paneb wurde übel. Etwas lag in der Stimme seines Gegenübers, das in ihm eine Ahnung aufkommen ließ von der Ungeheuerlichkeit dessen, was mit ihm geschah. Cha-em-hedjet würde seine Helfershelfer ermorden lassen, wenn er ihrer nicht sicher war. Wenn er, Paneb, nicht dafür sorgte, daß er sicher sein konnte! Wie sollte es weitergehen? Penbui war tot, mußten nun auch Rahotep und sein eigener Sohn sterben? „Sie sind so zuverlässig wie ich selbst!" beeilte er sich zu versichern. „Du kannst dessen gewiß sein!"

Cha-em-hedjet musterte ihn aus zu Schlitzen verengten Augen. „Wer sind sie?" wiederholte er.

„Herr! Ich bitte dich ..."

„Steinmetz!" Cha-em-hedjet trat drohend auf ihn zu. „Ich will Namen hören, und zwar augenblicklich! Sonst ...!"

„Es handelt sich", krächzte Paneb, „um den Arbeiter Rahotep und ... um meinen Sohn Apachte."

„Deinen Sohn?" Cha-em-hedjet entblößte seine Zähne zu einem gefährlichen Grinsen. „Sagtest du Sohn? Das ist gut! Wirklich ganz ausgezeichnet!"

„Herr! Du wirst doch nicht ...", stammelte Paneb, „ich flehe dich an ... ergebenst ..."

„Du fürchtest um das Leben deiner Brut? Mit Recht!" Bestürzt vernahm der Steinmetz die fast fröhlich klingende Stimme. „Wir wollen sehen ...! Es liegt nun ganz allein an deinem Verhalten, was geschieht! Sei mir ein untertäniger Sklave, und ich werde möglicherweise gnädig sein. Vergiß nie: Ich kann jederzeit darüber nachdenken, ob diese Welt Menschen wie dich, Rahotep oder Apachte wirklich benötigt."

Paneb antwortete nicht. In seinen Ohren dröhnte es, und bitter stieg Reue in ihm auf. Hätte er doch das Band nie geknüpft, das ihn an Amenmesse fesselte! Zu fest zog es sich mittlerweile um seinen Hals.

„Ich hoffe", fuhr Cha-em-hedjet fort, „du hast jetzt begriffen, daß von nun an ein anderer Wind weht. Du kannst gehen." Da Paneb sich nicht rührte, schrie er: „Hast du nicht gehört? Du sollst verschwinden!"

„Wie du befiehlst, Herr!" Paneb stolperte zur Tür, ohne sich aufzurichten und ohne sich umzusehen. Draußen taumelte er den Korridor entlang und versuchte, das Entsetzen in seinem Inneren niederzukämpfen. Grußlos schlich er an dem Wächter vorbei und lief dann ziellos durch die Straßen. Er konnte sich nichts mehr vormachen. Sein Leben war zerstört. Vollständig hatte er sich ausgeliefert, nie wieder würde er frei sein. Er fluchte halblaut vor sich hin und achtete nicht der erstaunten Blicke, die ihn trafen. Es fiel ihm ein, wie stolz er einmal gewesen war, daß Amenmesse sich mit ihm besprach. Wie einer der Großen war er sich vorgekommen, er, Paneb, ein Ratgeber des Königssohnes von Kusch! Er stieß ein hartes, freudloses Lachen aus. Man hatte ihn lediglich benutzt! Und würde ihn weiter benutzen, solange man seiner Dienste bedurfte. Und danach? Er gab sich keinen falschen Vorstellungen darüber hin, was ihn erwartete. Er war ein Mitwisser, der beseitigt werden mußte! Das Furchtbarste an dieser Erkenntnis, das empfand Paneb in diesem Augenblick deutlicher als je zuvor, war die Tatsache, daß er nicht nur sein Leben verspielt hatte, sondern auch das Heil seiner Seele, die Aussicht auf ein Weiterleben im Jenseits. Nie mehr konnte er an seiner Familiengrabstätte bauen in dem Gefühl, irgendwann ein erlöstes Dasein im *Duat* gewärtigen zu dürfen. Ihm drohte das Nichtsein.

Nach einer Weile verlangsamte er seinen Schritt. Wenn dem so war, blieb ihm nur das Jetzt. Nur das, was er sich in dieser kurzen Weile verschaffte, bis ihn das Schicksal ereilte, durfte er noch sein eigen nennen. Dasselbe galt für Apachte. Unwillkürlich ächzte er auf. Er mußte etwas unternehmen, um das in seinem Herzen lauernde Grauen zurückzuhalten. Plötzlich wußte er, was ihm fehlte. Er war durstig, unendlich durstig! Er brauchte dringend einen Krug Bier! Speichel lief ihm im Mund zusammen, und er spuckte aus. Wahrscheinlich sah er die Verhältnisse nur deshalb so düster und ausweglos, weil er nichts zu trinken hatte.

Er blieb stehen und sah sich um. Auf den ersten Blick wußte er, wo er sich befand. So weit war er gelaufen! In diesen dunklen Gassen befanden sich kleine Schenken und Lusthäuser, von denen er die meisten gut kannte. Ohne sich dessen bewußt zu sein, hatte er seine Schritte dorthin gelenkt, wo die Lösung für seine Schwierigkeiten wartete. Tief holte er Luft und ballte mehrmals die Fäuste. Das half bisweilen gegen sein Händezittern.

‚Das Wichtigste zuerst', dachte er und betrat einen Ausschank. Ein kleiner Mann stand hinter dem Tresen. Paneb hob fragend die Brauen.

„Hast du Stoffe?" fragte der Wirt. Paneb nickte. Er trug immer einige eingesäumte Tücher und Bänder bei sich; sie eigneten sich gut als Zahlungsmittel. Der Wirt füllte einen Krug und schob ihn Paneb hinüber. Der bezahlte, schüttelte aber den Kopf, als der Wirt ihm einen Strohhalm anbot, und trank in tiefen Zügen. Es war ihm wirklich wie Wasser, ob er den einen oder anderen festen Bestandteil des Gebräus in den Mund bekam.

„Noch einen!" verlangte er und nahm dann noch einen dritten. Als er den vierten und fünften bis zur Neige geleert hatte, war ihm bedeutend wohler zumute. Wenn man die Dinge genau betrachtete, bestand eigentlich kein Anlaß, so schwarz zu sehen. Immerhin brauchten ihn Pharao Amenmesse und sein Beauftragter, oder etwa nicht? Sie wollten Gold und Edelsteine, also würden sie doch nicht den töten, der ihnen das beschaffte? Er konnte ruhig sein! Seine Stellung war ungefährdet, Amenmesse wußte um Panebs Wert. Wie lächerlich, sich von dessen Untergebenem so ins Bockshorn jagen zu lassen! Im Grunde konnte er, Paneb, als viel wichtiger für den neuen Pharao gelten als dessen seltsamer Beauftragter. Cha-emhedjet war ersetzbar, aber Paneb? Vergnügt bestellte er ein sechstes Bier, das ihm der Wirt kopfschüttelnd herüberschob.

„Endlich", erklärte ihm Paneb, „ist es mir klar: Ich bin für ihn sehr wichtig. Ich bin ein bedeutender Mann!"

„Ja, ja!" kam die gleichmütige Antwort.

„Du glaubst es wohl nicht? Ohne mich hätte er das ganze Gold nicht!"

„Schon klar!"

Paneb nahm einen tiefen Schluck. „Keiner außer mir würde nämlich so etwas wagen!"

„Was denn?"

„Nachts da drüben ..." Paneb brach ab. Was redete er da? Heiß überlief es ihn. Beinahe hätte er einen tödlichen Fehler begangen! „Kann ich dir leider nicht sagen", sagte er schnell. „Streng geheim!"

„So, so!" meinte der Wirt.

Paneb trank aus. Was gab es noch, das er sich, dem bedeutenden Verbündeten des Königs, gönnen konnte? Vielleicht ein Weib? ‚Ausgezeichneter Gedanke', sagte er sich. ‚Wenn ein Mann so schwer arbeitet, hat er sich etwas verdient!' „Dein Bier ist gut!" sagte er grinsend zu dem Mann am Tresen und schob ihm noch ein Zierband hinüber. Dann stapfte er auf die Straße hinaus. Er setzte seine

Schritte nicht mehr ganz sicher, ruderte ein wenig mit den Armen, bemerkte aber nichts davon. Sein Händezittern war verschwunden.

Das Haus am Ende der Gasse wurde an der Vorderseite von mehreren Fackeln beleuchtet. Flackerndes Licht fiel auf das rote Holzschild mit dem zwar unbeholfen gemalten, aber dafür um so eindeutigeren Gemälde einer breitbeinig daliegenden Frau, über die sich ein Mann mit ragender Männlichkeit neigte.

„Kommst du auch wieder einmal?" sagte eine beleibte Frau am Eingang, die aus Altersgründen ihren Arbeitsplatz von den inneren Zimmern zum Eingang verlegt hatte. Sie war bis zum Bauch nackt und trug einen durchsichtigen Rock, der keine einzige ihrer üppigen Speckrollen verbarg. „Dein Kleiner ist schon drin! Das ist ein tapferes Kerlchen, fürwahr!"

„Apachte?" Paneb lachte und tätschelte ihr die Brust. „In der Tat! Ganz der Vater!"

„Wen willst du heute?" fragte sie und enthüllte grinsend ihre Zahnlücken. „Nefer wäre frei, Merit auch."

„Was ist mit Schereti?"

„Das ist nicht möglich. Sie bedient gerade einen wichtigen Beamten des Pharao!"

„Gib nicht so an! So einer kommt doch nicht hierher!"

„Ich lüge nicht!" behauptete die Frau. „Er sagt, er sei einer der Großen! Du weißt doch, sie finden die gewöhnlichen Weiber manchmal besonders anregend."

„Verflucht seien die Großen!" knurrte Paneb. Seine Stimmung schlug mit einemmal um. Was nahmen sie sich alle heraus, die gottverdammten Großen? „Ich will Schereti!" sagte er. „Keine andere!"

Ein verständnisloser Blick traf ihn. „Warum denn? Wenn du auf ihr bestehst, mußt du eben warten."

„Warten? Ich? Das kommt nicht in Frage!" Mit jedem Wort gewann Panebs Stimme an Lautstärke. „Schereti! He, Schereti, komm heraus!"

„Sei doch ruhig!" schrie die Frau. „Was glaubst du, wie schnell die Medjau hier sind, wenn du so lärmst! Dann schließen sie das Haus, und ich sitze auf der Straße!" Sie nickte zwei bullig gebauten Kerlen zu, die im Gang auftauchten. Ehe Paneb wußte, wie ihm geschah, fühlte er sich an den Ellenbogen gepackt. Er wollte sich losreißen, doch die beiden Aufpasser drehten ihm heftig die Arme nach hinten. Er wand sich und brüllte vor Wut.

„So haben wir es gern!" keifte die Frau. „Erst saufen, bis man sich nicht mehr kennt, und dann nichts als Unfrieden stiften! Verschwinde nach Hause und schlaf deinen Rausch aus. Du kannst von Glück reden, wenn du nicht im Kerker landest!"

„Vater!" Apachte war aus einem der winzigen Zimmer nach vorn gekommen.

„Ich ... will ... Schereti!" schrie Paneb.

„Bist du von Sinnen?" Apachte trommelte ihm auf die Schultern. „Beruhige dich doch!"

Jetzt öffneten sich mehrere Türen.

„Was ist hier los?" brüllte eine männliche Stimme, und eine andere verlangte nach den Medjau. Zwei kaum bekleidete Mädchen huschten vorüber. Irgendwoher erklang lautes Stöhnen.

„Schere ...!" Ein Kinnhaken beendete Panebs Kreischen. Ein dritter Wächter war aufgetaucht, und hinter ihm erschien ein großer, breitgesichtiger Mann, der sich den Schurz zuband.

„Paneb!" schnarrte er. „Der Schreihals aus dem niederen Volk! Wie könnte es anders sein!"

„Der mächtige Imenmose!" höhnte Paneb. Seine Betrunkenheit und seine Wut ließen ihn jede Vorsicht vergessen. „Er muß mit den gleichen Weibern schlafen wie der Schreihals! Läßt dich keine von den Vornehmen an sich heran?"

„Nimm dich in acht!" zischte Imenmose. „Ich glaube, du bist wirklich so dumm, deine Gegner zu unterschätzen."

„Tatsächlich? Du bist es doch, der mir nicht gewachsen war. Deshalb hat man dir Cha-em-hedjet vor die Nase gesetzt!"

Imenmose lief rot an. „Du widerwärtige Laus! Eines Tages wirst du bezahlen!"

Trotz seiner unbequemen Stellung – die Wächter hatten ihren Griff noch immer nicht gelockert – lachte Paneb laut. „Du hast

Befehl, mich in Ruhe zu lassen, habe ich recht? Du kannst nur Drohungen ausstoßen."

„Freue dich nicht zu früh! Eines Tages wirst du dich ohne Nase und Ohren in einem nubischen Bergwerk wiederfinden. Dafür werde ich sorgen!"

In diesem Augenblick erschien eine vornehm gekleidete Frau in der Tür. Sie trug ein dunkelrotes Kleid, zu dem der blaue Schmuckkragen aus Lapislazuli und Gold äußerst reizvoll wirkte. Ihr Alter war schwer zu schätzen, jedenfalls war sie jenseits der Dreißig, das war trotz ihrer schmalen Gestalt und der faltenlosen Glätte ihres Gesichts deutlich zu sehen. Der Ausdruck in ihren Augen und ein leicht spöttischer Zug um die Mundwinkel sprachen von Erfahrung und Ernüchterung. Hier stand eine Frau, die das Leben durchschaut hatte und nichts mehr für wertvoll befand. „Was ist geschehen?" fragte sie mit klarer, heller Stimme. Sie verneigte sich leicht vor dem Wesir. „Wurdest du bedroht, Herr?"

„Dieser hier", jammerte die Empfangsfrau und deutete auf Paneb, „besteht auf den Diensten Scheretis. Die ist aber nicht frei. Du weißt doch, der Wesir ..."

„Man sollte", schnarrte Imenmose und brachte die Dicke mit einem einzigen haßerfüllten Blick zum Schweigen, „ein Auge darauf haben, wer hier ein und aus geht. Pöbel, niederster Abschaum treibt sich herum und belästigt die Kundschaft." Er erwartete freudig die Antwort Panebs auf seine Beleidigungen.

Doch der Steinmetz beachtete ihn nicht. Er starrte entgeistert auf die Rotgewandete. Es dauerte eine Weile, bis er einen Ton hervorbrachte. „Du hier? Wie ist das möglich?"

Mit einer Handbewegung scheuchte die Frau die Wächter fort. Sie legte die Hand auf den Unterarm des Wesirs und führte ihn zur Seite. „Edler Herr", flüsterte sie. „Überlaß diesen Wurm mir. Ich weiß, wie man mit seinesgleichen umgeht. Bitte verzeih die Störung und erlaube mir, dir diesen Abend zum Geschenk zu machen. Wähle unter den Mädchen, sie stehen für jeden deiner Wünsche zur Verfügung."

„Für jeden?" Imenmose leckte sich die Lippen. „Wirklich für jeden?"

Sie bedachte ihn mit einem rätselvollen Blick. „Für jeden."

Dann kehrte sie in den Vorraum zurück. „Laß dir drinnen ein Bier geben", bat sie Apachte. „Dein Vater ist gleich wieder zurück."

Paneb ließ sich widerstandslos in ein reich und bequem ausgestattetes Zimmer ziehen. Er stand der Wendung der Ereignisse noch immer hilflos gegenüber. Jedenfalls hatte sie ihn schlagartig ernüchtert. „Ahhotep!" stieß er endlich hervor. „Was suchst du in einem Hurenhaus?"

„Man muß sich durchbringen", sagte sie. „Manchmal kann man es sich nicht leisten, wählerisch zu sein."

„Aber dein Gatte ... ich meine, Festleiter Maja ..."

„Er hat mich verstoßen", sagte sie kurz. „Ich vermisse ihn nicht."

„Du lebtest unter den Großen und Vornehmen!"

„Und? Laß dir eines gesagt sein, Paneb: Unter ihrem Schurz sind alle Männer gleich. In ihren Herzen ebenfalls. Dort wohnen Geilheit, Verachtung und Verrat. Bestenfalls Gleichgültigkeit."

Die Worte klangen so bitter, daß Paneb sie überrascht ansah.

„Dir hat immerhin unser Pharao, Leben, Heil, Gesundheit, seine Aufmerksamkeit zugewandt! Es gab wenigstens so ein Gerücht vor einigen Jahren."

„Amenmesse?" Ahhotep lachte freudlos. „O ja, er war sehr huldvoll. Er gab mir auf, dieses Haus zu führen."

Paneb sah unschlüssig zur Tür. Er hatte sich beruhigt und keinerlei Bedürfnis danach, dieses Gespräch in die Länge zu ziehen. „Ich denke, ich sollte vielleicht ..." Er hielt einen Augenblick inne, dann zwinkerte er ihr grinsend zu. „Du hättest nicht zufällig Lust, wie? Um der alten Zeiten willen?"

Ahhotep sah aus, als wolle sie ausspucken. „Hinaus mit dir!" fauchte sie. „Und daß du mir keinen Unfrieden mehr stiftest! Sonst erhältst du Hausverbot!"

„Hältst du einen Orakelzug wirklich für gerechtfertigt?" fragte Schreiber Anup-em-hab, während er an der Seite des Vorarbeiters

Hai die Siedlung am Nordende verließ. „Der Gott soll Streitereien um einen Schmalztopf schlichten? Obwohl das Fest des Gottes Amenhotep noch ganze Mondumläufe entfernt ist? Das kann doch nicht euer Ernst sein!"

„Ken-her-chepeschef hat es angeordnet", meinte sein Begleiter achselzuckend, „das soll mir genügen. Auch der Gott wird um des Friedens in der Siedlung willen eine Ausnahme machen."

Die Dorfbewohner wanderten hinter den beiden Männern den Hügel hinauf. Selten kam es vor, daß man dem Beschützer Pa-Tímes außer der Reihe begegnen durfte. Die Frauen der Großen hatten den Opferschrein am Abend zuvor mit Blumen und Getreidegarben geschmückt. Kleine Wimpel kennzeichneten den zweihundert Ellen langen Weg, den das Standbild nehmen sollte. Auf dem Gelände zwischen dem Brunnen, dem ‚Verschlossenen Haus des Ortes' und den Tempeln auf dem Hügelkamm hatten sich schon viele Familien versammelt und harrten der Erscheinung des Gottes.

„Wenn du nichts dagegen hast, Vormann", sagte Anup-em-hab, „bleibe ich hier unten. Ken-her-chepeschef fertigt die Niederschrift an. Da muß ich nicht auch noch dabeistehen."

Hai warf ihm einen mißbilligenden Blick zu, sagte aber nichts. Er fand, Anup-em-hab nahm seine Pflichten zu sehr auf die leichte Schulter. War er nun ein Großer in Pa-Tíme oder nicht?

Doch Anup-em-hab blieb neben Wabet und ihren Kindern stehen. „Ich habe etwas für dich", sagte er zu Ta-Scherit, die ihre kleine Schwester Ta-Neferet mit Getreidebrei fütterte.

„Für mich? Was ist es?"

„Einige Auszüge aus der *Kemit*!"

„Der Schulschrift? Oh Ehrwürdiger, wie wunderbar! Vielen Dank!" Ta-Scherit strahlte, und der Schreiber wunderte sich. Einige Papyrusblätter waren schön und gut, er hatte aber nicht erwartet, daß sie Glückseligkeit hervorrufen könnten.

„Du kannst sie später bei mir holen", sagte er. „Ist hier noch ein Plätzchen frei für mich?"

„Du erweist uns Ehre, Schreiber", sagte Wabet.

„Wo ist Paneb? Wird er bei den Trägern sein?"

„Aber nein! Ken-her-chepeschef und Neferhotep waren den ganzen gestrigen Tag damit beschäftigt, sechs Träger für das Standbild zu bestimmen, die sowohl Herchau als auch Amunnacht genehm sind. Da kann mein Mann nicht dabei sein."

„Ich verstehe."

„Es hat einen bitteren Streit zwischen meinem Vater und Amunnacht gegeben", warf Ta-Scherit ein, „hast du nichts davon gehört?"

„Ich bin nicht auf dem laufenden über Amunnachts Zänkereien, erst recht nicht, was die mit Paneb betrifft. Sie finden zu häufig statt."

„Da hast du recht. Jedenfalls hat mein Vater die Absicht, ein Standbild von sich im Tempel aufzustellen. Er will sich in Amenhoteps besonderen Schutz begeben."

„Daran ist nichts Verwerfliches! Der Schrein des Amenhotep beherbergt viele Standbilder von Dorfbewohnern."

„Aber er will es heute tun! Amunnacht meint, damit würde er beiseite geschoben. Heute soll sich der Gott ausschließlich mit seinem Schmalztopf beschäftigen." Sie konnte ein Kichern nicht zurückhalten. „Hoffentlich mag er Schmalz!"

Sogar Wabet lächelte. „Das ist Amunnacht, wie er leibt und lebt!" Sie winkte Auti, die mit ihren Söhnen vom Dorf heraufkam. „Hier herüber!" Über die Schulter sagte sie zu ihrer Tochter: „Hast du schon gehört, daß Auti ihren jüngeren Sohn im Haus des Lebens angemeldet hat? Sie hat es wirklich fertiggebracht!"

„Hormose wird Schreiber?"

„Nein, Arzt! Vielleicht werden wir in einigen Jahren einen ausgebildeten *Sunu* im Dorf haben!"

„Wie schön", murmelte Ta-Scherit, doch in diesem Augenblick war ihr nichts gleichgültiger als der künftige Lebensweg Hormoses. Ihr Blick hing an Irinefer, der mit Ubechet einen Opferkorb zum Heiligtum trug. Die alte Frau rief einen Gruß herüber, den Wabet erwiderte. Irinefers Blick war freundlich, aber nichtssagend, doch Ta-Scherit wußte mit jeder Faser ihres Herzens, daß er sich ebenso nach ihr sehnte wie umgekehrt. Wie klug von ihm, sich nichts anmerken zu lassen! Wie gut er sich verstellen konnte! Warum nur war die Nacht noch so weit entfernt?

„Sie kommen!" rief Auti und wies auf Herchau und Amunnacht. Die beiden Streithähne eilten, einander ständig überholend, zum Schrein hinauf. Sie tauschten Beleidigungen und giftige Blicke aus, was Anup-em-hab nicht wenig erheiterte. Hinter ihnen erschien Neferhotep. „Anup-em-hab!" hörte er. „Sei so freundlich und schließe dich den Trägern des Standbildes an. Der junge Pendua ist erkrankt. Wir benötigen noch einen Mann!"

„Selbstverständlich!" seufzte der Schreiber. „Leb wohl, du ruhiger Nachmittag." Er folgte Neferhotep hinter den Schrein des Gottes, wo er die Reinigungsgebete sprach, die einer so heiligen Aufgabe vorausgehen mußten. Währenddessen stellten sich andere Mitglieder der Kolonnen vor dem Tempel auf. Sie trugen buntgefärbte Straußenfedern und Weihrauchspender.

Vor dem Schrein warteten die fünf anderen Träger, Hesisunebef und Cha-em-nun, der Maler Nachtamun, der Bildhauer Pasched und Pa-en-resi, der Umrißzeichner.

„Bringen wir es hinter uns", brummte letzterer. Ihm war die ganze Angelegenheit zuwider. Er verabscheute Zank und war überzeugt, der Gott empfände diesen Streit als ebensolche Zumutung wie er selbst.

Einige Kinder, die an beiden Seiten des Tempeleingangs standen, hoben ihre Glöckchen.

Die Gespräche hörten auf. Nur ein Säugling krähte noch, verstummte aber auch, als Hunur das Lied für den Gott Amenhotep anstimmte. Anup-em-hab und die anderen Träger schulterten das Gestell mit dem Standbild und trugen es ins helle Sonnenlicht. Ihr Dorfgott war der einzige, der bei Umzügen nicht in einem verschlossenen Kasten umhergetragen wurde. Ihm durfte man ins Antlitz blicken!

Neferhotep, Ken-her-chepeschef und Hai setzten sich an die Spitze des Zuges. Eingehüllt in Weihrauchwolken, schritten sie den vorgegebenen Weg entlang. Nach kurzer Zeit schmerzten Anup-em-hab die Schultern, aber das war ihm wie Wasser. Nur die Nähe zum Gott zählte. Nach der Hälfte einer Stunde standen sie wieder vor der alten, verwitterten Tempelfassade. Herchau und Amunnacht stellten sich an beiden Seiten des Opfertisches auf.

„Unser Vater Amenhotep!" sprach der Vormann feierlich. „Wir stehen heute vor dir als Ratlose, die deinen Richterspruch erflehen! Gewähre uns deine Huld und höre die Männer, die uneins sind über den Inhalt eines Schmalzkruges!"

Herchau trat vor. „O heiliger Gott!" rief er. „Mein Weib Tanehes und ich verkauften dem hier anwesenden Amunnacht einen Krug mit Schmalz im Gewicht von fünf *Deben*. Wir vereinbarten einen Preis von drei *Deben* Kupfer. Jetzt weigert sich Amunnacht, den Gegenwert zu entrichten."

„Glaube dem Betrüger kein Wort, o Amenhotep!" kreischte Amunnacht. „Er gab viel weniger als fünf *Deben*."

Entsetzt stöhnten die Zuhörer auf. Wie konnte der Mann sich so vergessen?

„Beherrsche dich!" befahl Neferhotep. „Du sprichst mit Gott!"

„Es ist doch so!" beharrte sein Bruder eigensinnig.

„Leider", sagte Herchau weiter, „hat Amunnacht das ganze Schmalz bereits verzehrt, so daß niemand einen Beweis erbringen kann." Er bemühte sich, seine Sache in einer besonders gesetzten, zurückhaltenden Sprache vorzutragen, wohl um sich von seinem Gegner vorteilhaft abzuheben.

„Weshalb, mein Bruder", fragte Vorarbeiter Neferhotep, „bewahrtest du das Schmalz nicht auf?"

„Daß zuwenig im Krug war", sagte Amunnacht und zwang sich zu Gelassenheit, „bemerkte ich erst, als ich schon einiges davon verzehrt hatte. Zu schnell ging er zur Neige."

Es herrschte betretenes Schweigen. Wegen solch einer dreisten Behauptung mußte der Gott behelligt werden?

„Gütiger Amenhotep!" preßte Neferhotep hervor. „Wir bitten um dein Urteil in dieser Sache."

Amunnacht trat vor das Standbild und sank in die Knie. „Haben Herchau und Tanehes mich betrogen?" fragte er.

Tiefe Stille hing über der Versammlung. Nur einige ferne Kinderstimmen waren zu hören. Anup-em-hab hielt den Atem an. Würde der Gott antworten? Er schielte zu seinem Nachbarn an der zweiten Stange. Cha-em-nun war bleich, Schweiß stand ihm auf der Stirn. Der Blick, den er zurückwarf, war ratlos. Nichts geschah.

„Fahre fort!" raunte Ken-her-chepeschef Neferhotep zu.

Der Vorarbeiter wartete noch einen Augenblick, dann hob er den Arm. „Unser Herr wünscht noch einmal Herchau zu hören", lautete seine mit beifälligem Gemurmel begleitete Deutung des Schweigens.

„Lasse mir Gerechtigkeit widerfahren, o Herr", rief Herchau mit fester Stimme und trat vor. „Ich frage dich: Bin ich ehrlich gewesen in dieser Sache?"

Die Stangen drückten fest auf Anup-em-habs Schultern, als wollten sie ihn in die Knie zwingen. Gedachte der Gott auch diesmal nichts zu erwidern? Dunkle Flecken tanzten dem Schreiber vor den Augen, und in den Ohren spürte er ein gleichförmiges Rauschen. Die Rufe der Menschen vernahm er noch bevor er die Bewegung spürte.

„Er spricht!" „Der Gott nickt!" „Herchau hat wahr gesprochen!"

Ruckartig schwankte das Standbild vor und zurück. Das Schütteln ging durch Anup-em-habs ganzen Leib, und er umfaßte die Tragstangen noch fester. Nichts hatte er zu diesen Schwingungen beigetragen! Cha-em-nun ebensowenig, das sagte ihm ein Blick in dessen angespannte Miene. Es war der Gott selber, der seine Meinung kundtat! Der Ewige war lebendig, er war um ihn! Er, Anup-em-hab, war auserwählt!

„Danke, Gott!" schrien die Leute. „Du hörst uns! Danke!"

Inzwischen schaukelte das Standbild so stark, daß Anup-em-hab befürchtete, es könne herunterfallen. Auf ein kaum hörbares Knacken hin jedoch schwächte sich die Bewegung ab.

„Du geruhtest, zu uns zu sprechen!" rief Neferhotep. „Pa-Tíme lebt in deinem Segen. Wahrheit dauert, Lüge endet bald."

Er sprach noch weiter, doch Anup-em-hab hörte ihm nicht mehr zu. Mit den anderen Trägern brachte er den Gott in seinen Schrein zurück, wo das Standbild wieder in den bemalten Kasten auf dem Sockel in der Mitte des Raumes heimkehrte. Als er den Schrein verließ, sah er, wie Amunnacht sich davonmachte. Ohne nach rechts oder links zu blicken, rannte der Mann den Pfad zum Dorfeingang hinunter. Die Menschen wichen ihm aus, niemand sprach ihn an. Der Gott hatte ihn der Lüge überführt. Neferhoteps Bruder sah einsamen Zeiten entgegen.

Ta-Scherit ließ den Dorffriedhof hinter sich und eilte bergauf. Der Mond stand hoch am Himmel und beleuchtete den gewundenen Weg. Oben an der Bergkuppe sah sie sich noch einmal um. Schwarz lag das Tal zu ihren Füßen, nur vereinzelt waren Lichtpünktchen zu erkennen. Unruhe bedrängte sie. Bis zu diesem Augenblick hatte sie nichts anderes verspürt als sehnsuchtsvolle Erwartung. Seit dem Einbruch der Nacht indes hatte sich ihre Vorfreude abgeschwächt. Hatte ihre Mutter recht, wenn sie vor der Einsamkeit und Angst warnte, die den erwarteten, der die Regeln übertrat? Sie fröstelte und rieb sich die Arme. Was sollte sie tun? Hieß es nicht: ‚Folge deinem Herzen, solange du lebst?' Befolgte sie aber die Anweisungen ihrer Eltern, schlug sie diesen Rat in den Wind. Beklommen setzte sie ihren Weg fort und näherte sich endlich dem vertrauten Felsvorsprung. Noch konnte sie umkehren. Irinefer würde Verständnis haben, dessen war sie gewiß. Unten im Dorf hatte wahrscheinlich niemand ihr Fehlen bemerkt, sie wäre zurück in Sicherheit, wieder zu Hause.

Da sah sie die dunkle Gestalt am Felsen. Er wartete schon! Sie wollte ihn anrufen, brachte aber vor Aufregung keinen Ton über die Lippen.

„Amun sei Dank, du bist gekommen!" Irinefer rannte zu ihr und zog sie in die Arme.

„Nein, warte", flüsterte sie, und er trat zurück.

„Ist etwas geschehen? Du weinst ja!"

„Nein, es ist nichts, ich weiß nur nicht … es ist nur … ich fürchte mich!"

„Du brauchst keine Angst zu haben", sagte Irinefer ruhig, „nicht bei mir und erst recht nicht vor mir!" Er zog sie zu der Mulde, in der sie so oft nebeneinandergesessen hatten, in der sie nun wieder saßen, einander nah und doch auch wieder nicht, ängstlich und scheu.

„Wie unwissend ist mein Herz", sagte sie leise, „es dachte, zu lieben genüge für alles."

Irinefer legte ihre Hand an seine Wange, berührte mit den Lippen ihr Handgelenk und versuchte zu begreifen, warum auch er nicht Freude, sondern Wehmut verspürte.

„Siehe, ich bin hier für dich", fuhr Ta-Scherit fort, „so wollte ich zu dir sprechen, doch nun ist es mir, als befiele mich Krankheit."

„Ich bin so ratlos wie du", gab er zurück. „Vielleicht ist es das Verbot deines Vaters?" Er rückte ein wenig zur Seite.

„Vielleicht", antwortete sie. Warum nahm er den Arm fort? „Es macht Angst, Unerlaubtes zu tun."

„Verbietet man mir zu atmen, kann ich es auch nicht befolgen."

„Ich wollte", sagte sie langsam, „wir könnten das vergangene Jahr ungeschehen machen. Alles hat sich verändert. Wir haben so lange nicht mehr miteinander lesen können." Unwillkürlich hatte sie das Sinnbild ihrer Verbundenheit benannt.

Irinefer legte die Hände in den Schoß und schloß die Augen. „Ich habe immerzu von dir geträumt!" murmelte er. „Ich stellte mir vor, wie es wäre, dich zu umarmen, dir nahe zu sein."

„Mir ist es nicht anders ergangen!" Sie zog ihr Bein heran und legte ihr Kinn auf das Knie. „Aber nie hätte ich gedacht, daß ich mich so … schutzlos fühlen würde."

„Kann es falsch sein, auf sein Herz zu hören? Meines sagt, es wolle nicht mehr schlagen, wenn du mich nicht liebst."

Eine Weile sprachen sie nicht. Ta-Scherit streifte Irinefer mit einem Seitenblick. Um seinen Mund lag ein Zug von Anspannung, ja Schwermut, der ihr ins Herz schnitt. „Du siehst traurig aus", sagte sie, „bist du mir gram?"

„Gewiß nicht", erwiderte er. „Ganz im Gegenteil. Ich versuche nur zu verstehen."

Ta-Scherit rückte näher an ihn heran. „Wir müssen uns nur wieder aneinander gewöhnen!"

Das klang so klug und zugleich so merkwürdig kindlich, daß Irinefer lächeln mußte. „Ich glaube, du hast recht. Wir sind es nicht mehr gewohnt, uns zu freuen nach diesem langen Jahr. Wir bleiben jetzt so lange hier sitzen, bis es uns wieder ganz selbstverständlich vorkommt."

Nun lachte auch Ta-Scherit. „Bis morgen früh?"

„Wenn es sein muß!"

„Schade, daß wir keinen Papyrus bei uns haben. Ich hätte große Lust, mit dir zu lesen."

Irinefer schielte zum Himmel. „Ohne Fackel? Es ist tiefe Nacht!"

„Vor allem ist es eine kalte Nacht."

„Frierst du? Komm, laß dich wärmen!"

Die Stimmung zwischen ihnen entspannte sich merklich. Ta-Scherit kuschelte sich in seine Arme und barg das Gesicht an seinem Hals. So saßen sie lange Zeit.

„Siehst du das Sternbild Seths dort am nördlichen Himmel?" fragte Irinefer nach einer Weile. „Wenn man genau hinsieht, kann man das Bein des Bullen erkennen."

„Ich sehe es nicht", gab sie zurück. „Da sind so viele Sterne. Außer Ken-her-chepeschef und Anup-em-hab kennt niemand im Ort ihre Bedeutung."

„Ich weiß auch nicht viel darüber. Mein Lehrer Tefnacht sagte vor vielen Jahren, man erkenne den Bullen des Seth daran, daß neben ihm das Nilpferd der Isis ginge. Es trägt ein Krokodil auf dem Rücken."

Ta-Scherit schaute angestrengt in die Richtung, in die sein Finger wies. „Möge es so sein", murmelte sie, „daß Isis den Seth überwacht. Auch wenn sich das Bild für mich nicht formt."

„Seth kann unter den Augen der Isis kein Unheil anrichten", sagte Irinefer. „Das ist die Wahrheit, die am Himmel geschrieben steht."

„Wie tröstlich das ist! Ich wollte, ich wüßte soviel wie du."

„Dein Herz weiß alles, was von Bedeutung ist."

Das Mädchen rückte ein wenig ab, um ihm ins Gesicht sehen zu können. „Auch wenn es manchmal voller Zweifel ist?"

„Gerade dann!" sagte er überzeugt. „Du bist immer du selbst, auch in deinen Bedenken. Ich dagegen bin mir meiner nie sicher. Ich weiß oft nicht einmal, wer ich bin."

„Iri! Was redest du?" Sie schlang die Arme um ihn. „Ich verstehe nicht, was du meinst! Deine Worte klingen so betrübt!"

Irinefer drückte ihr einen Kuß auf die Wange. „Wenn du bei mir bist, so nah, wie du es jetzt bist, dann gibt es keine Trübsal."

„Ich will nicht, daß du traurig bist", flüsterte Ta-Scherit, und er erinnerte sich, daß sie diese Worte schon einmal ausgesprochen hatte, damals, am Morgen des Schönen Festes vom Wüstental.

„Ich liebe dich", sagte er und schloß sie in die Arme. Diesmal wehrte sie sich nicht, im Gegenteil, fast schien er ihr nicht nah genug zu sein, so eng drängte sie sich an ihn. Sacht strich er ihr mit den Fingerkuppen über die Schläfe. So zärtlich war er, daß sie Vertrauen faßte und mit den Lippen seinen Hals berührte. Sie spürte, wie sein Atem schneller ging, und das Herz klopfte ihr bis zur Kehle. Aber sie wich nicht zurück. Obwohl sie noch immer Angst hatte, war da etwas in ihrer Leibesmitte, das stärker war als jede Scheu, etwas, das ihr gebot, sich ihm entgegenzudrängen, ja seine Hand zu ergreifen und sie an ihre Brust zu führen.

„Ich habe so gewartet", flüsterte er, und der Klang seiner Stimme löste ein überwältigendes Wollen in ihr aus, von dem sie nicht hätte sagen können, ob es mehr von dem Schmerz in ihrem Herzen rührte, dem Pochen zwischen ihren Beinen oder dem betäubenden Rauschen in den Ohren.

„Ich fürchte mich", murmelte sie, half ihm aber zugleich dabei, die Träger ihres Kleides über die Schulter zu ziehen.

„Ich mich auch", gab er zu. Er versuchte vergeblich, Herr über sein Verlangen zu bleiben. Er sah sie bittend an, nahm ihre Hand, auf daß sie ihn berühre und seine Sehnsucht erfülle. Sie zuckte zurück, zögerte, doch dann ertastete sie ihn, vorsichtig, staunend. Schließlich bog sie den Rücken nach hinten und überließ sich seinen Lippen, die ihre Brüste fanden, seinen Händen, die nach jener geheimnisvollen Stelle unter ihrem Kleid forschten, dort, wo das Warten schon schmerzte.

„Bitte!" Es war ihr nicht klar, worum sie bat, sie wollte nur irgend etwas zu seinem Herzen sprechen, dem sie sich nun ganz auslieferte. Als seine Finger ihr Ziel fanden, schossen Flammen durch ihren Leib, und sie verlor etwas von ihrer Scheu. Irinefer lag nun unbekleidet neben ihr. Sie hatte nicht bemerkt, daß er den Gürtel seines Schurzes gelöst hatte. Da zog auch sie sich das Kleid über den Kopf. Mit bebenden Händen bettete Irinefer sie darauf. Dann kniete er vor ihr nieder und zog ihr zögernd die Schenkel auseinander.

„Ich will vorsichtig sein", sagte er, „aber ich weiß nicht ..."

Ta-Scherit zog ihn zu sich nieder, und seine Unsicherheit wich. „Ich aber weiß es", sagte sie. „Ich will es. Komm!"

Hastige Bewegungen, zitternde Finger, die halfen, den Weg zu bahnen, dann ein Stöhnen voller Wonne. Irinefer schloß die Augen und gab sich dem überwältigenden Lustgefühl hin. Es war ihm nach Jubeln zumute. Daneben empfand er noch etwas anderes, etwas Vertrautes, ein Gefühl, als wäre er beschützt, zu Hause.

„Warte!" flüsterte sie. „Ich muß mich erst ... daran gewöhnen!"

Er verharrte. „Ist es richtig so?"

Dann bewegte er sich wieder, und sie nahm ihn auf, ohne sich um den Schmerz zu kümmern. Ihr war, als müsse sie ertrinken, als risse sie ein Wellenstrudel mit sich, dann wieder schien es ihr, als stürze sie von einem hohen Felsen durch die Lüfte. Irinefer schrie leise auf, sie aber stürzte noch immer, als sei sie ein Stern, der sich vom Kleide Nuts gelöst hatte.

Als sie die Augen öffnete, fand sie sich in seinen Armen. Er wiegte sie wie ein kleines Kind.

„Mir ist, als flösse ich auseinander", murmelte sie.

Irinefer sah sie an, und eine Wärme breitete sich in ihr aus, die ihr die Tränen in die Augen trieb. „Es ist so", antwortete er still, „weil sich die Grenzen zwischen uns verwischt haben."

Sie waren beide so ineinander versunken, daß sie das leise Knirschen des Sandes nicht hörten, das Apachte verursachte, als er sich von seinem Beobachtungsposten zurückzog und in gebückter Haltung davonschlich. Er richtete sich erst auf, als er außer Sichtweite war. Ein unbestimmtes Lächeln lag auf seinem Gesicht, als er noch einmal in die Richtung zurückschaute, aus der er gekommen war. Dann eilte er mit schnellen Schritten auf Pa-Tíme zu.

# TÖCHTER

Das Maß ist voll!" verkündete Hutemwija. „Meine Geduld ist erschöpft."

„Was willst du damit sagen?" Mutemwija gelang es nicht, ihre Unruhe zu verbergen. Eine Veränderung ging mit der Schwester vor sich, die ihr Sorge bereitete. Geendet hatten die Zornesausbrüche, die in Abständen die Familie erschüttert hatten, verschwunden waren sowohl Hutemwijas Murren als auch ihr scharfer Witz. Statt dessen legte sie eine glatte, kalte Gelassenheit an den Tag, die Mutemwija seelenlos vorkam und … unheimlich.

„Ich habe mich dazu entschlossen, dieses Leben zu beenden."

„Huti!" Erschrocken sah Mutemwija die Schwester an. „Du willst doch nicht …"

„Keine Sorge!" Hutemwija verzog den Mund. „Ich will mich nicht umbringen! Ich werde lediglich fortgehen."

„Fortgehen? Aber wohin denn?"

„Selbst wenn ich es jetzt schon wüßte, würde ich es dir nicht sagen."

Das klang so kühl, so endgültig, daß Mutemwija das Wort auf der Zunge erstarb. Sie beobachtete, wie Hutemwija ihren Halsschmuck anlegte und anschließend den Bleiglanz auf den Augenlidern erneuerte. Niemand außer ihnen hielt sich mehr im Schminkraum auf, in dem sich die Tänzerinnen für Hathor nach dem Gottesdienst umzogen. Mutemwija war längst fertig, und nun war ihr klar, warum die Schwester so auffällig lange gebraucht hatte.

„Du willst nicht mehr nach Hause gehen", stellte sie fest. „Du wirst gleich fortgehen."

„Das ist wahr." Hutemwija trug Lippenrot auf und preßte die Lippen mehrmals aufeinander. „Glaube ja nicht, daß ich mir diesen Entschluß leichtgemacht habe. Aber ich kann Mutter nicht helfen, das weißt du genau. Sie bringt mich zur Raserei mit ihren Angstzuständen, und ich muß gehen, bevor ich mir zu wünschen beginne, Vater möge sie endlich töten."

Kalt lief es Mutemwija über den Rücken. Aber sie wußte, ihre Schwester meinte jedes Wort ernst.

Während des vergangenen Jahres hatte sich ihre Mutter mehr und mehr in ein zitterndes Angstbündel verwandelt. Und das mit gutem Grund, wie Mutemwija zugeben mußte. Nacht hatte Baket-Ra kein einziges Mal aufgesucht, sie nie wissen lassen, was er mit ihr vorhatte, ob er gedachte, ihr etwas anzutun. Aber er war immer da. Baket-Ra pflegte mindestens einmal während eines Zehntages irgend etwas, einen Gegenstand, einen Papyruszettel mit einer Zeichnung oder einigen unbeholfen gekritzelten Schriftzeichen, zu finden. So ließ er sie wissen, daß er in ihrer Nähe war, daß er sie beobachtete, daß er jederzeit zuschlagen konnte. Wie ein Geist war er, nie sichtbar, aber allgegenwärtig. Keiner der Leibwächter, mit denen Bai sie umgab, vermochte seiner habhaft zu werden, fast hätte man glauben können, er lebe gar nicht, außer in Baket-Ras Angst. Aber dann fand sie in einem Beet ausgerissene Blumen in Form des Lautzeichens für „nacht" oder einen geköpften Vogel auf der Schwelle zu ihren Gemächern.

Nach wenigen Mondumläufen hatte sich Baket-Ra außerstande gesehen, ihre Arbeit weiter zu verrichten. Sie verbrachte den größten Teil des Tages in abgedunkelten Räumen, die Bai streng bewachen ließ, nähte oder stickte oder blickte reglos vor sich hin. Es war Mutemwija, die auf diese Weise langsam in ihre Aufgaben hineinwuchs und so ihre eigene Furcht durch Arbeit bändigte. Ihr Vater war ein grausamer Mann, das wurde ihr im Laufe dieses Jahres klar, als sie zusehen mußte, wie ihre Mutter den Lebensmut verlor und das Leuchten in ihren Augen verschwand. Langsam, aber sicher zerstörte er sie; ihr gutes Leben in Pi-Ramesse fiel in sich zusammen. Sogar ihre Schönheit welkte dahin. Das Gesicht zeigte nun immer diese ungesunde Blässe, ihr Haar verlor seinen Glanz und wurde stumpf. Sie magerte ab, und angesichts ihrer Knochigkeit verblaßte die Erinnerung an ihre sanfte, runde Weichheit. Wenn Nacht ihr langandauernde Qualen zufügen wollte, so gelang ihm das vortrefflich. Seine Rache war vollkommen, dachte Mutemwija oft, viel wirksamer, als wenn er sie einfach nur getötet hätte.

Ihr war, als stünde sie vor einem Abgrund, dessen Tiefe sie nicht ermessen konnte, und sie verspürte eine noch nie gekannte Traurigkeit. Wie sollte sie weiterleben ohne die Schwester? Wie den Verlust ertragen, die Einsamkeit, wenn es niemanden mehr gab, dem sie sich anvertrauen konnte? Seit ihrer Kindheit hatte sie sich auf ihre mutige, tatkräftige Schwester verlassen. Wie sehr bedurfte sie ihrer Stärke! Brauchte Hutemwija sie denn nicht? „Wie kannst du mich so ohne weiteres zurücklassen?" murmelte sie. „Woher kommt diese Herzenskälte?"

Hutemwija zögerte. „Ich habe dich gern", sagte sie sanft, und Mutemwija fühlte einen Schmerz, der ihr Tränen in die Augen trieb. „Aber es ist nicht gut, jemanden zu brauchen. Wer auf einen anderen angewiesen ist, wird furchtbar enttäuscht werden."

„Die Götter haben Menschen nicht für das Alleinsein geschaffen!" In Mutemwija wuchs die Verzweiflung. „Dunkel ist es im Innern eines Menschen, der die Nähe der anderen meidet."

Wie ein bleicher Mondstrahl tastete sich ihre Ahnung vor in die stumme Zeit, die sich vor ihr auftat, sie sah Schmerzen kommen, gehen und wieder zurückkehren. Mit wem würde sie sprechen können? Wer konnte so klare Urteile fällen wie Hutemwija, ihre scharfzüngige Schwester? Ihre Stärke hatte sie seit jeher umgeben wie eine schützende Mauer, das wußte sie nun. „Ist es dir denn gleichgültig, was Mutter fühlt? Und ...", sie schluckte, „ ... wie mir zumute sein wird? Ich liebe dich, Huti!"

„Sprich nicht solche Worte!" Hutemwija hob abwehrend die Hände. „Wehe dem, der liebt! Sein Herz wird gefressen werden. Die einzige Rettung besteht darin, sich abzuwenden und frei zu werden."

„Was redest du! Mag das Herz des Liebenden auch verschlungen werden, das deinige ist krank und siech. Du sprichst, als bedeute Freisein die Sicherheit vor Schmerz. Das Gegenteil aber ist wahr.

Freiheit heißt Hinausgeworfensein in die Dunkelheit, heißt die Auflösung der Ordnung."

„Wirklich? Ich möchte wissen, welche Wirrnis grauenhafter ist als dieses Gefangensein. Vielleicht bin ich einsam, aber ich halte mein Leben in meiner eigenen Hand, und niemand wird mich töten. Liebe ist Tod, soviel habe ich verstanden! Sieh dir Mutter an! Sie liebte Niu, und die Götter gaben ihr dafür einen Ozean an Qualen. Niu aber liebte Mutter und mußte dafür sterben. Was geschah mit Nacht, unserem Vater? Er liebte sein Weib, erhielt dafür ein zerstörtes Leben und wurde ein Schuldiger, der noch heute in der Finsternis umherirrt." Die letzten Worte hatte sie so leise gesprochen, daß Mutemwija sie kaum verstand.

„Das ist es, was dich schmerzt, nicht wahr?" sagte sie. „Es ist Vater! Du hättest gern klare Verhältnisse! Mutter ist böse, Vater ist gut. Doch so ist es nicht. Beide sind weder das eine noch das andere. Sie sind ..."

„Hör auf damit!" unterbrach Hutemwija. „Ich hasse solche Worte. Es ist nicht wichtig, was Vater und Mutter sind, verstehst du? Es ist einfach nicht wichtig!"

„Und was ist mit mir? Ist das auch ohne Bedeutung?"

„Du wirst auch ohne mich leben können", sagte Hutemwija heiser. „Du bist viel stärker, als du glaubst."

„Ich bin nicht stark!" Mutemwija weinte. „Du bist die Starke! Geh nicht fort! Ich brauche dich doch!" Sie sah am Ausdruck des Gesichts vor ihr, was solche Worte anrichteten. Aber sie konnte nicht anders, als sie dennoch auszusprechen.

„Verzeih mir, Muti!" hörte sie. „Aber deine Liebe schlingt mir Ketten um die Füße. Deine Angst würgt mir die Luft ab. Geh zurück zu Mutter! Sie braucht dich, denn du kannst ihre Not lindern. Ich kann das nicht. Ich liebe sie nicht genug."

„Aber ... du gehst doch nicht jetzt schon? Doch nicht sofort?"

„Worauf sollte ich noch warten? Ich bin vorbereitet!" Hutemwija wies auf einen Leinensack in der Zimmerecke.

„Nein!" schrie Mutemwija auf, stürzte auf die Schwester zu und schlang die Arme um sie. „Geh nicht! Bitte!"

Hutemwija erwiderte den Druck ihrer Arme und legte die Wange an Mutemwijas Gesicht. Für einen Augenblick brandete wilde Hoffnung in Mutemwija auf. ‚Bleibe hier Huti, bleibe hier, ich liebe dich.'

Hutemwija löste sich sanft, aber unmißverständlich aus der Umarmung. Sie maß Mutemwija mit einem langen Blick, in dem mehr Zärtlichkeit lag, als sie selbst wußte. „Es geht doch weiter, Schwester. Ra lenkt seine Barke über den Himmel, die Blumen blühen, und Tag und Nacht fließt der Hapistrom. Den Fischen im Fluß, den Bäumen am Wegesrand ist es einerlei, was uns gerade treibt. Sei guten Mutes, alles geht weiter."

‚Und du verläßt mich', dachte Mutemwija wild, ‚tust so, als wäre alles nicht wichtig. Glaubst du, wenn du dich heiter und gelassen gibst, wird dein Zerstörungswerk weniger zerstörerisch?'

Hutemwija hatte sich aus ihren Armen gelöst. Sie nahm ihren Sack und ging zur Tür.

„Nicht einfach so, Huti!" Durch einen Vorhang aus Tränen streckte Mutemwija die Hand nach der Schwester aus. „Nicht so aus heiterem Himmel!"

„Wann war je der Himmel heiter?" sagte Hutemwija leichthin. „Leb wohl, meine sanftmütige Schwester, sei glücklich, du Gütige, du Liebevolle!"

Fassungslos sah Mutemwija, wie sie durch die Tür schritt, ohne sich umzusehen.

Hutemwija war fort.

„Wie wirst du deiner Heimat das Zweifache Land beschreiben, Großer von Hatti?" Königin Tausret beugte sich zu dem bärtigen Hethiter hinüber und reichte ihm eine Schale Wein. „Ich hoffe, dein Herz war zufrieden mit dem, was es sah."

„Es jubelte, denn es erlebte die schönste Königin dieser Erde", gab der Gesandte geschmeidig zurück. „Es sah ein blühendes Land, voll Reichtum und gesegnet von seinen Göttern." Sein Blick umfaßte den hochschwangeren Leib Tausrets. „Wahrhaftig gesegnet!

Außerdem werde ich einen Herrscher im Gedächtnis behalten, dessen Macht gewaltig ist." Nach einer unmerklichen Pause fügte er hinzu: „Wenn auch nicht unangefochten."

„Der Pharao, Leben, Heil, Gesundheit", sagte Tausret, „tut, was seine Aufgabe ist in dieser Welt: Er zerschmettert die Feinde unseres Landes, wo und in welcher Form auch immer sie sich zeigen. Und in diesem Fall zeigen sie sich in der Gestalt des Königssohnes von Kusch und seines Anhangs."

„Eine wahrhaft göttliche Aufgabe!" bemerkte der Hethiter trocken. Er trank einen Schluck und lächelte strahlend. „Bedauerlich, daß er auf diese Weise seinen erstgeborenen Sohn töten muß."

Tausret zuckte zusammen. Kunde von Schwäche des ägyptischen Königs durfte nicht ins Ausland gelangen. Außerdem überschritt diese Bemerkung die Grenzen der diplomatischen Höflichkeit. „Darin erweist sich seine Stärke", sagte sie nachdrücklich, „wie sie dem Gott angemessen ist. Sie schreckt vor nichts zurück, denn sie wird nicht von Gefühlen beeinflußt, denen gewöhnliche Sterbliche ausgeliefert sind! Sie macht deutlich, daß Pharao jeden zermalmt, der sich ihm entgegenstellt."

„Diese Botschaft", warf Bai ein, „wird der Herrscher von Hatti wohl zu gewichten wissen!"

Der Hethiter hatte den Hinweis verstanden. „Im ganzen Lande Hatti wird man voll Furcht sprechen über Sethos ..." Er beschrieb noch eine Weile den Schrecken, den dieser Name in seiner Heimat verbreiten würde.

Bai hörte ihm nicht mehr zu. Gedankenverloren ließ er seinen Blick wandern. Schlanke Säulen umstanden den Saal. Die Wände zierten glänzende türkisfarbene Kacheln, angeordnet in Rahmen aus funkelndem Gold. Tausendfach brach sich in ihnen das Licht der Öllampen. Etwa zwanzig Hofbeamte samt ihren Frauen saßen an niedrigen Tischen auf gepolsterten Hockern. Sie tranken Wein aus bemalten Schalen und bedienten sich mit gezierten Bewegungen aus Körben mit Obst und Gebäck. Wohin man schaute, sah man glitzerndes Geschmeide, fließendes Linnen und buntbestickte Bänder. Die schmelzenden Parfümkegel auf den Perücken der

Frauen verströmten betäubende Düfte. Schwarz umrandete Augen glänzten unter Goldstaub und grünem *Schesmet*, Armbänder klirrten, und beringte Hände hoben sich in ausdrucksvollen Gebärden. Ein seltsamer Hauch von Gier umgab alle, was Bai fast körperlich spüren konnte. Gier lag in jedem Blick, in jedem Lachen.

Bai seufzte. Ein großer Teil seines Ekels erwuchs aus dem Wissen, daß er sich von ihnen kaum unterschied. Er nutzte die Zeit, da Hori mit dem Pharao im Süden war. Sollte doch der Wesir sich in Gefahr begeben, er jedenfalls gedachte, seine Hausmacht zu vergrößern. So war Hori an der Seite des Königs, während er neue Anhänger um sich scharte, freigebig Gold verteilte und Ämter in Aussicht stellte. Im Grunde war er ein Kriegsgewinnler, vielleicht der einzige unter den *Semeru*, der aus der gegenwärtigen Lage wirklich Vorteil zog. Es war ihm sogar gleichgültig, daß Hori es war, der den Fortgang der Arbeiten an seinem und der Königin Grab begutachtete. Bisweilen ertappte er sich sogar bei dem Gedanken, diese vergiftete Gabe Tausrets, sein Grab an heiligster Stätte, habe ihm im Grunde nichts als Demütigung und Beschämung eingebracht.

Hori bewährte sich im Felde hervorragend. Bai hatte nichts anderes erwartet. Dennoch waren die Nachrichten aus dem Süden niederschmetternd. Der ‚Elende aus Kusch', wie man Amenmesse hier zu nennen pflegte, festigte seine Herrschaft und schloß die Faust fest um das heilige Gebiet von Waset. Und Sethos' mächtiger Heerführer? Ptahpahapi hatte sich noch immer nicht von der Verwundung erholt, die er in Geb-Teju davongetragen hatte. Aber weshalb wich Sethnacht Tag für Tag weiter nach Norden zurück? Nicht einmal die jungen Feldherren kämpften erfolgreich. Ramses hatte sich aus Abdju vertreiben lassen, und sein *Idenu Mer Mescha* Meti hatte es fertiggebracht, den gesamten achten Gau an Amenmesses Truppen zu verlieren.

„Fort mit den Schatten auf deiner Stirn!" sagte Tausret leise. Auf einen kaum merklichen Wink hin war eine der „Schönen des Festes" neben den Hethiter geglitten und hatte ihr das Gespräch abgenommen. „Was ist mit dir?"

„Das fragst du?" Bai lächelte müde. „Im Süden droht die Niederlage, und meine Königin beliebt, mein Herz über dem Feuer zu rösten."

In Tausrets Augen blitzte es belustigt auf. „Ein drastischer Vergleich! Und so unzutreffend! Dein Herz ist bei mir in guten Händen!"

‚Wie das Herz eines Rindes in den Händen des Metzgers!' dachte Bai. Aus unerfindlichem Grunde neigte er an diesem Abend zu blutrünstigen Bildern. „Du hältst mich von dir fern", murmelte er. „Zu darben befiehlst du mir und machst mich krank und siech. Und das seit mehr als einem Jahr!"

„Lieber Bai! Guter Freund!" Tausrets Stimme war von schmelzender Weichheit, aber die Kälte in ihren Augen strafte ihre Worte Lügen. „Angesichts meines gesegneten Zustands sind deine Klagen unangebracht. Du hast keinen Grund, dich zu beschweren! Dein Einfluß ist gestiegen. Mein Gemahl hat dich für seinen engsten Beraterstab ausgewählt, und zwar auf mein Drängen. Du wirst verstehen, wenn mir gegenwärtig anderes wichtiger ist als dein Ehrgeiz!"

Es kostete Bai viel Willenskraft, den auflodernden Zorn in seinem Innern niederzuhalten und den Schmerz in seine Augen zu legen, den Tausret erwartete. „Du hast recht", sagte er mit scheinbarer Zerknirschung. „Ich danke dir für deine Nachsicht mit meiner Anmaßung."

Sie streifte ihn mit einem rätselvollen Blick, in dem sich Siegessicherheit mit Verachtung stritt, und in seinem Mund entstand ein Geschmack von Fäulnis. Was war aus dem stolzen Mann von einst geworden? Er kroch vor dieser Frau und begab sich seiner Würde, nur um … ja, warum eigentlich? Er preßte die Handballen aufeinander. Weil er langfristig plante! Weil er sein Grab inmitten von Königen behalten wollte! Weil er Geduld hatte und auf seine Stunde warten konnte! Weil er herrschen wollte! Kälte kroch ihm den Rücken hinauf. Und der König? Die Erinnerung an Sethos tauchte auf, an Sethos, den Gott, der zum Kampf gerufen hatte. Wie beeindruckt war er damals gewesen. Und nun? Wieder befiel ihn dieses

Gefühl von wütender Gereiztheit, nein, gereizter Wut, das, wenn es sich gegen den Herrscher richtete, einer Gotteslästerung gleichkam.

Das Mahl war beendet. Einige Gäste erhoben sich und schlenderten in die Gärten hinaus. Tausret sah ihnen mit ausdrucksloser Miene nach, und Bai hoffte, sie würde ihn entlassen. Doch das tat sie nicht. „Ich habe schlechte Nachrichten", sagte sie. „Aus Itj-Taui."

„Aset!"

„So ist es. Sie ist gestorben. Ihre Krankheit hat sie zuletzt doch besiegt."

Bai schloß die Augen. Er hatte Aset seit jener verhängnisvollen Nacht nicht wiedergesehen. Obwohl er damals geschworen hatte, ihr beizustehen. „Was geschieht mit ihren Kindern?"

„Meti steht bei Ramses im Feld. Der jüngere Sohn wohl auch. Das Mädchen werde ich nach Pi-Ramesse holen. Für sie wird sich eine Aufgabe finden."

„Die Sängerinnen für Anubis brauchen Nachwuchs", schlug Bai vor. „Erst neulich sprach ich mit einem der Priester."

„Ich will mir die junge Aatmeret einmal ansehen. Vielleicht eignet sie sich als Kinderfrau."

„Erhabene Königin!" Ein Mann näherte sich mit federndem Schritt. „Erlaube mir, dir ergebenst zu danken! Du hast mir eine große Gunst erwiesen."

„Cha-em-ter! Du bist willkommen!" Auf Bais fragenden Blick meinte sie leise: „Er wird *Mer Per* des Millionenjahrhauses, das für meinen Gemahl errichtet wird. Nach dem Sieg, selbstverständlich."

„Das liegt zwar noch in der Zukunft", rief Cha-em-ter fröhlich, „aber etwas Ehrenvolleres kann ich mir für meine späteren Jahre nicht vorstellen."

„Ich beglückwünsche dich!" sagte Bai und schloß, an Tausret gewandt, augenzwinkernd die Frage an: „Was muß er dafür tun?"

„Er wird nach unserem Sieg noch ein weiteres Jahr ins Wawat gehen."

„Das fällt mir nicht leicht, glaube mir!" Cha-em-ter griff nach einer Dattel und drehte sie zwischen den Fingern. „Ich habe wenig erfreuliche Erfahrungen dort gemacht. Aber man wird meiner Kenntnisse bedürfen, wenn in Buhen eine völlig neue Beamtenriege eingearbeitet werden soll."

„Ich vertraue darauf, daß du die Säuberungen mit der gebotenen Gründlichkeit durchführst!"

„Es wird mir eine große Genugtuung sein", erwiderte Cha-em-ter. „Wer auch immer mit Baketwerel zusammengearbeitet hat, wird dies sehr ... bereuen."

Bai entsann sich Cha-em-ters Entsetzens, als diesem klargeworden war, daß seine Pantherin ihn hatte vergiften wollen. Monatelang hatte er sich gegen die Wahrheit gesträubt. Auf Baketwerel wartete ein Verfahren wegen Hochverrats in Men-nefer, über dessen Ausgang kein Zweifel bestehen konnte. Auf sie und auf ...

„Cha-em-hedjet wird dies am meisten betreffen", sagte die Königin. „Kein Mensch unter Ras Sonne wird sich so sehr wünschen, die andere Seite gewählt zu haben!"

Tausret hatte noch länger gebraucht, um zu begreifen. Erst als von Cha-em-hedjet über drei Monate lang keine Nachrichten mehr gekommen und zwei schriftliche Befehle unbeantwortet geblieben waren, hatte sie sich widerstrebend herbeigelassen, den Verrat des Königsschreibers als solchen zu erkennen. Sie hatte getobt vor Wut und an jenem Abend einen Haussklaven wegen eines ganz unbedeutenden Versäumnisses zu Tode peitschen lassen. Auf Bais behutsamen Rat gab sie später vor, sie habe Cha-em-hedjet durchschaut und mit seinem Vorgehen gerechnet. Wohl niemand glaubte ihr, aber das schien Bai nicht wichtig zu sein. Von größerer Bedeutung war seine eigene Aufwertung in ihren Augen. Obwohl sie es nie zugegeben hätte, hegte sie von Stund an eine höhere Meinung von seinem Urteilsvermögen als ihrem eigenen. Das verdroß sie nicht wenig, und Bai wußte, daß er sich in acht zu nehmen hatte.

„Cha-em-hedjet ist ein gefährlicher Gegner", bemerkte Cha-emter, „wenn man bedenkt, wie lange er auf sein Ziel hingearbeitet hat. Jahre! Vor vielen Jahren veranlaßte er die Nubierin zum Giftmord, und ..." Er unterbrach sich, denn am Eingang des Saales war Unruhe entstanden.

„Eine wichtige Nachricht! Für Ihre Herrlichkeit, die Königin!" Die Stimme des Haushofmeisters schwebte zittrig über dem allgemeinen Gemurmel. Er war ein sehr alter Höfling, der schon unter dem großen Ramses solche Veranstaltungen überwacht hatte. Mit den unsicheren Schritten eines Greises schlurfte er herbei und verneigte sich tief.

„Gib her!" befahl Tausret barsch.

Der Alte reichte ihr einen Papyrus. „Sollte dir die Botschaft nicht gefallen", flüsterte er, „vergib dem Überbringer."

Tausret überflog die Zeilen. Dann ließ sie die Hände in den Schoß sinken. „Der Pharao, Leben, Heil, Gesundheit, ist verwundet. Sie bringen ihn nach Hause."

„Schwer verwundet?" Bai beugte sich vor. „Wird er ...?"

Tausret schaute auf. „Nicht lebensgefährlich. Aber es sieht nicht gut aus für den Krieg. Das Heer des Guten Gottes wurde erneut besiegt."

Mutemwija stellte den Strohbesen in die Ecke des Zimmers. Dann entzündete sie ein Lämpchen und deckte ihre Mutter mit einer weiteren Decke zu. Die Nächte gegen Ende der Überschwemmungszeit *Achet* waren kühl, und Baket-Ra hatte sich seit Stunden nicht mehr bewegt. Sie schlief wie eine Tote, und ihre Tochter vergewisserte sich immer wieder, daß sich ihr Brustkorb noch hob und senkte.

„Du sollst das nicht trinken!" murmelte sie, goß den Rest des Mohntranks aus dem Fenster und verstaute das Pulver in einer Truhe. „Du wirst dich damit noch umbringen!"

Sie warf einen prüfenden Blick um sich. Der Raum war sauber und gepflegt, so behaglich wie immer. Nur der kleine Hausaltar wirkte seltsam leer ohne den großen Steinsplitter mit der Abbildung des Hathorgebirges. Den hatte Hutemwija bei ihrer Flucht mitgenommen. Sie hatte Baket-Ra das einzige Erinnerungsstück an ihr Haus in Pa-Tíme gestohlen. Auch das konnte Mutemwija nicht verstehen.

Sie ließ sich auf einer Matte nieder. Wenn sie wenigstens wagen könnte, einen Spaziergang zu unternehmen! Aber sie durfte Baket-Ra nicht allein lassen. Beim Erwachen drohten Anfälle von Angst, es konnte sein, daß sie verwirrt war oder schrie, sich jedenfalls allein nicht zurechtfand. ‚Du hast es dir leichtgemacht, Huti!' dachte Mutemwija. ‚Indem du gegangen bist, hast du mich für immer hier angekettet.' Manchmal wußte sie nicht, wer mehr Zorn in ihr hervorrief, ihre Mutter oder ihre Schwester. Es war ihr nach Weinen zumute. Aber Tränen änderten nichts, dafür lieferte Baket-Ra täglich den Beweis. „Mutter!" flüsterte sie. „Wach doch auf! Sei wieder du selbst!"

Keine Antwort. Baket-Ra lag auf dem Rücken, sie atmete flach durch den leicht geöffneten Mund. Nicht einmal die mohndurchwirkte Betäubung hatte es vermocht, den Ausdruck von Mühsal und Vereinnahmung in ihren Zügen zu löschen. Zwischen Nase und Mundwinkeln zogen sich ebenso wie zwischen den Brauen feine Linien, und dunkle Schatten umwölkten die Augen. Vom Standpunkt ihrer vierzehnjährigen Jugend sah Mutemwija ihre Mutter als alte Frau und fand, sie sehe auch so aus. Immerhin zählte Baket-Ra fast dreißig Jahre. Ein großer Teil des Lebens lag hinter ihr. Hatte sie überhaupt noch etwas vor sich? Mutemwija berührte Baket-Ras schmale Hand, die auf der Decke lag. Klein wie die eines Kindes war sie, und hilflos wie ein Kind war Baket-Ra geworden. ‚Aber du bist die Mutter!' dachte das Mädchen in einer Mischung aus Trotz und Trauer. ‚Nicht ich!'

Ein Rascheln vor dem Fenster ließ sie zusammenfahren. Schweiß drang ihr aus allen Poren. Wer trieb sich da draußen herum? Sie saß ganz still und lauschte in die Dunkelheit. Hatte sie sich geirrt? Keinesfalls. Sie fühlte genau, daß da jemand wartete. Und zwar jemand, der ihr nicht wohlgesonnen war. Djehuti hätte sich längst gemeldet, und jeder andere ebenso. War es möglich, daß Hutemwija zurückgekommen war? Sofort wurde ihr leichter ums Herz. Die Schwester würde sicherlich zögern, ihre Rückkehr anzuzeigen. Mutemwija huschte zum Fenster und spähte hinaus. „Huti? Bist du das?"

Das Mondlicht lag seltsam fahl über den Büschen. Die Nacht war wie verschleiert, denn Wolken bedeckten in dunkelgrauen Streifen den Himmel, und der Mond sah aus, als zerflösse er an den Rändern. Die bedrückende Düsternis der Natur entsprach der Beklommenheit in Mutemwijas Herzen.

Ein dumpfer Schlag ertönte von der Tür. Sie schrie laut auf vor Schreck und sprang vom Fenster zurück. Wie gelähmt stand sie in der Mitte des Raumes, unfähig zu entscheiden, was sie tun sollte.

„Muti! Was ... was... ?" Baket-Ra versuchte, sich aufzurichten. „Wer ist da?"

„Ich weiß es nicht! Bleib ruhig!"

„Es ist Nacht, nicht wahr? Er wird uns töten."

„Was sagst du da?" Mutemwija hatte plötzlich das Gefühl, als müsse sie zerbersten, sich in Millionen kleinster Teile auflösen. Eine Wut brach aus ihr hervor, von deren Dasein sie nichts geahnt hatte, deren Sprengkraft, das wußte sie plötzlich, sie zu jeder Untat befähigen konnte. „Uns töten? Das soll er versuchen! Erst werde ich ihn umbringen!" Sie rannte zur Tür, riß sie auf, stolperte über den mit Papyrus umwickelten Stein, der auf der Schwelle lag, und stürzte hinaus. „Vater!" kreischte sie. „Komm heraus! Soll das für immer so weitergehen? Zeige dich doch! Du bist feige! Du wagst es nicht, mit uns zu reden! Aber uns zu töten bringst du auch nicht fertig! Was ist es diesmal? Wieder so eine unsinnige Kinderzeichnung? Schämst du dich nicht? Was bist du für ein Mensch!" Sie brüllte weiter, überschüttete den Verborgenen mit Schimpfworten, schnaubte, fauchte, bis der Hals sie schmerzte und ihr Vorrat an Schmähungen erschöpft war. Während sie schrie, veränderte sich ihr Gefühl so, daß es sie selbst überraschte. Die Angst ging in Wut und Haß auf, die Vorstellung ließ sie beben, welche Befriedigung, nein, geradezu Lust es bedeuten würde, ihren Vater zu töten. Töten? Mehr noch, auf möglichst grausame Weise zu morden! Hinter dieser Empfindung verbarg sich sonderbarerweise jubelnde Freude. „Mir jagst du keine Angst mehr ein, Vater! Ich verachte dich!" Sie lachte laut auf. Das Blut perlte ihr in den Adern, als habe sie Rauschtrunk genossen. Sie fürchtete sich nicht mehr. Sie war frei. ‚O Huti! Jetzt weiß ich, was du wolltest!' dachte sie. ‚Jetzt verstehe ich dich.' „Du jämmerlicher Esel!" keuchte sie schließlich. Dann verstummte sie. Das Schweigen fühlte sich pelzig an. Sie wartete ein wenig, als aber alles still blieb, ging sie zum Haus zurück.

Baket-Ra stand in der Tür. In der Hand hielt sie ein Blatt Papyrus. Mutemwija schaute sie an. ‚Wehe, du sagst ein falsches Wort!' drohte ihr Blick.

„Du bist unglaublich mutig!" sagte Baket-Ra nur.

Mutemwija ging zu ihr. Auf der Schwelle drehte sie sich noch einmal um. In ruhigem Ton sprach sie in die Dunkelheit: „Meinetwegen kannst du dein ganzes Leben in Büschen hockend verbringen, Vater! Du magst kleinen Tieren den Hals umdrehen oder Messerchen malen. Mit uns hat das nichts mehr zu tun. Im Grunde dauerst du mich." Dann folgte sie ihrer Mutter ins Haus.

Baket-Ra hockte sich auf ihr Lager. Mutemwija goß einen Krug Wasser ein, trank einen Schluck und reichte den Rest ihrer Mutter. Sie hatte sich wieder beruhigt. „Bitte verzeih mir, ich war wütend!"

„Es gibt nichts zu verzeihen. Du hast recht. Mit jedem einzelnen Wort hast du recht. Ich bin diejenige, die um Vergebung bitten muß." Baket-Ra schaute zum Fenster hinüber. „Ob er wohl da draußen ist?"

„Das sollte uns nicht mehr bekümmern."

„Fürchtest du dich gar nicht?"

„Nein, nicht mehr. Nur unsere Furcht verleiht ihm Macht."

Baket-Ra mußte lächeln. „Mein Vater hatte einen Lieblingsspruch, den er immer wieder hersagte: *‚Die Handlung eines Törichten führt zu nichts in einem Haus, in dem ein Weiser ist.'* Er liebte solche Sprichwörter. Oh!" Ihr Oberkörper schwankte etwas, und sie stützte sich mit beiden Händen auf die Kissen. „Ich sollte noch etwas ruhen. Die Wirkung des Mohnsafts ist noch nicht verflogen."

„Vielleicht kannst du ihn morgen ganz weglassen?" fragte Mutemwija hoffnungsvoll.

Baket-Ra nickte. „Das werde ich. Ich will wieder arbeiten. Und dabei nachdenken, wie ich Hutemwija wiederfinden kann. Wir müssen planen."

Mutemwija wurde schwindlig vor Erleichterung. „Ich bin froh", sagte sie. „Wir werden sie finden." Dann setzte sie hinzu: „Zeige mir den Papyrus, der um den Stein gewickelt war!"

Wortlos reichte ihre Mutter das mittlerweile gefaltete Blatt herüber.

Mutemwija schlug es auf, strich es glatt und las: *„Man wird über deinen Tod nicht weinen, und kein Trauerfasten wird sein wegen deines Hinscheidens."* Sie sah auf. „Seine Seele ist zerfressen. Er tut mir leid." Ihr Gesicht war bleich und angespannt.

„Sei nicht traurig!" sagte Baket-Ra begütigend. „Er ist ein Narr, denn er versündigt sich gegen das Leben selbst. Mögen ihm die Götter Gnade erweisen."

„Ich will mit ihm sprechen", sagte Mutemwija entschlossen. „Am besten jetzt gleich." Sie ging zur Tür und trat hinaus. „Wenn du hier bist, Vater, so höre mich! Laß mich mit dir reden!" Keine Antwort. Mutemwija wiederholte die Aufforderung noch einige Male, doch ohne Ergebnis. „Ich werde nicht nur Hutemwija suchen", sagte sie, als sie ins Zimmer zurückkehrte. „Zuallererst will ich meinen Vater Nacht finden."

Sorgen hatten Bai während der letzten Zehntage in großer Zahl bedrängt. Sie waren in seinem Sinn umhergekrochen wie Sonnenkäfer, die ihre Mistkugeln vor sich herschoben. Am schwersten wog die Kriegslage.

Lange hatte er es abgelehnt, sich eine Niederlage Sethos' auch nur vorzustellen. Nun aber grübelte er darüber nach, wie er seine Stellung retten konnte, sollte Amenmesse tatsächlich siegen. Seine Aussichten waren schlecht und würden es bleiben, dafür würde Cha-em-hedjet sorgen. Sollte er versuchen, nach Süden zu gelangen? War es denkbar, daß er die Seite wechselte? Was war mit seinem Sohn Irinefer? War er noch am Leben?

In seinem Haushalt herrschte niedergedrückte Stimmung. Gleich zwei seiner ältesten Diener, Männer, die er als Freunde ansah, standen an der Schwelle des Todes. Ipuki wurde von Tag zu Tag schwächer, und Hui, sein Diener für besondere Aufgaben, litt an einer bösen Wurmkrankheit, die ihm die Eingeweide zerfraß. Um das Maß des Unheils vollzumachen, sorgte der Rachefeldzug von Baket-Ras totgeglaubtem Ehemann für ständige Unruhe unter der Dienerschaft. Es verdroß Bai, daß er es nicht fertigbrachte, die gesamte Familie hinauszuwerfen und ihrem Schicksal zu überlassen. Statt dessen hatte er den Gehilfen Huis, den jungen Nianch, beauftragt, Nacht zu finden, ein Auftrag, dem er offenbar nicht gewachsen war. Es war ein Fehler gewesen, Baket-Ra in die Hauptstadt mitzunehmen. Er hatte nicht gezählt, wie oft er seine damalige Gefühlsanwandlung schon bereut hatte.

Besonders aber quälte ihn sein unwürdiges Verhältnis zur Königin. Wofür lebte er überhaupt, wenn er sich vor Tausret erniedrigen mußte? Wo waren seine hehren Ziele geblieben? Oder waren sie nicht so lauter gewesen, wie er es sich eingeredet hatte? Hatte er im Grunde nur nach Macht gestrebt? Ohne ein gottgewolltes Ziel, ja überhaupt ohne Gott? Jedenfalls hatte er sich der Großen Königlichen Gemahlin auf Gedeih und Verderb ausgeliefert. Seine Hoffnung, die langersehnte Schwangerschaft würde ihr Gemüt besänftigen, war zerstoben. Tausret war gefährlicher denn je. So verbarg er seine wahre Gesinnung hinter einer Maske stets gleichbleibender Liebenswürdigkeit und suchte weiter nach Wegen, seine Abhängigkeit zu verringern.

Die Stirn sorgenumwölkt, die Lippen zu einem Strich zusammengepreßt, betrat er die Gemächer des Falken-im-Nest. „Wo hält sich Seine Hoheit auf?" fragte er den Pförtner.

„Er übt sich im Bogenschießen", kam die Antwort. „Im Garten."

Bogenschießen? Ein Knabe, der kaum imstande war, aufrecht zu stehen? Bai nickte dem Mann zu und schritt weiter durch den Vorraum mit einem Horusschrein und den mit Bildern der Stadt Pi-Ramesse bedeckten Wänden. Paläste, Häuserzeilen, Tortürme, vor denen Wimpel an hohen Fahnenstangen flatterten, Ställe und vor allem Menschen verdeutlichten, was der Thronfolger dereinst beherrschen würde.

Ein kühler Wind durchstreifte die Büsche des Parks, und sanftes Rauschen erklang in den Wipfeln der Akazien. Es roch nach Regen, ein Duft, der den Beginn des *Peret* anzeigte, der Zeit der Aussaat.

Der Pfad führte zu einem großen, offenen Gelände mit einem Platz für Ballspiele und Reitübungen, einem Schwimmbecken und einem Schießstand. Dahinter schloß sich die Pferdekoppel an, wo Siptahs prachtvolle Hengste von ausgesuchten Knechten bewegt wurden.

Eine Gruppe von Menschen hatte sich etwa dreißig Ellen vor einer großen Schießscheibe versammelt. Siptah saß in einer hölzernen Sitzvorrichtung, die es ihm ermöglichte, mit beiden Händen einen kurzen Bogen zu halten, dessen Gewicht wesentlich geringer war als das eines gewöhnlichen Langbogens. Sein gesundes Bein stemmte sich gegen ein Trittbrett, und seine Hüfte war fest in den Sitz geschnallt. So blieb sie unbeweglich in ihrer Stellung, wenn er den Oberkörper drehte und straffte, um die Bogensehne zu spannen.

„Willkommen, Herr!" Djehuti löste sich aus der Gruppe und kam auf ihn zu. Er war im vergangenen Jahr noch einmal ein gutes Stück gewachsen, und seine Haltung hatte sich weiter verbessert. Er würde nie aussehen wie ein Gesunder, aber zumindest erschrak man nicht mehr bei seinem Anblick. „Bringst du Nachrichten?"

Bai nickte. „Heute morgen traf ein Bote Seiner Erhabenheit ein, Leben, Heil, Gesundheit. Die Truppen kehren zurück."

„Was sagst du da?" rief Siptah. „Mein Vater kommt nach Hause?"

Bai eilte zu ihm. Die Diener verbeugten sich und traten zur Seite. Die Hofbeamten Setui und Rechpehtuef, beides Männer der Königin, wie Bai mit Unbehagen feststellte, blieben, wo sie waren, ebenso Siptahs Schulfreunde Piay und Siuadjit, *Cheredu ni Kap* alle beide. „Ganz recht, Hoheit. Pharao, Leben, Heil, Gesundheit, ist zwar verletzt, wird aber wieder genesen."

„Ich bin froh, das zu hören! Und die Truppenführer?"

„Ptahpahapi und Ramses sind mit den Heerscharen des Amun und des Ptah unterwegs hierher. Sie haben Men-nefer bereits hinter sich gelassen."

„Von den Großen des Heeres ist also nur Sethnacht im Süden geblieben!"

„Mit den Männern des Ra und des Seth. Es heißt, daß auch der ‚Elende von Kusch' einer Zeit der Waffenruhe bedarf. Seine Siege waren äußerst verlustreich."

Siptah dachte einen Augenblick nach. „Dann sollten wir nachsetzen und die Zeit seiner Schwäche nutzen."

„Eine kluge Empfehlung, Hoheit", sagte Rechpehtuef anerkennend, „doch leider gebricht es uns ebenfalls an Kampfkraft."

„Wir müssen Amun auf den Knien danken", ergänzte Setui, „daß wir nicht vollständig aufgerieben worden sind. Viel hätte nicht gefehlt."

„Ich bin traurig", sagte Siptah leise, „daß ich niemals werde kämpfen können."

„Es gibt viele Arten, Krieg zu führen", sagte Bai. „Ein starker Schwertarm ist nur eine. Wenn du erst Pharao bist, wirst du die Feinde Ägyptens zerschmettern, wie es der *Ma'at* entspricht."

Siptah schaute ihn zweifelnd an. „Mögest du recht haben." Er wandte sich an seine Begleiter. „Ich habe keine Lust mehr zu üben. Schnallt mich ab!"

„Wenn du dich ausgeruht und umgekleidet hast", sagte Bai, „werde ich dich abholen und zu Ihrer Herrlichkeit begleiten."

„Zur Königin?" Siptah ließ die Schultern hängen. „Hat das nicht Zeit bis morgen?"

„Sie hat es angewiesen, Hoheit."

„Dann habe ich wohl keine Wahl." Siptah nahm den angebotenen Arm Setuis, während Rechpehtuef die Riemen des Sitzes löste. Piay sammelte die Pfeile ein.

„Herr!" sagte Djehuti leise. „Würdest du mir einen Augenblick Gehör schenken?"

„Worum geht es?" Bai nickte Siptah freundlich zu und ging langsam zum Haus zurück.

Djehuti ließ sich Zeit mit seiner Bitte. „Ich weiß nicht, wie ich anfangen soll. Es kann sein, daß du mich sofort ins hinterste Kusch verbannst, wenn du hörst, worum ich dich bitte."

„Das warte erst einmal ab."

„Seine Königliche Hoheit, Prinz Siptah, braucht deine Hilfe."

Bai lachte. „Ist das alles? Ich helfe ihm, wo ich kann!"

„Das meine ich nicht. Er braucht Schutz, wirklichen Schutz, vielleicht sogar Bewachung vor ... der Königin."

Bai blieb stehen. „Djehuti! Ich bin dir wohlgesinnt, aber treibe es nicht zu weit. Was du dir herausnimmst, ist ungeheuerlich!"

„Das weiß ich. Doch höre mich an, bevor du mich strafst. Ich war heute morgen in Nebamuns Sälen der Arzneien. Dort hörte ich zufällig eine Bemerkung des *Sunu* zu einem der anderen Ärzte. Herr, was er sagte, läßt nur einen einzigen Schluß zu. Die Königin erwartet einen Knaben."

Bai spürte ein Prickeln zwischen den Schulterblättern. „Vielleicht irrst du dich!"

„Gewiß nicht. Nebamun sagte, die Gerste habe zuerst gekeimt."

„Bist du dir ganz sicher? Die Gerste, nicht der Emmerweizen?"

„Ich entsinne mich genau."

Bai wußte, was Djehuti befürchtete. Tausret hatte die Probe zur Bestimmung des Geschlechts ihres ungeborenen Kindes gemacht. Mit ihrem Urin hatte sie Gerste und Weizenkörner benetzt. Daß die Gerste zuerst gekeimt hatte, wies mit großer Sicherheit auf einen Knaben. Ein leiblicher Sohn der Großen Königlichen Gemahlin aber würde an die erste Stelle der Thronfolge rücken. Es stand außer Frage, daß Tausret Siptah beseitigen würde. Sie würde kein Wagnis eingehen.

„Sie wird nur abwarten", flüsterte Djehuti, „bis das Kind die ersten gefährlichen Wochen überstanden hat."

‚Es gibt wohl keinen Menschen im Zweifachen Land', dachte Bai, ‚der so willkürlich umhergestoßen wird wie der junge Thronfolger.' Jeder, auch er selbst, benutzte ihn für die eigenen Zwecke, Siptahs kindliche Gutgläubigkeit war jedermanns dunklen Zielen dienlich. Aber Mord? „Du hast gut daran getan", sagte er kühl, „dich an mich zu wenden. Sollte irgend jemand solche lästerlichen Vermutungen hören, wirst du dich bald mit dem Kopf nach unten an der Stadtmauer baumelnd wiederfinden. Ist dir das klar?"

„Gewiß, Herr! Dennoch bitte ich dich ..."

„Schweig!" fuhr Bai auf. „Augenblicklich! Sonst überlege ich es mir und schleife dich eigenhändig zur Stadtmauer! Geh mir aus den Augen!" Er verschwand im Haus.

Djehuti stolperte davon und versuchte, seiner Verwirrung Herr zu werden. War nun nicht nur Siptah, sondern auch er in Gefahr?

Baket-Ra hatte einen Entschluß gefaßt. Sie wollte Hutemwija suchen. Als sie in die belebten Straßen der Hauptstadt eintauchte, stieg Ras Barke bereits leuchtend am östlichen Himmel empor, und die Luft war warm. Sie dachte nach. Hutemwija mußte von irgend etwas leben. Wahrscheinlich versuchte sie, ihre Fähigkeit im Tanzen einzusetzen. In Pi-Ramesse gab es mehrere Ausbildungsstätten für Tänzerinnen und Flötenspielerinnen, die sich sehr voneinander unterschieden. Alle aber widmeten sich dem weltlichen Tanz, denn der Tanzdienst für die Götter wurde an den einzelnen Tempeln gelehrt. Jedes Fest, jedes Gelage bei Hof, jedes Gastmahl, jeder Empfang in der besseren Gesellschaft war nicht vollständig ohne gut ausgebildete Mädchen, die außer zarten, biegsamen Körpern auch schöne Stimmen und Kunstfertigkeit im Flötenspiel vorweisen konnten. Baket-Ra gab sich nicht der Täuschung hin, sie könnte Hutemwija in den vornehmen Schulen wiederfinden. Niemand wurde dort ohne Empfehlung aufgenommen. Nein, sie mußte nach einfacheren Häusern Ausschau halten.

Langsam ging sie die baumbestandene Straße entlang, die in gerader Linie vom Palast zum Tempel des Ptah führte. Wenn sie auf den Palast und die umliegenden Gebäude zurückschaute, verstand sie, weshalb Pi-Ramesse die türkisfarbene Stadt genannt wurde. Überall umrahmten bemalte Kacheln Türen und Fenster zum Schutz gegen böse Geister.

Sie wich den Eselskarren aus und drückte sich an vornehm gewandeten Männern vorbei, um nicht erkannt zu werden. Wie hoch und wuchtig die Gebäude aufragten! Es wurde ihr bewußt, daß sie noch kein einziges Mal ohne Begleitung durch die Straßen der Stadt gegangen war. Vergeblich versuchte sie, das Gefühl der Bedrohung abzuwehren, die Unsicherheit, die so viele fremde Menschen ihr einflößten. Ob Hutemwija auch mit dieser Verlorenheit kämpfte? Wenn es ihr nur gutginge! Baket-Ra meinte, vor Sorge ersticken zu müssen. Sie rang nach Luft, preßte die Hand auf die Brust und lehnte sich an die Mauer eines Hauses, die abweisend und fensterlos die Straße säumte.

Eine Gruppe von Medjau blieb stehen, und einer der Männer sprach sie an. „Du scheinst krank zu sein. Brauchst du Hilfe?"

Abwehrend hob sie die Hand. „Keineswegs! Es geht mir gut."

Der Mann sah Baket-Ra zweifelnd an. „Wirklich? Soll ich dich irgendwo hinbringen?" Ein breites, gutmütiges Gesicht beugte sich zu ihr hinunter. Baket-Ra fühlte den mitleidigen Blick und merkte zu ihrem Schrecken, daß ihr Tränen aufstiegen. Sie räusperte sich und sagte mit schwankender Stimme: „Sicher nicht. Du könntest mir aber eine Auskunft geben. Ich suche eine Schule für Tänzerinnen. Kennst du eine?"

„Du willst Tänzerin werden?" verwunderte sich ein zweiter Medja. In seiner Stimme schwang ein Unterton von Belustigung. „Hübsch bist du ja, aber die nehmen nur junge Mädchen!"

„Laß sie!" sagte der erste. „Das einzige Haus dieser Art, das ich kenne, befindet sich bei den Sed-Fest-Hallen. Du könntest auch in den Tempeln nachfragen."

„Bei den Sed-Fest-Hallen also. Ich danke dir."

„Warte! Es gibt da noch einige Einrichtungen in der Nähe des Rindermarktes. Aber die meinst du doch wohl nicht?"

Das Gelächter seiner Gefährten machte ihr deutlich, um welche Art Häuser es sich handelte. Baket-Ra versuchte ein Lächeln, obwohl ihr nicht danach zumute war, und ging weiter. Sie sah sich nicht mehr um, sondern strebte weiter die Straße hinauf, die sich bald verengte. Die Gebäude wurden niedriger, die Kleidung der Menschen war weniger erlesen, Lärm und Geschrei nahmen zu. Mehrere Seitengassen führten in die südlichen Wohnviertel, den alten Teil von Pi-Ramesse.

Baket-Ra blieb stehen und überlegte. Es war sinnlos, zu den Sed-Fest-Hallen zu gehen. Die Wahrscheinlichkeit, Hutemwija in einem einfachen Stadtviertel zu finden, war weitaus höher. Also lenkte Baket-Ra ihre Schritte in eine der schmalen Gassen, wo sich Lagerhäuser und niedrige Buden aneinanderreihten, unterbrochen von Bäumen, schiefen Hütten und Abfallhaufen. Überall schrillten Rufe von Frauen und Kindern.

Die Gasse weitete sich zu einem kleinen Platz mit einem Brunnen in der Mitte, der allerdings längst ausgetrocknet war. Im Staub daneben hockten zwei alte Männer in schmutzstarrenden Lendenschurzen und waren in ein Spiel versunken, das im wesentlichen darin bestand, Linien im Straßenstaub zu ziehen und auf ihnen Knöchelchen zu bewegen. Einige Ellen daneben stand, beschirmt vom Blattwerk einer Akazie, eine kleine Wechselstube. Hier konnte die Kundschaft der benachbarten Marktbuden ihre Tauschgegenstände in gängiges Zahlgut wie Getreide und Stoffe tauschen. Menschen reihten sich vor dem Wechseltisch, Frauen versuchten, ihre Kinder im Gedränge nicht zu verlieren; eine Mutter zog schimpfend ihren Kleinen von einem Haufen Hundekot fort, mühte sich, den Korb mit Datteln, den sie mit dem Unterarm an sich preßte, nicht fallenzulassen und versuchte gleichzeitig, die Trauben von Fliegen von den Augenwinkeln des Kindes zu wischen, das eine so vergeblich wie das andere. Der Korb fiel, der Knabe brüllte und die Datteln rollten im Schmutz umher. Sofort waren andere Kinder zur Stelle, die sich unter dem Vorwand, beim Aufsammeln helfen zu wollen, an dem unerwarteten Geschenk gütlich taten.

Baket-Ra setzte an, der Frau zu Hilfe zu eilen, doch bevor sie den Gedanken in die Tat umsetzen konnte, fühlte sie ein Zupfen an ihrem Kleid. Sie drehte sich um.

„Hast du dich verirrt?" fragte ein älterer Mann neben ihr. Sein Grinsen enthüllte eine Menge Zahnlücken in einem braunen Gebiß. „Du siehst nicht so aus, als gehörtest du hierher." Er schaute auf ihre Füße, die in Sandalen steckten, zwar staubig nach dem langen Weg, aber immerhin beschuht. Wohl keiner der schwieligen Füße auf diesem Platz war jemals in einen solchen Genuß gekommen.

„Ich habe mich nicht verirrt. Ich suche eine Schule für Tänzerinnen."

„Wozu denn das?" fragte er verständnislos.

Sie wollte antworten, doch dann war ihr, als könne sie nie wieder in ihrem Leben einen Laut hervorbringen.

Jemand trat an ihre Seite, und eine Stimme erklang, die nie mehr zu hören sie alles gegeben hätte. „Sie sucht ihre Tochter, ist es nicht so? Vielleicht sollte ich ihr helfen? Was meinst du, mein vielgeliebtes Weib?"

Baket-Ra wandte den Kopf und starrte wie gelähmt in die vertrauten Züge Nachts. Der Schock wischte jeden Gedanken aus ihrem Herzen, er ließ das Blut aus ihrem Kopf weichen und erzeugte eine dumpfe Leere in ihr. Ein gellender Schrei ertönte, und ihr war keineswegs klar, daß sie selbst es war, die geschrien hatte. Sie rannte quer über den Platz. Keuchend bahnte sie sich den Weg durch die Menschen zwischen den Marktbuden, beachtete weder die verärgerten Blicke noch die empörten Rufe. Ohne es zu merken, stolperte sie und warf dabei einen Handkarren um. Kleine runde Brote flogen in alle Richtungen, was wütendes Schimpfen des Besitzers und aufgeregtes Hundegebell auslöste. Sie sah nicht einmal hin, sondern floh weiter durch die gewundenen Gassen. An einer Straßenecke stieß sie mit einer älteren Frau zusammen, stürzte zu Boden, sprang wieder auf, ohne sich um ihr zerrissenes Kleid und ihr aufgeschlagenes Knie zu kümmern. Sie hörte weder die Flüche der Alten noch ihr eigenes Schluchzen. Sie eilte über eine breite Prachtstraße, wich Karren und Sänften aus und fand sich endlich auf einem gepflasterten Tempelaufweg.

Keuchend blieb sie stehen und blickte sich um. Kein Verfolger in Sicht. War es ihr gelungen, Nacht abzuschütteln? Hatte er sie überhaupt verfolgt?

„He, du!" Ein Wächter kam auf sie zu. „Hier kannst du nicht stehenbleiben! Die Priester kommen gleich, verstehst du? Das ist das Haus des Ptah!" Er streckte die Hand nach ihr aus.

Baket-Ra schüttelte den Kopf, verließ rasch den Aufweg des Ptah-Tempels und bog in eine schmale Straße, die in einem sanften Bogen nach Norden führte. Hier war die Gegend still und vornehm, kleine Villen mit Gärten reihten sich aneinander, deren üppiges Grün sich aus befestigten Kanälen speiste. Es roch nach Sumpfpflanzen, nach Blumen und Wasser. Der große Fluß konnte nicht weit sein. Baket-Ra verlangsamte ihre Schritte. Schweratmend blieb sie stehen und stützte sich mit einer Hand an die Mauer. Vor ihr öffnete sich ein baumumstandener Platz. Kostbar ausgestattete Sänften standen dort. Tiefschwarze Nubier mit glänzend geölten Leibern hockten davor und tranken aus Wasserschläuchen. Feingeschminkte Dienerinnen bereiteten Schalen mit Feigen und hellem Brot und boten sie einigen reichgekleideten Frauen und Männern an, die im Schatten einer Sykomore plauderten und immer wieder zum Eingang eines kleinen Tempels schauten. Auf wen warteten sie? Baket-Ra spähte zu der Gesellschaft hinüber. Ihr Blick fiel auf eine Gestalt etwas abseits von den anderen. Bai! Dort stand unzweifelhaft ihr Gebieter! Sie drückte sich noch etwas fester an die Wand. Wohin konnte sie sich wenden? Zurückgehen? Wenn sie auf den Platz trat, würde Bai sie sofort entdecken. Sie zwang sich, ruhig und gleichmäßig zu atmen. Es war doch nichts Verkehrtes, die eigene Tochter zu suchen! Warum fürchtete sie sich vor allem und jedem?

Unter den Leuten entstand Bewegung. Einige stellten ihre Becher ab, andere gingen auf den Tempeleingang zu. Auch Baket-Ra richtete ihre ganze Aufmerksamkeit auf das Tor. Daher vernahm sie die Schritte hinter sich erst, als es zu spät war.

„Du hättest auf mich warten sollen", sagte Nacht. „Das bist du mir schuldig, findest du nicht?"

Der Schrein der Göttin Neith befand sich nordöstlich der Sed-Fest-Hallen unweit des Ptah-Tempels. Dem kleinen Gotteshaus war anzusehen, daß es kaum benutzt wurde. Nur zwei Fahnenstangen standen neben dem Eingang, dürr und kahl reckten sie sich in den Himmel, die Wimpel waren zerschlissen und hingen schlaff und traurig herunter. Von der Mauer blätterte der Putz, und zwischen den Granitplatten des Aufweges sproß büschelweise Unkraut hervor. Vier Priester, eine Vorsteherin, ein *Cheri-hebet* – der Vorleser der heiligen Schriftrolle – und zwei *Wab*-Priesterinnen hielten die Opferfeierlichkeiten für die uralte Jagd- und Kriegsgöttin noch aufrecht. Neith schien aus dem Gedächtnis der Menschen in den großen Städten des Nordens fast entschwunden zu sein, so sehr überstrahlten Hathor, Isis und Sachmet mit ihrem Glanz den weiblichen Weltenteil. Das war nicht immer so gewesen. Tausret, die Große Königliche Gemahlin, wußte wohl, daß diese Herrin den Anbeginn der Zeiten mit ihrer Macht erfüllt hatte und den kriegerischen Herrschern jener Tage als *Upet-Uaut*, als Wegeöffnerin, vorangeschritten war, wenn sie in den Kampf gegen die Feinde des Geliebten Landes zogen. Bedurfte Ägypten nicht jetzt der Hilfe einer Kriegsherrin mehr denn je?

„Übergib den *Wab*-Priesterinnen die Goldringe, während ich beim Opfern bin", wies Tausret ihre Haushofmeisterin an, ehe sie den Tempel betrat. Dann forderte sie Bai auf: „Und du sende Nachricht zum Großen Haus. Ich werde zurück sein, wenn der Spiegel der Wasseruhr um zwei Marken gefallen ist, also immer noch rechtzeitig vor dem Eintreffen meines Gemahls."

„Wie du befiehlst!"

Nach einigen Schritten blieb Tausret stehen und drehte sich um. „Noch etwas. Für den Rückweg wünsche ich deine Gesellschaft in meiner Sänfte."

Bai hatte ihr nachgesehen, wie sie hocherhobenen Hauptes im Halbdunkel des kleinen Tempels verschwand, lächelnd, mit festem Schritt. Sie hatte nichts von der Verletzbarkeit und dem Schutzbedürfnis so vieler Schwangerer von hohem Stand, im Gegenteil, ihre Fruchtbarkeit schien Tausret männliche Tatkraft zu verleihen. So kurz vor der Niederkunft erübrigten sich alle Verführungsspiele. Sie war die vollkommene Große Königliche Gemahlin, vollendet verkörperte sie den weiblichen Teil der Schöpfung und flocht so das Band zwischen Himmel und Erde. Der König war ohne sie verloren. Sie besaß die Fähigkeit zu herrschen, sie war imstande, zugleich Vater und Mutter des Geliebten Landes zu sein.

„Du bist meist tief in Gedanken, nicht wahr, Bai?" sagte Aatmeret, die im Gefolge der Königin mitgekommen war, lächelnd zu ihm. „Du bist einer, der Geheimnisse kennt!"

„Ich wünschte, ich kennte sie", gab der Siegler zurück, „aber ich glaube, die Götter haben mich zum Suchenden bestimmt. Antworten enthalten sie mir vor." Er sah Aatmerets bewundernden Blick und fühlte Wehmut. Wenn man kaum der Kindheit entwachsen war wie sie, neigte man dazu, fortgeschrittenes Lebensalter mit Weisheit zu verwechseln, verzagte Bewegungslosigkeit mit Einsicht und Gelassenheit. Ein Mädchen wie Aatmeret vermochte seine Ratlosigkeit nicht zu erkennen.

„Und doch hört der Herrscher des Landes auf dich!" bestätigte sie seine Vermutung. „Wie könnte das geschehen, wenn du kein Wissender wärst."

Bai lächelte traurig. „Manchmal scheint es nur so." Er sah Aatmerets Verwirrung und setzte hinzu: „Niemand kann sicher sein, in der Gnade Amuns zu stehen, denn er gibt nicht nur Gutes in das Herz dessen, den er liebt, er legt auch Schlechtes in das Herz dessen, den er haßt."

„Du sprichst düster", murmelte Aatmeret. „Ich verstehe dich nicht."

„Du hast recht." Bai nickte ihr aufmunternd zu. „Wir sollten kein so trübsinniges Gespräch führen. Du bist eine schöne junge Frau geworden, vor dir liegt ein Leben im Großen Haus, das heißt in Glanz und Frohsinn. Ein Grund, glücklich zu sein, findest du nicht?"

„Das schon. Aber ich vermisse Mutter."

„Sie war eine außergewöhnliche Frau", sagte er.

Aatmerets Augen wurden feucht. „Sie hielt große Stücke auf dich, wenngleich sie nicht verstand, warum du uns nie besuchtest."

Bai mied ihren Blick. „Es waren schwierige Zeiten", sagte er lahm. „Pharao, Leben, Heil, Gesundheit, bedachte mich mit zahlreichen Aufträgen."

Nie hätte er Aset verständlich machen können, daß der Mörder ihres Gemahls weiter in Amt und Würden bleiben durfte. Und das aus keinem anderen Grund als dem, daß die Königin ihn benutzen wollte. Für die Witwe mußte es unerträglich gewesen sein, beim ewigen Leben ihrer Kinder schwören zu müssen, niemals auch nur die leiseste Andeutung zu machen, daß sie den Namen des Mörders kannte. Es war Scham, die es ihm unmöglich gemacht hatte, vor sie hinzutreten.

Aatmeret ließ sich Zeit mit ihrer Erwiderung. „Sie erklärte sich dein Fernbleiben mit Sorge um unsere Sicherheit", sagte sie dann. „Und um die Sicherheit unseres Landes. Sie sagte, du würdest uns nie im Stich lassen, wenn es nicht sehr schwerwiegende Gründe dafür gäbe."

„Sie besaß die Kraft, hinzunehmen, was nicht zu ändern war."

Aatmeret legte die Hand auf Bais Arm. „Aber warum? Bai, erkläre es wenigstens mir! Wir wurden allein gelassen, niemand aus Mennefer kümmerte sich mehr um uns. Wir erhielten lediglich Anweisungen ohne Unterschrift aus der Hauptstadt. Sie betrafen die Ausbildung meiner Brüder. Niemand sagte uns, ob die Mörder meines Vaters gefaßt wurden. Es hat meiner Mutter all die Jahre verbittert, es hat mich zornig gemacht und meine Brüder zu verschlossenen Männern heranreifen lassen, die nichts als Härte und Pflichterfüllung preisen. War das notwendig?"

Bai zögerte mit seiner Antwort. Niemals konnte er ihr begreiflich machen, daß nichts, auch keine himmelschreiende Ungerechtigkeit, verfolgt werden darf, wenn dies den Guten Gott in seinem Bemühen beeinträchtigt, *Ma'at* zu erschaffen in der Welt. Und *Ma'at* ist, was gut ist für Ägypten und den Pharao. Was das im Einzelfall ist, bestimmt wiederum der Gott auf Erden. Oder der Thronfolger. Und manchmal auch seine Gemahlin. „Was weißt du über die Zeit nach dem Anschlag auf Bakenptah?"

„Nichts", gab Aatmeret zu. „Itj-Taui ist, was die Entwicklungen am Hof betrifft, das Ende der Welt."

„Nicht in allen Dingen", schmunzelte Bai. Er wollte Zeit gewinnen und dem Gespräch die traurige Note nehmen. „Was deine äußere Aufmachung betrifft, bist du in jeder Hinsicht auf der Höhe der Zeit. Und glaube nicht, ich wolle dir mit leeren Artigkeiten schmeicheln." Mit Rührung nahm er ihr Erröten zur Kenntnis. Sein

Gefühl, alt und müde zu sein, verstärkte sich. Aatmeret sah hinreißend aus. Sie war klein und zierlich, ihr weißes Kleid bauschte sich in unzähligen schmalen Falten um die Hüften, und auf den braunen Schultern lag eine hauchfeine Stola, die aussah wie gesponnenes Gold. Das Auffallendste an ihr aber waren ihre Augen. Sie waren blau, eine große Seltenheit im Lande Kemet. Sie gaben ihrem Blick etwas Bezwingendes, Unergründliches, das um so anziehender wirkte, als es ihr selbst offenbar nicht bewußt war.

„Bitte, ehrwürdiger Schatzmeister!" Aatmerets Lippen zitterten, aber ihre Stimme war fest. „Ich will nicht, daß du mir schöntust mit Worten, die duften wie Blumen. Ich will wissen, ob die Mörder meines Vaters hingerichtet und ihre Leichen zerstört sind. Und ich will erfahren, wo mein Bruder Irinefer ist."

Bais Entschluß stand fest. Er würde dem Mädchen nicht die Wahrheit sagen. Aatmeret könnte sein Vorgehen nicht verstehen, der Schmerz würde sie ihr ganzes Leben quälen und, was das Entscheidende war, sie würde zur Gefahr. Jederzeit könnte ihr in einer plötzlichen Aufwallung eine unbedachte Äußerung entfliehen. „Die Mörder waren elende Asiaten", log er. „Sie wurden gefaßt und gemacht zu dem, was nicht ist. Dein Vater ist gerächt."

Erleichtert seufzte Aatmeret auf. „Die Götter seien gepriesen! Du nimmst einen großen Druck von meinem Herzen! Endlich kann ich Ruhe finden."

Bai verspürte einen schalen Geschmack im Mund. Zwar log er zu ihrem und seinem Besten, doch auch ein Betrug, der gut eingewickelt und vergoldet ist, bleibt ein Betrug. „Das kannst du", bestätigte er mit belegter Stimme. „Und wenn ich dir einen guten Rat geben darf, richte den Blick nach vorn. Dein Leben liegt vor dir. Schaffe dir Freude bis zu dem Tag, da du an dem Ufer landest, an dem alles schweigt."

Aatmeret sah ihn verwundert an. Warum so feierlich? „Das will ich schon tun. Aber bitte erlaube mir noch eine Frage: Was geschah mit Irinefer?"

„Er war, wie du weißt, Zeuge in jener Nacht. Um sein Leben zu schützen, mußte er in Sicherheit gebracht werden."

„Das ist mir bekannt, denn so berichtete es meine Mutter. Aber warum kehrte er nicht zurück? Als die Verbrecher gefaßt waren, bestand doch keine Notwendigkeit mehr, ihn zu verbergen!"

Eine Dienerin näherte sich mit zwei Bechern Wein. Aatmeret winkte ungeduldig ab. „Jetzt nicht!" sagte sie. Aber Bais Aufmerksamkeit galt nicht mehr ihr, sondern richtete sich auf den Tempel. Die Flügeltüren öffneten sich, und drei Priesterinnen traten heraus. Aus dem Inneren des Gotteshauses drang die Stimme einer Sängerin, die in einer altertümlichen Melodie eine nicht minder altertümliche Lobpreisung der Göttin vortrug. „Die Große Königliche Gemahlin kommt!" sagte er. „Wir sprechen ein andermal weiter." Er ließ Aatmeret stehen und ging auf den Tempeleingang zu. Mehrere Leute aus Tausrets Gefolge taten es ihm gleich. Unter der Sykomore räumten die Dienerinnen hastig Becher und Speisen zusammen.

Tausret trat blinzelnd ans Sonnenlicht.

Da gellte ein Schrei. Gleich darauf ein zweiter. Und ein dritter.

Die Menschen auf dem Platz erstarrten. Auch die Königin blieb am Tempeleingang stehen. Ungläubig sah Bai Baket-Ra auf sich zustürzen. Sie erreichte ihn, warf sich vor ihm in den Staub und umklammerte seine Knie. Er rührte sich nicht, für einen Augenblick lähmte ihn die Verblüffung vollständig.

„Hilf mir, mein Gebieter!" schrie sie. „Er ist hier. Er hat mich gefunden. Er will mich töten." Ihre Stimme brach, und das Schreien verebbte in lautem Wimmern. Zwei Bedienstete stürzten herbei und rissen sie empor. Sie wehrte sich, trat um sich und schrie erneut.

„Ruhe!" donnerte Bai. Er hatte seine Fassung wiedererlangt. „Augenblicklich bist du still!"

Als der Befehl nicht sogleich befolgt wurde, gab einer der Männer Baket-Ra eine schallende Ohrfeige. Das brachte sie zum Schweigen. Sie hing zwischen den beiden, die sie mit hartem Griff an den Oberarmen festhielten, als habe alle Kraft sie verlassen. Krampfhaft versuchte sie, ihr Schluchzen zu unterdrücken.

Ein wirres Durcheinander an Stimmen und empörten Ausrufen erhob sich. „Was für eine ungeheuerliche Dreistigkeit!" „Betrunken!

Ohne Zweifel betrunken!" „Sie hat den *Udepu* berührt! Das ist doch nicht zu fassen!" Als Baket-Ra ihr tränenüberströmtes Gesicht hob, ging ein hörbares Zischen durch die Gesellschaft. „Aber das ist doch ...!" „Die Gärtnerin!"

Tausret hatte den Tempelaufweg verlassen und stand nun neben dem Siegler Seiner Erhabenheit. „Sie hat einen Gottesdienst gestört!" Noch nie hatte Bai die Große Königliche Gemahlin mit einer so kalten Verachtung sprechen gehört. „Zumindest sein Ende! Das, mein lieber Bai, wird ein Nachspiel haben! Für sie und vielleicht auch für dich."

„Warte, Herrin, ich glaube, es handelt sich hier um einen außergewöhnlichen Notfall." Bai blieb gefaßt. Zornesausbrüche der Großen Königlichen Gemahlin waren nichts Ungewöhnliches, und es war ihm bisher noch jedesmal gelungen, die Wogen ihres Zorns einfach über sich hinwegrauschen zu lassen. „Laßt sie los!" sagte er zu den beiden Männern.

Fast wäre Baket-Ra gestürzt, aber sie fing sich wieder und sank langsam und ehrfürchtig vor der Königin in die Knie. Sie wagte nicht, die Augen zu erheben.

„Sprich!" befahl Tausret knapp.

„Vergebung!" flüsterte Baket-Ra. „Bitte, straft mich nicht für mein Vergehen. Ich fürchtete um mein Leben."

„Weiter! Weiter!"

„Mein Ehemann bedroht mich mit dem Tod. Seit langer Zeit. Vor wenigen Augenblicken hat er mich gefunden. Hätte ich mich nicht zu meinem Gebieter geflüchtet, wäre ich wahrscheinlich schon nicht mehr unter den Strahlen des Höchsten."

Tausret betrachtete sie kalt und schweigend. Dann befahl sie Bai mit einer Handbewegung, ihr zur Sänfte zu folgen.

Bais Blick suchte Aatmeret. „Nimm dich ihrer an!" rief er ihr zu. „Laß sie in deine Sänfte einsteigen und bringe sie nach Hause. Dort wartet auf mich." Aus den Augenwinkeln sah er, wie Aatmeret auf die noch immer kniende Baket-Ra zuging und ihr beim Aufstehen half. Ein letzter Blick über den Platz, aber nirgends konnte er einen Mann erblicken, der Nacht hätte sein können. ‚Wahrscheinlich schließen sie Wetten ab, ob das nun das Ende meiner Laufbahn ist', dachte er, als er in der Sänfte Platz genommen hatte und durch einen Spalt des Vorhangs das Gefolge die Köpfe zusammenstecken und tuscheln sah. ‚Die Aasgeier lauern schon.' Er wartete geduldig, bis Tausret das Wort ergriff.

„Ich bin nicht zufrieden mit dir!" sagte sie. „Es stimmt mich nachdenklich, wenn der *Udepu* des Großen Hauses, ein Mann also, der über große Macht in diesem Land verfügt, nicht imstande ist, Ordnung in seinem eigenen Haushalt zu schaffen."

„Ich nehme deinen Tadel demütig hin, meine Königin, doch ich gebe dir zu bedenken, daß du heute zum ersten Mal in vielen Jahren Grund für eine Rüge hast. Ich gestehe, daß im Falle dieser Frau meine Geduld, nein, mein Mitleid mit ihr, mich langmütiger als angemessen gestimmt hat."

Tausret musterte ihn mit hochgezogenen Brauen. „Ich erwarte, daß meine engsten Berater sich nicht von ihren Gefühlen leiten lassen, sondern von ihrem Verstand. Um ein Haar hätte diese Frau den Opferdienst für Neith gestört, und das in einer so schwierigen Zeit. Keiner weiß, was geschieht, wenn die Göttin zürnt!"

Bai biß sich auf die Lippen. Was für ein Unsinn! ‚Göttinnen kennen Mitleid', dachte er. ‚Nicht aber du!' „Wie kann ich dein Wohlwollen wiedererringen?" fragte er und stellte sich zugleich vor, wie es wäre, sie zu bezwingen, sie zu nehmen, gleich hier in dieser Sänfte. Wenn sie nicht von hohem Leibe wäre.

„Schaffe diese Frau fort!" sagte Tausret. „Und zwar schnellstens! Es ist mir gleichgültig, wohin. Sie darf nie wieder im Umfeld des Großen Hauses auftauchen." Sie leckte sich die Lippen wie eine satte Katze und lehnte sich in die weichen Polster zurück. Sanft strich sie sich über ihren gewölbten Leib und schloß die Augen.

Nach einer Weile fragte Bai: „Betrifft deine Anweisung auch die Töchter?"

„Welche Töchter?" Tausret machte sich nicht die Mühe, die Lider zu heben. „Ach ja, die Zwillinge! Mach mit ihnen, was du willst!" Ein Hauch von Anzüglichkeit färbte ihren Tonfall. „Sie sind ja recht hübsch."

Schweigen breitete sich zwischen ihnen aus. ‚So darf es nicht weitergehen', dachte Bai. Die Große Königliche Gemahlin sah die Dinge vollkommen richtig. Er war gefühlsselig, eine völlig überflüssige, ja gefährliche Eigenschaft für einen Mann in seiner Stellung. Außerdem übertrieb er es mit der Unterwürfigkeit, das wurde ihm immer klarer. Kein Wunder, daß sie jede Achtung vor ihm verlor. Er mußte wieder Selbstbewußtsein zeigen. Alles, vielleicht sogar ein Leben in Bedeutungslosigkeit, war diesem unwürdigen Dasein als Tausrets Schoßhund vorzuziehen. Jedenfalls würde er Baket-Ra nach Waset zurückschicken. Hutemwija war ohnehin verschwunden und Mutemwija würde zweifellos weiter nach ihr suchen.

„Da wir gerade dabei sind", unterbrach die Königin seine Gedanken, „es gibt noch jemanden, den ich im Großen Haus nicht mehr sehen will." Sie hatte sich aufgerichtet und betrachtete ihn mit einem Ausdruck, den Bai nicht so recht deuten konnte. Neugierig? Belustigt?

„Es gibt nichts, das du nicht gründlich machst", lächelte er. „Wer ist der Unglückliche?"

„Der junge Sänger", sagte Tausret. „Djehuti."

„Djehuti?" Der Schlag kam so unerwartet, daß er außerstande war, seinen Schrecken zu verbergen. Das Blut wich ihm aus dem Gesicht. „Weshalb?" flüsterte er. „Er ist doch die ‚Freude der Göttlichen Ohren'!"

Tausret verzog den Mund. „Ja, und? Er ist nicht der einzige, der singen kann. Überhaupt: Seit wann bin ich dir Rechenschaft über meine Anordnungen schuldig?"

„Nun, ich meine ...", stammelte Bai und rang um Fassung, „er hat nichts getan, der Hof wäre ärmer ohne seine Stimme und ..."

„Eigentlich wollte ich dir befehlen", Spott tropfte von Tausrets Lippen, „ihn auf die Reise in den Westen zu senden. Aber ich fürchte, damit muß ich einen anderen beauftragen, denn du brichst dann zusammen. Was ist los? Was liegt dir an dem Buckligen?"

„Warum willst du ihn loswerden?" Es war unziemlich, mit einer Gegenfrage zu antworten, aber das war ihm gleichgültig.

„Er schmiedet Ränke gegen mich."

„Das kann ich nicht glauben!" rief er aus und versuchte, nicht an Djehutis Vermutung, die Königin trachte Siptah nach dem Leben, zu denken. „Er ist der beste Freund des Thronfolgers!"

„Das ist es ja! Er treibt einen Keil zwischen mich und den Prinzen, und zwar mit voller Absicht. Du weißt es auch, das kannst du ruhig zugeben. Ich sehe es dir an." Sie unterbrach sich, denn ihr war ein Gedanke gekommen. „Oder steckst du mit ihm unter einer Decke? Ist es auch deine Absicht, mein Verhältnis zu Siptah zu zerstören?"

„Selbstverständlich nicht!" beeilte sich Bai zu versichern. Er hatte sich wieder in der Gewalt. „Was für einen Sinn sollte das haben? Ich denke nur ..."

„Ja?"

„Du mißt diesem Jüngling zu viel Bedeutung bei. Er ist doch nur ein kleiner Sänger!"

„Ein kleiner Sänger, wie? Einer, der immerhin mehrere Stunden am Tage mit Siptah verbringt. Unser flügellahmer Falke-im-Nest trinkt ihm die Worte von den Lippen. Das macht auch den harmlosesten Burschen zu einer unberechenbaren Größe. Glaube mir, ich handle nur vernünftig, wenn ich ihn in die Gefilde des seligen Jenseits entsende."

„Auf einen bloßen Verdacht hin ..."

„Es ist weit mehr als ein Verdacht! Ich kenne die Worte, die zwischen dem Sänger und meinem Stiefsohn gesprochen wurden. Ich weiß Bescheid."

Sie hatte Spitzel in Siptahs engster Umgebung! Wer war es? Rechpehtuef und Neferher konnten es nicht sein, sie waren nicht oft genug anwesend. Wahrscheinlich arbeitete eines der Kinder für sie. Eines des *Cheredu ni Kap*! Siptahs Freunde! „Wer ist es, große Königin?" fragte er. „Wer forscht den Thronfolger aus?"

„Mir gefällt dein Ton nicht! Es handelt sich um eine ganz gewöhnliche staatsmännische Vorsichtsmaßnahme! Glaubst du, es macht mir Freude, diesen Schwachkopf von einem Königssohn zu überwachen? Oder einen verwachsenen Höfling töten zu lassen? Gott bewahre! Ich handle so, weil der Schutz des Großen Hauses meine heilige Aufgabe ist als Göttin an der Seite des Gottes. Ich habe mich zu vergewissern, daß nichts in diesem Lande, und vor allem nichts an diesem Hofe geschieht, das sich meiner Kenntnis entzieht und aus dem sich irgendeine Gefahr entwickelt."

‚Gefahr für wen?' dachte Bai. „Dennoch bitte ich dich um das Leben des Sängers", sagte er schnell. „Genügt es nicht für deine Sicherheit, wenn du ihn aus der Hauptstadt entfernst? Du brauchst ihn doch nicht gleich zu töten!"

„Jetzt reicht es mir aber!" fauchte Tausret. „Ich verlange, daß meine Befehle ohne Einwände ausgeführt werden. Meine Geduld ist zu Ende!" Als sie Bais betroffenes Gesicht sah, ließ sie sich gnädig herbei, einige nach ihrer Auffassung tröstende Worte hinzuzusetzen. „Sieh es doch einfach so: Für einen buckligen, verwachsenen Burschen wie diesen muß es eine Erlösung sein, im Land des Westens mit geraden Gliedern wiedergeboren zu werden."

Eine Pause entstand. Verzweifelt suchte Bai nach Worten, die sein Gegenüber veranlassen konnten, den Befehl zurückzunehmen. „Vergib mir ...", begann er.

„Du scheinst einen Narren an dem Sängerknaben gefressen zu haben", unterbrach Tausret. Die Schärfe in ihren Worten sprach dem Inhalt hohn. „Du erklärst mir jetzt augenblicklich den Grund dafür. Sonst entziehe ich dir meine Huld." Sie lächelte herablassend. „Und das wollen wir doch beide nicht."

Ein Prickeln breitete sich in Bais Körper aus. Es begann in der Leibesmitte und setzte sich bis in jede einzelne Haarspitze fort. Er war gefangen. Wenn er log und Tausret fand irgendwann die Wahrheit heraus, so wäre das sein Ende. Er mußte sich ihr ausliefern, weil er sich einmal zuviel von seinem Gefühl hatte leiten lassen. Was für ein Tor war er doch! „Djehuti ist mein Sohn", sagte er einfach.

Tausret schlug die Hand vor den Mund. „Dein ... Sohn?" flüsterte sie ungläubig. „Bist du verrückt? Warum hast du nie etwas davon gesagt?"

„Er weiß nichts davon." Wie ein gleißender Lichtstrahl durchfuhr Bai die Gewißheit, daß er ihr weder verraten durfte, wer Djehutis Mutter gewesen war, noch, daß ein weiterer Sohn lebte. Wenn die Große Königliche Gemahlin begriff, daß irgendwo ein unbekannter

Abkömmling des Osiris Merenptah lebte, der Anspruch auf den Thron erheben konnte, gleichgültig, wie unwahrscheinlich das auch war, wäre dieser so gut wie tot.

„Weshalb hast du es ihm verschwiegen?" fragte Tausret.

„Ich wollte keinen Krüppel als Sohn."

Die Königin nickte. Das war verständlich. „Wer ist seine Mutter?" verlangte sie zu wissen.

„Eine Sklavin. Sie ist bei seiner Geburt gestorben."

Eine Weile sprachen beide kein Wort. Tausret fächelte sich mit einem Fächer aus rotgefärbten Gänsefedern Luft zu, und Bai beobachtete sie. Er fühlte sich elend. Hatte er Djehutis Schicksal besiegelt? Bekümmert und ein wenig verwundert stellte er fest, wie sehr er sich an den täglichen Umgang mit ihm gewöhnt hatte. Und wie sehr er ihn mochte. Daß sein Herz an Irinefer hing, wußte er seit langem, obgleich er ihn fast nie zu Gesicht bekam. Irinefer, seinen klugen, schönen Sohn. Djehuti hatte er wegen seiner buckligen Gestalt viel weniger als sein Kind gesehen. Vielleicht auch wegen seiner Sanftheit und dem Blick, der sich immer in den tiefsten Grund seines Herzen zu senken schien. In diesem Augenblick jedoch war ihm die Vorstellung, er könne ihn verlieren, unerträglich.

Tausret spähte durch die Vorhänge. „Wir sind gleich da!" sagte sie. „Hör zu, Bai. Ich bin nicht die Große Fresserin! Ich werde dich nicht zwingen, dein eigen Fleisch und Blut zu töten – obwohl ich es ohne weiteres könnte! Aber er muß fort. Schaffe ihn mir aus den Augen, weit weg vom Großen Haus! Versprich mir, daß er nie wieder in der Nähe Siptahs auftaucht! Dann werde ich davon absehen, Nachforschungen über seinen Verbleib anzustellen. Sollte ich von irgendeiner Verbindung zwischen ihm und dem Falken-im-Nest erfahren, und sei es auch nur der kürzeste Brief, so wird sein nächster Aufenthaltsort das gesegnete Land im Westen sein. Haben wir uns verstanden?"

Bai wurde schwindlig vor Erleichterung. „Ich danke dir, Herrin. Es wird alles so geschehen, wie du es verlangst. Ich werde es sogleich veranlassen."

Die Sänfte wurde abgesetzt, und zwei Kammerdiener zogen die Vorhänge zur Seite. Bai stieg aus und reichte der Königin die Hand. „Ich bin noch nicht fertig!" sagte sie leise, während sie sich auf ihn stützte. „Für diesen Gunsterweis verlange ich etwas!"

„Was du willst!"

„Ich verlange, daß du deine gesamte Arbeit, deine Zeit, dein Können, ja dein Leben meinem noch ungeborenen Sohn widmest. Er ist von nun an der Sinn deines Daseins. Er ist die Zukunft Ägyptens."

Und dieser Zukunft sollte Siptah geopfert werden. Bai senkte zustimmend den Kopf. „Was du aussprichst, ist das, was geschieht."

Aatmeret durchquerte die Halle des Palastes und lief die breite Treppe hinauf. Im oberen Stockwerk befanden sich die Zimmerfluchten des Guten Gottes und die Gemächer der Großen Königlichen Gemahlin. Nicht, daß dies die einzigen Wohnräume des Königspaares gewesen wären, Sethos und Tausret besaßen weitere Paläste im Stadtgebiet, aber die Bedeutung des Großen Hauses erforderte in Zeiten der Unruhe die Anwesenheit der göttlichen Herrscher zu jeder Tages- und Nachtzeit.

Wieder verspürte Aatmeret Heimweh nach Itj-Taui. Seit vielen Zehntagen gelang es ihr nicht, dieses Gefühl zu bekämpfen. Es war nicht Sehnsucht nach dem Ort, sondern nach den Verhältnissen der vergangenen Jahre, nach ihrer Mutter, nach der ruhigen Beschäftigung mit schöngeistigen Dingen, kurz, nach dem geordneten, überschaubaren Leben im kleinen Schlößchen am Rande der Stadt. Sie hatte dort in vollkommenem Frieden gelebt, als gäbe es keine Welt außerhalb dieses Hauses, als habe sie ihre Zeit von Nilschwemme zu Nilschwemme wie in einem Traumgespinst verbracht, in sanfter Gleichförmigkeit, abgeschieden von Lärm und Geschäftigkeit der Hauptstadt.

Ein Kammerdiener trat ihr in den Weg. „Was hast du hier zu suchen? Hier hat niemand Zutritt!"

„Man hat mich herbefohlen!"

„Etwas genauer darf es schon sein! Wer hat nach dir verlangt?"

„Ihre Herrlichkeit, die Große Königliche Gemahlin!"

„Dein Name?"

„Ich bin Aatmeret und stehe in den Diensten der Königin."

„Einen Augenblick, bitte!" Der Mann bedeutete ihr stehenzubleiben und verschwand in einem der nahen Räume. Aatmeret lehnte sich an das Geländer und schaute in die Halle hinunter. Herrschte hier immer solches Mißtrauen? Vielleicht sollte sie darum bitten, in Bais Haushalt leben zu dürfen. Dort gab es wenigstens einen Menschen, mit dem sie reden konnte. Doch wenn Mutemwija zusammen mit ihrer Mutter aus Pi-Ramesse verbannt würde, war das bald auch nicht mehr der Fall. Noch nie war ihr die Zukunft so rätselhaft, undurchdringlich und angsterregend erschienen. Noch nie hatte sie sich so allein gefühlt.

*„Sie läßt alle Männer den Hals sich verdrehen, sobald sie sich zeigt.*
*Jeder ist glücklich, den sie grüßt! Doch warum verdüstert Schmerz ihren Blick?"*

Aatmeret drehte sich nach der Stimme um.

Ein hochgewachsener Truppenführer löste sich aus dem Schatten einer Säule. „Ich hoffe, ich habe dich nicht erschreckt. Aber es ist ein Vergnügen, dich zu beobachten. Wer bist du?" Nach einer kurzen Pause setzte er hinzu: „Verzeih, ich will mich zuerst vorstellen. Ich bin Ramses, ein Soldat Seiner Erhabenheit, Leben, Heil, Gesundheit."

„Ramses, der Sohn des berühmten Heerführers?"

„Der bin ich. Dich aber habe ich hier noch nie gesehen."

„Ich heiße Aatmeret und bin erst vor kurzem aus Itj-Taui hier eingetroffen. Mein Vater war der Hohepriester Bakenptah."

„Den man ermordet hat?"

Aatmeret nickte.

„Dann kenne ich deine Brüder", sagte Ramses lächelnd. „Meti ist mein *Idenu Mer Mescha*! Und Tjeri ist einer meiner Truppenschreiber. Für gewöhnlich kenne ich die Schreiber nicht alle mit Namen, aber einer mit gelbem Haar bleibt einem in Erinnerung!"

„Geht es ihnen gut?"

„Du brauchst dir keine Sorgen zu machen! Sie sind unverletzt."

„Endlich eine gute Nachricht!" seufzte Aatmeret. „Nach all den Unglücksmeldungen."

„Du hast recht", stimmte Ramses zu. Seine Miene wurde ernst. „Ich konnte im Kampf die Erwartungen nicht erfüllen, die man in mich gesetzt hat. Ich habe die heilige Stadt Abdju verloren. Der Feind, der keinen Namen mehr besitzt, hat sich ihrer bemächtigt und uns den ganzen Gau abgenommen." Er verwunderte sich insgeheim über sich selbst. Warum legte er vor dieser Fremden so viel Offenheit an den Tag?

„Ist der Krieg verloren?" fragte Aatmeret ungläubig. „Aber das kann doch nicht sein! Das entspricht nicht der *Ma'at*! Das lassen die Götter nicht zu!"

„Selbstverständlich nicht! Ich komme gerade vom Guten Gott selber, Leben, Heil, Gesundheit. Er wird sich erholen und dann einen neuen Feldzug beginnen. Du wirst sehen, am Ende ist der Sieg unser! Niemals wird einer gewinnen, dessen Herz widersetzlich ist."

Aatmeret musterte Ramses nachdenklich. „Deine Worte sind voll Zuversicht", sagte sie. „Sie sind wie Balsam für meine Seele."

„Und dein Anblick tut meinen Augen wohl", gab Ramses zurück und setzte leise hinzu: „Und meinem Herzen auch."

Lag es an seinem Blick oder an der etwas rauhen Stimme, daß ihr Atem ein wenig schneller ging? „Du bist sehr gütig", murmelte sie.

„Darf ich dich wiedersehen?" fragte Ramses leise. „Was ist deine Aufgabe am Hof?"

„Genau weiß ich es noch nicht. Jedenfalls sagte man mir, ich diene der Königin."

In diesem Augenblick kehrte der Wachhabende zurück. „Du darfst nähertreten. Ihre Herrlichkeit befiehlt dich vor ihr Angesicht."

„Geh nur", sagte Ramses. „Ich werde dich finden. Gib mir nur zu verstehen, ob es dir recht ist."

„Ich möchte es gern", flüsterte Aatmeret. Im Vorübergehen warf sie ihm einen Blick zu, der ein strahlendes Lächeln auf sein Gesicht zauberte. Sie folgte dem Diener durch mehrere Räume und einen

Gang entlang, bis er vor einer hohen Tür stehenblieb, die von zwei Soldaten bewacht wurde. Männer kamen heraus, von denen einige Schachteln und Krüge trugen. Zuletzt trat ein schon älterer, streng blickender Herr mit faltigem Gesicht unter schulterlanger Perücke durch die Tür. Er trug eine Schale mit rötlicher Flüssigkeit, die er einem Bediensteten übergab.

„Nebamun!" hörte Aatmeret die Stimme der Königin aus dem Zimmer. „Ich glaube, du solltest nicht mehr warten! Er braucht die Arznei jetzt!"

„Sehr wohl!" rief der Arzt über die Schulter zurück. „Sorge dich jedoch nicht! Es sieht gefährlicher aus, als es ist."

Aatmeret wartete, bis die Männer verschwunden waren. Der Diener, der sie hergeführt hatte, nickte ihr zu, wies auf die Tür und zog sich zurück. Sie ordnete ihr Haar, straffte den Rücken und schickte sich an, die Schwelle zu überschreiten. Da befiel sie Bangigkeit. Hatte die Königin sie wirklich in das Krankenzimmer des Pharao befohlen? Sie, eine unbedeutende junge Frau, die erst kurz am Hofe weilte? Der Diener mußte etwas falsch verstanden haben!

Noch während sie zauderte und überlegte, vernahm sie von drinnen Stimmen, leise, von Stöhnen begleitete Äußerungen, die sie nicht verstehen konnte, und gleich darauf, hell und entschieden, die Worte der Königin Tausret. „Du hast recht daran getan, mein Gemahl", sagte sie. „Laß nicht Zweifel dein Herz zerfressen. Das ist deiner nicht würdig!"

Aatmerets Neugierde wurde stärker als ihre Angst. Sie trat näher und spähte durch die Tür, sah aber nur einen halbdunklen Vorraum, der zu einem weiteren Gemach führte. Sie trat ein und schlich zu dem schweren Vorhang aus dunkler Wolle, der mit *Anch*-Zeichen bestickt war. Sacht zog sie ihn ein wenig zur Seite. Das flackernde Licht vieler Öllämpchen fiel auf ein gewaltiges Bett in der Mitte des Raumes, in dem der Gott ruhte. Pharao Sethos hatte die Augen geschlossen, und an seinem verzerrten Gesicht konnte Aatmeret erkennen, daß er heftige Schmerzen litt. Er trug einen Verband an Hals und Schultern, der ihm jede Bewegung erschweren mußte.

Die Große Königliche Gemahlin saß auf einem breiten Klappstuhl daneben und beugte sich zu ihm. „Bedenke auch Amenmesses Verluste! Es ist eine Frage der Zeit, bis ihn sein Schicksal ereilt!"

„Kenne ich sein Schicksal?" ächzte Sethos. „O Amun, mein Gott, warum hast du mich verlassen? Hast du Amenmesses Seite gewählt? Was habe ich falsch gemacht? Hätte ich ihn doch zum Horus-im-Nest ernennen sollen?"

Tausret erhob sich so heftig, daß ihr Stuhl beinahe hintenübergekippt wäre. Sie ergriff mit beiden Händen die Bettkante und beugte sich über den König. „Hör auf! Es nützt nichts, darüber zu klagen, was du hättest tun können oder was nicht. Was geschehen ist, ist geschehen. Es kommt darauf an, was du tun wirst. Worauf du deinen Sinn richtest. Laß dich nicht beirren durch die gegenwärtigen Schwierigkeiten! Ein guter Steuermann bläst im Notfall die Segel auch noch mit seinem Mund auf!"

Sethos machte nicht den Eindruck, als habe er auch nur ein einziges Wort begriffen, das sie gesagt hatte. „Ich dachte, es sei das beste für unser Land!" klagte er. „Vielleicht gefiele es meinem Vater Amun, wenn ich Amenmesse wieder aufnähme und ihn trotz allem als ..."

„Niemals!" schrie Tausret auf. „Aus dir spricht Verzweiflung und Fieber! Du wirst doch nicht im Ernst erwägen, diesen Frevler wider die *Ma'at* für seine ungeheuerlichen Verbrechen mit der Würde des Thronfolgers zu belohnen? Dann bekommst du auch mich zur Gegnerin, das schwöre ich! Wir haben einen Erben für das Reich: diesen hier!" Sie deutete auf ihren gewölbten Leib. „Hier ist er, der mächtige König der Zukunft! Sein Wohl und Wehe solltest du im Auge haben!"

Aatmeret lief es heiß und kalt den Rücken hinunter. Sie hatte genug gehört. Auf Zehenspitzen schlich sie durch den Vorraum zurück zur Tür. Sie drückte sie einen Spalt auf und wollte hinaustreten, als sie hinter sich eine Bewegung mehr spürte als hörte.

„Aatmeret! Du möchtest schon gehen?"

Sie fuhr herum. Die Königin stand im Türbogen und hielt mit einer Hand den Vorhang zur Seite.

„Verzeih mir, Herrin!" stammelte Aatmeret. „Ich … ich …"

„Du wirst noch einiges zu lernen haben, mein Kind." Tausret ließ den Vorhang los und kam langsam auf sie zu. „Lauschen, ohne sich zu erkennen zu geben, ist in manchen Fällen ein todeswürdiges Vergehen, das verstehst du doch?"

Aatmeret sank in die Knie. „Verschone mich, ich wollte nichts Böses! Es war nicht meine Absicht zu lauschen. Ich dachte nur, solche Worte sind gewiß nicht für das Ohr eines Dritten bestimmt, und deshalb bekam ich Angst!"

„Dann beruhige dich erst einmal wieder!" Tausret klang so freundlich, daß Aatmeret wieder Mut schöpfte.

„Du läßt mich am Leben?"

„Bei allen Göttern, was hast du für eine Vorstellung davon, wie es im Großen Haus zugeht! Nun, wenn man das Schicksal deines Vaters bedenkt, ist das auch nicht weiter verwunderlich. Selbstverständlich lasse ich dich am Leben! Ich nehme an, daß ich mich auf deine Verschwiegenheit verlassen kann, also hast du von mir nichts zu befürchten. Ich habe dich aus einem ganz bestimmten Grund herbestellt. Ich habe Pläne mit dir. Nun steh schon auf!"

Vor der Tür harrten nicht nur die Diener des Königs, die sich auf ihren Wink in sein Schlafzimmer begaben, sondern auch zwei Vornehme aus ihrem Gefolge, die Tausret mit einer Mischung aus Erstaunen und Verletztheit nachschauten, als sie, ohne die Frauen eines Blickes zu würdigen, an ihnen vorüberging und mit Aatmeret in die Tiefen des Palastes entschwand.

Die Kammer, in der Hutemwija seit einigen Zehntagen lebte, war sehr klein, zeichnete sich aber, und das war für diesen einfachen Stadtteil höchst ungewöhnlich, durch die Abwesenheit von Ungeziefer aus. Der Hauswirt, ein kleiner, fülliger Händler aus dem südlichen Retjenu mit dem Namen Joab, hatte ihr den Hinweis gegeben, sie müsse den Raum alle drei Tage mit einer Mischung aus Salzwasser und Natron auswaschen, dann könne sie damit rechnen, daß Asseln, Schaben, Flöhe oder Läuse ihn tunlichst mieden. Genaugenommen war das kein Hinweis gewesen, sondern ein Befehl, und Hutemwija hatte sofort gewußt, daß sie ihn befolgen mußte, wollte sie hier wohnen. Und das wollte sie unbedingt. Mit großem Unbehagen hatte sie festgestellt, daß es alles andere als leicht sein würde, sich ohne Familie durchs Leben zu schlagen. Alleinlebende Mädchen und Frauen waren in der Regel käuflich, und bereits nach wenigen Tagen hatte Hutemwija es gründlich satt, jedem Mann, der ihr begegnete, klarzumachen, daß dies auf sie nicht zutraf. Um ihr tägliches Brot zu verdienen, verdingte sie sich als Tänzerin bei Festen in den Häusern von Joabs Freunden. Doch niemand zeigte sich zufrieden mit ihrem Tanz. Sie bewegte sich zuwenig aufreizend, sie entblößte sich nicht ausreichend, derbe Witze erheiterten sie nicht, sondern jagten ihr Angst ein. Nach einem Auftritt wollte sie weder trinken noch sich tätscheln lassen, sondern bat um ihr Entgelt, um so bald wie möglich verschwinden zu können. Es kam vor, daß niemand Wert auf ihre Kunst legte, so daß sie oft mit leerem Magen zu Bett ging. Manchmal litt sie regelrecht Hunger und wußte sich nicht anders zu helfen, als auf dem Markt Brot zu stehlen oder die Abfälle nach Eßbarem zu durchwühlen. Sie betete täglich zu Ahmes-Nefertari um Hilfe oder ganz einfach um ein Stück Brot, aber anscheinend schenkte die Göttin ihr kein Gehör. Sie schwieg und ließ Hutemwija einsam in ihrem Zimmer sitzen, schwindlig vor Hunger, schwankend zwischen Heimweh und Wut über dieses ungerechte Leben.

An jenem Abend, als die Reste des einst so mächtigen Heeres in Pi-Ramesse eintrafen und die Menschen zum Hafen eilten, um nach ihren Angehörigen zu forschen, machte sich Hutemwija auf den Weg zu den Getreidespeichern im Süden der Stadt. Dort befanden sich Mühlen und Backstuben, die von ihren Betreibern an diesem Abend vielleicht unbewacht zurückgelassen wurden. Das Mädchen hatte inzwischen meisterhaft gelernt, sich so unauffällig zu bewegen, daß sie so gut wie unsichtbar war. Sorgfältig achtete sie darauf, sich jedesmal in einen Hauseingang oder hinter eine Mauer zu drücken, wenn ein Tragstuhl oder eine Sänfte in ihr

Blickfeld geriet oder gar ein Trupp Medjau vorüberging. Sie wollte niemandem unter die Augen kommen, der sie von früher her kannte.

Als sie in die Straße der Getreidespeicher einbog, merkte sie bald, daß sie sich etwas vorgemacht hatte. Die Gegend war bei weitem nicht so ruhig und menschenleer, wie sie gehofft hatte. In jedem Haus, in jedem Laden standen Leute, außerdem war die Straße voll von spielenden Kindern, Hunden und Eseln. Hutemwija spürte eine dumpfe Leere in ihrem Kopf, von der sie nicht hätte sagen können, ob sie von der Enttäuschung oder ganz einfach vom Hunger kam. Sie hatte schon lange begriffen, auf welche Art Leben sie sich eingelassen hatte. Tag für Tag zweifelte sie mehr daran, dem gewachsen zu sein. Was war eigentlich der Grund für ihr Weggehen gewesen? Hatte sie es nicht gut gehabt? Was hatte ihr am Tanz für Hathor mißfallen? Sie wußte es nicht mehr. Und wenn sie an ihre Mutter dachte, spürte sie nicht den alten Zorn, sondern nur noch heiße Sehnsucht und gleich darauf Verachtung für ihre Schwäche. ‚Bald bin ich wie Mutter', dachte sie. An ihre Schwester Mutemwija vermochte sie kaum zu denken, so weh tat es. Nein, sie würde nicht klein beigeben, niemand machte ihr Vorschriften, sie war frei.

Plötzlich blieb sie stehen. Sie traute ihren Augen kaum. Dort stand ein Karren, beladen mit drei Körben voll runder Brote und kleinen honigbestrichenen Kuchen, verlassen am Wegrand, als habe ihn jemand vergessen. Sie warf einen gehetzten Blick um sich, kein Besitzer war zu sehen. Betont langsam schlenderte sie zu dem Karren hinüber, noch ein Blick, dann nahm sie mit einer Hand einen Kuchen, den sie sich sofort in den Mund schob, und mit der anderen zwei Brote. Sie drückte sie an sich und wollte gerade nach einem dritten greifen, als sie den lauten Schrei hörte.

„Du Diebin! Unverschämtes Weibsstück!" kreischte eine Frau, und ein Mann brüllte etwas, das sie nicht verstand.

Der Schreck jagte ihr durch die Adern, das Herz schlug ihr bis zum Hals. Sie rannte, so schnell sie konnte, die Straße hinunter, die zum Hafen führte. Beinahe wäre die Flucht gelungen, schon war sie im Begriff, in eine schmale Seitengasse einzubiegen, da fuhr ihr etwas zwischen die Beine. Sie stürzte auf den staubigen Boden, und die Brote flogen in hohem Bogen zur Seite. Ein kleiner Knabe hockte mit blutender Nase auf der Erde und schrie erbärmlich.

„Hab' ich dich!" Das Keuchen klang unverkennbar zufrieden. „Hast wohl gedacht, es merkt keiner?"

Vor ihr stand ein etwa vierzigjähriger, vierschrötiger Bursche mit breiten Händen und einem ausgeprägten Bauch. Eine mottenzerfressene Perücke hing ihm schräg auf dem Kopf. Dahinter näherte sich sein Weib, eine knochige, dürre Frau, mindestens einen Kopf größer als er. „Die Jugend von heute!" schnarrte sie, die Hände in die Hüften gestemmt. „Glaubt, man darf sich alles einfach nehmen! Für nichts muß man mehr ehrlich arbeiten, wie?"

„Bitte!" jammerte Hutemwija. „Ich kann alles erklären! Es ist nur ..."

„Das darfst du den Medjau erzählen, jede Einzelheit!" unterbrach der Mann.

„Ein paar Prügel werden dir guttun!" sagte die Frau gehässig und musterte Hutemwijas zartgliedrige Gestalt. „Du siehst nicht so aus, als habest du schon viel geschuftet!"

„Wie kannst du nur so gewalttätig zu einem Kind sein?" Eine weitere, wesentlich jüngere Frau umklammerte mit schmerzhaft hartem Griff Hutemwijas Unterarm. „Du bist doch eine Frau! Schäm dich!" Sie hielt den noch immer schluchzenden Knaben an der anderen Hand.

„Bitte, verzeiht mir, ich wollte nicht ... nein, nicht zu den Medjau!"

Hutemwija versuchte, sich loszureißen, als der Dicke sie mit sich ziehen wollte. „Aha! Du hast also noch mehr zu verbergen! Na, wir wollen doch einmal sehen!"

„Einen Augenblick bitte!"

Niemand aus der kleinen Gruppe hatte den gutgekleideten Mann bemerkt, dessen Hand sich nun auf die Schulter des Dicken legte.

„Oh, der werte Herr Ipu!" rief dieser und verbeugte sich, ohne allerdings Hutemwija loszulassen. „Keine Sorge! Es geht alles seinen geregelten Gang!"

„So, so!" sagte der Mann namens Ipu. „Ich habe die Absicht, den Gang etwas anders zu regeln." Er wandte sich an die Frau mit dem Kind. „Geh nach Hause und putz deinem Schreihals die Nase!"

„Ist gut, Ipu", murmelte diese und trottete von dannen, nicht ohne leise Verwünschungen auszustoßen.

„Gib mir das Mädchen!" verlangte Ipu kurzerhand.

„Warum denn?" fragte der Dicke trotzig. „Sie hat mich bestohlen. Dafür muß sie ins Loch, dafür werde ich sorgen, so wahr ich hier stehe! Wer ersetzt mir mein Brot?"

„Ich komme dafür auf", sagte Ipu und drückte ihm einen kleinen Kupferring in die Hand. „Das ist sehr reichlich! Dafür hältst du den Mund, packst deine Alte und verschwindest, verstanden?"

„Sehr wohl, vielen Dank auch!" brummte der Mann unter Verbeugungen und zupfte sein hageres Weib am Kleid. „Los, komm schon, du hast gehört, was der Herr Ipu wünscht!"

Hutemwija begriff überhaupt nichts und starrte den breitschultrigen Mann in feiner Leinenkleidung an. Sie kannte ihn nicht. Weshalb hatte er sie aus ihrer mißlichen Lage befreit?

„Schließe deinen Mund wieder!" sagte Ipu freundlich. „Es wäre doch schade, wenn du in irgendeinem dreckigen Medjau-Verlies enden würdest. Ich kann dir nämlich genau sagen, was die Wächter dort mit dir machen werden."

„Danke!" flüsterte Hutemwija. Noch immer konnte sie diese unerwartete Wendung nicht begreifen. „Warum hilfst du mir?"

„Ich kenne dich, Hutemwija!"

„Woher weißt du, wie ich heiße?"

„Ich habe viele Verbindungen. Ein Mann in meiner Stellung muß überall seine Leute haben. Außerdem besuchte ich ein Fest, wo ich Gelegenheit hatte, deine Tanzkünste zu bewundern."

Hutemwija stieg das Blut in die Wangen. „Hat ... hat es dir gefallen?"

„Du bist begabt, mein Kind. Diese Begabung wollen wir entwickeln. Ich werde etwas aus dir machen. Und dein Schaden wird es nicht sein."

„Ich weiß nicht, wie ich dir danken kann!" rief Hutemwija aus. „Du hast mich gerettet!"

„Dafür wirst du mich reich machen", lachte Ipu.

Das Mädchen verstand diese Bemerkung zwar nicht, aber irgend etwas hielt sie davon ab, nachzufragen, was sie bedeutete. „Wohin gehen wir?" wollte sie statt dessen wissen.

„In mein Haus", erwiderte Ipu. „Dort wirst du von nun an leben. Dort werde ich dich ausbilden."

„Aber ich wohne bei ..."

„Ich weiß, ich weiß! Vergiß das alles! Dein Leben beginnt jetzt ganz neu!" Er wies auf eine große, doppelsitzige Sänfte, die am Straßenrand stand; sechs Träger warteten bei den Tragstangen. „Steig ein!" Hutemwija kletterte hinein und nahm Platz. Ipu setzte sich ihr gegenüber und musterte sie von Kopf bis Fuß. „Du brauchst eine Menge neue Kleider. Und Schmuck. Und Salböl. Du sollst nach etwas aussehen, wenn du tanzt." Er zwinkerte ihr verschwörerisch zu. „Fürchte dich nicht! Niemand wird dich wiedererkennen."

„Du bist gut zu mir", murmelte Hutemwija. Sie konnte ihr Glück kaum fassen. Dieser Herr schien genau zu wissen, was sie beunruhigte. „Ich werde dir keine Schande machen."

„Daran zweifle ich nicht."

Es dunkelte schon, als die Sänfte an ihrem Bestimmungsort ankam. Vor Aufregung war es Hutemwija nicht aufgefallen, wie weit der Weg gewesen war. Doch als sie ausstieg, wurde ihr klar, daß sie sich am äußersten Stadtrand befanden. Hier standen nur mehr vereinzelt Häuser, weite Felder erstreckten sich gen Süden, durchzogen von schnurgeraden Kanälen.

„Hier ist es!" sagte Ipu und wies auf ein großes, säulenumstandenes Haus. „Hier ist von nun an deine Heimstatt." Die Worte kamen so bestimmt aus seinem Mund, daß es Hutemwija unangenehm war. Wie konnte er so sicher sein, daß sie nichts dagegen hatte? Sie setzte an, etwas einzuwenden, schwieg dann aber. Schließlich hatte er ihr selbstlos geholfen. Sie wollte nicht undankbar scheinen. Schweigend trottete sie hinter ihm zum Haus.

„Als erstes möchtest du dich sicher reinigen. Ich werde dir eine Sklavin senden, die dir behilflich sein wird. Dann bekommst du neue Kleider."

„Vielen Dank!" Hutemwija raffte ihren ganzen Mut zusammen und stellte die Frage doch: „Wenn ich in die Stadt will, darf ich doch gehen, nicht wahr?"

Der Blick, den Ipu auf sie richtete, war vollkommen ausdruckslos. Er schien sie gar nicht zu sehen, er schaute vielmehr durch sie hindurch in irgendwelche Fernen. „Du glaubst doch nicht etwa, du seist eine Gefangene, oder doch?" fragte er.

Hutemwija war so verlegen, daß ihr erst, als Ipu im Haus verschwunden war, zu Bewußtsein kam, daß er nicht geantwortet hatte. So gelang es ihr weder, das wohltuende Bad zu genießen, das ihr bereitet wurde, noch die duftenden Öle, mit denen zwei Dienerinnen sie einrieben. Als sie geschminkt wurde, nahm der Druck in ihrer Magengegend zu. Warum bestäubte man nicht nur ihre Wangen mit feinem Goldstaub, sondern auch ihre Brüste? Selbst das Kleid, das man ihr überzog, freute sie nicht. Es war so hauchfein, daß sie sich, nachdem sie es angelegt hatte, so unbekleidet fühlte wie zuvor.

Doch als man ihr einen Spiegel vorhielt, erbebte sie. Sie sah atemberaubend aus. Aber sie hatte Angst wie noch nie in ihrem Leben.

Ein junger Mann näherte sich ihr. Er trug einen Becher in seiner Hand. „Trink das!" sagte er. „Ich soll dich zum Herrn führen. Aber erst, nachdem du dies getrunken hast."

Hutemwija schüttelte abwehrend den Kopf.

„Es ist Wein, ein sehr guter sogar!" lächelte der Jüngling. „Sträube dich nicht. Er wird dir wohltun!"

Hutemwija ergriff den Becher und roch daran. Es schien tatsächlich Wein zu sein. Sie nahm einen kleinen Schluck. Der junge Mann hatte recht. Es schmeckte gut. Sie trank noch einmal. Diesmal glaubte sie einen Hauch von Beigeschmack zu spüren. Doch als sie den Becher absetzen wollte, fühlte sie die Hand des Dieners an ihrem Ellenbogen. „Weiter! Trink weiter!" hörte sie ihn flüstern. „Tu es freiwillig. Du machst es dir leichter!"

Nach dem nächsten Schluck breitete sich ein Gefühl wohliger Schwäche in ihrem Leib aus. Es war wirklich gut. Kein Grund aufzuhören. Nun trank sie in tiefen Zügen. Warum wurde der Becher so schnell leer? Sie schwankte leicht. Als der Jüngling sie durch einen Gang führte, hatte sie das Gefühl, als schwebe sie. ‚Es ist angenehm', dachte sie und bemerkte verwundert, daß ihre Angst nachließ, ja daß sie einer prickelnden Vorfreude Platz machte. Vor einer Tür blieben sie stehen.

Der Diener öffnete und bedeutete ihr, weiterzugehen. „Mögest du große Wonnen erleben", sagte er leise, und Hutemwija fühlte Wellen der Erregung durch ihren Körper laufen.

Sie betrat einen Raum, der in sanften Rottönen erstrahlte, denn viele Lampen streuten flackerndes Licht über rote, wilde Bilder an den Wänden, die vor ihren Augen zu zerfließen schienen. Lichtgarben fielen auch über eine große Bettstatt, die mit roten Kissen übersät war.

Dort lag Ipu halbaufgerichtet und blickte ihr entgegen. Hutemwija sah, daß er vollständig nackt war. Ihr Blick fiel auf seine ragende Männlichkeit, und sie fing an zu zittern. Eine seltsame Gier befiel sie, und alles, wonach es sie nun verlangte, war, in diese Kissen zu sinken, die Beine zu öffnen und sich ihm zu überlassen.

Der Schein einiger Öllampen tauchte den Raum in ein warmes, flackerndes Licht. In einem flachen Becken glommen Holzkohle und Weihrauch, doch der aufsteigende Duft vermochte nicht, den Geruch von Krankheit und Tod zu überdecken. Ein großes Bett stand mit dem Kopfende zur Wand, an einer Seite befanden sich eine steinerne Wasserschale und ein Schemel mit frischen Tüchern, an der anderen hockte Djehuti mit gesenktem Haupt. Er streichelte die knochigen Finger Ipukis, die sich dunkel verfärbten, als habe der Leib des Kranken bereits zu sterben begonnen, noch bevor sein *Ka* und sein *Ba* ihn verließen. Ipukis tief eingesunkene Augen waren geschlossen, er atmete rasselnd durch den halbgeöffneten Mund. Es klang, als müsse sich die Atemluft mühsam durch sprudelndes Wasser arbeiten, und jedesmal, wenn er ausatmete, bildeten sich Luftblasen auf den Lippen, die sich mehr und mehr aufblähten, bis sie schließlich zerplatzten.

„Komm noch einmal zurück!" flüsterte Djehuti. „Sprich noch einmal zu mir!"

Nichts deutete darauf hin, daß Ipuki ihn verstanden hatte. Er bewegte sich nicht und kämpfte weiter um jeden Atemzug. Djehuti stand auf, nahm ein Tuch, tauchte es in eine Wasserschale und wrang es aus. Dann betupfte er die Stirn und die Lippen des Sterbenden. Ein Geräusch ließ ihn den Kopf wenden. Er sah den Schatzmeister des Ganzen Landes, der die Tür hinter sich schloß.

„Seine Glieder sind hinfällig", sagte Bai, „und seine Schwäche nimmt zu. Sein Herz ist müde geworden."

Djehuti nickte. Der Kummer schnürte ihm die Kehle zu. Seit mehreren Tagen und Nächten saß er an Ipukis Sterbelager und erkannte, wie machtlos er das Geschehen hinnehmen mußte. Seine Gedanken, seine Gefühle, seine Handlungen waren auf merkwürdige Weise außer Kraft gesetzt; nichts zählte mehr, außer Sitzen und Warten. Der Tod kam als Feind, der fortriß, was ihm lieb und teuer war. Doch dann erinnerte er sich an ein berühmtes Gedicht und beugte sich zärtlich über Ipuki. „Möge der Tod heute vor dir stehen", flüsterte er, „wie der Duft von Myrrhen, wie wenn man an windigem Tage unterm Sonnensegel sitzt. Möge er vor dir stehen wie das Ende eines Unwetters, wie wenn man vom Kriege nach Hause kommt." Heiß stiegen ihm die Tränen in die Augen. Sein Blick suchte den Bais, der an der anderen Seite des Lagers stand und auf den alten Freund hinuntersah. „Er kann nicht wieder gesund werden, nicht wahr?" fragte er erstickt, obwohl er die Antwort längst wußte.

„Nein, das kann er nicht", kam die traurige Bestätigung.

In diesem Augenblick bewegte sich der Kranke. Ein Krächzen kam aus seiner Kehle, sein Atem entwich pfeifend. Mit unendlicher Mühe versuchte er zu sprechen. Djehuti brachte sein Ohr ganz nah an Ipukis Mund. Doch er hörte nur Gurgeln, in dem die Worte ertranken. Weinend streichelte er die eingefallene Wange, hörte aber sofort auf, als er merkte, daß es dem alten Mann unangenehm war. Der Sterbende machte noch einen Versuch zu sprechen. Mit äußerster Anstrengung bewegte er die Lippen. „ … Vater!"

„Vater? Ich habe dich verstanden!" rief Djehuti.

Ipukis Augen öffneten sich ganz langsam. „Bai … Vater!" preßte er hervor. Sein Blick wanderte durch den Raum. Djehuti begriff, daß sein Auge bereits Dinge schaute, die sich weit jenseits dieses Zimmers befanden. Dann lag Ipuki ganz still, sein Brustkorb hob und senkte sich nicht mehr. Bai beugte sich hinunter und schloß ihm sacht die Augen. Eine Weile saßen beide schweigend in sich versunken.

Endlich fragte Djehuti: „Was hat er gemeint? Weißt du es?" Aus irgendeinem Grunde spürte er plötzlich ein Gefühl der Bedrohung, das ihm fast die Luft nahm.

„Überlege dir genau, ob du die Antwort hören willst", erwiderte Bai gedehnt.

Angst schlug über Djehuti zusammen. Trotzdem sagte er leise und fest: „Ich will es."

Bai erhob sich und ging langsam einige Schritte auf ihn zu. Dann blieb er stehen, unschlüssig, unsicher. Wenn er einmal gesprochen hatte, gab es kein Zurück mehr. „Eines mußt du bedenken", sagte er. „Wenn du die Wahrheit kennst, mußt du darüber Stillschweigen bewahren, möglicherweise bis ans Ende deiner Tage. Du wirst einsamer sein in deinem Herzen, als du dir jetzt vielleicht vorstellen kannst."

„Einsamer als jetzt, da meine Eltern tot sind?" fragte Djehuti leise. In weiter Ferne, tief in seinem Innern begann sich eine Ahnung zu formen.

Bai schwieg.

„Obwohl Mehit und Ipuki tot sind?" wiederholte Djehuti im Flüsterton. Die Ahnung wurde zur Gewißheit, als er in das Gesicht seines Gegenübers blickte.

„Mehit und Ipuki gaben dir ihr ganzes Leben lang Liebe und ein Zuhause. Aber deine Eltern waren sie nicht."

Djehuti begann zu zittern, und es schien, als führten seine Gliedmaßen ein unbeherrschtes Eigenleben. Sein Gesicht wurde grau.

Bai wartete, bis er sich wieder beruhigt hatte und das Beben der Schultern nachließ. „Es gibt da ein Weingut", begann er, „das man meiner Verwaltung überließ zu der Zeit, als das Geliebte Land noch von Osiris Ramses beherrscht wurde. Dort kam Henutmira, die Tochter des Horus-im-Nest, nieder und gebar zwei Knaben. Einer der beiden warst du."

„Die Tochter des Horus-im-Nest?" wiederholte der Jüngling fassungslos. „Die Tochter von Osiris Merenptah? Das ist nicht möglich! Es kann nicht sein!"

„Und doch verhält es sich so."

„Und der Vater? Wer war der Vater?"

Bais Stimme war kaum zu hören. „Der Vater bin ich."

Dumpfe Leere breitete sich in Djehutis Kopf aus. Bai war sein Vater? Das konnte nicht wahr sein! Das war wahnwitzig! Was sollte er nun tun? Wie konnte er weiterleben? Er vermochte keinen klaren Gedanken mehr zu fassen. Einen Lidschlag lang überkam ihn der Wunsch, schreiend fortzurennen, weit weg, bis ans Ende der Welt. Statt dessen drehte er sich zu dem toten Ipuki um und blickte forschend in das stille, friedliche Gesicht, als könne er dort eine Erklärung finden, irgend etwas, an das er sich halten konnte. Er fühlte sich allein wie noch nie zuvor in seinem Leben. Man hatte ihn betrogen, die Menschen, die er am meisten liebte, hatten ihn sein ganzes Leben lang hintergangen.

„Mehit und Ipuki gaben dir alles, was Eltern einem Kind geben können, und noch mehr", sagte Bai, der wußte, was ihn bedrängte. „Ich stand mit leeren Händen da, war in Gefahr, die Gunst des damaligen Horus-im-Nest zu verlieren. Henutmira, die dich geboren hatte, war krank, ein Gott hielt ihr Herz in seiner Hand. Mehit aber liebte dich vom ersten Augenblick an." Er hielt inne, von der Erinnerung überwältigt. Er hatte den verkrüppelten Knaben damals töten wollen! „Für Mehit und Ipuki warst du der Sinn ihres Lebens, ihr ganzes Glück."

Djehuti war noch immer in den Anblick des toten Ipuki versunken. Bai war sich nicht sicher, ob er ihm zugehört hatte. Vielleicht sollte er ihn eine Weile allein lassen. Viel war es, was der junge Mann zu bewältigen hatte. Geduldig wartete er auf die Frage, die kommen mußte.

„Wer war der andere Knabe?"

„Ich mache dir einen Vorschlag", erwiderte er. „Gehe in deine Gemächer. Ruhe dich aus und erfrische dich. Ich erwarte dich in meinem Palast morgen früh um die vierte Stunde. Dann werde ich dir die Wahrheit in allen Einzelheiten berichten. Inzwischen werde ich mich darum kümmern, daß Ipuki alles Notwendige für seine lange Reise erhält."

Er erhob sich langsam und müde, mit den Bewegungen eines alten Mannes. „Kein Wort zu irgend jemandem, verstehst du? Es hängen Leben davon ab, daß du schweigst!" Er hielt inne. Etwas blieb noch, das er Djehuti sagen mußte. Niemals in seinem Leben, das wußte er, würde er den Ausdruck im Gesicht seines Sohnes, des buckligen Hofsängers, vergessen, als er hinzusetzte: „Du mußt Pi-Ramesse verlassen, für eine gewisse Zeit, vielleicht für immer. Über das Schicksal deines Bruders mußt du genau Bescheid wissen, denn ich werde dich zu ihm senden."

„Sie ist am Leben, Bes sei Dank!"

Leises Tuscheln füllte den Raum, und im Licht der Fackeln huschten Dienerinnen umher, die mit den Gehilfen Nebamuns Körbe und flache Tischchen mit Gerätschaften und Räucherwerk hinaustrugen. Aatmeret legte Lotosblüten in eine Wasserschale, damit sie die Luft im Raum verbesserten. Die Große Königliche Gemahlin tauchte langsam aus ihrer Bewußtlosigkeit auf. Ihre Hände zuckten auf dem Leinentuch, mit dem Nebamun sie bedeckt hatte, und sie stöhnte leise.

Die beiden Ärztinnen, Wehmütter in den Diensten des Hofheilers, warfen einander besorgte Blicke zu. „Wir haben die Blutungen gerade erst gestillt", sagte die jüngere der beiden. „Wenn sie aufwacht und nach ihrem Kind fragt, dann ... ich meine, sie könnte sterben!"

Nebamun wiegte sorgenvoll das Haupt. „Du sprichst wahr", antwortete er. „Noch darf sie nicht erwachen." Er winkte einem Gehilfen und gab ihm ein Zeichen, das dieser sofort verstand. Er näherte sich mit einem handtellergroßen Stoffkissen, auf das er zwei Tropfen einer dunklen Flüssigkeit goß, und reichte es dem Heiler. Dieser hielt es Tausret unter die Nase. Ihre Bewegungen hörten fast augenblicklich auf, und sie atmete tief und gleichmäßig. „Sie wird noch eine oder zwei Stunden schlafen", meinte er und sah Aatmeret dabei an. „Laß Erfrischungen und etwas verdünnten Wein für sie bringen. Ich sehe inzwischen noch einmal nach Seiner Erhabenheit, Leben, Heil, Gesundheit. Er muß unterrichtet werden."

„Was für ein Unglück!" seufzte Aatmeret. „Sie hatte sich so nach einem Sohn gesehnt. Nun hat sie einen, aber er lebt nicht."

„Unerforschlich ist der Ratschluß des Gottes", sagte Nebamun düster. „Er ist es, der das Morgen kennt."

„Es wird sehr schwer für sie sein, das hinzunehmen."

„Das Kind hätte niemals leben können", warf eine der Wehmütter ein. „Mit einem offenen Rücken!"

„Als hätte Chnum, der Schöpfer, die Töpferscheibe verlassen und sein Werk nicht vollendet", ergänzte die andere.

Nebamun warf noch einen Blick auf die Königin. ‚Was für eine Frau!' dachte er. Über dreißig Stunden hatte sie in den Wehen gelegen, endlose Qualen ertragen, und trotz aller Schmerzen war kein Schrei, kein Wort der Klage über ihre Lippen gekommen. Statt dessen hatte sie sich angestrengt, ihr Kind zur Welt zu bringen, bis sie ihrem eigenen Tode nahegekommen war. Da hatte sie nicht minder verbissen um sich selbst gerungen. ‚Wie gern hätte ich dir einen gesunden Sohn in die Arme gelegt! Niemand hätte es so verdient wie du.' Beim Hinausgehen nahm er sich vor, dem König den Heldenmut seiner Gemahlin zu schildern und Gebete und Opfer für ihre Genesung anzuordnen. Die beiden Frauen folgten ihm hinaus.

Aatmeret ging durch den Raum, überprüfte die Blumenanordnungen, die Tische mit den Arzneien, die Truhe mit frischen Gewändern und Tüchern, die Becher mit Wein, die Schalen mit Brot und Obst. Alles war fertig, alles harrte des Erwachens der Königin. Gab es noch etwas zu tun? Wieder lief es Aatmeret kalt den Rücken hinunter, als ihr einfiel, daß sie beinahe vergessen hatten, die Wiege zu entfernen.

„Ist Ihre Herrlichkeit schon wach?" Der Wesir Hori betrat den Raum, hinter ihm erschien der Königssiegler Bai.

„Nein", antwortete Aatmeret und verneigte sich. „Nebamum sagte, sie bedürfe noch der Ruhe."

„Weiß sie es schon?" fragte Bai.

Aatmeret schüttelte den Kopf. „Sie verlor das Bewußtsein in dem Augenblick, als das Kind kam."

„Dann werde ich die Nachricht noch zurückhalten", meinte Hori. „Obwohl inzwischen das gesamte Große Haus einem Wort entgegenfiebert. Sogar in den Straßen um den Palast drängen sich die Menschen. Aber warten wir lieber ihre Befehle ab. Und die Seiner Erhabenheit, Leben, Heil, Gesundheit." Er sah um sich. „Wer wird es ihr sagen?"

„Ich werde es tun", erklärte Bai. „Das bin ich ihr schuldig."

Hori bedachte ihn mit einem eigenartigen Blick. „Tatsächlich? Nun, mir soll es recht sein. Ich werde die Leute mit Nachrichten füttern, die sie befriedigen und soweit sättigen, daß sie erst lange Zeit später bemerken, eigentlich nichts erfahren zu haben." An der Tür drehte er sich noch einmal um. „Der Dienerschaft habt ihr wohl Stillschweigen auferlegt?"

„Dessen kannst du gewiß sein", sagte Aatmeret. In ihren Worten und der Art, wie sie sprach, lag soviel Freundlichkeit und Anmut, daß Bai sich unwillkürlich an ihre Mutter erinnert fühlte. Wie lange lagen jene Tage schon zurück, da Aset und sein Freund Bakenptah alles, was er tat, begleitet hatten. Wie sicher war er damals gewesen, daß seine Pläne gut und seine Ziele im Einklang mit *Ma'at* waren!

Auch Horis Aufmerksamkeit richtete sich auf das junge Mädchen. „Du bist Aatmeret, nicht wahr?" Auf ihr bestätigendes

Nicken sagte er: „Der *Mer Mescha* Ramses sprach vorhin von dir. Er war im Schatzhaus und wollte anschließend hierherkommen. Vielleicht ist er schon unten." Er schmunzelte, als er ihr Erröten sah, und ging.

„Möchtest du hinunter?" fragte Bai.

„Das schon, Herr", sagte Aatmeret, „aber darf ich dich vorher noch etwas fragen? Jetzt, da wir allein sind?" Da er nickte, fuhr sie fort: „Wir wurden neulich unterbrochen, als wir von Irinefer sprachen. Wo ist er?"

„Im Süden", erwiderte Bai knapp. „In Amenmesses Land."

„Und ... geht es ihm gut?"

„Gewiß. Sorge dich nicht."

„Aber weshalb durfte er nicht zurückkehren?"

„Darüber muß ich auch heute schweigen. Es gibt Dinge, die verborgen bleiben müssen, zu seinem und auch zu deinem Besten."

„Aber ..."

„Damit ist diese Angelegenheit ausreichend besprochen." Sein Tonfall war so scharf, daß Aatmeret unwillkürlich zurückwich. Er sah, wie verletzt sie war, gedachte aber nicht einzulenken. Im Augenblick bedrängten ihn andere Sorgen als der Seelenfriede dieses Mädchens.

Die ältere der Wehmütter streckte den Kopf zur Tür herein. Bai hob abwehrend die Hand. „Wartet draußen! Ich lasse euch holen, wenn ihr benötigt werdet."

Aatmeret beugte sich über die Königin. „Wie eigenartig!" murmelte sie. „Nebamun sagte, sie würde noch lange schlafen. Doch das tut sie nicht. Sie wacht auf." Sie schaute zu Bai hinüber. „Wir werden die beiden Frauen schneller brauchen als gedacht."

„Was redest du? Das ist doch nicht möglich!" Bai trat an das Bett. Tausret hatte die Augen geöffnet und bewegte die Lippen. Ihr Atem ging pfeifend, und ihre Hand krallte sich in die Laken.

„Laß mich mit ihr sprechen!" sagte Bai.

Aatmeret atmete auf. Sie fühlte sich zu Tode erschöpft von der Anstrengung und Aufregung der vergangenen Stunden. „Brauchst du mich wirklich nicht?"

„Sage den Frauen, sie sollen sich bereithalten, und lasse Nebamun Bescheid geben. Dann geh und suche den jungen Ramses oder was auch immer du tun möchtest."

‚Einfach schlafen', dachte sie und flüsterte: „Ich danke dir!"

Sie hatte den Raum noch nicht verlassen, als sie Tausrets Stimme hörte, hohl und krächzend.

„Wo ist mein Sohn?"

Sie schlüpfte zur Tür hinaus. Die Wehmütter saßen auf ihren Schemeln, jede mit einem Korb neben sich. Fragende Blicke trafen Aatmeret. Sie setzte zu sprechen an, da schreckte sie zusammen. Die beiden Frauen sprangen auf und schlugen sich die Hände vor den Mund.

Von drinnen erscholl ein langgezogener Schrei, so furchtbar und grauenerregend, wie Aatmeret noch keinen gehört hatte. Es schien, als habe Tausret alle erduldeten Schmerzen, alle Qualen, ja Raserei aufgehoben und in diesen einen Schrei gelegt. Nun wußte es die Große Königliche Gemahlin: Die Ewigen hatten ihr den heißersehnten Sohn gegeben und gleich wieder genommen.

# JAHR 4, PHARAO SETHOS
# JAHR 1, PHARAO SIPTAH
# (1200–1198 V. CHR.)

## SETHS SIEG

Die rotgoldenen Strahlen der Nachmittagssonne fielen schräg auf den Fluß und brachen sich in funkelnden Lichtpunkten auf den Wellen. Ein Fischkutter nach dem anderen strebte dem neuen Südhafen von Waset zu. Pharao Amenmesse hatte die Anlegestellen im vergangenen Jahr vergrößern und den Flußschiffern und Fischern ein eigenes Hafenbecken bauen lassen. Er benötigte Platz für die Kriegsboote, auf denen seine Truppen an die nördliche Grenze seines Herrschaftsgebietes verschifft wurden. Die klapprigen Kähne, die den Fährbetrieb zwischen dem Ostteil Wasets und der Totenstadt aufrechterhielten, zwängten sich nur mühsam zwischen den steil aufragenden Schiffswänden hindurch.

„Wir laden aus", sagte Ihi zu Irinefer, der am Heck des Bootes saß und das Steuerruder in der Hand hielt, „dann kannst du das Boot nehmen und hinüberfahren. Ich kümmere mich mit Djehuti um die übrige Arbeit."

„Ich danke dir", gab Irinefer zurück. „Ich wüßte nicht, was ich ohne dich anfinge!"

„Ein anderes Boot leihen", sagte Djehuti trocken. „Ganz einfach. Auf keinen Fall könntest du die Fähre nehmen. Ich bin sicher, Chaem-hedjet läßt die Fähren überwachen."

„Noch immer?" fragte Irinefer zweifelnd. „Meinetwegen? Das ist unwahrscheinlich. Immerhin lebe ich seit zwei Jahren nicht mehr im Dorf."

„Zwei Jahre?" Ihi schüttelte den Kopf. „So lange wohnst du schon bei mir! Ich bin froh darüber, denn sonst könnte ich kaum so gut arbeiten." Er zupfte an seinem linken Arm, der seit seiner Verwundung bei Geb-Teju schlaff herunterhing.

Irinefer spähte ans westliche Ufer. Wie oft um diese Tageszeit hatten sich die Berge in einen fahlen Dunstschleier gehüllt. Pa-Tíme! Was würde er darum geben, dort sein zu können. Die Sehnsucht riß an seinem Herzen.

„Du vermißt sie sehr", stellte Djehuti fest, der ihn beobachtete. „Noch immer."

Irinefer nickte. Zwar war der Schmerz nicht mehr so unerträglich wie in den ersten Zehntagen nach seinem Weggang, aber es blieb eine Wunde in seinem Herzen. Jedesmal, wenn er sich jene Nacht am Hathorberg ins Gedächtnis rief, war ihm, als sei sie erst gestern gewesen. Er brauchte nur die Augen zu schließen, um Ta-Scherit in seinen Armen zu fühlen.

Zwei Tage nur hatte die Seligkeit gewährt, dann hatte Neferhotep ihn zu sich gebeten.

„Paneb hat mich aufgesucht!" Die Stimme des Vorarbeiters hatte ruhig geklungen, fast sanft und ein wenig müde. „Du hast dich nicht an die Anweisungen gehalten. Apachte hat dich mit seiner Schwester beobachtet und seinem Vater davon berichtet. Keiner von beiden weiß etwas über deine Vergangenheit, aber sie vermuten einiges – wie übrigens jeder im Dorf! Geheimnisse und Gefahren bringt man mit dir in Verbindung. Deshalb wollen sie dir das Mädchen nicht geben, und deshalb will dich niemand in der Kolonne. Du mußt zugeben: Ganz unrecht haben sie nicht."

„Aber ich liebe Ta-Scherit!"

„Gerade weil du sie liebst, mußt du sie aufgeben. Paneb ist ein unbeherrschter Mann, er wird ihr das Leben nicht leicht machen, und Apachte ebenso. Dir könnten sie sogar gefährlich werden." Neferhotep legte den Arm um ihn. „Es tut mir leid, mein Sohn, glaube mir. Aber du mußt das Dorf verlassen. Hier bist du nicht mehr sicher. Paneb und Apachte sind nicht der einzige Grund dafür, das weißt du! Es gibt einen zweiten, weitaus bedrohlicheren. Und ich bin dem Königssiegler verantwortlich für dein Wohlergehen."

„Du willst mich fortschicken? Das willst du mir antun?"

Neferhotep zögerte mit der Antwort. „Cha-em-hedjet hat sich mit meinen Erklärungen in Ipet-Sut nicht zufriedengegeben", sagte er dann. „Er hat nach dir gefragt und tat es immer wieder. Ihm wurde die Oberaufsicht über den Großen Platz der Wahrheit übertragen. Das bedeutet, er wird öfter das Tal aufsuchen, vielleicht sogar in unser Dorf kommen."

„Ich könnte mich verbergen."

Ein nachsichtiger Blick traf ihn. „Das sind die Worte eines Kindes! Du weißt, wozu dieser Mann fähig ist! Durch ihn kam dein Vater ums Leben. Er ist einer, der nicht nur tötet, wenn er einen Grund dafür hat, sondern auch, weil er Lust dazu hat. Das habe ich ihm angesehen, als er nach dir forschte. Du seist eine Geisel aus dem Retjenu, sagte ich ihm, deren Heimkehr vor kurzem befohlen worden sei. Er fragte, wer den Befehl gegeben habe. Ich sprach von Boten aus Pi-Ramesse, erfand Namen und fürchtete, mich um Kopf und Kragen zu reden. Er begriff sofort, daß ich log. Mein Verhalten sei Verrat an König Amenmesse und würde bedauerliche Folgen haben, drohte er. Nein, du mußt fort, wenn dir dein Leben lieb ist."

„Wenn ich gehe, werde ich Ta-Scherit mitnehmen!"

„Und sie ihrer Heimat berauben? Willst du sie in eine ungewisse Zukunft führen, bedroht von gedungenen Mördern?"

Irinefer hatte Ta-Scherit nicht in Gefahr gebracht. Statt dessen hatte er Pa-Tíme verlassen, ohne Abschied von der Geliebten, denn Paneb und Apachte hatten sie bewacht, bis er fort war. Er hatte Neferhotep einen Brief für sie gegeben.

„Der Brief!"

Djehutis Ruf zog ihn wieder in die Gegenwart. Es dauerte einen Augenblick, bis ihm aufging, daß nicht sein Brief an Ta-Scherit gemeint war. „Das Schreiben Baket-Ras?"

Djehuti nickte. „Ta-Scherit möge es dem Vorarbeiter oder seiner Frau zukommen lassen. Vielleicht erlauben sie Baket-Ra heimzukehren. Ich würde es ihr wünschen."

„Für den *Glücksort* wäre es ein Verlust!" bemerkte Ihi. „Er ist die schönste Schenke in ganz Waset geworden. Qafi wirkt in diesem schmucken Raum wie ein Fremdkörper. Wenn ich mir vorstelle, daß sie dort wieder allein schaltet und waltet …" Er vollendete den Satz nicht.

„Baket-Ra hat hart gearbeitet", bestätigte Djehuti. „Sie hat es verdient, daß ihr Wunsch in Erfüllung geht. Das Schicksal hat sie nicht gerade verwöhnt."

„Sie erhält doch Nachrichten aus Pi-Ramesse", sagte Ihi, während Irinefer den Kahn geschickt zwischen zwei anderen hindurchruderte.

„Aber keine guten. Mutemwija hat weder ihre Schwester noch ihren Vater gefunden. Von Bai kam nicht ein einziges Wort."

„Jeder Bote muß feindliche Linien überwinden", meinte Irinefer. „Nicht alle Nachrichten erreichen ihr Ziel."

„He, paß doch auf!" schrie Ihi zu einem zweiten Kutter hinüber, dessen Bug gefährlich nah an seinem Heck vorüberschoß. „Beinahe hättest du uns gerammt!"

Der andere hob entschuldigend die Schultern. Immer mehr Kähne steuerten auf den Landungssteg zu, wo die Fischerfamilien warteten. Auch Ihis Mutter und sein jüngster Bruder winkten ihnen. Sein Vater war nicht dabei, denn er war im vergangenen Jahr einer kurzen, schweren Krankheit erlegen. Ihi warf ihnen das Seil zu, und bald lag das Boot fest vertäut. Djehuti kletterte an Land. Schon stand Ihis Bruder an seiner Seite, und beide nahmen die Körbe entgegen, die ihnen die beiden anderen heraufreichten.

Die Sonne war schon untergegangen, als sie mit dem Ausladen fertig waren.

„Aber du mußt vor morgen früh zurück sein!" flüsterte Ihi. „Komme, was da wolle!"

„Gewiß!" antwortete Irinefer ebenso leise. „Verlaß dich auf mich!" Er stieß das Boot mit dem Ruder vom Landungssteg ab.

„Verspäte dich nicht!" hörte er noch. „Sonst droht zu große Gefahr!"

Als Djehuti die Tür zum *Glücksort des Südens* aufstieß, merkte er sofort, daß etwas vorgefallen war. Qafi, mit den Jahren noch unförmiger geworden, watschelte sichtlich schlechtgelaunt zwischen den wenigen Gästen umher, die sämtlich verstört aussahen. Baket-Ra trug die gewaschenen Bierkrüge ins Hinterzimmer und forderte ihn mit einem Kopfnicken auf, ihr zu folgen.

„Laß es dir von ihr berichten!" knurrte Qafi. „Verfluchtes Medja-Pack, verfluchtes! Irinefer verhaften! Den *Glücksort* schließen! Ja, ja, ich komme schon!" Sie nahm eine Suppentasse von der Anrichte, die seit einiger Zeit an der Wand stand, und trug sie zu dem hakennasigen Gast in der Ecke. Baket-Ras Vorschlag, außer Bier auch einige Speisen anzubieten, hatte Qafis Bierhaus zum beliebtesten Treffpunkt des Südhafenviertels werden lassen. Gelegentlich klagte die Wirtin, sie selbst sei zur bloßen Bedienung herabgewürdigt, aber dann mußte sie doch den großen Aufschwung des *Glücksorts* anerkennen.

„Auf Bier können diese Burschen lange warten!" zischelte Qafi und steckte den Kopf durch die Türe zum Hinterzimmer. „Nicht ein lausiger Tropfen wird ihnen mehr eingeschenkt!"

Djehuti lächelte. „Sie werden ohnehin nicht mehr zum Trinken herkommen, nach dem, was du ihnen alles an den Kopf geworfen hast!"

„Ja, ja, schon recht!" sagte Qafi und schloß die Tür wieder.

„Sie sorgt sich mehr um den *Glücksort*, als sie zugeben mag", meinte Baket-Ra. „Ich kann es ihr nicht verdenken. Wir müssen mit Irinefer sprechen."

„Wenn Cha-em-hedjet ihn jetzt durch die Medjau suchen läßt", sagte Djehuti, „dann darf er sich hier keinesfalls mehr blicken lassen. Eigentlich müßte er aus der Stadt verschwinden."

Baket-Ra füllte zwei Becher mit Wasser und reichte Djehuti einen davon. „Irinefer dauert mich", sagte sie. „Er hat viel leiden müssen.

Wenn ich daran denke, welche Angst er hatte, als er mir seine Geschichte erzählte ..."

„Er müßte Freunde haben."

„Ja, Freunde wie dich oder Ihi. Aber mich?"

„Du bist eine Frau. Er hat seine Mutter verloren, Ubechet und Ta-Scherit. Ich glaube, deshalb bist du ihm wichtig."

„Und du? Wem vertraust du?"

Djehuti wurde es unter ihrem forschenden Blick unbehaglich. „Wie meinst du das?"

Baket-Ra antwortete nicht gleich. „Du hast früher viel mit Mutemwija gesprochen", stellte sie fest und sagte dann ohne Umschweife: „Ich vermisse sie mehr, als ich sagen kann. Vermißt du sie auch?"

„Sie wollte mich nicht", erwiderte Djehuti leise. „Trotzdem fehlt sie mir."

„Möge sie Hutemwija bald finden", sagte Baket-Ra kaum hörbar. Dann fragte sie: „Warum wird Irinefer noch immer verfolgt? Dieser Cha-em-hedjet kann sich doch nicht wirklich von ihm bedroht fühlen!"

„Ich glaube nicht, daß es ihm darum geht", sagte Djehuti nachdenklich. „Ich vermute eher, daß er sich rächen will. Hätte der Anschlag damals Erfolg gehabt, herrschte längst der Libyer Meri über unser Land. Ein Knabe hat einen großen Plan vereitelt. Das vergibt Cha-em-hedjet nicht." Er stellte den Becher ab und erhob sich. „Ich will Ihi vor den Medjau warnen. Wenn Cha-em-hedjets Leute den *Glücksort* beobachten, dann haben sie vielleicht auch ihn im Auge."

Baket-Ra hatte den letzten Worten keine Aufmerksamkeit mehr geschenkt. „Rache!" murmelte sie. „Immer wieder Rache. Gibt es etwas, das zerstörerischer wäre als das Bedürfnis nach Rache?"

„Machthunger!" gab Djehuti zurück. „Davon habe ich viel gesehen im Großen Haus. Machthunger vernichtet alles, was sich ihm in den Weg stellt." Er nickte Baket-Ra zu, verließ das Zimmer und trat in den Schankraum hinaus.

„Warte!" rief Qafi und kam auf ihn zu. „Ich habe mir überlegt, du solltest zur Obersten Dienststelle der Schutzmänner gehen. Erkläre denen, daß mein *Glücksort* besonders gern von Medjau besucht wird.

Sage ihnen, daß sie weit laufen müssen, bis sie eine Wirtschaft finden, in der das Henqet so wohlfeil ist! Sie sollen lieber nach den Leuten suchen, die eine ehrbare Schenke als Verschwörernest verleumden! Und sage ihnen auch ..."

„Schon gut, Qafi!" unterbrach Djehuti. „Sorge dich nicht! Ich lasse mir etwas einfallen!"

„Bist ein guter Kerl!" sagte die Wirtin gerührt. „Wirklich."

Doch als Djehuti die dunklen Gassen entlangging, dachte er nicht an die Rettung des *Glücksorts*. Statt dessen sehnte er sich nach Mutemwija. Ob sie wohl noch bisweilen an ihn dachte? Es gab so vieles, worüber er mit ihr reden wollte! Zum Beispiel über Irinefer. Bis zu diesem Tage hatte er mit keinem Menschen über das gesprochen, was Bai ihm nach Ipukis Tod eröffnet hatte. Der Schatzmeister des Ganzen Landes hatte es ihm allein überlassen, ob und wann er Irinefer die Wahrheit über seine Abstammung sagen wollte. Er hatte ihm aber auch deutlich gemacht, daß er es vorzöge, wenn Djehuti Stillschweigen bewahrte. „Du weißt, wozu die Königin fähig wäre, wenn ihr zu Ohren käme, daß Nachkommen von Osiris Merenptah leben!" Bais Worte klangen ihm noch immer im Ohr. Und noch immer spürte er die Wehmut, weil der Siegler nie darauf gekommen war, ihm, Djehuti, könne es ein Bedürfnis sein, die Wahrheit mit seinem Bruder zu teilen. Für Bai war die Sorge um die Sicherheit seiner Söhne das Äußerste, was er an Gefühl aufbringen konnte.

Die Gassen waren menschenleer. Die Leute mieden die dunklen Straßen der Südstadt. Djehuti verlangsamte seine Schritte. Er wollte noch nicht gleich zu Ihi. Es tat gut, seinen Gedanken nachzuhängen. So ging er an der vertrauten Abzweigung vorüber und schlenderte zum Hafen hinunter. Dort angekommen, hockte er sich auf die gemauerte Uferbefestigung und ließ die Beine über dem Wasser baumeln.

Ein Medja blieb bei ihm stehen. „Was machst du da?" fragte er.

„Nachdenken", antwortete Djehuti wahrheitsgemäß.

Der Mann lachte und wünschte viel Vergnügen. Nach einigen Schritten kehrte er wieder um. „Du bist der Bucklige aus dem *Glücksort des Südens*, habe ich recht?"

Djehuti nickte.

„Dann gebe ich dir einen Rat für die dicke Wirtin. Sie macht sich keine Freunde bei den Medjau, wenn sie uns mit übelsten Schimpfwörtern belegt. Und wenn sie herumkrakeelt und von der Schrekkensherrschaft König Amenmesses faselt, bringt sie sich in Lebensgefahr. Solche Ausdrücke kommen leicht den falschen Leuten zu Ohren! Glaube mir, ich meine es gut!"

„Ich rede mit ihr", versprach Djehuti. „Danke!" ‚O heilige Einfalt!' dachte er. ‚Qafi, du bringst dich noch irgendwann einmal um deine Ohren und dein hübsches Näschen!' Er sah dem Medja nach. Hatte die Wirtin nicht im Grunde recht? In Amenmesses Königreich war es wirklich gefährlich, offen zu reden. Djehuti wußte, daß in den vergangenen Monaten viele Menschen verhaftet worden waren, weil sie sich betrübt über den Bruderkrieg im Lande geäußert oder die Allgegenwart der Medjau beklagt hatten. Das finstere Dreigestirn, wie Wesir Imenmose, Königssiegler Cha-em-hedjet und Brotzähler Kaha hinter vorgehaltener Hand genannt wurden, herrschte mit eiserner Faust. Hinter ihm stand, das glaubte jeder zu wissen, nicht etwa der allseits beliebte Pharao Amenmesse, sondern die Große Königliche Gemahlin Baketwerel. Die dunkle Königin war verhaßt unter den Bewohnern Wasets, denn man lastete vor allem ihr die Zerrissenheit des Landes an.

Djehutis Gedanken kehrten zu Irinefer zurück. Schon bei der ersten Begegnung mit seinem Bruder hatte er gewußt, daß er Bais Wunsch erfüllen wollte: Von ihm würde Irinefer die Wahrheit nicht erfahren. Das Zusammentreffen kurz nach Djehutis Ankunft in Waset hatte ihn aufgewühlt wie kaum etwas sonst in seinem Leben. Während das Mondlicht in silbernen Flämmchen auf dem Hafenwasser tanzte, war es Djehuti, als sehe er den Bruder wieder in Ihis Haustür stehen.

„Das ist mein Freund Irinefer", hatte Ihi gesagt. „Er lebte bis vor kurzem in Pa-Tíme. Er sagt, er sei dir schon einmal begegnet."

„Ihi hat mir so viel von dir berichtet", sagte Irinefer und hob die Hand grüßend an die Stirn, „daß du mir ganz vertraut bist."

Djehuti hinkte langsam auf ihn zu. Als er vor ihm stand, merkte er, daß er mehr als einen Kopf kleiner war als sein Bruder. „Sei willkommen, Irinefer!" grüßte er leise. „Es stimmt, ich sah dich einmal im Lebenshaus von Ipet-Sut. Es ging dir nicht sehr gut damals."

Irinefer lächelte, und in Djehuti breitete sich tiefe Traurigkeit aus. Noch nie hatte er seine Verwachsungen als so absonderlich, seinen Buckel als so störend empfunden. Er schaute auf den hochgewachsenen, schlanken Jüngling vor sich und dachte, was für eine Mißgeburt er selber doch sei. Dergleichen hatte er nicht einmal gefühlt, als Mutemwija ihm vorsichtig andeutete, sie könne keinen Verwachsenen lieben. Dieser schöne Bruder erschütterte sein Selbstgefühl in den Grundfesten.

„Du hast recht", hörte er Irinefers sanfte Stimme. „Ich war wie ein entwurzelter Strauch zu jener Zeit. Genaugenommen ist es in diesen Tagen nicht anders." Bei genauerem Hinhören wäre Djehuti der Kummer in diesen Worten nicht entgangen. Aber in seinem Herzen wurde jede andere Empfindung von dem überwältigenden Gefühl der Unterlegenheit fortgeschwemmt. Warum konnte er nicht aussehen wie Irinefer? Warum hatten die Ewigen ausgerechnet ihm eine so verunglückte Gestalt gegeben? Sie stammten doch aus einem Mutterleib! Weshalb diese Ungerechtigkeit? ‚Zwillinge müssen sich ähnlich sehen', dachte er bitter. ‚Wie Mutemwija und Hutemwija. Aber der Unterschied zwischen ihm und mir ist so groß, daß keiner genauer hinsieht.'

„Laßt uns zu Qafi gehen", schlug Ihi vor. „Ein Schluck Henqet zur Begrüßung kann nicht schaden." Er nickte Irinefer zu. „Außerdem solltest du Baket-Ra begrüßen."

„Baket-Ra ist hier?" rief dieser. „Sie ist zurückgekehrt? Und die Mädchen?"

„Die nicht", sagte Djehuti kurz.

„Aber warum nicht?"

„Das ist eine lange Geschichte ..."

„... die man besser mit einem Krug in der Hand erzählt!" unterbrach Ihi.

Nach weniger als der Hälfte einer Stunde betraten sie den *Glücksort des Südens*, an dessen Tür in unbeholfen gekritzelten Schriftzeichen zu lesen stand: ‚Geschlossen, weil wir selber feiern!'

„Mein Werk!" erklärte Ihi stolz, öffnete die Tür und stand vor der übers ganze Gesicht strahlenden Wirtin.

„Wie gut, euch alle beisammenzuhaben", rief Qafi. „Nur die kleinen Mädelchen, ja, die fehlen!"

„Du würdest sie nicht wiedererkennen", sagte Djehuti lächelnd und trat in den Schankraum.

Baket-Ra stürzte mit einem Aufschrei auf den hinter ihm stehenden Irinefer zu. „Du bist noch hier! O göttliche Ahmes! Lebst du noch bei Neferhotep?"

Der Angesprochene schloß sie in die Arme, und Djehuti sah, daß auch er tief bewegt war.

„Du meine Güte!" murmelte Ihi, als nun auch Qafi in Tränen der Rührung ausbrach. Er zwinkerte Djehuti zu. „Laß uns schon einmal mit dem Bier anfangen."

Seine Mutter und der jüngere Bruder folgten von ihren Stühlen aus mit Erstaunen der leidenschaftlichen Begrüßung.

„Wenn ich dich anschaue", rief Baket-Ra weinend, „ist es mir, als hätte ich noch mein Zuhause, als lebte Niu noch!"

Irinefer löste ihre Arme von seinem Hals. „Es ist lange her", sagte er.

„Ja", antwortete Baket-Ra schon wieder ein wenig gefaßt. „Nimm mir meinen Ausbruch nicht übel! Es ist nur ... alles kommt wieder hoch. Auch die Gerichtsverhandlung! Du und die kleine Ta-Scherit! Ihr habt mir so geholfen!"

In Irinefers Augen trat ein wehmütiger Ausdruck. „Wir haben alle viel verloren", meinte er.

Djehuti sah ihn an, und es war ihm, als legte sich ihm ein fester Riemen um die Kehle. ‚Du hast keinen Grund zur Klage!' dachte er grimmig. ‚Deine Gestalt ist gerade und schön!' Er entsann sich des Ausdrucks in den Augen seines so unverhofft hinzugewonnenen Vaters, als dieser ihm den Bruder in Pa-Tíme ans Herz gelegt hatte.

Dieser Irinefer bedeutete Bai viel mehr als er selbst. Warum nur hatte der mächtige Siegler die Wahrheit nicht einfach für sich behalten? Djehuti hätte doch ebensogut als Sohn Ipukis und Mehits weiterleben können. Doch er selbst hatte nach der Wahrheit verlangt, und nun schalt er sich einen neugierigen Narren, der erhielt, was er verdiente. Noch nie war ein derartiger Aufruhr durch seine Seele getobt. Wo blieb das ruhige Annehmen, die Zufriedenheit mit seinem Leben? Er hockte sich auf eine Matte, tat so, als nehme er teil an der allgemeinen Wiedersehensfreude, aber in Wirklichkeit haderte er mit seinem Schicksal. Wie sollte er seinem Leben Freude abgewinnen, seinen Sinn erkennen? Man hatte es ihm genommen, dieses Leben! Die Götter hatten ihn seiner Eltern beraubt, die Königin ihm die Freundschaft mit Siptah gestohlen, und Bai hatte ihm die Gewißheit genommen, der zu sein, der er war.

„Djehuti, ist dir nicht wohl?" Ihi war auf seine Verwirrung aufmerksam geworden.

„Doch, doch! Es geht mir gut."

Ein forschender Blick, dann richtete Ihi seine Aufmerksamkeit wieder auf Irinefer, der Baket-Ra sein Glück mit Ta-Scherit schilderte und die Bemühungen Panebs und Apachtes, ihn von ihr zu trennen. Auch Djehuti hörte nun zu, und da er gutherzig war, dauerte es nicht lange, bis ihm der Bruder leid tat. Zugleich, und das bedrückte ihn nicht wenig, beneidete er ihn glühend um seine Liebesgeschichte. Nun peinigten ihn auch noch trostlose Gedanken an Mutemwija.

Eines aber hatte er seinem Bruder voraus, und daran hielt er sich in seiner Not: das Wissen, der königlichen Familie anzugehören, von Osiris Merenptah abzustammen, eng verwandt zu sein mit Pharao Amenmesse und überdies auch noch der Sohn des mächtigen *Udepu*. Diesen Wissensvorsprung brauchte er nicht herzugeben. Wäre es nicht grausam, Irinefer ein weiteres Mal seiner Lebensgeschichte zu berauben? Nein, Djehuti wollte kein Sterbenswörtchen darüber verlieren.

Den Grund und Boden am Flußufer, der einst To und Nesmut gehört hatte, bebaute seit einigen Jahren der Schreiber Anup-emhab mit etlichen anderen Junggesellen aus Pa-Tíme. An der Stelle des kleinen Hauses, in dem Niu sein vorzeitiges Ende gefunden hatte, stand eine große Scheune, in der sich Pflüge, Hacken und Schaufeln stapelten, die aber neben dem Platz für Gerätschaften auch einen abgetrennten Bereich mit einigen Nachtlagern aufwies.

Heria und Ta-Scherit hockten neben einem Busch an dem Platz, von wo aus sie den Pfad von Pa-Tíme zur Flußanlegestelle im Auge behalten konnten. Über ihnen wölbte sich ein glänzender Sternenhimmel, aber der Mond war nicht zu sehen. Schon vor einiger Zeit hatte die letzte Fähre zum Ostufer abgelegt, der Fährmann war längst nach Hause gegangen, ebenso die Bauern und Händler des kleinen Marktes. Still lagen die Felder und das Flußufer, nur gelegentlich bellte in der Ferne ein Hund oder raschelte ein kleines Tier im nahen Gestrüpp.

Ta-Scherit nahm Herias Hand. „Wenn Irinefer kommt, dann wirst du ..."

„Keine Sorge!" unterbrach Heria lachend. „Ich werde mich sofort zurückziehen. An der Fährstelle unten werde ich warten, allenfalls die Straße zum Kanal entlangwandern, und du kannst dich ungestört deinem Glück widmen. Sollte irgendeine Gefahr drohen, werde ich euch warnen."

Ta-Scherit drückte ihr dankbar die Hand. „Ich bin sehr froh", sagte sie.

„Das kannst du auch sein", erwiderte Heria. „Wir werden es nämlich erreichen, daß Irinefer ins Dorf zurückkehren kann. Hesisunebef spricht unentwegt mit Paneb, Neferhotep hat ohnehin nichts dagegen, und lange wird es nicht mehr dauern, bis ich Apachte soweit habe. Einmal hat er schon erklärt, es sei ihm wie Wasser, ob Irinefer im Dorf lebe oder hinter dem Mond."

„Mein Bruder glaubt, meine Heirat mit Kasa stehe fest."

Heria ergriff die Freundin bei den Schultern und drehte sie so, daß sie ihr ins Gesicht schauen konnte. „Ta-Scherit! So furchtbar ist das doch nicht! Kasa ist ein guter Mann! Wer sonst würde so geduldig warten, bis du für ihn bereit bist."

„Das beeindruckt mich nicht im mindesten! Ich will ihn nicht."

„Du nimmst das alles viel zu wichtig. Ich rate dir, heirate ihn, und triff in Nächten wie dieser deinen Freund. Dann hast du alles, dein Zuhause, deine Sicherheit und dein Glück!"

Ta-Scherit schüttelte den Kopf. „Das könnte ich nicht."

„Weißt du, was dir Schwierigkeiten macht? Du beharrst zu sehr auf dem, was du möchtest. Du kannst dich nicht umstellen!"

„Du irrst dich. Das ist es nicht. Ich will nur nicht die Ehefrau eines anderen sein. Mein Herz gehört allein Irinefer."

Heria streckte die Beine aus, beugte sich vor und rieb sich die Knöchel. „Ein Herz kann sich umstellen. Ich weiß das."

Ta-Scherit sah sie von der Seite her an. „Du hast es fertiggebracht, das ist wahr. Ich habe mich immer gefragt, wie du so viel Tapferkeit entwickeln konntest. Du mußt sehr stark sein."

„Vielleicht bin ich nur flatterhaft", meinte Heria gleichmütig. „Ich fand es nicht so schwer." Damit spielte sie auf den Umstand an, daß sie etliche Mondumläufe zuvor ein Verhältnis mit Apachte begonnen hatte, was Ta-Scherit einigermaßen entsetzt hatte. Und nicht nur sie! Eine Zeitlang waren Heria und ihr gewalttätiger Liebhaber Tagesgespräch in Pa-Tíme gewesen.

Der durch die beiden hervorgerufene Aufruhr in der Familie hatte sich für Ta-Scherit allerdings als sehr vorteilhaft erwiesen. Man vergaß Irinefer und kümmerte sich auch nicht weiter um sie, als Heria mit der Nachricht, sie erwarte ein Kind von Apachte, einen Sturm sondergleichen entfacht hatte. Paneb schien sogar Kasa vergessen zu haben, Wabet nörgelte an Apachte herum, und die jungen Frauen im Dorf besprachen die Angelegenheit lustvoll in allen Einzelheiten. Alles drehte sich nur noch um Heria, die mit einem verschämten Lächeln umherspazierte und darauf wartete, daß Apachte sie heiratete. Doch dieser dachte nicht einmal im Traum daran. Ihm war eingefallen, daß er doch sehr jung war, viel zu jung, um einen Hausstand zu gründen, und außerdem, wer konnte schon genau sagen, ob er wirklich der Vater des ungeborenen Kindes war. Diese

Zweifel trug er gewissenhaft im ganzen Dorf herum. Wabet schäumte vor Wut über das liederliche Weibsstück, Paneb hob grinsend die Schultern, Herias Eltern rangen die Hände und erflehten die Hilfe der Ewigen. In der Tat waren die Götter alsbald eingeschritten, sie hatten Heria mit einer Fehlgeburt von ihrer Schwangerschaft erlöst und ihre irrigen Vorstellungen von Apachtes Zuneigung zunichte gemacht.

Kurze Zeit später verliebte sich der junge Kaidjeret in die gerade erst Genesene und erklärte, es gäbe nichts auf dieser Welt, das ihn hindern könne, Heria zu ehelichen. Kaidjerets Mutter Auti zeigte sich entsetzt, eine Unterredung zwischen ihr, Wabet und Ubechet folgte auf die andere, man sprach auf Kaidjeret ein, mahnte ihn, seinen Verstand zu benutzen, flehte, er solle doch Mitleid mit seiner unglücklichen Mutter haben. Doch alles blieb vergebens. Herias Eltern wandten sich wieder an die Götter, die ihnen erneut durch schnelles Eingreifen bewiesen, wie sehr ihnen am Schicksal ihrer Tochter gelegen war. Kaidjerets Bruder Hormose, der im Lebenshaus von Ipet-Sut zum *Sunu* ausgebildet wurde, hatte den Bruder als Bauleiter für einen Anbau am *Achmenu*, einem alten Festbau in der Tempelstadt, empfohlen. So erreichte Kaidjeret der Befehl, aus Pa-Tíme fortzugehen und künftig seine Fähigkeiten den Götterbauten angedeihen zu lassen. Zum Erstaunen aller, auch Kaidjerets, wollte Heria ihm nicht folgen. Tagelang hatte man über den Grund für dieses Verhalten gerätselt. Lag es an Apachte?

Ta-Scherit musterte die Freundin nachdenklich. „Liebst du meinen Bruder noch immer?"

„Du kannst dir nicht vorstellen", gab Heria zurück, „daß es noch andere Dinge gibt als Liebe, die einen an andere Menschen binden, nicht wahr?" Ihr Gesicht trug einen Ausdruck, den Ta-Scherit nicht zu deuten vermochte. Heria hatte ihre Finger ineinander verschränkt und sah vor sich hin.

Ein Verdacht begann in Ta-Scherit zu keimen. „Heria! Er hat dich in der Hand, stimmt das? Auf eine dunkle Art und Weise hat Apachte Macht über dich!"

„Unsinn!" wehrte Heria ab. „Er ist immer noch dein Bruder, nicht irgendein böser Geist der Unterwelt!"

Ta-Scherit sah sie zweifelnd an. „Warum bist du dann nicht mit Kaidjeret gegangen?"

Heria beantwortete die Frage nicht. Statt dessen sprang sie auf. „Ich sehe nach, wo Irinefer bleibt. Findest du es nicht merkwürdig, daß er sich so verspätet?"

„So spät ist es doch nicht. Außerdem ..." Ta-Scherit verstummte. Sie spähte in die Dunkelheit. „Heria! Da kommt einer! Aber nicht vom Fluß. Jemand nähert sich uns von den Bergen her!"

Ein Mann schritt langsam den Pfad vom Kanal herunter, blieb immer wieder stehen und schaute sich um.

„Das ist nicht Irinefer!" raunte Heria. „Es ist ... bei allen Göttern, es ist Apachte!"

„Was sucht er hier?" stöhnte Ta-Scherit entsetzt. „Er darf mich nicht sehen! Heria, gehe ihm entgegen, lenke ihn ab, erzähle ihm, du habest einen Spaziergang gemacht, erfinde irgend etwas, was auch immer es sein mag! Ich will ihm nicht Rede und Antwort stehen müssen!"

Heria nickte und lief auf dem gewundenen Pfad zur Straße zwischen Kanal und Fährstelle hinüber. Ta-Scherit drückte sich an die Wand des Geräteschuppens. Sie beobachtete, wie Heria Apachte erreichte. Die Freundin sprach unter heftigen Armbewegungen auf ihn ein, während Apachte anscheinend ruhig zuhörte. Er antwortete, was einen neuerlichen Redeschwall Herias auslöste. Doch Ta-Scherit konnte kein Wort von dem verstehen, was gesprochen wurde. Was wollte Apachte? Wenn sie ein klein wenig näher heranschlich, konnte sie womöglich einige Worte aufschnappen.

Es zeigte sich bald, daß es nicht nötig war, sich ihnen zu nähern. Apachte und Heria begannen, einander anzuschreien.

„Das kannst du von mir nicht verlangen!" schrie Heria. „Wenn sie mich erwischen, ist es aus mit mir!"

„Du mußt mir aber helfen!" verlangte Apachte herrisch. „Du hast bisher nur Vorteile davon gehabt, daß du die Sachen bei dir verborgen hast!"

„Vorteile?" Ein Unterton schwang in Herias Stimme, den Ta-Scherit noch nie vernommen hatte und der sie zutiefst beunruhigte. „Mag sein, daß ich eine Menge Silberringe habe! Aber was ist, wenn ich dereinst nicht ins Land des Westens darf? Wenn Thot das Urteil über meine Vernichtung aufschreibt?"

Ta-Scherit überlief es kalt bei diesen Worten.

„Das hättest du dir früher überlegen sollen", erwiderte Apachte verächtlich. „Goldgier und Seelenheil vertragen sich eben nicht gut."

„Und du? Fürchtest du dich nicht?"

„Halte du den Mund, du stinkendes Weibsstück!"

Heria stampfte mit dem Fuß auf. „Was nimmst du dir heraus?" kreischte sie. „Ich verbitte mir die Sprache der Frechheit! Du bist doch nur ein Verbrecher! Ein gottloser Grabräuber!"

Ta-Scherit hatte gerade beschlossen, das Versteckspiel aufzugeben und hinüberzugehen, aber bei diesen Worten blieb sie wie angewurzelt stehen. Grabräuber? Apachte, ein Grabräuber? Sie mußte sich verhört haben. Doch die nächsten Worte beseitigten jeden Zweifel.

„Und wenn schon? Vergiß nicht: Du bist an dem Geschäft beteiligt. Ziemlich gut beteiligt sogar!"

Dann ging alles sehr schnell. Apachte packte Heria am Arm, sie wehrte sich heftig. Er hob die Hand und schlug zu. Sie stürzte zu Boden, wurde aber sofort wieder hochgezerrt. Ein weiterer Schlag folgte, dann noch einer.

Ta-Scherit war so entsetzt, daß sie zu lange mit dem Eingreifen wartete. Apachte faßte Heria am Haar und zog sie den Weg zurück, den er gekommen war. Sie sträubte sich nicht mehr, sondern stolperte hinter ihm her. Ta-Scherit wollte rufen, doch in diesem Augenblick sah sie Irinefer, der sich vom Flußufer her näherte. ‚Verzeih mir, Heria', dachte sie. Aber sie wollte ihren Bruder nicht auf den Geliebten aufmerksam machen.

Apachte und Heria verschwanden in der Ferne, ihr Herz flog Irinefer zu, und bald waren Bruder und Freundin vergessen. „Iri!" rief sie leise. „Hier!" Ein letzter vergewissernder Blick, sie waren allein. Mit ausgebreiteten Armen stürzte sie ihm entgegen.

„Endlich!" flüsterte Irinefer und drückte sie an sich. „Endlich." Er bedeckte ihr Gesicht mit Küssen, bis ihr schwindelte.

„So lange habe ich dich nicht gesehen", stöhnte sie. „Mein Herz springt eilends, sobald ich an meine Liebe zu dir denke. Es läßt mich nicht wie einen Menschen gehen!"

Irinefer lachte auf, dann wurde er ernst. „Etwas Großes ist mit uns geschehen, und es geschieht immer wieder. Komm, laß uns in den Schuppen gehen. Ich will dich in meinen Armen halten."

Ta-Scherit schmiegte sich an ihn, während sie auf das Haus zugingen. Sie sah Irinefers Blick und dachte, es könne nichts Köstlicheres auf der Welt geben als sein Begehren, das sie als ihr eigenes erkannte. „Wir müssen achtsam sein. Wir haben niemanden, der wacht."

„Was ist mit Heria?"

„Heria ist nicht da. Apachte hat sie geholt."

„Das klingt, als ob du sagen wolltest, ein Geist habe sie mitgenommen."

„So ähnlich ist es auch", sagte Ta-Scherit. „Aber wir wollen nicht von Apachte sprechen. Nur von uns!"

Irinefer antwortete nicht. Er stieß die Tür des Schuppens auf.

„Laß sie offen", meinte Ta-Scherit. „Dann haben wir ein wenig Licht und müssen keine Fackel anzünden!" Sie zog ihn zu den Matten im seitlichen Teil des Gebäudes. Dorthin drang kaum Licht, sie mußten ihre Füße vorsichtig setzen, um nicht über herumliegende Schaufeln oder Säcke zu stolpern.

„Du hast einen Zauber über mich geworfen!" stöhnte Irinefer, als sie auf ein Lager niedersanken. „Sogar der Schmerz darüber, daß deine Liebe stets am anderen Ufer ist, tut mir noch wohl. Das soll einer verstehen!"

„Nun bist du an meinem Ufer", murmelte sie und umschlang ihn. „Ich will dir alles geben, was du begehrst."

„Dich will ich", sagte er. „Dein Herz, deinen Leib, deine Seele. All das werde ich mein Leben lang lieben."

„Ein Leben dauert so lang! Wir werden uns nie verlieren, nicht wahr?"

Ta-Scherits Stimme klang ein wenig furchtsam, und sein Herz zog sich zusammen. „Niemals", erwiderte er überzeugt.

„Wir haben viel Glück! Auch wenn wir uns nur selten sehen können."

Irinefer berührte mit den Lippen ihre Augen. „Weißt du, was Djehuti neulich sagte? Er meinte, Glück bestehe darin, zu wissen, wonach man strebe. Welches Ziel das eigene Herz verfolge. Viele wüßten das nicht. Ich sagte ihm, ich wisse es genau. Zu dir will ich."

„Dann komm zu mir!"

Wieder trug ihn Ta-Scherits rückhaltlose Einladung auf einem Strom der Herzensfreude davon. Er beugte sich über sie und liebkoste sie, bis sie sich unter ihm aufbäumte und ihn fortriß in einem Wirbel von Sehnsucht und Begierde.

„Ich weiß genau", raunte er, als er sie später in seinen Armen hielt, „was die fühlen, die Gedichte schreiben."

„Hm?" machte sie schläfrig.

„Höre mir zu: ‚*Die Eine, die ohnegleichen, schöner als alle Frauen, sie ist wie die Sternengöttin, welche erglänzt zu Beginn eines guten Jahres ...*' – Das bist du, Ta-Scherit! –‚*Mit schlankem Hals und blendender Brust, Lapislazuli ist ihr Haar, ihre Arme leuchtender als Gold, ihre Finger voll Anmut wie Lotos.*'"

„Iri!" Ta-Scherit strich mit der Fingerspitze über seine Lippen. „Woher kennst du diese Gedichte? Ich wußte nicht, daß es Worte von solcher Schönheit gibt!"

„Ich las sie vor vielen Jahren in Tefnachts Schulstunden. Doch als Knabe vermochte ich ihre Bedeutung nicht zu begreifen. Heute weiß ich: Der Mann, dem dies eingefallen ist, hielt seine Geliebte im Arm. Er hat gerade mit ihr geschlafen, so wie ich in diesem Augenblick. Wenn ich dichten könnte, würde ich übersprudeln von solchen Worten. Dann würden noch in tausend Jahren Schüler meine Zeilen auswendig lernen."

„Die wären sicher nicht so begeistert wie ich!" sagte sie mit leisem Lachen. Dann änderte sich ihr Ton. „Wie lange liegen wir hier schon? Ich habe die Zeit vollständig vergessen."

„Noch nicht lange genug", gab er zurück und zog sie noch fester an sich. „Ich will noch nicht zurück!"

Doch Ta-Scherit richtete sich auf. Die Wirklichkeit griff wieder nach ihnen. „Irinefer! Heria bemüht sich, Apachte und Paneb dafür zu gewinnen, daß du ins Dorf heimkehren kannst. Sie sagt, es wird nicht mehr lange dauern, bis sie Erfolg hat."

„Etwas Besseres könnte ich mir nicht vorstellen! Aber ...", Irinefer schaute ihr forschend ins Gesicht, „... was bekümmert dich? Da ist doch etwas!"

Ta-Scherit zögerte ein wenig, dann gab sie zu: „Es ist Apachte! Heria nannte ihn einen Grabräuber. Hältst du ihn für fähig, so ein Verbrechen zu begehen?"

Irinefer dachte nach. „Ich hoffe, meine Worte fügen dir nicht zuviel Schmerz zu", sagte er dann, „aber ich glaube, er ist dazu in der Lage. Sein Herz war schon immer krank."

„Wenn das so ist, dann zieht er Heria mit ins Unheil. Auf irgendeine Weise ist sie daran beteiligt."

„Dann mußt du ihr ins Gewissen reden! Und sprich auch mit deinem Vater, oder, noch besser, mit Neferhotep! Das ist eine Angelegenheit, die nicht verschwiegen werden darf. Für Apachte und Heria geht es um zu viel! Ihr Leben im Jenseits steht auf dem Spiel!"

Mit der Erwähnung ihres Vaters war Ta-Scherits Wohlgefühl restlos verschwunden. Statt dessen befiel sie ein heftiges Unbehagen, das sie sich nicht erklären konnte. „Apachte vermag Heria zu zwingen!" sagte sie. „Wahrscheinlich ist sie deshalb Kaidjeret nicht gefolgt."

„Was ist mit Penbui? Könnte Apachte mit seinem Tod etwas zu tun haben?"

„Iri!" schrie sie auf. „So etwas darfst du nicht sagen! Er ist immerhin mein Bruder!" Wie konnte Irinefer so einen furchtbaren Verdacht aussprechen? Zorn stieg in ihr auf, und zugleich Traurigkeit darüber, daß sie so empfand. Gerade noch war sie so glücklich gewesen! „Apachte würde niemanden umbringen! Er nicht! Und Vater auch nicht!"

„Ta-Scherit! Um der Götter willen!"

Bei seinem entsetzten Ausruf zuckte sie zusammen. Was redete sie da? Wie kam sie auf ihren Vater?

„Du hast recht!" sagte Irinefer nach einer verlegenen Pause. „Apachte mag zwar manchmal bösartig sein, aber das macht ihn nicht gleich zum Mörder. Und von Paneb ist ohnehin nicht die Rede." Er wollte sie wieder an sich ziehen, das Glücksgefühl von vorhin wieder herbeizaubern, aber das war nicht möglich.

„Iri!" flüsterte sie. „Habe ich gerade meinen Vater verdächtigt? Er kann es doch nicht getan haben?" Nun weinte sie wirklich.

„Ich glaube nicht!" antwortete er. „Er war Penbuis Freund, soweit er eben irgend jemandes Freund sein kann."

Während sie ihre Kleidung anlegten, suchte er nach Worten, um sie zu beruhigen. Aber es fiel ihm nichts ein, zumal er Paneb und auch Apachte ohne weiteres einen Mord zutraute. Sogar den Mord an Penbui.

Ta-Scherit hob die Arme und band ihr Haar im Nacken zusammen. Dann sagte sie: „Wir sollten uns unsere gemeinsame Zeit nicht durch trübe Verdächtigungen verderben. Ändern können wir ohnehin nichts. Vater und Apachte sind, wie sie eben sind."

Seine Miene hellte sich auf. Er legte ihr den Arm um die Schultern, sie traten hinaus ins Freie und schlenderten langsam auf die Fährstelle zu. Inzwischen war der Mond aufgegangen, und sein Licht übergoß das Nilufer mit silbrigem Glanz.

„Bald", meinte Ta-Scherit hoffnungsfroh, „wirst du wieder nach Pa-Tíme zurückkehren."

„Gewiß!" Irinefer hielt inne. „Beinahe hätte ich etwas vergessen." Er entnahm seiner Gürteltasche einen kleinen gefalteten Papyrus und reichte ihn ihr. „Das ist ein Brief von Baket-Ra an Neferhotep. Sie läßt dich grüßen und bittet um deine Fürsprache bei ihm. Du mögest ihr nicht gram sein wegen dieses Ansinnens. Sie weiß ja, daß du ihren Bruder Kasa nicht heiraten willst. Kasa um Fürsprache zu bitten, war sehr unklug gewesen, das hat sie eingesehen."

„Ausgerechnet an den alten Schreiber hat er sich gewandt! Das war mehr als ungeschickt! Ken-her-chepeschef hätte sich die Haare gerauft, hätte er noch welche gehabt."

„Ubechet und Neferhotep würden sie doch willkommen heißen!"

„Bestimmt! Und nicht nur die! Nius Tod ist schon so lange her. Nesmut und Henutdju, die ihr nie vergeben hätten, sind nicht mehr am Leben."

„Dann bliebe nur noch Ken-her-chepeschef!"

Ta-Scherit lächelte. „Das können wir getrost Naunachte überlassen! Sie wirkt Wunder bei ihm." Plötzlich machte sie halt, und Irinefer fühlte, wie sich ihr ganzer Körper straffte. „Warte! Es kommt jemand!"

Sie lauschten. In der Ferne war ein Klacken zu hören, ein Plätschern, dann vernahmen sie leise Stimmen. „Ein Boot!" sagte er rauh. „Wir müssen fort! Komm!"

Nebeneinander liefen sie zur Scheune zurück. Da ertönte ein Ruf hinter ihnen. Zwei Gestalten kamen auf sie zu.

„Warte!" sagte Ta-Scherit atemlos. „Das ist Ihi!"

„Und Djehuti", ergänzte Irinefer und verfolgte mit schmalen Augen den unbeholfenen Lauf des Buckligen.

„Gut, daß wir euch gleich gefunden haben!" keuchte Ihi. „Sei gegrüßt, Ta-Scherit! Es gibt schlechte Nachrichten. Heute nachmittag hat ein Trupp Medjau den *Glücksort* auf den Kopf gestellt. Wir glauben, sie suchten Irinefer."

„Woraus schließt ihr das?" fragte Ta-Scherit.

„Aus der Art, wie sie gefragt haben", erwiderte der Fischer. „Qafi sagte, sie wollten genau wissen, ob hier jemand regelmäßig ein und aus geht. Ein junger Mann zum Beispiel, der öfter an der Seite des Krüppels gesehen wurde. Sie meinten sicher nicht die üblichen Zechbrüder."

„Und dich hatten sie wohl auch nicht im Sinn", meinte Djehuti, der inzwischen herangekommen war. „Deinen Namen kennt man im Hafenviertel." Er wischte sich die Stirn und lächelte Ta-Scherit zu. „Ich freue mich, dich zu sehen!"

„Es kann sein", überlegte Ihi, „daß auch mein Haus unter Beobachtung steht."

„Alles in allem sind wir zu dem Schluß gekommen", fügte Djehuti hinzu, „daß du nicht wieder in die Oststadt zurückkehren solltest."

„Aber weshalb jetzt?" fragte Irinefer. „Warum läßt Cha-em-hedjet jetzt so gründlich nach mir suchen?"

„Ich habe keine Ahnung", meinte Ihi. „Vielleicht hat dich jemand erkannt?"

„Jedenfalls mußt du hierbleiben", sagte Ta-Scherit entschlossen. „Das bedeutet, du kommst mit mir nach Pa-Tíme."

„Pa-Tíme? Wer würde mich so einfach aufnehmen? Und notfalls sogar verbergen?"

Das Mädchen dachte nach. Ubechet käme in Frage. Auch Neferhotep würde sich für Irinefer einsetzen, aber er wäre verstimmt, wenn er sich vor vollendete Tatsachen gestellt sähe. Sie mußte ihn zuvor unterrichten. „Ich weiß die Lösung", sagte sie dann. „Hesisunebef und Hunur. Bei ihnen kannst du wenigstens die nächsten Tage unterkommen, bis Neferhotep einwilligt."

„Und dein Vater? Was wird er dazu sagen?"

Ta-Scherit fühlte eine kalte Hand nach ihrem Herzen greifen. Sie schwankte leicht.

Djehuti faßte sie am Arm, um sie zu stützen. „Du weißt, was folgen wird", vermutete er.

Sie nickte, sah erst Djehuti an, dann Irinefer, und mit einemmal traten ihr Tränen in die Augen. „Ich weiß, was ich tun muß, damit er einverstanden ist", stieß sie hervor. „Ich muß mich bereit finden, Kasa zu heiraten."

Im dritten Monat des *Achet*, in der Zeit, da der Nil das Land mit schwarzem Schlamm überzieht, pflegten die Grabbauer mit ihrem Tagwerk am Großen Platz der Wahrheit zwei Stunden früher als sonst zu beginnen. Um die Mittagszeit legten sie dann eine vierstündige Pause ein, denn die Sonne des Monats *Hut Hor* stand senkrecht über dem öden Felsental und sengte den Arbeitern die Kraft aus den Gliedern.

Ken-her-chepeschef hockte mit gekreuzten Beinen am Eingang des Grabes, das für Pharao Amenmesse bestimmt war. Neben sich hatte er einen gewaltigen Papyrus gelegt, dessen Ecken mit vier Steinen am Boden festgehalten wurden. Das war der Grundriß des Grabes; er enthielt die Maße der Gänge und Kammern sowie genaue Hinweise auf die den einzelnen Wänden zugewiesenen Bilderfolgen. Auf dem Schoß hielt der Schreiber einen Stein, auf den er sorgfältig den Plan der ersten Säulenhalle übertrug. Die Männer der rechten Kolonne, die dort bereits die Wände in einzelne Abschnitte aufteilten, benötigten mehrere Einzelpläne. In der Säulenhalle sollten neben Abschnitten aus dem Totenbuch vor allem Opferhandlungen der Königin Baketwerel vor verschiedenen Göttern dargestellt werden. Vorarbeiter Hai und seine Männer der linken Kolonne malten ähnliche Bilder auf die linke Seite der Sokar-Höhle. Dort sah man Tachat, die Mutter Amenmesses, vor die Gottheiten treten. Unterdessen schlugen Steinmetze bereits den nächsten Korridor in den Felsen.

Ein dunkler Schatten fiel auf seinen Steinsplitter, und Ken-her-chepeschef blickte auf.

Anup-em-hab, der zweite Dorfschreiber, stand vor ihm. „Ich bringe eine Nachricht aus Waset", sagte er. „Sie ist leider nicht erfreulich. Pa-nehesi ist gestorben."

„Das war zu erwarten", gab Ken-her-chepeschef zurück, legte die Steine beiseite und erhob sich. „Er war lange Zeit bettlägerig, so daß ich seinen Tod schon früher erwartet hatte. Dennoch ist es bedauerlich. Er war ein guter Wesir."

Die Schreiber sahen einander an und wußten, daß sie dasselbe dachten. Der neue Wesir Imenmose war im Gegensatz zu Pa-nehesi unzugänglich und unerbittlich, und vor allem fehlte ihm jeglicher Frohsinn.

Anup-em-hab zuckte die Achseln. „Vieles hat sich zum Nachteil verändert, findest du nicht? Dieses Mißtrauen überall, zu viele Soldaten, viel zu viele Medjau. Ich wünschte, der unselige Bruderkrieg fände endlich sein Ende. Kannst du dich des Friedens und der Heiterkeit entsinnen, als Osiris Merenptah noch über die Flure des Diesseits schritt?"

Ken-her-chepeschef antwortete nicht. Vor mehr als drei Jahren hatte er große Hoffnung auf König Amenmesse gesetzt. Doch er war enttäuscht worden. Amenmesse mochte sich als Königssohn von Kusch bewährt haben, als Pharao taugte er nicht viel. Seine Herrschaft beruhte auf Unterdrückung, denn er ließ seinen grausamen Oberbeamten zu großen Spielraum. Bedenklicher noch war die Vernachlässigung seiner priesterlichen Aufgaben. Beim letzten Opet-Fest hatte er sich von Roma-Roy vertreten lassen, obwohl er sich in Waset aufhielt. Er hatte im *Chenu ni Amenhotep*, dem Palast in der Totenstadt, eines seiner zahllosen Gelage veranstaltet und noch in der Nacht den Hohenpriester wissen lassen, er sei zu krank, um Amun in seiner Barke zu folgen. Das hatte die Bewohner der Stadt zutiefst bedrückt und wurde allgemein als übles Vorzeichen gewertet.

Eine Reihe von Sklaven kam aus den Tiefen des Grabes. Sie trugen mit Geröll gefüllte Körbe auf den Schultern, die sie draußen auf einen großen Haufen leerten. Hinter ihnen trat Vorarbeiter Hai ans Tageslicht. Schweißtropfen zeichneten feine Spuren in den kalkweißen Staub auf Gesicht und Schultern. „Die Höhle des Sokar ist so gut wie fertig", sagte er, und zu Anup-em-hab gewandt fragte er: „Was ist mit Rahotep? Wird er noch kommen?"

Der Schreiber schüttelte den Kopf. „Ich glaube nicht. Er ist kaum ansprechbar. Sein Weib weiß weder ein noch aus."

„Aber er ist kräftig und gesund!" rief Ken-her-chepeschef. Rahoteps rätselhafte Krankheit ärgerte ihn seit langem. „Er sollte sich zusammennehmen oder aber um Entlassung aus Pa-Tíme nachsuchen."

Anup-em-hab zog die Brauen hoch. „Das Herz dieses Mannes ist krank", sagte er. „Wir sollten ihm helfen, anstatt ihn zu verurteilen."

„Er war ein guter Arbeiter", warf Hai ein. „Die Stütze der Kolonne. Gleichwohl können wir nicht ewig auf ihn warten."

„Ich werde den Wesir um einen neuen Arbeiter bitten", schlug Ken-her-chepeschef vor.

„Ein paar Tage sollten wir noch warten", bat Anup-em-hab. „Dann hat der junge Hormose seine Ausbildung als Heiler beendet. Wenn er nach Pa-Tíme zurückkommt, soll er sich Rahotep ansehen und mit ihm sprechen. Danach ist immer noch Zeit, dem Wesir zu schreiben."

„Wir brauchten keinen neuen Mann", brummte Vorarbeiter Hai. „Es ist unverschämt, daß Paneb Irinefer ablehnt. Jetzt, da er zurückgekehrt ist, könnte er doch an Rahoteps Stelle arbeiten. Was mischt sich Paneb in die Belange meiner Kolonne ein?"

„Bei allen Göttern, sei vernünftig!" rief Anup-em-hab. „Neferhotep hat die ganze Nacht dafür gebraucht, Paneb und Apachte milde zu stimmen. Daß Irinefer nun wieder in seinem Haus wohnen und für das Dorf die Wasserlieferung überwachen darf, ist ein großer Erfolg. Mehr zu wollen hieße, das Schicksal zu versuchen."

„Schon gut, schon gut!" murrte Hai. „Aber wenn du mich fragst, Neferhotep sollte Paneb in die Schranken weisen."

„Das alte Lied!" stöhnte Ken-her-chepeschef. „Nicht schon wieder! Du redest wie Amunnacht!"

Hai brummte etwas Unverständliches und verschwand wieder im Grab. Anup-em-hab folgte ihm. Im ersten Korridor trat er zur Seite, um den Maler Cha-em-nun vorbeizulassen, der auf den alten Schreiber zueilte.

„Die Steinhauer sind mit ihrem Tagwerk in etwa einer Stunde fertig", rief Cha-em-nun Ken-her-chepeschef zu. „Für deine Aufzeichnungen: Heute waren es zweiundzwanzig Raum-Ellen."

„Das ist eine Menge", sagte der Alte anerkennend und musterte den jungen Mann aus schmalen Augen. Cha-em-nun war ohne Zweifel der bestaussehende unter den Männern Pa-Tímes. In gewisser Weise erinnerte er Ken-her-chepeschef an Baket-Ra. Cha-em-nun bedeutete für die Frauen Pa-Tímes eine ebensolche Versuchung wie damals Baket-Ra für die Männer. Ubechet hatte einmal erwähnt, daß bereits mehrere Mütter bei ihm für ihre Töchter vorgefühlt hätten. Aber der schöne Cha-em-nun war trotz seiner fast zwanzig Jahre noch immer unverheiratet.

„Ich lasse die Männer nun die Körbe ins alte Grab tragen. Anschließend sollen sie dort Werkzeug instand setzen."

Der Schreiber nickte. Mit dem alten Grab meinte Cha-em-nun die unvollendete Wohnung für die Ewigkeit des Sethos, die nun, ebenso wie die unvollendeten Grabanlagen für Königin Tausret und den Schatzmeister des Gesamten Landes, seit Jahr und Tag als Vorratslager genutzt wurde. Er sah zu, wie Cha-em-nun die Träger herbeiwinkte und mit ihnen zum Grab des Sethos hinüberging. Sein Blick verfolgte das Spiel der Muskeln auf Cha-em-nuns Rücken, er beobachtete den federnden Schritt der sehnigen Beine, und seine Laune verschlechterte sich zusehends. Er zwang sich, weder auf seine dürren Beine noch auf die grauen Haarbüschel auf seiner Brust zu schauen. Wie so oft, wenn er an seine junge Frau dachte, wurde es ihm elend zumute. Er hatte sie unlängst mit Cha-em-nun ins Gespräch vertieft vor der Eingangstür ihres Hauses angetroffen. Es war ihr nichts vorzuwerfen gewesen, die Worte, die sie gewechselt hatten, waren sicherlich harmlos gewesen. Er hatte sie eine Weile beobachtet. Um zu hören, was sie sprachen, war die Entfernung zu groß gewesen, aber der Ausdruck in Naunachtes Gesicht hatte ihn ins Mark getroffen. Leuchteten ihre Augen für ihn genauso wie für diesen jungen Mann? Mit ihm, ihrem Gemahl, redete sie nicht in diesem hellen Tonfall, und der schelmische Blick zur Seite war ihm völlig unbekannt. Als er dann zu ihnen getreten war, hatte sie ihn freudig begrüßt, und Cha-em-nuns höfliche Verbeugung schien ehrlich gemeint. Dennoch plagten ihn Zweifel. War er ihr nicht doch zu alt? Sehnte sie sich nicht nach einem jungen Mann, der mehr Sinn für Feste, mehr Freude an Fröhlichkeit und Gesang hatte? Und wieder gelang es ihm nicht, den Gedanken abzuwehren, der ihn am meisten schmerzte: Verlangte es Naunachte wirklich nicht nach dem Körper eines jungen Mannes? War sie es zufrieden, wenn sich allnächtlich nur sein welkes Fleisch an sie preßte?

„Ken!" Vorarbeiter Neferhotep näherte sich. „Wo bleiben die Pläne? Drinnen wartet man schon!"

„Sie sind fertig", gab Ken-her-chepeschef zurück. Er ging an seinen Arbeitsplatz zurück und ließ sich wieder nieder.

„Ich habe etwas auf dem Herzen", sagte Vorarbeiter Neferhotep langsam. „Es gibt da etwas, wofür ich dein Einverständnis will."

Ken-her-chepeschef warf ihm einen Blick zu. „Was ist es?"

„Es geht um Baket-Ra, die ..."

Der Schreiber unterbrach ihn mit vernehmlichem Stöhnen. „Das ist doch nicht dein Ernst!"

„Ich habe einen Brief von ihr", beharrte Neferhotep ungerührt. „Sie bittet, heimkehren zu dürfen. Sie ist allein, denn ihre Töchter sind in Pi-Ramesse geblieben." Da sein Gegenüber nicht antwortete, sondern lediglich grimmig vor sich hin starrte, fuhr er fort: „Ich finde, es spricht nichts dagegen. Es gibt im Dorf genug zu tun."

„Kasa hat mich schon darum gebeten. Ihm habe ich die Bitte abgeschlagen."

„Aber weshalb denn? Das Leben der Frauen ist nicht leicht, das weißt du. Jemand wie Baket-Ra, die den Müttern kleiner Kinder helfen kann, die in allen häuslichen Dingen erfahren ist, muß uns doch willkommen sein."

„Ich fürchte um den Frieden in Pa-Tíme", knurrte Ken-her-chepeschef. „Wer weiß, wem sie diesmal den Kopf verdreht."

„Du machst dir gewiß unnötige Sorgen", sagte Neferhotep kopfschüttelnd. „Das Verhängnis liegt mehr als acht Jahre zurück. Diese Frau hat wahrhaftig genug gebüßt." Ein Schmunzeln glitt über sein Gesicht. „Und sie hat den Brief mit eigener Hand geschrieben. Ich glaube, sie hat in der Hauptstadt ein wenig Bildung erworben. Sie ist sicher ein anderer Mensch geworden, reifer jedenfalls. Vielleicht würde sie dir heute besser gefallen als damals."

„Ich weiß nicht. Cha-em-nun genügt doch, wir brauchen nicht noch jemanden von dieser Art."

„Cha-em-nun?" Neferhotep schaute den Schreiber verwundert an. „Was hat er damit zu tun?"

„Ich will damit nur sagen, wir brauchen nicht noch jemanden, der Unruhe stiftet."

„Du meinst, weil er den Frauen so gut gefällt? Nur weil einige Mädchen in ihn verliebt sind, stiftet Cha-em-nun doch keine Unruhe!" Neferhotep begann zu schmunzeln, und die vielen Falten um seine Augen vertieften sich. „Ken-her-chepeschef! Sorgst du dich um Naunachte? Bist du am Ende eifersüchtig?"

„Selbstverständlich nicht!" behauptete der Schreiber würdevoll. „Meine Frau ist über jeden Verdacht erhaben!"

Neferhotep schwieg, während Ken-her-chepeschef die Aufschriften auf dem letzten Steinsplitter vollendete. Dann sagte er:

„Gib deinem Herzen einen Stoß, alter Freund. Zeige dich Baket-Ra gegenüber großzügig. Laß die Vergangenheit ruhen."

Der Alte erhob sich umständlich und klopfte sich den Staub vom Schurz. „Wenn du es unbedingt willst, bin ich einverstanden. Solange sie sich einfügt und niemand Klage führt, kann sie wieder in Pa-Tíme leben."

Neferhotep klopfte ihm auf die Schulter, eine Vertraulichkeit, die sich kein anderer von den Männern hätte erlauben dürfen. „Ich danke dir." Er nahm die Pläne, und beide schritten durch die Korridore ins Grab.

Paneb und Kasa kamen ihnen entgegen. „Es wird Zeit!" sagte Paneb. „Ohne die Pläne hätten wir Pause machen müssen."

„Es geht voran!" meinte Kasa und strahlte über das ganze Gesicht. „Heute ist ein guter Tag."

„Du bist froh gestimmt", bemerkte Neferhotep lächelnd. „Gibt es einen bestimmten Grund dafür?"

„Und ob!" erwiderte Kasa. „Ich werde eine Frau bekommen! Im nächsten Jahr! Ta-Scherit hat endlich zugestimmt."

---

Einige Tage später wanderten Vorarbeiter Neferhotep, Schreiber Ken-her-chepeschef und Irinefer zu einem Schrein unterhalb der Spitze des Hathorberges. Irinefer war bedrückt wie alle Tage, denn Ta-Scherit war tatsächlich Kasa versprochen worden. In einigen Mondumläufen sollte sie die Herrin seines Hauses werden. Seine, Irinefers Gesellschaft, schien sie zu meiden, wohl um den Kummer nicht ständig neu zu entfachen.

Neferhotep winkte Irinefer heran. „Verscheuche deine trüben Gedanken!" rief er. „Sieh auf diese Ritzzeichnungen! Das sind vorzügliche Arbeiten!" Sein Blick wanderte zwischen Ken-her-chepeschef und den Götterdarstellungen im Steilfelsen hin und her. Er strich leicht über die steinerne Einfassung des kleinen Schreines, den der alte Schreiber für Osiris, für Hathor und für Isis gestiftet hatte.

„Ich plane", erklärte Ken-her-chepeschef, „noch eine zweiflügelige Tür anzubringen."

„Es ist außergewöhnlich", bemerkte der Vorarbeiter, „daß du einen Schrein in den Berg hast schlagen lassen. Als wärest du ein Großer im ganzen Geliebten Land, nicht nur in Pa-Tíme. Sogar dein Name und dein Titel sind auf dem Türstock verewigt."

„Gibt es etwas dagegen einzuwenden?"

„Nein, nein, selbstverständlich nicht!" versicherte Neferhotep. „Nur ... du hast hier oben schon so viele Gebete in den Fels meißeln lassen. Der Schriftzug deines Namens findet sich hier sehr häufig."

„Es ist der Dienst an Gott, der des Menschen Ruhm ausmacht", sprach Ken-her-chepeschef gewichtig. „Wenn ich den Ewigen beweise, daß ich sie sehe, dann sehen sie auch mich. Es waren Hathor, die Herrin der Berge, und die zauberreiche Isis selber, die mir im Traum erschienen und mir geboten, dieses kleine Heiligtum zu bauen."

„Du darfst dich glücklich preisen", sagte der Vorarbeiter und verbarg ein Schmunzeln über die Eitelkeit, die in diesen Worten zum Ausdruck kam, „daß sie zu dir sprechen. Nicht jedem wird dieser Vorzug zuteil."

Irinefer mangelte es dagegen an Güte in der Beurteilung des Schreibers. ‚Er ist ein alter Gockel', dachte er, ‚dünkelhaft und selbstherrlich.'

„Ich habe Isis viel zu danken", sagte Ken-her-chepeschef schlicht. „Gerade bei üblen Träumen bin ich auf ihre Hilfe angewiesen. Das Traumbuch aus alter Zeit, das ich vor Jahren abgeschrieben habe, enthält einen Spruch, mit dem man die Zauberreiche bitten kann, böse Geister zu verscheuchen. Ich benutze ihn oft. Erst neulich gab ich ihn an Nachtamun weiter, als er mich darum bat."

Neferhotep war beeindruckt. „Würdest du ihn mir auch sagen? Auch ich werde zur Zeit öfter von üblen Traumgesichten heimgesucht und weiß mir des Morgens oft keinen Rat."

„Du brauchst frisches Brot und in Bier geweichte Kräuter, das mußt du essen und dabei sprechen: ‚*Komm zu mir, komm zu mir, meine*

*Mutter Isis; siehe, ich erblicke, was meiner Stadt fern ist.'* Wenn wir nachher wieder im Dorf sind, gebe ich dir die Liste mit den Kräutern."

„Ich bitte auch oft um göttliche Weisung in einem Traum", sagte Irinefer plötzlich. „Aber zu mir hat nur ein einziges Mal ein Gott gesprochen, nämlich Ptah, in der Nacht, als mein Vater getötet wurde."

„Ist das wahr?" wunderte sich Ken-her-chepeschef. „Das war eine große Auszeichnung, mein Sohn. Daß der große Gott Ptah das Wort an einen Knaben gerichtet hat, ist meines Wissens noch nie vorgekommen."

„Du betest noch immer nur zu Ptah?" fragte Neferhotep.

„Nein", antwortete Irinefer. „Nach der langen Zeit in Pa-Tíme sind mir Amenhotep und Ahmes-Nefertari ans Herz gewachsen. Und Meretseger. Und die anderen Ortsgötter."

„Das ist gut", sagte Ken-her-chepeschef. „Im menschlichen Leben darf nichts ausgeschlossen sein. Das gilt besonders für den Weg zu Gott."

Irinefer schämte sich seines Gedankens von vorhin. Wie klug der Dorfobere doch war! „Die Menschen haben immer besondere Vorlieben für die eine oder die andere Gottheit", sagte er leise. „Es sind die Götter, die einem von Kindheit her besonders vertraut sind."

„Man lernt dazu, wenn man die Kindheit hinter sich läßt", sprach der Schreiber ernst. „Gott ist Vielheit in seinem Wesen und in seinen Erscheinungsformen."

„Aber Gott ist auch Einheit in Verehrung und in Offenbarung", fügte Neferhotep hinzu. „Die Ewigen nehmen uns Menschen an, gleichgültig, auf welchen Wegen wir uns ihnen nähern."

„Kein Weg darf ausgeschlossen werden", sagte Ken-her-chepeschef. „Das Wesen des Göttlichen erschließt sich durch die Vielfalt der Möglichkeiten, die es wahrzunehmen und anzubeten gilt."

„Heißt das, du hältst die Verehrung nur eines Gottes für falsch?" fragte Irinefer.

Ken-her-chepeschefs Blick ruhte nachdenklich auf ihm. „Gott gewährt uns eine Fülle von Aussagen", sagte er. „Von Sinnbildern und Hinweisen, die sämtlich ausgedrückt werden sollen und müssen. Göttliches Walten ist in allen Bereichen des Diesseits und des Jenseits. Das verehren wir, und zwar nicht insgesamt, sondern jedes für sich." Als er Irinefers verständnislosen Blick sah, fügte er hinzu: „Gott ist Einheit und Vielheit zugleich, das will ich damit sagen. Gott nur als einen zu sehen, bedeutet, ihn nicht so zu würdigen, wie es ihm zukommt."

„Aber wie steht es mit dem umgekehrten Fall?" wollte Irinefer wissen. „Jeder einzelne Gott, jede Göttin vereinigt in sich das Ganze. Wäre es da nicht doch angemessen oder zumindest möglich, Gott als Einen zu verehren?"

„Nicht schlecht!" Ken-her-chepeschef lächelte ihn an. „Möglich wäre es vielleicht, angemessen aber nicht. Menschen brauchen in allen Lebensbereichen Götter, die ihnen ihren Schutz gewähren, denn Menschen sind begrenzt, nicht aber die Ewigen. Diese überschreiten die Grenzen, an die alle Lebewesen gebunden sind, sogar die Schranken zwischen ihren Gestalten und die Trennlinie zwischen Leben und Tod, zwischen Sein und Nichtsein. Die Götter sind alles und eins. Aber, und das ist das Entscheidende: Eins-Sein bedeutet nicht Einzig-Sein."

„Das heißt, alles ist dasselbe wie eines, und eines birgt in sich alles."

„Das hast du richtig erkannt", lobte der Schreiber.

„Wir aber verehren das eine und das einzelne", bemerkte Neferhotep. „Denn das einzelne ist so bedeutend wie das Ganze, trotzdem hält eines sich vom andern fern. Jeder Gott hat Anspruch darauf, daß sein besonderes Wesen erkannt wird und nicht gleichgesetzt wird der Art eines anderen Gottes."

„Das hängt mit den Ursprüngen von allem zusammen, was ist", sagte Ken-her-chepeschef langsam. „Menschen, Götter, Länder. Alles war ursprünglich eins. Diese Zeit, als nicht zwei Dinge waren in der Welt, endete erst durch die Schöpfung."

„Dann nämlich", ergänzte Neferhotep, „als der einzig-eine Gott begann, eins vom anderen zu trennen. Himmel und Erde beispielsweise. Und er erschuf andere Götter aus sich selbst."

„Deine Worte erinnern mich an die Unterrichtsstunden im Haus meines Vaters", sagte Irinefer. „Mein Lehrer Tefnacht ließ mich die Namen und Taten der Großen Götterneunheit so oft hersagen, daß ich sie manchmal nicht mehr hören wollte. Wie wenig habe ich damals verstanden."

„Du warst ein Kind", meinte Neferhotep. „Ein Kind, welches das Leben nicht kannte."

„Das Herz noch nicht in den Feuern des Lebens gehärtet ...", murmelte Irinefer.

„Was soll das bedeuten?"

„Diese Worte sprach Ptah zu mir."

„Das ist sehr erstaunlich. Hast du jemals um Erklärungen oder weitere Hinweise gebetet?" Ken-her-chepeschef sah dem Jüngling aufmerksam ins Gesicht. „Oder Zauber angewandt?"

„Nie! Ich kenne keine Sprüche."

„Ich will einmal sehen, ob ich in meinen Rollen etwas finde. Es gibt Worte, die eigens für Ptah zu sprechen sind. Worte mit großer Zauberkraft!"

„Ich danke dir, ehrwürdiger Schreiber", sagte Irinefer. „Du bist der klügste unter den Menschen."

„Das ist wohl wahr", stimmte Neferhotep zu. „Ich könnte mir ein Leben ohne die Gespräche mir dir nicht vorstellen."

„Es wäre sicher weniger anregend."

Neferhotep mußte über Ken-her-chepeschefs selbstgefällige Worte lachen. „Da ich auch im Land des Westens weiter mit dir reden will", sagte er, „habe ich ein Bild von dir in meinem eigenen Grab gemalt."

„Ich sehe uns schon dort sitzen", sagte Ken-her-chepeschef selbstverständlich, als hätte er nichts anderes erwartet, „uns an den Opfergaben gütlich tun und das Jenseits mit dem Diesseits vergleichen."

„Laß uns zum Gräberfeld hinuntergehen!" schlug Neferhotep vor. „Sieh dir meine Wohnung für die Ewigkeit an. Es sind große Fortschritte zu verzeichnen."

Sie schritten einer nach dem anderen auf dem gewundenen Pfad durch die Geröllhalden hinunter. Die Sonne stand hoch am Himmel und die Hitze lastete auf den Männern. Die Luft über dem Talkessel von Pa-Tíme flirrte und brodelte. Die beiden Alten setzten die Füße langsam und bedächtig, denn sie wollten mit ihren Kräften haushalten. Als letzter ging Irinefer, den Sack mit Werkzeug auf dem Rücken. Er dachte über die Worte Ken-her-chepeschefs nach. Er konnte Zauberworte, um sich an Ptah zu wenden, gut brauchen. Er wollte den Gott bitten, für ihn die Flammen des Lebens weniger lodern zu lassen. Er vermochte keinen Sinn darin zu erkennen, daß ihm immer wieder die Menschen genommen wurden, die er liebte. Trotzig dachte er, Ptah schulde ihm eine Antwort.

Ein Pfiff, ein Ruf, und die kleine Gruppe blieb stehen. Ein Mann hastete den Weg herauf. Irinefer erkannte Upuautmose, den Bildhauer aus der Kolonne des Vorarbeiters Hai.

„Neferhotep!" rief der Ankömmling. „Rahoteps Weib bittet dich, schnellstens in ihr Haus zu kommen! Ihrem Mann geht es sehr schlecht."

„Was ist geschehen?" fragte der Vormann, als Upuautmose sie erreichte.

„Ich weiß es nicht genau. Er hat fürchterlich getrunken und dann dunkle Andeutungen gemacht."

„Andeutungen? Was für Andeutungen?"

„Böse Dinge", sagte Upuautmose mit Grabesstimme. „Die Frau sagt, es ginge um den toten Penbui."

„Ich kann nichts dafür! Sie hat mich so bedrängt, daß ich nicht anders konnte!" Heria sank wimmernd zu Boden und umklammerte Apachtes Knie.

„Apachte! Bitte!" Wabet steckte den Kopf durch die Tür.

„Du verschwindest augenblicklich!" brüllte ihr Sohn und funkelte sie an. Wabet ließ die Schultern hängen und schlich davon. Schreckensstarr sahen ihr die jüngeren Kinder nach. Erst als der große Bruder in der Tür auftauchte und ihnen befahl, sich zu trollen, kam Leben in sie, und sie rannten hinter der Mutter her.

Apachte kehrte zu Heria zurück. „Du hast mich verraten! Uns verraten!" Er zerrte sie hoch und schlug sie rechts und links auf die Wangen. „Was hast du gesagt? Los! Raus mit der Sprache!" Noch ein Schlag. „Was weiß das Miststück?"

„Ich habe nur gesagt", schluchzte Heria, „daß ich einige Gegenstände …"

„Ja?" schrie Apachte und stieß ihr das Knie in den Bauch. Heria würgte und erbrach sich. „Das kannst du gleich noch einmal haben, wenn du nicht sofort den Mund aufmachst!"

„Nur … nur …", stammelte sie, „… daß ich sie aufbewahrt habe, mehr hat sie nicht erfahren."

„Und woher sie stammen? Weiß sie das auch?"

Heria hob die Arme, um sich vor einem weiteren Schlag zu schützen. „Ich … ich glaube nicht …", wimmerte sie.

Apachte stieß zischend die Luft aus. Wie rotglühendes Feuer flammte Wut durch seine Adern. Am liebsten hätte er Heria die Finger um die Kehle gelegt und zugedrückt, bis ihr die Augen mit dem dümmlichen Blick aus dem Kopf platzten. Wie konnte sie es wagen! Wieder hob er die Faust zum Schlag, da schloß sich eine Hand mit hartem Griff um sein Handgelenk.

„Bist du wahnsinnig?" fragte Paneb mit einer Kälte in der Stimme, daß Apachte unwillkürlich zurückfuhr. „Was hast du vor? Willst du, daß wir Nasen und Ohren verlieren?"

„Sie hat Hunur von unseren Nachtgängen erzählt!"

Paneb erstarrte. Dann zerrte er Heria an den Haaren hoch. „Ist das wahr?"

Heria antwortete nicht. Sie sah ihn nicht einmal an, sondern schien ergeben auf ihr Ende zu warten.

„Sprich!" fauchte Apachte.

Heria stieß einen langgezogenen Jammerton aus. „Hunur hat mich besucht", heulte sie. „Sie hat immer wieder gefragt und gefragt! Warum ich nicht mit Kaidjeret fortgegangen bin. Warum ich zulasse, daß Apachte mich schlägt."

„Weiß sonst noch jemand davon?"

„Nein, nein, ich schwöre es!"

Paneb überlegte. „Laß sie!" sagte er. „Wir erledigen das unverzüglich." Er drehte Herias Gesicht so, daß er ihr in die Augen blicken konnte. „Heria, du gehst nun nach Hause. Du wirst mit niemandem mehr über diese Sache sprechen. So kannst du dein Leben retten. Hast du mich verstanden?"

„Ihr werdet mich nicht töten?"

„Nein! Zumindest noch nicht. Es liegt ausschließlich in deiner Hand, was geschehen wird. Warte! Wasche dein Gesicht, bevor du das Haus verläßt!"

Erst als Heria fort war, wandte sich Paneb wieder an seinen Sohn. „Heute abend wollen wir der guten Hunur einen Besuch abstatten."

„Glaubst du, Heria wird schweigen?" fragte Apachte.

Paneb warf ihm einen spöttischen Seitenblick zu. „Selbstverständlich! Sie liebt doch ihr Leben. Weiber sind alle gleich. Sie nörgeln und jammern, man brüllt ein wenig, dann kuschen sie. Sieh deine Mutter an! Sie ist das beste Beispiel dafür! Und dann gibt es noch ein Mittel, ihnen zu zeigen, wo ihr Platz ist. Das wollen wir nachher bei Hunur anwenden."

Es dauerte einen Lidschlag lang, bis Apachte begriff, was sein Vater meinte. Dann lachte er laut auf und genoß die Erregung, die ihm in die Lenden schoß. „Das wollte ich schon lange!" sagte er.

Rahoteps Frau Ta-nedjem-hem-es rang die Hände. „Ich habe ihn noch nie so erlebt!" rief sie. „Er war so ein gütiger Mann! Ich kenne ihn nicht mehr!"

„Was ist denn geschehen?" fragte Neferhotep, während er sein Erschrecken über Rahoteps Anblick zu verbergen suchte. Der hochgewachsene Arbeiter lag bewußtlos auf dem Fußboden seines Wohnraums inmitten eines Durcheinanders aus zertrümmerten Stühlen, zerbrochenen Tonkrügen und herabgerissenen Wandbehängen. Sein Gesicht wies eine ungesunde grüne Farbe auf, und Speichel rann ihm aus den Mundwinkeln.

„Er hat getrunken wie ein Besessener!" sagte Ta-nedjem-hem-es, eine große, breithüftige Frau mit scharfen Falten um Nase und Mund und abgearbeiteten Händen. „Das tut er sonst nie. Aber etwas bedrückt ihn seit Jahren. Seine Seele ist krank."

„Er ist schweigsam geworden", bestätigte Ken-her-chepeschef. „Mich hat er gemieden, wo er konnte."

Neferhotep warf ihm einen Blick zu. In früheren Jahren hatten der Schreiber und Rahotep oft die Köpfe zusammengesteckt.

„Er hat doch nie sehr viel getrunken", sagte er und, an Irinefer gerichtet: „Geh zu meiner Frau und bitte sie, zu uns zu kommen. Ta-nedjem-hem-es bedarf ihrer Hilfe."

„Er hat Alpträume, seit Jahren schon", fuhr die Frau mit leiser Stimme fort. „Manchmal redet er im Schlaf, dann ruft er um Hilfe und murmelt Dinge, die mir große Angst machen. Er redet von Nacht und Finsternis, und gelegentlich schreit er nach ... Penbui!"

„Penbui?" stieß Neferhotep hervor. „Ta-nedjem-hem-es! Das hättest du mir sagen müssen! Wenn Rahotep etwas über den Tod Penbuis weiß, dann ..."

„Aber", unterbrach sie verzweifelt, „er hat mich unter Tränen angefleht zu schweigen! Ich konnte nicht mit ihm reden!"

„Aber jetzt mußt du sprechen!" sprach der Schreiber streng. „Wenn ich ihn mir anschaue, dann bin ich sicher, daß ihm das nur zum Vorteil gereichen kann."

„Ich ... ich wage es nicht!" sagte Ta-nedjem-hem-es weinend. „Ich fürchte mich vor dem, was ans Tageslicht kommen könnte!"

Neferhotep legte den Arm um ihre Schultern. „Die Ewigen kennen Rahoteps Herz ohnehin. Für ihn wird das Leben wieder neu beginnen, wenn er der Last ledig wird, die ihn bedrückt."

„Das glaube ich nicht", flüsterte sie. „Auf irgendeine Weise hat er mit dem Frevel damals zu tun, dessen bin ich gewiß. Er fürchtet um sein Leben im *Duat*."

Da öffnete Rahotep die Augen, er schien aber nichts zu sehen. Mit den Armen rudernd, wehrte er unbeholfen den Hund ab. Dann mühte er sich, den Oberkörper aufzurichten. Als er endlich saß, murmelte er unverständlich vor sich hin und verschränkte die zitternden Hände ineinander.

„Rahotep, bist du wieder bei dir?" fragte seine Frau vorsichtig. „Wir haben Besuch! Neferhotep und Ken-her-chepeschef sind hier." Keine Bewegung des Mannes verriet, daß er sie verstanden hatte. Sie warf einen unglücklichen Blick auf die Dorfoberen. „Er spricht manchmal tagelang nicht zu mir!"

Neferhotep fühlte großes Mitleid mit ihr. „Du bist eine gute Frau", sagte er. „Du hast ihn nicht allein gelassen in seiner Not. Das würden nicht viele fertigbringen." An Ta-nedjem-hem-es' dankbarem Blick sah er, wie wohl ihr das Lob tat, und er setzte hinzu: „Den Ewigen entgeht solches nicht. Sie werden dir deine Güte vergelten."

„Nimm dich zusammen!" befahl Ken-her-chepeschef laut. „Du bist ein vernünftiger Mann. Hör auf, dich einfach davonzustehlen!"

Die barschen Worte des Schreibers durchdrangen den Nebel um Rahoteps Geist. Er schaute auf, sein unsteter Blick aus rotgeränderten Augen blieb am Vorarbeiter hängen, dem davon angst und bange wurde.

„Was ist es, das dich so niederdrückt, mein Freund?" fragte Neferhotep.

Da ließ der Unglückliche den Kopf sinken und barg das Gesicht in den Händen. Er stöhnte laut auf und weinte.

„Laß uns allein mit ihm", sagte Neferhotep zu Ta-nedjem-hem-es. „Ich glaube, es wird später für dich leichter sein, wenn er erst mit uns gesprochen hat." Nachdem die Frau mit einem tränenumflorten Blick auf ihren Mann den Raum verlassen hatte, hockte sich der Vorarbeiter neben Rahotep auf den Boden. „Wenn es dir lieber ist, hole ich Vorarbeiter Hai. Du gehörst zu seiner Kolonne."

Rahotep schüttelte den Kopf. „Nicht nötig!" erwiderte er rauh.

„Du sprichst wieder!" fuhr Ken-her-chepeschef sichtbar erleichtert dazwischen. „Dann kannst du sicher erklären, was dein unglaubliches Betragen ..."

Neferhotep machte eine abwehrende Handbewegung. „Überlaß das mir, Ken." Er ergriff Rahotep bei den Schultern. „Was martert dir das Herz? Sprich offen! Du hast in deiner Raserei den Namen Penbui erwähnt!"

Der Angesprochene griff sich an die Kehle, als wollte er sich selbst erwürgen. „Penbui! Ja, Penbui ist es. Er rächt sich an mir."

„An dir?" Es fehlte nicht viel, und Neferhotep hätte vor Schreck aufgeschrien. „Aber du hast doch nicht ..." Er verstummte.

„Ich habe ihn nicht mit meinen eigenen Händen umgebracht", klagte Rahotep. „Aber ich trage eine Mitschuld an seinem Tod."

Neferhotep erbleichte. „Inwiefern?" fragte er tonlos. „Und wer hat Penbui tatsächlich getötet?"

Rahotep starrte den Vorarbeiter an. Langsam, sehr langsam kam ihm zum Bewußtsein, was zu tun er im Begriff stand. „Vergib mir, Vormann, ich kann es nicht sagen. Ich darf es nicht."

„Tu es dennoch!" befahl Ken-her-chepeschef, dem die Zornesadern an der Stirn schwollen. „Du kannst es nicht verantworten, ein derartiges Verbrechen zu verheimlichen."

„Es geht nicht anders!" schrie Rahotep auf. „Du verstehst es nicht, Ehrwürdiger! Die Wahrheit würde unser Dorf zerstören! Vernichten!"

„Das zu beurteilen ist nicht an dir!" gab der Schreiber erbost zurück. „Es ist die Aufgabe der Großen von Pa-Tíme, nicht die eines einfachen Handwerkers."

„Du verstehst es nicht!" wiederholte der andere. „Es ist furchtbarer, als du es dir vorzustellen vermagst. Unsere Gemeinschaft könnte sich nie wieder davon erholen, und es gibt Männer und Frauen in Pa-Tíme, die daran zugrunde gingen." Bei den letzten Worten schaute er Neferhotep gerade in die Augen.

Dem Vorarbeiter war, als schlösse sich eine Faust um sein Herz. Es wurde ihm klar, daß er die Wahrheit schon immer gekannt hatte. Daß er seit Jahren dieses Wissen in seiner Seele vergraben hatte, so tief, daß er leben konnte, ohne zu verzweifeln, ohne Gott anzuklagen. Was sollte er tun? Wie konnte er sich der *Ma'at* entsprechend verhalten? Er brauchte Zeit, nachzudenken, Zeit, um die Vorstellung von Penbui neu ertragen zu lernen, Zeit, um sich ein Bild davon zu machen, was nun weiter geschehen sollte. Wie er seine

Liebe zu Paneb künftig aushalten könnte. Wie er überhaupt weiterleben sollte.

Ken-her-chepeschef schritt tief in Gedanken langsam auf und ab.

„Es gibt keinen Ausweg", murmelte Rahotep, und Neferhotep gab ihm in Gedanken recht.

„Weshalb sollten wir in dieser Angelegenheit anders denken als Pharao Sethos, Leben, Heil, Gesundheit?" fragte der Schreiber plötzlich. „Was hat sich geändert, seit die Behörden eine weitere Untersuchung verboten haben?"

„Nichts hat sich verändert", gab der Vorarbeiter zurück. „Nichts und alles. Wir könnten das Verbrechen aufklären, das weißt du."

„Das ist etwas, das der Gute Gott nicht will. Und er ist es, der *Ma'at* erschafft." Es war dem Schreiber deutlich anzumerken, wie unwohl er sich bei dieser Spitzfindigkeit fühlte. Neferhotep wies ihn nicht darauf hin, daß er sich auf Sethos als Herrscher des Zweifachen Landes bezogen hatte, etwas, das er seit Jahr und Tag nicht mehr getan hatte.

„Wenn wir die Sache auf sich beruhen lassen", wandte er ein, „müssen wir darunter leiden, wie Rahotep darunter gelitten hat während all der Jahre."

„Bedeutet das, ihr verlangt nicht, daß ich die Namen nenne?" fragte Rahotep ungläubig.

Neferhotep wandte sich ab. Er wollte nicht, daß der Mann sein Gesicht sah, als er antwortete. „Wir verlangen es nicht", flüsterte er.

„Ich danke dir, daß ich zu dir kommen durfte!" Naunachte nahm auf dem Schemel Platz, den Baket-Ra ihr hinschob. Das milde Licht des Abends färbte die Luft rötlich und ließ den kleinen Sitzplatz auf dem Dach anheimelnd wirken. Das Haus Kasas lag unweit der Heimstatt des Ersten Dorfschreibers, und die beiden Frauen hatten festgestellt, daß sie sozusagen Nachbarinnen waren.

„Ich bin glücklich, daß ihr mich so freundlich aufgenommen

habt. Du weißt nicht, was das für mich bedeutet", sagte Baket-Ra. „Ihr habt mich alle willkommen geheißen."

Naunachte ging auf diese Worte nicht ein, sondern schaute sich suchend um.

„Mein Bruder Kasa ist nicht zu Hause." Baket-Ra bedachte sie mit einem wissenden Blick. „Du kannst offen mit mir sprechen." Sie musterte die Besucherin lange. „Ich war sehr neugierig auf dich, das muß ich zugeben. Ich kenne dich nur als Kind, und der Schreiber hat mir schon immer ein wenig Angst eingejagt."

„Auch meine Neugierde war groß", gab Naunachte zurück. „Du bist sehr berühmt im Dorf, selbst mein Gemahl sprach manchmal von dir."

„Ken-her-chepeschef mochte mich nie", sagte Baket-Ra bedauernd. „Ich weiß, daß er mich für dumm und unbeherrscht hielt."

„Seine Ansichten über dich waren zur Zeit der Gerichtsverhandlung von einigem Gewicht, das ist richtig! Ken-her-chepeschef ist seitdem kein anderer Mensch geworden, aber dennoch urteilt er nicht mehr so hart wie einst."

„Das ist dein Verdienst, nicht wahr?"

„Seine Zuneigung zu mir hat viel bewirkt. Der Finger Hathors hat ihn berührt."

Ein Beiklang hatte sich in Naunachtes Worte gemischt, der Baket-Ra aufhorchen ließ, ein Hauch von Schmerz, der Erinnerungen wachrief. Sie betrachtete die junge Frau vor sich, die leichtgeröteten Wangen, den Blick, der sich bald vertrauensvoll auf sie richtete, bald unter gesenkten Lidern zur Seite glitt, als wolle er vermeiden, allzuviel preiszugeben. Ein Verdacht begann in ihr zu keimen. Doch zunächst wollte sie mehr hören. „Er liebt dich also, dein Gemahl", stellte sie fest und sah zu, wie Naunachte ihre Finger ineinander verschränkte, wieder löste und erneut verschränkte. „Das ist sehr schön. Erzähle mir von deiner Ehe."

„Er ist ein guter Mann", sagte Naunachte zögernd. „Ich bin ihm von Herzen zugetan." Sie verstummte und schien auf eine Bemerkung Baket-Ras zu warten. Doch die schwieg. „Alles, was ich weiß, habe ich von ihm. Er hat mir Lesen und Schreiben beigebracht und

Kenntnisse von der Welt und den Göttern. Er hat mir ein Zuhause gegeben und mir gezeigt, welchen Wert ein ruhiges, auf Wissen und Erkenntnis gerichtetes Leben besitzt."

Baket-Ra beugte sich vor. „Liebst du ihn?"

Naunachte biß sich auf die Unterlippe. „Ich dachte, es wäre so. Als ich ihn heiratete, wußte ich nichts von Männern, nichts von Gefühlen, nichts vom Leben. Ich war ihm dankbar. Er gab mir, was er zu geben hatte, und ich liebte ihn dafür. Er war nicht irgendwer, er war der mächtige Schreiber, den alle fürchteten. Und dieser Mann wollte mich heiraten, die kleine Naunachte, ein unbedeutendes Kind." Sie holte tief Luft. „Verstehst du, Baket-Ra, er verliebte sich in mich! Ich war so stolz darauf, ich fühlte mich wie eine Königin!"

„Das hieltest du für Liebe."

Naunachte nickte. Sie sah Baket-Ras mitfühlenden Blick, und zu ihrem Schrecken brach sie in Tränen aus.

Baket-Ra ging zu ihr hinüber, hockte sich vor ihr auf den Boden, faßte sie am Kinn und hob ihr Gesicht in die Höhe. „Du hast dich verliebt, nicht wahr? Und du willst von mir wissen, was du tun sollst, weil ich das gleiche erlebt habe."

Naunachte barg das Gesicht in den Händen. „Ich wollte es nicht", schluchzte sie. „Wirklich nicht. Oh, am liebsten wäre ich tot."

Baket-Ra nahm sie in die Arme und streichelte sie. Geduldig wartete sie, bis sich die Jüngere wieder gefaßt hatte. „Wer ist es denn?" fragte sie sanft.

Naunachte schluckte. „Es ist Cha-em-nun. Vielleicht erinnerst du dich an ihn. Als du noch im Dorf lebtest, war er Lehrling in der Kolonne Neferhoteps. Später ist er dann in Hais Kolonne gewechselt." Nach einer kleinen Pause setzte sie hinzu: „Er ist Hais bester Maler!"

„Liebt er dich auch?"

„Ganz bestimmt. Er sagt, er würde alles dafür tun, damit ich die Herrin seines Hauses würde."

Die Herrin seines Hauses! Baket-Ra fühlte einen Schmerz in ihrer Brust, als legte sich ein Metallring um ihr Herz. Ihr war, als sähe sie

Nius Gesicht vor sich, so deutlich wie schon seit Jahren nicht mehr, Niu, der ihr versicherte, er werde Nacht zur Trennung überreden, Niu, der von ihren zukünftigen gemeinsamen Kindern träumte, Niu, der ihr seine Liebe schwor. Dann wieder schien er sie anzusehen mit gebrochenen Augen aus seinem blutverschmierten Gesicht. „Naunachte!" flüsterte sie so gequält, daß diese erschrocken aufsah. „Wenn er dich so liebt, wie du sagst, dann wird er dir nicht das antun wollen, was ich erdulden mußte. Und wenn du ihn liebst, wirst du ihm das Leben wünschen, nicht den Tod."

„Um der Götter willen!" schrie Naunachte auf. „Wenn sich eine verheiratete Frau verliebt, muß es doch nicht unweigerlich in einem Blutbad enden! Ich könnte mich doch scheiden lassen!"

„Auch ich wollte mich scheiden lassen!" sagte Baket-Ra erregt. „Aber wir kennen das, was geschehen wird, nicht. Cha-em-nun wird dich nicht ins Unglück stürzen wollen!"

„Ich will auch meinem Mann keinen Schmerz zufügen", weinte Naunachte, „das hat er nicht verdient. Aber ich will nicht so leiden! Mein Herz jubelt bei Cha-em-nun! Er ist fröhlich, voller Leben! Immer fallen ihm lustige Sachen ein, was wir tun könnten. Oh, mich verlangt es nach dieser Leichtigkeit! Es ist etwas anderes als der Ernst Ken-her-chepeschefs."

„Er ist ganz einfach jung."

„Ist es das? Ich weiß es nicht. Ich weiß nur, daß ich mich nach ihm sehne, nach seinen Augen, seinen Worten, seinen Händen."

„Ich kann es dir nachfühlen, das weißt du. Aber für den Schreiber wäre es ein furchtbarer Schlag, wenn du ihn verließest. Er hat so alt werden müssen, bis er eine Frau in sein Herz gelassen hat. Ich glaube nicht, daß er diese Enttäuschung ertrüge."

Naunachte starrte sie an. „Ich soll bei ihm bleiben, ist das dein Rat?"

„Auch wenn es dich schmerzt: Ja, das solltest du tun." Wieder wartete sie, bis Naunachtes Tränenstrom versiegte. Dann sagte sie leise: „Du bist jung! Und Cha-em-nun ebenfalls. Ken-her-chepeschef dagegen ist nicht mehr fern von dem Tag, da er in den Westen aufbrechen wird. Nimm ihm nicht sein Glück im letzten Abschnitt seines Lebens. Wenn deine und Cha-em-nuns Liebe so groß ist, wie du glaubst, dann wird sie durch eine Zeit des Wartens eher noch gestärkt. Und du wirst, wenn du dereinst an seiner Seite lebst, mit Zufriedenheit auf deine Zeit mit Ken-her-chepeschef zurückblicken. Du wirst dir sagen können: Naunachte hat einem sehr klugen Mann zu Herzensfreude verholfen und ihn Güte gelehrt. Sie hat viel bekommen und viel gegeben. Du wirst stolz sein dürfen."

„Aber ich kann doch nicht von nun an auf den Tod meines Mannes warten!"

„Das sollst du auch nicht. Es kommt immer darauf an, wie du etwas betrachtest. Wenn du etwas schwer findest, dann wird es auch so sein. Sei dankbar für die Liebe Cha-em-nuns, aber sei auch dankbar für die deines Gemahls! Dein Herz ist doch auch ihm zugetan!"

„Hättest du auch dir selbst diesen Rat gegeben?" wollte Naunachte wissen. „Hättest du bei Nacht bleiben können, immer in dem Bewußtsein, daß Niu sich nach dir sehnt?"

„Nein!" gab Baket-Ra zu. „Aber Nacht war nicht wie Ken-her-chepeschef. Nacht war grausam. Seine Liebe war der Wunsch zu demütigen und zu quälen." Ganz stimmte das zwar nicht, denn Nacht hatte sich erst so verändert, nachdem er von der Untreue seiner Frau erfahren hatte. Aber, dessen war Baket-Ra gewiß, nie hatte er sie so geliebt, wie der alte Ken-her-chepeschef seine junge Frau liebte. „Sprich mit Cha-em-nun! Erkläre ihm, daß es eurem zukünftigen gemeinsamen Leben zugute kommt, wenn ihr wartet."

„Das ist so schwer! Kannst du dir vorstellen, wie es ihm zumute ist, wenn er sich die Nächte ausmalt, in denen ich mit Ken-her-chepeschef das Lager teile?"

„Ich kann es mir vorstellen", sagte Baket-Ra schlicht. „Aber es ist nicht zu ändern. Er muß es ertragen."

Ein neuer Tränenausbruch war die Folge. Baket-Ra reichte der jungen Frau ein Tuch, mit dem sie sich das Gesicht trocknen und die Nase schneuzen konnte. „Du verlierst ihn doch nicht!" flüsterte sie. „Es wird um so schöner werden, denn es wird ohne Schuld sein!"

Naunachte hob den Kopf. „Vielleicht hast du recht, Baket-Ra. Ich weiß nicht, ob es gelingen wird. Aber versuchen werde ich es."

Hunur ließ den Vorhang zum Schlafraum fallen. Ein letzter Blick auf ihre kleine Tochter Ubi, die, in ihre Laken geschmiegt, fest schlief, dann trat sie auf den Korridor hinaus und stieg die Treppe zur Dachlaube hinauf. Sie wollte dort zu den Sternen schauen und nachdenken, während sie auf Hesisunebef wartete. Er befand sich im Auftrag Neferhoteps in Waset, um dort die Auswahl von Quarzen und gelbem und rotem Ocker für die Farbherstellung zu überwachen. Er wollte erst mit der letzten Fähre zurückkehren.

Sie setzte sich in den Korbsessel und atmete tief die laue Nachtluft. An diesem Abend wollte sie Hesisunebef mit ihrer guten Neuigkeit überraschen. Sie war sicher, wieder in Hoffnung zu sein. Die Zeit der monatlichen Reinigung war zum zweiten Mal ausgeblieben. ‚Diesmal ist es ein Sohn', dachte sie. ‚Der Stab des Alters für Hesisunebef.' Sie lächelte und strich sich über den noch flachen Bauch. Das Leben meinte es gut mit ihr, so viel besser als mit Heria. Immer wieder mußte sie an Heria denken. Heria, die ihr von Apachtes Raubzügen berichtet hatte, von dem Zwang, den er ausübte, den dunklen Andeutungen, sogar sein Vater sei in diese Verbrechen verwickelt. Wie konnte sich die Freundin jemals aus ihrem Unheil befreien? Wie verhängnisvoll war es, vom geraden Weg abzuweichen! In den vergangenen Tagen war Hunur zu einem Entschluß gelangt. Sie mußte Hesisunebef erzählen, was sie wußte, obwohl Heria sie fast auf Knien angefleht hatte, dies nicht zu tun. Aber eine so ungeheuerliche Verletzung der *Ma'at* durfte sie nicht verschweigen. Heria würde bestraft werden, das würde nicht ausbleiben, aber dann dürfte sie zurückkehren in die Gemeinschaft derer, die in Sicherheit lebten. Nicht so Apachte und sein Vater. Hunur fröstelte. Wenn einer der herausragenden Handwerker der Kolonne und sein Sohn des Grabraubs bezichtigt würden, so wäre das ein Verhängnis für Pa-Tíme, das den Ruf der Gemeinschaft auf

Jahre hinaus schädigen konnte. Ganz zu schweigen von dem Schmerz, der Neferhotep und Ubechet zugefügt würde. Und Wabet mit den Kindern.

Hunur erhob sich. Ihr innerer Friede wollte sich nicht einstellen. ‚Hesisunebef soll entscheiden', dachte sie. ‚Er wird wissen, was zu tun ist.' Sie ging zur steinernen Begrenzung des flachen Daches, die Hesisunebef eine Elle höher aufgemauert hatte, als die kleine Ubi laufen gelernt hatte. Aus der Gasse ertönten Rufe, Kindergeschrei, Gelächter, und die Düfte der Abendmahlzeiten kitzelten in der Nase. Im Stroh der Straßenüberdachung raschelten Vögel und Eidechsen.

Unvermittelt blieb sie stehen. Was war das für ein Geräusch im Erdgeschoß? War Hesisunebef vorzeitig heimgekehrt? Sie lauschte angestrengt. Nichts. Kaum hatte sie sich wieder entspannt, da hörte sie einen dumpfen Schlag und gleich darauf ein Flüstern. Das war keinesfalls ihr Mann! Ubi! Heiß und kalt lief es Hunur über den Rücken. Ubi lag dort unten! Allein!

Sie flog beinahe die Treppe hinunter, rannte zum Schlafraum und riß den Vorhang zur Seite. Das kleine, flackernde Licht eines Öllämpchens erhellte dürftig den Raum. Ein Blick auf das Bett, und sie atmete auf. Die Kleine lag dort in derselben Stellung wie vorhin, nur den Daumen hatte sie in den Mund geschoben und lutschte geräuschvoll daran. Erleichtert ging sie zum Bett hinüber und zupfte Ubis Decke zurecht. Dann richtete sie sich auf.

Die Hand kam aus dem Nichts und preßte sich so fest auf ihren Mund, daß sie kaum Luft bekam. Wie gelähmt vor Schreck, wehrte sie sich nicht. Starke Arme drückten sie, bis es schmerzte.

„Schau auf deine Tochter!" flüsterte eine Stimme, die sie mit heißem Entsetzen als die Panebs erkannte. „Es geht ihr noch gut."

Noch gut? Nichts in ihrem ganzen Leben hatte Hunur so mit Grauen erfüllt wie der Tonfall, mit dem Paneb dieses ‚noch' aussprach.

„Aber nicht mehr lange!" flüsterte eine zweite Stimme. Apachte!

„Ich lockere meinen Griff!" sagte Paneb leise. „Es liegt an dir, was geschehen wird."

„Was …", Hunur schluckte schwer, „was wollt ihr von mir?" Ihre Worte klangen erstickt, und vor Zittern konnte sie kaum stehen.

„Mit dir reden." Panebs Stimme klang sanft, fast zärtlich. „Und dir etwas deutlich machen."

„Bitte!" flehte sie. „Laßt Ubi in Ruhe! Ich mache alles, was ihr wollt, aber tut der Kleinen nichts!"

„Du weißt, warum wir hier sind?" Der Blick aus Apachtes schrägen, unheimlichen Augen schien sich in ihren Kopf zu bohren. „Antworte!"

„Ich werde nichts verraten!" Hunurs Worte überschlugen sich. „Niemals! Ich habe ohnehin nicht geglaubt, was Heria sagte. Ihr habt nichts von mir zu befürchten! Ich weiß nicht, was Heria beabsichtigt, wenn sie euch Böses nachsagt. Bitte geht jetzt, Ubi schläft so schön!" Ihre Stimme brach.

Paneb lachte leise. „Ubi schläft so schön!" äffte er sie nach. „Sie soll auch weiterschlafen, nicht wahr? Also schweig!"

Hunur sah fassungslos, daß er seinen Schurz löste. Was hatte er vor? Das war doch nicht möglich! Ihr Blick ging zu Apachte, der sich an Ubis Bett stellte und ein Messer aus dem Gürtel zog. „Was … was …", begann sie, doch außer Gestammel brachte sie nichts hervor.

„Halt den Mund!" flüsterte Paneb und entblößte sich grinsend vor ihr.

„Ubi schläft so schön", wiederholte nun auch Apachte. „Sorge dafür, daß es so bleibt. Sonst schläft sie bald einen viel tieferen Schlaf!"

„Zieh dich aus!" befahl Paneb heiser. „Dann lege dich hier hin und öffne die Schenkel!"

Hunur konnte nicht glauben, was geschah. Sie fühlte sich wie in einem bösen Traum. Kalter Schweiß trat ihr auf die Stirn. Fast verlor sie das Bewußtsein. Sie kämpfte dagegen an, und ein kleiner Laut des Entsetzens kam ihr über die Lippen.

„Reiß dich zusammen!" sagte Paneb kalt. „Sonst nehme ich Ubi."

Hunur starrte ihn an. „Du bist ein Ungeheuer! Ein übler Geist, kein Mensch!" Sie konnte nichts mehr begreifen. Das waren Männer der Kolonne, Männer aus Pa-Tíme, mit denen sie gelebt hatte, soweit sie zurückdenken konnte! Das konnte doch nicht wahr sein!

„Los jetzt! Zieh dich aus! Wird's bald! Wir haben nicht ewig Zeit."

Flucht! Wenn sie jetzt rannte, konnte sie entkommen. Aber sie hatten Ubi! Nie konnte sie ihre Tochter im Stich lassen! ‚Hesi! Hesi, bitte komm nach Hause!' weinte sie in ihrem Inneren. Aber Hesisunebef konnte sie nicht hören. Es gab kein Entrinnen. Zitternd entkleidete sie sich. Sie fühlte die Blicke der Männer wie heiße Striemen auf ihrem Leib und wußte, daß dieses Gefühl der Demütigung sie von nun an immer begleiten würde.

„Vergiß das hier nicht!" raunte Apachte. Er hob mit der einen Hand das Messer, mit der anderen griff er sich unter den Schurz, während er zusah, wie sie sich hinlegte. Paneb riß ihr die Beine auseinander und fiel über sie her. Hunur preßte ihre Lider zusammen, während er in sie eindrang, und stellte sich vor, mit jedem Stoß ein wenig weiter hinausgerissen zu werden in ein unendliches Meer der Einsamkeit und der Finsternis.

Da stöhnte Paneb leise und rollte sich weg. „Sie ist wie ein Stück Holz!" knurrte er. „Aber besser als die eigenen Hände. Los, du bist an der Reihe!"

Apachte keuchte vor Gier. „Irgendwann würde ich dich kriegen, das wußte ich schon immer." Er ließ sich schwer auf sie nieder.

Hunur drehte den Kopf weg, um seinen Lippen zu entgehen, und hielt, solange es ging, den Atem an. Es wurde ihr schlecht von seinem Geruch. Sie fühlte die Tränen an den Schläfen hinunterrinnen und wünschte, sie dürfte sterben. ‚Ein Kind wächst in mir', ging es ihr durch den Sinn, ‚und sie beschmutzen es.' Eigentlich fühlte sie sich schon gestorben, sie war tot, ihr Herz war tot, sie sah ganz deutlich, wie ihr *Ka* dasaß mit dem Kopf auf den Knien.

Als Apachte aufstand, blieb sie regungslos liegen, öffnete nicht einmal die Augen.

„Schau es dir an", flüsterte Paneb, „das Stück Fleisch."

Die Erschütterung über diese verächtliche Bemerkung flößte ihr wieder Leben ein. Sie richtete sich auf, griff nach ihrem Kleid und zog es sich über. „Warum?" fragte sie tonlos. „Warum habt ihr mir das angetan?"

„Stell nicht so dumme Fragen!" gab Paneb zurück. „Du bist jetzt eine von uns, wie Heria. Das war sozusagen die Einweihung!"

„Glaubst du, Hesisunebef wird dich so noch wollen?" fragte Apachte träge und beobachtete sie unter halbgeschlossenen Lidern. „Nachdem wir uns mit dir vergnügt haben?"

Hunur antwortete ihm nicht, sondern sprach zu Paneb: „Warum? Apachte war immer ein schlechter Mensch. Er kann nicht anders. Aber du? Du bist der künftige Vorarbeiter. Du könntest ein geachteter Mann sein! Warum tust du solche Dinge? Warum brichst du in Gräber ein, warum schändest du Frauen? Was willst du?"

Paneb war totenblaß geworden. Er hatte die Hände zu Fäusten geballt. „Sprich nie wieder so zu mir, sonst bringe ich dich um!" sagte er mit einer Stimme, die schiere Panik in ihr hervorrief. „Ich will, daß du dir eines merkst: Wenn irgend jemand etwas von dem erfährt, was Heria dir gesagt hat, wenn du nicht schweigst über das, was sich hier zugetragen hat, dann ...", er brach ab. „He, Apachte!" krächzte er dann. „Schlag etwas vor, was geschieht dann?"

Apachte, der sich inzwischen sorgfältig seinen Schurz umgebunden hatte, stellte sich vor Hunur hin, verbeugte sich spöttisch und sagte: „Dann nehmen wir uns Ubi vor! Auf dieselbe Art wie dich!"

„Eine Liste von Panebs Verfehlungen?" Neferhotep, der seinen Becher zum Mund führen wollte, ließ ihn wieder sinken. „Amunnacht, bist du von allen guten Geistern verlassen? Du bist zwar mein Bruder, aber so etwas darfst du dir nicht erlauben! Das dulde ich nicht."

Ubechet seufzte leise und sah zu Irinefer hinüber. Der hob die Schultern. Der friedliche Teil der Abendmahlzeit war vorüber.

Amunnacht beugte sich über den Tisch. Seine Augen funkelten. „Und warum nicht? Deine Zuneigung zu ihm hat dich blind werden lassen! Du hältst deine Hand schützend über einen Verbrecher! Du zwingst Pa-Tíme einen Großen auf, der ein Dieb ist, ein Betrüger, ein Gotteslästerer, ein Vergewaltiger …"

„Schweig!" donnerte Neferhotep und schlug mit der Faust auf den Tisch, so heftig, daß sein Bierkrug ins Wanken geriet. „Warum bist du nur so ein haßerfüllter, rachsüchtiger Mensch? Du stiftest Unruhe in Pa-Tíme, seit ich zurückdenken kann! Du …"

„Neferhotep!" rief Ubechet besorgt und berührte ihn sacht mit der Hand. „Beruhige dich! Laß ihn doch schreiben, was er will!"

„Da hast du es!" trumpfte Amunnacht auf. „Höre auf sie! Oder noch besser: Sieh dir an, was ich vermerkt habe. Nicht eine Behauptung ist unwahr. Für alle habe ich Zeugen!"

Neferhotep antwortete nicht. Sein Gesicht spiegelte die widerstrebenden Gefühle, die ihn bedrängten.

Irinefer, der ihn genau beobachtete, erahnte seine innere Not. Längst hatte der Vorarbeiter begriffen, welche Art Mensch sein Stiefsohn war. Es war diese unbegreifliche Liebe zu ihm, die ihn bislang daran gehindert hatte, seiner Erkenntnis Taten folgen zu lassen. ‚Amunnacht hat recht', dachte er. ‚Paneb sollte bestraft werden.' Er sah zu Ubechet hinüber und merkte, daß sie denselben Gedanken hegte.

Neferhotep rieb sich die schmerzende Faust. Sein Gesicht war grau geworden. „Gib sie her, deine Liste. Ich will sie mir ansehen."

Amunnacht zog ein zusammengefaltetes Blatt Papyrus aus dem Gürtel und reichte es über den Tisch.

Neferhotep nahm es entgegen, strich es glatt und zog das Öllämpchen näher heran. *„Erinnerung an seine Handlung"*, las er halblaut. *„Bei einem nächtlichen Arbeitsgang verletzte er immer wieder Leute von der Arbeitstruppe, indem er oben auf der Mauer ging und auf die Männer Ziegel warf!"* Er sah auf. „Das kann doch nicht dein Ernst sein, Bruder! Das war der Streich eines Kindes! Paneb war damals elf Jahre alt!"

„Na und?" Amunnacht blieb ungerührt. „Das beweist nur, daß er schon damals den Wunsch in sich trug, Böses zu tun."

Kopfschüttelnd senkte Neferhotep den Blick wieder auf die Schriftzeichen.

*„Erinnerung an seine Handlung: Er nahm einen Meißel aus dem Grab Pharaos, verwendete ihn in seinem eigenen Grab und zerbrach ihn dort.*

*Erinnerung an seine Handlung: Er ließ die Handwerker Kasa und Nebnefer, Sohn des Uadjmose, widerrechtlich für sich selbst arbeiten.*

*Erinnerung an seine Handlung: Er riß Iiemwaw die Kleider vom Leib, warf sie zu Boden und tat ihr Gewalt an. Desgleichen vergewaltigte er Tui, die Frau des Bildhauers* ... – Amunnacht!" Neferhotep sprang auf und schleuderte seinem Bruder den Papyrus vor die Füße. „Jetzt ist es genug! Iiemwaw hat freiwillig mit ihm geschlafen! Das weißt du so gut wie ich! Deine Vorwürfe hinsichtlich des Arbeitsgeräts will ich hinnehmen, vielleicht auch noch, was die Arbeit der anderen für ihn betrifft, aber die Vergewaltigungen sind blanker Unsinn!"

„Das ist wahr", warf Ubechet ein. „Auch Tui ist nicht gezwungen worden. Das hat sie mir selbst erzählt."

„Kann es nicht sein", wagte Irinefer zu fragen, „daß Paneb sie mit Drohungen eingeschüchtert hat? Vielleicht hat er sie erpreßt, ihn nicht zu beschuldigen?" Diese Äußerung bereute er im gleichen Augenblick.

Neferhotep kam drohend auf ihn zu, die Hand wie zum Schlag erhoben. „Du hast kein Recht, deine Stimme zu erheben. Ich verstehe, daß du eigene Gründe hast, gegen Paneb zu sprechen. Aber in diesem Zusammenhang besitzen deine Worte keinerlei Wert. Geh mir aus den Augen!"

Irinefer wich zurück. Heiß stieg ihm die Röte ins Gesicht. „Vergib mir", flüsterte er. „Ich war unbedacht. Ich wollte mir nichts anmaßen, was mir nicht zusteht." Sein hilfesuchender Blick suchte Ubechet, die ihm beruhigend zunickte. Mit hängenden Schultern schlich er zur Tür. Die Worte, die er Amunnacht sprechen hörte, brannten wie glühende Kohlen in seinem Herzen, denn zum ersten Mal in seinem Leben gab er dem zornmütigen Bruder Neferhoteps vollkommen recht.

„Soll ich dir sagen, was ich denke?" sagte Amunnacht scharf. „Du hast dich verrannt. Du weißt längst, daß Paneb ein schlechter Mensch ist. Aber du willst nicht zugeben, daß du dich in ihm geirrt hast. Der große Neferhotep ist nämlich nicht nur tugendhaft, er ist auch allwissend! Er irrt sich nie! Beruhige dich!" setzte er hinzu, als er den Gesichtsausdruck seines Bruders sah. „Ich erspare mir den

Hinauswurf. Ich gehe von selbst. Aber wenn du dir einen Gefallen tun willst, denke über meine Worte nach!" Er hob sein Papyrusblatt auf und schritt zur Tür, ohne sich noch einmal umzudrehen. Auch Irinefer, der im Vorraum an der Wand lehnte, schenkte er keinen Blick.

Ob er wieder hineingehen durfte? Irinefer zögerte. Er spähte durch den Türspalt.

Neferhotep saß auf seinem Stuhl, stützte die Ellenbogen auf seine Knie und hielt den Kopf gesenkt. Seine Hände hatte er fest ineinander verschränkt. Ubechet war zu ihm getreten. „Ein Großer in Pa-Tíme", sagte sie leise, „bedarf des Vertrauens der anderen. Glaubst du, daß Paneb dieses Vertrauen noch in ausreichendem Maße besitzt?"

„Fängst du nun auch an, zu reden wie Amunnacht?" stöhnte er. „Ich weiß es doch! Aber diese Geschichte ist weitaus bedrückender, als du dir vorzustellen vermagst. Pa-Tíme steht ein Grauen ohnegleichen bevor!"

Er mußte die Türe schließen, das wußte Irinefer. Den Vorarbeiter, seinen gütigen Gönner, zu belauschen, war eine Missetat, derer er sich fortan immer würde schämen müssen. Aber Neferhoteps Worte hatten ihn zu neugierig gemacht, und so blieb er am Türspalt stehen.

„Ich weiß Bescheid", sagte Ubechet. „Ich war bei Ta-nedjemhem-es. Ich bin wohl imstande, zwei und zwei zusammenzuzählen."

„Was hat sie dir erzählt?" fragte Neferhotep.

„Um Rahoteps Herz schlösse sich die Hand eines Gottes, das sagte sie. Er weiß etwas über den Tod Penbuis, das so furchtbar ist, daß er daran zugrunde geht."

„Und das er nicht auszusprechen vermag. Nicht einmal mir gegenüber konnte er sein Gewissen erleichtern. Aber ich schwöre dir, Frau, ich weiß auch so, wie die Wahrheit aussieht."

Irinefer war zu weit entfernt, als daß er den Gesichtsausdruck des Vorarbeiters hätte sehen können. Aber er gewahrte die Reglosigkeit, in der Ubechet verharrte. Das Gefühl drohenden Verhängnisses ließ ihn frieren. Ubechet flüsterte etwas, das er nicht verstehen konnte, denn in diesem Augenblick klopfte es kräftig an die Haustür. Er sprang auf und öffnete. Vor ihm stand Paneb, groß, furchteinflößend und wild. Er hatte ganz offensichtlich getrunken, denn bei seinen Worten wehte Irinefer der vertraute Henqetdunst an. „Ist Neferhotep zu Hause? Ich habe schlechte Nachrichten."

Irinefer nickte und deutete hinter sich. „Er ist drinnen. Ubechet ist bei ihm."

Paneb verschwand, und Irinefer sah, während er die Haustür wieder schließen wollte, eine Gruppe von Menschen die Gasse heraufkommen. An der Spitze schritten Hesisunebef, Pa-en-resi und Kasa. Hinter ihnen bemerkte er weitere sechs oder sieben Männer. Das Unheil war da, dessen war er gewiß. „Was ist geschehen?" rief er Hesisunebef zu. „Wollt ihr alle zum Vormann?"

„Wir holen ihn ab", erwiderte dieser mit ernster Miene. „Heute ist ein sehr trauriger Tag für uns." Er ging zu seinem Freund hinüber. „Rahotep ist tot."

„Tot?" wiederholte Irinefer ungläubig. „Aber wie kann er tot sein?"

„Man fand ihn kurz bevor Ras Barke hinter den westlichen Gipfeln verschwand. Einige Anubispriester, die sich auf dem Heimweg befanden, entdeckten seinen zerschmetterten Leichnam am Fuße der Klippen im Tal von Djeseret."

Unwillkürlich wich Irinefer einen Schritt zurück. „Ein Unfall?" fragte er erstickt.

„Hoffentlich!" versetzte Hesisunebef. „Vielleicht hat ihn jemand hinuntergestoßen. Oder er ist freiwillig aus dem Leben geschieden." Mit diesen Worten ließ er ihn stehen und ging ins Haus. Nach kurzem Zögern folgte ihm Irinefer. Neferhotep dachte gewiß nicht mehr an seinen Ärger über ihn.

Als er durch den Vorraum schritt, wurde die Tür zum Wohnraum aufgerissen und schlug an die Wand. Ubechet stürzte heraus und stieß ihn zur Seite. „Ich muß zu Rahoteps Frau", sagte sie, „schnell!" Ohne ihm einen weiteren Blick zu gönnen, entschwand sie in die Gasse.

Er betrat den Raum und blieb wie angewurzelt stehen. Was er sah, ließ ihm die Haare zu Berge stehen.

Neferhotep stand vor Paneb wie ein Rachegott, die Hände zu Fäusten geballt. Sein unbändiger Zorn ließ ihn größer erscheinen, als er war. Seine Augen schienen Feuer zu sprühen, und er fletschte die Zähne wie ein gereizter Wüstenlöwe. „Du wagst es, vor mir zu erscheinen?" rief er mit einer Stimme, die Irinefer noch nie vernommen hatte. „Du, der du Schuld trägst an Rahoteps Tod? Du elender Lump! Du Verbrecher! Du Mörder!" Nichts an ihm gemahnte mehr an den gütigen, weisen Dorfoberen. Hier stand ein Mann, der sich nichts mehr vormachte, einer, der seinen guten Glauben verloren hatte. Paneb schien im ersten Augenblick verwirrt zu sein. Er hatte nicht mit diesem Ausbruch gerechnet. Wie Peitschenhiebe fuhren die nächsten Worte des Vorarbeiters auf ihn nieder: „Sprich wenigstens ein einziges Mal die Wahrheit: Hast du ihn umgebracht? Bist du der Mörder Rahoteps?"

Paneb starrte ihn an. Nur langsam schienen ihm die Worte ins Bewußtsein zu dringen. Dann hatte er begriffen. „Rahotep? Bist du wahnsinnig? Um dein Herz krallt sich die Hand des Gottes! Ich habe Rahotep nicht getötet! Er hat sich selber dort hinuntergestürzt. Das weißt du so gut wie ich!"

„So kommst du mir nicht davon!" schrie der Vorarbeiter. „So nicht!"

„Neferhotep!" bat Hesisunebef. „Beruhige dich doch!"

„Geh fort!" kam die Antwort, und einen Lidschlag lang glaubte Hesisunebef, Neferhotep mache Anstalten, ihn zu schlagen. „Du hast nichts damit zu tun. Dies ist die Stunde der Wahrheit, und bei allen Göttern, ich schwöre, sie kommt nun ans Tageslicht."

Paneb hatte sich inzwischen gefaßt. „Rahotep war krank", sagte er. „Das weißt du. Ich verstehe nicht, warum du die Beherrschung verlierst."

„Das werde ich dir sagen, Paneb!" Neferhotep war so bitter wie noch nie. „Rahotep war nicht krank, er war verzweifelt. Du kennst den Grund dafür, dessen bin ich gewiß. Vielleicht hast du ihn nicht mit deinen eigenen Händen dort hinuntergestoßen. Aber du hast ihn in den Tod getrieben. Du hast ihn auf dem Gewissen, gerade so wie Penbui!"

„Penbui?" Paneb sprach diesen Namen leise aus, so, als wäre der Anklageschrei seines Pflegevaters Teil einer gewöhnlichen Unterhaltung. „Was redest du von Penbui?" Er war sehr bleich geworden, und in seinen Augen leuchtete etwas, das in Irinefer furchtbare Angst hervorrief.

Neferhotep sah es auch, denn er wich zurück. „Bist du derjenige", fragte er rauh, „der in jenes Grab eingedrungen ist? Hast du Hand an Penbui gelegt?"

Panebs Blick glitt durch den Raum, als suche er etwas. „Hat Rahotep das behauptet? Gut für ihn, daß er schon tot ist. Sonst wäre er es in Kürze."

„Kein Wort ist über seine Lippen gekommen! Doch ich kann mir wohl zusammenreimen, was damals geschehen ist."

„Ah, das kannst du also!" Paneb ergriff einen Stuhl. Unvermittelt stieß er einen so lauten Schrei aus, daß sowohl Irinefer als auch Hesisunebef aufstöhnten. „Du stellst dir vor ... daß ... ich ... ein ... Mörder ... bin!" Mit jedem Wort schmetterte er den Stuhl an die Wand, bis er zersplitterte. Ein Stuhlbein behielt er in der Faust.

„Was hast du vor?" rief Neferhotep aus.

„Dich töten, was sonst? Ich bin ein Totschläger!" Paneb holte aus, und das Holz pfiff durch die Luft. „Ich komme über dich und bringe dich um!"

„Nicht!" brüllten Hesisunebef und Irinefer gleichzeitig. Hesisunebef warf sich Paneb in den Arm und erhielt einen Schlag gegen die Schläfe, der ihn zu Boden streckte. Irinefer riß den Vorarbeiter zur Seite und zerrte ihn zur Tür. Ganz kurz kreuzte sich sein Blick mit dem Neferhoteps, und im selben Augenblick war ihm klar, daß er diesen Ausdruck in den Augen des alten Vormanns nie würde vergessen können. Es lag weniger Entsetzen oder Schrecken darin, als vielmehr Unglaube und ein Schmerz, dessen Tiefe nicht zu ermessen war. Neferhotep verlor seinen Sohn.

Paneb stieß den reglosen Hesisunebef zur Seite und riß erneut das Stuhlbein hoch. Irinefer drängte Neferhotep in den Vorraum und stellte sich Paneb in den Weg. Obwohl er sich unter dem Schlag wegduckte, traf ihn das Holz unterhalb der Schulter. Sein

Arm wurde sofort taub. Doch während er zu Boden sank, streckte er geistesgegenwärtig das Bein aus. Paneb stürzte über die Schwelle. Unter wütendem Knurren sprang er wieder auf, aber die kurze Zeit hatte genügt, Neferhotep einige Schritte Vorsprung zu verschaffen.

Die Männer in der Gasse sprangen zur Seite, als der alte Vorarbeiter an ihnen vorüberrannte. Noch ehe sie begriffen, was geschah, stürzte Paneb brüllend hinter Neferhotep her, dicht gefolgt von Irinefer. „Helft ihm!" schrie dieser. „Er will ihn töten!"

„Bleib stehen, Paneb!" „Aufhören!" riefen die Männer durcheinander. „Paneb!" „Sei doch vernünftig!"

Türen öffneten sich, und Frauen liefen auf die Gasse hinaus. Sie riefen nach ihren Kindern und nach der Hilfe der Ewigen und rangen die Hände.

„Weg da!" rief Pa-en-resi. „Geht wieder hinein!"

„Er ist wie Seth, der Grausame!" Cha-em-nun schob eine Mutter mit ihrem kleinen Sohn wieder in ihr Haus. „Er schlägt alles nieder, was sich bewegt!"

Neferhotep bog in die große Dorfgasse ein, riß einen Tisch um und blieb schweratmend stehen. Er preßte sich die Hand auf die Brust und krümmte sich. „Ich kann nicht mehr!" flüsterte er.

Irinefer sprang über das Durcheinander an Tellern und Krügen, achtete nicht der entgeisterten Rufe, sondern packte Neferhotep am Arm und zerrte ihn zu einem Hauseingang. Es war das Heim Hesisunebefs und Hunurs. „Hier hinein!" keuchte er. „Bitte! Schnell." Er riß den Alten hinein, warf die Tür zu und preßte sich mit aller Gewalt von innen dagegen. Neferhotep stolperte, fiel hin und richtete sich mühsam wieder auf.

Hunur kam aus der Küche gelaufen. „Irinefer! Neferhotep! Was …"

Ein Kind begann gellend zu schreien.

„Hilf uns!" keuchte Irinefer. „Jetzt!"

Hunur erfaßte die Lage schnell. Sie stemmte sich neben Irinefer gegen die Tür, gerade in dem Augenblick, als ein dumpfer Schlag das Holz erzittern ließ. Das Schloß brach aus seiner Verankerung. Paneb warf sich mit der Stärke eines Stiers von außen gegen die Tür, während er wieder und wieder aufheulte. Irinefer und Hunur waren diesem Ansturm nicht gewachsen. Die Tür schlug mit voller Wucht nach innen und traf Irinefer an der Stirn. Blut rann ihm in die Augen, und er sank benommen zu Boden. Da erblickte er den Umriß der mächtigen Gestalt Panebs in der Tür. Es war aus, Neferhotep war verloren. Er wischte sich das Blut aus den Augen. Gleich würde Paneb mit erhobenem Stuhlbein hereinstampfen. Doch die Verfolger hatten ihn erreicht und fielen über ihn her. Paneb brüllte wie ein verwundeter Löwe, schlug um sich, trat, stampfte und biß. Sein Behelfsknüppel traf Cha-em-nun über der Braue, die sofort heftig blutete. Eine Faust landete in der Magengrube Pa-en-resis, der mit einem Ächzen zusammensank. Mit der anderen schlug er Nebnefer einen Schneidezahn aus. Als Uadjmose seinem Sohn zu Hilfe eilte, wurde er von einem Hieb empfangen, der ihm das Nasenbein brach. Sowohl Hehnechu als auch Kasa und Nachtamun bekamen Schläge ab, bevor es ihnen gelang, den Rasenden zu Boden zu werfen. Selbst Vorarbeiter Hai, dessen Befehle ungehört verhallt waren, wankte unter einem Faustschlag gegen das Kinn.

Endlich wurde die Übermacht für Paneb zu groß. Sieben Männer knieten auf ihm. Er rollte nur noch wild mit den Augen. Upuautmose hielt mit einem Knie Panebs Brust auf der Erde. Der brüllte noch immer: „Neferhotep! Ich bringe dich um! Noch heute nacht!"

„Mach Schluß!" zischte Hai mit einer Wut, die ihm keiner zugetraut hätte.

Upuautmose erhob sich, stieß die anderen zur Seite, trat einen Schritt zurück und versetzte dem am Boden Liegenden einen Tritt in den Bauch. Paneb stöhnte auf, verdrehte die Augen und rührte sich nicht mehr.

„Schafft ihn in sein Haus", befahl Hai. „Wo ist Hormose? Ich will, daß unser *Sunu* ihm etwas gibt, das ihn beruhigt!" Zu Neferhotep, der in Hunurs Haustür stand, sagte er: „Wir müssen miteinander sprechen."

Der Vormann versuchte, etwas zu erwidern. Er schluckte und räusperte sich, doch kein Wort kam ihm über die Lippen.

Hai sah, wie es um ihn bestellt war, und meinte: „Ruhe dich erst einmal aus. Ich werde einige Männer dein Haus bewachen lassen, für den Fall, daß Paneb noch einmal den Verstand verliert. Inzwischen verständige ich Ken-her-chepeschef und Anup-em-hab. Auch sie müssen mitreden. Es geht um die Zukunft Pa-Tímes."

„Den Göttern sei Dank, dir ist nichts geschehen!" rief Hesisunebef, als er das Haus erreichte. „Bei Seth und seinen Skorpionen, wie sieht es hier aus! Was ist mit ihm?" Er wies auf Paneb, für den inzwischen eine Trage herbeigeschafft worden war. Auch Hormose war aufgetaucht.

„Er wird sich schon wieder erholen!" sagte der junge Arzt. „Er ist zäh! Gehe du lieber hinein zu deinem Weib und zeige ihr, daß du noch lebst!"

„Kann ich dir helfen?" wandte sich inzwischen Hormose an den Vormann, nachdem die Männer Paneb fortgetragen hatten. Neferhotep schüttelte den Kopf. „Wie geht es Ta-nedjem-hem-es?" fragte er leise.

„Schlecht!" gab Hormose zurück. „Sie ist außer sich. Die Frauen geben ihr Bestes, sie zu beruhigen."

Mehrere Dorfbewohner traten näher. Neferhotep versuchte zu lächeln, Ruhe auszustrahlen, wie sie es von ihm erwarten durften, aber es wollte ihm nicht gelingen. Hai, der sah, wie er sich quälte, bat die Leute, nach Hause zu gehen. Diese zögerten, gehorchten aber nach scheuen Blicken auf die Dorfoberen doch. Nur einer ließ sich nicht abweisen.

„Glaubst du mir nun, daß ich recht habe?" schnarrte Amunnacht. „Nie hast du mich ernst genommen. Aber jetzt kannst du die Augen vor der Wahrheit nicht mehr verschließen!"

„Nein, das kann ich nicht", bestätigte Neferhotep kaum hörbar. Dann räusperte er sich und sagte: „Gehe nach Hause, Amunnacht. Du hast die Dinge richtig gesehen. Ich war blind!" Seine Stimme schwankte, und er kam den Umstehenden mit einemmal sehr alt vor.

„Tut mir leid", murmelte Amunnacht. „Wirklich." Er warf seinem Bruder einen scheuen Blick zu, sah die Tränen in seinen Augen und ging schnell fort. Es gab etwas zu tun für ihn. Er hatte sich den Hergang der Ereignisse bereits von Cha-em-nun ausführlich schildern lassen. Nun wollte er seine Pflicht erfüllen.

Wenig später saß Amunnacht beim trüben Schein einer Lampe in seinem einsamen Haus und schrieb. Mehrmals seufzte er tief auf vor Befriedigung.

*„Erinnerung an seine Handlung: Er verfolgte Neferhotep, meinen Bruder, obwohl der ihn aufgezogen hat. Neferhotep verriegelte die Tür vor ihm. Doch Paneb zerbrach die Tür. Man ließ Neferhotep bewachen, denn Paneb sagte: Ich werde noch diese Nacht über ihn kommen und ihn töten. Er schlug neun Männer in dieser Nacht."*

## FEINDESWERK

Damit ist es genug für heute", sagte Qafi und stellte den Krug so schwungvoll auf den Tisch, daß der schaumige Inhalt über den Rand schwappte. „Trinke, mein Freund, und danach bette dein Haupt zur Ruhe, so wie ich es auch halten will."

„Die Nacht ist schon fortgeschritten", meinte auch Djehuti, der die Sitzmatten einsammelte.

Die Miene des Gastes umdüsterte sich. Er war ein Bauer der Umgebung Wasets, ein freier Landmann, wie er betonte, der Schweineschenkel und Mastgänse auf dem Markt der Südstadt feilgeboten und den Erfolg seiner Geschäfte in Qafis Wirtshaus begossen hatte. Mittlerweile schwankte ihm die Stimme wie der Oberkörper, aber er wollte nicht davon ablassen, seine Trinkfestigkeit unter Beweis zu stellen. „Willst du damit sagen, du schließt die gastliche Stätte?" fragte er und fischte ein Stück Stroh aus dem Bier. „Obwohl heute mein großer Festtag ist? Der Tag der Freude für Nefer-mi-ib-Ra, der ich bin?"

„So ist es", brummte Qafi.

„Was gibt es denn zu feiern, du Mensch mit gewaltigem Namen?" fragte Djehuti, denn ‚Vollkommen wie das Herz des Ra' fand er ungewöhnlich für einen Bauern mit Schmutz zwischen den Zehen.

„Erfolg, was sonst? Ich habe das Geschäft meines Lebens gemacht! Die Steuereintreiber kommen erst nächsten Monat zu mir. Mein Acker trägt gut, und meine Tiere vermehren sich, als gäb's Preise dafür."

„Wie schön für dich!"

„Ja, aber das Entscheidende weißt du nicht." Der Bauer beugte sich vor; ein listiges Lächeln zerknitterte sein braunes, ältliches Gesicht. „Sie fordern schon zum zweiten Mal das Eineinhalbfache an Abgaben. Und das, nachdem sie am Ende der Ernte schon den üblichen Teil eingefordert hatten. Für den Krieg, heißt es."

„Ich habe davon gehört", warf Qafi ein. „Es ist ungerecht, denn die Ernte war nicht einmal gut."

„Die Überschwemmung fiel zu niedrig aus", bestätigte Djehuti. „Hapi gewährte dem Land viel weniger fruchtbaren Schlamm als im vergangenen Jahr. Die Götter zürnen, sagen die Priester in den Tempeln, ob des Bruderstreits im Zweifachen Land." Er warf einen Blick in den fast leergetrunkenen Becher des Bauern. „Ich will dich ja nicht ungebührlich drängen ..."

„So laß dir doch berichten!" Die Miene des Mannes verzog sich beleidigt. „Du kannst es vielleicht nicht verstehen, du, der du ein schönes Gasthaus besitzt ..."

Qafi kicherte. „Ein schönes Gasthaus, ja, ja!"

„... und nicht um jeden Brotkrumen zu kämpfen hast wie ein armer Mann, so wie ich einer bin. Was glaubst du, wieviel Mühe es mich gekostet hat, herauszubekommen, wann des Brotzählers Männer auf meinem Acker zu erscheinen gedenken, um mir mein sauer erworbenes Erntegut wieder abzunehmen? Steuern, pah! Raubzüge sind das!"

Djehuti horchte auf. Er wußte gleich, um wen es sich bei dem hohen Beamten handelte, den dieser Landmann erwähnte. „Der Brotzähler ...", murmelte er vor sich hin.

„Du kennst ihn?" fragte ‚Vollkommen wie das Herz des Ra'. „Ein böser Geselle, darin stimmst du sicher mit mir überein. Grausam und rücksichtslos. Gerade diese Eigenschaften ließen ihn dreiviertel von meiner Ernte verlangen. Dreiviertel, hast du gehört? Da steht der Hunger vor der Tür! Hohläugig und dürrgliedrig werden mein Weib und die Kinder mit Bettelschalen dahinwanken!"

„Du hast deine Steuern also hinterzogen?" fragte Djehuti mit größerer Aufmerksamkeit als zuvor.

„Ist Pharao, Leben, Heil, Gesundheit, gedient, wenn seine Bauern Hungers sterben?" Nefer-mi-ib-Ra riß die Augen auf in einem Ausdruck vollkommener Unschuld. „Den größeren Teil meines Viehs gibt es nicht mehr. Geschlachtet und verkauft, hehe!"

„Dann beschlagnahmen sie eben den Erlös", meinte Qafi achselzuckend.

„Niemals, denn sie haben nicht mit Nefer-mi-ib-Ras Schlauheit gerechnet! Ich habe alles in Kupfer-*Deben* getauscht, die ich tief in der Erde vergraben habe. Glaubt mir, die Steuereintreiber nehmen sich ohnehin ihr Teil. Es ist der Wohlhabenden jämmerliche Art, nach der Habe der kleinen Leute zu greifen. Besäßen sie sonst so viel?"

„Was für ein Unsinn!" rief die Wirtin. „Reiche sind reich, weil die Götter es so bestimmt haben. Ein jeder bekommt seinen Platz zugewiesen in dieser Welt."

„In Wirklichkeit gehört ohnehin alles dem Pharao, Leben, Heil, Gesundheit", fügte Djehuti hinzu. „Er ist es, der das Volk nährt und kleidet. Im Grunde hintergehst du ihn, wenn du ihm die Abgaben verweigerst, die er von dir verlangt."

„Oh, das würde ich niemals tun", sagte der Bauer im Brustton der Überzeugung. „Wenn es nicht der Brotzähler Kaha wäre, der die Aufschläge fordert. Jedermann in Waset weiß, daß er Pharaos Untertanen ausplündert. Seine Schreiber werden mit Schlägen und noch viel schrecklicheren Dingen zu doppelter Buchführung gezwungen."

„Woher weißt du das?"

Auf diese Frage vermochte Nefer-mi-ib-Ra keine befriedigende Antwort zu geben. „Jeder in Waset kennt die Wahrheit!" behauptete er. „Außer euch."

„Wie dem auch sei", begann Djehuti, „du hast dein Bier ausgetrunken und ..."

Dumpfe Schläge an die Tür des Gastraumes unterbrachen seine Worte.

„Sofort öffnen!" brüllte eine Stimme von draußen. „Aufmachen!"

Qafi erbleichte. „Was bedeutet das?" flüsterte sie.

„Sie können mich nicht gehört haben", beruhigte der Bauer sich selbst.

Djehuti hinkte zum Eingang hinüber. „Ich komme schon! Ihr braucht die Tür nicht einzutreten!" Beim Öffnen sah er sich einer Abordnung Medjau gegenüber.

„Aus dem Weg!" befahl der Anführer und trat ein. „Wo ist die Wirtin?"

„Was wollt ihr von ihr?" fragte Djehuti.

„Hier bin ich!" sagte Qafi gleichzeitig und watschelte herbei. „Was ist das für ein Aufruhr, den ihr veranstaltet? Rechtschaffene Leute pflegen der Ruhe um diese Zeit!"

„Halt den Mund!" kam es ungnädig. „Ich habe hier eine Anordnung von hoher Stelle: Die Wirtsfrau Qafi, welche Reden führt, die geeignet sind, den Frieden und die innere Sicherheit zu untergraben, ist festzunehmen und ohne Verzug ins städtische Verlies zu überführen."

Qafi schnappte nach Luft. „Ihr wollt mich verhaften?" schrie sie. „Ich habe nichts verbrochen! Wenn das der König wüßte!"

Rauhes Gelächter aus den Kehlen der Medjau antwortete ihr. „Ja, wenn das der König wüßte! Er würde dir sogleich zu Hilfe eilen!"

„Das muß ein Mißverständnis sein", sagte Djehuti und trat an Qafis Seite. „Es war nie ihre Absicht, den inneren Frieden ..."

„Dich hat keiner gefragt!" unterbrach der Medja barsch. „Du verschwindest aus meinen Augen, es sei denn, du wünschest ebenfalls, mit dem Loch Bekanntschaft zu schließen!"

„Ihr hättet euch das früher überlegen müssen", rief ein anderer, „bevor ihr aus der Schenke ein Nest für Aufrührer machtet!"

„Diese Beschuldigung ist närrisch und lachhaft!" Djehuti wurde dennoch unbehaglich zumute. „Wer hat sie erhoben?"

„Das geht dich nichts an! Es ist nicht an uns, dumme Fragen zu beantworten."

„Jemand will mir Böses!" jammerte Qafi, der die Lust auf Widerworte vergangen war. „O Djehuti, was soll ich nur tun? Hilf mir doch!"

„Bekümmere dich nicht", erwiderte dieser. „Ich werde tun, was ich kann."

„Genug geschwätzt!" rief einer der Medjau, ein hochgewachsener Mensch von rabenschwarzer Hautfarbe. „Du kommst jetzt mit, alles andere wird sich weisen, wenn du vor dem Richter stehst."

„Warte!" rief Qafi, der inzwischen Tränen übers Gesicht rollten. „Ich will noch meine Sachen ..."

„Papperlapapp! Du brauchst nichts! Im Gefängnis fragt niemand danach, wie du aussiehst oder ob du gut riechst."

„Djehuti!"

„Geh mit ihnen, Qafi, und leiste keinen Widerstand. Bald bist du wieder zu Hause, vertraue mir! Und vor allem: Verärgere sie nicht mit der Rede der Frechheit!"

„Gewiß nicht!" Die Wirtin wischte sich über die feisten Backen und zog geräuschvoll die Nase hoch. Ihre schwarzen Äuglein blickten flehend. „Ich kann mich sicher auf dich verlassen?" Sie jaulte auf, als der Medja sie am Oberarm packte und mit sich zog. „Du mußt mir nicht den Arm ausreißen, du schwarzes Ungetüm, du ... ich komme schon!" Sie stolperte hinter dem Mann her.

„Es ist spät geworden", murmelte ‚Vollkommen wie das Herz des Ra', nachdem die Schritte in der Ferne verklungen waren. „Wenn ich dir einen guten Rat geben darf, mein krummer Freund, versäume nicht, ausreichend Kupfer mitzunehmen für den Befreiungsgang. Ohne das erreichst du bei Behörden nichts."

„Danke für den Hinweis!" seufzte Djehuti. „Ich wünsche dir mehr Glück mit den Dienern des Höchsten, als wir es gerade haben."

„Der Wesir geruht, Euch zu empfangen", sagte der Wachhabende vor der Amtsstube. „Aber macht es kurz, seine Aufgaben sind so zahlreich wie die Tropfen im *Großen Grünen*, und er hat nicht viel Zeit."

Vorarbeiter Neferhotep schenkte ihm ein beiläufiges Lächeln, aber Ken-her-chepeschef sah nicht einmal in seine Richtung. Die vorüberhastenden Bittsteller, die würdevoll einherstolzierenden Schreiber mit hochmütigem Blick, deren verzierte Farbkästchen und Binsen weltmännisch von den Schultern baumelten, der Lärm und der Staub, all dies zerrte an ihm, und seine Seelenruhe geriet arg in Bedrängnis. Während sie den Amtsraum betraten, tupfte er sich die Schweißtröpfchen von der Stirn. Seit jener Nacht des Schreckens und der Gewalt spürte er sein Alter so deutlich wie noch nie. Die Fahrt in den Ostteil von Waset hatte ihn angestrengt. Vom Eselsritt durch die Felder der Ebene schmerzten ihm alle Knochen, und das einfältige Geschwätz einiger Anubispriester auf der Flußfähre hatte ihm das Gemüt zusätzlich verdüstert. ‚Das Leben ist durch und durch fehlerhaft eingerichtet', dachte er. ‚Wie eigentümlich ist es, daß der, welcher nach den Weisungen der Ewigen sein Dasein fristet' – damit meinte Ken-her-chepeschef keinen anderen als sich selbst –, der, welcher die Missetat scheut und *Ma'at* erschafft in seinen Tagen, voll Sorge und kummervoll durch die Zeit schreitet. Ein anderer nimmt's nicht genau mit all den Regeln, und nichts beeinträchtigt seine Ruhe.' Ken-her-chepeschef war der ständigen Auseinandersetzungen im Dorf müde, es verlangte ihn nach etwas, von dem er nicht genau sagen konnte, was es war. Endlich wieder frei zu sein von Trauer und Mattigkeit vielleicht, aber das war nicht alles.

„Ich hoffe, Imenmose läßt uns nicht lange warten", flüsterte Neferhotep ihm zu. „Schließlich sind wir nicht irgendwer!"

Ken-her-chepeschef brummte etwas Unverständliches und versuchte, nicht an Naunachte zu denken. Sie war es, die ihm sein ehrwürdiges Alter vergällte, denn er konnte es kaum ertragen, sich in den Jahren so weit entfernt von ihr zu wissen. Dennoch wollte er keinen Augenblick missen, den er mit ihr verbrachte. Er wußte längst, daß er sie liebte, wie er nie hatte lieben wollen, voll Sehnsucht, Schmerz und Abhängigkeit. Entsprach ihre Zuneigung der seinen? Was war mit Cha-em-nun? Sie erwähnte ihn nie, fast schien sie ihn zu meiden. Aber vielleicht gab es gar keinen Grund, ihn zu erwähnen. Seine Angst gaukelte ihm Trugbilder vor. Wenn sie ihn verließe, wie sollte er weiterleben?

Nun grübelte er doch! Seufzend nahm er seine Willenskraft zusammen und richtete seine Aufmerksamkeit auf die Umgebung. Die geräumige, schmucklose Amtsstube des Wesirs atmete Nüchternheit, eine Stimmung von Ordnung und Sachlichkeit, die ihm gefiel.

„Was wird Paneb unternehmen, wenn er von unserer Anzeige erfährt?" fragte er leise, während er sich neben Neferhotep auf einen Besucherstuhl setzte.

Der Angesprochene hob die Schultern. „Ich weiß es nicht", erwiderte er. „Ich vermute ..." Er vollendete den Satz nicht, denn in diesem Augenblick betrat Wesir Imenmose, in weißes Linnen gekleidet und golden geschmückt, den Raum, gefolgt von einem katzbuckelnden, triefäugigen Schreiber.

„Seid mir willkommen, ihr Großen vom *Set Ma'at*, ihr Klugen und Sorgfältigen! Eure Namen wurden mir genannt und leuchten in meinem Herzen." Der Wesir nahm in seinem Amtssessel Platz, während er sich mit gezierter Bewegung den kahlgeschabten Schädel kratzte. Ein Schnippen seines Fingers befahl dem Schreiber, sich zu seinen Füßen niederzulassen. „Gebt mir nun schnell Auskunft über euer Begehr, denn Bittsteller so zahlreich wie Stechmücken harren meiner, und meine Zeit ist begrenzt."

„Wir sind hier, um Anzeige zu erstatten", erklärte Ken-her-chepeschef kurz und bündig in bewußtem Gegensatz zur blumigen Ausdrucksweise des Oberbeamten.

„Anzeige gegen den Diener am Großen Platz der Wahrheit, den Steinmetz Paneb", ergänzte Neferhotep traurig.

Der Wesir sprang auf. „Paneb?" rief er aus. „Der, welcher seinem Sohn den Namen des Erdferkels gegeben hat?"

„Genau der", bestätigte Ken-her-chepeschef und musterte sein Gegenüber verwundert. „Paneb nannte seinen Sohn Apachte, was die beschreibende Benennung Seths ist. Ist es möglich, daß du ihn kennst?"

„Das geht dich eigentlich nichts an", sprach Imenmose und zügelte sich, „aber ich will dir sagen, daß dieser Mann eine bekannte Erscheinung in den hiesigen Bierhäusern ist. Sein Name fiel so manches Mal im Zusammenhang mit Wirtshausprügeleien." Er setzte sich wieder, sichtlich bemüht, den Eindruck von Aufregung zu verwischen, den er hervorgerufen hatte.

„Etwas Ähnliches haben wir auch heute anzuzeigen." Neferhotep wiegte betrübt das Haupt. „Nur daß er diesmal Einwohner unserer

Siedlung angegriffen hat, darunter auch mich, den Vormann der Kolonne. Ich hatte ihn für meine Nachfolge ausersehen." Bei den letzten Worten wurde seine Stimme rauh.

Der Blick des Wesirs ruhte ausdruckslos auf dem Vorarbeiter. Imenmose war ein Mann, der sich ausgezeichnet zu verstellen verstand. Keiner der beiden Männer aus Pa-Tíme hätte hinter dem granitenen Gesicht des Mächtigen den wild jubelnden Aufruhr vermutet, der ihm das Herz zu sprengen drohte. Die Götter lieferten ihm Paneb aus! Sein war die Rache! „Ich wünsche einen knappen, aber vollständigen Bericht über das, was sich zugetragen hat."

Ken-her-chepeschef schilderte die Ereignisse, ohne allerdings den wahren Grund für Panebs Raserei zu nennen. Vielmehr behauptete er, gerade so wie er es mit Neferhotep verabredet hatte, daß Paneb über den Vorwurf der Trunksucht und der Vergewaltigung von unbescholtenen Dorfbewohnerinnen so außer sich geraten sei.

Imenmose hörte ohne sichtbare Erregung zu, lediglich seine langen, knochigen Finger zupften am Gürtelband und gaben damit einen Hinweis auf die wahre Beschaffenheit seines Gemütszustandes. Außer der eintönigen Stimme Ken-her-chepeschefs war nur das Kratzen der Binse zu hören, mit der Imenmoses Amtsschreiber die Worte auf Papyrus niederschrieb.

Als der Dorfobere verstummte, herrschte tiefes Schweigen im Raum. Der Wesir hatte sich zurückgelehnt und die Augen geschlossen. Sein Schreibsklave saß bewegungslos, mit gesenktem Kopf. Nur das hintere Ende seiner Binse zitterte leicht. Neferhotep und Ken-her-chepeschef wechselten einen Blick.

„Hast du, ehrwürdiger Großer, die Absicht …?" begann Neferhotep nach einer Weile zögernd.

„O ja, die habe ich!" erwiderte Imenmose mit dunkler Stimme. Ein Beiklang war in sie gemischt, der die Besucher frösteln ließ. „Bei der Macht des Widderkopfes, ich werde den Mann Paneb strafen, wie er es verdient hat!"

„Aber du wirst ihn doch nicht töten?" Die Worte entschlüpften Neferhoteps Lippen, bevor er wußte, daß sie hinauswollten.

Der Wesir schaute ihn an. „Es wäre dir nicht recht?" fragte er. „Er hat dich geschlagen, wenn ich das richtig verstanden habe. Dich, den Vormann! Und du bittest für ihn?"

„Strafe ihn", gab Neferhotep zurück. „Aber töte ihn nicht."

„Ich bin der Wesir dieses Landes", stellte Imenmose fest und erhob sich. „An mir ist es, das Ohr dem Bittsteller zuzuneigen und dem Bedürftigen die Hand zu reichen. Meine in Weisheit und Sachverstand getroffenen Entscheidungen halten *Isfet* zurück, die urweltliche Wirrnis in all ihren fratzenhaften Gestalten. Was ich aber überhaupt nicht brauche ...", bei diesen Worten schwoll seine Stimme zu beträchtlicher Lautstärke an, „ ... ist der Ratschlag eines Handwerkers, mag dieser auch noch so angesehen sein."

„Vergib mir!" sagte Neferhotep hastig. „Ich wollte deine Weisheit keinesfalls in Frage stellen! Es ist nur ..."

„Es ist die Zuneigung eines Vaters", unterbrach Ken-herchepeschef, „die dem Vormann die Sorge um das Leben des Übeltäters ins Herz pflanzt. Freilich weiß er um deinen Sinn für Gerechtigkeit, also hätte er sich die Bemerkung wohl sparen können."

„Eines Vaters, so, so!" Imenmose strich sich mit der Hand übers Kinn. Er brummte und seufzte noch mehrere Male, um den Eindruck von Besonnenheit und Verständnis zu erwecken. Aber sein lauernder Blick und die Art, die Oberlippe wie ein Raubtier über die Eckzähne hochzuziehen, verrieten ihn.

„Ich habe Paneb aufgezogen", sagte Neferhotep leise. „Er war mir und meinem Weib der Sohn, der uns versagt geblieben war."

„Nun, wie dem auch sei, du scheinst nicht sehr erfolgreich gewesen zu sein bei deiner Erziehung. Nun wird dir die Rechnung für deine Nachsicht vorgelegt." Imenmose stieß seinen Amtsstock kräftig auf den Boden, was den Schreiber mit einem Schreckenslaut aufspringen ließ. „Bist wohl eingeschlafen, Schreiberling? Komm mit, die Besprechung ist zu Ende!"

Die Hakennase zuckte in Richtung Tür, und seine Finger legten sich fest auf die Schulter des Schreibdieners, der sich den Griff gesenkten Hauptes gefallen ließ.

„Wir haben recht getan", wandte sich Ken-her-chepeschef an Neferhotep. „Pa-Tíme braucht wieder Ruhe! Ein Mann wie Paneb zerstört den Frieden."

„Du sprichst die Worte Amunnachts!"

„Paneb hat jedes einzelne Wort, jeden Vorwurf deines Bruders bestätigt. Denke an Penbui!"

„Tag und Nacht denke ich an ihn!" Neferhotep trat vor Ken-her-chepeschef hin und legte ihm beide Hände auf die Schultern. „Sage mir, warum bin ich so starrsinnig? Warum kann ich nicht aufhören, Paneb zu lieben? Was kann Liebe aus einem Menschen machen? Selbst jetzt, da ich die Wahrheit kenne, spricht mein Herz für meinen Sohn. Mehr noch, ich mache mich mitschuldig, indem ich das Verbrechen an Penbui nicht benenne! Nur um Paneb vor dem Tod zu bewahren!"

„Du hast keinen Beweis und kein Geständnis."

„Auch wenn es nicht ausgesprochen ist, bleibt es dennoch wahr."

„Der König, Leben, Heil, Gesundheit, hat ..."

„Ja, ja, ich weiß!" Neferhotep wischte sich die Augen. „Unsere Ausflüchte sind von allerhöchster Stelle abgesegnet. Aber Ken, mein Herz weiß es! Und es geht daran zugrunde, denn zugleich liebt es mit jeder Faser! Ich kann so nicht leben. Mein Tod ist nahe, ich ahne es."

Ken-her-chepeschef schaute ihm ins Gesicht. Er spürte, der Freund meinte es ernst.

Die Gefängniszellen duckten sich hinter dem Tempel der *Ma'at* an eine niedrige Mauer. Jenseits davon, nördlich der Ipet-Sut, unweit der Medjau-Unterkünfte, dehnten sich meilenweit Weidegründe für das Vieh der Tempelstadt. Kanäle durchzogen das Gelände, in unregelmäßigen Abständen kauerten windschiefe Hütten aus Lehm und Schilf vor Pferchen für die Rinder, Schweine und Gänse. Im Süden reckten sich schwarz und unwirklich die hohen Tortürme, Säulen und Obelisken der Tempelstadt in das flirrende Goldblau des Himmels.

„Das ist nach dem Durst die furchtbarste Folter", schluchzte Qafi. „Man hört die Lieder der Bauern, die Rufe der Kinder, man riecht die Felder und die Tiere. Dort ist das Leben, dort, wo ich nicht bin. Das sind Ungeheuer, keine Menschen, die einem das antun!"

„Das sehe ich", sagte Djehuti, und sein Blick umfaßte das kotige Stroh und die straff um die Handgelenke gezogenen Lederriemen. Die Zelle, in der er Qafi gefunden hatte, war so klein, daß die Wirtin sich nicht einmal ausstrecken konnte. Sie hockte mit angezogenen Beinen, den Rücken an der Wand, und neben ihr lag eine durchlöcherte Decke. Ein durchdringender Gestank lag in der Luft, denn für die Bewohner der insgesamt zwanzig Zellen war kein Abtritt vorhanden, und das Stroh wurde nur selten gewechselt. Die meisten Gefangenen, an denen Djehuti vorübergekommen war, lagen teilnahmslos mit fieberroten Wangen in ihren eigenen Ausscheidungen.

„Sprich doch, was haben sie dir gesagt? Was werfen sie mir vor? Sie werden mich nicht freilassen, ist es das? Es ist aus mit mir, nicht wahr?"

Djehuti zögerte ein wenig. Er wollte Qafi Mut machen, und das bedeutete, daß er ihr nicht die Wahrheit sagen konnte. Er hatte nichts für sie erreichen können.

„Es ist deine unverblümte Rede. Sie sagen, du habest den Guten Gott, Leben, Heil, Gesundheit, beleidigt, indem du behauptetest, er habe eine Herrschaft der Willkür errichtet und umgebe sich mit Verbrechergesindel. Außerdem nanntest du die Große Königliche Gemahlin Baketwerel ein elendes Kuschitenweib."

„O weh! O weh!" jammerte Qafi. „Wie können sie das wissen? Es müssen Spitzel in meiner Bierstube gesessen haben. Man stelle sich vor, sie haben von meinem Henqet getrunken! Und ich habe ihnen in meiner Gutherzigkeit aufgewartet."

„Du wußtest ja nicht, wer sie waren", sagte Djehuti. „Aber jetzt lautet die Anklage auf Beleidigung des Königs. Und das ist zugleich Gotteslästerung."

„Ich könnte doch um Gnade flehen! O große Dreiheit von Waset! Jetzt werden sie mich töten oder mir die Nase abschneiden! Nie habe ich etwas Schlechtes sagen wollen!"

„Das weiß ich doch. Und ich werde sie davon überzeugen! Sie werden dich laufenlassen."

„Sie haben dir also nicht geglaubt! Das ist mein Ende, mein Verderben, mein Tod!" Qafis Stimme nahm einen so schrillen Heulton an, daß der wachhabende Medja seine Peitsche aus dem Gürtel zog und mit langen Schritten herüberkam.

„Ich dulde kein Quengeln und kein Zetern!" sagte er streng. „Sonst setzt es etwas mit dem Riemen, und ich lasse dir eine Vielzahl von Schlägen verabfolgen, auf daß dein Rücken sei wie dein Ohr und mit der Strafe die Lehre aufnehme, wie man sich in Pharaos Besserungshäusern benimmt."

„Sie ist schon wieder ruhig", beschwichtigte ihn Djehuti. „Es ist nur, weil sie unschuldig ist, und da überwältigt sie manchmal der Kummer."

Der Medja, ein hochgewachsener, vierschrötiger Mann, beugte sich zu ihm hinunter und faßte ihn scharf ins Auge. „Du, mein krummer Freund, solltest dich wieder trollen und lieber andernorts die Zeit totschlagen. Ich dulde nicht, daß Ruhe und Ordnung gestört werden."

Tränen rollten Qafi über die Wangen. „Laß ihn noch hierbleiben, o Meister des Riemens. Du wirst keinen Laut mehr von mir hören. Du brauchst mich nicht zu schlagen. Eigentlich bin ich schon mausetot."

Der Medja ließ ein unwirsches Brummen vernehmen, gefiel sich dann aber doch in der Rolle des Wohltäters und entfernte sich.

„Sie werden mich umbringen", flüsterte die Wirtin und wischte sich die Augen. „Sie wollen mir den *Glücksort* nehmen, oder? Das Bierhaus ist alles, was ich habe!"

„Was hätten sie davon, dich zu töten?" fragte Djehuti. „Was sollten sie mit einer Schenke in der Südstadt?" Der Oberste Leiter der Gefangenenhäuser im Südlichen Landesteil hatte ihm ohne Umschweife eröffnet, das Äußerste, was er erhoffen dürfe, seien einige Monate Aufschub bis zur Hinrichtung.

„Der *Glücksort des Südens* ist ein gutes Geschäft!" flüsterte Qafi. „Es ist so ungerecht! Die Großen in ihren Amtsstuben haben alles, aber sie nehmen uns Kleinen auch noch das wenige, was wir besitzen. Warum? Wir haben dasselbe Recht zu leben! Brauchen sie meinen *Glücksort*, ja? Haben sie das nötig? Oder wollen sie meine Schenke nicht, sondern wollen mich wimmern hören und heulen vor ihrer Macht? Wegen ein paar Worten soll ich fühlen, daß ich bin wie der Dreck unter ihren Sandalen? Ist das gerecht? Ist das *Ma'at*? Sag du es mir! Du bist klug, nicht aber ich, die ich die Welt nicht mehr verstehe!"

„Die Beamten des Königs richten auf Dauer nichts aus, wenn sie das Volk nicht achten und seine Sorgen geringschätzen. Menschen in Angst und Schrecken zu halten kann nie zum Erfolg führen."

„Das nützt mir nichts! Mir stehlen sie meinen *Glücksort* und lassen mich in diesem stinkenden Loch sterben. Oh, wie ich sie hasse, diese Männer mit gezierter Haltung, dem Raubvogelblick und dem Stein anstelle eines lebendigen Herzens."

Es schmerzte Djehuti, die Wirtin in diesem Zustand zu erleben. Fast schien es ihm, als begännen Teile ihres Wesens bereits zu sterben. Denn war diese bittere Qafi noch sie selbst, ohne Lachen, ohne Witz und ohne Güte? „Verlasse dich auf mich", sagte er schnell. „Ich habe noch nicht alle Möglichkeiten ausgeschöpft. Du sollst hier nicht verkommen!"

Qafi ließ die Schultern hängen. „Möglichkeiten? Fromme Lügen führst du auf der Zunge, aber du meinst es gut, das will ich anerkennen. Du magst dich umtun, doch ich fürchte, daß es aussichtslos ist." Als Djehuti sich verabschiedete, weinte sie so, daß sie kein Wort über die Lippen brachte. Ihr Zustand bestärkte ihn in seinem Entschluß, nunmehr zum letzten Mittel zu greifen, das ihm blieb. Auf dem Rückweg in die Stadt legte er sich die Worte zurecht, die er vor dem Großen zu sprechen gedachte. Er wußte, daß er sich selbst in Gefahr brachte. Es war immerhin möglich, daß die Königin im fernen Norden davon erfuhr, wenn er den Hohenpriester Roma-Roy aufsuchte.

„Wiederhole den Namen!" befahl der Pharao. „Wer bittet um Gehör?"

„Es ist der Steinmetz Paneb, Deine Erhabenheit!" sagte der Melder, der mit gekrümmtem Rücken vor seinem Herrn stand. „Ein Diener am Großen Platz der Wahrheit."

Amenmesse konnte kaum glauben, was er hörte. Paneb, dieser Wurm, wagte es, sich entgegen seinem ausdrücklichen Befehl dem *Chenu ni Amenhotep* zu nähern? Es war ihm nicht einmal erlaubt, sich unter die Menge zu mischen, wenn Pharao sich in seiner göttlichen Gestalt am Erscheinungsfenster des Palastes zeigte, um Ehrengold auf verdiente Beamte und Truppenführer herabregnen zu lassen, geschweige denn, Einlaß zu begehren.

„Ich spreche nicht zu einem gewöhnlichen Menschen", sagte der König knapp. „Schicke ihn fort."

„Ich bitte untertänigst um Vergebung", kam es von noch weiter unten, denn der Melder war in die Knie gesunken, „aber dieser Mann sagt, er lasse sich nicht verjagen, auch wenn es seinen Tod bedeute. Er habe Dinge zu berichten, die für Deine Erhabenheit von großer Bedeutung seien. Du mögest die Geneigtheit haben, ihn vortragen zu lassen, was er dir zu sagen wünsche."

Wenn der Steinmetz ein solches Wagnis einging, gab es vielleicht wirklich etwas Wichtiges zu melden. Amenmesse bedeutete dem Diener mit einer Handbewegung, den Besucher vorzulassen, und sank in den Thronsessel. Es war früh am Morgen, und Ras goldene *Cheper*-Finger strichen warm über seine Waden und den bemalten Fußboden. Amenmesse war übernächtigt, denn in der vergangenen Nacht hatte der Schlaf ihn geflohen. Zuviel *Grünes Horusauge*, zuviel Ärger. Er sollte künftig nicht mehr so viel Wein trinken, noch sollte er seinen Wahrsager auspeitschen lassen, auch wenn seine Traumdeutung ihn nicht zufriedenzustellen vermochte. Aber konnte man das Bild einer zischenden Königskobra, die über einen toten Geier glitt, anders deuten, als daß Uadjit über Nechbet siegte, Pi-Ramesse über Waset, Sethos über Amenmesse? Längst schon bereute er seinen im Zorn ausgestoßenen Befehl. Seufzend rieb er sich die Schläfen. Es war nicht leicht, ein Gott zu sein.

Als Paneb eintrat und sich vor ihm auf den Bauch warf, ahnte er bereits, daß auch dieser Besuch nichts Gutes verhieß. „Du magst dich erheben!" befahl er auf die gemurmelten Ehrfurchtsbekundungen hin. Beim Anblick des Mannes erschrak er. Durch Panebs geschwollenes Gesicht zogen sich rote, verkrustete Striemen, und auf den Armen schillerten Blutergüsse. „Was ist dir geschehen?" fragte er.

„Großer, barmherziger Gott", begann Paneb unterwürfig, „vergib, daß ich es wage, deine Augen zu beleidigen. Aber du mußt es wissen!"

„Was muß ich wissen?"

„Welcher Art die Befehle sind, die deine höchsten Beamten erteilen, mächtiger Pharao! Mir wurden durch deinen Mund Aufträge zuteil, die ich stets zu deiner Zufriedenheit durchführte. Das erzeugte Haß und Neid bei …"

„Imenmose!"

Paneb nickte. „Er ließ mir Prügel der heftigsten Art angedeihen. Ich glaubte schon, er wolle mich totschlagen. Doch will ich nicht allzuviel Aufhebens davon machen, denn für dich leiden zu dürfen erfüllt mich mit Stolz. Ich weiß, es ist deine schützende Hand über meinem Haupt, die den Mann vor Eifersucht rasen läßt. Er wartet seit Jahren auf eine Gelegenheit, mich dafür quälen zu können. Diese bot sich vor einigen Tagen." Paneb schilderte die Auseinandersetzung im Dorf so, wie sie wohl von keinem wiedererkannt worden wäre, der ihr beigewohnt hatte. Seinen Ziehvater beschrieb er als einen verhetzten Mann, der nicht zwischen Wahrheit und übler Nachrede zu unterscheiden vermochte. Von Schreiber Kenher-chepeschef gewann der Pharao das Bild eines verwirrten Greises, der nicht mehr ernst zu nehmen sei, und sowohl die Kolonnen als auch die Familien von Pa-Tíme waren eine verirrte Herde, die dringend einer zupackenden Führerhand bedurften. Was aber die größte Gefahr für den Fortgang der Arbeiten am Großen Platz bedeutete, das waren die ständigen Versuche Imenmoses, seine Rachsucht zu befriedigen.

„Es ist Cha-em-hedjet, der für die Arbeiten am Großen Platz zuständig ist", wandte Amenmesse ein.

„Das mag sein", erwiderte Paneb, „doch Imenmose ist Wesir. Wenn er einzelne Entscheidungen überprüft und weitere Befehle erteilt, wird niemand ihm widersprechen."

Die Verdrossenheit, die Amenmesse seit Jahr und Tag den Sinn verdunkelt hatte, nahm wieder zu. Panebs Worte trafen einen wunden Punkt. Imenmose hatte das Amt des Obersten der Geheimnisse der Schreiberstube nicht aufgegeben. Auch als Wesir war er das Haupt des Geheimdienstes geblieben. Er, Amenmesse, hatte es geduldet, denn dem Wesir war es so gelungen, innere Gegner nicht nur mundtot zu machen, sondern einfach zu beseitigen. Auf diese Weise vermochte er zu herrschen im schönen Glauben, die Menschen von Kemet liebten ihn, mehr als sie Sethos geliebt hatten. Nun, da nicht einmal er mehr vor der Wahrheit die Augen verschließen konnte, erkannte er Imenmose als den Mann, der er war: einen Ränkeschmied mit dem Wesen eines Bluthundes.

Lange musterte er den Grabarbeiter. Ob der ihn wohl liebte als seinen Guten Gott? Amenmesse wußte, daß er keinen Erfolg gehabt hatte. Männer wie Imenmose oder Kaha hatten die Begeisterung der Einwohner Wasets für ihn zuerst gedämpft und schließlich zerstört. „Bin ich dir ein guter König?" fragte er und bereute es sofort.

„Herr!" schrie Paneb auf. „Du bist mein Gott! Ich würde alles für dich tun! Mein Leben gäbe ich freudig für dich hin!"

„Schon gut", sagte Amenmesse und biß sich auf die Lippen. „Imenmose also. Er hat etwas Wichtiges zu lernen. Niemand fügt meinen Männern Leid zu. Du, Steinmetz, bleibe verschwiegen und halte dich bereit. Ich benötige deine Dienste wieder. Warte auf die entsprechende Nachricht." Er verstummte, starrte vor sich hin und klopfte auf die Sessellehne.

Paneb versuchte, sich durch keine Bewegung, kein Zucken der Wimpern seine siegestrunkene Freude anmerken zu lassen. Sein Feind Imenmose war erledigt, so gut wie tot. Daß Pharao vor ihm menschliche Schwäche hatte durchscheinen lassen, raubte ihm beinahe den Verstand. Wie hatte er sich jemals um seine Stellung ängstigen können? Amenmesse hatte ihn behandelt wie einen Freund! Paneb mußte sich dazu zwingen, nicht laut aufzujauchzen.

Nach einer Weile richtete der König das Wort an ihn. „Wie geht die Arbeit an meiner Wohnung für die Ewigkeit voran?"

„Ganz ausgezeichnet! Ich bürge dir für sorgfältigste Arbeit."

„Es sind die Vorarbeiter, welche den Grabbau leiten, nicht du!"

„Selbstverständlich!" versicherte Paneb. „Neferhotep ist, wie du weißt, mein Ziehvater. Ich will ihm nichts Böses, aber er ist schon alt, und bedauerlicherweise leiht er bisweilen den falschen Männern das Ohr." Er zögerte. „Eine kleine Zurechtweisung würde meine Stellung in Pa-Tíme stärken."

Amenmesse warf ihm einen scharfen Blick zu. Wie kam der Mann dazu, ihm Vorschläge zu machen? „Du vergißt dich!" sagte er kurz. „Du kannst gehen."

Paneb zuckte zusammen. „Ich bin dein auf immer und ewig", murmelte er und ging langsam zur Tür.

Amenmesse sah ihm nach. Ohne daß er es verhindern konnte, tauchte das Bild der Schlange wieder in ihm auf, deren Körper sich über die starren, toten Augen des Geiers schob. „Cha-em-hedjet!" schrie er. „Wo ist Cha-em-hedjet?"

Augenblicklich stürzten Diener in den Saal, hoben die Hände und betrauerten lauthals den Umstand, daß der so Herbeibefohlene nicht zugegen sei, sondern sich vielmehr in die Ipet-Sut begeben habe, um sich etlichen Besprechungen im Namen des Gottes zu widmen.

„Bei der Krone des Verborgenen!" murrte der König. „Immer seltener ist er da, wenn man ihn braucht!"

„Aber ich bin bei dir!" gurrte eine dunkle Stimme, und Baketwerel glitt hinter den Thron. Sie schloß die Arme um ihn, die Dienerschaft stob hinaus und hinderte den Obersten der Geheimnisse des Morgenhauses daran, vor Pharaos Antlitz zu treten.

„Du bist immer hier, wenn ich dich brauche", sagte Amenmesse zu seiner Königin, und ein Lächeln huschte über sein Gesicht. „Du bist mein Glück. Das einzige, das ich habe."

„So etwas darfst du nicht sagen! Das ist ein schlechtes Vorzeichen. Was ist vorgefallen?"

„Es gibt Klagen gegen den Wesir."

„Das wundert mich nicht", meinte Baketwerel und drückte die Fingerkuppen sanft gegen seine Schläfen.

„Das tut gut", murmelte er genießerisch. „Warum wundert es dich nicht?"

„Imenmose ist grausam. Er mißbraucht seine Macht. Du solltest dich seiner entledigen."

„Er hat jenen Paneb übel zurichten lassen. Nicht, daß der Kerl es nicht verdient hätte, aber es ist die Willkür, die mich stört. Schließlich leben wir in einem Land, in dem die Gesetze der *Ma'at* herrschen. Ein Land, das ein gerechter und weiser König in seiner Hand hält."

Baketwerel lachte leise. „Du sagst es. Und weil das so ist, wäre es nicht klug, die hohen Ämter Männern zu überlassen, deren Herz nicht zu hören vermag und denen das Schicksal der kleinen Leute gleichgültig ist."

„Ich werde Imenmose entlassen. Schon sehr bald. Glaubst du, das wird uns retten?"

„Du schaust zu düster in die Zukunft! Denkst du noch immer an den Traum?"

Amenmesse blinzelte. „Träume sind Botschaften der Ewigen, das weiß jedes Kind. Mir ist, als laste etwas auf mir, als straften mich die Götter. Die Menschen von Waset jubeln mir nicht mehr zu, sie blicken zur Seite, wenn sie meiner ansichtig werden. Was habe ich falsch gemacht?"

Baketwerel sah ihn so undurchdringlich an wie immer. Sie ergriff seine Hand und führte seine Finger an ihre Lippen, während sie an seiner Seite nach vorn tänzelte und sich zu seinen Füßen niederließ. „Vielleicht hättest du selbst herrschen sollen, anstatt es deinen Männern zu überlassen."

Empört entzog ihr Amenmesse seine Hand. „Wie kannst du es wagen! Ich bin der Pharao!"

„Dann zeige es den Menschen im Lande!" gab Baketwerel unerschrocken zurück. „Befreie sie von diesen Wichtigtuern!"

Amenmesse schaute sie verwundert an. Sie erteilte ihm nur selten so offen Ratschläge. Meist kleidete sie ihre Hinweise so geschickt in

Fragen oder Selbstgespräche, daß er sie aufgreifen konnte in dem Gefühl, von ganz allein darauf gekommen zu sein. Nie brauchte er das Gesicht zu verlieren. Entsprechend unbehaglich fühlte er sich in diesem Augenblick. „Ich habe meine Pläne", sagte er kurz, schob seine Unterlippe nach der Art eines trotzigen Kindes vor und rieb sich das Kinn.

„Gewiß, mein Gebieter!" schnurrte sie und schmiegte sich an ihn. „Du bist Pharao, du bist wissend bis an die Grenze des Wissens."

Amenmesse blinzelte unsicher. „Machst du dich über mich lustig?"

Baketwerel schien ehrlich erschrocken. „Im Namen Amuns! Niemals würde ich mir dergleichen anmaßen! Mir war von Anfang an klar, daß du längst beabsichtigtest, dich des Wesirs zu entledigen, welcher weder sein Herz noch seine Zunge im Zaume halten kann."

„Wie? Äh, ja, ganz recht. Imenmose schadet meinem Ansehen beim Volk, und das ist unverzeihlich."

Sie nickte. „Außerdem schadet er jenen, die in unverbrüchlicher Treue zu dir stehen und dir zuverlässig dienen."

„Du meinst den Steinmetz?"

„Dieser Mann war dir nützlich in sehr schwieriger Angelegenheit. Er setzt für dich sein Leben aufs Spiel, und das im Hier und im Dort. Ein solcher Mann sollte deines Schutzes restlos sicher sein."

Amenmesse zögerte. Es war ihm nicht angenehm, sein Schicksal an das eines gewöhnlichen Verbrechers geknüpft zu haben, der zudem unbeherrscht und trunksüchtig war. Aber er benötigte Gold aus den Gräbern, um sein Heer auszurüsten und um gewisse Truppenführer oder auch den Hohenpriester des Amun treu an seiner Seite zu halten.

„Paneb bekommt zunehmend Schwierigkeiten unter seinen eigenen Leuten", sagte er. „Sein eigener Vormann, der zudem sein Ziehvater ist, hat ihn angezeigt. Er habe Krach geschlagen und sei einigen Frauen zu nahe getreten."

„Deswegen wurde er angezeigt? Es muß mehr dahinterstecken, wenn die verschworene Gemeinschaft von Pa-Tíme aufbricht."

„Du meinst, man ahnt etwas?" In Baketwerels Augen las er eine Entschlossenheit, die ihn beunruhigte.

„Ich meine, du solltest deinen Verbündeten absichern", empfahl sie. „Ernenne ihn zum Vorarbeiter, statte ihn mit Sondervollmachten aus."

„Und der gegenwärtige Vormann?"

„Er hat Paneb angezeigt", sagte sie dunkel. „Er ist dein Feind."

Sein Herz zog sich in plötzlichem Verstehen zusammen. Er sah, wie ihre weißen Zähne hinter den zu einem gefährlichen Lächeln verzogenen Lippen erschienen, und mit einemmal bekam er Angst vor dieser Frau. „Du rätst mir zu Mord?" fragte er heiser. „Ich soll den Mann töten lassen, der seit Jahren die Arbeit an meiner Wohnung für die Ewigkeit leitet?"

Sie schwieg.

„Und wenn es herauskommt?" fragte er wie ein Knabe, der ein Stück Kuchen entwendet hat.

„Du bist der Große Gott!" Ihre Hände glitten über seine Schenkel, und sie blickte ihn unter halbgeschlossenen Lidern an. „Du zerschmetterst lediglich deine Feinde. Das gereicht dir zur Ehre. Sorgst du nicht dafür, daß die Menschen dich sehen, wie ich dich sehe, als unbesiegbaren Gott, als Starken Stier, als Sonne Ägyptens? Du wendest Gefahr ab vom Zweifachen Land, und das ist deine Aufgabe."

Diese Worte, wiewohl hart an der Grenze zur Anmaßung, beruhigten ihn. Sie schaute ihn wissend an und berührte mit ihren Lippen sanft die Innenseite seiner Schenkel.

Es war der unvermittelte Wechsel zwischen männlicher Gedankenklarheit und hingebungsvoller Weiblichkeit, der ihn an dieser Frau immer wieder überraschte und erregte, und auch diesmal ließ er sich bereitwillig von seinen unangenehmen Aufgaben ablenken. Während seine Hände über ihre Arme und Brüste glitten, dachte er an den Tanz, mit dem sie an jenem Abend vor so vielen Jahren sein Herz gefangen hatte. Und wieder erfüllte ihn die wilde Hoffnung, mit dieser Frau an seiner Seite das Schicksal zwingen zu können. Stöhnend überließ er sich ihren Händen und der drängenden Lust, dem einzigen noch verbliebenen Heilmittel gegen die ständig gegenwärtige Ahnung drohenden Verhängnisses.

Jedesmal, wenn er vom Großen Platz der Wahrheit zurückkehrte, wo er sich vom raschen Fortgang des Grabbaus überzeugt hatte, pflegte Cha-em-hedjet beim Lager *Ta-Set-Meri-Djebuti* haltzumachen. Dort befand sich die Hauptstelle der staatlichen Verwaltung der Totenstadt, und nach wie vor widmete sich dort Kaha, der Brotzähler des Heeres, seinen vielfältigen Tätigkeiten. Kaha war ein Mann nach Cha-em-hedjets Geschmack: zielstrebig, entschlossen und vollkommen ohne Gewissen. Außerdem zeichnete er sich durch einen ungewöhnlichen Scharfsinn aus, der ihn weit über die anderen Staatsbeamten hinaushob. Cha-em-hedjet hatte Kaha schon vor Jahren zu seinem Verbündeten gemacht und diesen Entschluß nie bereut. Als er an einem Abend in der Jahreszeit der Aussaat neben Kaha an den Unterkünften der Hauptleute vorbeischritt, verlangte es ihn dringend danach, Kahas Einschätzung der Nachricht zu erfahren, die er am Morgen erhalten hatte. Außerdem gedachte er, ihm einen Auftrag zu erteilen.

„Du läßt neue Truppen ausheben", stellte er fest, während er über den weiten Platz schaute. Südlich der Soldatenunterkünfte, zwischen den Küchenhäusern im Westen und den langgestreckten zweistöckigen Amtsgebäuden im Osten, standen zum ersten Mal seit langem wieder die Pulte der Heeresschreiber. Davor warteten Männer beinahe jeden Alters darauf, in die Listen eingetragen zu werden. Schwerbewaffnete Medjau überwachten den Vorgang, und in der Luft lag eine Spannung, die Cha-em-hedjet als unangenehm empfand.

„Wir haben die Rüstung zu lange schleifen lassen", gab Kaha zu. „Der Feind im Norden darf uns nicht unvorbereitet vorfinden."

„Verfügst du über Berichte?" fragte Cha-em-hedjet.

Kaha nickte. „Die Truppen Sethos' sind zahlreich und hervorragend gerüstet. Meine Späher berichteten von Schiffsladungen voll

Eisenschwertern, die auf hethitischen Schnellseglern nach Pi-Ramesse und sogar bis in den Hafen von Men-nefer gebracht worden sind. Eisenschwerter, man stelle sich vor!"

Das waren schlechte Nachrichten. Sethos hatte sich die guten Beziehungen zum Großreich von Hatti zunutze gemacht.

„Gegen derartige Waffen vermögen unsere Bronzeschwerter und die Beile kaum etwas auszurichten", fuhr Kaha fort. „Ich mache mir Sorgen!"

Cha-em-hedjet antwortete nicht gleich. Er wollte nicht zugeben, daß er schon seit langem an Amenmesses Sieg zweifelte. Zu unentschlossen dünkte ihn der junge König, zu abhängig von zu vielen Ratgebern, zu geblendet vom äußeren Glanz seines Amtes, zu verführbar durch Wohlleben, Wein und Baketwerel. „Die Lage ist schwierig", sagte er endlich. „Aber es besteht dennoch Hoffnung. Neues hat sich ergeben, von dem du vielleicht noch nichts weißt."

Kahas Falkengesicht wandte sich ihm fragend zu.

„Seine Erhabenheit, Leben, Heil, Gesundheit", fuhr er fort, „hat den Wesir entlassen."

Kaha holte zischend Luft durch seine Zähne. „Er hat Imenmose hinausgeworfen?" rief er aus. „Die Nachricht ist neu, ich wußte tatsächlich nichts davon!" Er überlegte kurz. „Eine kluge Handlung, fürwahr!"

„Ich bin deiner Meinung", meinte Cha-em-hedjet. „Imenmose ist kein Verlust."

„Wer ist sein Nachfolger?" fragte Kaha.

„Er steht vor dir", sagte Cha-em-hedjet mit undurchdringlicher Miene.

„Du?" rief Kaha betroffen. „Aber ich dachte ..." Er brach ab.

„Du glaubtest, er würde als ersten dich in Erwägung ziehen?"

„Selbstverständlich nicht!" log Kaha, noch immer damit beschäftigt, sein Erschrecken zu verbergen.

„Du bist als Brotzähler so herausragend", meinte Cha-em-hedjet und lächelte flüchtig, „daß er dich in diesem Amt nicht entbehren mag."

Sie hatten inzwischen Kahas Amtsräume erreicht. Ein höchstens zwölfjähriger, außergewöhnlich hübscher Knabe mit riesigen schwarzen Augen unter langen Wimpern lungerte vor der Tür herum. Kaha forderte ihn mit einer Handbewegung zum Verschwinden auf.

Cha-em-hedjet bedachte den Brotzähler mit einem Seitenblick. „Sei umsichtig!" sagte er. „Lasse nicht Angelegenheiten der Nacht am hellen Tag aufscheinen. Meide alles, was dir schaden könnte."

„Ich danke für den Hinweis", murmelte Kaha zähneknirschend und lud den anderen mit einer knappen Gebärde zum Eintreten ein. Sie betraten einen nüchternen, spärlich möblierten Raum mit niedriger Decke. Ein Truppenschreiber erhob sich von seinem Schemel, wartete auf Befehle und entfernte sich unter Verbeugungen, nachdem Cha-em-hedjet das Angebot von Getränken und Speisen abgelehnt hatte.

„Ich nehme doch richtig an", begann Kaha, nachdem beide Platz genommen hatten, „daß du mir etwas ganz Bestimmtes unter vier Augen mitteilen möchtest."

„Dir bleibt nichts verborgen", erwiderte Cha-em-hedjet höflich. „Es ist eine Freude, mit dir zusammenzuarbeiten. Du hast recht, ich bedarf deiner Hilfe, Amtshilfe ist es sozusagen, worum ich dich bitte."

Kaha schaute ihn abwartend an, sprach aber nichts.

„Unter deinen Männern für ... ganz besondere Aufgaben", fragte Cha-em-hedjet gedehnt, „befinden sich wohl auch einige Libyer? Männer, die als umherstreunende Sandbewohner durchgehen könnten?"

Sein Gegenüber nickte. „An solchen herrscht kein Mangel."

„Sie sind verschwiegen?"

Kaha ließ ein unangenehmes Lachen hören. „Von denen, die es nicht waren, atmet keiner mehr."

„Das ist gut. Erteile diesen Männern einen Befehl, der vom Allerhöchsten selbst kommt, was sie jedoch nicht wissen dürfen. Folgendes soll geschehen: Irgendwann in der nächsten Zeit, wann, wirst du zur rechten Zeit erfahren, wird ein Mann das Opfer äußerst unglücklicher Umstände werden. Wenn er nichtsahnend seiner Wege schreitet in der Totenstadt oder auf einsamen Pfaden im Hathorgebirge, wird er unter die Räuber fallen. Sandbewohner, Diebsgesindel, entwurzelte Streuner, gottlose Gesellen jedenfalls, werden ihn überfallen. Wieder einmal wird ein Leben unverhofft zu Ende gehen vor seiner Zeit. Bedauerlich, aber nicht zu ändern."

Kaha beugte sich in seinem Sessel vor und heftete seinen Blick unverwandt auf das Gesicht seines Gegenübers, dessen Ausdruck so gleichmütig und gelassen war, als habe er lediglich Wünsche für die Zusammenstellung seiner Abendmahlzeit geäußert. „Ein einfacher Auftrag", meinte er. „Um wen handelt es sich?"

Cha-em-hedjet holte tief Luft und ordnete umständlich die Falten seines Schurzes. „Um den Großen der rechten Arbeiterkolonne aus Pa-Tíme. Um Vorarbeiter Neferhotep."

Djehuti wanderte den Nil entlang. Man schrieb den zweiten Monat im *Peret*, der Winter stand bevor, und um diese Zeit war die Luft schon frisch. Sein Ziel war die Tempelstadt von Ipet-Sut. Gelegentlich blieb er stehen und sah über den Fluß zum westlichen Ufer. Das Wasser kräuselte sich unter einer kräftigen Brise. Zartes, quirliges Wellengewirr tanzte auf den träge nordwärts fließenden Wassermassen. Das milde Licht der Nachmittagssonne ließ das jenseitige Ufer in zahllosen Grünschattierungen leuchten: Die Felder nahe dem Flußufer glänzten dunkelgrün, daneben dehnten sich braungrüne Pflanzungen hochstengeliger Gewächse, gelbgrün schimmernd dort, wo das Land leicht anstieg. Bäume und Büsche überzogen den breiten Streifen Fruchtland mit schwarzgrünen Mustern. Am höchsten ragten die vielen breitfächrigen Kronen der Dattelpalmen in die goldgesprenkelte Luft. Scharf zeichneten sie sich gegen die kahlen Berge ab, die in einen milchig-fahlen Dunst gehüllt waren, als hätten sie sich einen hauchfeinen Schleier übergeworfen, um ihre Geheimnisse vor allzu forschenden Augen zu verbergen. Weit entfernt erschienen sie, still und entrückt, als wären sie Teil einer Welt, die nichts mit dem bunten, geräuschvollen Leben hier auf dem Ostufer zu tun hatte. Nur vorstellen konnte man sich die Einsamkeit dieser heißen, staubigen Ödnis, leicht schaudernd, ehrfurchtsvoll und froh, daß man hier war, sicher unter den Lebenden. ‚Unter gewöhnlichen Umständen vielleicht', dachte Djehuti und setzte seinen Weg fort. Im Augenblick mangelte es ihm an jeglichem Frohsinn.

Endlich erreichte er die Vorhöfe des großen Amun-Tempels von Ipet-Sut. Menschen eilten auf den Straßen der Tempelstadt dahin, und er wunderte sich über die große Zahl an Bewaffneten. Er ging an dem kleinen Schrein für die große Götterdreiheit von Waset vorüber, dessen Bau Pharao Sethos befohlen hatte und der nun seit Jahr und Tag den Großen Vorhof als Baustelle verunzierte. Dann durchquerte er den Großen Säulensaal und bog in das Gewirr von Gängen und Wandelhallen, das den Amun-Tempel mit der Anlage des Osiris Neb-Ma'at-Ra Amenhotep verband.

Ein Medja trat auf ihn zu. „Du! Stehenbleiben! Wohin des Wegs?"

„Ich wünsche, den Hohenpriester zu sprechen!" erwiderte Djehuti in knappem, hochmütigem Tonfall. Erfahrungsgemäß tat man gut daran, die Wächter der Tempelstadt erst einmal einzuschüchtern. Doch dieser zeigte sich unbeeindruckt. Er trat einen Schritt zurück und musterte Djehuti von oben bis unten, wobei er seine buschigen Brauen fast bis zum Haaransatz hochzog und die Oberlippe über die Unterlippe schob.

„Da könnte jeder kommen", näselte er. „Der Hohepriester ist krank. Niemand kann zu ihm, außer er besäße Schriftliches. Ein Empfehlungsschreiben von wichtigen Herren beispielsweise. Und das besitzest du nicht."

„Der ehrwürdige Roma-Roy kennt mich", beharrte Djehuti. „Melde Djehuti, den Sänger, den er auszeichnete, als dieser noch den Finger am Mund hatte. Dann warte ab, was geschieht."

Der Medja trat von einem Bein auf das andere. Dann entschied er, es sei wohl gefahrlos, dem Wunsch des krummen Besuchers nachzukommen.

Wenig später folgte Djehuti einem Kammerdiener durch die Korridore des Palastes, den der Hohepriester bewohnte. Viel größer hatte er sie in Erinnerung gehabt, höher, luftiger und auch prunkvoller. Aber damals war er ein Kind gewesen, ohne die Erfahrung eines Lebens als ‚Freude der göttlichen Ohren'. Er näherte sich Roma-Roys Ruheraum, wo er alsbald gemeldet wurde. Als er endlich vor dem Hohenpriester stand, wußte er, daß er nicht viel später hätte kommen dürfen. Er sah ein graues, abgemagertes Gesicht vor sich mit eingezogenen Lippen und tief eingesunkenen Augen, unter dem er bereits den beinernen Schädel erahnte. Grüßend hob sich an dünnem Arm eine Knochenhand, scheuchte den Diener hinaus und winkte den Besucher heran. Eine Stimme, greisenhaft und ungesund, zitterte durch den Raum.

„Tritt näher! Bei Amun, dem Verborgenen! Du hast dich verändert!"

Roma-Roy lag auf einem Ruhebett, von Kissen in halb aufrechte Stellung gestützt. Seine Augen blickten trüb. Noch nie, nicht einmal bei seinem Vater Ipuki, hatte Djehuti so deutlich die Sogkraft des Osiris erkannt wie bei diesem Kranken. Es schien, als habe die Vereinigung des Hohenpriesters mit dem Herrscher der Jenseitigen schon im Diesseits begonnen.

„Du erweist mir Ehre", sagte er, „indem du dich meiner entsinnst."

„Ich erhielt Kunde über dich", erwiderte der Hohepriester. „Dein Gesang erklang über die Mauern des Großen Hauses bis an mein Ohr. Das ist allerdings eine Weile her."

„Seit zwei Jahren lebe ich in Waset, Ehrwürdiger, da man mich und meine Dienste nicht mehr wünschte im Palast."

Roma-Roy hustete, und es dauerte etwas, bis ihm die Worte über die Lippen kamen. „Was hast du angestellt?"

„Ihre Herrlichkeit mißtraute mir, denn ich war der Freund des Horus-im-Nest." Djehuti hielt es für das beste, bei der Wahrheit zu bleiben. Er hatte sich nichts zuschulden kommen lassen, und dieser sterbenskranke Mann würde ihm nicht übel wollen. Sogleich bestätigte sich seine Vermutung.

„Dich zu verdächtigen ist übertrieben. Komm, hilf mir!" Der Kranke bemühte sich, den Oberkörper in aufrechte Lage zu bringen, und Djehuti eilte, ihm Kissen in den Rücken zu stopfen. Er legte sanft den Arm um Roma-Roys knochige Schultern.

„Du hast tröstende Hände", sagte dieser leise, und seine Augen glänzten fiebrig. „Ihr Druck gibt dem Matten Ermunterung. Er tut wohl dem Reisenden vor dem Aufbruch gen Westen."

„Du bist gütig", gab Djehuti zurück. „Dieser Güte wegen, die seit langem bekannt ist, habe ich dich aufgesucht."

Der Hohepriester sah ihn an und wartete.

„Es war die Wirtin Qafi vom *Glücksort des Südens*", sprach Djehuti weiter, „die mir Schutz und Unterkunft gewährte. Du erinnerst dich vielleicht an sie. Sie ist ..."

„Ich weiß, wer sie ist!" unterbrach Roma-Roy. „Die Gerichtsverhandlung ist mir lebhaft in Erinnerung. Was ist mit der Frau?"

Während er dem Bericht lauschte, erinnerte er sich des Knaben, den er gekannt hatte. War es wirklich erst neun Jahre her, seit das verkrüppelte Kind mit der Harfe in der Hand vor ihm gestanden hatte? Es hatte Friede geherrscht damals, und keinen Zweifel gab es, wo *Ma'at* war, die Wahrheit und das rechte Handeln. Die Zufriedenheit Amuns hatte ihn, Roma-Roy, gleichmütig und seines Weges sicher sein lassen. Nun wußte er nur, daß er sterben mußte, doch nicht, wie das Urteil der Ewigen ausfallen würde.

„Weshalb kommst du zu mir?" fragte er, als Djehuti geendet hatte.

„Qafi braucht einen Fürsprecher!"

„Und der soll ich sein?" Roma-Roys Hüsteln klang wie das Rascheln eines Strohbesens auf den Kacheln der Korridore. „Ein Fürsprecher für eine Schenkenwirtin?"

„Sie ist Witwe", sagte Djehuti vorsichtig. „Einer Witwe Schutz zu geben bedeutet ..."

Eine knochige Hand hob sich. „Sprich nicht weiter! Ja, ich weiß Bescheid. Einer Witwe Gutes zu tun stimmt die Totenrichter gnädig. Du meinst, in meiner gegenwärtigen Lage täte ich gut daran, dies zu bedenken." Er ließ seinen Blick auf dem gesenkten Haupt vor sich ruhen. „Keine Antwort, wie? Ich gebe zu, du magst recht haben. Vielleicht werde ich deinem Wunsch entsprechen. Aber ich verlange eine Gegenleistung."

Djehuti schaute auf. „Was immer du verlangst, Ehrwürdiger! Befiehl mir und ich gehorche."

„Du sollst hören, was ich dir auftrage", krächzte der Kranke. „Es geht um meine Wohnung für die Ewigkeit. Suche die Großen von Pa-Tíme auf und erkundige dich, ob alles bereit ist für meinen Einzug."

„Das werde ich gerne für dich tun", sagte Djehuti. „Ist das alles? Kann ich dir sonst noch behilflich sein?"

In den Blick des Alten trat ein beunruhigendes Funkeln. Er wollte etwas erwidern, wurde aber durch einen schweren Hustenanfall daran gehindert. „Du bist schlau!" brachte er endlich mühsam hervor. „Ja, das war nicht alles. Ich verlange noch mehr von dir. Wenn du mir meinen Wunsch erfüllst, ist die Wirtin eine freie Frau. Mehr noch: Ihr Bierhaus wird unangetastet und ihr Eigentum bleiben."

„Herr!" rief Djehuti. „Du bist gütig über alles Maß!"

„Warte erst ab, was ich von dir will!" zischelte Roma-Roy, und Speichel tropfte ihm aus dem Mundwinkel. „Greife in diese Truhe dort!" Er wies auf einen bemalten Kasten neben seinem Lager. Djehuti folgte der Anweisung und entnahm der Kiste eine hölzerne Vorrichtung, in der mehrere Fläschchen steckten. „Siehst du das Behältnis mit der braunen Flüssigkeit? Ja, nimm es heraus!" Er lachte leise, als er sah, wie der Blick seines Besuchers verständnislos von der Flasche in seiner Hand zum Bett und wieder zurückwanderte. „Das ist mein Schlüssel zum Reich des Osiris."

Djehutis Gesicht überzog sich mit Blässe. „Wie soll ich das verstehen? Du kannst doch nicht wollen, daß ..."

„Ich sehe, du hast begriffen!" unterbrach der andere. „Auch ich bedarf der Hilfe! Ich möchte, daß du mir über die Schwelle hilfst! Ich selbst kann es nicht tun, denn dies wäre ein Greuel in den Augen der Ewigen!"

„Du mutest mir Mord zu?"

„Mord! Unsinn! Es ist kein Mord, wenn ich dich darum bitte!"

„Das ist unwürdig!" rief Djehuti. „Du vermeidest die göttliche Mißbilligung für dich, die dir gewiß wäre, wenn du Selbstmord verübtest. Aber du gefährdest das Heil meiner Seele! Warum willst du es überhaupt? Warum nicht den Dingen ihren Lauf lassen?"

„Da ich ohnehin nicht mehr lange zu leben habe, nicht wahr? Ich will dir den Grund nennen, mein Sohn. Ich habe einen großen Fehler gemacht, als ich Waset nicht verließ an jenem Tag, da Amenmesse sich zum Pharao ernannte. Seine Herrschaft ist Anmaßung, das weiß ich nun. Er ist am Ende. Ich habe Nachricht, daß Sethos, Leben, Heil, Gesundheit, in der Nähe ist. Seine Heerscharen fiebern der Entscheidungsschlacht entgegen. Und er wird siegen, junger Mann, denn er ist Gott!"

„Du fürchtest, noch am Leben zu sein, wenn Sethos das Zweifache Land erneut einigt!"

„Er wird diejenigen richten, die auf der falschen Seite gestanden haben. Ich aber will in Würde sterben, nicht hingerichtet werden. Mein Name soll leben, meine Mumie im Grabe ruhen, während mein *Ba* zu Osiris reist. Wenn ich fort bin, wird Pharao schweigen über die Missetat seines Dieners."

„Warum ich?" fragte Djehuti. „Jeder andere könnte dir ebensogut helfen."

Der Alte lachte zahnlosen Mundes. „Du warst gerade da, das ist alles. Und ich kann dir eine Bitte erfüllen. Wirst du es tun?"

„Gib mir Zeit zum Nachdenken, Ehrwürdiger!"

„Eines aber bedenke", hörte Djehuti nach einer kurzen Pause. „Ich kann die Wirtin auch sofort hinrichten lassen."

Der mitleiderregende Kranke wollte ihn erpressen! Djehuti verspürte mit einemmal eine ungeheure Wut. Wie kam dieser Todgeweihte dazu, ihn zum Töten anzustiften? War es dem obersten Priester des Landes auf seinem Sterbebett vollständig gleichgültig, wen er ins Verderben zog, nur damit er ungeschoren ins Jenseits gelangen konnte? Ließen sich die Götter so hinters Licht führen?

„Auch in deinem Fall würden die Ewigen einen Mord nicht gutheißen", sagte er kalt.

„Was soll ich denn tun?" fragte Roma-Roy heiser. „Sethos, Leben, Heil, Gesundheit, ist nahe. So nahe wie mein Ende."

„Ich denke darüber nach. Zuerst gehe ich nach Pa-Tíme."

„Vergiß nicht, es ist Eile geboten!"

Djehuti vermied es, den Kranken noch einmal anzusehen. Der röchelnde Atem klang ihm noch im Ohr, als er den Raum verließ und, ohne nach rechts oder links zu schauen, den langen Korridor entlangging.

Als er den überdachten Torweg erreichte, der vom Eingang des Palastes zum Hof führte, stieß er beinahe mit einem Entgegenkommenden zusammen. „Verzeihung!" murmelte er, dann erkannte er, wen er vor sich hatte. Das Blut wich ihm aus dem Kopf, und ihm war, als breite sich Lähmung über seinen Körper aus.

„Du bist noch am Leben!" hörte er die verhaßte Stimme. „Ganz unverkennbar bist du es!"

„Goldschreiber Kaha!"

„Wo lebst du? Nicht Goldschreiber, Brotzähler des Ganzen Landes!"

Djehuti starrte den Mann an. Älter war der Falkengesichtige geworden, tiefer die Furchen zwischen den Brauen, düsterer der Blick. Kälte umgab ihn und jene Bitterkeit, die mit lasterhaftem Leben stets einhergeht.

„Ich wußte von deinem Aufstieg am Hof von Pi-Ramesse", sagte Kaha langsam. „Eines Tages verschwandest du."

„Und ich hörte von deiner Laufbahn", entgegnete Djehuti. „Dein Verschwinden steht noch bevor."

Kaha lächelte böse. „Schlagfertig bist du geworden. Aber auch klug?"

Djehuti suchte schon nach einer bissigen Erwiderung, als er mit einemmal an Mutemwija denken mußte, ihr verlegenes Lächeln und ihre Unfähigkeit, ihm etwas vorzumachen. Dann fiel ihm Tausret ein, die scharfsinnige Königin, und in seinem Herzen breitete sich ein Gefühl der Erschöpfung aus. Was hatte es für einen Sinn, mit seinem Peiniger Wortgefechte auszutragen? Warum sollte er sich überhaupt mit ihm befassen?

„Ist das wichtig? Ich bin all dieser Machenschaften müde, Kaha. Ich spiele nicht mehr mit. Nie mehr."

„Du verstehst es, deinen Worten einen Doppelsinn zu geben. Welche Spiele du auch meinst: Was dich und mich betrifft, finden keine statt, und es haben auch keine stattgefunden."

‚Es ist wahr', dachte Djehuti, ‚ich muß nur aufhören mit all den Erinnerungen, den Schmerzen und dem Haß. Ich muß mich davon befreien.'

„Falls dich Gedanken an Rache bewegen sollten", fügte Kaha hinzu, „so empfehle ich dir, sie schnellstens zu vergessen. Ich bin stärker als du, in jeder Beziehung." Er musterte sein Gegenüber genau. „Ich sehe es dir an, du träumtest von Vergeltung, wahrscheinlich jahrelang. Vergiß es einfach."

Djehuti gab keine Antwort. Er dachte an Ipuki und Mehit, die ihn geliebt hatten, und an das Zimmer in Buhen, wo ihm diese Liebe das Leben gerettet hatte. Er entsann sich Ihis, seines Freundes, und dessen Familie, er dachte an Bai, der ihm zugetan war, und an seinen Bruder Irinefer. Mit so vielen Menschen war er verbunden. Er liebte sie, und sie wußten es. Seine Eltern hatten seine Liebe erwidert, ebenso die Freunde. Mutemwija wußte es und konnte nicht dasselbe für ihn empfinden, aber vielleicht war das nicht entscheidend. Wichtig war, daß diese Liebe vorhanden war. Denn sie stärkte ihn.

Djehuti schaute Kaha an, er blickte in die schwarzen Augen, in denen ein Feuer loderte, das ihm fremd war, ein Brand, den zu löschen niemand die Kraft haben würde, am wenigsten Kaha selbst. Dahinter war nichts, nichts außer Einsamkeit vielleicht.

Dem Brotzähler war das lang andauernde Schweigen sichtlich unangenehm. „Sei vorsichtig!" drohte er. „Komm mir nicht in die Quere! Ich kann ein gefährlicher Feind sein!"

Djehuti richtete sich so gerade wie möglich auf. „Ich sehe keinen Feind."

„Wie meinst du das?"

„Was damals geschehen ist, spielt heute keine Rolle mehr. Es ist vorüber. Der Schmerz, die Angst, die Grausamkeit sind vorbei."

Kaha verschränkte die Arme vor der Brust und kräuselte verächtlich die Lippen. „Du bist schlauer, als ich dachte. Du erkennst, daß es keinen Sinn hat, sich gegen mich aufzulehnen. Solange das so ist, magst du deiner Wege gehen. Vergiß nie, ich habe dich schon einmal ziehen lassen."

„Das weiß ich wohl", erwiderte Djehuti. „Du kannst gütig sein, wenn du es möchtest." Er überlegte einen Augenblick. „Herr! Vielleicht könntest du auch jetzt dein Mitgefühl sprechen lassen."

„Was willst du?"

„Sei nachsichtig einer unwichtigen Frau gegenüber, die sich in deinem Gewahrsam befindet."

„Du bist ungebührlich keck!" stellte Kaha fest. „Um welche Frau handelt es sich?"

„Es ist Qafi, die Wirtin eines Bierhauses in der Südstadt. Sie wurde festgenommen, weil sie den Mund nicht halten kann."

„Qafi!" Kaha hatte sie auf Cha-em-hedjets Betreiben verhaften lassen. Cha-em-hedjet, der nun Wesir sein sollte. Cha-em-hedjet, der Ränkeschmied, der den Posten bekommen hatte, der eigentlich ihm zustand! „Ich werde deine Bitte in meinem Herzen bewegen."

„Ich danke dir!" sagte Djehuti leise. „Mögen die Götter dir Frieden geben."

Der Brotzähler antwortete nicht. Er wandte sich ab und setzte seinen Weg fort.

„Ta-Scherit! Du mußt fliehen! Du darfst Kasa nicht heiraten!" Es war Irinefer, als habe er diese Worte tausend Mal gemurmelt, geraunt, gerufen, geschrien. Dennoch hatten sie die Geliebte nicht erreicht, hatten nicht vermocht, den Ausdruck verzweifelter Ergebenheit aus ihrem Gesicht zu wischen. Er faßte sie an den Schultern, schüttelte sie und riß sie an sich. „Wie kannst du es auch nur in Erwägung ziehen? Warum nur?"

„Du weißt es", gab sie zurück, und ihre Lippen bebten vor unterdrücktem Weinen. „Ich bin der Preis für deine Sicherheit im Dorf. Mein Vater sagt ..."

„Es ist mir wie Wasser, was dein Vater sagt!" unterbrach Irinefer heftig. „Panebs Worte sind wie giftiger Schleim! Wer auf ihn hört, macht sich mitschuldig an seinen Verbrechen!"

„Iri! Er ist mein Vater!"

Er ließ die Schultern hängen. „Verzeih mir. Aber verlange nicht von mir, auf dich zu verzichten! Wie hast du dir das vorgestellt? Soll ich deine Hochzeit mitfeiern? In die Freudengesänge einstimmen?"

Nun konnte Ta-Scherit die Tränen nicht länger zurückhalten. „Es ist mir so elend", klagte sie. „Es sei zu deinem Schutz, sagt Vater. Solange ich gemäß seinem Befehl handle, so lange wird er dich vor dem Beauftragten des Königs bewahren. Wenn nicht ..." Sie vollendete den Satz nicht.

„Aber warum? Ich kann es nicht verstehen. Welchen Vorteil zieht er daraus, dich einem Mann zu geben, den du nicht haben willst?"

„Ich weiß es nicht. Vielleicht tut er es, weil du Neferhoteps Diener bist, vielleicht kann er dich nicht leiden, weil du anders bist als er, vielleicht, weil du nicht im Dorf geboren bist. Vielleicht aber nur, weil er die Macht hat, mich zu zwingen." Sie schlug mit der flachen Hand an die Mauer des Dorffriedhofs, in deren Schatten sie sich in letzter Zeit häufig getroffen hatten. Keiner von beiden wußte, daß sie sich genau an jener Stelle befanden, an der vor vielen Jahren der Dorfschreiber ein Liebespaar überrascht hatte.

„Aber warum bist du nicht bereit, mit mir zu fliehen?" beharrte Irinefer.

„Apachte würde es nicht zulassen!"

„Apachte? Was kann der schon tun!"

„Er würde uns töten!" stöhnte sie auf. Wie konnte sie es ihm nur begreiflich machen, daß sie diese Gefahr nicht eingehen durfte. Und daß sie ihre Mutter und Geschwister nicht schutzlos diesem Sohn des Seth überlassen konnte. Dann sah sie Irinefers Miene. „Bitte!" rief sie erschrocken. „Verstehe mich doch! Ich ertrage es nicht, wenn du mir gram bist!"

„Ich habe dich für mutiger gehalten!" stieß Irinefer hart hervor. „Ich dachte, du liebtest mich genug, um alles hinter dir zu lassen."

„Aber ich liebe dich doch!"

„Du unterwirfst dich! Du jammerst nur! Du bist wie deine Mutter!" Die Worte waren heraus, bevor er sie zurückhalten konnte.

Ta-Scherit wich von ihm zurück. „Iri!" keuchte sie. Ihr Gesicht war blaß geworden, so weiß, daß es in der Abenddämmerung zu leuchten schien. „Bitte!"

Fast spürte er etwas wie Befriedigung über ihr Entsetzen, es tat ihm wohl, so deutlich zu erkennen, daß sie ebenso litt wie er. Gleich darauf bereute er diese Regung.

„Ich wollte dir nicht wehtun", sagte er bittend. „Doch die Verzweiflung macht, daß ich mein Herz nicht mehr kenne und meine Zunge Worte aus Feuer spricht. Es macht mich wütend, daß ich ohne dich leben soll." Am liebsten hätte er den Kopf an die Mauer geschlagen. „Warum verlangt Gott von mir, auch dich zu verlieren?" schrie er. „Warum will Amun, daß ich aller verlustig gehe, die ich liebe? Das ist zuviel verlangt von einem Menschen!"

Ta-Scherit schlang die Arme um ihn und zog sein Gesicht an ihre Brust. „Ich weiß, ich weiß!" flüsterte sie. „Sei doch nicht so traurig!"

Irinefer wischte sich das Nasse fort, das ihm von ihren Wangen auf die Stirn tropfte. „Ich kann nicht anders als traurig sein."

Eine Weile sprachen sie nichts und hingen ihren trüben Gedanken nach.

„Wie können die Götter so viel Unheil zulassen?" klagte Ta-Scherit. „Dies ist eine verfluchte Zeit."

„Und du stehst mitten im Sturm", meinte Irinefer. „Einfach nur deshalb, weil du die Tochter deines Vaters bist. Sieh mir meine Worte nach. Niemand kann sich gegen ihn zur Wehr setzen."

Die Menschen der Grabbauersiedlung fühlten alle, daß ein Fluch auf ihnen lastete. Jene Nacht, in der Neferhotep verletzt worden und Rahotep gestorben war, hatte tiefe Wunden geschlagen. Die Arbeiter am Großen Platz der Wahrheit verrichteten ihr Werk unwillig und trüben Geistes, denn wie konnte einer sich mit Eifer der heiligen Aufgabe widmen, wenn er zweifeln mußte, ob der, für den er Steine metzte und Wände pinselte, auch wirklich der rechtmäßige Herrscher war? Was den ermordeten Wächter Penbui betraf, fühlten sich alle schuldig, weil sie die Wahrheit ahnten und dennoch schwiegen.

Unterdessen verhielt sich Paneb, der wußte, daß die Obrigkeit hinter ihm stand, mehr und mehr wie ein Vorarbeiter, und die Handwerker gehorchten ihm, da Neferhotep keine Einwände erhob. Der betagte Amtsinhaber zeigte deutlich die Schwächen des Alters. Er erkrankte häufig und vergaß viel. Seine frühere Tatkraft war verschwunden. Seine Freundlichkeit hatte indessen zugenommen. Je mehr Kummer Neferhotep bedrückte, desto weiter wurde sein Herz für die Beschwernisse anderer. Er verbrachte viele Tage mit Gesprächen und erteilte väterliche Ratschläge.

„Nicht einmal Ken-her-chepeschef ermahnt Vater mehr", sagte Ta-Scherit. „Der Alte ist wieder unnahbar wie vor langer Zeit und spricht mit keinem Menschen."

„Aber er hat doch Naunachte?"

„Das schon. Aber Naunachte bedrückt etwas. Sie schleicht schweigsam umher, wie es sonst nicht ihre Art ist, und beteuert ständig, es gehe ihr gut. Sie spricht nicht die Wahrheit."

‚Wie du!' setzte Irinefer in Gedanken hinzu. ‚Bereit bist du für ein Leben in Lüge.' Doch er sprach es nicht aus. Beide schwiegen. Es schien, als habe sich die bevorstehende Heirat Ta-Scherits wie ein schwerer, schwarzer Schleier über ihre Liebe gelegt, durchwirkt mit Vorwurf, durchwoben von Angst.

„Ich sollte ins Dorf zurück", sagte sie nach einer Weile zögernd. „Bevor sie nach mir suchen."

„Wann sehen wir uns wieder?" fragte Irinefer leise.

„Ich … ich weiß es nicht." Flüchtig dachte sie, es sei besser, sich nicht so bald zu treffen, und erschrak zugleich über diesen Gedanken. Aber war nicht Sehnsucht süßer als diese Hoffnungslosigkeit?

Auf dem Weg ins Dorf schritten sie nebeneinander her, ohne einander zu berühren. Mit gutem Grund, denn jeder konnte sie sehen. Aber Ta-Scherit wußte um die tiefere Bedeutung: Sie hatten begonnen, sich voneinander zu entfernen.

Das Häuschen des Wächters Ramose tauchte auf, da kam ihnen eine wohlvertraute Gestalt entgegen.

„Nicht weiter, Iri!" rief Hesisunebef drängend. „Er ist da!"

„Wer?"

„Der Beauftragte für die Stätte der *Ma'at*!"

„Cha-em-hedjet ist im Dorf?"

„Er spricht gerade mit Vorarbeiter Neferhotep, und wenn mich nicht alles täuscht, geht es um dich. Ich habe deinen Namen mit meinen eigenen Ohren gehört. Ubechet trug mir auf, dich zu Nedjem ins ‚Haus der Millionen Jahre' zu bringen. Der wird dich zu verbergen wissen."

Irinefer und Ta-Scherit sahen einander an.

„Wann?" flüsterte er.

Sie war wie betäubt von der unerwarteten Wendung und vermochte keinen Gedanken zu fassen. „Iri!" sagte sie nur. „Iri!"

Er zog sie in die Arme und drückte sie an sich. Dann ließ er los und trat zurück.

„Ich bin bald zurück", versprach er. „Sehr bald!"

„Rasch!" Hesisunebef faßte den Freund am Handgelenk und zog ihn fort auf dem Weg zum Gräberfeld. „Du hast nicht viel Zeit!"

Irinefer folgte widerstrebend. Er konnte den Blick nicht von Ta-Scherit lösen. Immer wieder wandte er den Kopf. Sie hatte kein Wort mehr gesprochen. Sie stand nur reglos da und sah ihm nach.

Schweigend wanderten die beiden jungen Männer über den Kamm des Hathorgebirges, bis Hesisunebef entschied, es sei nun an der Zeit, in die Totenstadt hinunterzusteigen. Es war ihnen niemand von der Begleitmannschaft Cha-em-hedjets begegnet, sie waren außer Gefahr.

Als sie auf den Pfad am Nordende des Tales von Djeseret einbogen, blieben sie stehen und schauten in die Ebene hinunter. Obwohl die Mitternacht nicht mehr fern war, schien alle Welt auf den Beinen zu sein. Tausende von Menschen liefen umher. Trotz des großen Durcheinanders gewannen die beiden jungen Männer den Eindruck, als steuere eine ordnende Hand die Massen, denn insgesamt bewegte sich alles gen Norden. Das aus dieser Entfernung fast unwirklich scheinende Bild leuchtete gespenstisch im Licht des Vollmonds.

„Es sind Soldaten, siehst du es?" sagte Hesisunebef.

„Das muß das Heer Amenmesses sein", bestätigte Irinefer. „Sie ziehen nach Norden. Um diese Zeit! Das bedeutet, es ist etwas im Gange!"

„Die Entscheidung steht bevor, nicht mehr und nicht weniger! Sie haben die Truppen Seiner Erhabenheit, Leben, Heil, Gesundheit, seit Tagen erwartet. Wahrscheinlich sind sie eingetroffen."

„Seiner Erhabenheit, Pharao Sethos, Leben, Heil, Gesundheit", wiederholte Irinefer langsam. „Glaubst du also nicht mehr an einen Sieg Amenmesses?"

„Ich weiß nicht, was ich glauben soll. Wer bin ich, daß ich einen Streit unter Göttern verstehen könnte?"

„Niemand versteht ihn, doch jeder leidet unter ihm. *Ma'at* verschwindet aus dem Geliebten Land."

„Laß uns hier oben warten, bis sich der Aufruhr da unten gelegt hat", schlug Hesisunebef vor. „Wer weiß, vielleicht werden wir sonst noch aus Versehen ergriffen und zur Truppe gepreßt."

Irinefer nickte und schlug die Arme um den Oberkörper. „Hoffentlich dauert es nicht zu lange. Es ist kalt. Wir hätten Decken mitnehmen sollen. – Ihi ist wahrscheinlich auch dort unten", fuhr er nach einer Weile fort. „Hoffentlich überlebt er. Er hat ein Mädchen gefunden." Er lachte. „Ich meine, ein besonderes Mädchen. Andere findet er ohne Unterlaß."

„Wer ist sie denn?"

„Ich kenne sie nicht. Aber sie ist schön wie die Morgenröte, lieblich wie der Tau auf Blütenblättern und sanft wie …"

„Übertreibe nicht!" unterbrach Hesisunebef mit überraschender Schärfe.

„Das sind die Worte Ihis, nicht die meinigen."

„Unter all der Süße und den Blütenblättern verbirgt sich doch nur eine Frau. Voll Unbeständigkeit und unbegreiflich."

„Hesi!" Irinefer schaute dem Freund forschend ins Gesicht. „Was ist mit dir? Warum sprichst du solche Worte? Ich dachte, du seist glücklich mit Hunur?"

„Glücklich?" Mehr noch als der bittere Klang in Hesisunebefs Stimme schnitt Irinefer der verlorene Ausdruck in seinen Augen ins

Herz. „Wie kann ich glücklich sein, wenn ich nicht einmal mehr weiß, wer sie ist?"

„Was meinst du damit?"

„Sie spricht nicht mehr mit mir. Das heißt, sie spricht schon mit mir, aber nur die Dinge des Alltags, ihr Herz hält sie vor mir verschlossen. Sie ist traurig, aber soviel ich auch bitte, sie leugnet es und schweigt."

Es war noch viel bedrückender, aber das wollte Hesisunebef nicht einmal seinem besten Freund anvertrauen. Hunurs Seelenmattigkeit überschattete ihre Schwangerschaft, die ihr inzwischen anzusehen war. Sie aß zuwenig und magerte ab. Hesisunebefs ständig wachsende Verzweiflung schien sie nicht zu bemerken. Am meisten schmerzte es ihn, daß sie seine Umarmungen mied und immer dann, wenn er sich um ihre halbherzige Abwehr nicht kümmerte, unter seinen Liebkosungen zu Stein erstarrte. Bald gesellten sich Zorn zu seiner Liebe, Vorwürfe zu seinen Bitten. Doch Hunur blieb verwandelt, ihr Wesen wurde kühl, und ihr Gesicht überzog sich mit einem Ausdruck von Strenge, der ihm fremd war. „Es ist, als sei ich ohne Weib", sagte er. „Manchmal denke ich, es wäre besser, keine Frau zu haben. So ist sie immer da und erinnert mich daran, was ich verloren habe."

„Vielleicht leidet Hunur an dumpfer Traurigkeit der Sinne", meinte Irinefer. „Vielleicht hat sich ein Jenseitiger an sie geheftet. Aus Rache für die Frevel im Dorf!"

„Du meinst, man zürnt uns im Land des Westens wegen Penbui und Rahotep? Aber warum straft man Hunur? Sie hat doch nichts damit zu tun!"

„Es ist nicht nur Hunur! Sieh dich um in Pa-Tíme! Es herrscht eine Stimmung wie damals, als der Mord an Niu geschah."

„Trotzdem! Warum Hunur?" beharrte Hesisunebef. „Und weshalb vertraut sie mir nicht mehr?"

Irinefer hob die Schultern. „So ist es in einer Welt, in der *Ma'at* fehlt", meinte er traurig. „Vielleicht ist es falsch, hier oben zu sitzen. Wir sollten hinuntergehen und mit den anderen kämpfen. Wenn wir dann sterben, sind wir unsere Sorgen los."

„Diese ja!" sagte Hesisunebef trocken. „Aber wir haben dann andere. Es fängt schon damit an, daß ich nicht wüßte, auf welcher Seite ich kämpfen sollte."

Selbstverständlich hatte Hesisunebef recht. Aber Irinefer war so niedergeschlagen, daß er sich nichts Erstrebenswerteres vorstellen konnte, als ruhig in einem Sarg zu liegen, während sein *Ba* durch die Flure des *Imentet* schritt, frei wie der Herr der Ewigkeit.

Als Cha-em-hedjet, gefolgt von mürrisch dreinblickenden Leibwächtern, das Haus verlassen hatte, blieb es lange still im Empfangsraum. Ubechet schaute auf ihren Gemahl, der zusammengesunken auf einem Schemel saß. Wie alt und müde er aussah! Seit vielen Zehntagen schlug er sich mit einem rasselnden Husten herum, und an der Art, wie er seine Fingerknöchel rieb, erkannte sie, daß dort jener Schmerz brannte, der so viele alte Menschen zu plagen pflegt. Weder Hormoses Zaubersprüche noch ihre warmen Umschläge konnten ihm helfen. Sie hatte allerdings den Verdacht, daß Neferhotep seine Krankheiten im Grunde nicht unwillkommen waren, denn so konnte er der Arbeit im Tal fernbleiben und mußte Paneb nicht ständig vor Augen haben.

„Irinefer kann nicht mehr im Dorf bleiben", sagte Neferhotep. „Er muß fort, und zwar so schnell wie möglich. Es ist nur eine Frage der Zeit, bis Cha-em-hedjet ihn gefunden haben wird. Ich werde sehen, ob ich in der Tempelstadt irgend etwas für ihn in die Wege leiten kann."

„Du mußt nicht heute gehen", meinte sie. „Es genügt doch, wenn du den Hohenpriester morgen aufsuchst! Du bist nicht gesund!"

„Das ist nicht möglich!" seufzte Neferhotep. „Du hast die Anweisung gehört! Roma-Roy verlangt noch heute nach mir, weil er morgen nicht mehr lebt."

„Es ist traurig, daß der Hohepriester im Sterben liegt, aber ich begreife nicht, warum er ausgerechnet dich zu sprechen wünscht."

„Es sei eine Angelegenheit von größter Wichtigkeit, sagte der Beauftragte, bei der es um Leben und Tod ginge!"

„Um Leben und Tod!" stieß sie mit einer Bitterkeit hervor, die ihn überraschte. „Alles geht um Leben und Tod! Ich bin dessen müde, das versichere ich dir! Kann es nicht auch einmal um etwas Einfaches gehen? Ich will endlich wieder ein gewöhnliches Leben führen, mit Arbeit, die meine Hände beschäftigt, und einem Mann, der mein Herz besänftigt. So wie es einmal gewesen ist. Ich hasse die Herrschaft Seths über dieses Dorf und das ganze Land!"

Neferhotep erhob sich umständlich, ging zu seiner Frau hinüber und legte ihr den Arm um die Schultern. „Bekümmere dich nicht, Ubechet! Eines Tages werden wieder Ruhe und Friede einkehren im Geliebten Land." Er hörte selbst, wie wenig Überzeugung in seiner Stimme lag. Ubechet antwortete nicht. Sie stand nur still da. Nach einer Weile fuhr er fort zu sprechen: „Gewalt und Wirrnis sind die Macht Seths. Sie einzudämmen ist Sache des Pharao, Leben, Heil, Gesundheit."

„Welches Pharao?" fragte seine Frau leise. „Es ist doch so: Wir wissen nicht, wer der rechtmäßige Beherrscher des Landes ist."

„Aber irgendwann wird es sich herausstellen! Es kann nicht ewig so weitergehen!"

„Wenn es dann nur nicht zu spät ist!" seufzte sie. „Du weißt so gut wie ich, lieber Mann, daß die eigentliche Gefahr von innen kommt. Gewalttätigkeit und Unordnung zerstören die Herzen der Menschen. Wer ein Vertrauter war, ist dann ein Verräter, und der Gefährte wird zum Feind."

Neferhotep rückte ein Stück von ihr ab und schaute sie an. „Sprich nicht so! Was soll ich tun, wenn du mir deinen Mut versagst? Dann fühle ich mich mit Elend beladen und bin geneigt, die Gestorbenen zu preisen, denn sie sind glücklicher als die Lebenden."

„Ich habe das nicht so gemeint!" sagte Ubechet schnell. „Ich will dich stützen und dich ermutigen, aber was soll ich tun, wenn ich selbst der Hilfe bedarf? Zu wem soll ich denn sprechen? Ich bin nicht immer stark! Ich habe Angst, wenn ich sehe, wie überall das

Gesicht der Bosheit zufrieden leuchtet, während das Gute zu Boden geworfen wird. Nicht nur du trauerst um deine Liebe zu Paneb, er war auch wie ein Sohn für mich! Mein Kind ist kein Gerechter mehr, er ist ein Frevler geworden! Wer tröstet mich? Manchmal wünschte ich, ich wäre tot."

„Nein, nein!" murmelte er und zog sie an sich. „Das darfst du nicht sagen! Ich weiß, ich habe dich zuviel allein gelassen, aber ich war so sehr mit meinem Kummer beschäftigt. Trotz allen Unglücks ist das Leben gut. Vertraue, Ubechet! Beherzige den Rat, den du mir selbst einmal gegeben hast."

„Das waren andere Zeiten!" erwiderte sie. „Das ist lange her. Damals war Paneb noch kein Grabräuber. Und ein Mörder war er auch nicht."

Neferhoteps Augen weiteten sich. Noch nie hatte jemand die Wahrheit so deutlich ausgesprochen. Er wollte etwas sagen, brachte aber keinen Laut hervor. Sein Blick irrte durch das Zwielicht des hereinbrechenden Abends, als suche er im Zimmer etwas, woran er sich halten konnte. Aber es gab nichts, das den Schmerz linderte.

„Panebs Weg ist noch nicht zu Ende", sagte er, als er seine Sprache wiedergefunden hatte. „Er hat noch immer Zeit, umzukehren und den Weg des Gerechten zu beschreiten. Gott sieht den Handelnden. Und er belohnt den, der Gutes tut."

„Er sieht den, der seine Missetaten bereut", ergänzte Ubechet. Lange sprachen sie nichts. Die Dunkelheit nahm zu, aber sie rührten sich nicht, sondern standen nur da, eng aneinandergelehnt, zwei bekümmerte alte Menschen, die ihre Furcht beschwichtigen wollten. Würde Amun Paneb vergeben? Würde Paneb überhaupt bereuen?

Neferhotep streichelte das Gesicht seiner Frau, strich zart die tiefen Falten entlang und drückte die Lippen auf ihren Scheitel. „Dennoch hat Amun es gut mit mir gemeint", flüsterte er. „Er hat mir dich gegeben. Durch dich habe ich ein schönes Dasein, bis meine Zeit erfüllt ist."

Ubechet wollte lächeln, eine liebevolle Antwort geben, doch es war ihr, als wehte ein kalter Hauch durch den Raum. „Deine Worte schmeicheln wie der laue Frühlingswind, aber sie machen mir angst. Sie klingen nach … Abschied."

„Wir sind alt, meine Liebe!" sagte Neferhotep lächelnd. „Wir müssen damit leben, daß der Abschied nicht fern ist."

„Ich will das Gerede von einem Abschied nicht." Ubechet löste sich von ihm und stemmte die Hände in die Hüften. „Nicht einmal denken will ich an Abschied!" Kämpferisch schob sie das Kinn vor. „Ich zünde nun die Lampen an, und dann wird nicht mehr von Abschied geredet!" Sie ging zum Tisch hinüber und ergriff den Feueranzünder.

Neferhotep beobachtete sie. Ihm war, als müsse er ihren Anblick in allen Einzelheiten in sich aufnehmen, ihre Bewegungen, die schwerfällig geworden waren, ihm aber lieb und teuer seit vielen Jahrzehnten. Wenn er seine Vorstellungskraft anstrengte, konnte er hinter Ubechets Fülle die zarte, geschmeidige Gestalt der Sechzehnjährigen sehen, die er einst zur Frau genommen hatte. Wie anmutig sie gewesen war! Von diesem Liebreiz war nichts übriggeblieben, aber das störte Neferhotep nicht, denn ihr Herz hatte sich nicht verändert. Es war noch immer voll Empfindsamkeit und Güte.

Ubechet hatte inzwischen ein Talglicht angezündet. Sie warf ihm einen Blick über die Schulter zu, der so sehr an die junge Frau erinnerte, die sie einst gewesen war, daß es ihm die Kehle zuschnürte.

„Ich liebe dich!" sagte er. „Auch wenn wir um Panebs willen leiden, auch wenn *Ma'at* verschwindet aus dem Lande Kemet, alles verblaßt vor dieser Tatsache. Vergiß das nie!"

Sie trat zu ihm, nahm seine Hand und führte sie an die Lippen. „Du besitzest ein Herz, das zu lieben wie zu leiden weiß!" sagte sie weich. „Es ist dein Gefährte und beantwortet dir deine Fragen. Es erklärt dir, was vor sich geht." Nach einer Pause setzte sie hinzu: „Und ich bin bei dir. Was auch geschehen mag."

Er nickte. „Dafür danke ich dir! Aber nun …" Er brach ab.

Sie lachte. „Gehe nur! Glaubst du, ich zweifelte auch nur einen Lidschlag daran, daß du Roma-Roys Bitte folgen wirst? Du würdest immer zu einem Sterbenden gehen, wenn man dich riefe! Und ich würde dich nicht hindern wollen. Vergib mir meinen Kleinmut von vorhin!"

„Warte nicht auf mich! Ich werde die Nacht in Ipet-Sut verbringen." Er schmunzelte, als er die Erleichterung auf ihrem Gesicht sah. „Siehst du, ich weiß doch, wie ich dich beruhigen kann!"

Er nahm seinen Wanderstock, ohne den er seit langem keinen Schritt mehr tat, und trat in die Gasse hinaus. Fackeln, die an einigen Hauseingängen angebracht waren, spendeten spärlich Licht. Wem er begegnete, den grüßte er freundlich und beantwortete Zurufe mit scherzhaften Worten. Am westlichen Dorfausgang blieb er stehen. Sollte er Ken-her-chepeschef einladen, ihn zu begleiten? Warum hatte er plötzlich ein so starkes Bedürfnis, den Freund zu sehen? Nach kurzem Überlegen schalt er sich einen Narren und setzte den Weg fort. Ken-her-chepeschef würde die Nacht wahrscheinlich lieber mit seinem Weib verbringen, als Roma-Roy aufzusuchen, mit dem er sich schon seit langem nicht mehr verstand. Neferhotep glaubte, den Grund dafür zu kennen. Der alte Schreiber hatte es längst bereut, die Sache Amenmesses vertreten zu haben. Es war ihm peinlich, den Pharao des Südens falsch eingeschätzt zu haben. Der Hohepriester des Amun war dem gleichen Fehler erlegen. Seit einigen Mondumläufen waren die beiden nicht mehr zusammengetroffen, ohne in erbitterten Streit darüber zu geraten, wer von ihnen als erster seinen Irrtum eingesehen hatte.

Als Neferhotep in den Weg einbog, der am Ptah-Heiligtum vorbei in die Ebene hinunterführte, drehte er sich noch einmal um. Noch war das Haus Ken-her-chepeschefs zu sehen, zumindest das obere Stockwerk, das nicht von der Dorfumwallung verdeckt wurde. Er sah flackerndes Fackellicht durch die Fensterritzen schimmern. ‚Möge dein Herz fest sein wie der Schritt deiner Füße, mein Freund!' dachte er. Dann ging er weiter, und bald war Pa-Tíme nicht mehr zu sehen.

„Kehre nach Hause zurück", sagte Irinefer zu Hesisunebef. „Ich komme zurecht."

Sie standen auf der Straße, die am Saum des Hathorgebirges entlangführte. Auf der anderen Seite des Pfades reihten sich die Totentempel der verstorbenen Könige.

„Bist du dir dessen sicher?" fragte Hesisunebef. „Soll ich dich nicht hineinbegleiten?" Er wies mit dem Daumen auf die kleine Pforte an der Rückwand der mit Scharten versehenen mannshohen Mauer. Sie gehörte zum ‚Haus der Millionen Jahre' des Osiris User-Ma'at-Ra Ramses, dem Tempel, dessen Verwaltung dem *Mer Per* Nedjem oblag.

„Hesi! Ich bin der Mutterbrust bereits entwöhnt!"

„Oh." Auf Hesisunebefs Gesicht erschien ein verlegenes Lächeln. „Das habe ich nicht so gemeint! Ich dachte nur, du wolltest vielleicht noch nicht allein sein."

„Ich sagte es dir schon: Ich komme zurecht!"

Hesisunebef bedachte den Freund mit einem nachdenklichen Blick. „Es ist eigentümlich, wie unzugänglich du dich bisweilen zeigst. Seit der Hälfte einer Stunde hast du nun geschwiegen ..." Irinefer setzte zum Sprechen an, aber Hesisunebef kam ihm zuvor: „Nein, laß nur! Ich verstehe deinen Kummer. Aber da ist etwas, das ich nicht begreife. Ich weiß nicht, wie ich es nennen soll, es ist etwas Sonderbares, Dunkles. Ich kenne dich seit vielen Jahren, und doch habe ich das Gefühl, ich kennte dich nicht wirklich. Es ist ein Rätsel um dich, das du immer mit einem Bann des Schweigens umgeben hast."

„Das denkst du nur!" versetzte Irinefer unbehaglich. „In Wirklichkeit bin ich leicht zu durchschauen. Da sind keine Geheimnisse. Geradezu gewöhnlich bin ich!"

Hesisunebef hob die Schultern. „Wie du meinst. Aber vergiß nicht: Ich bin dein Freund. Du könntest dich dafür entscheiden, Vertrauen zu mir zu haben."

Er entfernte sich, während Irinefer ihm nachschaute. Seit dem Aufbruch von Pa-Tíme waren ungefähr drei Stunden vergangen. Irinefer hielt es für ausgeschlossen, daß Cha-em-hedjet sich so lange im Dorf aufgehalten hatte. Inzwischen war er wahrscheinlich längst wieder in der Oststadt oder bei der Truppe. Unschlüssig blickte der junge Mann zur Tempelpforte hinüber. Er wollte nicht dorthin gehen. Warum verlangte man jahrein, jahraus von ihm, sich allen Anweisungen zu fügen, hinzunehmen, daß man ihn mal hierhin, mal dorthin schob? Zu einer Zeit durfte er sich in Pa-Tíme verbergen, zu einer anderen drohte ihm dort höchste Gefahr. Neferhotep nahm ihn aus Sorge um seine Sicherheit bei sich auf und sandte ihn dann genau deswegen fort, Ta-Scherit wies ihn aus ebendiesem Grund zurück. Und er schickte sich in das, was für ihn beschlossen wurde, gleich, was es war. Vielleicht sollte er beginnen, für sich selbst zu planen! Er holte tief Luft. Ein ungewöhnlicher Gedanke! Von nun an wollte er selbst sein Leben gestalten, nicht mehr abwarten, was ihm von anderen beschieden wurde! Er lenkte den Blick zum Himmel, der sich, von Sternen überfunkelt, über der Ebene wölbte. ‚Ich suche mir keinen Beschützer unter den Menschen mehr', dachte er. ‚Ptah und Isis sind es, die für mich sorgen.'

Er folgte dem Weg weiter nach Süden. Inzwischen lagen die Wege der Totenstadt menschenleer. Still und einsam war es, wie gewöhnlich zu dieser Nachtstunde. Dort, wo sich der Weg von Pa-Tíme zum Fluß mit dem Pfad nach *Ta-Set-Meri-Djehuti* kreuzte, blieb er stehen.

Er sah Paneb, der sich mit schnellen Schritten von der Ebene herauf näherte. Ihm wollte Irinefer auf keinen Fall begegnen, deshalb verbarg er sich im Schatten eines der *Inbut*, die den Pfad säumten. Er bemerkte mit Verwunderung, daß die Wächterhäuschen nicht besetzt waren. Die bevorstehende Entscheidungsschlacht hatte sich offenbar auf die allgemeine Wachsamkeit nachteilig ausgewirkt. Nicht einmal Fackeln steckten in den Halterungen.

Paneb hastete in weniger als zwanzig Ellen Entfernung an ihm vorüber, und Irinefer bemerkte seinen verzerrten Gesichtsausdruck. Irgend etwas mußte ihn verdrossen haben. „Ein Krummherziger bist du", flüsterte Irinefer grimmig, „einer, der sich allem widersetzt, was gut ist." Im selben Augenblick schrak er zusammen, denn Paneb blieb stehen und schaute in seine Richtung, als habe er die Worte gehört. Doch er kam nicht herüber. Statt dessen wandte er den Kopf wieder und spähte angestrengt in das Dunkel vor sich. Zugleich hob er die Hand ans Ohr und lauschte.

Schwache Rufe erschollen vom Abhang, Steine polterten, dann war ein Keuchen und Stöhnen zu hören.

Was war das? Irinefer versuchte zu begreifen, was sich dort abspielte. Er glaubte, Gestalten zu erkennen, die miteinander rangen. Ein Überfall? Hatten nicht in letzter Zeit immer wieder Räuberbanden Gebirge und Totenstadt unsicher gemacht?

Sichtlich unschlüssig setzte Paneb einen Fuß vor den anderen. Irinefer beschloß, ihm in einiger Entfernung zu folgen. Gerade wollte er den Schatten des Häuschens verlassen, da hielt Paneb erneut inne.

Ein Mann kam den Weg heruntergestürzt, wild ruderten seine Arme, laut pfeifend ging ihm der Atem. Dicht hinter ihm folgten drei vermummte Gestalten, die Keulen und Stricke schwangen. „Hilf mir!" schrie der Flüchtende.

Irinefer erkannte die Stimme sofort. Vorarbeiter Neferhotep! Es war Neferhotep, der um sein Leben rannte. Nun stolperte der alte Mann, griff, vergeblich Halt suchend, in die Luft und stürzte hart zu Boden. Sofort warf er sich herum, um die Angreifer abzuwehren, die sich auf ihn warfen. Ein Flehen in höchster Not: „Paneb! Sie wollen mich töten! Paneb!"

Neferhoteps Schrei riß Irinefer aus seiner Erstarrung. Ohne zu überlegen verließ er sein Versteck. Seine Füße berührten kaum den Erdboden, so schnell rannte er zu dem Knäuel kämpfender Männer. Mit einem Seitenblick streifte er Paneb.

Der stand da und schaute, den Kopf vorgebeugt, nachdenklich auf seinen Stiefvater.

Neferhotep lag auf dem Bauch, die Arme wurden ihm nach hinten gerissen. Da hob er den Kopf und richtete den Blick flehend auf seinen Sohn. Die Lippen bewegten sich, doch kein Laut war zu vernehmen.

Weshalb zögerte Paneb? Es gab nichts zu zaudern, hier ging es um Leben oder Tod! Doch Panebs Körper straffte sich, als habe er einen Entschluß gefaßt. Er drehte sich um und lief den Weg zurück, den er gekommen war.

Irinefer blieb keine Zeit, in Fassungslosigkeit zu verharren. Ein bulliger Mann stürzte sich auf ihn. Auf seinem Gesicht gähnte anstelle einer Nase ein grauenerregendes Loch. Ein harter Faustschlag vor die Brust, und Irinefer taumelte. Ein zweiter ins Gesicht ließ Blut aus der Nase schießen, und die Augen tränten ihm vor Schmerz. Er schrie auf, da traf ihn der dritte Hieb. Seine Oberlippe platzte, und er ging in die Knie. Was war er doch für eine jämmerliche Hilfe! ‚Verzeih mir, Neferhotep!' dachte er. Durch einen Vorhang aus Tränen und Schweiß sah er, daß sich der Vormann trotz seines Alters mit erstaunlicher Kraft wehrte. Mit einer Hand hatte er einen Stein gepackt und hieb damit auf seinen Widersacher ein, der ihn wieder herumgerissen hatte und ihm nun das Knie auf den Brustkorb drückte. Da zog Neferhotep seinen Fuß heran und rammte ihn mit aller Kraft dem zweiten Angreifer in den Bauch. Dieser brach zusammen und wand sich fluchend am Boden.

Irinefer war seinem Gegner nicht im mindesten gewachsen. Der Mann hatte ihn wieder emporgezerrt und hielt ihn fest. So heftig verdrehte er ihm den Arm, daß Irinefer aus Leibeskräften brüllte und dem Schmerz auszuweichen suchte, indem er der Drehbewegung nachgab, doch das lieferte ihn endgültig aus. Ein kräftiger Arm umschlang ihn am Hals und drückte ihm die Luft ab. Ein Ruck riß ihn herum, und er verlor Neferhotep aus dem Gesichtsfeld. „Halt's Maul!" zischte es dicht an seinem Ohr. „Wenn dir dein Leben teuer ist, dann schweig!"

„Warum?" hörte er Neferhotep. „Ich habe … habe … nichts …!"

Irinefer wollte ihm zurufen, er solle sich keine Sorgen machen, er sei ja da, ihm zu helfen, aber er brachte nur ein ersticktes Ächzen hervor. Er riß die Augen weit auf. Trotz der Blitze, die vor seinen Augen aufflammten, sah er flüchtig Paneb in der Ferne stehen. Dann verschwand das Bild. Er sah nichts mehr. Noch einmal biß er die Zähne zusammen und stieß mit seinem freien Ellenbogen nach hinten. Aber er traf nicht. Wieder hörte er Neferhoteps Stimme, und ungeachtet seiner Pein wußte er, daß er diesen trostlosen Unterton sein Leben lang nicht mehr würde vergessen können.

„Paneb!" rief Neferhotep heiser und dann, mit ersterbender Stimme: „Ubechet!"

Irinefer versuchte zu atmen. Es war ihm, als sei die Luft von Schreien und Geheul erfüllt. Todesangst loderte in ihm auf. Er brauchte Luft! Luft! Ein Reigen von Lichtpunkten tanzte ihm vor den Augen, der langsam verlosch. Schwärze breitete sich aus.

Als er wieder zu sich kam, konnte er sich im ersten Augenblick nicht darauf besinnen, was geschehen war. Dunkles Schweigen herrschte um ihn. Wo war er? Langsam wurde ihm bewußt, daß sein Hals schmerzte. Er entsann sich eines unerträglichen Gefühls der Beklemmung. Er hatte verzweifelt um Atemluft gerungen, während er Neferhoteps brechender Stimme gelauscht hatte. Da schlug er die Augen auf. Neferhotep! Wo war Neferhotep? Mühsam versuchte er, den Oberkörper aufzurichten. Bei Amun, dem Allmächtigen, warum tat das so weh? Ihm war, als versuchte er, Feuer zu atmen. Endlich saß er aufrecht und schaute um sich. Nichts regte sich. Die Männer hatten sich aus dem Staub gemacht. In einiger Entfernung lag bewegungslos eine Gestalt auf dem Weg.

„Herr?" rief Irinefer. Ein Räuspern, dann etwas lauter: „Neferhotep?"

Keine Antwort.

Sein Herz begann zu rasen. Schweiß brach ihm aus allen Poren, und er zitterte am ganzen Leibe. Auf allen vieren kroch er auf den Daliegenden zu. „Bitte nicht!" flüsterte er. „Bitte, bitte nicht!" Ein kleines, klagendes Wimmern entfloh seinen Lippen. Längst, bevor er den Vormann erreichte, wußte er, was geschehen war.

Neferhotep war tot. Er lag auf dem Rücken, eines seiner Augen war zugeschwollen, das andere stand halb offen wie auch seine Lippen. Ein Ausdruck unendlicher Trauer lag auf seinem Gesicht, und Irinefer suchte vergeblich nach einem Zeichen, daß er Frieden gefunden hatte. Er sah nur den alles beherrschenden, alles überwältigenden Kummer, der von dem Toten auf ihn übergriff. Er stöhnte auf und brach in Weinen aus, so heftig wie noch nie in seinem

Leben. Wie Feuerlohen schossen die Schluchzer durch seinen Leib und schüttelten ihn. Er riß Neferhoteps knochige Hand an seine Lippen, bedeckte sie mit Küssen, dann wieder ergriff er ihn an den Schultern und barg das Gesicht an der erkaltenden Brust. Er klagte, wimmerte und raufte sich die Haare. Ihm war, als verbrenne er in einer Glut unaushaltbaren Wehs. Gedankenfetzen zuckten ihm durch den Sinn, Bilder schienen auf. ‚Wir haben einen Sandsturm', sagte Neferhotep und trat in Nedjems Gemach, und dann glaubte Irinefer, Baket-Ras Schreie zu hören, wie damals in jener unseligen Nacht, und doch war es nun er selbst, der schrie. ‚Du bist mein kluger *Bak*', sang Neferhoteps Stimme in seinem Kopf, und Irinefer sah das freundliche Lächeln vor sich, das ihm Trost und Heimat gewesen war über so viele Jahre. Dies war nicht auszuhalten, das ganze Leben war nicht zu ertragen. Neferhotep war tot. Alles war zu Ende. Wie sollte er leben ohne seine Ratschläge, ohne sein Lächeln, ohne seine Güte? „Herr!" schrie er auf. „Gott! Wo bist du?" Und brach erneut zusammen.

Er wußte nicht, wie lange er so gesessen hatte, bis das Schluchzen und Zittern endlich nachließ und einer Betäubung Platz machte, die grau und pelzig durch seine Adern kroch.

„Neferhotep", sagte er rauh, „geliebter Herr, ich bringe dich nach Hause." Er kniete neben dem Leichnam und schloß ihm das Auge. „Ptah, du Großer!" Seine Stimme war nur noch ein heiseres Flüstern. „Warum hast du das zugelassen? Neferhotep war ein frommer Mann! Einer, der das Schöne liebte und das Schlechte haßte, ein Gerechter war er, einer, der barmherzig war gegen alle! Warum? Warum er?" Wieder rannen ihm Tränen die Wangen hinunter. „Und warum setzest du mich wieder an die Seite des Todes? O Ptah, du machst mich zu einem streunenden Hund, indem ich in deiner Hand bin! Weshalb hassest du mich so?" Er schaute zu den Sternen hinauf, die bereits zu verblassen begannen. Im Osten färbte sich der Himmel grau.

Ptah gab keine Antwort.

Die ersten Strahlen der aufgehenden Sonne überwanden die Hügelkuppe und gossen Ras Licht in das Tal von Pa-Tíme. Im Dorf widmeten sich die Bewohner den ersten Tagesgeschäften, nahmen in den Häusern die Morgenmahlzeit zu sich, Dienerinnen schlenderten mit Eimern am ‚Verschlossenen Haus des Ortes' vorbei zum Brunnen. Hunde rannten bellend um die Mauer und setzten zu den ersten Katzenjagden des Tages an.

Die beiden Wachhabenden Minmose und Ramesu standen vor dem Wächterhäuschen. Ramesu rief den Frauen freundliche Anzüglichkeiten zu, während Minmose, der ältere von beiden, gedankenverloren an einem Brot kauend, auf die Hügelkuppe schaute. Plötzlich verengten sich seine Augen, und er starrte auf die Senke zwischen dem Hügel und dem Gebirgsabhang.

„Sieh doch!" sagte er, und als der andere nicht gleich antwortete, „schau dort oben, beim Tempel der Ahmes-Nefertari!"

Ramesus Blick folgte dem ausgestreckten Arm. „Ist das nicht Irinefer?" fragte er. „Er trägt jemanden! Einen Bewußtlosen, wie es scheint."

Minmose nickte. „Komm mit! Wir wollen ihm helfen."

Die Männer gingen dem Ankömmling entgegen. „Was ist geschehen?" rief Minmose. „Wer hat dem Bier zu stark zugesprochen?"

„Paneb ist's diesmal nicht!" lachte der andere. „Er ist schon vor drei Stunden heimgekommen. He, Iri! Wen hast du aufgelesen? ... Paß doch auf!" setzte er unwirsch hinzu, denn Minmose, der vor ihm schritt, war unvermittelt stehengeblieben.

„Schweig!" befahl Minmose. „Da stimmt etwas nicht! Siehst du nicht, da ist Blut!"

Nun sah Ramesu es auch. Seine Augen wurden groß. „Minmose!" flüsterte er. „Es ist ...!"

„Neferhotep!" schrie Minmose auf, und beide rannten mit wehenden Schurzen den Hang hinauf. „Heilige Dreiheit von Waset!" stöhnte Minmose, als er vor Irinefer stand. „Was ist geschehen?" Er wollte dem Jüngling den Leichnam abnehmen, doch nach einem Blick in das totenblasse Gesicht mit den zusammengepreßten Lippen zog er seine Hand wieder zurück.

„Ich bringe ihn zu Ubechet", sagte Irinefer. „Kein anderer."

„Ist er ... tot?" Die Stimme des Wächters brach.

Irinefer sah ihn nur an, erwiderte aber nichts.

„Wie wurde er getötet?" fragte Ramesu leise.

„Ein Überfall."

„Wer?"

„Drei Männer. Vermummte."

Weder Minmose noch Ramesu fragten weiter. Sie sahen, daß Irinefer am Ende seiner Kraft stand. Schweigend folgten sie ihm zum nördlichen Dorfeingang. Dort begegneten ihnen Naunachte, Hunur und Ta-Scherit.

„Irinefer! Was...?" schrie Ta-Scherit auf. Dann erkannte sie den Leichnam. „Neferhotep? O ihr Götter, es ist Neferhotep!"

„Ist er tot?" stieß Naunachte hervor.

Hunur sagte nichts, sie starrte nur fassungslos auf den Toten und legte den Arm um Naunachte, die unwillkürlich zu zittern begann.

„Gebt den anderen Bescheid", sprach Minmose. „Das ganze Dorf muß wissen, daß heute der unglücklichste Tag ist seit Menschengedenken. Pa-Tíme hat sein Herz verloren."

„Ich muß es meinem Gemahl sagen", schluchzte Naunachte. „O Amun, wie wird er es ertragen?" Sie riß sich von Hunur los und eilte davon. „Ich muß es ihm sagen!"

Die kleine Gruppe bog in die Dorfgasse, und weitere Bewohner wurden des Leichnams ansichtig. Da erhob sich ein Wehgeschrei, wie es in der Siedlung noch nie erklungen war. Die Frauen sanken in die Knie, wühlten im Straßenschmutz und schwärzten sich die Gesichter. Auch viele Männer schämten sich ihrer Tränen nicht und weinten laut.

Irinefer schritt durch die Menge wie im Traum. Er fühlte sich seltsam entrückt, so schwer lasteten Trauer und Erschöpfung auf ihm, daß er die Menschen kaum wahrnahm, die Rufe und die Klagen wie aus weiter Ferne hörte und nicht einmal merkte, wie schwer der Tote in seinen Armen wog. Es dünkte ihn, als sei er nur zum Teil wirklich anwesend, als folgte ein anderer Teil seines Wesens dem ermordeten Vorarbeiter auf dem Weg ins Land des Westens, als befinde er sich schon irgendwo zwischen dem Diesseits und dem Jenseits. Er sah weder Hesisunebef, der ihn totenbleich anstarrte und dann davonstürzte, um als erster bei Ubechet zu sein, noch nahm er den alten Pasched wahr, der, mit einer Hand auf seinen Stock gestützt, sich mit dem anderen Arm schwer auf die Schulter seines Sohnes Hehnechu lehnend, auf Ubechets Haus zuging. Nicht einmal Ta-Scherit bemerkte er, die schluchzend neben ihm herstolperte und ihm von Zeit zu Zeit tröstend den Arm streichelte.

Ubechet stand neben Hesisunebef vor der Eingangstür ihres Hauses. Irinefer trat vor sie hin und wartete. Die alte Frau streckte die Arme aus, als wolle sie ihm den Toten abnehmen, ließ sie aber wieder sinken. Sie war aschgrau im Gesicht und sah sehr alt aus.

„Bring ihn hinein", befahl sie mit zitternder Stimme.

Irinefer bettete Neferhotep auf die gemauerte Liege im Empfangsraum. Dann hockte er sich neben dem Fußende auf den Boden.

Ubechet beugte sich über den Toten. „Ich wußte es!" flüsterte sie. „Es war ein Abschied!" Langsam rollten zwei Tränen in den Falten ihrer Wangen hinunter. „Warum du, der du niemandem etwas zuleide getan hast?" Sacht strich sie über Neferhoteps blutverkrustete Wange. Dann hob sie den Kopf. „Bitte! Kann jemand Wasser und ein Tuch bringen?"

„Ich hole es", sagte Ta-Scherit und ging zur Tür. Dort trat sie zur Seite, um Ken-her-chepeschef vorbeizulassen, der mit Naunachte eingetroffen war. „Tritt näher, Ehrwürdiger", murmelte sie und warf Naunachte einen Blick zu. Doch die hielt die Augen gesenkt.

Ken-her-chepeschef näherte sich dem Toten. Freundlich, aber bestimmt wehrte er den Arm seiner Frau ab und reichte ihr statt dessen seinen Stock. Mit einer Hand stützte er sich auf die steinerne Bettstatt, mit der anderen malte er ein *Anch* über Neferhoteps Haupt. „Siehe, dein Herz war freundlich gegenüber den Menschen", sagte er mit leiser, brüchiger Stimme. „Möge es dir gelohnt werden an dem Ort, wo man deines Namens millionenmal gedenkt." Er richtete den Blick auf Ubechet. Irinefer, der ihn beobachtete, bemerkte zum ersten Mal, daß ihm der Kopf zitterte. Es schien, als sei Ken-her-chepeschef an diesem Morgen zum Greis geworden. „Er ist uns vorausgegangen", sagte der Alte. „Das Heute hat seinen Glanz verloren. Auch mein Herz sehnt sich nach dem Ort, wo er jetzt ist. Ich wünschte, ich wäre bei ihm."

„Sein Haus für die Ewigkeit ist wohlgerichtet", sagte Ubechet, bemüht, die Fassung zu bewahren. „Ich danke den Göttern, daß er einen Sohn hat, ihm Wasser auf die Hände zu gießen und die Totengebete zu sprechen. Er ist ... Paneb!" schrie sie auf. „Den Göttern sei Dank, du bist hier!"

Paneb war über die Schwelle getreten und stand vor der Witwe, groß, mächtig, den Raum ausfüllend mit seiner Gegenwart. Schweigend starrte er auf den Toten. Nach einer Weile ging er zu Ubechet hinüber. Er beugte sich zu ihr hinunter, küßte sie auf die Wange und nahm sie in die Arme, so zart und liebevoll, daß Ubechet laut aufstöhnte, sich ihm an die Brust warf und weinte.

Irinefer saß bewegungslos an das Steinbett gedrückt. Ihn fror bis in sein Innerstes, dennoch standen ihm Schweißtröpfchen auf der Stirn. Paneb war hier, er handelte als Neferhoteps Sohn, er spendete Trost, er würde die Totenopfer bringen. Er, der doch den Tod, wenn nicht verursacht, so doch nicht abgewendet hatte. Ausweglos war Irinefers Lage, ein zweites Mal in seinem Leben verfügte er über ein Wissen, das ihn bedrohte, das ihn einem anderen vollständig auslieferte. Ein Wissen, das er nie würde mit jemandem teilen können, denn jeder Blick auf Ubechet belehrte ihn, wie unverantwortlich es wäre, ihr die Wahrheit zu sagen. Das gleiche galt für Ta-Scherit, die eben wieder ins Zimmer trat, in der einen Hand eine Schale Wasser, in der anderen ein weißes Leinentuch. Er würde den Rest seines Lebens an dieser Wahrheit zu tragen haben. Paneb hatte den Mördern freie Hand gelassen. Nein, Irinefer durfte sich niemandem anvertrauen, er mußte allein mit diesem Wissen fertig werden.

Ubechet löste sich aus Panebs Armen und winkte das Mädchen zu sich. Irinefer sah Panebs Blick auf sich gerichtet, kühl, abschätzend und ... selbstbewußt. Paneb wußte genau, wie ihm zumute war.

„Bursche!" sagte Paneb leise und eindringlich. „Gehe hinaus und bitte Hai, eine Abordnung für die Verwaltung von Pa Cher zusammenzustellen. Die traurige Nachricht muß so bald wie möglich an die Ohren der Großen gelangen. Besonders schnell muß der Wesir verständigt werden, der unser Oberster ist und sich in dieser Stunde besonders der Sorge um unseren Trost widmen möchte."

Irinefer erhob sich.

„Oder möchtest du Cha-em-hedjet selbst verständigen?" fragte Paneb weiter und kam so nahe an ihn heran, daß niemand außer ihm seine Worte hören konnte. „Nein, das doch sicher nicht." Die Andeutung eines Lächelns umspielte seine Lippen. „Geh zu Hai. Dann warte in meinem Haus auf mich."

Irinefer warf einen hilflosen Blick in die Runde. Niemand achtete auf ihn. Ubechet und Ta-Scherit standen neben dem toten Neferhotep und entfernten Blut und Schmutzspuren von seinem Gesicht, während Ken-her-chepeschef reglos daneben stand. Naunachte hatte den Raum verlassen und sich zu den Menschen vor der Tür gesellt.

Fast alle Bewohner Pa-Tímes, Männer, Frauen und Kinder, drängten sich dort draußen in der Gasse, schweigend oder leise flüsternd. Nur die Kleinsten blieben unberührt, sie verstanden noch nicht, was geschehen war, und ihr helles Lachen schwebte über all der Trauer wie eine ferne Erinnerung an glückliche Tage.

An der Tür warf Irinefer einen letzten Blick zurück. Nie würde er dieses Bild vergessen, weder den ausgestreckten Leichnam seines Wohltäters, des Mannes, der ihm ein Vater gewesen war, noch Ta-Scherit und Ubechet, die neben ihm standen, Sinnbilder für Jugend und Alter, für das ganze lange Leben, das Neferhotep so gewalttätig geraubt worden war. Kaum vermochte er den Blick vom alten Kenher-chepeschef zu lösen, nun, da er sich der vielen Gespräche zwischen den beiden Dorfoberen entsann, all der nachdenklichen Reden, der Wechselworte, die seinen Geist geschult hatten wie nichts sonst. Zerronnen. Zerstört. Vorbei.

Er verließ die Schwelle in einem Gefühl von so großer Verlassenheit, daß er glaubte, nicht einmal beim Tode seines Vaters Bakenptah sei ihm so zumute gewesen. Er sah Baket-Ra, die ihm mit Tränen in den Augen zulächelte, ging an Heria vorüber, die sich an

Hunur klammerte, sah Pa-en-resi, den alten Freund des Vorarbeiters seit unendlich langer Zeit, dessen sonnenverbranntes Gesicht mit den tausend Falten verzerrt war vor Schmerz. Er wich Amunnacht aus, dem Bruder Neferhoteps, der mit gesenktem Haupt auf das Trauerhaus zueilte. Das sonst so verkniffene Gesicht war tränenüberströmt. Es kam Irinefer vor, als wandere er durch einen Alptraum. Dann erblickte er Hai in einem Hauseingang, ging zu ihm hinüber und richtete ihm mit ruhiger Stimme aus, was Paneb ihm aufgetragen hatte. Da wurde das Gefühl von Unwirklichkeit so groß, daß es sogar den Gram in den Hintergrund drängte. Er beobachtete Hai, wie er ruhig und überlegen Anweisungen erteilte, Trostworte fand für die Verzweifelten, und plötzlich überwältigte ihn die Erkenntnis, daß er dies alles wohl zum letzten Mal sah. Neferhotep war tot. Seinen Beschützer in Pa-Time gab es nicht mehr. Er war Paneb ausgeliefert. Er trottete zu dessen Haus in dem Bewußtsein, daß dieser ihn bestenfalls aus dem Dorf hinauswerfen würde. Wahrscheinlicher aber war, daß er ihn töten wollte.

Amenmesse trat vor den Feldherrnstand auf dem Hügel. Er beschattete die Augen und spähte über die Geröllhalden der Gebirgsausläufer, die in die weite Ebene von Hut-Sechem übergingen. Ra in seiner Barke hatte den östlichen Horizont überquert und stieg langsam empor, wobei er orangerotes Feuer über den Himmel schleuderte. Soweit das Auge reichte, standen die Soldaten in Stellung, unbeweglich, auf den Befehl zum Angriff wartend. Kleine silberne Blitze schossen von den Spitzen ihrer Speere, wenn ein Sonnenstrahl sie traf.

„Heute wird sich alles entscheiden!" sagte Kaha, der neben seinen Feldherrn getreten war.

„Ja", gab Amenmesse zurück und bemühte sich, seiner Stimme Festigkeit zu verleihen. „Heute ist der Tag des Gottesgerichts."

„Ermutige sie, großer Herrscher!" bat Sahapi, der die nubischen Bogenschützen zum Heer geführt hatte, wie es die Aufgabe eines

Königssohnes von Kusch war, und wies auf die Männer, die zu ihm hochschauten.

Ermutigen! Amenmesse hätte selbst der Ermutigung bedurft, denn trotz der unübersehbaren Zahl seiner Fußsoldaten, trotz der Streitwagen, die wie Heuschrecken wirkten in ihrer Menge, trotz der Bewunderung in den Augen der Hauptleute, Truppenschreiber und Feldzeichenträger, kurz, trotz einer Heerschar, die ihresgleichen suchte in ihrer Pracht, fühlte er ein Zagen, das er nicht zu überwinden vermochte. Er war die Erinnerung an die geiermordende Schlange seines Traumes nicht losgeworden, noch immer überlief ihn ein Frösteln, wenn er daran dachte. Am vergangenen Abend hatte er die Götter um ein glückverheißendes Traumgesicht angefleht, doch dann war ihm sein Vater Sethos erschienen, der ihn schweigend angestarrt und sich abgewandt hatte. Amenmesse, wieder Kind, war auf ihn zugelaufen, ihn zu berühren, doch er konnte ihn nicht fassen, gerade so, als wäre der Vater nicht wirklich vorhanden, sondern das Ergebnis sehnsuchtsvoller Einbildungskraft. Beim Aufwachen waren seine Wangen tränennaß gewesen.

„Sprich zu ihnen!" forderte Sahapi noch einmal. „Bevor es zu spät ist." Er wies mit dem Finger an den nördlichen Horizont, wo eine schwarze Linie aufgetaucht war und sich schnell verbreiterte. Das Heer des Sethos war im Anmarsch.

„Ihr tapferen Krieger!" rief Amenmesse, brach dann aber ab. „Ihr heldenhaften Soldaten Meiner Erhabenheit!" versuchte er es noch einmal. „Kämpft gut für die gerechte Sache, für ... für ..." Wieder stockte er. „Für die *ma'at*-gerechte Herrschaft Meiner Erhabenheit, für das Geliebte Land, für die Heimat!" flüsterte Kaha ein, und der König wiederholte die Worte mit schwankender Stimme. „Kämpft!" schrie er endlich. „Kämpft für den rechtmäßigen König! Der Sieg ist unser!"

Ein unbestimmtes Brummen hatte sich erhoben, ein Summen, das langsam anschwoll. Amenmesse hielt es zunächst für die Antwort der Soldaten auf seine Ansprache, dann wurde ihm klar, daß die Truppen den anrückenden Feind bemerkt hatten. Er gab seinen Hauptleuten einen Wink, diese bellten Befehle, und der Lärm hörte auf. Erwartungsvoll blickten Kaha, Sahapi und die anderen Befehlshaber auf ihn.

„Noch nicht!" sagte Amenmesse fest. „Wir warten, bis sie hier sind. Erst dann greifen wir an. Wir geben unseren Geländevorteil nicht auf."

Sethos' Heer näherte sich schnell, und bald konnte Amenmesse in den vorderen Reihen einzelne Gestalten ausmachen. Sein Blick suchte nach einem bestimmten Mann, fand ihn aber nicht. Dann hörte er aus weiter Ferne dumpfe Trommelschläge. Noch nie in seinem Leben hatte er einen bedrohlicheren Klang vernommen als dieses abgehackte, dunkle Donnern, das anschwoll und unaufhaltsam näherkam.

Er hob den Arm. In der Faust hielt er die mit Goldblech überzogene Kriegskeule. „Haltet euch bereit!" rief er. Eine knisternde Spannung lag über allem. Sie setzte sich in seinem Körper fort, und ihm war, als flösse rotglühendes Feuer durch seine Adern. „Die erste Angriffswelle über die Streitwagen", murmelte er, als wollte er den Schlachtplan, den er bis in die letzte Einzelheit mit seinen Hauptleuten wieder und wieder durchgegangen war, für sich wiederholen. „Dann die ersten drei Reihen Fußsoldaten. Dann die Pfeile der Bogenschützen vom Hügelkamm." Er schlug die Keule nach unten. „Im Namen Months! Wir greifen an!" schrie er. Rauhe Stimmen trugen den Befehl weiter.

Weit vorne, dort wo die Ausläufer der Berge endeten und die Ebene begann, preschten die Streitwagen los. Ohrenbetäubendes Geschrei schwang sich in die Lüfte, und wirbelnder Staub hüllte die Wagen ein.

„Sind sie schon aufeinandergetroffen?" fragte der König und kniff die Augen zusammen. „Ich kann nichts erkennen."

„Wir sehen nicht mehr als du", erwiderte Kaha zögernd. „Doch! Sieh hin, die Fußsoldaten setzen sich in Bewegung."

Amenmesse nickte. „Nach den Fußsoldaten und den Bogenschützen sind wir an der Reihe", sagte er fest. „Amun ist mit uns, wir werden siegen!" Er ging zu seinem Streitwagen, auf dem sein Lenker schon wartete, und streifte sich im Gehen die ledernen Handschuhe über. Er würde mit dem Hauptteil seines Heeres in die Schlacht ziehen. Er, der Gott, an der Spitze der Seinen gegen den Feind. Das Herz pochte ihm bis zum Hals, als er die Zügel ergriff. Beim Aufspringen auf den Wagen stolperte er. Obwohl er sich rasch fing, traten ihm Schweißperlen auf die Stirn. Die Blässe der ihn umgebenden Gesichter belehrte ihn, daß dieses unheilverkündende Vorzeichen nicht unbemerkt geblieben war. Die dreißig Kämpfer seiner Leibwache kreisten teils auf kleinen, wendigen Streitwagen um ihn, teils rannten sie neben ihm her. Während er hoch auf seinem Wagen, in goldfunkelnder Rüstung, den blauen Kriegshelm auf dem Haupt, durch die sich vor ihm zerteilende Menge der Soldaten fuhr und seine Herolde zu Fanfarenklang fromme und zugleich siegesgewisse Worte riefen, vermochte er nicht, sich der bedrängenden Unruhe zu erwehren. Immer mehr Männer umgaben ihn, ihn dünkte, in ein wogendes Meer zu stürzen, nur waren da weder Wasser noch Wellen, sondern Soldaten, Hunderte, Tausende von brüllenden, schwerterschwingenden Kriegern.

Aus dem Augenwinkel sah er die Gespanne seiner Hauptleute folgen. Kaha überholte ihn, sein verzerrtes Gesicht mit den zu einem Strich zusammengepreßten Lippen schien an ihm vorüberzufliegen. Sahapi versuchte, die sich aufbäumenden Pferde zu bändigen, Schreie stiegen empor, und plötzlich erkannte Amenmesse, daß sein Vorstoß zu Ende war, noch ehe er richtig begonnen hatte. Sein Streitwagen blieb stehen, in diesem Augenblick stürzte der Lenker von einem Pfeil getroffen nieder. Amenmesse bedurfte des Lenkers nicht mehr, sein Wagen war so eingekeilt, daß er weder vor noch zurück konnte. Die Götter wußten, woher die feindlichen Soldaten so unvermittelt in solchen Massen über ihn und seine Leute hereingestürzt waren. Laut erscholl der schändliche, gotteslästerliche, Wahnsinn erzeugende Schlachtruf „Se-thos!", „Se-thos!", „Se-thos!" Das Wort bohrte sich in Amenmesses Herz, es zerriß ihm das Ohr, zerfetzte ihm die Seele. Heiliger Zorn brandete in ihm auf, und rote Schleier senkten sich ihm vor die Augen. Er mußte sie töten, diese ungeheuerlichen Frevler, die sich erdreisteten, ihm den Folterruf seines Lebens entgegenzuschmettern.

Gleich zwei Pfeile schlugen in die Wandung seines Streitwagens und blieben zitternd stecken. Amenmesse starrte sie an wie betäubt. Es ging um sein Leben! Er mußte kämpfen! Ein Dolch schnitt in seinen Stiefel, riß ihm die Haut auf. Ein Schlag, und die Waffe flog in hohem Bogen davon. Seine Pferde gingen beinahe gleichzeitig zu Boden, dem einen steckte ein Pfeil im Auge, das andere brach, von mehreren Speeren getroffen, zusammen. Amenmesse ließ die sinnlos gewordenen Zügel los. Er reckte sich empor, um sich Überblick zu verschaffen. Da wurde er von einem Mann wieder heruntergerissen, der diese Rettungstat mit einem Pfeil durch den Nacken bezahlte. Keuchend arbeitete sich der König unter dem Toten hervor. Sollte er den Rückzug befehlen? Aber wie konnte er einen sinnvollen Befehl erteilen, wenn es ihm an jeglichem Überblick mangelte? Vergeblich der Versuch, sich Gehör zu verschaffen, umsonst das Bemühen, in dieses wüste Durcheinander einen planvoll durchdachten Angriff zu tragen. Amenmesse schrie aus Leibeskräften, doch niemand hörte auf ihn. Er konnte sich nicht einmal selbst hören, ein dumpfes Brausen überlagerte alle Geräusche, und er handelte, ohne zu wissen, wie. Sein Schwert zischte durch die Luft, durchbohrte Leiber; weit aufgerissene Augen und Münder tauchten vor ihm auf und verschwanden wieder. Seine Arme brannten vor Anstrengung wie Feuer; er schlug und drosch mit einer Gewalt um sich wie nie zuvor in seinem Leben.

Wieder stand Kaha neben ihm, der Brotzähler brüllte etwas, das Amenmesse nicht verstand. Unsicher sah er sich nach Sahapi um, da krallte sich Kahas Faust in sein Lederwams. Ein Beil steckte in dessen Kopf bis kurz über der Augenbraue. Grau und Rot ergoß es sich über Amenmesses Prunkrüstung. Entsetzt stieß der König die Leiche von sich, sein Arm schoß empor, einen Schwerthieb abzuwehren. Der Mann, der ihn geführt hatte, sank, von einem Pfeil getroffen, zu Boden. Schweiß lief Amenmesse in die Augen und blendete ihn. Er wischte ihn fort und griff nach seinem Schild, der ihm entglitten war. Die Schreie, das Keuchen und Stöhnen um ihn herum schienen wellenartig an- und abzuschwellen. Wenn er sich wenigstens besser bewegen könnte! Aber überall war der Boden bedeckt mit verletzten, sterbenden und toten Kämpfern, über die er ständig zu stolpern drohte.

„Herr!" rief ein Hauptmann. „Hierher! Um der Götter willen!"

Amenmesse sah auf den Rufer, der seinen Schild hochgerissen hatte, bemerkte das Entsetzen in dessen Augen und wandte den Kopf. Ein Schwert blitzte in der Sonne, ein Ruck fuhr durch ihn hindurch. Er starrte verständnislos auf seinen rechten Arm. Dieser vollführte eine Drehbewegung und senkte sich dann. Die Waffe löste sich aus der Hand, doch der Arm wollte nicht aufhören zu fallen. Schließlich lag er auf der Erde.

Es wurde unwirklich still um Amenmesse, er vernahm keinen Laut mehr. Die Luft um ihn schien sich zu verdicken, jede Bewegung vollzog sich in unendlicher Langsamkeit. Genauso zögernd arbeitete sein Verstand. Obwohl er sah, was geschehen war, wunderte er sich, weshalb der Arm sich nicht an Ort und Stelle befand, er begriff nicht, warum er außerstande war, seine Hand zu bewegen. Und es dauerte lange, bis er merkte, wieviel Blut aus dem Stumpf unterhalb der Schulter schoß. Um ihn dunkelte es. Wie konnte es geschehen, daß die Nacht schon hereinbrach? Er wurde müde; vielleicht sollte er die Augen schließen und etwas ausruhen. Doch die Schlacht! Er mußte weiterkämpfen! „Se-thos!", „Se-thos!" erscholl es von weit her. Seine Lider schlossen sich, und ein letztes Licht fiel auf die Finger seiner Hand, die nun unmittelbar vor seinem Gesicht auftauchten. Wie waren sie dahingekommen? Er rang darum, das Bewußtsein nicht zu verlieren. Mit Schrecken wurde ihm klar, daß er auf der Erde lag. Gesichter beugten sich zu ihm nieder, so undeutlich und verschwommen, daß er niemanden erkannte.

Dann setzten die Schmerzen ein. Mit solcher Wucht, so grausam, daß er nicht anders konnte, als laut aufzuschreien. Er wehrte sich gegen Hände, die ihn niederdrückten, aber nach langer Zeit merkte er, daß er sich in Wirklichkeit kaum bewegte. Und er lag nicht mehr auf der Erde, sondern auf einem Laken, und um ihn huschten Gestalten durch ein gelblich trübes Zwielicht. Wo war er? Hatte er die Schlacht nur geträumt? Nein, die Schmerzen entsprangen nicht der Einbildung, zu heftig fraßen sie sich durch seinen rechten Arm.

Er sah zu der Stelle, wo die Qual am peinigendsten war. Da war kein Arm.

„Was ist geschehen?" stöhnte er auf. „Wo bin ich?" Ein Summen und Murmeln antwortete ihm. Er versuchte, die Augen offen zu halten. „Kaha!" Dann erinnerte er sich, daß Kahas Kopf von einem Beil gespalten worden war. „Cha-em-hedjet! Sahapi!" Keine Antwort. Statt dessen beugten sich fremde Gesichter über ihn.

„Prinz Amenmesse!" hörte er. Prinz? Wer erlaubte sich, ihn so anzureden?

„Der ... Kampf", brachte er mühsam hervor. „Wo ist ..."

„Die Schlacht ist vorüber, Hoheit. Pharao, Leben, Heil, Gesundheit, hat das Geliebte Land geeint. Verwirrung und Gottesferne wurden besiegt und vernichtet."

„*Uhem mesut! Uhem mesut! Uhem mesut!*" klang es aus dem Hintergrund des Raumes. Obwohl er schon wieder am Rande der Bewußtlosigkeit dahindämmerte, wußte der geschlagene Feldherr, daß nicht er es war, den man mit „Wiederholer der Geburten" bezeichnete und so als Neuschöpfer der Welt feierte.

Als er das nächste Mal die Augen öffnete, dachte er, er läge an der Seite eines verwesenden Tieres, so sehr stank es neben ihm. Doch als er zur Seite sah, war da nichts, und nach einer Weile merkte er, daß er selbst diesen Verwesungsgeruch ausströmte. Er wollte fragen, was geschehen sei, doch es mißlang ihm, ein verständliches Wort hervorzubringen.

„Seine Erhabenheit trifft gleich ein", hörte er. „Hoffentlich lebt er dann noch."

Mit unendlicher Mühe dachte Amenmesse über diese Worte nach. Wer lebte noch? Seine Erhabenheit war hier, auf diesem Lager! Und Seine Erhabenheit lebte! Wenn nur der Geruch nicht wäre! Er hatte das Gefühl, vergehen zu müssen in diesen Schwaden. Und in der Hitze seines Fiebers.

„Amenmesse!" Wie Donnerhall dröhnte der Name durch die Luft, durch die Weiten des Himmels, durch die Unendlichkeit der Sternenwelt, um dann wie ein winziger Pfeil durch seine Adern zu jagen. „Amenmesse!" Wie von selbst hoben sich seine Lider.

Vor ihm stand Sethos, der Pharao, angetan mit Prunkrüstung und *Nemes*-Tuch. Uadjit, die siegreiche Schlange, erhob drohend den Kopf über seiner Stirn.

„Vater!" flüsterte Amenmesse, denn er war ein Kind, das dem großen Mann die kurzen Ärmchen entgegenstreckte. „Lieber Vater!" Er rannte über die Wiese auf ihn zu. „Ich bin das Falkenjunge!" jubelte er. Doch als Sethos sich zu ihm hinunterbeugte, sah Amenmesse, wie sich das Gesicht angewidert verzog.

„Warum stinkt er so?" fragte der König.

„Wundbrand!" kam eine Antwort aus dem Hintergrund. „Er stirbt, großer Gott!"

‚Es ist doch nur die Wunde, Vater!' dachte Amenmesse. „Nicht ich bin es, der die Luft verpestet, es ist meine Verletzung!" Noch einmal streckte er die Hand aus, dann erkannte er seinen Irrtum. Diese Hand gab es nicht mehr. Er war auch kein Kind, er war Amenmesse, der gescheiterte Pharao. Die Schlange kroch über den toten Geier.

„Kannst du mich hören?" fragte Sethos. Der Verwundete bewegte die Lippen. „Du kannst es also", fuhr der König fort. „So höre denn: Deine Heerschar ist vernichtet, und deine Hauptleute sind entweder tot oder in alle Winde zerstreut. Kemet ist wieder ein geeintes Land. Und du liegst im Sterben. Du verfaulst bei lebendigem Leib, dein *Ba* verläßt dich, und dein *Ka* sitzt da mit dem Kopf auf den Knien. Du hast deine Strafe erhalten."

Es war zu Ende. ‚Er hält mich in seiner Hand, wie er es immer getan hat', dachte Amenmesse. ‚Wenn er mich noch einmal Messui nennen wollte! Nur ein einziges Mal!' Dann bäumte er sich ein letztes Mal gegen seine Schwäche auf. Er wollte, er mußte noch eine Frage stellen. „Vater!"

Sethos stand unbeweglich vor ihm, das Gesicht wie in Stein gehauen, der Blick kalt und undurchdringlich. Aber er entfernte sich nicht.

Amenmesse versuchte zu sprechen, er fühlte die Atemluft über seinen Gaumen streichen, die Zunge sich mühsam regen, leise, heisere Laute wurden über die aufgesprungenen Lippen getragen. „Warum? Warum … dein Haß?"

Lange Zeit fiel kein Wort. Wieder schien es dem Verwundeten, als verdunkle sich seine Umgebung. War dies der Tod? Starb er wirklich? ‚Es ist angenehm', dachte er staunend. Er spürte, wie der Abstand zu seinem Vater sich vergrößerte und zugleich seine Beschwernis abnahm. Sogar die Schmerzen ließen nach.

„Sie hat mich vergessen", sagte Sethos plötzlich. „Sie liebte nur noch dich. Und du warst es nicht wert."

Amenmesse hörte die Worte aus weiter Ferne. Er verstand sie genau, wußte, daß sein Leben durch die Bitterkeit seines Vaters vergällt worden war, der den Verlust von Tachats Liebe nicht ertragen und die Sehnsucht seines Sohnes nicht einmal gesehen hatte. Er erkannte mit einer Klarheit, die dem Hier schon nicht mehr angehörte, welcher Widersinn darin lag, daß er sich ein Leben lang bemüht hatte, seinem Vater zu beweisen, daß er ihn mit Recht verachtete. Doch es bedrückte ihn nicht mehr. Seine Traurigkeit löste sich, und der Kummer fiel von ihm ab. Er schritt nun über die Ebene der Totenstadt auf das Hathorgebirge zu, ohne den Boden unter seinen Füßen zu fühlen. ‚Ich lebe', dachte er, und es wurde ihm leicht und frei zumute. ‚Ich lebe, bin heil und gesund.' Und weil es sich so verhielt, drehte er sich noch einmal um und rief seinem Vater etwas zu.

Pharao Sethos beobachtete seinen sterbenden Sohn. Ihm war kalt, so kalt, daß er sein Herz erstarren fühlte. Den Göttern sei Dank, es war vorüber, sein verräterischer Falke-im-Nest, der Aufrührer und Gottesschänder, er war vernichtet. Er holte tief Luft und wandte sich zum Eingang des Krankenzeltes. Dort blieb er stehen.

„Ich liebe dich, Vater!" erklang Amenmesses Stimme. Dann brach sie.

Sethos kehrte ans Lager zurück. Still lag der Tote vor ihm, die Augen waren weit geöffnet, und ein leises Lächeln umgab den Mund. Doch das konnte der König vor Tränen nicht sehen. Amenmesse mochte tot sein, aber für ihn, den Gott auf Erden, war nichts vorüber.

Djehuti und Qafi standen vor den rauchenden Trümmern des *Glücksorts des Südens*. Schwer stützte sich die Frau auf ihren Begleiter. Sie starrte auf ihr vernichtetes Zuhause, zu erschüttert, um sprechen zu können.

„Wir werden dein Bierhaus wieder aufbauen", versprach Djehuti und drückte ihren Arm. Da die Wirtin noch immer schwieg, setzte er hinzu: „Immerhin bist du am Leben! Das Geliebte Land ist wieder geeint, und alles kann gut werden." Aber er empfand größeren Schrecken, als er vor Qafi zugeben wollte. Am Morgen noch hatte er die völlig unversehrte Schenke verlassen, um sich zu den Gefängniszellen hinter dem *Ma'at*-Tempel zu begeben. Nach Pharao Amenmesses Niederlage hatten die neuen Machthaber in Waset, allen voran der jüngst ernannte Wesir Pa-Ra-em-hab, nichts Eiligeres zu tun gehabt, als dessen Gefangene freizulassen. Überall in der Stadt waren Ausrufer unterwegs, die mit lauten Stimmen die neuesten Verordnungen verlasen und Fluch und Verdammnis all jenen androhten, die sich nicht in die neuen Gegebenheiten einordnen wollten.

„Warum?" krächzte Qafi und räusperte sich. „Was hat es für einen Sinn, alles zu zerstören?" Fahrig strich sie sich eine Haarsträhne aus dem Gesicht.

Djehuti sah sie von der Seite an. Die Haft hatte sie verändert. Verschwunden waren Fülle und Üppigkeit, nichts von ihrem Frohsinn war geblieben. Qafi war abgemagert, gealtert und niedergeschlagen. „Wahrscheinlich haben versprengte Soldaten Amenmesses hier gehaust", meinte er. „Männer, die nicht wußten, wohin mit ihrer Wut und ihrer Enttäuschung." Er zog Qafi in den Torweg des Nachbarhauses und gebot ihr, sich hinzukauern und auf ihn zu warten. Er wollte den *Glücksort* untersuchen, um zu sehen, wieviel zerstört und ob er überhaupt zu retten war. Sehr bald erkannte er, daß der Schaden geringer war, als der erste Blick vermuten ließ. Qafis Wohngemach stand noch unversehrt, da das gemauerte Dach dem Feuer leichter widerstanden hatte als die Strohbedeckung des Gastraumes, von dem nur geschwärzte Mauern und bröckelnde Stümpfe übriggeblieben waren. Die Flammen hatten Sitzmatten und Truhen verschlungen. Die Tür zum Wohnraum hing schief in der Verankerung. Djehuti schob den Deckel eines Henqetfasses zur Seite und fuhr angewidert zurück. Der Inhalt stank zum Erbrechen. Während er durch die Trümmer stieg, mußte er an den verstorbenen Roma-Roy denken. Wenigstens hatte ein gütiges Schicksal ihn davor bewahrt, zum Mörder zu werden. Der Hohepriester war rechtzeitig von selbst gestorben. An diesem Morgen war Mahuhui, Pharao Sethos' Erster Schreiber, als neuer Hoherpriester des Amun in den verwaisten Palast der Ipet-Sut eingezogen.

Djehuti kehrte in die Gasse zurück. „Sorge dich nicht …", begann er, dann hielt er inne. Neben Qafi stand ein Mann, der ihm auf den ersten Blick fremd vorkam. Dennoch lag in seiner Kopfhaltung etwas Vertrautes. Da erkannte er ihn. „Ihi!" rief er. „Die Götter seien gepriesen, du bist am Leben!"

Ihi wandte sich ihm zu, und Djehuti erschrak. Über das Antlitz des Freundes zog sich eine blutverkrustete Wunde. Das linke Auge war geschlossen, beinahe verschwunden unter geschwollenem Fleisch, und der linke Mundwinkel hing schlaff nach unten. Bei Djehutis Anblick versuchte Ihi ein Grinsen, das jämmerlich mißlang, nur in der unversehrten Gesichtshälfte erschien ein leichtes Zucken. „Nur noch halb", sagte er heiser.

„Du hättest tot sein können!" gab Djehuti zu bedenken.

Ihi nickte. „So wie viele! Es war ein Gemetzel …! Die meisten der hohen Würdenträger sind gefallen. Sahapi zum Beispiel. Und Kaha."

„Kaha?" schrie Djehuti auf. „Er ist tot? Weißt du es sicher?"

„Er ist so tot wie Amenmesse selber."

Stille senkte sich herab. Pharao Amenmesse, der König und Gott, hatte den Weg nach Westen beschritten. Jeder der drei fühlte, welch tiefen Einschnitt dieses Ereignis für das Zweifache Land bedeutete, für die Welt und für jeden einzelnen von ihnen. Nichts würde mehr sein, wie es war.

Djehuti versuchte, den Tod Kahas zu begreifen. Froh sollte er sein, frei und ledig jeder Last. Doch nichts davon trat ein. Kaha war tot, und er, Djehuti? War er denn am Leben? Er verspürte nicht einmal Erleichterung. Er war wie ausgebrannt.

Ihi wußte, daß er nie wieder so aussehen würde wie früher. Er hatte sich in den Krieg geworfen wie in ein großes Abenteuer. Aber das war der Krieg nicht gewesen. Er hatte sich vielmehr als ein Ungeheuer entpuppt, das sich von Ihis Unbekümmertheit und Lebenslust genährt hatte. Für Ihi war die Jugend vorüber. Ernst und eine gewisse Traurigkeit, beides noch fremd für ihn, hatten sich in seinem Herzen eingenistet. Aber er ahnte, daß diese Eigenschaften zum Wesen des neuen, erwachsenen Ihi gehörten. Amenmesses Krieg hatte seine Seele nicht minder gezeichnet als seinen Körper.

Qafi war die einzige, die in diesem Augenblick wieder Hoffnung schöpfte. Zum ersten Mal seit Stunden erschien etwas wie ein Lächeln auf ihrem Gesicht. „Ich bin froh, daß es euch noch gibt!" sagte sie. „Ihr werdet mir helfen, den *Glücksort* wieder aufzubauen." Ihr Blick glitt über die beiden jungen Männer, die ihr freundlich zunickten, und sie war's zufrieden. Alles würde gut.

„Du kannst dein Zimmer bewohnen", sagte Djehuti zu ihr. „Du müßtest nur ein wenig Ordnung schaffen."

Qafi durchquerte den trümmerübersäten Gastraum, wobei sie angesichts der Zerstörungen wieder zu jammern begann und schwungvolle Klagen über den Unverstand aller Großen anstimmte, denen es an Mitgefühl für die kleinen Leute mangelte und die nichts als Unglück übers Land brachten.

Ihi sah ihr nach, wie sie im Hinterzimmer verschwand. „Sie wird bald wieder die alte sein", sagte er trocken.

„Im Gegensatz zu dir", meinte Djehuti und schaute ihm aufmerksam ins Gesicht. „Du wirst nie wieder der sein, der du warst."

Ihi zuckte die Schultern. „Das kann keiner, der im Krieg gewesen ist." Er versuchte zu lächeln, verzerrte dabei aber nur das Gesicht. Es tat Djehuti weh, ihn so zu sehen. „Ich gehe nach Hause", sagte er dann. „Abends bringe ich euch etwas zu essen, sofern ich etwas auftreiben kann."

Doch sein Abschied sollte sich noch etwas verzögern, denn in diesem Augenblick traf Baket-Ra ein. Sie war außer Atem, denn sie trug schwer an dem gewichtigen Sack über ihrer Schulter. „Ihi! Um der Götter willen, was ist mit deinem Gesicht?" Sie setzte den Sack ab und schlang die Arme um ihn, was dieser sich kurz gefallen ließ. Dann machte er sich sanft aus ihrer Umarmung frei.

„Der Kampf!" sagte er leise. „Eine unvergängliche Erinnerung!" Er sah sie an und wußte, daß sie schlechte Nachrichten brachte. „Was ist geschehen?" fragte er.

Sie sah zur Seite und beantwortete die Frage nicht.

Da erscholl Qafis Jubelruf, und Baket-Ra versank in ihren Armen.

Ihi und Djehuti sahen einander an und warteten geduldig, bis Baket-Ra sich aus der Umklammerung gelöst hatte.

„Die Nachricht, die ich bringe, ist traurig", sagte sie dann.

„Große Dreiheit Wasets!" rief Qafi. „Noch ein Unglück? Was ist es denn?"

Baket-Ras Blick richtete sich in unbestimmte Fernen. „Neferhotep ist tot. Er wurde ermordet."

Tiefes Schweigen.

„Von ... von wem?" brachte Djehuti endlich mühsam hervor.

„Vom Feind!" erwiderte Baket-Ra.

„Paneb sandte mich zu dir", sagte Hesisunebef zu Irinefer. „Er befiehlt dir, unverzüglich zu ihm zu kommen."

Irinefer ließ den Hammer sinken, mit dem er einen der Schemel Ubechets wieder instand gesetzt hatte. Dann richtete er den Blick auf den Freund. Er sprach nicht.

„Er wird dir nichts antun", sagte Hesisunebef zögernd. „Wenn er das wollte, hätte er es längst getan!"

Irinefer schloß die Augen. „Er hatte zuviel zu tun. Am Tag, als ich Neferhotep heimgebracht hatte, ließ er mich drei Stunden in seinem Hause warten. Als er endlich kam, warf er mich hinaus. Nicht ohne mir deutlich zu machen, daß er noch lange nicht mit mir fertig sei."

Hesisunebef schwieg. Paneb war zu unberechenbar, als daß man einen guten Ausgang hätte erwarten können. Er sah zu, wie der Freund das Werkzeug wegräumte, und dachte, wie eigentümlich es doch sei, daß er hier saß, atmete, dieselben Menschen sah wie gewöhnlich, dieselben Stimmen vernahm und dennoch in Zukunft alles würde vermissen müssen, was ihm lieb und teuer gewesen war. Hunur wollte ihn nicht mehr, der Mann, den er als Vater und Freund geliebt hatte, lag hingemordet auf den Tischen der Balsamierer, und nun verlor er seinen Bruder. Denn daß ihm Irinefer genommen sein würde, schien ihm ganz gewiß. Paneb würde ihn töten oder verbannen ans Ende der Welt.

„Kommst du mit?" fragte Irinefer.

Hesisunebef nickte. „Es mag sicherer sein. Man kann nie wissen!"

Sie schritten die Gasse entlang in nördlicher Richtung. Der Abend brach herein, und die ersten Fackeln wurden aufgesteckt. Noch immer war Pa-Tíme viel stiller als sonst, als wagten seine Bewohner kein lautes Wort, um die Ewigen nicht zu erzürnen und keine weiteren Schicksalsschläge herauszufordern.

„Es tut mir leid!" flüsterte Wabet Irinefer zu, als sie Panebs Haus betraten. Dies freundliche Wort war an sich schon ein übles Vorzeichen, denn Wabet hatte in der Vergangenheit weder Irinefer noch ihre eigene Tochter in irgendeiner Weise unterstützt.

„Tritt näher!" Paneb lehnte im Türbogen. Er ließ Irinefer vorbei und forderte Hesisunebef mit einer Handbewegung auf zu verschwinden. Als dieser zögerte, herrschte er ihn an: „Deine Gegenwart ist hier vollständig überflüssig. Zieh deiner Wege!"

Im Halbdunkel des Empfangsraumes sah Irinefer Ta-Scherit. Sie saß auf einem Schemel und starrte vor sich hin. Als sie aufblickte, glitzerten Tränen auf ihren Wangen.

Paneb zog einen weiteren Stuhl heran und ließ sich schwer darauf fallen. „Geh hinaus!" befahl er seiner Frau. „Und nimm die Kinder mit!"

Hastig tat Wabet, wie ihr geheißen, matten Blickes folgten ihr Scherit-Ra und Hemet-Maura mit der kleinen Ta-Neferet. Die Söhne waren nicht anwesend. Es dauerte ein wenig, bis Paneb merkte, daß seine älteste Tochter im Raum geblieben war.

Ta-Scherit zeigte auf seinen scharfen Blick keinerlei Regung. „Ich bleibe!" erklärte sie bündig.

Paneb überlegte, entschied sich dann aber dafür, sie zu übersehen. „Ich traf Regelungen zu Waset", sagte er, sich an Irinefer wendend, „wohldurchdachte, abgewogene Maßnahmen, die auch dich angehen. Dich betreffen sie sogar in ganz besonderem Maße." Er ließ eine bedeutungsschwere Pause folgen, und in seinen Augenwinkeln tanzte ein spöttisches Lächeln. „Wir alle wissen, du bist ein Sklave …"

„Was redest du, Vater?" empörte sich Ta-Scherit. „Neferhotep hat ihn nie als Sklaven betrachtet!"

„Neferhotep war ein gütiger Mann", sagte Paneb mit dem Ausdruck übertriebener Nachsicht. „Außerdem prägten ihn seit langem die Gebrechen des Alters. Er durfte sich aus Mitgefühl über Recht und Gesetz hinwegsetzen. Ich aber kann das keineswegs."

‚Lügen umdunkeln seinen Sinn', dachte Irinefer, ‚und von seinen Lippen träufelt Gift.'

„Recht und göttliches Gesetz aber halten wieder Einzug im Zweifachen Land", fuhr Paneb fort. „Es ist die befederte Göttin selbst, deren Auge auf dem Herrscher ruht und …"

„Was hast du vor?" fragte Irinefer, hauptsächlich, um die hochtrabende Rede zum Verstummen zu bringen, die er als reinen Hohn empfand.

„Du kannst hier nicht bleiben", sagte Paneb und beugte sich vor.

„Warum nicht?" rief Ta-Scherit. „Wenn du es zuließest, könnte er in der Kolonne arbeiten. Er wäre nicht der einzige Ausländer. Nur dein Verbot verhindert es." Sie nickte Irinefer zu, als wolle sie ihn auffordern, auch etwas zu sagen. Doch er sprach kein Wort, denn er kannte Panebs Beweggründe nur zu genau.

Der Steinmetz schenkte seiner Tochter keinerlei Beachtung. Er hielt den Blick fest auf den jungen Mann gerichtet. Um seine Mundwinkel zuckte es. „Du wirst in die Dienste des Wesirs treten. Schon morgen." Angesichts des ungläubigen Entsetzens auf Irinefers Gesicht lachte er laut auf. „Ich meine nicht Cha-em-hedjet! Der ist geflohen, keiner weiß wohin. Nein, ich meine den neuen Wesir des Südens, den edlen Pa-Ra-em-hab." Das Gespräch bereitete ihm sichtlich Freude. Er lehnte sich zurück und faltete die Hände über dem Bauch. „Du hast allen Grund, zufrieden zu sein, denn du wirst nicht einmal allein sein. Es warten vier weitere Diener im ‚Verschlossenen Haus des Ortes' darauf, denselben Weg zu beschreiten."

„Du willst fünf Diener zu Pa-Ra-em-hab senden?" Ta-Scherit sprang auf und stellte sich mit blitzenden Augen vor ihren Vater hin. „Willst du ihn bestechen? Damit er dich zum Vormann ernennt? Nenne mir den Grund, warum Irinefer einer von ihnen sein soll!"

Paneb gab seine überlegene Haltung auf. Sein Geicht war bleich. „Schweig, Tochter!" sagte er gefährlich leise. „Werde nicht dreist! Immerhin sorge ich für seine Sicherheit, und das ist keineswegs selbstverständlich. Und mit dir übe ich eine geradezu unglaubliche Langmut."

Ta-Scherit wurde übel. Irinefer wußte etwas, dessen war sie gewiß. Und dieses Wissen mußte bedrohlich für ihren Vater sein, daher konnte er kein Erbarmen zeigen. Als sie diesen Gedanken zu Ende gedacht hatte, verbot sie sich jeden weiteren. Jenseits davon, das spürte sie, war nur noch Grauen.

„Wann muß ich gehen?" fragte der junge Mann tonlos.

„Ich sagte es schon: morgen früh. Ich werde dich mit den anderen vieren nach Waset bringen. Über dein weiteres Schicksal wird Pa-Ra-em-hab entscheiden. Ich habe jedenfalls keinen Einfluß mehr darauf." Panebs Brauen zogen sich zusammen, und sein Blick irrte durch den Raum, als könne er sich nicht entscheiden, wo er verweilen wollte.

‚Er weiß um seine Bösartigkeit', dachte Irinefer. ‚Seine Lust, schlecht zu handeln, ist zu groß, als daß er die Stimme des Gewissens noch vernähme.' Er schaute zu Ta-Scherit hinüber. Sie saß wieder auf dem Schemel, totenbleich, die Hände im Schoß gefaltet, das Gesicht geneigt, so daß er den Ausdruck darin nicht zu erkennen vermochte. „Pa-Ra-em-hab hat dich zum Vorarbeiter ernannt?" fragte sie ihren Vater flüsternd.

„Er wird es morgen tun", erwiderte der hämisch lächelnd, „er hat sein Wort darauf gegeben."

„Gibst du ihm aus diesem Grund die Männer?"

„Mädchen!" rief er gönnerhaft und wiegte den Kopf. „Wenn du glaubst, ein Wesir des Zweifachen Landes sei mit einigen Sklaven zu schmieren ..." Er vollendete den Satz nicht. Dann überzog sich sein Gesicht mit Strenge, und sein Ton änderte sich. „Die Zeit des Abschieds ist da", sagte er zu Irinefer. „Gehe hinaus und verlasse die Mauern dieses Ortes. Die Nacht wirst du im ‚Verschlossenen Haus' zubringen, in Gesellschaft jener, die deine Gefährten sein werden. Du hast lange hier gelebt, man war gut zu dir, allzugut vielleicht, aber damit muß es nun sein Bewenden haben."

Ein Ton durchzitterte den Raum, ein schluchzendes Flehen, hilflos und so traurig, daß es Irinefer die Kehle zuschnürte. Ta-Scherit war auf ihren Vater zugetreten und hob die Arme. „Bitte, noch nicht! Vater, dein Wille ist es, der geschehen wird, wie es die Regel ist, aber gib mir noch einen Augenblick. Ich möchte ... ach, Vater, bitte ...!" Sie sank langsam vor ihm auf den Boden und umklammerte seine Knie.

Paneb wollte zurückweichen, vermochte es aber nicht, denn das Mädchen drückte sich an ihn. „Laß das!" brummte er verdrießlich. „Ich will das nicht! Du erniedrigst dich! Ich verbiete es, daß meine Tochter sich auf der Erde krümmt wie ein Wurm!"

„Alles, alles würde ich tun", weinte sie, „für eine Stunde noch, in der ich Worte des Segens und der guten Wünsche mit ihm tauschen könnte. Vater, gönne mir nur das noch! Ich habe doch sonst nichts mehr!"

Irinefer stürzte auf sie zu und hob sie auf. „Ta-Scherit! Es ist gut, alles ist gut! Hör auf damit!"

Paneb riß sich los, wobei er seiner Tochter unabsichtlich einen Fußtritt versetzte. „Du läßt jeden Stolz vermissen!" knurrte er verächtlich. „Wenn du es so haben mußt, meinetwegen! Begleite ihn vors Dorf. Winsle ihm etwas vor. Wenn er aber zufällig abhanden kommen sollte ...", ein Funkeln trat in seine Augen, „... dann, meine Tochter, dann wirst du dir wünschen, man fände ihn bald wieder!" Er musterte sie kalt und deutete zur Tür mit einer Bewegung, wie man einen Hund vor die Schwelle jagt.

Tränenblind stolperte Ta-Scherit hinter Irinefer her, der sie fest am Unterarm gefaßt hielt. Er schritt kräftig aus, blickte weder nach rechts noch nach links, mied die erstaunten Blicke der Frauen und Männer, die kopfschüttelnd zur Seite wichen, um sie vorbeizulassen. Es waren ihrer nicht viele, denn die Nacht war schon hereingebrochen, und auch die Stunde des abendlichen Mahls lag schon einige Zeit zurück.

Der Torwächter Ramesu stand vor dem ‚Verschlossenen Haus des Ortes' und sah ihnen entgegen. Er war ein älterer Mann von geringem Wuchs und freundlichem Wesen, der Ta-Scherit väterliche Zuneigung entgegenbrachte, seit sie auf der Welt war. Seine eigenen Töchter – Söhne waren ihm versagt geblieben – führten längst eigene Haushalte und zogen ihre Kinder auf. Da hatte Panebs zutrauliche Tochter vor vielen Jahren sein Herz noch einmal berührt, als wäre sie sein eigenes Kind. „Die Kleine ist's!" rief er ins Haus hinein. „Und der *Bak* des Vorarbeiters!" Drinnen beäugte Sobekmose, der Medja-Schutzmann, vier Männer, deren Hände mit Stricken aneinandergebunden waren, voller Mißtrauen.

Ramesu ging den Ankömmlingen entgegen. „So viele Tränen, nicht doch!" murmelte er und zog die Stirn in kummervolle Falten.

„Ich muß ins ‚Verschlossene' zu den anderen", sagte Irinefer. „Paneb schickt mich fort."

„Da kann man nichts machen", meinte Ramesu. „Da mußt du wohl gehorchen."

Ta-Scherit legte die Hand auf den Arm des Wächters. Ihr Atem ging schnell und flach. „Ramesu, gib uns noch etwas Zeit. Eine Stunde vielleicht. Bitte!"

„Wie stellst du dir das vor? Das darf ich nicht. Ich habe genaue Befehle von deinem Vater. Er ist derjenige, der das Sagen hat, das weißt du."

„Du könntest doch ins Haus gehen, als ob du uns nicht gesehen hättest. Nach ungefähr einer Stunde trittst du dann vor die Tür und wir sind da. Er ist da."

„Das kannst du nicht von mir verlangen, Mädchen! Wenn Paneb mir auf die Schliche kommt, bricht er mir sämtliche Knochen!"

„Du kannst dich auf mich verlassen", versprach auch Irinefer.

Tatsächlich lag es an ihm, an einem ganz besonderen Unterton in seiner Stimme, daß Ramesu seine Bedenken vergaß. Irinefers Traurigkeit berührte ihn, und der Wunsch zu helfen regte sich so stark in ihm, daß alle Furcht von ihm abfiel. Er fühlte mit ihnen. Wenn er ihnen diesen Wunsch versagte, würde ihm das lange zu schaffen machen.

„Geht!" flüsterte er. „Ihr habt eure Stunde. Macht euch keine Sorgen um Sobekmose. Der ist auch kein Unmensch!"

Ta-Scherit warf ihm einen Blick zu, und er schluckte vernehmlich. ‚Kinder!' dachte er. ‚Arme Kinder.'

Irinefer griff nach ihrer Hand und zog sie fort auf den Pfad, der bergan ins Gräberfeld führte. Dunkel und menschenleer lagen die Wege des Dorffriedhofs unter dem Sternenhimmel. Sie rannten fast nebeneinander her, schweigend, die Augen auf den Boden geheftet. Ohne sich abgesprochen zu haben, kannten sie ihr Ziel.

Als sie unter dem überhängenden Felsen ankamen, sahen sie einander an.

„Ta-Scherit", flüsterte er, „Geliebte ..."

Sie nickte und zog ihn hinunter auf den Boden der kleinen Senke. Während sie einander umarmten, fieberhaft, verzweiflungsvoll suchend, begann sich in ihr eine Ahnung zu formen, die sacht ihr Herz löste aus den Küssen, den Berührungen, selbst aus der Lust. Es war die Ahnung von den endlosen nächtlichen Stunden, die sie vor dem Schrein der Ahmes-Nefertari verbringen würde, ihre kleinen Schätze als Opfergaben aufreihend für die Göttin, welche die Liebe kannte und auch den Schmerz, der aus ihr erwuchs. ‚Nie wieder', dachte sie, während sie ihn in sich fühlte und seine Tränen ihr die Wangen netzten, ‚nie, nie wieder.'

Er löste sich von ihr und richtete sich, auf den Ellenbogen gestützt, halb auf. „Ich will dir schreiben", sagte er. „Du sollst wissen ..."

„Nein!" unterbrach sie und hatte kaum Stimme. „Ich könnte es nicht ertragen! In drei Mondumläufen werde ich Kasas Frau sein."

Stille breitete sich aus. Was gab es noch zu sagen? Ihre Worte hallten in seiner Seele. Kasas Frau. Kasas Frau. Es war zu Ende.

Irinefer stand auf, langsam wie ein Greis. Ta-Scherit streifte sich hastig ihr Kleid über und strich es glatt. Dann gingen sie den Weg zurück, den sie gekommen waren, nebeneinander, aber ohne sich zu berühren.

„Ich wünsche dir Glück", sagte er nach einer Weile. „Möge dein Leben schön sein und gesegnet."

„Wie deines", gab sie mit flacher Stimme zurück.

„Es wird eben ablaufen", sagte er hart. „Ein Tag nach dem anderen, ein Jahr nach dem anderen. Aber es wird sein, als wäre ich nicht dabei. Denn mein Herz bleibt bei dir." Er sprach ruhig, als wäre es das Selbstverständlichste der Welt, und für ihn war es das auch.

Das Dorf und das ‚Verschlossene Haus des Ortes' waren schon in Sichtweite. Ta-Scherit blieb stehen. Sie hob die Hand und strich Irinefer über die Wange. „Ich liebe dich", sagte sie. „Ich will es dir noch einmal sagen. Denn diese Worte werden nie wieder über meine Lippen kommen. Ich liebe dich über alles."

„Und ich liebe dich", erwiderte er. „So sehr, daß ich sterben möchte." Er holte tief Luft, denn schon wieder wollten ihm die Augen übergehen. „Du mußt mich jetzt verlassen, Ta-Scherit. Es wird sonst zu schwer."

So schnell? Dunkle Schatten schwammen vor ihren Augen. Jetzt schon? Aufschluchzend warf sie sich in seine Arme, die sich fest um sie schlossen. Dann stand sie plötzlich allein. Wie von selbst begannen ihre Füße, sich in Bewegung zu setzen. Sie lief auf den Dorfeingang zu, ohne sich umzuschauen, ja, ohne überhaupt etwas zu sehen und zu hören. Nicht einmal denken konnte sie. Sie ging einfach.

Irinefer sah ihr nach, bis sie in der Dorfgasse verschwunden war. Bakenptah, Aset, Aatmeret, Neferhotep. Und nun Ta-Scherit. ‚Es ist zuviel', dachte er. ‚Viel zuviel.' Bewegungslos stand er noch eine ganze Weile, während sich in seinem Herzen Betäubung ausbreitete.

Obwohl sein Gesicht noch tränennaß glitzerte, als er auf Ramesu und Sobekmose zuschritt, wich die Verzweiflung aus seinem Herzen mit jedem Schritt, den er tat, mehr. Als er sich zu den Männern gesellte, die für den neuen Wesir Pa-Ra-em-hab bestimmt waren, war er schon nahe dran, nichts mehr zu spüren. Irgendwann, das ahnte er, würde er ganz frei sein.

Mehr als zwei Mondumläufe dauerte es, bis die Mumie des Vorarbeiters bereit war für die Grablege. Keinen Aufwand, keine Mühen wolle er scheuen, dies hatte Paneb, der Sohn und Amtsnachfolger, verlauten lassen, um Neferhotep den Weg in die Ewigkeit so prunkvoll und heilig wie nur irgend denkbar zu ermöglichen. So hatten die Mumienbereiter im Hause der Dahingeschiedenen den Toten versorgt mit Erdpech, Harzen, Gummi und Palmwein nach oberstem Kostenansatz. Neferhoteps Eingeweide ruhten balsamiert in alabasternen Krügen, deren Deckel die göttlichen Häupter der vier Horussöhne trugen, um den Überfluß an Gnade für die Auferstehung in den Gefilden des Jenseits zu sichern. Auf dem ebenfalls balsamierten Herzen lag ein Skarabäus aus Mondstein, auf dessen Unterseite heiligste Sprüche geritzt standen.

Die Glieder des Verblichenen waren mit feinem Leinen umwickelt – Paneb hatte in seiner Sohnesliebe sogar darauf verzichtet, gebrauchtes Leinen für die Mumie zu verwenden, wie es üblich war. Ketten aus Tonperlen, Schutzanhänger aus Lapislazuli und buntem Glas bedeckten die gewickelte Brust, und um Finger und Zehen hatte man feines Goldblech gewunden. Das Gesicht war ausgestopft mit Watte und Sägespänen. So lebensecht wirkte es, daß Ubechet, die ihren Gemahl noch einmal zu sehen wünschte, erschrocken zurückwich. Sogar sein Lächeln hatten die Todeskünstler wiederherstellen können.

Unterdessen hatten die Arbeiter seiner Kolonne aus Gips eine Gesichtsmaske geformt und mit Strohblumen geschmückt. Der Sarg stand fertig getischlert, bemalt und mit Kränzen umwunden auf dem hölzernen Schlitten vor Ubechets Haus. Das geräumige Grab, dessen Bau Neferhotep seit so vielen Jahren höchste Aufmerksamkeit gewidmet hatte, quoll über von kunstvoll verzierten

Truhen, Schemeln, Kästen, Stöcken, Betten, Schreinen, Schränken, Gewändern, Geschirren, Krügen mit Wein und Bier, Broten, Fleisch und Obst. Auf den Wänden hatten die Männer von Pa-Tíme liebevoll alle Einzelheiten der großen Reise ins Land des Westens verewigt, und dankbar sahen Ubechet und Ken-her-chepeschef den teuren Verstorbenen im Kreise der Gottheiten.

„Ich beneide ihn", sagte der Alte und legte der Witwe, ganz gegen seine sonstigen Gepflogenheiten, den Arm um die Schultern. Ubechet nickte mit bebenden Lippen und dachte, wie gern auch sie in der Zeit voranschreiten wollte, das Dunkel und die Einsamkeit hinter sich lassen und ihre Hand wieder in die Neferhoteps legen.

Bevor man zur eigentlichen Grablege schritt, erfüllte der tote Vorarbeiter noch eine heilige Pflicht. Eingebettet in seinen Sarg reiste er nach Norden in die Stadt Abdju zur Anbetungsstätte des Osiris, um sich dort der besonderen Fürsorge des Herrschers der Toten zu empfehlen. Paneb, der ihn mit Ubechet, Hesisunebef und einer Gruppe Handwerker der rechten Kolonne begleitete, stellte den Weihestein Neferhoteps an die Mauer des großen Osiris-Tempels und widmete den kahlköpfigen Priestern eine bedeutende Menge an Silber- und Kupferringen. Solcherart des göttlichen Wohlwollens versichert, schaukelte der Leichnam drei Tage später auf dem buntgeschmückten Totenboot zurück in heimatliche Gefilde, um dort in seinem Haus für die Ewigkeit Wohnung zu nehmen.

Der Tag des Begräbnisses nahte, und die Menschen der Siedlung opferten, beteten und bemühten sich um den Segen der Ewigen mit einer Inbrunst wie lange nicht mehr. Der Abschied vom Vorarbeiter sollte mit der Feierlichkeit und Würde vonstatten gehen, die der Bedeutung des alten, allseits geliebten Mannes entsprach.

Am Morgen war Wesir Pa-Ra-em-hab als Vertreter des Guten Gottes selbst eingetroffen. Etliche Schreiber aus seinem Gefolge standen mit wichtigen Mienen in der Gasse vor Panebs Haus, wo Pa-Ra-em-hab den Beginn des Begräbniszuges abzuwarten wünschte. Bedächtig mit dem Kopf nickend, im Vollgefühl seiner neuen Würde, ließ er sich von Paneb die Verhältnisse am Großen Platz der Wahrheit schildern und vernahm mit Befriedigung, daß

Pa-Tíme im großen und ganzen und Paneb im besonderen während der vergangenen Jahre festen Sinnes für die Sache Pharao Sethos' gebetet und insgeheim auch gearbeitet hatten. Nicht wenig habe man unter der Bedrückung des elenden Amenmesse ächzen müssen. Gerade war Paneb mit seiner Rede ans Ende gelangt, als Amunnacht, der Bruder des Toten, stürmisch Einlaß begehrte. In der folgenden Hälfte einer Stunde vernahmen Pa-Ra-em-habs Schreiber zu ihrer größten Verblüffung ein wutentbranntes Geschrei, vorgetragen in hoher Fistelstimme, immer wieder zwischendurch das rauhe Lachen Panebs und allerhand empörte Einwürfe des hohen Besuchers. Die Leute des Dorfes blickten verlegen zur Seite und schämten sich für Neferhoteps Bruder, weil er es nicht einmal am Begräbnistag fertigbrachte, sein mißgünstiges Geifern zu unterlassen.

Dann vernahm man ein Poltern, ein dumpfes Stampfen, und mit raschen Schritten verließ Amunnacht das Haus. Sein Gesicht war so blaß, daß es grau wirkte. Alle wichen ihm aus und mieden seinen Blick.

Ta-Scherit, die ihm die Tür nach draußen geöffnet hatte, konnte sich eines gewissen Mitleids nicht erwehren. Neferhoteps Bruder mochte seinem Wesen nach unzugänglich und mißgünstig sein. Doch die Schroffheit, mit der Wesir Pa-Ra-em-hab ihm jegliche Aussicht genommen hatte, jemals zu Amt und Würden zu gelangen, hätte wohl auch einen Menschen mit sonnigerem Gemüt niedergeschmettert. „Tu mit ihm, was du willst", hatte sich Pa-Ra-em-hab mit unverkennbarem Hohn an Paneb gewandt, nachdem Amunnacht versucht hatte, vor ihm, dem obersten Diensther, seine Ansprüche geltend zu machen, „du magst ihn zum Steineschleppen einteilen, mir es ist einerlei."

„Soweit werde ich nicht gehen", hatte Paneb erwidert und Amunnacht spöttisch zugezwinkert. „Es wird nicht notwendig sein."

‚Vaters Herrschaft im Dorf hat begonnen', dachte Ta-Scherit, und eine eigentümliche Ruhe überkam sie, als habe sie das, was kommen würde, schon lange erwartet. ‚Die Zeit Neferhoteps mit ihrem menschlichen Gepräge ist vorüber.' Seufzend nahm sie Ta-Neferet auf den Arm. Die kleine Schwester lehnte den Kopf an ihre Schulter und schlief sofort ein.

Ta-Scherit trat in die Gasse hinaus, wo sich der Begräbniszug bereits bildete. Sechs junge Männer zogen den Katafalk mit dem Sarg Neferhoteps. Ihnen voraus liefen Klagefrauen, weinten und zerrissen sich die Kleider. Hinter dem Sarg ging Ubechet, gebeugten Hauptes und mit fest geschlossenen Lippen, gestützt auf Hesisunebef und Auti. Unter Zimbel- und Flötenklang, unter Rufen und Schluchzen verließ der Zug Pa-Tíme durch den Nordausgang. Den Pfad vom ‚Verschlossenen Haus des Ortes' hinauf ins Gräberfeld säumten kleine Tische und Altäre, auf denen geschmückte Kohlebecken heilig-würzigen Rauch verströmten und Schalen mit Wasser bereitstanden zum feierlichen Besprengen der Pfade oder auch, um den Durst der Kinder zu stillen.

Nun trat Nedjem herzu, der *Mer Per* des Totentempels User-Ma'at-Ras. Einen letzten priesterlichen Dienst wollte er Neferhotep erweisen: Er beträufelte den Sarg mit Wasser und schwang das Räucherfaß auf der gesamten Wegstrecke zum Grab. An seiner Seite schritt nun Paneb, auf dessen Schultern von nun an die Verantwortung für die rechte Kolonne lag, denn ihm hatte Neferhotep sein Amt hinterlassen, wie es Sitte und Brauch entsprach. Paneb übernahm an diesem denkwürdigen Tag die Aufgabe des *Ka*-Priesters für das Totenstandbild, denn in diesem, dessen durfte man sicher sein, lebte Neferhotep weiter. So wenigstens wollten es Überlieferung und Glaube.

Vielleicht war Ta-Scherit die einzige in der Menge, deren Blick nachdenklich auf Amunnacht lag. Der Bruder des Toten folgte dem Zug unter den Arbeitern, sein Gesicht war noch immer sehr weiß, doch in seinen Augen loderte es düster. Mit einemmal wurde ihr sehr bang zumute. Etwas Beunruhigendes, Bedrohliches ging von Amunnacht aus, die Gier nach Rache und Vergeltung. Ihr war, als schritte dort der Tod. ‚Ich bin der Sohn des Vorarbeiters Nebnefer!' hatte er geschrien. ‚Sein leiblicher Sohn bin ich, genau wie Neferhotep, der mein Bruder war! Mir steht der Posten zu, mir ganz allein! Bereuen wirst du es, wenn du mir stiehlst, was mir gebührt! Bereuen!' Doch ihr Vater hatte nur gelacht.

„Nimm du Ta-Neferet", bat sie ihre Schwester Hemet-Maura leise, drückte ihr das Kind in den Arm und überholte die vor ihr Gehenden. Kasa näherte sich der Familie, und Ta-Scherit wollte nicht an seiner Seite gesehen werden. Mit einigen raschen Schritten erreichte sie Baket-Ra und hakte sich bei ihr unter.

Vor dem Grabeingang setzten die Träger den Katafalk ab. Sie hoben den Sarg in halbaufrechte Stellung und lehnten ihn an die Mauer neben der Eingangstür. Paneb trat vor. Er öffnete den Sarg und lehnte den Deckel an die Mauer. Dann nahm er das Weihrauchfäßchen von Nedjem entgegen und schwenkte es einige Male gegen die Mumie Neferhoteps. Er griff nach dem Dechsel auf dem Tisch, hob ihn hoch, hielt ihn an den Mund der Mumie und rief mit lauter, weithin tönender Stimme:

*„Dein Mund war geschlossen, aber ich habe für dich gerichtet deinen Mund und deine Zähne, mein Vater Neferhotep. Ich öffne für dich deinen Mund, ich öffne für dich deine beiden Augen. Ich habe deinen Mund geöffnet mit dem Gerät des Anubis, mit dem Gerät aus Erz, mit dem der Mund der Götter geöffnet wurde."*

In diesem Augenblick entstand Unruhe in der vordersten Reihe der Trauernden. Ken-her-chepeschef sagte halblaut und mit nachdrücklicher Betonung auf jedem Wort: „Ich bin es, der die letzten Worte spricht. Es ist mein Vorrecht!" So streng klang das, daß Naunachte und Anup-em-hab, die den Alten gestützt hatten, zurücktraten. Mit gebeugtem Rücken und leise zitterndem Kopf schlurfte er zum Sarg hinüber. Er trat vor ihn hin, ließ den Stock fallen, der zu Boden klapperte, und umarmte die Mumie. *„Du bist ein Gott unter den Göttern"*, sagte er, *„aber du bist auch zugleich im Besitze alles dessen, was auf Erden dein eigen war. Dein Fleisch blüht und wächst, dein Blut fließt in den Adern, und alle deine Glieder sind heil und beweglich. Du hast dein Herz, dein wirkliches früheres Herz!"*

Da erwiderte eine leise, hohe Stimme, die unwirklich klang und von weit her zu kommen schien: *„Ich bin, ich bin! Ich lebe, ich lebe!"*

Ein hörbares Aufatmen ging durch die Leute von Pa-Tíme. Neferhotep! Er lebte wieder! Den Göttern sei Dank! Niemand fragte danach, ob tatsächlich der Verstorbene gesprochen hatte. Erschüttert, aber dankbar nahmen sie hin, daß der Tod überwunden war.

Paneb befestigte mit ausladenden, genau vorgeschriebenen Bewegungen einen Salbkegel auf dem Mumienhaupt und wedelte mit der Straußenfeder vor Neferhoteps Lippen, um den wiedergewonnenen Atem anzudeuten.

Auch Ta-Scherit starrte angestrengt auf die Mumie. Wenn man es nur sehen könnte, wie Neferhotep heraussträte aus all seinem Leinen und den Harzen! Kurz glaubte sie sogar, seine Stimme zu hören. Aber sie wußte, dieses Wunder würde sich erst dann vollziehen, wenn die Pforten des Grabes geschlossen waren. Den Zurückbleibenden mußte das Wissen genügen, daß er lebte und zu Osiris reiste.

Da traf sie eine Welle von Übelkeit. Ihr war, als verdunkele sich die Sonne. Sie blinzelte verstört, biß die Zähne zusammen und wischte sich den Schweiß von der Stirn. Vielleicht bekam ihr die Hitze nicht. Sie bemühte sich, ihre Aufmerksamkeit wieder ganz auf das Grab zu lenken.

Paneb und Anup-em-hab hatten den Sarg mit der Mumie wieder auf den Boden gelegt und befestigten den Deckel. Nun meldete sich Ubechet zu Wort, für die der Augenblick des Abschiedes gekommen war. „Mein Gemahl!" rief sie bitterlich weinend, denn so stand ihr der Sinn und so wollte es der Brauch. „Hier bin ich, dein Weib Ubechet! Verlaß mich nicht. Kann es denn dein Wunsch sein, daß ich mich entferne? Du wirst allein sein! Wird denn jemand bei dir sein von deinen Leuten?" Sie raufte sich die Haare und sank in die Knie. „Du, der du mit mir zu scherzen liebtest, du schweigst, du sprichst gar nichts!"

Die Klagefrauen antworteten mit herzzerreißendem Geschrei: „Unglück! O Unglück! Laßt uns wehklagen und schreien, denn der gute Hirte, Neferhotep, der Fromme, ist abgereist. Fort ist er ins Land, welches das Schweigen liebt."

In diesem Augenblick spürte Ta-Scherit einen zweiten Stoß von Übelkeit. Sie stöhnte auf, schwankte und würgte.

„Mädchen!" sagte Baket-Ra erschrocken und hielt sie, damit sie nicht fiel. „Was hast du?"

„Es ist nichts", stieß Ta-Scherit hervor. „Ich ..."

„Ist dir eine Speise nicht bekommen?" fragte Baket-Ra flüsternd. Sie ergriff den Saum ihres Ärmels und betupfte dem Mädchen die Stirn. Dann hielt sie inne und zog die Brauen zusammen. „Ta-Scherit! Bist du ...?"

Heftiges Kopfschütteln war die Antwort. „Es ist alles in Ordnung!" sagte Ta-Scherit schroff, obwohl sie es besser wußte. Nun konnte sie die Augen vor den Tatsachen nicht mehr verschließen. Bisweilen kam es vor, daß sich die monatliche Reinigung verspätete. Sie hatte sich aber überhaupt nicht eingestellt, und inzwischen wäre es Zeit für die nächste gewesen. Und nun dieser Brechreiz! Schwer stützte sie sich auf Baket-Ras Arm. „Laß mich", bat sie. „Bitte! Ich kann nicht sprechen." Die Übelkeit ebbte ab. ‚Neferhotep', dachte sie und sah zu, wie der Sarg ins Grab getragen wurde. ‚Warum hast du uns nicht geholfen? Irinefer wäre ein guter Handwerker geworden, wenn du es hättest durchsetzen können! Aber du hast nachgegeben, weil Vater es nicht wollte. Du warst immer schwach, wenn es um ihn ging. Gib mir einen Rat, der du im Lande der Weisheit bist! Was soll ich tun?'

Was würde geschehen, wenn Pa-Tíme die Wahrheit erführe? Was würde Mutter sagen, was Kasa? Und was, diesen Gedanken mochte sie gar nicht zu Ende bringen, was würden Paneb und Apachte über sie verfügen, wenn sie erkannten, daß alle Vorkehrungen umsonst gewesen waren? Sie schauderte. Ihr Vater hatte Irinefer auf immer aus dem Dorf verbannt, doch es war zu spät gewesen. Irinefer würde nie ganz fort sein, denn Panebs Tochter trug ein Kind von ihm.

## SCHATTEN DER VERGANGENHEIT

Deine Laufbahn wird glänzen unter dem Licht Seiner Göttlichkeit", sagte Bai zu Irinefer und bedeutete ihm zu folgen. „Also achte sorgfältig auf die Männer, die um ihn sind!" Er schritt, leutselig nach allen Seiten hin lächelnd, durch die Schar der Höflinge, die wartend in der Vorhalle standen. Es waren schon viele eingetroffen, nur die königliche Familie fehlte noch. „Verschaffe dir Freunde, neige dein Ohr ihren Worten, gib ihnen das, was sie mehr als alles andere in der Welt wollen."

„Und was wäre das?"

„Das Gefühl, bedeutend zu sein. Zeige ihnen, daß du sie bewunderst ob ihres Weitblicks, ihres Wissens und ihrer Nähe zum Guten Gott." In Bais Worten schwang leiser Spott, aber seine Augen blickten ernst.

Irinefer gab keine Antwort, da Bai augenscheinlich auch keine erwartete. Statt dessen beobachtete er ihn genau, denn er hatte sich vorgenommen, es seinem Beschützer in kürzester Zeit an Weltläufigkeit und höfischem Wohlverhalten gleichzutun. Insgeheim trug er sich sogar mit dem Wunsch, eines Tages noch bedeutender zu werden, dem Herzen Pharaos nahe zu sein, wie etwa Hori, der kluge Wesir des Nordens. In den drei Zehntagen, die seit ihrer Ankunft in Pi-Ramesse verstrichen waren, hatte er Bais Stellung rasch einzuschätzen gelernt. Er hatte begriffen, warum die Freundlichkeit, mit der dieser ihn in Waset von Pa-Ra-em-hab, dem Wesir des Südens, empfangen hatte, schon bei der Ankunft in Men-nefer Verschlossenheit und Wortkargheit gewichen war. Er war erschrocken über die Herablassung, mit der die Große Königliche Gemahlin Bai begegnete, und noch mehr über die Unterwürfigkeit, mit der dieser sie beantwortete. Mit jedem Tag, den er in der Hauptstadt weilte, erkannte er deutlicher, wie sehr unter den Freunden Pharaos gekämpft wurde, wie alle, die ihr Leben seinem Glanz gewidmet hatten, der Nähe zu ihm bedurften. So wuchs seine Einsicht in die Notwendigkeiten, die das höfische Leben mit sich brachte, und sein anfängliches Befremden verschwand. Es machte einer harten Entschlossenheit Platz, sich auf diesem Felde zu bewähren. Er war durch die Tage geschritten wie einer, der von seinem *Ka* verlassen wurde und dessen *Ba*-Seele nichts mehr von ihm wissen will.

„Zeige dich liebenswürdig", flüsterte Bai ihm zu, als sie sich einer Gruppe von Einzigen Freunden Pharaos näherten, die sich um den Ersten des Heeres scharten. „Glätte deine Stirn und sprich zu ihnen! Sie brennen darauf, den wiedergefundenen Sohn Bakenptahs kennenzulernen." Er trat auf Ptahpahapi zu, der bei Sethnacht stand und bei Iiry, dem Hohenpriester des Ptah. „Er ist gekommen", begann er laut, und auch die weiter entfernt Stehenden wandten sich neugierig um. „Jener, von dem ich euch berichtete. Zur Flucht zwang ihn vor Jahren der Verbrecher Cha-em-hedjet, dessen Leib in der Wüste verdorren möge. Hier steht Irinefer, der Sohn des verstorbenen Hohenpriesters. Er verbrachte die Jahre des Gotteszorns im Schutze des Geheimen Orts im Totenland der Großen Südlichen Stadt."

Einen Augenblick herrschte Stille. Nur das Gezirpe einer Harfe am anderen Ende des Saals war zu hören. „Auf deinen *Ka*! Es ist gut, daß du zurückgekehrt bist!" riefen die Höflinge durcheinander und hoben die Weinbecher. „Trinke den schönen Rauschtrunk zur Feier deiner Rückkehr!" Sie drängten sich um Irinefer, entboten ihm Willkommensgrüße und beglückwünschten ihn zu seiner Errettung. Da Bai ihn so förmlich vorstellte, ihn während der großen Siegesfeierlichkeit im Palast in die Hofgesellschaft einführte, wollte man sich diesen Neuankömmling genau ansehen. Er stand unter hohem Schutz; man war also wohlberaten, sich gut mit ihm zu stellen.

„Es ist mir eine Freude!" verkündete Sethnacht und trat auf Irinefer zu.

„Und eine Ehre!" ergänzte Iiry geschmeidig. „Der Sohn meines hochverehrten Vorgängers! Ich bin überaus glücklich, dich bei bester Gesundheit zu sehen!"

„Wenn mich nicht alles täuscht", warf Hori ein, „bin ich dir vor einigen Jahren schon einmal begegnet. Ich begleitete Seine Erhabenheit, Leben, Heil, Gesundheit, zum Großen Platz der Wahrheit und sah dich dort mit unserem Freund Bai einige Worte wechseln."

Irinefer preßte die Lippen zusammen, und sein Lächeln wirkte bemüht. „Ich entsinne mich ebenfalls", erwiderte er kurz.

„Nie hätte ich damals geahnt, dich hier wieder zu treffen", sprach Hori weiter. „Sei meiner Genugtuung versichert."

„Wo lebtest du dort während dieser Jahre?" fragte ein hochausgezeichneter Hauptmann, der noch vom Heerführer User, der bei Geb-Teju einen höchst ehrenvollen Tod gefunden hatte, in die oberste Heeresleitung berufen worden war.

Irinefer seufzte. Es ging nicht anders, er mußte sich den Fragen stellen, er konnte nicht ausweichen. „Ich lebte als Diener in Pa-Tíme, im Hause des Vorarbeiters Neferhotep."

„Ein ausgezeichneter Mann!" warf Hori ein. „Der Name Neferhotep ist wohlbekannt in der Umgebung des Guten Gottes."

„Neferhotep?" rief Rechpehtuef, der Vertraute der Königin, der sich der kleinen Gruppe zugesellt hatte. „Ist er nicht der, welcher einen gewaltsamen Tod gefunden hat vor seiner Zeit?"

„Er wurde ermordet", bestätigte Irinefer leise. „Er war der gütigste Mann, den ich kannte, und doch besaß er einen Todfeind."

„Wer war es?" „Wurde der Mörder dingfest gemacht?" „War es einer aus Pa-Tíme selbst?"

Die Fragen schwirrten durcheinander, und es dauerte eine Weile, bis Irinefer weitersprechen konnte. „Wir wissen nicht, wer Neferhotep töten ließ", sagte er endlich. „Es sind Nachforschungen im Gange." Er hatte keine Ahnung, ob es sich so verhielt, aber es klang richtig, es entsprach der Ordnung. Verbrechen wird gerächt, Böses hat keinen Bestand. „Das Ganze ist vollkommen unbegreiflich", setzte er noch hinzu. Er wurde zu genaueren Berichten gedrängt, die zu geben er widerwillig ansetzte, als durch Fanfarenklänge,

Trommelschläge und Sistrenscheppern die Ankunft Pharaos gemeldet wurde.

Sethos, der Gute Gott, schwebte auf seinem Tragestuhl durch die Vorhalle, dahinter Tausret, die Große Königliche Gemahlin, und nach ihr kam Siptah, der junge Horus-im-Nest. Die Hofleute neigten sich tief, wie ein dumpfes Sturmgebraus erhob sich ein Gemurmel von ehrerbietigen Worten. Der Strom frommer Artigkeiten riß nicht ab, bis die hohen Herrschaften den Platz auf ihren Thronsesseln eingenommen hatten. Vor dem eigentlichen Fest mit seinem Geschmause, den Tänzen und Darbietungen galt es, die Gäste zu begrüßen und die Huldigungen der Höflinge und der fremdländischen Abgesandten entgegenzunehmen.

Bai zog Irinefer mit in den Saal; er hatte an diesen Förmlichkeiten schon so oft teilgenommen, daß er sie über sich ergehen ließ, ohne nachzudenken. Irinefer dagegen war hellwach, er sog jede Einzelheit in sich auf, jedes Gesicht prägte er sich ein, zu dem ihm der Name zugeflüstert wurde und die Bedeutung, die ihm im Gefüge des Großen Hauses zukam. Was die göttliche Familie betraf, so hatte Bai ihn schon auf der Fahrt nach Norden über alles Wissenswerte in Kenntnis gesetzt, und Irinefer wußte, daß er sich in wichtigen Angelegenheiten an Tausret würde halten müssen. Der Pharao herrschte nur dem Namen nach; er war schwach, mit seiner Gesundheit stand es schlecht, denn von seiner Kriegsverletzung hatte er sich nicht vollständig erholt. Darüber hinaus war er seiner Gemahlin in den meisten Dingen unterlegen. Als Irinefer nun vor ihr stand und ihre schmalen, schwarzen Augen auf sich gerichtet fühlte, spürte er die Kraft, die von ihr ausging, beinahe körperlich.

„Du bist ein Mann geworden", stellte sie fest, „seit jener Nacht im Hause deines Vaters, als ich dich das letzte Mal sah."

„Es ehrt mich, daß du dich meiner entsinnst!" erwiderte Irinefer förmlich.

Tausret lächelte. „Der Tod deines Vaters war ein einschneidendes Ereignis. Ein furchtbares Unglück."

Irinefer hob die Augen zu ihr auf. Er empfand den Widerspruch zwischen ihrem Gesichtsausdruck und ihren Worten als geradezu verstörend. „Ja", gab er zurück. „Es war ein Verhängnis für mich und für ganz Kemet."

Tausret war viel älter, als er sie in Erinnerung hatte. Sie sah angestrengt aus, um ihren Mund lag ein harter, bitterer Zug. „Du kümmerst dich um ihn?" wandte sie sich an Bai.

Es klang verdrossen, und der Königssiegler hatte das Gefühl, daß Irinefers Erscheinung ihr nicht angenehm war. Aber sie würde es hinnehmen, so wie sie von nun an so manches würde dulden müssen. Er lächelte in sich hinein. Die Machtverhältnisse unter den Menschen des Großen Hauses hatten sich mit dem Sieg Sethos' im Bruderkrieg verändert. Er gedachte, Tausret noch einiges mehr zuzumuten.

Die Königin, die von solchen Überlegungen nichts ahnte, warf einen Blick auf Sethos. Die golden beringten Finger Pharaos tippten leicht zitternd auf Krummstab und Wedel, die auf seinen Knien lagen. „Das ist der Sohn Bakenptahs, mein Gemahl!" sagte sie, und das herablassende Lächeln auf ihrem Gesicht verstärkte sich.

Die Augen Pharaos richteten sich kurz auf Irinefer. „So, so", sagte er. „Sei willkommen." Dann wandte er sich ab. Offenbar erinnerte er sich seiner nicht.

Tausret drehte sich zum Thronfolger um. „Siptah, du sollst ... Was ist dir?" unterbrach sie sich, als sie seinen Gesichtsausdruck gewahrte. „Ist dir nicht gut?"

Bleich war er geworden, der goldbehangene Sohn des Königs. Er starrte offenen Mundes auf Irinefer. „Wer ist das?" krächzte er.

„Das ist der Sohn Bakenptahs", sagte Bai schnell. „Er hat viele Jahre fern des Hofes verbracht." Auch er war erschrocken. Siptah! Er hätte daran denken sollen, daß Siptah die Ähnlichkeit mit Djehuti nicht entgehen würde. Er hätte ihn vorbereiten müssen.

„Er sieht aus wie ...", begann der Königssohn zögernd.

„... jemand, den du kennst?" unterbrach Bai leichthin. „Ja, es gibt Zufälle! Meine Königin!" wandte er sich wieder an Tausret. „Ich habe Nachricht über Cha-em-hedjet."

Ihr Kopf fuhr herum. „Cha-em-hedjet! Wo ist er?"

„Es hat den Anschein, als sei er ins Land der *Tjehenuiu* geflohen. Jedenfalls wurde er an der westlichen Grenze gesehen."

„Sende Medjau aus! Oder besser richtige Soldaten!" Die Worte zischten. „Ich will den Mann aber lebend, hörst du? Daß mir niemand ihn mit einem Pfeil oder einem Dolch tötet. Das ginge zu schnell!"

„Ich höre und gehorche!" versetzte Bai und neigte den Kopf. „Die Hauptsache ist, daß er vernichtet wird. Dies wird auch Irinefers Wunsch entsprechen. Er wurde jahrelang von Cha-em-hedjet verfolgt."

Siptah setzte erneut zu sprechen an. Bai sah ihn scharf an und schüttelte kaum merklich den Kopf. „Wenn du es gestattest, Hoheit", sagte er zu Tausret, „will ich Irinefer zu einem fähigen Amtmann ausbilden, einen, dessen Dienste für dich wertvoll sind."

„Du wirst es schon richtig machen, Bai, daran zweifle ich nicht." Wieder schenkte sie Irinefer jenes maskenhafte Lächeln. „Freue dich, denn nun bist du hier unter den wärmenden Strahlen von Pharaos Wohlwollen. Bai lobt dich, wir werden sehen, was du kannst und was du zu lernen imstande bist. Du magst dich entfernen." Ihre Handbewegung wischte ihn förmlich fort.

Die nächsten Stunden überschwemmten Irinefer mit einer Flut von Gesichtern, gewundenen Begrüßungsformeln, gefühlvollen Bemerkungen über den verstorbenen Hohenpriester und Versicherungen, man würde alles, aber auch wirklich alles tun, um ihm den Beginn einer schönen Laufbahn zu erleichtern. Bai gönnte ihm keine Pause, und nach kurzer Zeit sprudelten auch über Irinefers Lippen die blumigen Redensarten wie von selbst. Bald hatte er so oft und so viel von seinem Leben in Pa-Time berichtet, daß ihm die Worte strömten, als sei diese Zeit ein großes Abenteuer gewesen, das er nur aus dem einen Grunde bestanden hatte, die Menschen des Hofes zu unterhalten. Er empfand ein Gefühl der Fremdheit zu seinen eigenen Erinnerungen, ebenso wie zu den Leuten, denen er sie mitteilte.

„Wie lange gebietet es die Höflichkeit, hier zu verweilen?" fragte er flüsternd.

Bai hob die Schultern. „Je länger, desto besser", gab er ebenso leise zurück. „Du hältst dich gut, junger Mann! Man ist angetan von dir. Aber ich denke auch, du hast für heute genug gearbeitet. Ja, so ein Fest ist schwere Arbeit! Es wird Zeit für die Belohnung!"

„Was für eine Belohnung?"

„Komm mit! Sie wartet in meinem Haus." Während die Harfenzupfer ein Preislied auf den König begleiteten, zog er ihn unauffällig aus dem Saal. Er hob den Arm und winkte einem hochgewachsenen Mann soldatischen Aussehens zu, der augenzwinkernd zurückgrüßte. „Siehst du den jungen Heerführer dort drüben? Das ist Ramses, der Sohn Sethnachts, des Obersten der Truppe. Er hat eigens für dich auf ihre Gesellschaft heute abend verzichtet, was ihm schwergefallen sein dürfte. Er wird sie nämlich zur Herrin seines Hauses machen." Er schmunzelte angesichts Irinefers verständnisloser Miene und berührte ihn leicht am Ellenbogen. „Ich spreche von Aatmeret! Folge mir zu ihr."

Aatmeret. Seine kleine Schwester. Irinefer schritt hinter Bai zu der wartenden Sänfte. Dieses Wiedersehen hatte er ersehnt, seit er in Pi-Ramesse angekommen war, und zugleich war ihm bang zumute gewesen. Beinahe erleichtert hatte er bei seiner Ankunft erfahren, sie halte sich in Itj-Taui auf, um Freunde aus ihrer Jugendzeit zu besuchen. Nun war sie also zurückgekehrt. Er fürchtete sich vor dieser Begegnung. Aatmeret würde sein Innerstes berühren, das ahnte er. In seinem Herzen wohnten Liebe und Sehnsucht nach Ta-Scherit und Aatmeret nahe beieinander. Mußte er nicht, wenn er sich der Schwester öffnete, den Verlust der Geliebten wieder in all seiner Unerträglichkeit spüren?

„Was ist mit meinen Brüdern?" fragte er nach einer Weile. „Sind sie ebenfalls eingetroffen?" Soviel er wußte, befanden sich beide noch beim Heer.

„Nein. Meti und Tjeri wurden in den Süden abgeordnet. Sie folgten dem neuen Königssohn von Kusch nach Buhen. Beide haben den Krieg unversehrt überstanden."

Irinefer atmete auf, denn auch mit ihnen scheute er das Zusammentreffen. Bevor er Meti und Tjeri wiedersah, wollte er sich schon hineingefunden haben in sein neues Leben, sich nicht mehr unterlegen fühlen. Er wollte auch mit dem Herzen kein Diener mehr sein. „Erzähle mir von Aatmeret", bat er. „Was für ein Mensch ist sie geworden? Hat sie mich vermißt?"

„Sie ist ein freundliches Mädchen", sagte Bai und nahm ihm gegenüber in der Sänfte Platz. „Sehr sanft und bemüht, es allen recht zu machen. Es scheint, als versuche sie, durch besondere Beflissenheit ihr Dasein zu rechtfertigen. Das ist anrührend. Ob du ihr fehltest? Ich glaube schon. Seit der Zeit, da sie noch die Jugendlocke trug, hat sie immer wieder nach dir gefragt. Ich konnte ihr die Wahrheit nicht sagen, da ich um dein Leben besorgt war."

„Die Wahrheit?" bemerkte Irinefer trocken. „Was ist die Wahrheit? Ich habe sie bis heute nicht begriffen, so gewohnt bin ich es, daß sie bemäntelt wird! Ich würde sie vermutlich nicht einmal erkennen, wenn sie mir begegnete."

„Es war eben notwendig", sagte Bai kurz. „Das Notwendige hat zu geschehen."

„Daran zweifle ich nicht", erwiderte Irinefer ruhig. „Es kommt auf das Ziel an, nicht wahr? Um es zu erreichen, muß man alle Handlungen darauf ausrichten."

Bai sah ihn überrascht an. „Vollkommen richtig", meinte er. „Ich wollte deine Sicherheit, das war alles." Das stimmte nicht ganz, denn vor allem anderen hatte er seine Stellung in der Gunst der Königin halten wollen, aber das spielte für Irinefer keine Rolle. „Außerdem hat jeder Mensch seine eigene Wahrheit, denn nur sein Herz kennt die eigenen Ziele."

Irinefer sah ihm ins Gesicht. Er konnte den Ausdruck darin nicht erkennen, denn es war zu dunkel im Innern der Sänfte. Die außen befestigten Fackeln spendeten nur dürftig Licht. „Es scheint mir", sagte er, „als sei der Mensch weit entfernt von seinem Nebenmenschen. Jeder trägt in sich eine ganze Welt mit eigenen Wahrheiten, eigenen Zielen und ...", er zögerte ein wenig, „... eigener Not."

„Man kann teilen", schlug Bai vor. „Sich mitteilen."

„Nein", sagte Irinefer, „man kann vielleicht kurz dem Alleinsein entfliehen, aber dafür verlangen die Götter einen hohen Preis. Sie sind so mächtig, daß sie eigentlich willens sein sollten, einfach zu geben. Sie geben aber nicht, sie nehmen. Glaubst du, sie sind eifersüchtig?" So hatte er oft mit Neferhotep gesprochen; ohne sich dessen bewußt zu sein, war er in die alte Gewohnheit verfallen.

Bai, verwundert über diese Art, Gedanken über Götter zu spinnen, zögerte mit der Antwort. Er wußte, wie dringend Irinefer nach Erklärungen verlangte, um sein Schicksal zu verstehen. „Sie sind nicht eifersüchtig", sagte er dann. „Sie prüfen den Menschen."

„Wozu?" Irinefer dachte an seinen Traum, in dem Ptah, der Herr der Schöpfung, von den Flammen gesprochen hatte, in denen er zu härten sei. „Sie ziehen keinen Vorteil daraus."

„Du sprichst, als dächten und handelten sie wie Menschen. Das tun sie nicht. Es ist nicht an uns, sie zu begreifen. Unsere Aufgabe ist es, anzunehmen, was immer sie für uns vorsehen."

Die Sänfte bog in den gedeckten Torweg, der zum Haupteingang von Bais Stadtschloß führte. „Findest du dein Schicksal so beklagenswert?" setzte der Schatzmeister des Ganzen Landes fragend hinzu, während sie sich zum Aussteigen anschickten. „Bedenke, wo du lebst! Du bist kein Bauer mit sonnenverbranntem Rücken, der hustet vor Anstrengung vom frühen Morgen bis in den Abend und der doch der Knute des Steuereintreibers nicht entgeht. Die meisten Menschen im Zweifachen Land würden dich beneiden."

Irinefer lächelte traurig. „Und doch besitzt der Bauer seine Familie und lebt unter denen, die er liebt."

Einen Augenblick überkam Bai die Versuchung, sich dem Jüngling zu erkennen zu geben, ihm zu sagen, daß er gerade in diesem Augenblick mit seinem Vater zusammensei und daß er außerdem einen Bruder besitze. Doch die Anwandlung verschwand so schnell, wie sie gekommen war. Sein Sohn glaubte zu wissen, wer seine Familie war. Niemand konnte vorhersagen, wie er die Wahrheit aufnehmen würde.

Sie schritten die Stufen zur säulenumstandenen Pforte hinauf und durchquerten die Eingangshalle. An der Tür zum ‚Raum der Worte', des Hausherrn Lesezimmer mit den in unzähligen, kostbaren Krügen aufbewahrten Papyrusrollen, trat Bai zurück. „Gehe allein zu ihr", sagte er. „Ihr mögt ungestört das Wiedersehen feiern."

Irinefer betrat das Zimmer und blieb nach wenigen Schritten stehen. Sein Blick umfaßte die zierliche Gestalt Aatmerets, das schmale Gesicht mit den erstaunlich blauen Augen, die ihn erst anstrahlten und sich dann mit Tränen füllten. Einen Lidschlag lang fühlte er Fremdheit. Freilich hatte er gewußt, daß er nicht mehr das sechsjährige Kind vor sich haben würde, als das Aatmeret während all der Jahre in seinem Gedächtnis gelebt hatte. Diese junge Frau vermochte er im ersten Augenblick nicht mit seiner Erinnerung in Verbindung zu bringen.

„Irinefer!" flüsterte sie. „Du bist hier! Endlich habe ich dich wieder!"

Es war ihre Stimme, die den Wandel verursachte. Ihr Klang war derselbe geblieben wie damals, eine Spur tiefer vielleicht, weniger kindlich, aber unverwechselbar. Nun konnte er auch in ihrem Gesicht die vertrauten Züge erkennen. Er ging zu ihr und legte ihr seine Hände sacht an die Wangen. „Kleine Schwester", murmelte er, „ich bin so froh."

Da warf sie sich an seine Brust und weinte. Er streichelte sie, sprach liebevolle Worte, sagte ihr, wie lange er auf diesen Augenblick gewartet und wie sehr er sie vermißt habe. Zugleich aber fühlte er sich entrückt und benommen, ähnlich wie kurze Zeit zuvor auf Pharaos Fest, auf dem er als heimgekehrter Sohn Bakenptahs gefeiert worden war. Es trat nicht ein, was er befürchtet hatte. Er wurde nicht überschwemmt von Gefühlen, über die er keine Macht besaß, stets blieb er sich bewußt, daß er Aatmeret in den Armen hielt, nicht Ta-Scherit. Zum ersten Mal, seit er Pa-Tíme verlassen hatte, fühlte er, daß er sein Leben würde meistern können.

‚Eingenommen am zehnten Tag des zweiten Monats der *Schemu*-Zeit', kritzelte Hutemwija auf den Papyrus, ‚sechsundzwanzig Kupferringe von je einem halben *Deben* Gewicht. Davon entfielen auf Nesi zwölf, auf Mara zehn, auf Tamid dagegen nur vier.' Sie seufzte vernehmlich. Ipu würde die Stirn runzeln und Worte der Mißbilligung finden. Doch an den Tatsachen führte kein Weg vorbei. Tamid brachte zuwenig ein. Die Kunden waren nicht zufrieden mit ihr. Ipu hatte sich, wie jeder Mann, zunächst von ihrem ungewöhnlichen Liebreiz täuschen lassen. Doch Tamids Schönheit wurde nur übertroffen von ihrer Einfallslosigkeit in Dingen der Hathorkünste. Nicht ein einziger Kunde hatte bisher ein zweites Mal nach ihr verlangt. Sie würde das Mädchen auswechseln, nahm Hutemwija sich vor, ersetzen durch eine zweite von Nesis Art. Sonst würde Ipu womöglich in Erwägung ziehen, von ihr selbst stärkeren Arbeitseinsatz zu fordern.

Hutemwija legte die Binse beiseite und erhob sich. Durch das Westfenster fielen die rotgoldenen Strahlen der Abendsonne ins Zimmer und ließen die zarten, mit Elektron eingelegten Linien der Wandbemalung ebenso glühen wie Hutemwijas Brustbehang aus Gold und tiefrotem Karneol. Dieses Haus, das Ipu ihr unweit des Hafens hatte bauen und einrichten lassen, war nach außen hin völlig unscheinbar, bot im Innern jedoch allen nur denkbaren Prunk, ein Ausmaß an Üppigkeit und Glanz, das man hinter diesen einfachen Mauern niemals vermutet hätte. Nur sie und die Mädchen bewohnten es, wenngleich sich hier Nacht für Nacht viele Menschen aufhielten. Jeden Tag erschienen am Spätnachmittag Diener mit Weinkrügen und Lebensmitteln, Köchinnen und Sklavinnen, die das Haus putzten und neue Fackeln anbrachten. Harfenspielerinnen und Flötenmädchen legten ihre Geräte zurecht, Tänzerinnen aus Babylon und dem nördlichen Retjenu umschnürten sich mit silbernen Gürteln, denn sonst trugen sie nichts an ihren geölten Leibern; der nubische Türsteher nahm mit strenger Miene seinen Platz ein. Hutemwijas drei Lehrmädchen rieben sich mit Wohlgeruch ein und kauerten sich an die Lager der Bestrickenden. Dort sollten sie beobachten, lernen und, wenn die Herren dies wünschten, sich auch selbst ins Geschehen mischen.

Nachdenklich drehte Hutemwija den schweren Goldring an ihrem Finger. Die Frage, ob sie zufrieden sei mit ihrem Leben als Mutter der Bestrickenden, hätte sie ohne zu zögern bejaht. Nach einer kurzen Zeit der Verstörtheit, als ihr klargeworden war, was Ipu von ihr erwartete, hatte sie verblüfft festgestellt, daß ihr die Arbeit gefiel. Es war nicht schwer, ihre Kunden zufriedenzustellen. Männer waren sehr einfach zu handhaben, erkannte sie bald, in erster Linie wollten sie hören, wie einzigartig sie seien, im Leben und vor allem im Lieben. Es war leicht, Macht über sie zu erlangen. Noch immer verzog sie spöttisch den Mund, wenn sie daran dachte, wie gefühlsbeladen ihre Mutter das Verhältnis zu Männern erlebt hatte. Baket-Ra hatte nur Unheil und Trostlosigkeit von ihnen erfahren. Sie, Hutemwija, ging dagegen klug und überlegen vor. Wenn man wußte, wie man es anzustellen hatte, brauchte man nur mit den Fingern zu schnippen, um sich von Männern die Zehen vor Dankbarkeit küssen zu lassen. Niemals würde sie sich ausliefern, wie Baket-Ra es getan hatte. Sie war stärker als ihre Mutter. Sie hatte sie überwunden.

Die Preise ihres Hauses waren ungeachtet der Lage im Hafenviertel außerordentlich hoch. Damit hatte Hutemwija erreicht, daß nur ausgewählte Kundschaft Einlaß begehrte: Männer, denen es nicht an Gold fehlte, die aber andererseits unerkannt und fremd ihr Vergnügen suchten, abseits ihres gewöhnlichen Lebensbereiches. Die meisten von ihnen waren Stammkunden geworden, und Hutemwija hatte nicht wenige vom Sehen gekannt zu der Zeit, da sie noch in Bais Dienergebäuden lebte. Ipu ließ ihr vollkommen freie Hand im Wirtschaften. Er hielt auf ihre kaufmännischen Fähigkeiten große Stücke und hatte rasch erkannt, daß sie am besten arbeitete, wenn er sich nicht einmischte. Am Ende jedes Zehntages pflegte er vorzusprechen, sich Bericht erstatten zu lassen und seine Kupfer- und Silberringe abzuholen. Ruhig hörte er sich an, wenn Hutemwija Diener auswechseln wollte, andere Weinsorten vorschlug oder empfahl, die Wandbemalung zu erneuern. Fast immer veranlaßte er daraufhin das Notwendige. Sie selbst stattete er großzügig aus, fast verschwenderisch, denn er wollte, daß sie sich wohlfühlte. Es war vorteilhaft für das Geschäft. Außerdem war er ihr zugetan, zwar nicht in dem Ausmaß, daß es Hutemwija Macht über ihn verliehen hätte, aber doch so, daß sie sich nicht völlig allein wußte.

Sorgfältig schminkte sie sich, kämmte ihre Perücke, die auf dem Ständer neben ihrem Lager hing, flocht Perlen hinein, überstäubte sie mit gemahlenem Gold und zog sie endlich über. Dann umhüllte sie Gesicht und Oberkörper mit einem hauchfeinen, zart durchbrochenen Gespinst, das ihr zu sehen erlaubte, ihr Antlitz vor anderen aber verhüllte. Das tat sie jedesmal, wenn sich ein neuer Kunde angesagt hatte. Sie wollte sicher sein, daß keine Verbindung zu ihrem früheren Leben geknüpft werden konnte.

„Er ist da", erklang die kindliche Stimme ihrer Zofe, die zusammengekauert auf der Matte vor der Tür ihrer Befehle harrte. „Bist du bereit, Herrin?"

Schnell tupfte Hutemwija sich noch einen Tropfen Wohlgeruch an den Hals. „Ich bin es", sagte sie dann.

Ein Mann betrat den Raum. Er war mittelgroß, breitschultrig, und sein Gesicht bedeckte ein schwarzer, von breiten, grauen Strähnen durchzogener Vollbart. Der nackte Oberkörper war mit Narben bedeckt. Seine Gestalt, gedrungen und muskulös, schien leicht vornübergebeugt, so, als krümme er den Rücken und spanne ihn an, um sich feindlicher Angriffe zu erwehren. Die dunkle Behaarung seiner Beine ließ das Weiß des knielangen Schurzes noch weißer erscheinen. Er trug keine Sandalen.

„Was verlangst du?" Ein forschender Blick aus dunklen Augen traf Hutemwija.

„Du gibst nachher, was es dir wert war", erwiderte sie gurrend. „Außer einem Grundpreis von drei Kupferringen." Als sie sah, wie seine Brauen in die Höhe gingen, setzte sie gedehnt hinzu: „Es gibt keine Begrenzung in der Zeit, denn das würde nur deinen Genuß mindern."

„Ich hoffe", sagte er rauh, „du beabsichtigst, das Tuch fortzunehmen. Ich will sehen, was ich so teuer kaufe."

„Es geschehe, wie du es wünschest, mein Gebieter", gab sie zurück, „doch ein wenig noch möchte ich das Geheimnis meiner Schönheit wahren. Du wirst jedoch nicht enttäuscht sein, das verspreche ich dir. Sage mir deinen Namen, damit ich ihn dir versüße mit Worten der Sehnsucht und der Lust." Sie hatte den Fremden rasch eingeschätzt als einen Mann von Schlichtheit, einen Kunden, den zufriedenzustellen nicht schwerfallen würde.

„Mein Name geht dich nichts an."

Sie zuckte zusammen bei dieser unerwarteten Grobheit. Dann hob sie die Hände mit den Innenflächen nach oben. „Wie du willst!" Sie wies auf das Bett. „Nimm einstweilen Platz. Möchtest du ein Getränk, dich zu erfrischen?"

Der Mann nickte. „Das wäre gut", sagte er. „Aber dann will ich dich. Ich bin kein Freund des langen Wortetauschens, noch weniger des Wartens." Er versuchte, nach ihr zu greifen, als sie an ihm vorüber zum Tisch ging, doch mit einem aufreizenden Hüftschwung entzog sie sich ihm. Sie füllte einen Becher mit Wein und reichte ihn dem Fremden. Sanft schmiegte sie sich an ihn, während er trank, seufzte leise und lächelte versonnen, als sie seine Hand über ihren Körper gleiten fühlte und seinen Atem schwerer gehen hörte.

„Komm!" flüsterte sie. „Lege dich hin, auf daß ich dir dein Herz öffne und dir Wonne bereite!" Mit einer Hand drückte sie ihn nach hinten, mit der anderen nahm sie ihm das Getränk ab. „Du magst später weiter davon trinken." Sie stellte den Becher auf den kleinen gemauerten Vorsprung neben dem Bett. Dann beugte sie sich über ihn und begann, ihr Brusttuch aufzufalten. Er richtete sich halb auf, um sie zu beobachten, während er mit der freien Hand an ihrem Schleier nestelte. Ihre Brüste kamen zum Vorschein, voll und lokkend, und zum ersten Mal lächelte der Fremde. Genießerisch lehnte er sich zurück.

„Du bist schön", murmelte er.

„Ja!" flüsterte sie. „Jetzt will ich dir auch mein Gesicht zeigen ..." Sie brach ab. Seine Hand stieß sie hart zurück. „Was hast du?" schrie sie auf.

Keine Antwort. Der Mann schaute sie nicht an. Er hielt den Blick auf den Weinbecher geheftet, jedenfalls schien es ihr so im ersten Augenblick.

„Woher hast du das?"

Da merkte sie, daß er auf den Steinsplitter dahinter starrte, jene Abbildung der Hathorberge von Waset, aus denen Arme hervorwuchsen mit Händen daran, die Schutz auf eine Frau und zwei Kinder herabriefen. „Warum fragst du das?" rief sie verstört. „Ich habe es nicht gestohlen! Es gehört mir! Ich ... ich habe es von meiner Mutter!"

„Nimm das fort!" befahl er und zerrte heftig an ihrem Schleier.

Mit zitternden Händen entfernte sie ihn. Dann schauten sie einander in die Augen, mit erschrockenem, furchtsamen Blick sie, mit Entsetzen, das zu seltsamer Leere sich wandelte, er.

„Welche von beiden bist du?" fragte er mit toter Stimme, die fremd war und furchtbar, weil etwas darin klang, das Hutemwija dennoch erkannte. „Mutemwija? Oder Hutemwija? Du bist Huti, habe ich recht?"

Da begriff sie. Sie begann zu zittern. „Vater?" schluchzte sie auf. „Das ist nicht wahr!" Ihre Hände krampften sich in seine Schultern, und sie begann zu schreien. „Sage mir, daß es nicht wahr ist! Du bist es nicht!"

Die Tür wurde aufgestoßen, erschreckte Gesichter tauchten auf. „Gebieterin? Brauchst du Hilfe?"

„Geht!" schrie sie. „Geht fort! Es ist nichts!" Als die Dienerschaft ihrem Befehl nicht sofort nachkam, hob sie die Hand, als wolle sie schlagen. „Fort mit euch!"

Da schloß sich die Tür wieder. Hutemwija sank zusammen und weinte bitterlich.

Nacht saß vor ihr, das Gesicht in die Hände vergraben, und rührte sich nicht. Er ließ sie in Ruhe, bis das Schluchzen und Zittern nachließ. „Bekleide dich!" sagte er dann, indem er den Kopf hob. „Laß uns miteinander reden."

Hutemwija erhob sich schwerfällig, sie wirkte gebrochen und wesentlich älter als ihre Jahre. Erst streifte sie sich ein Hemd über, dann ging sie zur Waschschüssel und wischte sich mit einem Schwamm über das Gesicht. Ohne Schminke, mit verweinten Augen, sah sie sehr kindlich aus, und über Nachts Miene glitt ein Ausdruck tiefster Bedrückung.

„Seit wann führst du dieses Leben?" fragte er.

Hutemwija antwortete nicht. Sie setzte sich ihm gegenüber, die

Beine gekreuzt, mit geradem Rücken. Ihre Finger kneteten den Saum ihres Gewandes. Sie war sehr blaß. „Hast du Mutter gefunden?" herrschte sie ihn nach einer Weile an. „Ist sie noch am Leben?"

„Du kannst beruhigt sein, es geht ihr gut! Ich nehme es wenigstens an. Sie ist wieder in Pa-Tíme."

„Pa-Tíme!" Wieder gingen Hutemwija die Augen über. Baket-Ra war fort, heimgekehrt. „Seit wann? Ist Muti bei ihr?"

„Mutemwija ist hiergeblieben."

Hutemwija suchte Nachts Blick. „Du wolltest Mutter töten! Warum hast du es nicht getan?"

„Ich hatte nie die Absicht, sie zu töten", sagte er hart. „Sie sollte Strafe erfahren, ja, es ist wahr, harte Strafe! Aber die verdiente sie!"

Ein Ruck ging durch ihren Körper, und sie wischte sich entschlossen die Tränen von den Wangen. „Inwiefern verdiente sie Strafe? Da du nun einmal hier bist, kannst du mir die Wahrheit sagen. Ich zweifle nämlich, ob ich je erfahren habe, was damals wirklich geschehen ist."

„Sie hat es nicht erzählt? Mit gutem Grund, will ich meinen." Er griff nach dem Weinbecher und trank geräuschvoll. „Sie hat schließlich das Feuer entzündet, das uns alle verzehrt hat. Sie und ... Niu." Bei dem Namen brach ihm die Stimme, und er verstummte.

„Sie haben sich verliebt", sagte Hutemwija mit bebenden Lippen. „Das war ihr Schicksal. Und sie hat uns schon davon gesprochen!" Warum fühlte sie mit einemmal das Bedürfnis, Baket-Ra zu verteidigen?

„Hätte Niu nicht gehen müssen, als er sich dessen bewußt geworden war?" fragte Nacht. „Warum fühlte er nicht die Verantwortung, die Gott ihm auferlegt hatte für die Familie des Bruders?"

Vor Hutemwijas innerem Auge erschien der Gesichtsausdruck ihrer Mutter, als sie den Töchtern von ihrer Liebe erzählt hatte. Eine Traurigkeit, so tief und endlos wie die Fluten des *Großen Grünen*, senkte sich über sie herab. „Und wenn die Leidenschaft so ist, daß man sich nicht wehren kann, selbst wenn man es möchte?" fragte sie leise.

Nacht schaute sie an. Sein Blick war dunkel und beängstigend eindringlich. „Dann ist es eben so", sagte er. „So war auch meine Leidenschaft, als ich es erfuhr. Seth ergriff Besitz von meiner Seele, als habe er nur darauf gewartet. Seitdem bin ich sein Diener. Und ich kann dir versichern, er ist ein strenger Herr. Er quält den, der ihm nicht aufs Wort gehorcht, und fügt Schmerz zu dem, der nicht rast wie er."

„Da hast du ihn getötet, deinen eigenen Bruder!"

Als Nacht Luft holte, klang es wie ein Stöhnen. „Deshalb liebt Seth mich so, denn er ist der göttliche Brudermörder! Ich tötete Niu, so wie er mein Leben getötet hat. Vielleicht hätte man aufgrund der Gerichtsverhandlung später auch mir das Leben genommen, doch Seth wollte noch mehr Tod. Er lechzte nach Blut und Gewalt, und so sandte der Gott das Erdbeben und mordete, daß es seinem Herzen ein Wohlgefallen war."

„Dich aber ließ er am Leben!"

„Das ist wahr. So konnte er sich noch viele Jahre ergötzen an meiner Qual und an meinem Haß." Seine Miene veränderte sich, und flüchtig zeigte sich ein spöttisches Grinsen. „Bis er mich in die Arme meines Kindes trieb, in das ich ums Haar meine Kraft ergossen hätte. Er verhöhnt mich, nein, er verhöhnt uns, Tochter! Merkst du es?"

Hutemwija war dieses Gerede über Seth unangenehm. „Was geschah nach dem Erdbeben, Vater?" fragte sie, um davon abzulenken. „Du hast dich erst nach Jahren gemeldet! Warum?"

„Weil ich nicht anders konnte!" versetzte Nacht bitter. „Ich wurde in Banden gehalten und mußte ums eigene Überleben kämpfen." Wieder griff er nach dem Weinbecher, sah, daß er leer war, und hielt ihn seiner Tochter hin. „Schenk ein, Huti! Gib mir Wein, auf daß sich mir das Herz erweiche und es den Schmerz nicht so scharf fühle. Dann will ich dir berichten von dem Leben, das zu führen ich gezwungen war. Ein Leben, das längst nicht mehr das meinige war, sondern das beherrscht wurde von Niu, meinem Bruder. O ja, Niu! Er begleitete mich, wohin immer ich ging, sein Geist blieb bei mir, trieb mich um, fragte mich, klagte und vergällte mir das Dasein, bis ich wünschte, ich wäre ebenfalls nicht mehr am Leben. Doch wie es des Menschen Art ist: Immer, wenn wirklich Gefahr drohte, klammerte ich mich so verbissen ans Diesseits, als wüßte ich nicht, daß ich im Land des Westens glücklicher sein würde ..."

Hutemwija füllte den Becher und reichte ihn ihrem Vater. Dann setzte sie sich wieder und hielt den Blick fest auf ihn geheftet, während er zu erzählen begann. Ein Gefühl von Unwirklichkeit überkam sie, als sie Nacht beobachtete, einen Mann, den sie kaum kannte, doch der mit jedem Wort, jeder Bewegung ein süßes, fast wohliges Weh in ihr auslöste. ‚Vater', dachte sie nur, ‚mein Vater! Könnte ich dir nur helfen in deiner Verworrenheit!' Trotz ihrer so oft zur Schau gestellten Härte war Hutemwija im Grunde ein Mädchen von schlichter Klarheit und Mitgefühl, ihrer Schwester Mutemwija viel ähnlicher, als sie es selbst wußte.

Die Geschichte von Ehebruch und Mord, die Nacht berichtete, unterschied sich inhaltlich wenig von der Schilderung ihrer Mutter, doch ihr Klang und die darin schwingende Stimmung waren anders. Nacht betonte den Verrat seiner Frau und seines Bruders allzusehr und stellte ihre Leidenschaft als Gefühlsverirrung hin, die zu überwinden bei gutem Willen hätte möglich sein müssen. Aber er war ehrlich und verschwieg nicht seine Grausamkeit Baket-Ra gegenüber, doch beschrieb er sie als sethische Besessenheit, derer er sich nicht habe erwehren können. Ja, auch er sei ein Opfer gewesen!

Je länger er sprach, desto ruhiger wurde Hutemwija. In ihrem Herzen breitete sich Verstehen aus, das ihren Kummer besänftigte. Sie wußte nun, was mit den Eltern geschehen war, erkannte, wie unsinnig und ungerecht ihre Schuldzuweisungen gewesen waren. Sie begriff, daß es die Ewigen selber gewesen waren, die Nacht, Baket-Ra und Niu eine unheilvolle Verstrickung auferlegt hatten, aus der niemand sich hatte befreien können. Unergründlich war ihr Wille. ‚Vergib mir meinen Haß, Mutter!' dachte sie zum ersten Mal, als ihr Vater schilderte, wie er am Hafendamm einem Schiff mit Namen *Sepedet-strahlt-hell* nachgeblickt hatte, und Hutemwija wäre nicht sie selbst gewesen, wenn sich nicht sogleich Empörung in ihrem Innern geregt hätte über die Willkür des Schicksals. „Amun ist groß", sagte sie rauh, „doch seine Barmherzigkeit hält mit seiner Macht nicht Schritt."

Überrascht unterbrach Nacht seinen Bericht. „Ich weiß nicht, ob es Gott war, der Spott mit mir trieb!" meinte er. „Ich vermutete stets, es sei Niu, der sich an mir räche und mir schade, wo er nur könne. Wie oft sprach ich mit ihm in den Nächten, erklärte ihm geduldig, daß es mein Recht gewesen war nach den Gesetzen der *Ma'at*, ihm den Tod zu bringen. Doch er begriff auch als Jenseitiger nichts. Statt dessen bedrängte er mich, wenn mich nach Frieden dürstete, verwirrte mein Herz, und jedesmal, wenn ich die Augen schloß, versengte mich sein vorwurfsvoller Blick."

„Du hast ihm das Leben genommen!" sagte seine Tochter. „Mag sein, daß du im Recht warst, aber es ist eine ungeheuerliche Strafe für etwas, das doch nur Liebe war."

Nacht sah sie unter halbgeschlossenen Lidern an. „Was verstehst du davon?" fragte er böse. „Habe ich dich nicht hier gefunden? Warum führst du das Leben einer Frau, die eine Fremde ist? Wie erträgt dies deine Mutter? Und deine Schwester? Was, meine Tochter, tust du mit der Liebe?"

„Du Ungeheuer!" schrie Hutemwija auf und schlug mit der Faust auf ihr Knie, denn Mutemwijas verzweifelte Bitten klangen in ihr nach. „Du hast überhaupt kein Recht ...!" Sie brach ab, denn Nacht war in schauerliches Gelächter ausgebrochen.

„Es ist lächerlich, wenn du dich so ereiferst!" höhnte er. „Glaubst du, ich wüßte nicht, warum du dich verkaufst? Du willst sicher sein vor der Liebe und ihren Verstrickungen. Doch ich tadle dich nicht! Du hast einen klugen Entschluß gefaßt, Hutemwija! Meide alles, was Liebe heißt, wende dich ab, wie du dich von schwärendem Aussatz fortwenden würdest. Ich beglückwünsche dich! Sieh mich an! Ich habe viele Jahre bezahlt dafür, daß ich mein Weib liebte, so sehr liebte, daß ich es nicht zulassen konnte, sie zu verlieren. Daß mir damals die Flucht gelungen ist, hat mir wenig Vorteil eingebracht!"

Hutemwijas Erregung war schnell wieder verflogen. Sie saß gesenkten Kopfes vor ihrem Vater und bemühte sich, ihre Tränen zurückzuhalten.

„Zuerst dachte ich, das Erdbeben sei meine Rettung gewesen", fuhr Nacht fort. „Die Behörden suchten nur halbherzig nach mir, weil jeder glaubte, ich sei umgekommen wie so viele andere ..."

Es war ihm damals selbst unbegreiflich erschienen, daß er nicht einmal einen Kratzer davongetragen hatte. Sein Körper war vollkommen unversehrt, nur sein Herz war erstorben.

Er hatte sich noch eine Weile in den Bergen von Waset verborgen gehalten. Einen Mondlauf später war er nach Süden aufgebrochen. Kurz bevor er Ta Seti erreichte, geschah etwas, das ihn zutiefst erschreckte. Es war in einer sternenklaren Nacht, als ihm Niu zum ersten Mal erschien. Er stand plötzlich vor ihm, etwa hundert Ellen entfernt, und sah ihm entgegen. Bleiches Licht umfloß seine fast durchsichtige Gestalt, die ganz deutlich Blutspuren trug. Nacht blieb klopfenden Herzens stehen und ballte unwillkürlich die Hände zu Fäusten.

„Was willst du hier?" zischte er. „Verschwinde in dein Grab, wo du hingehörst!"

Zunächst schien sich Nius Geist nicht zu bewegen, dann aber drehte sich der Kopf in seine Richtung, und Nacht fühlte den Blick des Toten mehr, als daß er ihn sah. „Bruder! Mein Bruder!" hörte er eine hohe, ferne Stimme singen, die ihm nicht menschlich zu sein schien. Oder war es nur die Ausgeburt seines fortschreitenden Irrsinns? „Warum hast du das getan? Nacht, mein Bruder! Ich liebte dich!"

„Fort mit dir!" kreischte Nacht mit sich überschlagender Stimme. „Fort! Fort! Fort!" Er rannte auf Niu zu, keuchte und fletschte die Zähne in unaussprechlicher Panik. Doch als er an die Stelle kam, wo der Geist gestanden hatte, war dieser verschwunden. Schweiß lief Nacht von der Stirn, er hätte schreien mögen vor Wut und Angst. Gehetzt blickte er um sich, doch er war allein. Vollständig allein.

Einige Tage später erreichte er Ta Seti. Die Stadt brodelte vor Aufregung, denn sie erwartete den Besuch des Königssohnes von Kusch, der im Hause des örtlichen *Hati-a* mehrere Tage lang Gericht halten sollte. So konnte der Flüchtling in der Masse der Menschen untertauchen. Zu den Gerichtstagen pflegten die Bewohner von weit her zu strömen, um den Herrn zu sehen und nebenbei ihre Geschäfte zu erledigen. Doch lief Nacht auch Gefahr, von früheren Bekannten entdeckt zu werden. Daher achtete er in dieser Zeit sorgfältiger als sonst darauf, sich möglichst unauffällig zu betragen. Er hatte bald eine Unterkunft gefunden. Eine alleinlebende Frau nahm ihn bei sich auf, eine kinderlose Witwe mittleren Alters, die keine weiteren Verwandten besaß. Sie zeigte sich darüber erfreut, daß es ihr noch einmal beschieden war, von einem Mann bewundernde Äußerungen über den Glanz ihrer Augen und die Verlockungen ihrer Lippen zu hören. In der ersten Nacht gebärdete sie sich auf dem Lager wie eine Raubkatze, und die gewalttätige Gier ihres neuen Gefährten schien ihr zu behagen. Doch zwei Zehntage später wäre ihr nichts lieber gewesen, als ihn wieder loszuwerden. Nacht hatte begonnen, sie zu schlagen, was sie zunächst duldete, denn es schien ihr eine Sonderart des Liebesspiels zu sein, die ihr nicht ganz zuwider war. Bald jedoch schlug die Lust in schiere Angst um. Eines Abends setzte Nacht nicht nur die Peitsche, sondern auch seine Zähne ein. Da begann sie um Hilfe zu rufen, was ihn noch mehr zu reizen schien. Schließlich schrie sie in Todesangst, während Nacht sich wie von Sinnen gebärdete. Er tobte noch immer, als Medjau, von verstörten Nachbarn gerufen, in die Hütte eindrangen, ihn von der blutüberströmten Frau wegrissen und ihn mit fingerdicken Hanfseilen fesselten. Er wurde vor einem Schnellgericht abgeurteilt, dem er einen falschen Namen angegeben hatte. Zu seinem unverdienten Glück lautete die Strafe nicht auf Tod oder Verlust von Nase oder Ohren, denn es wurde ihm zugute gehalten, daß sein Opfer sich bald wieder erholt hatte. Das Urteil verdammte ihn zu Schürfarbeiten in einem von Pharaos Goldbergwerken im tiefsten Kusch, dort, wo es besonders elend war, wie im Richterspruch betont wurde.

Nacht sollte bald merken, daß es dem Gericht damit ernst gewesen war. Er wurde in einem Zug halbverhungerter Sträflinge, deren blutverkrustete Füße und eiternde Striemen auf den Schultern vom ausgiebigen Einsatz der Peitsche Zeugnis ablegten, durch die Wüste nach Süden verschleppt. Jeder neue Tag in diesem Todeszug bedeutete unerträgliche Hitze, Schläge, Schmerzen und Durst, der ihn fast zum Wahnsinn trieb. In den Nächten dagegen erstarrte er in Kälte, die ihm in die Knochen drang und die Glieder lähmte. Noch schwerer auszuhalten waren jedoch die Besuche Nius. Jeden Abend gewahrte er bei Einbruch der Dunkelheit den Bruder in einiger Entfernung. Manchmal sprach der Geist zu ihm mit dieser furchtbaren, nichtmenschlichen Stimme, manchmal stand er nur da und schaute ihn an. Nicht einmal der Schlaf brachte Erleichterung. Dann nämlich träumte ihm von Baket-Ra und Niu. Er sah sie auf dem Lager, wieder und wieder mußte er ihren Zärtlichkeiten zusehen und hören, wie sie einander ihre Liebe beschworen. Gerade diese Träume waren es, die ihn die Strapazen überleben ließen. Sie erzeugten so starken Haß in seinem Herzen, daß sich auch sein Überlebenswille stärkte. Jede Nacht und jeden Tag schwor er sich, dereinst zurückzukehren und sich zu rächen.

Das Goldbergwerk, das sie endlich halb bewußtlos vor Erschöpfung erreichten, lag in einer felsigen Ödnis südlich einer armseligen Hüttenansammlung. Die Sträflinge wurden in ein Strohhüttenlager geführt, wo man sie von ihren Stricken befreite. Offenbar glaubten die Medja-Soldaten der Begleitmannschaft, nun seien sie so weit von jeder menschlichen Behausung entfernt, daß eine Flucht nicht denkbar wäre. Die Aufseher, Ägypter aus Ta Seti und zwei Nehesiu aus der Gegend der großen Tempel *Meha* und *Ibschek*, zeigten nur mäßige Neugier hinsichtlich der Neuankömmlinge. Im Grunde schienen sie nicht weniger abgestumpft zu sein als die Verurteilten selber. Mehr noch als die Einsamkeit war es die unbarmherzige Hitze, die ihnen jegliche Anteilnahme aus der Seele brannte.

Nacht gewöhnte sich rasch an das neue Leben. Ihm, der es gewohnt war, hartes Tagwerk in Stollen und Schächten zu verrichten, fiel die Bergwerksarbeit leichter als anderen, die kühle, winddurchfächelte Amtsstuben gekannt hatten. Die nächtlichen Besuche seines Bruders zermürbten ihn so, daß er jede Anstrengung, jede Plackerei willkommen hieß, sofern sie ihn nur so ermüdete, daß er sofort einschlafen konnte, wenn er auf sein Strohlager sank.

So durchlebte er viele Zehntage, die sich zu Mondumläufen und Jahreszeiten zusammenfügten, in sonnendurchglühter Einförmigkeit. Er arbeitete, schlief, aß und arbeitete wieder. Eines Tages stellte er mit milder Überraschung fest, daß Niu schon vor langer Zeit seine Besuche aufgegeben hatte. Offenbar hatten ihm die Qualen genügt, die er seinem Mörder zugefügt hatte, und er war ins Jenseits zurückgekehrt.

„Ich verbrachte Jahre in einer Art Dämmerzustand." Nacht hatte sich zurückgelehnt und die Augen geschlossen. „Es war die Zeit, da ich mich in Totenstarre befand wie die entseelten Leiber in den Natronbecken der Balsamierer."

Hutemwijas bittere Gedanken über Schuld waren verflogen. Für sie war die Zeit der Vorwürfe vorüber. Sie beugte sich vor und berührte sacht die Hand ihres Vaters. „Es tut mir so leid", sagte sie leise.

„Nachdem vier Jahre vergangen waren", fuhr Nacht fort, „gelang mir die Flucht. Nichts konnte mich aufhalten, keine Qual war zu grausam, denn ich hatte ein Ziel vor Augen."

Auf Hutemwijas Gesicht zeigte sich Röte, als habe sie Fieber. „Mutter?"

„Baket-Ra, ja, das ist richtig. Ich wollte sie finden. Sie sollte erfahren, daß ich am Leben bin und nichts vergessen habe. Sie war zu gut davongekommen."

„Du irrst dich!" stieß Hutemwija hervor. „Sie hat viel gelitten. Was maßest du dir an! Du wußtest doch nicht, wie es ihr ergangen war!"

„Ich sah es, sobald ich in Pi-Ramesse angekommen war. Stimmt es etwa nicht, daß sie in Reichtum lebte, im Hause eines Großen? Trug sie nicht feines Linnen an ihrem Leib und aß gebratene Täubchen und Kuchen? Während ich schuftete im Schweiße meines Angesichts, mit blutenden Händen und ohne Hoffnung? Nein, Hutemwija! Es ist nicht gerecht, daß nur ich den vollen Preis für meine Taten zahlen mußte! Sie hat keine ausreichende Strafe erhalten."

„Und die wolltest du ihr zuteil werden lassen. Dein Verstand ist umdunkelt! Du benimmst dich, als seist du Gott! Als sei es dein Finger, der richtet!"

„Sie ist immerhin meine Frau!"

„Und nun? Wird es weitergehen? Wirst du sie weiterquälen? Wann wirst du genug haben? Wenn sie tot ist? Wird Nacht, der große Richter, Nacht, der Gott, dann finden, es sei genug an Leiden für Baket-Ra?"

Ihr Vater streifte sie mit einem belustigten Seitenblick. „Du hast keine Angst vor mir, nicht wahr? Das gefällt mir. Ich habe eine mutige Tochter. Aber ich kann dich beruhigen: Es ist genug. Ich will frei werden von ihr. Baket-Ra hat lange genug mein Leben beherrscht. Ich will sie nicht mehr."

Hutemwija starrte ihm ins Gesicht. Dann erhob sie sich und ging zum Fenster. Ohne sich umzudrehen, fragte sie nach einer Weile mit leiser Kleinmädchenstimme: „Und was ist mit uns? Mit Mutemwija und mir? Hast du während all dieser Jahre auch einmal an uns gedacht?"

Lange stand sie so, während sie auf eine Antwort wartete. Doch kein Wort durchbrach das Schweigen. Da kehrte sie zum Lager zurück. „Was hast du vor?"

Nacht hob die Schultern. „Ich weiß es nicht. Vielleicht werde ich das Geliebte Land verlassen. Ich könnte ins Retjenu gehen. Dort zu leben ist auch nicht schlecht, habe ich gehört. Man wird sehen. Leben entwickelt sich immer irgendwie."

„Willst du mir eines versprechen, Vater? Ich bitte dich darum!"

„Was wäre das?"

„Gehe nicht, ohne Mutemwija aufgesucht zu haben. Sie braucht die Gewißheit ebenso wie ich."

„Was für eine Gewißheit meinst du?"

„Dich zu kennen, Vater! Auch sie hat nur ihre Sehnsucht nach dir. Das ist nicht genug."

Das Lächeln, das unverhofft über Nachts Gesicht glitt, war freundlich, ein wenig gerührt sogar. „Du bist ein seltsames Mädchen, Hutemwija. Aber du gefällst mir, denn du bist stark. Du bist eine Siegerin." Er stand mit schwungvoller Bewegung auf und ordnete seinen Schurz. „Gib acht, daß du nicht über dich selber siegst, meine Tochter. Du magst nicht viel von mir wissen, aber ich kenne dich! Ich gehe von hier mit dem Wissen, ein Kind zu haben, das so ist wie ich. Gib gut acht auf dich, Huti, und lebe wohl!" Mit den letzten Worten war er bereits an der Tür angelangt. Ganz deutlich merkte Hutemwija, wie sehr es ihn danach verlangte, diesen Ort zu verlassen. Sie stand noch immer am Fenster, ihr Herz schmerzte wie noch nie in ihrem Leben. Nun wußte sie, was ihre Schwester damals bei ihrem Fortgehen empfunden hatte. Die Gestalt ihres Vaters verschwamm vor ihren Augen, undeutlich sah sie, wie er die Hand hob. Gleich darauf war er verschwunden.

Reglos stand Hutemwija, die Bestrickende, die Siegerin, das vaterlose, das verwaiste Kind, am Fenster, während ihr Tränen über die Wangen rannen. Dann faßte sie einen Entschluß.

Bai durchquerte den Thronsaal und schritt durch den angrenzenden Empfangsraum, ohne den Gruß der Hofschranzen zu erwidern, die sich mit süßlichem Lächeln und zierlich erhobenen Händen vor ihm neigten. Eilends durchmaß er lange Korridore, den palmenbestandenen Brunnenhof und betrat endlich die Gemächer der Königin.

Tausret erwartete ihn bereits. Sie lag auf einem vergoldeten Ruhebett, inmitten flauschiger Wolldecken und bestickter Kissen. Ihren Körper bedeckte ein Gespinst, aus zartesten Fäden in durchbrochene Muster gewunden, ein luftiges Nichts, auf dem winzige Goldplättchen blinkten. Rotgolden waren die Lippen geschminkt, und Goldstaub bedeckte ihre Wangen und Lider.

„Wie war sie?" fragte sie ohne Umschweife.

„Möge dein Tag so golden sein wie deine Erscheinung, hohe Herrin", grüßte Bai. Sein Blick sprach jedoch eine deutlich andere Sprache als die höflichen Worte. In seinen Augen blitzte es fröhlich, siegessicher und … herablassend.

Tausret sah es sofort und zog die Brauen zusammen. „Bai!" sagte sie scharf. „Berichte mir! Was hast du aus Baketwerel herausbekommen? Was weiß sie über Cha-em-hedjets Verbleib?"

„Sie sagte, sie habe ihn zwei Tage nach dem Tod Amenmesses zum letzten Mal gesehen. Das dürfte etwa zu der Zeit gewesen sein, da Seine Erhabenheit, Leben, Heil, Gesundheit, den Palast *Chenu ni Amenhotep* übernahm und überreichlich Lobgold über seine verdienstreichen Feldherren regnen ließ."

„Und?"

„Das ist alles, Hoheit! Sie behauptete, nicht mehr zu wissen."

„Sie lügt!" stieß Tausret hervor. „Hast du nicht veranlaßt ...?

„Alles geschah, wie du es befohlen hattest", unterbrach Bai. „Sie wurde aufs strengste verhört. Mit allen Mitteln." Er verzog das Gesicht bei der Erinnerung an das Verlies und die dunklen Gestalten, denen er Baketwerel überlassen hatte.

„Wie kann es dann sein, daß du ohne Ergebnisse vor mir stehst?" fragte die Königin böse.

Ohne auf eine Erlaubnis zu warten, zog Bai einen Armsessel heran, raffte seinen wadenlangen Schurz und setzte sich. Umständlich ordnete er die geflochtenen Gürtelbänder, und erst, als sein Gegenüber vor Ungeduld hörbar die Luft einsog, hob er den Blick. „Daß ich dir nichts berichten kann", sagte er langsam, „liegt daran, daß Baketwerel zu Osiris gegangen ist. Sie hat das Verhör deiner Schergen nicht überlebt."

Tausret sprang auf. „Sie ist tot? Das ist ungeheuerlich! Die Verhandlung steht doch noch aus!"

Bai ließ ein kurzes Lachen hören, das jeder Fröhlichkeit entbehrte. „Ganz schön unverschämt, diese Nehesi-Frau, da hast du recht! Sie wagt es, ohne deine Genehmigung zu sterben!"

Tausret, die voll Empörung ihre Liege umkreist hatte, blieb vor Bai stehen. Sie war weiß unter ihrer Schminke. „Da ist ein Unterton in deinen Worten, der mir nicht gefällt!" sagte sie mit ätzender Schärfe. „Cha-em-hedjet zu fassen ist eine Frage von höchster Bedeutung für das gesamte Land! Dafür sind harte Maßnahmen unumgänglich. Bedauerlich, wenn in diesem Fall zu weit gegangen wurde, aber so etwas kommt nun einmal vor!"

Bais Blick umfaßte ihre kaum bekleidete Gestalt, und ein kleiner Kranz von Fältchen bildete sich um seine Augenwinkel. Er lächelte.

„So vorzugehen war recht unklug, Herrin! Was hätte sie uns alles sagen können! Sie wäre der Schlüssel zu allen Gegnern deines Gemahls gewesen. Nie hätte ich es für möglich gehalten, daß du einen derart törichten Fehler begehst!"

„Bai!" schrie Tausret. „Bai!" Vor Zorn brachte sie nicht mehr als seinen Namen über die Lippen.

„Ich war noch nicht fertig!" fuhr er fort. „Vergib mir, wenn ich so offen spreche, aber ich hätte es wissen müssen. Ich hätte dir deinen grundlegenden Fehler bewußt machen müssen, und der ist …"

Tausret hatte ihre Stimme wiedergefunden. „Ich werde dich töten!" zischte sie. „Nicht ohne dich vorher langsam und qualvoll foltern zu lassen!"

„Wie Baketwerel?" gab Bai gleichmütig zurück. „Das wäre ein weiterer Fehler! Beruhige dich! Ich bin dein Freund und Verbündeter, der ich schon immer war! Und du brauchst mich mehr, als du denkst."

„Ha!" fauchte sie. „Brauchen! Was für eine Anmaßung! Weshalb sollte ich dich brauchen?"

„Du tust gut daran, dich meiner zu versichern", sagte Bai, und ein Gefühl überwältigender, erregender Genugtuung erfüllte ihn. Es war erreicht! Nun wurde er zu dem Mann, der er immer hatte sein wollen. Von nun an würde er Tausret stets erhobenen Hauptes gegenübertreten. Mehr noch, er würde sie bezwingen! „Es gereichte dir nicht zum Ruhme, wenn ruchbar würde, daß Tausret, die mächtige Beherrscherin der Beiden Länder und ihres Königs, einem gewöhnlichen Schurken vertraut hat. Wie konnte das geschehen, so würde sich alle Welt fragen. Und, glaube mir, Herrin, es fände sich rasch jemand, den Dingen auf den Grund zu blicken und deine Eitelkeit zu erkennen."

Die Königin starrte ihn an, blieb aber stumm. Sie war klug genug, ihre Niederlage nicht durch nutzlose Gegenwehr zu verschlimmern. Fieberhaft suchte sie in Gedanken nach Ansatzpunkten, ihre Überlegenheit wiederherzustellen, konnte aber keine finden. Bai hatte recht, ihr großer Irrtum hatte sie vollständig in seine Hand gegeben. Dies war die Stunde des Hurriters. Erfahren in Kampfesdingen, beschloß sie, ihn seinen Sieg auskosten zu lassen. War er dann gesättigt und zufrieden, konnte sie ihn überraschen. Aus dem Hinterhalt wollte sie über ihn kommen und ihm wieder den Platz zuweisen, der ihm gebührte.

Langsam, fast bedächtig kehrte sie zu ihrem Ruhebett zurück und setzte sich. Während sie Bais Blick auf ihrem Körper genoß, lehnte sie sich lässig in die Kissen zurück, die Beine leicht geöffnet, und senkte die Lider. Bei Hathor, der Herrin der Liebe und des Todes, sie verfügte noch über genügend Mittel, ihn unter ihren Willen zu zwingen.

„Du hast gewonnen, mein Freund", sagte sie rauh. „Das war schon einmal der Fall, wenn du dich erinnerst. Was gedenkst du anzufangen mit deiner Macht?"

„Ich will sie mit dir teilen, meine Königin", gab er zurück. „Ich will neben dir stehen, nein, genaugenommen unmittelbar hinter dir, immer in dem Wissen, daß alles, was geschieht, unser Werk ist, Ergebnis unserer Bemühungen, unserer Absprachen zum Wohle des Geliebten Landes."

„Du willst durch mich herrschen, ist es nicht so?"

„Nicht durch dich, mit dir! Denke doch, was wir gemeinsam erreichen könnten!"

„Es ist mein Gemahl, welcher über das Land gebietet", sagte Tausret langsam. „Er vertreibt das Böse und schafft Heil für unser Land."

„Das tut er", bestätigte Bai. „Er ist Schöpfer der *Ma'at* und macht, daß Ägypten in Lachen und Staunen lebt. Das ist sein Werk als Gott, indem er die Lüge einen Abscheu sein und die Welt werden läßt, wie sie bei ihrer Schöpfung war. Aber du, meine Gebieterin, du sprichst Worte der Macht, die zu Taten werden. Ich will mit dir sein. Wir wollen unsere Macht zusammentun und unsere Kraft eins werden lassen. Niemand könnte sich mehr gegen uns stellen."

„Wie denkst du dir das?" fragte sie. „Was wäre anders, als es ohnehin ist?"

„Mit Verlaub, der Pharao, Leben, Heil, Gesundheit, ist schwach, wenn man ihn mit menschlichem Maß mißt. Seine Allgewalt als Gott wird sich im Land des Westens zu voller Größe entfalten."

„Doch nach ihm kommt ..."

„... Siptah, ich weiß! Der mächtige Siptah!" Bai verzog seine Lippen zu einem herablassenden Lächeln. „Urteile selbst! Wie lange, glaubst du, wird der Knabe König sein?"

„Deine Worte grenzen an Gotteslästerung!"

„Nicht, solange ich nicht dich lästere. Du bist meine und Ägyptens Göttin!"

„Das solltest du keinesfalls vergessen!" kam es bissig. „Ohne mich bist du nichts, gar nichts!"

„Es ist, wie du sagst", gab Bai mit absichtlich demütigem Tonfall zurück. Aber in seinen Augenwinkeln blitzte es. „Ich brauche dich! Laß also meine Hand die deine berühren und uns unsere Füße zusammentun."

Die Königin warf ihm einen schnellen Blick zu. So unverblümt hatte noch nie jemand gewagt, sie zu einer Liebesstunde aufzufordern. ‚O Bai!' dachte sie. ‚Du selber reichst mir die Schlinge, die ich dir um den Hals legen werde. Nun begehst du deinen großen Fehler, dessen Ergebnis ich ruhig abwarten kann.' Sie lächelte und winkte ihn zu sich.

Er näherte sich, sank vor ihr nieder und barg den Kopf an ihren Knien. „Ich habe dir so lange gedient, ich habe Jahre unter deiner Zuchtrute verbracht, hohe Frau. Findest du nicht, es ist Zeit, mich zu belohnen?"

Sie strich langsam mit den Fingerkuppen seinen Nacken hinunter. „Ich habe dir vor vielen Jahre alles als Geschenk angeboten, was du dir nun erzwingst."

Er hob das Gesicht. „Aber heute ist es anders, du Schöne, von Mut Geliebte! Du reichst mir deine Gunst, aber du knebelst mich nicht."

In Tausrets Mundwinkeln zuckte es. „Mag sein", flüsterte sie. „Sage mir also: Was begehrst du von mir?"

„Deinen Leib und dein Herz!" stieß er hervor und setzte nach einer Pause hinzu: „Und noch etwas!"

„Noch etwas?"

„Einen neuen Namen. Einen Namen der Macht, der mich an die Familie des Gottes bindet kraft des Zaubers, der ihm innewohnt."

Das war eine Forderung, die sie nicht erwartet hatte. „An welchen Namen hattest du gedacht?" fragte sie zögernd.

Bai schlug das Herz bis zum Halse. Er war angekommen, hatte das Ziel erreicht, auf das er über Jahre hingearbeitet hatte. „*Ramesse-cha-em-Netjeru*", sagte er. „Das soll mein ägyptischer Name sein."

„Ramses, erschienen unter den Göttern", wiederholte sie erstaunt, wobei ihr bewußt wurde, daß sie ihn vielleicht würde töten müssen. Bedeutete dieser Name nicht, daß er die Doppelkrone selber begehrte? „Du verlangst viel!" sagte sie, um Zeit zu gewinnen. Zum ersten Mal seit langem war sie unschlüssig, was zu tun sei.

„Ich weiß", antwortete er ruhig. „Ich verlange viel und ich erhalte viel. Aber ich habe viel zu geben. Ich bin der einzige, auf den du wirklich bauen kannst. Kein anderer ist so mächtig und entschlossen, außer vielleicht Hori. Doch auf Hori kann jemand wie du niemals ganz zählen."

Tausret nickte. Hori würde stets nur das tun, was er für sittlich gut hielt, und das entsprach nicht immer ihrer Einschätzung der Notwendigkeiten. Es stimmte schon, einen besseren Verbündeten als Bai konnte man sich nicht vorstellen. Einen besseren Verbündeten, ... und Liebhaber? Ihr Blick senkte sich in den seinen.

„Du willst es?" fragte er kaum hörbar.

„Ich will es", antwortete sie mit erstickter Stimme, denn die Zeit der Bemäntelung war vorüber.

Er schwang sich auf die Liege und zog sie an sich. Sie schaute auf seine Hand, die mit rascher Bewegung die gefältelte Flut ihres Kleides zerriß. Da sank sie zurück in atemlosem Warten, und während sie sich an ihn schmiegte, fiel ihr Henutmira ein, ihre Schwester, die vor so langer Zeit dasselbe Drängen nach diesem Mann verspürt hatte, dieselbe Schwäche, die den Leib überflutete und das Herz öffnete. ‚So kann es also sein', dachte sie, dann überließ sie sich seinen Händen und dem Vorwärtsstürmen ihres *Ka*, das alles Denken auslöschte.

Irinefer hatte lange darüber nachgedacht, ob er Mutemwija aufsuchen sollte, und sich dann dagegen entschieden. Sie zu sehen würde bedeuten, sich wieder der Erinnerung an Pa-Tíme stellen zu müssen. Das wollte er nicht. Er beschloß, künftig ausschließlich in die Zukunft zu blicken und sich die Begegnung mit Baket-Ras Tochter zu versagen. Er hatte aber nicht mit der Entschlossenheit gerechnet, die diese aufbrachte, ihn über das Dorf zu befragen.

Seit Mutemwija von der Ankunft Irinefers erfahren hatte, lebte sie auf den Augenblick der Begegnung zu. Als sie begriff, daß er nicht zu ihr kommen würde, entschied sie, das Treffen selbst herbeizuführen. Es war leicht gewesen, dafür Aatmeret als Verbündete zu gewinnen. Mit Irinefers Schwester verband sie seit der Abreise ihrer Mutter in den Süden eine herzliche Freundschaft. Sie hatten sich kennengelernt, als Aatmeret die verstörte Baket-Ra nach jenem Vorfall am Tempel der Neith nach Hause gebracht hatte. Mutemwija war froh, jemanden zu kennen, der gleich ihr mit Einsamkeit und Trauer über den Verlust der Familie vertraut war.

Für Aatmeret bedeutete die Vergangenheit der anderen einen Ausblick in das Leben außerhalb des Schutzmantels, den die Fürsorge des Großen Hauses seit ihrer Kindheit um sie gewoben hatte. Gern hatte sie Mutemwijas Wunsch entsprochen, ein Treffen mit Irinefer herbeizuführen.

Als Mutemwija in der schlichten Soldatenunterkunft am Ufer des Nil eintraf, die Aatmeret mit Ramses bewohnte, wartete Irinefer bereits im Wohnraum. „Viel Glück!" flüsterte Aatmeret der Freundin noch zu, dann zog sie sich zurück.

Als Mutemwija in den Raum trat, drehte sich ein hochgewachsener junger Mann mit kurzgeschorenem Haar, vollständig weiß gekleidet, um und sah ihr entgegen.

Sie erbleichte und blieb wie angewurzelt stehen. Narrten sie ihre Augen? Das war doch nicht möglich!

Irinefer erschrak nicht minder. Er wußte sofort, wen er vor sich hatte. „Du bist die Tochter Baket-Ras!" sagte er, und es dauerte ungebührlich lange, bis er ein „Sei willkommen" hinzusetzte, wie es sich gehörte. „Du siehst deiner Mutter ähnlich", sagte er dann.

Mutemwija antwortete nicht. Sie starrte ihm noch immer ins Gesicht, als sei er ein Gespenst.

Ihr langes Schweigen verwirrte ihn. „Ich sollte mich dir vielleicht zuerst vorstellen", sagte er zögernd. „Ich bin Irinefer, der Sohn Bakenptahs, des ermordeten Hohenpriesters von Men-nefer. Fast zehn Jahre lebte ich in Pa-Tíme, die meiste Zeit im Dorf selbst, im Hause Neferhoteps, des Vorarbeiters."

Mutemwija fand ihre Stimme wieder. „Bitte verzeih meine Unhöflichkeit", sagte sie heiser und räusperte sich. „Ich weiß, wer du bist. Deshalb wollte ich dich ja sehen!" Sie brach ab. „Es ist nur ...", setzte sie dann hinzu, beendete den Satz aber nicht.

„Was hast du?" fragte der junge Mann. „Sehe ich so furchterregend aus?"

Zu Mutemwijas Schrecken stiegen ihr unvermittelt Tränen in die Augen. „Nein!" sagte sie. „Nein, selbstverständlich nicht! Deine Erscheinung ist ... du erinnerst mich stark an jemanden!"

„Das muß eine traurige Erinnerung sein, daß Nässe den Blick dir trübt und dir die Lippen beben!"

„Nicht zu traurig", versetzte sie mühsam beherrscht. „Djehuti war ein Freund. Ich mochte ihn sehr gern. Doch er ist fort. Zweimal bereits trat der große Fluß über die Ufer, seit ich ihn das letzte Mal grüßen durfte. Und nun stehst du vor mir und siehst aus, wie er aussähe, wenn er gerade Glieder besäße."

„Djehuti?" fragte Irinefer, und nun war es an ihm, bewegt zu sein. „Wie kommst du darauf, er gleiche mir? Djehuti ist auch mein Freund, von Herzen zugetan bin ich ihm! Doch wie könnte er mir ähnlich sehen?"

„Ich weiß es nicht", gab sie zurück. „Doch ich bin sicher, man würde dich mit ihm verwechseln, besäße er nicht jenen Buckel und die gekrümmten Glieder, die sein Leben belasten, seit ich ihn kenne."

„Ich verstehe das nicht", meinte Irinefer kopfschüttelnd. „Du bist nicht die erste, die solche Andeutungen macht. Mein Freund Ihi ..." Er brach ab und wandte das Gesicht zur Seite. Alle sah er wieder vor sich, Ihi, Djehuti, Baket-Ra, Ta-Scherit. Genau das hatte er vermeiden wollen.

Mutemwija beobachtete ihn. „Du hast Heimweh", stellte sie fest. „Noch einmal bitte ich dich um Vergebung. Ich sehe deinen Schmerz und verstehe, warum du zögertest, mich aufzusuchen. Aber nur du kannst mir von meiner Mutter und ihrem Leben in Pa-Tíme berichten."

„Warum besuchst du sie nicht? Bai würde dir die Erlaubnis zur Reise geben, wenn du ihn darum bätest."

Mutemwija betrachtete angelegentlich ihre Hände. „Ich habe meine Schwester nicht gefunden. Es ist meine Aufgabe, sie zu suchen. Wenn ich nach Pa-Tíme ginge ..."

„... dann hättest du das Gefühl, sie im Stich zu lassen", ergänzte er.

Sie nickte. War es in Wirklichkeit nicht noch verworrener und auswegloser? Auf eine Weise, die sie selbst nicht zu begreifen vermochte, stand ihr Zögern auch in Zusammenhang mit ihrem Vater. Sie hatte ihn in den beiden verflossenen Jahren kein einziges Mal zu Gesicht bekommen, glaubte aber ständig, seine Gegenwart zu spüren. Wenn sie Pi-Ramesse verließe, so fühlte sie, würde sie beide verlieren, den Vater und die Schwester. „Du erwähntest Ihi, deinen Freund", begann sie vorsichtig. „Er sah also auch die Ähnlichkeit zwischen dir und Djehuti?"

Irinefer nickte. „Er und Ta ... und auch andere."

„Und Djehuti?"

„Solches Gerede war ihm nicht angenehm."

„Vielleicht gibt es eine Verbindung?"

„Wohl kaum. Was könnten der Sohn des Hohenpriesters und der des Hausdieners Ipuki miteinander zu tun haben?"

Darauf wußte Mutemwija keine Antwort. „Vielleicht ist die Ähnlichkeit ein Zufall, vielleicht aber auch nicht", meinte sie dann. „Frage doch Bai!"

„Bai? Weshalb ihn?"

„Er ist das Bindeglied zwischen euch. Er hat mit euch beiden zu tun. Wenn man es genau bedenkt, ist er der Lenker eurer Leben. Wenn es etwas zu wissen gibt, dann weiß er es."

Der Lenker ihrer Leben. Für einen Augenblick war Irinefer sprachlos. Mutemwija hatte recht. Was auch geschehen war, immer hatte Bai im Hintergrund gestanden, hatte ihrer beider Leben die Richtung vorgegeben, seit er zurückdenken konnte. Warum war ihm das noch nie aufgefallen? Ja, ihn könnte er fragen, was es auf sich hatte mit ihm und Djehuti. Wenn es ihn nach diesem Wissen überhaupt verlangte.

Eine Weile schwiegen sie.

„Djehuti sprach bisweilen von dir", begann Irinefer vorsichtig. „Er hat dich sehr gern, weißt du das?" Ihr schneller Blick unter den gesenkten Lidern verriet ihm mehr, als sie preiszugeben beabsichtigte.

Mutemwija war verwirrt. Vor ihr stand das Traumbild ihres Herzens, ein gerade gewachsener Djehuti. Beschenkten oder verspotteten sie die Götter? „Ich weiß nicht, was ich dazu sagen soll", erwiderte sie endlich. „Djehuti war mein bester Freund, aber ..." Sie brach ab.

„Ich verstehe dich." Irinefer begriff sofort, daß sie ihn wegen seiner Verwachsungen zurückgewiesen hatte.

„Wie geht es ihm? Hat er noch Gelegenheit zum Singen?"

„Die hat er", meinte Irinefer lächelnd. „Seine Stimme ist zwar an Qafis Bierhaus verschwendet, aber du kennst ihn ja: Er singt dennoch gelegentlich ein Lied für die Gäste. Er hat ein großes Herz."

„Er singt im *Glücksort*?"

„Die Schenke ist dadurch berühmt geworden. Erinnerst du dich noch an sie?"

„Ich weiß nur noch, daß sie ein ziemlich schmutziges Loch war."

„Das trifft heute sicher nicht mehr zu. Amenmesses Soldaten hatten sie niedergebrannt und nun wird sie wiederaufgebaut, schöner als je zuvor. Und es ist kein anderer als Djehuti, der die Arbeiten leitet."

„Die ‚Freude der göttlichen Ohren' ist Baumeister geworden." Mutemwija schüttelte den Kopf.

„Und Wirt zugleich! Ohne ihn wäre Qafi verloren!" lachte Irinefer. „Sie wird mit den Jahren etwas wunderlich."

Mit einemmal schlug die Stimmung um. Verschwunden war die Niedergeschlagenheit, Irinefer erzählte vom *Glücksort*, von Qafis gefährlichem Gerede, das sie in den Kerker gebracht hatte, von ihren Vergeßlichkeiten, von ihrer Errettung und von Ihi, der seine Lebensfreude und seinen Witz im Krieg gelassen, aber dennoch eine große Liebe gefunden hatte. Dann sprach er von Naunachte und dem alten Ken-her-chepeschef, und von Baket-Ra, die zu Hause war in jeder nur möglichen Bedeutung des Wortes. Für die Frauen des Dorfes war sie Helferin geworden bei Kümmernissen aller Art, Seelenfreundin und gütige Ratgeberin. Alles wollte Mutemwija wissen, wie Baket-Ra mit dem Ersten Schreiber zurechtkam, wer wen geheiratet und wer von ihren Altersgenossinnen schon Kinder hatte. Zu seinem eigenen Erstaunen gelang es Irinefer sogar, Ta-Scherits bevorstehende Hochzeit mit Kasa, Mutemwijas Mutterbruder, zu erwähnen.

„Wie schön!" sagte das Mädchen. „Sie wird mir dadurch näher!"

Er heftete den Blick auf eine Stelle des Wandbehangs hinter ihr und ging nicht auf die Bemerkung ein. Dann wechselte er den Gesprächsgegenstand und berichtete von Apachte, dessen Untaten Mutemwija so erschütterten, daß sie sich nicht weiter nach Ta-Scherit erkundigte.

Als Irinefer vom gewaltsamen Ende des Vorarbeiters berichtete, kehrte seine Traurigkeit zurück. Mutemwija beobachtete ihn, sah, wie der Ausdruck von Schmerz auf sein Gesicht trat, und ihr Inneres zog sich zusammen. ‚O Ahmes-Nefertari', dachte sie, ‚gute Mutter, lenke dein gütiges Auge auf ihn und mich. Genau in diesem Augenblick bedarf ich deiner.' Sie suchte in seiner Miene nach Anzeichen, daß er spürte, wie es ihr erging, sie hoffte auf Wärme und das gewisse Leuchten in seinen Augen, das ihr Hoffnung geben konnte. Doch da war nichts dergleichen. Irinefer sah sie an mit Freundlichkeit und jener Entrücktheit, die sie von Anfang an bei ihm bemerkt hatte. Er war ihr nicht nahe.

Als sie sich schließlich erhoben, um die Zusammenkunft zu beenden, wagte sie noch einen zaghaften Vorstoß. „Werde ich dich wiedersehen?" fragte sie leise.

„Selbstverständlich", gab er zur Antwort. „Wenn du es möchtest."

Sie fühlte sofort, daß das Bemühen dafür niemals von ihm ausgehen würde. „Ich will noch viel mehr Geschichten aus Pa-Tíme hören", sagte sie mit betonter Leichtigkeit. „Du mußt mir alles erzählen, was du weißt."

„Ich werde sicher einmal Zeit dafür finden", gab Irinefer im selben beiläufigen Tonfall zurück. „Ich verspreche es."

Mutemwija grüßte ihn und verabschiedete sich so schnell von Aatmeret, wie es Höflichkeit und Freundschaft gerade noch erlaubten. Während sie durch die nächtlichen Straßen Pi-Ramesses eilte, war das Herz ihr schwer wie schon lange nicht mehr. Was tat sie hier? Warum war sie noch immer in dieser Stadt, um nach Menschen zu suchen, denen sie offensichtlich gleichgültig war? Nur um anderen zu begegnen, denen sie ebenfalls nichts bedeutete? Vielleicht sollte sie wirklich alles hinter sich lassen und auch nach Pa-Tíme heimkehren. Dort war zumindest ihre Mutter, der sie wichtig war. Und dort war auch Djehuti. Sie fühlte sich so bedürftig nach Wärme und Geborgenheit, daß sich all ihre Zweifel und Vorbehalte Djehuti gegenüber fürs erste zerstreuten.

Sie betrat Bais Dienergebäude durch die Hintertür. Obwohl die Nacht sternenklar war, herrschte in der Parkanlage fast völlige Dunkelheit. Breitfächerige Palmen warfen Schwärze über das flache Haus, die Fackeln an den gekiesten Wegen waren längst gelöscht worden. Aber Mutemwija benötigte kein Licht. Mit traumwandlerischer Sicherheit huschte sie ins Haus, den Flur entlang … Sie blieb stehen. Die Tür zum Wohnraum war angelehnt. Schwaches Licht drang nach draußen. Irgend jemand hatte innen ein Talglicht angezündet.

Sie näherte sich der Schwelle. „Wer ist da?" rief sie leise. Keine Antwort. Da stieß sie die Tür auf.

„Es wird Zeit, daß du kommst!" sagte Hutemwija.

Siptah, der Horus-im-Nest, schrieb seit zwei vollen Stunden an seiner Lehre. Geduldig füllte er Bogen um Bogen mit seiner kleinen, säuberlichen Schrift, wobei er von Zeit zu Zeit innehielt, den Blick durch die geöffnete Tür über die Dattelpalmen und Tamarisken des Gartens schweifen ließ und dabei bedächtig an seiner Binse kaute. Es fiel ihm leicht, seine Gedanken niederzulegen, was ihn, seitdem es ihm bewußt geworden war, mit tiefer Dankbarkeit erfüllte. Das Schreiben schenkte ihm Augenblicke selbstvergessenen Glücks, deren er so sehr bedurfte. Dann schien es ihm, als habe sein Leben einen zusätzlichen Sinn, als sei es von einer Bedeutung, die aus ihm selbst erwuchs und ihm nicht von anderen verliehen wurde. Es war ihm nicht einmal wichtig, ob das, was er schrieb, gelesen würde, manchmal dachte er sogar, es sei besser, wenn es nicht geschähe. Wenn sein Blick die Zeichenkolonnen überflog, fühlte er, wie sein Herz weit wurde, und glaubte zu verstehen, was die Götter von ihm verlangten. Sie hatten ihm ein hohes Maß an Schmerz und Einsamkeit auferlegt, ihm erst die Mutter, dann den besten Freund und Vertrauten genommen, aber sie hatten ihn nicht grundlos verletzt. Sie hatten ihn geprüft, dessen war er gewiß. War er nicht der künftige König? Als Herrscher und Ägyptens Gott mußte er Einsamkeit ertragen können, er mußte aushalten, daß er Feinde besaß und niemandem trauen durfte.

Siptah hatte sein Los angenommen.

So hockte er in halbwegs gelungener Schreiberstellung, der zartgliedrige Zwölfjährige mit dem verkrüppelten Bein, noch immer klein von Wuchs, und pinselte ernsthafte Mahnungen auf den Papyrus. ‚*Vertraue deinem Herzen, denn es leitet dich, wie Gott es wünscht*', schrieb er, oder ‚*Wenn dir einer nach dem Leben trachtet, so maßregle ihn, aber zeige auch Erbarmen, denn er ist irregeleitet*' und ‚*Lebe so, wie die Götter dich gemeint haben, als sie dich schufen, auf daß du dereinst stolz vor Osiris treten kannst*'.

Als ihm der Schatzmeister des Ganzen Landes, Ramesse-cha-em-Netjeru, gemeldet wurde, legte er die Binse nieder und schmunzelte. An Bais gewaltigen neuen Namen hatte er sich noch nicht gewöhnt, er verstand aber durchaus, warum er ihn sich zugelegt hatte. Bai wollte Macht, eine Macht, wie Pharao sie besaß. ‚Von mir kann er sie haben', dachte Siptah, während er die Papyrusblätter aufsammelte und in eine lederne Mappe legte. ‚Ich werde froh sein, wenn er mir beim Herrschen hilft.'

„Meine Verehrung und Ergebenheit!" sagte Bai, indem er nähertrat und sich verbeugte. „Wie ist dein Befinden heute?"

„Es ist, wie es sein soll!" entgegnete Siptah und musterte ihn. „Du hast etwas auf dem Herzen, nicht wahr? Was ist geschehen?"

„Es tut mir leid, Hoheit, aber ich bringe traurige Kunde."

Die Worte kamen zögernd, und Siptah wußte sofort Bescheid. „Mutter?"

Bai nickte. „Sutailja ist zu Osiris gegangen. Ihr Herz hat aufgehört zu schlagen."

Siptah senkte den Kopf. Seine Lippen bebten, aber er weinte nicht. Er wußte, daß seine Mutter den Tod herbeigesehnt hatte. Ihr Leben im Frauenhaus von Mi-Wer war unglücklich gewesen, denn sie hatte Einsamkeit weit weniger gut zu ertragen vermocht als ihr Sohn. Und für Einsamkeit hatte Tausret meisterlich gesorgt, indem sie Sutailja mit Dienerinnen umgeben hatte, denen jegliche Vertrautheit mit ihrer Herrin untersagt war. Nicht einmal sprechen durften sie mit der Unseligen. Sutailja hatte einige Zeit vergeblich versucht, Nähe zu den anderen Frauen zu erlangen. Als sie endlich begriff, welches Schicksal man ihr zugedacht hatte, gab sie sich auf und sprach dem Wein in einem Umfang zu, der sie den Tagen des Ra bald vollständig entfremdete.

Nun war sie also tot, tot und erlöst. Siptah preßte die Finger aneinander. Er würde später trauern, wenn er allein war. Nicht jetzt, nicht vor Bai. Vor niemandem.

„Tust du mir einen Gefallen?" fragte er.

„Selbstverständlich, Hoheit!"

„Vergewissere dich, daß sie ein Grab erhält, das ihrer würdig ist, und eine ebensolche Balsamierung. Ich bin mir nicht sicher, ob die Königin ...", hier machte Siptah eine Pause, „... daran denkt."

Bai warf ihm einen schnellen Blick zu. „Verlaß dich auf mich!"

„Ich werde sie wiedersehen", sagte der Thronfolger. „Im Land des Westens. Bald."

„Sicherlich!" antwortete Bai. „Aber es wird noch viele Jahre dauern bis dahin!"

„Glaubst du wirklich?"

Der Königssiegler war betroffen vom bitteren Unterton in Siptahs Stimme. „Ich schütze dich, das weißt du!"

„Du versuchst es, Bai! Du brauchst mir nichts vorzumachen. Ich weiß, was du willst, und ich weiß, daß du glaubst, mich dafür zu brauchen. Meiner kannst du sicher sein, weitaus sicherer als der Königin. Genaugenommen müßte ich doppelt geschützt sein, denn auch Tausret braucht mich. Ich bin der künftige Pharao." Wieder zitterten Siptahs Lippen. Mit einer ungeduldigen Handbewegung strich er sich über die Augen, als wolle er Tränen fortwischen. Es waren aber keine da. „Weißt du, was ich befürchte?" fuhr er mit brüchiger Stimme fort. „Irgendwann wird sie oder wirst du zu der Überzeugung gelangen, daß ich doch nicht notwendig bin. Daß ein neuer, kraftvoller Pharao, einer der mächtig ist und seine Feinde zermalmt, ohne lange nachzudenken, daß also ein solcher Herrscher für das Geliebte Land besser ist als ein jugendlicher Krüppel. Wer bin ich denn, daß ich das Land bewahren könnte? Nicht einmal meine Mutter konnte ich schützen! Eines Tages werde ich auch gen Westen gesandt, unauffällig, so daß niemand merkt, daß nachgeholfen wurde."

Die Worte des Falken-im-Nest lösten widersprüchliche Empfindungen in Bai aus. Einerseits beschämte ihn dessen Klarsichtigkeit, andererseits wollte ein Teil seines Ich die Wahrheit nicht zugeben. Das Amt des Königs war göttlich; es auf einen Gegenstand schierer Machtgier beschränkt zu sehen war mehr, als er sich eingestehen wollte und konnte. Nein, dergleichen mochte auf Tausret zutreffen, aber nicht auf ihn!

„Siptah!" sprach er und sah, wie der andere zusammenzuckte. Es kam außerordentlich selten vor, daß man ihn mit Namen anredete. „Ich bin ein treuer Diener meines Königs. Keinesfalls bin ich der Verbrecher, als den du mich siehst."

„Ich sehe dich nicht als Verbrecher. Ich glaube lediglich, daß du Pharao werden willst."

Bai saß wie erstarrt. Siptah hatte kurz und knapp ausgesprochen, was er vor sich selbst mit aller Macht verheimlichen wollte. Er hatte sich noch nicht von seiner Fassungslosigkeit erholt, als der Jüngling fortfuhr: „Warum bestürzen dich meine Worte? Ich bin überzeugt, daß deine Absichten für Kemet ehrenhaft und lauter sind. Mein Vater zeigt deutlich Neigung, sich Ra auf seiner Nachtfahrt anzuschließen und zu Osiris zu reisen. Meine Stiefmutter ist eine Frau, eine hartherzige dazu, und ich? Ist meine Faust so stark, daß ich die Feinde in Büscheln an ihren Köpfen packen kann, wie es einem Herrscher zukommt? Sie ist es nicht. Das Geliebte Land bedarf aber eines Herrschers, dessen Auge Feuer sprüht und dessen Tritt die Erde beben läßt. Solltest du dich also für den besser geeigneten König halten, so kann ich es dir nicht verdenken."

Bai schloß die Augen und rieb sich beide Schläfen mit den Fingerkuppen. Der Blick, den er dann auf den Knaben richtete, war warm. Etwas wie Bewunderung glomm darin. „Es gibt noch etwas, das ein wahrer König haben muß, Hoheit. Er muß Güte besitzen, ein großes, weites Herz und Mitgefühl mit den Menschen, über die zu herrschen ihm aufgegeben ist. Solche Eigenschaften besitzest du in überreichem Maße. Wohl gibt es Stärkere als dich, doch kaum Einfühlsamere. Ich gestehe, daß es schon immer mein Ziel gewesen ist, all meine Kraft in den Dienst des Zweifachen Landes zu stellen, und dies wird mein Streben auch fürderhin sein. So frage ich dich: Ist es nicht angebracht, meine Entschlußkraft und deine Herzensklugheit zum Wohle Ägyptens zu vereinen? Ich will nicht statt deiner herrschen, sondern mit dir!" Am Anfang seiner Rede hatte er noch nicht gewußt, wie sie enden würde. Als ihm nun die letzten Worte im Ohr klangen, überlief es ihn heiß und kalt. Glichen sie nicht genau denen, die er an Tausret gerichtet hatte? Er schluckte schwer und versuchte, seiner Miene einen gleichmütigen Ausdruck zu verleihen.

Der junge Thronfolger schenkte ihm ein so vertrauensvolles Lächeln, daß es Bai, dem mit allen Wassern gewaschenen Höfling, schwer ums Herz wurde. „Du meinst es gut mit mir!" hörte er. „Du bist immer meine Stütze gewesen."

„Du kannst auf mich zählen!" versprach er, ohne zu überlegen. „Ich bin dein Schutz und dein Schild." Er schaute zu Boden, während er dies sagte, und deshalb entging ihm der traurige, wissende Ausdruck in Siptahs Gesicht.

„Hilf mir auf", bat der Knabe und streckte ihm die Hand entgegen. „Genug des Gepinsels für heute. Oder hat man mir jetzt doch erlaubt, an Djehuti zu schreiben?"

Bai schüttelte den Kopf. „Du würdest ihn in Gefahr bringen. Noch immer. Selbst nach all den Jahren." Er hatte Siptah nach Djehutis Abreise so viel von der Wahrheit angedeutet, daß dieser verstanden und nicht weiter gefragt hatte. Aber jeder in Siptahs Umgebung hatte erschüttert die Verzweiflung des Knaben zur Kenntnis genommen. Inzwischen gab es für ihn kein Aufbäumen mehr, sein Flehen war stiller Ergebenheit gewichen, über die man sich wunderte, sie aber dankbar zur Kenntnis nahm.

„Bai!" begann Siptah unvermittelt. „Ich möchte dich um etwas bitten." Als er sah, wie die Brauen seines Gegenübers in die Höhe gingen, fügte er schnell hinzu: „Wenn es dir recht ist! Ich verspreche dir, dann nie wieder nach Djehuti zu fragen!" Er wußte wohl, wie unangenehm dem *Sedjauti Biti* seine ständigen Erkundigungen waren.

„Was willst du?"

„Sage mir die Wahrheit über Irinefer." Er biß sich auf die Unterlippe, denn Bais Miene verfinsterte sich. „Er ist Djehutis Bruder, nicht wahr? Mag sein, die Vorstellungskraft der Königin reicht nicht hin, sich Djehutis Gesicht ohne die Verzerrung auszumalen, für mich ist es keine Schwierigkeit. Er ist sein Bruder, wahrscheinlich sogar sein Zwilling. Ist er auch Ipukis Kind? Oder ist Djehuti ein Sohn Bakenptahs, des Hohenpriesters?"

Atemlose Stille. Bai suchte in Gedanken fieberhaft nach einer passenden Erwiderung. Er hatte nicht erwartet, daß Siptah ihn noch einmal offen fragen würde. Nach dem Fest hatte er ihm klargemacht, daß die Ähnlichkeit ein Zufall sei und er im übrigen mit solchem Unfug Djehutis Sicherheit gefährden könne.

„Bai, bitte! Warum vertraust du mir nicht? Ich würde mich eher in Stücke reißen lassen, als irgend etwas preiszugeben."

Eine unsinnige, geradezu tollkühne Anwandlung überkam Bai. Konnte er, sollte er Siptah über den wahren Sachverhalt aufklären? Nach dem Tode Henutmiras, Bakenptahs, Asets und jüngst auch Huis, seines alten Gefolgsmannes, gab es außer Djehuti und ihm selbst keinen einzigen Menschen auf der Welt, der die ganze Wahrheit kannte. Daß Irinefer von seinem Bruder nichts erfahren hatte, war ihm bereits in Waset deutlich geworden, da er ihn aus Pa-Raem-habs Haushalt gelöst hatte. Er spürte, wie sehr es ihn drängte, all das Verborgene, Verbotene, Gefährliche auszusprechen, wie ihn die Lust am Wagnis in Versuchung führte. Es war waghalsig, es zu tun, mehr noch, ein abenteuerlicher Irrsinn, geeignet, all seine Pläne zunichte zu machen, das Leben könnte es ihn kosten, und dennoch …

„Es gibt nichts Gefährlicheres als Wahrheit!" sagte er leise. „An deiner Verschwiegenheit hinge nicht nur mein Leben, sondern auch das Djehutis und Irinefers. Womöglich auch noch die Leben anderer. In deiner Hand lägen all diese Schicksale." Er lachte freudlos. „Ein passender Einstieg in dein Pharaonendasein wäre das! Willst du die Verantwortung wirklich tragen?"

Siptah war totenbleich geworden. „Ich will es! Ich will mich ihrer würdig zeigen. Mein Freund, der du bist, erweise mir diese Ehre! Weihe damit mein Dasein!"

Bai musterte den Horus-im-Nest, als habe er ihn noch nie zuvor gesehen. Beinahe ehrfürchtig neigte er dann das Haupt. „Du wirst der beste aller Könige sein", flüsterte er, während Schuldgefühle ihm die Kehle zuschnürten. „Ein König, dessen Würde die Verantwortung für Menschen ist." Er hörte, wie Siptah Luft holte, einen zitternden Laut hervorbrachte, und er entschied, ihn einzuweihen sei ein geringfügiger Ausgleich für ein kleines, vereinsamtes Falkenjunges, dem statt eines großen Herrscherlebens der Untergang bestimmt war.

„Djehuti und Irinefer sind meine eigenen Söhne", sagte er.

Jeder, der die Gräberstadt von Men-nefer, das mit Pyramiden und Totentempeln bestandene *Semati Imentet Men-nefer*, Sokara, die Sokarsstätte, betreten wollte, mußte den Wächtern einen Erlaubnisschein der Obersten Behörde der Totenstadt vorweisen. So lautete die amtliche Vorschrift, so taten es die Medjau allen kund und zu wissen, die sich erkühnten, der gestuften Pyramide Djosers, des Herrschers der Frühzeit, und den vielen späteren Dreiecksbergen und düsteren Tempelanlagen einen Besuch abzustatten. Zu oft waren die uralten Herrschergräber bereits beraubt worden. Dennoch wußten die Menschen der alten Hauptstadt, daß der Wachmannschaften zu wenige waren und der wirr verlaufenden Pfade und halbverfallenen Kapellen und Betstätten zu viele, als daß man das Gelände wirksam hätte überwachen können. Als vor Jahren ein Medja ermordet aufgefunden worden war, hatte man eine Zeitlang die Mannschaften verstärkt, später aber hatte sich der alte Schlendrian wieder eingeschlichen.

Schwarz reckten sich die Pyramidenstufen des uralten Herrschergrabmals in die Höhe, in Stein geballte Hoffnung auf das Hinanstreben Pharaos zur Barke Ras, des Königs der Welten und Himmelsweiten. Die beiden jungen Frauen kauerten an der Mauer der Sed-Fest-Hallen, gewaltigen Bauwerken ohne Innenraum, mit Türen, die keinen Einlaß gewährten. Allein für den *Ka* des toten Königs waren sie gebaut; der lebte seit Hunderten von Jahren darinnen und vollführte seine *Heb-Sed*-Läufe, wie er sie auch noch während Millionen zukünftiger Jahre laufen würde.

„Mein Herz ist voller Furcht an dieser ehrwürdigen Stätte", flüsterte Mutemwija und drängte sich an die Schwester. „Warum will Vater uns an der Pforte des Todes sehen? Er war doch in Pi-Ramesse! Aber für das Wiedersehen wählte er Men-nefer und zwang uns zu der langen Reise!"

Hutemwija antwortete nicht. Auch sie verspürte Angst, wenngleich sie das niemals zugegeben hätte. Wollte Nacht sich ihrer entledigen? „Wahrscheinlich hat er sich wieder einmal in Schwierigkeiten gebracht", sagte sie. „Vielleicht sind die Medjau hinter ihm her ..."

„Vielleicht will er aber auch nur mit seinen Töchtern allein sein." Die Stimme Nachts klang rauh. „Der Rest geht euch nichts an."

Mutemwija preßte die Lippen zusammen und drehte sich langsam um.

Nacht stützte sich auf einen Säulenstumpf und musterte die beiden. „Heute bedürftet ihr eurer Bänder nicht mehr", sagte er nach einer Weile. „Niemand würde euch verwechseln! Ich grüße dich, Mutemwija. Du hast mich einmal sehr beschimpft. Willst du mich noch einmal anschreien? Dauere ich dich noch immer?"

Die Angesprochene stand bewegungslos vor ihm. Schwäche ergriff sie. Er war hier. Stand leibhaftig vor ihr. Was konnte sie zu ihm sprechen? Wo waren die Worte, die sie sich zurechtgelegt hatte während der vergangenen Tage? Sie erinnerte sich ihrer nicht mehr. Vergessen waren die Vorwürfe, die bitteren Fragen, die Worte der Enttäuschung. Alles wurde überschwemmt von dem überwältigenden Bedürfnis, sich in die Arme dieses Mannes zu werfen. Doch gleichzeitig war ihr klar, wie widersinnig das wäre.

„Sag doch etwas", bat Hutemwija endlich im Ton eines ängstlichen Kindes. „Was meint er damit?"

Das erschien ihrer Schwester so ungewohnt und seltsam, daß sie sich ihr zuwandte. „Geduld!" sagte sie. „Erst wenn ich weiß, was ich ihm anzubieten habe, werden die Worte folgen."

„Klug gesprochen!" Nacht bemühte sich, seiner Stimme einen überlegenen, spöttischen Ton zu verleihen, obwohl es beiden Töchtern nicht entging, daß ihm die Stimme schwankte. „Und? Wofür entschließt du dich in deiner Weisheit?"

Mutemwija suchte nach Worten. „Warum hast du Mutter so gepeinigt?" brachte sie endlich hervor. „Sie hat sehr gelitten. Sie ist fast daran zugrunde gegangen!"

Ihr Vater zögerte lange mit der Antwort. „Du kannst das nicht verstehen", sagte er dann. „Niemand kann das. Es war Gottes Wille, Seths Wille. Seine Hand umschloß mein Herz."

„Du machst es dir einfach!" entfuhr es Mutemwija. „Seth ist verantwortlich, Seth, nicht Nacht! Das ist feige!"

Nacht ließ ein Knurren vernehmen. „Gib acht, was du sagst! Ich bin dein Vater! Du schuldest mir Achtung!"

Einen Augenblick blieb es still. Dann schrie Mutemwija auf. „Achtung? Hast du deine Sinne noch beieinander? Du redest von Achtung?" Sie stürzte auf ihn zu, ihre Finger krallten sich in das Leinen seines Hemdes, während ihr Tränen aus den Augen stürzten. „Wie ich dich verabscheue, du ... Unbarmherziger! Und was ist mit uns? Hast du irgendwann einmal daran gedacht, was du Huti und mir angetan hast? Oder hast du vergessen, daß wir leben?"

Nacht packte ihre Arme und hielt sie fest. „Hör auf damit! Wer bist du, daß du dich empörst gegen das, was unser Schicksal ist? Vielleicht habe ich nicht oft an euch gedacht, vielleicht hättet ihr es anders verdient, aber es ist, wie es ist. Und es war, wie es eben war."

„Mußtest du so grausam sein?" schluchzte Mutemwija. „Du hättest Mutter vergeben sollen! Und zu uns zurückkehren!"

„Du redest wahrhaftig nicht besser, als du es verstehst!" spottete Nacht. „Zurückkehren! Und mich dauernder Qual aussetzen? Eine Familie mit dem Gespenst des toten Niu als ständigem Mitglied? Glaubst du, deine Mutter wäre damit einverstanden gewesen? Du nimmst doch nicht wirklich an, das hätte euch glücklicher gemacht?"

Mutemwija stand mit hängenden Schultern. Ihr war, als verlöre sie etwas unwiederbringlich, und ihr blutete das Herz. Doch was war es, das sie verlor? Abwesend war der Vater doch immer gewesen! „Du hast recht", flüsterte sie. „Mutter hätte es nicht ertragen. Aber was ist mit uns? Niemand hat uns gefragt!"

„Laß es gut sein, Schwester!" sagte Hutemwija versöhnlich. „Sie konnten nicht anders handeln. Sie hatten keine Wahl."

„So ist es", bestätigte Nacht. „Es gab keine Wahl. Niemand kann seinem Schicksal entrinnen. Ich nicht und du auch nicht."

Mutemwija trat zurück und hob den Kopf. Sie betrachtete ihren Vater, als habe sie ihn noch nie gesehen. ‚Wie alt er ist', dachte sie. ‚Alt und müde.' Wieder zog sich ihr Herz zusammen. Warum tat es so weh, die Falten seines Gesichts zu sehen, den unsteten Blick, die zusammengepreßten Lippen? „Du fragst, ob du mich noch immer dauerst?" sagte sie. „Ja, Vater. Ich verspüre noch immer Mitleid mit dir. Aber mehr noch mit Mutter und mit uns."

Hutemwija trat auf sie zu und legte den Arm um sie. „Laß es gut sein", sagte sie noch einmal. „Wir müssen damit leben."

„Aber wie kann ich es ertragen? Wie gelingt es dir, so ruhig zu bleiben?"

„Ich weiß es nicht. Ich glaube, mein Haß ist erschöpft."

„Du hast dich gewappnet", warf Nacht ein. „Das gefällt mir an dir."

Hutemwija ließ ihre Schwester los, wandte sich ab und entfernte sich einige Schritte in die Wüste.

„Was ist denn?" rief Nacht ihr nach. „Habe ich etwas Falsches gesagt?"

Keine Antwort. Unschlüssig ging sein Blick zwischen den Töchtern hin und her. Wieder breitete sich Schweigen aus. ‚Wir haben uns nichts zu sagen', dachte Mutemwija. ‚Wir sind Fremde.'

Da kam Hutemwija zurück. Ruhig sprach sie: „Du befindest dich im Irrtum, Vater. Ich bin nicht mehr gewappnet. Es ist nicht gut, sich zu wappnen. Ein Mensch muß sein Herz sprechen lassen, nur dann kann er es hören. Ich aber habe mein Herz totgeschlagen, genau wie du. Und das war ein großer Fehler. Du hast es mir in dem Augenblick gezeigt, als du mich verlassen hast nach unserer Begegnung. Ich sah, daß du von mir fort wolltest. Da wußte ich: Es ist falsch, was wir tun."

„Huti!" rief Mutemwija. „Was ist mit dir geschehen?"

„Dummes Zeug!" sagte Nacht gleichzeitig.

„In einem aber hast du recht, Vater", fuhr Hutemwija unbeirrt fort. „Wir können nicht ändern, was geschehen ist. Wir müssen weiterleben. Und das sollten wir einander ermöglichen."

‚Was können wir tun?' dachte Mutemwija.

Hutemwija sah sich zu ihr um, als habe sie die Frage gehört. „Ich zeige dir, wie wir frei werden", sagte sie mit einem plötzlichen Lächeln. Sie trat auf Nacht zu und schlang die Arme um ihn. „Ich liebe dich, Vater!" sagte sie mit erstickter Stimme. „Ich liebe dich und vergebe dir. Mögen die Götter deinen Weg segnen."

Nacht stand starr. Sein Gesicht war bleich, er rang sichtlich um Fassung. „Schweig!" brachte er endlich hervor. „Du ... du ..." Noch ehe er Zeit fand, seiner Verwirrung Herr zu werden, stand nun auch Mutemwija dicht bei ihm. „Du hast mir so gefehlt!" sagte sie weinend.

„Bei allen Geistern Seths!" stöhnte er und machte Anstalten, die Mädchen abzuschütteln.

Doch da bat Hutemwija: „Gehe nicht weg, Vater! Bleib hier, wenigstens für diesen Augenblick!"

Nacht hielt inne. Zögernd hob er die Arme. Dann umfing er seine Töchter und drückte sie an sich.

Keiner der drei hätte sagen können, wie lange sie sich umarmt hielten. Jedes Zeitgefühl war ihnen abhanden gekommen. Als sie sich endlich voneinander lösten, graute bereits der Morgen. Mutemwija sah, daß Nachts Wangen feucht schimmerten.

„Es ist gut, euch zu kennen", sagte er.

„Ich wollte so gern, daß du mich siehst!" gab Mutemwija zurück. „Ich habe so viele Jahre davon geträumt, mit dir zu sprechen."

„Das kannst du nun! Die Gelegenheit ist da."

Sie war da. Wenn Mutemwija sich später dieses Gesprächs entsann, stellte sich jedesmal wieder das unglaubliche, unbegreifliche, beseligende Gefühl von Einheit und Klarheit ein, das sie an jenem Morgen zum ersten Mal spürte. Sie schilderte dem Vater ihr Leben, stellte Fragen nach dem seinigen, hörte, wie Hutemwija dasselbe tat, und wunderte sich nebenbei über die große Veränderung der Schwester. Er wiederum erzählte seine Geschichte zum zweiten Mal, und Mutemwija begriff, daß sie nicht nur ihrer Mutter, sondern auch ihrem Vater verzeihen mußte.

Ras Strahlen wärmten bereits den Sand, als Nacht sich erhob.

„Schon?" fragte Hutemwija. „Du brichst auf?"

Er nickte. „Es geht nicht anders."

„Aber könntest du nicht ...?" Mutemwija verstummte, als sie sah, wie seine Miene sich umdüsterte.

„Ich kann es nicht", versetzte er knapp.

„Was wirst du tun?" verlangte Hutemwija zu wissen. „Wohin wirst du gehen?"

„Ich werde das Geliebte Land verlassen", erwiderte Nacht. „Ich will mich nicht immer verbergen müssen."

„Aber wohin wirst du gehen?" wiederholte Hutemwija.

„Im Retjenu läßt es sich auch leben", meinte Nacht. „Vielleicht bleibe ich dort. Oder ich reise ins Land der Hethiter. Dort soll es Bergwerke geben. Da findet einer wie ich immer sein Auskommen."

„Wir werden dich nicht wiedersehen!" sagte Mutemwija leise.

„Nein", gab der Vater zur Antwort. „Aber ihr wißt, daß ich lebe und ..." Er unterbrach sich, denn er verabscheute es, Rührseligkeit zu zeigen. Doch als er die beiden ihm zugewandten Gesichter sah, wußte er, daß er die Worte aussprechen mußte, um ihret- und um seinetwillen. „... und daß ich euch liebe."

„Mögest du glücklich sein!" stammelte Mutemwija unter Tränen. „Mögest du an uns denken und ... ach Vater, geh doch nicht fort!"

Hutemwija hatte wortlos seine Hand ergriffen und bedeckte sie mit Küssen.

Nacht zog die Hand sanft, aber nachdrücklich zurück. „Ihr müßt mich gehen lassen, Hutemwija und Mutemwija. Wir haben keinen gemeinsamen Weg. Aber eines solltet ihr wissen: Ich bin froh, solche Töchter zu haben. Ohne euch wäre ich nur ein Mörder, ein gewöhnlicher Gewaltmensch. Ihr seid es, die meinem Leben Wert verleihen."

Mit diesen Worten wandte er sich um und ging rasch davon.

Aatmeret hob die Hand und beschattete die Augen. Die Sonne brannte unbarmherzig auf die gelbweiß gestreifte Überdachung der Zuschauerplätze. Auf der breiten Straße zwischen den Tempeln des Ra und des Amun stampften Abteilungen nubischer Bogenschützen vorüber, an deren Langbogen bunte Fähnchen flatterten, *Schirdana* mit glänzenden Prunkhelmen und einfache Fußsoldaten, angetan mit Lederwämsern und kugelförmigen Perücken. Mit dem Vorbeimarsch der Truppenverbände schlossen die Feierlichkeiten, die mit dem Beginn des Opet-Festes in Waset vor einem Zehntag angefangen hatten. Sethos war zwei Tage zuvor aus der Südlichen Stadt nach Pi-Ramesse zurückgekehrt.

Aatmeret spähte zu den Thronen am Eingang des Ra-Tempels hinüber. Pharao Sethos saß dort sehr aufrecht, den blauen Kriegerhelm auf dem Haupt und die Augen starr geradeaus gerichtet. Der Schweiß lief ihm in Strömen über das Gesicht. Wieder fragte sie sich, ob er solcher Zurschaustellung von Herrschaft überhaupt noch gewachsen war. Sie wußte, warum Sethos so wenig wie möglich in der Öffentlichkeit auftrat; sie kannte die Wahrheit, die vor den Menschen der Hauptstadt tunlichst verborgen gehalten wurde: Der König war krank. Von seiner Verwundung hatte er sich nur mühsam erholt, aber da war noch etwas anderes, ein Leiden, das dem königlichen Leibarzt Nebamun den Schlaf raubte und die Geduld der Großen Königlichen Gemahlin aufs äußerste anspannte. Das Gemüt des Herrschers hatte sich seit dem Tode Amenmesses mehr und mehr verdunkelt, kein einziges Mal hatte er seitdem gelächelt. Sein Rücken krümmte sich, als trüge er schwere Last. Er nahm kaum mehr Speise zu sich, und Aatmeret dachte nicht zum ersten Mal, der Pharao sehe aus wie ein Gespenst.

„Es ist sicher furchtbar schwer, ein Gott zu sein", flüsterte sie Ramses zu, der neben ihr stand. Seit drei Zehntagen war sie nun seine Gemahlin, und sie war dem Leben und den Göttern dankbar. Ihr Ehemann war gut zu ihr, er wurde nicht müde, sie seiner Liebe zu versichern und sie mit Wohltaten zu überhäufen. Auch Sethnacht, sein ernster, pflichtbewußter Vater, hatte sich erfreut über diese Verbindung gezeigt.

Ramses hauchte ihr einen Kuß auf die Schläfe, antwortete aber nicht auf ihre Bemerkung. Auch er hielt den Blick fest auf die königliche Familie gerichtet. Neben Sethos saß der Thronfolger leicht gebeugt auf seinem erhöhten Stuhl, ein schwächlicher Knabe mit blassem Gesicht und verträumten Augen. Er wirkte angestrengt. Sogar Tausret, die Königin, sah mitgenommen aus.

„Alle sind sie schwach", murmelte Heerführer Sethnacht. „Selbst die Ratgeber! Das sind nicht Könige, wie Ägypten sie braucht! Dieses Land bedarf der Stärke! Jetzt mehr denn je!"

Aatmeret warf ihm einen Blick zu. Sie mochte Ramses' Vater, aber bisweilen machte sie sich auch Sorgen um ihn. Sethnacht war ein ehrlicher Mensch, unfähig zur Verstellung. Stets sprach er aus, was er dachte, und bemäntelte nichts. Irgendwann, so fürchtete sie, würde ihm diese Eigenschaft Schaden zufügen. Ehrlichkeit war am Königshof nicht ungefährlich.

Der Pharao erhob sich, um den Segen Amun-Ras auf das Geliebte Land herabzurufen.

Sethos trat vor und erhob beide Arme. Lange stand er reglos. Zu lange. Aatmeret fühlte, daß etwas nicht in Ordnung war. Auch die Hofbeamten warfen einander besorgte Blicke zu.

Endlich öffnete der König die Lippen, um zu sprechen. Doch statt der Worte entwich seinem Mund ein leichtes Pfeifen. Tausret stieß einen Schreckenslaut aus, sprang auf und eilte zu ihm. Sie kam, ebenso wie Bai, Rechpehtuef und Hori, zu spät. Mit ungläubigem Entsetzen sah Aatmeret, wie der König erst leicht schwankte, dann vornüberkippte und mit einem dumpfen Schlag auf die Stirn fiel.

Einen Augenblick blieb es totenstill. Dann ertönten einzelne Schreie aus der raunenden Menge. Die Höflinge bemühten sich um den bewußtlos daliegenden König.

„Er lebt!" rief Hori, der neben ihm kniete. „Wo ist Nebamun?"

Während der Arzt sich seinen Weg durch die Menge der Höflinge bahnte, erreichten auch Ramses und Aatmeret die königliche Familie. Trotz des Gedränges gelangte Aatmeret neben die Königin.

„Unternimm etwas!" schrie Tausret Bai an. Sie war bleich, unter ihren Augen lagen dunkle Schatten. „Die Leute! Sprich zu ihnen! Beruhige sie!"

In diesem Augenblick, noch während Bai sich anschickte, dem Befehl zu folgen, geschah etwas, mit dem keiner der Anwesenden gerechnet hatte. In all dem Durcheinander hatte niemand auf den Kronprinzen geachtet. Siptah war umständlich von seinem Thron heruntergeklettert und nach vorn gehumpelt. Dort stand er nun, die Augen auf die Menschenmenge gerichtet, und hob die Hand.

„Ihr Menschen des Geliebten Landes!" rief er mit heller, leicht bebender Stimme. „Du von den Ewigen beschütztes Volk! Amun-Ra hat meinen Vater, unseren göttlichen Pharao Sethos, Leben, Heil, Gesundheit, mit dem Strahl seines Lichtes auserwählt! Er erlaubt ihm, sein Angesicht zu schauen in all seiner Herrlichkeit! Uns alle hat der große Gott zu Zeugen dieser Gnade gemacht! Danken wir Amun-Ra, der uns so seiner Huld versichert!"

Staunen malte sich in Tausrets Miene. Bais Gesichtsausdruck wirkte fast einfältig vor Überraschung. Auch die anderen Höflinge starrten verblüfft auf Siptah.

In ihrem Inneren verspürte Aatmeret das Bedürfnis, laut zu lachen, denn ihr war nach Jubeln über diese Geistesgegenwart. Siptah erwies sich als ein würdiger Horus-im-Nest! Das freute sie, gerade weil es ihm niemand zugetraut hätte. Wie tapfer er war! Als er da stand und das Gebet an Amun-Ra sprach, das eigentlich sein Vater hätte vortragen sollen, wirkte er viel größer und gesünder, als er war. Mit dieser unerwarteten Handlung hatte er vor allem die Menge in Bann geschlagen. Auf den meisten Gesichtern war der anfängliche Schrecken großer Erleichterung gewichen. Es war, es mußte so sein, wie der Kronprinz es gesagt hatte: Gott war hier! Der Segen Amun-Ras lag über dem Zweifachen Land wie zu allen Zeiten!

Aatmerets Blick wanderte wieder zu den Höflingen. Nebamun hatte den Pharao auf eine Trage gebettet, und nun wurde Sethos, umgeben von so vielen Beamten, daß er selbst nicht mehr zu sehen war, zur königlichen Sänfte gebracht. Während Siptah das Wort an Iiry, den Hohenpriester des Ptah von Men-nefer, weitergab, verschwand die königliche Traglast in einer Nebenstraße.

Der Segen des Hohenpriesters bezeichnete das Ende der Festlichkeit. Die Truppen marschierten in ihre Unterkünfte, die Menge zerstreute sich unter den ordnenden Befehlen der städtischen Medjau, und die Hofleute kehrten in den Palast zurück. Eifrig besprachen sie die beispiellosen Ereignisse, deren Zeugen sie geworden waren.

Die Große Königliche Gemahlin hatte Aatmeret für den Rest des Tages von ihren Pflichten entbunden. Aatmeret strebte auf ihre eigene Sänfte zu, als Bai nähertrat.

„Ich habe Nachricht für dich", sagte der Schatzmeister des Ganzen Landes. „Meine Dienerin Mutemwija läßt fragen, ob du sie noch einmal besuchen möchtest, bevor sie aufbricht."

„Ist es soweit?" fragte Aatmeret. „Sie kehrt nach Pa-Tíme zurück?"

„Morgen früh", bestätigte Bai.

Aatmeret überlegte kurz. Sie sah zu Ramses hinüber, der ihr zuwinkte, bevor er sich zur Palastwache begab. „Darf ich dich begleiten, Bai? Ich würde Mutemwija gern gleich aufsuchen."

Seine Augen suchten Tausret, aber die Große Königliche Gemahlin war schon fort.

„Du erweist mir eine große Ehre, wenn du in meiner Sänfte Platz nimmst", erwiderte er freundlich. „Ich hatte schon lange keine Gelegenheit mehr, mit dir zu sprechen."

„Ich bete zu den Göttern", sagte Aatmeret, als sie einander gegenübersaßen, „daß dem König, Leben, Heil, Gesundheit, nichts Ernsthaftes zugestoßen ist."

„Es war die Hitze", sagte Bai. „Er verträgt sie nicht mehr. Nebamun meint, er kann genesen." Diese Behauptung war frei erfunden. Er war es so gewohnt, beschönigende Äußerungen zu tun, daß ihm das gar nicht bewußt wurde.

„Wirst du zu ihm gehen?"

„Selbstverständlich. Sowie ich im Palast angekommen sein werde. Alle *Semeru* versammeln sich an seinem Lager. Dich werden meine Träger zu Mutemwija bringen." Er ergriff ihre Hand. „Doch zuvor sage mir: Geht es dir gut? Bist du zufrieden?"

„Sehr! Ich bin jetzt eine verheiratete Frau!" erwiderte sie. „Es ist so vieles geschehen!"

„Ramses hat viel Glück!" Er meinte diese Worte vollkommen ehrlich. Sein Blick umfaßte ihre zierliche Gestalt, und es rührte ihn, daß sie noch immer errötete, wenn er sie ansah. „Eine Frau wie dich als Herrin des Hauses zu bekommen ist wohl der Traum eines jeden Mannes."

„Du solltest so etwas nicht sagen", entgegnete sie. „Ich weiß nicht, was ich darauf antworten soll. Das ist ..."

„... einfach eine Tatsache", vollendete Bai freundlich und lächelte über ihre Verlegenheit.

„Warum hast du dir nie eine Frau genommen?" fragte sie nach einer Weile. Als er nicht gleich antwortete, hob sie die Hände, wie um Abbitte zu leisten. „Verzeih mir, ich wollte dir nicht zu nahe treten!"

„Das bist du nicht", beruhigte er sie. „Ich habe nie eine Frau kennengelernt, die so gewesen wäre wie du. Nein, laß nur ...", unterbrach er sich, als er sah, daß sie Einwände erheben wollte. „Das ist keine leere Schmeichelei. Ich glaube, du bist imstande, selbstlos zu lieben. Mir ist nie vorbehaltlose Liebe begegnet."

„Das tut mir leid!" flüsterte Aatmeret.

„Das ist nicht nötig. Kein anderer als ich selbst trägt Schuld daran. Ich empfinde eine solche Liebe ja auch nicht. Ich kann nicht etwas erhalten, das ich nicht geben kann."

„Wie mußt du unglücklich sein", wagte sie auszusprechen.

„Unsinn! Das bin ich nicht. Das meiste, was ich wollte, habe ich bekommen."

Sie schwiegen, während die Sänfte durch die Gartenanlagen des Palastes schwebte.

„Meine Mutter hat dich mir beschrieben, als ich noch die Jugendlocke trug", unterbrach Aatmeret die Stille. „Sie sagte, du seist nach meinem Vater der liebenswerteste Mensch, den sie kenne. Du habest ihr einmal ein großes Glück zuteil werden lassen." Sie schaute ihn an, und Bai las in ihren blauen Augen die Hoffnung, er würde ihr nun offenbaren, was damit gemeint gewesen sein könnte.

„Es ist schön, daß Aset so über mich urteilte", sagte er und bemühte sich, seiner Stimme Festigkeit zu verleihen. „Ich denke, es war unsere Freundschaft, die sie als Glück empfand." Und während er von fröhlichen Stunden berichtete, die er im Palast des Hohenpriesters verbracht hatte, wurde ihm bewußt, daß er bereits vor jener Zeit seine richtungweisenden Entscheidungen getroffen hatte. Sein Ziel war immer Macht gewesen, kein einziges Mal hatte er den Menschen den Vorzug gegeben. Weder im Falle Henutmiras noch bei seinen Söhnen. Von den vielen Frauen, die im Lauf der

Jahre sein Lager geteilt hatten, ganz zu schweigen. Nicht einmal er selbst war sich wichtiger gewesen, bedenkenlos hatte er seine eigene Menschenwürde zurückgestellt.

„Da ist etwas, worum ich dich bitte", sagte er, um den Gesprächsgegenstand zu wechseln, der ihm unangenehm wurde. „Trage Mutemwija auf, ihre Mutter zu grüßen."

„Wie du es wünschest", antwortete Aatmeret, wobei sie sich wunderte, daß er dies nicht selbst getan hatte. „Baket-Ra wird sich freuen."

„Auch wenn ihre andere Tochter nicht mitkommt?"

„Sie wird es hinnehmen müssen. Vielleicht ist es besser so. In einer so engen Gemeinschaft wie in diesem Dorf würde Hutemwija nicht glücklich werden. Aber sie trug ihrer Schwester auf ..." Sie verstummte. Hörte der Schatzkanzler noch zu?

Bai hatte die Vorhänge der Sänfte einen Spalt geöffnet und spähte hinaus. In den Gärten tummelten sich ungewöhnlich viele Menschen. Höflinge strebten dem Palast zu, aber sogar einfache Stadtbewohner schlichen neugierig umher. Augenscheinlich hatten es die Torwächter mit ihrer Wachsamkeit nicht allzu genau genommen. Auffallend waren die vielen Soldaten, die sich in Gruppen an verschiedenen Stellen des Gartens aufstellten. Unruhe und düstere Vorahnungen stiegen in Bai auf. ‚Es geht ihm schlecht', dachte er. ‚Ob er ...?' Kaum konnte er das Eintreffen an der Großen Pforte erwarten.

Dort angekommen, beugte er sich ein letztes Mal zu Aatmeret hinüber. „Ich wünsche dir Glück mit deinem Truppenhauptmann. Folge deinem Herzen, das dich zu ihm geführt hat. Folge ihm und werde dessen nicht müde!" Dann stieg er aus der Sänfte und gab den Trägern das Zeichen, sie wieder zu schultern.

Es wurde Zeit, sich Pharao zu widmen, wer auch immer das war.

## STURMESZEIT

Ta-Scherit saß auf der gemauerten Bank ihres Wohnraums und wartete. Sie faltete die Hände über der Wölbung ihres Leibes und versuchte, ihrer Beklommenheit Herr zu werden. Das Kind bewegte sich nicht mehr. Seit Tagen schon vermißte sie die Stöße, die eine Zeitlang recht heftig gewesen waren. Wieder sprach sie lautlos ein Gebet zu Taweret, der Göttin, welche die Ungeborenen schützt, und flehte sie an, sich seines Kindes anzunehmen. Seines Kindes. Stets war in ihrem Herzen nur von ‚ihm' die Rede, sie fragte sich, ob ‚er' sie noch liebte, sie dachte an ‚ihn', als ob ‚sein' Name nicht einmal in Gedanken ausgesprochen werden dürfe. ‚*Ren-ef*', dachte sie, ‚sein Name'. Jenseits dieser Worte begann das Land des Schmerzes.

Wenn das Kind nur wohlauf war! Baket-Ra hatte ihr versichert, es sei nicht ungewöhnlich, daß sich ein Ungeborenes kurz vor Eintritt in diese Welt ruhig verhielt, aber Ta-Scherit konnte die Angst dennoch nicht unterdrücken. Wenn es nicht zur Welt kommen wollte? Wenn die Götter sie dafür straften, daß sie ein Kind trug, das nicht von ihrem Gemahl stammte? Wenn es tot war?

Kasa betrat den Raum. „In drei Tagen kehre ich zurück", sagte er. „Sorge dich nicht! Die Laube auf dem Dach ist bereit." Seine Worte klangen sanft.

Ta-Scherit sah seinen Blick und fröstelte. Immer wieder erschrak sie über den Unterschied zwischen der freundlichen Stimme und dem harten Glanz in seinen Augen. „Ich werde zurechtkommen", gab sie zurück. „Aber ich danke dir für deine Mühe."

Mit wenigen Schritten durchquerte Kasa den Raum und kauerte sich vor sie hin. „Ich habe es gern getan. Bitte sprich nicht mit mir, als sei ich ein Fremder. Ich bin dein Mann!"

„Ich wollte dich nicht kränken", erwiderte sie, ohne ihn anzusehen.

„Ta-Scherit! Ich habe dich zur Herrin meines Hauses gemacht, obwohl du in Hoffnung bist von einem anderen Mann! Ich habe mich dazwischengeworfen, als dein Vater über dich kommen wollte wie der Löwe der Wüste!" Er packte sie bei den Schultern, als wollte er sie schütteln, ließ sie aber gleich wieder los. „Dein Schweigen aber ertrage ich nicht! Und auch nicht deine Gleichgültigkeit! Das habe ich nicht verdient!"

„Verzeih mir", murmelte sie, während sie mit den Tränen kämpfte. „Ich weiß, daß dies alles nicht gerecht ist. Laß mir noch ein wenig Zeit!"

„Zeit!" stöhnte Kasa. „Zeit! Wieviel Zeit brauchst du denn noch? Manchmal denke ich, ich sollte nicht so geduldig mit dir sein. Seit so vielen Mondumläufen sitzt du in meinem Haus und trauerst! Glaubst du, es macht mir Freude zu wissen, daß du einem anderen hinterherweinst? Einem gewöhnlichen Sklaven, der noch dazu ein Gauner ist oder Schlimmeres? Weshalb wäre sonst seinetwegen ein solcher Aufstand gemacht worden?"

„Schweig! Sprich bitte nicht von ihm!"

„Warum denn nicht?" schrie er auf. „Sind deine Erinnerungen an ihn so kostbar, daß ein Nichts und Niemand wie dein Mann ihn nicht einmal erwähnen darf? Sei verflucht, du undankbares Weib! Ohne mich wärst du wahrscheinlich schon tot und begraben, denn Paneb hätte dich totgeschlagen!"

Hilflos hob sie die Hände. „Ich bin dir dankbar. Mehr kann ich nicht sagen."

Kasa starrte sie an. „Manchmal hasse ich dich", sagte er, wandte sich um und verließ grußlos das Zimmer.

Ta-Scherit sank zusammen. Wie sollte es weitergehen? Es gab Tage, und es waren ihrer nicht wenige, an denen sie verzweifelt danach verlangte, den Geliebten vergessen zu können, um sich dem wirklichen Leben, und damit Kasa, zuzuwenden. An solchen Tagen verwünschte sie Irinefer, fluchte ihrer Liebe und der Fesseln, die diese Liebe um ihr Herz geschlungen hatte.

Was ihren Vater betraf, so hatte Kasa durchaus recht. Sie verdankte ihm, wenn nicht ihr Leben, so doch, daß sie einigermaßen unversehrt ihr Elternhaus hatte verlassen können. Noch immer wurde ihr ganz kalt, wenn sie sich an jenen Abend erinnerte, als sie Paneb und Wabet ihren Zustand offenbart hatte. Sie hatte lange auf einen Zeitpunkt gewartet, da ihre Geschwister nicht im Hause waren. Ruhig hatte sie sprechen wollen und die Eltern um Hilfe bitten.

„Wie konntest du nur!" hatte Wabet ausgerufen, was ihr einziger Beitrag zu der Auseinandersetzung bleiben sollte. Danach war sie erschreckt verstummt angesichts Panebs donnernden Zorns; nur in ihrem Gesicht drückte sich tiefer Kummer und ein stiller Vorwurf aus.

Weiß vor Wut war Paneb aufgesprungen. „Sag das noch einmal!" brüllte er. „Du hast dich ihm hingegeben, diesem Halunken, diesem minderwertigen Asiaten!" Er stand da, die Hände auf den Tisch gestützt, die Zähne gefletscht wie ein Raubtier, und rollte mit den Augen.

In diesem Augenblick erkannte Ta-Scherit, daß sie von nun an ohne Vater sein würde. Paneb war nur noch äußerlich anwesend. Sein Wesen war fort. In Wirklichkeit stand da Seth, der Grausame. In einer kurzen, gleichwohl gleißend hellen Erleuchtung erkannte sie den mörderischen Gott. Ihren Vater würde sie in ihm nie mehr sehen können.

Nur die Götter wußten, was hätte geschehen können, wären nicht Baket-Ra und ihr Bruder Kasa eingetroffen. Entsetzt schauten die Ankömmlinge auf das Bild, das sich ihnen bot.

„Du bist nicht mehr meine Tochter!" schäumte Paneb weiter. „Verkommen und sittenlos bist du! Eine Hure!" Mit diesen Worten schleuderte er eine Schüssel nach ihr, die sie aber verfehlte und an der Wand zerschellte.

„Verstehe mich doch!" hatte sie gefleht.

Das hatte ihn noch mehr erbost. „Du sollst mich kennenlernen!" fauchte er und stürzte sich auf sie. „Ein Hurenweib ist hier nicht gelitten!"

Mit dem ersten Schlag stürzte sie zu Boden. Ihre Oberlippe blutete und sie versuchte vergebens, aus der Reichweite seiner Fäuste zu gelangen.

„Hör auf!" Kasa hatte sich ihm in den Arm geworfen und schrie aus Leibeskräften. „Du bringst sie ja um!" Mit aller Kraft rang er mit Paneb und vermochte ihn lange genug aufzuhalten, bis Ta-Scherit, gestützt auf Baket-Ra, das Haus verlassen hatte. Sie sollte es viele Mondumläufe nicht mehr betreten. Kasa wechselte auf diesen Vorfall hin die Kolonne und arbeitete fortan unter Hai in der linken Arbeitermannschaft, was Paneb achselzuckend hinnahm.

Ta-Scherit erhob sich schwerfällig. Djehuti verspätete sich. Um die achte Tagesstunde hatte er eintreffen wollen, nun aber stand Ras Barke bereits hoch am Himmel. Die Tageshitze ließ ihr den Schweiß zwischen den Schulterblättern hinabrinnen und verstärkte ihre Kurzatmigkeit. Sie wanderte nach hinten in den Küchenraum, um sich einen Becher Wasser zu holen. Das Haus, das sie mit Kasa bewohnte, war klein; eigentlich war es gar kein eigenständiges Anwesen, sondern ein Anbau an die Wohnstätte Ken-her-chepeschefs. Naunachte hatte sich gefreut, Ta-Scherit zur Nachbarin zu bekommen. Sie war es sehr zufrieden, daß Kasa nicht mit seiner Frau in seinem Elternhaus hatte bleiben wollen. Wieder beschlich Ta-Scherit das vertraute, nagende Gefühl schlechten Gewissens. Kasa hatte ihr nach jenem unseligen Abend versprochen, er wolle alle Angelegenheiten mit Paneb regeln, wenn sie nur bei ihm bliebe. Ihr Geständnis, sie sei in Umständen, hatte ihn kreidebleich werden lassen, ihn aber nicht veranlaßt, sein Versprechen zurückzunehmen.

Wie er Paneb dazu gebracht hatte, seine Tochter fürderhin in Ruhe zu lassen, hatte er nie erzählt. Es kam ihnen sicher zugute, daß Paneb in der Folgezeit mit seinem neuen Amt als Vorarbeiter der rechten Arbeiterkolonne alle Hände voll zu tun hatte. Immerhin mußte im Tal an drei Gräbern gleichzeitig gearbeitet werden.

Der Preis für ihr gesichertes Leben war hoch. Sie bezahlte mit den Nächten, in denen Kasa ihren Leib forderte und in denen sie sich vergeblich mühte, Freude an ihm zu finden. Kasa stillte seine Lust an ihr, das war alles. Sie verstand seine Traurigkeit darüber, daß sie nicht antworten konnte, seine Zärtlichkeiten lediglich über sich ergehen ließ. Sie begriff auch, daß sich dieses Gefühl langsam in Bitterkeit verwandeln mußte. Doch was sie auch tat, ihr Leib konnte nicht lügen. Ihr Leib wollte Kasa nicht.

Ein Ruf unterbrach ihre Erinnerungen. „Ta-Scherit! Bist du da?"

„Djehuti! Ich komme!" Sie eilte in den Korridor, an dessen Ende sich die Tür zur Gasse hin öffnete.

Djehuti kam ihr mit ausgebreiteten Armen entgegen. „Ich bitte dich, mir die Verspätung nachzusehen! Ich kann dir aber eine gute Rechtfertigung geben: Ihis Weib, die liebliche Meriwaset, hat einem Sohn das Leben geschenkt. Bis zuletzt mußte ich an Ihis Seite bleiben, denn er war außer sich vor Aufregung und Sorge. Er brauchte Zuspruch und viele Krüge Bier."

„Wie schön!" erwiderte Ta-Scherit lächelnd. „Ein gesundes Kind, hoffe ich!"

„Das ist es. Die beiden lassen dich grüßen! Sie wünschen dir dasselbe Glück!"

Auf diese Worte hin breitete sich unvermittelt ein Gefühl der Schwäche in ihr aus, und ihre Knie gaben nach. Zugleich brach sie in heftiges Schluchzen aus.

Djehuti fing sie auf und geleitete sie in den Schlafraum. „Lege dich ein wenig hin", sagte er leise. „Du brauchst Ruhe. Ruhe und Frieden." Er half ihr auf das Lager, setzte sich neben sie und bettete ihren Kopf in seine Armbeuge. Sanft streichelte er ihre Wange und wartete geduldig, bis der Tränenstrom nachließ.

„Bitte! Ich weiß gar nicht …", kam es stockend, aber er unterbrach sie.

„Ich weiß es doch! Du brauchst nichts zu erklären." Er drückte sie an sich und küßte sie liebevoll auf die Stirn. „Du vermißt ihn zu sehr. Deine Liebe wandert durch deine Gegenwart und kann ihr Ziel nicht finden."

Da weinte sie laut. „Ich halte es nicht aus! Ich kann nicht leben ohne ihn! Weißt du, wie es ist, mit Kasa die Nächte zu verbringen, während ich Iris Kind trage? Mein Mann ist in Wahrheit Irinefer, und ich betrüge ihn. Ich bin eine, die *Ma'at* schändet auf diese

Weise! Entsetzlich fühle ich mich, weil ich doch auch Kasas Weib bin, ihn aber nicht lieben kann. Und mein Kind? Was soll ich ihm sagen, wenn es soweit sein wird? Ich weiß nicht mehr aus noch ein!"

„Aus deiner Lage", sagte Djehuti, „kann ich dich nicht befreien. Aber vielleicht hilft es dir, wenn ich dich an etwas erinnere."

Ihre Tränen versiegten, und sie richtete sich halb auf.

„Vergiß Gott nicht!" fuhr er fort. „Es ist an Gott, dir zu helfen, aber an dir ist es zu vertrauen. Er ist es, der dein Leben lenkt, er ist es, der den Sinn in deinem Leid kennt."

„Wenn ich diesen Sinn nur auch verstünde!"

„Es wird kommen, glaube mir! Du mußt nur vertrauen!"

„Das ist schwer! Wie kann ich den Göttern vertrauen, nachdem sie mir Iri genommen und mich an die Seite Kasas gesetzt haben?"

„Vertrauen kommt nicht von allein. Man muß zu Gott sprechen mit dem festen Vorsatz, es zu entwickeln. Wieder und wieder."

„Kannst du das?" fragte sie. „Ja, ich glaube, du bist einer, der nicht zweifelt. Und das, obwohl du es schwerer hast als wir alle."

„Du irrst dich", widersprach er. „Oft fällt es mir schwer, mein Schicksal anzunehmen."

Ta-Scherit sah ihn nachdenklich an. „Und doch kannst du trösten wie niemand sonst. Ich habe ein ganz seltsames Gefühl dabei. Es ist ...", sie suchte nach einem passenden Ausdruck, „... Geborgenheit, wie ein Heimkommen nach langer Wanderschaft." Sie brach ab. Ihr war ein Gedanke gekommen. „Da ist noch etwas."

Djehuti ahnte, was sie sagen würde.

„Wenn du hier bist, ist es, als sei Iri mir nahe", bestätigte sie seine Vermutung. „Das ist merkwürdig." Sie sah ihn an und stutzte. „Was ist denn? Habe ich dich verletzt?"

„Nein!" sagte er. „Du hast etwas angesprochen, worüber ich mit dir reden wollte."

„Über Irinefer?" fragte sie erstaunt.

Djehuti ergriff ihre beiden Hände. „Ich muß dich um Vergebung bitten. Auch ich habe nicht gehandelt, wie *Ma'at* es gebietet. Viel zu lange habe ich ein Wissen zurückgehalten, das Irinefer betrifft, und dich auch, weil du ihn liebst. Jetzt, da du sein Kind zur Welt bringen wirst, darf ich dir die Wahrheit nicht länger verheimlichen."

„Djehuti!" rief sie. „Du machst mir angst!"

„Dazu besteht kein Anlaß! Ich allerdings muß mich schämen, denn die Gründe für mein Schweigen waren von kleinlicher Art: Ich schwieg aus kindlichem Trotz und lächerlicher Anmaßung."

„Was hast du mir denn verschwiegen?"

Djehuti sah Ta-Scherit in die Augen. „Irinefer ist mein leiblicher Bruder. Wir sind Zwillinge. Das ist nur infolge meiner Verwachsungen niemandem aufgefallen. Und außerdem sind wir die Söhne Bais." Es war ausgesprochen.

Ta-Scherit brauchte eine Weile, bis sie den Sinn des eben Gehörten begriffen hatte. „Die Söhne Bais?" wiederholte sie. Dieser Umstand war noch weniger faßbar als die Tatsache, daß Iri und Djehuti Brüder waren. „Aber ... aber ..." Sie brach ab.

„Bai hat uns beide anderen Eltern gegeben", fuhr Djehuti fort. „Mich zogen Ipuki und Mehit auf, Bais Dienerpaar. Irinefer wurde dem Hohenpriester von Men-nefer anvertraut."

„Bakenptah und Aset!" sagte sie tonlos. „Die er so vermißt hat."

„Er weiß nichts davon, Ta-Scherit. Er glaubt noch immer, sie seien seine Eltern. Bai sagte mir die Wahrheit auch erst beim Tode Ipukis, meines ... Pflegevaters. Und er stellte es mir frei, ob und wann ich es Iri sagen wollte."

„Warum behieltest du es für dich?"

Er schaute zu Boden. „Ich schäme mich. Ich kann nur hoffen, daß du mich verstehst." Er zögerte. „Mein Bruder", fuhr er dann leise fort, „ist groß und schön! Als ich ihn das erste Mal sah, war ich niedergeschlagen und sehr neidisch. Noch nie in meinem Leben hatte ich mich so verkrüppelt gefühlt. Ich kam mir vor wie ein mißgebildetes Scheusal. Das einzige, so dachte ich, was ich ihm voraushabe, ist das Wissen um unsere Herkunft. Sonst kann ich ihm in keiner Hinsicht das Wasser reichen. Aber ich weiß, wer unsere Eltern sind. Nur ich entscheide, wann er erfährt, daß wir die Söhne Bais sind. Und Henutmiras. Im Grunde ging es um Macht. Mit meinem Wissen besaß ich Macht über ihn." Als Ta-

Scherit schwieg, setzte er bittend hinzu: „Kannst du mir verzeihen?"

Darauf erhielt er keine Antwort. Sie fragte statt dessen: „Wer ist Henutmira?"

„Erschrick nicht", bat er. „Auch wenn es wohl zum Erschrecken ist!"

Sie schaute ihn an und wartete.

Zögernd gestand er: „Henutmira ist ... sie war die jüngere Tochter des Osiris Merenptah. Sie lebt schon lange nicht mehr."

Sie erbleichte, und er entsann sich seiner eigenen Bestürzung an Ipukis Totenlager. Sie tat ihm sehr leid. „Es ist doch kein wirkliches Unglück, nicht wahr? Bitte vergib mir doch!"

Sie hob den Blick. „Da gibt es nichts zu verzeihen! Für Irinefer vielleicht, aber jedenfalls nicht für mich! Djehuti, wie soll ich es fassen? Was bedeutet das für mich?" Mit jedem Wort klang ihre Stimme verzagter. „Ich fürchte mich! Ich werde ein Kind haben, das von Göttern abstammt! Djehuti, hilf mir!"

Wabets Gesicht tauchte vor ihr auf. Sie hob die Hand, streckte sie nach der Mutter aus. Ihr Unterarm tanzte wie eine Keule vor ihrem Gesicht, als sei er etwas Fremdes, das nicht zu ihr gehörte. Sie schwankte gefährlich auf den Geburtsziegeln. Sofort waren die Helferinnen zur Stelle, sie zu stützen. Wabet, Baket-Ra, Auti und Naunachte umsorgten sie gelassen und kundig, denn Ta-Scherits Kind war wahrhaftig nicht das erste, dem sie beim Eintritt in diese Welt halfen.

„Schon wieder!" stöhnte die Gebärende, denn eine neue Welle von Schmerz brandete heran, raste durch ihren Körper, bis sie in ihrem Kopf in tausend scharfe Klingen zerstob. „Muß ich sterben?" schrie sie auf. Jemand sagte etwas, das sie nicht verstand. Etwas Kaltes, Klackerndes wurde ihr um den Hals gehängt, das sie als sehr störend empfand. Sie versuchte, es zu entfernen, aber es gelang ihr nicht.

„Tu das nicht!" befahl Auti. „Das sind Schutzanhänger. Du brauchst sie."

„Wie lange noch?" keuchte Ta-Scherit, als der Schmerz abebbte.

„Du hast es gleich überstanden", beruhigte Wabet und tupfte ihr den Schweiß von der Stirn.

Da bäumte sich Ta-Scherit erneut auf, und ein langgezogenes Stöhnen entrang sich ihrer Brust. So unerbittlich schlugen die Qualen über ihr zusammen, daß sie aufgeben wollte, einfach fortgehen von dieser Stätte der Marter und des Kampfes.

„Bleib da!" schrie Auti sie an und schlug ihr ins Gesicht. Sie hatte gemerkt, daß Ta-Scherits Augäpfel sich nach oben verdrehten. „Du mußt arbeiten! Los, arbeite! Dein Kind will heraus!"

„Noch mehr!" „Ein klein wenig mehr!" kamen Stimmen aus weiter Ferne. ‚Ich kann aber nicht mehr', dachte Ta-Scherit. ‚Warum hilft mir keiner?' Die nächste Welle rollte heran, bedrohlich wie ein urweltliches Ungeheuer. Sie würde sterben!

„Nicht! Bitte nicht!" War sie das, die da brüllte?

Eine glühendheiße, steinharte Faust bildete sich irgendwo in ihrem Brustkorb und stieß nach unten, so grausam, daß sie sicher war, mitten entzweigerissen zu werden. Sie zerriß …

„Es ist da!" Ein Ruf wie aus weiter Ferne. Ein Flattern an den Innenseiten der Schenkel, das Reißen hörte auf. Der Schmerz ebbte ab, und sie sank zusammen. Weiche Arme fingen sie auf, und mit einem leisen Prickeln wich die Verkrampfung aus ihren Gliedern und die Betäubung aus ihrem Herzen. Sie öffnete die Augen und sah, wie Auti einen Säugling emporhob und ihm leichte Schläge auf den Rücken versetzte. Dann ertönten empörte Schreie, als ob der Neuankömmling Widerspruch gegen diese gewalttätige Behandlung einlegte.

„Du hast ein Mädchen!" rief Wabet. „Bes sei Dank, ihr Geschrei klingt wie ein ‚*ni*'! Hört ihr? ‚*Ni ni ni*'!"

„Also wird sie leben!" jubelte Naunachte. „Und sie sieht gesund aus! Ta-Scherit, du bist gesegnet! Ich beglückwünsche dich!"

Eine Tochter. Irinefers Tochter. Wilde Freude stieg in Ta-Scherit auf und stürzte als Tränenstrom aus ihren Augen.

Baket-Ra, die hinter ihr kauerte, drückte sie an sich. „Gleich bekommst du sie. Gottes Segen sei mit dir! Du warst tapfer."

Ta-Scherits Weinen verwandelte sich in Lachen. „Ich habe wirklich ein Kind!" stammelte sie. „Ist das wahr? Ich kann es noch nicht begreifen!"

„Wie soll sie denn heißen?" fragte Naunachte.

„Ihr Name ist Tui", sagte Ta-Scherit.

„Ein guter Name!" Auti säuberte den Säugling und hüllte ihn in ein Tuch. Sie bettete das Neugeborene auf die bereitgestellten Stoffziegel, wie es die Sitte gebot. Dann band sie ihm die geflochtene, siebenmal geknotete Schnur um den Hals, um es in den Schutz der sieben Hathoren zu stellen, gütigen Geistern, die ihm durch die ersten Wochen helfen würden.

Endlich lag Ta-Scherit auf den weichen Polstern ihres Wöchnerinnenlagers und legte den Kopf auf die hölzerne Kopfstütze. Mit flinken Bewegungen bürstete Naunachte ihr das Haar nach oben und band es zu einem dicken Schopf über der Stirn. Dann flocht sie an beiden Seiten des Kopfes zwei lange Strähnen.

„Ihr müßt euch nun auch das Haar aufbinden", drängte Ta-Scherit, während Wabet ihr den Wöchnerinnengürtel um den Leib legte. „Alles muß gebunden sein, damit Tui ans Leben gebunden werde." Schnell betastete sie die Ritzzeichnung am Bettrahmen, die eine übelabwehrende Schlange darstellte, und murmelte den ersten der vielen Schutzzauber für ihre kleine Tochter. Alle Vorschriften wollte sie genauestens einhalten, kein Unheil sollte dem Kind widerfahren.

Die Frauen gehorchten lächelnd, während Ta-Scherit sich den Säugling an die Brust legte. Sie betrachtete die winzigen geschürzten Lippen, das suchende Zucken der Mundwinkel, und Dankbarkeit erfüllte sie. Die Liebe fand wieder ein Ziel. ‚Iri', dachte sie, und zum ersten Mal fühlte sie keinen Schmerz. ‚Iri, es ist dein Mädchen, das ich halte.' Fast konnte sie glauben, er sei anwesend. Die Augen wurden ihr feucht, aber nicht aus Kummer, sondern aus einem Gefühl vollkommenen Annehmens.

Als Mutemwija in Pa-Tíme eintraf, feierten die Dorfbewohner ihre Heimkehr ein ganzes Zehntagsende lang mit Bier, Freudengesängen und Festschmäusen. Es schien ihnen, als habe sich eine längst vergangene Zeit in neuem Glanz erhoben. Mit Baket-Ras Tochter kehrten die Erinnerungen an die Tage Neferhoteps, ja sogar des alten Inherchau zurück. Kaum jemand konnte sich das erklären, denn Mutemwija war damals ein Kind gewesen, dem man nicht mehr als jene beiläufige Beachtung geschenkt hatte, die einem Kinde zukam. Aber nun spann sich durch ihr Erscheinen ein Band zu den Tagen, da Neferhotep wie ein guter Vater über die Gemeinschaft geboten hatte. Obwohl alle wußten, unter welch traurigen Umständen Baket-Ra und die Mädchen das Dorf verlassen hatten, sehnten sie sich nach der Vergangenheit.

„Es ist die harte Hand Panebs", sagte Baket-Ra zu ihrer Tochter, während sie den Brotteig knetete, „die uns alle den Verlust Neferhoteps so schwer ertragen läßt. Paneb befiehlt, und wer nicht augenblicklich gehorcht, hat unnachsichtig Strafe zu gewärtigen."

„Was sagt Hai dazu?" fragte Mutemwija. „Er ist Vorarbeiter der linken Kolonne. Seine Worte haben dasselbe Gewicht wie die Panebs!"

„In den Augen der Götter vielleicht! In Wirklichkeit aber ordnet er sich unter. Hai ist ein sanftmütiger Mann, einer, der auf die Überzeugungskraft seiner Worte vertraut. Einem Paneb ist er nicht gewachsen."

„Was ist mit Ken-her-chepeschef? Könnte nicht er …?"

Baket-Ra schüttelte den Kopf. „Bestimmt nicht. Ken-her-chepeschef ist alt geworden. Seit Neferhotep nicht mehr da ist, kümmert er sich nur noch wenig um die Belange der Kolonnen. Er kennt nur noch einen Lebensinhalt, und das ist …"

„Naunachte!" ergänzte Mutemwija lächelnd. „Das wurde mir schon berichtet." Geschickt fing sie den Teigklumpen auf, den ihr die Mutter zuwarf, ritzte sternförmige Rillen hinein und legte ihn in die heiße Asche des Herdes.

„Sie kümmert sich rührend um ihn", bestätigte Baket-Ra. „Und um den jungen Baja. Die Männer sagen, er führe die Listen bereits so flink, als habe er sein Leben lang nichts anderes getan."

Baja war der zukünftige Schreiber der rechten Kolonne, ein freundlicher, eher unscheinbarer Jüngling, der im Gefolge des Wesirs Pa-Ra-em-hab von Pi-Ramesse nach Waset gekommen war. Seit dem Begräbnis Neferhoteps lebte er als Gehilfe Ken-herchepeschefs im Dorf und wurde von diesem auf das Amt des Kolonnenschreibers vorbereitet.

Zwei weitere Brotlaibe fanden den Weg in die Asche. Baket-Ra hatte die Teigschüssel gerade fortgeräumt, als Mutemwija die fertigen Brote schon wieder herausholen konnte.

„Komm, Muti", sagte Baket-Ra, während sie sich die Hände in der Waschschüssel wusch. „Es ist Zeit. Ich kann es nicht länger ertragen, nichts von ihr zu wissen." Ihr Gesicht trug einen Ausdruck von Wärme und großer Erwartung, so daß Mutemwija das Herz schwer wurde. Sie gingen in den Wohnraum hinüber und hockten sich auf die Sitzmatten.

„Warte!" sagte Mutemwija, sprang noch einmal auf, holte einen flachen, in ein Tuch gewickelten Gegenstand aus ihrem Reisesack und reichte ihn der Mutter. „Das schickt sie dir."

Baket-Ra schlug das Tuch zurück und starrte auf den großen Steinsplitter. Vor Tränen konnte sie die Arme des Hathorgebirges gar nicht erkennen, die sich schützend über eine Frau mit zwei kleinen Kindern streckten. „Sie hätte ihn behalten können", preßte sie mit erstickter Stimme hervor. „Ich wäre glücklich, ihn bei ihr zu wissen." Dann brach sie in Weinen aus. „Warum ist sie nicht mitgekommen? Ach, Muti, warum nur?"

Unzählige Male hatte Mutemwija in Gedanken diesen Augenblick durchgespielt, hatte sich die Worte zurechtgelegt, die ihrer Mutter Trost spenden sollten. Aber nun, da der Zeitpunkt gekommen war, wußte sie, daß es keinen Trost geben würde. Nichts konnte den Schlag für Baket-Ra mildern. „Sie sagte, ich solle dich grüßen. Sie bat mich, alles zu tun, damit du ihre Entscheidung verstehst."

„Welche Entscheidung?"

Mutemwija sah den Blick aus den schönen Augen, um die sich ein Kranz feiner Fältchen rankte, noch ohne Begreifen auf sich gerichtet. Warum nur mußte sie ihr das antun?

„Muti! Von was für einer Entscheidung redest du?"

Mutemwija sank vor ihrer Mutter in die Knie, ergriff ihre Hände und küßte sie. „Huti wird niemals wiederkommen."

Baket-Ra wich zurück. „Aber ... aber ...", stammelte sie. „Warum?"

„Weil ich sie nicht genug liebe", hatte Hutemwija ihrer Schwester beim Abschied auf dieselbe Frage geantwortet. „Sie würde es immer spüren und ich auch. Und weil sie mein Leben niemals gutheißen könnte."

„Du hast es nicht einmal versucht!" hatte Mutemwija darauf ausgerufen, hatte die Schwester an den Schultern gepackt und sie geschüttelt, als wolle sie diese unbegreifliche Härte aus ihr herauszwingen.

Hutemwija hatte sich nicht einmal gewehrt. „Glaubst du, sie würde verstehen, daß ich bei Ipu bleibe? Daß ich dieses Leben für mich gewählt habe?" Ein Anflug des gewohnten Trotzes war über ihr Gesicht gehuscht. Dann aber hatte sie mit weicher Stimme hinzugesetzt: „Ich hege keinen Groll mehr, Schwester. Ich habe meinen Frieden mit unserem Vater gefunden und will ihn auch mit Mutter. Geh zu ihr, umarme sie von mir, und sage ihr, ich liebe sie, soweit ich dazu fähig bin."

„Aber was soll ich ihr von dir erzählen?" hatte Mutemwija gefragt. „Ich kann ihr doch nicht sagen, daß du das Leben einer ‚Fremden' führst, einer, die sich bezahlen läßt, einer, vor der gewarnt wird?"

„Berichte ihr, was du für richtig hältst", hatte die Schwester geantwortet, und da war Mutemwija klargeworden, daß sie recht hatte. Wenn sie fähig war, ihrer Mutter fast beiläufig einen derartigen Schmerz zuzufügen, dann reichte ihre Liebe wirklich nicht aus.

„Sie muß ihren Weg allein finden", sagte sie nun zu Baket-Ra. „Auch wenn wir es nicht verstehen können. Ich will dir alles von ihr erzählen, alles, was ich von ihr weiß. Dann wirst du begreifen, daß wir sie so lieben müssen, wie sie unserer Liebe am meisten bedarf. Wir müssen sie allein lassen."

Baket-Ra schwankte. Mutemwija rutschte an ihre Seite, schlang den Arm um sie und zog ihren Kopf an sich. Sanft wiegte sie die Mutter, streichelte ihr übers Haar und murmelte Trostworte. Lange Zeit saß sie so und wartete, so lange, bis das Schluchzen schwächer wurde und das Zittern nachließ.

Dann begann sie zu sprechen. Sie schilderte das Leben der Schwester und beschrieb ihren unbegreiflichen Wunsch nach Freiheit, der so stark war, daß sie ein Leben als ‚Fremde' ihrer eigenen Familie und Pa-Tíme vorzog. Während sie redete, verrannen die Stunden, ihre Worte zogen in schimmernden Bahnen durch die dunkler werdenden Schatten. Keine der beiden Frauen dachte daran, ein Licht anzuzünden. Baket-Ra erfuhr vom Schicksal Nachts und seinem Aufbruch ins Nördliche Fremdland. Sie wußte nun, daß sie mit der Vergangenheit abschließen durfte; das Band, das sie und ihren unglücklichen Ehemann umschlungen hatte, war in Frieden gelöst.

„Mutemwija, ich danke dir", flüsterte sie, als diese den Bericht über die Abschiedsnacht in der Sokarsstadt abschloß. „Ja, ich beginne zu begreifen. Hutemwijas Weg hat gerade erst begonnen. Sie hat den ersten Schritt getan, als sie Nacht verzieh und auch mir." Sie schloß die Augen, und plötzlich stieg eine Erinnerung in ihr auf. Hutemwija, das kleine Mädchen, stand in der Dachlaube und deutete auf ein Gewächs. ‚Dort steht das Gespenst', klagte sie. ‚Ich habe es nicht verjagen können, geliebte Tochter', dachte Baket-Ra. ‚Ahntest du, was kommen würde?'

„Tröste dich, ich bin doch bei dir!" sagte Mutemwija weich.

„Auch wenn ich sie zu verstehen suche", antwortete Baket-Ra, und die Augen gingen ihr wieder über, „der Kummer wird dadurch nicht kleiner." Sie schwieg einen Augenblick. „Ich bin so froh, daß du hier bist!" flüsterte sie dann.

„Ich wünschte, ich könnte dir meine Schwester ersetzen", murmelte Mutemwija. „Kannst du nicht uns beide in mir lieben?"

Baket-Ra lächelte unter Tränen. „Vielleicht gelingt es mir." Aber in ihrem Herzen wußte sie es besser. Alles Leid, das sie in ihrem Leben erfahren hatte, selbst den Tod Nius, hatte sie überwinden können. Aber der Verlust Hutemwijas würde eine offene Wunde in ihrem Herzen bleiben, solange sie lebte.

Ken-her-chepeschef thronte auf seiner Lagerstatt, den Rücken durch mehrere Kissen gestützt, und maß seinen Besucher mit unverhohlener Verachtung. „Du hast noch immer nicht begriffen, Amunnacht! Es ist sinnlos, ohne Beweise vor mich zu treten! Wie viele Jahre müssen denn noch vergehen, bis du zur Vernunft kommst?"

„Warum weigerst du dich, das Offensichtliche anzuerkennen? Es war Apachte, der Heria angezeigt hat! Er beschuldigte sie des Tempeldiebstahls! Er, der doch selber Friedhöfe plündert!"

„Dafür gibt es nur die Aussage der Frau! Die ist nichts wert!"

Zornesadern schwollen auf Amunnachts Stirn. „Warum sollten Herias Worte nichts wert sein?"

„Weil sie eine Diebin ist!" Ken-her-chepeschef brüllte so laut, daß Naunachte die Tür aufriß und an sein Bett eilte. „Weil sie ein Flittchen war, seit sie geboren wurde!"

„Um des Verborgenen willen!" rief Naunachte. „Du darfst dich nicht so aufregen. Das hat dir unser *Sunu* strengstens untersagt!" Zu Amunnacht sagte sie: „Bist du verrückt geworden? Ihn so in Wut zu versetzen! Bitte geh so schnell wie möglich!"

„Sie hat recht! Raus mit dir!" In Ken-her-chepeschefs Stimme schwang ein gefährliches Knurren.

Amunnachts Gesicht wurde weiß. „Du kannst mich doch nicht einfach hinauswerfen!"

„Und ob ich das kann! Fort mit dir!"

Amunnacht zögerte einen Augenblick, trat unschlüssig von einem Fuß auf den anderen, dann stürmte er hinaus in die Gasse.

Der alte Schreiber atmete schwer. Er hatte die Augen geschlossen.

„Beruhige dich", flüsterte seine Frau und drückte ihm die Hand. „Nichts von alledem sollte dich bekümmern!"

„Du meinst, weil ich ohnehin bald sterbe?" Ein böse funkelnder Blick schoß unter den faltigen Lidern hervor.

„Im Gegenteil!" versetzte sie geduldig. „Je gelassener du bist, desto länger wird die Schnur deiner Lebenstage. Amunnacht sollte nicht der Grund für einen Herzschlag sein. Er war noch nie anders."

Ken-her-chepeschef verzog die Lippen. „Das ist es doch, was mich so verdrießt! Seit Urzeiten geifert dieser Mensch, immer haben wir alle ihn zurückgewiesen, ihn lächerlich gemacht, und dennoch hat er stets recht behalten. Wir wissen alle, wes Geistes Kind unser Vormann ist. Wir lassen Paneb gewähren, versündigen uns gegen die *Ma'at* selber, und weshalb? Weil Neferhotep ihn liebte."

„Und wir liebten Neferhotep! Kann es schlecht sein, aus Liebe nachsichtig zu sein, aus Liebe zu vergeben?"

„Und ob es das kann!" tönte die zittrige Greisenstimme. „Liebe darf kein Maßstab sein! Liebe und abgewogene Urteile widersprechen einander. Liebe ist überspannt und rührselig!"

Betroffen sah sie ihn an. „Noch immer!" flüsterte sie und kämpfte die aufsteigenden Tränen nieder, denn nichts haßte der Alte so sehr wie weinende Frauen. „Du wehrst dich noch immer! Liebe ist in der Mitte deines Herzens, sie wohnt in deinem Hause seit langem, und noch immer schmähst du sie!"

Mit hartem Griff schloß sich des Schreibers Hand um die ihre. „Ich meine doch nicht dich!" sagte er schweratmend. „Nein, dich doch nicht!"

„Liebe ist Liebe. Sie ist nicht teilbar."

„Sie schwächt und verletzt!"

Naunachte beugte sich über ihn und zog seinen Kopf an ihre Brust. Er wehrte sich zuerst, gab dann aber nach.

„Du bist nicht schwach, mein Gemahl", sagte sie. „Du bist immer stark gewesen. Ich habe mich an deiner Seite stets beschützt gefühlt."

Er vergrub sein Gesicht in der weichen Fülle ihrer Brüste, und wieder wurde ihm schmerzlich bewußt, daß in seinen Lenden kein Feuer mehr glomm. Beschämt merkte er, daß ihm statt dessen kindliche Worte über die Lippen wollten, flehende Bitten, ihn nicht zu verlassen, bei ihm zu bleiben, auch wenn er ihr kein Mann mehr sein konnte.

„Ehre die Liebe", hörte er sie flüstern, „denn erst sie hat dich wahrhaft zum Großen gemacht."

„Das ist nicht wahr", sagte er, und seine Stimme klang rauh. „Sie hat mich in ständige Angst versetzt." Er rückte etwas von ihr ab und sah sofort, wie berechtigt seine Sorgen waren. „Ich liebe dich, das ist wahr. Aber was ist mit dir? Liebst du mich auch? Warum bin ich mir dessen nicht sicher? Warum lebe ich in ständiger Furcht, dich zu verlieren? Was ist mit ... Cha-em-nun?" Nie hatte er das aussprechen wollen. Er bereute seine Worte im gleichen Augenblick. Er hatte seiner Angst einen Namen gegeben. Er hatte sich ausgeliefert.

Naunachte sog die Luft scharf ein. Sie war blaß geworden. „Kenher-chepeschef! Was redest du da?"

„Da ist etwas mit Cha-em-nun!" rief er, nun wie von Sinnen. Jetzt war alles gleichgültig! „Hat sich dein Herz ihm zugewandt? Es ist doch so! Wage nicht, es abzustreiten! Belüge mich nicht!"

Naunachte war aufgesprungen. Sie ging zum Fenster hinüber und versuchte, die Fassung zu bewahren. Was sollte sie antworten?

„Sprich nicht die Unwahrheit!" sagte er noch einmal. Seine Worte hatten den gewohnten Befehlston verloren. Sie klangen eher wie ein Flehen. „Zeige mir, daß du mich einer ehrlichen Antwort für wert erachtest."

Sie drehte sich um und sah ihn an. Sein Blick war voller Angst auf sie gerichtet, sein Kopf zitterte stärker als gewöhnlich, und sie wußte, sie war der einzige Mensch, der den würdigen Schreiber jemals in einem solchen Zustand gesehen hatte. „Du bist mein Gemahl", sagte sie fest. „Fast alles, was ich bin, verdanke ich dir. Ich würde dich niemals verlassen. Dessen darfst du gewiß sein!"

„Und Cha-em-nun?" wiederholte er.

„Ja, ich habe Cha-em-nun in mein Herz geschlossen." Sie wußte, daß es ihm nicht entging, wie sie das Wort Liebe zu vermeiden suchte. „Aber das braucht dich nicht zu beunruhigen. Ich bleibe bei dir."

„Du liebst ihn! Du kannst es ruhig zugeben. Teilst du das Lager mit ihm? Jetzt, da ich ein Greis bin und nicht mehr ..." Er brach ab, und plötzlich war es mit seiner Selbstbeherrschung vorbei. Trockenes Schluchzen erschütterte seinen mageren Oberkörper.

Schweigend setzte sich Naunachte wieder ans Bett. Ken-her-chepeschefs Ausbruch erschütterte sie mehr, als sie erwartet hatte. „Ich teile das Lager nicht mit ihm", sagte sie dann. „Kein einziges Mal habe ich das getan. Ich bin die Herrin deines Hauses. Ich schlafe nicht bei einem anderen Mann."

„Aber du liebst ihn!"

„Ja, ich habe ihn liebgewonnen. Wichtiger aber ist, daß ich deine Frau bin. Und das bin ich gern, denn ich liebe dich."

„Du verachtest mich nicht, weil ich dich brauche?"

„Weshalb sollte ich dich verachten? Weil du mich liebst? Nein, darüber bin ich glücklich. Weil du Angst hast, mich zu verlieren? Nein, denn das ist Teil der Liebe. Weil du mir all das offenbart hast? Nein, denn du hast mir damit bewiesen, daß du mir vertraust. Du hast mir die Tür zu deinem Herzen aufgetan."

Lange sprach er nicht. Dann öffnete er die Arme, und sein Gesicht leuchtete. „Verzeih mir meinen Kleinmut, mein geliebtes Weib. Ich danke dir. Ich danke dir sehr."

Während seine Arme sich um sie schlossen, wurde ihr leicht und froh zumute. ‚Dein Rat war gut, Baket-Ra!' dachte sie. ‚Nie hast du einen besseren gegeben.' Sie lehnte ihr Gesicht an seine Schulter und dachte an die vielen Jahre, die vor ihr lagen und die mit Chaem-nun zu verbringen sie noch so viel Gelegenheit haben würde. Die Zeit mit Ken-her-chepeschef aber hatte sie reifen lassen, ihr Sicherheit und Stärke gegeben.

Während sie seinem Herzschlag lauschte und die Stirn an seinen kratzigen Hals drückte, beschloß sie, ihrem Sohn, den sie mit Chaem-nun eines Tages haben würde, den Namen ihres weisen ersten Ehemannes zu geben.

Die Dorfbewohner drängten sich im ‚Verschlossenen Haus des Ortes'. Trotz der Morgenfrische des ersten Erntemondes dampfte es in dem kleinen Gebäude von schwitzenden Leibern. Gelegentlich schwangen sich halblaute Rufe über das Raunen und Flüstern der wachsenden Zuhörerschar.

An diesem Zehntagsende sollte sich das Schicksal Herias entscheiden. Die Anklage gegen die junge Frau vor der *Qenbet* von Pa-Tíme war für die meisten der Dorfbewohner völlig überraschend gekommen. Der Grabarbeiter Hehnechu, so hörte man, habe Heria dabei ertappt, wie sie gestohlenes Werkzeug aus dem Ort hinausschaffen wollte. Es handelte sich dabei um einen Kupfermeißel, den der Bildhauer Upuautmose bei Instandsetzungsarbeiten in einem Tempel verwendet hatte und den er aus Sicherheitsgründen jeden Abend in sein Haus mitzunehmen pflegte.

„Wenn du mich fragst", flüsterte Panebs Sohn Nebmehit seiner Schwester Hemet-Maura zu, „ist das völliger Unfug. Warum sollte sie so etwas tun? Heria ist doch ein Weib!"

„Ja, und? Auch eine Frau kann ein Geschäft machen."

„Ein Geschäft? Was meinst du damit?" Nebmehit war ein geschickter Handwerker, aber sein Verstand arbeitete ein wenig langsam.

„Bestimmt wollte sie einen Hehler aufsuchen. Ich glaube, sie war auf Kupferringe aus." Hemet-Mauras Augen funkelten vor Vergnügen. Es geschah so selten etwas wirklich Aufregendes. „Wahrscheinlich ist sie dann heimlich, mitten in der Nacht ..."

„Still!" Auti, die vor ihnen stand, drehte sich um und legte den Finger an die Lippen. „Sie kommen!"

Paneb betrat, gefolgt von Hai, dem zweiten Vorarbeiter, und den Schreibern Anup-em-hab und Baja den Raum. Gleich darauf folgte der Medja Sobekmose, der Heria an einem Riemen hinter sich herzog. Sobekmoses Haupt war während der vergangenen Jahre ergraut, aber seine Haltung drückte noch immer Pflichtbewußtsein und Stolz aus. An diesem Tag allerdings trübte Kummer seine Miene, denn er liebte es nicht, eine Frau vor die Richter führen zu müssen, insbesondere dann nicht, wenn Paneb es war, der die

Gerechtigkeit zum Sieg führen sollte. Damit war er im übrigen nicht allein. Vielen Dorfbewohnern war Panebs Art der Rechtsprechung unangenehm, denn stets schien es, als nähme der Vorarbeiter solche Angelegenheiten auf die leichte Schulter, ja als mache er sich insgeheim einen unanständigen Spaß aus der Aufgabe, zu der ihn seine herausragende Stellung in der Gemeinschaft verpflichtete. Man gewann jedesmal den Eindruck, er spotte in Wirklichkeit der *Ma'at*, der er doch durch seinen Richterspruch zu neuer Gültigkeit verhelfen sollte.

Der Anblick Herias erschreckte die Dörfler nicht wenig. Sie hatten die junge Frau mehrere Tage nicht zu Gesicht bekommen, während derer sie in einer Zelle des Gefängnisses nahe der Ipet-Sut festgesetzt worden war. Ihr Kleid, das Risse aufwies, hing lose an ihrer knochigen Gestalt, wirr baumelten ihr Haarsträhnen vor dem Gesicht, und ihr Blick wirkte wie erloschen.

‚Sie hat den Weg Gottes verlassen', dachte Hesisunebef, während die Anklage verlesen wurde, und legte den Arm um Hunur. ‚Sie mußte doch wissen, welches Elend den erwartet, der sich dem Bösen verschreibt.' „Warum hat sie das getan?" fragte er seine Frau leise. „Weißt du etwas? Du kennst sie besser!"

Hunurs Gesicht blieb ausdruckslos. „Sie wollte immer schon reich sein", sagte sie und mied seinen Blick. Aber sie lehnte den Kopf an seine Schulter, was ein Lächeln auf sein Gesicht zauberte. Und wieder redete sich Hesisunebef ein, es sei alles wieder wie früher, die Zeit der Schwierigkeiten gehöre endgültig der Vergangenheit an, obgleich er im Grunde seiner Seele wußte, wie falsch das war.

Auch Mutemwija, die an Hunurs anderer Seite stand, spürte die Spannung zwischen den beiden. Sie hatte gleich bei ihrer Ankunft gemerkt, daß Hunur irgendein dunkles Geheimnis mit sich trug, hatte aber genausowenig wie Hesisunebef vermocht, an sie heranzukommen. Überhaupt war Mutemwija bald klargeworden, daß Pa-Tíme kein glücklicher Ort war. Ein unaufgeklärter Grabraub am Großen Platz der Wahrheit belastete die Dorfbewohner, die Mörder Penbuis liefen noch immer frei herum, und überdies hatte man auch jener Gottlosen, die Neferhotep auf dem Gewissen hatten, nicht habhaft werden können. Hunurs Elend schien ihr geradezu beispielhaft für den ganzen Ort zu sein. Und nun diese unbegreifliche Geschichte mit Heria!

„Was hast du dazu zu sagen?" fragte Paneb in diesem Augenblick die Angeklagte.

„Ich habe es nicht getan!" Herias Stimme war kaum zu vernehmen.

„Wie bitte?" rief Paneb. „Sprich lauter, damit die Mitglieder dieser *Qenbet* dich auch verstehen können!"

„Ich habe nichts verbrochen!" schrie Heria auf. „Ich will den Eid leisten!"

„Frau!" Das war Anup-em-hab. „Du bist mit dem gestohlenen Meißel erwischt worden! Es gehört eine erstaunliche Unverfrorenheit dazu, angesichts dessen noch immer deine Unschuld zu beteuern!"

Zustimmendes Murmeln lief durch die Zuschauerschaft.

Heria antwortete nicht, daher fuhr Anup-em-hab fort: „Hehnechu traf dich am Fluß, wo du in die Oststadt übersetzen wolltest. Verrate dem Gericht, aus welchem Grunde du diesen Meißel, der das ewige Eigentum Pharaos, Leben, Heil, Gesundheit, ist, nach Waset schaffen wolltest. Und stehe gefälligst auf, wenn du mit den Richtern sprichst!"

Atemlose Spannung lag in der Luft. Aller Augen waren auf Heria gerichtet, die sich etwas unbeholfen von ihrer Matte erhob. Schließlich stand sie gebeugt, mit hängenden Schultern und gesenktem Blick vor den Dorfoberen.

„Was ist denn?" drängte Paneb. „Du mußt antworten, wenn man dich fragt!"

„Ich habe nichts Unrechtes getan", beharrte Heria. „Der Meißel wurde mir übergeben. Ein Mann befahl mir, ihn zu einem bestimmten Haus in der Oststadt zu tragen."

„Wer erteilte dir diese Anweisung?"

„Ich ...", Heria zögerte, „ich kenne ihn nicht!"

Einen Augenblick lang blieb alles still. Dann sprang Paneb auf. „Was fällt dir ein!" brüllte er. Wie Seile zeichneten sich Zornesadern auf seiner Stirn ab. „Du erdreistest dich, dieses Gericht zum Narren zu halten, indem du dir eine solch widersinnige Geschichte ausdenkst?"

„So geht das wirklich nicht!" sagte Anup-em-hab gleichzeitig. Auch er ärgerte sich.

Heria zitterte am ganzen Leibe. „Bitte!" schluchzte sie auf. „Es ist die reine Wahrheit! Ich schwöre es. Ja, jetzt gleich will ich es aussprechen: *So wahr Amun lebt und der Herrscher dauert! Sollte ich die Unwahrheit sagen, so soll ich verstümmelt und nach Kusch verbannt werden!* Ihr mögt mir die Nase abschneiden und die Ohren von dort abreißen, wo sie angewachsen sind! Ich schwöre es! Es ist die Wahrheit!"

„Weib!" schrie Paneb. „Niemand hat dir erlaubt, den Heiligen Eid zu sprechen. Du hast den Gang der Verhandlung eigenmächtig gestört. Das allein ist bereits ein Vergehen! Das allein beleidigt die Götter!" Rote Flecken erschienen auf seinem sonst blassen Gesicht.

Anup-em-hab und Hai schauten ihn verwundert an. Von einem solchen Vergehen hatten sie noch nie gehört. Baja glaubte der Angeklagten zwar kein Wort, wußte aber, daß ein Eid keineswegs erst einer Erlaubnis bedurfte. Aber er fühlte sich zu jung und unerfahren, um das Wort zu ergreifen. Zudem hatte er Angst vor Paneb.

„Nachdem der Heilige Eid nun einmal gesprochen ist", begann Anup-em-hab, „muß auch dieses Gericht die Möglichkeit anerkennen, daß Heria die Wahrheit spricht. Ich schlage vor ..."

„Schweig!" fuhr Paneb ihn an. „Wie Wasser ist es, was du redest! Dieser Schwur zählt nicht! Solch dummes Zeug will ich nicht hören!"

Ein Aufstöhnen ging durch den Raum. So durfte Paneb seinen Mitrichter nicht zurechtweisen! Er konnte ihn doch nicht schelten wie einen Schulknaben!

„Wenn sie die heiligen Worte gesprochen hat, dann ist es klar, daß sie die Wahrheit sagt", meinte Mutemwija, an Hunur gewandt. „Niemand darf mehr daran zweifeln."

„Paneb weiß das auch", murmelte Hesisunebef kopfschüttelnd. „Aber es scheint ihm nicht zu gefallen."

Die Ratlosigkeit unter den Richtern war nicht zu übersehen. Baja las angestrengt in der Anklageschrift, Hai hob die Schultern, und Anup-em-hab setzte erneut an, Einwände vorzutragen.

Da entstand Unruhe unter den Zuschauern. Apachte drängte sich nach vorn. Ruppig und rücksichtslos schob er die Leute zur Seite, die zwar murrten, ihn aber nicht zu tadeln wagten.

„Vater!" rief er, als er bei Heria angekommen war. „Du hast vollkommen recht!"

„Inwiefern?" fragte Paneb, und die vorne Stehenden gewannen deutlich den Eindruck, als habe sich sein Gesicht aufgehellt, ja als habe er bereits auf seinen Sohn gewartet und sei nun erleichtert, daß er endlich das Wort ergriff.

„Die Beweisaufnahme ist noch nicht vorüber."

„Was, mein Sohn, hast du vorzubringen?" fragte Paneb mit übertriebener Feierlichkeit.

„Ich stelle dem Gericht einen Zeugen vor, genauer gesagt, eine Zeugin."

„Das ist doch nicht zu fassen!" rief Hai. „Du hättest es uns vorab mitteilen müssen!"

„Vergib mir, edler Vormann", versetzte Apachte voller Spott. „Sieh mir diese Unregelmäßigkeit nach! Gestattest du mir diesen Beitrag zur Wahrheitsfindung, oder lehnst du die Zeugin wegen meines Verfahrensfehlers ab?"

„Hör auf mit diesen Spitzfindigkeiten!" herrschte Anup-em-hab ihn an. „Wer ist denn deine Zeugin?"

„Es ist Hunur", sagte Apachte und wies in den Zuschauerraum.

Hesisunebef glaubte zuerst, er habe sich verhört. Dann schaute er auf seine Frau. Hunur war totenbleich geworden. Er hatte das Gefühl, als schlage ihm jemand mit einem Brett über den Kopf und mit einem anderen in die Magengrube. „Was … warum …", stammelte er. Aber Hunur antwortete nicht. Sie hatte seine Seite schon verlassen und strebte nach vorn. Hesisunebef schaute ihr nach, und es wurde ihm weh ums Herz. Da ging sie hin, seine Frau, die er ehrlich geliebt hatte. Sie hatte nicht mit ihm gesprochen. Mit keiner Silbe hatte sie sich ihm anvertraut. Nein, sie war nicht wirklich wieder zu ihm zurückgekehrt. Er war nicht mehr Teil ihres Lebens. Aus irgendeinem Grund war ihr Herz vor ihm verstummt.

„Hunur!" sprach Paneb gewichtig. „Mein Sohn gibt dich als Zeugin gegen die hier angeklagte Heria an. Hast du dazu etwas zu sagen?"

„Apachte spricht wahr", erwiderte Hunur mit flacher Stimme. „Ich kann etwas bezeugen."

„Und das wäre?"

„Ich habe Heria beobachtet, wie sie den Meißel fortnahm aus dem Haus Upuautmoses."

Ein gellender Schrei ertönte. Entsetzt starrten die Dorfbewohner auf Heria, die, noch ehe Sobekmose eingreifen konnte, zu Hunur stürzte und sich vor ihr auf den Boden warf.

„Warum?" stieß sie hervor. „Hunur, wie kannst du mir das antun? Du weißt, daß es nicht wahr ist. Bitte, Hunur! Hilf mir doch! Bitte!" Ihr Weinen steigerte sich zu einem Heulen, das die Dorfbewohner mit tiefem Entsetzen erfüllte. Sie schauten einander furchtsam in die Gesichter und nickten scheu. So also war es, wenn man den Pfad der *Ma'at* verließ und sich in die Gewalt der bösen Geister begab. Denn daß Heria schuldig war, daran zweifelte in diesem Augenblick niemand. Hunur hatte sie schließlich mit eigenen Augen gesehen! Ihr Urteil war unbestechlich.

Auf einen Wink Panebs trat Sobekmose herzu und hob Heria wieder auf. Die Frau schluchzte unbeherrscht, in schwarzen Schlieren rann ihr die Augenschminke über das Gesicht. Mehrere Male schlug sie sich mit beiden Händen flach an den Kopf. „Hunur!" wimmerte sie, und dann noch einmal: „Hunur!"

Aber Hunur beachtete sie nicht. Sie schaute auf Apachte, der sie mit halbgeschlossenen Augen beobachtete. Apachte lächelte.

„Es war ein Meineid!" sagte Paneb im Ton ungläubigen Erstaunens. „Heria hat einen Meineid geleistet. Ihr alle wart Zeugen."

Unter den Menschen breitete sich verängstigtes Schweigen aus. Ja, man war Zeuge gewesen. Aber alle spürten, daß hier etwas vorging, das sich dem Begreifen entzog, das sich einreihte in die Abfolge beunruhigender Vorkommnisse in Pa-Tíme: Ereignisse, die den Schluß nahelegten, Amenhotep, der Ewige, der Beschützer, habe sein Antlitz fortgewandt von seinem ureigenen Ort.

Die Richter steckten die Köpfe zusammen.

„Das ist eine ernste Angelegenheit", sagte Hai zu Anup-em-hab.

Der nickte. „Ein derartiges Verbrechen übersteigt unsere Zuständigkeit. Heria muß nach Waset gebracht werden. Dort werden die Großen über sie richten."

Während sie über das weitere Vorgehen berieten, kehrte Hunur der wehklagenden Heria den Rücken und ging zu Hesisunebef zurück. Sie antwortete auf keine Frage, beachtete keinen Zuruf der Dorfbewohner, die ihr Verhalten teils ärgerlich, teils achselzuckend zur Kenntnis nahmen. Hesisunebef hakte sie schweigend unter und verließ mit ihr das ‚Verschlossene Haus'.

Mutemwija folgte ihnen. „Hunur!" sagte sie, als sie die Dorfgasse entlanggingen. „Kannst du mir erklären ...?"

„Ich kann es nicht!" unterbrach Hunur, ohne sie anzuschauen.

„Warum sprichst du nicht mit mir?" fragte die andere unglücklich. „Nicht einmal eine Frage läßt du mich stellen!"

„Laß sie!" sagte Hesisunebef. „Es hat keinen Zweck! Sie will allein bleiben in ihrem Herzen."

Da drehte Hunur sich um und warf Mutemwija einen Blick zu, der diese in ihrem Innersten erschütterte. Angst lag darin und eine abgrundtiefe Verzweiflung, die Mutemwija zu ihrem Schrecken an ihren Vater Nacht erinnerte. Hunur, das ahnte sie, war wie er Teil eines unentrinnbaren Verhängnisses geworden.

Am folgenden Tag erhob sich Mutemwija bei Sonnenaufgang. Seit Stunden hatte sie nicht mehr schlafen können, zu viele Dinge rangen in ihrem Herzen um Aufmerksamkeit: Hunur, Heria, Hutemwija, Nacht. Vor allem aber dachte sie an Djehuti. Ihn wollte sie an diesem Tage wiedersehen. Wie sollte sie ihm gegenübertreten? Wie würde er sie begrüßen? War er ihr trotz ihrer früheren Zurückweisung noch zugetan?

Während sie sich ankleidete, betete sie zu Ahmes-Nefertari um Gelassenheit und die Fähigkeit, das anzunehmen, was die Göttin für sie beschließen mochte. Irinefer fiel ihr ein. Nach ihrem ersten Gespräch mit Ta-Scherit hatte sie begriffen, weshalb er kein Bedürfnis gezeigt hatte, mit ihr zusammenzusein. Fast hatte sie sich ihrer Sehnsüchte geschämt, als ihr Ta-Scherits Liebe und ihr Schmerz bewußt geworden waren. Sie hatte vorgegeben, sehr wenig von Irinefer zu wissen, ihm wenig begegnet zu sein. Ta-Scherit wäre entsetzt, das wußte sie, über die Kühle und Geschäftsmäßigkeit, die Irinefer im Umgang mit anderen entwickelt hatte.

Schon in Pi-Ramesse war ihr klargeworden, daß es eigentlich Djehuti war, den sie vermißte. Und wenn sie sich seiner entsann, dachte sie an seinen Blick und den Ausdruck darin. Sie hatte nie geglaubt, über seine Verwachsungen hinwegsehen zu können, aber in Wahrheit bedeuteten sie nichts. Durch Irinefers Gleichgültigkeit hatte sie verstanden, wie unwichtig äußere Schönheit war, wenn das Herz nicht sprach.

‚Wie schön es hier ist', dachte sie, während sie entlang des Kanals den Pfad in die Ebene hinunterschritt, vorbei an den Millionenjahrhäusern der toten Könige. Es war gut, zu Hause zu sein. Nie wieder wollte sie den Anblick der grünenden Felder vor den gelbrosa Bergen missen, die fernen Gesänge der Priester, die jeden neuen Tag des Ra begrüßten, die Rufe der Landarbeiter, das Quietschen und Rattern der Fuhrwerke und den Geruch von Blüten und Eselsmist! Als sie auf dem Fluß im Heck der Fähre kauerte und den Sonnenstrahlen zusah, die auf dem Wasser tanzten, wußte sie: Hier wollte sie leben, in Pa-Tíme oder auf dem Ostufer, in der Südlichen Stadt.

Wenig später stieß sie die Tür des *Glücksorts* auf. Sie stand im Halbdunkel eines gepflegten Gastraums mit geflochtenen Sitzmatten und niedrigen Tischchen. So früh am Vormittag waren noch keine Zecher anwesend.

„Ist jemand hier?" rief sie.

Da hörte sie ein Rumpeln an der Tür zum Hinterzimmer, kurz darauf krähte ein Säugling.

Qafis pausbäckiges Gesicht unter der schiefsitzenden Perücke erschien im Türspalt. „Ich bin wahrhaftig da!" rief die Wirtin. „Und du auch, aber wer bist du?" Sie trat in den Gastraum und blieb stehen. „Ist es denn wahr?" sagte sie heiser. „Narren mich meine Augen oder steht hier Baket-Ras Kind?"

„Ich bin es, Qafi", bestätigte Mutemwija lächelnd, denn sie wußte sofort, wen sie vor sich hatte. „Ich bin Mutemwija!"

„Mutemwiiiija!" rief Qafi in einem anschwellenden Heulton, und der Säugling im Hinterzimmer schrie in den höchsten Tönen. „Endlich bist du hier!

Mutemwija lachte und fiel Qafi um den Hals. „Ich habe mich auf dich gefreut", sagte sie.

Dann sah sie ihn. Er stand in der Tür, eine Hand am Türrahmen, die andere in die Hüfte gestützt. Viel größer war er, als sie ihn in Erinnerung hatte. Seine Miene war ernst, die dunklen Augen blickten ihr forschend entgegen. Sanft löste sie sich aus Qafis Armen.

„Warte", sagte sie, „laß mich auch Djehuti begrüßen!" Sie ging langsam auf ihn zu, das Herz klopfte ihr, und aus irgendeinem Grund fühlte sie ein Zittern in ihrer Leibesmitte.

„Mutemwija!" hörte sie ihn sagen. Dann schlossen sich seine Arme um sie. Da wußte sie: Die Zeit des Zweifels war vorüber. Ihre Hände streichelten seinen Rücken, berührten den großen Buckel, der sich nicht störend anfühlte. Seine Lippen berührten ihr Ohr, und sie drückte ihre Wange an die seine.

„Du hast mich nicht vergessen", flüsterte er, und es war mehr eine Frage als eine Feststellung.

„Wie hätte ich dich vergessen können", antwortete sie ebenso leise. Aus dem Augenwinkel sah sie, wie Qafi an ihnen vorbeischlich, wobei sie verschmitzt lächelte und ihr zuzwinkerte. Dann schloß sich die Tür zum Hinterzimmer. Sie waren allein.

„Komm!" sagte er und wies auf eine Matte. „Laß uns miteinander sprechen, bevor wir hineingehen."

Sie folgte ihm, und als sie einander gegenübersaßen, ergriff sie seine Hände. Er schaute sie überrascht an. „Du freutest dich auf mich?" fragte er zögernd, als könne er das gar nicht glauben.

„Ich habe mich nach dir gesehnt", gab sie zu. „Aber gleichzeitig fühlte ich auch Angst. Angst davor, du könntest mir meine Zurückweisung von damals nicht vergeben haben. Angst davor, du könntest ein Mädchen gefunden haben, das du liebst."

„Ich habe ein Mädchen gefunden, das ich liebe", erwiderte er. Als er sah, wie sie erschrak, lachte er leise. „Schon vor langer Zeit!"

„Du meinst ... mich?"

„Ich meine dich." Er beugte sich vor und nahm ihr Gesicht in beide Hände. „Mutemwija, willst du mir sagen, es sei heute anders als damals? Du habest mich liebgewonnen?"

„Es ist so", gab sie zurück. „Ich wußte damals nicht, worauf es ankommt. Ich war dumm."

„Du warst noch nie dumm! Immer schon warst du klug und feinfühlig."

„Djehuti!" versetzte sie beschämt. „Es war nicht feinfühlig, dich wegen deines Aussehens zurückzuweisen."

„Aber verständlich", sagte er trocken. „Und verzeihlich. Aber was hat deinen Sinn geändert?"

„Du magst es vielleicht seltsam finden, aber es hängt mit Irinefer zusammen."

„Was sagst du?" rief er verblüfft. „Weshalb Irinefer?"

„Ich traf ihn in Pi-Ramesse", versetzte sie. „Als ich ihn erblickte, traute ich meinen Augen kaum. Seine Ähnlichkeit mit dir ist verblüffend. Er sieht aus, wie du ohne deine Verwachsungen aussähest. Ich wollte ..." Sie hielt inne. Konnte sie ihm von der Sehnsucht sprechen, die sie empfunden hatte?

Djehuti ahnte, was in ihr vorging, und eine Woge der Eifersucht ergriff ihn.

„Ich verliebte mich ein wenig", gab sie zu. Als sie sah, wie er blaß wurde, setzte sie schnell hinzu: „Es dauerte jedoch nicht lange, bis ich den Zusammenhang begriff! Durch ihn mußte ich an dich denken! Er war freundlich zu mir, zeigte aber nicht die geringste Neigung für mich! Er liebt nur Ta-Scherit. Ich aber kannte ihn nicht! Mein Herz suchte dich in ihm."

„Er ist schön!"

Die Traurigkeit in seiner Stimme schnitt ihr ins Herz. „Ja, das ist er", antwortete sie. „Aber du bist es, den ich liebe."

„Ich will versuchen, es zu glauben", sagte er. „Habe Geduld mit mir! Noch nie in meinem Leben hat mich etwas so geschmerzt wie Irinefers Aussehen."

„Warum?" fragte sie verwundert.

„Unsere Ähnlichkeit ist kein Zufall", erklärte er. „Dachtest du dir das nicht?"

Hatte sie es geahnt? Bei seinen Worten schien es ihr, als habe sie die Wahrheit von Anfang an gewußt. „Er ist dein Bruder, nicht wahr?" fragte sie.

„Nicht nur mein Bruder! Er ist mein Zwilling!"

„Dein Zwilling!" wiederholte sie. „Große Dreiheit von Waset! Wie ist das möglich?"

Während Djehuti zum zweiten Mal die Geschichte seiner und Irinefers Herkunft erzählte, nahm er sich vor, bei nächster Gelegenheit mit seinem Bruder zu sprechen. Wenn es denn je wieder eine Gelegenheit gäbe.

„Ich habe Angst um dich", sagte sie, als er geendet hatte. „Wenn diese Geschichte an die falschen Ohren dringt, ist dein Leben in Gefahr. Und das Leben Irinefers." Sie dachte kurz nach. „Und das der kleinen Tui womöglich auch."

Er nickte. „Du kennst das Große Haus! Pharao, Leben, Heil, Gesundheit, mag göttlich sein, aber um ihn herum sind Menschen. Menschen, die um Macht und Einfluß ringen und im Zweifelsfall vor nichts zurückschrecken. Ich hoffe, Bai hat Irinefer gewarnt! Er sollte sich vorsehen können."

„Und ich bin froh, daß du nicht mehr dort bist", meinte sie düster.

Er sah die Besorgnis in ihren Augen und dachte, noch nie in seinem Leben sei er so glücklich gewesen wie in diesem Augenblick. Alle Kümmernisse, alle Ängste und die Einsamkeit fielen von ihm ab. Das Leben war vollkommen.

„Ich wünschte", flüsterte er, „ich könnte diesen Augenblick zur Ewigkeit machen, könnte *Djet*-Zeit in *Neheb*-Zeit verwandeln."

„Ich helfe dir dabei", erwiderte sie lächelnd. „Denn von nun an werde ich immer bei dir sein."

„Bei aller Liebe!" erklang es hinter ihnen. „Wenn ihr nicht gleich zu uns kommt, werdet ihr nur noch entseelte Leiber vorfinden, denn unsere Seelen stehen im Begriffe, vor lauter Ungeduld ins Weitentfernte zu enteilen!" Qafi stand in der geöffneten Tür, hinter ihr erschien eine kleine, zierliche Frau mit einem mittlerweile schlafenden Säugling auf dem Arm. „Habt ihr uns denn ganz vergessen?"

Mutemwija sprang auf. „Bitte, verzeih! Wir haben tatsächlich ..."

„Schon gut, schon gut!" brummelte Qafi. Dann wies sie mit ausholender Gebärde auf Mutter und Kind: „Dies hier ist Meriwaset, die Frau des Fischers Ihi, bei dem Kleinen da handelt es sich um keinen Geringeren als ihren Sohn."

„Es ist schön, dich kennenzulernen", sagte Mutemwija. „Djehuti hat mir viel von deinem Mann erzählt."

„Ihi ist sein bester Freund", versetzte Meriwaset, und der Stolz in ihrer Stimme war unüberhörbar. „Und das ist sein Sohn." Sie hielt Mutemwija den Kleinen entgegen.

„Ich wünschte, ich hätte auch ein so schönes Kind!" sagte diese höflich. Meriwaset war sichtlich beeindruckt von Djehuti und ihr. Immerhin hatten sie am Königshof gelebt und den göttlichen Herrscher von Angesicht zu Angesicht erblickt.

„Nun kommt mit in die Wohnstube", rief Qafi. „Macht meiner Ungeduld ein Ende! Auf daß wir endlich zu unseren Begrüßungsschlückchen kommen!"

Während sie beisammensaßen und Qafi zuhörten, die wortreich und überaus blumig vom Wiederaufbau ihres Bierhauses berichtete, hatte Mutemwija nur Augen für Djehuti, der Qafis Erzählung mit freundlichen Bemerkungen unterstützte. Die Sanftheit seines Blikkes, der warme Ton seiner Stimme, die Abgewogenheit seiner Worte, die feine Art der Handbewegungen, mit denen er seine Rede unterstrich, jede Einzelheit nahm sie wahr, als sähe und hörte sie dies alles zum ersten Mal, und in gewisser Weise verhielt es sich auch so. Sie war so versunken in seinen Anblick, daß sie nicht merkte, wie jemand den Raum betrat.

„Ihi!" rief Meriwaset, und Mutemwija drehte sich um. Sie erschrak, nicht wegen der roten Narbe, die sich über die herabhängende linke Gesichtshälfte des Ankömmlings zog, sondern wegen des Ausdrucks in seinen Augen.

„Ich bringe schlechte Nachricht", sagte Ihi. „Heria weilt nicht mehr unter uns. Sie hat sich aufgehängt."

Vorarbeiter Paneb schritt an der Seite Bajas, seines Kolonnenschreibers, zum Eingang des Grabes. Die ewige Ruhestätte für den Schatzmeister des Ganzen Landes zog sich schon zwei Korridore tief in den Bauch des Gebirges. Der Arbeitstag neigte sich dem Ende zu, die Sonne war bereits über der westlichen Bergspitze verschwunden, und die Männer der Kolonnen begannen, Schaufeln, Körbe, Lampen und Hämmer in die Kisten zu räumen.

„Ich denke, bis zum Endes des Jahres werden wir den dritten Gottesgang und die Höhle des Sokar herausgemeißelt haben", sagte Paneb. „Die Wände in den ersten beiden Gängen mögen für die Umrißzeichner vorbereitet werden."

Baja runzelte die Stirn „Da du sie erwähnst: Sie sind unruhig."

„Unruhig? Die Umrißzeichner?"

„Sie sagen, es sei nicht rechtens, daß Bai, und sei er auch ein noch so hoher Amtsträger, Bilder in seinem Grab erhält, die nur einem König zukommen."

„Mag sein!" antwortete Paneb achselzuckend. „Doch es ist ein Befehl. Eine Anordnung aus dem Großen Haus."

Baja schwieg. Gegen solche Anweisungen war man machtlos. Aber ihn bestürzte die Lässigkeit, mit der heilige Regeln umgangen wurden. Schatzmeister Bai war nicht einmal verwandt mit der königlichen Familie! Doch was sein Grab anging, behandelte man ihn genauso wie die Große Königliche Gemahlin. Die Korridore wiesen dieselben Maße auf wie jene in Tausrets Ruhestätte, und als wäre das noch nicht genug der Ehre, sollte Bai nun im ersten Gottesgang auch noch betend vor den Ewigen dargestellt werden. Bai selbst, und nicht der König! Nein, Schreiber Baja war der Auffassung, am Großen Platz der Wahrheit würden die Gesetze der *Ma'at* stärker verletzt, als es hinnehmbar war.

„Vormann!" Steinmetz Kab-nefer-Ra trat aus dem Eingang eines nahegelegenen Grabes ans Tageslicht. Amenmesse lag dort begraben, der geächtete falsche Pharao, samt seiner Mutter und seiner berüchtigten Gemahlin. „Wir sind fertig! Deine Anweisungen wurden genauestens befolgt. Wir waren sehr sorgfältig im Zerstören der Bilder!"

„Das ist gut", gab Paneb zurück. „Damit hat alles seine Ordnung. Niemand im gesegneten Jenseits wird mehr annehmen können, er sei ein rechtmäßiger König gewesen."

„Aber du wirst das Grab doch wieder schließen und einsegnen?" fragte Baja ängstlich. In der Seele war es ihm zuwider gewesen, daß Paneb Amenmesses Grab hatte erbrechen lassen, um Götterbilder, wie zum Beispiel das des Ra-Horachti, zu verwüsten. Mochte Amenmesse auch der Verbrecher gewesen sein, als den man ihn schließlich erkannt hatte, Baja bezweifelte, daß Ra-Horachti und die anderen Götter es billigten, wenn die Grabesruhe gestört und heilige Bildwerke von den Wänden geschabt wurden.

Paneb maß ihn von der Seite her mit einem belustigten Blick. „Furchtsam wie immer, unser junger Binsenmann! Ich will dich aber beruhigen! Selbstverständlich werden wir das Grab feierlich wieder schließen." Heftiges Geschrei unterbrach seine Worte. „Was, bei allen dunklen Geistern, ist das für ein Lärm?"

Eine Gruppe von Männern stürzte auf sie zu, an ihrer Spitze Amunnacht und Nebnefer. „Ihr müßt kommen!" brüllte Amunnacht mit überkippender Stimme. „Er hat ihn bewußtlos geschlagen!"

„Er meint Apachte!" keuchte Nebnefer und blieb vor Paneb stehen. „Apachte hat Anup-em-hab niedergeschlagen."

Paneb stützte die Fäuste in die Hüften. „Warum?" brüllte er und trat so drohend auf Nebnefer zu, daß der erschrocken zurückwich. „Raus mit der Sprache!"

„Ich … ich …", stammelte Nebnefer.

„Was denn? Mach endlich das Maul auf!"

„Der Schreiber hat deinen Sohn dabei erwischt, wie er zwei kupferne Meißel an sich nahm und in seinem Beutel verstaute", fiel Amunnacht schnarrend ein. Panebs wilder Blick aus den blutunterlaufenen Augen schien ihn nicht im mindesten zu beeindrucken. „Er hat ihn beim Diebstahl ertappt und ihn zur Rede gestellt."

„Und? Was weiter?"

„Wenn du mit dieser Frage meinst, ob Apachte eine Erklärung für seine Handlung bereithielt: Nein, die besaß er nicht. Anstatt sich zu rechtfertigen, schlug er zu. Paneb, es besteht kein Zweifel: Dein Sohn hat sich an Pharaos Eigentum vergriffen! Das Schicksal der unseligen Heria war ihm keine Lehre! Gleich zwei Meißel!" Mit unverhohlener Befriedigung musterte Amunnacht seinen Widersacher. „Dafür gibt es sehr viele Zeugen! Über dieses Verbrechen kann nicht hinweggegangen werden."

Paneb starrte ihn an und schwieg so lange, daß sein Gegenüber unbehaglich mit der Sandalenspitze im Sand scharrte.

„Warum sagst du nichts?" fragte Amunnacht und setzte dann trotzig hinzu: „Du kannst mir keine Angst einjagen! Ich habe nichts Falsches gesagt oder getan!"

Das Grinsen, das über Panebs Gesicht glitt, war so furchterregend, daß auch die anderen unwillkürlich zurückwichen. „Du hast also keine Angst vor mir, du Tugendbold!" sagte er mit gefährlich leiser Stimme. „Ich rate dir trotzdem: Sieh dich vor! Vielleicht solltest du auch des Nachts dein Haus nicht verlassen! Die Wege sind dunkel und unsicher! So mancher wurde da draußen bereits meuchlings ..."

„Paneb!" Das war Hehnechu. „Hör auf mit solchen Drohungen. Hier geht es nicht um Amunnacht, sondern um Apachte!"

„Und wenn schon! Manchmal ist es lästig, dieses ... Ungeziefer!" Paneb schniefte geräuschvoll und spuckte Amunnacht vor die Füße.

Der stand wie angewurzelt. Sein Gesicht färbte sich weiß. „Der Tag wird kommen!" flüsterte er heiser. „Er ist nicht mehr fern, der Tag der Abrechnung."

„Ist dies der hundertste oder bereits der tausendste Auftritt solcher Art?" murrte Hehnechu. „Allmählich finde ich das nur noch ärgerlich."

Die Männer im ersten Gang von Bais Grab empfingen den Vorarbeiter schweigend. Sie umstanden Anup-em-hab, der auf dem Boden lag. Das Blut lief ihm aus der Nase, sein rechtes Auge war rot und begann zuzuschwellen. Der Schreiber versuchte, den Oberkörper aufzurichten. Er hatte das Bewußtsein wiedererlangt.

„Kannst du aufstehen?" fragte Paneb und beugte sich zu ihm hinunter. „Laß dir helfen!"

Anup-em-hab hob abwehrend die Hand. Da richtete sich Paneb wieder auf. „Wo ist er?"

„Ich bin hier, Vater!" sagte Apachte und trat vor.

Mit einemmal begannen alle zu reden.

„Alles, was recht ist!" rief Hai, der Vormann der linken Kolonne. „Das darfst du nicht durchgehen lassen!"

„Diesmal ist er zu weit gegangen!" sagte Nebmehit.

„Ich habe mich gleich gefragt, weshalb er diesen Beutel bei sich trägt", war Kasas Beitrag zum Geschehen.

„Auch wenn er dreimal dein Sohn ist", fauchte Siuadj und zog die Oberlippe hoch, als wolle er zubeißen. „Jetzt mußt du zeigen, daß du einer bist, dessen Sinn unabhängig ist!"

„Beweise, was du für einer bist!" pflichtete Cha-em-nun bei, während sich allenthalben zustimmendes Murmeln erhob.

„Ruhe!" schrie Paneb, und die Handwerker verstummten. Er trat auf Apachte zu und zischte: „Wage es nicht, einen Ton von dir zu geben!" Dann holte er weit aus und schlug ihm die flache Hand mitten ins Gesicht, so heftig, daß Apachte wankte und zu Boden stürzte.

Sofort war er wieder auf den Beinen und stand keuchend und zähneknirschend vor seinem Vater.

„Wehe, ich höre einen einzigen Laut!" wiederholte Paneb. „Was notwendig ist, muß geschehen. Und du schweigst, bis ich dir sage, daß du wieder reden kannst!"

Die Umstehenden warfen einander verwunderte Blicke zu. Warum durfte Apachte nicht sprechen? Warum betonte Paneb den Befehl in dieser Weise?

„Hände auf den Rücken!" brüllte Paneb. „Einen Strick, aber rasch!"

Während Apachte die Hände gebunden wurden, brachte Paneb sein Gesicht nahe an das des Sohnes. „Diesmal kommst du ins Loch, das schwöre ich dir! Dich lasse ich in die Oststadt bringen! Dort mag der Wesir entscheiden, was mit dir zu geschehen hat! Der Wesir, hörst du?"

„Verdammt streng ist er!" raunte Hehnechu dem neben ihm stehenden Kasa zu. „Alle Achtung! Daß er so gerecht ist, hätte ich nicht gedacht. Er schleift ihn vor den Wesir! Sein eigen Fleisch und Blut! Donnerwetter!"

„Wer hat an diesem Tag die Aufsicht am Eingang des Tales? Sobekmose? Ramesu?" Paneb griff nach dem Strick, so hart, daß Apachte das Gesicht vor Schmerz verzog.

„Cha und Nachtmin haben Wachdienst!" sagte einer der Männer.

„Willst du Apachte selbst in die Oststadt bringen?" rief Siuadj verblüfft, als Paneb den Gefesselten zum Taleingang zu zerren begann. „Wirklich du selbst?"

„Wirklich du selbst?" äffte ihn der Vormann nach. „Kümmere dich um deinen Dreck! Du könntest zum Beispiel Anup-em-hab versorgen. Er hat es nötig!"

Siuadj hob die Schultern und wollte sich dem Schreiber zuwenden. Da blieb sein Blick an dem Felsen hängen, der den Eingang zum Großen Platz der Wahrheit verbarg, und seine Augen verengten sich. „Schaut!" rief er. „Da kommt jemand!"

Die anderen folgten mit den Blicken seinem ausgestreckten Arm.

„Es ist Nachtmin!" sagte Nebnefer nach einer Weile. „Er hat seinen Posten verlassen. Das bedeutet nichts Gutes!"

Niemand sagte etwas auf diese Worte, aber die Gesichter der Männer umdüsterten sich. Nebnefer sprach wahr, das wußten alle. Sie beschlich die Ahnung, daß etwas Entscheidendes geschehen war. Und wirklich sollte jedem der Anwesenden für den Rest seiner Tage gewärtig bleiben, wo er in diesem Augenblick gestanden hatte und was ihm gerade durchs Herz gegangen war, als der Große der Medjau den Pfad heraufkam.

„Männer von Pa-Tíme!" rief Nachtmin und ließ eine kleine Pause folgen, denn er war durch den Lauf etwas außer Atem geraten und mußte sich die Stirn wischen. „Ich bringe die Nachricht, die das Licht ersterben läßt, und auch jene, die neu erschafft die Tage des Ra. Der Horusfalke User-cheperu-Ra meri-Imen, Sethos, der Gute Gott, ist zum Himmel entflohen. Ein anderer nimmt seinen Platz ein."

Fahl graute der Morgen des Tages, an dem Pharao Sethos zu Grabe getragen werden sollte. Die Luft war kühl, kälter noch, als es dem dritten Monat des *Peret* anstand, der Zeit der Aussaat. Trotz der frühen Morgenstunde waren die Abhänge des Hathorgebirges schwarz von Menschen. Ganz Waset war auf den Beinen, um das heilige Ereignis mitzuerleben. Hier dabeizusein bedeutete, einer besonderen göttlichen Gnade teilhaftig zu werden. Wenn ein König ins Jenseits hinüberging, wenn der neue Horus vor der Grabstätte an der Mumie des Gottes das Wunder der Mundöffnung bewirkte, so war dies das Zeugnis des unverbrüchlichen Bündnisses zwischen den Göttern und den Menschen. Der tote Gott wurde zum Totengott und lebte im Land des Westens, während ein lebender Horus mit göttlicher Kraft die Geschicke des Zweifachen Landes in seine Hände nahm. Ein jeder, der diesen Geschehnissen beiwohnte, spürte den Segen am eigenen Leib. Durfte man nicht an diesem Tag den lebenden Gott von Angesicht schauen? Und die Königin mit allen hohen Amtsträgern und Lobgoldbesitzern?

Ta-Scherit stand mit Naunachte und Mutemwija nördlich des Totentempels von Osiris Men-Ma'at-Ra, unweit der Stelle, wo der goldene Sarg des verstorbenen Königs die Barke verlassen würde, auf der er über den Hapistrom, den südlichen Kanal und endlich an allen Totentempeln vorübergefahren war. Hier sollte er auf den geschmückten Schlitten umgeladen werden, auf dem er den Weg zur Grabstätte zurücklegen würde.

Eine kleine Wegstrecke weiter in nordwestlicher Richtung erhob sich ein luftiges Schilfgebäude: die für den Begräbnistag errichtete Halle der *Muu*-Tänzer. Diese Totentänzer erteilten seit alters die Erlaubnis zum Betreten der heiligen Totenstadt.

„Ich hoffe, sie kommen, bevor Tui aufwacht", sagte Ta-Scherit und rückte ihr Kind zurecht. Die Kleine schlummerte fest auf ihrem Arm, den Kopf an ihren Hals gebettet, die Bäckchen schlafrot, und über der Stirn ringelten sich feuchte schwarze Locken.

„Sie werden im Abstand von wenigen Ellen an uns vorbeiziehen", meinte Naunachte. „Wenn Irinefer dabei ist, wird er dich sehen."

„Bestimmt wird er dabei sein!" meinte Mutemwija. „Er ist inzwischen sicher Teil des Inneren Kreises. Dafür wird Bai gesorgt haben." Sie lächelte Ta-Scherit flüchtig zu. Das große Geheimnis um Irinefers und Djehutis Herkunft, das sie mit ihr teilte, hatte sie einander besonders nahe gebracht.

Ta-Scherit überlief ein Prickeln. Wie würde es sein, ihn zu sehen? Ihr Blick streifte über die Menge. Die Bewohner Pa-Tímes waren fast vollzählig anwesend. Nur die Alten und Kranken fehlten, darunter Ken-her-chepeschef, der von Tag zu Tag schwächer wurde, und Ubechet. Letztere hatte Ta-Scherit noch am vorhergehenden Abend aufgesucht, denn Hormose, der Heiler, hatte ihr mitteilen lassen, die alte Frau leide an Sinnesdumpfheit und plötzlichen Ausbrüchen von Entsetzen. Es verhielt sich wesentlich ernster, das wußte Ta-Scherit von dem Augenblick an, da sie Neferhoteps Witwe erblickt hatte. Ubechet war verwirrt, erkannte sie nicht sogleich, redete dafür seltsame Worte mit ihrem verstorbenen Gemahl, mit Nesmut und ihrer alten Freundin Henutdju, als wären diese leibhaftig anwesend und nicht schon lange tot und begraben.

„Es verlangt mich danach, den neuen Horus zu sehen, Leben, Heil, Gesundheit", sagte Naunachte gerade. „Möge er uns einen neuen Anfang bescheren. In aller Vollkommenheit, die *zep tepi*, dem urzeitlichen Ersten Mal, eigen ist!"

Mutemwija sah sie erstaunt an. Sie hatte sich noch nicht an Naunachtes Sprüche der Weisheit gewöhnt, die für die Bewohner Pa-Tímes ein ständiger Quell gutmütiger Belustigung waren. „Das ist des alten Schreibers Einfluß!" pflegten sie schmunzelnd zu sagen. „Er hat aus der kleinen Naunachte eine weise Frau gemacht."

„Ich habe Pharao Siptah, Leben, Heil, Gesundheit, einige Male gesehen", sagte Mutemwija und dachte an den verzagten Knaben, der ratlos die Hand seiner betrunkenen Mutter gehalten hatte. „Man sieht ihm die Göttlichkeit nicht an, gleichwohl ist sie ihm eigen als Beherrscher der Länder."

„Er ist krank, nicht wahr?" fragte Naunachte zögernd, denn dieser Umstand schien ihr absonderlich, beunruhigend sogar. Ein junger Pharao hatte nicht krank zu sein. Wenn dem doch so war, bestand Anlaß zur Sorge um die Dinge des Lebens und der Welt.

Mutemwija nickte. „Sein Fuß ist verkrüppelt, und er hinkt. Aber sein Geist ist vollkommen gesund. Djehuti sagt, er sei sogar außergewöhnlich klug. Er hält große Stücke auf ihn."

„Aber er kann dem Zug nicht voranschreiten", vermutete Naunachte.

„Sicher nicht!" bestätigte Mutemwija. „Ich nehme an, er wird in einem Tragestuhl sitzen."

Nur wenig später stieg Ras Barke in gleißend gelbem Licht am östlichen Horizont empor, und von fern erscholl der Ruf: „Sie kommen, sie kommen!"

Damit waren sowohl der Begräbniszug gemeint als auch die drei *Muu*-Tänzer, die in diesem Augenblick ihre Schilfhalle verließen und in langsamen, gewundenen Bewegungen dem toten König und seinem Gefolge entgegentanzten.

Die kleine Tui schlug die Augen auf und schaute wie alle anderen den Tänzern entgegen. Beim Anblick der hohen, am oberen Ende gebundenen Schilfmützen fing sie zu glucksen an, was die Umstehenden lächeln ließ.

Der Begräbniszug hielt an.

„Kommt, ihr *Muu!*" rief der Hohepriester, der den Zug anführte. „Ihr *Muu*, eilet herbei!" Er streckte den drei Tänzern seine Arme entgegen, wobei er die Hände zur Faust geballt hielt; nur Daumen und Zeigefinger waren ausgestreckt.

Die Grabtänzer antworteten mit derselben Bewegung und sangen laut: „Hathor, die Herrin des Totengebirges, gewährt euch Zutritt!" Mit geschmeidigem Hüftschwung drehten sie sich um und setzten sich so an die Spitze des Zuges, dem sie dann, begleitet von Flöten- und Zimbelklang, vorantanzten.

Ein hörbarer Seufzer stieg aus der Zuschauermenge empor, die nun, da der Zug sich wieder in Bewegung setzte, zu wogen begann, wie das Wasser des Flusses, wenn der Wüstenwind bläst. Jeder trachtete danach, seine Sichtmöglichkeit noch zu verbessern, indem er nach vorn drängte, soweit es eben ging. Die Medjau der Totenstadt mußten Rücken und Arme gehörig anspannen, um den Pfad von gewöhnlichen Sterblichen freizuhalten.

„Ouh, ouh!" machten die *Muu* bei jedem Sprung. Ihre dumpfen, kehligen Laute klangen wie Trommelschläge.

„Uh, uh", sagte Tui und quietschte.

„Schhh!" Ta-Scherit küßte sie leicht auf die Wange. „Das sind heilige Töne!"

Der Hohepriester des Amun kam heran. Hinter ihm schritten als Götter verkleidete Priester und Priesterinnen: Anubis, der Schakalköpfige, wandelte gemessenen Schrittes neben Isis, der Zauberreichen, und Osiris, dem Beherrscher der Westlichen. Selket, die Liebliche, war zu sehen und Upuaut, der unheimliche Helfer und Öffner der Wege. Unter schrillem Weinen und Wehklagen zogen Klageweiber vorüber. Sie rauften sich die Haare und zerkratzten sich die entblößten Brüste.

Dann folgte der junge Pharao. Wie Mutemwija vermutet hatte, saß er in einem kostbar verzierten, hölzernen Tragestuhl. Beim ersten Blick in Siptahs Antlitz verstand Ta-Scherit, warum Naunachte sich besorgt geäußert hatte. Auch ihr wurde ängstlich zumute. Dieser sollte der Beschützer Ägyptens sein, der Schöpfer der *Ma'at*, der Weltenerneuerer und Sieger über elendes Fremdlandgesindel? Dieses verschreckte Kind?

Unter der Doppelkrone und dem goldenen Reif mit der hochaufgerichteten Königskobra blickten dunkle Augen aus einem Knabengesicht. Siptah hielt sich sehr gerade, preßte sich Krummstab und

Wedel gegen die Brust und drückte die schmalen Knie fest aneinander. Aber er biß sich ständig auf die Unterlippe, und der starre Blick nach vorn wollte ihm nicht so recht gelingen. Er irrte immer wieder unruhig zu den Menschen am Wegesrand, geradeso, als suche er etwas, als wolle er sich vergewissern, daß man ihn auch wirklich erkannte. Die Menschen fielen auf die Knie und neigten die Köpfe. Mütter streckten ihm ihre Kinder entgegen, auf daß sie seines göttlichen Segens teilhaftig würden. Auch Ta-Scherit hob Tui in die Höhe, was diese sich jauchzend gefallen ließ.

Mochte der neue König einen unsicheren Eindruck hinterlassen, die hohen Würdenträger, die hinter seinem Tragestuhl gingen, strahlten Feierlichkeit und Unnahbarkeit aus. Das galt besonders für Hori. Mit kahlgeschorenem Kopf, gekleidet in den über der Brust geknoteten Wesirsschurz, hielt er den elfenbeinernen Amtsstab auf Armeslänge vor sich hin. Hori war dieser Tage auf dem Höhepunkt seiner Laufbahn angelangt. Er verwaltete nunmehr das gesamte Land. Wenige Tage zuvor war er auch mit den Amtsgeschäften eines Wesirs der Südlichen Landeshälfte betraut worden, denn Wesir Pa-Ra-em-hab war von einer Reise in die Steinbrüche der östlichen Wüste nicht wieder zurückgekehrt. Der vom Hohenpriester eilends entsandte Suchtrupp suchte noch immer vergeblich nach ihm.

Mit feierlich gekünstelten Schritten, bei denen die Zehenspitze erst einen Kreis beschrieb, bevor der Fuß den Boden wieder berührte, stolzierten die sechs Mitglieder des Obersten Beraterstabes, unter ihnen Bai, der Schatzmeister des Ganzen Landes, dem Sargschlitten voran. Jeder dieser verdienstvollen Männer trug den Titel ‚Einziger Freund des Pharao', ‚Erster unter den Großen der Länder' und eine Vielzahl anderer Lobbezeugungen und Ehrennamen, deren Ursprünge in älteste Zeiten hinabreichten. Keiner der Würdenträger hatte einen Blick für die Menschen. Blaue Bänder hingen ihnen über die Schultern, deren hintere Enden mit dem Schlitten verbunden waren. So zogen die Einzigen Freunde sinnbildhaft den Sargschlitten des toten Pharao. Die wirkliche Zugarbeit leistete ein Gespann schneeweißer Stiere. Sehr langsam knirschte der Schlitten mit den Kufen über quer zum Weg gelegte dünne Baumstämme.

Für die meisten Menschen am Wegrand gab es fast keinen Unterschied zwischen dem Guten Gott und seinen Titelträgern. Wie Götter erschienen auch sie, Unendlichkeiten entfernt von allem, was ihnen ihr tägliches Leben bedeutete.

Doch nicht allen erging es so. Ta-Scherit drückte ihre Tochter an sich und konnte den Blick nicht wenden von Bai, dem Großen Schatzmeister des Ganzen Landes. „Der Vater deines Vaters geht dort drüben", flüsterte sie dem Kind ins Ohr. Die Kleine kicherte, denn der Atem ihrer Mutter kitzelte sie. Ta-Scherit spürte einen fast schmerzhaften Druck im Magen. Die Verbindung ihres Kindes zu Bai und, mehr noch, zur Familie des Königs schien ihr so absonderlich, so außerhalb jeder Regel zu sein, daß ihr zumute war, als habe sie etwas Falsches getan, etwas, das der göttlichen Ordnung zuwiderlief. Sie fühlte sich auf eine unbegreifliche Weise schuldig, hinausgeworfen in eine Einsamkeit, die zwar nur in ihrem Herzen vorhanden war, sie aber von allen anderen trennte. Dieses Gefühl reihte sich ein in all die anderen Empfindungen von Fehlerhaftigkeit, die sie im Zusammenhang mit Kasa bedrückten.

„O User-cheperu-Ra meri-Imen!" murmelten die Staatsbeamten im Chor, denn an diesem heiligen Tage handelten sie als *Sem*-Priester und Gebetesprecher. „Komme in Frieden, du Gott! Hüte dich, Erde, denn siehe, er ist es, der kommt!" Neunmal wiederholten sie die letzten Worte.

Mit jedem „Hüte dich!" wuchs Ta-Scherits Angst, und sie flehte in ihrem Herzen zu Ahmes-Nefertari um Vergebung, wenngleich sie nicht genau hätte sagen können, wofür.

Hinter dem Sargschlitten folgte ein weiteres, etwas kleineres Gefährt. Es trug die vier Krüge mit den einbalsamierten Eingeweiden des toten Königs. Die Köpfe der Horussöhne auf den Deckeln starrten in die vier Himmelsrichtungen, als wollten sie jedweden Feind einschüchtern, woher er auch immer kommen mochte.

Der dritte und kleinste der Schlitten trug den *Tekenu*, jenen geheimnisvollen Sack, den die Balsamierer gefüllt hatten mit den Überbleibseln ihrer Arbeit. Der *Tekenu* diente als Lockmittel für die bösen Geister, die durch ihn vom Verstorbenen abgelenkt werden sollten. Eilends bedeckten die Zuschauer die Augen mit ihren Händen, denn auf den *Tekenu* zu blicken brachte Unglück.

In ihrem vergoldeten Tragestuhl schwebte Tausret heran, die Geierhaube der Großen Königlichen Gemahlin auf dem Haupt. Ta-Scherit folgte ihr mit den Augen. Die Königin war eine gefährliche Frau, kalt und machthungrig, hatte Mutemwija erzählt. Aber als Schutzherrin Ägyptens stand sie wohl über den gewöhnlichen Gefühlen der Menschen. Bleichen Gesichts, mit zusammengepreßten Lippen, starrte die Herrscherin geradeaus.

Im nächsten Augenblick war jeder Gedanke an die Königin, den König, sei es den toten oder den lebenden, aus Ta-Scherits Herz verschwunden. Sie hatte Irinefer entdeckt.

Er ging inmitten einer Gruppe von Höflingen, die der Königin folgten. Ta-Scherit starrte auf ihn, bis ihr die Augen brannten. Ihre Knie drohten nachzugeben. Bei allen Göttern des Himmels und der Erde, wie schön er war! Was hatte sie verbrochen, daß die Ewigen sie seiner beraubt hatten? Warum mußte ihr die Liebe so viel Schmerz bereiten?

‚Iri!' dachte sie verzweifelt. ‚Liebst du mich noch?'

Der Zug hielt an. Irinefer drehte den Kopf, als hätte er die lautlos gestellte Frage gehört. Ihre Blicke trafen sich. Ta-Scherit sah, daß er sie erkannte. Sie sah, wie er Luft holte, glaubte ganz kurz, ein Aufleuchten in seinen Augen zu sehen. Dann blieb sein Blick an Tui hängen.

Ein Ruck, der Zug setzte sich wieder in Bewegung.

„Ouh!" „Ouh!" Die Stimmen der *Muu* klangen schon weit entfernt.

Unter seiner braunen Gesichtsfarbe war Irinefer leichenblaß geworden. Das konnte Ta-Scherit trotz der Entfernung sehen. Er schüttelte leicht den Kopf, sein Mund war nur noch ein Strich, seine Augen glänzten hart. Dann wandte er sich ab und gönnte ihr keinen Blick mehr. Er ging vorüber. Er war fort.

Sie fühlte sich, als ob sie geschlagen worden sei, und konnte nicht verhindern, daß ihr die Tränen über die Wangen rannen. Mutemwija legte ihr den Arm um die Schultern, und Tui erschrak so über die plötzliche Veränderung, daß sie in lautes Greinen ausbrach.

„Gib sie mir", bat Naunachte und nahm Ta-Scherit das Kind ab.

„Komm mit", sagte Mutemwija leise. „Laß uns von hier fortgehen."

Ta-Scherit konnte sich später nie mehr daran erinnern, wie sie sich ihren Weg durch die Menge gebahnt hatten und auf welchen Pfaden sie zurück ins Dorf gelangt waren. Sie weinte so heftig, daß ihr Körper wie von Krämpfen geschüttelt wurde.

Naunachte beruhigte Tui, die nach einer Weile ihrer Mutter neugierig zusah, wie sie vergeblich versuchte, den Tränenstrom einzudämmen.

„Nicht doch! Nicht doch!" murmelte Mutemwija und strich der Freundin übers Haar. „Es ist doch nichts geschehen!"

„Er liebt mich nicht mehr!" schluchzte Ta-Scherit. „Ich habe es gesehen! Er haßt mich!"

„Das tut er bestimmt nicht!"

„Doch! Er hat Tui gesehen!" Ta-Scherit schluckte mühsam. Dann setzte sie im Ton dunkelster Hoffnungslosigkeit hinzu: „Und er glaubt, sie sei Kasas Kind!"

An einem der folgenden Abende saß Ta-Scherit mit Mutemwija in ihrer Wohnstube. Sie wollte Tui stillen, aber die Kleine quengelte und ließ sich nicht beruhigen.

„Sie spürt, wie dir zumute ist", meinte Mutemwija. „Versuche, nicht an Irinefer zu denken."

„Was redest du!" fuhr Ta-Scherit auf. „Soll ich etwa auch nicht atmen?" Sie veränderte ihre Stellung und setzte das Kind zurecht. „Sei endlich ruhig!" schrie sie Tui an, die daraufhin in ohrenbetäubendes Kreischen ausbrach.

Schweigend nahm Mutemwija der Freundin die Kleine ab und ging im Zimmer umher, während sie halblaute Worte murmelte.

„Sieh mir meine Ungeduld nach!" sagte Ta-Scherit, als nach einer Weile das Geschrei abebbte. „Ich habe Angst, Angst davor, er könnte nichts mehr von mir wissen wollen."

„Aber so ist es nicht! Djehuti wird es dir bestätigen, denn er hat mit Irinefer gesprochen." Mutemwija fing an, ein Lied zu summen, und Tui stellte das Weinen ganz ein. Einige Male schluckte und schluchzte sie noch auf, dann sanken ihr die Lider herab, und sie schlief ein.

„Ich bringe sie zu Bett, wenn es dir recht ist." Mutemwija wartete das Nicken nicht ab, sondern verschwand im Hinterzimmer.

Ta-Scherit vergrub das Gesicht in ihren Händen. Sie schwankte zwischen Verzweiflung, Jammer und auch Zorn. Zorn darüber, daß Irinefer denken konnte, sie habe ihre Liebe vergessen. Denn daß er dies dachte, glaubte sie genau zu wissen. Sonst hätte er sie aufgesucht! Vielleicht nahm er an, sie sei inzwischen gern Kasas Weib, nun, da sie ein Kind mit ihm hatte. Oder beschäftigten ihn andere Frauen? Im Palast gab es gewiß viele weltgewandte Vornehme von großem Liebreiz und gebildeter als das Dorfmädchen, das sich nach ihm verzehrte!

Am Tag nach dem Begräbnis war sie aufgebrochen, Irinefer aufzuklären über die wahren Umstände ihrer Mutterschaft. Doch am Ufer des Hapistromes, unweit der Fährstelle, war sie ihrem Vater in die Arme gelaufen, der sie unter wüsten Drohungen und Beschimpfungen zur Umkehr zwang und ihr auf dem Weg nach Pa-Tíme nicht mehr von der Seite wich. Paneb hatte der Verhandlung gegen seinen Sohn Apachte beigewohnt, den der Wesir im Schnellverfahren abgeurteilt hatte.

„Es ist beschämend genug", hatte er der Tochter ins Ohr geraunt, „wenn Apachte in einem Hinterhof der Ipet-Sut die Prügel erhält, die Hori ihm in seiner Weisheit zugedacht hat. Keinesfalls wird meine Tochter ihre Liebeskrankheit und ihr Gesäusel unter die Vornehmen tragen und dort vor sich herschwenken, als wär's ein Fähnlein im Winde."

Ta-Scherit mußte sich fügen. Im Dorf angekommen, übergab Paneb sie ihrem Mann. „Um Tuis willen, sei vorsichtig!" empfahl ihr auch Kasa. „Auch des geduldigsten Mannes Geduld geht irgendwann zur Neige."

Nach dieser schlecht verhüllten Drohung hatte sie aufgegeben.

Nur Djehuti konnte ihr nun noch helfen. Doch bei dessen Eintreffen belehrte der erste Blick in seine Miene die beiden Frauen, daß er keine gute Nachricht brachte.

„Ich habe ihn nicht mehr erreicht!" bestätigte er diese Vermutung. „Irinefer ist bereits am Tag nach dem Begräbnis wieder abgereist, in Begleitung Bais übrigens. Keinen von ihnen konnte ich sprechen. Sie sind fort."

Ta-Scherit saß ganz still. Sie waren fort. „Es wäre viel besser gewesen, ich hätte ihn nicht gesehen", sagte sie mit flacher Stimme, aber ihre Augen blickten wild. „Selbst schuld bin ich an meinem Unglück!"

Mutemwija wollte etwas entgegnen, doch Ta-Scherit fiel ihr ins Wort.

„Nein, nein, es ist doch so! Ich glaubte an die Liebe, doch das ist töricht!"

„Sprich nicht so bitter", bat Mutemwija. „Vertraue auf die Ewigen!"

„Bleibe mir fort mit den Ewigen!" fuhr Ta-Scherit auf. „Sind nicht sie es, die mir das Unglück bescheren? Helfen sie etwa denen, die sich bemühen, die ihnen gesetzten Aufgaben zu erfüllen? Das tun sie nicht! In Wirklichkeit lassen sie einen im Stich, genau dann, wenn die Not am größten ist! Es ist, als sei's ein Spaß für sie, als wollten sie in Erfahrung bringen, wieviel wir zu leiden vermögen!"

„Das sind schlechte Worte", mahnte Djehuti, und in seinem Gesicht zeigte sich eine Strenge, die für ihn ungewöhnlich war. „Was die Götter uns geben, ist niemals zu unserem Nachteil und zu unserer Qual."

„Und es ist doch so!" schrie Ta-Scherit. Aufs äußerste erregt stampfte sie auf und ab.

„Es ist keineswegs so!" antwortete Djehuti in aller Einfachheit.

Sie blieb stehen und funkelte ihn an. „Aber sie haben mir Irinefer genommen!"

„Für den Augenblick, ja. Weißt du, was sie morgen für dich vorgesehen haben?"

Ta-Scherit kauerte sich vor Djehuti auf den Boden. Sie umfaßte ihre Knie mit den Armen und ließ den Kopf sinken. „Ich weiß es nicht. Und es kümmert mich auch nicht. Ohne Iri ist alles nichts wert."

„Ta-Scherit!" rief Mutemwija. „Willst du behaupten, Tui bedeute dir nichts? Deine Heimat, deine Freunde, alle, die dich lieben, sind nichts wert, nur weil du Irinefer nicht bekommst? Vielleicht nur jetzt noch nicht bekommst? Das sind die Worte eines Kindes, nichts weiter!"

Eine Pause entstand. Dann hob Ta-Scherit den Kopf: „Du verstehst mich nicht, Muti! Tui bedeutet mir viel, und ihr anderen seid mir auch wichtig. Es ist nur ..." Plötzlich war es um ihre Selbstbeherrschung geschehen. „Er hat mich gesehen, und in seinem Blick war keine Liebe mehr", sagte sie weinend.

„Nimm hin, was Amun für dich plant", sagte Djehuti nach einer Weile. „Bete zu ihm, denn er ist die Kraft des Einsamen."

„Wenn ich es nur glauben könnte!" Ta-Scherits Stimme zitterte, was Djehuti hoffnungsfroher stimmte als die vorherige Bitterkeit.

„Bitte Amun", empfahl er, „und diene ihm, und er wendet sich dir zu. Er ist barmherzig." Dann schlug er vor: „Schreibe Irinefer doch die Wahrheit über Tui."

„Das kann ich nicht. Wenn mein Vater oder Kasa davon erführen, würde ein Unglück geschehen. Ganz zu schweigen von Apachte. Ich fürchte mich vor dem, was er tun könnte."

„Er würde dir doch kein Leid zufügen!" meinte Mutemwija.

„Mir nicht!" erwiderte Ta-Scherit. „Aber ich habe Angst um Tui."

Nach dem Begräbnis des Königs ließen die Mannschaften von Pa-Tíme die Arbeit einen knappen Zehntag lang ruhen. „Man ist in Trauer", schrieben Anup-em-hab und Baja, die Kolonnenschreiber, in Arbeitsbericht und Abwesenheitslisten. Wohlverdient war die Pause, denn man hatte unter Hochdruck gearbeitet. So früh hatte niemand mit dem Tod des Königs gerechnet. Die Arbeiten an den Gräbern für Königin Tausret und den Schatzmeister des Ganzen Landes waren auf Befehl des Großen Hauses sofort unterbrochen worden, um Sethos' Wohnung für die Ewigkeit rechtzeitig fertigstellen zu können.

Zwei Tage, bevor die Mannschaften die Arbeit an den Gräbern wieder aufnehmen wollten, fanden sich die Männer bei ihren Hütten oberhalb des Tales ein. Die beiden Vorarbeiter hatten eine Versammlung einberufen. Die Arbeiten sollten neu eingeteilt werden, denn in etwa einem Monat würde man mit dem Bau eines Grabes für Pharao Siptah beginnen.

Fast vollzählig waren die Handwerker an diesem Wintermorgen erschienen, lediglich fünf Mann hatten die Schreiber als abwesend vermerkt: Zwei lagen mit Fieber und Husten darnieder, einer war von einem Skorpion gestochen worden, ein anderer hatte sich damit entschuldigt, er müsse Bier brauen, und der fünfte hatte angegeben, er wolle seiner Frau beistehen, denn sie sei unpäßlich.

„Ein paar Tage länger hätte man uns schon trauern lassen sollen", murrte Apachte, der in vorderster Reihe saß.

„Für dich ist's besser so!" grinste sein Bruder Nebmehit. „Du hättest dich sonst zu Tode gesoffen."

„Nimm dich in acht!" gab der Ältere zurück. „Du hast Glück, ich bin heute friedlich gestimmt. Aber treibe es nicht zu weit!"

„Schon gut!" meinte Nebmehit. „Reg dich nicht auf! Oder steht dir der Sinn ein weiteres Mal nach Prügeln?"

„Vater wird es schon noch bereuen, daß er sich auf meine Kosten vor den anderen aufplusterte!" Apachte rieb sich die Arme, denn es war kalt. Die Sonne war noch nicht aufgegangen, und frühmorgendliches Grau floß um die Berge. „Und dir rate ich, mich nie wieder daran zu erinnern! Sonst wird dir das schlecht bekommen."

Nebmehit kannte seinen Bruder und wußte genau, wann er seine Bemerkungen besser verschluckte. Er verfiel in Schweigen.

„Hast du Nachricht aus Waset?" fragte der Umrißzeichner Nechenmut den Vorarbeiter Hai. „Haben sie den Wesir gefunden?"

Das Verschwinden Pa-Ra-em-habs beschäftigte die Bewohner Wasets und der Totenstadt nun schon seit fast zwei Mondumläufen.

Hai schüttelte den Kopf. „Das haben sie nicht. Im Gegenteil: Ich hörte, der Suchtrupp wird demnächst abgezogen. Man glaubt nicht mehr, ihn noch finden zu können."

„Der Bursche muß doch aufzutreiben sein", sagte Nechenmut und spähte umher, als könne Pa-Ra-em-hab im nächsten Augenblick hinter einem Felsen auftauchen. „Da wir gerade von Verschwundenen sprechen, unser großer Wortführer fehlt. Wo bleibt Paneb?"

„Ich weiß es nicht!" Hai hockte sich auf den Boden. „Er müßte längst hiersein. Ich habe ihn seit gestern abend nicht mehr gesehen."

„Er hat getrunken", warf Apachte ein, „als gäbe es ab heute nie wieder Bier in diesem Land."

„So sehr?" wunderte sich Nechenmut. „Es kam zu keiner Schlägerei, niemand hat gebrüllt, da dachte ich, Paneb sei nüchtern geblieben." Er kicherte. „Auch zeigte keine von den Frauen Anzeichen von Aufregung."

„Große Dreiheit von Waset!" stöhnte Hai. „Die Zeiten sind doch vorüber. Heutzutage trinkt Paneb lieber, als daß er Frauen verführt."

„Das Bier hat alles unter seinem Schurz lahmgelegt", bemerkte Apachte höhnisch. Daß es hier um seinen Vater ging, schien ihn nicht im geringsten zu stören.

Hai schaute kopfschüttelnd zu ihm hinüber, sagte aber nichts. Nach einer Weile erhob er sich. „Ich sehe in seiner Hütte nach. Kommt jemand mit?"

Upuautmose, Kasa und Hesisunebef nickten und schlossen sich ihm an. Nach einigem Zögern trottete auch Apachte hinterher.

Die anderen Handwerker nahmen den neuerlichen Arbeitsaufschub achselzuckend hin und widmeten sich wieder ihren halblauten Gesprächen. Einige kauten an ihrem Frühstücksbrot, und nicht wenige rollten sich zwischen den Felsen zusammen, um noch eine Zeitlang zu dösen.

Hai öffnete die Tür zu der Hütte, die Paneb zusammen mit Pasched und Parahotep benutzte. Beide gehörten zu denjenigen, die an diesem Tag in Pa-Tíme zurückgeblieben waren. Innen roch es muffig. In einem Eck verrotteten die Reste einer längst vergangenen Mahlzeit. Überall lag Werkzeug herum. Schmutzige Arbeitskittel dienten als Unterlage für Steinsplitter, auf denen Paneb mit gekonnten Strichen kleine Bilder gemalt hatte.

„Es sieht so aus, als sei er hier gewesen", sagte Hai.

„Jetzt ist er es jedenfalls nicht mehr", fügte Kasa hinzu, der ihm über die Schulter spähte.

Einer nach dem anderen zog den Kopf ein und trat durch die niedrige Tür in den Raum. Verwunderte Blicke streiften das Durcheinander, sogar betretene, denn außer Apachte hatten alle das Gefühl, Unziemliches zu tun, indem sie in eines anderen ureigensten Dingen herumschnüffelten.

„Also wirklich!" murmelte Hesisunebef und zog die Brauen hoch. „Schaut euch das einmal an!" Er nahm einen der Steinsplitter und zeigte ihn den anderen. Ein Paar war aufgemalt, eng umschlungen die körperliche Vereinigung vollziehend. Die Darstellung ragender Manneskraft ließ an Deutlichkeit nichts zu wünschen übrig.

„Er weiß, wie es geht!" lachte Apachte. „In jeder Hinsicht!"

„Laßt uns wieder gehen", schlug Upuautmose vor. „Der Vormann ist nicht hier, das konnten wir feststellen. Wir haben hier nichts weiter zu suchen. Ich will nicht, daß Paneb uns dabei ertappt, wie wir seine Sachen durchwühlen."

„O du Ausbund an Vorsicht und Feigheit!" Apachtes Stimmung schlug um. „Wir suchen ihn doch nur! Da!" Er stieß mit dem Fuß nach einem Berg zusammengeknüllter Kittel und Decken. „Vielleicht verbirgt er sich vor uns? He, Vater! Komm heraus aus deinem Versteck!"

„Schweig, Apachte!" fuhr Hai ihn an. „Du benimmst dich wie ein Kind!"

„Und du schulmeistere mich gefälligst nicht!" gab dieser grob zurück. „Du hast mir nichts zu befehlen. Ich bin kein Mitglied deiner Kolonne!"

„Das sagst du wohl, und sagst es mit Recht, jedoch ...", begann Hai, doch Hesisunebef unterbrach ihn. „Wartet! Seht doch einmal her!"

Unter einigen Decken, die Apachte zur Seite gestoßen hatte, war eine kleine Truhe zum Vorschein gekommen. Truhen waren nichts Besonderes, in fast jeder Hütte standen mindestens zwei davon, in denen die Handwerker ihr Hab und Gut zu verstauen pflegten. Diese hier aber war aus Ebenholz gefertigt und wies Einlegearbeiten aus Elfenbein auf. Die Männer starrten erst auf die Truhe, dann sahen sie einander in die ratlosen Gesichter.

„Das kann ihm nicht gehören!" flüsterte Upuautmose. „Ganz ausgeschlossen!"

„Es sieht aus wie ..." Kasa vollendete den Satz nicht. Alle wußten, was er andeutete.

„Schauen wir doch hinein!" schlug Apachte vor. Er war der einzige, den der Fund nicht überraschte. Er kannte seinen Vater.

Kasa und Hai ließen sich auf die Knie nieder, schlugen den Deckel auf und fuhren zurück. Vor ihnen lagen ein goldener Becher und ein von Edelsteinen funkelndes Schutzzeichen, das einen *Djed*-Pfeiler darstellte.

„Bei allen Göttern des Himmels und der Erde!" schrie Hai auf. „Das ist Raubgut!"

Upuautmose beugte sich über den knienden Kasa. „Grünschimmliger Saueuter!" fluchte er. „Es stammt aus dem Grab des Osiris Sethos! Seht nur, hier, am Rand des Bechers! Da ist der Namensring mit den Zeichen für User-cheperu-Ra!"

„Hat Paneb diese Gegenstände aus dem Grab geraubt?" fragte Kasa, wobei ihm selbst bewußt war, wie einfältig diese Frage klang.

„Unfug!" behauptete Apachte im Brustton der Überzeugung. „Du glaubst doch nicht etwa, mein Vater sei derartig beschränkt! Niemals würde er seine Stellung in Gefahr bringen. Und selbst wenn es so wäre! Dann wüßte er mit Sicherheit bessere Verstecke! Nein, nein, da steckt etwas anderes dahinter!"

Hai hob den Kopf und musterte Apachte aus schmalen Augen. „So? Bist du dir sicher?" Aber im Grunde seines Herzens gab er ihm recht. Paneb mochte alles mögliche sein, ein Schwachkopf war er nicht.

„Kein Wort zu irgend jemandem!" befahl Hai. „Deckt die Truhe wieder zu. Wir müssen Paneb finden. Bevor wir vorschnelle Urteile fällen, wollen wir uns anhören, was er dazu zu sagen hat."

„Wo suchen wir ihn?" Gewitztere Fragen schienen an diesem Morgen Kasas Fähigkeiten zu übersteigen.

„Am Großen Platz der Wahrheit!" In Upuautmoses Stimme schwang die nachsichtige Geduld, mit der man kleinen Kindern etwas erklärt. „Wo auch sonst, mein Guter?"

„Verbindlichsten Dank, daß du mich an deiner überragenden Klugheit teilhaben läßt!" versetzte Kasa bissig. Er klappte den Deckel der Truhe zu, schichtete die Decken wieder darüber und folgte Upuautmose nach draußen. Dort gebot Hai den beiden Mannschaften, bis zu ihrer Rückkehr an Ort und Stelle zu verharren. Der Arbeitsbeginn würde sich noch hinziehen. Die Männer hatten nichts gegen weiteren Müßiggang einzuwenden, und Hai erhielt gleich mehrfach den wohlgemeinten Rat, er solle sich bei der Suche nach Paneb nur nicht allzusehr beeilen.

So geschah es, daß die fünf Handwerker im graurosa Licht des aufgehenden Morgens hintereinander schweigend zu Tal schritten, während die Luft sich erwärmte. Hoch oben am Himmel flog ein Falke seine Bahn.

Als sie am Eingang zur Ewigen Ruhestätte des jüngst verstorbenen Pharao eintrafen, verwunderte es keinen von ihnen, die Tür einen Spalt offen zu sehen. Kasa hob das Siegel vom Boden auf und musterte es von allen Seiten. „Es ist unversehrt!" sagte er erstaunt. „Wie ist das möglich?"

Apachte warf ihm einen verächtlichen Blick zu. „Fragst du das im Ernst? Die Gänge sind noch nicht mit Schotter gefüllt."

Kasa wollte ihm eine unwirsche Antwort geben, doch hielt er inne und lauschte.

Aus den Tiefen des Grabes erscholl ein schauerlicher Ton. Die vier anderen hatten es ebenfalls gehört. Leichenblaß starrten sie einander an.

Endlich ergriff Hai das Wort. „Glaubt ihr, es ist ein Geist? Vielleicht der Verstorbene, der sich empört über den Diebstahl?"

„Nein!" meinte Hesisunebef. „Es klang eher wie eine menschliche Stimme."

„Paneb?" flüsterte Kasa ungläubig.

„Wahrhaftig, ich glaube, es ist Paneb, der da heult." Hai wies mit dem Kopf auf die Kiste neben dem Eingang, in der sich außer einigen Steinhämmern, Nägeln und Siegelwachs auch etliche Fackeln nebst Anzündern befanden. „Da! Nehmt euch welche!" Sichtlich angespannt zündete er ein Licht an, gab es an die anderen weiter und betrat, vorsichtig einen Fuß vor den anderen setzend, den ersten Gottesgang. Die Männer folgten ihm nicht minder achtsam. Jeder von ihnen sprach furchtsame Gebete in seinem Herzen, denn sie bezweifelten, daß der Tote sie willkommen heißen würde.

Die Stimme verstummte. Ein Blickwechsel, sie blieben stehen. Unverkennbar war es Paneb, der die heilige Ruhe des Grabes entweihte.

„Sein Herz ist in der Hand eines Gottes", murmelte Hesisunebef, als er unflätige Flüche hörte. „Er hat den Verstand verloren."

Hais Blick glitt über den Schrein des Osiris an der Wand, und insgeheim leistete er Abbitte beim Herrscher der Unterwelt für diesen Frevel. „Ich wundere mich, daß der Gott ihn am Leben läßt", flüsterte er, und die Ader an seiner Schläfe pochte, ob vor Zorn oder vor Angst, das hätte er wohl selbst nicht zu sagen vermocht. Er ging als erster über die kurze, abschüssige Rampe zur Grabkammer des toten Königs.

Gespenstische Schatten tanzten in der Sargkammer; flackerndes Licht, das von einer zwischen zwei Truhen festgeklemmten Fackel herrührte, beleuchtete die Götterbilder an den Wänden. Die Ewigen schienen sich zu bewegen, schauten mißbilligend auf den Sarg des Königs in der Mitte des Raumes. Dort, unter dem Bild der Himmelsgöttin Nut, räkelte sich Paneb auf dem breiten Sargdeckel. Sein Oberkörper war nackt, der Kittel lag zerknüllt neben dem Sarg, und sein Schurz starrte vor Schmutz. Seiner Sandalen hatte er sich irgendwo entledigt, er war barfuß. Er lag auf einen Ellenbogen gestützt, mit der anderen Hand hob er einen irdenen Becher hoch in die Luft.

„Da bissu ja!" schrie er, als er Hais ansichtig wurde. „Komm und trink mit mir! Meine Eingeweide sin' trocken wie Ssroh! Hier is' guter Wein, ja, wahrhaffig, der Wein is' vom Bessen!" Geräuschvoll nahm er einen Schluck.

Die Ankömmlinge starrten ihn an. So entsetzt waren sie über den Anblick, der sich ihnen bot, daß sie weder sich bewegen noch sprechen konnten.

„Hai! Was stehsu so rum?" Paneb wälzte sich auf den Bauch. „Findessu nicht, hier is' eine oodenliche Tringschtube? Schau mich nicht so dümmlich an! Der gute, alte Sethos hat's erlaubt! Ja, wirglich, er sssäuffssselber!" Die Worte endeten in unverständlichem Gurgeln. Dann fiel sein Blick auf Apachte. „Sohn!" schrie er. „Alter Grabgefährte! Damals gab's nichssu saufen, was?"

„Du redest wirr, du Schwachkopf!" Apachte stürzte auf ihn zu, holte aus und schlug seinem Vater mitten ins Gesicht. Paneb grunzte und ließ den Kopf auf die Unterarme sinken, wobei ihm der Becher entglitt und zur Erde polterte. Als Apachte ein zweites Mal zuschlagen wollte, war Hesisunebef an seiner Seite und fiel ihm in den Arm.

„Laß das!" befahl er und maß ihn mit wissendem Blick. „Er kennt sein Herz nicht mehr, das ist uns allen klar."

Heftig riß Apachte sich los. „Halt doch den Mund!"

„Paneb ist vollständig betrunken", stellte Kasa überflüssigerweise fest.

„Er hat das Grab entweiht!" sagte Upuautmose. Diese Ungeheuerlichkeit überstieg sein Begriffsvermögen. „Was sollen wir jetzt tun?"

„Erst einmal müssen wir ihn hinausschaffen", meinte Hai. Langsam kehrte seine Geistesgegenwart zurück. „Dann überlegen wir, was wir anstellen mit diesem Sohn der Wirrnis."

„Seht nur!" stöhnte Hesisunebef, der sich an Hai vorbeigedrängt hatte und um den Sarg herumging. „Er hat sich am Wein des toten Pharao vergriffen! Hier liegen zwei leere Krüge!"

Hai folgte ihm. Er setzte seine Schritte wie im Traum, doch war es ein böser Traum, ein wahrer Alptraum, aus dem zu erwachen er sehnlichst wünschte. Daß ein derartiger Frevel überhaupt möglich war, erschütterte ihn, wie ihn noch nie etwas erschüttert hatte. Warum ließen die Götter diesen Verbrecher gewähren? Warum erschien kein Geist der Unterwelt und schlug ihn ins Nichtsein?

Tief in Hais Herzen formte sich eine Vorstellung, die so schauerlich war, daß er sie nicht zur Kenntnis nehmen wollte. Einen Lidschlag lang schien es ihm, als seien die Götter an den Wänden nur gemalte Bilder, als sei es gleichgültig, ob Paneb in einem Bierhaus trank oder in der Sargkammer eines Königsgrabes. Als sei der tote Herrscher in seinem Sarg nichts weiter als ein gewöhnlicher Leichnam, zum Vergehen verdammt, als gäbe es weder *Ka* noch *Ba*, noch einen *Ach*, ja als sei das ganze gesegnete Jenseits ein Wunschbild der Menschen. ‚Wir, die wir hier bauen im Bauch des Berges', dachte er und wehrte sich zugleich mit allen Fasern seines Herzens gegen diesen Gedanken, ‚die wir vollendete Arbeit leisten, wofür tun wir das? Werden nicht Tage kommen, da diese Gänge leer und ihre Bewohner fort sind? Niemand wird mehr opfern, keiner wird mehr an irgend etwas glauben!' Während dieser wahnwitzigen Augenblicke dünkte es ihn, als erhöbe sich sein Herz und setze an, aus seinem Leib zu fliehen. Er fühlte sich dem Tode näher als dem Leben. Nur eine kurze Zeit flackerte dieses Gefühl in ihm auf, alsbald verschwand es wieder, aber es sollte Hais langes Leben prägen bis an sein Ende. Von diesem Tage an würden ihn immer wieder unerklärliche Anfälle von Herzensmattigkeit und Traurigkeit heimsuchen, und er würde stets bestrebt sein, sie auszugleichen durch besondere Frömmigkeit und gewissenhaftesten Gottesdienst.

„Vormann!" sprach da Upuautmose, denn auch ihn plagten düstere Ahnungen, wenngleich sie von durchaus handfesterer Art waren. „Dieses Vorkommnis sollten wir lieber verschweigen. Wenn es ruchbar würde, könnte ein Strafgericht über Pa-Tíme hereinbrechen, das nicht nur Paneb vernichten würde, sondern uns alle gleich mit. Es könnte das Ende unseres Dorfes bedeuten, um nicht zu sagen, auch das Ende unseres Lebens im Lande Kemet."

„Er hat recht!" pflichtete Kasa bei. „Wir müssen ihn ausnüchtern und schweigen. Ein Glück ist es, daß die Wächter am Eingang des Tales offenbar nichts bemerkt haben."

„Schnell!" drängte Hesisunebef, der Paneb vom Sarg heruntergezogen hatte und an den Armen zur Rampe schleifte. „Ich will nicht, daß er sich hier übergibt!"

Tatsächlich würgte der Betrunkene und versuchte vergebens, sich aus Hesisunebefs Griff zu befreien. Upuautmose und Apachte packten mit an und zerrten Paneb durch die Korridore zum Ausgang.

Unterdessen stellten Hai und Kasa die leeren Weinkrüge zu den anderen, fanden Panebs Sandalen und sammelten seine restlichen Habseligkeiten ein. Sie säuberten die Grabkammer, so gut es ging. Bevor auch sie sich zum Ausgang begaben, knieten sie nieder, um den toten König um Vergebung anzuflehen.

„Vergib die schreckliche Tat, ehrwürdiger Geist des Osiris Userchepru-Ra", murmelte Kasa. „Paneb ist ein unwissender Mann, der keinen Verstand besitzt! Er kann nicht unterscheiden zwischen gut und böse."

„Er ist einer, dessen Herz zerrissen ist", fügte Hai hinzu, wobei er zum ersten Mal in seiner Leibesmitte einen schmerzenden Druck verspürte. Noch ahnte er nicht, daß der ihn von nun an ständig begleiten würde. „Möge dein *Ka* Gericht halten über ihn. Möge dein *Ba* indessen die Wege des Jenseits beschreiten, die er gut kennt, bis zum Eingang der Stätte, die den Ermatteten verhüllt."

„Wir werden ihn wegen der Gegenstände in der Hütte befragen", wiederholte er vor den Männern am Eingang des Grabes. „Niemals aber soll ruchbar werden, wie und wo wir ihn aufgestöbert haben. Habt ihr mich verstanden? Du auch, Apachte?"

„Ich bin nicht blöde", entgegnete der Angesprochene grob. „Das haben wir doch schon besprochen. Weshalb fängst du wieder von vorne an?"

„Wir schaffen ihn von diesem Grab fort", fuhr Hai ungerührt fort. „Dann warten wir, bis er wieder zu Verstand kommt, und erst dann kehren wir zu den Hütten zurück."

„Etwas aber", sagte Apachte, „ist vorab zu erledigen, damit wir die Stimmigkeit unserer Geschichte erhöhen und uns kein mißtrauisches Fragen in Verlegenheit bringt."

„Was meinst du damit?" fragte Kasa.

Unter den neugierigen Blicken der anderen stelzte Apachte umher und hob endlich einen faustgroßen Stein auf. Noch ehe irgend jemand seine Absicht begriffen hatte, trat er zu seinem laut schnarchend auf dem Boden ausgestreckten Vater hin und schlug ihn mit dem Brocken auf die Stirn, daß es Blut spritzte.

„Was fällt dir ein?" schrie Hai entsetzt.

„Du Wahnsinniger!" brüllte Hesisunebef.

Paneb stöhnte auf, öffnete die Augen halb und sank dann wieder zurück.

„Beruhigt euch!" sagte Apachte kalt. „Er ist vom Felsen gestürzt, oder etwa nicht? Eine blutende Stirnwunde ist das mindeste! Oder soll ich ihm die Beine brechen?"

„Ich wußte, du würdest kommen", sagte Baket-Ra zu Djehuti. „Ich bin froh darüber, denn Muti ist es auch." Sie zwinkerte ihrer Tochter zu. „Das ist ein Grund, uns einen schönen Tag zu bereiten. Was rede ich, es ist ein Anlaß für einen guten Rauschtrunk, mag es auch hellichter Vormittag sein! Wartet! Ich bin gleich wieder zurück!" Mit diesen Worten verließ sie das Zimmer und ging am Haus entlang nach hinten, um den Weinkrug zu holen, den sie schon seit längerem für diese Gelegenheit aufgespart hatte.

„Wir müssen es ihr sagen", meinte Djehuti. „Wie wird sie es auffassen?"

„Da habe ich keine Sorge", entgegnete Mutemwija und stellte Becher und kleine Schalen für den Kuchen auf den Tisch. „Wir werden in der Oststadt leben, nicht im elenden Kusch."

„Wenn sie mit uns kommen möchte, wird sie mir willkommen sein."

„Wer wird willkommen sein?" fragte Baket-Ra, die in diesem Augenblick wieder den Raum betrat.

„Du, Mutter", versetzte Mutemwija mit sanfter Stimme. „Sei's zu einem Besuch, sei's auch, daß du deine Tage bei uns verbringen möchtest."

Baket-Ra erschrak. „Was willst du mir damit andeuten? Du willst doch nicht etwa mit Djehuti fortgehen?"

Djehuti hinkte zu ihr und nahm ihr den Krug aus der Hand.

„Mahuhui, der Hohepriester des Amun, hat mir bestellen lassen, er wünsche meinen Gesang bei Götterfesten und Gebetsanlässen zu Ehren des Verborgenen. Dies sei auch das Verlangen Pharaos, Leben, Heil, Gesundheit, der geboten habe, mich als Sänger und Harfner der Ipet-Sut in Lohn und Brot zu nehmen." Ein wehmütiges Lächeln stahl sich über sein Gesicht. Er zweifelte keinen Augenblick daran, daß Pharao Siptah ihn lieber an seine Seite befohlen hätte. Aber so weit reichte seine Macht offenbar noch immer nicht. Auch nach seiner Thronbesteigung war Siptah nicht wirklich der Herrscher über das Zweifache Land.

Baket-Ra zog die Brauen zusammen, und zwei steile Falten erschienen über ihrer Nasenwurzel. „Ihr wollt Pa-Tíme verlassen?" fragte sie.

„Aber nur, um in der Oststadt zu leben", sagte ihre Tochter. „Das ist nicht weit, und es wird dir daher kaum allzu großen Schmerz bereiten."

Baket-Ras Züge glätteten sich wieder. „Die Oststadt, wie? Da magst du recht haben. Das ist noch erträglich." Sie lachte und holte die Blumen von der Anrichte. „Djehuti, gieß uns ein! Laß uns eure Liebe feiern! Wir wollen unsere Herzen salben und unsere Nasen mit Wohlgerüchen erfreuen."

„Für deinen *Ka*!" rief Mutemwija strahlend und hob den Weinbecher. „Und für den deinigen auch!" Sie trank, beugte sich zu Djehuti hinüber und küßte ihn auf die Wange.

„Für deinen *Ka*!" sagte auch Baket-Ra zu ihm. „Trinke, bis du berauscht bist, und feiere den glücklichen Tag! Höre auf das, was deine Gefährtin sagt!"

„Siehe, ich liebe ihn bis zur Trunkenheit!" kicherte Mutemwija und nahm noch einen tiefen Schluck.

„Mutemwija", murmelte Djehuti, und seine Lippen liebkosten ihren Namen. Nichts, was er in seinem Leben gekannt hatte, war zu vergleichen mit diesem beseligenden Aufgehobensein, das er fühlte, wenn er mit ihr zusammen war.

„Also ich muß zugeben", sagte Baket-Ra, und ihre Augen glänzten, „Wein am Vormittag stimmt besonders fröhlich!" Sie trank Djehuti noch einmal zu. „Ich mag noch lange nicht aufhören!"

Er setzte den Becher an die Lippen, doch dann ließ er die Hand wieder sinken.

Von der Dorfgasse draußen erschollen Rufe, beunruhigende Rufe, die sich nach einer Unglücksbotschaft anhörten. Viele Menschen liefen am Haus vorbei.

„Ich sehe nach", sagte Djehuti. „Irgend etwas ist geschehen."

Mutemwija setzte ihren Becher ab. „Ich begleite dich", sagte sie entschlossen und schaute zu ihrer Mutter. „Gleich sind wir zurück."

„Wenn es möglich ist", meinte Baket-Ra, aber sie wußte es besser. Das Fest war vorbei. Sie hatte einen der Rufe verstanden.

„Auti! Hemet-Maura! Tatemhit!" rief Mutemwija den vorbeihastenden Frauen zu. „Was ist vorgefallen?"

„Genaues wissen wir noch nicht! Naunachte hat nach dem *Sunu* gesandt! Es geht zu Ende! Ken-her-chepeschef stirbt!"

Mutemwija wandte sich zu ihrer Mutter um.

Baket-Ra stand bereits hinter ihr. „Ich gehe mit", sagte sie entschlossen. „Naunachte wird meine Hilfe brauchen."

Viele der Dorfbewohner drängten sich in der Gasse vor Ken-her-chepeschefs Heim. Die Alten unter ihnen waren vollzählig versammelt. Blaß waren sie, und über manches faltige Gesicht rannen Tränen. Alle hatten gewußt, dieser Tag würde kommen, weit entfernt hatte er nicht mehr sein können, doch nun, da Ken-her-chepeschefs Tod unmittelbar bevorstand, schien er den meisten dennoch unfaßbar zu sein. Pa-Tíme ohne den eigenwilligen Schreiber, den gestrengen Dorfvorstand, das konnte niemand sich vorstellen.

„Ich habe ihn seit zweimal zwei Zehntagen nicht mehr besucht", flüsterte der betagte Hehnechu, der, auf den Arm seines Sohnes Pasched gestützt, an der Mauer von Ken-her-chepeschefs Haus lehnte. „Er war damals noch bei Kräften!"

„Er war dein Freund, ich weiß es wohl!" meinte der Zeichner Parahotep.

„Und auf recht seltsame Art auch der deinige", sagte ein anderer Grauhaariger aus der rechten Arbeitermannschaft zu Parahotep.

Die Umstehenden nickten traurig. Zeit seines Lebens hatte Parahotep sich mit Ken-her-chepeschef gestritten, hatte mit dessen herablassender Art gerungen, ihn oft verflucht und Worte des Zorns über ihn ausgestoßen, aber nun, da der Alte im Sterben lag, trauerte er wie die anderen.

„Er ist die Seele von Pa-Tíme", bemerkte Hai. „Zumindest das, was an Seele noch da war nach Neferhoteps Ende." Der Vormann, viel geplagt durch seine eigene Seele, die dieser Tage ständig Gedanken ausbrütete, die ihn schmerzten und in Furcht versetzten, nahm sich den bevorstehenden Tod des Schreibers besonders zu Herzen. ‚Amun, warum handelst du so?' haderte er insgeheim mit dem König der Götter. ‚Du häufst zu viel Tod über Pa-Tíme.' Hai wußte, daß seine innere Auflehnung unsinnig war, denn bestand Pa-Tíme nicht allein aus Todesgründen? Und war es nicht die Aufgabe und das Vorrecht der Männer hier, die Pfade ins Gesegnete zu gestalten? Aber Hai konnte nicht anders, in seinem Inneren rang er um das Verstehen göttlicher Zumutung und ahnte doch dabei, daß er in Wirklichkeit gegen einen ganz anderen Gegner focht, einen viel gefährlicheren, einen furchterregenden Feind: den Zweifel.

„Vormann!" flüsterte der Maler Pendua, ein schmächtiges Männchen, an seiner Seite. „Wo ist Paneb? Er müßte auch hiersein in dieser schweren Stunde!"

„Er hält sich noch immer in der Oststadt auf. Der Wesir hat ihn wieder ins Gebet genommen. Das Verhör dauert noch an."

Der Fund von Grabbeigaben aus der Wohnung für die Ewigkeit des jüngst verstorbenen Pharao hatte Hori zu einer sofortigen Untersuchung in der Südlichen Stadt veranlaßt.

„Paneb ist unschuldig!" behauptete Pendua. „Der Wesir kann ihn nicht festhalten, nun, da er den Heiligen Eid geschworen hat."

„Nein, das kann er nicht", bestätigte Hai. „Er wird es auch nicht. Aber irgend jemand muß hinter dem Raub stecken. Wer das ist, das versucht er herauszufinden."

Dies quälte Hai besonders: Er glaubte Paneb kein Wort. Auch wenn jener vor Hori beeidet hatte, er habe keinen Stein in der Umgebung eines Königsgrabes versetzt, Hai verdächtigte ihn, mit der Wahrheit umzuspringen, wie es ihm paßte. Wieder und wieder sah er ihn vor sich, wie er, das Heiligste schändend, auf dem Sarg sich räkelte. Nagende Unruhe ergriff ihn. Er hätte es melden müssen. War er nicht durch sein Schweigen Mittäter geworden? Und dennoch: Keiner der Götter hatte eingegriffen. Kümmerte es die Ewigen nicht? Wo waren ... Hai biß sich auf die Lippen. Immer wieder ertappte er sich dabei, wie er im Kreise dachte. Wenn ihm irgend etwas an seinem Seelenfrieden lag, durfte er keinen Ungeheuerlichkeiten Einlaß in seinen Sinn gewähren.

Hormose, der *Sunu*, traf ein, begleitet von Baket-Ra, deren Ernst und würdevolles Gebaren ihren Eindruck auf Hai nicht verfehlten. Der Vormann trat zur Seite, um sie vorbeizulassen. Nachdem sie verschwunden waren, faßte er einen Entschluß. Er wollte im Schrein den göttlichen Amenhotep um eine behütete Reise des alten Schreibers ins gesegnete Land des Westens bitten und Segen auf Pa-Tíme herabrufen. Alles, was sein Herz zu geben vermochte, jedes Gefühl, jeden Gedanken wollte er auf dieses Ziel richten: die Wege Ken-her-chepeschefs ins Jenseits zu segnen und dabei auch zu erreichen, daß die Ewigen sich seiner, Hais, wieder annähmen, indem sie seinem Hinausgeworfensein ein Ende bereiteten.

Er bahnte sich seinen Weg durch die schweigende Menge in der schwül-heißen Südgasse und achtete der verwunderten Blicke nicht, die ihm folgten. Der Nordeingang des Dorfes tauchte vor ihm auf. Hai sah Apachte auf sich zukommen.

„Vater wird heute abend heimkehren", sagte dieser.

„Hori hat ihm also geglaubt!"

„Selbstverständlich!" In Apachtes Augen erschien ein unangenehmes Glitzern. „Du etwa nicht?"

Hai antwortete nicht. Er ließ den anderen einfach stehen.

Apachte schaute ihm regungslos hinterher. „Es wäre gesünder für dich", flüsterte er, „wenn du auch nicht an seinen Worten zweifeltest."

Doch das konnte Hai längst nicht mehr hören.

Das Fenster des Schlafraums, in dem Ken-her-chepeschef seinem Ende entgegendämmerte, war mit Tüchern verhängt. Gedämpftes Licht wechselte mit Schatten von dunklerem Grau, und aus einer Brandopferschale stiegen schwärzliche Rauchfäden empor, die Schwaden von heilig-süßlichem Geruch verbreiteten. Baket-Ra tauchte ein Tuch in eine Schüssel mit Wasser, wrang es aus und reichte es Naunachte. Diese nahm es, beugte sich über den still Daliegenden und wischte ihm Stirn und Wangen.

Hormose, der an der anderen Seite des Lagers stand, zählte Tropfen in eine Schale mit einer bräunlichen Flüssigkeit. Dann wandte er sich an Naunachte: „Gib ihm davon zu trinken, es enthält Wermut und zerstoßene Mohnkörner nebst etlichem anderen, das ich nach bestem Wissen und Können gemischt habe. Es mag ihm die letzten Stunden leicht machen, denn wirklich helfen kann ich ihm nicht mehr."

„So muß er denn sterben?" fragte Anup-em-hab, während Naunachte einen Leinenstreifen mit der Flüssigkeit netzte. Tropfen für Tropfen drückte sie über den schmalen, grauen Lippen Ken-her-chepeschefs aus und ließ sie ihm in den Mund rinnen. „Gibt es denn gar nichts mehr, was du tun kannst?"

„Nein, nichts mehr", erwiderte Hormose. „Denn nicht Krankheit ist es noch Verletzung, die ihn aufs Sterbelager warfen, sondern sein Alter und der Wille der Ewigen. Alles habe ich versucht, inbrünstig gebetet, jedes Zauberwort gesprochen, das nach Lage der Dinge angebracht sein könnte. Ich habe Blutegel gesetzt und ihm die alten Glieder mit Umschlägen aus heilenden Kräutern gewickelt. Doch vergeblich. Nicht einmal mehr den Brei aus Mäusefleisch, den ich ihm eingeflößt habe, konnte er bei sich behalten."

Anup-em-hab ließ den Kopf sinken. Wenn der Alte die lebenspendende Kraft der Mäuse von sich wies, dann mußte dies als sicheres Zeichen für den nahenden Tod gedeutet werden. Eine Zeitlang schwiegen alle. Nur die rasselnden Atemzüge Ken-her-chepeschefs waren zu hören.

Vorsichtig erhob sich Anup-em-hab von seinen Schemel. Er wollte keinen unnötigen Lärm verursachen. „Darf ich dich für eine kurze Weile ablösen?" fragte er Naunachte. „Gern möchte ich ihm noch einen Dienst erweisen und ihm danken, daß er mir mein Herz geöffnet hat als Mit-Schreiber Pa-Tímes."

Die Angesprochene schaute auf. Die Anstrengungen der letzten Tage und vor allem der Nächte waren ihr anzusehen. Dunkle Schatten hingen ihr unter den Augen, sie war blaß, und um ihre Lippen lag ein Ausdruck von beherrschter Trauer. „Setze dich an seine Seite, Freund", sprach sie. „Auch wenn er dich vielleicht schon nicht mehr sieht, er wird deine Fürsorge spüren und darf scheiden in der Gewißheit deiner Freundschaft."

Anup-em-hab kauerte sich an die Seite des Sterbenden. Voll Wärme ruhte sein Blick auf dem uralten Gesicht. So hager war das schmale Antlitz, so eingefallen die Wangen, auf denen in weißen Stoppeln der Bart stand. Die Lider hatten sich nur halb über die Augen gesenkt, die starr, ohne wirklich zu sehen, nach oben blickten. „Alter Freund!" flüsterte er. „Der du dich anschickst, ein Verklärter zu werden, ich danke dir! Du wirst heil ins Land des Westens gelangen, denn du verfügst über großen Zauber! An jedes Wort, an jeden Spruch wirst du dich erinnern, den du brauchst, um dorthin zu kommen. Deine Ewige Wohnung wird ein Haus des Lebens sein, in dem du dich freust und jubelst als ein Gerechtfertigter."

Naunachte berührte ihn leicht an der Schulter, und Anup-em-hab schaute auf. „Er hat Durst", sagte sie und wies auf die Lippen des Alten, die suchend zuckten. Dabei reichte sie ihm die Schale mit Hormoses Getränk und ein Bündel Leinenstreifen. Anup-em-hab flößte ihm einige Tropfen ein, wie er es zuvor bei ihr gesehen hatte. Doch stellte er sich nicht ganz so geschickt an, denn plötzlich verschluckte sich der Alte und hustete, bis sich sein Oberkörper aufbäumte.

Rasch stand Anup-em-hab auf und machte Naunachte wieder Platz.

„Mein Gemahl!" rief sie, denn in Ken-her-chepeschefs Gesicht war Leben zurückgekehrt. „Kannst du mich hören?"

Die knochigen, mit Altersflecken übersäten Hände auf der Decke zuckten, hoben sich, als wollten sie greifen, und fielen wieder zurück. Ein tiefes, gurgelndes Geräusch kam aus des alten Schreibers Kehle.

„Was möchtest du sagen?" fragte Naunachte und brachte ihr Ohr nahe an seinen Mund. „Sprich nur, ich werde dich verstehen!"

Der Alte bewegte die Lippen, keuchte, und Luftblasen blähten sich auf seinen Lippen. Der Anblick seiner Mühen war so erbarmungswürdig, daß Baket-Ra in Tränen ausbrach.

Da drehte Ken-her-chepeschef den Kopf.

„Ehrwürdiger!" schluchzte sie. „Ich bin hier."

Ken-her-chepeschef sah sie lange an. Er bewegte sich nicht mehr. Nur die Lippen versuchten, ein Wort zu formen. Baket-Ra rutschte näher zu ihm hin. „Ver ... ver..." Dann entrang sich seiner Kehle ein krächzender Ton, der so ärgerlich klang, so sehr nach ihm selber, daß alle im Raum unwillkürlich lächeln mußten.

Baket-Ra wußte, daß er sich nicht über sie erboste, sondern über seine Unfähigkeit, sich zu äußern. „Ich höre", flüsterte sie, „ich höre dir zu!"

„Verzeih ...", brachte er endlich hervor.

Das Wort quälte sich über seine Lippen, und Baket-Ra zweifelte im ersten Augenblick, ob sie richtig gehört hatte. Aber dann sah sie einen Ausdruck in seinen Augen, den sie noch nie zuvor gesehen hatte. Sie hatte ihn richtig verstanden. Da sank sie auf die Knie, ergriff seine Hand und drückte sie an ihre Stirn. „Ehrwürdiger!" wiederholte sie unter Tränen. „Ich danke dir."

Der Anflug eines Lächelns huschte über das Gesicht des Alten, doch sein Blick hatte sich schon von ihr fortgewandt und suchte Naunachte, die an der anderen Seite des Bettes saß.

„Mein Weib!" sagte er plötzlich mit klarer Stimme, und es schien, als habe die Bitte an Baket-Ra die Pforte zur Sprache noch einmal aufgeschlossen.

Naunachte beugte sich zu ihm hinunter und küßte ihn sanft auf die Stirn. „Ich bin bei dir", sagte sie leise. „Friede sei mit dir."

„Gebrechlichkeit ist entstanden", brachte Ken-her-chepeschef stockend hervor, wobei er aber ungeachtet der eher trübsinnigen Worte seine Frau leuchtenden Auges anblickte. „Das Greisenalter ist eingetreten, der Tod greift nach mir, denn müde ist mein Herz." Lang dauerte es, bis er diesen umfänglichen Satz hervorgepreßt hatte. Als das letzte Wort aus seinem Munde rann, hatten alle das erste bereits vergessen. Doch viel mehr als die Worte schlug der Ausdruck in seinem Gesicht die Anwesenden in seinen Bann. Der Große von Pa-Tíme war in seinem Leben nur höchst selten zufrieden gewesen, er pflegte seinen Mitmenschen streng und oft dünkelhaft zu begegnen. In seiner Sterbestunde aber schien sein Sinn voll Freude zu sein. Ken-her-chepeschef strahlte und war glücklich wie ein Knabe. „Naunachte!" flüsterte er. „Immer hattest du recht. Zu lieben ist das Wichtigste."

„Und das tue ich", erwiderte sie. „Von ganzem Herzen liebe ich dich." Der Kummer wich von ihr, und ihr wurde froh zumute. Obwohl Ken-her-chepeschef starb, obwohl sie ihn verlor, wußte sie, er würde immer bei ihr sein. Sie würde Cha-em-nun lieben, sie würde Kinder haben, ihren Anteil an des Lebens Fülle erhalten, dessen war sie gewiß. Aber nichts davon würde größer sein, als Ken-her-chepeschefs Leben mit Liebe gefüllt zu haben. Ihr Blick kreuzte sich mit dem Baket-Ras, und die Andeutung eines Lächelns huschte über ihr Gesicht.

Wieder setzte der Alte zu sprechen an, doch diesmal wollte es nicht gelingen. Noch während er unter Gurgeln und Stöhnen nicht mehr verständliche Laute hervorstieß, trübte sich sein Blick. Zitternd hob sich seine Hand, sank aber gleich wieder zurück.

„Gehe in Frieden, mein geliebter Mann", murmelte Naunachte. „Du Großer von Pa-Tíme."

Mit größter Anstrengung holte Ken-her-chepeschef noch einmal Luft, dann ein weiteres Mal, der nächste Atemzug aber blieb aus. Sein Blick wurde starr und fremd.

Totenstille breitete sich im Raum aus. Nur von draußen hörte man Stimmengewirr. In der Gasse vor des Schreibers Wohnstatt warteten die Menschen geduldig auf Nachrichten.

Nach einer Weile schloß Naunachte mit großer Zärtlichkeit Ken-her-chepeschefs Augen. „Er ist fortgegangen", sagte sie schlicht. Dann hob sie die Stimme, und die Worte, die sie dem

Toten nachsandte, klangen wie ein Weihegesang. „Mögest du leben, heil und gesund sein, mein geliebter Bruder! Mögest du versorgt sein und dauern, kein Wunsch bleibe dir unerfüllt. Mögen Freude und Jubel deinem Wege gesellt sein und dein Haus überschwemmt sein von täglicher Fülle. Nicht Krankheit soll dich mehr berühren noch Kummer. Gerechtfertigt seist du vor Osiris! Mögest du täglich die Strahlen der Sonne sehen, dich zu stärken an ihrem Licht. Stärken wird dich auch unsere Liebe, die dich erreicht, wenn wir dir Totenopfer bringen."

Als sie geendet hatte, traten auch die anderen an das Bett des Toten, und, als hätten sie alle den gleichen Gedanken, faßten sie sich an den Händen. Sie wollten einander nahe sein, die Größe dieses Augenblicks miteinander teilen angesichts des Todes, der furchtbar war und herrlich zugleich.

# JAHR 3, PHARAO SIPTAH (1196 V. CHR.)

## SÖHNE

„*Mer chetemutiu en ta er djeref!*" – Der Schatzmeister des Ganzen Landes. „*Udepu!*" – Vorsteher des Hauses …

Des Ansagers Stimme hallte durch den Thronsaal. Unwillig unterbrach die Königin ihre Worte und setzte sich gerade auf. Mit ihren langen, hennagefärbten Fingernägeln klopfte sie ungeduldig auf die Lehnen ihres geschmückten Sessels. Sie haßte es, in wichtigen Gesprächen unterbrochen zu werden, aber niemand anderer als sie selbst hatte Bais Erscheinen vor ihr befohlen, genaugenommen vor dem König und ihr.

Auch Pharao Siptah, dessen Thron eine granitene Stufe höher stand als der Tausrets, straffte den Rücken und heftete den Blick auf die Flügeltüren gegenüber.

„*Semer uati, rui gereg, redju ma'at!*" – Einziger Freund, der die Lüge vertreibt und der Wahrheit gibt, ertönte die Stimme wieder. Die Aufzählung von Bais Titeln setzte sich noch eine Weile fort, bis sie in der jüngsten Liebesgabe Siptahs und dem Großen Namen gipfelte.

„*Semen nisut em set itef!*" – Der den König auf den Thron seines Vaters setzt. „Ramesse-cha-em-Netjeru."

Königin Tausret gab einen ärgerlichen Knurrlaut von sich. „Mit dem letzten Titel hast du es entschieden übertrieben!" zischte sie in Siptahs Richtung.

Der zog es vor, die Bemerkung zu überhören, und richtete seine Aufmerksamkeit ausschließlich auf die sich öffnenden Flügel der Tür.

Bai betrat mit federnden Schritten den Saal. Prachtvoll wie immer war er anzusehen, fand die Königin bei sich. Nur leider allzu selbstbewußt.

„Erhabenheit!" Bai verneigte sich vor Siptah und streifte Tausret mit einem fragenden Seitenblick. „Du hast mich rufen lassen?"

„Ich war es, die dich hierherbefahl", sagte die Königin scharf. „Es gibt Wichtiges zu reden." Mit einer herrischen Handbewegung gab sie dem Türsteher zu verstehen, daß sie nicht gestört zu werden wünschten.

Bai trat auch vor sie hin und verbeugte sich. „Ich höre."

„Es ist alles meine Schuld", behauptete Siptah, bevor Tausret zu sprechen begann. „Die Herrin ist nicht einverstanden mit der Namensänderung."

„Welche Namensänderung meint Deine Erhabenheit?" fragte Bai unbehaglich.

„Ich spreche von meinem heiligen Thronnamen", erwiderte Siptah. „Nicht mit *Secha-en-Ra* soll er künftig beginnen, sondern mit *Ach-en-Ra*."

„Statt ‚von Ra eingesetzt' soll es heißen ‚aus Ra hervorgegangen'", wiederholte Bai betroffen. Es war ihm sofort klar, was Siptah beabsichtigte. Verdeutlichen wollte er, daß er mit Ra gleichzusetzen war. Siptah wollte die Herrschaft ergreifen. Kein Wunder, daß Tausret empört war. Aber auch ihm selbst gefiel das nicht. Daß der junge König Beschlüsse von solcher Tragweite faßte, ohne vorher mit ihm zu sprechen, war neu … und nicht ungefährlich.

„Ich zähle siebzehn Jahre", sagte Siptah, und seine Stimme schwankte kaum merklich. „Die Götter erwählten mich als Pharao. Es wird Zeit, daß ich herrsche, wie es meine Aufgabe ist."

„Soll das heißen, du weisest meine Ratschläge künftig zurück?" Tausret hätte viel darum gegeben, wenn sie ihre Worte nicht ganz so schneidend hervorgebracht hätte, aber sie war nicht in der Lage, ihren Zorn zu bezähmen.

Der junge König betrachtete sie nachdenklich. Diese Frau hatte seine Mutter auf dem Gewissen. Er verabscheute sie, und manchmal haßte er sich selbst dafür, daß er sich aus ihrer Umklammerung nicht zu lösen vermochte. Dennoch hatte er sich oft gewünscht, hatte davon geträumt, tatkräftig wie sie zu sein, fähig, rasche Entschlüsse zu fassen, in keiner Angelegenheit zu zögern. Aber nun sah er weder Tatkraft noch Entschlossenheit, er sah nur unverhüllte Gier. Ihr würde er niemals gewachsen sein. Er wandte den Blick ab, und es wurde ihm schwer ums Herz. „Ich werde deiner Hilfe immer bedürfen", gestand er. „Du bist Mit-Herrscherin über das Zweifache Land und wirst es bleiben."

Bai trat zum Thron und reichte Siptah Krummstab und Wedel, als wollte er ihn seiner Stellung versichern. „Du wirst sicher gute Gründe gehabt ...", begann er.

„Die habe ich", unterbrach Siptah, und eine Spur kindlichen Eifers schien in seinem Gesicht auf. „Die Priester vom Hause des Ptah, die mich gütig unterweisen in Fragen meiner Mittlerschaft zwischen den Menschen und den Ewigen, rieten mir, mein Amt noch stärker an das göttliche Wesen meines Vaters zu binden und derart das geistige Band zu befestigen, welches das Geliebte Land und die Gefilde der Seligen umschließt."

Tausret unterdrückte mit Mühe ein Zähneknirschen. Die Priester vom Hause des Ptah! Nichts ließen sie unversucht, um ihren Einfluß zu mehren. Und die Einfalt dieses Jünglings öffnete ihnen Tür und Tor! Indem sie aufblickte, traf sich ihr Blick mit dem des Schatzmeisters des Ganzen Landes, und sie begriff, daß ihn dieselben Gedanken bewegten.

„Du stimmst mir doch zu, Herrin?" fragte Siptah ernst. „*Ach-en-Ra* muß es heißen, geistig hervorgegangen aus Ra, der doch wieder eins ist mit Sethos, meinem Vater. Ich bin sein Sohn. *Ach* für ihn, der mich hervorgebracht hat, als *Ach* den Namen meines Erzeugers am Leben erhaltend. Nachdem er sich mit dem Himmel vereint hat, bin ich an seine Stelle getreten, denn ich bin es ja, der seinen Namen am Leben erhält." Als niemand antwortete, bat er beinahe flehentlich: „Ich habe doch richtig verstanden, wie sich's verhält zwischen

Himmel und Erde und was des Gottes Auftrag ist und Mahnung an mich?"

„Nichts kann sich mit deiner Weisheit messen", versetzte Bai mit traurigem Lächeln, denn er dachte wirklich so. „Die Länder mögen sich preisen für ihren Herrn."

„Du verstehst deine Aufgabe also im Geistessinne?" erkundigte sich Tausret, nun schon etwas ruhiger, denn sie hatte verstanden, wie wenig sie tatsächlich verlor. „Deshalb der neue Name, deshalb der frische Zugriff auf dein Herrschertum?"

Siptah senkte den Kopf, und der Blick, den er ihr unter bebenden Lidern zusandte, war sanft und wissend zugleich. „Du sagst es", sprach er. „Denn das ist es, was ich kann. Die Feinde zu zerschmettern ist deine Sache."

Die Königin nickte zufrieden. „Gut so. In diesem Falle bin ich einverstanden." Sie sah Bai forschend ins Gesicht. „Du auch?"

Dieser hob die Schultern und Hände, wobei er die Handflächen nach außen drehte. „Was der Gute Gott, Leben, Heil, Gesundheit, gebietet, ist mir wie ein Befehl Amuns. Mögen die Schreiber des Thot den Namen aufzeichnen, und jeder Steinmetz des Landes meißle ihn für die Ewigkeit."

„Dann wollen wir nun über Waset sprechen", fuhr Tausret fort. „Genaugenommen über Pa Cher."

„Die Totenstadt?" Bai verstand nicht gleich.

„Sie meint mein Millionenjahrhaus", erklärte Siptah. „Die Arbeiten an meinem Grab sind schon fortgeschritten, nun sollten wir auch mit dem Totentempel beginnen." Die Vorfreude hellte sein Gesicht auf. „Genau noch drei Zehntage sind es bis zum Opet-Fest. Dann werde ich Amun bei seiner Reise von der Ipet-Sut in den Opet-Tempel begleiten. Bei der Gelegenheit möchte ich meine Wohnung für die Ewigkeit besuchen."

„Dabei kannst du auch den Grundstein für den Totentempel legen", schlug Tausret vor. „Ich werde einen Boten beauftragen, die notwendigen Vorkehrungen zu treffen."

„Und ich werde ..." Siptah brach ab, als er Bais warnenden Blick auffing.

Tausret stutzte. „Was wolltest du sagen?"

„Ich werde mit Mahuhui sprechen", sagte Siptah schnell. „Ich möchte die Tempelstadt von Ipet-Sut erweitern, wie es mein Vater getan hat. Wenn mein Millionenjahrhaus fertig ist."

„Die Erweiterung des Bestehenden, nicht wahr?"

„Ich will alles ausführen, was die Ewigen von mir verlangen."

Die Königin zeigte ein Lächeln, das keines war, und erhob sich. „Damit wäre alles geklärt", sagte sie kühl und ging mit festen Schritten zur Flügeltür, ohne Bai auch nur einen Blick zu gönnen.

Siptah wartete, bis sie verschwunden war. „Beinahe hätte ich mich verplappert. Es soll nicht wieder vorkommen."

„Du brauchst dich nicht zu entschuldigen", antwortete Bai. „Freilich kannst du äußern, was du willst. Aber es wäre einfach nicht klug, Djehuti zu erwähnen. Sie duldet ihn als Sänger in der Ipet-Sut. Das sollte uns genügen."

„Ich bin der Pharao", sagte Siptah traurig. „Meine Macht reicht aber nicht einmal dazu, meinen Freund bei mir haben zu dürfen. Ich könnte ihn nicht schützen."

Bai schwieg, denn Siptah hatte recht. Wenn er sich ein klein wenig zu weit vorwagte, was Djehuti betraf, so würde Tausret Meuchelmörder dingen.

Nianch, Bais Diener für besondere Aufgaben, schaute sich noch einmal um. Verlassen lag die kleine, staubige Gasse des Hafenviertels in der flirrenden Hitze des Nachmittags. Nur ein paar Katzen dösten im Schatten einer Mauer, und ein räudiger Hund streunte umher. Kein Mensch war zu sehen. Er ging auf das niedrige, ehemals weißgekalkte Haus zu, das bereits deutliche Zeichen des Verfalls trug. Die Mauern wölbten sich nach außen, der Putz bröckelte, und die Fensteröffnungen hatten jede Form verloren. Der junge Mann stieß mit der Spitze seiner Sandale gegen die Tür. Sie schwang auf und gab den Weg frei in einen kleinen, dunklen Raum, auf dessen mit Schilfmatten bedecktem Boden etliche Männer mit

Bierkrügen in den Händen hockten. Sie unterhielten sich halblaut und schwangen Becher mit Spielknöchelchen. Einfachstes Volk tummelte sich hier; Flußschiffer und Lastenträger, sogar einige Leichenträger aus den Balsamierungshallen des nahegelegenen Ischtar-Tempels verbrachten hier ihren Feierabend.

Nianch trat über die Schwelle, als stünde sein Sinn nach nichts anderem, als sich zu ihnen zu gesellen. Infolge seiner Stellung als Diener eines der höchsten Staatsbeamten stand er gesellschaftlich turmhoch über allen Anwesenden. Das störte ihn aber nicht, denn die Wirtsleute waren seine Eltern. Er hatte seine gesamte Kindheit hier in *Kaiteps Krüglein* verbracht, einem Bierhaus, das außerhalb des Hafenbezirks niemand kannte.

Er winkte seiner Mutter zu, einer ausgemergelten Frau, die durch die schwere Arbeit und die Schläge ihres Mannes weit über ihre Jahre hinaus gealtert war. Sie lächelte mit schmalen Lippen zurück und brachte ihm einen Krug Bier.

„Er ist wieder da!" flüsterte sie ihm zu und wies auf einen Mann, der etwas abseits von den anderen mit gekreuzten Beinen auf einer Matte saß. Trotz der Hitze trug er einen wollenen Umhang, dessen Ende er sogar um den Kopf geschlungen hatte, so daß von seinem Gesicht kaum etwas zu sehen war.

Nianch nickte, nahm das Bier und ging zu dem Gast hinüber. Seit mehreren Tagen beherrschte dieser seine Gedanken fast ausschließlich. „Ist's erlaubt?" fragte er.

„Gewiß!" versetzte der Fremde und deutete auf den freien Platz neben sich.

Nianch ließ sich auf die Matte fallen. „Du hattest recht", meinte er nach einer Weile. „Die *Scha-su*-Verbrecher, von denen du sagtest, sie würden den Zug der Kaufleute tief im Wüstenland nach der Fürstenmauer überfallen – sie waren da."

„Dann schenkte der Schatzmeister des Ganzen Landes meinen Worten also Glauben!"

„Das tat er anfangs sehr zögernd." Nianch entsann sich der Blässe, die Bais Gesicht überzogen hatte, als er ihm von den Warnungen eines fremden Wüstenbewohners berichtete. Der Große hatte sofort geahnt, um wen es sich dabei gehandelt hatte. Die den Kaufleuten beigesellte Schutzmannschaft hatte sich als sehr notwendig erwiesen. Nicht nur, daß dieser Kaufmannszug unbehelligt durchs gelbe Ödland weiter gen Retjenu ziehen konnte, es wurden auch Pharaos Handelswege durch Bija infolge der Worte dieses Mannes von einer stets lauernden, zu jeder Bluttat entschlossenen Räuberhorde befreit.

„Bai möchte mit dir sprechen", sagte Nianch. „Er fragt nach deinem Namen."

„Richte ihm eine Botschaft aus", sagte der Mann, ohne auf Nianchs letzte Worte einzugehen. „Sage ihm, ich vermag ihm das zu geben, wonach ihn am meisten verlangt."

„Was sollte das sein?" fragte Nianch mißtrauisch. „Was sollte ein Edler, dessen Mund an Pharaos Ohr weilt, von einem dahergelaufenen Sandmenschen erwarten können?"

„Ihm gedenke ich die Worte zu widmen, nicht dir!"

„Mein Herr verlangt, deinen Namen zu erfahren", wiederholte Nianch. Seine Augen folgten seiner Mutter, die mit einer Schale in den Händen an ihm vorüberging.

„Das Geschenk, das ich ihm gab, indem ich ihm die Räuber meldete, genügt ihm wohl nicht?" Der Fremde nahm einen Schluck aus seinem Krug, wobei der Umhang, der die untere Hälfte seines Gesichts verbarg, verrutschte. Nianch erhaschte einen Blick in das hagere, von tiefen Falten zerfurchte Gesicht, in dem schwarze Augen brannten. Sein Magen zog sich zusammen, als lege sich eine heiße Faust darum. Er kannte diesen Mann, wenngleich er im Augenblick nicht zu sagen wußte, wo er ihm schon begegnet war.

„Mein Herr hieß mich …", begann er und versuchte, sich sein Unbehagen nicht anmerken zu lassen, „… nicht ohne nähere Angaben zu ihm zurückzukehren. Vor allem nicht ohne deinen Namen. Des weiteren mögest du Kunde geben, woher du kommst und in wessen Auftrag du sprichst."

„Verlangt er auch einen schriftlich niedergelegten Lebenslauf?" spottete der andere. „Ich habe Macht, verstehst du, junger Mann?

Macht genug, um Bai alles zu überreichen, was er will. Zum Beispiel ein Königreich."

„Du bist wahnsinnig!" stieß Nianch hervor. „Deine Worte grenzen an Hochverrat, wenn nicht sogar an Gotteslästerung!"

„Davon verstehst du nichts!" warf ihm der Mann hin.

„Du bist ein Mensch des Ödlandes!" sagte Nianch kopfschüttelnd. „Ein gewöhnlicher Wüstenbewohner! Was hast du mit Angelegenheiten des Großen Hauses zu schaffen? Wie kommst du zu der Behauptung, du habest Macht? Das ist lachhaft!"

„Ich möchte den Großen treffen. Ihm werde ich Rede und Antwort stehen, nicht dir! Und da ist noch etwas ..." Er wartete, da der andere aber nichts erwiderte, fuhr er fort: „Es gibt da einen jungen, aufstrebenden Beamten mit Namen Irinefer. Bei jenem Treffen wünsche ich auch seine Anwesenheit."

„Woher kennst du Irinefer?"

„Höre auf, ständig nach Dingen zu fragen, die dich nichts angehen."

„Ich habe meine Anweisungen, und die lauten, alle Nachrichten zu sammeln, die mein Herr wünscht." Nianch brachte es mit einemmal nicht mehr fertig, nicht nach der Tür zu sehen. Wo blieben sie? Es wurde höchste Zeit!

Der Fremde ließ ein unangenehmes Lachen hören. „Dann sage ich dir nun etwas sehr Wichtiges: Am Tag, der dem morgigen folgt, wünsche ich Bai und Irinefer zu treffen. Am Tempel des Seth, nach Einbruch der Dunkelheit. Vorausgesetzt, sie kommen allein. Sollte sie auch nur ein einziger Medja oder auch nur der Hund eines Wachmanns begleiten, begeben sie sich einer großen Möglichkeit. Gehen sie aber auf diese Bedingung ein, werden sie es nicht bereuen. Ich habe Gewaltiges zu bieten."

Nianch biß sich auf die Unterlippe. Hatte ihn die Wache im Stich gelassen? War er womöglich allein? „Du wirst zumindest eine Andeutung machen müssen. Sonst sind deine Worte wie Wasser, und mein Herr wird nichts davon wissen wollen." Er spürte, wie der andere ihn scharf beobachtete, und dennoch konnte er nicht verhindern, daß sein Blick erneut zur Tür flog.

„Erwartest du jemanden?" Der Mann beugte sich vor und brachte sein Gesicht so nahe an das Nianchs, daß es dem sehr unangenehm war. Der Geruch, den der andere verströmte, raubte ihm fast den Atem. Oder war es nur seine Angst, die ihn nach Luft ringen ließ?

„Ich? Keineswegs!" quälte er sich ab.

Die Augen vor ihm funkelten böse. „Du bist doch nicht bei Sinnen! Dachtest du wirklich, du könntest mich in eine Falle locken? Glaube mir, das haben schon andere versucht! Vergeblich!" Er sprang auf, so heftig, daß sein Bierkrug umstürzte und der Inhalt sich über den Boden ergoß.

„Du irrst dich!" schrie Nianch, doch der Fremde sprang bereits quer durch den Gastraum nach hinten, wo sich neben einer kleinen Kochstelle eine Hintertür zum Hof öffnete.

In diesem Augenblick flog die Vordertür auf, und ein Trupp Soldaten drang ein. „Wo ist er?" schrie der Hauptmann. „Keiner verläßt den Raum!" brüllte ein anderer.

Es war zu spät. Nianch hob hilflos die Hände.

Der Fremde stand bereits in der Hintertür. Bevor er verschwand, drehte er sich noch einmal um. Ohne die Stimme sonderlich zu erheben, sagte er: „Mein Name ist Wesa!"

Schwarz zeichnete sich der Tempel des Seth gegen den Nachthimmel ab. Bai und Irinefer lehnten an einer der Säulen im zweiten Vorhof. Zwei Stunden warteten sie bereits, während derer sie sich gelegentlich flüsternd unterhalten hatten.

„Er wird nicht kommen!" meinte Irinefer leise. „Er wird doch wissen, daß er in ein offenes Messer rennt. Daß der Tempel voller Medjau ist anstelle von Priestern."

„Wenn er bei Verstand wäre, ja", erwiderte Bai. „Aber ich glaube nicht, daß er bei Verstand ist. Ein kluger Mann wäre dort geblieben, wo er war, froh, seiner Strafe entronnen zu sein. Nur einer, dessen Herz in der Hand eines Gottes ist, taucht wieder auf. Ich denke, er ist wahnsinnig vor Haß und Rachsucht."

„Er besitzt wahrhaftig Grund, sich zu ergrimmen", sagte Irinefer nachdenklich. „Ist nicht alles, wonach er gestrebt, zerronnen wie Wasser, das von der hohlen Hand tropft?"

Bai sah ihn an. „Da ist ein wunderlicher Ton in deinen Worten. Regt sich Verständnis in dir für die Untaten dieses Mannes? Bedenke, er ist der Mörder Bakenptahs, so, als habe er selber den Dolch geführt."

„Ich verdamme ihn dafür, doch verstehen kann ich seinen Haß."

„Obwohl du ein Leben führst", fragte Bai verwundert, „um das dich alle beneiden würden?"

„Wirf es vor die Krokodile!"

Schweigen breitete sich aus.

„Es ist noch immer das Mädchen, nicht wahr?" meinte Bai nach einer Weile. „Des Vorarbeiters Tochter."

Irinefer stieß einen zischenden Laut aus, der so gequält klang, daß Bai seine Worte gleich bereute.

„Vergiß, was ich gesagt habe", versuchte er ihn zu besänftigen. „Ich menge mich nicht in deine Angelegenheiten."

Irinefer schlug mit der flachen Hand klatschend auf die Säule. „Willst du mich verhöhnen?" fragte er so laut, daß Bai warnend die Hand hob. „Seit ich zurückdenken kann, bist du der Bestimmer meiner Angelegenheiten! Du magst nichts für den Tod meines Vaters können, auch hast du nichts mit Panebs Bösartigkeit zu tun, doch du mußt zugeben, in jeder anderen Hinsicht bist du es, der die Richtung meines Schicksals vorgibt. Was kann ich denn schon tun!"

„Du tust, was dein ..." Bai unterbrach sich, „ ... Vorgesetzter, der ich bin, dir sagt. So will es die Ordnung, so ist es gut. Schieße nicht nach mir mit deinen Blicken, sondern wende dein Gesicht abwärts, wenn ich mit dir spreche. Laß dein Herz nicht widersetzlich sein! Ich spreche mit dir, wie ein Vater zu dir sprechen würde. Denn mir liegt viel an dir. Wieviel, das wirst du eines Tages erfahren."

„Niemals bin ich gefragt worden", stieß Irinefer mit äußerster Bitterkeit hervor. „Man hat mich herumgestoßen und verletzt, so daß mein Herz nicht in meinem Leibe ist. Manchmal kenne ich mich selbst nicht. Weder weiß ich, wo ich stehe, noch, wer ich bin."

Bai zögerte. Übermächtig der Drang, sich dem jungen Mann zu offenbaren, seinem Verlorensein ein Ende zu bereiten, doch dieser Augenblick war dafür denkbar ungünstig. Und unklug wäre es außerdem! Ein Gefühl von Scham stieg in ihm auf. Längst war ihm der Grund für sein Schweigen klargeworden. Nicht das Bedürfnis, den Sohn zu schützen, war es, wie er es sich krampfhaft einzureden versucht hatte. In Wirklichkeit hatte er Angst vor ihm. Irinefer war durch seine Mutter ein Abkömmling des Osiris Merenptah. Wenn er es darauf anlegte, konnte er alles erreichen. Sogar nach dem Höchsten war er berechtigt zu greifen. Jedenfalls würde er Bai überholen. ‚Schatzmeister des Ganzen Landes', ‚*Udepu*', ‚*Sedjauti Biti*', Ämter mit Macht, klangvolle Titel! Doch kein Tropfen königliches Blut floß in seinen Adern, zeit seines Lebens konnte er allenfalls der sein, der ‚den Sohn auf den Thron seines Vaters setzt'.

„Sein Herz zu kennen", sagte er begütigend, „zu wissen, wo man zu Hause ist, das ist eine lebenslange Aufgabe. Gott unterweist dich und unterrichtet dich gemäß seiner Lehre. Er hat dich auf den Weg des Lebens gesetzt, um deinen Leib zu beschützen."

„Schöne Worte!" murmelte Irinefer. „Leere Worte."

Eine Woge von Traurigkeit schlug über Bai zusammen. Um seinen Sohn war es ihm mehr zu tun, als er es wollte. Und dennoch: Auch in diesem äußersten Fall entschied er, wie er sich immer entschieden hatte. Nichts durfte seine künftige Herrschaft an Siptahs Seite und darüber hinaus gefährden. Er konnte nicht anders.

Wieder schwiegen beide. Das Mondlicht hatte die Tempelmauern überwunden und ergoß sich in den Hof.

„Cha-em-hedjet wird nicht mehr kommen", sagte Irinefer, als eine weitere Ewigkeit verstrichen war. „Er weiß, was ihn hier erwartet."

Die beiden Männer fühlten die Bewegung mehr, als daß sie sie sahen oder hörten.

„Vielleicht ist es ihm aber gleichgültig", erklang unverkennbar die Stimme des früheren Hofbeamten, der gleichzeitig aus dem Schatten hervortrat. „Lange genug war ich hier, um eure rührenden Worte mit anzuhören."

„Cha-em-hedjet!" stieß Bai hervor. „Du wagst es wirklich!"

Irinefer blickte sich hastig um. Außer ihnen war niemand zu sehen. Die Sondereinheit der Medjau leistete hervorragende Arbeit. Sie waren imstande, sich nahezu unsichtbar zu machen. Dann richtete er seine ganze Aufmerksamkeit auf den alten Feind. „Du Mörder!" sagte er kalt. „Du gottloser Verbrecher!"

„Übernimm dich nicht!" spottete Cha-em-hedjet. „Du lebst nur noch, weil ich die meiste Zeit Wichtigeres zu tun hatte, als einem Knaben hinterherzujagen."

„Warum bist du hier?" fragte Bai. „Du mußt doch wissen, daß du hier dein Ende findest!"

„Das glaube ich nicht!" erwiderte der andere schlicht. „Ich biete dir etwas, das du nicht zurückweisen wirst."

Bai schüttelte den Kopf. „Derlei gibt es nicht. Wie kannst du nur so beschränkt sein?"

„Ich kenne dich besser, als du glaubst", behauptete Cha-em-hedjet. „Ich weiß, welches Ziel du in deinem Herzen bewegst. Du willst König werden!" Erwartungsvoll schaute er auf die beiden Männer, der Erschütterung gewiß, die eine solche Feststellung hervorrufen mußte.

Bai starrte zurück, länger als es tunlich war. Dann warf er den Kopf zurück und lachte laut.

Auch Irinefer verzog den Mund, als ob er das eben Gehörte in hohem Grade närrisch fände.

„Hör auf zu lachen!" schrie Cha-em-hedjet wutentbrannt. „Leugne es nicht! Ich weiß es seit langem! Und ich biete dir die Möglichkeit, die Herrschaft zu ergreifen!"

„Womit?" fragte Bai, nachdem er sich wieder etwas gefaßt hatte. „Was verbirgst du hinter deinem Rücken?"

„Ich biete dir Truppen", versetzte Cha-em-hedjet. „Libysche Söldner."

„Du bietest mir Söldner an?" wiederholte Bai ungläubig. „Ich soll den Horusthron mit Hilfe libyscher Söldner an mich reißen?" Er wandte sich Irinefer zu. „Was sagst du dazu? Ich kann das nicht begreifen."

„Er ist unglaublich töricht", erwiderte dieser. „Mehr noch: Sein

Herz ist verrottet, und er hat soeben wieder bewiesen, daß er nicht zu den wirklichen Menschen gehört."

Das Gesicht Cha-em-hedjets verzerrte sich. Irinefer schien es, als zerfalle es förmlich vor seinen Augen.

„Was erlaubt ihr euch?" fauchte der Libyer. „Wagt es nicht, meiner zu spotten!"

Einen Lidschlag lang fühlte Bai ein Prickeln in seiner Leibesmitte, und es wurde ihm schwarz vor Augen. Seine Verbindungen zum Heer reichten weit in die Riege der Hauptleute hinein. Eine schlagkräftige Söldnertruppe wäre ein nützlicher Ansporn für diejenigen, die nicht auf seiner Seite standen, schleunigst dahin zu wechseln. Doch im selben Augenblick wurde ihm klar, was er da dachte. ‚Amun, hilf!' schoß es ihm durch den Sinn. ‚Was geschieht mit mir? Unterscheide ich mich eigentlich noch von diesem Menschen hier?' „Cha-em-hedjet!" sagte er endlich. „Du hast nichts begriffen von diesem Land. Du hast hier gelebt, du hast sogar einen Aufstieg erlebt im Großen Hause, aber verstanden hast du nichts."

„Was redest du da?"

„Pharao zu sein im Lande Kemet ist nicht eine Frage von Truppengewalt! Du glaubst an den Ansporn der Gewalt, die treibende Kraft des Hasses und der Gier. Doch das ist niemals die Macht des Pharao. In diesem Lande ist etwas anderes wichtig: die Schöpferkraft des Königs, welche das Land in die Seligkeit des Anfangs versetzt. Hier ist das Land Gottes, denn Pharao ist Gott. Kemet ist das Land des Heils, der Ordnung und der Wahrheit. Über einen solchen Staat herrscht man nicht mit Soldaten, sondern mittels des Gebets, der Opferdienste und der Demut."

Irinefer schaute bewundernd auf Bai. ‚Er ist ein Mensch des Fremdlandes wie Cha-em-hedjet', dachte er. ‚Und doch: welch ein Unterschied! Funkelnd wie Edelsteine schwingen sich seine Worte in die Höhe. Ägyptischer ist er als ein Ägypter.'

„Zwischen dir und mir gibt es einen großen Unterschied", fuhr Bai fort. „Du hassest Ägypten, ich aber liebe es."

„Was für ein Gewäsch!" spottete Cha-em-hedjet mit heiserer Stimme. „Soll ich dir sagen, was Ägypten wirklich ist? Es ist ein

Land der Schwäche und des Todes. Tod, Tod, und immer wieder Tod. Ihr liebt den Tod, ihr gebt euch ihm hin in anrüchiger Weise, denn des Menschen Aufgabe ist es, das Leben zu ergreifen mit beiden Fäusten."

„Wir lieben den Tod nicht", antwortete Bai ruhig. „Wir lieben das Leben so sehr, daß wir den Tod besiegen, indem wir ihn zu einem Teil des Lebens machen."

„Das ist eine Lüge!" schrie Cha-em-hedjet, und seine Stimme schnappte über. „Ihr tragt den Tod sogar über die Grenzen hinaus. Vor Jahren trugt ihr vielfachen Tod in ein Dorf, ein kleines Dorf voll Leben, in dem glückliche Menschen wohnten, weit entfernt in der westlichen Wüste! Weit weg von diesem Land des Todes! Ihr mordetet ohne Erbarmen! Vernichtet habt ihr das Leben aller, die dort waren. Seit damals kenne ich euer wahres Wesen! Ihr habt die Fratze gezeigt, die euer Gesicht ist!"

Irinefer trat auf Bai zu und legte ihm die Hand auf den Unterarm. Mit kaum merklichem Kopfnicken wies er auf die Medjau, die lautlos herangekommen waren und sich mit gezogenen Dolchen im Kreis aufstellten.

Bai nickte ihm zu, denn die Schutzleute waren ihm nicht entgangen. Aber gleich wandte er sich wieder seinem Gegenüber zu. „Du warst in jenem Dorf?" fragte er.

Cha-em-hedjet achtete der Worte nicht, sondern schrie weiter: „Glaube ja nicht, dich über mich erheben zu können! Du denkst, wenn du schöne Worte findest wie die Priester, dann kannst du dadurch deine Art verleugnen? Nein, mich täuschest du nicht! Du willst nur Macht, auch wenn du das unter einem Mantel aus Frömmelei verbirgst!"

Die Medjau traten noch einige Schritte näher.

Bai hob die Hand, sie zurückzuhalten. „Cha-em-hedjet!" rief er. „Du hast alles erreicht, was man in Ägypten erreichen kann! Warum warst du nicht zufrieden? Warum mußtest du morden?"

„Weil man mir mein Leben gemordet hat!"

„Du hattest recht, Irinefer!" sagte Bai. „Sein Herz ist zerfressen von Haß."

„Ach ja, der Knabe!" preßte Cha-em-hedjet hervor. „Den hätte ich beinahe vergessen. Du bist mir immer wieder entwischt."

Bai wandte sich an die Medja-Soldaten. „Nehmt ihn fest!" befahl er.

Sofort stürzten sich mehrere Männer auf den Libyer, stießen ihn zu Boden, rissen ihn herum, bis er auf dem Bauch lag, und fesselten ihm die Hände.

Cha-em-hedjet stöhnte laut unter einem Hagel von Fußtritten.

„Haltet ein!" ordnete Bai barsch an. „Keine unnötigen Grausamkeiten. Er wird seiner gerechten Strafe nicht entgehen."

„Du selbstgerechtes Krokodil!" knirschte Cha-em-hedjet. Dann hob er mit Mühe sein blutverschmiertes Gesicht zu Irinefer. „Hee, Bursche! Du denkst, ich kann dir nichts mehr zufügen? Du irrst dich! Ich will dir etwas sagen, das du noch nicht weißt!"

Irinefer sah auf ihn hinunter. Dieser Mann hatte Bakenptah auf dem Gewissen. Seinen Vater hatte er getötet. Etwas Furchtbareres war nicht vorstellbar.

„Du mochtest ihn, den Graukopf, nicht wahr? Ich war es, der ihm den Garaus machen ließ! Ich gab den Befehl, Vorarbeiter Neferhotep zu töten!"

Im ersten Augenblick stand Irinefer vollkommen regungslos. Er fühlte, wie ihm das Blut aus dem Kopf wich. Unfähig, das Gehörte zu begreifen, starrte er vor sich hin, während die Medjau den Gefangenen über den Hof zerrten.

Dann tropfte ihm langsam die Bedeutung der Worte ins Herz. Während Cha-em-hedjets schauerlich-höhnisches Gelächter durch den nächtlichen Seth-Tempel hallte, sank er in die Knie.

Hori, der Wesir des Zweifachen Landes, stand im Vorhof des Tempels der *Ma'at* zu Pi-Ramesse. Er hob beide Arme. Sein Blick schweifte über die Versammlung der Würdenträger und kehrte dann zu dem Angeklagten zurück.

„Möge seine Stadt ihn verachten", rief er mit tragender Stimme, „mögen seine Nachbarn auf ihn spucken. Sein Haus soll brennen, da sein Gut von den Flammen verschlungen werden möge."

Cha-em-hedjet lag auf dem Boden und rührte sich nicht. Nach den Nächten der Folter wäre er zu sitzen außerstande gewesen, selbst wenn man es ihm erlaubt hätte. Er bot einen grauenvollen Anblick. Die Beine waren ihm gebrochen worden, die Haut seines Rückens hing in Fetzen. Aber er war bei klarem Bewußtsein. Die Folterknechte waren Meister ihres Fachs und hatten Tausrets Befehl, der Verbrecher solle alle nur denkbaren Schmerzen erleiden, genauestens befolgt und dabei gleichzeitig eine gnädige Ohnmacht immer wieder verhindert.

„Verlieren wird er alles, was ihm je gehörte!" fuhr Hori fort. „Der Mann, der Wesa heißt und den Menschennamen Cha-em-hedjet gestohlen hat, er besitze weder Eigentum noch Amt. Verlieren wird er sein Leben in dieser Welt und in der nächsten, denn kein Grab soll von ihm künden fürderhin. Umherirren wird sein *Ka*, denn seine Mumie wird etwas sein, das es nicht gibt. Absterben wird sein *Ka* nach verzweifelter, vergeblicher Suche. Sein Name sei ausgelöscht bis in alle Ewigkeit."

Er gab den libyschen Medjau einen Wink. Tausret hatte als besondere Demütigung verfügt, daß ausschließlich Medjau libyscher Herkunft die Verhandlung und Hinrichtung Cha-em-hedjets mit Faust, Peitsche und Dolch begleiteten. Die Männer traten vor und rissen den Verurteilten an den Haaren hoch.

Wild irrte Cha-em-hedjets Blick aus dem noch verbliebenen Auge umher, denn das andere war ihm ausgestochen worden. „Ihr Ungeheuer, ihr könnt mich nicht ...", schrie er auf, doch ein Tritt gegen seinen Hals brachte ihn zum Verstummen. Er stöhnte nur noch leise vor sich hin.

Bai saß in der ersten, den wichtigsten Titelträgern des Landes vorbehaltenen Zuschauerreihe. Er war mit dem Verlauf der Verhandlung einverstanden, denn es tat seinem Seelenfrieden wohl, wenn sich die Dinge der Gerechtigkeit und der Vergeltung einfügten in ein nahtloses Ganzes, das da hieß Ordnung und Stimmigkeit.

Cha-em-hedjets irrwitziges Angebot hatte ihn zutiefst erschüttert. Für so käuflich hatte der Libyer ihn, den Schatzmeister des Ganzen Landes, gehalten, daß er nicht gezögert hatte, sein eigenes Leben aufs Spiel zu setzen. Keinen Augenblick hatte er daran gezweifelt, daß Bai zugreifen würde. Seit der Verhaftung Cha-em-hedjets war es ihm nicht mehr möglich gewesen, vor sich selbst sein Verlangen nach Herrschaft mit seiner Sorge um das Land zu begründen, wie er es stets getan hatte. Wie auch immer man es deuten mochte, er hatte wirklich kurz erwogen, die Herrschaft mit Gewalt an sich zu reißen. War sein Wesen bereits genauso verformt wie das des mörderischen Höflings?

Nach Nächten des Grübelns hatte Bai beschlossen, seinen Wunsch nach Macht nicht länger als etwas Lebensförderliches zu betrachten. Er beschloß, ihn zu bekämpfen, bevor er von ihm überwältigt würde. Nicht gierig wollte er mehr sein, sondern *Ma'at* darbringen vor den Göttern, wie es ihm zukam, indem er seinen Platz nach dem König, nach der Königin und nach allen anderen Mitgliedern der königlichen Familie hinnahm.

Und noch etwas wollte er richtigstellen. Er drehte sich um, und sein Blick suchte den Sohn. Irinefer stand als noch nicht so bedeutender Höfling weit hinten unter den Zuhörern. Wortkarg hatte er sich während der letzten Tage gegeben, die Nähe anderer Menschen gemieden und die Stille seiner Gemächer allem anderen vorgezogen.

‚Die Zeit ist gekommen', dachte Bai. ‚Wenn dieser Tag sich seinem Ende zuneigt, werde ich mit ihm sprechen. Dann wird er wissen, daß er nicht allein ist und es auch niemals war.'

„Hört nun den Richterspruch", klangen Horis Worte gemessen durch den Hof. „Dies wurde für wahr befunden: Der Fremdmensch Wesa hat sich des Frevels wider die Götter, des Landesverrats und des vielfachen Mordes schuldig gemacht. Um Gerechtigkeit und göttliche Ordnung wiederherzustellen, werde der Fremdmensch Wesa mit Armen und Beinen an der Außenmauer dieser Stadt festgebunden, auf daß Geier und alle Vögel des Himmels sich an seinem Fleisch mögen gütlich tun und ihn so langsam vom Leben zum

Tode befördern. Es werden weder Fluchtmöglichkeiten gewährt noch Fluchtfristen gesetzt. Auch alle anderen Maßnahmen der Strafvereitelung, welche die Rollen der Gottesworte vorsehen, bleiben in diesem Falle ausgesetzt."

Ein dumpfes Raunen erhob sich. Die Menschen wandten sich ihren Nachbarn zu und besprachen flüsternd das Strafmaß, das so grausam und erhaben war, wie es den Untaten entsprach. Unterdessen schleiften die libyschen Medjau Cha-em-hedjet durch den Hof auf die Tortürme zu. Alle folgten dem Verurteilten. Dem Vollzug dieser Hinrichtung wollten die Menschen beiwohnen, denn es stand zu hoffen, die Wiederherstellung der *Ma'at* wirke kräftigend auf die Seele des einzelnen und befördere sein Heil.

Bai winkte Irinefer an seine Seite. Sie schritten in der Schar von Höflingen über die Hauptstraße, vorbei am Tempel des Ra bis zu den Verwaltungsgebäuden des Heeres im Nordosten der Stadt. Die Mauer Pi-Ramesses reckte sich an dieser Stelle hoch und sturmfest, bekrönt von einer Brustwehr, auf der nubische Bogenschützen und Steinschleuderer stampfenden Schrittes und spähenden Auges den Wachdienst versahen. Dort hinauf zogen die Medjau den Todgeweihten, während die Höflinge weiter hinabwanderten bis zu den Wassern des Ra, wohin man durch ein breitständiges, von Soldaten bewachtes Tor gelangte.

Acht schlanke, mit Wimpeln geschmückte Boote lagen bereit, die Augenzeugen der Hinrichtung aufzunehmen. Ein jedes wurde von sechs pechschwarzen Ruderern bewegt, drei auf jeder Seite. Die Höflinge setzten sich auf die mit Kissen bedeckten Bänke und spähten die Mauer hinauf, während sie aufs Wasser hinausgerudert wurden.

„Es ist ein wirklicher Neuanfang", stellte Wesir Hori fest, der neben Bai und Irinefer Platz genommen hatte. „Cha-em-hedjet war ein Feind, der das Geliebte Land seit vielen Jahren geschwächt hat. Sein Tod bedeutet das Ende der Wirrnis und den Sieg über die Dunkelheit."

Bai nickte. „Dein Richterspruch war gut. Du bist ein Wesir, der *Ma'at* hütet, wie es geschrieben steht."

Dumpfe Trommelschläge zerteilten die Stille des Nachmittags und wurden alsbald von einem so wahnwitzig gellenden Kreischen übertönt, daß die Hofleute zusammenfuhren und einander erschrocken anblickten.

„Seht nur!" rief Rechpehtuef, der Gesandte der Königin. „Es ist soweit!"

„Ihr Götter!" entfuhr es Irinefer. „Vielleicht entspricht das der *Ma'at*. Aber es ist widerwärtig!"

Cha-em-hedjet erschien, getragen von zwei Soldaten, über der Brustwehr. Er trug an Hand- und Fußgelenken metallene Ringe mit angeschmiedeten Ketten, von denen Blut tropfte. Mit einem Siegesschrei riß ein Soldat das Messer in die Höhe, das auf Cha-em-hedjets Oberkörper breite Hautstreifen gelöst hatte, die nun blutig an ihm herabbaumelten. Der Libyer war vollständig nackt, und seine Beine waren von Blut tiefrot. Ein Stöhnen ging durch die Schar der Zuschauer. Er war entmannt worden.

Langsam wurde er hinabgelassen. Am Fuß der Mauer ergriffen Medjau die Ketten, die von den Fußringen herabhingen. Sie befestigten sie in großem Abstand voneinander, bis der Verurteilte endlich mit weit ausgebreiteten Beinen und Armen an der Mauer hing und mit seinem verbliebenen Auge in die ihm zugewandten Gesichter starrte. Noch immer schrie er, wenngleich nicht mehr so laut wie vorher. Seine Kräfte ließen nach. Die Töne verwandelten sich in ein auf- und abschwellendes Heulen.

Nach einer kurzen Zeit des Wartens bellte der Hauptmann der Soldaten auf der Mauer einen Befehl. Darauf erschienen vier Männer, die einen riesigen Vogelkäfig trugen. Darin flatterten und kreischten zwei krummschnabelige Raubvögel, denen man seit Tagen in Vorbereitung dieses Ereignisses das Futter entzogen hatte. Die Tiere machten, von Sinnen vor Hunger, bereits Anstalten, übereinander herzufallen.

„Ich glaube nicht, daß ich das ansehen will", flüsterte Irinefer.

Der Käfig öffnete sich, die Vögel flatterten taumelnd auf, krächzten heiser und hockten sich nebeneinander auf die Brustwehr. Der Verurteilte verstummte. Aber er war noch am Leben, denn seine

Gliedmaßen zuckten, und er bewegte den Kopf von einer Seite zur anderen.

Da stiegen die Vögel auf, flogen einen Kreis und hielten dann, vom Blutgeruch angezogen, im Sturzflug auf den Mann an der Mauer zu.

Der fing in Todesangst zu brüllen an und bäumte sich auf. Die Tiere erreichten ihn, jeder packte mit dem Schnabel einen der Hautfetzen, riß ihn ab und verschlang ihn. Wilde Worte, laute Schreie stürzten aus dem Mund des Gemarterten, Blut spritzte unter hackenden Schnäbeln.

„Das sind *Libu*-Worte", sagte Hori, der mit einem Gesicht wie Granit die Hinrichtung verfolgte. „Er hat die Sprache der Menschen vergessen."

„Es ist genug!" meinte Bai und schaute mit leiser Besorgnis auf Irinefer, der den Vorgängen keine Beachtung mehr schenkte. Er saß auf der Bank und hatte den Kopf auf die Knie gelegt. „Wir waren Zeugen."

Hori nickte und schnalzte mit den Fingern. Sogleich senkten sich die Ruder ins Wasser, und das Boot bewegte sich aufs Ufer zu. Während sie ausstiegen, wurde das Schreien leiser. Es ging in ein Schluchzen über, ein Geräusch, das Bai noch schrecklicher fand als das Brüllen vorher. Es klang wie das Weinen eines Kindes, voller Verzweiflung, voll Jammer und Einsamkeit. Er rief weiter in seiner unverständlichen Sprache traurige Worte, bittende Worte, schwächer werdend und sanfter.

Aufs neue näherte sich ein Vogel.

„Huna", klagte Wesa, dann riß ihm ein Schnabel die Kehle auf und machte den Worten und auch dem Leben ein Ende.

Bai hatte seine Gebete mit einer Inbrunst verrichtet wie schon lange nicht mehr. Bis zu diesem Tage, so schien es ihm, war er bei den vielen Festen und Gottesdiensten, zu denen ihn seine Ämter verpflichteten, nicht mehr mit dem Herzen dabeigewesen. Nun bedurfte er des Beistands mehr denn je. Er streckte die Hand aus und zog hinter den Bildnissen Ptahs und Hathors sowie einiger anderer Großgötter Ägyptens das kleine Abbild Reschpus hervor, des hurritischen Wetterbehüters. Aus einem ihm selbst nicht verständlichen Grunde wurde ihm das Herz schwer angesichts dieser Heiligkeit aus einer Heimat, die ihm längst keine mehr war. Er versuchte, sich an die Gesichter seiner Eltern zu erinnern, aber es gelang ihm nicht. Sie waren in fernen Nebeln verschwunden wie die Tage der Kindheit. Lebte der hurritische Knabe noch in ihm, wie Wesa in Cha-em-hedjet gewohnt und in gewisser Weise all seine Schritte bestimmt hatte?

Während er Weihrauch verbrannte und die Opferplatte mit geweihtem Öl netzte, dachte er an die goldenen Tage Pharao Ramses', die einer vergangenen Epoche anzugehören schienen, da er noch jung und seiner selbst sicher gewesen war. Er sah Henutmira vor sich, die längst entschwundene Geliebte, und eine Welle von Sehnsucht ergriff ihn, Heimweh nach einer Vergangenheit, in der er mit sich im reinen gewesen war, in der er sich geliebt wußte. Nun fühlte er sich alt, müde und voller Sorge. ‚Mein Herz ist von Unruhe erfüllt', dachte er, ‚und mein *Ka* legt den Kopf auf die Knie. Ich durchschreite meine Tage, indem ich allein bin.'

Ein Diener betrat den Opferraum. „Herr!" sagte er, wobei er die Hand in einer Demutsgebärde an Mund und Stirn hob. „Dein Gast ist eingetroffen. Er wartet in deinen Gemächern."

Ein Nicken, ein Wink, und der Mann entfernte sich. Bai verschränkte die Arme und ging ein paar Schritte in den Garten hinaus. Er war noch nicht bereit, Irinefer gegenüberzutreten. Verwundert spürte er seine Furcht vor dem bevorstehenden Gespräch. ‚Er wird mir mein Schweigen vergeben', versuchte er sich selbst zu beschwichtigen. ‚Er wird verstehen, wie Djehuti verstanden hat.' Doch der Druck in seinem Innern ließ nicht nach. Bai kannte die Wahrheit. Irinefers Wesen unterschied sich von dem seines Bruders. Er war härter als jener, weniger nachsichtig und zeigte gelegentlich eine Bitterkeit, die Djehuti vollkommen fremd war.

Bais Blick wanderte über die Büsche und die Dattelpalmenhaine bis zu der Stelle, wo die Dächer des Königspalastes bläulich über die Baumwipfel schimmerten. „Steh mir bei, Gott", flüsterte er. „Laß mich die rechten Worte finden!" Aufseufzend wandte er sich um und ging ins Haus zurück.

Im Empfangsraum saß Irinefer auf einem Klappstuhl und hatte ein Bein über das andere geschlagen. Er las, erhob sich aber bei Bais Eintreten, rollte den Papyrus zusammen und legte ihn auf den Boden. „Ich grüße dich", sagte er. „Du hast mich wegen der Niederschrift rufen lassen? Sie müßte dir bereits zugegangen sein, denn ich ließ sie gestern noch ein weiteres Mal abschreiben und übersandte eine Ausfertigung an die Schriftrollenspeicher der Verwaltung, eine an Hori für seine Unterlagen und eine an dich."

„Sei mir willkommen!" Bai forderte seinen Gast mit einer Handbewegung auf, wieder Platz zu nehmen. Er zog sich einen Stuhl heran und setzte sich ebenfalls. „Du hast recht, ich erhielt dein Schreiben. Du hast sorgfältig gearbeitet, an deiner Darstellung der Hinrichtung gibt es nichts zu tadeln." Er ließ den Worten eine Pause folgen, während derer er sein Gegenüber forschend ansah. Irinefers Gesicht ließ keine Gemütsbewegung erkennen. „Möchtest du über Cha-em-hedjet sprechen?" fragte er dann.

Irinefer hob die Schultern. „Was gibt es da noch zu reden?" gab er zurück. „Der Mann hat seine Strafe erhalten, seine Untaten sind vergolten, *Ma'at* wurde wiederhergestellt."

„Findest du es nicht merkwürdig, daß es überhaupt dazu kam?"

„Wie meinst du das?"

Bai zog die Stirn in nachdenkliche Falten. „Es gab keinen Grund, zurückzukehren. Cha-em-hedjets Flucht nach Amenmesses Ende war geglückt, er hatte nichts mehr zu fürchten. Hätte er es nicht dabei belassen können?"

„Für ihn", versetzte Irinefer, „zählte die Sicherheit vor Verfolgung nicht so viel wie die Vollendung seiner Rache. Er glaubte wirklich, dich mit seinen Libyern ködern zu können. Er war kein guter Menschenkenner."

Bai lächelte flüchtig. „Das wohl nicht. Ich glaube aber, ihn leitete noch etwas anderes."

„Was sollte das sein?"

„Ich vermute, er hat den Tod gesucht. Vielleicht nicht wissentlich, aber es könnte doch sein, daß sein Herz danach trachtete, dies völlig fehlgeleitete Leben zu beenden. Und eines ist offensichtlich: Cha-em-hedjet war ein Mensch, der sein Herz nicht kannte." Nach kurzem Besinnen fügte er hinzu: „Ich glaube nicht, daß er das Böse mit dem Guten verwechselte, wie es so oft des Menschen Eigenart ist und Schwäche. Nur Grausamkeit konnte seinen Schmerz lindern."

„Niemand hat den Tod mehr verdient als er", sagte Irinefer kalt. „Sein Herz ist mir einerlei. Er war der Mörder derjenigen, die mir Väter waren: Bakenptah und Neferhotep."

Bai war, als griffe ihm eine kalte Hand ans Herz. Der Augenblick war gekommen.

„Was ist dir?" fragte Irinefer. „Du erbleichst bei der Erwähnung Bakenptahs und Neferhoteps? Warum?"

„Du wirst es hören", erwiderte der andere. „Doch nimm dein Herz zu dir, denn was ich zu sagen habe, mag es erschüttern und bewirken, daß es nicht an seiner Stelle bleibt."

Irinefer sagte nichts auf diese Worte, sondern wartete, und Bai fragte sich, ob er die Wahrheit schon ahnte.

„Du liebtest Bakenptah als den Vater deiner Kindertage und Neferhotep als Herrn, der dich lehrte, die Wege des Lebens zu beschreiten. Du hörtest seine Worte und erlerntest die Geradheit des Herzens. Die Wahrheit aber ist ..."

Da sprang Irinefer mit solcher Heftigkeit auf, daß sein Stuhl hintenüberkippte und polternd umfiel. „Schweig!" schrie er auf. „Ich will es nicht hören! Willst du mir noch einmal mein Leben rauben? Du, der du es so oft getan hast? Du trenntest mich von meiner Mutter und Aatmeret, als ich noch sehr jung war! Mögen deine Gründe auch ehrenwert gewesen sein, es war grausam! Dann die Geschichte mit Amurru! Wer dachte sie sich aus? Du? Denn wahr ist sie nimmermehr! Wage es nicht, mir noch einmal so etwas anzutun!" Seine Stimme brach, und die folgenden Worte kamen heiser und trostlos. „Du bist nicht besser als Cha-em-hedjet, der die tötete, die mir teuer waren!"

„Das sind Worte des Zorns", erwiderte Bai sanft. „Vielleicht hast du das Recht, mich zu hassen, doch aus anderen Gründen, als du denkst. Meine verdammenswerte Tat war es, dich zu verleugnen aus Gründen des Eigennutzes und der Angst um meine Stellung. Dies wirf mir vor, und an mir ist es, deine Vergebung zu erbitten."

Irinefer starrte ihn an. Er war totenbleich geworden. „Du verleugnetest mich?" wiederholte er mit flacher Stimme. „Was heißt das?"

„Ja, ich verleugnete dich und deinen Zwillingsbruder. Ich gab dich in das Haus Bakenptahs und Asets, auf daß sie dich aufzögen mit ihren eigenen Kindern. Du bist mein leiblicher Sohn, Irinefer. Deine Mutter war Henutmira, die Tochter des Osiris Merenptah."

Irinefer lachte auf. Es war ein so kaltes, bitteres Lachen, daß es Bai wie ein Messer ins Herz schnitt. „Osiris Merenptah, wie?" fauchte er. „Etwas Widersinnigeres wäre dir nicht eingefallen?" Er begann auf und ab zu gehen wie ein wildes Tier in einem Käfig. „Warum nicht gleich Amun-Ra? Lächerlich!" Er blieb vor Bai stehen. „Was soll das Ganze? Was bezweckst du mit diesen wahnwitzigen Behauptungen?"

Bai antwortete nicht. Er stützte die Ellenbogen auf die Knie und barg sein Gesicht in den Händen. Die Brust schmerzte ihn, als sei der Ort seines Herzens eine einzige große Wunde. ‚Ich habe es nicht besser verdient', dachte er. ‚Er hat recht, wenn er so redet, denn es ist mehr als die Widersetzlichkeit des Samens gegenüber dem Erzeuger. Es ist die Ablehnung eines Verrats und des Verräters.'

„Hat es dir die Sprache verschlagen?" fragte Irinefer mit ätzender Schärfe. „Einen Zwillingsbruder habe ich? Wer sollte das sein?"

„Dein Bruder ist Djehuti, der Sänger in der Ipet-Sut und dein Freund. Ihn gab ich in jener Nacht in die Obhut Mehits, meiner Dienstmagd, die ihn liebte."

Irinefer stieß einen Schrei aus und sank langsam in die Knie. Er rang vergebens um Worte.

„Sohn!" rief Bai, glitt von seinem Sitz und wollte ihn umarmen, doch der stieß ihn heftig zurück.

„Laß mich!" preßte er hervor, außer sich im Ansturm von Gefühlen, die zu verwirrend waren, als daß er ihrer hätte Herr werden können. Dann begann er zu weinen, krampfartig, so heftig, daß es ihn schüttelte; er weinte, wie er nur ein einziges Mal geweint hatte in seinem Leben: an der Seite des ermordeten Neferhotep.

Einen Augenblick kämpfte Bai mit der Versuchung, einfach hinauszugehen. Doch gleich verwarf er diesen Gedanken wieder. Er setzte sich und wartete. „Iri!" rief er leise, als eine lange Zeit verstrichen war. „Es ist die Wahrheit!" Es war das erste Mal, daß er ihn mit der Kurzform seines Namens anredete.

Ein empörter Blick, geballte Fäuste. „Es ist der gemeinste Betrug, den man sich vorstellen kann!"

„Ich versuchte stets, das zu tun, was ich für das beste hielt."

„Für dich oder für mich?"

„Du hast recht!" flüsterte Bai. „Es war am meisten mir dienlich."

Eine Weile schwiegen beide. Dann fragte Irinefer: „Djehuti ist wirklich mein Bruder?"

„Er ist es."

„Weiß er es?"

„Er weiß es."

„Seit wann?"

„Er wußte es schon, als er dich kennenlernte. Ich stellte ihm frei, es dir zu sagen."

Irinefers Blick wanderte durchs Zimmer, ohne wirklich etwas zu sehen. „Mein Freund Djehuti, er wußte es?" Seine Stimme war kaum zu hören.

„Er muß einen schwerwiegenden Grund für sein Schweigen gehabt haben. Verurteile ihn nicht, ohne die Hintergründe zu kennen."

„Hattest du auch schwerwiegende Gründe?" fragte Irinefer bitter. „Bei allen Göttern, dafür kann es doch keine Gründe geben."

„Vielleicht nicht für dich", antwortete Bai. „Aber die Menschen gewichten unterschiedlich, und woran der eine sein Herz hängt, mag für den anderen unerheblich sein. Ich habe gefehlt gegen dich und auch gegen Djehuti. Und nun bin ich angewiesen auf deine Vergebung."

Irinefer rieb sich die Augen. „Du möchtest von mir", fragte er ungläubig, „daß ich einer Härte entsage, wie du sie gegen mich geübt hast seit dem Tag meiner Geburt? Wie kommst du dazu?"

„Weil ich es bereue", sagte Bai. „Ich bitte dich um Verzeihung, obwohl ich keinerlei Recht dazu habe. Die Worte, die ich zu meiner Verteidigung anführen könnte, sind nichtssagend und beschämend. Mein Streben nach Größe und Bedeutung hat sich als ebenso verderblich erwiesen wie das der Rache und des Hasses. Dies lehrte mich Cha-em-hedjet, indem er mich mit sich auf eine Stufe stellte und sich mir gemein machte durch sein Angebot."

„Ich will sie hören!" sagte Irinefer.

„Was willst du hören?" fragte Bai verwirrt.

„Deine Worte der Verteidigung. Ich will wissen, was dich bewog, so zu handeln. Ich verlange, die ganze Geschichte zu hören, von Anfang an. Und sprich dieses Mal die Wahrheit."

Bai nickte. Er schloß die Augen, und als er mit seinem Bericht begann, schien es ihm, als röche er wieder den leicht fauligen Geruch der Anlegestelle im Garten von Tjeni Nefer, und wieder schlug sein Herz in Erwartung einer Nachricht aus der Geburtslaube. Während er sprach, fiel die Dämmerung herein, und Abendkühle durchzog den Raum, aber keiner von beiden bemerkte es. Keiner von beiden schenkte dem Diener Beachtung, der die Öllampen anzündete und Krüge mit Henqet auf einen Tisch stellte.

Irinefer unterbrach Bais Erzählung kein einziges Mal. Während er lauschte, zogen die Bilder ihrer gemeinsamen und seiner eigenen Vergangenheit an ihm vorüber, und sein Herz erfuhr Besänftigung. Hatte nicht Bai stets dafür gesorgt, daß es ihm nie an väterlicher Güte mangelte? Über Bakenptah und Neferhotep hatte er ihm zuteil werden lassen, was er nicht zu geben vermocht hatte. Als die Nacht voranschritt, fühlte er seinen *Ka* erstarken und ahnte schon die Zeit, da er keiner Väter mehr bedürfen würde. Er würde von der Unterweisung zehren, die jene in sein Herz gelegt hatten.

Als Bai geendet hatte, schwiegen beide lange Zeit.

Dann griff Irinefers Hand nach der seines Vaters. „Ich vergebe dir", sagte er. „Mein Herz ist denen zugewandt, die mich aufgezogen haben, und mein Antlitz ist freundlich gegenüber meinem Erzeuger."

„Du irrst dich nicht?" fragte Königin Tausret leise. „Du könntest es bei deinem Leben beschwören, daß er diese Worte ausgesprochen hat?"

Der Mann, der vor ihr auf dem Bauch lag, nickte heftig.

„Steh auf!" befahl sie. „Wiederhole noch einmal die Sätze, in denen der Name Henutmira vorkam."

Des Dieners halblaute Stimme hieb ihr schmerzhaft ins Herz. Verwundert merkte sie, wie sehr Bais Verrat sie verletzte. Wie sehr es sie kränkte, daß er ihr kein Vertrauen geschenkt hatte. Dabei war ihr in keiner Weise bewußt, daß dieser Mangel einer wohlbegründeten Sorge entsprungen war. Sie dachte nur deshalb nicht sofort daran, Irinefer töten zu lassen, weil ihr Haß sich in erster Linie gegen Bai richtete.

„Du hast mir treu gedient", sprach sie zu ihrem Diener. „Ich muß nicht betonen, wie wichtig dein Stillschweigen ist. Dir liegt dein Leben und deine Unversehrtheit am Herzen, nicht wahr?"

„Herrin!" keuchte der Mann. „Ich würde mich eher töten als ..."

„Schon gut!" winkte sie ab. „Du kannst gehen. Ich werde dich rufen lassen, wenn ich deiner wieder bedarf." Sie überlegte kurz. „Das könnte schon sehr bald sein", setzte sie hinzu.

Als sie allein war, ließ sie sich in einen Sessel fallen und starrte vor sich hin. Sie knetete ihre Finger, bis sich die Knöchel weiß verfärbten, ihre Lippen preßten sich zu einem Strich zusammen, und zwei steile Falten standen über der Nasenwurzel. Sie war sehr bleich. ‚Er hat gesiegt', dachte sie. ‚Wenn er mich so hintergehen konnte, dann war seine Furcht vor mir nicht groß.' Sie hielt es sogar für denkbar, daß er sich insgeheim über sie lustig gemacht hatte. Henutmira! Er hatte Söhne mit Henutmira! Sie stieß verächtlich die Luft durch die Nase aus. Ihr gegenüber hatte er behauptet, Djehuti sei der Sohn einer Sklavin! „Un-ge-heu-er-lich!" preßte sie halblaut hervor, jede

Silbe einzeln betonend. Bai, der Schänder des Gottesleibes! Ein hurritischer Mietling, ein Mensch des Elends, des Fremdlandes, der emporwachsen durfte im milden Schein göttlicher Gunst, ein Undankbarer, der die Hand zerfleischte, die ihm Nahrung reichte! Und sie hatte geglaubt, Macht über ihn zu besitzen! Über ihn zu herrschen mit der Strahlkraft ihres Herzens und ihres Leibes! Statt dessen war sie nur die zweite gewesen nach ihrer Schwester. Nichts Besonderes also. Ihn zu lenken hatte sie geglaubt! In Wirklichkeit aber hatte er sie benutzt für seine Ziele. Er war immer der Stärkere gewesen. Ihre Zähne knirschten, als sie sich des Abends entsann, an dem er sie zurückgewiesen hatte, damals, vor so vielen Jahren. Was war sie doch für eine Törin gewesen! Eine lange Reihe von solchen Gelegenheiten war darauf gefolgt. Lange, viel zu lange hatte er die Früchte seiner Freveltaten genossen. Damit war es nun vorbei.

Entschlossen hob sie den Kopf, und ihre Gesichtszüge glätteten sich. Es lag klar auf der Hand, was nun zu geschehen hatte. „Du wirst gemacht zu dem, was nicht ist!" flüsterte sie. Bedauerlich genug, daß sie sein jenseitiges Leben nicht beschädigen konnte, denn zu bedeutend war Bai für das Zweifache Land gewesen. Beraubte sie ihn seiner letzten Ruhestätte, so würde das Hori auf den Plan rufen. Der Wesir würde Fragen stellen, unangenehme Fragen, die angemessen zu beantworten ihr schwerfallen würde.

Sie schnippte mit den Fingern, woraufhin zwei Kammermädchen herbeihuschten und mit gesenkten Köpfen vor ihr stehenblieben. „Holt mir meinen Schreiber!" befahl sie.

Als dieser kurze Zeit später vor ihr hockte, die Tafel mit dem Papyrus auf den Knien und die Binse zierlich mit gespreizten Fingern halbhoch in der Luft haltend, gab sie an: „Ich wünsche eine Einladung auszusprechen an den Schatzmeister des Ganzen Landes, mit mir die Abendkühle zu genießen mit einem Trunk *Grünem Horusauge* ...", sie dachte einen Augenblick nach, dann setzte sie hinzu: „... aus dem Gut Tjeni Nefer."

„Er ist noch immer nicht zurückgekehrt?" fragte Bai seinen Haushofmeister und spähte nach dem Stand der Sonne.

Der Angesprochene schüttelte den Kopf. „Nein, Herr. Aber erlaube mir eine Bemerkung. Es sollte dich nicht verwundern, wenn der junge Herr erst morgen oder übermorgen eintrifft. Die Liste mit Anweisungen für deinen Haushalt in Men-nefer war lang, und ich hielt es von Anfang an für unwahrscheinlich, daß alles binnen zweier Tage erledigt werden kann."

„Wirklich?" Bai wunderte sich über seine innere Unruhe. „Vielleicht hast du recht. Aber falls er im Laufe des Abends auftaucht, so gib mir Nachricht in den Palast."

„Es geschehe, wie du es befiehlst!" murmelte der Diener und trat zurück, denn Bais Prunktragestuhl schwebte heran.

Bai schaute sich suchend um, als könne Irinefer jeden Augenblick zwischen den Säulen hervortreten. Er wußte selbst nicht, warum sein Herz so dringend nach ihm verlangte, den er doch selbst nach Men-nefer gesandt hatte, um die Angelegenheiten seines dortigen Hauses zu regeln. Er raffte seinen blütenweißen Schurz und setzte sich in den Tragstuhl, wobei er sorgfältig darauf achtete, das gestärkte Leinen nicht zu verknittern. Er war sich seiner prächtigen Erscheinung bewußt, die er sorgfältig pflegte, denn er hatte begonnen, gegen das Altern seines Leibes zu kämpfen. Im nächsten Jahr sollte sich der Tag seiner Geburt zum fünfzigsten Mal jähren. Er war ein alter Mann geworden. Zerstreut drehte er an den blitzenden Ringen an seiner Hand, während er seinem Hausvorsteher zunickte. Die Träger schulterten den Stuhl und schlugen den Weg zu Tausrets Palastflügel ein. Noch einmal wandte er sich um und warf einen Blick auf sein kleines Schloß, und der Druck auf sein Herz nahm zu. Er schalt sich einen Narren, weil er seiner inneren Rastlosigkeit nicht Herr zu werden vermochte. Seufzend schaute er wieder geradeaus. Er hatte sich nicht zu beklagen. Er war Vater von zwei Söhnen, auf die er so stolz war, wie man es nur sein konnte. Die Söhne würden seinen Namen am Leben erhalten, sie würden ihm die Totenopfer bringen, sie liebten ihn. So versuchte er sich zu beruhigen, denn ihn bedrängten düstere Ahnungen.

Die Strahlen der Abendsonne zeichneten bunte Muster auf die gepflasterten Böden der Wandelgänge, die weitläufig die Gartenanlagen der Königin umgaben. Bai ging den vertrauten Weg, ohne sich umzusehen, tief ins Gespräch mit sich selbst vertieft. Noch nie hatte er so sehr das Bedürfnis verspürt, innezuhalten und seinem Leben eine völlig neue Richtung zu geben. Aber welche Richtung könnte das sein? Was blieb ihm denn, wenn er das Land nicht mehr lenken durfte oder wollte?

Der Wunsch nach einem neuen Anfang verstärkte sich, als ihm die Königin in wehenden Gewändern entgegenschwebte. Auch Tausrets Jugend gehörte endgültig der Vergangenheit an, und es wurde ihr zunehmend schwer, sie vorzutäuschen. Ihr Leib war nicht mehr schlank und geschmeidig, sondern dünn und knochig, und die Schminke um Augen und Mund ließ die Falten nur um so deutlicher hervortreten.

„Bai! Freund meines Herzens, sei willkommen!" In ihrer Stimme schwang allerdings derselbe gurrende Verführungston wie eh und je.

„Meine Königin!" Bai verneigte sich und versuchte, nicht auf ihre Zehen zu schauen, die ihm vorkamen wie Krallen in hauchfeinem Riemchengebilde. „Du beglückst mich mit deiner Einladung!"

Tausret glitt an seine Seite und schob ihren Arm in den seinen. „Heute ist ein bedeutender Abend! Denn ich möchte dir danken für deine unverbrüchliche Freundschaft, die du mir erwiesen hast während all der Jahre."

„Deine Worte klingen süß und angenehm", erwiderte Bai lächelnd. „Was vermittelte dir derartige Gefühle? Es geschieht nicht oft, das mußt du zugeben!"

Tausret antwortete nicht, sondern zog ihn weiter in ein Sondergemach, das ihrem Gast wohlbekannt war. Hier pflegten sie ihre Liebesstunden zu verbringen. Bai fragte sich, ob sie ihn auch heute verführen wollte, und stellte fest, daß sich bei diesem Gedanken ein leichtes Gefühl von Widerwillen einstellte.

Als sie einander gegenübersaßen, wies Tausret auf mehrere große Bogen Papyrus, die sich auf einem Tischchen stapelten. „Auf meinen

Dank komme ich gleich zu sprechen. Doch zuvor etwas anderes: Dies erhielt ich unlängst aus Wasets Totenstadt. Der Schreiber Anup-em-hab aus Pa-Tíme und der andere, dessen Name dem deinen ähnelt ..."

„Baja", warf Bai ein.

„Richtig, den meine ich. Sie sandten mir die neuesten Pläne und eine Liste mit Fragen, die so lang ist wie der Hapistrom selbst."

„Ich soll sie beantworten? Das tue ich gern."

„Nein, ich erbitte noch etwas mehr: Du sollst dorthin reisen. Zu vieles bedarf unmittelbarer Überprüfung." Sie beugte sich vor. „Das kommt dir doch nicht ungelegen?"

„Keineswegs", erwiderte Bai, und das meinte er vollkommen ehrlich. Eine Reise in die Südliche Stadt bedeutete ein Wiedersehen mit Djehuti.

„Du hast meine Erlaubnis, deinen Sohn zu treffen", verkündete die Königin, die genau wußte, was ihn bewegte, und klatschte in die Hände. Zwei Mädchen betraten den Raum, Dienerinnen, mit nichts anderem bekleidet als einem schmalen Band um die Leibesmitte. Eine trug zwei gefüllte Weinschalen, die andere eine Schüssel mit Gebäck und Feigen und einen Krug. Tausret schob die Papyri zur Seite. „Stellt die Sachen hierher!" sagte sie. „Ihr könnt gehen. Ich brauche euch heute nicht mehr."

Die Mädchen streckten die Hände zum Zeichen der Ehrerbietung in Kniehöhe vor sich und verschwanden.

„Dieses sei der Trank meiner Liebe", sagte Tausret, und ein fremder Ausdruck war um ihren Mund. Sie nahm eine der beiden Schalen, schlängelte sich an seine Seite und hob sie ihm an die Lippen. „Mein Freund und Vertrauter, dein Herz werde nicht müde beim Trinken, beim Rausch und bei der Wollust."

Ein starker Duft nach süßen Gewürzen entstieg der Schale, und Bai wich zurück.

„Trinke", flüsterte sie, „damit du dein Herz öffnen mögest für mein Geschenk der Dankbarkeit."

Ihr Gesicht war dem seinen ganz nahe, und Bai schaute in die Tiefen ihrer schwarzen Augen. Irgendwo in weiter Ferne, auf dem

Grunde seiner Seele, begann sich ein dunkles Gefühl zu regen, eine Ahnung, die ihm riet, vorsichtig zu sein. „Was ist das?" fragte er und nahm einen Schluck. Der Würzwein schmeckte ausgezeichnet. Dennoch war ihm unheimlich zumute.

„Das ist Wein aus Tjeni Nefer", antwortete sie. „Gewürzt mit den Gaben des Nördlichen Fremdlandes. Trink noch einmal, denn was ich dir geben will an Lob und Lobgold, findet sich erst auf dem Grunde des Trunkes." Noch näher kamen ihre Lippen, berührten seine Augenlider und glitten hinab auf seine Wangen.

Bai nahm ihr die Schale aus der Hand. „Du möchtest keinen Wein?" fragte er.

„Doch, sehr gerne!" Sie rückte von ihm ab, griff nach der zweiten Schale und nahm einen Schluck. „Auf deinen *Ka*!" sagte sie lächelnd.

„Möge dein Herz froh sein", antwortete er und leerte die seinige. „Und möge deine Zunge sich endlich lösen. Was ist es, das du mir geben willst?"

„Etwas, das dich angemessen belohnt für deine Freundschaft. Und dafür, daß du niemals etwas vor mir verborgen hast. Daß du offen und ehrlich warst."

Bai blickte in ihr zur Seite geneigtes Gesicht mit den nach unten gekrümmten Mundwinkeln und wußte, daß etwas vollkommen falsch gelaufen war. „Habe ich dich verstimmt?" fragte er und schluckte, denn seine Mundhöhle fühlte sich trocken an.

Tausret schwieg. Dann, unverhofft und erschreckend, warf sie den Kopf nach hinten und brach in Gelächter aus. „Mein Freund, mein Geliebter!" brachte sie keuchend hervor. „Du hast mich nicht verstimmt. Verstimmen magst du mich, wenn du verspätet eintriffst, wenn du mir in einem Augenblick der Zerstreuung nicht zuhörst, oder bei ähnlich nichtigen Dingen. Was du getan hast, ist etwas völlig anderes!" Ihr Lachen hörte auf.

Bai fühlte sein Herz schneller schlagen. Er sah die Kälte in ihrem Blick und ihn schwindelte. Wie in einem weißglühenden Blitz brach die Erkenntnis, was sie getan hatte, über ihn herein. „Du weißt also Bescheid", brachte er mühsam hervor, denn die Zunge klebte ihm am Gaumen.

„Du hast mich hintergangen in der tückischsten Weise, die man sich vorstellen kann!" zischte Tausret. „Du hast Söhne mit meiner Schwester! Diese Söhne ließest du vor meinen Augen wachsen, setztest sie sogar in Ämter Pharaos! Ich hoffe, du hast deinen Verrat an mir genossen während all der Jahre, denn damit ist's nun vorbei. Bei Seth, dem Grausamen, du wirst in die Totenstadt von Waset reisen! Aber nicht so, wie du denkst. Dein Lager auf dem Schiff wird ein Sarg sein und du selbst eine Mumie!"

„Ich konnte es nicht", murmelte er.

„Was konntest du nicht?" schrie sie ihn an.

„Dir die Wahrheit sagen." Das Sprechen fiel ihm schwer. „Du hättest sie getötet."

„Ich bin keine Mörderin!" behauptete sie, wobei ihr klar war, wie schamlos sie log.

„Ich sehe, die Wahl des Weins geschah nicht ohne Hintersinn", sagte Bai tonlos. Vielleicht dachte er es auch nur, denn sein Sinn begann sich zu vernebeln. Das Blut rauschte ihm durch die Adern, es donnerte ihm in den Ohren, und ihm war, als stünde sein Leib in Flammen. Quälende Unruhe und der unwiderstehliche Drang nach Bewegung ergriffen ihn, doch als er ein paar Schritte gegangen war, brach er in die Knie. Undeutlich merkte er, wie Tausret ihm ein Kissen unter den Nacken schob.

„Du sollst es bequem haben", höhnte sie. „Du wirst genug zu leiden haben, bis es soweit ist. Bittersüß ist das Sterben durch den Saft nachtschattiger Beeren, mehr bitter als süß, nein, eigentlich nur bitter. Stirb also und leide!"

Sterben? Er sollte sterben? Heiß loderte die Angst in ihm auf. Das war doch nicht möglich! Der Tod sollte ihn ausgerechnet zu dem Zeitpunkt ereilen, da er sich beiden Söhnen als Vater offenbart hatte? ‚Das ist Gottes Strafe', dachte er voll Entsetzen. ‚Ich darf heute nicht mehr Vater sein, weil ich es zu sein ablehnte, als ich es wurde.' Eine Sehnsucht stieg in ihm auf, glühender noch als die Fieberhitze des Gifts, das seinen Körper verbrannte. ‚Reschpu!' schrie sein Herz. ‚Laß mich nicht sterben! Ich will sie nicht verlieren! Amun, ich flehe dich an!'

Irinefer erschien in seinem verwirrten Sinn, aber nicht der junge Mann der Gegenwart, sondern der Knabe, der Hoherpriester werden wollte, wohl weil er von Anfang an gespürt hatte, daß Gott mehr Sicherheit bot als die Menschen. Irinefer, der schön war und klug, was ihn aber nicht zu wappnen vermocht hatte gegen die Härte des Lebens. Wie liebte er ihn, diesen herrlichen Sohn, in dem er sich so gern hatte widerspiegeln wollen! Und dennoch: In diesem Augenblick, da sein Leib sich aufbäumte im Ringen mit dem Tod, verlangte es ihn nach seinem anderen Kind.

Er sah Djehuti vor sich, den Kleinen, der tapfer die Schmerzen ertrug, um laufen zu lernen. Er hörte seine helle Stimme jene Lieder singen, die davon gesprochen hatten, daß der Sieg von Lebensfreude und Liebe über das Leiden immer möglich ist. Nun, da er ihn verlor, wußte er, was er ihm bedeutete. Er hätte Wichtiges von ihm lernen können, wenn er ihm sein Herz zugewandt hätte.

Es wurde dunkel um ihn. Er riß die Augen auf, doch außer grauen Schwaden vermochte er nichts zu erkennen. Da rissen ihn furchtbare Schmerzen in die Gegenwart zurück. Er schrie vor Qual, während er sich wand und krümmte. Undeutlich hörte er, wie Tausret zu ihm sprach, aber er konnte ihre Worte nicht verstehen. Wieder brüllte er auf, denn Klauen rissen ihm den Leib auf und zerrten an seinen Eingeweiden, Flammen verzehrten ihn, und einen furchtbaren Augenblick lang hatte er das Gefühl, als sei er Cha-em-hedjet, der an der Mauer hing, und Schnäbel zerfetzten sein Inneres. ‚Ich will nicht sterben!' schrie er in Gedanken, aber zugleich wußte er, daß er bereits starb. Warum half ihm niemand? Djehuti! Wo war er? Wieder ertrank alles in einem Ozean von Pein. Auch er selbst ertrank. Wild rang er nach Luft. Luft zum Atmen! ‚Amun, gib süße Atemluft … Amun, hilf doch! Wo bist du, Amun? Hast du deinen Diener vergessen?'

Hatten die Götter ihn verlassen? Bai kniete auf dem Boden seines Grabes und weinte bitterlich. Warum war er so allein? ‚Mutter, Vater!' flehte er in Gedanken. ‚Helft mir! Habe ich alles falsch gemacht?' Dann stand er auf, erstaunt, wie leicht das ging. Die Schmerzen waren fort. Noch während er sich darüber wunderte, merkte er, daß er sich doch nicht in seinem Grab befand, sondern in einer Halle, so groß und golden, wie er noch nie eine gesehen hatte. ‚Die Halle der *Ma'at*', dachte er und schaute sich staunend um. Vor lauter Goldgleißen und Silberstrahlen konnte er kaum etwas erkennen, aber kurz glaubte er die große Waage zu sehen und Thot, den Ibis, der auf Papyrus schrieb. ‚Ich habe auch Gutes getan', rief er und hatte nicht Stimme dabei. ‚Nicht habe ich Krummes statt Rechtes getan. Nicht habe ich getötet noch zu töten befohlen. Ich habe die Opferspeisen in den Tempeln nicht vermindert und die Götterbrote nicht angetastet!' Gehetzt murmelte er diese Beteuerungen und fügte noch viele hinzu, wobei er sich anstrengte, deutlicher zu sehen. Wo war Osiris? Der Herrscher der Unterwelt mußte doch die Rechtfertigung seines Dieners Bai hören! Während er auf den großen Richter wartete und all die furchtbaren Verbrechen aufzählte, die er keinesfalls begangen hatte, überlegte er gleichzeitig, was er sonst noch zu seiner Verteidigung würde vortragen können.

Da begann sein Herz zu fühlen, wie es noch nie gefühlt hatte. Alles, was er je in seinem Leben gespürt hatte, stand in ihm auf, und noch viel mehr, Aufwühlendes, Wunderbares. Es war kein gewöhnliches Fühlen, sondern ein erschüttertes und erschütterndes Erfassen des Lebens im Diesseits und in den Gefilden des Westens.

Dort, im Lande der Ewigkeit, befand er sich, dessen war er gewiß. Er glaubte, Reschpu zu erblicken, den Gott seiner Kindheit, und Ptah, den Schöpfer. Meretseger, die Göttin, die das Schweigen liebt, glitt in Natterngestalt an ihm vorüber und Chons, der Herr des Mondes, bot ihm die silberne Sichel. Gestalten kamen und verschwanden in den verborgenen Räumen der Unendlichkeit und den Zeitspannen von *Neheh* und *Djet*. Dann schien es ihm, als reiche ihm Amun-Ra die Hand, ihm beim Einsteigen in seine Barke zu helfen, auf daß er den jenseitigen Nil befahre. Er durfte den *Benu* schauen, die kranichgestaltige *Ba*-Seele des Sonnengottes. Da war ihm nach Jubeln, denn er wußte, Gott hatte ihm verziehen. Hathor, die Gütige, öffnete ihre Arme, ihn aufzunehmen. Doch auch dieses Bild zerfloß wieder.

Endlich gab es keine Bilder mehr, denn es waren ihrer keine mehr notwendig.

Noch ein letztes Mal dachte er an seine Lebenstage und wußte, es war gewesen, wie es hatte sein müssen. Dankbarkeit berauschte ihn, denn der Tod war vor ihm erstanden, ihn aufzuklären über das, was ihm unbekannt gewesen, und fortzureißen die Schleier, die den Himmel verhüllten.

Bai begriff.

„Ich bin zufrieden", sagte Wesir Hori. „Das Begräbnis kann stattfinden." Er nickte den Grabarbeitern zu. „Bereitet alles vor."

Die Männer stimmten murmelnd zu und begannen, ihre Gerätschaften in Kisten zu verstauen, während die Sonne über dem westlichen Bergkamm verschwand und Schatten der Dämmerung die Felsen umflossen.

Hori wandte sich an Irinefer. „Möchtest du das Dorf besuchen?"

Der Angesprochene schüttelte den Kopf. „Nicht heute. Ich habe eine Verabredung mit dem Sänger der Ipet-Sut. Djehuti hat mir ausrichten lassen, bevor ich nach Pa-Tíme ginge, müsse ich ihn anhören." Genaugenommen hatte Irinefer überhaupt nicht die Absicht, auch nur in die Nähe der Siedlung zu kommen, aber das ging den Wesir nichts an. Diese ganze Reise war ein einziger Alptraum, Bais Tod war ein Alptraum, das ganze Dasein war ein Alptraum. In Pa-Tíme Ta-Scherits Leben mit Kasa zu beobachten würde ihm den Verstand rauben. Am liebsten wäre er Bai ins Land des Westens gefolgt. Was hatte er im Diesseits noch verloren? Was blieb ihm zu hoffen?

„Bai wird eine würdige Beisetzung erfahren", tröstete Hori, der Irinefers Trauer und Verwirrung spürte. „Es gibt keine vollkommenere Mumie als seine." Da keine Antwort kam, setzte er hinzu: „Du hast ihn gern gehabt, nicht wahr? Er hat dich gefördert, wie ein Vater es getan hätte."

„Wie ein Vater?" Irinefer stieß ein bitteres Lachen aus. „O nein, nicht wie ein Vater! Viel väterlicher hätte er sein können, wenn er es gewollt hätte."

Der Wesir fragte nicht, was er damit meinte. Er wollte nicht noch einmal die abgrundtiefe Verzweiflung des jungen Höflings erleben, die ihn nach dem Tod des Schatzmeisters so erschüttert hatte. „Die Königin und Seine Erhabenheit, Leben, Heil, Gesundheit, werden morgen abend eintreffen und im *Chenu ni Amenhotep* Wohnung nehmen", sagte er, um dem Gespräch eine andere Wendung zu geben.

Irinefer antwortete nicht. Der Königin zu begegnen war keine erfreuliche Aussicht. Tausret hatte den Tod Bais öffentlich in bewegenden Worten betrauert, dennoch war etwas an ihrem Verhalten nicht stimmig gewesen. Sie wußte mehr, als sie zugab, und die angeordnete Staatstrauer kam Irinefer vor wie ein bunter Mummenschanz aus Weihrauch, Tränen und Verlustgeschrei. Das Große Haus hatte verlautbaren lassen, Bai sei in der Ausübung seiner zahlreichen und schwierigen Aufgaben wohl aus Arbeitsüberlastung gestorben, ja geradezu habe er sein Leben hingegeben für das Geliebte Land in nicht enden wollender Entsagung und täglicher Pflichterfüllung. Bais Hinscheiden habe die Berater Pharaos in tiefe Ratlosigkeit gestürzt, und Dunkelheit sei über Ägypten gefallen. Der Gute Gott brächte, vor Kummer niedergeschmettert, die Nächte betend im Tempel des Ra zu.

Irinefer zweifelte an den amtlichen Erklärungen. Er ahnte die Ursache für Bais Tod, wußte aber zugleich, daß keinerlei Aussicht bestand, die Angelegenheit zu verfolgen.

Hori machte noch einen letzten Versuch, mit seinem Begleiter ins Gespräch zu kommen. „Wirst du zu Mahuhuis Gastmahl kommen?" fragte er, während sie sich den Tragstühlen am Eingang des Tales näherten.

„Nein", kam knapp die Antwort. „Ich wäre dir verbunden, wenn du mich entschuldigen ließest."

„Wie du wünschst", versetzte Hori und gab auf.

Nach der Rückkehr zur Tempelstadt von Ipet-Sut begab sich Irinefer ohne Verzug in das Gästehaus des Hohenpriesters, wo er

Djehuti treffen wollte. Während er die Stufen zum säulenumstandenen Vorbau des Hauses emporstieg, fragte er sich, ob er wohl jemals wieder etwas anderes als Verwirrung empfinden und das Ende andauernder Betäubung des Herzens erleben würde. Langsam ging er den Gang entlang, wobei er keine der Dienerinnen, die sich vor ihm neigten, auch nur bemerkte. Dann öffnete er die Tür des Empfangsraumes.

Djehuti erhob sich und sah ihm entgegen. Ernst blickten seine Augen, und das Gesicht trug den Ausdruck tiefer Bekümmerung. „Ich grüße dich", sagte er leise, „an diesem Tag der Trauer, welcher von nun an ist wie alle Tage, denn Bai, den wir liebten, ist nicht mehr."

Irinefer ließ sich Zeit mit seiner Antwort. „Ja, wir liebten ihn", sagte er dann. „Doch allzu spät erfuhr ich, um wieviel mehr ich ihn hätte lieben sollen. Jetzt ist er fort, wie alle, die ich Vater nannte."

„Er hat es dir gesagt", stellte Djehuti mit zitternder Stimme fest. Dann bat er flüsternd: „Bruder, vergibst du mir?"

Diese Worte beendeten Irinefers innere Betäubung mit einem Schlag. Vor Wut und Schmerz tanzten ihm rote Punkte vor den Augen. „Warum hast du geschwiegen?" schrie er, stampfte auf den anderen zu und blieb vor ihm stehen. „Warum? Jahrelang hast du mich auf diese Weise belogen und betrogen!"

Djehuti stand mit hängenden Schultern vor ihm. „Ich weiß! Ich kann es nicht entschuldigen, nur erklären. So bin ich auf deine Verzeihung angewiesen. Vielleicht wirst du mich nicht mehr hassen, wenn du erfährst, welche Nachrichten ich noch für dich habe."

„Spare dir deine Nachrichten!" versetzte Irinefer böse. „Ich will wissen, warum auch du mich hintergangen hast wie alle anderen." Dann sah er, wie der andere litt, und sein Zorn legte sich etwas. „Das alles ist schwer zu begreifen für mich, das mußt du zugeben."

Djehuti wies auf die Sitzmatten. Als sie einander mit untergeschlagenen Beinen gegenübersaßen, richtete er den Blick so offen und vertrauensvoll auf den Bruder, daß diesem weh ums Herz wurde. „Wir waren Freunde", sagte er. „Laß uns Freunde bleiben, auch wenn wir zugleich Brüder sind."

„Du mußt mir dabei helfen!" Irinefers Gesicht zeigte immerhin die Andeutung eines Lächelns. „Meine Enttäuschung verschwindet nicht einfach, nur weil du es willst."

Da begann Djehuti mit seinem Bericht. „Mir wurde Wissen zuteil beim Tode Ipukis, den ich Vater genannt hatte, soweit ich zurückdenken kann."

Während er sprach und vor Irinefer sein Leben ausbreitete, begann sich in dessen Herz eine Ahnung zu formen, eine noch unbestimmte Vorstellung von der Sinnhaftigkeit dieser Geschichte, ihrer göttlichen Richtung, die jegliche Wirrnis bändigt im Außen und im Innen. ‚Vielleicht', so dachte er, ‚ist es des Menschen Aufgabe, in allem, was geschieht, den Willen des Schöpfers zu erkennen.' Er schaute auf seinen Bruder, der so viel Kraft hatte aufwenden müssen, um zu erreichen, was ihm, Irinefer, selbstverständlich war, und er überlegte, welchen Zweck die Götter wohl damit verfolgt haben könnten, ihn so lange im Ungewissen zu lassen.

„Vieles wußte ich nicht", meinte er, als Djehuti geendet hatte. „Und vieles sah ich und begriff nicht seine Bedeutung. Das meiste verstehe ich auch jetzt noch nicht. Aber ich beginne die Zauberkraft, die dein Leben für mich hat, zu spüren."

„Mein Leben besitzt Zauberkraft ... für dich?" verwunderte sich Djehuti. Er konnte nicht ganz glauben, was er hörte.

„Es legt sich um das meinige wie ein Band, denn du zeigst mir, daß es darauf ankommt, Tag für Tag in allen Vorgängen, auch den kleinsten, Gelingen anzustreben und sich ansonsten dem Fortgang der Dinge zu überlassen. Ich aber wollte stets alles geordnet wissen, um über mein Schicksal bestimmen zu können. Damit bin ich fortwährend gescheitert. Niemals wußte ich genug, stets fehlte mir der Überblick."

„Du besitzest die Klugheit des Thot!" stellte Djehuti erstaunt fest. „Deine Worte sind weise."

„Weisheit hat mir noch nie viel genützt", sagte Irinefer trübsinnig. „Nichts konnte sie an meinem Schicksal ändern."

„Die Götter zeichnen das Leben vor; Weisheit hilft, es zu bewältigen."

Einen Augenblick lang schauten sie einander ins Gesicht.

„Ich bin froh, daß du mein Bruder bist", sagte Irinefer.

„Ein Bruder, der ein Freund ist", ergänzte Djehuti.

Zum ersten Mal seit langem stieg in Irinefer ein Gefühl der Zuversicht auf, die Ahnung von einer Zukunft, die mehr als Einsamkeit und Hoffnungslosigkeit verhieß. Hier war sein Bruder. Hier war eine Heimat.

„Iri!" Djehutis Stimme klang verändert. „Berichte mir von unserem Vater!"

„Du sollst alles erfahren", sagte Irinefer. „Alles, was ich von ihm weiß. Vor allem die Geschichte der letzten Monate. Ihn als meinen Vater zu erkennen hat Bai mir nicht lange gewährt. Aber er hat mein Leben bestimmt vom ersten Atemzug an. Als Paneb mich aus Pa-Tíme entfernt hatte, nahm er sich meiner unmittelbar an." Er erzählte langsam und genau, ließ keine Einzelheit aus, denn nun, da Bai tot war, waren die Erinnerungen kostbar.

„Du glaubst, er wurde ermordet?" fragte Djehuti ungläubig, als der Bruder den Bericht beschloß. „Du verdächtigst die Königin ...?"

„Schschsch!" machte Irinefer erschrocken. „So etwas darfst du nie aussprechen. Du kannst niemals wissen, ob Lauscher in der Nähe sind!"

Djehuti beugte sich vor. „Du hast recht", sagte er und senkte die Stimme zu einem Flüstern. „Ich dachte, die Königin hing an ihm, wie es ihr von Rechts wegen nicht zukam? Warum sollte sie ein solches Verbrechen ersinnen?"

„Ich wüßte eine Erklärung!"

„Sie muß erfahren haben, wer uns geboren hat!" rief Djehuti aus. „Bei der Macht des Verborgenen! Dann sind auch wir unseres Lebens nicht mehr sicher. Weder du noch ich, noch ..." Er brach ab, und Stille breitete sich aus.

Irinefer starrte seinen Bruder an. „Warum sprichst du nicht weiter?" fragte er rauh. „Wer ist noch betroffen von der Gefahr?"

Djehuti beugte sich vor. „Nimm dein Herz zu dir, Bruder!" sprach er. „Denn es mag sich erheben vor Freude und vielleicht auch vor

Schrecken. Ein Freudeschrecken ist es, von dem ich dir künde, oder auch eine Schreckensfreude, ganz wie du willst."

„Hör auf zu schwatzen, sondern sag lieber, wie sich's verhält!"

„Ta-Scherit, die dich liebt, hat eine Tochter geboren."

Irinefer schluckte vernehmlich. „Mußt du mir jetzt damit kommen?" fragte er hart. „Es ist nicht die Zeit, vor mir ihr Glück mit Kasa auszubreiten. Das ist grausam, Djehuti. Ich verstehe dich nicht. Du zerstörst unser Bruderglück, bevor es wachsen kann."

„Du verstehst es wahrhaftig nicht!" rief Djehuti, vor Aufregung lachend. „Ta-Scherits Kind ist nicht Kasas Kind. Sie trug es schon, als sie in sein Haus eintrat."

„Sie trug es schon?" wiederholte Irinefer tonlos. Sein Herz wehrte sich gegen das Begreifen, und er merkte wohl, daß eine außergewöhnlich gute Nachricht den Menschen ebenso erschüttern kann wie die schrecklichste Unglücksbotschaft.

„Du hast eine Tochter, Irinefer. Ta-Scherit hat das Mädchen, das von dir ist, zur Welt gebracht. Sie gab ihr den Namen Tui und ließ ihn eintragen in die Listen des Lebenshauses."

„Und Kasa?"

„Kasa hat Ta-Scherit geschützt. Er hat ein großes Herz, denn seine Aufgabe ist nicht leicht. Die Frau, die er liebt, hat für ihn nichts übrig. Seit du fortgegangen warst, mußte Kasa zusehen, wie Ta-Scherit sich nach dir verzehrte. Ich glaube, er hat längst die Hoffnung aufgegeben, sie noch zu gewinnen. Ich bin sicher, er wird gehen, wenn du nach Pa-Tíme zurückkehrst."

Irinefer erhob sich. Ein Sturm brauste in seinem Inneren. Eine Tochter, Heimkehr ins Dorf, Ta-Scherit ... und Bai war tot, ermordet von der Königin, die womöglich auch seinen eigenen Tod plante! ‚Großer Amun', dachte er, ‚hilf mir heraus aus dieser Wirrnis.' „Die Götter trauen mir viel zu", sagte er. „Immer aufs äußerste geben und nehmen sie mir, meist sogar beides gleichzeitig."

„Sie lieben dich besonders", sagte Djehuti sanft.

Irinefer schwieg. Seit dem Begräbnis Pharao Sethos' hatte er danach gestrebt, sich mit dem endgültigen Verlust Ta-Scherits abzufinden. Seine Liebe hatte er abzutöten versucht mit allem, was ihm zu Gebote stand. Erfolglos, wie er nun merkte. Mit aller Macht zog es ihn zu ihr hin. Gleichzeitig fühlte er sich schuldig. Sie hatte ihm ein Kind geboren, und er hatte diese Möglichkeit nie in Betracht gezogen. Wie mußte ihr seit jenem Tag zumute gewesen sein, als er Waset Hals über Kopf verließ? Würde sie ihm vergeben können? Er setzte sich wieder, vergrub das Gesicht in den Händen und wünschte sich Klarheit über das, was er nun tun sollte.

„Wie können wir erreichen", überlegte auch Djehuti, „daß die Königin uns nicht weiter verfolgt?"

Irinefer hob den Blick. „Keiner von uns dürfte je wieder in die Nähe des Großen Hauses kommen. Dessen müßte sie vollkommen sicher sein. Sie fürchtet ja, einer von uns könnte Anspruch auf den Horusthron erheben, wie widersinnig das auch sein mag. Dieser Sorge müßte sie vollkommen ledig sein."

„Tausret wird sich Menschen, die nicht nach der Königswürde streben", wandte Djehuti ein, „kaum vorstellen können. Ich denke, sie muß unter Druck gesetzt werden. Das ist die Sprache, die sie versteht."

Ein Gedanke schoß Irinefer durch den Sinn. „Hori! Wir müßten Hori einweihen. Er könnte sie zwingen, unser Leben zu schonen."

Djehuti verstand sofort. „Das könnte die Lösung sein!" stimmte er zu. „Der Wesir ist von königlichem Geblüt. Er könnte ihr androhen, seine eigene Abstammung in die Waagschale zu werfen, sollte sie uns nach dem Leben trachten. Tausret wird sich hüten, Hori herauszufordern."

„Wir schwören ihr den Heiligen Eid, niemals wieder den Fuß in die Hauptstadt zu setzen."

„Dieser Einfall birgt noch einen anderen Vorteil: Tausret könnte Vorarbeiter Paneb und seinem abscheulichen Sohn den allerhöchsten Befehl erteilen, dich im Dorf wieder aufzunehmen. Du könntest in der Kolonne Hais arbeiten!"

Ein Leben als Handwerker in Pa-Tíme! Mit Ta-Scherit als Herrin seines Hauses! Es schwindelte Irinefer bei dieser Vorstellung. „Horis Zustimmung halte ich für ziemlich sicher", sagte er langsam. „Er kennt das Große Haus in- und auswendig, und seine Treue zu

Pharao Siptah steht außer Zweifel." Wieder sprang er auf, diesmal mit klopfendem Herzen und schäumender Freude in den Adern. „Djehuti!" rief er. „Es ist möglich! Ich kenne Hori, und er weiß wohl, wes Geistes Kind die Königin ist. Hori ist unser Mann!" Das Herz wurde ihm weit, er sank vor Djehuti in die Knie und schlang die Arme um ihn. „Was für eine Aussicht! Es tut so wohl, mit dir zu sprechen. Ich bin froh, einen solchen Bruder zu haben."

Der Tag, der Bais Begräbnis vorausging, brachte für etliche Bewohner Pa-Tímes unerwartete, ja befremdliche Aufregungen. Eine Abordnung des Großen Hauses, etwa zwanzig Soldaten und fünf Beamte, angeführt durch den Gesandten der Königin, Rechpehtuef, erschien bereits im Morgengrauen vor den Wächtern am Nordende des Dorfes. Nachtmin und Sobekmose, die ihren Dienst gelassen, fast schläfrig, versahen, hörten barsche Befehle, ausgestoßen von erlesen gekleideten Männern, die bewimpelten Tragstühlen entstiegen.

„Ich befehle die Vorarbeiter Paneb und Hai vor mein Angesicht!" gebot Rechpehtuef. „Und einen Handwerker, der auf den Namen Kasa hört."

„Rasch! Setzt euch gefälligst in Bewegung!" peitschte gleich darauf die befehlsgewohnte Stimme des Ersten der Soldaten durch die Morgenkühle. „Wir wollen nicht warten!"

„Ich gehorche, wie es sich geziemt!" beeilte sich Sobekmose zu versichern und rannte auf das Dorftor zu.

„In wessen Auftrag seid ihr hier?" fragte Nachtmin, noch immer in gebückter Haltung.

„Wir verhandeln mit den Vorarbeitern, nicht mit einem Torwächter", kam knapp die Antwort.

Sobekmose war kaum in der Dorfgasse verschwunden, als Rechpehtuef sagte: „Das dauert mir alles zu lange. Du, Kerl, bringe uns in das Haus dieses Paneb! Beeile dich gefälligst dabei! Und ihr", dabei wandte er sich an die Soldaten, „wartet hier auf unsere Rückkehr!"

Nachtmin schüttelte kaum merklich den Kopf und ging den Beamten voraus. Was bedeutete diese Ungeduld?

In der Dorfgasse herrschte trotz der frühen Morgenstunde bereits reges Leben. Kinder sprangen umher, der Duft frischgebackenen Brotes durchzog die Luft, und die Familien schwatzten während der Morgenmahlzeit. Die vornehm gekleideten Herren erregten großes Aufsehen. Man wich vor ihnen zur Seite, viele verneigten sich, und alle gafften hinter ihnen her.

Hai traf fast gleichzeitig mit den Beamten in Panebs Empfangsraum ein. Dort stand der Hausherr ins Gespräch vertieft mit Sobekmose, der sich sofort zurückzog und den Ankömmlingen das Feld überließ. Hai stellte sich formvollendet den hohen Herrschaften vor, was diese mit einem huldvollen Kopfnicken beantworteten.

Dann wandte sich Rechpehtuef an den anderen Vormann. „Du bist der Erste der rechten Kolonne?" fragte er, und sein Blick glitt von den Bartstoppeln in dem verquollenen Gesicht Panebs über die zitternden Hände zu seinem fleckigen Schurz.

„Der bin ich!" sagte Paneb in der ihm eigenen großspurigen Art, die in Rechpehtuef augenblicklich tiefe Abneigung hervorrief. „Und wer seid ihr?"

Rechpehtuef überhörte geflissentlich die Frage. „Wo ist der Arbeiter Kasa?"

„Wo er immer ist!" knurrte Paneb mürrisch. „Bei seiner Frau, die meine Tochter ist."

„Laß ihn holen!" Als Paneb nicht dergleichen tat, kam der Befehl ein zweites Mal, nun aber mit erhobener Stimme und scharf.

In der Tür zum hinteren Zimmer tauchte Wabet auf, gefolgt von Scherit-Ra und Pa-Anuket.

„Hole Kasa!" sagte Paneb zu seinem jüngsten Sohn, der sogleich zur Tür rannte. „Ich bin es in keiner Weise gewohnt", fuhr er fort, wobei er Hais warnende Blicke nicht beachtete, „daß man mir gebietet wie dem niedrigsten Knecht! Ich wünsche zu erfahren, warum ihr ohne Ankündigung in mein Haus eindringt und euch benehmt, als wäret ihr die Gebieter eines Großen von Pa-Tíme!"

„Weil wir es sind!" versetzte der andere barsch. „Wir sind Überbringer allerhöchster Befehle, die ohne Umschweife zu befolgen sind. Es handelt sich um Anordnungen Ihrer Herrlichkeit, der göttlichen Königin."

„Wie lauten sie?"

„Du wirst dich gedulden müssen, bis dieser Kasa hier ist!"

Die beiden Männer maßen einander mit wütenden Blicken. Schließlich gab Paneb auf.

Eine Weile sprach niemand. Panebs Blick ging von einem zum anderen, und er wurde immer zorniger. Welche Verachtung lag in diesen hochmütigen Mienen! Am liebsten hätte er die Besucher einfach hinausgeworfen. Doch er mußte vorsichtig sein, das wußte er. Seit dem Tod Amenmesses war seine Stellung ständig in Gefahr. Hai, der zweite Vorarbeiter, hatte ihm unmißverständlich klargemacht, wie er sein Amt zu führen hatte, damit ihm die Arbeiter auch fürderhin folgten. Allzuviel durfte er sich nicht mehr zuschulden kommen lassen.

„Der hier ist Kasa", sagte er, als der Genannte den Raum betrat.

Rechpehtuef streifte den Neuankömmling mit einem gleichgültigen Blick. „Wohlan denn!" sprach er. Er winkte einen seiner Gefolgsleute herbei, einen schmächtigen, älteren Mann mit langer, gebogener Nase. „Psuro! Verlies, was Ihre Göttlichkeit gebietet."

Umständlich wurde ein großer Papyrus entrollt. Dann leierte die Stimme Psuros eine Vielzahl von Titeln und Gottesbezeichnungen herunter, die allen Zuhörenden den erhabenen Ursprung der Anweisungen, welche nun folgen sollten, kund und zu wissen taten.

„Im einzelnen ist unverzüglich auszuführen: …", kam Psuro nach der ermüdenden Aufzählung endlich zum Wesentlichen. „Der Handwerker Kasa wird seine Arbeitsstelle an der heiligen Stätte der *Ma'at* verlassen und ist mit dem heutigen Tage zum Leiter aller Bauarbeiten des Millionenjahrhauses für unseren Guten Gott, Pharao Siptah, er lebe, sei heil und gesund, ernannt. Er verlasse das Dorf und das Haus, in dem er mit der Tochter des Vorarbeiters lebt, und nehme Wohnung an seiner Arbeitsstätte. Als Lohn für seine Arbeit am Totentempel wird man ihm künftig auszahlen: drei Sack Gerste, sieben Sack Emmerweizen und ein *Hin* Salböl jeden einzelnen Monat. Jeden dritten Monat wird ihm das Seinige in Silber ausbezahlt."

„So viel?" Kasa schnappte nach Luft, als er das hörte. Er würde ein außerordentlich wohlhabender Mann sein. Reicher noch als die Vorarbeiter von Pa-Tíme! Aber seine Wohnstatt wollte er nicht aufgeben. „Ihr könnt mich aber nicht dazu zwingen, das Dorf zu verlassen!" empörte er sich.

Auch Paneb wollte etwas einwenden, doch Rechpehtuef gebot mit einer herrischen Handbewegung Schweigen.

„Wir können!" schnappte er. „Und es ist hiermit geschehen. Deine äußerst großzügige Versorgung mag dich über den Verlust hinwegtrösten. Damit ist die Sache erledigt." Zu Psuro gewandt, fügte er hinzu: „Weiter!"

„Da der linken Arbeitermannschaft auf diese Weise eine wertvolle Arbeitskraft genommen wurde, ist es nur recht und billig, ihr eine solche wieder zuzuführen. Dies geschieht durch den Arbeiter Seiner Erhabenheit, Irinefer, der bereits lange Jahre in Pa-Tíme gelebt hat. Der Genannte ist damit zum ordentlichen Mitglied der Kolonne ernannt." Psuro holte Luft und verstummte. Rechpehtuef schaute in die Gesichter Panebs, Kasas und Hais, die sämtlich den Ausdruck vollkommener Fassungslosigkeit trugen. Da Psuro verstummt war, fügte er spöttisch lächelnd hinzu: „Die Befehle der Königin sind widerspruchslos hinzunehmen und unverzüglich auszuführen."

„Warte!" rief Ta-Scherit ihrer kleinen Tochter nach, die jauchzend in der Gasse verschwand. „Bleib doch stehen!"

Doch das Kind hörte nicht auf sie. Die knapp Vierjährige war ständig in wichtigen Angelegenheiten unterwegs, deren Bedeutung sich nur ihr selbst erschloß. Wieder einmal nahm Ta-Scherit sich vor, sie von nun an strenger an der Arbeit zu beteiligen.

Ta-Scherit füllte ihre Eimer. Die Aufregung war ihr anzusehen. Mit geröteten Wangen, die Augen auf das Sorgfältigste geschminkt, hastete sie seit dem frühen Morgen von einer Arbeit zur nächsten und brachte doch keine zu Ende. Mehrere Nächte bereits hatte der Schlaf sie geflohen, und bei den alltäglichen Verrichtungen mangelte es ihr an Aufmerksamkeit. Immer wieder stellte sie sich vor, wie Djehuti Irinefer die Wahrheit über Tui offenbarte. Wie mochte er es aufgenommen haben? War er froh, eine Tochter zu haben? Wenn nur Djehuti endlich etwas von sich hören ließe! Er mußte doch wissen, wie sehr sie auf Nachricht wartete!

Auti trat ihr entgegen. Sie führte Tui an der Hand. „Ich komme gerade von deinem Haus", sagte sie. „Du kannst das Mädchen später bei mir abholen." Als Ta-Scherit Einwände erheben wollte, fügte sie hinzu: „Glaube mir, du solltest allein heimgehen."

Ein Blick in Autis Gesicht, und Ta-Scherit beschleunigte ihren Schritt. Die Tür ihres Hauses stand offen. War es möglich, daß Irinefer ...? Nein, Bais Begräbnis konnte noch nicht vorüber sein. Sie trat ein, stellte die Wassereimer ab und erblickte Kasa, der einen großen Leinenbeutel mit Kleidungsstücken füllte. „Wofür packst du das?" fragte sie.

„Es geschieht, was du wolltest", versetzte er, und der traurige Ton seiner Worte schnitt ihr ins Herz. „Du wirst meiner ledig."

„Was bedeutet das?" fragte sie.

„Ich verlasse Pa-Tíme", erwiderte er. „Für immer. Die Königin hat es angeordnet. Ich nehme nicht an, daß du mich begleiten willst." Mit wenigen Worten berichtete er von seiner neuen Arbeit, die aufzunehmen ihm noch für diesen Tag befohlen worden war.

„Ich verstehe das nicht", sagte sie verstört. „Die Großen nehmen doch sonst nicht Anteil an unserem Schicksal."

Er mied ihren Blick und wandte sich wieder seinen Habseligkeiten zu.

„Kasa!" rief sie. „Da ist noch etwas, habe ich recht?"

„Allerdings!" stieß er hervor. „Du darfst dich freuen!"

„So sprich doch!" drängte sie.

„Dein Glück wird von ganz oben angeordnet. Meine Stelle in der Kolonne und, so wie die Dinge nun einmal liegen, meinen Platz an deiner Seite wird ein anderer einnehmen." Er sah, wie sie erbleichte, und sagte heiser: „Es ist so: Irinefer kehrt zurück!"

Ta-Scherit stieß einen kleinen Laut des Erschreckens aus. Ihr schwirrte der Kopf, aber zugleich gab sie sich Mühe, die Fassung zu bewahren. Sie wollte Kasa keinen unnötigen Schmerz zufügen. Das hatte er nicht verdient. Sie glättete ihre Miene. „Ich fasse es nicht", gab sie zu. „Überhaupt nicht erklären kann ich es mir!"

„Dein Irinefer wird seine Beziehungen genutzt haben. Jahrelange Wühlarbeit, durchsetzt mit Verleumdung, ja, da kann einer schon etwas erreichen, wenn er es darauf anlegt."

Ta-Scherit ging nicht auf die Gehässigkeiten ein. Sie verstand, wie ihm zumute sein mußte. „Ich weiß nicht, wie das zustande gekommen ist", sagte sie sanft, „vielleicht ist das auch nicht wichtig. Bevor du aber gehst, möchte ich dich um Vergebung bitten. Du hattest um meinetwillen viel zu leiden."

Kasa biß sich auf die Lippen. „O nein", stieß er hervor, „davon hast du nicht die geringste Ahnung."

„Kannst du mir dennoch vergeben? Ich konnte nicht anders, als meinem Herzen zu folgen!"

„Dafür hast du ja nun alle Gelegenheit der Welt! Ich stehe dir nicht mehr im Wege!"

„Kasa!" sagte sie. „Was auch immer du tust, wie groß dein Groll auch immer ist, ich werde dir mein Leben lang dankbar sein für deinen Schutz und die Liebe, die du mir gewährt hast. Und ich werde die Hoffnung nicht aufgeben, du mögest mir eines Tages verzeihen." Sie wollte die Arme um ihn legen, aber er wich zurück.

„Du verlangst zuviel", brachte er mühsam hervor, „wenn du auch noch meinen Segen willst." Er griff nach seinem Beutel und schwang ihn über die Schulter. „Laß mich einfach gehen." Mit diesen Worten schob er sie zur Seite, ging zur Tür hinaus und verschwand.

Djehutis Stimme verklang. Das Ende des Weihegesangs bezeichnete den Abschluß der heiligen Handlungen vor Bais Ewiger Wohnung. Mahuhui, der Hohepriester des Amun, trat von dem aufgestellten Mumiensarg zurück. Dem Schatzkanzler des Ganzen Landes waren Stimme und Odem wiedergegeben, er sah einem Leben in Glückseligkeit im Land des Westens entgegen. Während der Sarg ins Grab getragen wurde und Bai so die geschmückten Kammern bezog, stand die Menschenmenge im Tal noch einige Zeit ins Gebet vertieft. Hier und da wurden verhalten Gespräche geführt. Dann wandten sich die ersten um und strebten dem Talausgang zu.

Irinefer trat vom Vorplatz des Grabes zurück und begab sich zu der Gruppe von Handwerkern aus Pa-Tíme, die er bereits vor Beginn der Feierlichkeiten begrüßt hatte. Hai nickte ihm zu, Paneb gab sich alle Mühe, an ihm vorbeizuschauen, Apachte dagegen schenkte ihm ein Grinsen, das mehr einem Zähnefletschen ähnelte.

„Ich freue mich über deine Heimkehr", flüsterte Anup-em-hab, der nunmehr zum Ersten Schreiber des Dorfes aufgerückt war. Er brachte die Lippen näher an Irinefers Ohr. „Beachte Paneb und Apachte gar nicht. Außer den beiden freuen wir uns alle, daß du wieder hier bist."

Irinefer nickte und gab im selben leisen Ton zurück: „Dieses Mal lasse ich mich nicht mehr vertreiben. Ich bleibe hier für den Rest meiner Tage!"

Hesisunebef legte ihm den Arm um die Schultern. „Wie hast du das nur fertiggebracht? Du mußt viel Einfluß errungen haben im Großen Haus!" Sein Ton klang fast ehrfürchtig, so daß Irinefer ihm einen freundschaftlichen Stoß in die Rippen versetzte.

„Das ganze Große Haus kann mir ..." Er brach ab, als ihm bewußt wurde, welch lästerliche Äußerung ihm beinahe herausgerutscht wäre.

Hesisunebef zwinkerte ihm zu. „Ich weiß schon Bescheid!" meinte er.

In diesem Augenblick wurde die Sänfte der Königin vorbeigetragen. Irinefer drückte sich so hastig hinter den Freund, daß dieser ihn mit einem verwunderten Blick streifte. Die Vorsicht wäre allerdings nicht nötig gewesen, denn Tausrets tiefschwarz umrandete Augen blickten aus einem totenbleichen Gesicht starr geradeaus.

„Sie sieht furchterregend aus", stellte Hesisunebef fest.

„Ich wünsche mir", sagte Irinefer, „ihr niemals wieder begegnen zu müssen." Er sah zum Grabeingang hinüber, der in diesem Augenblick verschlossen wurde, und sandte in Gedanken ein letztes Lebewohl zu Bai, seinem Vater.

Hesisunebef beobachtete ihn von der Seite, während sie nebeneinander den vertrauten Weg nach Pa-Tíme gingen. Er richtete es absichtlich so ein, daß die anderen Dorfbewohner an ihnen vorbeizogen und er mit Irinefer zurückblieb.

„Ich möchte dich um etwas bitten", begann er, als sie allein waren. „Du weißt, ich bin schon immer dein Freund gewesen. Daß du der Vater von Ta-Scherits Tochter bist, wissen inzwischen alle, denn Kasa hat es öffentlich gemacht. Vertraue mir und erzähle mir den Rest auch noch."

Irinefer blieb stehen und schaute zurück ins Tal. Nur noch wenige Begräbnisteilnehmer waren an der Stätte der *Ma'at* zurückgeblieben, hauptsächlich waren es Reinigungspriester, welche die Opfertische abbauten. „Ich kann es kaum glauben, daß ich schon morgen dort unten arbeiten soll", murmelte er. „Du hast recht, ich brauche einen Menschen im Dorf, der die ganze Wahrheit kennt. Sonst setzt sich dieses verfluchte Gefühl der Einsamkeit ins Unendliche fort. Im Augenblick kennen die Wahrheit nur Djehuti, Mutemwija, Ta-Scherit ...", er zögerte etwas, „Wesir Hori und die Königin."

„Bei allen Göttern, du verstehst es, einen auf die Folter zu spannen. Rede endlich!"

Während sie weitergingen, breitete Irinefer die Geschichte seiner und Djehutis Herkunft vor seinem Freund aus, durch welche die Lebenslinien so vieler Menschen miteinander verschlungen worden waren und die Bai letztendlich das Leben gekostet hatte.

Hesisunebef unterbrach ihn lange nicht. Erst, als Irinefer von Horis Eingreifen erzählte, schüttelte er besorgt den Kopf. „Glaubst du wirklich, damit ist es zu Ende?" fragte er. „Kann es denn sein, daß die Königin sich so einfach erpressen läßt?"

„Wir werden unseren Teil der Abmachung getreu einhalten", meinte Irinefer. „Es gibt dann keinen Grund, uns nach dem Leben zu trachten."

„Mögest du recht behalten", sagte der andere, „wenngleich du mir allzu gutgläubig zu sein scheinst."

Inzwischen waren die Dächer von Pa-Tíme unter ihnen aufgetaucht, und sie beschleunigten ihre Schritte. Irinefer glaubte seinen Augen nicht zu trauen, als ihm Ramesu, der Pförtner, entgegenkam. Einen Lidschlag lang fühlte er sich zurückversetzt an jenen Tag voll unaushaltbaren Jammers vor knapp fünf Jahren. Er blieb stehen, denn wild schlug ihm das Herz, und das Atmen fiel ihm schwer.

„Bei Atum und seiner Neunheit!" rief Ramesu. „Das ist ein glücklicher Tag! Willkommen, Freund, den Göttern sei Dank für deine Heimkehr!"

Irinefer begrüßte ihn, rief beim Weitergehen den Frauen in der Dorfgasse Freundlichkeiten zu, empfing Schulterklopfen verschiedener Handwerker, und die vertrauten Gesichter strahlten vor Wiedersehensfreude. „Ich werde mich euch widmen, meine Freunde", rief er wieder und wieder, „doch zuerst will ich zu Ta-Scherit!"

Die Menschen lachten und nickten einander zu. Das war nur allzu verständlich, denn hatte er nicht lange genug ohne die Geliebte leben müssen? Ohne sein Kind zu kennen? Mehr wußten die Dörfler nicht. Über alles andere konnte man nur Vermutungen anstellen, und das tat man auch. Die Leute hatten von seltsamen Befehlen aus dem Großen Haus gehört, die wildesten Gerüchte über deren Gründe liefen umher, die sämtlich jeglicher Grundlage entbehrten.

Irinefer bog in die Gasse zu Ta-Scherits Haus. Da sah er sie. Für einen Augenblick stand er ganz still. Sie lehnte in der Tür und sah ihm entgegen. An der Hand hielt sie Tui, der sie ein blütenweißes Kleid angezogen und bunte Perlen in die Kinderlocke geflochten hatte.

Leise rief er ihren Namen und eilte auf sie zu. „Ta-Scherit", flüsterte er, während er sie in die Arme schloß, „wenn mein ganzes

Leben mit all seinen Schmerzen hierhergeführt hat, dann bin ich einverstanden und danke den Göttern dafür."

„Mein Herz frohlockt auf seinem Platz", antwortete sie ihm, als sie wieder Atem hatte, „denn die Jahre ohne dich sind verflogen wie ein böser Traum. Wieder und wieder flehte ich zu Ahmes-Nefertari, und siehe, die Göttin sandte dich zu mir."

„Wo ich von nun an bleiben werde", ergänzte er lächelnd.

Da spürte er ein Zupfen an seinem Schurz, und eine helle Stimme ertönte: „Und ich bin Tui."

# JAHR 6, PHARAO SIPTAH (1193 V. CHR.)

## TOD UND LEBEN

Hesisunebef konnte sich kaum noch an eine Zeit erinnern, da er am Ende eines Zehntags freudig ins Dorf zurückgekehrt war. Seit Jahren betrat er sein Haus in dem unbestimmten Gefühl, nicht willkommen zu sein. Ständig fühlte er sich schuldig, ohne den Grund dafür zu kennen.

Am Spätnachmittag dieses Tages im ersten Monat der Erntezeit – man schrieb das sechste Jahr der Herrschaft des Guten Gottes Siptah – bemerkte Hesisunebef, als er sich seinem Hause näherte, wie ein Mann hastig von seiner Tür fortschlich, so rasch, daß er ihn nicht zu erkennen vermochte.

„Du hattest Besuch?" fragte er Hunur, während er seinen Arbeitskittel ablegte. „Wer war es denn?" Er schaute suchend um sich. „Wo sind die Kinder?"

„Sie begleiten Nachtamun aufs Feld. Er versprach, ihnen das Pflügen beizubringen."

Hesisunebef wartete, aber sie redete nicht weiter. Deshalb fragte er noch einmal: „Wer war der Mann, der gerade unser Haus verließ?"

Hunur trat auf ihn zu und legte beide Hände auf seine Schultern, etwas, das sie seit Jahren nicht mehr getan hatte. Er sah in ihr schmales und ein wenig zu trauriges Gesicht. Mit leisem Bedauern stellte er bei sich fest, wie wenig es ihn noch berührte, was sie tat.

„Amunnacht war hier", beantwortete sie seine Frage. „Und deswegen muß ich mit dir sprechen."

„Etwas Wichtiges?"

Hunur nickte. „Es hat mit uns zu tun. Es betrifft unsere Liebe."

„Unsere ... was?" Hesisunebef mußte sich ein bitteres Lachen verbeißen. Diese Worte empfand er als reinen Hohn. Aber sie sprach so ernsthaft, sah ihn so flehend an wie schon lange nicht mehr, deshalb beschloß er, ihr erst einmal zuzuhören.

„Unsere Liebe, du hast ganz richtig gehört!" Hunur nahm ihn bei der Hand und zog ihn ins Schlafzimmer.

„Du willst doch nicht ...", Hesisunebef war so verblüfft, daß ihm die Worte auf der Zunge erstarben.

„Ich will nicht", erwiderte sie. „Doch was ich dir erzählen muß, gehört in diesen Raum. Und es hat mit dem Besuch Amunnachts zu tun. Er bereitet eine Anklage vor, die er gegen Paneb einreichen will. Wabet hat mir davon berichtet, kurz nach Ubechets Tod im vorigen Jahr."

Hesisunebef setzte sich auf das Bett und sah zu, wie seine Frau sich einen Hocker herbeizog. Er stand im Begriff, die Antwort auf seine Fragen der letzten Jahre zu bekommen, das ahnte er. Aber er fühlte nichts dabei.

„Es ist gut, wenn Paneb vor Gericht kommt", begann Hunur, „am besten mit seinem Sohn zusammen. Diese beiden sind wie Eiterbeulen in Pa-Tíme."

Sie bediente sich selten einer so drastischen Ausdrucksweise. Noch mehr überraschte ihn allerdings die rasche Bewegung, mit der Hunur vor ihm auf die Knie sank und den Kopf auf seinen Schoß bettete. „Paneb und Apachte sind Männer der Gewalt und des Verbrechens. Sie allein sind es, die alles zerstört haben."

Hesisunebef saß ganz starr. Ein Prickeln machte sich auf seiner Kopfhaut bemerkbar, das sich über den Nacken bis zum Rücken hinunter ausbreitete. Er hob Hunurs Gesicht mit beiden Händen und schaute in die großen braunen Augen, in denen sich seine fassungslose Miene spiegelte. Eine Ahnung stieg in seinem Herzen auf, gegen die er sich sofort verhärtete. „Was meinst du damit?" fragte er dennoch.

Hunur antwortete nicht gleich. Sie schlang sich die Arme um ihren Oberkörper, als fröstele sie. Dann wandte sie sich ihrem Mann zu mit einem wehmütigen, aber gefaßten Ausdruck in den Augen.

„Hunur!" schrie er auf. „Sprich mit mir! Was ist geschehen? Seit Jahren lebst du mit mir, bist aber meilenweit entfernt! Ich ertrage es nicht länger!"

„Sie hätten es auch Ubi angetan", sagte sie mit einer Stimme, die flach war und ohne Leben.

„Was denn um der Götter willen?"

„Es geschah an einem Abend, als du nicht zu Hause warst. Paneb und Apachte schlichen sich in unser Haus und ... und ...", sie hielt inne und biß sich auf die Lippen, „... dann taten sie mir Gewalt an. Alle beide."

Einen Lidschlag lang begriff Hesisunebef gar nichts. Dann heulte er auf wie ein verwundetes Tier. Er packte Hunur bei den Schultern und schüttelte sie. „Warum hast du mir das verschwiegen? Wie konntest du nur!"

Tränen der Wut und der Fassungslosigkeit blendeten ihn, daher nahm er ihren leeren Blick nicht wahr, als sie antwortete: „Das sagte ich schon. Sie drohten, Ubi zu vergewaltigen." Sacht streichelte sie ihm den Kopf, während harte Schluchzer seinen Körper erschütterten. Sie tröstete ihn mit leisen, gemurmelten Worten, wie eine Mutter ihrem Kinde gut zuredet.

„Ich werde sie umbringen!" preßte er hervor.

„Das ist nicht nötig", erwiderte sie. „Die Anklage, die Amunnacht vorbereitet, genügt. Sie haben Frauen vergewaltigt. Du kannst dir nicht vorstellen, wie viele Diebstähle von Grabesgut und Werkzeug den beiden außerdem nachgewiesen werden können. Amunnacht hat eine ganze Liste von Zeugen, die zu sprechen bereit sind, wenn es zur Anklage vor dem Wesir kommt. Er sagte mir außerdem, sechzehn Kolonnenmitglieder würden bestätigen, daß Paneb sie unrechtmäßig für sich hat schuften lassen. O ja, die beiden werden verurteilt und sterben. Und das unter größeren Qualen als die, die du ihnen zufügen könntest."

Hesisunebef hob den Kopf. „Du hast recht. Um sicherzugehen, werde auch ich etwas zur Anklage beitragen. Ich habe Hai versprechen müssen, niemals den Vorfall im Grab des verstorbenen Pharao zu erwähnen, aber das ist mir nun gleichgültig. Wichtiger ist es, Paneb zur Strecke zu bringen und der göttlichen Ordnung wieder zu ihrem Recht zu verhelfen."

„Von welchem Vorfall sprichst du?"

In wenigen Worten beschrieb Hesisunebef Panebs Frevel in der Sargkammer des toten Königs, und Hunur schlug vor Entsetzen die Hand vor den Mund. „Er hat alles verwirkt!" flüsterte sie. „Sein Heil im Diesseits und im Jenseits!"

„Er wird keinen Weg ins Gesegnete finden", knirschte ihr Mann, „denn er wird gemacht zu dem, was nicht ist! Und wenn ich eigenhändig seine Mumie verbrennen müßte."

Hunur saß regungslos wie ein Standbild. Nur über ihre Wangen rollten Tränen.

Da griff Hesisunebef zögernd nach ihren Händen. „Wird dein Herz zu mir zurückkommen?" fragte er bang.

Sie antwortete ihm mit einer Gegenfrage: „Und du? Kannst du mich noch lieben?"

„Ich kann es versuchen, Hunur. Bitte sag mir, daß du wenigstens das willst."

„Tag für Tag, Nacht für Nacht bitte ich die Götter, mich wieder etwas empfinden zu lassen", erwiderte sie und barg ihr Gesicht in den Händen. „Nicht nur du hast mich verloren, ich finde mich selbst nicht mehr."

„Ich bin geduldig", versicherte er. „Du wirst sehen, ich werde dich nicht drängen."

„Ich will mir Mühe geben", sagte sie kaum hörbar, „dich nicht zu enttäuschen."

Doch sie mied seinen Blick bei ihren Worten.

Hesisunebef hatte es sich nicht nehmen lassen, Amunnacht den ganzen Weg durch die Ebene von Pa Cher bis hinunter zur Fährstelle zu begleiten. Eile war geboten, wollte dieser seine Anklage noch vor der Abreise des Wesirs nach Norden vorbringen. Einen ganzen Vormittag hatte Hesisunebef mit dem Bruder des verstorbenen Neferhotep an der Abfassung des gewichtigen Schriftstücks gearbeitet, hatte die Anklagepunkte geordnet, an den Aussagen gefeilt, manches verworfen, die Worte erneut gesetzt, bis Panebs sämtliche Verstöße gegen das göttliche Gesetz in seiner ganzen Ungeheuerlichkeit auf einem großen Papyrus ausgebreitet lagen. Er war froh, als die Arbeit getan war, denn Amunnachts Nähe war ihm alles andere als angenehm.

Hesisunebef hatte ihm geraten, sofort aufzubrechen, denn sollten Paneb oder Apachte irgendeinen Verdacht schöpfen, daß etwas gegen sie im Gange war, mußte Amunnacht mit dem Schlimmsten rechnen. Die beiden würden ihn zu töten versuchen.

Auf dem Weg zurück ins Dorf beschloß der Grabarbeiter, zunächst Vorarbeiter Hai einzuweihen, danach die beiden Schreiber zu verständigen und gemeinsam mit den Dorfoberen über alles weitere zu beratschlagen. Doch er konnte sein Vorhaben nicht gleich verwirklichen.

In der Dorfgasse umstand eine Traube von Menschen den Eingang zu Panebs Haus. Die Leute zeterten durcheinander, und Hesisunebef konnte vor Geschrei zunächst nichts Zusammenhängendes verstehen. Einige Frauen bemühten sich um ein bleiches Mädchen, das augenscheinlich mit einer Ohnmacht kämpfte.

Beim Näherkommen sah er, wie mehrere Männer, darunter Vorarbeiter Hai und die Arbeiter Pendua und Siuadj, Paneb anbrüllten, ihn verfluchten und drauf und dran waren, mit Fäusten auf ihn einzuschlagen.

„Dein Amt gibt dir nicht das Recht", kreischte Siuadj, „uns zu behandeln, als seien wir deine Leibeigenen!"

„Und unseren Frauen nachzustellen!" fügte Pendua etwas leiser hinzu. „Sieh dir die Kleine dort an!" Er deutete auf das Mädchen, in dem Hesisunebef Sat-Hor, die Tochter des Steinmetzen Herchau, erkannte. „Du weißt wohl nicht, was du ihr antust mit deinem Verhalten! Du weißt auch nicht, was du meinem Weib damit angetan hast!"

„Halte dein Maul!" fuhr Paneb ihn an. „Stelle deine Frau besser zufrieden, du erbärmlicher Wicht, dann hättest du diese Schwierigkeiten nicht." Er fügte einen außerordentlich unanständigen Ausdruck hinzu, mit dem er verdeutlichte, wie gering er Penduas Manneskraft einschätzte.

Das Gesicht des Arbeiters verfärbte sich ins Gräuliche. „Du Ungeheuer!" keuchte er. „Abschaum der Gosse!" Seine Stimme überschlug sich, und er stürzte sich auf Paneb, der ihn, ein verächtliches Grinsen um die Lippen, mit einem einzigen Hieb zu Boden schickte.

Dieser Schlag riß seinen Amtsgenossen Hai aus seiner abwartenden Haltung. „Paneb!" schrie er. „Du schändest Frauen und schlägst ihre Männer nieder, wenn sie dagegen Einwände erheben! Du bist ein Grabräuber und ein Totschläger! Du hast aus Pa-Tíme eine Brutstätte des Verbrechens gemacht! Das Maß ist voll!"

Alle verstummten und starrten entsetzt auf die beiden Vorarbeiter. Jeder, der dieser Auseinandersetzung beiwohnte, spürte, daß sich hier Endgültiges abspielte. Diesmal würde Paneb sich nicht mehr herauswinden können.

Der trat auf seinen Amtsgenossen zu. „Heute sticht uns der Hafer, wie?" sagte er spöttisch. Dann brüllte er so unverhofft los, daß Hai vor Schreck einen Satz rückwärts machte. „Wehe dir, Hai! Nimm dich in acht! Ich werde in der Wüste über dich kommen und dich töten!"

Atemlose Stille folgte auf diese Worte, in die hinein Apachtes Stimme schnitt. „Reiß dich zusammen, Vater! Du bringst dich um dein Amt, wenn du so unbeherrscht bist!"

Paneb drehte sich um und faßte seinen Sohn ins Auge. „Du!" krächzte er. „Du fällst mir in den Rücken? Du widerliches Krokodil! Glaubst du, du könntest dir alles erlauben? Ich werde dir zeigen, wer hier das Sagen hat!" Die letzten Worte endeten in heiserem Geschrei. Er stürzte sich auf Apachte, der, blaß geworden, kehrtmachte und gehetzten Blickes die Gasse entlang zum nördlichen Dorfausgang jagte. Sein Vater verfolgte ihn mit Geheul.

Gemeinsam mit den anderen Männern rannten Hesisunebef und Vorarbeiter Hai ihm nach.

„Er ist dein Sohn!" Von irgendwoher war Wabet aufgetaucht und lief jammernd und ächzend hinter den Männern her. „Füge ihm kein Leid zu!"

Apachte erreichte das ‚Verschlossene Haus des Ortes' und rannte weiter durch die hereinbrechende Dämmerung zur Hütte der Torwächter. „Haltet ihn auf!" brüllte er zu Minmose und Ramesu hinüber, die an diesem Tag den Wächterdienst versahen. „Er will mich umbringen. Ich ertrage ihn nicht länger!" Dann stolperte er und stürzte zu Boden.

Die Wächter verließen ihren Platz und stellten sich dem heranstürmenden Paneb in den Weg. Er rannte sie beide über den Haufen, was ihm aber auch selbst die Beine unter dem Leib fortzog. Einen Augenblick saß er benommen auf der Erde und wischte sich Blut vom Gesicht. Im Fallen hatte er sich die Stirn an einem Felsen angeschlagen. „Du Mistkerl von einem Sohn!" fauchte er und kroch auf Apachte zu. „Fahr doch ins Nichts hinab!"

Inzwischen hatten sich die Wächter wieder hochgerappelt. Zudem waren die Verfolger herangekommen. Fünf Männer packten den sich aufs äußerste wehrenden Paneb, die beiden Wächter rissen Apachte aus der Reichweite seines Vaters.

„Was ist los mit dir?" schrie Apachte laut in einem Ton, den Panik noch schriller werden ließ. „Hast du den Verstand verloren? Du weißt, was ich dir antun könnte, wenn ich will!"

„Ahh!" brüllte Paneb auf. „Du drohst mir? Nimm dich in acht, du steckst genauso mit drin!"

„Ihr seid beide Verbrecher!" unterbrach Hesisunebef kalt. Er warf einen Blick in die Runde. Es schien ihm, als habe sich ganz Pa-Tíme beim Wächterhäuschen versammelt; Männer, Frauen, Kinder, alle gafften entgeistert auf diesen noch nie dagewesenen Auftritt ihres gottlosen Vormanns und seines nicht minder gottlosen Sohnes.

„Er ist der Schuldige!" Apachtes Finger richtete sich anklagend auf seinen Vater. „Sat-Hor ist nicht die einzige, mit der er sich vergnügt hat! Wollt ihr wissen, wie viele Frauen er vergewaltigt hat? Er nahm sich Iiemwaw, denn ihm graust auch nicht vor noch so alten Weibern, und dann nahm er die Frau von Pendua. Auch Hunur vergewaltigte er. Und dann waren da auch noch ..."

„Du warst ebenso daran beteiligt, Apachte!" schrie Hesisunebef auf. „Ihr habt meinem Weib beide Gewalt angetan! Ihr habt sie zerstört und mein Leben auch!"

Ein entsetztes Aufstöhnen ging durch die Menge. Hesisunebef trat vor Apachte hin und spuckte ihn an. Dann wandte er sich zu Paneb und spie auch ihm mitten ins Gesicht, so daß ihm der Speichel über die Augen lief.

Da löste sich Irinefer aus der Menge und näherte sich Paneb gemessenen Schrittes. „Deine Stunde ist gekommen", sagte er zu ihm mit ausdrucksloser Miene. Dann wandte er sich an die Menschen von Pa-Tíme: „Wir alle wissen, daß Paneb und Apachte einen Freund und Wächter des Grabes ermordet haben. Dies aber können wir nicht beweisen und dürfen uns der Sache nicht annehmen gemäß dem Befehl des Höchsten. An diesem Abend aber will ich euch etwas offenbaren, das ich verschwiegen habe um der Seelenruhe Ubechets willen. Nun ist aber Ubechet längst wieder vereint mit unserem geliebten Vormann im Lande des Westens. Ihr füge ich keinen Schmerz mehr zu. Panebs Familie und die meine werden mit dem leben müssen, was geschieht."

„Wage es nicht!" zischte Paneb haßerfüllt. „Ich werde dich töten bei nächster Gelegenheit!"

„Die wirst du nicht mehr erhalten!" versetzte Irinefer ruhig. Er wandte sich wieder an die Umstehenden. „Paneb ist mitschuldig am Tode Neferhoteps. Er war Zeuge des Überfalls, hat aber nicht eingegriffen und seinem Ziehvater Beistand geleistet."

Die Menschen der Siedlung standen wie gelähmt vor Entsetzen. Stille breitete sich aus, die nur unterbrochen wurde von einigen Schluchzern aus der Reihe der Frauen und dem keuchenden Atem Panebs.

Vorarbeiter Hai schwankte, als wollten ihm seine Beine den Dienst aufkündigen. Seine Hand zitterte sichtbar, als er Sobekmose, Cha und Nachtmin heranwinkte. Die Medjau hatten infolge des Lärms ihr Wächterhäuschen am Westtor des Dorfes verlassen und in atemlosem Schrecken dem Geschimpfe beigewohnt. „Legt sie in Ketten!" befahl er mit rauher Stimme. „Und bringt sie ins ‚Verschlossene Haus'. Ich ordne schärfste Bewachung an. Irinefer! Hesisunebef! Ihr begleitet mich nach Waset. Wir tragen die Angelegenheit vor den Wesir."

„Da habe ich eine Nachricht für dich", bemerkte Hesisunebef trocken. „Der Wesir kennt schon einige ihrer Untaten. Wir werden die Anklage lediglich untermauern."

„Untermauern? Wie ist das zu verstehen?"

„Amunnacht dürfte in diesem Augenblick vor Hori stehen", lautete die Antwort. „Er hat zusammengetragen, was er wußte. Mit meiner Hilfe übrigens."

„Wir wollen einige entscheidende Punkte hinzufügen", sagte Irinefer leise. Sein Blick suchte Ta-Scherit. Sie stand etwas abseits, hielt Tui an der Hand und strich sich mit der anderen über ihren hohen Leib. Die Dämmerung hüllte ihr Gesicht in Schatten, und für einen Augenblick schnürte ihm die Angst, sie könne ihm gram sein wegen ihres Vaters und Bruders, die Kehle zu. Dann sah er ihr Nicken, und Erleichterung durchflutete ihn. Ihr war klar, daß er tat, was er tun mußte.

Paneb und Apachte sprachen kein Wort, als die Medjau sie ins ‚Verschlossene Haus des Ortes' schleiften, ein Umstand, der den Dorfbewohnern fast unheimlicher zu sein schien als das Geschrei vorher. „Sie sind Ausgeburten Seths", flüsterten sie einander zu. „Wir sind Heimgesuchte! Die Götter mögen uns beistehen!" Sie starrten einander in die bleichen Gesichter, während sie zurück in ihre Häuser schlichen. Alle wußten, ihr Leben, ja ihr Seelenheil war in Gefahr. Viel zu lange hatten sie das Böse in ihrer Mitte geduldet.

Das ‚Verschlossene Haus von *Pa Cher*', der Ort, an dem Verbrechen verhandelt wurden, die den Staat oder gar Gottesdinge betrafen, befand sich im Tempel der Gottheiten Amenhotep und Ahmes-Nefertari unweit des Eingangs zum Tal von Djeseret. Zwischen dem ersten und zweiten Torturm des Tempels duckte sich das Gebäude, bei dem es sich nicht im eigentlichen Sinne um ein Haus handelte, sondern eher um einen säulenumstandenen Hof, vom Tempelbezirk getrennt durch ein wuchtiges bronzenes Tor. Doppelreihen von Gummibaumakazien säumten den Weg zu diesem Tor der Gerechtigkeit, als solches erkennbar durch das Bild der Waage über dem Querbalken, zweifach umrahmt durch Thot, den ibisköpfigen Schreiber.

Die Verhandlung gegen Paneb und Apachte trat in ihren vierten Tag und damit in den entscheidenden Abschnitt, denn die Beweisaufnahme ging zu Ende. Zwei Tage lang hatte die Bevölkerung der Totenstadt über die Grabräubereien Panebs und seines Sohnes Kenntnis erhalten, sowohl vor der *Großen Qenbet* als auch an den in Frage stehenden Orten selbst. Panebs Haus in Pa-Tíme war ebenso wie seine Hütte oberhalb des Großen Platzes der Wahrheit durchsucht worden, und die Medjau des Wesirs hatten dabei etliches Raubgut aus Gräbern hoher Beamter und aus mindestens drei Königsgräbern zutage gefördert. Eine goldene, dem Amun-Ra geweihte Gans aus der Ewigen Wohnung einer längst verstorbenen Königin lag in einem Korb, offenbar schon bereitgestellt für einen Hehler in der Oststadt. In Panebs eigener Grabanlage hoch über Pa-Tíme hatte Hori sich von Pa-Anuket, Panebs jüngstem Sohn, die Herkunft der kostbaren Steine erklären lassen, die dort gestapelt lagen, um des Vormanns prächtiger Jenseitsbehausung zu angemessenem Prunk zu verhelfen. Eingeschüchtert von Horis Rang und Namen hatte Pa-Anuket, der zwölfjährige Lehrling in der Kolonne Hais, stammelnd eingestanden, sein Vater habe sich aus den Vorräten bedient, die für den Grabbau Pharaos geliefert worden waren. Gehetzt waren seine Blicke zu dem Gefesselten hinübergeflogen, der die Zähne fletschte und seinem jüngsten Sohn allein durch seinen Gesichtsausdruck zu verstehen gab, was ihn erwartete, sollte er, der Vater, je wieder freikommen.

Doch das war völlig ausgeschlossen, wie sich nach kurzer Zeit erwies. Der Wesir stellte schon nach den ersten beiden Verhandlungstagen Vorarbeiter Hai und den beiden Schreibern Pa-Tímes gegenüber fest, es komme selten vor, daß ein Fall so eindeutig, das Urteil so vorhersehbar sei.

Einen ganzen Tag hatte Hori die Frauen verhört, die Paneb und Apachte zum Opfer gefallen waren. Er tat dies unter Ausschluß der Öffentlichkeit, denn er begriff, wie schwer den Zeuginnen ihre Aussagen fallen mußten. Nur zwei Schreiber des Lebenshauses waren zugegen, die mit untergeschlagenen Beinen und gesenkten Köpfen ihre Binsen in schwungvoller Eilschrift über Papyrus jagten, auf daß in besonders schönen Zeichen das Gräßliche festgehalten werde zum Nutzen und Frommen des Gottesgerichts.

„Hori mied jede Gesellschaft nach dem Verhör der Frauen", sagte Irinefer zu seinem Bruder, als sie am Morgen dieses vierten Verhandlungstages in den Hof des Gerichtsgebäudes traten. „Er war ganz grau im Gesicht."

Djehuti sah dem Wesir nach. „Er macht sich Vorwürfe, weil er Pa-Tíme in den letzten Jahren zuwenig Aufmerksamkeit geschenkt hat." Dann grüßte er Mahuhui, den Hohenpriester des Amun, der auf seinen Richterstuhl zustrebte. Insgeheim dankte er den Göttern für seine mangelnde Bedeutung, die es ihm erlaubte, gemeinsam mit dem Bruder unter den Zuschauern Platz zu nehmen. „Wie geht es Ta-Scherit?" fragte er.

Irinefer seufzte. „Nicht gut, begreiflicherweise. Sie versucht, ihre Mutter zu trösten, obwohl sie selber des Trostes bedarf." Der Zusammenhalt der Frauen in dieser verzweiflungsvollen Zeit beeindruckte ihn, und mehr als einmal dachte er, die Ewigen hätten Frauen eine weit größere Fähigkeit zur Güte verliehen als Männern. Seit Tagen verschworen sie sich zu einer Gemeinschaft, die nur ein Ziel kannte: die Frauen aus Panebs Familie heil durch diese Tage zu bringen. Dazu gehörte neben endlosen Gesprächen, Essen und Bier auch der Umstand, daß die meisten der Gerichtsverhandlung fernblieben.

„Wabet hat viel ertragen müssen", sagte Djehuti. „Es besteht auch nicht die kleinste Möglichkeit, daß Paneb und Apachte mit dem Leben davonkommen."

„Wenn das der Fall wäre", murmelte Irinefer düster, „müßte sie noch mehr aushalten."

Sie ließen sich auf den Lehmboden des Hofes nieder, während buntgemischtes Volk hereinströmte: Priester der Totentempel, Handwerker aus Pa-Tíme und von den Baustellen der Tempel, Bauern der Ebene, Händler, die den Hapistrom nur zu dem Zweck überquert hatten, das Walten göttlicher Gerechtigkeit miterleben zu dürfen, genauso wie Soldaten auf Freigang, die auf eine aufregende Hinrichtung hofften. Allen war die Furcht vor den durch die beiden Angeklagten versinnbildlichten Mächten der Wirrnis gemeinsam und die Erleichterung darüber, nicht selber Teil dieses Schreckens zu sein.

Die ersten Sonnenstrahlen überkletterten die Mauern des Hofes, als die Richter in ihren funkelnden Schmuckkragen, dem blütenweißen Leinen und ihren gewaltigen Perücken mit dem Ausdruck von Gewichtigkeit und vornehmer Zurückhaltung in ihren Gesichtern die Sitze einnahmen. Irinefer fühlte sich unwillkürlich an eine andere, längst vergangene Gerichtsverhandlung erinnert, als der Melder die ehrfurchtgebietenden Titel der hohen Herrschaften ansagte und mit seinem geschmückten Stab wuchtig auf den Boden stieß. Damals hatte er seinen Blick nicht von Bai lassen können, der ein vornehmer Höfling gewesen war und lebendig. Die Götter hatten ein Erdbeben gesandt, womit sie den Angeklagten freisetzten, dafür aber Unschuldige töteten. Dieses Mal aber, das glaubte Irinefer sicher zu wissen, würden sie nicht eingreifen. Sie würden Paneb und Apachte ganz und gar verderben.

„*Ma'at* wird wiederhergestellt", flüsterte Vorarbeiter Hai ihm zu, als habe er ähnliches gedacht. „Bald kann Pa-Tíme einen wirklichen Neuanfang wagen. Es ist doch so: Gutes wird belohnt und Unrecht gedeiht nicht! So verfügten es die Ewigen und so ist es."

Irinefer lächelte ihm zu. Seit der Verhaftung seines Amtsgenossen war mit Hai eine gewisse Veränderung vor sich gegangen. Es schien, als sei ihm eine Last von den Schultern genommen worden und die bevorstehende Verhandlung wirke belebend auf ihn.

Bewegungslos blickten Wesir Hori, der Hohepriester Mahuhui, Ortsvorsteher Paser von Waset, der Nachfolger des vor Jahren verstorbenen Hau-nefer, und der junge Schatzmeister Piay, der im Gefolge Horis in die Südliche Stadt gekommen war, über die Menschenmenge und warteten auf die Angeklagten.

Als sich unter den Zuhörern bereits ungeduldiges Murren erhob, gab Hori dem Melder ein Zeichen. Der verschwand im Gebäude hinter den Richterstühlen. Gleich darauf erschien er wieder und ließ die Tür hinter sich offenstehen.

„Die Angeklagten!" rief er und riß seinen Stock empor, als schwenke er eine Fahne auf dem Weg in die Schlacht.

Alles verstummte und starrte auf den Trupp Medjau, die Paneb und seinen Sohn an Ketten vor die Richter zerrten. Man hatte den Vorarbeiter offensichtlich einer schweren Züchtigung unterzogen, denn seine Stirn wies eine klaffende Wunde auf, und sein linker Arm hing schief an seiner Seite herunter. Apachte dagegen war unverletzt, aber sehr bleich. Beide wurden vor dem Richtertisch mit einiger Gewalt auf die Knie gestoßen.

Hori erhob sich. „Menschen des Zweifachen Landes!" rief er laut, während alle anderen Stimmen im Hof verstummten. „Wenn der heutige Tag sich seinem Ende zuneigt, wird das Leben in diesem Lande nicht mehr dasselbe sein. Es wird von dem Bösen gereinigt sein, und man wird die Namen dieser Männer hier nicht mehr kennen. Verbrechen wohnte an der Stätte der *Ma'at,* und es wird sein wie etwas, das nicht ist, sobald Ra durch die Unterwelt reist." Er gab Mahuhui, der daraufhin die Rede fortsetzte, ein Zeichen.

„Wir hörten von den Grausamkeiten", rief der Hohepriester in hellem Singsang, „die einer Reihe Frauen durch die Angeklagten widerfuhren. Weiter erhielten wir Kenntnis von Diebstahl, Raub und widerrechtlichem Einsatz der Arbeiter Pharaos, Leben, Heil, Gesundheit. Dies alles genügt, um diese Männer verurteilen zu können. Es gibt jedoch weitere Anklagepunkte, deren einer nicht genannt werden darf. Von den anderen wird einer vorgetragen von

Vorarbeiter Hai, der andere vom Grabarbeiter Irinefer, Diener am Großen Platz der Wahrheit."

Auf Horis Zeichen erhob sich Hai und trat vor. Gemessenen Schrittes begab er sich vor den Weihestein der *Ma'at* und leistete den Heiligen Eid.

„Sprich also!" forderte ihn Mahuhui auf. „Was hast du vorzubringen?"

„Ich bezeuge", begann Hai seine Aussage, „die Schändung des Grabes unseres verstorbenen Gottes User-cheperu-Ra, des Guten Gottes Sethos." Er hielt inne, denn ein dumpfes Raunen erklang unter den Zuhörern. Von einem solchen Verbrechen hatte niemand etwas gewußt.

„Du warst selber einverstanden, nichts davon zu sagen!" schrie Apachte auf, was ihm einen Peitschenhieb quer übers Gesicht eintrug.

Hai maß ihn mit kaltem Blick und ging nicht auf den Einwurf ein. „Nach dem Ende der Trauerzeit für den verstorbenen König schickten wir uns an, die Arbeit im Tal wieder aufzunehmen. Alle waren bereit, lediglich Vorarbeiter Paneb fehlte noch. Nach längerem Suchen fanden wir ihn in der Sargkammer ..." Während er die erlebte Ungeheuerlichkeit zum ersten Mal in aller Öffentlichkeit schilderte, begann er zu ahnen, wie hartnäckig seine Zweifel sich behaupteten. Er hielt seinen Bericht sachlich, was dem Entsetzen, das sich in die Gesichter der Richter malte, keinen Abbruch tat. Je weiter seine Geschichte voranschritt, desto unbehaglicher wurde auch ihm zumute. Als er sie mit Apachtes Schlag auf Panebs Stirn beendete, war der nagende Schmerz in sein Inneres zurückgekehrt. Es blieb dabei: Kein Gott hatte Paneb daran gehindert, die ewige Ruhestätte zu entweihen. Vergeblich versuchte Hai, diesen Gedanken von sich wegzuschieben.

„Ist es dir", fragte der Wesir nach einer Pause, „nicht in den Sinn gekommen, die Behörden zu verständigen? Weshalb ließest du den Verbrecher ungeschoren?"

Hai zögerte etwas mit der Antwort. Er bedeckte mit der linken Hand seinen Kehlkopf, als wolle er seine Stimme besänftigen und damit vielleicht etwas anderes, viel tiefer Liegendes. „Ich wollte verhindern", sagte er dann so leise, daß Hori sich vorbeugen mußte, um ihn zu verstehen, „daß Pa-Tíme verflucht werde von den Göttern, wollte die Spuren des Bösen und der Gottesschändung tilgen, so daß es sei, als könne solches nicht geschehen. Nicht wahrhaben wollte ich, daß *Ma'at* verschwunden war von ihrer ureigensten Stätte."

„Du hast dich", rief Paser, der Ortsvorsteher, dazwischen, „mitschuldig gemacht auf diese Weise!"

„Wiewohl ich es gut meinte", ergänzte Hai ruhig. „Aber du hast recht, Großer der Stadt Waset, ich muß mir diesen Vorwurf gefallen lassen. Wünschest du, daß ich mich neben den Angeklagten setze?"

„Keinesfalls!" ließ Mahuhui sich in ärgerlichem Ton vernehmen. „Du stehst hier als Zeuge, dabei bleibt es auch. Schritt für Schritt geht man in einer Verhandlung vor. Hier wird über die Untaten der Angeklagten gerichtet, über nichts sonst. Außerdem bedarf die Gemeinschaft von Pa-Tíme deiner von nun an in hohem Maße ..." Er brach ab. Jeder der Anwesenden ergänzte in Gedanken, ‚nun, da der andere Vormann seiner Hinrichtung entgegensieht.'

„Nimm Platz unter deinen Leuten", befahl Hori.

Wieder ließ sich Apachte vernehmen. „Das ist ein abgemachtes Spiel", zischte er. „Ihr laßt Hai in Frieden, obwohl er nicht weniger an dieser Sache beteiligt war als ich."

„Hat Vorarbeiter Hai Frauen vergewaltigt?" fragte der Wesir kalt. „Ist er in Gräber eingebrochen und hat die Totenruhe gestört? Wenn dieses Gericht noch einmal deine Stimme vernimmt, Apachte, wirst du im selben Augenblick vom Leben zum Tode befördert." Er neigte sich Mahuhui zu, der neben ihm saß, und flüsterte mit ihm. Dann erhob er sich und befahl den Melder zu sich. „Wir kommen zu den Abschnitten der Anklageschrift", rief er, „die sich mit dem verstorbenen Neferhotep befassen. Es mögen vortreten die Grabarbeiter Amunnacht, Sohn des verblichenen Vorarbeiters Nebnefer und Bruder des ermordeten Neferhotep, sowie Irinefer, der Hofbeamte, der zum Handwerker und Diener des Grabes sich wandelte." Er reichte dem Melder die Schriftrolle, an der Amunnacht so viele Jahre mit Inbrunst geschrieben hatte. „Walte deines Amtes!"

Der Mann trat vor und las mit gewichtiger Miene: „*Erinnerung an seine Handlung: Er verfolgte Vorarbeiter Neferhotep, der mein Bruder war, obwohl der ihn aufgezogen hat. Neferhotep verriegelte die Tür vor ihm, doch Paneb zerbrach die Tür. Mehrere Männer bewachten Neferhotep, denn Paneb drohte, er werde ihn in derselbigen Nacht töten. Neun Männer schlug er in dieser Nacht.*"

Wesir Hori unterbrach: „Vorarbeiter Neferhotep trug Klage vor den Wesir. Es handelte sich um Imenmose, den Wesir jenes Mannes, der ein Feind war. Ein Feind, der keinen Namen mehr besitzt. Daraufhin wurde Paneb bestraft. Doch Paneb trat vor Messui und beschwerte sich über die Züchtigung. Der Wesir wurde sogleich entlassen ..."

Wieder erhob sich Stimmengewirr. Von dieser Geschichte hatte niemand gewußt.

„Paneb stand in Verbindung mit Amenmesse!" flüsterte Vorarbeiter Hai zu Irinefer. „Hast du das gewußt?"

„Er mußte einen mächtigen Beschützer gehabt haben, das war gewiß. Aber der Pharao selber?" Ganz deutlich sah Irinefer Paneb wieder vor sich, wie er, leicht nach vorn gebeugt, auf dem vom Mondlicht übergossenen Weg stand und mit rätselvollem Ausdruck den Berg hinaufspähte. War es möglich, war es überhaupt vorstellbar, daß seine mitleidlose Haltung Neferhotep gegenüber mit König Amenmesse zusammenhing? Er spähte zu den Angeklagten hinüber. Paneb hockte noch immer vornübergeneigt, das Kinn auf der Brust, die Augen geschlossen. Kannte er, Irinefer, diesen Mann überhaupt? Was gab es noch, das er nicht wußte?

„Angeklagter Paneb!" Horis Stimme lenkte Irinefers Aufmerksamkeit wieder auf den Fortgang der Verhandlung. „Wie konnte es geschehen, daß deinetwegen ein hoher Beamter entlassen wurde?"

Der Angesprochene hob den Kopf und stieß ein rauhes Lachen aus. „Ich war ihm wichtiger!" sagte er, und sein Stolz über diese Tatsache war unüberhörbar.

„Worin lag deine Bedeutung?"

„Ich versorgte ihn mit Gold. Über Jahre hinweg holte ich auf seinen Befehl das Gold, das er für seine Pläne brauchte."

Für einen Augenblick herrschte tiefes Schweigen. Es dauerte eine Weile, bis die Bedeutung dieser Worte allen klar wurde. Unter den Zuhörern entstand Unruhe, während die Richter noch wie betäubt dasaßen, unfähig, das Gehörte in einen Zusammenhang zu bringen mit irgend etwas, das sie sich vorstellen konnten. Amenmesse mochte die Herrschaft widerrechtlich an sich gerissen haben, aber er hatte immerhin eine Zeitlang als Pharao über das Land geboten. Dieser Mann, der als Gott verehrt worden war, sollte Einbrüche in Gräber angeordnet haben? *Pharao* Amenmesse?

Irinefers Herz schlug heftig. Der Abgrund, der sich vor seinen Füßen auftat, erwies sich als schwärzer und tiefer, als er sich hatte vorstellen können. Er mußte an seine Kinder denken, das Mädchen Tui und das Ungeborene, das kurz vor seinem Eintritt in diese Welt stand. Sie stammten von Göttern ab und zugleich auch von Paneb, dem Gottesschänder. Ohne zu wissen, weshalb, überkam ihn plötzlich ein so starkes Angstgefühl, daß ihn fröstelte. Sie alle waren Mächten ausgeliefert, die sich ihm ganz und gar entzogen, die er nicht zu beherrschen vermochte. Wie konnte er seine Kinder schützen? Wie sollte er Ta-Scherit beistehen?

Wesir Hori, der die Fassung wiedererlangt hatte, beriet sich flüsternd mit dem Hohenpriester. Dann setzte er das Verhör fort. „Angeklagter Paneb! Du gibst also zu, dich des wiederholten Grabfrevels schuldig gemacht zu haben."

„Wie hätte ich mich weigern können, einem Befehl Amenmesses Folge zu leisten?" schrie Paneb und rollte mit den Augen. „Er hat diesen Bluthund Cha-em-hedjet auf mich gehetzt! Es wäre mein Tod gewesen und der meiner Familie, wenn ich nicht gehorcht hätte!"

Da hielt es Irinefer nicht mehr auf seinem Platz. Er sprang auf und drängte sich nach vorn. Noch ehe die Medjau ihre Verblüffung überwunden hatten, stand er mit erhobener Faust vor den Angeklagten. „Paneb!" schrie er. „Wäre es auch dein Ende gewesen, wenn du Neferhotep geholfen hättest? Du hast ihn mit ermordet, denn du warst da draußen und hast ihn im Stich gelassen! Das Mitgefühl für Ubechet, deine Dienste als Totenpriester, all das kam von dir, dem Mittäter selber! Du bist nicht nur der Mörder Penbuis, sondern auch der deines eigenen Vaters, des Mannes, der dich zeit seines Lebens mit Wohltaten überhäuft hat, des Mannes, der dich geliebt hat und verteidigt gegen alle Vorwürfe!"

„Verleumder!" kreischte Apachte wie von Sinnen.

„Irinefer!" donnerte Hori. „Du verletzt die Würde des Gerichts, wenn du dir anmaßt, ohne Erlaubnis zu sprechen!"

„Und außerdem", knirschte Mahuhui, weiß vor Wut, „erwähntest du den Namen Penbui. Damit hast du gegen königlichen Befehl gehandelt."

In die folgende Stille ertönte die Stimme Panebs unerwartet ruhig und gelassen. „Ich schlage vor", sagte er, „ihr hört auf, euch in dieser Art zu erregen, und beendet diesen Mummenschanz. Der Tod ist uns sicher, ob ihr nun noch eine Weile herumschreit und euch über dies und das empört oder uns gleich hinrichtet."

Irinefers Bericht hinterließ nicht nur bei den Vorsitzenden des Gerichts tiefen Eindruck. Über die Zuhörer sollte er in den folgenden Zehntagen in die ganze Totenstadt, nach Waset, im Gefolge des Wesirs sogar bis in die großen Städte des Nordens gelangen. Nirgends aber sollte er größere Erschütterung hervorrufen als in Pa-Tíme selber. „Irinefer hat mit den Mördern Neferhoteps gerungen", erzählten die bei der Verhandlung anwesenden Dorfbewohner allen, die ihn an diesem Tage nicht selbst hören konnten. „Er wurde sogar niedergeschlagen, weil er sich nicht scheute, sein eigenes Leben für unseren guten Vormann einzusetzen." Mit dieser Aussage wurde Irinefer zu einem der angesehensten Diener am Großen Platz, geachtet fast wie einer der Dorfoberen und geliebt wie niemand sonst.

Doch davon ahnte er in diesem Augenblick nichts. Als er geendet hatte, stolperte er zurück zu seinem Platz unter den Zuschauern. Er hörte nichts von den leisen Zurufen, sah nicht die Richter beratschlagen, er war vollkommen eingehüllt in all den aufs neue erstandenen Schmerz um Neferhotep, in den sich noch anderer Kummer mischte: die Erinnerung an Bakenptah und Aset und die Sehnsucht nach Bai.

Da ergriff eine Hand die seine und drückte sie fest. Djehutis Lächeln belebte sein Herz wie ein frischer Wind die lastende Mittagshitze. „Es ist vorüber!" hörte er die Stimme des Bruders. „Von nun an wirst du deine Lebenszeit in Herzenslust verbringen, bis für dich die Zeit im Schönen Westen anbricht."

„Erhebt euch!" befahl die Stimme des Melders. „Das Urteil wird verkündet!"

„Die Verhandlung ist an ihr Ende gelangt", begann Wesir Hori die Urteilsrede. „*Ma'at* wurde erhoben bis zur Höhe des Himmels, indem alle Zeugen vernommen und ihre Worte niedergeschrieben wurden. Die Wahrheit liegt im Licht der Sonne. Vorarbeiter Paneb und sein Sohn Apachte sind überführt der entsetzlichsten Verbrechen, die in diesem Lande denkbar sind. Sie sind vieler Gewalttaten schuldig, und ihr Frevel gegen die Götter steht ohne Beispiel. Dies verlangt strengste Bestrafung, denn es sind Werke von Aufrührern und Widersetzlichen gegen Gott." Er unterbrach sich, um die Worte wirken zu lassen, dann fuhr er fort: „So spreche ich das Urteil über den Mann Paneb: *Nen cheper anchuef tep ta*! Seine Lebensspanne wird sich nicht verlängern auf dieser Welt! Gleichermaßen gilt für seinen Sohn Apachte: *Nen cheper anchuef tep ta*!" Er trat zurück und forderte den Hohenpriester durch eine Handbewegung auf, seinerseits das Wort zu ergreifen.

„Die Strafe wird vollzogen", sagte Mahuhui, dessen Tonfall noch etwas höher lag als gewöhnlich, „am zweiten Tag des fünften Monats im sechsten Jahr unseres Guten Gottes, Pharao Siptah, Leben, Heil, Gesundheit. Der Verbrecher Paneb und der Verbrecher Apachte werden geopfert den Göttern zur Freude, die so oft von ihnen verhöhnt worden sind. Auf dem Platz vor dem Tempel des Osiris Men-cheperu-Ra errichte man Pfähle, auf welchen die Verurteilten ihr elendes Leben aushauchen mögen. Ihre Leichname aber werden dem Feuer übergeben, auf daß sie keine Hoffnung nähren können auf ein Leben im Lande des Westens."

Aller Augen flogen zu den Angeklagten. Was für ein weises, wohldurchdachtes Urteil! Sie würden gepfählt vor dem Totentempel des längst verstorbenen Thutmosis, in dessen Grab sie Penbui ermordet hatten. Den öffentlichen Ort hatte man mit Bedacht gewählt, denn so war für alle Welt sichtbar, mit welchem Nachdruck man das Böse tilgte und *Ma'at* wieder neu erschuf im Lande Kemet.

Dann fügte Hori noch einige Verfluchungen hinzu, um die Vernichtung der Angeklagten vollkommen zu machen und sie bereits vor der Hinrichtung gleichsam vom Angesicht der Erde zu tilgen: „Es soll unter den Verklärten nicht an sie erinnert werden und niemals sollen ihre Namen auf Erden wieder erwähnt werden. Von diesem Augenblick an werden ihre Namen nicht mehr genannt. Denn nur der lebt, dessen Name genannt und gekannt wird."

Nach diesen fürchterlichen Worten wagte man kaum zu atmen.

Paneb blickte vollkommen ausdruckslos vor sich hin.

Anders Apachte. Er war aufgesprungen, hielt sich die Hand ans Ohr, als habe er nicht genau gehört. Dann lachte er auf und schrie: „Das ist mir gleichgültig, versteht ihr? Macht doch, was ihr wollt!" Wieder zerriß das irrsinnige Lachen die Luft.

Irinefer empfand wie alle anderen Schrecken angesichts des Wahnsinns, der seinem alten Widersacher ins Gesicht geschrieben stand. Aber er fühlte noch etwas: Ihm war, als griffe etwas, das unter Apachtes Geistesfäulnis lag, nach ihm, eine Düsternis, die fremd war und kalt. Einsame Erstarrung, die, das wußte er plötzlich, einmal Verzweiflung gewesen war. Er heftete den Blick fest auf Ta-Scherits Bruder, der den Kopf hin und her warf und unbeherrscht mit den Händen fuchtelte. Plötzlich kreuzte dessen Blick sich mit dem seinen.

Apachte stand einen Augenblick ganz starr. Dann sank er zu Boden und begann zu weinen.

Ta-Scherit atmete schwer und rollte sich auf der Lagerstatt herum. Als sie die Augen öffnete, sah sie durch das erste Dämmerlicht des Morgens Irinefers Blick auf sich gerichtet. Sie streckte die Hand nach ihm aus und berührte ihn. „Du bist schon wach?"

„Der Schlaf flieht mich wie dich", gab Irinefer leise zurück. „Ich fürchte mich vor diesem Tag."

„Ich versuche", murmelte Ta-Scherit, „mich nicht vor dem ganzen kommenden Leben zu fürchten. Es sind mein Vater und mein Bruder, die verdammt sind. Bin ich es auch?" Sie richtete sich ruckartig auf: „O Iri, steht nicht geschrieben, daß für jene, die nicht verklärt werden in der Totenstadt, keine Totenopfer mehr gebracht werden durch ihre Kinder, ja daß ihre Kinder selbst ausgestoßen werden aus ihren Gräbern? Sind nicht auch wir verflucht und unsere Kleinen ebenso?"

„Unsinn!" Irinefer führte ihre Hand an seine Lippen. „Du hast nichts Unrechtes getan, und die Ewigen wissen das. Und mit Sicherheit werden sie nicht Rache üben an unschuldigen Kindern! Nein, Strafe trifft die, welche Strafe verdienen! Es war der beiden eigener Entschluß, die Welt des Segens zu verlassen und sich selbst zu vernichten. Denn das ist es: Sie töteten ihr Herz und sprachen ‚Ich will es nicht' zum Leben im Reich des jenseitigen Herrschers." Beide vermieden es unwillkürlich, die Namen auszusprechen.

„Sie werden sich nicht reinigen können vor dem Gott", sagte Ta-Scherit heiser. „Es ist aus mit ihnen." Sie begann leise zu weinen. Irinefer nahm sie in die Arme, streichelte sie, bekümmert über die Unmöglichkeit, ihr zu helfen. Es gab nichts Tröstliches zu sagen, denn Vater und Bruder sahen einem Tod entgegen, der keine Hoffnung barg, der völlige Auflösung bedeutete. Daher schwieg er und wartete geduldig, bis der Tränenstrom versiegte und sie die Fassung wiedererlangte.

„Aber könnten ihnen die Götter nicht", nahm sie stockend die Rede wieder auf, „... vergeben?"

„Ich weiß es nicht, vielleicht ..." Die Antwort kam zögernd, während seine Hände ihren gewölbten Leib liebkosten. „Schau nach vorn, Geliebte! Überlasse es den Ewigen, wie sie mit ihnen verfahren wollen. Wir aber sind hier und haben unser Leben, unsere Kinder. Alles, wonach wir so lange verlangt haben. Laß es uns wertschätzen, indem wir unseren Sinn ganz fest darauf richten!"

Ta-Scherit löste sich aus seinen Armen. Es würde sehr lange dauern, bis Pa-Tímes durch Paneb geschlagene Wunden verheilt sein würden. Das Leben aller Dorfbewohner war von nun an überschattet vom Wissen, wie nah ihnen die Verdammnis gekommen war. Waren sie nicht gleichsam verwandt mit ihr? „Ich frage mich", sagte sie nach einer Weile, „ob etwas von ihnen auch in mir steckt oder in unseren Kindern. Müssen wir uns unser Leben lang davor fürchten, was möglicherweise zutage tritt?"

„Vielleicht ist in uns allen etwas", gab Irinefer zurück, „das Paneb heißt oder Apachte, aber da ist auch etwas, das gut ist, ja göttlich vielleicht. Die Herzen unserer Kinder versinnbildlichen das, was auf jeden Menschen zutrifft: Es wohnt in uns die Macht zu verderben und zugleich die Güte des Gottes. An uns ist es zu wählen."

Ta-Scherit lehnte sich an ihn, schutzsuchend in seiner tröstlichen Überzeugtheit. In diesem Augenblick wollte sie seinen Worten einfach nur glauben, denn sie bewahrten sie vor der Angst, die der Einbruch des Bösen in ihr Leben dort dauerhaft verankert hatte. „Ich werde den morgigen Tag mit Wabet und den anderen im Schrein der Ahmes-Nefertari verbringen. Dort sind wir sicher. Die Göttin ist barmherzig."

„Djehuti wird zu dir kommen", sagte Irinefer. „Ich habe ihn darum gebeten. Mutemwija wird ihn mit ihren Zwillingen begleiten."

Zum ersten Mal lächelte Ta-Scherit. „Mutis Kinder beim Antrittsbesuch in Pa-Tíme! Baket-Ra wird sich freuen. Sie spricht von nichts anderem mehr als von den beiden Knaben."

„Ich habe noch eine gute Nachricht", meinte Irinefer. „Auch Qafi wird sich aufmachen. Sie bringt einen *Ach iker en Ra*-Gebetsstein für die neuen Zwillinge in der Familie. Das sei bei ihr so üblich, meinte sie."

„Und wer ist die *Seele vortrefflich bei Ra*, die beim Höchsten für die Kinder bitten wird?"

„Qafi hat lange überlegt, wen von den Verstorbenen sie beauftragen wollte. Sie wählte Niu."

Zwei Reihen klappbarer Hocker, angeordnet in weitem Halbrund zwischen den Totentempeln des Osiris Men-cheperu-Ra Thutmosis und des Osiris Ba-en-Ra Merenptah, begrenzten nach Westen die

Hinrichtungsstätte. Leitern lehnten an zwei oben angespitzten Holzpfählen, der vorgesehene Schauplatz blutiger Bestrafung und grausiger Vernichtung. Die Staatsbeamten, angeführt von Wesir Hori, Ortsvorsteher Paser und Mahuhui, dem Hohenpriester des Amun, nahmen ihre Plätze ein, während etliche Staatsschreiber sich unter gespannten Stoffbahnen niederließen und ihr Schreibzeug bereitlegten. Der gesamte Vorgang des Sterbens mußte genauestens festgehalten werden, jedes Wort, jeder Schrei bedurfte der Verewigung. Die Schreibkünstler waren sich ihrer Verantwortung bewußt, denn sie handelten gleichsam als Augen der Nachwelt; durch sie gewann Rechtmachen Dauer und wurde zu Gerechtigkeit. Dieses Wissen ermöglichte es ihnen, dem gräßlichen Schauspiel gelassen und unbeteiligt zu folgen.

Im Gegensatz dazu verrichteten die anwesenden Priester, hauptsächlich solche des Anubis und des Osiris, ihr Verfluchungswerk mit stärkstem Gefühlsaufwand. Schon während die Verurteilten vor die Pfähle geschleift wurden und leises, entsetztes Stöhnen aus den Reihen der etwa zweihundert Zuschauer emporstieg, schrien sie feierliche Verwünschungen mit einer Inbrunst, daß ihnen der Speichel von den Lippen sprühte.

Irinefer und Djehuti standen in einer der hinteren Reihen. Im Gegensatz zu Hai, den beiden Dorfschreibern und mehreren altgedienten Arbeitern aus Panebs Kolonne legte Irinefer keinen Wert darauf, dem Sterben aus nächster Nähe zu folgen. Im Grunde war er nur hier, um Ta-Scherit und Wabet berichten zu können.

„Ich bin dieser Grausamkeit müde", sagte er zu seinem Bruder, „selbst wenn sie den Regeln der *Ma'at* entspricht. Ich habe es satt, ständig an der Seite des Todes zu stehen. Leben will ich! Endlich richtig leben!"

„Du lebst längst richtig", versetzte Djehuti, indem er Irinefers Hand ergriff. „Der Tod ist aus dem Leben nicht fortzudenken. Licht und Schatten gehören zusammen."

Irinefers Lippen verzogen sich, und die Falten von den Nasenflügeln zu seinen Mundwinkeln vertieften sich. „Die Schatten ...", begann er, da schrak er zusammen und brach ab.

Ein Brüllen, das nichts Menschliches mehr hatte, zerriß die Luft, ein Kreischen, das ins Ohr schnitt wie scharfe Messer. Je zwei Medjau hatten Paneb und Apachte gepackt, die Leitern erklommen und die sich heftig Wehrenden in die Höhe gerissen. Zwei andere bohrten den Verurteilten Lanzen zwischen die Rippen, um ihre Bewegungen zu erschweren. Wiederum zwei Männer stachen ihnen Speere in den Rücken, so daß sie gezwungen waren, sich aufzurichten. Einen Augenblick schienen sie über den Pfahlspitzen zu schweben, dann erfolgte ein kräftiger Stoß nach unten, das Holz bohrte sich ihnen zwischen den Beinen in den Leib.

Der Anblick der zerreißenden Körper, des an den Pfählen hinabschießenden Blutes war grauenerregend. Für einen Augenblick glaubten die Zuschauer, den Schmerz zu fühlen, wenngleich sie wußten, ihre Vorstellung reichte nicht annähernd an das, was die Unseligen empfinden mußten.

Apachte bäumte sich auf, krampfartig zuckten seine Glieder, dann fiel er in gnädige Ohnmacht. Paneb dagegen blieb diese Erlösung verwehrt. Die Augen quollen ihm aus den Höhlen, und als er den Mund aufriß, um zu schreien, sah die Menge schaudernd, wie ihm in strömendem Blut ein Fetzen Fleisch über das Kinn glitschte und zu Boden fiel. Er hatte sich ein Stück seiner Zunge abgebissen.

Niemand, der Paneb hörte, hätte später sagen können, wie lange er noch schrie. Die Welt ertrank in diesem Schreien, das auf- und abschwoll, bisweilen sogar verstummte, nur um gleich darauf erneut in unsagbarer Pein emporzugellen. Ewigkeiten später verwandelten sich die furchtbaren Laute in bloßes Winseln und erstarben endlich. Panebs Oberkörper hing vornüber, sein Kinn lag auf der Brust, und der Blutstrom aus dem Mund war versiegt. Eine Weile noch sah man Arme und Beine zucken, dann hörte auch das auf. Das Leben war aus dem zerfetzten Körper gewichen. Apachte war ebenfalls tot, er hatte das Bewußtsein nicht wiedererlangt.

Die Menschen von Pa-Tíme wandten sich ab. Mochte der Vorarbeiter ein schändlicher Missetäter gewesen sein – diesem Ende beizuwohnen war kaum zu ertragen gewesen. Zudem zitterten sie vor abergläubischer Furcht. Paneb war einer von ihnen gewesen.

Mochte er Seth näher gestanden haben als irgend jemand sonst, er hatte sich dennoch nicht grundsätzlich unterschieden von jenen, die hier sein qualvolles Verenden beobachtet hatten.

Irinefer hatte jedes Zeitgefühl verloren. Er hörte das Geschrei noch, als es längst zu Ende war, so, als habe es sich in die Unendlichkeit fortgesetzt, als könne nichts, nicht einmal ein Gott, dem Grauen ein Ende bereiten. Weder vernahm er Horis Stimme, die den Tod der Verurteilten feststellte, noch Mahuhuis Gebete, die er in hohem Singsang leierte, ja er nahm nicht einmal wahr, wie Djehuti ihn fortzog. Die Hinrichtungsstätte leerte sich langsam.

„Es ist vorüber, Iri", sagte Djehuti, während sie den Pfad ins Hathorgebirge einschlugen. „Du kannst, nein, wir alle können neu beginnen."

Diese Worte durchdrangen endlich Irinefers Benommenheit. Er blieb stehen. „Glaubst du das wirklich?" stieß er hervor. „Ist es nicht so, daß wir das Alte in uns tragen? Panebs Blut fließt in den Adern meiner Frau und meiner Kinder. Seine Grausamkeit lebt in unserer Erinnerung. Wie könnte für uns ein Neuanfang aussehen? Du machst es dir zu einfach! Könnte ich zu Ta-Scherit sprechen: ‚Dein Vater ist tot, dein Bruder auch, beide sind vernichtet in Ewigkeit, aber jetzt schau nach vorn und freue dich wieder des Lebens?'" Er machte eine Pause und setzte dann leise hinzu: „Denke an Wabet! Wie kann sie weiterleben?"

„So habe ich das nicht gemeint", erwiderte Djehuti sanft. „Eure Trauer braucht ihre Zeit, das steht außer Frage." Er streifte den Bruder mit einem Seitenblick, und sein Herz floß über vor Liebe und Mitleid. Irinefers Gesichtsausdruck spiegelte die Sorge um seine Familie. Fast schämte sich Djehuti seiner Erleichterung darüber, daß er kein Einwohner Pa-Tímes war und mit der zerrissenen Sippe des toten Vorarbeiters nur wenig zu tun hatte. Er wußte seit langem, wieviel weniger Belastung auf seinem Leben lag. ‚Welch geringe Bedeutung', dachte er, ‚kommt einem krummen Rücken zu, wenn es um Glück geht.'

Sie hatten den Bergkamm erreicht, von dem aus das Tal von Pa-Tíme sich nach Süden öffnete, und schauten zurück über die Ebene von Pa Cher und die Reihe der Millionenjahrhäuser, die prachtvoll in der Nachmittagssonne funkelten.

„Paneb und Apachte verbrennen bereits", flüsterte Irinefer, denn ihm war die zerfaserte, schwarzgraue Rauchsäule nicht entgangen, die sich zwischen den Tempeln emporwand.

Djehuti nickte, während sein Blick den Menschen folgte, die sich an den Kanälen entlang zum Fluß hinunterbewegten. „Sie sind zu etwas geworden, das es nicht gibt", flüsterte er.

Welch trostloses Wort! Wieder spürte Irinefer, wie ihm die Kehle eng wurde. Warum kam ihn kein Siegesjubel an angesichts des Todes seiner Peiniger? „Wie wird man so?" entfuhr es ihm unwillkürlich.

„Wie wird man wie?" Djehuti schaute ihn fragend an. „Meinst du, wie wird man ein Paneb während seines Daseins? Oder ein Apachte?"

„Trifft man eine Wahl darüber, ob man Seth in sein Herz läßt? Oder ist es einem vorbestimmt schon zu der Zeit, da man Wohnung nimmt im Leibe der Mutter?"

„Hör auf damit!" rief Djehuti ehrlich erschrocken. „Du quälst dich vergebens mit solchen Gedanken! Wenn man keine Wahl hätte, dann wäre ein Schicksal wie dasjenige Panebs nichts als ein grauenvolles Verhängnis, ein Hohn der Götter! So kann es, so darf es nicht sein. Ein Mensch entscheidet sich für das Gute oder das Böse. Das ist richtig, so entspricht es der *Ma'at*."

Irinefer schwieg. Er hockte sich auf den felsigen Grund und starrte auf die ferne Rauchsäule, bis ihm die Augen schmerzten. Nein, es waren nicht nur die Augen; sein Hals, sein ganzer Brustkorb, seine Seele, alles schmerzte. „Bai!" preßte er hervor. „Neferhotep! Sie fehlen mir, die mir raten könnten in dieser Stunde der Verwirrung. Wie kann ich die Schatten vertreiben? Sie werden mich von diesem Tage an ohne Unterlaß bedrängen!"

„Die einzige Rettung ist Vertrauen in Gott", versetzte Djehuti ruhiger, als ihm zumute war. Denn die Frage, die sein Bruder aufgeworfen hatte, beunruhigte ihn. Waren die Handlungen eines Menschen vorbestimmt?

„Glaubst du", fragte Irinefer, „Paneb hat eines Tages in seinem Leben beschlossen, der Götter nicht zu achten und sein ewiges Leben wegzuwerfen? Hat er wirklich entschieden, böse zu werden?"

„Ist das wichtig? Tatsache ist, er ist es geworden. Er hat sich um die Götter nicht gekümmert, er hat sich der Aussicht auf ein Leben im Lande des Westens begeben."

„Und ob das wichtig ist! Wenn ihn Gott mit dieser Wesensart geschaffen hat, so wie er dich mit deinem Buckel erschaffen hat, dann hatte er keine Wahl. Dann war es nicht seine Schuld! Oder zumindest nicht ganz. Oder …" Er brach ab. Wenn die Götter daran beteiligt waren, wäre es nur recht und billig, wenn sie ihren Anteil der Schuld übernähmen. Er hob das Gesicht zu Djehuti: „Die Ewigen müßten verzeihen. Das wäre das mindeste!"

„Es ist nicht an uns", flüsterte Djehuti, „dem Gott vorzuschreiben, was er zu tun und zu lassen hat!"

„Wir haben Paneb und Apachte vernichtet", sagte Irinefer langsam. „Gesetzt den Fall, Amun wollte ihnen verzeihen, ist das denn überhaupt noch möglich?"

„Gott vermag alles", erwiderte sein Bruder schlicht, und für einen Augenblick konnte Irinefer sich nichts Erstrebenswerteres vorstellen als zu sein wie Djehuti, dessen Gottvertrauen ohne Grenzen war. „Was können wir tun?" fragte er.

„Wir können leben. Und dankbar sein für das, was wir haben."

„Was ist mit der Qual, mit der Ungerechtigkeit, die wir nicht verstehen? Mit all dem Leid, vor dem die Götter uns nicht schützen? Mit ihrem Schweigen peinigen sie uns, ja sie verraten uns geradezu!"

„Sie geben uns, was wir brauchen. Oft deckt sich das nicht mit dem, was wir wollen. Manchmal denke ich, Erkenntnis ist nicht das, was uns zugedacht ist. Vielleicht begreifen wir die Sinnhaftigkeit des Lebens erst in der Halle der *Ma'at*."

Irinefers Brauen zogen sich zusammen. „Nie konnte ich so sein wie du! Du bist klug, aber fast ein wenig unheimlich. Du sprichst, als habest du den Weg zum Glück gefunden."

Djehuti lachte auf. „Schön wär's! Nicht das Glück ist meine Sache, sondern das Bemühen! Glück vergeben allein die Ewigen."

Der kleine Neferhotep erblickte an einem hellen Nachmittag im zweiten Monat der Überschwemmungszeit das Licht der Welt. Seine Mutter Ta-Scherit gebar ihn ohne die befürchteten großen Schmerzen. Es war eine gesegnete Geburt, deren ruhiger Verlauf gegen Mittag an Aufregung gewann, denn auch bei Naunachte, die inzwischen Herrin in Cha-em-nuns Haus geworden war, setzten unvermittelt die Wehen ein. Zwei neue Kinder an einem einzigen Tag! Die Frauen von Pa-Tíme eilten mit leuchtenden Augen zwischen den beiden Geburtslauben hin und her, und ein prickelndes Glücksgefühl beherrschte das Dorf, eine Hoch-Zeit in Dingen des weiblichen Lebensgeschäfts. Man befand sich in der Mitte des Arbeitszehntags, daher hielten sich nur wenige Männer im Dorf auf.

Einer von ihnen war Irinefer. Er saß mit Tui im Empfangsraum seines Hauses und ließ sich von der Kleinen in die Regeln eines Spiels mit kleinen Holzstöckchen einweihen, das sie noch während ihrer ernsthaften Erklärungen ersann. Später schlief das Kind in seinen Armen ein, und er legte es sanft auf das Lager. Als er sich umwandte, sah er Wabet in der Tür stehen.

„Du kannst zu ihnen", sagte sie lächelnd.

Während Irinefer hinter ihr die Stufen zum Dach hinaufstieg, dachte er, wie sehr sich Panebs Witwe in den vergangenen Zehntagen verändert hatte. Nichts von dem, was er befürchtet hatte, war geschehen. Er hatte erwartet, der Tod ihres Mannes und Sohnes würde sie verzweifeln lassen, würde sie vernichten. Doch das Gegenteil war eingetreten: Es schien, als sei ihr eine schwere Last von den Schultern genommen, und sie gewann Tag für Tag an Lebensfreude. Mit Verwunderung sahen die Menschen von Pa-Tíme, wie sie ihre Schweigsamkeit ablegte und mit zunehmender Fröhlichkeit am Dorfleben teilnahm. Für Wabet war die Hinrichtung eine Befreiung gewesen, die sie vor Entsetzen und Benommenheit zunächst gar nicht als solche erkannt hatte. Bald jedoch fiel der Schrecken von ihr ab, und sie trat als eine andere ins Leben. Sogar ihr Gang hatte sich verändert. Vorbei war die Zeit, da sie mit hängenden Schultern umherschlich. Wabet, obwohl inzwischen ganz grauhaarig geworden, hatte sich aufgerichtet, und ihr Schritt wurde fest wie der einer jungen Frau.

Schräg fiel das Licht der Sonne durch die Wandstäbe der Geburtslaube. Ta-Scherit blickte Irinefer entgegen, als er, den Kopf wegen des niedrigen Türrahmens neigend, eintrat. Er blieb stehen und nahm das Bild der Geliebten in sich auf. An ihrer Brust ruhte der neugeborene Knabe und ruderte mit den Ärmchen.

„Ich danke dir", flüsterte er, während er neben ihr auf die Matte sank. „Ich danke den Ewigen und dem Leben. Ich weiß gar nicht, wohin mit all der Dankbarkeit, die ich empfinde."

„Er ist schön", sagte sie und lehnte sich in seinen Arm. „Schau doch nur!" Mit der Spitze ihres Mittelfingers streichelte sie über die kleine Wange, und das Neugeborene schürzte die Lippen. Dann hob sie ihr Gesicht zu ihm auf und verstärkte ihr Lächeln: „Irinefer, ich liebe dich und ich liebe deine Kinder."

So saßen sie lange, blickten einander an und schauten auf ihren Sohn. Das Gefühl für Zeit hatten sie verloren, es schien ihnen, als schwebten sie irgendwo, erhoben, entrückt, gefangen in einem Zustand der Seligkeit, der mehr dem Jenseits und der Götterwelt angehörte als dem Hier und Jetzt. Ehrfurcht wandelte sie an vor dem Leben, das klein, verletzbar und als unbegreifliches Wunder vor ihnen lag.

Als Irinefer wenig später in die Gasse trat, wartete Vorarbeiter Hai schon auf ihn. Die ersten Fackeln waren angezündet und warfen ein flackerndes, schummriges Licht unter die Strohbedachung.

„Pharao ist tot", verkündete Hai mit größtmöglicher Knappheit. „Der Wesir ließ uns soeben den Bescheid zuteil werden."

„Was ist ihm zugestoßen?"

„Niemand weiß, woran er starb." Zögernd, als wisse er selbst nicht, welche Bedeutung seinen Worten zuzumessen sei, fügte der Vormann hinzu: „Er war noch jung ..."

„Wer ist der neue Horus?" fragte Irinefer, obwohl er es wußte.

„Die Königin herrscht über das Zweifache Land", bestätigte Hai seine Vermutung. „In Demut, so soll sie gesprochen haben, füge sie sich dem Gebot der Götter."

Irinefer sah ihn nur an.

„Ich verstehe es auch nicht", seufzte der Vorarbeiter.

„Wir haben uns nicht einzumengen in die Angelegenheiten der Ewigen", sagte Irinefer heiser. „Und wäre uns auch danach, unsere Seelen auszuspeien! Wie soll es gedeihen, das Verhältnis des Landeslenkers und der Weltenbeherrscher? Mit Königin Tausret als Pharao? Ergrimmen werden die Ewigen!"

Hai hob die Handflächen beider Hände empor. „Was auch geschieht, wir haben an das Nächstliegende zu denken. Siptahs Grab muß fertiggestellt werden. In siebzig Tagen wird die Totenstadt erbeben vor Wehklagen und Trauergeschrei. Ich bin sicher, die Königin wird die Maße ihrer Wohnung für die Ewigkeit ändern wollen. Sie wird auf königlicher Größe und königlichen Grundrissen bestehen. Morgen wollen wir uns alle im Tal einfinden, um die neuen Arbeitspläne zu besprechen. Ich eile, alles vorzubereiten." Er lächelte dem anderen flüchtig zu. „Du hast übrigens Besuch! Er wartet im ‚Verschlossenen Haus'!"

In Gedanken versunken ging Irinefer die Dorfgasse entlang und durchschritt das Nordtor.

Djehuti kam ihm entgegen. „Du hast es schon erfahren", stellte er fest.

„Laß uns auf die Hügel gehen und seiner gedenken", schlug Irinefer vor.

Sie wanderten nebeneinander her in der silbern erleuchteten Nacht. Das Sternenlicht verlieh der Stunde Festeswürde und Feierlichkeit. Am Schrein der Ahmes-Nefertari, dessen Eingang durch zwei Fackeln erleuchtet war, hielten sie an.

„Pharao, Leben, Heil, Gesundheit, hat mich mit einem Schreiben geehrt", sagte Djehuti förmlich und setzte mit erstickter Stimme hinzu: „Ich vermisse Siptah; er war mein Freund, den ich liebte." Er zog einen Papyrus aus seinem Gürtel und reichte ihn dem Bruder.

*„Djehuti, mein einziger Freund"*, las Irinefer halblaut im flackernden Licht, *„ich vertraue diese Zeilen einem treuen Diener an, auf daß er sie eilenden Schrittes zu dir trage.*

*Ferner: Die Nacht bricht herein, und dunkle Gestalten nähern sich meinen Gemächern. Männer der Königin sind es, welche den Boden bereiten für ihre Herrschaft.*

*Ferner: Trauere nicht, du Gütiger, denn ich gehe in Frieden. Eine stärkere Hand als die meine hält von nun an das Land. Vielleicht ist es Tausrets Hand, immer aber ist es die Gottes. Gott gibt* Ma'at, *wem er will. Für das Geliebte Land hoffe ich, er gibt sie Pharao Tausret ins Herz.*

*Ferner: Lebe und sei glücklich. So wünscht es dein Freund Siptah, der dich liebt und in alle Ewigkeit lieben wird. Im Lande des Westens werden wir uns wiedersehen. Lebe wohl."*

Irinefer schaute auf. „Ich trauere um ihn, wie ganz Kemet um ihn weinen wird", sagte er leise. „Die Königin hat gesiegt."

Djehuti nickte. „Sie herrscht über Ägypten. Das hat sie erreicht. Heißt das, Ra hat sie eingesetzt? Ist ihr Name im Himmel wie der des Ra? Vergeben ihr die Ewigen ihre blinde Anmaßung?"

„Bai haben sie nicht vergeben", flüsterte Irinefer. „Seinen Ehrgeiz hielten sie für unverzeihlich. Er hat sich Rechte angemaßt, die ihm nicht zustanden. Rechte, die königlich und damit göttlich waren. Bai überschritt seine Grenzen und mußte scheitern. Siptah, dessen angestammte Aufgabe das Lenken hätte sein sollen, schickte sich in die Begrenzungen, die seine menschliche Art ihm vorgab. Ist er nicht ein gescheiterter Pharao?"

„Das weiß ich nicht", gab sein Bruder zu. „Vielleicht ist es so. Aber als Mensch ist er keinesfalls gescheitert. Ist dies nicht unser aller Aufgabe: erfolgreich zu sein als Menschen? Gütig zu sein wie Siptah trotz des Unglücks, das uns widerfährt? Ja, ich glaube, das ist es: gütig zu bleiben und nicht die Verzweiflung Oberhand gewinnen zu lassen, gleichgültig, was geschieht."

„Wie kannst du deiner Sache so sicher sein?" fragte Irinefer kopfschüttelnd. „Gerade du hättest viel Grund zum Hader gehabt. Von Anfang an hattest du es schwerer als andere."

„Das ist nicht richtig", gab Djehuti zurück. „Nichts in meinem Leben war selbstverständlich. Das kann ein Vorteil sein. Genaugenommen ist nicht einmal mein Leben selbstverständlich. Mehit, die mich liebte vom ersten Augenblick an, hat um mich gekämpft. Das erzählte mir Bai. Ich blieb am Leben, ich durfte lernen. Für meine krumme Gestalt gab mir Gott wahrhaftig einen Ausgleich, genau wie Ihi es mir sagte am ersten Tag, da ich ihn kennenlernte."

„Ihi ist klug! Ich nehme an, auch er beherzigt die Lehren aus deinem Mund?"

Djehuti lachte leise. „Das tut er. Sein Haus ist ein glückliches Haus. Aber wie steht es mit dir?"

Irinefer dachte eine Weile nach. „Ich glaube, du bist weise. Weiser als ich jedenfalls. Die Götter haben mir Ta-Scherit gegeben, das ist wahr. Aber sie nahmen mir so viele andere. Bai, Neferhotep, Bakenptah ... Wie kann ich sicher sein, daß sie mir die lassen, die mir jetzt wichtig sind?"

„Du kannst dessen nicht sicher sein, Bruder. Aber die Ewigen wissen, was sie tun. Gehe den Weg, den sie dir weisen, und du wirst dich nicht verirren."

In einer plötzlichen Aufwallung legte Irinefer den Arm um Djehutis Schultern. „Vielleicht werde ich nie so viel Vertrauen entwickeln können wie du. Aber du sollst mein Lehrmeister sein."

„Der wirkliche Lehrmeister ist das Leben selbst", sagte Djehuti, während sie durch die samtige Nachtluft zum Dorf hinunterschritten. „Alles, was wir haben, ist ein Geschenk. Gibt uns nicht der Sonnengott nach jeder Nacht einen neuen Tag? Wir müssen darauf vertrauen, daß er damit nicht einfach aufhört. Vor uns reihen sich Tage des Ra, zahllos wie die Wellen des Hapistromes, genauso wie sie sich in unermeßlicher Menge hinter uns erstrecken. Um uns ist der Lebenshauch der Ewigen, der uns eine Ahnung davon ins Herz gibt, wie alles zusammenhängt: das Diesseits und das Jenseits, das, was ist, und das, was nicht ist."

# NACHWORT UND ANHANG

Die meisten Personen des Romans haben tatsächlich gelebt, von den Hauptpersonen sind lediglich Irinefer, Djehuti, Baket-Ra und Cha-em-hedjet fiktive Personen.

Die Geschichten aus der Grabbauersiedlung Pa-Tíme (Deir el-Medina) sind zum großen Teil historisch. Über den Vorarbeiter Paneb unterrichtet z. B. der Papyrus Salt 124. Er enthält die große Anklageschrift des Amunnacht, des Bruders von Vorarbeiter Neferhotep. Aus diesem Dokument erfahren wir nicht nur von Panebs Diebstählen und Vergewaltigungen, sondern auch von den fünf Dienern, mit denen der Wesir bestochen wurde, damit er Paneb nach der Ermordung Neferhoteps zum Vorarbeiter ernannte.

Paneb hatte eine Tochter Ii (Ta-Scherit = *Die Kleine*), die mit einem Kasa verheiratet war. Ihr Schicksal ist allerdings erfunden. Die Familienmitglieder dieser und anderer Familien begegnen uns auf zahllosen Ostraka (beschriftete Steinsplitter) und Papyri. Von einzelnen Personen können wir sogar Eindrücke ihres Charakters gewinnen, wie z. B. von Schreiber Ken-her-chepeschef, von dem u. a. sein historisches Interesse dokumentiert ist. Sein Fluch gegen den Dämon Schehakek ist auf der Rückseite des Papyrus BM 10731 erhalten. Daß er sich mit der blutjungen Naunachte verheiratet hat, wissen wir von dieser selbst. Naunachte hat eine letztwillige Verfügung hinterlassen, die erhalten ist. Daß Naunachte, nachdem der Schreiber gestorben war und sie Cha-em-nun geheiratet hatte, ihren ersten Sohn Ken-her-chepeschef genannt hat, ist ein starker Hinweis darauf, daß sie mit ihrem ersten Mann nicht unglücklich gewesen sein kann.

Über die Nachfolge Pharao Merenptahs gibt es in der Ägyptologie unterschiedliche Auffassungen: Eine Richtung bevorzugt die Annahme eines Königs Amenmesse **vor** Sethos, die andere setzt diesen König **gleichzeitig** an. Für den Roman habe ich die zweite

Version zugrunde gelegt und Amenmesse als rebellierenden Königssohn beschrieben, um den Konflikt des Paneb (das Herausfallen aus sicheren Bezügen zu den Göttern) auch auf königlicher Ebene darstellen zu können. Die Filiation Amenmesses zu Sethos ist nicht nachgewiesen. Ebenso ist die Gleichsetzung Amenmesses mit Messui, dem historischen Königssohn von Kusch zur Zeit Merenptahs und Sethos', umstritten.

Bai, der Königsschreiber und spätere Schatzmeister des Ganzen Landes mit dem Großen Namen *Ramesse-cha-em-Netjeru*, ist identisch mit dem Asiaten Ir-su, der im Papyrus Harris I,75 genannt wird. Sein Grab (KV13) liegt im Tal der Könige, ganz in der Nähe der Gräber von Sethos (Sethos II.), Siptah, Tausret und Amenmesse.

Der Todeszeitpunkt Bais ist Gegenstand intensiver ägyptologischer Forschung. Vielfach wurde in der Literatur ein Machtkampf zwischen Bai und Königin Tausret nach dem Tode Pharao Siptahs angenommen. Neueste Grabungsergebnisse legen allerdings den Tod Bais im Jahr 3 des Siptah nahe. Letztere Annahme ist dem Roman zugrunde gelegt.

Königin Tausret erklärte sich nach dem Tode Siptahs zum Pharao und wurde so zu einer der wenigen weiblichen Herrscherinnen in der ägyptischen Geschichte.

Heerführer Sethnacht ist als Nachfolger von Königin Tausret auf dem Horusthron der Begründer eines neuen Herrschergeschlechts, der 20. Dynastie. Bei seinem Sohn Ramses handelt es sich um keinen Geringeren als den späteren Pharao Ramses III.

Hohe Beamte wie die Hohenpriester, Wesire, Königssöhne von Kusch usw. sind historisch und wohlbekannt in der Ägyptologie, ebenso die wichtigsten Frauengestalten.

Von anderen Beamten am Hof, in Waset und in Kusch sind oftmals nicht viel mehr als die Namen erhalten, manchmal einzelne Daten, wann sie sich an bestimmten Orten aufgehalten haben. Solche Details sind in die Geschichte eingearbeitet.

Unsere Kenntnisse vom Ende der 19. Dynastie sind fragmentarisch. Der Papyrus Harris, die Elephantine-Stele des Sethnacht und andere Zeugnisse informieren der religiös-kultischen Tradition gemäß, indem sie Sethnacht und seinen Sohn Ramses (den späteren Ramses III.) ein Chaos vorfinden, dieses kraft göttlichen Willens besiegen und das Land wieder erblühen lassen.

Für diejenigen Leserinnen und Leser, die in der beschriebenen Epoche zu Hause sind, möchte ich die Unstimmigkeiten aufführen, die ich aus erzähltechnischen Gründen im Roman in Kauf genommen habe. Die meisten habe ich deswegen im Roman nicht aufgehoben, weil ich den ohnehin großen Personenkreis nicht ins Uferlose wachsen lassen wollte.

Stellvertreter Neferhoteps war zur Zeit Merenptahs der Handwerker Nachi, nicht Paneb; Stellvertreter Inherchaus war nicht Hai, sondern ein gewisser Nebsmen. Es war nicht unbedingt notwendig, erst Stellvertreter im Amt des Vorarbeiters gewesen zu sein, um später die Nachfolge anzutreten.

Schreiber Anup-em-hab lebte seit 1215 im Dorf, nicht erst seit 1209, er gab seine Schreibertätigkeit kurz vor Neferhoteps Tod auf. Irgendwann im Monat *Mesut Ra* des Jahres 1199 starb Anup-em-hab, neue Schreiber werden Männer namens Bai, Pasched und Pentawer. Um Namenskonfusionen zu vermeiden, darf Anup-em-hab im Roman weiterleben.

Inherchau starb tatsächlich erst 1203, nicht 1208, demnach trat Hai in Wirklichkeit sein Amt als Vorarbeiter erst unter Pharao Sethos an. Den Tod Inherchaus beim (historischen!) Erdbeben habe ich aus dramaturgischen Gründen so gesetzt.

Pa-nehesi verschwand im Jahr 7 des Pharao Merenptah, d. h. er wurde in keiner Quelle mehr erwähnt. Im Roman stirbt er ungefähr zu der Zeit, als Amenmesse Imenmose einsetzt. Was mit dem wirklichen Pa-nehesi geschehen ist, wissen wir nicht.

Hesisunebefs und Hunurs Hochzeit fand im Jahr 1200 statt, nicht schon 1203.

Der historische Wächter Penbui ist aus der späteren Zeit Ramses II. bezeugt, nicht unter Merenptah und Sethos.

Der wirkliche Rahotep war kein Grabräuber, er endete auch nicht durch Selbstmord, sondern ist auch in den folgenden Jahren in Pa-Tíme nachgewiesen.

Neferhoteps Tod erfolgte vermutlich erst im Frühjahr 1199 (urspr. angesetzt im Jahr 5 des Sethos, Tag 17, 4. Monat im *Peret*).

Apachte wird von Wesir Hori zu Prügeln verurteilt, allerdings nicht zur Zeit von Neferhoteps Begräbnis, sondern erst ein halbes Jahr später.

Das alte Ägypten wollte ich, soweit das möglich ist, „von innen" beschreiben, d. h. ohne ironisierende Distanz, mit dem gedanklichen Horizont und den sprachlichen Begrenzungen, die durch diesen Ansatz vorgegeben sind. Das bedeutet zum Beispiel: Die verwendeten Bilder entstammen durchweg der ägyptischen Welt (ein Gedanke „wohnt im Herzen", niemals geht er jemandem durch den Kopf; wenn man traurig ist, hat man „den Kopf auf den Knien" etc.).

Auch die Sprache wollte ich dem zeitlichen Umfeld anpassen: Fast alle Fremdwörter fehlen, dazu gehören in diesem Fall auch die Worte, die sich aus dem Lateinischen oder Griechischen entwickelt haben. In manchen Fällen habe ich Ausnahmen von dieser Regel gemacht, so etwa im Falle der Kolonne, der Familie, des Orakels und der Soldaten.

Viele Dialoge im Roman sind Textstellen aus der ägyptischen Literatur nachempfunden. Ein Beispiel: *Sturm und Verderben nahen aus dem Westen, Ra erbleicht, und der Palast ist in Schweigen* ... Dieser Gedanke Cha-em-hedjets auf der Seite 114 entstammt der altägyptischen Erzählung über den Gefolgsmann Sinuhe aus dem Mittleren Reich.

Ein anderes Beispiel: Neferhoteps trübsinnige Bemerkung auf Seite 535: *Es ist doch so: Das Lachen hat aufgehört und Trauer erfüllt die Welt!*, auf die Ken-her-chepeschef antwortet: *Das Land bleibt seiner Schwäche überlassen* ... Diese Worte sind der Klage des Ipu-wer entlehnt, dem bekanntesten Text aus der sog. Klageliteratur, in der während des Mittleren Reiches auf die Erste Zwischenzeit zurückgeblickt wird.

Djehuti erinnert sich in der Sterbeszene Ipukis auf Seite 663 an eine Passage des *Streitgesprächs eines Lebensmüden mit seinem* Ba, eines sehr tiefsinnigen Literaturstücks aus dem Mittleren Reich.

Welche Textstellen ich sonst noch in dieser Geschichte verwendet habe, ist samt weiteren Hintergrundinformationen und umfangreichem Bildmaterial auf der Website zum Roman zu finden: **www.tage-des-ra.de**

Eine besondere Anmerkung möchte ich an dieser Stelle machen: Bei der Beschreibung der Personen, die tatsächlich gelebt haben, ist man fast ausschließlich auf Spekulation und Annahmen angewiesen. Gerade wenn es sich um Menschen aus einer so entfernten Vergangenheit handelt, von denen wir so wenig wissen, wird auch die historische Person schnell zur fiktiven Gestalt.

Im vorliegenden Roman werden Paneb, Apachte und Amunnacht sehr negativ dargestellt. Tatsache ist, daß wir über die Anklageschrift des Amunnacht hinaus keine Hinweise darauf besitzen, wie sie als Menschen gewesen sein mögen. Über die Charaktere Bais, Sethos', Siptahs, Tausrets oder Amenmesses und vieler anderer wissen wir absolut nichts.

Vielleicht würde sich lediglich Ken-her-chepeschef in meiner Beschreibung wiedererkennen. Über ihn haben wir zumindest ein wenig mehr Kenntnisse als über andere. Seine „Bibliothek" ist gefunden worden, und etliche Aussagen über ihn sind erhalten (z. B. der Brief des Zeichners Parahotep).

Kurzum: Wem auch immer von den historischen Persönlichkeiten im Roman ich mit meinen Beschreibungen unrecht getan habe, den bitte ich hier und in aller Form um Entschuldigung. Mögen die *Ba*-Seelen all dieser Menschen dort im Lande des Westens mit

Nachsicht und Güte auf meinen Versuch blicken, sie und ihre Lebensumstände in einer so vollständig anderen Welt wieder aufleben zu lassen.

Ein solcher Roman könnte nicht entstehen, gäbe es nicht um die Schreiberin herum Menschen, die sie unterstützen und die ihr gelegentlich auch Mut zusprechen.

Ich danke ganz besonders Frau Ursel Hermann, die das Manuskript von der ersten Zeile an mit liebevoller Strenge lektoriert hat. Sie hat mir beigebracht, diszipliniert jede Metapher zu durchdenken und in sprachlicher Hinsicht niemals alle Fünfe gerade sein zu lassen. Ihre nimmermüde Unterstützung, ihre Hinweise und ihre Erklärungen waren für mich sehr wichtig.

Herzlichen Dank sage ich meiner Freundin Ingrid Görtz, die das Manuskript wieder und wieder durchgesehen hat. Ihr verdanke ich wertvolle Hinweise, sowohl inhaltlicher als auch sprachlicher Art. Die fröhlichen, zum Teil richtig ausgelassenen Gespräche über „meine Ägypter" verbinden sich für mich auf immer mit diesem Roman.

Um das Buch so schreiben zu können, wie ich es geschrieben habe, benötigte ich ständig die ägyptologische „Infrastruktur". Diese wurde mir vom Institut für Ägyptologie der Universität München auf das Großzügigste zur Verfügung gestellt. Ich war in der dortigen Bibliothek, in Vorlesungen, Übungen und auf Exkursionen immer willkommen. Besondere Unterstützung erfuhr ich durch Frau Prof. Regine Schulz, die jederzeit bereit war, das Manuskript auf ägyptologische Unstimmigkeiten zu untersuchen, und die trotz größter eigener Beanspruchung immer ein offenes Ohr für meine Fragen hatte. Auch Herr Prof. Günter Burkard fand stets ermutigende Worte für mich. Beide hatten soviel Vertrauen in mein Projekt, daß sie mir die Gelegenheit boten, das Werk schon im Entstehungsstadium am Institut zu präsentieren. Vielen Dank dafür!

Dieses Buch hätte seinen Verlag nicht gefunden ohne den Einsatz und das unbedingte Vertrauen auf Erfolg meines Agenten, Herrn Thomas Montasser. Wie schön, daß er recht gehabt hat! Meine Verlagslektorin Frau Ulrike Schulte-Richtering hat mir zahlreiche Hinweise gegeben und das Kunststück fertiggebracht, mich die unvermeidbaren Kürzungen mit Fassung tragen zu lassen. Ich danke ihr dafür.

Meine Leserinnen und Leser, besonders meine Schwester Liesi Mathes-Wernecke, meine Freundinnen Karin Krämer und Andrea Gramann, haben mich mit konstruktiver Kritik und wichtigen Hinweisen unterstützt. Dank an sie und Dank für häufige Ermutigung an meine Mutter Henni Mathes und ihren Mann Joseph Boyer, meine Kinder Raul und Rebecca Hofmann, meine Freundin Petra Braitacher, an meinen Cousin Volkmar Wilken, meine Schwägerin Ingrid Haas und natürlich an die Brunnfelder: Isi Mathes, Lolo Berei und meinen Bruder Peter Mathes. Und an die anderen, die ich nicht alle namentlich erwähnen kann.

Ganz besonders aber danke ich meinem Mann Michael Wolf. Er hat nicht nur die wunderbaren Karten gezeichnet, sondern war und ist stets für mich da, richtet mich auf, wenn es nötig ist, und hält mir jeden Spiegel vor, den ich brauche. Seine Liebe gibt mir die Stabilität und Geborgenheit, in der ich Ideen entwickeln kann.

# AUSWAHLGENEALOGIE SPÄTE 19. DYNASTIE

(fiktive Personen sind kursiv gedruckt)

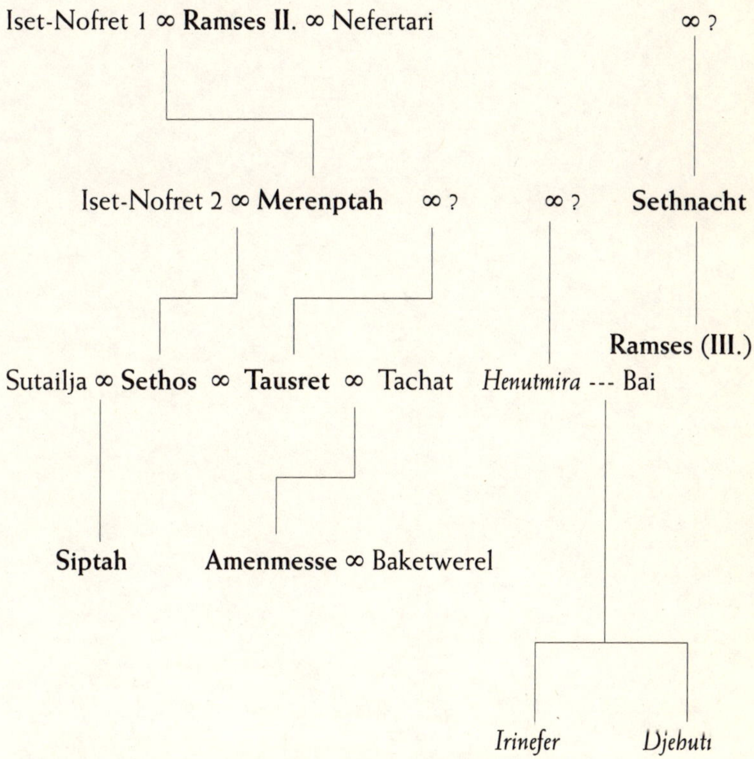

## KÖNIGSNAMEN

(Verkürzt, nur die Namen, die in Kartuschen geschrieben werden)

### KÖNIGE, DIE IM ROMAN AGIEREN

| Eigenname | Thronname und Zusätze zum Eigennamen |
|---|---|
| **Ramses II.** (Ra-messu: *Geboren aus Ra)* 1279–1213 v. Chr. | User-Ma'at-Ra, Setep-en-Ra *(Stark ist die Wahrheit des Ra, Erwählt durch Ra)* |
| **Merenptah** (Meri-en-Ptah: *Geliebt von Ptah)* 1213–1204 v. Chr. | Ba-en-Ra, Meri-en-Imen *(Ba-Seele des Ra, Geliebt von Amun)* |
| **Sethos II.** (Setechj: *Zu Seth gehörig)* 1204–1198 v. Chr. | User-cheperu-Ra, Setep-en-Ra *(Stark an Gestalten ist Ra, Erwählt durch Ra)* |
| **Amenmesse** (Imen-messu: *Geboren aus Amun)* 1203–1199 v. Chr. | Men-mi-Ra, Setep-en-Ra *(Dauernd wie Ra, Erwählt durch Ra)* |
| **Siptah** (Sa-Ptah: *Sohn des Ptah)* 1198–1192 v. Chr. | Secha-en-Ra, meri-Imen *(Durch Ra eingesetzt, Geliebter des Amun)*, später Ach-en-Ra *(Geistig hervorgegangen aus Ra)* |
| **Tausret** (Ta-Useret: *Die Starke)* 1192–1190 v. Chr. | Sat-Ra, Merit-Amun *(Tochter des Ra, Geliebte des Amun)* |
| **Sethnacht** (Setechj-nachtu: *Seth ist stark)* 1190–1187 v. Chr. | User-chau-Ra, Setep-en-Ra *(Mächtig sind die Erscheinungen des Ra, Erwählt durch Ra)* |
| **Ramses III.** (Ra-messu: *Geboren aus Ra)* 1187–1156 v. | User-Ma'at-Ra, meri-Imen *(Stark ist die Wahrheit des Ra, Geliebter des Amun)* |

## IM ROMAN ERWÄHNTE KÖNIGE, DIE SCHON VERSTORBEN (ZU OSIRIS GEWORDEN) SIND

| Eigenname | Thronname |
|---|---|
| **Horus Aha** *(Horus, der Kämpfer)* um 3000 v. Chr. | – – – |
| **Mentuhotep II.** *(Mentu-hetepu: Month ist zufrieden)* 2008–1957 v. Chr. | Neb-hepet-Ra *(Herr des Ruders ist Ra)* |
| **Sesostris III.** *(Sj-en-Useret: Mann der Mächtigen)* 1845–1837 v. Chr. | Cha-Kau-Ra *(Die Ka-Kräfte des Ra sind erschienen)* |
| **Amenhotep I.** *(Imen-hetepu: Amun ist zufrieden)* 1504–1483 v. Chr. | Djeser-Ka-Ra *(Heilig ist der Ka des Ra)* |
| **Thutmosis I.** *(Djehuti-mes: Geboren aus Thot)* 1483–1470 v. Chr. | Aa-cheper-Ka-Ra *(Groß an Gestalt und Ka ist Ra)* |
| **Hatschepsut** *(Hat-Schepsut: Die Erste der Edlen Frauen)* 1467–1445 v. Chr. | Ma'at-Ka-Ra *(Gerechtigkeit und Lebenskraft ist Ra)* |
| **Thutmosis III.** *(Djehuti-mes: Geboren aus Thot)* 1445–1413 v. Chr. | Men-cheper-Ra *(Bleibend ist das Wesen des Ra)* |
| **Thutmosis IV.** *(Djehuti-mes: Geboren aus Thot)* 1388–1379 v. Chr. | Men-cheperu-Ra *(Bleibend sind die Verwandlungen des Ra)* |
| **Amenhotep III.** *(Imen-hetepu: Amun ist zufrieden)* 1379–1340 v. Chr. | Neb-Ma'at-Ra *(Der Herr der Wahrheit ist Ra)* |
| **Haremhab** *(Hor-em-hab: Horus im Fest)* 1319–1292 v. Chr. | Djeser-cheperu-Ra, Setep-en-Ra *(Heilig sind die Verwandlungen des Ra, Erwählt durch Ra)* |
| **Sethos I.** *(Setechj: Zu Seth gehörig)* 1290–1279 v. Chr. | Men-Ma'at-Ra *(Bleibend ist die Wahrheit des Ra)* |

# PERSONENVERZEICHNIS

Historische Personen sind mit einem (h), fiktive Personen mit einem (f) gekennzeichnet

## IN DER HAUPTSTADT

### Die königliche Familie

| | |
|---|---|
| **Merenptah** (h) | ägyptischer Pharao |
| **Sethos** (h) | Sohn Merenptahs und Thronfolger |
| **Amenmesse (Messui)** (h) | Sohn des Sethos, Königssohn von Kusch |
| **Tausret** (h) | Hauptgemahlin des Sethos, Tochter Merenptahs und damit Halbschwester ihres Gatten |
| **Siptah** (h) | Sohn des Sethos mit seiner Nebenfrau Sutailja |
| Tachat (h) | Nebenfrau des Sethos, Mutter Amenmesses |
| Sutailja (h) | Nebenfrau des Sethos, Mutter Siptahs |
| Henutmira (f) | Tochter Merenptahs, Halbschwester Tausrets, Geliebte Bais, Mutter der Zwillinge |

## Der Haushalt des Hohenpriesters

| | |
|---|---|
| **Bakenptah** (f) | Hoherpriester des Ptah in Men-nefer |
| Aset (f) | Gemahlin Bakenptahs |
| Meti (f) | ältester Sohn Bakenptahs und Asets |
| Tjeri (f) | zweiter Sohn Bakenptahs und Asets |
| **Aatmeret** (f) | Tochter Bakenptahs und Asets |
| **Irinefer** (f) | Pflegesohn Bakenptahs und Asets (Bais leiblicher Sohn) |
| Tefnacht (f) | Hauslehrer |
| Sa-Anch (f) | Gehilfe des Hauslehrers |

## Höflinge und Diener in Men-nefer und Pi-Ramesse

| | |
|---|---|
| **Bai** (h) | hurritischer Höfling, geb. in Gublu (Byblos); Königsschreiber und Siegler des Pharao |
| Ramesse-cha-em-Netjeru | „Großer Name" Bais |
| Jaksamu (f) | hurritischer Händler, Bais Vater (verstorben) |
| Hui (f) | Diener Bais für besondere Aufgaben |
| Nianch (f) | Gehilfe Huis |
| Ipuki (f) | Diener Bais |
| Mehit (f) | Dienerin Bais, Gemahlin Ipukis |
| **Djehuti** (f) | Pflegesohn Ipukis und Mehits (Bais leiblicher Sohn) |
| Kaka (f) | Bais Verwalter auf dem Gut Tjeni Nefer |
| | |
| **Cha-em-hedjet** (Wesa) (f) | Königsschreiber, politischer Berater des Pharao |
| Goren (f) | Vater Wesas (verstorben) |
| Anarit (f) | Mutter Wesas (verstorben) |
| Huna (f) | Schwester Wesas (verstorben) |

| | |
|---|---|
| Psarpot (f) | Schreiber Cha-em-hedjets |
| Suko (f) | Diener Cha-em-hedjets |
| Pes (f) | Diener Cha-em-hedjets |
| Meri (h) | Fürst der Libu |
| Schadu (f) | Händler in Diensten des Sobek-Tempels von Schedet |
| | |
| Pensechmet (h) | Wesir der Nördlichen Landeshälfte |
| Nebamun (f) | Oberster Arzt am Hof des Pharao |
| Hori (h) | Wesir der Nördlichen Landeshälfte, Wedelträger zur Rechten des Königs |
| Iiry (h) | Osirispriester, später Hoherpriester des Ptah, Nachfolger Bakenptahs |
| Pentawer (f) | Oberster Vorlesepriester im Tempel des Ptah |
| Mahuhui (h) | Schreiber des Königs Sethos |
| Pa-Ra-em-hab (h) | Oberster Scheunenverwalter, später Wesir der Südlichen Landeshälfte |
| Rechpehtuef (h) | Gesandter |
| Neferher (h) | Gesandter |
| Setui (h) | Hofbeamter, später Königssohn von Kusch |
| Piay (h) | Schulfreund Siptahs, später Schatzmeister |
| Siuadjit (f) | Schulfreund Siptahs |
| Psuro (f) | Diener Tausrets |

## Sonstige Bewohner von Pi-Ramesse

| | |
|---|---|
| Joab (f) | Händler in Pi-Ramesse |
| Ipu (f) | Herr des Verbrechens in Pi-Ramesse |
| Nesi (f) | Bestrickende |
| Mara (f) | Bestrickende |
| Tamid (f) | Bestrickende |

## Militärs

| | |
|---|---|
| Sethos (h) | Thronfolger, später Pharao, Oberbefehlshaber der Truppen |
| User (f) | Truppenführer, Stellvertretender Befehlshaber |
| Ptahpahapi (f) | Truppenführer |
| Meribast (f) | Unterführer, Untergebener Amenmesses |
| Sethnacht (h) | Truppenführer |
| Ramses (h) | Unterführer, Sohn Sethnachts |

## IN WASET

| | |
|---|---|
| Roma-Roy (h) | Hoherpriester des Amun in der Ipet-Sut (Karnak) |
| Hau-nefer (h) | Ortsvorsteher von Waset |
| Pa-nehesi (h) | Wesir der Südlichen Landeshälfte |
| Tjaj (h) | Vorsteher des Schatzhauses (Südliche Landeshälfte) |
| Chonsmose (f) | Vorsteher des Hauses der Schriftrollen in der Ipet-Sut |
| Maja (h) | Festleiter in Waset |
| Ahhotep (f) | Majas Gattin |
| Imenmose (h) | Wesir Amenmesses in Waset |
| Nedjem (h) | Verwalter und Reinigungspriester im Totentempel Ramses' II. |
| Qafi (f) | Schenkenwirtin |
| Hah (f) | Qafis Mann (verstorben) |
| **Ihi** (f) | Fischer |
| Meriwaset (f) | Ihis Frau |

## PA-TÍME

| | |
|---|---|
| **Ken-her-chepeschef** (h) | Erster Schreiber (Kolonne Neferhoteps) |
| Panacht (h) | Vater Ken-her-chepeschefs (verstorben) |
| Anup-em-hab (h) | Zweiter Schreiber (Kolonne Inherchaus) |
| Ramose (h) | ehemaliger Erster Schreiber im Dorf, Ziehvater Ken-her-chepeschefs (verstorben) |
| Baja (h) | Schreiber in Pa-Tíme, Nachfolger Ken-her-chepeschefs |
| Sobekmose (h) | Medja-Schutzmann |
| Ramesu (h) | Pförtner |
| Penbui (h) | Wächter |
| Minmose (f) | Wächter |
| Ipui (h) | Wächter |
| Nachtmin (h) | Oberster Medja-Schutzmann in Pa-Tíme |
| Cha (h) | Medja-Schutzmann |
| Paimen (f) | Hausbesitzer in Pa-Tíme (verstorben) |
| Nachi (f) | Nachbar Paimens |
| Sasemit (f) | Heilerin, weise Frau |
| Naunachte (h) | Freundin Ta-Scherits |
| Heria (h) | Freundin Ta-Scherits |

## Rechte Kolonne: Arbeiter mit Familien und Bekannten

| | |
|---|---|
| **Neferhotep** (h) | Vorarbeiter |
| Ubechet (h) | Neferhoteps Frau |
| Amunnacht (h) | Bruder Neferhoteps, Maler |
| Iiemwaw (h) | Schwester Neferhoteps |
| Uadjmose (h) | Ehemann Iiemwaws, Maler |
| Nebnefer (h) | Sohn Uadjmoses und Iiemwaws |
| Hesisunebef (h) | Lehrling Neferhoteps, Umrißzeichner |
| Renu (h) | Dienerin bei Ubechet |
| | |
| **Paneb** (h) | Steinmetz, Ziehsohn Neferhoteps |
| Wabet (h) | Panebs Frau |
| Pa-Anuket (h) | Wabets Bruder (verstorben) |
| **Apachte** (h) | ältester Sohn Panebs und Wabets |
| **Ta-Scherit** (h) | älteste Tochter Panebs und Wabets |
| Hemet-Maura (h) | Tochter Panebs und Wabets |
| Nebmehit (h) | Sohn Panebs und Wabets |
| Hednacht (h) | Sohn Panebs und Wabets |
| Scherit-Ra (h) | Tochter Panebs und Wabets |
| Pa-Anuket (h) | Sohn Panebs und Wabets |
| Ta-Neferet (h) | Tochter Panebs und Wabets |
| | |
| Siuadj (h) | Vorzeichner in Neferhoteps Kolonne |
| Hehnechu (h) | Steinmetz, Freund Neferhoteps |
| Pasched (h) | Hehnechus Sohn |
| Parahotep (h) | Zeichner |
| Rameri (h) | Arbeiter |
| Taweret-Anu (f) | Frau Rameris |
| Nechenmut (h) | Umrißzeichner |
| Montemhab (f) | Umrißzeichner |
| Kab-nefer-Ra (f) | Sohn Montemhabs, Steinmetz |
| Cha-em-nun (h) | Freund Hesisunebefs, Maler |

| | |
|---|---|
| Ramesi (f) | Steinmetz und Bildhauer, Vater Baket-Ras |
| | |
| To (f) | Maler, Freund Neferhoteps |
| Nesmut (f) | Tos Frau |
| Nacht (f) | ältester Sohn Tos und Nesmuts, arbeitet in der Kolonne Inherchaus, Umrißzeichner |
| **Baket-Ra** (f) | Ehefrau Nachts, Tochter Ramesis |
| **Hutemwija** und **Mutemwija** (f) | Töchter Nachts und Baket-Ras |
| Niu (f) | Sohn Tos und Nesmuts, Maler in der Kolonne Neferhoteps |
| | |
| Pa-en-resi (f) | Umrißzeichner |
| Auti (f) | Pa-en-resis Frau, Freundin Wabets |
| Kaidjeret (f) | Pa-en-resis und Autis ältester Sohn |
| Hormose (f) | Pa-en-resis und Autis zweiter Sohn |

## Linke Kolonne: Arbeiter mit Familien und Bekannten

| | |
|---|---|
| Inherchau (h) | Vorarbeiter |
| Henutdju (h) | Inherchaus Frau, Freundin Ubechets und Nesmuts |
| Hai (h) | Sohn Inherchaus und Nachfolger |
| Tatemhit (h) | Ehefrau Hais |
| | |
| Nachtamun (h) | Maler |
| Siuadj (h) | Maler, Vater Nachtamuns |
| Nebu-em-schaset (h) | Verlobte Nachtamuns |
| Cha-em-dua (h) | Umrißzeichner |
| Upuautmose (h) | Bildhauer und Maler |
| Rahotep (h) | Arbeiter |
| Ta-nedjem-hem-es (f) | Rahoteps Gemahlin |
| Pendua (h) | Maler |
| Kasa (h) | Sohn Ramesis, Umrißzeichner |
| | |
| Herchau (f) | Steinmetz |
| Tanehes (f) | Ehefrau Herchaus |
| Sat-Hor (f) | Tochter der Tanehes und des Herchau |
| | |
| Hunur (h) | Freundin Ta-Scherits |
| Iset (h) | Hunurs Mutter |

## IN BUHEN

| | |
|---|---|
| Cha-em-ter (h) | Vorgänger Amenmesses im Amt des Königssohns von Kusch |
| Baketwerel (h) | eine nubische Geisel |
| Kaha (f) | Goldschreiber, Vertreter des Königssohns von Kusch |
| Sahapi (f) | Stalloberst, Vertreter des Königssohns von Kusch |
| Harnacht (h) | Ortsvorsteher von Miam |
| Paikar (h) | Festungskommandant von Buhen |
| Bakendedun (h) | nubischer Fürst |

# GLOSSAR

| | |
|---|---|
| Abdju | der Ort Abydos in Oberägypten, Kultort des Gottes Osiris |
| Ach | Geistkräfte des Menschen; Seelenbegriff, der auf den Zustand der Verklärung im Jenseits hinweist |
| Ach iker en Ra | wörtlich: „Seele, vortrefflich bei Ra"; ein Verstorbener, dem so gehuldigt wird, kann besonders wirkungsvoll Fürbitte leisten |
| Achet | äg. Jahreszeit der Überschwemmung (Mitte Juni bis Mitte Oktober) |
| Achmenu | Kultstätte Pharao Thutmosis' III. in Karnak |
| Akaschawasch | Fremdvolk: Achäer (?) |
| Alashia | Zypern |
| Amaunet | weibliche Entsprechung des Gottes Amun |
| Amenhotep | wörtlich: „Amun ist zufrieden"; Name vieler ägyptischer Könige (in gräzisierter Form Amenophis); Amenhotep I., der Gründer Pa-Tímes, wurde in der Handwerkersiedlung als Gott verehrt |
| Amenhotep, Sohn des Hapu | Weiser, hoher Beamter unter Pharao Amenhotep III., später vergöttlicht |
| Amun | Der „Verborgene Gott", ursprünglich Lokalgottheit in Waset (Theben), im Neuen Reich zum Reichsgott aufgestiegen |

| | |
|---|---|
| Amurru | syr. Bezeichnung für den „Westen" = der westliche Teil des Retjenu; umfaßt etwa das Gebiet des heutigen Libanon |
| Anat | semitische Himmelsgöttin, die v. a. im Deltagebiet verehrt wurde |
| Anch | äg. für „Leben", „leben"; die Hieroglyphe (Dreikonsonantenzeichen) ist das Henkelkreuz |
| Anch-Taui-Bezirk | wörtlich: „Leben der Beiden Länder", ein Stadtviertel Men-nefers (in gräzisierter Form Memphis) |
| Anubis | äg.: Inpu; schakalköpfiger, dem Osiris beigeordneter Gott der Balsamierer und des Friedhofsbereichs |
| Arbeit des Month | Kriegshandwerk, Month ist der Gott des Krieges |
| Arure (= Setschat) | äg. Flächenmaß, 100 x 100 Ellen, 2756,5 $m^2$ |
| Atum | Urgottheit im Schöpfungsmythos von Iunu (Heliopolis), Schöpfer und Beginn der Großen Götterneunheit von Iunu |
| A-ut ib | äg. für „Freude des Herzens" |
| Ba | Teil der menschlichen Persönlichkeit, der sich zwischen dem Diesseits und dem Jenseits hin- und herbewegen kann; Seele, lebenspendendes geistiges Prinzip, Strahlkraft der Persönlichkeit; der Ba wird meist als Vogel mit Menschenkopf dargestellt |
| Baal | syrisch-palästinensischer Wettergott; „Herr der Fremdländer", als solcher oft mit Seth gleichgesetzt |
| Bak (weiblich Baket) | Diener (Dienerin) |

| | |
|---|---|
| Bau (= Plural von Ba) | seelische Kraft, Macht |
| Bebet-Mus | Brei aus einer nicht näher bestimmbaren, im Medizinbereich verwendeten Pflanze |
| Benu | Ba-Seele des Sonnengottes (vgl. Ba) |
| Bes | zwergenhafte, fratzengesichtige Gottheit mit schützender Funktion |
| Bija | äg. Bezeichnung der Halbinsel Sinai: das „Bergwerke-Land" |
| Cheker-Fries | Verzierungsleiste bei Wandmalereien, bestehend aus stilisierten Schilfbündeln |
| Chenu | äg. für „Residenz", „Palast" |
| Chenu ni Amenhotep | Palast des Königs Amenhotep III. (18. Dyn.) auf dem Westufer des Nil; Malqata |
| Cheper | äg. für „werden"; die Hieroglyphe für das Verb ist der Skarabäus (Mistkäfer); der Sonnengott Ra in seiner jugendlichen Gestalt am Morgen ist der Cheper, die Morgensonne; er wird oft als Käfer oder in Menschengestalt mit Käfer als Kopf dargestellt |
| Chered (Pl. Cheredu) | äg. für „Kind" |
| Cheredu ni Kap | die Kinder des „innersten Kreises", d. h. die Söhne und (manchmal auch) Töchter der Vornehmen, die mit den Königskindern zusammen erzogen und unterrichtet werden |
| Cheri-hebet | Vorlesepriester, der während der Riten im Tempel die heiligen Texte rezitiert |
| Cheta Mefkat | äg. Siedlung an der Westseite des Sinai |

| | |
|---|---|
| Chnum | widdergestaltiger Schöpfergott; seit der 18. Dyn. gibt es die Vorstellung, er forme die Menschen auf seiner Töpferscheibe |
| Chons | Mondgott; in der „Triade von Waset", also der thebanischen Götterfamilie (Amun–Mut–Chons) hat er die Stellung des Kindgottes/Gotteskindes inne |
| Deben | äg. Gewicht, 91 g |
| Dedun | oberster Gott der Kuschiten, Falkengottheit |
| Deschret | das „Rote" (Land) = die Wüste Ägyptens |
| Djed-Zeichen, Djed-Pfeiler | äg. Hieroglyphe für „Dauer", „dauern" |
| Djemer | Stadt in Amurru; später Simyra genannt; Djemer liegt nördlich von Gublu (Byblos) an der Mündung des Eleutheros-Flusses (Nahr el Kebir) |
| djeser | äg. für „heilig" |
| Djeser Djeseru | das „Heiligste des Heiligen"; ägyptische Bezeichnung des Totentempels der Hatschepsut, des weiblichen Pharao, in Deir el-Bahari |
| Djeseret | Tal von Deir el-Bahari |
| Djet | Zeit; Nacht, Gestern, Ende, unendliche Fortdauer |
| Duat | Unterwelt |
| Elektron | das „Metall der Götter", eine Legierung aus Gold und Silber |
| Elle | äg. Längenmaß, 0,525 m |
| Isis | äg.: Aset; Göttin, die „Zauberreiche", als Gemahlin des Osiris Teil der Großen Götterneunheit von Iunu (Heliopolis) |

| | |
|---|---|
| Falke-im-Nest | Thronfolger |
| Geb | äg. Erdgott; mit der Himmelsgöttin Nut bildet er in der Götterneunheit von Iunu (Heliopolis) die dritte Generation nach Atum |
| Geb-Teju | Koptos; arabisch Quft |
| Gottesgang | äg.: „setja-netjer"; Grabkorridor |
| Grünes Horusauge | altägyptische Weinsorte |
| Große Fresserin, die | Ungeheuer, das denjenigen Verstorbenen vertilgt, der das Totengericht nicht besteht |
| Große Grüne, das | äg.: „Uadj wer"; Mittelmeer |
| Große Westliche, die | Spitze des Hathorgebirges über der Totenstadt von Waset (Theben-West); heute: das „Horn", „el Qurn" |
| Gublu | Byblos; Handelsmetropole im Gebiet des heutigen Libanon; größte Stadt in Amurru, traditionell verbündet mit Ägypten |
| Gute Gott, der | häufig gebrauchte Bezeichnung für den Pharao |
| Gute Göttin, die | gemeint ist Ahmes-Nefertari, die Schutzgöttin Pa-Tímes (Deir el-Medinas) |
| Hapi | Nil- und Fruchtbarkeitsgottheit |
| Hathor | äg.: Hut Hor; kuhköpfige Himmelsgöttin der Liebe und des Tanzes, als Göttin der Totenstadt von Waset (Theben) auch Totengöttin; von Hathor erhielt das Gebirge über der Nekropole seinen Namen |
| Hathoren | Geburtshelfergöttinnen, die auch das Schicksal des Neugeborenen beeinflussen |
| Hathoropfer | Anlaß und Sinn dieses Festes in Pa-Tíme (Deir el-Medina) sind nicht erforscht |

| | |
|---|---|
| Hati-a | Ortsvorsteher |
| Hatti | das Reich der Hethiter in Kleinasien, Hauptstadt: Hattuscha |
| Haus der Millionen Jahre | Totentempel |
| Haus des Lebens | siehe Lebenshaus |
| Hebenu | das heutige Kom el-Ahmar in Mittelägypten |
| Heb-Sed | rituelles Fest der Verjüngung und Erneuerung, das der König offiziell alle 30 Jahre feiert, tatsächlich wurde es weitaus öfter durchgeführt |
| Heken-Öl | wohlriechendes Öl |
| Henqet | äg. für „Bier"; aus Emmerweizen oder Gerste gebraut; Grundnahrungsmittel |
| Heri-Pedjet (Pl. Heriu) | Anführer militärischer Abteilungen (Oberst) |
| Herz waschen, das | seinen Gefühlen freien Lauf lassen |
| Herzensglättung | äg. Ausdruck für Tröstung |
| Hin | äg. Hohlmaß, 0,48 l |
| Horizont der Ewigkeit | äg. Ausdruck für Grab |
| Horus | äg.: Hor; falkenköpfiger Himmelsgott, Sohn der Isis und des Osiris, Horus ist im jeweiligen Pharao verkörpert |
| Horus-im-Nest | Thronfolger |
| Horussöhne | die vier Schutzgottheiten der mumifizierten Eingeweide eines Verstorbenen: Amset, Hapi, Duamutef, Kebehsenuef |
| Hut-Sechem | heute das Gebiet von Nag Hammadi in Oberägypten |

| | |
|---|---|
| Ibschek | der Felsentempel für Königin Nefertari (Gemahlin Ramses' II.) in Abu Simbel |
| Idenu (Pl. Idenuu ) | äg. für „Stellvertreter" |
| Idenu Mer Mescha | äg. für „Stellvertretender des Kommandanten" |
| Imentet | der Westen = das Totenreich, das Jenseits |
| Imhotep | Bauleiter unter Pharao Djoser (3. Dyn.); wurde später vergöttlicht und als Sohn des Ptah verehrt, Gott der Weisheit und der Heilkunst |
| Inbet (Pl. Inbut) | kleine Wächterhäuschen am Weg von der Ebene nach Pa-Tíme (Deir el-Medina), deren Zweck nicht bekannt ist |
| Ipet Nisut | wörtlich: „Stadt des Königs"; das Königliche Frauenhaus |
| Ipet Sut | die „Südliche Stadt", der Tempelbezirk von Karnak |
| Isched-Baum | äg. Myrobalanenbaum (*Balanites ägyptiaca*), grünbelaubter Baum von bis zu 15 m Höhe aus der Familie der Jochblattgewächse; mythologisch gesehen: der Lebensbaum, auf dessen Blättern die Schreibergottheiten Thot und Seschat die Regierungsjahre des Königs notieren |
| Ischtar | babylonische Heilgöttin, wurde seit der Zeit Amenhoteps III. auch in Ägypten verehrt |
| Isfet | Unheil, Chaos, Lüge; das Gegenteil von Ma'at |
| Iteru aa | äg. für „der große Fluß"; Hauptarm des Nil im Deltagebiet |

| | |
|---|---|
| Itj-Taui | äg. Ort; Hauptstadt Ägyptens während des Mittleren Reiches, heute El-Lischt |
| Jugendlocke | die für jugendliches Alter typische Haartracht mit einem seitlich herunterhängenden Haarschopf von einem ansonsten geschorenen Kopf |
| Iunu | Heliopolis, das größte und älteste Ra-Heiligtum; nach dem Schöpfungsmythos von Iunu soll sich hier der Urhügel aus der Urflut erhoben und die Schöpfung begonnen haben |
| Iunu Month | das heutige Armant südwestlich von Luxor |
| Ka | Lebenskraft eines Menschen, wird in menschlicher Gestalt dargestellt; der Teil des Menschen, der nach dem Tod die Mumie aufsucht |
| Keftu | Kreta |
| Kemet | äg. für „das Schwarze" (Land) = Ägypten, das Land am Fluß, das jedes Jahr durch die Überschwemmung des Nil mit schwarzem Schlamm bedeckt wird |
| Kite | äg. Gewicht, 9,7 g |
| Königssohn von Kusch | Oberster Statthalter Nubiens, einer der höchsten Verwaltungsposten; der Königssohn von Kusch ist dem Pharao unmittelbar verantwortlich, ihm untersteht zugleich der Gau von Ta Seti (Elephantine) |
| Kopf auf den Knien haben (den) | äg. Ausdruck für „traurig sein" |
| Kusch | südlicher Teil Nubiens |

| | |
|---|---|
| Lebenshaus | an einen Tempel angegliederte Stätte des Unterrichts und der Forschung; Archiv, „Schreibamt" |
| Libu | Stamm aus der libyschen Wüste |
| Ma'at | wörtlich: „Das Gesehene"; zentraler Lebens- und Ordnungsbegriff der Ägypter; Wahrheit, innere Richtung, das eigentliche Wesen der Dinge |
| maa cheru | wörtlich: „wahr an Stimme" = gerechtfertigt; ein Verstorbener wird so bezeichnet, wenn er das Totengericht erfolgreich hinter sich gebracht hat |
| Medja (Pl. Medjau) | Schutzleute (Polizisten), zumeist Nubier |
| Meha | der Felsentempel Ramses' II. in Abu Simbel |
| Men-nefer | Memphis, Hauptstadt Ägyptens während des Alten Reiches, lange Zeit auch während des Neuen Reiches |
| Mer Chetem | wörtlich: „der Große des Verschlossenen"; Festungskommandant |
| Mer Mescha | wörtlich: „der Große der Soldaten"; Befehlshaber, General |
| Mer Mescha Wer | wörtlich: „der große Große der Soldaten"; Oberbefehlshaber des Heeres |
| Mer Per | wörtlich: „der Große des Hauses"; Oberster Verwalter eines Totentempels mit den dazugehörigen Wirtschaftseinheiten |
| Meretseger | die Göttin, die „das Schweigen liebt", Göttin der Berge in der Totenstadt von Waset |
| Meschwesch | Stamm aus der libyschen Wüste |

| | |
|---|---|
| Mesenet | das Allerheiligste; innerster Raum des Tempels, der die Statue des Gottes beherbergt |
| Meses-Gewand | sackartige Tunika |
| Miam | Verwaltungszentrum des Wawat, nahe dem (heute vom Nasser-Stausee überfluteten) Dorf Aniba |
| Miket | kuschitische Göttin |
| Mi-Wer | Ort in der Oase Fayyum, wo sich eines der größten Königlichen Frauenhäuser befand |
| Month | falkenköpfiger Gott des Krieges, Stadtgott von Iunu Month |
| Moringa-Öl | geruchloses, süßlich schmeckendes Öl, gewonnen aus dem Moringaölbaum |
| Mut | äg. Geiergöttin; Gattin des Amun; bildet mit Amun und Chons die sog. „Triade von Waset (Theben)" |
| Muu-Tanz | kultischer Tanz, der bei Begräbnissen eine (noch nicht ganz erforschte) Rolle spielt; mit ihrem Tanz erteilen die Muu-Tänzer dem Begräbniszug die Erlaubnis, die Totenstadt zu betreten |
| Nechen | Stadt im Süden Ägyptens; äg. Name für Hierakonpolis, uralte Residenz der Frühzeit |
| Nefertem | äg. Gott; der „Vollkommene", Urwesen mit dem Symbol der Lotosblume; bildet mit Ptah und Sachmet die sog. „Triade von Memphis (Men-nefer)" |
| Neheh | Zeit; Tag, Morgen, Anfang; Oberbegriff der äg. Zeitvorstellung |

| | |
|---|---|
| Nehesi (Pl. Nehesiu) | Nubier |
| Neith | äg. Jagd-, Kriegs- und Wassergöttin; Mutter des Krokodilgottes Sobek; Höhepunkte ihrer Verehrung in der Frühzeit und im Alten Reich sowie in der Spätzeit (26. Dyn.) |
| Neith-Gau | 9. oberägyptischer Verwaltungsbezirk |
| Nemes-Tuch | das blaugold gestreifte Kopftuch des Königs |
| Nephthys | äg.: Nebet-Hut; Göttin; als Gemahlin des Gottes Seth Teil der „Großen Neunheit von Iunu (Heliopolis)" |
| Neunbogen-Länder | Sammelbegriff für die traditionellen Feindländer der Ägypter |
| Nubien | das Südliche Fremdland: Kusch und Wawat; es wurde nach dem Gold benannt, das dort geschürft wird (äg.: Nub = „Gold"). |
| Nun | die Urflut im Schöpfungsmythos von Iunu (Heliopolis) |
| Nut | Göttin des Himmels; zusammen mit Geb die dritte Generation im Schöpfungsmythos von Iunu (Heliopolis); sie gebiert die Sonne und die Sterne im Osten und verschluckt sie wieder im Westen |
| Opet-Fest | großes, jährlich wiederkehrendes Götterfest in Waset; Höhepunkt war die Prozession der Kultbarke Amuns von Ipet-Sut (Karnak) zum Opet-Tempel (heute: Luxor-Tempel) und wieder zurück; mit Ritualhandlungen wird der königliche Herrschaftsanspruch Amuns bekräftigt |

| | |
|---|---|
| Osiris | äg.: Usir; Totengott, Herrscher der Unterwelt, Gemahl der Isis; da sich Verstorbene im Jenseits mit Osiris vereinigen, werden sie als „Osiris N.N." bezeichnet |
| Pa Cher | die Totenstadt von Waset auf dem Westufer des Nil |
| Pa-Tíme | äg. für „Der Ort"; die Siedlung der Grabbauer, heute: Deir el-Medina; ägyptologische Umschrift: Pa dmj |
| Pa en Chonsu | erster Monat im Schemu, der Jahreszeit der Trockenheit/Ernte (Februar/März) |
| Pa-ut tep | die Urzeit, die Verhältnisse vor der Schöpfung |
| Per Bastet | wörtlich: „Haus der Bastet"; die Stadt Bubastis im Nildelta, heute: El Zagazig (ca. 80 km nördlich von Kairo) |
| Per Ir | Ort der Libyerschlacht des Merenptah; der Ort konnte bislang nicht lokalisiert werden; vermutlich irgendwo im westlichen Delta in der Nähe der Stadt Buto |
| Per Ramessu meri-Imen | Abu Simbel mit den Felsentempeln für Pharao Ramses II. (Meha) und Königin Nefertari (Ibschek) |
| Peret | äg. Jahreszeit der Aussaat (Mitte Oktober bis Mitte Februar) |
| Perunefer | der Hafen von Men-nefer |
| Pi-Ramesse | Residenzstadt im Nildelta, gegründet von Ramses II. |
| Ptah | Schöpfergott aus Men-nefer, Gott der Handwerker und Künstler, bildet mit Sachmet und Nefertem die sog. „Triade von Men-nefer (Memphis)" |

| | |
|---|---|
| Punt | Land am afrikanischen Ufer des Roten Meeres, das sagenhafte Weihrauchland, heute Somalia |
| Qadesch | Stadt am Orontes im Gebiet des heutigen Syrien; hier fand die berühmte Schlacht zwischen Ramses II. und den Hethitern statt |
| Qasarti | kanaanitischer Gott der Handwerker und Künstler |
| Qenbet | (Orts-)Gericht; Vorsitz führen die Großen der Kolonne, also die Vorarbeiter und Schreiber |
| Qenbet aat | äg. für „die Große Qenbet", das große Gericht in der Totenstadt; Vorsitz führt hier der Wesir |
| Qenbet aat ni heru pen | äg. für das „große Gericht des heutigen Tages" |
| Ra | äg. Sonnengott, Reichsgott, Göttervater |
| Reschpu | westsemitischer Gott des Krieges und der Unterwelt |
| Retjenu | Gebiet im Mittleren Osten; umfaßt etwa die heutigen Staaten Syrien, Israel, Libanon, Jordanien |
| Ruit | ein beliebtes Ballspiel, bei dem das rhythmische Zuwerfen des Balls zwischen zweimal drei Kindern im Mittelpunkt steht; andere Kinder klatschen den Takt |
| Sachmet | löwenköpfige Göttin des Krieges und der Zerstörung; bildet mit Ptah und Nefertem die sog. „Triade von Memphis" (Men-nefer) |
| Schakalusch | Fremdvolk: Sikuler aus Sizilien (?) |

| | |
|---|---|
| Scha-Resi | die Oase Fayyum |
| Scha-su-Sandbewohner | Stämme auf der Halbinsel Sinai |
| Schedet | der Ort Krokodilopolis im Fayyum |
| Schehakek | böser Dämon; der Fluch des Ken-herchepeschef gegen ihn ist auf der Rückseite des Papyrus BM 10731 erhalten |
| Schemu | äg. Jahreszeit der Trockenheit/Ernte (Mitte Februar bis Mitte Juni) |
| Schen-Ring | Symbol des Schutzes und der Regeneration |
| Schens-Kuchen | „Schüsselkuchen", nach seiner Form so benannt |
| Schesmet | grüne, aus zermahlenem Malachit bestehende Augenschminke |
| Schirdana | urspr. ein Stamm der Seevölker; unter Ramses II. besiegt und in Ägypten angesiedelt; aus ihnen rekrutieren sich die Elitetruppen des Heeres |
| Schlangengau | 4. unterägyptischer Verwaltungsbezirk |
| Schnatterer, der große | gemeint ist Amun, dem auch die Gans als Symboltier zugeordnet ist |
| Schu | äg. Gott der Luft; mit seiner Gemahlin Tefnut bildet er die zweite Generation in der Götterneunheit von Iunu (Heliopolis) |
| secher | äg. für „töten" |
| Seevölker | indoeuropäische Wandervölker |
| Sed-Fest | siehe Heb-Sed |
| Sedjauti Biti | äg. für „Siegler des Königs"; hoher Titel und Hofrang |
| Selket | Schutzgöttin |

| | |
|---|---|
| Senet-Spiel | Brettspiel für zwei Personen, bei dem die Bewegung der Spielsteine über das Spielbrett den Weg des Verstorbenen durch die Unterwelt symbolisiert; das Gewinnen des Spiels bedeutet die Wiedergeburt im Jenseits |
| Sem-Priester | Opferpriester; ursprünglich der Priester, der im alten Königsritual den Königssohn spielte |
| Sema-Taui | wörtlich: „Vereinigung der Beiden Länder"; Bildsymbol der Reichseinigung von Ober- und Unterägypten |
| Semati Imentet Men-nefer | die Totenstadt von Sakkara bei Memphis |
| Semer (Pl. Semeru) | äg. für „Freund" |
| Semer Uati | äg. für „einziger Freund"; hoher Ehrentitel |
| Sennut | äg. für „die Zweite"; Ordinalzahl, weibliche Form |
| Sepedu | Stamm aus der libyschen Wüste |
| Ser (Pl. Seru) | äg. für „Großer"; wichtige Beamte, bedeutende Leute |
| Sesbania-Busch | leuchtendgelb blühender Busch |
| Sesch Nisut | äg. für „Schreiber des Königs" |
| Seth | äg.: Setech; Gott der Wüste und der Oasen, des Chaos, des Kampfes und der Stärke, Bruder und Mörder des Osiris, Gemahl der Nephthys; das „Sethische" im Menschen entspricht der Schattenseite der menschlichen Psyche |

| | |
|---|---|
| Sinuhe | die Geschichte des Gefolgsmannes Sinuhe aus dem Mittleren Reich (frühe 12. Dyn. Könige Amenemhet I./Sesostris I.) ist eines der bekanntesten Literaturstücke des Alten Ägypten |
| Sistrum | rasselartiges Kult- und Musikinstrument |
| Sokar | falkenköpfiger Totengott |
| Suenet | die heutige Stadt Assuan |
| Sunu (Pl. Sunuu) | äg. für „Heiler" |
| Ta Set Ma'at | „Der Große Platz der Wahrheit" = die „Stätte der Ma'at", das Tal der Könige, die Stätte der Wahrheit |
| Ta Set Neferu | „Der Ort der Schönheit" = das Tal der Königinnen |
| Ta Seti | das heutige Assuan; neben der Ortsbezeichnung auch Name des gesamten Gaus |
| Ta-Set-Meri-Djehuti | Militärlager in der Totenstadt von Waset, erbaut von Pharao Merenptah in der Nähe des Ortes, der heute Medinet Habu heißt |
| Taweret | weibliche Schutzgottheit in Gestalt eines Nilpferdes, guter Geist des Kinderzimmers, Hüterin der Geburt |
| Tefnut | äg. Göttin des Taues und der Feuchtigkeit, Gemahlin des Schu |
| Tekenu | Fetisch, der im Zusammenhang mit dem Begräbnis steht; möglicherweise Beutel mit Resten der Balsamierung |
| Tepet | äg. für „die Erste"; Ordinalzahl, weibliche Form |
| Thot | äg.: Djehuti; Gott der Schreiber und der Wissenschaft; wird mit dem Kopf eines Ibis, manchmal auch als Pavian dargestellt |

| | |
|---|---|
| Tjebu | Stadt im Schlangengau |
| Tjehenuiu | Stamm aus der libyschen Wüste |
| Turscha | Fremdvolk: Etrusker (?) |
| Tut anch | äg. für „lebendes Abbild" |
| Uachet | Stationsheiligtum, hier wurde während der großen Götterprozessionen unter Opfern, Gebeten und Gesängen das Götterbild abgesetzt, um Träger oder Transportmittel zu wechseln |
| Uadj wer | äg. für das „Große Grüne"; Mittelmeer |
| Udepu | Vorsteher des königlichen Haushalts und der Tafel; dieser hohe Hoftitel wird in der wissenschaftlichen Literatur oft mit der Bezeichnung „Truchseß" wiedergegeben |
| Udjat-Auge | das Auge des Gottes Horus, Schutzamulett |
| Uhem mesut | wörtlich: „Wiederholer der Geburten", entspricht unserem Begriff für „Schöpfer" |
| Upuaut | äg. für „Wegeöffner"; Canidengottheit mit kriegerisch-königlichem Charakter, zugeordnet dem jungen König, hat seit dem Mittleren Reich einen starken Bezug zu Osiris |
| Upet-Uaut | wörtlich: „Öffnerin der Wege"; Beiname der Göttin Neith |
| Uschebti | wörtlich: „Antworter"; kleine Figürchen als Grabbeigaben, die anstelle des Verstorbenen im Jenseits arbeiten sollen |
| Usech-Kragen | breiter Halskragen, Schmuckkragen |
| User-Hat | wörtlich: „der Starke ist an der Spitze"; das Prunkschiff des Gottes Amun |
| Wab-Priester (Pl. Wabu) | Reinigungspriester |

| | |
|---|---|
| Waset | Hauptstadt Ägyptens während der 18. Dynastie bis Pharao Echnaton, Theben, heute Luxor |
| Wasser, mir ist es wie Wasser | äg. Ausdruck für „mir ist es gleichgültig" |
| Wawat | der nördliche Teil von Nubien |
| Wer Maa | wörtlich: „der Große der Schauenden"; Bezeichnung für den Hohenpriester |
| Wesir | äg.: „Tjatj"; oberster Staatsbeamter; meist gab es je einen Wesir für den Nördlichen und Südlichen Landesteil |
| Zehntag | eine altägyptische „Woche", die zehn Tage umfaßte |
| zep tepi | äg. für „das Erste Mal", der Uranfang |
| Zweifache Land (das) | Ober- und Unterägypten, ganz Ägypten |

# KARTEN UND PLÄNE

# ÄGYPTEN UND DER VORDERE ORIENT

## UM 1200 V. CHR.

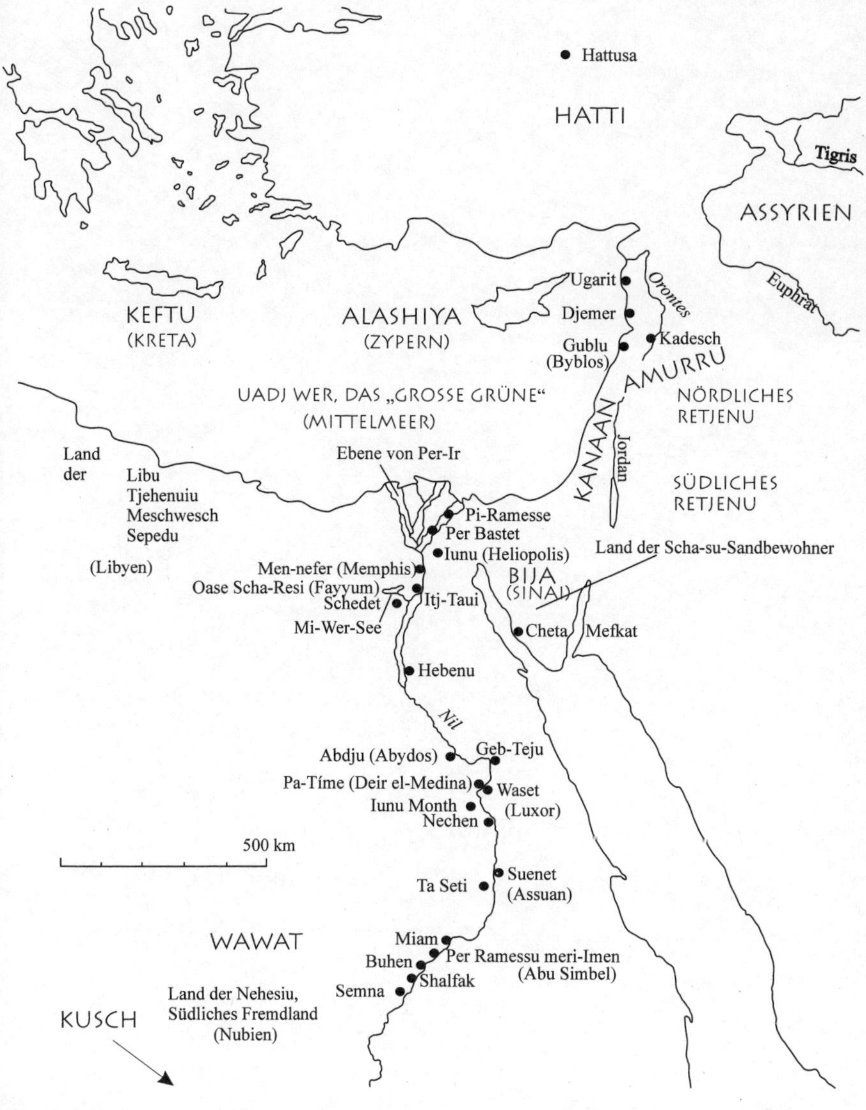

# DIE TOTENSTADT VON WASET

(THEBEN-WEST BEI LUXOR)

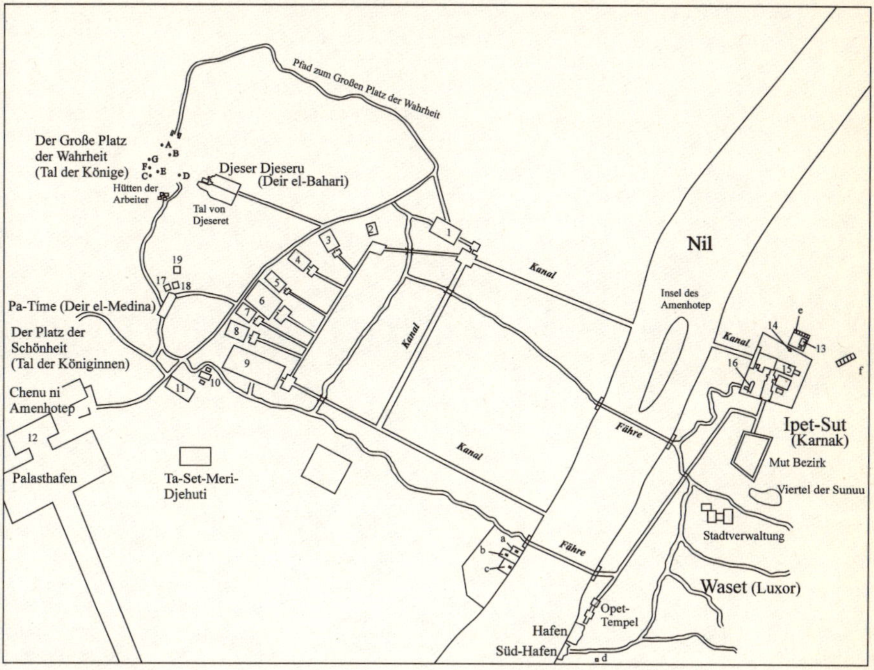


**Totentempel der Pharaonen**

1 Tempel Sethos' I.
2 Tempel Amenhoteps I. und der Ahmes-Nefertari
3 Taltempel Hatschepsuts
4 Tempel Thutmosis' III.
5 Tempel Amenhoteps II.
6 Tempel Ramses' II. (Ramesseum)
7 Tempel Thutmosis' IV.
8 Tempel Merenptahs
9 Tempel Amenhoteps III.
10 Tempel Thutmosis' II., Amenhoteps Sa Hapu, Thutmosis' I. (v. links)
11 Tempel Haremhabs
12 Palast Amenhoteps III.

**Tempelbezirk Ipet-Sut**

13 Tempel der Ma'at
14 Tempel des Ptah
15 Tempel des Amun
16 Tempel des Chons

**In Waset**

a Hütte Pascheds
b Hütte Tos
c Hütte Montemhabs
d Qafis Schenke *Glücksort des Südens*
e Gefängniszellen
f Kasernen der Medjau

**Gräber am Großen Platz der Wahrheit**

A Grab Merenptahs
B Grab Amenmesses
C Grab Sethos' II.
D Grab Thutmosis' IV.
E Grab Siptahs
F Grab Tausrets
G Grab Bais

**Sonstige Heiligtümer**

17 Schrein der Ahmes-Nefertari
18 Tempel der Meretseger
19 Tempel des Amenhotep

# PA-TÍME
(DEIR EL-MEDINA)

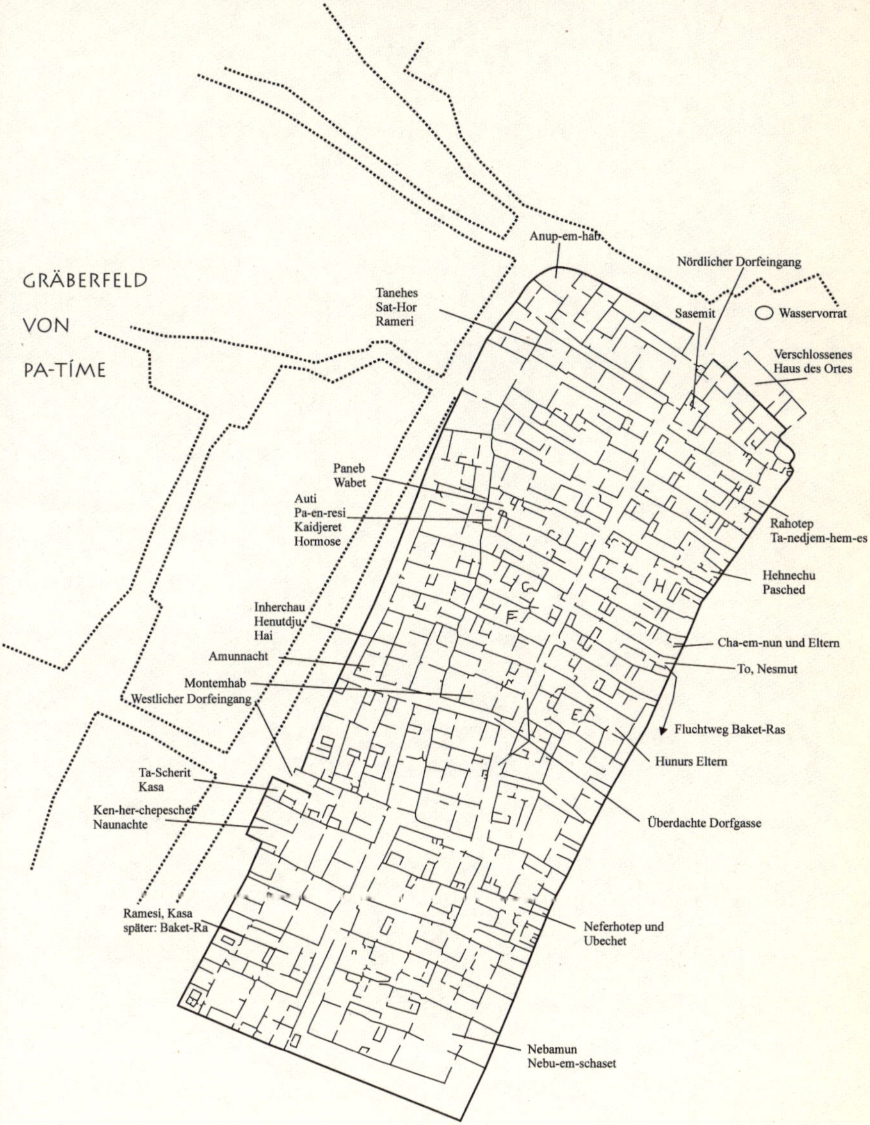

# MEN-NEFER
(MEMPHIS)

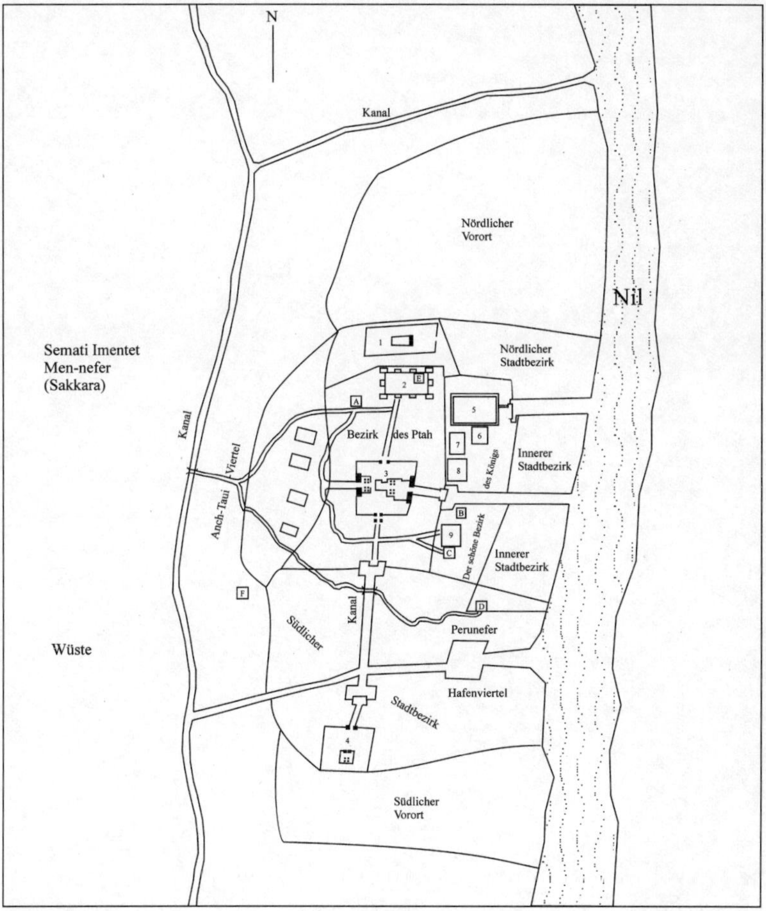


1 Tempel der Neith
2 „Weiße Mauern“
3 Ptah-Tempel
4 Tempel der Hathor, Herrin der Südlichen Sykomore
5 Palast Thutmosis I.
6 Palast Ramses' I.
7 Palast Sethos' I.
8 Palast Ramses' II.
9 Palast Merenptahs

A Palast des Hohenpriesters von Men-nefer
B Schloß Bais
C Palast Sethos' und Tausrets
D Cha-em-hedjets Anwesen
E Haus der Schriftrollen
F Isistempel mit der Werkstatt Nebamuns

# PI-RAMESSE

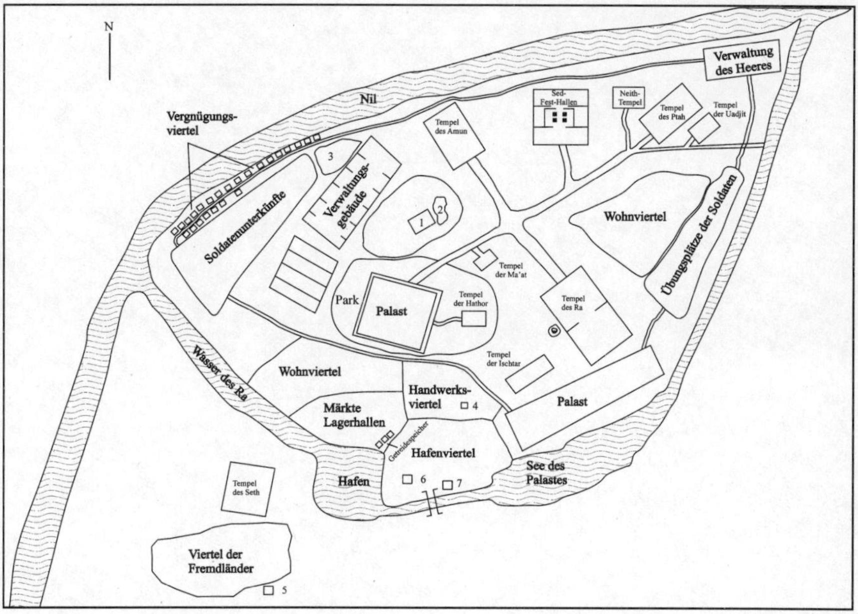


1 Bais Palast
2 Weiher
3 Stallungen
4 Joabs Haus
5 Anwesen des Ipu
6 Haus der Bestrickenden
7 *Kaiteps Krüglein*

# DAS ÄGYPTISCHE JAHR

## ACHET (ZEIT DER ÜBERSCHWEMMUNG)

| Monat | Festtag(e) | Feste |
|---|---|---|
| Djehuti *Juni/Juli* | Tage 1–2 | Neujahrsfest |
| Pa en Ipet *Juli/Aug.* | Tag 18 | Beginn des Opet-Fests |
| Hut Hor *Aug./Sept.* | | |
| Ka her Ka *Sept./Okt.* | Tage 1–2 | Fest der Göttin Hathor |

## PERET (ZEIT DER AUSSAAT)

| Monat | Festtag(e) | Feste |
|---|---|---|
| Ta Abet *Okt./Nov.* | | |
| Pa en Mechir *Nov./Dez..* | Tag 4 | Fest der Göttin Mut |
| Pa en Imenhotep *Dez./Jan.* | Tage 1–4<br>Tage 19–23 | Fest des Gottes Ptah<br>Fest des vergöttlichten Amenhotep I. |
| Pa en Renenutet *Jan./Febr.* | Tag 4 | Fest der Göttin Bastet |

## SCHEMU (ZEIT DER ERNTE)

| Monat | Festtag(e) | Feste |
|---|---|---|
| Pa en Chonsu *Febr./März* | Tage 1–3<br>Tag 11 ff. | Fest der Göttin Renenutet<br>Fest des Gottes Min |
| Pa en Inet *März/April* | Tag 15<br>Tage 24–25 | Prozession der Ahmes-Nefertari<br>Das Schöne Fest vom Wüstental |
| Pa en Ipip *April/Mai* | | |
| Mesut Ra *Mai/Juni* | Tag 30 | Arq Renpet (Jahresende) |

## HERIU RENPET

5 Schalttage — Geburtstage des Osiris, Horus und Seth, der Isis und der Nephthys